Rainha do Ar e da Escuridão

Obras da autora publicadas pela Editora Record:

Série **Os Instrumentos Mortais**

Cidade dos ossos
Cidade das cinzas
Cidade de vidro
Cidade dos anjos caídos
Cidade das almas perdidas
Cidade do fogo celestial

Série **As Peças Infernais**

Anjo mecânico
Príncipe mecânico
Princesa mecânica

Série **Os Artifícios das Trevas**

Dama da meia-noite
Senhor das sombras
Rainha do ar e da escuridão

Série **As Maldições Ancestrais**

Os pergaminhos vermelhos da magia
O livro branco perdido

Série **As Últimas Horas**

Corrente de ouro

O códex dos Caçadores de Sombras
As crônicas de Bane
Uma história de notáveis Caçadores de Sombras e seres do Submundo:
Contada na linguagem das flores
Contos da Academia dos Caçadores de Sombras
Fantasmas do Mercado das Sombras

CASSANDRA CLARE

OS ARTIFÍCIOS DAS TREVAS

Rainha do Ar e da Escuridão

Tradução de
Rita Sussekind
Ana Resende

8ª edição

Galera

RIO DE JANEIRO

2021

CIP-BRASIL. CATALOGAÇÃO NA PUBLICAÇÃO
SINDICATO NACIONAL DOS EDITORES DE LIVROS, RJ

Clare, Cassandra

C541r   Rainha do ar e da escuridão / Cassandra Clare; tradução de Ana Resende, Rita
8ª ed.   Sussekind. – 8ª ed. – Rio de Janeiro: Galera, 2021.

(Os Artifícios das Trevas; 3)

Tradução de: Queen of air and darkness
Sequência de: Senhor das sombras
ISBN 978-85-01-40106-9

1. Ficção americana. I. Resende, Ana. II. Sussekind, Rita. III. Título. IV. Série.

CDD: 813
18-53893   CDU: 82-3(73)

Leandra Felix da Cruz – Bibliotecária – CRB-7/6135

Título original em inglês:
The Dark Artifices: Queen of Air and Darkness

Copyright © 2018 by Cassandra Clare, LLC

Publicado mediante acordo com a autora a/c BAROR INTERNATIONAL, INC., Armonk,
Nova York, EUA.

Todos os direitos reservados.

Proibida a reprodução, no todo ou em parte, através de quaisquer meios. Os direitos morais
do autor foram assegurados.

Texto revisado segundo o novo Acordo Ortográfico da Língua Portuguesa.

Direitos exclusivos de publicação em língua portuguesa somente para o Brasil adquiridos pela
EDITORA RECORD LTDA.
Rua Argentina, 171 – Rio de Janeiro, RJ – 20921-380 – Tel.: (21) 2585-2000,
que se reserva a propriedade literária desta tradução.

Impresso no Brasil

ISBN 978-85-01-40106-9

Seja um leitor preferencial Record.
Cadastre-se no site www.record.com.br e receba informações
sobre nossos lançamentos e nossas promoções.

Atendimento e venda direta ao leitor:
sac@record.com.br

Para Sarah,
ela sabe o que fez.

Olhai! A morte ergueu seu trono
Em uma estranha cidade ao abandono,
Longe, onde o sol morre sem vigor,
Onde os bons, os maus, os piores e os melhores
Desfrutam nessa terra o eterno sono.
Lá, catedrais, palácios e torres
(Que o tempo corroeu, mas não estremecem!)
A nada do que é nosso se parecem.
Em torno, resignadas, sob os céus,
Esquecidas do furor da ventania,
Jazem as águas quedas de apatia.

Do santo céu nenhum raio esparge
Sobre a noite tão longa da cidade,
Mas no mar medonho há uma luz que arde
Que as torres silenciosamente invade —
Ilumina ao longe os pináculos —
As cúpulas, salões, colunas —
Os templos e as muralhas babilônicas
Os canteiros sombrios e há muito esquecidos,
de flores de pedra e hera esculpida
Erguendo-se muito acima, um magnífico templo
Em cujos frisos se enroscam, reunidas
A viola, a violeta e a vinha.
Esquecidas do furor da ventania,
Jazem as vagas águas de apatia.
E nas sombras se enlaçam torreões
Pelo ar pairando em oscilações,
Enquanto do alto de soberba torre, na seteira,
A morte vigia a cidade, sobranceira.

Lá, templos e sepulcros se descobrem
Mesmo ao nível das ondas de luz fátua;
Mas nem as riquezas que se escondem
Nos olhos de diamante das estátuas —
Nem os mortos de joias, alegres
Fazem de seu leito vibrar as águas, inabaláveis;
Pois, ai, nada perturba o mar!
Naquela imensidão cristalina —
Nenhuma espuma sugere a brisa
De um outro mar distante e menos quieto —
Nenhuma saliência conta dos ventos
Em mares não tão abjetos e serenos.

Mas eis que uma agitação percorre os ares!
A onda — um movimento dos mares!
Como se as torres, mansas, sucumbissem,
Afundando levemente, no mar parado —
E seus cumes uma fenda abrissem
Entre as nuvens do Céu translúcido.
As ondas brilham já com mais rubor —
As horas sopram já, brando rumor...
E quando, sem qualquer pranto mundano,
A cidade submersa for tragada pela voragem,
O inferno, emergindo soberano,
fará sua homenagem.

— Edgar Allan Poe, "A cidade no mar"

Parte Um
Não te Lamentes

Na Terra das Fadas,
não há lamentações nem alegrias para os mortais.
— Provérbio fada

1

A Morte Vigia

Havia sangue na plataforma do trono do Conselho, sangue nos degraus, sangue nas paredes e no soalho, e nos fragmentos da Espada Mortal. Mais tarde, Emma se recordaria daquilo como uma espécie de névoa vermelha. Trechos de um poema melancólico ocupavam seu pensamento, algo sobre a impossibilidade de se imaginar quanto sangue as pessoas tinham dentro de si.

Diziam que o choque era capaz de abrandar golpes tão grandes, mas Emma não tinha essa sensação. Ela viu e ouviu tudo: o Salão do Conselho cheio de guardas. A gritaria. Tentou loucamente abrir caminho até Julian, mas os guardas se postaram diante dela como uma onda. E aí mais gritaria. *"Emma Carstairs quebrou a Espada Mortal! Ela destruiu um Instrumento Mortal! Prendam-na!"*

Emma não se importava com o que lhe fizeram; precisava chegar até Julian. Ele ainda estava no chão com Livvy nos braços, resistindo a todos os esforços dos guardas que tentavam pegar o cadáver para levá-lo dali.

— Me deixem passar — dizia ela. — Eu sou a *parabatai* dele, me deixem passar.

— Me dê a espada. — Era a voz da Consulesa. — Emma, me dê Cortana e você vai poder ajudar Julian.

Ela arquejou e sentiu o gosto de sangue na boca. Agora Alec estava ajoelhado na plataforma do trono, ao lado do corpo de seu pai. O soalho do Salão era uma confusão de vultos apressados; entre eles, Emma avistou Mark, carregando um Ty inconsciente, deixando o Salão, empurrando com os ombros outros Nephilim em seu trajeto. Ele parecia mais melancólico do que nunca. Kit estava com ele, mas onde estava Dru? Ali — sozinha no chão; não, Diana estava com ela, abraçando-a e chorando, e lá estava Helen também, tentando se aproximar do estrado.

Emma deu um passo para trás e quase caiu. O piso de madeira estava escorregadio por causa do sangue. A Consulesa Jia Penhallow ainda estava diante dela, estendendo a mão magricela, à espera de Cortana. *Cortana*. A espada era parte da família de Emma, fora parte de suas recordações desde que ela se entendia por gente. Ainda era firme em sua lembrança o momento em que Julian a depositara em seus braços depois da morte de seus pais, o jeito como ela aninhara a espada junto ao corpo como se fosse uma criança, alheia ao corte profundo que a lâmina fizera em seu braço.

Jia estava pedindo que ela abrisse mão de um pedaço de si.

Mas Julian estava lá, sozinho, arrasado, encharcado de sangue. E nele havia um pedaço maior dela do que Cortana tinha. Emma entregou a espada e, ao senti-la escapando de suas mãos, o corpo todo se retesou. Ela quase acreditou ter ouvido Cortana gritando ao ser separada dela.

— Pode ir — falou Jia. Emma ouvia outras vozes, incluindo os berros de Horace Dearborn, alterado, ordenando que ela fosse detida, que a destruição da Espada Mortal e o desaparecimento de Annabel Blackthorn precisavam de respostas. Jia dava ordens aos guardas, mandando que tirassem todos do Salão: agora era hora de luto, não de vingança... Annabel seria encontrada... *saia com dignidade, Horace, ou vai ser convidado a sair,* agora *não é o momento*... Aline ajudava Dru e Diana a ficarem de pé, ajudava a saírem do recinto...

Emma caiu de joelhos ao lado de Julian. O odor metálico de sangue estava por toda parte. Livvy era um montinho nos braços dele, a pele da cor do leite desnatado. Ele já havia parado de pedir a ela que acordasse e agora a ninava como se fosse um bebê, o queixo apoiado na cabeça da irmã.

— Jules — murmurou Emma, mas o nome chegou amargo em sua língua, era seu apelido de infância, e agora ele era um adulto, de certo modo um pai de luto. Livvy não tinha sido apenas a irmã dele. Durante anos, ele a criara como a uma filha. — Julian. — Ela tocou a bochecha fria dele e, em seguida, a bochecha ainda mais fria de Livvy. — Julian, meu amor, me deixe te ajudar...

Lentamente, ele ergueu o rosto. Parecia ter sido atingido por um balde cheio de sangue. O líquido rubro cobria seu peito, seu pescoço, e se espalhava pelo queixo e as bochechas.

— Emma. — A voz dele não passava de um sussurro. — Emma, eu desenhei tantos *iratzes*...

Rainha do Ar e da Escuridão

Mas Livvy já estava morta quando atingiu a madeira do estrado. Antes mesmo de Julian erguê-la nos braços. Nenhuma Marca, nenhum *iratze*, teria ajudado.

— Jules! — Finalmente Helen tinha passado pelos guardas; ela se jogou no chão, ao lado de Emma e Julian, alheia a todo o sangue. Emma ficou observando, entorpecida, enquanto Helen retirava o fragmento da Espada Mortal do corpo de Livvy e o colocava no chão. As mãos dela ficaram manchadas de sangue. Com os lábios descorados de tristeza, ela envolveu os irmãos num abraço, murmurando palavras de consolo.

Em volta deles, o cômodo se esvaziava. Magnus tinha entrado, caminhando muito lentamente, pálido. Era acompanhado por uma longa fila de Irmãos do Silêncio. Ele foi até a plataforma do trono e Alec ficou de pé, lançando-se nos braços do feiticeiro. Eles ficaram abraçados, sem dizer nada, enquanto quatro dos Irmãos se ajoelhavam e erguiam o cadáver de Robert Lightwood. As mãos dele tinham sido cruzadas sobre o peito e os olhos agora estavam cuidadosamente fechados. Palavras baixinhas, *"ave atque ave*, Robert Lightwood", ecoavam atrás dele enquanto os Irmãos levavam o corpo para fora.

A Consulesa se aproximou, acompanhada de guardas. Atrás deles, os Irmãos do Silêncio pairavam como espectros, um borrão de pergaminho.

— Você tem que deixá-la ir, Jules — falou Helen com a voz mais gentil. — Eles têm que levá-la para a Cidade do Silêncio.

Julian olhou para Emma; os olhos dele estavam resolutos como o céu de inverno, mas ela era capaz de decifrá-los.

— Deixem que ele faça isso — falou. — Ele quer ser a última pessoa a carregar Livvy.

Helen afagou os cabelos do irmão e lhe deu um beijo na testa antes de se levantar. Daí falou:

— Jia, por favor.

A Consulesa fez que sim com a cabeça. Lentamente, Julian ficou de pé, ainda aninhando Livvy. Ele começou a descer os degraus do estrado, com Helen ao seu lado e os Irmãos do Silêncio no encalço, mas quando Emma se levantou, Jia esticou a mão e a deteve.

— Só a família, Emma — falou.

Eu sou da família. Me deixe ir com eles. Me deixe ir com Livvy, gritou Emma silenciosamente, mas manteve a boca firmemente fechada. Não podia acrescentar a própria tristeza ao horror já existente. E as regras da Cidade do Silêncio eram imutáveis. *A Lei é dura, mas é a Lei.*

A pequena procissão seguia em direção às portas. A Tropa havia ido embora, mas ainda havia alguns guardas e outros Caçadores de Sombras no salão. Um coro baixinho de "Saudações e adeus, Livia Blackthorn" os acompanhava.

A Consulesa se virou, Cortana brilhando em sua mão, e desceu os degraus, indo até Aline, que observara Livvy ser levada. Emma começou a tremer, um calafrio que se iniciava bem fundo em seus ossos. Jamais havia se sentido tão sozinha: Julian a estava abandonando, e os outros Blackthorn pareciam a um milhão de quilômetros, como estrelas distantes, e ela ansiava pela presença dos pais com uma intensidade dolorosa, quase humilhante, e queria Jem e queria Cortana de volta em seus braços, e queria esquecer a imagem de Livvy sangrando e morrendo, amontoada como uma boneca quebrada enquanto a janela do Salão do Conselho explodia e a coroa quebrada capturava Annabel... Será que só ela havia visto aquilo?

— Emma. — Agora alguém a envolvia, braços familiares, gentis, que a ergueram. Era Cristina, que provavelmente aguardara por ela em meio àquele caos, que teimara em permanecer no Salão quando os guardas ordenaram aos berros para que todos saíssem, que não se recusara a sair para permanecer ao seu lado. — Emma, vem comigo, não fique aqui. Eu vou cuidar de você. Sei de um lugar para onde a gente pode ir. Emma. *Corazoncita.* Venha comigo.

Emma permitiu que Cristina a ajudasse a ficar de pé. Magnus e Alec se aproximavam. O rosto de Alec estava tenso, os olhos, avermelhados. Emma ficou parada, de mãos dadas com Cristina, e olhou ao redor do cômodo, que parecia um lugar totalmente diferente de quando eles chegaram, algumas horas atrás. Talvez porque na hora ainda tivesse sol, pensou ela, ouvindo indistintamente Magnus e Alec conversando com Cristina para que esta a levasse até a casa reservada para os Blackthorn. Talvez fosse porque agora o salão estivesse escuro, as sombras grossas feito tinta nos cantos.

Ou talvez porque agora tudo tivesse mudado. Talvez porque nada voltaria a ser a mesma coisa.

— Dru? — Helen bateu gentilmente à porta fechada do quarto. — Dru, posso falar com você?

Pelo menos, tinha quase certeza de que era o quarto de Dru. A casa do canal, próxima à residência da Consulesa, na Princewater Street, fora preparada para a família Blackthorn antes da reunião, pois era presumido que eles passariam algumas noites em Idris. Diana mostrara a casa mais cedo para Helen e Aline, e Helen gostara bastante de flagrar o toque delicado das mãos amorosas da outra por toda parte: na cozinha, viam-se flores, e os quartos tinham plaquinhas com nomes nas portas — o cômodo com duas camas estreitas era para os gêmeos, o de Tavvy estava cheio de livros e brinquedos que ela trouxera da própria casa no segundo andar da loja de armas.

Helen tinha parado na frente de um quarto pequeno com papel de parede florido.

— É para a Dru? — perguntara. — É bonito.

Diana pareceu em dúvida.

— Ah, não faz o estilo de Dru — dissera ela. — Talvez um papel de parede com morcegos ou esqueletos.

Helen se encolhera.

Aline tinha segurado a mão dela e murmurado:

— Não se preocupe. Você vai ficar familiarizada com todos eles de novo. — E então beijara a bochecha de Helen. — Num piscar de olhos.

E talvez tivesse sido assim, pensou Helen, fitando a porta com a plaquinha onde se lia *Drusilla*. Talvez se tudo tivesse dado certo. A pontada de tristeza ardeu em seu peito — ela se perguntava como se sentia um peixe preso num anzol, se contorcendo e se revirando para escapar da pontada cravando sua carne.

Helen se lembrou da dor quando seu pai morreu, quando só conseguira seguir em frente porque sabia que precisava tomar conta da família e cuidar das crianças. Agora ela estava tentando fazer a mesma coisa, mas era evidente que as crianças (se é que elas ainda podiam ser chamadas assim, já que apenas Tavvy era uma criança de fato, e ele estava na casa do Inquisidor e felizmente não tinha participado do horror no Salão do Conselho) ficavam pouco à vontade perto dela. Era como se ela fosse uma desconhecida.

E isso só fazia a dor lancetar seu peito ainda mais fundo. Helen queria que Aline estivesse ali, só que Aline ia passar algum tempo mais com os pais.

— Dru — repetiu Helen, batendo com mais força. — *Por favor*, me deixe entrar.

A porta foi aberta e Helen recuou a mão depressa para evitar socar o ombro da outra acidentalmente. Sua irmã a encarava, estática, de cara feia, usando a roupa preta da reunião, menor do que deveria, apertada demais no peito e na cintura. Os olhos dela estavam tão vermelhos que ela parecia ter passado sombra escarlate nas pálpebras.

— Eu sei que você gostaria de ficar sozinha — falou Helen. — Mas preciso saber se você está...

— Bem? — falou Dru, um pouco rispidamente. A insinuação era óbvia: *Como é que alguma coisa pode estar bem?*

— Sobrevivendo.

Dru desviou o olhar por um instante; os lábios que ela apertava com força estremeceram. Helen ansiava por dar um abraço bem forte na irmã caçula, aninhá-la do jeito que costumava fazer anos atrás, quando Dru era um bebê teimoso.

— Quero saber como Ty está.

— Ele está dormindo — falou Helen. — Os Irmãos do Silêncio deram uma poção sedativa e Mark está tomando conta dele. Você também quer ficar com ele?

— Eu... — Dru hesitou, e Helen desejou ser capaz de pensar em alguma coisa reconfortante para dizer sobre o irmão. Ela estava apavorada com o que ia acontecer quando ele acordasse. Ele tinha desmaiado no Salão do Conselho, e Mark o levara para os Irmãos, que já estavam no Gard. Eles o examinaram num silêncio sinistro e disseram que fisicamente ele estava bem, mas que lhe dariam ervas soníferas. Disseram que às vezes a mente sabia o momento de se desligar e se preparar para o processo de cura. Embora Helen não soubesse como uma noite de sono ou mesmo um ano dormindo preparassem Ty para a morte da irmã gêmea.

— Eu quero o Jules — falou Dru finalmente. — Ele está aqui?

— Não — respondeu Helen. — Está com Livvy. Na Cidade do Silêncio.

Ela queria dizer que ele voltaria a qualquer momento — Aline comentara que a Cerimônia de preparação para a cremação era rápida —, mas também não queria dizer nada para Dru que, no fim das contas, não seria verdade.

— E onde está Emma? — A voz de Dru era educada, mas clara: *Quero ver as pessoas que conheço, não você.*

— Eu vou chamá-la — falou Helen.

Ela mal tinha se afastado da porta e esta foi fechada com um estalo baixinho, porém determinado. Helen piscou para conter as lágrimas e viu Mark, parado no corredor a poucos metros. Ele se aproximara de modo tão silencioso que ela sequer percebera. E segurava um pedaço de papel amassado que parecia uma mensagem de fogo.

— Helen — falou com voz rouca. Depois de todos esses anos na Caçada, será que o luto dele seria como o das fadas? Ele estava desgrenhado, abatido: havia rugas muito humanas abaixo dos olhos e nos cantinhos da boca. — Ty não está sozinho, Diana e Kit estão com ele e, além do mais, ele está dormindo. Preciso conversar com você.

— Preciso falar com Emma — falou Helen. — Dru quer ficar com ela.

— O quarto dela é bem ali; sem dúvida conseguiremos falar com ela antes de irmos embora — falou Mark, indicando o extremo oposto do corredor. As paredes da casa eram forradas por painéis de madeira cor de mel e os lampiões de luz enfeitiçada lançavam uma luz quente ali; em qualquer outro dia, teria sido uma casa bonita.

— Irmos embora? — repetiu Helen, confusa.

— Recebi uma mensagem de Magnus e Alec, que estão na casa do Inquisidor. Temos que pegar Tavvy e contar que nossa irmã está morta. — Mark esticou a mão para ela, o rosto contorcido de dor. — Por favor, Helen, venha comigo.

Quando Diana era jovem, fizera uma visita a um museu em Londres onde a atração principal era uma Bela Adormecida feita de cera. A pele parecia sebo e o peito subia e descia como se ela "respirasse" devido à ajuda de um motorzinho dentro do corpo.

Agora alguma coisa na quietude e na palidez de Ty a fazia se lembrar da garota de cera. Ele estava deitado na cama, o corpo coberto parcialmente, e seu único movimento era a respiração. As mãos pendiam, abertas, junto às laterais do corpo; Diana só queria ver os dedinhos dele se mexendo, brincando com uma das criações de Julian ou com o fio dos fones de ouvido.

— Será que ele vai ficar bem? — perguntou Kit à meia-voz. As paredes do quarto eram cobertas por papel de parede amarelo e as duas camas estavam forradas com colchas de retalhos. Kit poderia ter se sentado na cama que seria de Livvy, mas não fizera isso. Estava num canto do quarto, as costas encostadas na parede e as pernas junto ao corpo. E observava Ty.

Diana encostou a mão na testa de Ty; estava fria. Ela sentiu seu corpo todo entorpecido.

— Kit, ele está bem — falou, e ajeitou o cobertor do menino; Ty se remexeu e resmungou alguma coisa, afastando as cobertas. As janelas estavam abertas, o consenso fora que o ar fresco faria bem ao menino, mas agora Diana cruzava o cômodo para fechá-las. Sua mãe sempre fora obcecada com a ideia de que pegar um resfriado era a pior coisa que podia acontecer a alguém, e aparentemente os alertas de nossos pais são sempre inesquecíveis.

Para além da janela, dava para ver a cidade, delineada pelo início do crepúsculo e pela lua que se erguia. Pensou num vulto cavalgando e cruzando o céu vasto e se perguntou se Gwyn estaria ciente dos acontecimentos naquela tarde ou se devia enviar uma mensagem. E o que ele faria ou diria quando a recebesse? Ele a procurara certa vez, quando Livvy, Ty e Kit estavam em perigo, mas fora Mark quem o chamara na ocasião. Ela não sabia ao certo se o gesto dele fora por apreço às crianças ou simplesmente um meio de quitar uma dívida.

Diana parou com a mão na cortina. Para falar a verdade, pouco sabia sobre Gwyn. Como líder da Caçada Selvagem, ele estava mais para um ser mítico que humano. Ela se perguntava de que modo as emoções eram processadas por seres tão poderosos e antigos a ponto de se tornaram parte dos mitos e histórias. Como ele poderia se importar genuinamente com a vida breve dos mortais depois de já ter vivenciado tantas coisas?

E ainda assim ele a abraçara e a consolara em seu velho quarto, quando ela lhe revelara algo que até então havia contado apenas a Catarina e a seus pais, e seus pais estavam mortos. Ele fora um tanto gentil... não fora?

Pare com isso. Ela voltou para o quarto; agora não era o momento de pensar em Gwyn, mesmo que um pedacinho dela tivesse esperança de que ele voltaria para lhe oferecer consolo. Não quando Ty poderia acordar a qualquer momento em um mundo de dor nova e terrível. Não quando Kit estava sentado e recostado na parede como se tivesse chegado a alguma praia isolada depois de um naufrágio.

Ela estava prestes a apoiar a mão no ombro de Kit quando ele ergueu o rosto. Não havia marcas de lágrimas ali. Diana se lembrou de que ele também não chorara quando o pai morrera, quando ele abrira a porta do Instituto pela primeira vez e se dera conta de que era um Caçador de Sombras.

— Ty gosta das coisas familiares — falou Kit. — Quando acordar, ele não vai saber onde está. A gente devia botar a bolsa dele aqui, e as coisas que ele trouxe de Londres.

— Está tudo ali. — Diana apontou para a bolsa de pano de Ty, debaixo da cama que deveria ser de Livvy. Sem olhar para Diana, Kit se levantou e foi até a bolsa, abrindo-a e tirando um livro, um livro grosso, com uma encadernação antiquada. Silenciosamente, pousou o livro sobre a cama, bem próximo à mão esquerda aberta de Ty. Diana viu de relance o título em relevo em letras douradas na capa e se deu conta de que ainda sentia pontadas de dor no coração entorpecido.

O Retorno de Sherlock Holmes.

A lua já surgia no céu, e as torres demoníacas de Alicante brilhavam sob sua luz.

Fazia muitos anos desde que Mark estivera em Alicante. A Caçada Selvagem sobrevoara a região e ele se recordava de ver os terrenos de Idris em sua vastidão lá embaixo enquanto seus companheiros uivavam e gritavam, em deleite por estarem sobrevoando a terra dos Nephilim. Mas o coração de Mark sempre batera mais rápido ao avistar o lar dos Caçadores de Sombras; o Lago Lyn, uma moeda de prata brilhante, o verdume da Floresta Brocelind, os solares de pedra no interior e o brilho de Alicante na montanha. E Kieran, ao seu lado, pensativo, fitando Mark enquanto este observava Idris.

Meu lugar, meu povo. Meu lar, pensara ele. Mas, do solo, ela parecia diferente: mais prosaica, com o cheiro da água do canal no verão e as ruas iluminadas pela forte luz enfeitiçada. A casa do Inquisidor não era muito longe, mas eles caminhavam devagar. Passaram-se alguns minutos antes de Helen falar pela primeira vez:

— Você viu nossa tia no Reino das Fadas. Nene. Só Nene, não é?

— Ela estava na Corte Seelie. — Mark assentiu, feliz por ter quebrado o silêncio. — Quantas irmãs nossa mãe tinha?

— Seis ou sete, acho — falou Helen. — Nene é a única boazinha.

— Eu pensei que você não soubesse onde ela estava.

— Ela nunca me disse onde era, mas em mais de uma ocasião entrou em contato desde que fui enviada para a Ilha Wrangel — falou Helen. — Acho que no fundo ela se solidarizava comigo.

— Ela ajudou a gente a se esconder e cuidou de Kieran — falou Mark. — Ela me contou sobre nossos nomes de fada. — Ele olhou ao redor; tinham chegado à casa do Inquisidor, a maior casa naquele trecho, com varandas que davam para o canal. — Eu nunca imaginei que voltaria para cá. Não para Alicante. E não como um Caçador de Sombras.

Helen apertou o ombro do irmão e eles caminharam juntos até a porta. Ela bateu e um Simon Lewis um tanto cansado abriu a porta. Fazia anos que Mark não o via, e agora o outro parecia mais velho: ombros mais largos, os cabelos castanhos mais compridos e a barba por fazer.

Ele deu um sorriso torto para Helen.

— Da última vez que estivemos aqui, eu estava bêbado e aos berros debaixo da janela de Isabelle. — Ele se virou para Mark. — E da última vez que te vi, eu estava preso numa jaula no Reino das Fadas.

Mark se lembrava. Simon olhando por entre as barras da jaula das fadas, e Mark dizendo: *Não sou fada. Sou Mark Blackthorn do Instituto de Los Angeles. Não importa o que digam ou façam comigo. Ainda lembro quem eu sou.*

— Sim — concordou Mark. — Você me deu notícias dos meus irmãos e irmãs, e do casamento de Helen. Eu fiquei agradecido. — Por puro hábito, ele fez uma breve mesura, e flagrou o olhar surpreso da irmã.

— Eu queria ter te contado mais coisas — falou Simon num tom de voz mais sério. — E eu lamento muito. Sobre Livvy. Também estamos de luto.

Simon escancarou a porta e Mark viu um grande saguão, com um imenso candelabro pendendo do teto; do lado esquerdo, via-se a sala de estar, onde Rafe, Max e Tavvy estavam sentados diante de uma lareira apagada, brincando com uma pequena pilha de brinquedos. Isabelle e Alec estavam sentados no sofá. Os braços dela envolviam o pescoço dele, e ela chorava baixinho de encontro ao peito do irmão. Soluços inaudíveis e desesperados que soavam como um eco dentro do coração de Mark, um coro de saudade em sintonia.

— Por favor, diga a Isabelle e Alec que lamentamos a morte do pai deles — falou Helen. — Não queremos nos intrometer. Viemos para buscar Octavian.

Nesse momento, Magnus apareceu no saguão, acenou com a cabeça para eles e foi até as crianças, pegando Tavvy no colo. Embora o menino estivesse ficando demasiado grande para ser carregado, pensou Mark, em muitos aspectos Tavvy era miúdo para a idade, como se o excesso de luto precoce o tivesse mantido infantilizado. Quando Magnus se aproximou deles, Helen fez menção de erguer as mãos, mas Tavvy esticou os braços para Mark.

Meio surpreso, Mark pegou o irmão caçula nos braços. Tavvy forçava a vista à sua volta, cansado, porém, alerta.

— O que aconteceu? — perguntou. — Todo mundo está chorando.

Magnus passou a mão pelos cabelos. Parecia extremamente esgotado.

— Ainda não contamos — falou. — Achamos melhor vocês contarem.

Mark deu alguns passos, se afastando da porta, acompanhado de Helen, e os dois ficaram parados no quadrado iluminado pela claridade da porta de entrada. Ele pôs Tavvy na calçada. Era assim que o povo fada dava uma notícia ruim: cara a cara.

— Livvy se foi, criança — falou ele.

Tavvy pareceu confuso.

— Foi para onde?

— Ela foi para as Terras das Sombras — falou Mark. Ele lutava para buscar palavras; a morte no Reino das Fadas tinha um significado muito diferente do que para os humanos.

Tavvy arregalou os olhos azuis-esverdeados dos Blackthorn.

— Então podemos resgatá-la — falou. — Podemos ir atrás dela, não é? Igual trouxemos você do Reino das Fadas. Como você fez com Kieran.

Helen resmungou baixinho.

— Ah, Octavian — falou ela.

— Ela está *morta* — insistiu Mark, desolado, e viu Tavvy recuar ao ouvir as palavras. — Vidas mortais são breves e... e frágeis face à eternidade.

Os olhos do menino marejaram.

— *Mark* — falou Helen e se ajoelhou no chão, oferecendo os braços para Tavvy. — Ela morreu com muita bravura — falou. — Estava defendendo Julian e Emma. Nossa irmã... era muito corajosa.

As lágrimas começaram a escorrer pelo rosto de Tavvy.

— Onde está Julian? — perguntou. — Aonde ele foi?

Helen baixou os braços.

— Está com Livvy na Cidade do Silêncio... Vai voltar logo... Vamos levar você para a nossa casa, perto do canal.

— Para a nossa casa? — repetiu Tavvy com desdém. — Não tem nada aqui que seja *a nossa casa.*

Mark se deu conta da presença de Simon.

— Meu Deus, pobre criança — comentou. — Olha, Mark...

— Octavian. — Era a voz de Magnus. Ele estava junto à entrada da casa, observando o menininho choroso à sua frente. Em seus olhos havia exaustão, mas também uma compaixão imensa: o tipo de compaixão que só chega com o avançar da idade.

Ele parecia ávido por dizer mais alguma coisa, mas Rafe e Max se aproximaram. Em silêncio, eles desceram os degraus e foram até Tavvy; Rafe era quase tão alto quanto ele, embora só tivesse cinco anos. Ele esticou os braços para abraçar o outro menino, e Max fez a mesma coisa — e, para a surpresa de Mark, Tavvy pareceu relaxar um pouco e se permitiu ser abraçado, assentindo quando Max falou alguma coisa para ele baixinho.

Helen ficou de pé, e Mark se perguntou se por acaso estaria ostentando a mesma expressão que ela, de dor e vergonha. Vergonha por não serem capazes de fazer mais nada para consolar um irmão caçula que mal os conhecia.

— Está tudo bem — falou Simon. — Olha só, vocês tentaram.

— E fracassamos — completou Mark.

— Não dá para anular o luto — observou Simon. — Um rabino me disse isso quando meu pai morreu. A única coisa que abranda o luto é o tempo, e o amor das pessoas que se importam com você, e o Tavvy tem isso. — Ele apertou o ombro de Mark de leve. — Se cuida — falou. — *Shelo ted'u od tza'ar,* Mark Blackthorn.

— O que isso significa? — quis saber Mark.

— É uma bênção — explicou Simon. — Outra coisa que o rabino me ensinou: "Que não haja mais tristeza."

Mark meneou a cabeça em sinal de gratidão; as fadas conheciam o valor de bênçãos oferecidas espontaneamente. Mas seu peito ainda parecia pesado. Ele não achava que a tristeza em sua família fosse acabar tão cedo.

2

Águas Quedas

Cristina estava parada, desanimada, na cozinha extremamente limpa da casa do canal em Princewater Street, e desejava que houvesse alguma coisa para ela arrumar.

Já tinha lavado pratos que não estavam sujos. Esfregara o soalho e pusera a mesa várias vezes. Arrumara flores num vaso e logo em seguida as jogara fora, para então recuperá-las da lixeira e arrumá-las mais uma vez. Queria deixar a cozinha agradável, a casa aconchegante, mas será que alguém ia mesmo se importar se a cozinha estivesse limpa e a casa arrumada?

Ela sabia que não. Mas tinha que achar ocupação. Queria ficar com Emma e consolá-la, mas Emma estava com Drusilla, que tinha chorado até dormir, segurando as mãos dela. Ela queria ficar com Mark e consolá-lo também, mas ele tinha saído com Helen, e ela deveria ao menos ficar feliz por ele finalmente estar conseguindo passar algum tempo com a irmã de quem sentira tanta saudade.

A porta da frente rangeu quando aberta, assustando Cristina e fazendo com que derrubasse um prato da mesa, que caiu no chão e se espatifou. Ela estava prestes a catar tudo quando viu Julian entrando e fechando a porta — em Idris, símbolos para trancar as portas eram mais comuns do que chaves, mas ele não pegou sua estela, apenas encarou da entrada a escadaria com a expressão vazia.

Cristina ficou de pé, imóvel. Julian parecia um fantasma de alguma peça de Shakespeare. Dava para ver que não tinha trocado de roupa desde o Salão do Conselho porque a camiseta e o casaco estavam duros com sangue seco.

De qualquer forma, ela nunca sabia como conversar com Julian; graças a Emma, sabia mais a respeito dele do que seria adequado. Sabia que ele estava desesperadamente apaixonado por sua amiga; era óbvio pelo jeito como ele olhava para Emma, pelo jeito como conversava com ela, em gestos sutis como quando lhe entregava um prato do outro lado da mesa. Cristina não sabia como os outros não enxergavam isso também. Ela já havia conhecido outros *parabatai* e eles não se olhavam daquele jeito.

Saber tantas informações pessoais a respeito de alguém era esquisito, na melhor das hipóteses. Mas esta não era a melhor das hipóteses. A expressão de Julian estava vazia; ele seguiu para o corredor, e enquanto caminhava, o sangue seco de sua irmã descascava do casaco e flutuava até o chão.

Se ficasse bem quietinha, pensou Cristina, talvez ele não a visse, talvez seguisse para o andar de cima e assim ambos se poupariam de um momento de constrangimento. Mas mesmo enquanto pensava nisso, a expressão sombria dele lhe dava pontadas no coração. Antes de se dar conta, ela já estava à porta de entrada.

— Julian — falou baixinho.

Ele não pareceu assustado. Virou o rosto para ela tão lentamente quanto um autômato que vai perdendo a corda.

— Como estão todos?

Como responder a algo assim?

— Estão sendo bem cuidados — falou ela finalmente. — Helen, Diana e Mark estiveram aqui.

— Ty...

— Ainda dormindo. — Nervosa, ela começou a repuxar a saia. Depois do Salão do Conselho, tinha trocado de roupa, apenas para se sentir limpa.

Pela primeira vez, ele a encarou. Olhos vermelhos, mas ela não se lembrava de tê-lo visto chorando. Ou talvez ele tivesse chorado enquanto estivera abraçado a Livvy — ela não queria se lembrar daquilo.

— Emma — falou ele. — Ela está bem? Você saberia. Ela teria... contado para você.

— Ela está com Drusilla. Mas tenho certeza de que ela gostaria de ver você.

— Mas ela está bem?

— Não — falou Cristina. — Como poderia estar?

Ele lançou um olhar para os degraus, como se não fosse capaz de imaginar o esforço necessário para subir.

— Robert ia nos ajudar — falou. — Ele ia ajudar Emma, e a mim. Você sabe sobre a gente, eu sei que sim, que você sabe o que nós dois sentimos um pelo outro.

Cristina hesitou, espantada. Jamais pensou que Julian fosse tocar no assunto com ela.

— Talvez o próximo Inquisidor...

— Eu passei pelo Gard no trajeto de volta — falou Julian. — Eles já estavam se reunindo. A maior parte da Tropa e metade do Conselho. Estavam discutindo quem seria o novo Inquisidor. Duvido que seja alguém que vá nos ajudar. Não depois do que aconteceu hoje. Eu deveria me importar — concluiu ele. — Mas neste momento não me importo.

Uma porta foi aberta no alto da escadaria e a luz invadiu o patamar escuro.

— Julian? — chamou Emma. — Julian, é você?

Ele se aprumou um pouco, inconscientemente, ao ouvir a voz dela.

— Já vou aí.

Sem olhar para Cristina enquanto subia os degraus, ele meneou a cabeça, num gesto breve de agradecimento.

Ela ouviu os passos até desaparecerem e a voz de Julian se misturando à de Emma. Cristina olhou de novo para a cozinha. O prato quebrado estava num canto. Ela bem que poderia varrer os cacos. Seria a coisa mais lógica a se fazer, e Cristina sempre se considerara uma pessoa lógica.

Um instante depois, ela vestia o casaco do uniforme por cima das roupas. Enfiando algumas lâminas serafim no cinto de armas, passou sorrateiramente pela porta e saiu para as ruas de Alicante.

Emma ouviu o som familiar de Julian subindo os degraus. Os passos dele eram como uma melodia conhecida desde sempre, tão familiar que quase deixara de ser música.

Emma resistiu a chamar de novo — estava no quarto de Dru, que tinha acabado de pegar no sono, esgotada, ainda vestindo as roupas da reunião do Conselho. Daí ouviu os passos de Julian no corredor, e então o som de uma porta sendo aberta e fechada.

Com cuidado para não acordar Dru, ela se esgueirou para fora do quarto. Não precisou pensar muito para supor onde Julian estaria: ao final do corredor, a algumas portas, ficava o quarto emprestado a Ty.

O cômodo estava à meia-luz. Diana estava sentada numa poltrona, próxima à cabeceira da cama de Ty, e seu rosto estava tenso devido à tristeza e ao cansaço. Kit adormecera, apoiado na parede, as mãos no colo.

Julian parou perto da cama do irmão, observando-o, as mãos junto às laterais do corpo. Ty dormia a sono solto, nitidamente dopado, e os cabelos escuros contrastavam com os travesseiros brancos. Mesmo assim, mesmo dormindo, ele ficava mais do lado esquerdo da cama, como se estivesse reservando espaço para Livvy.

— ... as bochechas dele estão coradas — estava dizendo Julian. — Como se ele tivesse febre.

— Não tem febre — respondeu Diana firmemente. — Ele precisa disso, Jules. O sono cura.

Emma viu a dúvida estampada no rosto de Julian. E sabia o que ele estava pensando: *O sono não me curou quando minha mãe morreu, nem quando meu pai morreu, e não vai curar isso também. Sempre haverá uma ferida.*

Diana olhou para Emma.

— E Dru? — perguntou.

Julian levantou a cabeça ao ouvir a pergunta e seus olhos encontraram os de Emma. Ela sentiu a dor no olhar dele como um soco no peito. De repente, estava difícil respirar.

— Dormindo — falou, quase num sussurro. — Demorou um pouco até ela finalmente apagar.

— Eu estava na Cidade do Silêncio — explicou ele. — Levamos Livvy até lá. Eu os ajudei a preparar o corpo.

Diana esticou a mão e a pousou no braço dele.

— Jules — falou baixinho. — Você precisa tomar um banho e descansar.

— Eu tenho que ficar aqui — retrucou Julian com voz baixa. — Se Ty acordar e eu não estiver aqui...

— Ele não vai acordar — insistiu Diana. — Os Irmãos do Silêncio são precisos com suas doses.

— Julian, se ele acordar e você estiver parado aqui coberto com o sangue de Livvy, não vai ajudar — falou Emma. Diana a encarou, evidentemente surpresa ante a dureza das palavras, mas Julian piscou como se estivesse acordando de um sonho.

Emma estendeu a mão para ele.

— Venha comigo — falou.

O céu era uma mistura de preto com azul-escuro, onde ao longe, acima das montanhas, nuvens de tempestade se reuniam. Felizmente, o caminho até o Gard era iluminado por tochas de luz enfeitiçada. Cristina se esgueirava ao lado da trilha, mantendo-se nas sombras. O ar trazia o cheiro da tempestade que se aproximava e a fazia pensar no cheiro cuproso de sangue.

Quando chegou às portas principais do Gard, elas se abriram e um grupo de Irmãos do Silêncio emergiu. As vestes cor de mármore brilhavam com o que parecia ser gotas de chuva.

Cristina grudou as costas no muro. Não estava fazendo nada errado — qualquer Caçador de Sombras podia ir ao Gard quando quisesse —, mas, instintivamente, não queria ser vista. Quando os Irmãos passaram, ela viu que, afinal de contas, não era a chuva que reluzia em seus trajes, mas uma poeira fina de vidro.

Provavelmente eles estiveram no Salão do Conselho. Ela se lembrava da janela se estilhaçando lá dentro quando Annabel desaparecera num borrão de ruído e estilhaços de luz: Cristina ficara concentrada nos Blackthorn. E na expressão de desespero de Emma. Em Mark, com o corpo curvado para a frente, como se estivesse absorvendo o golpe de um soco.

Ali dentro, o Gard estava silencioso. Com a cabeça abaixada, Cristina passou rapidamente pelos corredores, seguindo os sons das vozes em direção ao Salão. Mudou de direção e foi para a escadaria, e de lá, até os bancos do segundo andar, que se projetavam sobre o restante do recinto como um camarote de teatro. Havia uma multidão de Nephilim ao redor da plataforma do trono lá embaixo. Alguém (os Irmãos do Silêncio?) tinha limpado o sangue e os cacos de vidro. A janela voltara ao normal.

Podem apagar todas as evidências, pensou Cristina, e se ajoelhou para examinar por cima do parapeito do camarote. *Ainda assim aconteceu.*

Dali ela conseguia ver Horace Dearborn, sentado numa banqueta alta. Ele era um sujeito grande e esbelto, mas não era musculoso, embora tivesse braços e pescoço marcados pelos tendões. A filha dele, Zara Dearborn — com os cabelos trançados ao redor da cabeça e o uniforme imaculado — estava de pé atrás dele. Ela não se parecia muito com o pai, exceto, talvez, na raiva tensa de suas expressões e na paixão pela Tropa, uma facção dentro da Clave que acreditava no privilégio dos Caçadores de Sombras em relação aos integrantes do Submundo, mesmo quando isso violava a Lei.

Agrupados ao redor deles, viam-se outros Caçadores de Sombras, jovens e idosos. Cristina reconheceu uns poucos Centuriões: Manuel Casales Villalobos, Jessica Beausejours e Samantha Larkspear entre eles, além de muitos outros Nephilim que tinham levado cartazes da Tropa para a reunião. Havia outros, porém, que até onde ela sabia, não eram membros da Tropa. Lazlo Balogh, o enrugado diretor do Instituto de Budapeste, que fora um dos principais arquitetos da Paz Fria e de suas respectivas medidas punitivas contra os integrantes do Submundo. Josiane Pontmercy, que ela conhecia do Instituto de Marselha. Delaney Scarsbury, que lecionava na Academia. Alguns outros, ela reconhecia como amigos de sua mãe: Trini Castel, do Conclave de Barcelona, e Luana Carvalho, que dirigia o Instituto de São Paulo; ambos a conheceram quando ela era pequena.

Todos eram membros do Conselho. Cristina fez uma prece silenciosa e agradeceu por sua mãe não estar aqui, por estar muito ocupada lidando com o surgimento de demônios Halphas na Alameda Central para comparecer, tendo assim incumbido Diego de representar os interesses dela.

— Não há tempo a perder — falou Horace. Era evidente nele a intensidade desprovida de humor, tal como sua filha. — Estamos sem um inquisidor neste momento, num momento crítico, em que estamos sob ameaça de dentro e de fora da Clave. — Ele olhou ao redor do salão. — Temos esperança de que, após os acontecimentos de hoje, aqueles que duvidaram de nossa causa passem a acreditar nela.

Cristina sentiu um arrepio. Isso era mais do que apenas uma reunião da Tropa. Era um recrutamento. No interior do Salão do Conselho vazio, onde Livvy tinha morrido. Ela sentiu náuseas.

— O que você acha que descobriu exatamente, Horace? — perguntou uma mulher com sotaque australiano. — Fale claramente para que todos nós compreendamos a mesma coisa.

Ele esboçou um sorriso.

— Andrea Sedgewick — falou. — Você foi a favor da Paz Fria, se me lembro bem.

A mulher pareceu tensa.

— Não tenho grande consideração pelos integrantes do Submundo. Mas o que aconteceu aqui hoje...

— Nós fomos atacados — falou Dearborn. — Traídos, atacados, por dentro e por fora. Tenho certeza de que todos vocês viram o que eu vi: o símbolo da Corte Unseelie?

Cristina se lembrava. Quando Annabel desaparecera, como se tivesse sido carregada por mãos invisíveis através da janela estilhaçada do Salão, uma única imagem lampejara no ar: uma coroa quebrada.

A multidão murmurou em concordância. O medo pairava como um miasma. Era evidente que Dearborn apreciava aquilo, quase lambendo os lábios enquanto examinava o salão.

— O Rei Unseelie atacou o coração do nosso lar. Ele desdenha da Paz Fria. Sabe que somos fracos. Ri da nossa incapacidade de aprovar Leis mais rigorosas, de fazer alguma coisa realmente capaz de controlar o povo fada...

— Ninguém consegue controlar o povo fada — retrucou Scarsbury.

— Foi justamente essa postura que enfraqueceu a Clave durante todos esses anos — interrompeu Zara. Seu pai sorriu com indulgência.

— Minha filha está certa — falou ele. — O povo fada tem fraquezas, como todos do Submundo. Eles não foram criados por Deus nem pelo nosso Anjo. Eles têm falhas, que nós nunca exploramos, mas mesmo assim, eles exploram nossa misericórdia e zombam de nós.

— O que você está sugerindo? — perguntou Trini. — Um muro para cercar o Reino das Fadas?

Ouviram-se algumas risadas irônicas. O reino existia em todo lugar e em lugar nenhum: era outro plano de existência. Ninguém seria capaz de erguer muros em sua volta.

Horace semicerrou os olhos.

— Vocês riem — falou ele —, mas portões de ferro em todas as entradas e saídas do Reino das Fadas seriam de grande ajuda para evitar suas incursões em nosso mundo.

— É esse o objetivo? — Manuel fez a pergunta preguiçosamente, como se não se importasse muito com a resposta. — Isolar o Reino das Fadas?

— Como você bem sabe, garoto, não há um objetivo único — falou Dearborn. De repente, ele sorriu, como se tivesse acabado de lhe ocorrer uma ideia. — Você sabe sobre a praga, Manuel. Talvez devesse compartilhar seu conhecimento, já que a Consulesa não o fez. Talvez estes bons camaradas aqui devessem tomar conhecimento do que acontece quando as portas entre o Reino das Fadas e o mundo são escancaradas.

Segurando o colar, Cristina fervilhava de raiva enquanto Manuel descrevia os trechos de terra morta por causa da praga, na Floresta Brocelind, o modo como resistiram à magia dos Caçadores de Sombras, o fato de que parecia haver a mesma praga nas Terras Unseelie do Reino das Fadas. Como ele sabia disso? Cristina agonizava em silêncio. Era isso que Kieran pretendia dizer ao Conselho, mas não tivera a chance. Como Manuel sabia?

Ela simplesmente estava grata por Diego ter feito o que ela lhe pedira, levado Kieran para a Scholomance. Era evidente que não teria sido seguro uma fada de puro sangue permanecer ali.

— O Rei Unseelie está desenvolvendo um veneno e começando a espalhá--lo em nosso mundo... um veneno que tornará os Caçadores de Sombras impotentes contra ele. Temos que tomar providências agora e mostrar nossa força — falou Zara, interrompendo Manuel antes que ele terminasse.

— Do mesmo jeito que vocês fizeram com Malcolm? — perguntou Lazlo. Ouviram-se risadinhas, e Zara corou. Ela costumava afirmar com orgulho que matara Malcolm Fade, um poderoso feiticeiro, embora mais tarde tivessem descoberto sua mentira. Cristina e os outros tinham esperança de que esse fato servisse para acabar com a credibilidade de Zara, mas agora, depois de tudo o que acontecera com Annabel, a mentira de Zara se tornara pouco mais do que uma piada.

Dearborn se pôs de pé.

— Esse não é o problema agora, Balogh. Os Blackthorn têm sangue fada na família. Eles trouxeram uma criatura... uma coisa semimorta necromântica que matou o nosso Inquisidor e encheu o Salão de sangue e terror... diretamente para Alicante.

— A irmã deles também foi morta — interveio Luana. — Nós presenciamos a tristeza deles. Eles não planejaram o que aconteceu.

Cristina conseguia enxergar os cálculos na mente de Dearborn — ele teria gostado de pôr a culpa na família Blackthorn e de vê-los todos jogados nas prisões da Cidade do Silêncio, mas a visão de Julian abraçando o cadáver da irmã foi forte e visceral demais até mesmo para a própria Tropa ignorar.

— Eles também são vítimas — emendou ele — do príncipe do Povo das Fadas no qual confiaram, e possivelmente dos próprios irmãos fada. Talvez eles possam ser persuadidos a enxergar um ponto de vista razoável. Afinal de contas, são Caçadores de Sombras, e é disso que se trata a Tropa... de proteger os Caçadores de Sombras. De proteger os nossos. — Ele pôs uma das mãos no ombro de Zara. — Quando a Espada Mortal for restaurada, tenho certeza de que Zara ficará feliz em acabar com quaisquer dúvidas que vocês ainda tiverem sobre os feitos dela.

Zara corou e assentiu. Cristina teve a impressão de flagrar um sentimento de culpa ali, mas o restante da multidão se distraíra à menção da Espada.

— A Espada Mortal vai ser restaurada? — perguntou Trini. Ela acreditava firmemente no Anjo e em seu poder, assim como a família de Cristina. Mas agora parecia ansiosa, e as mãos magras não paravam de se remexer no colo. — Nosso vínculo insubstituível com o Anjo Raziel... você acredita que ela será devolvida para nós?

— Ela será restaurada — falou Dearborn suavemente. — Amanhã Jia vai encontrar as Irmãs do Silêncio. Se foi forjada uma vez, pode ser forjada novamente.

— Mas ela foi forjada no Céu — protestou Trini. — Não na Cidadela Adamant.

— E o Céu permitiu que ela fosse destruída — falou Dearborn, e Cristina sufocou um arquejo. Como ele podia afirmar uma coisa tão descarada? E mesmo assim era evidente que os outros confiavam nele. — Nada é capaz de destruir a Espada Mortal, a não ser a vontade de Raziel. Ele nos contemplou e viu que éramos indignos. Ele viu que nos afastamos de sua mensagem, de nosso louvor aos anjos e, em vez disso, estávamos servindo aos integrantes do Submundo. Ele quebrou a espada para nos advertir. — Os olhos dele brilharam com uma luz fanática. — Se nos provarmos dignos novamente, Raziel permitirá que a espada seja forjada mais uma vez. Não duvido disso.

Como ele ousa falar em nome de Raziel? Como ousa falar como se fosse Deus? Cristina estremecia de raiva, mas os outros pareciam olhar para Dearborn como se ele lhes tivesse oferecido uma luz na escuridão. Como se fosse sua única esperança.

— E como nos provaremos dignos? — quis saber Balogh, numa voz mais sombria.

— Temos que nos lembrar de que os Caçadores de Sombras são os eleitos — falou Horace. — Temos que nos lembrar de que temos um mandato. Somos os primeiros a enfrentar a face do mal, portanto, *estamos em primeiro lugar*. Que o Submundo tome conta de si mesmo. Se trabalharmos juntos, com uma liderança forte...

— Mas nós não temos uma liderança forte — falou Jessica Beausejours, uma Centuriã amiga de Zara. — Nós temos Jia Penhallow, e ela está contaminada pela associação da filha a fadas e mestiços.

Alguém arfou e ouviu-se uma risadinha. Todos os olhos se viraram para Horace, mas ele simplesmente balançou a cabeça.

— Não direi uma única palavra contra a nossa Consulesa — falou solenemente.

Mais murmúrios. Dava para ver que a falsa lealdade de Horace conquistara algum apoio. Cristina se esforçava para não ranger os dentes.

— A lealdade dela à família é compreensível, mesmo que isso talvez a tenha cegado — falou Horace. — O que importa agora é que a Clave aprove as Leis. Temos que determinar regulamentos rigorosos em relação ao Submundo, e mais rigorosos ainda em relação ao Povo das Fadas... pois não há justiça neles.

— Isso não vai deter o Rei Unseelie — observou Jessica, embora Cristina tivesse a sensação de que, mais do que duvidar de Horace, ela queria ver até onde ele era capaz de ir.

— A questão é evitar que as fadas e outros integrantes do Submundo se unam à causa do Rei — explicou Horace. — É por isso que eles devem ser vigiados e, se necessário, encarcerados antes que tenham uma chance de nos trair.

— Encarcerados? — ecoou Trini. — Mas como...?

— Ah, existem várias maneiras — falou Horace. — A Ilha Wrangel, por exemplo, poderia abrigar uma multidão de integrantes do Submundo. O importante é começar com controle. Cumprimento dos Acordos. Registro de cada membro do Submundo, com nome e local. Sem dúvida, nós começaríamos com as fadas.

Ouviu-se um burburinho de aprovação.

— Claro que vamos precisar de um Inquisidor forte, que aprove e faça cumprir a legislação — falou Horace.

— Então que seja você! — gritou Trini. — Hoje nós perdemos uma Espada Mortal e um Inquisidor; pelo menos, podemos substituir um deles. Nós temos quórum: há Caçadores de Sombras suficientes aqui para eleger Horace Inquisidor. Podemos realizar uma votação amanhã cedo. Quem está comigo?

Gritos de "Dearborn! Dearborn!" encheram o recinto. Cristina se segurou na grade do camarote, com os ouvidos zunindo. Isso não podia estar acontecendo. Não podia. Trini não era assim. Os amigos de sua mãe não eram assim. Essa não podia ser a verdadeira cara do Conselho.

Ela ficou de pé com dificuldade, incapaz de suportar mais um segundo daquilo, e aí saiu correndo da galeria.

O quarto de Emma era pequeno e pintado num tom de amarelo estranhamente forte. Uma cama pintada de branco, com dossel, dominava o espaço. Emma empurrou Julian na direção da cama, sentando-o gentilmente, e correu para fechar a porta.

— Por que você está trancando? — Julian ergueu a cabeça. Foi a primeira coisa que disse desde que tinham deixado o quarto de Ty.

— Você precisa de um pouco de privacidade, Julian. — Ela se virou para ele; Deus, a sua aparência a estava deixando de coração partido. O sangue sarapintava a pele, escurecera as roupas, deixando-as rígidas, e secara em manchas nas botas.

O sangue de Livvy. Emma desejou ter estado mais próxima de Livvy nos últimos momentos, ter dado mais atenção a ela em vez de se preocupar com a Tropa, com Manuel, Zara e Jéssica, com Robert Lightwood e o exílio, e com seu coração confuso e partido. Desejou ter abraçado Livvy mais uma vez, se admirando de como ela havia crescido, de como aquele bebê gordinho de suas primeiras lembranças tinha mudado.

— Não — falou Julian rispidamente.

Emma se aproximou dele; não conseguia evitar. Ele teve que erguer o rosto e olhar bem nos olhos dela.

— Não o quê?

— Não se culpe — falou ele. — Dá pra perceber que você está pensando que devia ter feito alguma coisa diferente. Não posso deixar você pensar nisso ou vou ficar arrasado.

Ele estava sentado na beirada da cama, como se não suportasse a ideia de se deitar. Muito gentilmente, Emma tocou o rosto dele, passando a palma da mão pelo queixo. Ele estremeceu e segurou o pulso dela, com força.

— Emma — falou e, pela primeira vez na vida, ela não conseguia interpretar a voz dele, baixa e sombria, rouca por causa da raiva, desejosa de alguma coisa, mas Emma não sabia especificar o quê.

— O que eu posso fazer? — murmurou ela. — O que eu posso fazer, eu sou sua *parabatai*, Julian. Preciso te ajudar.

Ele ainda apertava o pulso dela; suas pupilas eram como discos, e o azul-esverdeado da íris se transformara num halo.

— Eu planejo por etapas, um passo de cada vez — falou ele. — Quando parece que as coisas vão me sufocar, eu me pergunto qual dos problemas tem que ser resolvido primeiro. Aí depois que ele é resolvido, eu passo para o seguinte. Mas aqui eu não consigo nem começar.

— Julian — falou Emma. — Eu sou sua parceira na guerra. Agora preste atenção. Esta é a primeira etapa. Levanta.

Ele semicerrou os olhos por um instante; em seguida, fez um esforço para se levantar. Eles estavam de pé, bem próximos; ela sentia a solidez e o calor emanando dele. E então Emma deslizou o casaco pelos ombros dele e puxou a frente da camiseta. Agora a textura era semelhante a oleado, grudenta por causa do sangue. Ela puxou o tecido e rasgou, deixando pender dos braços dele.

Julian arregalou os olhos, mas não moveu um dedo para impedi-la. Ela rasgou a camisa e jogou os trapos no chão. Em seguida, se abaixou e tirou as botas ensanguentadas. Quando se levantou, Julian a encarava com as sobrancelhas erguidas.

— Você vai mesmo tirar a minha calça? — perguntou.

— Tem sangue nela — respondeu Emma, e quase engasgou com as palavras. Ela tocou o peito dele e sentiu quando ele inspirou. Imaginou poder sentir as bordas irregulares do coração debaixo dos músculos. Também havia sangue na pele: manchas secas no pescoço e nos ombros. Os locais em que ele apertara Livvy junto ao corpo. — Você precisa tomar um banho — falou. — Vou esperar aqui.

Ele tocou o queixo dela com as pontas dos dedos, de leve, e falou:

— Emma, nós dois precisamos de um banho.

Julian se virou e foi para o banheiro, deixando a porta escancarada. Depois de um instante, ela o seguiu.

Ele havia deixado o restante das roupas numa pilha no soalho. E agora estava sob o chuveiro, de cueca, e deixava a água escorrer pelos cabelos e pelo rosto.

Engolindo em seco, Emma ficou só de calcinha e *baby-doll*, e entrou no chuveiro logo em seguida. A água estava escaldante e o pequeno espaço de pedras era tomado pelo vapor. Julian permanecia imóvel debaixo do jato, deixando que sua pele ficasse rajada de vermelho-claro.

Emma tateou em volta dele e abaixou a temperatura da água. Julian ficou observando os gestos dela, sem dizer uma única palavra, enquanto ela pegava o sabonete e o esfregava nas mãos. Quando ela encostou as mãos ensaboadas no corpo de Julian, ele inspirou com força, como se tivesse doído, mas não se deslocou nem um centímetro.

Ela esfregou a pele dele, quase cravando as unhas enquanto raspava o sangue. A água escorria pelo ralo num tom vermelho rosado. O sabonete tinha um cheiro forte de limão. O corpo de Julian estava rijo sob o toque dela, cheio de cicatrizes e músculos e em nada se assemelhava ao corpo de um menino. Não mais. Quando é que ele havia mudado assim? Ela não conseguia se lembrar do dia, da hora, do instante.

Julian abaixou a cabeça e Emma ensaboou os cabelos dele, passando os dedos pelos cachos. Quando acabou, inclinou a cabeça dele para trás e deixou que a água caísse sobre os dois até sair límpida. Ela estava ensopada e o *baby-doll* grudava no corpo. Esticou o braço ao redor de Julian para fechar o chuveiro e sentiu que ele virou a cabeça para o pescoço dela, os lábios colando em sua bochecha.

Emma congelou. O chuveiro estava fechado, mas o vapor pairava ao redor. O peito de Julian subia e descia rapidamente, como se ele estivesse a ponto de desmaiar depois de uma corrida. Soluços secos, percebeu ela. Mas ele não estava chorando — ela não conseguia se lembrar da última vez que o vira chorar. Ele precisava liberar as lágrimas, pensou, mas, depois de tantos anos engolindo o choro, não sabia mais como fazer.

Ela o abraçou.

— Está tudo bem — falou. A água ainda escorria deles, e a pele de Julian estava quente contra a dela. Emma engoliu o sal das próprias lágrimas. — Julian...

Ele recuou quando Emma levantou a cabeça, e os lábios dos dois roçaram — por um instante, desesperado, mais como um tropeçar na beirada de um abismo do que qualquer outra coisa. Suas bocas colidiram, dentes, línguas e calor, e o corpo de Emma estremeceu ao contato.

— Emma. — Ele parecia espantado, e suas mãos retorciam o tecido ensopado do *baby-doll*. — Será que eu posso...?

Ela fez que sim com a cabeça, sentindo os músculos enrijecerem quando ele a tomou nos braços. Ela fechou os olhos, se agarrando a ele, aos ombros, aos cabelos, com as mãos escorregadias por causa da água enquanto ele a levava para o quarto e a deitava na cama. Um segundo depois, ele estava acima dela, apoiado nos cotovelos, e sua boca a devorava febrilmente. Cada movimento era violento, frenético, e Emma sabia: havia lágrimas que ele não conseguia chorar, palavras de tristeza que ele não conseguia expressar. Esse era o único alívio que ele se permitia, na aniquilação do desejo compartilhado.

Gestos frenéticos tiraram as roupas molhadas. Agora Emma e Julian estavam pele contra pele. Ela o abraçava contra o corpo, de encontro ao coração. A mão dele foi descendo e dedos trêmulos dançaram sobre seu quadril.

— Posso...

Ela sabia o que ele queria dizer: *Posso te satisfazer primeiro, te dar prazer primeiro?* Mas não era isso que ela queria, não agora.

— Vem mais pra perto — murmurou ela. — Mais perto...

As mãos de Emma agarraram os ombros dele. Julian beijou seu pescoço e a clavícula. Ela sentiu que ele estremeceu, intensamente, e murmurou:

— O que foi...?

Ele já tinha se afastado dela. Sentado, tateou por suas roupas e as ergueu com mãos trêmulas.

— Não podemos — falou com a voz abafada. — Emma, não podemos.

— Tudo bem... mas, Julian... — Ela fez um esforço para se sentar, puxando o cobertor para se cobrir. — Você não precisa ir...

Ele se inclinou na beirada da cama para pegar a camiseta ensanguentada e rasgada, e a encarou com uma certa brutalidade.

— Preciso sim — falou. — Preciso mesmo.

— Julian, não...

Mas ele já estava de pé, buscando o restante das roupas e recolhendo-as enquanto ela o encarava. Ele saiu sem calçar as botas, quase batendo a porta. Emma ficou mirando a escuridão, assustada e desorientada, como se tivesse despencado de uma grande altura.

Ty acordou subitamente, como alguém irrompendo a superfície da água, ansiando por ar. O barulho tirou Kit bruscamente de seu cochilo — um sono perturbado, sonhando com o pai, que caminhava pelo Mercado das Sombras com uma ferida imensa na barriga vertendo sangue.

— *É assim que as coisas são, Kit* — dissera ele. — *É assim a vida com os Nephilim.*

Ainda sonolento, Kit se impulsionou com uma das mãos para se levantar. Ty era uma sombra imóvel na cama. Diana não estava mais ali — provavelmente fora tirar um cochilo no próprio quarto. Eles estavam a sós.

E lhe ocorreu que ele estava totalmente despreparado para tudo isso. Para a morte de Livvy, sim, embora tivesse presenciado a morte do próprio pai e soubesse que havia aspectos daquela perda que ainda não havia encarado. Nunca tendo lidado com aquela morte, como ele poderia lidar com esta? E se ele nunca soubera como ajudar a alguém, como oferecer tipos normais de consolo, como poderia ajudar Ty?

Ele queria gritar e chamar Julian, mas alguma coisa lhe dizia para não fazer isso — que os gritos poderiam assustar Ty. Conforme os olhos de Kit se adaptavam à penumbra, ele conseguia ver o menino mais claramente: Ty parecia... "desconectado" talvez fosse a melhor palavra para descrever, como se não tivesse pousado totalmente em terra firme. Os cabelos pretos e macios estavam desgrenhados, como linho escuro, e havia olheiras naquele rostinho.

— Jules? — chamou ele em voz baixa.

Kit fez um esforço para ficar totalmente ereto, o coração batendo descompassadamente.

— Sou eu. Kit — falou.

Já havia se preparado para a decepção de Ty, mas o menino simplesmente o encarou com os olhos grandes e cinzentos.

— Minha bolsa — falou. — Onde está? Ela está ali?

Kit se flagrou atordoado demais para falar. Será que Ty se lembrava do que tinha acontecido? O que seria pior: lembrar ou não?

— Minha bolsa de pano — insistiu Ty. Sem dúvida, havia tensão na voz agora. — Ali... eu preciso dela.

A bolsa estava debaixo da segunda cama. Enquanto Kit a pegava, deu uma olhada na paisagem: os pináculos de cristal das torres demoníacas se erguendo para o céu, a água reluzente como gelo nos canais, os muros da cidade e os campos mais além. Ele nunca tinha estado num lugar tão bonito e com aparência tão irreal.

Levou a bolsa de pano para Ty, que agora estava sentado, balançando as pernas, na lateral da cama. O menino a pegou e começou a fuçar seu interior.

— Você quer que eu chame Julian? — perguntou Kit.

— Não agora — falou Ty.

Kit não tinha ideia do que fazer. Nunca, em toda a sua vida, sentira-se tão perdido, para falar a verdade. Nem quando tinha dez anos e se deparara com um golem examinando o sorvete na geladeira às quatro da manhã. Nem quando, lá pelos seus doze anos, uma sereia passara semanas acampando em seu sofá, e passava o dia devorando biscoitos em formato de peixinhos.

Nem quando ele fora atacado por demônios Mantis. Na ocasião, tinha havido um instinto, um sentido de Caçador de Sombras que começara a funcionar e instigara seu corpo à ação.

Agora nada o estimulava. Ele estava dominado pelo desejo de se ajoelhar e pegar as mãos de Ty, de abraçá-lo do mesmo jeito que tinha feito no telhado, em Londres, quando Livvy fora ferida. Ao mesmo tempo, estava igualmente dominado pela voz em sua cabeça, que lhe dizia que seria uma ideia terrível, que ele não fazia ideia do que Ty precisava naquele momento.

Ty ainda remexia na bolsa. Provavelmente não se lembrava, pensou Kit com pânico crescente. Provavelmente tivera um apagão dos acontecimentos no Salão do Conselho. Kit não presenciara a morte de Robert e Livvy, mas ouvira o suficiente de Diana para saber o que o menino provavelmente testemunhara. Ele sabia que às vezes as pessoas se esqueciam das coisas terríveis porque a mente se recusava a processar ou guardar o que tinham visto.

— Vou chamar Helen — disse ele finalmente. — Ela pode contar... o que aconteceu...

— Eu sei o que aconteceu — falou Ty. Ele tinha localizado o celular no fundo da bolsa. A tensão deixou seu corpo e era evidente que sentia alívio. Kit estava confuso. Não havia sinal em parte alguma de Idris; o telefone seria inútil. — Vou voltar a dormir agora — concluiu Ty. — Ainda tem remédios no meu organismo. Sinto que tem. — Ele não parecia satisfeito.

— Você quer que eu fique aqui? — perguntou Kit. Ty jogara a bolsa de pano no chão e voltara a se deitar nos travesseiros. Ele apertava o celular na mão direita com tanta força que os nós dos dedos estavam brancos, mas não havia outros sinais de aflição.

Ele ergueu o rosto para Kit. Os olhos cinzentos estavam prateados sob a luz da lua, tão planos quanto duas moedas. Kit não conseguia imaginar o que ele estava pensando.

— Sim, eu preferia que você ficasse — falou. — E pode ir dormir, se quiser. Vou ficar bem.

Aí fechou os olhos. Após um longo momento, Kit se sentou na cama oposta à de Ty, aquela que deveria ser de Livvy. Pensou na última vez que a vira sozinha, quando a ajudou com o colar, antes da grande reunião do Conselho,

Rainha do Ar e da Escuridão

pensou no sorriso dela, na cor e vida de seu rosto. Parecia impossível que ela tivesse morrido. Talvez Ty não fosse o único agindo de modo estranho, afinal de contas — talvez o restante deles, ao aceitar o fato de que ela estava morta, é que não estivessem entendendo nada.

Era como se o quarto de Emma estivesse a cem quilômetros de distância do dele, pensou Julian. Mais, mil quilômetros. Ele seguia pelos corredores da casa do canal como se estivesse em um sonho.

Seu ombro ardia e doía.

Emma era a única pessoa que ele já tinha desejado, e a força daquele desejo algumas vezes o espantava. Nunca mais do que nesta noite. Ele tinha se perdido nela, neles, por alguma totalidade de tempo; sentira apenas o corpo e a parte de seu coração capaz de amar, e que ainda estava intacta. Emma representava todo o lado bom dele, pensou, tudo que ardia e brilhava.

Mas então viera a dor, e a sensação de que alguma coisa estava errada, e ele *se dera conta*. Agora enquanto corria de volta ao seu quarto, o medo martelava sua consciência, gritando para entrar e ser reconhecido, como mãos de esqueleto arranhando uma vidraça. Era o medo do próprio desespero. Que sabia que agora estava entorpecido pelo choque, que somente tinha tocado a ponta do iceberg da tristeza e da perda terrível. A escuridão e o horror iam chegar: ele já tinha vivido isso antes, com a morte do pai.

E agora — com Livvy — seria pior. Ele não conseguia controlar a própria tristeza. Não conseguia controlar seus sentimentos por Emma. Toda a sua vida tinha sido construída em torno de seu autocontrole, da máscara que ele exibia para o mundo, e agora ela estava rachando.

— Jules?

Ele havia chegado ao quarto, mas não estava sozinho. Mark o aguardava, encostado na porta. Parecia exausto, os cabelos e as roupas bagunçados. Não que Julian pudesse falar alguma coisa disso, com as próprias roupas rasgadas e ensanguentadas e os pés descalços.

Julian parou no mesmo instante.

— Está tudo bem?

Durante algum tempo, essa ia ser a pergunta padrão, pensou Julian. E nunca estaria bem de verdade, mas eles tranquilizariam uns aos outros mesmo assim, com as pequenas coisas, a medida das vitórias minúsculas: sim, Dru dormiu um pouco; sim, Ty está comendo um pouco; sim, todos ainda respiram. Julian ouviu mecanicamente enquanto Mark explicava que ele e Helen tinham trazido Tavvy, e que o irmão caçula agora já sabia sobre Livia, e que não era bom, mas que estava tudo bem e Tavvy dormia.

— Eu não queria incomodar você no meio da noite — falou Mark —, mas Helen insistiu. Ela falou que se não fosse assim, a primeira coisa que você ia fazer quando acordasse seria surtar por causa de Tavvy.

— Claro — falou Julian, impressionado por Mark ter falado de modo tão coerente. — Obrigado por avisar.

Mark o fitou por um bom tempo.

— Você era muito pequeno quando sua mãe, Eleanor, morreu — falou ele. — Ela me disse uma vez que há um relógio no coração dos pais. Na maior parte do tempo, ele fica em silêncio, mas você pode ouvi-lo tiquetaqueando quando seu filho não está com você e você não sabe onde ele está, ou quando ele acorda à noite e quer sua presença. Ele vai tiquetaquear até você estar com ele de novo.

— Tavvy não é meu filho — falou Julian. — Não sou pai de ninguém.

Mark tocou na bochecha do irmão. Era um toque mais fada do que humano, embora a mão de Mark fosse quente, calejada e real. Na verdade, não parecia um toque, pensou Julian. Parecia uma benção.

— Você sabe que é — falou Mark. — Eu tenho que te pedir perdão, Julian. Contei a Helen sobre o seu sacrifício.

— Meu... sacrifício? — A mente de Julian esvaziou.

— Os anos em que você dirigiu o Instituto em segredo — falou Mark. — O modo como cuidou das crianças. O jeito como elas confiam em você e como você as amou. Eu sei que era segredo, mas achei que ela deveria saber.

— Sem problema — falou Julian. Não tinha importância. Nada tinha. — Ela ficou aborrecida?

Mark pareceu surpreso.

— Ela disse que sentiu tanto orgulho de você que isso lhe partiu o coração. Era como um minúsculo ponto de luz atravessando a escuridão.

— Ela... disse?

Mark parecia prestes a responder quando um segundo dardo quente de dor atravessou o ombro de Julian. Ele conhecia o local exato da pontada. Seu coração acelerou; ele falou a Mark algo sobre vê-lo mais tarde ou, pelo menos, pensou ter falado, antes de entrar no quarto e trancar a porta. Em segundos, estava no banheiro girando o brilho da luz enfeitiçada enquanto olhava no espelho.

Ele puxou a gola da camiseta para o lado para examinar melhor — e ficou encarando.

Lá estava o símbolo de *parabatai*. Contrastando com a pele — mas não era preto mais. Dentro das linhas grossas ele via o que pareciam ser pontinhos vermelhos e brilhantes, como se a marca tivesse começado a queimar de dentro para fora.

Julian agarrou a beirada da pia quando uma onda de tontura o invadiu. Vinha se obrigando a não pensar no significado da morte de Robert, em seus planos de exílio interrompidos. Na maldição que atingiria os *parabatai* que se apaixonassem. Uma maldição de poder e destruição. Ele só vinha pensando no quanto precisava desesperadamente de Emma e nem um pouco nas razões pelas quais não poderia tê-la, que permaneciam as mesmas.

Eles tinham se esquecido, buscando-se mutuamente no abismo da tristeza, como sempre fizeram durante toda a vida. Mas isso não podia acontecer, dizia Julian para si, mordendo o lábio com força e provando do próprio sangue. Não poderia haver mais destruição.

Lá fora, tinha começado a chover. E dava para ouvir o tamborilar baixinho no telhado da casa. Julian se abaixou e rasgou uma tira de tecido da camiseta que havia usado na reunião do Conselho. Estava rígida e escura por causa do sangue seco de sua irmã.

Ele a amarrou ao redor do pulso direito. Ficaria ali até sua vingança se completar. Até que houvesse justiça para Livvy. Até que toda essa bagunça ensanguentada estivesse limpa. Até que todos que ele amava estivessem em segurança.

Ele voltou para o quarto e começou a revirar suas coisas atrás de sapatos e roupas limpas. Sabia exatamente aonde precisava ir.

Julian corria pelas ruas vazias de Idris. A chuva quente de verão fazia seu cabelo grudar na testa e encharcava a camiseta e o casaco.

Seu coração martelava: ele já sentia falta de Emma, lamentava ter ido embora. E ainda assim, não conseguia parar de correr, como se pudesse superar a dor da morte de Livvy. Era quase uma surpresa o fato de ele ser capaz de chorar pela irmã e amar Emma ao mesmo tempo, sentir as duas coisas, sem que uma diminuísse a outra: Livvy também tinha amado Emma.

Ele supunha que Livvy teria ficado empolgadíssima se soubesse que ele e Emma estavam juntos; se o casamento entre eles fosse possível, Livvy teria ficado maluca de felicidade com a ideia de ajudar a planejar uma cerimônia. O pensamento foi como uma facada em sua barriga, a lâmina girando em suas entranhas.

A chuva respingava nos canais e transformava o mundo em névoa e água. A casa do Inquisidor se projetava pelo nevoeiro como uma sombra, e Julian subiu correndo os degraus da frente com tal fervor que quase colidiu contra a porta da frente. Bateu desesperadamente e Magnus abriu, parecendo aflito e incomumente pálido. Vestia uma camiseta preta e jeans, com um roupão de seda azul por cima. As mãos não ostentavam os anéis de sempre.

Quando viu Julian, tombou um pouco contra o batente da porta. Não conseguiu se mexer ou falar, só ficou olhando, como se não estivesse olhando para Julian, mas para alguma outra coisa ou outra pessoa.

— Magnus — falou Julian, um pouco alarmado. Ele se lembrava que o feiticeiro não andava muito bem, mas quase se esquecera disso. Magnus sempre parecera o mesmo: eterno, imutável, invulnerável. — Eu...

— *Estou aqui porque quero estar* — falou Magnus, com voz baixa e distante. — *Preciso da sua ajuda. E não tem mais ninguém a quem eu possa recorrer.*

— Não foi isso que eu... — Julian afastou o cabelo encharcado dos olhos, e se calou ao se dar conta do que era. — Você está se lembrando de alguém.

Magnus pareceu se sacudir um pouco, como um cão emergindo do mar.

— Outra noite, um garoto diferente com olhos azuis. Tempo úmido em Londres, mas quando é que foi diferente disso?

Julian não pressionou.

— Você tem razão. Preciso da sua ajuda. E não tem mais ninguém a quem eu possa recorrer.

Magnus suspirou.

— Venha então. Todos estão dormindo, e isso é um feito, levando em consideração tudo o que aconteceu.

Claro, pensou Julian, acompanhando Magnus para uma sala de estar central. Aquela também era uma casa de luto.

O interior da casa era grande, com pé-direito alto e mobília que parecia pesada e cara. Robert acrescentara pouca coisa em termos de personalidade e decoração. Não havia fotos de família e eram poucos os quadros na parede com suas paisagens genéricas.

— Há muito tempo não via Alec chorar — comentou Magnus, afundando no sofá e fitando alguma coisa entre eles. Julian ficou parado, pingando no tapete. — Ou Isabelle. Entendo como é ter um pai cretino. Mesmo assim ele ainda é o seu cretino. E ele os amava, e tentou consertar seus erros. O que é mais do que eu posso dizer do meu pai. — Ele deu uma olhadela para Julian.

— Espero que você não se importe se eu não usar um feitiço para secar você. Estou tentando conservar energia. Tem um cobertor naquela poltrona.

Julian ignorou o cobertor e a poltrona.

— Eu não deveria estar aqui — falou.

O olhar de Magnus baixou para o tecido ensanguentado em volta do pulso de Julian. Sua expressão suavizou.

— Está tudo bem — falou. — Pela primeira vez em um longo tempo eu estou me sentindo desesperado. Nessas horas, eu fico agressivo. Meu Alec perdeu o pai, e a Clave, um Inquisidor decente. Mas você, você perdeu a esperança de salvação. Não pense que não entendo isso.

— Minha marca começou a arder — falou Julian. — Hoje à noite. Como se tivesse sido desenhada na minha pele com fogo.

Magnus se inclinou para a frente e esfregou o rosto num gesto cansado. Rugas de dor e cansaço marcavam os cantos de sua boca. Os olhos estavam fundos.

— Eu bem que queria ter mais informações sobre isso — falou ele. — Que tipo de destruição isso trará a você, a Emma. Aos outros. — Fez uma pausa. — Eu deveria ser mais gentil. Você perdeu uma das crianças.

— Eu pensei que isso apagaria todo o restante — falou Julian, com voz rouca. — Pensei que não haveria outra coisa no meu coração além da agonia, mas tem espaço suficiente aqui para eu ficar apavorado por causa de Ty, para ficar em pânico com Dru, e ainda tem espaço para mais ódio do que eu jamais pensei que alguém poderia sentir. — A dor em sua marca *parabatai* aumentou, e ele sentiu as pernas fraquejarem.

Então cambaleou e caiu de joelhos diante de Magnus. O feiticeiro não parecia surpreso por vê-lo ajoelhado. Apenas baixou o olhar para Julian com uma paciência silenciosa, rarefeita, como um padre ouvindo uma confissão.

— O que dói mais — perguntou Magnus —, o amor ou o ódio?

— Eu não sei — falou Julian. E afundou os dedos úmidos no tapete, de cada lado do corpo. Estava sem fôlego. — Eu ainda amo a Emma mais do que jamais pensei que fosse possível. Eu a amo mais a cada dia, e mais cada vez que tento parar. Eu a amo como se eu estivesse sendo rasgado ao meio. E quero cortar as gargantas de todos da Tropa.

— Eis um discurso romântico pouco convencional — observou Magnus, se inclinando para frente. — E quanto a Annabel?

— Eu também a odeio — falou Julian sem emoção na voz. — Tem espaço suficiente para eu odiar todos eles.

Os olhos felinos de Magnus brilharam.

— Não pense que não entendo o que você sente — falou ele. — E tem uma coisa que eu poderia fazer. Seria um paliativo. Um paliativo bem desagradável. E eu não o faria menos desagradável.

— Por favor. — De joelhos no chão, em frente ao feiticeiro, Julian ergueu o olhar; ele nunca havia implorado por coisa alguma em sua vida, mas não se importava de fazê-lo agora. — Eu sei que você está doente, sei que não deveria nem pedir, mas não tem mais nada que eu possa fazer nem outro lugar para onde ir.

Magnus suspirou.

— Haveria consequências. Alguma vez você já ouviu a expressão "*o sono da razão produz monstros*"?

— Sim — respondeu Julian. — Mas vou ser um monstro de qualquer jeito.

Magnus se levantou. Por um momento, pareceu se agigantar acima de Julian, um vulto tão alto e sombrio quanto o Anjo da Morte dos pesadelos infantis.

— Por favor — insistiu Julian. — Eu não tenho nada a perder.

— Tem, sim — retrucou Magnus e ergueu a mão esquerda, fitando-a com curiosidade. Faíscas de cobalto tinham começado a arder nas pontas dos dedos dele. — Você tem, sim.

O cômodo se iluminou com um fogo azul, e Julian fechou os olhos.

3

Eterno Sono

O funeral foi marcado para o meio-dia, mas Emma ficara se revirando na cama desde três ou quatro da manhã. Seus olhos estavam ressecados e coçavam, e as mãos tremiam quando ela penteou os cabelos e os prendeu cuidadosamente num coque atrás da cabeça.

Depois que Julian saíra, ela correra até a janela, enrolada num lençol, e ficara observando com uma mistura de choque e incredulidade. Ela o vira sair da casa e correr para a chuva fina, sem nem sequer se preocupar em diminuir o passo para fechar o casaco.

Depois disso, aparentemente não houvera muito o que pudesse fazer. Julian não estava em perigo nas ruas de Alicante, mas, ainda assim, ela ficara à espera para ouvir os passos dele, já de volta, na escadaria, e a porta do quarto sendo aberta e então fechada.

Então Emma se levantara para dar uma olhadinha em Ty, que ainda dormia com Kit ao seu lado. Notara que a bolsa de pano de Livvy ainda estava no quarto e a tirara dali, temendo que Ty ficasse chateado se a visse ao acordar. De volta ao seu quarto, ela se sentara na cama e rapidamente a abrira. Não tinha muita coisa na bolsa: algumas camisetas e saias, um livro, um sabonete e uma escova de dentes cuidadosamente embalados. Uma das camisetas estava suja e Emma se perguntava se deveria lavar as roupas de Livvy, se seria de alguma ajuda, e então se dera conta justamente do motivo pelo qual não seria de ajuda alguma e sequer faria diferença para, em seguida, se aninhar em cima da bolsa, soluçando como se seu coração fosse se partir ao meio.

No fim, se embrenhara num sono agitado, cheio de sonhos de fogo e sangue. Fora acordada pelas batidas de Cristina à porta, com uma xícara de chá e a desagradável notícia de que Horace tinha sido eleito o novo Inquisidor numa votação de emergência naquela manhã mesmo. Já havia contado a notícia ao restante da família, que estava de pé e se arrumando para o funeral.

O chá continha umas três mil colheres de açúcar, doce por si só e também em parte pela gentileza de Cristina, porém nem assim servira para tirar o gosto amargo deixado pelas notícias sobre o Inquisidor.

Emma olhava pela janela quando Cristina retornou, desta vez trazendo uma pilha de roupas. Ela vestia branco da cabeça aos pés, a cor de luto e dos velórios dos Caçadores de Sombras. Casaco branco do uniforme, camiseta branca, flores brancas nos cabelos escuros soltos.

Cristina franziu a testa.

— Saia daí.

— Por quê? — Emma olhou pela janela; a casa fornecia uma boa vista da parte mais baixa da cidade. Dava para ver os muros e os campos verdes mais além.

Ela distinguiu uma fileira de vultos muito distantes, vestidos de branco, cruzando os portões da cidade. No centro dos campos verdes, duas pilhas imensas de madeira erguiam-se como pirâmides.

— Já ergueram as piras — falou Emma, e uma onda de tontura a tomou. Sentiu a mão quente de Cristina segurando a sua e um instante depois ambas estavam sentadas na beira da cama, com Cristina lhe instruindo a respirar.

— Me desculpa — falou Emma. — Me desculpa. Eu não queria desmoronar desse jeito.

Algumas mechas de cabelos de Emma tinham se soltado do coque e as mãos habilidosas de Cristina as colocavam de volta no lugar.

— Quando meu tio morreu — falou —, foi enterrado em Idris, e eu não pude ir ao funeral porque minha mãe considerava Idris um lugar ainda muito perigoso. Quando ela voltou, fui abraçá-la e suas roupas tinham cheiro de fumaça. E eu pensei: foi só isso que sobrou do meu tio agora, a fumaça no casaco da minha mãe.

— Eu preciso ser forte — falou Emma. — Tenho que dar apoio aos Blackthorn. Julian está... — *Destruído, arrasado, destroçado. Sumido. Não, não está sumido. Só não está aqui comigo.*

— Você pode chorar por Livvy também — falou Cristina. — Ela era uma irmã pra você. A família vai além do sangue.

— Mas...

— Chorar não nos torna mais fracos — falou Cristina com firmeza. — Nos torna humanos. Como você poderia confortar Dru, Ty ou Jules se desconhecesse os motivos para a saudade deles quando pensarem na irmã? Compaixão é um sentimento universal. Ter a noção exata do rombo que uma perda deixa no coração de alguém é uma coisa muito rara.

— Não creio que algum de nós seja capaz de entender o quanto Ty está perdendo — falou Emma. Seus temores por Ty eram intensos, como um sabor amargo constante no fundo da garganta, que se misturava à tristeza que ela mesma sentia por causa de Livvy a ponto de Emma achar que ia engasgar.

Cristina afagou a mão da amiga.

— Melhor você se arrumar — sugeriu. — Estarei na cozinha.

Emma se vestiu num estado semiletárgico. Quando terminou, deu uma olhada no espelho. O uniforme branco estava coberto com símbolos de luto, por toda parte, desenhos sobrepostos que rapidamente perdiam o sentido aos olhos, como uma palavra repetida tantas vezes se tornava inexpressiva aos ouvidos. O traje deixava seus cabelos e pele com aspecto ainda mais pálido, e mesmo seus olhos pareciam frios. Ela se assemelhava a um pedaço de gelo, pensou, ou a lâmina de uma faca.

Se ao menos Cortana estivesse com ela. Ela poderia ir até Brocelind para gritar e golpear o ar até a exaustão, tombar sob a agonia da perda que vertia de cada um de seus poros tal qual sangue.

Sentindo-se incompleta sem sua espada, Emma seguiu para o primeiro andar.

Diana estava na cozinha quando Ty desceu. Estava sozinho, e ela apertou o copo que segurava com tanta força que os dedos chegaram a doer.

Não sabia ao certo o que esperava. Tinha passado boa parte da noite com Ty, enquanto ele dormia um sono morto, silencioso e imóvel. Tentara se lembrar de como rezar a Raziel, mas já fazia muito tempo. Na Tailândia, depois que sua irmã morrera, ela fizera ofertas de flores e incenso, mas nada disso ajudara ou chegara perto de curar o rombo naquele lugarzinho em seu coração antes ocupado por Aria.

E Livvy era a gêmea de Ty. Nenhum dos dois sequer conhecera um mundo sem a presença do outro. As últimas palavras dela tinham sido *Ty, eu...* Ninguém jamais saberia o que mais ela pretendia dizer. Como ele daria conta de lidar com aquilo? Como qualquer pessoa daria conta de lidar com aquilo?

A Consulesa providenciara roupas de luto para todos, o que fora uma gentileza. Diana usava um vestido branco e um casaco do uniforme, e Ty estava em trajes mais formais. Um casaco branco, de corte elegante, calça branca e botas, o cabelo muito ajeitado e escuro em contraste a tudo o mais. Pela primeira vez, Diana se deu conta de que, quando crescesse, Ty ia ficar lindo. Ela passara tanto tempo enxergando-o como uma criança adorável que jamais passara por sua cabeça que um dia o conceito de beleza mais adulta poderia se aplicar a ele.

O menino franziu a testa. Estava muito, muito pálido, quase da cor do papel, mas os cabelos estavam bem penteados e, aparentemente, ele estava calmo e quase comum.

— Vinte e três minutos — falou ele.

— O quê?

— Vamos precisar de 23 minutos para chegar aos Campos, e a cerimônia começa em 25 minutos. Onde está todo mundo?

Diana quase pegou o celular para enviar uma mensagem a Julian antes de se lembrar que celulares não funcionavam em Idris. *Preste atenção*, falou para si.

— Tenho certeza de que estão a caminho...

— Eu queria falar com Julian. — Não parecia uma ordem; era mais como se Ty estivesse tentando se lembrar de uma lista de tarefas pendentes. — Ele foi até a Cidade do Silêncio com a Livvy. Eu precisava saber o que ele viu e o que fizeram com ela por lá.

Eu não teria querido saber essas coisas sobre Aria, pensou Diana, e imediatamente se corrigiu. Ela não era Ty. Ele se confortava com fatos. Odiava o desconhecido. O corpo de Livvy fora levado e trancafiado atrás de portas de pedra. Claro que ele ia querer saber: será que tinham prestado homenagens ao corpo? Será que tinham guardado as coisas dela? Tinham limpado o sangue de seu rosto? Ele somente seria capaz de compreender se tivesse respostas.

Ouviram-se passos na escadaria e subitamente a cozinha estava cheia de Blackthorns. Ty saiu do caminho quando Dru desceu, os olhos vermelhos, vestida com um casaco de tamanho bem menor. Helen trazia Tavvy, ambos vestidos de branco; Mark e Aline, com os cabelos presos e pequenos brincos de ouro no formato de símbolos de luto. Diana percebeu com um susto que havia procurado Kieran ao lado de Mark, que esperava que ele estivesse ali agora e tinha se esquecido de que ele se fora.

Cristina vinha logo atrás, seguida de Emma, ambas muito amuadas. Diana tinha servido torrada, manteiga e chá, e Helen pôs Tavvy no chão para pegar a comida dele. Ninguém mais parecia interessado em comer.

Ty deu uma olhadela ansiosa para o relógio. Um instante depois, Kit descera, parecendo pouco à vontade no casaco branco do uniforme. Ty não disse uma única palavra, nem sequer olhou para o outro, mas a tensão em seus ombros diminuiu levemente.

Para surpresa de Diana, o último a descer a escada foi Julian. A vontade dela foi correr para ele e verificar se tudo estava bem, mas fazia muito tempo desde que ele permitira um gesto assim. Se é que um dia permitira. Ele sempre fora um menino independente, pouco inclinado a demonstrar emoções negativas diante da família.

Ela notou que Emma o observava, mas que ele não retribuiu o olhar. Estava preferindo examinar o cômodo à sua volta, ponderando sobre o astral de todos ali, e o que quer que estivesse pensando era invisível por trás dos escudos dos olhos azuis-esverdeados.

— É melhor a gente ir — falou. — Eles vão esperar por nós, mas não por muito tempo, e devemos estar lá para a cerimônia de Robert.

Havia alguma coisa diferente na voz dele; Diana não sabia bem o que era. Provavelmente, a monotonia da tristeza.

Todos se viraram para ele. Ele era o centro, pensou Diana, o sustentáculo ao qual a família sempre recorria. Emma e Cristina se afastaram um pouco, pois não eram Blackthorn, e Helen pareceu aliviada quando Julian falou, como se temesse precisar ser responsável por organizar o grupo.

Tavvy foi até Julian e pegou a mão dele. Eles cruzaram a porta numa procissão silenciosa, um rio de branco fluindo pelos degraus de pedra da casa.

Diana não conseguia deixar de pensar em sua irmã, que fora cremada na Tailândia, e nas cinzas dela, que voltaram para Idris e foram enterradas na Cidade do Silêncio. Mas Diana não comparecera ao funeral. Na época, ela acreditava que jamais retornaria a Idris.

Ao passarem pela rua na direção da Silversteel Bridge, alguém abriu uma janela acima. Uma bandeira branca e comprida com o símbolo de luto se desenrolou; Ty ergueu o rosto, e Diana percebeu que a ponte e a rua, em todo o trajeto até os portões da cidade, estavam decoradas com bandeiras brancas. Eles seguiram caminhando por entre elas e até Tavvy estava olhando ao redor, admirado.

Talvez a maioria delas fosse para Robert, o Inquisidor, mas também estavam ali por causa de Livvy. Pelo menos, os Blackthorn sempre teriam isso, pensou ela, uma lembrança das honrarias concedidas à irmã.

Ela estava esperançosa de que a eleição de Horace como Inquisidor não fosse estragar o dia mais ainda. Durante toda a vida, estivera ciente do frágil cessar-fogo não apenas entre os Caçadores de Sombras e os integrantes do Submundo, mas entre os Nephilim, que achavam que o Submundo deveria ser incluído pela Clave — e também aqueles que pensavam o contrário. Muitos tinham comemorado quando os integrantes do Submundo finalmente se juntaram ao Conselho, depois da Guerra Maligna. Mas ela tomara conhecimento dos cochichos daqueles que pensavam o contrário, como Lazlo Balogh e Horace Dearborn. A Paz Fria dera a eles a liberdade para expressar o ódio em seus corações, confiantes de que todos os Nephilim de bem concordavam com eles.

Diana sempre acreditara que eles estivessem equivocados, mas a eleição de Horace a encheu de medo de que pudesse haver mais Nephilim irremediavelmente imersos em ódio do que ela imaginara.

Quando eles saíram da ponte, alguma coisa roçou seu ombro. Ela esticou a mão para afastar e percebeu que era uma flor branca — de um tipo que só crescia em Idris. Então olhou para o alto; as nuvens desfilavam pelo céu, empurradas por um vento forte, mas viu o vulto de um homem a cavalo desaparecer atrás de uma delas.

Gwyn. O pensamento nele acendeu uma centelha de calor em seu coração. Ela fechou a mão com cuidado ao redor das pétalas.

Os Campos Eternos.

Era assim que eram intitulados, embora a maior parte das pessoas simplesmente preferisse chamá-los de os Campos. Eles se estendiam pelas planícies além de Alicante, desde as muralhas da cidade, construídas após a Guerra Maligna, até as árvores da Floresta Brocelind.

A brisa era suave e única em Idris; em certos aspectos, Emma preferia a brisa marítima de Los Angeles, com seu toque salgado. Aqui o vento parecia gentil demais para o dia do funeral de Livvy. Ele erguia seus cabelos e esvoaçava o vestido branco ao redor dos joelhos; fazia as bandeiras brancas de cada lado das piras flutuarem como fitas pelo céu.

O solo inclinava-se da cidade em direção aos bosques, e quando se aproximaram das piras funerárias, Cristina segurou a mão de Emma. Sua reação foi apertá-la, agradecida, conforme iam se aproximando o suficiente para avistar a multidão e ouvir os cochichos que se erguiam ao redor. Havia solidariedade para os Blackthorn, sem dúvida, mas também havia olhares severos na direção dela e de Julian. Julian tinha trazido Annabel para Idris, e Emma destruíra a Espada Mortal.

— Uma lâmina tão poderosa quanto Cortana não poderia estar nas mãos de uma criança — falou uma mulher loura quando Emma passou.

— A coisa toda cheira a magia sombria — falou outra pessoa.

Emma decidiu não prestar atenção. Ficou olhando bem para a frente: dali via Jia de pé entre as piras, toda de branco. Lembranças da Guerra Maligna a invadiram. Tantas pessoas vestidas de branco; tantas piras ardentes.

Ao lado de Jia, estava uma mulher com cabelos ruivos compridos que Emma reconheceu: Jocelyn, mãe de Clary. Ao lado dela, estava Maryse Lightwood, os cabelos negros generosamente rajados por fios brancos soltos nas costas. Ela parecia conversar atentamente com Jia, embora estivessem longe demais para Emma ouvir o que diziam.

As duas piras estavam concluídas, no entanto os corpos ainda não tinham sido trazidos da Cidade do Silêncio. Uns poucos Caçadores de Sombras estavam reunidos; ninguém era obrigado a comparecer aos funerais, mas Robert fora um tanto popular e as mortes dele e de Livvy tinham sido horríveis e chocantes.

A família de Robert estava junto à pira do lado direito — as vestes cerimoniais do Inquisidor esticadas no topo. Elas queimariam com ele. Em volta da madeira, em suas roupas adequadas ao ritual do luto, estavam Alec e Magnus, Simon e Isabelle, e até os pequenos Max e Rafe. Isabelle ergueu o rosto para Emma quando esta se aproximou e a cumprimentou com um aceno; os olhos estavam inchados de tanto chorar.

Ao lado dela, Simon parecia tenso como uma corda de arco. Ele observava ao redor e seu olhar examinava as pessoas da multidão. Emma não conseguia evitar se perguntar se ele procurava pelas mesmas pessoas que ela — as pessoas que deveriam estar aqui quando Robert Lightwood estivesse a postos para seu descanso eterno.

Onde estavam Jace e Clary?

Raramente Kit considerou os Caçadores de Sombras tão estranhos quanto agora. Eles estavam por toda parte, vestidos de branco, uma cor que ele associava a casamentos e à Páscoa. As bandeiras, os símbolos, as torres demoníacas reluzentes ao longe — tudo isto combinado fazia com que ele se sentisse em outro planeta.

Isso sem mencionar o fato de que os Caçadores de Sombras não choravam. Kit já havia comparecido a funerais antes, e também visto alguns na tevê. As pessoas seguravam lenços e soluçavam neles. Mas não aqui; aqui ficavam em silêncio, muito controladas, e o som dos pássaros era mais alto do que o das conversas e do choro.

Não que Kit estivesse chorando, ou que tivesse chorado quando seu pai morreu. Ele sabia que isso não era saudável, mas o pai sempre o fizera achar que desabar no choro do luto significava desabar para sempre. Kit devia muito à família Blackthorn, principalmente a Ty, para se deixar abalar por causa de Livvy. Ela não ia querer uma coisa dessas. Ela ia querer que ele desse apoio a Ty.

Um por um, outros Nephilim foram se aproximando dos Blackthorn para oferecer condolências. Julian se colocara à frente da família, como um escudo, e vinha descartando friamente todas as tentativas cordiais para falar com seus irmãos e irmãs, agrupados atrás dele. Julian parecia mais frio e distante do que o normal, mas isso não era surpresa. O luto atingia cada um de maneira diferente.

Mas isso significava que ele havia soltado a mão de Tavvy, de modo que o menino teve que se postar ao lado de Dru, empurrando-se contra a lateral do corpo dela. E também que havia deixado Ty sozinho, mas Kit foi até ele, sentindo-se resplandecentemente ridículo com o casaco e a calça de couro brancos. Sabia que era uma roupa de luto formal, mas ela o fazia sentir-se fazendo cosplay num videoclipe dos anos oitenta.

— Funerais sempre são tão tristes — falou uma mulher que se apresentara como Irina Cartwright, fitando Julian com um olhar de profunda compaixão. Como ele não respondeu, ela se voltou para Kit. — Você não acha?

— Sei lá — respondeu ele. — Meu pai foi devorado por demônios.

Irina Cartwright pareceu desconcertada e se afastou depressa depois de mais algumas frases banais. Julian ergueu uma sobrancelha para Kit antes de cumprimentar a pessoa seguinte.

— Você ainda tem... o telefone? — perguntou Kit a Ty, e no mesmo instante se sentiu um idiota. Quem perguntaria a alguém no funeral de sua irmã gêmea se ele ainda tinha seu telefone? Especialmente quando não havia sinal de celular em parte alguma de Idris? — Quero dizer, não que você consiga telefonar. Para alguém.

— Tem um telefone em Idris que funciona. Fica no escritório da Consulesa — falou Ty. Ele não parecia estar fazendo cosplay de nenhuma estrela musical dos anos oitenta; estava gélido, impressionante e...

A palavra "lindo" piscou na mente de Kit como um letreiro em néon acendendo e apagando. Ele a ignorou.

Elegante. Ty estava elegante. Provavelmente era só porque pessoas de cabelos escuros ficavam naturalmente melhores de branco.

— Eu não preciso de sinal no telefone — falou Ty. — Preciso das fotos.

— Fotos da Livvy? — perguntou Kit, confuso.

Ty o encarou. Kit se lembrou dos dias em Londres, nos quais eles tinham trabalhado juntos, resolvendo... bem, resolvendo mistérios. Como Watson e Holmes. Ele jamais se imaginara capaz de compreender Ty. Mas sentia isso agora.

— Não — respondeu Ty.

E olhou ao redor. Kit se perguntava se a quantidade de gente se amontoando estaria incomodando Ty. Ele odiava multidões. Magnus e Alec estavam parados, com os filhos, perto da Consulesa; junto deles, uma menina bonita de cabelos negros e com sobrancelhas iguaizinhas às de Alec e um menino — bem, provavelmente ele tinha uns vinte e poucos anos — com cabelo castanho bagunçado. O garoto lançou a Kit um olhar que parecia dizer *você parece familiar*. Algumas pessoas já tinham feito o mesmo, e Kit imaginava que fosse pela semelhança com Jace, se Jace, de modo súbito e inesperado, tivesse ficado mais baixo, menos musculoso e menos charmoso, em geral.

— Mais tarde, precisamos conversar — falou Ty em voz baixa, e Kit não soube se deveria ficar preocupado ou grato. Até onde ele sabia, Ty não tinha conversado direito com ninguém desde a morte de Livvy.

— Você não... quer conversar com seu irmão? Com Julian?

— Não. Eu preciso conversar com você. — Ty hesitou, como se estivesse prestes a dizer mais alguma coisa.

Ouviu-se um som triste e baixo, semelhante a uma trompa, e as pessoas se viraram para olhar para a cidade. Kit acompanhou os olhares e viu uma procissão deixando os portões. Dezenas de Irmãos do Silêncio em seus uniformes cor de pergaminho caminhavam em duas fileiras ao lado de dois féretros, que eram carregados nos ombros por guardas do Conselho.

Estavam distantes demais para Kit ver em qual deles estava Livvy: ele só conseguia distinguir que havia um corpo deitado em cada plataforma, enrolado em branco. E então eles se aproximaram, e ele viu que um dos corpos era bem menor que o outro, e se virou para Ty, sem conseguir se segurar.

— Eu lamento muito — falou. — Eu lamento tanto.

Ty olhava na direção da cidade. Uma das mãos abria e fechava, os longos dedos se dobrando, mas tirando isso, ele não demonstrava mais nenhum sinal de emoção.

— Na verdade, não tem nenhuma razão para você lamentar muito — falou. — Então, por favor, não lamente.

Kit ficou imóvel sem dizer palavra. Havia uma tensão fria nele, um medo que ele não conseguia repelir — medo de que ele não tivesse perdido apenas Livvy, mas Ty também.

— Eles ainda não voltaram — falou Isabelle. Ela estava serena, imaculada no uniforme, com uma faixa de seda branca na cabeça. Segurava a mão de Simon, e os nós dos dedos dela estavam tão brancos quanto a flor em sua lapela.

Emma sempre pensara na tristeza como uma garra. A garra de um monstro imenso e invisível, que se esticava dos céus e agarrava você, arrancando todo o seu fôlego, deixando apenas uma dor impossível de se desvencilhar ou de evitar. E aí só restava suportar o aperto da garra enquanto durasse.

Ela enxergava a dor daquele aperto nos olhos de Isabelle, por trás de seu semblante tranquilo, e parte dela queria abraçar a outra. Ela também queria que Clary estivesse ali — Clary e Isabelle eram como irmãs, e Clary poderia consolar Izzy daquele jeito que só uma melhor amiga consegue fazer.

— Eu pensei que você soubesse — falou Simon, e franziu as sobrancelhas ao olhar para Emma. E pensou em Clary dizendo que não podia contar a Simon sobre suas visões da morte, que ele ficaria arrasado. — Eu pensei que eles tivessem dito a você aonde iam.

Ninguém parecia estar prestando muita atenção a eles: Jia ainda conversava atentamente com Jocelyn e Maryse, e outros Caçadores presentes tinham ido até Julian e os outros para oferecer condolências.

— Eles disseram. Foram até o Reino das Fadas. Eu sei.

Instintivamente, Simon e Isabelle se aproximaram dela. Emma torcia para que não parecesse que estavam formando uma panelinha, compartilhando segredos, pois era exatamente isso o que estava acontecendo.

— É só que eu pensei que eles já deviam ter voltado a essa altura — falou Emma.

— Eles devem estar de volta amanhã — arrulhou Isabelle, e se abaixou para pegar Max no colo. Ela o tomou nos braços e afagou seus cabelos com o queixo. — Eu sei... é terrível. Se ao menos tivesse um jeito de enviar uma mensagem...

— Não podíamos pedir que a Clave adiasse o funeral — falou Simon. Os corpos dos Caçadores de Sombras não são embalsamados; eles são cremados o quanto antes para que não comecem a se decompor.

— Jace vai ficar arrasado — falou Izzy, ao mesmo tempo que lançava um olhar para trás até o local onde seu irmão, de mãos dadas com Rafe, fitava Magnus enquanto conversavam. — Especialmente por não ter estado aqui com Alec.

— A tristeza dura um bom tempo — falou Emma, com um bolo na garganta. — No início, assim que acontece, muita gente fica do seu lado. Se Jace estiver com Alec mais tarde, depois que acabar todo o estardalhaço do funeral e todas as frases feitas de gente totalmente desconhecida, vai ser bem melhor.

O olhar de Izzy suavizou.

Rainha do Ar e da Escuridão

— Valeu. E tente não se preocupar com Clary e Jace. Nós sabíamos que não íamos conseguir entrar em contato com eles enquanto estivessem fora. Simon... é o *parabatai* de Clary. Ele sentiria se alguma coisa tivesse acontecido com ela. E Alec também, em relação a Jace.

Emma não podia questionar a força dos laços *parabatai*. Ela baixou o olhar e se perguntou se...

— Eles chegaram. — Era Magnus, esticando os braços para pegar Max do colo de Isabelle. E deu uma olhadela estranha a Emma, a qual ela não conseguiu interpretar. — Os Irmãos.

Emma olhou para trás. Era verdade: eles tinham deslizado praticamente sem fazer barulho em meio à multidão, dividindo-a como o Mar Vermelho. Os Caçadores de Sombras recuaram quando os féretros trazendo Livvy e Robert passaram por eles, parando entre as piras.

Livvy jazia pálida e exangue, o corpo envolvido por um vestido de seda branca, com uma venda de seda branca sobre os olhos. O colar de ouro reluzia no pescoço. Os cabelos castanhos e compridos estavam salpicados de flores brancas.

Livvy dançava na cama, usando um vestido de chiffon verde-claro que tinha comprado na Tesouros Escondidos. Emma, Emma, olha o meu vestido novo! Emma lutava contra a lembrança, contra a fria verdade: esse era o último vestido que ela veria Livvy usando. Era a última vez que veria os cabelos castanhos familiares, a curva da bochecha, o queixo teimoso. *Livvy, minha Livvy, minha corujinha sábia, minha doce irmãzinha.*

Ela queria gritar, mas os Caçadores de Sombras não gritavam na morte. Em vez disso, eles recitavam sábias palavras, que passavam de geração em geração.

— *Ave atque vale.* — O murmúrio percorreu a multidão. — *Ave atque vale, Robert Lightwood. Ave atque vale, Livia Blackthorn.*

Isabelle e Alec se viraram e ficaram de frente para o féretro de seu pai. Julian e os outros Blackthorn ainda estavam encurralados ali por quem os cumprimentava. Por um momento, Emma ficou a sós com Simon.

— Eu conversei com Clary antes de ela ir — falou Emma, e as palavras foram como uma pressão quente no fundo de sua garganta. — Ela temia que alguma coisa ruim fosse acontecer.

Simon pareceu perplexo.

— Que tipo de coisa ruim?

Emma balançou a cabeça.

— Só... que se ela não voltasse quando deveria...

Simon a encarou com expressão confusa, mas antes que pudesse dizer alguma coisa, Jia deu um passo à frente e começou a falar.

— Caçadores de Sombras morrem jovens — falou alguém na multidão. Julian não reconheceu o homem, na casa dos 40 anos, com sobrancelhas grossas escuras. Tinha um emblema da Scholomance em seu uniforme, mas pouca coisa mais o diferenciava das dezenas de outras pessoas que se aproximaram para dizer que lamentavam a morte de sua irmã.

— Mas 15 anos... — O homem balançou a cabeça. Gladstone, se recordou Julian. O sobrenome dele era Gladstone. — Robert teve uma vida plena. Ele era meu primo distante, sabe. Mas o que aconteceu com sua irmã nunca deveria ter acontecido. Ela era só uma criança.

Mark emitiu um som estrangulado atrás de Julian, que falou alguma coisa educada para dispensar Gladstone. Tudo parecia distante, abafado, como se ele ou o mundo estivessem envolvidos em algodão.

— Eu não gostei dele — falou Dru depois que Gladstone se foi. A pele abaixo dos olhos dela estava brilhante e retesada com os rastros das lágrimas que não podiam ser limpos.

Era como se houvesse dois Julians. Um era o Julian de Antes, o Julian que teria feito alguma coisa para consolar Dru, que teria afagado os cabelos dela. O Julian de Agora não fazia nada disso. Permanecia imóvel conforme a multidão começava a se dispersar feito uma onda para abrir caminho para a procissão do funeral, e viu Helen erguer Tavvy nos braços.

— Ele tem sete anos — falou para ela. — Está grande demais para ficar sendo carregado no colo por aí.

Ela lhe deu um olhar meio de surpresa, meio de reprovação, mas não disse uma palavra. Os Irmãos do Silêncio caminhavam entre eles com os féretros, e a família Blackthorn congelou quando o ar foi preenchido pelo cântico dos Nephilim.

— Ave atque vale, *Livia Blackthorn. Saudações e adeus.*

Dru apertou os olhos com as palmas das mãos. Aline passou um braço em volta dela. Julian procurou por Ty. Não conseguia evitar.

Mark tinha ido até Ty e agora conversava com ele; Kit estava ao lado do menino, as mãos enfiadas nos bolsos, os ombros murchos, arrasado. Ty fitava o féretro da irmã, um borrão vermelho ardendo em suas bochechas. Na descida para a cidade, ele tinha enchido Julian com perguntas: *Quem tinha tocado nela na Cidade do Silêncio? Tinham limpado o sangue dela? Tinham pentea-*

do o cabelo? Tiraram o colar? Será que ele poderia ficar com as roupas dela? Quem escolheu o vestido com o qual ela seria enterrada? Eles tinham fechado os olhos dela antes de cobri-los com a fita de seda? Até Julian ficar exausto e quase explodir de impaciência.

As escadas foram posicionadas perto das piras, duas pilhas imensas de gravetos e lenha. Um Irmão do Silêncio pegou Livvy e começou a subir. Quando chegou ao topo, depositou o corpo; na segunda pira, outro Irmão fazia a mesma coisa com o cadáver de Robert Lightwood.

Diana também se postara ao lado de Ty. Ela trazia uma flor branca presa na gola, pálida em contraste à pele escura. Falou alguma coisa baixinho para o menino e Ty ergueu o rosto para ela.

Julian doía por dentro, uma dor física, como se tivesse levado um soco no estômago e só agora estivesse recuperando o fôlego. Ele sentia o pano ensanguentado amarrado em volta do pulso, como um círculo de fogo.

Emma. Procurou por ela na multidão e a viu de pé, ao lado de Simon. Cristina estava com eles. As escadas foram retiradas e os Irmãos do Silêncio avançaram com as tochas acesas. O fogo era intenso o suficiente para iluminar até mesmo a paisagem diurna. Os cabelos de Emma faiscaram e captaram o brilho dele quando os Irmãos do Silêncio assumiram suas posições em torno das piras.

— Essas chamas, esse fogo — falou Mark, que aparecera ao lado do irmão. — Na Caçada Selvagem, nós fazemos um enterro no céu.

Julian o encarou. Mark estava corado, os cachos claros dos cabelos um tanto bagunçados. Os símbolos de luto tinham sido desenhados com cuidado e precisão, porém, isto significava que não tinham sido feitos por ele. Eram delicados e belos — obra de Cristina.

— Nós deixávamos os corpos no topo de geleiras ou de árvores altas para os pássaros bicarem — falou Mark.

— Que tal você não sugerir isso a ninguém neste funeral? — disse Julian. Mark se encolheu.

— Desculpe, nem sempre eu sei dizer a coisa certa.

— Na dúvida, não diga nada — falou Julian. — Literalmente, é melhor se você não falar.

Mark ofereceu ao irmão o mesmo olhar que Helen dera antes — meio magoado, meio surpreso —, mas antes que pudesse dizer mais, Jia Penhallow, em trajes cerimoniais brancos e reluzentes como a neve, começou a falar:

— Caçadores das Sombras. — A voz forte cruzava os Campos Eternos. — Uma grande tragédia se abateu sobre nós. Um de nossos mais fiéis servos da

Clave, Robert Lightwood, foi morto no Salão do Conselho, onde nossa Lei sempre prevaleceu.

— Boa ideia não mencionar que ele era um traidor — murmurou alguém na multidão.

Era Zara. Sibilos e risadinhas irromperam, como um bule explodindo. Seus amigos, Manuel Villalobos, Samantha Larkspear e Jessica Beausejours, estavam ao redor dela, num círculo fechado.

— Não acredito que eles estão *aqui*. — Era Emma. De algum modo, tinha se aproximado de Julian. Ele não se lembrava de ter visto isso acontecendo, mas a realidade parecia piscar como o obturador de uma câmera se abrindo e fechando. Ela pareceu ligeiramente surpresa quando Julian não respondeu, mas caminhou até o meio da multidão, tirando Gladstone do caminho com um empurrão do braço rijo.

— E uma de nossas mais jovens e promissoras Caçadoras de Sombras foi assassinada, seu sangue foi derramado na frente de todos nós — falou Jia ao mesmo tempo que Emma se aproximava de Zara e seus amiguinhos. Zara deu um pequeno pulo de susto, em seguida, tentou disfarçar a perda da compostura com uma careta.

De um jeito ou de outro, Emma não ia se importar com a compostura da outra, pensou Julian. Ela gesticulava para Zara e, em seguida, para os Blackthorn e para Ty, quando a voz de Jia soou sobre a campina:

— Nós *não vamos* permitir que essas mortes permaneçam impunes. *Não vamos* esquecer seus responsáveis. Somos guerreiros, nós vamos lutar e retaliar.

Zara e os amigos pareciam obstinados — todos, menos Manuel, que esboçava um sorriso torto que, em outras circunstâncias, daria arrepios em Julian. Emma se virou e se afastou deles, com expressão sombria.

Ainda assim, Zara tinha parado de falar, o que já era alguma coisa.

— Eles se foram — falou Jia. — Os Nephilim perderam duas grandes almas. Que Raziel os abençoe. Que Jonathan Caçador de Sombras lhes faça as honras. Que David, o Silencioso se recorde deles. Vamos encomendar seus corpos à necrópole, onde eles servirão eternamente.

A Consulesa baixara a voz. Todos olhavam para ela, incluindo as crianças, Tavvy, Rafe e Max, por isso, todos notaram sua expressão mudar e ficar sombria. Ela falou as palavras seguintes como se estas lhe deixassem um gosto amargo.

— E agora nosso novo Inquisidor quer dizer umas poucas palavras.

Horace Dearborn deu um passo para frente; Julian não havia notado a presença dele até aquele momento. Ele usava uma veste de luto branca e uma

Rainha do Ar e da Escuridão

expressão solene muitíssimo apropriada, embora por trás dela parecesse se esconder um sorriso de desdém, como uma sombra por trás de uma vidraça.

Já Zara sorria abertamente, e agora mais de seus amigos da Scholomance tinham se juntando a ela. Ela acenou para o pai, ainda sorrindo, e o sorriso de desdém de Manuel se escancarou até ocupar boa parte do rosto.

Julian viu náusea nas expressões de Isabelle e Simon, horror no rosto de Emma, e raiva nas expressões de Magnus e Alec.

Ele até fez um esforço para sentir o que eles sentiam, mas não era capaz. Ele não sentia nada.

Horace Dearborn examinou a multidão por um longo momento. Kit já tinha recebido informações suficiente dos outros para saber que o pai de Zara era ainda mais sectário do que ela, e que fora nomeado novo Inquisidor pela maioria do Conselho, que parecia temer mais a Corte Unseelie e a ameaça do Submundo do que o fato de ter cedido poder a um homem nitidamente maligno.

Não que Kit achasse isso surpreendente. Apenas deprimente.

Ty, ao lado dele, não parecia olhar para Horace. Todo o seu afinco estava em Livvy, ou no pouco que eles podiam ver dela — um pedaço de branco no topo de uma pilha alta de madeira. Enquanto olhava para a irmã, ele passava o indicador direito nas costas da mão esquerda e voltava a repetir o gesto; tirando isso, estava impassível.

— Hoje — falou Horace finalmente —, como diz a Consulesa, pode realmente ser um dia de luto.

— Que gentileza dele reconhecer isso — murmurou Diana.

— *No entanto!* — A voz de Horace se elevou e ele apontou um dedo para a multidão, como se estivesse acusando a todos de um terrível crime. — Essas mortes não vieram do nada. Não há dúvida de quem foram os responsáveis por esses assassinatos, embora Caçadores de Sombras tolos possam ter permitido que eles ocorressem, a mão do Rei Unseelie e de todas as fadas, e, por extensão, de todos os integrantes do Submundo, está por trás desse ato!

Por que isso?, pensou Kit. Horace o fazia lembrar dos políticos que berravam na tevê, homens de rosto vermelho que sempre pareciam zangados e sempre queriam que você soubesse que havia alguma coisa digna de ser temida.

A ideia de que o Rei Unseelie era responsável pelas mortes de Livvy e de Robert, que todos os integrantes do Submundo eram culpados, não fazia sentido para Kit, mas, se ele esperava por um protesto da multidão, ficou decepcionado. Os espectadores estavam estranhamente calados, mas ao mesmo tempo Kit detinha a impressão de que não pareciam estar contra Horace. Ao contrário, era como se eles sentissem que não era educado aplaudir. O rosto de Magnus era uma tela em branco, como se sua expressão tivesse sido apagada com uma borracha.

— A morte serve como um lembrete — falou Horace, e Kit olhou para Julian. Os cabelos castanhos do rapaz balançavam sob o vento mais forte. Kit duvidava que esse fosse um lembrete do qual Julian precisava. — Um lembrete de que temos somente uma vida e que devemos vivê-la como guerreiros. Um lembrete de que temos apenas uma chance de fazer as escolhas corretas. Um lembrete de que em breve chegará o momento em que todos os Caçadores de Sombras terão que escolher um lado. Eles vão querer apoiar os traidores e os defensores do Submundo? Vão apoiar aqueles que destruiriam nosso estilo de vida e nossa própria cultura? Será que eles... meu jovem, o que é que você está fazendo? Desça já daí!

— Ah, pelo Anjo — murmurou Diana.

Ty subia pela lateral da pira de sua irmã. Não parecia fácil — a madeira fora empilhada para a máxima eficiência ao queimar, não para ser escalada, mas, de qualquer forma, ele estava conseguindo encontrar apoio para as mãos e os pés. E já estava tão alto em relação ao solo que Kit sentiu uma onda de medo ao pensar no que aconteceria caso um daqueles pedaços de madeira se soltasse e o menino caísse.

Kit começou a correr atrás de Ty sem pensar duas vezes, mas sentiu alguém segurar sua gola e puxá-lo para trás. Diana.

— Não — disse ela. — Você não. — E seu rosto foi tomado por rugas sombrias.

Você não. Kit entendeu o que ela queria dizer num instante: Julian Blackthorn já estava correndo, empurrando o Inquisidor — que grasnou indignado — e pulando na pira. Aí começou a escalar atrás do irmão.

— Julian! — berrou Emma, mas duvidava que pudesse ser ouvida. Agora todos gritavam: os guardas do Conselho, os enlutados, a Consulesa e o Inquisidor. Zara e seus amigos assobiavam e davam gargalhadas, apontando para Ty. Ele estava quase chegando ao topo da pira e não parecia ouvir ninguém ou nada ao redor. Escalava com uma intensidade determinada. Julian, mais abaixo, subia com mais cuidado sem conseguir igualar a velocidade do irmão.

Apenas os Blackthorn estavam em completo silêncio. Emma tentou avançar, mas Cristina segurou seu pulso e balançou a cabeça.

— Não... não é seguro e é melhor não distrair Julian...

Ty havia alcançado a plataforma em cima da pira. E então se sentou ali, empoleirado ao lado do corpo da irmã.

Helen emitiu um soluço vindo da garganta.

— *Ty.*

No topo da pira, não havia proteção contra o vento. O cabelo de Ty chicoteava seu rosto quando ele se abaixou sobre Livvy. Parecia estar tocando as mãos cruzadas dela. Emma sentiu uma tristeza solidária, semelhante a um soco no estômago, seguida por uma onda de ansiedade.

Julian alcançou a plataforma ao lado de Ty e de Livvy, e se ajoelhou perto do irmão. Eram como duas peças de xadrez pálidas, e apenas a cor dos cabelos (o de Ty era um tiquinho mais escuro) os diferenciava.

Emma sentiu o coração na garganta. Uma das coisas mais difíceis que já tinha feito na vida fora não correr até a pira e subir lá. Tudo, exceto Julian e Ty, parecia distante e fora de foco, mesmo enquanto ela ouvia Zara e seus amigos rindo e dizendo que os Irmãos do Silêncio deveriam acender logo a pira, que deveriam queimar Ty e Julian junto a Livvy, já que eles queriam ficar com ela tanto assim.

Ela sentiu Cristina enrijecer ao seu lado. Mark estava cruzando a grama, em direção às duas piras. Agora Zara e seus amigos cochichavam sobre Mark, falando das orelhas pontudas dele, de seu sangue fada. Mark caminhava com a cabeça abaixada, determinado, e Emma não conseguiu mais se controlar — se afastou de Cristina e correu pela grama. Se Mark ia atrás de Julian e Ty, então ela ia também.

Ela avistou Jia, ao lado de Maryse e Jocelyn, todas imóveis, um quadro vivo horrorizado. Caçadores de Sombras não faziam esse tipo de coisa. Não faziam da tristeza um espetáculo. Eles não gritavam, nem ficavam furiosos, desmaiavam, surtavam ou escalavam até o topo de piras.

Julian estava inclinado agora, o rosto de Ty entre suas mãos. Apesar de sua localização, eles formavam um retrato estranhamente delicado. Emma podia imaginar o quanto aquilo tudo era difícil: Julian odiava demonstrar emoções na frente de qualquer um em quem não confiasse, mas não parecia pensar nisso; murmurava para Ty, e suas testas quase se tocavam.

— As escadas — disse Emma para Mark, e ele assentiu sem fazer mais perguntas. Eles se esforçaram para passar em meio a um grupo de espectadores e pegaram uma das escadas pesadas que os Irmãos do Silêncio tinham trazido para o Campo, apoiando-a contra a lateral da pira de Livvy.

— Julian — chamou Emma, e o viu olhar para baixo enquanto ela e Mark firmavam a escada. Em algum lugar, Horace gritava para eles irem embora e para os guardas do Conselho tirarem os meninos dali. Mas ninguém se mexeu.

Julian tocou Ty uma vez na bochecha e o menino hesitou, esticando os braços para se abraçar brevemente. Aí abaixou os braços e seguiu o irmão rumo à descida das escadas. Julian foi o primeiro. Quando chegou ao chão, ele ficou imóvel, apenas ergueu o rosto, pronto para aparar seu irmão mais novo caso este caísse.

Ty alcançou o chão e se afastou da pira sem parar para recuperar o fôlego, cruzando a grama até Kit e Diana.

Alguém gritava para eles retirarem a escada: Mark a ergueu e carregou até os Irmãos do Silêncio, enquanto Emma segurava os pulsos de Julian e o conduzia gentilmente para longe da plataforma das piras.

Ele parecia confuso, como se tivesse sido atingido com força suficiente para ficar tonto. Ela parou a certa distância das outras pessoas e segurou as duas mãos dele.

Ninguém acharia isso estranho; era um tipo normal de afeição entre *parabatai*. Ainda assim, Emma estremeceu com a combinação do toque, do pavor pela situação e da expressão vazia no rosto dele.

— Julian — falou, e ele se encolheu.

— Minhas mãos — disse ele num tom de surpresa. — Eu não senti.

Ela baixou o olhar e arfou. As palmas dele eram um acolchoado de farpas ensanguentadas dos gravetos. Algumas eram pequenas linhas escuras contra a pele, mas outras eram maiores, palitos de dente arrancados da madeira que entraram em ângulo e vertiam sangue.

— Você precisa de um *iratze* — falou ela, e soltou um dos pulsos para pegar uma estela em seu cinto. — Deixe que eu...

— Não. — Ele desvencilhou o outro pulso do contato dela. Sua expressão era mais fria do que gelo. — Não acho que seja uma ideia muito boa.

Então Julian se afastou enquanto Emma lutava para respirar. Ty e Mark retornaram para onde os Blackthorn se encontravam: Ty estava perto de Kit, como sempre vinha fazendo, como um ímã se encaixando no lugar.

Emma viu Mark esticar o braço e pegar a mão de Cristina e pensou: *eu devia estar segurando as mãos de Julian, devia estar do lado dele, lembrando-o de que ainda há coisas no mundo pelas quais vale a pena viver.*

Mas as mãos de Julian estavam ensanguentadas e feridas, e ele não queria que Emma as tocasse. Assim como sua alma estava rasgada e ensanguentada, e talvez ele não quisesse ninguém por perto também, mas ela era diferente, era a *parabatai* dele, não era?

Está na hora. A voz silenciosa de um dos Irmãos reverberou pelos Campos: todos a ouviram — exceto Magnus e Max, que olharam em volta, confusos. Emma mal teve tempo de se preparar antes de os Irmãos do Silêncio tocarem as tochas na madeira aos pés de cada pira. O fogo ardeu e subiu, em ondas de tons dourados e vermelhos e, por um momento, foi quase belo.

Então o estrondo das chamas a atingiu, como o som de uma onda se quebrando, e o calor percorreu a grama. O corpo de Livvy desapareceu por trás de uma cortina de fumaça.

Kit mal conseguia ouvir o cântico suave dos Nephilim acima do estalido faminto das chamas:

— *Vale, vale, vale. Adeus, adeus. Adeus.*

A fumaça era densa. Seus olhos doíam e ardiam, e ele não conseguia parar de pensar no fato de que seu pai não tivera um funeral, de que pouco restara dele para ser enterrado, pois sua carne se transformara em cinzas devido ao veneno dos demônios Mantis, e seus restos foram levados pelos Irmãos do Silêncio.

Kit não suportava olhar para os Blackthorn, por isso, resolveu observar os Lightwood. Agora já ouvira todos os nomes: sabia que a irmã de Alec era Isabelle, a menina com cabelos pretos abraçada a ele e à sua mãe, Maryse. Rafe e Max estavam de mãos dadas; Simon e Magnus estavam próximos dos outros, como pequenas luas de consolo orbitando um planeta de tristeza. Ele se lembrou de alguém dizendo que funerais eram para os vivos, não para os mortos, para que eles pudessem dizer adeus. E se perguntou sobre a fogueira: era para que os Nephilim pudessem se despedir no fogo que os fazia recordar dos anjos?

Ele viu um homem se aproximando dos Lightwood e piscou os olhos lacrimosos. Era um jovem bonito, com cabelos castanhos cacheados e um queixo quadrado. Não usava branco como os outros, mas uniforme preto simples. Ao passar por Maryse, ele parou e pôs uma das mãos sobre o ombro dela.

Ela não se virou nem pareceu notar. Ninguém notou. Magnus olhou para trás brevemente, franziu as sobrancelhas, mas voltou a olhar na outra direção; Kit percebeu com um frio no peito que era o único realmente capaz de enxergar o jovem — e que a fumaça parecia flutuar através do desconhecido, pois ele era feito de ar.

Um fantasma, pensou. *Como Jessamine.* Olhou ao redor, enlouquecido. Sem dúvida, e haveria outros fantasmas aqui, nos Campos Eternos, com seus pés mortos que não deixavam rastros na grama, certo?

Mas conforme a fumaça se elevava acima e ao redor, ele via apenas os Blackthorn, abraçados, Emma e Cristina, lado a lado, e Julian com Tavvy. Um pouco relutante, olhou mais uma vez: o jovem com os cabelos escuros tinha se ajoelhado ao lado da pira de Robert Lightwood. Estava mais perto das chamas do que qualquer ser humano poderia ter chegado, e elas pareciam girar dentro dos contornos de seu corpo, os olhos acesos com lágrimas ardentes.

Parabatai, pensou Kit de repente. Na curva dos ombros do jovem, nas mãos esticadas, na saudade estampada em seu rosto, ele viu Emma e Julian, viu Alec quando este falava sobre Jace; sabia que estava olhando para o fantasma do *parabatai* de Robert Lightwood. Não entendia como, mas sabia.

Um tipo de laço cruel, pensou, que transformava duas pessoas em uma, e que deixava tal destruição quando uma das metades se ia.

Kit desviou o olhar do fantasma, notando que a fumaça e o fogo tinham formado uma parede agora, e as piras já não eram mais visíveis. Livvy desaparecera por trás da escuridão fervente. A última coisa que ele viu antes de as lágrimas o cegarem por completo foi Ty a seu lado, erguendo o rosto e fechando os olhos, uma silhueta escura delineada pelo brilho do fogo, como se ele tivesse um halo dourado.

4

Nada do que é Nosso

As piras ainda ardiam conforme a procissão dava meia-volta, retornando em direção à cidade. Era comum a fumaça subir a noite toda, e as famílias se reunirem na Praça do Anjo para prantear com outras pessoas.

Não que Emma achasse provável que os Blackthorn fossem fazer esse tipo de coisa. Eles ficariam em casa, na companhia uns dos outros: tinham passado tempo demais da vida isolados para agora buscarem conforto com outros Caçadores de Sombras que mal conheciam.

Ela optara por se separar do restante do grupo, irritada demais para tentar conversar de novo com Julian na frente da família dele.

— Emma — chamou uma voz a seu lado. Ela se virou e viu Jem Carstairs.

Jem. Ficou chocada demais para falar. Antigamente, Jem fora Irmão do Silêncio, e, embora fosse um Carstairs, era um parente muito distante por ter mais de cem anos. No entanto, ele parecia ter só uns 25, usava jeans e sapatos surrados. Vestia um suéter branco, e Emma imaginou que fosse sua concessão ao uso de roupa branca para os funerais dos Caçadores de Sombras. Jem não era mais Caçador de Sombras, embora tivesse sido durante muitos anos.

— Jem — murmurou ela, sem querer alertar outras pessoas na procissão. — Obrigada por vir.

— Eu queria que você soubesse o quanto lamento — disse. Parecia pálido e exausto. — Sei que você amava Livia como a uma irmã.

— Eu a vi morrer — falou Emma. — Você já presenciou a morte de alguém que amava?

— Já — respondeu Jem.

Esse era o problema com pessoas praticamente imortais, pensou Emma. Era raro que você tivesse alguma experiência que elas já não tivessem vivenciado.

— Podemos conversar? — falou Emma abruptamente. — Só nós dois?

— Sim. Eu também queria conversar a sós com você. — E apontou uma colina baixa a certa distância, parcialmente oculta por algumas árvores. Depois de murmurar para Cristina que ia conversar com Jem... *"O Jem? Aquele cara muito velho? Que se casou com uma feiticeira? Sério?"* dissera a amiga. Emma foi até onde ele estava sentado na grama, entre algumas rochas antigas.

Eles ficaram sentados em silêncio por um tempinho, admirando os Campos Eternos.

— Quando você era um Irmão do Silêncio — falou Emma subitamente —, você queimava as pessoas?

Jem se virou para encará-la. Os olhos dele eram muito escuros.

— Eu ajudava a acender as piras — respondeu. — Certa vez um sábio me disse que não podemos compreender a vida e, portanto, não podemos ter esperança de compreender a morte. Perdi muitas pessoas que eu amava para a morte, e não fica mais fácil, assim como não facilita ver as piras arderem.

— *Somos pó e sombras* — recitou Emma. — Acho que todos somos cinzas também.

— O objetivo do ritual é nos tornar iguais — falou Jem. — Todos somos queimados. Nossas cinzas vão construir a Cidade dos Ossos.

— Menos as dos criminosos — disse Emma.

Jem franziu as sobrancelhas.

— Livia dificilmente era uma criminosa — falou ele. — Nem você, a menos que esteja pensando em cometer um crime.

Eu já cometi. Estou criminosamente apaixonada pelo meu parabatai. A vontade de dizer aquelas palavras, de confessar para alguém — e, em particular, de confessar para Jem — era como uma pressão na cabeça de Emma. Ela retrucou sem perda de tempo:

— Alguma vez o seu *parabatai* se afastou de você? Quando, tipo, você queria conversar?

— As pessoas fazem coisas estranhas quando estão de luto — falou Jem suavemente. — Mais cedo, fiquei observando de longe. Vi Julian escalar o topo da pira por causa do irmão. Sei o quanto ele sempre amou essas crianças. Nada que ele disser ou fizer agora, nesses primeiros e piores dias, vai ser do feitio dele. Além disso — emendou, esboçando um sorriso —, ser *parabatai* é complicado. Uma vez eu dei um soco na cara do meu *parabatai*.

— Você fez *o quê*?

— O que eu disse. — Jem parecia se divertir com o espanto de Emma. — Dei um soco no meu *parabatai*. Eu o amava mais do que a qualquer um que já amei neste mundo, exceto Tessa, e dei um soco na cara dele porque meu coração estava em frangalhos. Não tenho moral para julgar ninguém.

— Tessa! — exclamou Emma. — Onde ela está?

Jem cerrou o punho na grama.

— Você já ouviu falar da doença dos feiticeiros?

Emma se recordou de ter ouvido falar da doença de Magnus, da rapidez com que sua magia enfraquecia. Que não era só com ele, que estava acontecendo com outros feiticeiros também.

— Tessa está doente? — perguntou ela.

— Não — falou Jem. — Ela ficou doente, mas se recuperou.

— Então os feiticeiros podem melhorar?

— Tessa foi a única que se recuperou da doença. Ela acredita estar protegida por seu sangue de Caçadora de Sombras, mas muitos outros feiticeiros estão doentes agora... e os feiticeiros mais velhos, que usavam magia mais poderosa e em maior quantidade, estão adoecendo primeiro.

— Como Magnus — murmurou Emma. — O quanto Tessa sabe sobre isso? O que foi que ela descobriu?

— Tessa crê que esteja ligado aos feitiços que Malcolm usou para ressuscitar Annabel — explicou Jem. — Ele usava as Linhas Ley para fortalecer a magia necromante. Se elas estiverem envenenadas, talvez estejam transmitindo o veneno a qualquer feiticeiro que faça uso delas.

— Os feiticeiros não podem simplesmente parar de usar?

— Existem poucas fontes de poder disponíveis — respondeu Jem. — As Linhas Ley são as mais fáceis. Muitos feiticeiros *pararam* de usá-las, mas isso significa que estão exaurindo seu poder muito rapidamente, o que também é prejudicial. — Ele lhe deu um sorriso desprovido de confiança. — Tessa vai resolver isso — acrescentou. — Ela encontrou Kit; vai encontrar essa resposta também.

Jem baixou a cabeça. Ele mantinha os cabelos curtos e Emma via as marcas das cicatrizes dos Irmãos, onde os símbolos do silêncio tinham sido desenhados, ao longo da bochecha.

— Na verdade, eu queria conversar sobre Kit — falou ele. — Em parte, foi por isso que vim.

— Sério? Por causa de Kit? Até onde sei, ele está bem. Só triste, igual a todos nós.

— Kit é mais do que um mero Herondale — falou ele. — Os Herondale são importantes para mim, mas os Carstairs e os Blackthorn também são. No entanto, Tessa e eu sabíamos que Kit estava em perigo desde que descobrimos a descendência dele. Nós nos apressamos para encontrá-lo, mas Johnny Rook o escondera muito bem.

— De quem ele descendia? Johnny Rook era um vigarista e Kit diz que sua mãe era dançarina em Las Vegas.

— Johnny *era* um vigarista, mas ele também tinha algum sangue de Caçador de Sombras na família... isso há muito tempo, provavelmente de centenas de anos. Mas não é o que importa. O que é importa mesmo foi o que Kit herdou da mãe. — Jem hesitou. — A família da mãe de Kit tem sido caçada pelas fadas há gerações. O Rei Unseelie sempre esteve determinado a destruí-los, e Kit é o último de sua linhagem.

Emma tombou de lado sobre a grama.

— Ai, não, chega de fadas — resmungou ela.

Jem sorriu, mas seus olhos ficaram turvos.

— A mãe de Kit foi assassinada por um cavaleiro fada — falou. — Fal. Creio que você o conheceu.

— Creio que eu o matei — disse Emma. Ela fez um esforço para se sentar novamente ao lado de Jem. — E agora fico feliz com isso. Ele matou a mãe de Kit? Isso é terrível.

— Por mais que eu quisesse, não posso contar muita coisa — falou Jem. — Ainda não. Mas posso dizer que tem sangue fada na família de Kit. A mãe dele foi perseguida, e o pai também, através das gerações. Kit está vivo porque a mãe fez um esforço tremendo para esconder o nascimento dele. Ela omitiu o vínculo entre eles e, quando morreu, o Rei pensou que a linhagem tivesse acabado de vez com ela.

— E isso mudou? — perguntou Emma.

— Tememos que sim — explicou Jem. — Tessa e eu deixamos Kit com vocês no Instituto porque a doença dos feiticeiros já tinha começado. Não sabíamos então se era alguma coisa capaz de se espalhar entre os humanos. Também precisávamos ficar no Labirinto Espiral, e não iam nos deixar levar Kit. Sempre tivemos a intenção de voltar para ele... não tínhamos ideia de que os Cavaleiros seriam enviados para encontrar vocês. Não sabemos se eles o reconheceram ou não. Ele se parece um bocado com a mãe.

— Acho que não — falou Emma. Kit se parecia apenas com Jace, em sua opinião. — Então vocês vão levar Kit agora? Não queremos perdê-lo, mas se for preciso...

— A doença dos feiticeiros só fez piorar. Tessa e eu estamos trabalhando dia e noite no Labirinto Espiral para encontrar uma cura. E tem mais uma coisa. — Ele hesitou. — Tessa está grávida.

— Ah. *Parabéns!* — Era a primeira boa notícia que Emma ouvia no que parecia uma eternidade.

Jem sorriu, e foi como se uma luz tivesse se acendido dentro dele. Ele passara tanto tempo sozinho, Emma sabia, imaginando que nunca teria uma família. Ter uma mulher agora e um bebê a caminho, o tipo de milagre muito corriqueiro que caracterizava uma vida muito corriqueira, devia ser extraordinário para ele.

— É maravilhoso — falou ele, e segurou a mão de Emma. — Confio em você, Emma. Só queria pedir que você tome conta de Kit, e se descobrir alguma coisa suspeita... ou algum sinal de uma busca... por favor, me avise. Estarei aqui no mesmo instante.

— Devo mandar uma mensagem de fogo? — perguntou Emma, e a felicidade por causa do bebê esmaeceu.

— Às vezes não é possível enviar uma mensagem de fogo. Há meios mais fáceis. — Ele botou alguma coisa na mão dela. Um anel simples, prateado, com uma pedra clara. — É de vidro — falou ele. — Quebre o anel e Tessa saberá; ela tem um igual.

Emma deslizou o anel pelo dedo. Pensou em Kit, fielmente ao lado de Ty durante o funeral. Pensou nos cachos claros, nos olhos azuis e no rosto delicado; será que ela deveria ter imaginado que ele tinha sangue fada? Não. Ele não se parecia com Mark. Ele parecia um Herondale. Como se ele não fosse nada mais do que isso.

— Pode confiar em mim — falou. — Vou tomar conta de Kit. Tem alguma coisa que eu possa fazer sobre as Linhas Ley?

— Seria útil ter um Caçador de Sombras em Los Angeles verificando o foco da magia de Malcolm — falou Jem. — Quando voltar para casa, entre em contato com Catarina Loss. Pode ser que ela queira sua ajuda.

— Pode deixar — falou Emma. — É bom ter um objetivo, acho. Livvy está morta... Jace e Clary estão numa missão e inalcançáveis... e Horace Dearborn é o Inquisidor. É como se não houvesse mais esperança para nada.

— *Sempre* há esperança — disse Jem. — Quando eu era muito jovem, ainda era permitido coletar despojos, os bens dos integrantes do Submundo podiam ser confiscados por qualquer Caçador de Sombras. Conheci um homem que guardava as cabeças das fadas mortas no Instituto que dirigia.

Emma fez um som de vômito.

— Nunca houve esse excesso de veneno percorrendo o coração maligno da Clave. Mas há muitos que sabem que os integrantes do Submundo são nossos irmãos. Que somos todos crianças sob o Anjo. — Ele suspirou. — E embora eu não possa ficar, basta quebrar o anel e virei, não importa a distância. — Ele passou um braço em volta dela e a envolveu com força por um momento. — Cuide-se, *mèi mei*.

— O que significa isso? — perguntou Emma, mas ele já tinha ido embora, desaparecendo entre as árvores tão rápido quanto surgira.

Kit se levantou e ficou observando a fumaça se erguer ao longe, pela janela do quarto que ele dividia com Ty.

Pelo menos, ele supunha estar dividindo um quarto com Ty. Sua bolsa estava ali, jogada num canto, e ninguém sequer se dera ao trabalho de dizer se ele deveria se alocar em outro cômodo. Ele se vestira no banheiro de manhã, saíra e se deparara com Ty vestindo uma camiseta. As Marcas dele pareciam incomumente escuras, provavelmente porque a pele era muito clara. Ele parecia tão delicado; Kit teve que desviar o olhar do formato das omoplatas, da fragilidade da coluna. Como ele podia ter aquela aparência e ainda assim ser forte o suficiente para enfrentar demônios?

Agora Ty estava no andar de baixo com o restante da família. Quando alguém morria, as pessoas costumavam cozinhar, e os Caçadores de Sombras não eram uma exceção. Alguém provavelmente preparava uma fritada. Uma fritada demoníaca. Kit inclinou a cabeça contra o vidro frio da janela.

Houve uma época em que ele poderia ter fugido, pensou. Poderia ter fugido e abandonado os Caçadores de Sombras, ter se perdido no mundo subterrâneo dos Mercados das Sombras. Ter sido como seu pai, que não era parte de mundo algum, apenas existindo entre ambos.

Pelo reflexo da janela, Kit viu a porta do quarto se abrir e Ty entrar. O menino ainda usava as roupas do velório, embora tivesse tirado o casaco e agora usasse apenas uma camiseta de manga comprida. E Kit sabia que era tarde demais para fugir, que agora ele se importava com essas pessoas, sobretudo, com Ty.

— Fico contente que esteja aqui. — Ty se sentou na cama e começou a desamarrar os sapatos. — Eu queria conversar com você.

A porta ainda estava entreaberta e Kit ouvia vozes vindo da cozinha, no andar de baixo. As vozes de Helen, Dru, Emma, e a de Julian também. Diana voltara para a própria casa. Aparentemente ela morava numa loja de armas ou coisa assim, e tinha ido buscar uma ferramenta que talvez ajudasse a tirar as farpas das mãos ensanguentadas de Julian.

As mãos de Ty pareciam bem, mas ele estivera usando luvas. Kit vira quando Julian se afastara para lavá-las na pia e parecia que estilhaços tinham explodido sobre as palmas. Emma ficara perto dele o tempo todo, a expressão preocupada, mas Julian rejeitara um *iratze*, alegando que só serviria para cicatrizar a pele superficialmente. A voz dele não tinha entonação, e Kit mal a reconhecera.

— Sei o que vai parecer — falou Kit, se virando e colando as costas na vidraça fria. Ty estava abaixado, e Kit captou um brilho dourado no pescoço do menino. — Mas você não está agindo do jeito que eu esperava.

Ty tirou as botas com pressa.

— Só porque eu escalei a pira?

— Não, na verdade, isso era uma coisa que eu esperava que você fizesse. Eu apenas...

— Eu subi para pegar isto — falou Ty, e pôs a mão no pescoço. Kit reconheceu a corrente dourada e o disco fino de metal pendendo dela: o medalhão de Livvy, o mesmo que ele ajudara a colocar em Londres. Tinha um pequeno aro com os espinhos da família na frente, e ela lhe contara que Julian acrescentara um desenho no verso: dois sabres cruzados, as armas de Livvy.

Kit se recordava claramente da menina segurando os cabelos enquanto ele apertava o fecho, e do cheiro do perfume dela. Sentiu o estômago revirar e disse:

— O colar de Livvy. Quero dizer, acho que isso faz sentido. Eu só pensei que você fosse...

— Chorar? — Ty não parecia zangado, mas a intensidade em seus olhos cinzentos aumentara. Ele ainda segurava o pingente. — É esperado que todo mundo esteja triste. Isso porque aceitam que Livvy está morta. Mas eu não. Eu não aceito isso.

— O quê?

— Eu vou trazê-la de volta — falou Ty.

Kit se sentou pesadamente no parapeito da janela.

— Como você vai fazer isso?

Ty largou o colar e tirou o telefone do bolso.

— Isto aqui estava no celular de Julian. Ele tirou estas fotos quando estava na biblioteca com Annabel. São das páginas do Volume Sombrio dos Mortos.

— Quando foi que você pegou isso? — Kit sabia que mensagens de texto não funcionavam em Idris. — Julian sabe que você está com elas?

— Eu mexi no celular dele, para ter acesso aos arquivos no meu aparelho. Acho que ele não percebeu. Então quando vi as imagens em Londres, eu... — O menino encarou Kit com a testa franzida de preocupação. — Você não vai contar para ele, vai?

— Claro que não.

— Você quer se sentar aqui perto de mim para vê-las?

Kit queria negar; mas não podia. Na verdade, ele queria que isso não estivesse acontecendo, mas estava. Quando se sentou na cama, o colchão afundou e ele esbarrou no cotovelo de Ty acidentalmente. A pele do outro era quente contra a dele, mesmo através da camiseta, como se estivesse com febre.

Nunca lhe passara pela cabeça que Ty estivesse mentindo ou equivocado, e ele não parecia estar nem uma coisa nem outra. Depois de quinze anos com Johnny Rook, Kit estava bem familiarizado com a aparência de livros de feitiços do mal e este, com certeza, parecia um deles. Feitiços escritos numa letra pequenina enchiam as páginas, juntamente a desenhos assustadores de cadáveres rastejando para fora da sepultura, rostos gritando e esqueletos queimados.

Mas Ty não olhava para as imagens como se fossem assustadoras; ele as observava como se fossem o Santo Graal.

— Esse é o livro de feitiços mais poderoso que já existiu. Por isso não faz diferença se cremaram o corpo de Livvy. Com feitiços assim, ela pode ser trazida de volta inteirinha, independentemente do que foi feito ao seu corpo ou de quanto tempo se passou... — Ty se calou, a respiração entrecortada. — Mas eu não quero esperar. Quero começar assim que voltarmos para Los Angeles.

— Mas Malcolm não matou um monte de gente para trazer Annabel de volta? — perguntou Kit.

— Correlação, não causalidade, meu caro Watson — falou Ty. — O modo mais simples de fazer necromancia é com energia mortal. Vida por morte, basicamente. Mas existem outras fontes de energia. Eu nunca mataria alguém. — Ele tentou fazer uma careta de desdém, mas só conseguiu uma expressão fofa.

— Não acho que Livvy iria querer que você fizesse necromancia — observou Kit.

Ty guardou o celular.

— Não acho que Livvy quisesse estar morta.

Kit sentiu as palavras como um soco no peito, mas antes de conseguir responder, ouviu-se uma confusão no andar de baixo. Ele e Ty correram para o topo da escada, Ty só de meias, e ambos olharam lá para baixo, na direção da cozinha.

O amigo espanhol de Zara Dearborn, Manuel, estava lá, usando o uniforme de oficial do Gard, com um sorriso de desdém. Kit se inclinou mais para a frente para ver com quem conversava. Avistou Julian reclinado contra a mesa; o rosto inexpressivo. Os outros estavam alinhados ao redor da cozinha: Emma parecia furiosa, e Cristina tinha posto a mão no braço da amiga como se quisesse contê-la.

— Sério? — falou Helen, com raiva. — Você não podia esperar até o dia seguinte ao funeral de nossa irmã para arrastar Emma e Jules até o Gard?

Manuel deu de ombros, com evidente indiferença.

— Tem que ser agora — falou. — A Consulesa insiste.

— O que está acontecendo? — perguntou Aline. — Você está falando da minha mãe, Manuel. Ela não ia simplesmente exigir vê-los sem uma boa razão.

— É sobre a Espada Mortal — falou Manuel. — É uma razão suficientemente boa para todos vocês?

Ty puxou o braço de Kit, afastando-o da escada. Eles foram até o corredor no andar de cima, e as vozes na cozinha ficaram mais baixas, mas o tom ainda era imperativo.

— Você acha que eles vão? — perguntou Kit.

— Emma e Jules? Eles têm que ir. A Consulesa pediu — disse Ty. — Mas foi ela, não foi o Inquisidor, então vai ficar tudo bem. — E se inclinou na direção de Kit, que tinha apoiado as costas na parede; o menino cheirava a fogueira.

— Eu posso fazer isso sem você. Trazer Livvy de volta, quero dizer — falou.

— Mas não quero. Sherlock não faz as coisas sem o Watson.

— Você contou isso para mais alguém?

— Não. — Ty cobrira as mãos com a manga da camisa e agora estava remexendo no tecido com os dedos. — Sei que precisa ser segredo. As pessoas não iam gostar, mas, quando Livvy voltar, todos vão ficar felizes e ninguém vai se importar.

— Melhor pedir perdão a permissão — falou Kit, sentindo-se tonto.

— Isso. — Ty não olhava nos olhos de Kit; ele nunca fazia isso, na verdade, mas seus olhos se iluminaram, esperançosos; sob a iluminação fraca do corredor, o tom acinzentado neles era tão claro que parecia até lágrimas. Kit pensou em Ty dormindo, em como o menino dormira durante o dia inteiro da morte de Livvy, e no modo como ele o observara dormindo, apavorado com o que aconteceria quando acordasse.

Todos tinham ficado apavorados. Ty não iria suportar, pensaram. Kit se lembrava de Julian de vigília, acima de Ty, enquanto o pequeno dormia, afagando os cabelos do irmão, e ele andara rezando — Kit sequer sabia que os Caçadores de Sombras rezavam, mas Julian com certeza tinha feito isso. Ty desmoronaria num mundo sem a irmã, pensaram todos; ele viraria pó assim como o corpo de Livvy.

E agora ele estava pedindo isso a Kit, dizendo que não queria fazer a coisa toda sem ele. E se Kit negasse e Ty não aguentasse a pressão de tentar fazer tudo sozinho? E se Kit arrancasse a última esperança do menino e Ty acabasse por desmoronar em consequência?

— Você precisa de mim? — perguntou Kit lentamente.

— Sim. — Ty assentiu.

— Então — falou Kit, mesmo sabendo que estava cometendo um grande erro —, eu vou ajudar.

Fazia frio na Scholomance, mesmo durante o verão. A construção fora entalhada no interior de uma montanha, com janelas compridas em toda a face do penhasco. Elas forneciam claridade, assim como os candelabros de luz enfeitiçada, em praticamente todos os cômodos, mas não forneciam aquecimento. A friagem do lago abaixo, profundo e escuro sob a luz da lua, parecia ter se infiltrado nas paredes e no soalho de pedra e daí irradiado, e por esse motivo, mesmo no início do mês de setembro, Diego Rocio Rosales vestia um suéter grosso e um casaco sobre o jeans.

Castiçais de luz enfeitiçada empoeirados lançavam sua sombra longa e estreita à frente enquanto ele cruzava apressadamente o corredor até a biblioteca. Em sua opinião, a Scholomance precisava urgentemente de uma reforma. Na única vez que seu irmão, Jaime, visitara a escola, tinha dito que ela parecia ter sido decorada pelo Drácula. Infelizmente, era verdade. Para tudo que é lado havia candelabros de ferro (que faziam Kieran espirrar) e castiçais de bronze em formato de dragão, sustentando antigas pedras de luz enfeitiçada, além de lareiras de pedra cavernosas com anjos imensos entalhados, postados junto a cada lateral de um jeito ameaçador. As refeições comunitárias eram feitas à uma mesa comprida que poderia acomodar a população da Bélgica, embora no momento menos de vinte pessoas morassem na escola. A maior parte dos professores e dos estudantes estava em casa ou em Idris.

O que tornava mais fácil ocultar um príncipe fada no prédio. Diego tinha ficado apreensivo com a ideia de esconder Kieran na Scholomance — ele não era bom em mentir, mesmo nas melhores circunstâncias, e o esforço de manter um "relacionamento" com Zara já o esgotara. Mas Cristina tinha pedido para ele fazer isso, e Diego faria qualquer coisa por ela.

Ele chegara ao fim do corredor, onde ficava a porta da biblioteca. Há muito tempo, a palavra *"Biblioteca"* costumava adornar a porta com letras douradas; agora restavam apenas os contornos das letras, e as dobradiças rangeram feito camundongos assustados quando Diego empurrou a porta.

Na primeira vez em que viu a biblioteca, ele achou que fosse uma pegadinha. Um cômodo imenso, que ficava no andar mais alto da Scholomance, com telhado feito de um vidro grosso invadido pela luminosidade. Durante o tempo em que a escola ficara deserta, árvores imensas tinham crescido no solo sob

Rainha do Ar e da Escuridão

o piso: Kieran havia comentado que elas pareciam ter a força dos carvalhos do Reino das Fadas. Ninguém tivera tempo ou dinheiro para removê-las dali. Então assim permaneceram, cercadas pela poeira das pedras quebradas, suas raízes rachando o chão e serpenteando entre cadeiras e mesas. Os galhos se espalharam bem acima e formaram uma cobertura sobre as prateleiras, forrando os assentos e soalhos com folhas caídas.

Às vezes Diego se perguntava se Kieran gostava daqui exatamente porque o local o fazia se lembrar de uma floresta. Sem dúvida, ele passava a maior parte do tempo sentado perto da janela, um tanto soturno, lendo tudo na seção sobre fadas. E empilhava os livros que considerava precisos em suas informações. A pilha era pequena.

Ele ergueu o olhar quando Diego entrou. Seu cabelo estava preto-azulado, da cor do lago da paisagem da janela. Tinha posto dois livros na pilha dos adequados e lia um terceiro: *Hábitos de acasalamento dos Unseelie.*

— Não conheço ninguém no Reino das Fadas que tenha se casado com um bode — disse, irritado. — Nem na corte Seelie *ou* na Unseelie.

— Não leve para o lado pessoal — falou Diego, puxando uma cadeira e se sentando de frente para Kieran. Via o reflexo de ambos na janela. Os pulsos ossudos de Kieran se sobressaíam debaixo das mangas do uniforme emprestado. As roupas de Diego tinham ficado grandes demais para ele, então Rayan Maduabuchi se oferecera para lhe emprestar algumas, e sequer pareceu incomodado com o fato de Diego estar escondendo uma fada em seu quarto; nada perturbava a tranquilidade de Rayan. Divya (a outra melhor amiga de Diego na escola), por outro lado, pulava de nervoso sempre que alguém mencionava estar indo à biblioteca, apesar da incrível habilidade de Kieran em se esconder.

Divya e Rayan eram as únicas pessoas a quem Diego contara sobre Kieran, sobretudo porque eram as únicas pessoas em quem ele confiava atualmente na Scholomance. Somente um professor permanecera no local: o professor Gladstone, que nesse momento estava em Idris para o funeral do Inquisidor. Embora tivesse havido uma época em que Diego teria confiado num professor sem pensar duas vezes, isso agora era passado.

— Você teve alguma notícia de Idris? — perguntou Kieran, baixando o olhar para o livro.

— Você quer dizer de Mark? — falou Diego — E não, eu não tive notícias dele. Ele não é lá muito fã da minha pessoa.

Kieran ergueu o olhar.

— E tem alguém que seja?

De algum modo, ele conseguiu fazer a pergunta sem soar ofensivo, como se quisesse simplesmente saber.

Diego, que às vezes se perguntava a mesma coisa, não respondeu.

— Imaginei que talvez você tivesse notícias de Cristina. — Kieran fechou o livro, marcando a página com o dedo. — Se ela está bem, e Mark... Eu pensei que o funeral fosse hoje.

— E foi — retrucou Diego. Ele também achou que teria notícias de Cristina. Sabia que ela gostava muito de Livia Blackthorn. — Mas funerais para nós são uma época muito corrida. Há muitas cerimônias e um monte de pessoas nos visitando e oferecendo condolências. Talvez ela não tenha tido tempo.

Kieran parecia insatisfeito.

— Parece irritante. No Reino das Fadas, sabemos deixar as pessoas enlutadas em paz.

— É irritante, mas também não é — falou Diego, e pensou na morte de seu avô. E em como a casa fora tomada pelas velas, que ardiam com uma bela luz. E que as visitas tinham trazido comida, e que todos comeram e beberam juntos, e compartilharam lembranças de seu *abuelo*. Para tudo que é lado havia calêndulas, o cheiro de canela de *atole* e o som de risadas.

Ele achava que curtir o luto sozinho era frio e solitário. Mas as fadas eram diferentes.

Kieran semicerrou os olhos, como se tivesse visto alguma coisa reveladora na expressão de Diego.

— Tem um plano para mim? — perguntou ele. — Para onde vão me mandar quando eu não mais tiver que me esconder aqui?

— Eu tinha imaginado que talvez você quisesse voltar para Los Angeles — falou Diego, surpreso.

Kieran balançou a cabeça. Mechas de cabelo se tornaram brancas; a cor dos cabelos dele parecia mudar de acordo com seu humor.

— Não. Não vou voltar para onde Mark está.

Diego ficou em silêncio. Ele não tinha um plano de fato. Cristina havia pedido que escondesse Kieran, mas nunca explicara por quanto tempo. E ele só fizera o favor porque sabia ter uma dívida para com ela; tinha pensado em Zara — lembrado da mágoa no rosto de Cristina na primeira vez que ela vira a filha de Horace.

A culpa tinha sido dele. Não contara sobre Zara porque ficara torcendo desesperadamente para que algo acontecesse e o livrasse do noivado antes que o encontro entre elas fosse necessário. Foram os Dearborn que insistiram no contrato nupcial. Eles ameaçaram tornar público os segredos da família Rocio Rosales caso Diego não tomasse uma atitude para provar que dizia a verdade ao afirmar que não sabia onde o irmão se encontrava e que não sabia o paradeiro do artefato que Jaime tinha surrupiado.

Nunca houve dúvida sobre o amor dele por Zara ou se ao menos era recíproco. Ela parecia considerar uma vitória estar noiva do filho de uma família importante, mas não havia paixão nela, exceto a paixão pelas causas horríveis que seu pai defendia.

Kieran arregalou os olhos

— O que é aquilo?

Aquilo era uma luz intensa, semelhante a um fogo-fátuo, acima do ombro de Diego. Uma mensagem de fogo. Ele a pegou no ar e o papel se desenrolou em sua mão. No mesmo instante, reconheceu a letra.

— Cristina — falou. — É uma mensagem de Cristina.

Kieran se sentou tão depressa que o livro caiu de seu colo no chão.

— Cristina? O que ela diz? Ela está bem?

Estranho, pensou Diego; ele imaginava que Kieran fosse perguntar se *Mark* estava bem. Mas o pensamento voou de sua mente quase que imediatamente, encoberto pelas palavras que lia.

Sentindo como se tivesse levado um chute no estômago, Diego entregou a mensagem a Kieran, e observou o outro ficar pálido conforme tomava conhecimento que Horace Dearborn se tornara o novo Inquisidor.

— Isso é um golpe duro para a família Blackthorn — falou Kieran, a mão trêmula. — Eles ficarão arrasados, assim como Cristina. E ele é um homem perigoso. Um sujeito mortal. — Ele ergueu o olhar para Diego, os olhos negros como a noite e turvos como uma tempestade. — O que nós podemos fazer?

— É evidente que eu não sei nada sobre as pessoas — falou, pensando em Zara, Jaime, em todas as mentiras que tinha contado, e em como nenhuma delas surtira o efeito desejado, só servindo para piorar as coisas ainda mais. — Ninguém deveria me pedir soluções para o que quer que seja.

Enquanto Kieran o observava, atônito, Diego baixou o rosto entre as mãos.

— Eu sei que essas palavras não devem fazer o menor sentido agora — falou Jia —, mas eu sinto muito por Livia.

— Você tem razão — falou Julian —, não fazem mesmo.

Era como se a tristeza tivesse mergulhado Julian numa banheira de gelo, pensou Emma. Tudo nele estava frio: seus olhos, a expressão, o tom da voz. Ela tentou se lembrar do menino que se agarrara a ela com tanta paixão na véspera, mas isso parecia ter acontecido um milhão de anos atrás.

Era fim de tarde, e as torres demoníacas se erguiam sobre o horizonte de Alicante como uma fileira de diamantes brutos. Emma olhou ao redor, se lembrando da última vez que estivera neste cômodo — tinha apenas 12 anos, e ficara tão impressionada ao ver como tudo era luxuoso, com tapetes densos e uma escrivaninha de mogno reluzente. Agora ela, Julian e Diana estavam sentados em poltronas diante da mesa de Jia. Diana parecia furiosa. Julian simplesmente tinha o olhar vazio.

— Esses meninos estão cansados e em pleno luto — falou Diana. — Respeito sua decisão, Jia, mas tem que ser agora?

— Tem — falou — porque Horace Dearborn quer interrogar Helen e Mark e qualquer outro integrante do Submundo, ou parcialmente do Submundo, em Alicante. Magnus e Alec já estão arrumando suas coisas para sair daqui hoje à noite via Portal. Evelyn Highsmith retornou ao Instituto de Londres, para que eles possam voltar para casa, em Nova York. — Jia pressionou a testa com os dedos. — Eu imaginava que você fosse querer que Helen e Mark também fossem embora.

— Ele quer *o quê*? — Emma se endireitou na cadeira, indignada. — Você não pode deixá-lo fazer isso.

— Não tenho escolha. Ele foi eleito pela maioria. — Jia franziu a testa. — O Inquisidor tem como função interrogar as pessoas... a decisão fica a critério dele.

— Horace Dearborn não tem juízo — falou Diana.

— É por esse motivo que eu estou avisando a vocês com antecedência — falou Jia. — Sugiro que Helen e Mark... e Aline, pois ela não vai sem Helen... viajem via Portal até Los Angeles hoje à noite.

Fez-se um momento de silêncio.

— Você está se oferecendo para mandar Helen a Los Angeles? — falou Julian finalmente. — E não para a Ilha Wrangel?

— Estou sugerindo que Helen e Aline assumam temporariamente a direção do Instituto de Los Angeles — falou Jia, e Emma sentiu seu queixo cair de verdade. — Como Consulesa, isso está em *meu* poder, e acredito que possa fazer agora enquanto Dearborn está distraído.

— Então você está dizendo que *todos* nós deveríamos viajar via Portal de volta? — insistiu Emma. — E que Helen e Aline podem ir com a gente? Isso é ótimo, isso é...

— Ela não está se referindo a todos nós — falou Julian. Suas duas mãos tinham ataduras. Ele havia tirado a maior parte das farpas sozinho, com a ponta de uma faca afiada, e havia sangue nas bandagens. Jules não parecera sentir dor alguma ao fazê-lo; já Emma sentira toda a dor ao observar a pele se rasgar sob a lâmina, mas ele não hesitara. — Ela está dizendo que Diana, você e eu vamos ficar aqui em Idris.

— Você sempre foi inteligente, Julian — falou Jia, embora sua voz não transparecesse tanta admiração assim por tal qualidade.

— Se Helen e Mark não estiverem aqui, ele vai nos interrogar — disse Julian. — Não é verdade?

— Não — respondeu Diana rispidamente. — Eles são *crianças*.

— Sim — falou Jia. — E um deles quebrou a Espada Mortal. O Inquisidor, como todo mundo, está desesperado para saber como isso aconteceu. Cortana é uma espada lendária, mas ainda assim é só uma espada. Não deveria ter sido capaz de destruir Maellartach.

— Ele pode perguntar a mim, mas eu não *sei* como quebrou — disse Emma. — Eu a brandi na direção de Annabel porque ela estava tentando me matar. Foi legítima defesa...

— As pessoas estão apavoradas. E o medo não é um sentimento lógico — retrucou Jia. — Graças ao Anjo, o Cálice e o Espelho estão intactos. — Ela suspirou. — Esse é o pior momento para a Espada Mortal ter se quebrado, um momento de instabilidade grave às vésperas de uma possível guerra contra as fadas. E depois que o Rei Unseelie raptou Annabel do Salão do Conselho... vocês não entendem que a Clave sabe que foram *vocês* que a trouxeram para cá?

— Fui eu que trouxe, sozinho. — O contorno da boca de Julian estava branco. — Emma não tem nada a ver com isso.

Emma sentiu uma breve centelha de alívio se acender em meio ao pânico. *Ele ainda fica do meu lado.*

Jia baixou os olhos para as mãos.

— Se eu mandasse todos para casa agora, haveria um motim. Se Dearborn puder interrogá-los, então a atenção pública vai sair de cima de vocês. A Tropa questiona sua lealdade, sobretudo, por causa de Helen e de Mark.

Julian deu uma risada amarga.

— Eles suspeitam da gente por causa dos meus irmãos? E não porque eu trouxe aquela criatura... porque eu trouxe Annabel para dentro da cidade? E prometi que tudo ficaria bem? Mas é o sangue de Mark e Helen que importa?

— O sangue sempre importa para o tipo errado de pessoa — respondeu Jia, com uma amargura rara na voz. Passou uma das mãos no rosto. — Não estou pedindo que vocês fiquem do lado dele. Meu Deus, não é isso que estou pedindo. Apenas façam-no entender que vocês são vítimas de Annabel. Quem não faz parte da Tropa está muito solidário a vocês neste momento por causa de Livia, e ele não vai querer ir de encontro à opinião pública.

— Então o que estamos fazendo é um teatrinho sem sentido? — perguntou Emma. — Deixamos o Inquisidor nos interrogar, para manter as aparências, e depois podemos voltar para casa?

Jia sorriu de modo sombrio.

— Agora você entende como a política funciona.

— Você não teme indicar Aline e Helen para a direção do Instituto de Los Angeles? Dada a desconfiança que a Tropa nutre em relação a Helen? — perguntou Diana.

— Vai ser só Aline. — Julian encarou Jia sem desviar os olhos. — A filha da Consulesa. Helen não vai dirigir nada.

— É verdade — falou Jia. — E não, eu também não gosto nada disso. Mas pode ser a chance de tirá-las permanentemente da Ilha Wrangel. É por isso que estou pedindo a ajuda de vocês... dos três.

— Eu também vou ser interrogada? — Havia uma tensão aguda na voz de Diana.

— Não — respondeu Jia. — Mas eu gostaria da sua ajuda. Assim como você me ajudou com aqueles arquivos.

— Arquivos? — repetiu Emma. — Como é que uns arquivos podem ser importantes agora?

Mas era como se Diana tivesse entendido um pouco da linguagem secreta na qual Jia falava.

— É evidente que vou ficar — retrucou. — Desde que fique claro que estou ajudando *você* e que meus interesses não estão de modo algum alinhados com os do Inquisidor.

— Entendo — falou Jia. E as palavras *nem os meus estão* pairaram implícitas.

— Mas as crianças — insistiu Emma. — Elas não podem voltar para Los Angeles sem a gente. — E se virou para encarar Julian, esperando que ele dissesse que não aceitaria ser separado de seus irmãos mais novos. Que as crianças precisavam dele, e que deveriam ficar em Idris.

— Helen pode tomar conta deles — falou ele, sem fitá-la. — É o que ela quer. Tudo vai ficar bem. Ela é irmã deles.

— Então está decidido — concluiu Jia, levantando-se de trás da mesa. — Você pode arrumar as coisas das crianças... vamos abrir o Portal hoje à noite.

Julian também se levantou, afastando com uma das mãos enfaixadas a mecha de cabelo que tinha caído sobre os olhos. *Qual é o seu problema?*, pensou Emma. Tinha alguma coisa rolando com Julian, algo que ia muito além da tristeza. Ela só não sabia o que era, mas *sentia*, naquele lugarzinho profundo onde o vínculo *parabatai* apertava seu coração.

E mais tarde, naquela mesma noite, quando os outros fossem embora, ela ia descobrir o que era.

5

Imensidão Cristalina

Quando Emma entrou no quarto de Cristina, encontrou a amiga arrumando as malas. O jeito de Cristina arrumar as malas era como tudo o mais que fazia: organizado e preciso. Ela enrolara cuidadosamente todas as roupas para que não ficassem amassadas, envolvera as coisas úmidas em plástico e guardara os sapatos em pacotinhos para que não marcassem nenhum tecido.

— Você sabe que quando eu arrumo as coisas, simplesmente jogo tudo dentro da mala e depois me sento em cima dela enquanto Julian tenta fechar, não é? — perguntou Emma.

Cristina ergueu o olhar e sorriu.

— Me dá urticária só de pensar nisso.

Emma se apoiou na parede. Ela se sentia exausta e estranhamente solitária, como se Cristina e os Blackthorn já tivessem partido.

— Por favor, prometa que você vai estar no Instituto de Los Angeles quando eu voltar — falou ela.

Cristina parou. Baixou o olhar para a mala emprestada pelos Penhallow aberta na cama e mordeu o lábio.

— Você sabe quanto vai demorar?

— Uns dias.

— Acha que a família vai querer que eu fique? — Cristina voltou os olhos escuros e arregalados para Emma. — Eu poderia simplesmente ir para casa. Meu ano de intercâmbio não acabou, mas eles entenderiam. Eu sinto como se estivesse me intrometendo...

Emma se afastou da parede, balançando a cabeça vigorosamente.

— Não, não... você não está, Tina, não está. — Rapidamente ela descreveu a conversa com Jem e a questão da contaminação das Linhas Ley. — Jem pensou que eu fosse voltar para Los Angeles — falou. — Ele me pediu para entrar em contato com Catarina e ajudá-la a descobrir mais sobre as Linhas Ley, mas terá que ser você. Helen e Aline estarão tão ocupadas com as crianças, e com a tristeza, e com todo mundo... Eu sei que você dá conta, Cristina. Confio em você.

Cristina esboçou um sorriso meio triste.

— Eu também confio em você.

Emma se sentou na cama, que rangeu em protesto, e ela chutou o móvel, machucando o calcanhar, mas, de alguma forma, aliviando todos os seus sentimentos.

— Não quero dizer que Helen e Aline não vão ajudar. É só que todos estão arrasados de tristeza. Vão precisar de alguém que não esteja... eles vão precisar de *você*. — Ela respirou fundo. — Mark vai precisar de você.

Cristina arregalou os olhos e subitamente Emma se lembrou do rosto de Mark uma hora atrás, na cozinha, quando ela e Julian deram a notícia de que a família ia voltar para Los Angeles à noite sem eles dois.

A expressão dele ficara tensa. Balançando a cabeça, ele dissera:

— Péssimas notícias. Eu não posso... — E se calara, sentando-se à mesa, com as mãos levemente trêmulas. Helen, que já se sentara, tinha ficado branca, mas não dissera nada. Aline apoiara uma das mãos no ombro de sua mulher.

Dru optara por deixar o cômodo em silêncio. Depois de um instante, Mark se levantara e fora atrás dela, e Tavvy protestava, oferecendo centenas de razões diferentes para Julian ir com eles e para não terem que ficar ali, sugerindo que o Inquisidor poderia ir a Los Angeles ou que eles poderiam ser interrogados via Skype, e Emma teria dado risada daquelas ideias simplórias se não estivesse se sentindo tão péssima.

— Nós vamos para casa? — repetira Helen. Julian tinha se curvado para falar baixinho com Tavvy; Emma não conseguia ouvi-los mais. — De volta para Los Angeles?

— Eu fico muito feliz por vocês, e Jia falou que acha que vocês podem ficar — dissera Emma.

— Ela *espera* — corrigiu Aline. — Minha mãe espera que a gente possa ficar. — Ela parecia calma, mas apertava o ombro de Helen com força.

— Mas não sem vocês — falou Helen, parecendo confusa. — Nós deveríamos ficar pelo tempo que vocês estiverem aqui...

— Não. — Para surpresa de todos, era Ty. — Isso seria perigoso para Mark e para você. O plano faz sentido.

Kit dera um olhar indecifrável para Ty, parecendo ao mesmo tempo preocupado e mais alguma coisa.

— Casa — falou Helen e seus olhos brilharam por causa das lágrimas. Ela olhou para Julian, mas ele estava pegando Tavvy no colo e o levou para fora do cômodo. — Eu não sei se choro de tristeza ou de felicidade — emendou, esfregando as lágrimas com dedos úmidos.

Aline beijou o topo da cabeça de sua mulher.

— Acho que as duas coisas.

Emma estava na metade da escada, a caminho do quarto de Cristina, quando avistou Mark, recostado na parede do patamar da escada e parecendo um tanto deprimido.

— Dru não me deixa entrar para conversar — explicou. — Estou preocupado. É típico das fadas sofrer solitariamente, mas até onde entendo, não é típico de um Caçador de Sombras.

Emma hesitou. Ela estava prestes a dizer que não era incomum Dru se trancar sozinha no quarto, mas a menina parecera bem mais do que um pouco chateada quando deixara a cozinha.

— Continue tentando — aconselhou ela. — Às vezes você tem que bater por uns vinte minutos mais ou menos. Ou pode se oferecer para ver um filme de terror com ela.

Mark pareceu abatido.

— Não creio que fosse gostar de ver um filme de terror.

— Nunca se sabe — falou Emma.

Ele tinha se virado para voltar a subir a escada, mas hesitou.

— Também estou preocupado com você e com Jules — falou em voz mais baixa. — Não gosto do Inquisidor nem da ideia de você ser interrogada por ele. Ele me faz lembrar do Rei Unseelie.

Emma ficou surpresa.

— Sério?

— Eles me dão a mesma sensação — falou Mark. — Não consigo explicar, mas...

Uma porta se abriu no patamar acima deles. Era Cristina. Ela deu um passo para frente e baixou o olhar.

— Emma? Eu queria saber se você estava...

Ela se calara ao ver Mark, e os dois se entreolharam de um jeito que fez Emma se sentir totalmente invisível.

— Não pretendia interromper — falou Cristina, mas ainda encarava Mark, que retribuía o olhar como se os olhos de ambos estivessem irremediavelmente entrelaçados.

Mark se obrigara a sair do transe, como se estivesse tentando se livrar de teias de aranha ou de sonhos.

— Está tudo bem... eu tenho que falar com Drusilla. — Com um salto, ele subiu a escada e sumiu da vista, desaparecendo na curva do corredor.

Cristina mudou de atitude e convidou Emma para entrar, e agora era como se o momento com Mark nunca tivesse acontecido, embora Emma estivesse se coçando para tocar no assunto.

— Mark vai precisar de você — disse ela outra vez, e Cristina retorceu as mãos no colo.

— Mark — falou, e fez uma pausa. — Eu não sei o que Mark está pensando. Acho que está zangado comigo.

— Por que ele estaria zangado com você?

— Por causa de Kieran — explicou ela. — As coisas não terminaram bem entre eles, e agora Kieran está na Scholomance e longe, e isso é por culpa minha.

— Você não fez eles terminarem — protestou Emma. — Para falar a verdade, você os ajudou a ficarem juntos por mais tempo. Lembra? O trisal fada dos sonhos.

Cristina abaixou o rosto para as mãos.

— Mrfuffhfhsh — falou.

— O quê?

— Eu disse — Cristina ergueu o rosto e repetiu: — que Kieran me mandou um bilhete.

— *Mandou?* Como? Quando?

— Hoje de manhã. Numa bolota. — Cristina entregou um pedacinho de papel a Emma. — Não explica muita coisa.

Dama das Rosas,
Embora a Scholomance seja fria, e Diego, um tédio,
ainda lhe sou grato por encontrar valor suficiente em minha
vida para preservá-la. Sua bondade rivaliza com sua beleza. Meus
pensamentos estão com você.
Kieran

— Por que ele mandou isso para você? — Emma devolveu o bilhete para Cristina e balançou a cabeça. — Isso é esquisito. Ele é muito esquisito!

— Acho que ele só queria me agradecer pelo plano de fuga — protestou Cristina. — Só isso.

— As fadas não são muito chegadas em agradecer às pessoas — falou Emma. — Isso aí é um bilhete *romântico*.

Cristina corou.

— É só o jeito de se expressar das fadas. Não significa nada.

— Quando se trata de fadas — falou Emma num tom sombrio —, *tudo* significa alguma coisa.

Dru ignorou as batidas à porta. Não era difícil... desde que Livvy morrera, era como se ela estivesse debaixo d'água e tudo estivesse acontecendo num lugar longínquo, muito acima da superfície. As palavras pareciam ecos e as pessoas eram como borrões que iam e vinham como raios de sol ou sombra.

Às vezes ela repetia para si as seguintes palavras: *Livvy, minha irmã Livvy, está morta*.

Mas elas também não pareciam reais. Mesmo ao observar a pira ardendo, era como se aquilo estivesse acontecendo a outra pessoa.

Ela olhou pela janela. As torres demoníacas reluziam feito fragmentos de um vidro ornamentado. Dru as odiava — toda vez que estivera em Alicante, coisas horríveis aconteceram. Pessoas morreram. Helen fora exilada.

Estava acomodada no parapeito da janela e ainda segurava uma camiseta enrolada. Helen. Por muito tempo, tudo que eles queriam era Helen de volta. Tinha sido um objetivo da família, assim como querer Mark de volta, querer o fim da Paz Fria e que Jules fosse feliz, fazendo sumir aquela eterna ruguinha de preocupação entre seus olhos. Mas agora Helen *estava* de volta. Ela tinha voltado e aparentemente ia substituir Jules.

Helen vai tomar conta de vocês, dissera ele. Como se pudesse simplesmente largá-los e Helen pudesse recolhê-los, como se eles não fossem uma família, mas uma moedinha caída no chão. Ou um bichinho. *Você está me tratando feito um bichinho*, pensou ela, e se perguntou o que aconteceria se dissesse isso a Jules. Mas ela não podia. Desde a morte de Livvy, aquela ruga de preocupação entre as sobrancelhas desaparecera, substituída por uma expressão vazia que era mil vezes pior.

Ter Mark de volta era uma coisa. Mark ficara feliz por estar entre eles, mesmo agindo esquisito e dizendo coisas estranhas de fada, mas ele dissera que Drusilla era bonita, e até tentara cozinhar alguma coisa, mesmo sem ter a mínima ideia de como fazê-lo. Mas Helen era magra, linda e distante; Dru se lembrava de quando ela partira para a Europa para o ano de intercâmbio, dando um aceno indiferente e demonstrando uma ansiedade para ir embora que soara como um tapa na cara. E aí ela voltara com Aline, radiante e feliz, mas Dru jamais se esquecera da alegria dela ao deixá-los.

Ela não vai querer ver filmes de terror comigo nem comer pipoca doce, pensou Dru. *Provavelmente ela não come nada além de pétalas de flores. Não sabe nada a meu respeito e nem vai se esforçar para saber.*

Desenrolando a camiseta que segurava, ela pegou o canivete e o bilhete que Jaime Rocio Rosales lhe dera em Londres. Tinha lido tantas vezes que o papel estava fino e gasto. Ela se curvou sobre ele, aninhando-se no parapeito enquanto Mark batia à porta e chamava seu nome em vão.

A casa estava tão vazia que tinha eco.

A viagem de ida e volta à sala do portal no Gard fora caótica, com Tavvy reclamando, Helen perguntando freneticamente a Julian sobre as rotinas de direção do Instituto, a estranha eletricidade entre Cristina e Mark, e Ty fazendo alguma coisa mais esquisita ainda com o telefone. No caminho de volta, Diana felizmente quebrara o silêncio entre Emma e Julian conversando sobre vender ou não a loja de armas na Flintlock Street. Dava para ver que Diana estava fazendo um esforço consciente para evitar interrupções constrangedoras na conversa, mas, apesar de tudo, ela estava um tanto grata.

Agora Diana tinha ido embora, e Emma e Julian subiam os degraus da casa do canal em silêncio. Alguns guardas haviam sido postados em torno da casa, mas mesmo assim ainda parecia muito vazia. De manhã, a casa estivera cheia de gente; agora eram somente ela e Julian, que abriu a tranca da porta de entrada com brusquidão e se virou para subir a escadaria sem dizer nada.

— Julian — chamou Emma. — Nós precisamos... eu preciso conversar com você.

Ele parou, a mão sobre o corrimão. Não se virou para encará-la.

— Isso não é meio clichê? — falou. — *Nós precisamos conversar?*

— É sim. Por isso que eu troquei para "Eu preciso conversar com você", mas, de qualquer maneira, é um fato e você sabe disso — falou ela. — Sobretudo, porque nós vamos ficar a sós durante os próximos dias. E temos que enfrentar o Inquisidor juntos.

— Mas isso não tem nada a ver com o Inquisidor. — Ele finalmente se virou e a encarou com olhos ardentes, de um azul-esverdeado ácido. — Tem?

— Não — falou Emma, se perguntando por um momento se ele realmente ia se recusar a conversar. Mas daí Julian finalmente deu de ombros e subiu a escada num silêncio completo.

No quarto dele, Emma fechou a porta e Julian deu uma gargalhada, um riso cansado.

— Você não precisa fazer isso. Não tem mais ninguém aqui.

Emma se lembrava de uma época em que eles teriam adorado ter a casa só para si. Quando isso era um sonho que eles compartilhavam. Uma casa só para eles, para sempre, uma vida em comum, para sempre. Mas agora parecia quase uma blasfêmia pensar nisso, com Livvy morta.

Mais cedo, ela dera boas risadas com Cristina. Um lampejo de alegria nas trevas. Agora só lhe restavam calafrios, ao ver Julian se virar, encarando-a com o rosto ainda inexpressivo.

Emma se aproximou dele um pouco mais, incapaz de evitar analisá-lo. Certa vez ele explicara a ela que o que mais o fascinava no ato de desenhar e pintar era o momento em que uma ilustração ganhava vida. A pincelada ou o toque da pena, que transformavam um desenho de um exemplar monótono a uma interpretação viva, que respirava — o sorriso da Mona Lisa, a expressão nos olhos da *Moça com o Brinco de Pérola*.

Era isso que estava ausente em Julian, pensou ela, estremecendo novamente. Os milhares de emoções que sempre tinham vivido por trás das expressões dele, o amor — por ela, pelos irmãos — no fundo dos olhos. Mesmo a preocupação parecia ter sumido, e isso era mais estranho do que qualquer outra coisa.

Ele se sentou na beira da cama. Ali, via-se um caderno de desenhos com espiral; ele o empurrou descuidadamente para o lado, quase para debaixo de um dos travesseiros. Julian normalmente era muito cuidadoso com seu material de arte; Emma engoliu a vontade de resgatar o caderno. Ela se sentia perdida no mar.

Tanta coisa parecia ter mudado.

— O que está acontecendo com você? — perguntou.

— Não sei do que você está falando — retrucou Julian. — Eu estou de luto pela minha irmã. Como é que eu deveria agir?

— Não desse jeito — disse Emma. — Eu sou sua *parabatai*. Sei quando alguma coisa está errada. E o luto não é uma coisa errada. Eu estou enlutada, e sei que você também estava de luto ontem à noite, mas, Julian, o que eu sinto em você agora *não é isso*. E é algo que me assusta mais do que qualquer coisa.

Julian ficou em silêncio por um momento.

— Isso vai soar estranho — disse ele finalmente. — Mas posso tocar você?

Emma avançou um passo, de modo que se pôs entre as pernas dele e ao alcance do braço.

— Sim — falou ela.

Ele pôs as mãos no quadril dela, bem na abertura do cós da calça, e a puxou para perto, e Emma segurou gentilmente o rosto de Julian, pressionando as pontas dos dedos contra as maçãs do rosto.

Ele fechou os olhos, e Emma sentiu os cílios dele roçando em seus dedos. *O que é isso?*, pensou ela. *Julian, o que é isso?* Não que ele nunca tivesse escondido nada dela antes; ele escondera dela uma vida inteira secreta durante anos. Às vezes, ele era como um livro escrito num idioma indecifrável. Mas agora ele estava mais para um livro enclausurado sob dezenas de trancas pesadas.

Ele apoiou a cabeça nela, os cabelos ondulados e macios roçando a pele onde a camiseta dela estava erguida. Julian levantou um pouco a cabeça e Emma sentiu o calor do hálito dele através do tecido. E estremeceu quando ele deu um beijo ali, pouco acima do osso do quadril. Quando ele ergueu o rosto, os olhos de Julian brilhavam febrilmente.

— Acho que resolvi o nosso problema — falou.

Ela engoliu em seco seu desejo, sua confusão, a mistura de sentimentos indistintos.

— O que você quer dizer?

— Quando Robert Lightwood morreu — começou Julian —, nós perdemos a nossa chance de exílio. Eu pensei que a tristeza, que a dor esmagadora do luto fossem me estimular a deixar de te amar. — As mãos dele ainda estavam nos quadris de Emma, mas ela não se sentia reconfortada por isso: a voz de Julian era assustadoramente fria. — Mas não adiantou. Você sabe disso. Ontem à noite...

— Nós paramos — falou Emma, as bochechas corando ao lembrar: o chuveiro, os lençóis embolados, o gosto de sal e sabonete dos beijos.

— Não são os atos, são as emoções — disse Julian. — Nada foi capaz de me fazer parar de te amar. Nada foi capaz de sequer me desacelerar. Então eu tive que resolver isso.

Um nó frio de pavor se formou no estômago de Emma.

— O que foi que você fez?

— Eu fui atrás de Magnus — respondeu Julian. — Ele concordou em fazer um feitiço. E disse que esse tipo de magia, que mexe com as emoções das pessoas, pode ter repercussões perigosas, mas...

— Que mexe com as emoções? — Emma deu um passo para trás, e as mãos caíram junto às laterais do corpo. — *O que você quer dizer?*

— Ele as tirou de mim — falou Julian. — Minhas emoções. O que sinto por você. Sumiu.

— Eu não entendo. — Emma sempre se perguntara por que as pessoas diziam isso quando era evidente que entendiam perfeitamente. Agora ela percebia: era porque não queriam entender. Era um modo de dizer: *Não, você não pode estar falando sério. Não o que você acabou de dizer.*

Me diz que isso não é verdade.

— Desde que nossos sentimentos não sejam mútuos — falou ele —, não são um problema, certo? A maldição não pode ocorrer.

— Talvez. — Emma respirou fundo, com dificuldade. — Mas não tem a ver só com o jeito como você se sente em relação a *mim*. Você está diferente. Você não brigou com Jia por ter que deixar as crianças...

Ele pareceu um pouco surpreso.

— Creio que não mesmo — falou. Ele ficou de pé e esticou uma das mãos para ela, mas Emma recuou. Ele baixou o braço. — Magnus falou que esse negócio não era meticuloso. E que por isso era um problema. Feitiços de amor, feitiços de amor verdadeiros, do tipo que fazem você se apaixonar por alguém, são de magia sombria. São um jeito de forçar emoção nas pessoas. Uma coisa tipo a que ele fez para mim é praticamente o oposto disso: ele não estava forçando nada em mim, eu pedi isso, mas ele disse que as emoções não são *coisas isoladas;* por isso não existem feitiços reais para "cancelar o amor". Todos os sentimentos estão entrelaçados a outros sentimentos e estão ligados aos seus pensamentos e a quem você é. — Alguma coisa se agitou em seu pulso enquanto ele gesticulava: parecia um laço de tecido vermelho. — Por isso ele disse que faria o melhor para afetar somente uma parte das minhas emoções. A parte *erótica*. O amor romântico. Mas ele falou que provavelmente afetaria todos os meus outros sentimentos também.

— E afetou? — Emma quis saber.

Julian franziu a testa. E vê-lo franzir a testa partiu o coração dela: era uma *emoção*, mesmo que fosse apenas frustração ou assombro.

— É como se eu estivesse por trás de um vidro — explicou. — E todo mundo estivesse do outro lado. Minha raiva ainda está aqui, posso sentir facilmente. Eu estava zangado com Jia. E quando escalei a pira atrás de Ty, foi por atavismo, a necessidade de protegê-lo, não havia pensamento consciente. — Ele baixou o olhar para as mãos enfaixadas. — Eu ainda sinto tristeza por causa de Livvy, mas é *suportável*. Não é como se isso estivesse me sufocando. E você...

— E a gente — falou Emma sombriamente.

— Eu sei que te amava — disse ele. — Mas não consigo *sentir* isso.

Amava. O verbo no passado foi como um soco; ela deu outro passo para trás, em direção à porta. Precisava sair daquele quarto.

— *Rogo não deixá-lo* — falou Emma, e esticou a mão para a maçaneta da porta —, mas você me deixou. Você me deixou, Julian.

— Emma, pare — pediu ele. — Na noite passada, quando fui ver Magnus, a maldição estava *acontecendo*. Eu senti. *Eu sei*, eu sei que não poderia suportar mais uma pessoa morrendo.

— Eu nunca teria concordado em ficar aqui com você se soubesse o que você tinha feito — retrucou Emma. — Você poderia ao menos ter me contado. Sinceridade não é uma emoção, Julian.

Ao ouvir aquilo, ele se encolheu, foi a impressão dela... embora pudesse ter sido um mero gesto de surpresa.

— Emma...

— Não diga mais nada — falou, e saiu apressada do cômodo.

Ela não estava esperando por Gwyn, falou Diana para si. E com certeza não estava sentada em sua cama de manhã cedinho, vestindo uma bela blusa de seda que encontrara no guarda-roupa, embora normalmente já teria vestido o pijama há horas, por qualquer razão que não fosse o fato de estar limpando espadas.

Três ou quatro espadas estavam espalhadas sobre a colcha e Diana as polira numa tentativa de trazê-las de volta à sua glória original. Antigamente, elas tinham desenhos de rosas entrelaçadas, estrelas, flores e espinhos, mas com o passar dos anos algumas escureceram e perderam a cor. Ela sentiu uma pontada de culpa por ter negligenciado a loja do pai, misturada à antiga culpa habitual que sempre a acompanhava quando pensava nos pais.

Houve um tempo em que tudo o que ela queria era ser Diana e ter o Arco de Diana, quando queria muito ir até Idris e ter a chance de estar no lar dos Caçadores de Sombras. Agora ela sentia uma inquietação que ia muito além disso; as antigas esperanças pareciam muito limitadas, como se fossem um vestido apertado. Talvez você suplantasse seus sonhos também, quando seu mundo se expandia.

Tap. Tap. Diana ficou de pé e se afastou da cama no momento em que o vidro chacoalhou. Ela abriu a janela e se inclinou. Gwyn pairava à altura de seus olhos, e o cavalo malhado reluzia sob a luz das torres demoníacas. O capacete pendia de uma tira no pescoço do cavalo; sobre seu lombo, via-se uma espada imensa, com o cabo escurecido pelos anos de uso.

— Eu não pude vir antes — falou ele. — Vi a fumaça no céu hoje e observei de cima das nuvens. Você pode me acompanhar até um local seguro?

Ela começou a subir na janela antes mesmo de ele terminar a pergunta. Sentar à frente dele na montaria parecia familiar agora, assim como ser envolvida pelos braços imensos. Diana sempre fora uma mulher alta, e não havia muita coisa capaz de fazê-la se sentir pequena e delicada, mas Gwyn era uma dessas coisas. Na pior das hipóteses, era uma sensação nova.

Ela deixou o pensamento voar enquanto eles passavam silenciosamente pela cidade, por seus muros e pelos Campos Eternos. As piras tinham ardido até virarem cinzas, e cobriam a grama em círculos sinistros de cinza claro. Diana sentiu as lágrimas vindo e desviou o olhar rapidamente em direção à floresta: as árvores verdes que se aproximavam e aí se afastavam abaixo deles, os rios prateados e as casas de pedra que ocasionalmente se erguiam na beirada do bosque.

Ela pensou em Emma e Julian, no choque solitário no rosto da menina quando a Consulesa lhes dissera que ficariam em Idris, na expressão vazia e preocupante no rosto de Julian. Ela sabia que o choque do vazio podia tomar conta de você. Via a mesma coisa em Ty também, a imobilidade e o silêncio profundo causados por uma dor tão grande que nenhum lamento ou lágrima poderiam tocá-los. Ela se lembrou da morte de Aria, de como se deitara no soalho do chalé de Catarina, se revirando e contorcendo o corpo como se, de alguma forma, pudesse se livrar da dor pela perda da irmã.

— Chegamos — falou Gwyn, e pousaram na clareira da qual ela se lembrava. Gwyn desmontou do cavalo e esticou os braços para ajudá-la a descer.

Diana acariciou a lateral do pescoço do animal e ele roçou o focinho macio nela.

— Seu cavalo tem nome?

Gwyn a encarou, confuso.

— Nome?

— Vou chamá-lo Orion — falou Diana, sentando-se no solo. A grama debaixo dela era fofa, e o ar tinha cheiro de pinheiros e flores. Ela se reclinou, apoiada nas mãos, e parte da tensão começou a abandonar seu corpo.

— Gostei de o meu corcel ter um nome dado por você. — Gwyn se sentou à frente dela, as mãos imensas postadas às laterais do corpo, a sobrancelha franzida em sinal de preocupação. Por alguma razão, seu tamanho o fazia parecer mais impotente do que ele pareceria. — Eu sei o que aconteceu — falou. — Quando a morte vem de forma grandiosa e inesperada, a Caçada Selvagem sabe. Nós ouvimos as histórias contadas pelo sangue derramado.

Diana não sabia o que dizer — que a morte era injusta? Que Livvy não merecia morrer daquele jeito, nem de jeito algum? Que os corações partidos dos Blackthorn nunca seriam os mesmos? Tudo parecia banal, dito mil vezes e já compreendido.

Em vez disso, ela falou:

— Acho que eu gostaria que você me beijasse.

Gwyn não hesitou. Num instante, estava ao lado de Diana, gracioso, apesar de seu tamanho; ele a abraçou e ela foi cercada pelo calor e o cheiro de floresta e cavalos. Ela enrugou o nariz levemente e sorriu, e Gwyn beijou sua boca sorridente.

Foi um beijo delicado, apesar das proporções de Gwyn. A maciez da boca contrastava com a barba por fazer e a musculatura rija sob as mãos de Diana quando ela as colocou timidamente sobre os ombros dele e o afagou.

Gwyn se inclinou em direção ao toque com um rosnar baixinho de prazer. Diana esticou as mãos e delicadamente tocou o rosto dele, admirando-se com a sensação da pele de outra pessoa. Já fazia muito tempo, e ela nunca imaginara algo assim: a lua e as flores eram para outras pessoas.

Mas aparentemente não. As mãos imensas de Gwyn afagaram os cabelos de Diana. Ela jamais se sentira tão acolhida e tão cuidada, tão completamente contida no afeto de alguém. Quando o beijo acabou, foi tão natural quanto quando eles começaram, e Gwyn a puxou para mais perto, encaixando-a em seu corpo. Ele deu uma risadinha.

— O que foi? — perguntou ela, erguendo a cabeça.

— Eu me perguntava se beijar uma fada era diferente de beijar um Caçador de Sombras — falou ele, com um sorriso surpreendentemente infantil.

— Eu nunca beijei um — retrucou Diana. Era verdade. Há muito tempo, ela fora tímida demais para beijar alguém, e profundamente triste demais, e depois... — Eu beijei alguns mundanos. Eu os conheci em Bangkok. Uns poucos eram trans, como eu. Mas na época eu sempre sentia que estava guardando segredo por ser Nephilim, e era como se isso fosse uma sombra entre mim e outras pessoas... — Ela suspirou. — É como se, talvez, além de Catarina, você seja a única pessoa que realmente sabe tudo a meu respeito.

Gwyn emitiu um murmúrio baixo, pensativo.

— Eu gosto de tudo o que eu sei a seu respeito.

E eu gosto de você, ela queria dizer. Estava impressionada pelo quanto *realmente* gostava dele, deste estranho homem fada com sua capacidade de imensa delicadeza e igual capacidade de grande violência. Ela o vira ser gentil, mas pelas histórias de Mark, sabia que havia outro lado: o lado que conduzia a Caçada Selvagem em sua trilha sanguinária entre as estrelas.

— Vou contar tudo a eles — disse ela. — A Emma e a Julian. Estamos todos presos aqui em Idris, e eu os amo como se eles fossem meus irmãos. Eles têm que saber.

— Conte, se isso trouxer paz a você — falou Gwyn. — Você não deve nada a eles; você cuidou deles e os ajudou, e eles sabem quem você é. Nenhum de nós deve um pedaço da história de nossa alma a ninguém.

— *Estou* fazendo isso por mim. Vou ficar mais feliz.

— Então faça. — Gwyn deu um beijo na cabeça de Diana. Ela se ajeitou no círculo quente dos braços dele e pensou em Livvy, e em como tristeza e alegria eram capazes de compartilhar um lugar no coração humano. Ela se perguntava quais perdas Gwyn teria tolerado em sua vida. Ele devia ter tido mãe, pai, irmãos e irmãs, mas Diana não conseguia imaginá-los, nem tinha coragem de perguntar.

Mais tarde, ao voltar até o cavalo de Gwyn para retornar a Alicante, ela notou que as pontas de seus dedos estavam sujas e franziu a testa. O vento provavelmente soprara as cinzas das piras de manhã. Mas ainda assim, era muito estranho.

Ela afastou aquele pensamento quando Gwyn a ergueu até as costas de Orion e eles navegaram em meio às estrelas.

Os quartos na Scholomance não eram tão agradáveis quanto os cômodos da maior parte dos Institutos, nem tão desagradáveis quanto os da Academia dos Caçadores de Sombras. Eles eram limpos e modestos e, na opinião de Diego, davam uma sensação monástica. Cada quarto tinha duas camas, duas mesas pesadas e — já que não havia closets — dois imensos guarda-roupas.

Como havia poucos alunos, Diego normalmente não tinha um colega de quarto, mas, no momento, Kieran formava um montinho mal-humorado no soalho, enrolado em cobertores.

Cruzando os braços por trás da cabeça, Diego fitava o teto. Já tinha memorizado as saliências e protuberâncias no gesso. Pela primeira vez, não tinha concentração para ler ou meditar; sua mente se movimentava como uma aranha agitada, e ele pensava em Jaime, Cristina, nos Dearborn e no novo Inquisidor.

Isso sem mencionar o príncipe fada infeliz, que no momento se remexia, inquieto, no soalho.

— Quanto tempo você planeja me manter aqui? — A voz de Kieran soou abafada. Ele afastou o cobertor do rosto e fitou o teto, como se pudesse compreender o que Diego encarava ali.

— Manter você aqui? — Diego rolou e ficou de lado. — Você não é prisioneiro, pode ir embora quando quiser.

— Não posso — retrucou Kieran. — Não posso voltar para a Caçada Selvagem sem incitar a ira do Rei. Não posso retornar para o Reino das Fadas, pois o Rei me encontrará e me matará. Não posso vagar pelo mundo como uma fada selvagem porque serei reconhecido, e nem sequer sei agora se o Rei está atrás de mim.

— Por que não retorna para o Instituto de Los Angeles? Mesmo que você esteja zangado com Mark, Cristina faria...

— É exatamente por causa de Mark e Cristina que não posso ir para lá. — Os cabelos de Kieran mudaram de cor sob a iluminação sutil, de azul-escuro para branco. — E eu não estou zangado com eles. É só que eu não quero... — Ele se endireitou. — Ou talvez eu queira demais.

— Quando a hora chegar, você pode resolver isso — falou Diego. — O que for melhor para você.

Kieran o encarou, com um olhar penetrante, estranho, que fez Diego se erguer e se apoiar no cotovelo.

— Não é isso que você sempre faz? — perguntou. — Você decide que vai encontrar uma solução quando chegar a hora, mas quando o pior acontece você se descobre despreparado.

Diego fez menção de protestar quando eles ouviram uma batida breve à porta. Kieran desapareceu no mesmo instante, tão rápido que Diego só conseguiu imaginar seu paradeiro. Daí pigarreou e gritou:

— *Pásale!*

Divya se esgueirou para dentro do quarto, seguida por Rayan. Eles vestiam o uniforme, e Rayan usava um suéter grosso por cima. Ambos tinham dificuldade em se acostumar ao ar frio da Scholomance.

Divya trazia uma luz enfeitiçada, cujos raios iluminavam sua expressão ansiosa.

— Diego — falou ela. — Kieran está aqui?

— Acho que está debaixo da cama — respondeu Diego.

— Isso é estranho — falou Rayan. Ele não parecia ansioso, mas raramente denunciava alguma emoção.

— Ele poderia estar no guarda-roupa — emendou Diego. — Por quê?

— A Tropa — falou Divya. — Zara e alguns deles... Samantha, Manuel e Jessica... acabaram de chegar via Portal com o professor Gladstone.

Kieran rolou de debaixo da cama. Havia uma bola de poeira em seu cabelo.

— Eles sabem que estou aqui? — falou e se sentou muito ereto, com olhos reluzentes. — Me deem uma arma. Qualquer arma.

— Calma aí. — Divya ergueu a mão. — Na verdade, estamos pensando numa solução um pouco mais comedida. Esconder você, por exemplo.

— Eu já estava escondido — observou Kieran.

— Ele *estava* debaixo da cama — falou Diego.

— Sim, mas como Zara Dearborn está vindo conversar com Diego, este não é o cômodo mais seguro — falou Rayan. — E, de qualquer forma, a Tropa suspeita da lealdade de Diego à causa.

— Isso — concordou Divya. — Nós ouvimos uma conversa deles. — Ela estendeu a mão para Kieran como se quisesse ajudá-lo. Ele a fitou com surpresa, depois se levantou sem a ajuda de ninguém.

— Eu não a mataria se ela estivesse desarmada — falou. — Eu a desafiaria para uma luta justa.

— Tá, e aí todo mundo saberia que você está aqui, incluindo a Clave — observou Divya. Ela estalou os dedos. — Anda. Vamos. Pare de perder tempo.

Kieran a encarou ligeiramente surpreso. De soslaio, olhou para Diego, que assentiu.

— Vai ser mais seguro para nós dois.

— Como você ordenar, então — falou Kieran, e acompanhou Rayan e Divya para fora do quarto, com a luz enfeitiçada bruxuleando acima de todos eles. Os três se esgueiraram à sombra e se foram; Diego mal teve tempo de se levantar da cama e vestir uma camiseta antes de a porta ser aberta com uma pancada.

Zara parou à entrada com as mãos nos quadris e expressão severa. Diego ficou se perguntando se deveria agradecer a ela por ter ao menos batido, mas concluiu que muito provavelmente Zara não compreendia sarcasmo.

— Falta pouco para eu perder minha paciência com você — disse ela.

Diego se recostou no guarda-roupa e cruzou os braços enquanto os olhos de Zara desciam para seus bíceps e ela esboçava um sorriso de desdém.

— Eu realmente tinha esperança na nossa aliança — falou. — Mas é melhor você se endireitar e parar de se solidarizar com o Submundo, com criminosos e ingratos.

— Ingratos? — repetiu Diego. — Só posso fazer amizade com os gratos?

Zara piscou.

— O quê?

— Não sei bem se essa palavra significa o que você acha que significa — falou Diego. — Inglês é meu segundo idioma, mas...

— Os Blackthorn são ingratos — elucidou ela. — Você precisa esquecê-los e ficar com a gente. — Ela o encarou fixamente.

— Se você se refere a Cristina, nós somos apenas amigos...

— Não me importo. Os Blackthorn são terríveis. Mark é mestiço, Ty é um pequeno recluso esquisito, Dru é gorda e burra, e Julian se parece... se parece com Sebastian Morgenstern.

Diego explodiu numa gargalhada.

— Ele *o quê?*

Ela corou.

— Ele ressuscitou os mortos!

— Na verdade, ele não fez isso — falou Diego, embora soubesse que isso não importava. A Tropa frequentemente mudava as regras do jogo quando queria provar alguma coisa. Eles não ligavam se as evidências eram corretas, nem se interessavam pela diferença entre ressuscitar os mortos ou simplesmente se associar a eles.

— Você vai lamentar quando ele destruir o mundo — falou ela num tom sombrio.

— Aposto que sim — retrucou Diego. — Olha, você tem mais alguma coisa para dizer? Porque estamos no meio da madrugada e eu gostaria de dormir um pouco.

— Lembre-se por que você concordou com o nosso noivado, para começo de conversa — falou ela, e esboçou um sorriso severo. — Talvez você devesse ter pensando nas consequências, caso eu tivesse que terminar tudo.

Zara se virou para sair, e Diego a viu parar, como se tivesse visto alguma coisa que a surpreendeu. Então ela lançou um último olhar de raiva para ele e seguiu para o corredor.

Não havia tranca na porta. Só restou a Diego chutá-la para que ela se fechasse, antes de voltar a se deitar na cama. Ele voltou a encarar o teto, só que agora não conseguia mais se distrair com isso.

6

Do Alto de Soberba Torre

Emma acordou com a cabeça latejando e alguém batendo à porta. Tinha adormecido no chão totalmente vestida; o cabelo estava úmido e grudava nas bochechas. Ela se sentia como um navio naufragado e desconfiava que de fato sua aparência estivesse fazendo jus à sensação.

— Pode entrar — falou, e a porta foi aberta. Era Julian.

Ela se sentou. Por um momento, eles ficaram simplesmente se encarando. Emma sentia frio no corpo inteirinho; ele ia perceber o rosto manchado, as roupas amassadas. Mesmo que não a amasse, ele ia sentir...

— Melhor você se lavar e trocar de roupa — falou. Ele usava jeans e suéter azul, e parecia ter dormido bem. Estava um *gato*, para falar a verdade. Como um lindo desconhecido, alguém que não lhe era familiar.

Não havia nada de desagradável na voz dele, apenas um pragmatismo calmo. Emma não precisava se preocupar se Julian sentiria pena dela, percebeu, nem mesmo culpa; ele não *sentia* absolutamente nada.

— Dane Larkspear acabou de passar por aqui com um recado — falou ele. — O Inquisidor quer nos ver imediatamente.

No momento em que Cristina abriu a porta da cozinha, Helen apareceu de trás da bancada, segurando uma concha e ostentando um sorriso largo.

— Bom dia!

Cristina acordara cedo, com o corpo confuso devido a diferença de fuso entre Los Angeles e Idris, e se arrastara no trajeto até a cozinha, pensando em engolir a torrada e o café. A saudação cheia de energia de Helen a fez querer deitar e cochilar ali na mesa. Ela jamais seria capaz de entender gente que gostava de acordar cedo, sobretudo, aqueles que funcionavam sem uma injeção de cafeína.

— Estou preparando mingau de aveia — emendou Helen.

— Ah — falou Cristina. Ela não era lá muito fã de mingau de aveia.

— Aline está no escritório, tentando entender a papelada toda. Parece que os Centuriões reviraram tudo e quase destruíram a casa. — Helen fez uma careta.

— Eu sei. — Cristina deu uma olhada ávida em direção à cafeteira. Seria muito rude empurrar Helen e pegar pó de café e filtro?

— Nem se preocupe com isso — falou Helen. — Os Centuriões deixaram café mofado na jarra. — Ela apontou para a pia, onde a jarra estava de molho.

No mesmo instante, Cristina odiou os Centuriões mais do que já odiava.

— Tem alguma coisa que eles não arruinaram?

— Eles deixaram roupa suja — falou Mark, entrando com os cabelos molhados. Provavelmente recém-saído do banho. Cristina sentiu o estômago revirar descontrolada e imediatamente, e se sentou num banquinho. Ainda dava para se ver a marca da cicatriz em torno do pulso de Mark, no local cortado pelo feitiço de amarração; Cristina tinha uma igualzinha. Os olhos de Mark brilhavam à luz matinal, azul e dourado, como o coração do oceano; sem perda de tempo, ela se virou, evitando olhar para ele, e começou a estudar um azulejo da cozinha que representava o corpo de Heitor sendo arrastado em torno dos muros de Troia. — Muita roupa suja. Pilhas e pilhas de roupa suja.

— Eu vou lavar a roupa. — Helen tinha ido até o fogão e mexia uma panela cuidadosamente. — Estou fazendo mingau de aveia.

— Ah — falou Mark. Por um minuto, seus olhos encontraram os de Cristina, partilhando brevemente a mútua aversão a mingau.

Mais Blackthorns começaram se aglomerar cozinha: Ty, seguido por Kit, e então Dru e Tavvy. Formou-se uma confusão de vozes e, por um momento, as coisas pareciam quase normais. Quase. Sem Emma, Cristina sabia, o Instituto nunca seria normal para ela. Emma fora a primeira pessoa que conhecera em Los Angeles; as duas ficaram amigas no mesmo instante, sem hesitação. Ela conhecera Los Angeles indo a todos os lugares favoritos de Emma, suas praias secretas e trilhas nos canyons; dirigindo com o rádio ligado e os cabelos soltos, com cachorro-quente na lanchonete Pink's e torta na Apple Pan à meia-noite.

Era difícil não se sentir sem rumo agora, feito um barco sem atracação na maré. Mas ela se agarrava ao que Emma dissera: *Eles vão precisar de você. Mark vai precisar de você.*

Ty pegou um pacote de batatas fritas da bancada e entregou a Kit, que levantou o polegar em agradecimento. Eles tinham uma bela comunicação silenciosa, quase como Emma e Julian costumavam fazer.

— Vocês não precisam disso — falou Helen. — Estou preparando mingau de aveia! — Ela apontou para a mesa com a colher: havia arrumado as tigelas de um conjunto e postado no meio até um vaso com flores silvestres

— Ah — falou Kit.

— Eu quero panquecas — anunciou Tavvy.

— Não vamos ficar para o café — disse Ty. — Kit e eu vamos à praia. Vejo vocês mais tarde.

— Mas... — começou Helen, em vão; eles já tinham saído, com Ty arrastando Kit pelo pulso com firmeza. Kit dera de ombros, se desculpando, antes de desaparecer pela porta.

— Odeio aveia — falou Dru. Ela se sentara, franzindo a testa.

— Eu também odeio aveia — falou Tavvy, se empurrando para perto da irmã. Ele também franziu a testa e, por um momento, a semelhança entre ambos foi quase cômica.

— Bem, o que tem é mingau de aveia — falou Helen. — Mas posso fazer torrada também.

— Torrada não — retrucou Tavvy. — Panquecas.

Helen desligou o fogão. Por um minuto, ficou parada, fitando a panela com mingau de aveia esfriando. Baixinho, falou:

— Eu não sei fazer panquecas.

Cristina se levantou do banquinho rapidamente.

— Helen, me deixe ajudar a fazer uns ovos e torradas — ofereceu-se.

— Julian sabe fazer panquecas — falou Tavvy.

Helen abriu espaço para Cristina na bancada, perto do fogão. Cristina entregou o pão à outra e notou que as mãos de Helen tremiam quando ela colocou as fatias na torradeira.

— Eu não estou com vontade nenhuma de comer ovos — falou Dru, tirando uma das flores do vaso e arrancando seu topo. Pétalas choveram sobre a mesa.

— Ora, vocês dois — falou Mark, se aproximando dos irmãos mais novos e afagando seus cabelos. — Nós acabamos de voltar. Não sejam chatos com Helen.

— Bem, ela não *tem* que preparar o café da manhã — falou Dru. — Nós podemos fazer isso sozinhos.

Helen pegou rápido o prato com torrada e pousou na mesa. Dru fitou-o sem expressão.

— Por favor, Dru — falou ela. — Ao menos coma o pão.

Dru ficou tensa.

— Não me diga o que devo comer ou não — falou.

Helen se encolheu. Tavvy esticou a mão para a geleia e virou o frasco de cabeça para baixo, sacudindo-o até que o conteúdo grudento se espalhasse por todo o prato, pela mesa e pelas mãos dele. O menino deu uma risadinha.

— Não... *não*! — falou Helen e tirou a geleia das mãos dele. — Tavvy, não faça isso!

— Eu não tenho que obedecer *você* — retrucou Tavvy, seu rostinho se avermelhando. — Eu nem conheço *você*.

Ele empurrou Dru e correu para fora da cozinha. Depois de um minuto, Dru deu a Helen um olhar de reprovação e saiu correndo atrás do irmão.

Helen ficou parada, segurando o pote plástico vazio enquanto as lágrimas rolavam. Cristina sentiu o coração apertar em solidariedade. Tudo o que Helen queria era agradar aos irmãos, mas eles não conseguiam perdoá-la por não ser Julian.

Cristina fez menção de se aproximar de Helen, mas Mark já estava lá, abraçando a irmã e sujando a camisa com geleia.

— Está tudo bem. — Cristina o ouviu dizer. — Quando eu voltei, eu estava sempre confundindo as coisas. Entendi tudo errado...

Sentindo-se uma intrusa, Cristina se esgueirou para fora da cozinha; algumas cenas familiares eram privadas. Ela seguiu lentamente pelo corredor (tinha *certeza* de que havia uma segunda cafeteira elétrica na biblioteca), e metade de sua mente refletia sobre o que Mark dissera a Helen. Aí se perguntou se ele realmente se sentia daquele jeito. Ela se lembrou da primeira vez em que o viu, agachado contra a parede do quarto; o vento soprava as cortinas ao redor dele como se fossem velas de um barco. A conexão que ela sentira com ele fora imediata — ela não o conhecera antes de a Caçada levá-lo e por isso não tivera expectativas em relação a como ele era ou quem deveria ser. Isso os ligara com mais força do que o feitiço de amarração, mas e se tudo tivesse mudado? E se o laço entre eles tivesse se rompido para nunca mais ser reparado?

— Cristina!

Ela girou. Mark estava atrás dela, corado; tinha corrido para alcançá-la. Parou quando ela se virou e hesitou um momento, como alguém prestes a pular de um penhasco alto.

— Eu tenho que ficar com Helen agora — falou. — Mas preciso conversar com você. Precisava conversar com você desde... muito tempo atrás. Me encontre no estacionamento à noite, quando a lua estiver alta.

Ela fez que sim com a cabeça, muito surpresa para dizer qualquer coisa. Ao lhe ocorrer que "quando a lua estiver alta" não era lá muito útil — e se estivesse nublado? —, ele já tinha desaparecido pelo corredor. Com um suspiro, ela foi mandar uma mensagem de fogo para Catarina Loss.

Havia se passado somente alguns dias desde a morte de Robert Lightwood, mas Horace Dearborn já havia redecorado totalmente o escritório.

A primeira coisa que Emma notou foi que a tapeçaria da batalha em Burren tinha sumido. A lareira estava acesa, e acima dela o quadro de Alec Lightwood fora substituído pelo de Zara Dearborn. No retrato, ela vestia o uniforme, e os cabelos castanhos compridos batiam pela cintura em duas tranças semelhantes à de uma Viking. ZARA DEARBORN, HEROÍNA DA CLAVE, dizia uma placa dourada na moldura.

— Sutil — resmungou Julian. Ele e Emma tinham acabado de entrar no escritório de Horace; o Inquisidor estava abaixado e remexendo em sua mesa, aparentemente ignorando os dois. Pelo menos a escrivaninha era a mesma, embora uma placa imensa pendesse de trás dela, anunciando: PUREZA É FORÇA. FORÇA É VITÓRIA. LOGO, PUREZA É VITÓRIA.

Dearborn se endireitou.

— "Heroína da Clave" pode ser um pouco simplista — falou, pensativamente, deixando claro que tinha ouvido o comentário de Julian. — Eu estava pensando em "Boadiceia Moderna". Caso você não saiba quem foi ela ...

— Eu sei quem foi Boadiceia — falou Julian, se sentando, e Emma o imitou. As cadeiras também eram novinhas, com estofado rígido. — Uma rainha guerreira da Bretanha.

— O tio de Julian era um estudioso de história antiga.

— Ah, sim, Zara me contou. — Horace caiu pesadamente na própria cadeira, atrás da escrivaninha de mogno. Era um sujeito alto e magro, com os ossos pronunciados e um rosto inclassificável. Apenas o tamanho dele era incomum: as mãos eram enormes e os ombros imensos repuxavam o tecido do uniforme. Não deviam ter tido tempo de confeccionar um para ele ainda. — Agora, crianças. Devo dizer que estou surpreso com vocês dois. Sempre houve uma... parceria comovente entre as famílias Blackthorn e Carstairs, e a Clave.

— A Clave mudou — observou Emma.

— Nem toda mudança é para pior — falou Horace. — E era necessária há muito tempo.

Julian ergueu os pés e apoiou as botas no tampo da mesa de Horace. Emma piscou. Ele sempre fora rebelde no coração, mas era raro demonstrar isso assim tão abertamente. Ele sorriu de modo angelical e falou:

— Por que você simplesmente não diz logo o que quer?

Os olhos de Horace cintilaram. Havia raiva neles, mas sua voz era suave quando falou:

— Você dois realmente foderam tudo — falou. — Mais do que imaginam.

Emma levou um susto. Caçadores de Sombras adultos, sobretudo em posições de autoridade, raramente falavam palavrão na frente de alguém que consideravam crianças.

— O que você quer dizer? — perguntou ela.

Ele abriu uma gaveta da escrivaninha e sacou um caderno de couro preto.

— As anotações de Robert Lightwood — falou ele. — Ele anotava tudo após cada reunião. Ele fez alguns registros depois do encontro que teve com *você*.

Julian ficou branco; era evidente que reconhecia o caderno. Robert devia ter escrito nele depois que Emma saíra de seu escritório com Manuel.

— Eu sei o que vocês contaram sobre seu relacionamento — falou Dearborn, com ar divertido. — *Parabatai* apaixonados. Nojento. E eu sei o que vocês queriam dele. Exílio.

Embora a cor tivesse deixado seu rosto, a voz de Julian era firme.

— Ainda acho que você devia nos dizer o que quer de nós.

— Vamos dizer que apaixonar-se pelo seu *parabatai* é uma violação de contrato. O contrato que vocês fizeram junto à Clave, como Nephilim. Isso viola o mais sagrado de nossos laços. — Ele guardou o caderno de volta na gaveta. — Mas não sou um homem insensato. Trago uma solução mutuamente benéfica para todos os nossos probleminhas. E para alguns dos problemões também.

— Soluções não são mutuamente benéficas quando uma das partes é detentora de todo o poder — falou Julian.

Dearborn o ignorou.

— Se vocês concordarem em ir em missão até o Reino das Fadas, se prometerem encontrar e matar Annabel Blackthorn lá e trazer de volta o Volume Sombrio dos Mortos, honrarei o acordo feito por Robert. Exílio e segredo. Ninguém jamais saberá.

— Você não tem como ter certeza de que ela está no Reino das Fadas... — começou Julian.

— Você só *pode estar* brincando — falou Emma ao mesmo tempo.

— Minhas fontes dizem que ela está na Corte Unseelie e, não, eu não estou "brincando" — falou Dearborn. — Eu juraria sobre a Espada Mortal, se a Carstairs aqui não a tivesse quebrado.

Emma corou.

— Por que você quer o Volume Sombrio? Está planejando ressuscitar alguém?

— Não tenho interesse no livro patético de diversão necromântica de um feiticeiro — falou Horace — a não ser para *tirá*-lo das mãos de Annabel Blackthorn e do Rei Unseelie. Nem sequer considerem tentar me enganar com imitações ou falsificações. Eu vou saber e punirei os dois. Eu quero o Volume Sombrio no controle dos Nephilim, não do Submundo.

— Você não tem ninguém mais velho e mais capaz para fazer isso? — perguntou Julian.

— Essa missão deve ser realizada com o máximo sigilo — falou Dearborn bruscamente. — Quem tem uma razão melhor para mantê-la secreta do que vocês?

— Mas o tempo funciona diferente no Reino das Fadas — falou Julian. — Poderíamos voltar daqui a dez anos. Isso não vai ajudar muito.

— Ah. — Dearborn se recostou. Havia um montinho de pano atrás dele, num canto do cômodo, e Emma tomou um susto ao perceber que era a tapeçaria da batalha em Burren, descartada daquele jeito como se fosse lixo. Estranho para um homem que dizia valorizar a história dos Nephilim. — Há muito tempo, o Povo Fada deu à Clave três medalhões capazes de impedir a passagem do tempo no Reino das Fadas. Um deles está perdido, mas vocês receberão um dos dois restantes. Podem devolvê-lo quando voltarem.

Um medalhão? Emma se lembrou do colar de Cristina, do poder de controlar o tempo na Terra das Fadas. *Um deles está perdido...*

— E como é que vamos voltar? — perguntou Emma. — Não é fácil para um humano voltar do Reino das Fadas.

— Vocês usarão o mapa que nós lhe daremos para encontrar um lugar chamado Encruzilhada de Bram — falou Horace. — Lá vocês encontrarão um amigo pronto para trazê-los para casa. — Ele juntou as pontas dos dedos, formando um triângulo. — Vou esconder o fato de que vocês não estão em Alicante colocando guardas para vigiar a casa em Princewater. Vamos espalhar que vocês estão em prisão domiciliar até que a questão da Espada Mortal seja explicada. Mas devo insistir para que vocês encontrem o livro e o devolvam em quatro dias. Caso contrário, posso supor que resolveram agir por conta própria e, nesse caso, não terei outra opção a não ser revelar o seu segredo.

— O que é que o faz pensar que daremos conta de fazer isso em quatro dias? — quis saber Julian.

— Porque vocês não têm escolha — retrucou Horace.

Emma trocou um olhar com Julian. Ela desconfiava que ele estivesse se sentindo desconfiado e impotente, tal como ela. Eles não podiam confiar em Horace Dearborn, mas se não concordassem com o plano, a vida deles estaria acabada. Suas Marcas seriam arrancadas. Eles nunca mais voltariam a ver os outros Blackthorn.

— Não precisam ficar assim tão desconfiados — falou Dearborn. — Estamos juntos nisso. Nenhum de nós quer que Annabel Blackthorn ou o Rei Unseelie tenham posse de um objeto tão poderoso quanto o Volume Sombrio. — Ele deu um sorriso amarelo. — Além disso, Julian, achei que isso fosse agradá-lo. É a sua chance de matar Annabel Blackthorn e de arrancar o precioso livro das mãos dela. Eu imaginaria que você fosse querer vingança.

Incapaz de suportar o modo como o Inquisidor olhava para Julian, Emma se levantou.

— Eu quero Cortana — falou. — Ela foi do meu pai antes de ser minha, e pertence à minha família mesmo antes de Jem e de Cordelia Carstairs. Devolva-a para mim.

— Não — disse Horace, e os lábios finos se tornaram um risco. — Ainda estamos investigando como ela conseguiu quebrar a Espada Mortal. Nós lhes daremos armamentos, comida, um mapa e os equipamentos necessários, mas Cortana, não.

— As lâminas serafim não funcionam no Reino das Fadas — falou Julian. — Nem as nossas Marcas.

Dearborn bufou.

— Então vocês receberão adagas, espadas e bestas. Vocês sabem que tenho todas as armas de que precisam. — Ele se levantou. — Não me importo com o que vocês vão usar para matar Annabel Blackthorn. Apenas cumpram a missão. Vocês trouxeram aquela vagabunda até nós. É sua responsabilidade nos livrar dela.

Julian tirou as botas de cima da mesa.

— Quando é que temos que partir?

— E como chegaremos lá? — quis saber Emma.

— Isso é comigo — falou Dearborn.— E quanto ao momento da partida, é bom que seja agora. Não é como se vocês tivessem algum compromisso em Alicante. — Ele gesticulou em direção à porta, como se mal pudesse esperar para se livrar deles. — Vão para casa e peguem os objetos pessoais de que vão precisar. E não percam tempo. Os guardas vão buscá-los em breve. Estejam prontos.

— Muito bem — concordou Emma. Ela foi até o canto e pegou a tapeçaria de Alec. — Mas eu vou levar isto.

Era surpreendentemente pesada. Dearborn ergueu as sobrancelhas, mas não disse uma única palavra enquanto ela saía do cômodo com dificuldade, agarrada ao trambolho.

— Aonde vamos? — perguntou Kit. Ele segurava o saco de batata frita, com sal e gordura nos dedos. Era um café da manhã estranho, mas ele já tivera refeições mais estranhas ainda na vida. Além disso, a brisa do oceano soprava os cabelos dele, a praia estava deserta e ele e Ty caminhavam numa cerração dourada de areia e luz do sol. Apesar de tudo, ele estava de bom humor.

— Você se lembra daquela caverna? — perguntou Ty. — Da caverna onde a gente estava quando viu Zara conversando com Manuel?

— Sim — respondeu Kit, e quase acrescentou: *quando a gente estava com Livvy*, mas percebeu que Ty deixara implícito ao mencionar "a gente". Era um jeito de sempre incluir Livvy. A sombra da lembrança baixou sobre o bom humor de Kit, e ele se recordou daquela noite, da risada de Livvy, de Ty segurando uma estrela do mar, do ar salgado que embaraçava os cabelos normalmente lisos, e dos olhos que imitavam a cor prateada da lua. O menino estivera bem sorridente naquela noite, seu típico sorriso verdadeiro e resplandecente. Kit se sentira mais próximo dos dois como nunca se sentira com qualquer pessoa.

— Espera aí. Por que é que estamos indo para lá?

Eles tinham alcançado a parte da praia onde dedos longos de granito esburacado se estendiam até a água. As ondas precipitavam-se do mar, batendo contra as rochas, açoitando e transformando-se num borrifo branco-prateado.

Ty enfiou a mão no saco de batatas e seu braço roçou o de Kit.

— Porque precisamos de ajuda para praticar necromancia. Não podemos fazer sozinhos.

— Me diz, por favor, que não vamos precisar da ajuda de um exército de mortos. Eu odeio exércitos de mortos.

— Não de um exército de mortos. De Hypatia Vex.

Kit quase deixou as batatas caírem.

— Hypatia Vex? A feiticeira de Londres?

— Isso — falou Ty. — Fique atento, Watson.

— Isso não é um "fique atento" — falou Kit. — Como é que eu ia saber que você entrou em contato com ela? Não creio que ela gostasse tanto assim de nós.

104 Cassandra Clare

— Isso tem importância?

— Boa pergunta. — Kit parou, a areia entrando por cima dos tênis. — Chegamos.

A abertura escura no penhasco se assomava diante deles. Ty parou também, remexendo no bolso do casaco.

— Tenho uma coisa para você.

Kit enrolou o saco de batata e o enfiou atrás de uma rocha.

— Tem?

Ty mostrou uma pequena pedra branca, do tamanho de uma bola de golfe, com um símbolo gravado.

— Sua pedra de luz enfeitiçada marcada. Todo Caçador de Sombras tem uma. — Sem inibição, Ty pegou a mão de Kit e pressionou a pedra em sua palma, e, surpreso, Kit sentiu uma onda quente pelo estômago. Nunca tinha sentido nada assim.

— Valeu — falou. — Como eu ativo a pedra?

— Feche os dedos em torno dela e pense em luz — explicou Ty. — Imagine que está acendendo um interruptor; foi como Julian me ensinou. Vem cá, vou te mostrar.

Kit estendeu a pedra desajeitadamente enquanto eles seguiam pela trilha até a entrada da caverna. Alguns passos em seu interior e a escuridão os envolveu como veludo, abafando o som das ondas lá fora. Kit mal conseguia enxergar Ty, a sombra de uma sombra atrás dele.

Como se acendesse um interruptor, pensou ele, e fechou os dedos em torno da pedra marcada.

Ela fez um pequeno movimento em sua palma e emitiu raios de luz, iluminando o familiar corredor de pedra. Tudo estava igualzinho a antes, com paredes íngremes e aranhas, fazendo Kit se lembrar dos túneis subterrâneos no primeiro *Indiana Jones*.

Pelo menos, desta vez, eles sabiam aonde estavam indo. Seguiram a curva do túnel para dentro de uma imensa câmara de pedra. As paredes eram de granito, embora linhas escuras mostrassem onde elas tinham rachado há muito tempo. O recinto tinha cheiro de alguma coisa adocicada — provavelmente a fumaça que subia das velas colocadas sobre a mesa de madeira no centro. Uma figura encapuzada, com vestes pretas, e o rosto perdido na sombra, estava sentada onde Zara tinha ficado da última vez que eles estiveram ali.

— Hypatia? — chamou Ty, e deu um passo à frente.

O vulto ergueu um único dedo, como se pedisse silêncio. Kit e Ty hesitaram quando as mãos enluvadas se ergueram e jogaram o capuz para trás.

Ty lambeu os lábios secos.

— Você... não é Hypatia. — E se virou para Kit. — Não é ela.

— Não — concordou Kit. — Parece ser um sujeito verde com chifres.

— Não sou Hypatia, mas foi ela quem me enviou — explicou o feiticeiro.

— Nós três já nos encontramos. No Mercado das Sombras de Londres.

Kit se lembrou de mãos verdes velozes. *Devo dizer que nunca imaginei que teria o prazer de entreter o Herondale Perdido.*

— Shade — falou.

O feiticeiro pareceu divertido.

— Não é meu sobrenome verdadeiro, mas vai servir.

Ty balançava a cabeça.

— Eu quero falar com Hypatia. Não com você — insistiu ele.

Shade se recostou na cadeira.

— A maioria dos feiticeiros não chega perto de necromancia — falou ele, baixinho. — Hypatia não é diferente; na verdade, ela é mais inteligente do que a maioria. Ela quer dirigir o Mercado das Sombras um dia e não vai pôr em risco suas chances.

A expressão de Ty pareceu estilhaçar, como o rosto rachado de uma estátua.

— Eu não falei nada sobre necromancia...

— Sua irmã gêmea acabou de morrer — falou Shade. — E você foi atrás de uma feiticeira com um pedido desesperado. Não precisa ser um gênio para adivinhar o que você quer.

Kit pôs a mão no ombro de Ty.

— Não precisamos ficar aqui — falou. — Podemos simplesmente ir embora...

— Não — interrompeu Shade. — Me ouçam primeiro, pequenos Caçadores de Sombras, se querem a minha ajuda. Eu compreendo. O luto é capaz de enlouquecer as pessoas. Você busca um meio de acabar com ele.

— Sim — falou Ty. — Eu quero trazer minha irmã de volta. Eu *vou* trazer minha irmã de volta.

Os olhos escuros de Shade eram severos.

— Você quer ressuscitar os mortos. Sabe quantas pessoas querem fazer isso? Não é um bom plano. Eu sugiro que o esqueça. Eu poderia ajudar você com outra coisa. Você já teve vontade de mover objetos com a mente?

— Claro — falou Kit. — Isso é ótimo. *Qualquer coisa, menos isso.*

— Eu tenho o Volume Sombrio dos Mortos — falou Ty. — Ou, pelo menos, eu tenho uma cópia.

Ele não pareceu reconhecer o total espanto no rosto de Shade, mas Kit notou. E isso aumentou tanto seu orgulho quanto sua apreensão por Ty.

— Muito bem — disse Shade finalmente. — É melhor que o objeto real.

Que coisa estranha de se dizer, pensou Kit.

— Nós não precisamos de ajuda com os feitiços — emendou Ty. — Precisamos de sua ajuda para reunir os ingredientes do feitiço. Alguns são fáceis de se conseguir, mas Caçadores de Sombras não são bem-vindos no Mercado das Sombras, por isso, se você pudesse ir, eu lhe daria dinheiro, ou temos um monte de armas valiosas no Instituto...

Kit estava satisfeito.

— Eu já pensei em vender algumas também.

Shade ergueu as mãos enluvadas.

— Não — falou. — Vou ajudar, sim, mas não vai ser rápido nem fácil.

— Ótimo — falou Ty, mas Kit ficou desconfiado no mesmo instante.

— Por quê? — quis saber Kit. — Por que você nos ajudaria? Você não aprova...

— Não aprovo mesmo — interrompeu Shade. — Mas se não for eu, será outra pessoa, algum outro feiticeiro com menos escrúpulos. Pelo menos eu posso garantir que vai ser feito da maneira mais limpa possível. Posso mostrar como lançar o feitiço da maneira correta. Posso arrumar um catalisador para você... uma fonte de energia limpa que não vai corromper o processo.

— Mas você não vai ao Mercado das Sombras? — perguntou Kit.

— O feitiço só funciona se quem o lançar coletar os ingredientes pessoalmente — falou Shade. — E você é quem vai lançar o feitiço, mesmo que precise de mim para direcioná-lo. Então não importa o que haja entre vocês dois e o pessoal do Mercado das Sombras... e eu vi mais ou menos o que aconteceu, então sei que é pessoal... vocês vão ter que resolver isso. — A voz do feiticeiro era ríspida. — Vocês são inteligentes, vão dar um jeito. Quando conseguirem o que precisam, voltem para cá. Ficarei aqui na caverna pelo tempo que vocês estiverem envolvidos nesse projeto insano. Mas mandem um bilhete se estiverem planejando passar por aqui. Aprecio muito a minha privacidade.

O rosto de Ty se iluminou de alívio, e Kit soube de imediato o que se passava na cabeça do menino: o primeiro passo fora dado, um passo mais perto de ter Livvy de volta. Shade o encarou e balançou a cabeça, os cabelos brancos reluzindo à luz das velas.

— Claro, se você reconsiderar e eu nunca mais tiver notícias suas, vai ser melhor ainda — emendou ele. — Pensem nisso, crianças. Algumas luzes não foram feitas para arder por muito tempo.

Ele fechou os dedos enluvados em torno do pavio da maior vela e o apagou. Uma pluma de fumaça branca subiu em direção ao teto. Kit olhou mais uma vez para Ty, que não reagira; talvez nem sequer tivesse ouvido Shade. Ele sorria consigo: não o sorriso brilhante do qual Kit sentira falta na praia, mas um sorriso quieto, privado.

Se nós formos adiante, eu tenho que assumir isso sozinho, pensou Kit. *Toda a culpa, toda a apreensão, serão minhas apenas.*

Ele desviou o olhar do feiticeiro antes que Shade pudesse captar a dúvida em seus olhos.

Algumas luzes não foram feitas para arder por muito tempo.

— Não acredito que os Centuriões deixaram uma *bagunça* dessas — falou Helen.

Durante anos, Helen prometera a Aline que a levaria para passear no Instituto e que lhe mostraria todos os seus locais favoritos de infância.

Mas só parte da mente de Helen estava concentrada em mostrar o local a Aline.

Outra parte estava focada na destruição no Instituto causada pelos Centuriões: havia toalhas largadas por tudo que é lado, manchas nas mesas e comida velha apodrecendo na geladeira da cozinha. E uma outra parte estava na mensagem que ela pagara uma fada para entregar à sua tia Nene, na Corte Seelie. Mas a maior parte de seu pensamento estava em sua família.

— Não são aqueles idiotas que estão realmente incomodando você — falou Aline. Elas estavam de pé sobre uma elevação a alguma distância do Instituto. Dali era possível ver o deserto, coberto de flores silvestres e vegetação rasteira verde, além do oceano, azul e reluzente abaixo. Na Ilha Wrangel também tinha mar, frio, gélido e belo, mas de modo algum convidativo. Este era o mar da infância de Helen — o mar dos longos dias pulando nas ondas com as irmãs e os irmãos. — Você pode me contar qualquer coisa, Helen.

— Eles me odeiam — disse Helen, baixinho.

— Quem te odeia? — quis saber Aline. — Eu vou matar todos.

— Meus irmãos e irmã — falou Helen. — Mas, por favor, não os mate.

Aline pareceu confusa.

— Como assim eles te odeiam?

— Ty me ignora — emendou Helen. — Dru é grosseira comigo. Tavvy detesta o fato de eu não ser Julian. E Mark... bem, Mark não me odeia, mas parece totalmente distante. Não consigo aproximá-lo da gente.

Aline cruzou os braços e fitou pensativamente o oceano. Essa era uma das coisas que Helen adorava em sua mulher. Se ela propusesse qualquer coisa, Aline avaliaria a situação de todos os ângulos; ela nunca era indiferente.

— Falei para Julian dizer a todas as crianças que eu estava feliz na Ilha Wrangel — falou Helen. — Eu não queria que eles se preocupassem. Mas agora... acho que eles acreditaram que eu passei todos esses anos sem me importar por ter sido separada deles. Eles não sabem quanta saudade eu senti. Não sabem como eu me senti horrível por Julian ter assumido toda a responsabilidade durante todos esses anos. Eu não *sabia*.

— A questão é — falou Aline — eles não veem você apenas como substituta de Julian, como a pessoa que cuida deles. Você também entrou em suas vidas no momento em que Livvy os deixou.

— Mas eu também amava Livvy! Também sinto falta dela...

— Eu sei — falou Aline delicadamente. — Mas eles são só crianças. Estão tomados pela tristeza e revidando. *Eles* não entendem que é por isso que estão zangados. Eles só sentem as coisas.

— Não estou dando conta. — Helen tentou manter a voz firme, mas era quase impossível. Torcia para que seu estresse fosse disfarçado pelo som das ondas quebrando abaixo, mas Aline a conhecia muito bem e sentia que Helen estava chateada, mesmo havendo muito esforço para não demonstrar isso. — É difícil demais.

— Amorzinho. — Aline se aproximou e a envolveu num abraço, roçando os lábios suavemente nos dela. — Você dá conta, sim. Você é capaz de qualquer coisa.

Helen relaxou nos braços da mulher. Quando conhecera Aline, achara que a outra era mais alta do que ela, mas depois percebera que era somente por conta da postura altiva de Aline. A Consulesa, sua mãe, tinha a mesma postura, e com o mesmo orgulho... Não que alguma delas fosse arrogante, mas a palavra parecia mais próxima do que Helen imaginava ser mera confiança. Ela se lembrou do primeiro bilhete de amor que Aline lhe escrevera. *O mundo mudou, pois de marfim e ouro você se formou. As curvas de seus lábios reescrevem a história.* Mais tarde, ela descobrira ser uma citação de Oscar Wilde e, sorrindo, dissera a Aline: *Você tem muita coragem.*

Aline retribuíra a encarando com firmeza. *Eu sei. Tenho mesmo.*

As duas sempre tiveram, e lhes fora muito útil. Mas esta não era uma situação onde a coragem tivesse tanta importância quanto a paciência. Helen estivera cheia de expectativas de que os irmãos e a irmã mais novos seriam capazes de amá-la; de certa forma, ela precisava disso. Agora, percebia que precisaria demonstrar seu amor primeiro.

— Por um lado, a raiva significa coisas boas — falou Aline. — Significa que eles sabem que você sempre vai amá-los, incondicionalmente. Em algum momento eles vão parar de testar você.

Rainha do Ar e da Escuridão

— Tem um meio de acelerar o "em algum momento"?

— Ajuda pensar como "num dia desses"?

Helen fungou e riu.

— Não.

Aline a afagou delicadamente no ombro.

— Valeu a tentativa.

Havia uma dezena ou mais de guardas postados quando Emma e Julian voltaram para casa. Era um dia claro, e o sol reluzia nas espadas penduradas nos ombros deles e na água do canal.

Quando subiram os degraus, Dane Larkspear estava estatelado num dos lados da entrada, o rosto pálido de cachorro sob uma cabeleira preta desgrenhada. Ele piscou para Emma quando Julian, ignorando-o, esticou a mão para pegar sua estela.

— Que bom ver você.

— Não posso dizer o mesmo — falou Emma. — Onde está sua gêmea do mal? E eu falo literalmente. Ela é sua gêmea e ela é do mal.

— Sim, eu entendi isso — falou Dane, revirando os olhos. — Samantha está na Scholomance. E vocês têm convidados.

Emma ficou tensa.

— Dentro de casa? Os guardas não tem obrigação de mantê-los fora daqui?

Dane deu uma risadinha.

— Ora. Nossa obrigação é manter vocês aqui dentro.

Julian desenhou um símbolo para abrir a porta e lançou a Dane um olhar sombrio.

— Quinze contra dois?

O sorriso irônico de Dane se abriu mais ainda.

— Só estamos mostrando quem manda — falou. — Nós estamos no controle. E eu não me sinto nem um pouco mal sobre isso.

— Não deveria mesmo — falou Julian, entrando na casa.

— E só pra constar, eu ainda não estava me sentindo péssima em relação a esta situação — resmungou Emma, e acompanhou Julian. Ela estava apreensiva; não gostara nadinha do jeito como Dane dissera a palavra "convidados". Fechou lentamente a porta da frente, a mão já a postos no cabo da adaga no cinto de armas.

Ouviu Julian chamar seu nome.

— Na cozinha — falou. — Está tudo bem, Emma.

Normalmente ela confiava em Julian mais do que em si mesma. Mas agora as coisas eram diferentes. Seguiu cuidadosamente até a cozinha, e só tirou a mão da adaga ao ver Isabelle sentada junto à mesa, as longas pernas cruzadas. Vestia um casaco curto de veludo e uma saia comprida de tule. O brilho intenso das joias de prata reluzia nos pulsos e tornozelos.

Simon estava sentado em uma das cadeiras, com os cotovelos sobre a mesa e os óculos escuros no alto da cabeça.

— Espero que não se importem — falou. — Os guardas nos deixaram entrar.

— De modo algum — disse Julian, se apoiando contra a bancada. — Só estou surpreso por terem deixado.

— Persuasão amigável — falou Isabelle, e deu um sorriso que mostrava todos os dentes. — A Tropa não tem todo o poder ainda. Nós ainda conhecemos um monte de gente do alto escalão.

— Onde vocês estavam? — quis saber Simon. — Os guardas não nos disseram nada.

— O Inquisidor queria conversar com a gente — falou Emma.

Simon franziu a sobrancelha.

— Dearborn? Você quer dizer que ele queria interrogar vocês?

— Não exatamente. — Emma tirou o casaco e o pendurou nas costas de uma cadeira. — Ele queria que lhe fizéssemos um favor. Mas o que vocês estão fazendo aqui?

Isabelle e Simon se entreolharam.

— Temos notícias ruins — falou Simon.

Emma olhou fixamente para os dois. Izzy parecia cansada, Simon, tenso, mas isso não era de se admirar. Ela nem queria imaginar a própria aparência.

— Meus irmãos e irmãs... — começou Julian, com voz rouca, e Emma o encarou; ela se lembrou do que ele dissera sobre escalar *a pira para buscar Ty; foi por atavismo, pela necessidade de protegê-lo, não havia pensamento consciente.*

— Não é isso — falou Simon. — Jace e Clary não voltaram no prazo marcado.

Sem dizer nada, Emma afundou numa cadeira à frente de Simon.

— Isso é interessante — observou Julian. — O que vocês acham que aconteceu?

Simon o fitou com expressão estranha. Isabelle o cutucou com o joelho e, apesar da surpresa e da preocupação, Emma a ouviu murmurar alguma coisa sobre a irmã de Julian ter acabado de morrer e ele ainda estar em choque.

— Talvez eles tenham se atrasado porque o tempo é diferente no Reino das Fadas — observou Emma. — Ou eles pegaram um dos medalhões?

— Eles não são afetados pela magia do tempo no Reino das Fadas por causa do sangue do anjo — explicou Isabelle. — Por isso a Clave os enviou. As Marcas ainda funcionam, mesmo nas regiões com a praga. — Ela franziu a testa. — Que medalhões?

— Ah. — Emma trocou um olhar com Julian. — A Clave tem medalhões que evitam a passagem do tempo no Reino das Fadas. Dearborn nos deu um.

Isabelle e Simon se entreolharam, perplexos.

— O quê? Por que ele lhes daria...?

— O favor que Dearborn nos pediu — falou Julian. — Inclui viajar para o Reino das Fadas.

Simon se endireitou na cadeira, trincando o queixo de um modo que fez Emma se lembrar de que ele não era apenas o noivo gentil de Isabelle Lightwood, mas também um herói por méritos próprios. Ele tinha derrotado o Anjo Raziel em pessoa. Poucos, além de Clary, podiam dizer isso.

— Ele fez *o quê*?

— Eu vou explicar — falou Julian, e então o fez, com uma economia seca e desbotada de emoções. Pouco importava, pois quando acabou, Isabelle e Simon estavam furiosos.

— Como ele ousa — começou Simon. — Como ele pode pensar...

— Mas ele é o Inquisidor agora. E saberia que Clary e Jace não voltaram — interrompeu Isabelle. — A Clave sabe que é perigoso, sobretudo, agora. Por que mandariam vocês?

— Porque Annabel fugiu para o Reino das Fadas e ele acha que Annabel é problema nosso — falou Emma.

— Isso é ridículo; vocês são apenas crianças — falou Simon.

Isabelle deu um chute levinho nele.

— Nós fizemos um monte de coisas quando éramos crianças.

— Porque *tivemos* que fazer — retrucou ele. — Não tivemos escolha. — E se virou novamente para Emma e Julian. — Nós podemos tirar vocês daqui. Podemos esconder vocês.

— Não — falou Julian.

— Ele quer dizer que nós também não temos escolha — falou Emma. — Tem uma chance enorme de o Volume Sombrio ser usado por Annabel ou pelo Rei Unseelie para algum fim terrível. Não temos como saber quem pode se ferir, e temos melhores chances de encontrar o livro. Ninguém lidou com Annabel durante séculos... e de um jeito estranho, Julian é quem a conhece melhor.

— E nós podemos procurar Jace e Clary. Horace não vai mandar ninguém mais atrás deles — falou Julian.

Isabelle parecia irritada.

— Porque ele é um idiota, é isso?

— Porque ele não gosta do apoio que eles têm ou do modo como as pessoas vão atrás deles, de Alec e de vocês — falou Julian. — Quanto mais tempo eles ficarem longe, melhor para ele. Horace quer consolidar seu poder... ele não precisa de heróis voltando pra casa. Tenho certeza de que Jia vai tentar ajudar, mas ele não vai facilitar a vida dela. Ele sempre pode criar obstáculos.

Julian estava muito pálido e os olhos pareciam o vidro marinho azul na pulseira dele. Seu *parabatai* podia até não sentir nada, pensou Emma, mas ele ainda compreendia muito bem os sentimentos alheios. Ele havia apresentado o único argumento que Simon e Isabelle não conseguiriam contestar: a segurança de Clary e Jace.

Ainda assim, Simon tentou.

— Nós podemos pensar em alguma coisa — falou. — Num jeito de procurá-los. A oferta para esconder vocês permanece.

— Eles vão maltratar a minha família se eu desaparecer — falou Julian. — Esta é a nova Clave.

— Ou talvez apenas a Clave que sempre esteve escondida sob a antiga — retrucou Emma. — Vocês prometem que não vão contar a ninguém, nem mesmo a Jia, sobre a nossa ida ao Reino das Fadas?

Ninguém pode saber. Se Jia confrontar Horace, ele vai contar nosso segredo.

Simon e Isabelle pareciam confusos, mas ambos prometeram.

— Quando foi que pediram para vocês irem? — quis saber Isabelle.

— Em breve — respondeu Julian. — Só viemos aqui para arrumar nossas coisas.

Simon praguejou baixinho. Isabelle balançou a cabeça; em seguida, se inclinou e tirou uma correntinha do tornozelo fino. Ela a estendeu na direção de Emma.

— É ferro abençoado. Venenoso para as fadas. Use-a e vai golpear bem mais forte.

— Valeu. — Emma pegou a corrente e enrolou duas vezes no pulso, prendendo firmemente.

— Eu tenho alguma coisa de ferro? — Simon olhou em volta rapidamente, enfiou a mão no bolso e sacou uma miniatura de um arqueiro. — É meu personagem de *Dungeons&Dragons*, Lorde Montgomery...

— Ai, meu Deus — falou Isabelle.

— A maior parte dessas figuras é de estanho, mas esta aqui é de ferro. Consegui no site Kickstarter. — Simon entregou-o a Julian. — Leve. Pode ser útil.

— Não entendi metade das coisas que você falou, mas valeu assim mesmo — agradeceu Jules, e guardou o bonequinho no bolso.

Fez-se um silêncio constrangido. Foi Isabelle quem o interrompeu, e seus olhos escuros foram de Julian a Emma, e vice-versa.

— Obrigada — falou. — Aos dois. Isso é uma coisa incrivelmente corajosa. — Ela respirou fundo. — Quando encontrarem Clary e Jace, e eu sei que vocês vão encontrar, contem a Jace sobre Robert. Ele precisa saber o que está acontecendo com sua família.

7

Flores De Pedra

Era uma noite límpida na Califórnia, com vento quente soprando do deserto, e a lua brilhava e, sem dúvida, estava alta no céu quando Cristina se esgueirou pela porta dos fundos do Instituto, porém hesitando no primeiro degrau.

Tinha sido uma noite bem estranha — Helen e Aline haviam preparado espaguete e deixado a panela no fogão para que quem gostasse pudesse se servir. Cristina comera com Kit e Ty, distante e com olhos brilhantes, absorta em seu mundinho particular; a certa altura, Dru surgira carregando tigelas, colocando-as na pia.

— Eu jantei com Tavvy no quarto dele — anunciara, e Cristina, sentindo-se completamente perdida, gaguejara alguma coisa sobre ficar contente por eles terem comido.

Mark nem sequer dera as caras.

Cristina ficara aguardando até meia-noite para botar um vestido e a jaqueta jeans e sair para se encontrar com Mark. Era estranho ter as próprias roupas de volta, seu quarto com a *árbol de vida*, seus lençóis e cobertores. Não era bem como voltar para casa, mas era próximo disso.

Ela parou no topo da escada. Ao longe, as ondas oscilavam e se quebravam. Certa vez ela ficara parada ali, observando Kieran e Mark se beijarem, e Kieran abraçando Mark como se este fosse tudo no mundo.

Agora parecia que tinha sido há muito tempo.

Ela desceu os degraus e o vento levantou a barra do vestido amarelo-claro, inflando a saia e fazendo-a parecer uma flor. O "estacionamento" era, na

Rainha do Ar e da Escuridão

verdade, um grande retângulo de areia onde ficava o carro do Instituto — pelo menos não fora incendiado pelos Centuriões, o que já era alguma coisa. Perto dali ficavam as estátuas de dramaturgos e filósofos gregos e romanos que Arthur Blackthorn colocara lá, brilhando palidamente sob as estrelas. Elas pareciam deslocadas em meio à vegetação rasteira das colinas de Malibu.

— Dama das Rosas — falou uma voz atrás dela.

Kieran!, pensou Cristina e se virou. Mas obviamente não era Kieran. Era Mark, com os cabelos louro-claros desgrenhados, jeans azul e uma camisa de flanela que ele abotoara errado. A *essência de Mark* nele a fez corar, em parte pela proximidade e, em parte, porque por um segundo ela pensara ser outra pessoa.

Era só que Kieran era o único que a chamava de Dama das Rosas.

— Não consigo suportar todo esse ferro — falou Mark, e soou mais cansado do que ela já ouvira alguém soar. — Não consigo suportar esses espaços fechados. E senti tanto a sua falta. Você vai para o deserto comigo?

Cristina se lembrou da última vez que estiveram no deserto e no que ele tinha dito. Ele tocara seu rosto: *Estou imaginando você aqui? Eu estava pensando em você, e agora você está aqui.*

Fadas não conseguiam mentir, no entanto, Mark conseguia, e ainda assim fora a dolorosa sinceridade exalada por ele a responsável por apertar o coração de Cristina.

— Claro que vou — disse ela.

Ele deu um sorriso que iluminou seu rosto. Cruzou o estacionamento, com Cristina ao lado, seguindo uma trilha quase invisível entre a vegetação emaranhada e as rochas cobertas de samambaias.

— Eu costumava caminhar por aqui com frequência quando era mais novo — disse ele. — Antes da Guerra Maligna. Eu vinha para cá pensar nos meus problemas. Ruminar sobre eles ou como queira chamar.

— Que problemas? — provocou ela. — Amorosos?

Ele riu.

— Eu nunca tinha namorado sério até então — falou ele. — Vanessa Ashdown por uma semana, mais ou menos, mas apenas... bem, ela não era muito agradável. Então eu tive uma queda por um menino do Conclave, mas a família voltou para Idris depois da Guerra Mortal e agora eu nem me lembro do nome dele.

— Ai, meu Deus — falou ela. — Agora você olha para os meninos em Idris e pensa que "talvez seja ele"?

— Ele estaria com uns vinte anos agora — falou Mark. — E até onde eu sei, está casado e tem uma dúzia de filhos.

— Com *vinte* anos? — falou Cristina. — Ele teria que ter trigêmeos todo ano durante quatro anos.

— Ou sêxtuplos duas vezes — falou Mark. — É possível.

Agora ambos estavam rindo, baixinho, do modo como riem as pessoas que simplesmente estão felizes quando estão juntas. *Eu senti sua falta*, dissera ele e, por um momento, Cristina fez questão de esquecer os últimos dias e de ficar feliz por estar com Mark nesta bela noite. Ela sempre amara as linhas marcantes dos desertos: os emaranhados reluzentes de artemísia e espinheiros, as sombras imensas das montanhas ao longe, o cheiro dos pinheiros e do cedro, a areia dourada, que se prateava com o luar. Quando eles atingiram o topo plano de um morro de encosta íngreme, o solo abaixo desapareceu, e Cristina pôde ver, ao longe, o mar, o brilho tocado pelo vento alcançando o horizonte num sonho de prata e preto.

— Este é um dos meus lugares favoritos. — Mark afundou na areia, reclinando-se apoiado nas mãos. — O Instituto e a autoestrada ficam escondidos e o mundo inteiro desaparece. É só você e o deserto.

Ela se sentou ao lado dele. A areia ainda quente por causa da luz do sol absorvida durante o dia. Ela enterrou os dedos, feliz por estar de sandália.

— Era aqui que você costumava vir pra pensar?

Ele não respondeu. Parecia absorto, olhando para as próprias mãos; elas tinham leves cicatrizes por toda parte, calosas como a mão de qualquer Caçador de Sombras, a Marca da Visão se destacando na mão direita.

— Não tem problema — falou ela. — Não tem problema não suportar o ferro, ou espaços confinados, cômodos trancados, a vista do oceano ou qualquer outra coisa. A sua irmã acabou de falecer. Nada do que você sinta estaria errado.

O peito dele subiu com um suspiro trêmulo.

— E se eu contasse... se eu contasse que estou em luto pela minha irmã, mas que há cinco anos decidi que ela já estava morta, que toda a minha família estava morta e que, de certa forma, eu já chorei por ela? Que meu luto é diferente do luto do restante da família e que, portanto, não posso falar com eles sobre isso? Eu a perdi, depois eu a ganhei, e aí perdi de novo. É mais como se tê-la fosse um breve sonho.

— Talvez porque seja mais fácil pensar assim — falou ela. — Quando perdi Jaime... embora não seja a mesma coisa..., mas quando ele desapareceu e nossa amizade terminou, eu chorei por ele apesar da raiva, e então comecei a me perguntar vez ou outra se ele havia sido só um mero sonho. Ninguém mais falava dele, aí comecei a pensar que talvez ele nunca tivesse existido. — Ela puxou os joelhos para perto do corpo e os abraçou. — E então eu vim para cá, e ninguém o conhecia, e aí passou a parecer mais ainda que ele nunca existiu.

Mark olhava para ela agora. Ele era prateado e branco sob o luar, e tão bonito que Cristina sentiu um aperto no coração.

— Ele era o seu melhor amigo.

— Ele ia ser o meu *parabatai*.

— Então você não o perdeu simplesmente — falou Mark. — Você perdeu aquela Cristina. A que tinha um *parabatai*.

— E você perdeu aquele Mark — falou ela. — O que era irmão de Livia.

Ele deu um sorriso amargo.

— Você é sábia, Cristina.

Ao ver o sorriso de Mark, ela se retesou contra os sentimentos que cresciam em seu âmago.

— Não. Sou muito boba.

Os olhos dele endureceram.

— E Diego. Você também o perdeu.

— Sim — falou ela. — E eu o amava... ele foi meu primeiro amor.

— Mas você não o ama agora? — Os olhos dele tinham escurecido; de azul e dourado a um negro profundo.

— Você não deveria ter que perguntar — murmurou ela.

Mark esticou o braço na direção dela; os cabelos de Cristina estavam soltos e ele segurou uma mecha e a girou no dedo, o toque impossivelmente gentil.

— Eu precisava saber — falou. — Precisava saber se podia beijá-la e se não teria problema.

Sem conseguir falar, ela assentiu e ele enredou as mãos nos cabelos dela, erguendo as mechas na altura do rosto e beijando-as.

— Dama das Rosas — murmurou.— Seus cabelos são como rosas negras. Há muito tempo eu estava querendo você.

Me queira então. Me beije. Tudo. Tudo, Mark. Os pensamentos de Cristina se dissolveram quando ele se inclinou para ela; e quando ela murmurou de encontro aos lábios dele, o fez em espanhol.

— *Bésame*, Mark.

Eles afundaram na areia, enroscados, as mãos de Mark passando pelos cabelos de Cristina. A boca dele era cálida na dela e, depois, muito quente, e a delicadeza se fora, substituída por uma intensidade feroz. Era maravilhosamente semelhante a uma queda; ele a posicionou debaixo de si, a areia aninhando o corpo dela e as mãos de Mark percorrendo-o, e ela tocando todos os lugares nele que ansiava tocar: os cabelos, o arco das costas, as asas das omoplatas.

Ele já estava tão mais *presente* do que quando viera pela primeira vez ao Instituto, quando parecera que um vento forte poderia soprá-lo para longe. Ele engordara, ganhara músculos, e ela gostava da solidez dele, dos músculos longos e elegantes ao longo da coluna, da largura e do calor dos ombros. Ela enfiou as mãos por baixo da camisa onde a pele era macia e queimava, e ele arfou de encontro à sua boca.

— *Te quiero* — murmurou Mark, e ela deu uma risadinha.

— Onde foi que você aprendeu isso?

— Eu pesquisei — falou ele, segurando a nuca de Cristina e beijando suas bochechas e seu queixo. — É verdade. Eu te adoro, Cristina Mendoza Rosales, filha das montanhas e das rosas.

— Eu também te adoro — murmurou ela. — Embora seu sotaque seja horrível, eu te adoro, Mark Blackthorn, filho dos espinhos. — Ela passou a mão em torno do rosto dele e sorriu. — Embora você não seja tão espinhoso.

— Você preferia que eu tivesse uma barba? — provocou Mark, esfregando a bochecha contra a dela, e ela deu uma risadinha e murmurou que a camisa estava abotoada errado. — Eu posso resolver isso — falou ele, tirando a peça; ela notou que botões foram arrancados e torceu para que aquela não fosse a camisa favorita dele.

Então ficou extasiada diante de sua bela pele nua, cheia de cicatrizes. Os olhos de Mark escureceram ainda mais; agora estavam pretos como as profundezas do oceano, tanto o azul quanto o dourado.

— Adoro o jeito como você olha para mim — falou ele.

Os dois pararam de rir; Cristina deslizou as palmas pelo peito nu dele, pela barriga até o cós do jeans, e Mark semicerrou os olhos, descendo as mãos até os botões na frente do vestido dela. Cristina continuava a tocá-lo enquanto ele abria o vestido, da gola até a bainha, e o tirava. Agora estava deitada sobre o próprio vestido, de sutiã e calcinha apenas.

Cristina meio que esperara sentir algum tipo de constrangimento. Sempre sentira algo assim com Diego. Mark, porém, a olhava como se estivesse surpreso, como se tivesse aberto um presente e descoberto a única coisa que ele sempre desejara.

— Posso tocar você? — pediu ele, e quando ela respondeu que sim, ele soltou o ar, com a respiração entrecortada. Lentamente, foi baixando sobre o corpo dela, beijando sua boca, e Cristina envolveu os quadris dele com as pernas, o ar do deserto na pele nua assemelhando-se a seda.

Ele traçou uma trilha de beijos pelo pescoço de Cristina; beijou onde o vento tocava sua pele, na barriga, nos seios e nos montinhos dos quadris. Quando ele deslizou por seu corpo e voltou a beijá-la na boca, ela tremia. *Eu quero tocá-lo, eu preciso muito tocá-lo*, pensou ela vagamente; aí foi deslizando a mão pelo corpo de Mark e sob o cós do jeans. Ele inspirou com força, murmurando, entre beijos, que ela não parasse. O corpo de Mark acompanhava o movimento da mão dela, e os quadris dele pressionavam o corpo dela com mais força. Até que de repente ele se afastou, sentando-se, ofegante.

— Nós temos que parar... ou isso vai acabar *agora* — falou ele. E Cristina não se recordava de já tê-lo visto soando mais humano do que fada antes.

— Você me pediu para não parar — observou ela, sorrindo.

— Foi mesmo? — confirmou ele, e pareceu surpreso. — Eu quero que seja bom para você também, Cristina — falou. — Não sei o que você e Diego...

— Não fizemos — interrompeu ela. — Eu sou virgem.

— Você é? — Ele parecia absolutamente chocado.

— Eu não estava pronta — disse ela. — Agora estou.

— Eu só pensei... vocês namoraram por um bom tempo...

— Nem todos os relacionamentos têm o sexo como cerne — falou e, em seguida, se perguntou se dizer isso deitada e seminua numa colina tornava a afirmação menos convincente. — As pessoas só deveriam fazer sexo se quisessem, e eu quero fazer com você.

— E eu quero fazer com você — repetiu ele, e seus olhos suavizaram. — Mas você tem o Símbolo?

O Símbolo.

A marca para fins anticoncepcionais. Cristina nunca tinha usado; ela jamais se imaginara prestes a precisar de uma.

— Ai, *não* — falou. — Minha estela ficou lá embaixo no Instituto.

— A minha também — retrucou Mark. Cristina quase riu ao ver a expressão de decepção dele, mas ela sentia a mesma coisa. — Ainda assim — falou Mark, se animando —, há muitas outras coisas que eu posso fazer para te proporcionar prazer. Posso?

Cristina se ajeitou na areia, sentindo que podia morrer de tanto corar.

— Está bem.

Ele voltou aos braços dela, eles se abraçaram e se beijaram durante toda a noite, e ele a tocou e mostrou que, de fato, sabia como lhe dar prazer — tão bem que ela estremeceu em seus braços e abafou os gritos de encontro ao ombro dele. E depois ela fez a mesma coisa por Mark, e desta vez ele não pediu para parar, e sim arqueou as costas e gritou o nome dela, murmurando depois que a adorava, que ela o fazia se sentir completo.

Eles decidiram voltar para o Instituto quando a manhã começou a deixar o céu rosado e dedos de luz iluminavam o topo da colina. Seguiram caminhando de volta pela trilha de mãos dadas, e só soltaram quando chegaram à porta dos fundos do Instituto. Estava emperrada quando Mark a empurrou, então ele pegou sua estela e rapidamente desenhou um símbolo de Abertura na madeira.

A porta se abriu e ele a segurou para Cristina, que se esgueirou atrás dele na entrada. Ela se sentia incrivelmente desarrumada, com areia grudada em metade do corpo e os cabelos numa confusão embaraçada. A aparência de Mark não era muito melhor, sobretudo, considerando que a maior parte dos botões da camisa tinham se soltado.

Ele sorriu para ela, um sorriso doce, digno de derreter corações.

— Amanhã à noite...

— Você está com a sua estela — observou Cristina.

Ele piscou.

— O quê?

— Você está com a sua estela. Você me disse que não estava, quando precisei do símbolo anticoncepcional. Mas você acabou de usar para abrir a porta.

Ele desviou o olhar e qualquer esperança de Cristina de que tivesse sido um mero esquecimento ou equívoco desapareceu.

— Cristina, eu...

— Eu só não sei por que você mentiu para mim — falou ela.

Aí deu as costas para ele e subiu a escada que conduzia ao quarto. Seu corpo estivera cantarolando de felicidade; agora ela se sentia confusa, grudenta e louca por um banho. Ouviu Mark chamar, mas não se virou.

Diego dormia e estava tendo sonos inquietos com piscinas de água azul na qual uma mulher morta flutuava. Por isso ele ficou só um tiquinho aborrecido ao ser acordado pelo impacto de uma bota voadora.

Ele se sentou e automaticamente esticou o braço para pegar o machado que ficava perto da cama. Em seguida, uma bola feita de meias o atingiu; não machucou, mas foi bem irritante.

— O que foi? — balbuciou ele. — O que está acontecendo?

— *Acorde* — falou Divya. — Pelo Anjo, você ronca feito um motor de popa. — Ela fez um gesto para ele. — Vista as roupas.

— Por quê? — quis saber Diego, num tom que ele considerava um tanto razoável.

— Eles pegaram Kieran — falou Divya.

— Quem pegou Kieran? — Diego já estava de pé, pegando um suéter antes de calçar as meias e botas.

— A Tropa — falou Divya. Também parecia ter acabado de acordar; os cabelos volumosos e escuros estavam embaraçados e ela vestia um casaco aberto sobre o uniforme. — Eles invadiram meu quarto e o agarraram; tentamos enfrentá-los, mas eram muitos.

O coração de Diego acelerou: Kieran estava sob sua proteção. Se ele fosse ferido, Diego teria falhado não apenas com Cristina, mas consigo. Ele pegou o machado.

— Pare, Diego — falou Divya. — Você não pode matar Manuel a machadadas. Ele ainda é um dos *alunos*.

— Está bem. Vou levar uma lâmina mais curta. — Diego pendurou o machado na parede com uma pancada e esticou a mão para pegar uma adaga.

— Para onde eles levaram Kieran?

— Para o Lugar do Reflexo ou, pelo menos, foi o que disseram — falou Divya. — Rayan está lá fora, procurando por eles. Vamos.

Diego limpou da cabeça as últimas teias de aranha de sono e foi correndo atrás da amiga. Eles se apressaram pelos corredores, chamando Rayan.

— O Lugar do Reflexo — falou Diego. — Não parece tão ruim. É uma sala para meditação silenciosa ou...?

— *Não*. Você não está entendendo. É chamado assim porque tem um espelho d'água, mas não é um espelho d'água normal. Algumas pessoas o chamam de Lugar da Rocha.

Ah. Diego sabia sobre o Lugar da Rocha, uma sala secreta, onde diziam haver uma piscina com água encantada. Olhar dentro da água era como olhar para a própria alma e ver todo o mal que você já fizera, intencionalmente ou não.

— É terrível para qualquer pessoa — falou Divya. — Mas poderia matar alguém da Caçada Selvagem.

— *O quê?* — Eles dobraram uma esquina e se depararam com um brilho de luz. Era Rayan, de pé, no meio do corredor, com uma expressão sombria. Ele trazia uma espada imensa presa às costas.

— Eles acabaram de entrar no Lugar da Rocha— falou. — Não deu para segui-los... eu não trouxe a estela. Um de vocês trouxe?

— Eu trouxe — falou Diego, e eles correram por um pequeno corredor inclinado até um par de portas fechadas. Risos altos irromperam do interior do recinto.

Diego desenhou rapidamente um símbolo de Abertura na porta. Ela se abriu com uma nuvem de ferrugem e eles entraram correndo.

O Lugar da Rocha era um espaço amplo, com soalho de granito e sem mobília. As paredes eram de pedra bruta e reluziam com mica. No centro, via-se uma piscina ladeada por azulejos, com água tão transparente e límpida que refletia como um espelho. Letras de metal dourado decoravam o soalho: *E Deus abriu a rocha, e dela saiu água.*

— Ora, graças ao Anjo — balbuciou Manuel, apoiado na parede oposta com ar de total desinteresse. — Vejam quem está aqui para salvar todo mundo.

Zara deu uma risadinha. Estava cercada por um grupo de integrantes da Tropa, entre eles, Diego reconheceu alguns alunos da Scholomance e seus parentes. Mallory Bridgestock e Milo Coldridge. Anush Joshi, primo de Divya. Alguns Centuriões também estavam lá: Timothy Rockford, Samantha Larkspear e Jessica Beausejours sorriam com desdém enquanto Anush arrastava Kieran em direção à piscina no centro do recinto. Kieran se sacudia e se contorcia nas mãos do outro; havia sangue em seu rosto e na camisa.

— Um castigo justo para o principezinho, não acham? — falou Zara. — Se você olhar ou nadar nas águas da piscina, sente a dor que infligiu aos outros. Então, se ele for inocente, não vai ter problema.

— Ninguém é tão inocente assim — falou Rayan. — A piscina é para ser usada com parcimônia, para permitir que os alunos busquem a verdade dentro de si mesmos. Não como uma máquina de tortura.

— Um pensamento interessante, Rayan — falou Manuel. — Obrigado por compartilhar. Mas não estou vendo Gladstone entrar correndo aqui para nos impedir, você está? Será que você quer arrumar problemas por abrigar uma fada fugitiva?

— Interessante que você saiba tantas coisas sobre Kieran — falou Divya. — Será que você sabia que ele estava aqui e não quis informar só para poder torturá-lo e matá-lo pessoalmente?

Ela estava certa, pensou Diego, mas nada disso estava ajudando Kieran, que sufocava e engasgava no próprio sangue.

Eu jurei protegê-lo. Diego esticou a mão para pegar o machado, mas se deu conta de que não tinha trazido. Zara semicerrou os olhos e então os revirou; Divya tinha retirado a espada de Rayan da bainha e estava apontando para a Tropa.

— Chega — falou ela. — Parem todos com isso. E estou particularmente envergonhada de você, Anush — emendou ela, lançando ao primo um olhar sombrio. — Você sabe como é ser tratado de modo injusto. Quando sua mãe descobrir...

Anush empurrou Kieran, que aterrissou na beirada da piscina com um gemido de agonia. *Afaste-se da água*, pensou Diego, mas Kieran estava nitidamente ferido; ele se ajoelhou onde estava, confuso e arfando.

— Só estamos nos divertindo um pouquinho — protestou Anush.

— O que você vai fazer, Divya, nos atacar? — quis saber Samantha. — Só por estarmos nos divertindo um bocadinho?

— Ele está sangrando — falou Diego. — Isso é mais do que "se divertir um bocadinho". E o que vai acontecer se vocês o matarem? Querem realmente lidar com as consequências? Ele é o filho do Rei Unseelie.

Ouviu-se um rumor de descontentamento entre a Tropa. Era evidente que eles não tinham pensado nisso.

— Muito bem, muito bem — falou Zara. — Podem ser estraga-prazeres. Mas eu sabia que ele estava aqui, escondido no seu quarto. Eu vi a bolota vazia no chão. Então isso é sua culpa. Se você não o tivesse trazido para cá, nada disso teria acontecido.

— Dá um tempo, Zara — falou Divya, ainda segurando a espada horizontalmente. — Diego, pegue Kieran.

Diego começou a cruzar o cômodo bem na hora que Manuel falou:

— Por que você não olha para a água, Rocio Rosales? — provocou. — Se você acha que a sua alma é tão pura, não deve ser doloroso para você.

— *Cállate la pinche boca* — falou Diego bruscamente, quase ao lado de Kieran; o príncipe fada tossia, com sangue nos lábios. Tinha começado a se erguer quando Manuel se moveu com a velocidade de uma cobra e, chutando as costas de Kieran, o lançou dentro d'água.

Diego correu, agarrando as costas da camisa de Kieran, mas não sem antes a fada molhar o rosto todo com água da piscina. Diego o puxou para trás, tossindo e arfando, e tentou botá-lo de pé; Kieran cambaleou e Rayan o segurou.

— Saiam agora — falou Samantha, avançando para eles. — Quando o Inquisidor souber disso...

— Samantha! — gritou Jessica, alarmada, mas era tarde demais; Samantha tinha escorregado na água da beirada da piscina, caindo na água com um grito.

— Pelo Anjo. — Divya baixou a espada e ficou observando. — Ela está...

Samantha apareceu na superfície, gritando. Era um grito terrível, como se ela estivesse morrendo ou vendo alguém que amava morrer. Era um grito de pavor, repugnância e infelicidade.

Os integrantes da Tropa ficaram imóveis, espantados, somente uns poucos foram até Samantha. Então as mãos de alguém a alcançaram na água, agarrando seus braços e retirando-a dali.

As mãos de Kieran. Ainda tossindo sangue, ele depositou Samantha na lateral da piscina. Ela rolou, vomitando e engasgando água, então Zara se meteu entre ela e o príncipe fada.

— Fique longe dela — rosnou.

Kieran se virou e saiu mancando até Diego, que o aparou quando ele quase desabou. A Tropa agora estava ocupada com Samantha. Não havia tempo a perder. Quando Diego saiu correndo do recinto, sustentando Kieran junto com Rayan, e Divya seguindo atrás com a espada, ele quase teve certeza de que Manuel estava se acabando de rir.

— Muito bem — falou Julian. — Vamos ver o que temos aqui.

Eles estavam num local que Emma descreveria como uma clareira. Clareiras eram o tipo da coisa com a qual ela não tinha muita experiência — não havia muitas em Los Angeles —, mas esta definitivamente era uma: aberta e coberta de relva, cercada por árvores, cheia de luz do sol e do zumbido baixo do que poderiam ter sido insetos ou pixies minúsculas.

Nunca dava para se ter certeza no Reino das Fadas.

Ela ainda estava tonta por causa da viagem através do portão fada, enterrado no fundo dos bosques da Floresta Brocelind. Como Horace sabia desse tipo de coisa, ela não conseguia imaginar. Talvez fossem informações dadas a todos os altos oficiais da Clave. Ele se mostrara um tanto impaciente, quase empurrando-os pelo portal sem a menor cerimônia, mas não impaciente demais a ponto de se esquecer de entregar o medalhão a Emma, bem como mochilas pretas com armas, uniforme e comida a ambos.

A última coisa que ele dissera foi:

— Lembrem-se, vocês estão indo para a Corte Unseelie. Sigam o mapa.

Um mapa não funcionaria no Reino das Fadas, pensara Emma, mas Horace os empurrara na direção do portão de ramos retorcidos, e um momento depois ela estava caindo de joelhos sobre a grama verde, e o cheiro do Reino das Fadas invadia seu nariz e sua boca.

Ela esticou a mão e tocou o medalhão. Não tinha um anjo nele, como o de Cristina; na verdade, era como se um dia ele tivesse sido ornado com o brasão de uma família de Caçadores de Sombras que, desde então, fora arrancado. Caso contrário, seria muito semelhante ao colar dos Rosales. Era um peso reconfortante na base de seu pescoço.

— A Clave preparou uns sanduíches — falou Julian, remexendo na mochila. — Acho que vão servir só para hoje porque vão estragar. Tem pão, queijo, carne-seca e frutas. E garrafas de água.

Emma se aproximou dele para ver o que estava sendo tirado da mochila e espalhado na grama. Julian tinha providenciado dois cobertores cinza, uma variedade de armas (além das que traziam nos cintos) e roupas dobradas. Quando ele as sacudiu, deu para ver que eram de linho macio, em tons terrosos, amarradas com cordões, sem zíper ou botões.

— Roupas de fada — observou Emma.

— Uma boa ideia — falou Julian. As roupas incluíam uma camisa larga e comprida, calças amarradas na frente e coletes feitos de couro cru resistente.

— É bom a gente se trocar. Quanto mais ficarmos com as roupas de Caçadores de Sombras, mais seremos um alvo.

Emma pegou o conjunto menor de roupas e foi se trocar atrás de um bosque. Devia ter pedido a Julian que a acompanhasse, sobretudo quando pulava num pé só, vestindo a calça com uma das mãos ao mesmo tempo que segurava o cinto de armas com a outra. Ela raramente se sentia vulnerável a ataques, mas mesmo que Julian já a tivesse visto sem roupa, agora parecia estranho. Emma não tinha certeza de como esse novo Julian, que não tinha sentimentos, reagiria, e não tinha certeza se queria saber.

Pelo menos, as roupas de fada eram confortáveis, macias e largas. Quando ela saiu de trás das árvores, parou e piscou sob a luz forte por um instante, observando Julian.

Ela o viu se virar; ele segurava o que parecia um pedaço de pergaminho antigo e franzia a testa. Vestira a calça, mas estava nu da cintura para cima.

Emma sentiu um aperto no estômago. Tinha visto Julian sem camisa na praia centenas de vezes, mas, por alguma razão, isto era diferente. Talvez porque agora soubesse como era passar as mãos sobre os ombros dele, de um dourado pálido sob a luz do sol. Ele tinha músculos definidos e macios por todo o corpo, o abdômen perfeitamente definido. Ela beijara toda aquela pele ao mesmo tempo que ele passara as mãos por seus cabelos, dizendo *Emma, Emma*, com a voz mais gentil. Agora ela o fitava como uma observadora curiosa.

Mas não podia evitar. Havia alguma coisa naquilo — ilícita, angustiante —, como se Julian fosse um desconhecido perigoso. O olhar dela ficou passeando por ele: os cabelos, macios, escuros e volumosos se enrolavam onde tocavam a nuca; os quadris e clavícula formavam arcos elegantes sob a pele; as Marcas descreviam curvas e espirais no peito e nos bíceps. A Marca *parabatai* parecia brilhar sob o sol. E, em torno do pulso, o mesmo trapo de tecido vermelho amarronzado.

Ele ergueu o rosto nesse momento e a notou. Baixou o pergaminho que segurava, formando um ângulo para cobrir aquela coisa no pulso.

— Venha cá e dê uma olhada no mapa — chamou, e se afastou para pegar a camisa. Quando Emma se aproximou, Julian já a vestira e o trapo no pulso ficou escondido.

Ele lhe entregou o mapa e ela se esqueceu de tudo o mais. Ficou observando-o enquanto Julian se ajoelhava e tirava a comida de uma das mochilas.

O pergaminho mostrava um desenho do Reino das Fadas — as Montanhas Thorn, vários lagos e riachos, e as Cortes Seelie e Unseelie. Também mostrava um ponto vermelho e brilhante, que parecia tremer levemente, como se não fosse parte do mapa.

— O ponto somos nós — explicou Julian, pegando os sanduíches. — Eu descobri como o mapa funciona. Ele mostra onde estamos em relação às Cortes. Nenhum mapa de verdade funcionaria aqui. A paisagem da Terra das Fadas está sempre mudando, e a Corte Unseelie fica se deslocando por aí. Mas como ele mostra onde nós estamos *e* onde a Corte Unseelie está, basta caminharmos na direção dela que devemos ficar bem.

Emma se sentou na grama, na frente de Julian, e pegou um sanduíche. Ambos tinham queijo, alface e tomate — não eram seus favoritos, mas ela não se importava, pois estava com fome suficiente para comer qualquer coisa.

— E quanto a Jace e Clary? Nós dissemos a Simon e Isabelle que íamos procurar por eles.

— Nós só temos quatro dias — falou Julian. — Temos que encontrar primeiro o Volume Sombrio, ou Horace vai destruir as nossas vidas.

E as vidas das crianças. E a de Helen e Aline. Até a de Cristina, porque ela sabia do nosso segredo e não contou. Emma sabia que tudo isso era verdade, e Julian estava sendo prático. Ainda assim, ela queria que ele demonstrasse algum tipo de remorso por não poderem procurar seus amigos ainda.

— Mas nós podemos procurar por eles depois que encontrarmos o livro? — quis saber Emma.

— Se ainda tivermos tempo no relógio de Horace — falou Julian —, não vejo problema.

— Quatro dias não é muito tempo — observou Emma. — Você acha que esse plano poderia funcionar? Ou Horace só está tentando nos matar?

— É um jeito bem elaborado de nos matar — retrucou Julian, e deu uma mordida no pão, fitando ao longe com ar reflexivo. — Ele quer o Volume Sombrio. Você o ouviu. Não acho que se importe com os meios para consegui-lo, e provavelmente nós teremos que ser cuidadosos. Mas desde que ele esteja em nossas mãos... — E apontou para o mapa. — Veja. A Encruzilhada de Bram.

O fato de o ponto onde eles seriam resgatados existir de fato fez Emma se sentir um pouco melhor.

— Eu queria saber o que ele vai fazer com o Volume Sombrio — resmungou ela.

— Nada, provavelmente. Ele o quer apenas para tirá-lo do poder das fadas. Seria um golpe político para ele. A Consulesa não o conseguiu, agora ele consegue e o leva na próxima reunião do Conselho para se gabar.

— Provavelmente vai dizer que Zara o encontrou — disse Emma. E então fez uma pausa e encarou Julian. — Você está comendo alface.

— E? — Ele estava curvado sobre o mapa e o esticava com os dedos.

— Você odeia alface. — Ela pensou em todas as vezes em que ele comera alface na frente das crianças para servir de bom exemplo, e depois reclamara que tinha gosto de papel crocante. — Você *sempre* odiou.

— É mesmo? — Ele parecia confuso. Então se levantou e começou a recolher as coisas. — Melhor irmos andando. Desta vez vamos caminhar de dia. Tem muita coisa esquisita aqui neste reino à noite.

É só alface, disse Emma para si. *Não é importante.* Ainda assim, ela se flagrou mordendo o lábio enquanto se abaixava para pegar a mochila.

Julian estava cruzando a besta nas costas; a mochila no outro ombro.

Então eles ouviram um estalido vindo dos bosques, como se fosse um galho se quebrando. Emma girou, a mão no quadril tateando o cabo de uma faca.

— Você ouviu isso?

Julian apertou a tira da besta. Eles ficaram parados por longos momentos, em guarda, mas não ouviram o som outra vez, e nada apareceu. Emma desejava ferozmente por um símbolo de Visão ou Audição.

— Pode não ter sido nada — falou Julian finalmente, e embora Emma soubesse que ele não estava tentando confortá-la, apenas seguir viagem, ainda parecia algo que o Julian que ela conhecia diria.

Em silêncio, eles saíram da clareira, que instantes atrás estivera iluminada pela luz do sol e que agora parecia ameaçadora e repleta de sombras.

8

Canteiros Há Muito Esquecidos

Diana se apressou em direção à casa do canal, na Princewater Street, o vento matinal frio levantando seus cabelos. Sentia a onda de adrenalina, tensa ante a perspectiva de contar sua história a Emma e Jules. Tinha escondido o relato por tantos anos que contar a Gwyn equivalera a abrir suas costelas à força e exibir o próprio coração.

Estava esperançosa de que seria mais fácil da segunda vez. Emma e Julian a amavam, disse para si. Eles iriam...

Parou de repente, os saltos das botas estalando nos paralelepípedos. A casa do canal alegremente pintada de azul se assomava adiante, mas estava cercada por um círculo de guardas do Conselho. Na verdade, não eram apenas os guardas do Conselho. Alguns poucos entre eles eram jovens Centuriões. Cada um estava armado com um bastão *bô* de carvalho.

Diana olhou ao redor. Alguns Caçadores de Sombras passavam apressados por ali, mas nenhum deles olhava para a casa. E ela se perguntou quantos saberiam que Jules e Emma ainda se encontravam em Alicante — entretanto o Inquisidor tinha planejado fazer do testemunho deles um exemplo. Uma hora eles teriam que saber.

No topo dos degraus, via-se Amelia Overbeck, que estivera rindo com Zara no funeral. A irritação acelerou os passos de Diana; ela abriu caminho com esforço pelo primeiro círculo de guardas e subiu os degraus.

Amelia, que estivera apoiada na porta enquanto conversava com uma garota de cabelos vermelho-alaranjados e compridos, se virou para Diana com um sorriso forçado.

Rainha do Ar e da Escuridão

— Srta. Wrayburn — falou —, você quer alguma coisa?

— Eu gostaria de ver Julian Blackthorn e Emma Carstairs — falou Diana, mantendo a voz o mais neutra possível.

— Olha só! — disse Amelia, e era nítido que estava se divertindo — Eu acho que não.

— Amelia, eu tenho todo o direito — insistiu Diana. — Me deixe passar.

Amelia desviou o olhar para a ruiva.

— Esta é Diana Wrayburn, Vanessa — falou. — Ela se acha *muito* importante.

— Vanessa Ashdown? — Diana observou a outra com mais afinco: a prima de Cameron era uma adolescente magrinha na época em que fora para a Academia, e agora estava praticamente irreconhecível. — Eu conheço seu primo Cameron.

Vanessa revirou os olhos.

— Ele é um saco. O cachorrinho da Emma. E não, não acho que você possa entrar na casa bancando a simpática comigo. Não gosto dos Blackthorn nem de ninguém relacionado a eles.

— Ótima notícia, já que você deveria estar aqui para protegê-los — falou Diana. A adrenalina se acumulava e se transformava em raiva. — Olha, eu vou abrir a porta. Se você tentar me impedir...

— Diana!

Diana deu meia-volta, afastando os cabelos do rosto: Jia estava de pé, do lado de fora do círculo de guardas, a mão erguida como se a cumprimentasse.

— A Consulesa. — Vanessa arregalou os olhos. — Ai, mer...

— Cale a boca, Vanessa — sibilou Amelia. Ela não parecia preocupada e nem com medo de Jia, apenas irritada.

Diana abriu caminho e desceu os degraus até parar ao lado de Jia, que vestia calça e blusa de seda, com os cabelos presos num prendedor enfeitado. Sua boca era um risquinho de irritação.

— Não se dê ao trabalho — falou em voz baixa, e colocou uma das mãos no cotovelo de Diana para afastá-la da multidão de guardas barulhentos. — Ouvi dizer que Emma e Julian estavam com o Inquisidor.

— Ora, e por que simplesmente não me disseram isso? — interrompeu Diana, exasperada. Ela olhou para trás, para Vanessa Ashdown, que dava risadinhas. — Vanessa Ashdown. Minha mãe costumava dizer que algumas pessoas tinham mais cabelo do que bom senso.

— Pelo visto Vanessa comprova a teoria — falou Jia secamente. Havia parado a uma certa distância da casa, onde uma pequena rampa de pedra se

130 Cassandra Clare

inclinava para dentro do canal. Era densa por causa do musgo, com um verde intenso sob a água prateada que subia pela lateral. — Ouça, Diana, preciso conversar com você. Tem algum lugar onde não possam nos ouvir?

Diana ficou olhando Jia com atenção. Fora apenas sua imaginação ou quando a Consulesa fitara os Centuriões cercando a pequena casa do canal, ela parecera... assustada?

— Não se preocupe — falou Diana. — Eu sei exatamente o que fazer.

Ela estava subindo por uma escadaria em espiral que parecia se estender rumo às estrelas. Cristina não se lembrava de como tinha encontrado a escada, nem de seu destino. A escada se erguia em meio à escuridão até as nuvens; ela segurava o tecido da saia longa para não tropeçar. Seu cabelo parecia denso e pesado, e o perfume de rosas brancas adensava o ar.

Os degraus terminaram abruptamente e ela deu um passo, maravilhada, sobre um terraço familiar: estava empoleirada no topo do Instituto da Cidade do México. Dava para ver toda a cidade: El Ángel, brilhando, dourado, sobre o Monumento a la Independencia, o Parque Chapultepec, o Palacio de Bellas Artes aceso e reluzente, as torres em forma de sino da Basilica de Guadalupe. As montanhas se erguiam atrás de tudo, abarcando a cidade como se fossem uma mão aberta.

Um vulto sombrio estava de pé na beirada do terraço: esguio e masculino, com as mãos cruzadas atrás das costas. Antes mesmo de se virar, Cristina soube que era Mark: ninguém mais tinha cabelos assim, como ouro fundido a prata. Ele usava uma túnica com cinto, uma adaga enfiada na tira de couro, e calça de linho. Os pés estavam descalços quando ele se aproximou e a tomou nos braços.

Os olhos de Mark estavam escuros, encobertos pelo desejo, seus movimentos eram lentos, como se ambos estivessem debaixo d'água. Ele a puxou mais, passando os dedos pelos seus cabelos, e ela descobriu porque eles pareciam tão pesados: estavam entrelaçados com vinhas nas quais cresciam rosas vermelhas. Elas caíram ao redor de Mark quando ele a aninhou com o outro braço. A mão livre percorria dos cabelos aos lábios e à clavícula, e os dedos mergulharam abaixo da gola do vestido. Suas mãos eram quentes, a noite era fria, e os lábios nos dela eram mais quentes ainda. Cristina se inclinou para ele, e com as mãos encontrou o caminho para a nuca, onde os cabelos finos eram mais macios, e se afastou para tocar as cicatrizes...

Ele recuou.

— Cristina — murmurou. — Vire-se.

Ela se virou em seus braços e viu Kieran. Se Mark vestia linho simples, Kieran vestia veludo, e usava anéis pesados de ouro nos dedos, os olhos reluziam e estavam pintados com kajal. Ele era um pedaço do céu noturno: preto e prata.

Rainha do Ar e da Escuridão

Mark passou um dos braços em volta de Cristina, esticando o outro para Kieran. E Cristina também ofereceu os braços a ele, as mãos se deparando com a maciez do gibão, puxando-o para perto dela e de Mark, envolvendo-os no veludo escuro. Ele beijou Mark e então se abaixou para ela, os braços de Mark em torno dela quando os lábios de Kieran a encontraram...

— Cristina. — A voz irrompeu no sono de Cristina, que se sentou no mesmo instante, apertando os cobertores contra o peito, de olhos arregalados devido ao susto. — Cristina Mendoza Rosales?

Era uma voz feminina. Sem fôlego, Cristina olhou ao redor enquanto seu quarto entrava em foco: a mobília do Instituto, a luz do sol forte através da janela, um cobertor emprestado de Emma dobrado aos pés da cama. Uma mulher estava sentada no parapeito da janela. Tinha pele azul e cabelos da cor do papel branco. As pupilas eram de um azul muito escuro.

— Recebi sua mensagem de fogo — falou enquanto Cristina a fitava, confusa. *O que foi que eu acabei de sonhar?*

Agora não, Cristina. Pense nisso mais tarde.

— Catarina Loss? — Cristina tinha tentando falar com a feiticeira, claro, mas não imaginava que Catarina iria simplesmente aparecer em seu quarto, e certamente não num momento tão constrangedor. — Como foi que você chegou aqui...?

— Eu não cheguei. Sou uma Projeção. — Catarina moveu a mão diante da superfície brilhante da janela; a luz do sol perpassava por ela como se fosse um vitral.

Cristina puxou os cabelos discretamente. Nada de rosas. *Ay.*

— Que horas são?

— Dez horas — falou Catarina. — Me desculpe... eu realmente pensei que você estaria acordada. Tome. — Fez um gesto com os dedos e um copo de papel apareceu na mesinha de cabeceira de Cristina.

— Do Peet's Coffee — falou Catarina. — Meu lugar favorito na Costa Oeste.

Cristina abraçou o copo na altura do peito. Catarina era sua nova pessoa favorita.

— Eu realmente me perguntava se teria notícias suas. — Cristina bebericou um gole de café. — Eu sei que era uma pergunta estranha.

— Eu também não tinha certeza — Catarina suspirou. — De certa forma, isso é um problema dos feiticeiros. Caçadores de Sombras não usam as Linhas Ley.

— Mas nós usamos feiticeiros. Vocês são nossos aliados. Se estão ficando doentes, então é nossa obrigação fazer alguma coisa.

Catarina pareceu surpresa, então sorriu.

— Eu não... é bom ouvir você dizer isso. — Ela baixou o rosto. — Está piorando. Cada vez mais feiticeiros estão sendo afetados.

— Como está Magnus Bane? — perguntou Cristina. Ela não convivera com Magnus por muito tempo, mas gostava bastante dele.

Ficou assustada ao ver lágrimas nos olhos da feiticeira.

— Magnus está... bem, Alec toma conta dele direitinho. Mas não, ele não está bem.

Cristina pousou o café.

— Então, por favor, deixem a gente ajudar. Qual seria o sinal de contaminação das Linhas Ley? O que é que procuramos?

— Bem, num lugar onde as Linhas Ley foram danificadas, haveria mais atividade demoníaca.

— Isso é algo que, com certeza, podemos verificar.

— Eu posso fazer isso sozinha. Vou mandar um mapa assinalado por mensagem de fogo. — Catarina se ergueu e a luz do sol atravessou os cabelos brancos e transparentes. — Mas se você for investigar uma área com maior atividade demoníaca, não vá sozinha. Leve mais alguns com você. Vocês, Caçadores de Sombras, sabem ser um tanto descuidados.

— Nem todos são Jace Herondale — falou Cristina, que normalmente era a pessoa menos descuidada que conhecia.

— Ora. Eu lecionei na Academia de Caçadores de Sombras. Eu... — Catarina começou a tossir e sacudir os ombros. Arregalou os olhos.

Cristina se levantou da cama, alarmada.

— Você está bem...?

Mas Catarina tinha desaparecido. Não sobrara sequer um redemoinho no ar para indicar onde a Projeção dela estivera.

Cristina vestiu as roupas: jeans, uma camiseta velha de Emma. Tinha o cheiro do perfume da amiga: uma mistura de limão e alecrim. Cristina queria, de todo o coração, que Emma estivesse aqui, que elas pudessem conversar sobre a noite passada, que a outra pudesse oferecer algum conselho e um ombro para ela chorar.

Mas ela não estava presente, e nem poderia estar. Cristina tocou o colar, murmurou uma breve oração para o Anjo e cruzou o corredor até o quarto de Mark.

Ele tinha se deitado tão tarde quanto ela, portanto, havia uma alta probabilidade de que ainda estivesse dormindo. Ela bateu à porta, hesitante, e, depois, com mais força; finalmente Mark a abriu, bocejando e nu.

— *Híjole!* — Cristina deu um gritinho e puxou a gola da camisa sobre o rosto. — Vista a sua calça!

— Desculpa — falou ele, se encolhendo atrás da porta. — Pelo menos você já viu isso.

— Não com boa iluminação! — Cristina ainda conseguia ver Mark pela fenda da porta; ele usava cueca boxer e vestia uma camiseta. A cabeça apareceu através da gola, com os cabelos louros adoravelmente bagunçados.

Não, *não eram adoráveis*, falou ela para si. Eram *terríveis*. *Irritantes*. *Nu*.

Não, ela não ia pensar nisso também. *Será que estou acordada?*, se perguntou. Ainda se sentia tonta por causa do sonho. Ora, sonhos não significavam nada, recordou-se. Provavelmente tinha algo a ver com a ansiedade, e não com Mark e Kieran.

Mark reapareceu à porta.

— Me desculpa. Eu... nós costumávamos dormir nus na Caçada, e eu me esqueci...

Cristina abaixou a camiseta novamente.

— Não vamos falar sobre isso.

— Você queria conversar sobre ontem à noite? — Ele parecia ansioso. — Eu posso explicar.

— Não. Não quero — retrucou ela com firmeza. — Eu preciso da sua ajuda e eu... bem, não posso pedir a mais ninguém. Ty e os outros são muito pequenos, e Aline e Helen iam se achar na obrigação de contar a Jia.

Mark pareceu decepcionado, mas disfarçou.

— É alguma coisa que a Clave não pode saber?

— Não sei. Eu só... a essa altura, eu me pergunto se podemos contar qualquer coisa a eles.

— Você pode ao menos me contar o que é? Tem a ver com demônios?

— Para variar, sim — confirmou Cristina, e contou sobre as Linhas Ley, a doença dos feiticeiros e a conversa com Catarina. — A única coisa que a gente vai fazer é comunicar qualquer anormalidade. Provavelmente nem vamos sair do carro.

Mark se animou.

— Você vai dirigir? Seremos só nós dois?

— Eu vou — falou ela. — Esteja pronto às sete da noite. — Ela começou a se afastar, em seguida, parou e olhou para trás. Não conseguiu evitar. — E me faça um favor. Venha de calça.

Quando Kit entrou na cozinha, Ty não estava lá.

Ele quase deu meia-volta e saiu, mas os outros já o tinham visto. Aline, vestindo jeans preto e regata, estava perto do fogão, com os cabelos presos no alto da cabeça e a testa franzida em concentração. Dru, Mark, Cristina e Tavvy estavam junto à mesa; Dru paparicava Tavvy, mas Cristina e Mark cumprimentaram Kit com um aceno.

Ele se sentou e imediatamente foi tomado pelo constrangimento. Nunca tinha passado tanto tempo com os Blackthorn, além de Ty e Livvy. Sem nenhum dos dois ali, era como se ele tivesse entrado numa festa cheia de meros conhecidos com quem devia conversar amenidades.

— Você dormiu bem? — perguntou Cristina a ele. Era difícil ficar constrangido perto de Cristina; ela parecia irradiar bondade. Mas Kit conseguiu, mesmo assim. Johnny Rook tinha enganado um bocado de pessoas extremamente boas e Kit duvidava de que não tivesse a capacidade de fazer a mesma coisa.

Ele resmungou alguma coisa em resposta e se serviu de suco de laranja. Se dormira bem? Na verdade, não. Tinha passado metade da noite acordado, preocupado por ter que ir ao Mercado das Sombras com Ty, e a outra metade, ficado estranhamente empolgado por ter que ir ao Mercado das Sombras com Ty.

— Onde está Helen? — perguntou Dru baixinho, fitando Aline. Kit tinha se perguntado a mesma coisa. Ela parecera bem estressada no dia anterior. Ele não a culparia se ela tivesse se dado conta do tamanho da encrenca que assumira e tivesse fugido para o deserto.

— A reunião do Conclave é hoje — falou Mark. — Helen vai participar.

— Mas não é Aline quem supostamente ia dirigir o Instituto? — Dru parecia confusa.

— Helen achou que o Conclave deveria se acostumar a ela — falou Mark. — Lembrarem que ela é uma Caçadora de Sombras como qualquer outro Caçador de Sombras. E que ela é uma Blackthorn, sobretudo, porque talvez eles acabem conversando sobre coisas como a necessidade ou não de Diana ser substituída como nossa tutora...

— Eu não quero outro tutor! — exclamou Tavvy. — Eu quero Diana!

— Mas com certeza ela só vai se ausentar por mais alguns dias? No máximo? — perguntou Cristina ansiosamente.

Mark deu de ombros.

— Todos nós andando por aí sem um tutor ou um cronograma é o tipo de coisa que deixa o Conclave nervoso.

— Mas Tavvy tem razão — falou Dru. — Nós já estamos estudando com *Diana*. Não precisamos começar com outra pessoa. Não é, Kit?

Kit levou um susto tão grande ao falarem com ele que o copo de suco de laranja quase voou de sua mão. Antes que pudesse responder, Aline os interrompeu, indo até a mesa com uma frigideira na mão, de onde vinha um cheiro delicioso. Kit sentiu a boca cheia d'água.

— O que é isso? — quis saber Tavvy, os olhos arregalados.

— Isto — começou Aline — é uma fritada. E vocês vão comer tudo. — Aí bateu a panela no descanso de metal, no centro da mesa.

— Eu não gosto de fritada — falou Tavvy.

— Que pena — retrucou Aline, cruzando os braços e olhando de cara feia para cada um. — Vocês fizeram Helen chorar ontem, então vão comer esta fritada, que, por sinal, está uma delícia, e vão gostar. É o que tem pro café. E como eu *não* sou a Helen, não me importo se vocês vão morrer de fome ou comer Cheetos em todas as refeições. Helen e eu temos muito trabalho pela frente, a Clave não nos deixa em paz e tudo o que ela quer é ficar com vocês, e vocês *não* vão fazê-la chorar de novo. Entenderam?

Dru e Tavvy fizeram que sim com a cabeça, assustados.

— Eu sinto muito, Aline — falou Cristina, baixinho.

— Eu não estava me referindo a você, Cristina. — Aline revirou os olhos. — E onde está Ty? Não vou repetir tudo isso de novo. — Ela lançou um olhar severo a Kit. — Vocês dois não se desgrudam. Onde é que ele está?

— Provavelmente dormindo — falou Kit. Ele imaginou que Ty tivesse ficado acordado até tarde, pesquisando sobre magia sombria. Mas não pretendia verbalizar isso.

— Muito bem. Repita a ele o que eu falei assim que ele acordar. E quando vocês acabarem de comer, botem a frigideira na droga da pia. — Aline pegou o casaco das costas de uma cadeira, enfiou os braços nas mangas e saiu do cômodo.

Kit se preparou, imaginando que Tavvy ou Dru fossem começar a chorar. Mas nenhum dos dois o fez.

— Isso foi demais — falou Dru, se servindo da fritada que, no fim das contas, era uma mistura de ovos, salsicha, queijo e cebolas caramelizadas. — É legal o jeito como ela defende Helen.

— *Você* gritou com Helen no outro dia — observou Mark.

— Ela é minha irmã — falou Dru, servindo fritada no prato de Tavvy.

Mark emitiu um ruído exasperado. Cristina provou a comida e fechou os olhos de prazer.

— Aposto que você costumava gritar com seu pai — falou Dru para Kit. — Quero dizer, todas as famílias brigam às vezes.

— Nós não éramos muito de gritar. Na maior parte do tempo, meu pai me ignorava ou passava o tempo tentando me ensinar a abrir fechaduras sem a chave.

O rosto de Dru se iluminou. Ela ainda parecia melancólica e cansada, e muito jovem na camiseta extragrande, mas quando sorriu, Kit se lembrou de Livvy.

— Você sabe abrir fechaduras?

— Eu posso te ensinar, se você quiser.

Ela baixou o garfo e bateu palmas.

— Sim! Mark, posso aprender a abrir fechaduras agora?

— Nós temos símbolos de Abertura, Dru — falou Mark.

— E daí? — E se eu for sequestrada por um demônio de tentáculos, perder minha estela e for algemada a uma cadeira? O que vou fazer?

— Isso não vai acontecer — retrucou Mark.

— Poderia acontecer — falou Tavvy.

— Não poderia, não. Demônios de tentáculos não podem usar algemas. — Mark parecia exasperado.

— *Por favor.* — Dru implorou com os olhos.

— Eu... acho que não vai fazer mal — falou Mark, e ficou evidente que ele não sabia como argumentar. Aí olhou de soslaio para Cristina, como se buscasse aprovação, mas ela desviou o olhar rapidamente. — Só não cometa nenhum crime com o conhecimento adquirido, Dru. A última coisa de que precisamos é de mais um motivo para a Clave ficar irritada.

— Aquela água é magia sobrenatural — falou Kieran. Ele se apoiava pesadamente em Diego enquanto percorriam os corredores da Scholomance o mais rapidamente possível. Divya e Rayan tinham ficado para trás, na entrada do Lugar da Rocha, para impedir que a Tropa fosse atrás dos dois. — Eu ouvi as zombarias deles enquanto me arrastavam vendado pelos corredores. — Havia uma amargura arrogante em sua voz, mas ainda era o tom de um príncipe. Por baixo, notava-se uma camada de raiva e vergonha. — Não acreditei que eles soubessem do que estavam falando, mas eles realmente sabiam.

— Eu lamento muito — disse Diego. Hesitante, pôs uma das mãos no ombro do príncipe fada. Era como se ele pudesse sentir os batimentos cardíacos de Kieran através dos ossos e dos músculos. — Eu devia te proteger e falhei.

— Você não falhou — disse Kieran. — Se não fosse por você, eu teria morrido. — Ele parecia pouco à vontade. Fadas não gostavam de pedidos de desculpas nem de dívidas. — Não podemos voltar para o seu quarto — emendou Kieran quando viraram outra esquina. — Vão nos procurar lá.

— Nós temos que nos esconder — falou Diego. — Temos que fazer curativos em você em algum lugar. Há dezenas de quartos vazios.

Kieran se afastou. Caminhava como se estivesse bêbado, sem equilíbrio.

— Curativos são para aqueles que merecem se curar — falou.

Diego o encarou, preocupado.

— Dói muito?

— A dor não é minha — falou Kieran.

Um grito ecoou pelos corredores. Um grito feminino, torturado, subitamente interrompido.

— A menina que caiu na água — observou Kieran. — Eu tentei pegá-la antes...

Samantha. Diego pode até não ter gostado dela, mas ninguém merecia a dor que fazia alguém gritar daquele jeito.

— Talvez a gente devesse ir embora da Scholomance — falou Diego. — A entrada principal ficava na lateral da montanha, mas estava constantemente guardada. Havia outros meios de sair, no entanto, até mesmo um corredor de vidro que serpenteava através das águas do lago, rumo ao outro lado.

Kieran empinou o queixo.

— Tem alguém vindo.

Diego esticou uma das mãos para Kieran e com a outra pegou a adaga; em seguida, ficou imóvel ao reconhecer o vulto diante de si. Cabelos negros, queixo rijo, sobrancelhas franzidas e olhos fixos em Kieran.

Martin Gladstone.

— Vocês não vão sair da Scholomance — falou ele. — Não tão cedo.

— Você não entende — começou Diego. — Os outros... o grupo de Zara... eles tentaram matar Kieran...

Gladstone lançou um olhar de desdém a Diego e seu companheiro.

— Então você realmente teve a insolência de trazê-lo para cá — falou, sem dúvida se referindo a Kieran. — A fada é integrante de um exército inimigo. E de alta patente.

— Ele ia testemunhar contra o Rei Unseelie! — retrucou Diego. — Ia se arriscar... e correr o risco de despertar a raiva do Rei... para ajudar os Caçadores de Sombras!

— Ele nunca teve essa chance, não é? — escarneceu Gladstone. — Sendo assim, nós não sabemos o que teria feito.

— Eu teria testemunhado — falou Kieran, apoiando-se na parede. — Não nutro amor algum pelo meu pai.

— Fadas não conseguem mentir — insistiu Diego. — Você não está ouvindo?

— Mas conseguem trapacear, enganar e manipular. Como foi que ele fez você ajudá-lo, Diego Rocio Rosales?

— Ele não me "fez" fazer nada — retrucou Diego. — Eu sei em quem confiar. E se você matar Kieran ou permitir que aqueles desgraçados o machuquem, vai estar quebrando os Acordos.

— Um desenvolvimento interessante — falou Gladstone. — Eu não tenho intenção de matar ou machucar o Filho do Rei. Em vez disso, você vai ficar isolado na biblioteca até o Inquisidor chegar para dar um jeito em vocês dois.

Emma e Julian já vinham caminhando por algumas horas quando ela notou que estavam sendo seguidos.

Na verdade, tinha sido um prazer caminhar por uma trilha no bosque. Era bom conversar com Julian, se Emma tentasse não pensar no feitiço ou no que ele sentia em relação a ela, ou simplesmente nas coisas que ele sentia, ponto. Eles evitaram falar de Livvy e da maldição *parabatai*, e conversavam sobre a Clave e seus supostos planos, e como Zara figuraria neles. Julian ia na frente, segurando o mapa e consultando-o quando havia claridade suficiente entre as árvores para tornar o mapa legível.

— Dá para a gente chegar à Corte Unseelie amanhã de manhã — falou ele, e parou no meio de uma clareira. Flores azuis e verdes balançavam para cima e para baixo nos trechos do chão da floresta, e a luz do sol transformava as folhas em véus de cor verde. — Dependendo da nossa disposição para viajar à noite...

Emma parou de repente.

— Estamos sendo seguidos — falou.

Julian também parou e se virou para ela, dobrando o mapa e guardando no bolso.

— Tem certeza?

Sua voz era baixa. Emma fez um esforço para ouvir o que tinha ouvido antes: o estalido mínimo de galhos atrás deles, a pancada de um pé.

— Tenho.

Não havia dúvida nos olhos de Julian; Emma sentiu uma leve satisfação; mesmo encantado, ele ainda confiava tacitamente nas habilidades dela.

— Não dá pra correr — falou ele. E estava certo; a trilha era muito pedregosa e a vegetação rasteira densa demais para garantir velocidade ante o perseguidor.

— Vamos. — Emma pegou a mão de Julian; um instante depois, eles estavam subindo pelo tronco dos carvalhos mais altos no entorno da clareira. Emma encontrou um galho bifurcado e se acomodou nele; um segundo depois, Julian se balançava sobre um galho em frente ao dela. Eles se agarraram ao tronco e ficaram vigiando lá embaixo.

Os passos se aproximavam. Cascos, percebeu Emma, e então uma kelpie — verde escura, com uma crina de algas marinhas reluzentes, adentrou na clareira, com alguém montado em suas costas.

Emma prendeu a respiração. O cavaleiro era um homem e vestia o uniforme dos Caçadores de Sombras.

Ela se inclinou, ávida para ver um pouco mais. Não era um homem, percebeu, era um menino, de rosto magro e comprido, como o de um cachorro, e uma profusão de cabelos negros.

— Dane Larkspear numa kelpie — murmurou Julian. — O que é isso?

— Se Zara passar montada no monstro do Lago Ness, nós voltamos para casa — sibilou Emma em resposta.

A kelpie parou repentinamente no meio da clareira. Ela revirava os olhos — bem pretos, sem a parte branca. Olhando mais de perto, ela se assemelhava menos a um cavalo, embora tivesse uma crina, cauda e quatro patas, e mais a uma criatura assustadora, uma coisa que nunca deveria ter saído da água.

— Depressa. — Dane puxou a rédea da kelpie e uma lembrança lampejou no fundinho da mente de Emma. Algo sobre como botar rédeas numa kelpie a forçava a obedecer. Ela se perguntou como Dane tinha conseguido aquilo. — Temos que encontrar a trilha do Blackthorn e da Carstairs antes do anoitecer, ou nós os perderemos.

A kelpie falou. Emma estremeceu. A voz dela era como o quebrar das ondas contra as pedras.

— Não conheço essas criaturas, mestre. Não conheço sua aparência.

— Não importa! Encontre a trilha dos dois! — Dane bateu no ombro da kelpie e se recostou, com expressão irritada. — Está bem, vou descrevê-los para você. Julian é o tipo de cara que tem uma garota como *parabatai*. Deu pra entender?

— Não — falou a kelpie.

— Passa o tempo todo correndo atrás de crianças. Tem, tipo, um milhão de crianças e age como se fosse pai delas. É estranho. Agora, Emma é o tipo de garota que, de boca fechada, seria bem gostosa.

— Eu vou matá-lo — resmungou Emma. — Eu vou matá-lo enquanto *falo sem parar*.

— Eu não compreendo as atitudes dos humanos em relação à beleza — falou a kelpie. — Eu gosto do brilho delicado das algas marinhas numa mulher.

— Cale a boca. — Dane puxou as rédeas e a kelpie exibiu os dentes pontiagudos num sibilo. — Temos que encontrá-los antes que o sol baixe. — Seu sorriso era horrendo. — Assim que eu voltar com o Volume Sombrio, Horace vai me dar o que eu quiser. Talvez a última irmãzinha de Julian para eu brincar. Dru qualquer-coisa. Os melhores peitos da família.

Emma desceu da árvore tão rápido que o mundo virou um borrão de folhas verdes e raiva vermelha. Ela aterrissou em cima de Dane Larkspear e o derrubou da sela, arrancando dele um arquejo de dor quando tocaram o chão juntos. Ela lhe deu um soco forte no estômago e o menino se dobrou, ao mesmo tempo que ela ficou de pé e pegou a espada; por um momento, temera não ter sido acompanhada por Julian, mas ele já estava no chão, arrancando as rédeas da kelpie.

— Meu senhor! — A kelpie fez uma mesura com as patas dianteiras para Julian. Dane estava tossindo e engasgando, e girava no solo com dor. — Obrigada por me libertar.

— Não tem de quê. — Julian jogou as rédeas longe, e a kelpie disparou para a floresta.

Emma ainda estava de pé acima de Dane, com a espada apontada para a garganta dele, onde alguma coisa dourada reluzia. Estendido no chão, ele a olhava com expressão severa.

— O que é que você está fazendo aqui, Larkspear? — quis saber ela. — Nós é que fomos enviados para pegar o Volume Sombrio, não você.

— Saia de perto de mim. — Dane virou a cabeça e cuspiu sangue. Limpou a boca, manchando a mão de vermelho. — Se vocês me machucarem, os Dearborn vão arrancar suas Marcas.

— E daí? — insistiu Emma. — Nós nem estamos com o Volume Sombrio. Então você só perdeu seu tempo nos seguindo. E você é péssimo nisso, por sinal. Você se movimenta como um elefante. Um elefante machista. Você é um péssimo Caçador de Sombras.

— Eu sei que vocês não estão em poder dele — falou Dane com ar de nojo. — Mas vão estar. Vocês vão encontrá-lo. E quando fizerem isso...

Dane se calou de repente.

— O que foi? — O desprezo escorria da voz de Emma. — Estou falando demais?

De repente, ela se deu conta de que Dane não estava olhando diretamente para ela, e sim para trás dela; Julian tinha se aproximado e estava de pé, com o espadão na mão enquanto fitava Dane com uma frieza assustadora.

— Você sabe — falou ele baixinho —, que se um dia tocar em Dru, eu vou te matar, não é?

Dane se apoiou nos cotovelos.

— Você se acha tão especial — sibilou ele com voz baixinha e queixosa. — Você se acha tão sensacional... acha que sua irmã é boa demais para mim...

Rainha do Ar e da Escuridão

— Ela é muito *jovem* para você — disse Emma. — Ela tem 13 anos, seu nojento.

— Vocês acham que o Inquisidor mandou vocês numa missão especial porque são tão sensacionais, mas ele os mandou porque são descartáveis! Porque vocês não têm importância! Ele quer vocês *mortos*!

Dane congelou, como se percebesse que tinha falado demais.

Emma se virou para Julian.

— Será que ele quer dizer...

— Ele quer dizer que o Inquisidor o mandou para nos matar — falou Julian. — Ele está usando um dos medalhões que Horace nos deu. Aquele que evita que o tempo passe.

Dane protegeu o pescoço com a mão, mas não antes de Emma perceber que Julian tinha razão.

Ela olhou para Dane com expressão irritada.

— Então Horace te mandou para pegar o Volume Sombrio, nos matar e voltar sozinho com ele?

— E então ele dirá a todos que fomos assassinados pelo Povo Fada — completou Julian. — Bônus extra para ele.

Um lampejo de medo cruzou o rosto de Dane.

— Como foi que você adivinhou isso?

— Eu sou mais inteligente do que você — falou Julian. — Mas isso não é lá grande vantagem. Então sem elogios.

— Tem uma diferença entre enviar alguém numa missão perigosa e enviar alguém atrás da pessoa para esfaqueá-la nas costas — observou Emma. — Quando a Clave descobrir...

— Eles não vão descobrir! — gritou Dane. — Vocês nunca vão voltar! Vocês acham que estou sozinho? — Ele cambaleou para se levantar; Emma deu um passo para trás, sem saber o que fazer. Eles poderiam nocautear Dane, mas depois o quê? Iam amarrá-lo? Devolvê-lo, de algum modo, para Idris? — A Tropa tem um longo alcance e não precisamos de traidores como vocês. Quanto menos de vocês houver no mundo, melhor... tivemos um bom começo com Livvy, mas...

A espada de Julian brilhou como um raio quando ele enfiou a lâmina no coração de Dane.

Emma soube que atingira o coração de Dane porque seu corpo irrompera em espasmos e arqueara feito um peixe fisgado por um anzol. Ele tossiu sangue num jato vermelho, os olhos fixados em Julian com um ar de incredulidade.

Julian puxou a espada. Dane foi tombando ao chão, a boca semiaberta e uma expressão vidrada e sem emoção.

Emma girou e encarou Julian.

— *O que foi que você acabou de fazer?*

Julian se abaixou para limpar a lâmina da espada nas flores e na grama.

— Matei a pessoa que planejava nos matar.

— Você o assassinou — falou Emma.

— Emma, seja prática. Ele foi enviado para cá para *nos* matar. Teria feito isso se eu não tivesse revidado. E ele disse que talvez haja outros também, outros integrantes da Tropa. Se nós o deixássemos vivo, poderíamos estar enfrentando um monte de adversários em breve.

Era como se Emma não conseguisse respirar. Julian tinha guardado a espada; as flores sob seus pés estavam manchadas de sangue. Ela não conseguia olhar para o corpo de Dane.

— Você não mata simplesmente outros Caçadores de Sombras. As pessoas não fazem isso. As pessoas com *sentimentos* não fazem isso.

— Talvez — falou Julian. — Mas ele era um problema e agora não é mais.

Ouviu-se um farfalhar no arbusto. Um momento depois, a kelpie reapareceu, reluzindo em verde sob a luz do sol, e se aproximou de Dane. Por um segundo, Emma imaginou que ela fosse chorar pelo antigo mestre.

Ouviu-se um som de mastigar quando a kelpie afundou o dente pontudo na lateral manchada de sangue do corpo de Dane. O cheiro cuproso do sangue explodiu no ar. A kelpie engoliu e ergueu o olhar para Julian, os dentes verdes brilhando com vermelho, como uma visão perturbadora do Natal.

— Ai, Deus. — Emma deu um passo para trás, revoltada.

— Me desculpe — falou a kelpie. — Você queria dividir? Ele é muito saboroso.

— Não, obrigado. — Julian não parecia incomodado nem divertido com o espetáculo repugnante.

— Você é muito generoso, Julian Blackthorn — falou a kelpie. — Tenha certeza de que um dia eu o recompensarei.

— Nós temos que ir embora — falou Emma, tentando não vomitar. Ela desviou o olhar, mas não antes de ver as costelas de Dane brilhando, brancas, ao sol. — Temos que sair daqui *agora*.

Então deu meia-volta cegamente. Continuava a ver o sangue nas flores, o modo como os olhos de Dane tinham se revirado na cabeça. O ar subitamente ficou denso com o odor metálico do sangue, e Emma esticou o braço para se equilibrar no tronco estreito de uma bétula.

— Emma? — falou Julian atrás dela. De repente, eles ouviram o trovejar explosivo de cascos, e dois cavalos, um cinzento e um marrom, irromperam

Rainha do Ar e da Escuridão

na clareira. O cavalo cinzento era montado por uma mulher de cabelos louros e o marrom, por um homem de pele cor de trigo.

— Isso aqui é um ponto de encontro das fadas? — falou Emma, apoiando a testa contra a árvore. — Todo mundo vem pra cá?

— Emma Carstairs? — falou a mulher de cabelos louros. Emma a reconheceu em meio à visão embaçada: era Nene, tia de Mark. Ao lado dela, cavalgava um dos cortesãos da Rainha Seelie, Fergus. Ele olhava de cara feia.

— Aquilo é um *Caçador de Sombras* morto? — quis saber.

— Ele me aprisionou e estas pessoas gentis me libertaram — falou a kelpie.

— Vá, kelpie — disse Fergus. — Saia daqui. As palavras dos cortesãos de Seelie não são para você.

A kelpie suspirou com um relincho e saiu arrastando o corpo de Dane para os arbustos. Emma se virou lentamente, as costas coladas na árvore. Estava extremamente feliz pelo cadáver ter ido embora, mas o solo ainda estava úmido de sangue e as pétalas se curvavam por causa dele.

— Emma Carstairs e Julian Blackthorn — falou Nene —, vocês seguiam na direção da Corte Seelie. Por quê?

— Não, nós íamos para a Corte Unseelie — corrigiu Emma. — Estávamos...

— Nós conhecemos os caminhos e os destinos nas Terras — interrompeu Fergus rispidamente. — Não tente seus truques humanos.

Emma fez menção de protestar e viu Julian balançar a cabeça, uma fração minúscula de negação, mas daí soube imediatamente o que ele queria dizer. Eles vinham percorrendo *de fato* o caminho errado. Por alguma razão, ele mentira para ela; toda vez que consultara o mapa, ele na verdade os aproximara da Corte Seelie.

O gosto da traição era amargo, mais amargo do que o cobre do sangue.

— Estamos com o Volume Sombrio — falou Julian para Nene, para Fergus, e Emma o encarou com espanto total. Do que é que ele estava falando? — Foi por isso que voltamos ao Reino das Fadas. A Rainha pediu que nós o devolvêssemos a ela, e nós estamos com ele e viemos buscar o que ela nos prometeu.

Ele se endireitou e jogou a cabeça para trás. Seu rosto estava muito pálido, mas os olhos brilhavam num tom forte de azul-esverdeado, e ele estava lindo; mesmo com sangue no rosto, ele era lindo, e Emma queria não estar vendo aquela beleza, mas estava.

— Solicitamos formalmente uma audiência com a Rainha Seelie — falou ele.

9

Ao Longe os Salões

Voando pelo ar com Gwyn, Diana se sentia livre, apesar da preocupação persistente com Emma e Julian. Ela imaginava que eles estivessem a salvo na casa, mas não gostava de não poder vê-los. Isso a fazia perceber o quanto eles tinham se tornado sua família nos últimos cinco anos e o quanto ela se sentia distanciada de Alicante.

Ao caminhar pelas ruas, mesmo rostos familiares pareciam máscaras de desconhecidos. *Você votou para tornar Horace Dearborn o Inquisidor? Você culpa os Blackthorn pela morte da própria irmã? Você acredita que as fadas são monstros? Quem é você realmente?*

Ela apertou Gwyn com mais força enquanto eles pousavam na pequena clareira, agora familiar, entre as tílias. A lua diminuíra e o espaço estava tomado pelo silêncio e sombras profundas. Gwyn desmontou primeiro e ajudou Diana a descer; desta vez ele não trouxera alforjes cheios de comida, mas uma espada cega na cintura. Diana sabia que ele confiava nela, e ele não fizera perguntas quando ela pedira que a trouxesse até aqui hoje. Ele não confiava em outros Caçadores de Sombras, porém, e ela não podia culpá-lo por isso.

Uma luz saiu do meio das sombras, e Jia apareceu de trás de uma rocha inclinada. Diana franziu a testa quando a Consulesa se aproximou deles. Na última vez que estivera ali, a terra era verde debaixo de seus pés. Agora os sapatos de Jia amassavam musgo seco, marrom e árido. Poderia ser simplesmente por causa da aproximação do outono, mas a praga...

— Diana — falou Jia. — Eu preciso da sua ajuda.

Diana ergueu uma das mãos.

— Primeiro preciso saber por que não me deixam ver Emma e Julian. Por que estou sendo afastada deles?

— Todos devem ficar afastados deles — falou Jia. Ela se sentou muito delicadamente numa pedra plana, com os tornozelos cruzados. Não tinha um fio de cabelo fora do lugar. — Horace diz que não quer comprometer o testemunho deles.

Diana emitiu um muxoxo de desconfiança.

— E como ele planeja forçá-los a testemunhar se não há Espada Mortal?!

— Entendo que você esteja muito preocupada — falou Jia. — Mas eu conversei com Simon antes de ele partir para Nova York. Ele e Isabelle conseguiram ver Emma e Julian hoje de manhã e disseram que os dois estavam bem, e que o encontro com Horace saíra conforme o esperado.

Um misto de alívio e irritação tomou conta de Diana.

— Jia, você tem que fazer alguma coisa. Dearborn não pode mantê-los isolados até algum momento imaginário no futuro em que a Espada for reparada.

— Eu sei — falou Jia. — É por isso que queria este encontro. Você se lembra de quando eu pedi que você ficasse do meu lado?

— Lembro — falou Diana.

— A Tropa sabe da praga na floresta — falou Jia. — No fim das contas, Patrick levou Manuel para ver com ele, antes de nós percebermos como eles eram perigosos... mesmo as crianças. — Ela suspirou e olhou para Gwyn, que permanecia inexpressivo. Com os anos de experiência nos duelos políticos das Cortes Fada, Diana não conseguia evitar se perguntar o que ele achava daquilo tudo. — Eles decidiram usar isso como ferramenta política. Vão alegar que é especificamente obra das fadas. Querem queimar a floresta para matar a praga.

— Isso não vai matar a praga — falou Gwyn. — Vai somente matar a floresta. A praga é morte e decadência. Você não pode destruir a destruição, assim como não pode curar veneno com veneno.

Jia olhou para Gwyn mais uma vez, e desta vez olhou firme e diretamente.

— Isso é magia das fadas? A praga?

— Não é magia das fadas que eu já tenha visto, e olhe que já vivi muito — falou Gwyn. — Não estou dizendo que isso não tenha a mão do Rei Unseelie. Mas está mais para magia demoníaca do que qualquer outra usada no Reino das Fadas. Não é da natureza, é algo não natural.

— Então queimar a floresta não vai ter consequência alguma? — perguntou Diana.

— Vai ter *alguma* consequência, sim — emendou Gwyn. — Vai afastar todos os integrantes do Submundo que chamam Brocelind de lar; todas as fadas e bandos de lobisomens que viveram aqui por gerações.

— Acredito que seja um pretexto para começar a tirar os integrantes do Submundo de Idris — falou Jia. — Dearborn pretende usar o clima atual de medo entre os Nephilim para exigir uma legislação anti-Submundo mais rigorosa. Eu sabia que ele faria isso, mas não esperava que sua tentativa de despejar os integrantes do Submundo de Idris fosse vir tão rápido.

— Você acha que a Clave aceitaria isso? — perguntou Diana.

— Temo que sim — falou Jia com uma amargura raramente expressada. — Eles estão tão concentrados no próprio medo e ódio que sequer percebem que estão machucando a si mesmos. Comeriam um banquete envenenado se achassem que os integrantes do Submundo estivessem se refestelando ao lado deles.

Diana abraçou o próprio corpo para não tremer.

— Então o que podemos fazer?

— Horace convocou uma reunião daqui a dois dias. Vai ser sua primeira oportunidade para apresentar seus planos ao público. As pessoas respeitam você. Os Wrayburn são uma família orgulhosa e você lutou bravamente na Guerra Maligna. Deve haver entre nós um grupo disposto a resistir a ele. Muitos têm medo se manifestar.

— Eu não tenho — falou Diana, e notou Gwyn lhe dando um olhar cálido de admiração.

— O mundo pode mudar tão depressa — observou Jia. — Um dia o futuro parece promissor e, no dia seguinte, nuvens de ódio e intolerância se acumulam como se fossem sopradas de um mar ainda não imaginado.

— Elas sempre estiveram lá, Jia — falou Diana. — Mesmo que nós não quiséssemos reconhecer. Sempre estiveram no horizonte.

Jia parecia extenuada, e Diana se perguntou se a outra havia chegado ali caminhando, embora duvidasse que fosse o esgotamento físico o responsável por cansar a Consulesa.

— Não sei se daremos conta de reunir forças para limpar os céus novamente.

— Está bem — falou Kit. — Primeiro nós vamos fazer um tensor com um clipe de papel.

— Nós vamos fazer o quê? — Dru prendeu os cabelos atrás das orelhas e encarou Kit com olhos arregalados. Ambos estavam sentados numa das mesas compridas da biblioteca, com um cadeado e uma pilha de clipes de papel entre eles.

Ele resmungou.

— Não me diga que você não sabe o que é um clipe de papel.

Ela se mostrou indignada.

— Claro que sei. São estes daqui. — E apontou um dedo. — Mas o que é que nós estamos fazendo?

— Eu vou te mostrar. Pegue um clipe.

Ela obedeceu.

— Dobre, formando um L — instruiu Kit. — A parte reta é a parte de cima. Isso, ótimo. — O rosto de Dru estava contorcido de concentração. Ela vestia uma camiseta preta que dizia DO ALÉM-TÚMULO e tinha um desenho de uma lápide rachada.

Kit pegou um segundo clipe e o deixou totalmente reto.

— Esta gazua é pra você — falou. — O que você está segurando é o tensor.

— Está bem — disse ela. — Agora como você abre a tranca?

Ele deu uma risada.

— Calminha aí. Muito bem, pegue o cadeado; você vai pegar o tensor e enfiar na parte de baixo da fechadura.

Dru fez como ele tinha ensinado. Sua língua se projetava no canto da boca. Parecia uma garotinha concentrada num livro.

— Gire na direção em que a fechadura giraria — falou ele. — Não para a esquerda... isso. Assim... Agora pegue a gazua com a outra mão.

— Não, espere... — Ela deu risada. — Isso é confuso.

— Está bem, eu vou te mostrar. — Ele deslizou o segundo clipe para dentro da fechadura e começou a raspar para frente e para trás, tentando empurrar os pinos para cima. Seu pai o ensinara a sentir os pinos com a gazua... este cadeado possuía cinco deles. E então ele começou a manipular delicadamente, levantando um pino depois do outro. — Gire o tensor — falou, de repente, e Dru deu um pulo. — Gire para a direita.

Ela girou e o cadeado se abriu. Dru deu um gritinho abafado.

— Isso é tão legal!

Kit teve vontade de sorrir para ela — nunca lhe ocorrera querer uma irmã caçula, mas havia alguma coisa boa em se ter alguém a quem ensinar as coisas.

— O Ty sabe como fazer isso? — perguntou ela.

— Acho que não — falou Kit. Ele fechou novamente o cadeado e o entregou a ela. — Mas provavelmente ele aprenderia rápido. — Aí passou a gazua para ela e se recostou. — Agora é você.

Ela resmungou.

— Não é justo.

— Você só aprende fazendo. — Era uma coisa que o pai de Kit sempre dizia.

— Você está falando como o Julian. — Dru soltou uma risadinha e começou a abrir o cadeado. As unhas estavam pintadas com esmalte preto lascado. Kit ficou impressionado com a delicadeza com que ela lidava com a gazua e o tensor.

— Nunca imaginei que alguém diria que eu soei como Julian Blackthorn. Dru ergueu o olhar.

— Você sabe do que estou falando. Falar feito um pai. — Ela girou o tensor. — Fico contente por você ser amigo de Ty — disse ela, inesperadamente, e Kit sentiu o coração dar um pulo brusco. — Quero dizer, ele sempre teve Livvy. Então ele não precisava de outro amigo. Era como um clubinho e ninguém podia entrar. Mas você apareceu e conseguiu fazer parte.

Ela agora havia parado de tentar abrir a tranca, ainda segurando o cadeado, e o fitava com aqueles olhinhos muito parecidos com os de Livvy, aquele azul-esverdeado arregalado ornado com cílios escuros.

— Me desculpa? — falou ele.

— Não tem que se desculpar. Eu sou muito nova. Ty nunca me deixaria entrar, mesmo que você não tivesse aparecido. — Ela falava de maneira despretensiosa. — Eu adoro Julian. Ele é, tipo, o melhor dos pais. Dá pra saber que ele sempre vai botar você em primeiro lugar. Mas Ty sempre foi o meu irmão legal. Ele tinha tantas coisas incríveis no quarto, os bichos gostavam dele, e ele sabia tudo...

Ela se calou e as bochechas coraram. Ty tinha entrado no cômodo, com o cabelo úmido em cachos macios e molhados, e Kit sentiu um lento movimento dentro de si, como se seu estômago tivesse se revirado. Ele disse a si que provavelmente era só constrangimento porque Ty entrara quando estavam falando exatamente dele.

— Estou aprendendo a abrir fechaduras — falou Dru.

— Saquei. — Ty deu uma olhadela à irmã. — Mas eu preciso falar com Kit agora.

Kit desceu da mesa rapidamente, quase derrubando a pilha de clipes de papel.

— Dru se saiu muito bem — falou.

— Saquei — repetiu Ty. — Mas eu preciso falar com você.

— Então fale — disse Dru. Ela havia pousado a parafernália de abrir fechaduras na mesa e olhava Ty com uma careta.

— Não com você aqui — falou ele.

Rainha do Ar e da Escuridão

Tinha ficado bem óbvio, mas mesmo assim Dru soltou um resmungo magoado e pulou da mesa. Saiu pisando duro biblioteca afora e bateu a porta.

— Aquilo não foi... ela não foi... — começou Kit, mas sem conseguir terminar. Ele não era capaz de censurar Ty. Não agora.

Ty abriu o casaco e esticou a mão bruscamente para um bolso interno.

— Temos que ir ao Mercado das Sombras hoje à noite — falou.

Kit arrastou o cérebro de volta ao presente.

— Estou proibido de pisar no Mercado, e acho que você também.

— Nós podemos fazer uma petição no portão — falou Ty. — Eu li sobre pessoas fazendo isso. Os Mercados das Sombras têm portões, não têm?

— Têm portões, sim. E estão indicados. Eles não mantêm as pessoas dentro ou fora; são mais como pontos de encontro. E, sim, você pode fazer uma petição ao líder do Mercado, mas o líder é Barnabas, e ele me odeia.

Ty pegou um clipe de papel da mesa e o observou com interesse. Havia hematomas em seu pescoço, Kit notou de súbito. Ele não se lembrava deles, o que lhe pareceu estranho, mas e daí, quem é que percebia cada machucado na pele de outra pessoa? Ty provavelmente os ganhara durante a luta contra os Cavaleiros em Londres.

— Nós só temos que convencê-lo de que é do interesse dele nos deixar entrar.

— E como é que você planeja fazer isso? Nós não somos exatamente exímios negociadores.

Ty, que desempenara o clipe de papel, deu a Kit um de seus raros sorrisos-de-pôr-do-sol-sobre-a-água.

— Você é.

— Eu... — Kit se deu conta de que estivera sorrindo e se calou. Ele sempre tinha sarcasmo na ponta da língua, nunca fora alguém de aceitar um elogio graciosamente, mas era como se houvesse alguma coisa em Ty Blackthorn capaz de tocar e desamarrar todos os cuidadosos nós de proteção que o envolviam. Ele se perguntou se era isso o que as pessoas queriam dizer quando comentavam estar derretidas por alguma coisa.

Ty franziu a testa como se não tivesse notado o sorriso bobo do outro.

— O problema é que nenhum de nós dirige. Não tem jeito de chegarmos ao Mercado — disse ele.

— Mas você tem um iPhone — retrucou Kit. — Na verdade, tem alguns no Instituto. Eu já vi.

— Claro, mas... — falou Ty.

— Vou te apresentar uma invenção maravilhosa chamada Uber — anunciou Kit. — Sua vida não será mais a mesma, Ty Blackthorn.

— Ah, Watson — disse Ty, guardando o clipe no bolso. — Você pode não ser luminoso, mas é um extraordinário condutor de luz.

Diego ficara surpreso por Gladstone querer trancar os dois na biblioteca. Ele nunca considerara a biblioteca um cômodo particularmente seguro. Assim que ambos estavam em seu interior e com a sólida porta de carvalho trancada atrás deles, Diego (que estava sem as armas e a estela), começou a perceber as vantagens da biblioteca como uma prisão.

As paredes eram grossas e não havia janelas, a não ser o imenso teto de vidro muito, muito acima deles. As paredes translúcidas eram impossíveis de serem escaladas ou quebradas, e nada no cômodo renderia uma arma útil — eles poderiam atirar livros, imaginou Diego, ou tentar virar as mesas, mas não imaginava que isso resolveria muita coisa.

Ele foi até onde Kieran estava sentado, estatelado, aos pés da imensa árvore que crescia do piso. Se ao menos ela fosse tão alta a ponto de alcançar o teto, pensou.

Kieran estava arqueado contra o tronco. Ele apertava os olhos com as mãos, como se pudesse se cegar.

— Você está bem? — quis saber Diego.

Kieran abaixou as mãos.

— Eu sinto muito. — Ele ergueu o olhar para Diego, que notou as marcas das palmas nas maçãs de seu rosto.

— Está tudo bem. Você estava machucado. Eu posso procurar meios de sair sozinho — disse Diego, fingindo ter entendido errado.

— Não, eu quero dizer que eu *sinto muito* — Kieran falou com emoção. — Eu *não consigo*.

— Você não consegue o quê?

— Sair daqui. Eu sinto a culpa como uma cortina de espinhos me enrolando. Toda vez que me mexo, eu me corto de novo.

A piscina faz você sentir cada dor que causou aos outros.

— Nenhum de nós é inocente — falou Diego, e pensou em sua família e em Cristina. — Cada um de nós machucou outra pessoa. Querendo ou não.

— Você não compreende. — Kieran balançava a cabeça. Uma mecha de cabelo caiu sobre a testa, o prateado escurecendo ao azul. — Quando eu estava na Caçada, eu era palha flutuando com o vento ou com a água. Só me restava me agarrar a outras palhas. Eu acreditava que não tinha efeito no mundo. Que

Rainha do Ar e da Escuridão

eu importava tão pouco, que não podia ajudar nem machucar ninguém. — Ele retesou os punhos. — Agora eu senti a dor de Emma, a tristeza de Mark, a dor de cada um que eu feri na Caçada, até a dor de Erec quando morreu. Mas como eu poderia ter sido a pessoa que causou tal dor se sou alguém cujas ações estão escritas na água?

Os olhos, preto e prata, estavam assombrados. Diego falou:

— Kieran, você não causou apenas dor neste mundo. É só aquela piscina, que não mostra o bem, apenas a dor.

— Como você sabe? — gritou Kieran. — Nós mal nos conhecemos, você e eu...

— Por causa de Cristina — falou Diego. — Cristina tem fé em você. Fé verdadeira, imaculada e intacta. Por que você acha que concordei em esconderem você aqui? Porque ela acreditava que você era bom, e eu acreditei nela.

Ele parou antes de falar demais, mas Kieran já tinha se encolhido ao ouvir o nome de Cristina. A pergunta seguinte deixou Diego perplexo.

— Como posso encará-la novamente?

— Você se importa tanto assim com o que ela pensa? — perguntou Diego. Não lhe ocorrera que Kieran se importasse. Sem dúvida, ele não conhecia Cristina tão bem assim.

— Mais do você poderia imaginar ou supor — observou Kieran. — Como você voltou a encará-la depois de ficar noivo de Zara e partir o coração dela?

— Sério? — Diego ficou mordido. — A gente tem mesmo que falar disso agora?

Kieran o encarou com olhos selvagens. Diego suspirou.

— Sim, eu decepcionei Cristina e perdi o respeito dela... você deve saber como é isso. Decepcionar alguém que se ama. Ter decepcionado a si mesmo.

— Talvez não exatamente — falou Kieran, com uma sombra de sua antiga ironia. — Ninguém me chama de Kieran Perfeito.

— Eu não *me* chamo de Diego Perfeito! — protestou Diego, sentindo que a conversa degenerara. — Ninguém deveria se chamar assim!

Houve um barulho à porta. Os dois se viraram, prontos para encarar o perigo, mas quando foi aberta, Diego ficou impressionado ao ver Divya à entrada.

Ela parecia ter saído de uma luta. Arranhada e ensanguentada, ergueu a chave.

— Eu peguei de Gladstone no caos da enfermaria — explicou. — Duvido que a gente tenha muito tempo até ele notar que sumiu.

Diego passou por ela e abriu uma fresta na porta da biblioteca. O corredor estava vazio.

— O que está acontecendo? Onde está Rayan?

— Tentando ver o que os outros sabem, os que vieram de Alicante e *não* fazem parte da Tropa. As estelas de todos foram confiscadas. Zara voltou a Idris via Portal pouco depois de você levar Kieran. E Gladstone está na enfermaria com Samantha — falou Divya. — Ela não para de gritar. — A menina mordeu o lábio. — E está muito mal mesmo.

Kieran se levantara, embora ainda estivesse se apoiando na árvore.

— Vocês dois deviam cair fora — falou. — Saiam daqui. É a mim que eles querem, e vocês já correram perigo suficiente por minha causa.

Divya lançou um olhar irônico para ele.

— Pelo Anjo, agora ele só quer saber de autossacrifício depois que caiu na piscina. Fada, você não *me* causou nenhum mal. Estamos de boa.

— Eu causei preocupação e fiz vocês sentirem medo — disse Kieran, fitando-a com um olhar ao mesmo tempo assustador e assustado. — Vocês temiam o que poderia acontecer a vocês e aos outros, a retaliação por estarem me escondendo. Você temia por Rayan. — Ele olhou para Diego. — E você...

— Não. — Diego ergueu a mão. — Eu não quero ouvir sobre os meus sentimentos.

— O que todo homem diz sempre — brincou Divya, mas seus olhos estavam muito brilhantes. — Ouçam, tem mais coisas que eu preciso contar. E vocês dois deveriam prestar atenção. Eu ouvi Zara rindo com Gladstone na enfermaria antes de trazerem Samantha. O Inquisidor enviou dois Caçadores de Sombras ao Reino das Fadas numa missão suicida para encontrar o Volume Sombrio.

— Jace e Clary? — falou Diego, confuso. — Não é uma missão suicida.

— Eles não. Emma e Julian Blackthorn. Partiram ontem.

— Eles nunca deveriam ter concordado com uma missão suicida — falou Kieran. — Julian não deixaria seus irmãos e irmãs. *Nunca.*

— Eles não *sabem* que é uma missão suicida... Dearborn enviou alguém atrás deles para matá-los antes que possam voltar.

— Isso é contra a Lei. — Foi tudo que Diego conseguiu pensar em dizer, e no mesmo instante se sentiu ridículo.

— Horace Dearborn não se preocupa com as Leis — falou Kieran. Suas bochechas coraram intensamente. — Ele não se importa com nada, a não ser levar adiante seus propósitos. Para ele, um Nephilim que não está de acordo não é melhor do que um integrante do Submundo. São todos vermes a serem destruídos.

— Kieran tem razão — falou Divya. — Ele é o Inquisidor, Diego. Ele vai mudar todas as Leis... mudar para poder fazer o que bem entender.

— Nós temos que ir — falou Kieran. — Não há um segundo a perder. Temos que contar aos Blackthorn... a Mark e Cristina...

— Todas as saídas têm guardas — falou Divya. — Não estou dizendo que é impossível, mas vamos precisar de Rayan, Gen e dos outros. Não podemos lutar contra a Tropa sozinhos. Sobretudo, não sem as estelas. Vamos precisar de um plano...

— Não temos tempo para planejar... — começou Kieran.

Subitamente, Diego pensou em Cristina, no modo como ela escrevera sobre Kieran na carta em que pedira a Diego para escondê-lo. A fascinação que ela sentia por fadas ainda desde a infância, o choro dela quando a Paz Fria fora aprovada, repetindo a Diego que fadas eram boas, que seus poderes eram parte da magia abençoada do mundo.

— Kieran — falou Diego rispidamente. — Você é príncipe do Reino das Fadas. *Aja* como um.

Kieran deu a ele um olhar sombrio e selvagem. Sua respiração estava entrecortada. Divya olhou para Diego, como se perguntasse: *o que diabos você está fazendo?* no momento em que Kieran esticou o braço e agarrou um galho da árvore.

Ele fechou os olhos preto e prata. O rosto era uma máscara pálida. Ele cerrou o queixo mesmo quando as folhas da árvore começaram a farfalhar, como se houvesse um vento forte. Era como se a árvore estivesse chamando alguma coisa.

— O que está acontecendo? — murmurou Divya.

Uma luz cintilou pela árvore — não eram raios, mas centelhas de puro brilho. Aí envolveu Kieran como se ele estivesse contornado por tinta dourada. Seu cabelo ficou num estranho tom de verde-dourado, uma coisa que Diego nunca tinha visto.

— Kieran... — começou Diego.

Kieran ergueu as mãos. Seus olhos ainda estavam fechados e de sua boca jorraram palavras numa linguagem inédita aos ouvidos de Diego. Ele queria que Cristina estivesse aqui. Cristina poderia traduzir. Kieran gritava e Diego pensou ter ouvido a expressão "Lança do Vento" repetidas vezes.

Lança do Vento, pensou Diego. *Isso não é...?*

— Tem alguém chegando! — gritou Divya. Ela correu até a porta da biblioteca, batendo com força e trancando-a, mas balançava a cabeça. — São muitos, Diego...

O teto de vidro explodiu, e Diego e Divya prenderam a respiração.

Um cavalo branco colidiu contra o teto. Um cavalo branco *voador*, altivo e belo. Choveu vidro e Diego mergulhou para baixo de uma mesa próxima, arrastando Divya junto. Kieran abriu os olhos e esticou a mão para dar as boas-vindas enquanto Lança do Vento cortava o ar, veloz como uma flecha, leve como a lanugem de cardo.

— Pelo Anjo — murmurou Divya. — Meu Deus, eu costumava adorar pôneis quando era pequena.

Kieran pulou nas costas de Lança do Vento. Seus cabelos tinham voltado ao azul e preto mais normal, mas ele ainda estalava com a energia. Suas mãos lançavam faíscas enquanto ele se movimentava. Ele esticou a mão para Diego, que saiu de debaixo da mesa com dificuldade, com Divya ao seu lado, as botas esmagando vidro quebrado.

— Venham comigo — chamou Kieran. O recinto estava tomado pelo vento frio, com o cheiro dos Cárpatos e da água do lago. Acima deles, a abóbada quebrada se abria para um céu cheio de estrelas. — Vocês não vão estar a salvo aqui.

Divya, porém, balançou a cabeça. Esmagando o desejo de fugir, que crescia dentro de si, Diego fez a mesma coisa.

— Vamos ficar e lutar — gritou. — Somos Caçadores de Sombras. Não podemos fugir todos e deixar apenas os piores entre nós para tomarem o poder. Devemos resistir.

Kieran hesitou, bem no momento em que a porta da biblioteca foi aberta com violência. Gladstone e uma dezena de integrantes da Tropa invadiram, os olhos arregalados.

— Parem ele! — gritou o professor, gesticulando o braço loucamente na direção de Kieran. — Manuel... Anush...

— Kieran, *vá*! — rugiu Diego, e Kieran segurou a crina de Lança do Vento. Eles explodiram no ar antes que Manuel pudesse fazer algo além de dar um passo à frente. Diego pensou ter visto Kieran olhar para trás, para ele, uma vez antes de o cavalo passar pelo teto e eles reluzirem num raio branco pelo céu.

Diego ouviu alguém atrás de si. Do outro lado do cômodo, Divya o observava, com lágrimas nos olhos. Atrás dela, seu primo Anush algemava suas mãos.

— Você vai se arrepender muito do que fez — falou Manuel, e o murmúrio satisfeito e rouco roçou o ouvido de Diego. — Vai se arrepender muito, Rocio Rosales.

E então a escuridão se fez.

Emma foi levada na garupa de Nene, no cavalo cinzento, e Julian cavalgava atrás de Fergus, sem chance de uma conversa. A frustração se agitava em Emma enquanto eles seguiam debaixo de árvores verdes; as lanças douradas de luz que atravessavam os espaços entre as árvores transformando-se num bronze mais escuro conforme o dia avançava.

Ela queria conversar com Julian, queria traçar um plano para quando chegassem à Corte Seelie. O que eles diriam à Rainha? Como sairiam de lá? O que eles queriam dela?

Mas parte dela também estava muito aborrecida para conversar com Julian. Como ele ousara esconder dela uma parte importante do plano? Deixar que ela chegasse à Terra das Fadas sem saber de nada, acreditando que a missão deles era uma, quando aparentemente na verdade era outra? E uma parte, a menorzinha e mais fria dela, dizia: *a única razão que o faria não revelar o plano seria se ele já soubesse que você se oporia a ele.*

E bem lá no fundo, onde Emma mal tinha palavras para descrever o que sentia, ela sabia que, se não fosse pelo feitiço, Julian nunca teria feito isso, porque ela nunca fora uma das pessoas que ele manipulara e para quem mentira. Ela era da família, de dentro do círculo protegido, e por isso havia perdoado as mentiras, os planos, porque não tinham sido dirigidos a ela. Eles eram voltados aos inimigos da família. O Julian que precisara mentir e manipular era um personagem criado por uma criança assustada para proteger as pessoas que amava. Mas e se o feitiço tivesse tornado o personagem real? E se Julian fosse isso agora?

Eles tinham deixado a floresta para trás e estavam num lugar com campos verdes no qual não havia sinal de habitação. Apenas a grama verde tremulando durante quilômetros, salpicada de trechos de flores roxas e azuis, e montanhas de um violeta escuro ao longe. Uma colina se erguia diante deles como uma onda verde, e Emma arriscou um olhar a Julian quando a frente da colina se ergueu tal como um portão levadiço e revelou uma entrada imensa toda em mármore.

No Reino das Fadas, as coisas raramente pareciam iguais à segunda olhada, Emma sabia; da última vez que tinham entrado na Corte Seelie através de uma montanha, eles se flagraram num corredor estreito. Agora cavalgavam debaixo de um elegante portão de bronze que exibia arabescos de cavalos empinados. Nene e Fergus desmontaram, e foi somente depois que Emma deslizara para o soalho de mármore que ela notou que as rédeas dos dois cavalos foram levadas por minúsculas fadas que adejavam, com vastas asas azuis, vermelhas e douradas.

Os cavalos saíram trotando conduzidos pelas pixies barulhentas.

— Eu não rejeitaria uma dessas para pentear meu cabelo todas as manhãs — falou Emma para Nene, que lhe deu um sorriso difícil de interpretar. Era irritante como Nene se parecia com Mark, com os mesmos cabelos cacheados, louro-platinados e ossos estreitos.

Fergus semicerrou os olhos.

— Meu filho é casado com uma pixie diminuta — falou ele. — Por favor, não faça perguntas indiscretas.

Julian ergueu as sobrancelhas, mas não disse uma única palavra. Ele e Emma acertaram o passo para ficarem lado a lado enquanto seguiam Nene e Fergus do cômodo coberto com mármore para um corredor de terra que se contorcia montanha adentro.

— Acho que tudo saiu de acordo com seu plano, não é? — provocou Emma friamente, sem olhar para Julian. No entanto, ela podia senti-lo ao seu lado, o calor familiar e as formas dele. Seu *parabatai*, que ela teria reconhecido mesmo surda e vendada. — Se você estiver mentindo sobre estar com o Volume Sombrio, vai terminar mal para nós dois.

— Não estou mentindo — falou ele. — Tinha uma loja de fotocópias perto do Instituto de Londres. Você vai ver.

— Nós não devíamos *sair* do Instituto, Julian...

— Era a melhor opção — falou Julian. — Você pode estar muito sentimental para ver claramente, mas isso nos leva para mais perto do que queremos.

— Como assim? — sibilou Emma. — Que sentido faz vir atrás da Rainha Seelie? Nós não podemos confiar nela, não mais do que em Horace ou Annabel.

Os olhos de Julian brilharam como as pedras preciosas nas paredes do túnel comprido. Elas reluziam em fileiras de jaspe e quartzo. O piso tinha se transformado em ladrilho polido, branco e verde leitoso.

— Não confiar na Rainha é parte do meu plano.

Emma queria chutar uma parede.

— Você não sacou que não era para ter um plano que incluísse a Rainha? Todos estamos lidando com a Paz Fria por causa da traição dela.

— Tantos sentimentos antifadas — falou Julian, passando debaixo da cortina de renda cinza. — Estou surpreso com você.

Emma seguiu atrás dele.

— Nada a ver com fadas em geral. Mas a Rainha não tem limites... ora, olá, Sua Majestade!

Ai, droga. Parecia que a cortina cinza pela qual tinham passado era a entrada para a Corte da Rainha. A Rainha em pessoa estava sentada no meio do cômodo, em seu trono, e fitava Emma com frieza.

A câmara parecia igual a antes, como se um incêndio tivesse se alastrado anos atrás e ninguém tivesse limpado os danos direito. O soalho era de már-

Rainha do Ar e da Escuridão

more rachado e escurecido. O trono da Rainha era de bronze manchado, e as costas dele se erguiam com ornamentos em formato de leque. Aqui e ali havia arranhões nas paredes, como se um animal imenso tivesse arrancado pedaços do mármore com as garras.

A Rainha era chamas e ossos. As clavículas ossudas se projetavam no vestido de desenhos intrincados azuis e dourados; os compridos braços desnudos eram finos como bastões. Ao redor dela, os marcantes cabelos vermelho-escuros se movimentavam em ondas densas de sangue e fogo. Do rosto branco e fino, olhos azuis ardiam como chamas de gasolina.

Emma pigarreou.

— A Rainha não tem limites em sua luminosidade — falou. — Era o que eu ia dizer.

— Você não vai me cumprimentar dessa maneira informal, Emma Carstairs — falou ela. — Entendeu?

— Eles foram atacados na estrada — falou Nene. — Nós enviamos mensageiros pixie na frente para contar a você...

— Eu soube — falou a Rainha. — Mas isso não é desculpa para a grosseria.

— Acho que a loura estava prestes a chamar a Rainha de vassoura de piaçava — murmurou Fergus para Nene, que parecia mais exasperada do que qualquer cortesão do Reino das Fadas já pareceu.

— É verdade — concordou Emma.

— Ajoelhem-se — interrompeu a Rainha. — Ajoelhem-se, Emma Carstairs e Julian Blackthorn, e demonstrem respeito apropriado.

Emma sentiu seu queixo empinar como se tivesse sido puxado por uma corda.

— Nós somos Nephilim — falou. — Não nos ajoelhamos.

— Porque antigamente os Nephilim eram gigantes na Terra, com a força de mil homens? — O tom da Rainha era de leve zombaria. — Como os poderosos caíram.

Julian deu um passo em direção ao trono. Os olhos da Rainha o fitaram de cima a baixo, avaliando, medindo.

— Você prefere um gesto vazio ou algo que realmente queira? — perguntou ele.

Os olhos azuis da Rainha brilharam.

— Você está sugerindo que tem alguma coisa que eu queira realmente? Pense com cuidado. Não é fácil adivinhar o que uma monarca deseja.

— Eu tenho o Volume Sombrio dos Mortos — falou Julian.

A Rainha deu uma risada.

— Ouvi falar que você o tinha perdido. Juntamente à vida de sua irmã — falou.

Julian empalideceu, mas a expressão não mudou.

— Você nunca especificou como queria o Volume Sombrio. — A Rainha e Emma o observaram enquanto ele enfiava a mão na mochila e retirava um manuscrito branco. Do lado esquerdo, viam-se furos, e a coisa toda estava presa com espirais grossas.

A Rainha se recostou, os cabelos vermelho-chama brilhantes contra o metal escuro do trono.

— Este não é o Volume Sombrio.

— Acho que se você examinar as páginas, vai descobrir que é — falou Julian. — Um livro são as palavras que ele contém, nada mais. Eu tirei fotos de cada página do Volume Sombrio com o celular, imprimi e encadernei numa loja de fotocópias.

A Rainha inclinou a cabeça, e o fino círculo dourado que enfeitava a sobrancelha brilhou.

— Não compreendo as palavras de seus feitiços e rituais mortais — falou. Sua voz tinha se elevado até um agudo intenso. Por trás dos olhos às vezes zombeteiros, às vezes risonhos, Emma pensou ter visto um lampejo da verdadeira Rainha e do que aconteceria caso alguém a irritasse, e sentiu um calafrio. — Não serei enganada nem rirão de mim, Julian Blackthorn, e eu não confio em sua estripulia. Nene, pegue o livro dele e o examine!

Nene avançou e estendeu a mão. Nos cantos sombrios do recinto, via-se movimento; Emma percebeu que alinhados junto às paredes havia guardas fada em uniformes cinzentos. Não era de admirar que tivessem deixado os dois entrarem carregando armas. Devia haver mais de cinquenta guardas ali, e mais ainda nos túneis.

Entregue o livro para Nene, Julian, pensou ela, e, de fato, ele o passou sem dar um murmúrio. Ficou observando calmamente enquanto Nene o examinava, seus olhos roçando as páginas. Finalmente, ela falou:

— Isso foi feito por um calígrafo muito talentoso. As pinceladas são exatamente como eu me lembro.

— Um calígrafo muito talentoso chamado OfficeMax — murmurou Julian, mas Emma não sorriu.

A Rainha ficou em silêncio por um longo tempo. As batidas do pé, que calçava pantufa, eram o único som no recinto enquanto todos aguardavam que ela se pronunciasse. Finalmente, ela disse:

— Não é a primeira vez que você me apresenta uma questão confusa, Julian Blackthorn, e desconfio que não será a última.

— Não deveria ser confusa — retrucou Julian. — É o Volume Sombrio. E você falou que se nós te déssemos o Volume Sombrio, você nos ajudaria.

— Não é bem assim — falou a Rainha. — Eu me lembro de fazer promessas. Mas algumas podem não ser relevantes mais.

— Eu estou pedindo que você se lembre que prometeu nos ajudar — falou Julian. — Estou pedindo que você nos ajude a encontrar Annabel Blackthorn aqui no Reino das Fadas.

— Nós já estamos aqui para encontrá-la — falou Emma. — Não precisamos da ajuda desta... desta... pessoa. — E olhou de cara feia para a Rainha.

— Nós temos um mapa que mal funciona — falou Julian. — A Rainha vai ter espiões por todo o Reino das Fadas. Poderíamos levar semanas até encontrar Annabel. Poderíamos perambular pelo reino eternamente enquanto nossa comida acaba. A Rainha poderia nos levar até ela. Nada acontece neste reino sem que ela saiba.

A Rainha deu um sorriso irônico.

— E o que você quer de Annabel quando a encontrar? O segundo Volume Sombrio?

— Sim — falou Julian. — Você pode ficar com a cópia. Eu preciso levar o Volume Sombrio original comigo para provar à Clave que não está mais nas mãos de Annabel Blackthorn. — Ele fez uma pausa. — E eu quero vingança. Vingança pura e simples.

— Não há nada de simples na vingança. E nada puro — falou a Rainha, mas seus olhos brilharam com interesse.

Se a Rainha sabia tanto, por que simplesmente não matava Annabel e pegava o Volume Sombrio?, perguntava-se Emma. Por causa do envolvimento da Corte Unseelie? Mas ficou de boca fechada; era evidente que ela e Julian estavam longe de concordar a respeito da Rainha.

— Antes, você queria um exército — falou a Rainha. — Agora só quer que eu encontre Annabel para você?

— É uma barganha melhor para você — falou Julian, e Emma percebeu que ele não tinha dito "sim". Ele queria mais do que isso da Rainha.

— Talvez, mas não terei a palavra final nesse mérito do volume — falou a Rainha. — Primeiro, um especialista tem que concordar. E vocês devem permanecer na Corte até ser feito.

— Não! — falou Emma. — Nós não vamos ficar por tempo indeterminado aqui no reino. — Ela se virou para Julian. — É assim que eles te pegam! Por tempo indeterminado!

— Eu vou tomar conta de vocês dois — falou Nene inesperadamente. — Por amor a Mark. Vou tomar conta de vocês e ter certeza de que nenhum perigo afetará vocês.

A Rainha deu a Nene um olhar pouco amigável antes de voltar a fitar Emma e Julian.

— O que dizem?

— Não tenho certeza — falou Julian. — Pagamos um preço alto por este livro, em sangue e perda. Ouvir agora que vamos ter que esperar...

— Ah, muito bem — falou a Rainha, e em seus olhos Emma viu uma curiosa luz de ansiedade. Talvez ela estivesse mais desesperada pelo livro do que Emma pensara? — Como um sinal de minha boa fé, eu lhe darei parte do que prometi. Eu lhe direi, Julian, como certos vínculos podem ser rompidos. Mas não *a ela*. — E fez um gesto para Emma. — Isso não era parte da barganha.

Emma o ouviu inspirar com força. Os sentimentos de Julian por ela talvez tivessem sumido, pensou, mas por alguma razão, ele ainda queria isso desesperadamente: o conhecimento de como o vínculo entre eles poderia ser dissolvido. Talvez fosse um desejo atávico, tal como ele descrevera seu desejo de proteger Ty, uma necessidade profunda de sobrevivência?

— Nene — chamou a Rainha. — Por favor, acompanhe Emma até o quarto no qual ela ficou da última vez que foi convidada da Corte.

Fergus gemeu. Era dele o quarto onde Emma e Julian tinham dormido antes.

Nene se aproximou da Rainha, pousou a cópia do Volume Sombrio aos pés dela e recuou, parando ao lado de Emma.

A Rainha sorriu com os lábios vermelhos.

— Julian e eu permaneceremos aqui e conversaremos em particular — falou. — Guardas, podem me deixar. Deixem-nos a sós.

— Eu não tenho que ir — falou Emma. — Sei do que se trata. Romper todas as ligações *parabatai*. Nós não precisamos ouvir sobre isso. Não vai acontecer.

O olhar da Rainha foi cheio de desprezo.

— Tolinha — emendou. — Provavelmente você acha que está protegendo alguma coisa sagrada. Alguma coisa boa.

— Sei que é algo que você não entenderia — falou Emma.

— O que você diria — continuou a Rainha — se eu contasse que há corrupção no coração da ligação dos *parabatai*? Veneno. Uma escuridão nela que reflete a sua bondade. Há uma razão pela qual os *parabatai* não podem se apaixonar, e é monstruosa, para além de tudo que você poderia imaginar.

Rainha do Ar e da Escuridão

— Sua boca reluziu como uma maçã envenenada quando ela sorriu. — Os símbolos *parabatai* não são dados pelo Anjo, mas pelos homens, e homens têm falhas. David, o Silencioso e Jonathan Caçador de Sombras criaram o símbolo e a cerimônia. Você imagina que isso não tem consequências?

Era verdade, e Emma sabia. A Marca *parabatai* não estava no Livro Gray. Mas nem o símbolo da Aliança que Clary tinha criado estava, e ele era considerado um bem universal.

A Rainha estava distorcendo a verdade a seu bel-prazer, como sempre fazia. Seus olhos, fixos nos de Emma, eram lascas de gelo azul.

— Vejo que você não entendeu — falou. — Mas vai entender.

Antes que Emma pudesse protestar, Nene segurou seu braço.

— Venha — murmurou. — Enquanto a Rainha ainda está de bom humor.

Emma olhou para Julian. Ele não se mexera um dedo, costas rígidas, olhar fixado na Rainha. Emma sabia que deveria dizer alguma coisa. Protestar, aconselhá-lo a não dar ouvidos às palavras embusteiras da Rainha, dizer que não havia jeito, não importando o que estivesse em jogo, que justificasse o rompimento de todas as ligações *parabatai* no mundo.

Mesmo que isso fosse libertá-los. Mesmo que isso lhe trouxesse Julian de volta.

Ela não conseguia botar as palavras para fora. Saiu da câmara da Rainha ao lado de Nene sem dizer nada.

10

Um Magnífico Templo

A visão do familiar Mercado das Sombras foi como um soco no peito de Kit. Era uma noite típica de Los Angeles: a temperatura caíra ao pôr do sol e um vento frio soprava pelo terreno vazio onde ficava o Mercado, fazendo ressoarem as dezenas de sinos de fada que pendiam nos cantinhos das barracas com tendas brancas.

Ty reprimira a empolgação durante todo o trajeto no banco de trás do Uber, e dera vazão ao seu nervosismo enrolando a manga da camisa de Kit e desenhando Marcas nele: Visão Noturna, Agilidade e uma chamada Talento, que Ty lhe dissera ser capaz de torná-lo mais convincente. Agora eles estavam parados nos arredores do Mercado, depois de terem sido deixados na Kendall Alley. Ambos estavam vestidos da forma mais mundana possível, com jeans, casacos de zíper e botas de couro.

Mas Ty ainda era visivelmente um Caçador de Sombras. Ele se portava como um, caminhava como um e se assemelhava a um, e ainda havia Marcas visíveis na pele delicada do pescoço e dos pulsos. E muitos hematomas também — cobrindo as laterais das mãos, do tipo que nenhum menino mundano teria a menos que fosse sócio de um clube da luta ilegal.

Mas não teria feito diferença mesmo que ele conseguisse cobri-las totalmente. Caçadores de Sombras pareciam sangrar sua herança angelical pelos poros. Kit se perguntava se com ele já seria assim também.

— Não estou vendo os portões — falou Ty, esticando a cabeça.

— Os portões são... metafísicos. Não são exatamente reais — explicou Kit. Eles caminhavam em direção à parte do Mercado onde eram vendidas

poções e amuletos. Uma barraca coberta de rosas em tons de vermelho, cor-
-de-rosa e branco vendia amuletos. Outra, com um toldo verde e branco,
vendia sorte e boa fortuna, e uma barraca cinza perolada com cortinas de
renda, às quais lhe conferiam privacidade, vendia os itens mais perigosos:
necromancia e magia mortal eram proibidas no mercado, mas as regras não
eram lá muito rigorosas.

Uma puca estava encostada num poste de luz ali perto, fumando um cigarro. Atrás dele, as vias do Mercado pareciam ruelas reluzentes, atraindo Kit
com gritos de "Compre!" Vozes clamavam, joias tilintavam e chacoalhavam,
especiarias e incenso perfumavam o ar. Kit sentiu uma nostalgia misturada a
ansiedade e deu uma olhadela rápida para Ty. Eles ainda não tinham entrado
propriamente no Mercado; será que Ty estava pensando em como odiara o
Mercado de Londres, no modo como aquele ambiente o fizera suar e surtar
devido ao excesso de barulho, ao excesso de luz, ao excesso de pressão, ao
excesso de tudo?

Ele queria perguntar a Ty se estava tudo bem, mas sabia que o outro não
ia gostar. Ty olhava para o Mercado, tenso de curiosidade. Kit se virou para
a puca.

— Porteiro — disse. — Solicitamos entrada no Mercado das Sombras.

O olhar de Ty voltou a se concentrar. A puca era alta, de pele marrom e
magra, com mechas de bronze e dourado misturadas aos cabelos compridos.
Vestia calça roxa e estava descalça. O poste no qual se apoiava ficava entre
duas barracas e bloqueava o caminho para dentro do Mercado, bem no meio.

— Kit Rook — falou a puca. — Que elogio ainda ser reconhecido por
alguém que nos abandonou para viver entre os anjos.

— Ele conhece você — murmurou Ty.

— Todo mundo no Mercado das Sombras me conhece — retrucou Kit,
torcendo para que Ty ficasse impressionado.

A puca apagou o cigarro, que liberou um odor doce e nauseante de ervas
queimadas.

— Senha — falou ele.

— Não vou dizer aquilo — respondeu Kit. — Você acha engraçado tentar
fazer as pessoas dizerem aquilo.

— Dizer o quê? Qual é a senha? — quis saber Ty.

A puca sorriu.

— Espere aqui, Kit Rook — falou, e desapareceu nas sombras do Mercado.

— Ele vai atrás de Hale — falou Kit, tentando disfarçar os sinais de nervosismo.

— Eles conseguem ver a gente? — perguntou Ty. Ele olhava para dentro do Mercado das Sombras, onde grupos de integrantes do Submundo, feiticeiras e outros membros variados do submundo mágico se movimentavam em meio à algazarra. — Aqui do lado de fora?

Era como estar no escuro, do lado de fora de uma sala iluminada, pensou Kit. E embora Ty não conseguisse se expressar desse jeito, Kit desconfiava que suas impressões fossem coincidentes.

— Se estão vendo a gente, nunca vão demonstrar — falou.

De repente, Ty se virou para ele. Seu olhar passeou pela orelha de Kit, pelas maçãs do rosto, sem encará-lo.

— Watson...

— Kit Rook e Ty Blackthorn — falou uma voz rispidamente, vindo das sombras. Era Barnabas Hale, líder do Mercado. — Na verdade, estou supondo que vocês não são Kit Rook e Ty Blackthorn realmente, porque eles não seriam tão estúpidos de aparecer por aqui.

— Isso parece um elogio — falou Ty, que parecia sinceramente surpreso.

— Claro, não somos nós — emendou Kit. — Mandaram uma telemensagem com dois garotos do jeitinho que você pediu.

Hale franziu a testa, irritado. Sua aparência era a de sempre: baixinho e com a pele escamosa, com olhos de pupilas fendidas como as de uma cobra. Ele trajava um terno risca-de-giz que Kit imaginava ter sido totalmente reformado para caber. A maior parte dos humanos não tinha um metro de altura por um metro de largura.

A puca tinha voltado com Hale e, em silêncio, apoiou-se novamente no poste, com os olhos reluzentes.

— Prove que você é Kit Rook — falou Hale. — Qual é a senha?

— Eu ainda não pretendo dizer. Nunca vou dizer — falou Kit.

— Qual é? — quis saber Ty.

— Só deixa a gente entrar — pediu Kit. — Não queremos problemas.

Hale deu uma gargalhada alta.

— Vocês não querem problemas? Vocês dois? Só podem estar brincando. Vocês têm ideia do tipo de caos que causaram em Londres? Vocês destruíram a propriedade, atacaram vendedores, e você — ele apontou para Ty — destruiu um bocado de mercadorias das fadas. Odeio vocês dois. Vão embora.

— Preste atenção — falou Kit. — Lembra quando aquela fada queimou metade do Mercado e foi recebida no ano seguinte só porque tinha uma quantidade imensa de dentes de galinha? Você se lembra do lobisomem e da

Rainha do Ar e da Escuridão

lhama, e do desfecho dessa história? E ele não foi banido porque tinha uma rota para um suprimento de *yin fen*.

— O que você quer dizer? — indagou Hale, suspirando. — Deus, como eu queria um charuto. Tive que parar de fumar.

— O espírito do Mercado é simples — continuou Kit. — Tudo fica bem desde que você obtenha lucro. Certo?

— Certo — falou Hale. — E é por isso que toleramos Johnny Rook. Nós toleramos você porque os Caçadores de Sombras ainda não o tinham encontrado. Mas agora eles encontraram e é um pulo até você descobrir quem é realmente...

— Como assim? — perguntou Ty. O vento tinha aumentado e soprava seus cabelos escuros como flâmulas.

— Nada é de graça — retrucou Hale, com a irritação de um homem que falara demais, e que também queria um charuto e não podia fumar. — Além disso, seu dinheiro não vale aqui, Rook. — Ele acenou na direção de Ty. — Talvez eu consiga alguma coisa em troca do seu amigo magricela nos círculos certos, mas nada muito significativo.

— Em teoria, quanto? — perguntou Ty com interesse.

Hale parecia irritado.

— Não tanto quanto eu poderia conseguir por Emma Carstairs... e mais ainda só pela cabeça dela.

Ty ficou pálido. Kit sentiu que Ty agora estava se recordando de que o Mercado era verdadeiramente perigoso. Que tudo era verdadeiramente perigoso.

Kit sentiu que a situação estava fugindo do controle.

— Nada de cabeças. Olha, meu pai não confiava em ninguém, Sr. Hale. Você sabe disso. Ele escondeu os itens mais preciosos por toda Los Angeles, enterrados em locais que achava que ninguém nunca encontraria.

— Estou ouvindo — falou Hale.

Kit sabia que essa era a parte mais arriscada.

— Um dos itens está bem aqui no Mercado das Sombras. Uma cópia cravejada de rubis dos Manuscritos Vermelhos de Magia.

A puca deu um assobio, longo e baixinho.

— Você pode ficar com ele, e mais: pode ficar com ele de graça — falou Kit. — Tudo o que você precisa fazer é nos deixar entrar no Mercado das Sombras de novo. Livre comércio.

Hale balançou a cabeça, arrependido.

— Agora eu realmente queria um charuto para comemorar — falou ele. — Eu já encontrei isso, garotinho tolo. Nós reviramos a barraca do seu pai antes de ele ser morto pelos Mantis. — Ele se afastou, então fez uma pausa e olhou para trás mais uma vez. O luar parecia refletir na pele branca e escamosa. — Vocês estão pisando em terreno perigoso, crianças. Saiam do Submundo antes que alguém mate vocês. Essa pessoa poderia até ser eu.

Uma língua bifurcada apareceu entre os dentes e lambeu os lábios. Kit recuou, enojado, enquanto Hale desaparecia dentro do Mercado e era engolido pelas multidões.

Kit não conseguia olhar para Ty. Era como se tivessem lhe arrancado o fôlego, surpresa e vergonha disputando igualmente para revirar seu estômago.

— Eu... — começou ele.

— Você devia simplesmente ter dito a senha — observou a puca.

Sua paciência tinha acabado, e Kit lentamente ergueu o dedo do meio.

— Toma a sua senha.

Ty abafou uma risadinha e agarrou a manga de Kit.

— Vem — falou. — Vamos sair daqui.

— Eu tenho a honra de anunciar — começou Horace Dearborn — que o Registro dos Integrantes do Submundo que propomos está prestes a se tornar realidade.

O som que percorreu as fileiras de Nephilim sentados no Salão do Conselho era difícil de se decifrar. Para Diana, era como o rugido de um animal afugentando outra fera faminta de sua presa.

Horace estava de pé, as mãos cruzadas atrás das costas e um sorriso inexpressivo no rosto. Do lado esquerdo, estava Zara, com todas as insígnias dos Centuriões e os cabelos trançados, formando uma coroa em torno da cabeça. Do lado direito, via-se Manuel, com expressão cuidadosamente vazia, e os olhos dançando, cheios de malícia. Era como se fossem uma chacota horrível de um retrato de família.

— Todos os Institutos terão um curto período para registrar os integrantes do Submundo de sua região — falou Horace. — Já nas primeiras semanas da Lei em vigor, os diretores dos Institutos devem cumprir uma cota de registros, a qual será baseada nas populações do Submundo locais.

Diana se sentou, deixando que as palavras dele a invadissem em ondas de horror. Não conseguiu evitar desviar o olhar para Jia, que ocupava uma cadeira de madeira alta, na beirada do estrado. O rosto dela era a máscara mais tensa. Diana não podia deixar de se perguntar se isso era mais extremo até do que Jia temera que Horace fosse propor.

— E se os integrantes do Submundo se recusarem? — perguntou alguém do público.

— Então eles perderão a proteção concedida pelos Acordos — respondeu Zara, e Diana sentiu seu corpo inteirinho esfriar. Perder a proteção dos Acordos significava que um Caçador de Sombras poderia matar um integrante do Submundo na rua sem motivo algum, e que não haveria consequências.

— Nós entendemos que será uma grande quantidade de trabalho para os Institutos, mas é importante que haja cooperação total, para o bem de todos os Caçadores de Sombras.

— Cada integrante do Submundo registrado receberá um número — falou Horace. — Se um deles for parado por um Caçador de Sombras, por uma razão qualquer, em qualquer lugar, pode ser que precise informar este número.

O burburinho no recinto agora definitivamente demonstrava um aumento da preocupação.

— Pensem nisso como um tipo de cartão de identificação — falou Manuel.

— Segurança e responsabilidade são nossas duas principais preocupações.

— Eu quero a opinião da Consulesa! — gritou Carmen Rosales Delgado, diretora do Instituto da Cidade do México, em meio ao público. Era a mãe de Cristina e se parecia com a filha em muitas coisas.

Horace pareceu irritado; tecnicamente, como era ele que estava propondo a nova Lei, ele ocupava o estrado e podia falar por alguns minutos sem ser interrompido. Para Diana, era como se ele já estivesse discursando há anos.

Ele fez um gesto pouco gracioso para Jia, que apertou os braços da cadeira com força.

— Minha opinião é de que esta Lei não é uma boa ideia — falou. — Os integrantes do Submundo resistirão ao que vão considerar um grande abuso da parte dos Nephilim. Ela estabelece uma atmosfera de desconfiança.

— Isso é porque nós não podemos confiar neles — falou Manuel. Ouviram-se gargalhadas no fundo do salão.

Diana não estava aguentando mais. E ficou de pé.

— Tenho uma pergunta para o Inquisidor!

Horace a encarou com olhos semicerrados.

— Vamos ouvir perguntas e comentários mais tarde, *Diana*.

Diana não gostou da ênfase que ele deu ao seu nome. Como se o considerasse desagradável. Provavelmente Zara contara várias mentiras sobre Diana ao pai; certa vez Diana humilhara Zara na frente dos colegas Centuriões. Narcisistas como Zara jamais se esqueciam dos insultos que ouviam.

— Deixe que ela fale — pediu Jia. — Todos no Conselho têm voz.

Intensamente consciente dos olhares em cima dela, Diana falou:

— Isso parece uma atitude sem importância, mas não vai parecer tão irrelevante assim para o Submundo. Terá repercussões. Mesmo que o Registro seja temporário, sempre haverá razões para prolongá-lo. É mais difícil destruir esse tipo de estrutura do que construí-la. Nós podemos enfrentar uma situação na qual os integrantes do Submundo insistam para que os Caçadores de Sombras também sejam registrados, por uma questão de igualdade. Vocês estão preparados para uma situação em que os *Nephilim* tenham que carregar sua documentação para todo lado?

O gesto teve o efeito desejado. O Conselho irrompeu num zumbido irritado.

— Não! Nunca! — rebateu Dearborn.

— Então isso efetivamente cria uma subclasse de integrantes do Submundo — concluiu Diana. — Nós teremos direitos e eles não. Pensem nisso.

— E por que essa ideia a incomoda tanto, Diana Wrayburn? — perguntou Manuel com sua voz suave e charmosa. Os olhos reluziam como mármore. — Tem algum integrante do Submundo, talvez uma pessoa querida para você, que você teme que seja afetada?

— Muitos Caçadores de Sombras têm pessoas queridas no Submundo — falou Diana num tom calmo. — Você não pode nos separar de um grupo de seres humanos que têm mais em comum conosco do que os mundanos.

Diana sabia a resposta para isso: *Nós não temos medo dos mundanos. É o Submundo que tememos, e nós queremos controlar o que tememos.* Mas era improvável que Horace tivesse esse tipo de noção. Ele a observou com evidente desprezo quando ela se sentou.

— Evidentemente, a questão é complexa — falou Jia, pondo-se de pé. — Sugiro adiar a votação por uma semana até que o Conselho tenha tido tempo de entender *todas* as suas ramificações.

Horace desviou o olhar severo para ela, mas nada disse. O Conselho agora era um murmúrio de alívio, e até mesmo Horace Dearborn sabia que não era uma boa ideia bater de frente contra a opinião popular durante uma votação. Ele permaneceu no estrado quando a reunião foi encerrada, os seguidores reunidos à sua volta num grupo denso.

Sentindo-se cansada além da conta, Diana caminhou para uma das saídas. Era como se tivesse sido convocada para testemunhar uma execução sanguinária apenas para então ver a vítima ser poupada por mais uma semana. O alívio se misturava ao medo do que o futuro traria.

— Diana! — chamou uma vozinha, com forte sotaque, atrás dela. Diana se virou e viu uma das mulheres do Instituto de Barcelona, Trini Castel, se aproximar. Trini pôs a mão semelhante à de um pássaro no braço de Diana.

— Suas palavras foram inspiradoras, Srta. Wrayburn — disse. — Você tem razão ao dizer que direitos, os direitos de qualquer pessoa, não devem ser descartados facilmente.

— Obrigada — falou Diana, mais do que surpresa. Trini lhe deu um sorriso breve e saiu depressa, deixando-a com uma visão nítida do estrado.

Zara estava na beirada, encarando Diana. Sob a luz fraca que entrava pela janela, o ódio puro em seu rosto — intenso demais para ser mero vestígio de um insulto passado — era claro como o dia. Estremecendo, Diana se virou e se apressou para fora do Salão.

A confluência de Linhas Ley da qual Catarina desconfiava se revelou ser um pequeno parque deserto perto da Antelope Valley Freeway, famoso pelas imensas formações de arenito. Tanto Helen quanto Aline pareceram ligeiramente surpresas por Mark e Cristina estarem planejando sair numa patrulha, mas não fizeram nada para impedi-los, como se elas reconhecessem, com relutância, que fazer rondas era algo normal da vida de Caçadores de Sombras, e o quanto antes todos voltassem à vida normal, melhor.

O trajeto de Malibu — eles tinham levado a caminhonete de Diana, deixada no estacionamento do Instituto — fazia Cristina lembrar das viagens de carro com Emma. Janelas abertas, música tocando baixinho nos alto-falantes, a praia se transformando de autoestrada em deserto conforme o sol ia se pondo numa névoa de fogo. As pernas de Mark estavam apoiadas no painel, e às vezes ele virava a cabeça e olhava para ela conforme a viagem prosseguia em silêncio; o peso de seu olhar era como pele contra a pele dela. Como um toque.

O parque Vasquez Rocks fechava ao pôr do sol, e o estacionamento de areia estava vazio quando Cristina entrou e desligou o motor da caminhonete. Eles pegaram as armas na caçamba, fechando os protetores de pulsos e afivelando os cintos de armas. Cristina guardou um espadão e o canivete no cinto, e Mark encontrou um chicote preto com Marcas e o estalou algumas vezes. Exibiu uma expressão de prazer quando o chicote serpenteou o céu que escurecia.

Eles tinham desenhado várias Marcas no corpo antes de sair. Cristina notou o símbolo da Visão Noturna em Mark reluzindo escuro contra o pescoço quando eles passaram sob as luzes da guarita e cruzaram a trilha de terra que rasgava através dos arbustos entre rochas contorcidas e dobradas como envelopes.

Cristina respirou fundo. De todas as coisas que ela adorava na Califórnia, uma de suas favoritas era o cheiro do deserto: o ar puro misturado a zimbro, uva-ursina e sálvia. O céu se abria como um segredo contado, salpicado com um milhão de estrelas.

Passaram por uma placa de madeira que sinalizava uma trilha justamente quando uma imensa formação rochosa se ergueu à frente, quase bloqueando a lua.

— A confluência das Linhas Ley — falou Mark, apontando.

Cristina não perguntou como ele sabia; as fadas tinham um sentido para essas coisas. Eles se aproximaram das rochas, que se erguiam em blocos inclinados, como os restos de uma nave espacial que tivesse colidido com a areia. As botas de Cristina esmagavam a areia, o som alto em seus ouvidos graças à Marca de Audição.

Um som agudo, semelhante ao de um inseto, zumbiu atrás dela. Ela se virou. Mark franziu a testa para o Sensor em sua mão.

— Está fazendo um zumbido, mas não é nada que eu já tenha ouvido — falou ele.

Cristina deu a volta lentamente. O deserto se estendia ao redor, um tapete de preto, marrom e ouro escuro. O céu era um veludo preto.

— Não vejo nada.

— A gente devia esperar aqui — disse Mark. — E ver se acontece de novo.

Cristina não estava disposta a ficar por ali sob a lua romântica com Mark.

— Acho que a gente devia continuar andando.

— Cristina — falou Mark —, você parece irada comigo.

Cristina revirou os olhos.

— Nada passa despercebido para você, Mark Blackthorn.

Mark baixou o Sensor.

— Na noite passada... não é que eu não quisesse... eu *queria*...

Cristina corou furiosamente.

— Não é isso, Mark — falou. — Você tem permissão para querer ou não. É problema seu. É que você mentiu.

— Humanos mentem — retrucou ele, e os olhos bicolores subitamente arderam. — Mortais mentem uns para os outros todos os dias, especialmente em questões de amor. A minha mentira não foi boa o suficiente? Eu deveria ter praticado mais?

— Não! — Ela girou para ele. — Eu gosto do fato de você não mentir, Mark. Por isso eu fiquei tão... Mark, você não entende? Eu não imaginava que você iria mentir para mim.

— Você me viu mentir para Kieran — falou ele.

— Sim, mas foi para salvar vidas — disse ela. — E a menos que você me diga que recusar sexo comigo tem algo a ver com salvar vidas, coisa que eu acho difícil de acreditar...

Rainha do Ar e da Escuridão

— Eu queria! — explodiu Mark. — Uma coisa que você deve entender... eu queria ficar com você daquele jeito, e de todos os jeitos, e isso não é uma mentira.

Cristina se sentou numa rocha baixa. Seu coração estava acelerado. Ela havia acabado de dizer a palavra "sexo", e isso a deixou terrivelmente envergonhada.

— Então eu não entendo por que você fez o que fez — falou em voz baixa.

— Você estava tentando poupar alguém? Kieran?

— Eu estava tentando te poupar — falou ele, com voz dura e sombria, como gelo no fim do inverno.

— Me poupar de quê?

— Você sabe quem você é! — gritou Mark, e a assustou. Cristina ergueu o olhar para ele, sem entender. Era como se ela fosse uma desconhecida, para ele ou para qualquer um. Do que ele estava falando? — Kieran te chamou de princesa dos Nephilim, e com razão — falou ele. A lua estava totalmente cheia e a luz branca e prateada iluminava os cabelos dele como um halo. Iluminava seus olhos também; grandes, dourados e azuis, e cheios de dor. — Você é um dos melhores exemplos do nosso povo que já conheci: brilhante, justa e virtuosa. Você é tudo de bom em que consigo pensar, e tudo o que eu gostaria de ser e sei que jamais serei páreo. Não quero que você faça nada de que vá se arrepender mais tarde. Não quero que depois você perceba o quanto se afastou dos seus padrões ao ficar comigo.

— *Mark*! — Ela se levantou da pedra no mesmo instante e foi até ele. Ouviu a pancada de alguma coisa no chão e abraçou Mark, apertando-o com força.

Por um momento, ele se manteve rígido e imóvel. Depois, amoleceu de encontro a ela, retribuindo o abraço, e os lábios roçaram a bochecha e as mechas macias do cabelo dela que tinham escapado da trança.

— Cristina — murmurou ele.

Ela se afastou o suficiente para tocar o rosto dele, e os dedos traçaram o contorno das maçãs do rosto. A pele tinha aquela maciez impossível das fadas, consequência de nunca ter precisado do toque de uma navalha.

— Mark Blackthorn — disse ela, e estremeceu profundamente ao olhar nos olhos dele. — Eu queria que você pudesse se ver como eu vejo. Você é tantas coisas que eu nunca imaginei querer, mas eu quero. Eu quero todas as coisas com você.

Ele a apertou mais; e aí a aninhou junto ao corpo como se estivesse envolvendo braçadas de flores. Os lábios percorreram a bochecha de Cristina, a mandíbula; finalmente, as bocas se encontraram, ardentes no ar frio, e Cristina arfou brevemente, com um desejo que percorreu todo o corpo, lancinante como a ponta de uma flecha.

Ele tinha gosto de mel e vinho das fadas. Eles cambalearam para trás até encostar numa pilha de rochas. As mãos de Mark logo estavam no casaco do uniforme dela, e ele as deslizou para dentro da peça, para debaixo da camiseta, como se estivesse desesperado para tocar a pele. Aí murmurou palavras como "linda" e "perfeita", e Cristina sorriu e passou a língua lentamente pelo lábio inferior dele, fazendo-o arfar como se ela o tivesse esfaqueado. Ele gemeu, impotente, e a puxou com mais força.

O Sensor zumbiu, alta e demoradamente.

Eles se separaram num sobressalto, arfando. Cristina fechou o casaco com mãos trêmulas ao mesmo tempo que Mark se abaixou, desajeitado, para pegar o Sensor. O troço zumbiu mais uma vez e ambos giraram e observaram ao redor.

— *No mames* — murmurou ela. O alarme fez outro ruído, insistente, e alguma coisa atingiu a lateral do corpo dela com força.

Era Mark. Ele a derrubara no chão; ambos rolavam sobre um trecho irregular e esburacado do terreno quando alguma coisa imensa e escura se ergueu acima deles. Asas negras se abriram como sombras irregulares. Cristina se apoiou no cotovelo, sacou uma adaga Marcada do cinto e a atirou.

Ouviu-se um grasnido alto. A luz enfeitiçada iluminou o céu; Mark estava de joelhos com uma pedra na mão. Acima deles, um imenso demônio de rosto branco, espalhando suas penas como uma capa sombria de trapos, agitava as asas; o cabo da adaga de Cristina se projetava do peito da criatura. O demônio gritou de novo e seu esboço já começava a se borrar ao mesmo tempo que segurava o cabo da arma com suas garras compridas, até que se dobrou feito papel e desapareceu.

— Um demônio Harpia — falou Mark, ficando de pé num salto. Ele esticou a mão para ajudar Cristina a se levantar. — Provavelmente se escondia nas rochas. Por isso o Sensor não captou muito bem.

— É melhor a gente ir embora. — Cristina olhou ao redor. — A julgar pelo Sensor, há outros.

Eles começaram a correr pela trilha de terra, e Cristina olhou para trás para conferir se alguma coisa os seguia.

— Eu só queria deixar claro que não arquitetei a interrupção do demônio Harpia — falou Mark — e que, de fato, estava ansioso para continuar nosso intercurso sexual.

Cristina suspirou.

— Bom saber. — Ela correu para o lado, através de alguns arbustos baixinhos de sálvia. Ao longe, via o metal reluzindo na caminhonete estacionada. Mark desacelerou seus passos.

— Cristina. Veja.

A menina olhou ao redor.

— Eu não estou vendo...

— Olhe para baixo — falou, e ela obedeceu.

Ela se lembrou de ter achado que suas botas estavam esmagando a areia de uma forma estranha. Agora percebia que não era areia. À sua volta, estendia-se uma paisagem lunar desoladora num raio de cinco metros. Os arbustos de sálvia e as suculentas estavam secos, num tom branco acinzentado, semelhante a ossos velhos. Era como se um incêndio incontrolável tivesse queimado a areia, e os esqueletos de lebres e cobras se espalhavam entre as rochas.

— É a praga — falou Mark. — A mesma que vimos no Reino das Fadas.

— Mas por que estaria aqui? — quis saber Cristina, admirada. — O que as Linhas Ley têm a ver com a praga? Não é magia de fadas?

Mark balançou a cabeça.

— Eu não...

Um coro de gritos agudos cortou o ar. Cristina deu meia-volta, levantando uma nuvem de poeira, e viu sombras se erguendo do deserto em volta. Agora dava para ver direito: os demônios pareciam pássaros por terem asas. Mas aquilo que se assemelhava a penas era, na verdade, trapos pretos pendurados que envolviam os corpos brancos emaciados. Suas bocas estavam tão cheias de dentes tortos e serrilhados que era como se estivessem sorrindo grotescamente. Seus olhos eram bulbos amarelos ressaltados com pupilas redondas e negras.

— Mas o Sensor — murmurou ela. — Ele não disparou. Ele não...

— Corra — falou Mark, e eles fugiam ao mesmo tempo que os demônios Harpia gritavam e gargalhavam durante o voo. Uma pedra atingiu o solo, bem perto de Cristina, e outra por pouco não acertou a cabeça de Mark.

Cristina queria se virar e lançar seu canivete no demônio mais próximo, mas era muito difícil mirar em plena fuga. Ela ouvia Mark xingando enquanto se desviava de pedras do tamanho de bolas de beisebol. Uma delas acertou dolorosamente a mão de Cristina quando eles alcançaram a caminhonete e ela abriu a porta com força; Mark entrou do outro lado e, por um momento, eles se sentaram, arfando, enquanto rochas atingiam a carroceria feito granizo.

— Diana não vai ficar feliz com o estrago no carro — falou Mark.

— A gente tem problemas maiores. — Cristina enfiou as chaves na ignição; o veículo sacolejou, deu ré... e parou. O som das pedras batendo no teto de metal também tinha cessado, e, de repente, o silêncio pareceu sinistro. — O que está acontecendo? — quis saber, pisando forte no acelerador.

— Saia! — gritou Mark. — Nós temos que sair!

Ele agarrou o braço de Cristina, puxando-a. Ambos saíram atabalhoados pela porta do passageiro enquanto a caminhonete era erguida pelos ares, e Cristina terminou aterrissando de modo estranho, com metade do corpo em cima de Mark.

Ela torceu o corpo para ver os demônios Harpia agarrando o carro, as garras perfurando as laterais de metal da caçamba e se enterrando pelos frisos das janelas. O veículo flutuava e os demônios Harpia davam gritos e risadinhas enquanto o erguiam no céu — largando-o em seguida.

A caminhonete girou e atingiu o chão com uma explosão tremenda de vidro e metal, rolando de lado até parar na areia. Uma das Harpias se postou em cima dela, como se fosse uma prancha de surfe, joelhos dobrados, grasnando e dando risadas em cima do veículo capotado.

Cristina se pôs de pé com um pulo e foi até a caminhonete. Conforme se aproximava, sentia o odor de gasolina vazando. A Harpia, estúpida demais para perceber o perigo, virou o rosto sorridente, de um tom branco morto, na direção dela.

— *As pedras são nosso lar* — sibilou para ela. — *Envenenado. O melhor lugar.*

— *Cállate!* — falou Cristina rispidamente, desembainhando a espada e cortando a cabeça do demônio.

Icor explodiu num jato, mesmo quando o corpo da Harpia se dobrou e desapareceu. Os outros demônios então começaram a uivar e mergulharam; Cristina viu um deles avançar velozmente para Mark e gritou seu nome; Mark saltou para cima de uma rocha e dilacerou o bicho com o chicote. Uma linha brilhante de icor marcou o peito da Harpia, que bateu na areia, gorjeando, mas logo já havia outra cruzando o céu. O chicote de Mark se enrolou na garganta do demônio e puxou num tranco, fazendo rolar sua cabeça entre as pedras.

Alguma coisa acertou as costas de Cristina; ela gritou quando seus pés deixaram o solo. Uma Harpia tinha afundado as garras nas costas do casaco de seu uniforme e a erguia em pleno ar. Ela pensou nas histórias sobre águias que voavam alto com sua presa e então a soltavam, deixando seus corpos se arrebentarem na terra abaixo. O solo já estava se afastando com uma velocidade terrível.

Com um grito de medo e raiva, ela deu um golpe para cima e para trás com a espada, arrancado as patas da Harpia bem nas juntas. O demônio grasnou e

Cristina rolou em pleno ar, a espada caindo de sua mão, e ela esticando o braço como se pudesse segurar alguma coisa para diminuir a velocidade da queda...

Alguma coisa a agarrou no céu.

Ela arfou quando sentiu a mão segurando seu cotovelo e puxando-a de lado para então pousá-la desengonçada sobre alguma coisa quente e viva. Um cavalo alado. Ela arfou e tentou se agarrar a alguma coisa, afundando os dedos na crina da criatura enquanto o animal imergia e mergulhava.

— Cristina! Fique quieta!

Era Kieran. Kieran estava atrás dela, um dos braços em torno de sua cintura, puxando-a para si. Cristina sentiu uma espécie de choque elétrico percorrer seu corpo. Os olhos de Kieran estavam arregalados, o cabelo estava preto e azul-escuro, e ela percebeu no mesmo instante que o cavalo era Lança do Vento, mesmo enquanto o corcel se lançava para baixo, em meio à multidão de Harpias, na direção de Mark.

— Kieran... cuidado... — gritou ela quando os demônios Harpia voltaram sua atenção para Lança do Vento, os olhos amarelos e ressaltados girando como luzes de farol.

Kieran esticou o braço e Cristina sentiu mais uma vez a descarga elétrica contundente em seu corpo. Um fogo branco brilhou e os demônios Harpia se encolheram quando Lança do Vento aterrissou suavemente diante de Mark.

— Mark! Para cá! — gritou Kieran. Mark olhou na direção dele e sorriu. Foi um sorriso de Caçador, um sorriso de batalha, cheio de dentes, antes de decapitar uma última Harpia com um golpe do chicote. Salpicado de sangue e icor, Mark pulou no cavalo atrás de Kieran, passando os braços em volta da cintura do outro. Lança do Vento saltou no ar e as Harpias o seguiram, com as bocas sorridentes abertas, exibindo fileiras de dentes semelhantes aos de tubarões.

Kieran gritou alguma coisa num dialeto de fada que Cristina não conhecia, e Lança do Vento se inclinou num ângulo impossível. O cavalo se lançou para cima como uma flecha no mesmo instante em que a caminhonete abaixo finalmente explodiu e engoliu os demônios Harpia num imenso círculo de chamas.

Diana vai ficar muito zangada por causa da caminhonete, pensou Cristina, e desabou contra a crina de Lança do Vento enquanto o cavalo fada traçava um círculo sob as nuvens, virando e então voando em direção ao oceano.

Kit nunca havia estado no telhado do Instituto de Los Angeles. E tinha que admitir que a vista era melhor do que a do Instituto de Londres, a menos que você gostasse muito de arranha-céus. Aqui dava para ver o deserto se estendendo atrás da casa até as montanhas. Os cumes tocados pela luz que refletia da cidade no outro lado da serra, os vales em sombra profunda. O céu brilhava com estrelas.

Diante da casa estava o oceano, e sua imensidão era assustadora e gloriosa. Hoje o vento era como dedos leves acariciando sua superfície, deixando trilhas de ondas prateadas.

— Você parece triste — falou Ty. — Você está chateado?

Eles estavam sentados na beirada do telhado, com as pernas balançando no espaço vazio. Provavelmente, era assim que ele deveria viver durante os anos de colégio, pensou Kit, subindo em lugares altos, fazendo bobagens e coisas perigosas que matariam seus pais de preocupação. A questão era que ele não tinha pais a quem preocupar, e que as coisas perigosas que ele costumava fazer eram realmente perigosas.

Ele não temia por si, mas ficava enlouquecido pela segurança de Ty. Ty, que o encarava com apreensão, o olhar cinzento percorrendo seu rosto como se este fosse um livro complicado de se decifrar.

Sim, estou triste, pensou Kit. *Estou preso e frustrado. Queria tanto impressionar você no Mercado das Sombras, fiquei tão envolvido nisso que esqueci de todo o restante. Esqueci que a gente não deveria estar fazendo isso. Que eu não posso te dizer que não deveríamos estar fazendo isso.*

Ty esticou a mão e afastou o cabelo de Kit do rosto, um tipo de gesto distraído que fez Kit sentir alguma coisa, como se tivesse tocado uma cerca elétrica. Ele ficou olhando e Ty falou:

— Você devia cortar o cabelo. Julian costuma cortar os cabelos de Tavvy.

— Julian não está aqui — retrucou Kit. — E eu não sei se quero que ele corte meu cabelo.

— Ele não é ruim nisso, não. — Ty baixou a mão. — Você falou que seu pai escondeu coisas por toda Los Angeles. Tem alguma coisa que poderia ser útil para a gente?

Seu pai. Como se Julian fosse pai de Tavvy. Mas, por outro lado, ele era mesmo, de certa forma.

— Nada com necromancia — falou Kit.

Ty pareceu decepcionado. Ainda tonto devido ao choque, Kit não conseguia suportar mais isso. Tinha que dar um jeito na expressão de Ty.

— Sabe... nós tentamos a abordagem direta. Agora temos que tentar a astúcia.

— Eu não entendo muito disso — disse Ty. — Já li um livro, mas não entendo como é que as pessoas se deixam enganar.

Os olhos de Kit baixaram para o medalhão dourado no pescoço de Ty. Ainda havia sangue nele. Mas pareciam manchas de ferrugem.

— Não tem a ver com convencer as pessoas a acreditarem no que você quer que elas acreditem. É fazer com que acreditem naquilo que elas querem acreditar. É dar a elas o que elas acham que precisam.

Ty ergueu o olhar; embora não tivesse encarado os olhos de Kit, foi possível notar a expressão deles, a consciência neles. *Será que ele está entendendo?*, pensou Kit, num misto de alívio e apreensão.

Ty ficou de pé num pulo.

— Tenho que mandar uma mensagem de fogo a Hypatia Vex — falou.

Isso não era de forma alguma o que Kit esperava que ele fosse dizer.

— Por quê? Ela já disse que não vai nos ajudar.

— Ela disse. Mas Shade disse que ela sempre quis liderar o Mercado das Sombras. — Ty deu um sorriso de lado e, nesse momento, ficou a cara de Julian, embora os dois fossem diferentes. — E é disso que ela acha que precisa.

O céu era uma estrada e as estrelas formavam trilhas; a lua era uma torre de vigia, um farol que conduzia ao lar.

Estar na garupa de Lança do Vento era, ao mesmo tempo, estranho e extremamente familiar para Mark. Assim como estar abraçado a Kieran. Ele tinha voado através de tantos céus junto ao príncipe fada, sentindo o corpo de Kieran, sua força, o leve odor salgado de mar de sua pele e de seus cabelos, que aquilo já estava mapeado no sangue de Mark.

Ao mesmo tempo, ele ouvia Cristina, a risada dela, via quando ela se inclinava para apontar marcos que lampejavam logo abaixo. Ela havia perguntado a Kieran se eles podiam voar sobre o letreiro de Hollywood e Kieran aquiescera; Kieran, que sempre recusava esse tipo de coisa.

E o coração de Mark se agitou com as risadas dela; se agitou ao tocar Kieran; novamente ele estava entre ambos, assim como estivera em Londres, e embora a agitação mexesse com seus nervos diante de tal ideia, ele não conseguiria fingir que não estava feliz por ter Kieran de volta.

Kieran desceu com Lança do Vento no terreno atrás do Instituto. Tudo estava em silêncio, quebrado apenas pelo chilrear das cigarras. Era difícil acreditar que dez minutos atrás eles estavam numa batalha mortal contra demônios Harpia.

— Você está bem? — perguntou Cristina, franzindo a testa ao descer do cavalo. — Não parece.

Levando um susto, Mark se deu conta de que ela estava falando com Kieran. E que Cristina tinha razão. Ele chegara a Vasquez Rocks quase estalando de tanta energia. Era um tipo de magia selvagem e sobrenatural que Mark associava à família real, mas que nunca tinha visto Kieran empregar até então.

Mas a energia parecia tê-lo abandonado; ele apoiou uma das mãos na lateral de Lança do Vento, ofegante. Havia sangue em suas mãos, na gola e na pele; o rosto havia perdido toda a cor.

Mark deu um passo adiante e hesitou. Lembrou-se de Kieran rompendo o relacionamento.

— Não sabia que tinha se ferido nas rochas, Kier — falou ele.

— Não. Isso aconteceu na Scholomance.

— Por que você saiu de lá? — perguntou Cristina.

— Tem uma coisa que preciso contar. — Kieran se encolheu e deu um tapa no flanco de Lança do Vento. O cavalo relinchou e trotou para as sombras, misturando-se à escuridão.

— Primeiro, vamos levá-lo para cima. — Cristina olhou para Mark como se esperasse uma oferta para auxiliar Kieran. Como não houve iniciativa, ela se postou junto ao príncipe fada, posicionando o braço dele ao redor do ombro dela. — Nós temos que ver as extensões dos seus ferimentos.

— É importante... — começou Kieran.

— Isto aqui também é. — Cristina avançou com Kieran apoiado nela. Mark então não aguentou mais; pôs-se do outro lado do príncipe fada e, juntos, entraram na casa, com Kieran mancando entre eles.

— Obrigado, Mark — falou Kieran, em voz baixa.

Quando Mark arriscou um olhar de soslaio, não viu raiva nos olhos dele, mas Kieran não tinha ficado zangado da última vez que estiveram juntos? Será que se esquecera de que Mark o tratara mal? Não era da natureza dos príncipes esquecer os erros ou perdoar.

Cristina estava falando alguma coisa sobre água e comida; a mente de Mark era um turbilhão e, por um momento, quando entraram na cozinha, ele piscou, confuso. Pensara que iam para um dos quartos. Cristina ajudou Mark a ajeitar Kieran numa cadeira antes de ir até a pia pegar toalhas úmidas e sabão.

— Eu tenho que contar a vocês o que descobri — estava dizendo Kieran; tinha se empoleirado na cadeira, todo pernas compridas, roupas escuras e estranhas, e olhos ardentes. O cabelo reluzia num tom azul-escuro. Ele parecia uma fada deslocada no mundo humano, e aquilo atingiu Mark com uma solidariedade dolorosa misturada a um temor de que ele também pudesse transparecer a mesma coisa.

— Deixe-me ver seu rosto. — Cristina tocou Kieran com dedos gentis; ele se inclinou na direção do toque, e Mark não pôde culpá-lo.

Rainha do Ar e da Escuridão

— O que está acontecendo? — A luz clareou tudo na cozinha; era Helen, segurando uma pedra Marcada. — Alguém se machucou?

Mark e Cristina trocaram olhares assustados; Kieran olhou de um para o outro, lábios entreabertos enquanto assimilava a situação.

— Você ficou acordada esperando a gente? — quis saber Mark. — Já passa da meia-noite.

— Eu estava... não. — Helen baixou o olhar para o moletom, com ar de culpa. — Eu queria um sanduíche. — E semicerrou os olhos para Kieran. — Você trocou a caminhonete de Diana por um príncipe fada?

Kieran ainda a fitava com aquela mesma expressão, e Mark percebeu o que ele deveria estar enxergando: alguém que era tão nitidamente irmã de Mark, tão nitidamente a Helen a quem Mark se referira com tanta dor por tantos anos na Caçada.

Ele se pôs de pé e cruzou o cômodo até Helen. Ergueu a mão livre dela e beijou suas costas.

— A amada irmã do meu amado Mark. É uma alegria ver você bem e reunida à sua família.

— Gostei dele — falou Helen para Mark.

Kieran baixou a mão dela.

— Permita-me compartilhar minha tristeza pelo falecimento de sua irmã Livia — falou ele. — É uma pena ver uma estrela tão brilhante e bela se apagar prematuramente.

— Sim. — Os olhos de Helen brilharam. — Obrigada.

Eu não compreendo. Era como se Mark estivesse num sonho. Ele tinha imaginado Kieran conhecendo sua família, mas não desse jeito, e Kieran jamais fora tão gracioso, nem mesmo na imaginação de Mark.

— Talvez todos devêssemos nos sentar — falou Helen. — Acho que é melhor eu ouvir o que aconteceu hoje à noite na sua "patrulha normal". — Ela ergueu uma sobrancelha para Mark.

— Primeiro, eu tenho que contar o que aconteceu na Scholomance — falou Kieran com firmeza. — É peremptório.

— O que houve? — perguntou Cristina. — Pensei que seria seguro para você lá...

— Foi, por um breve período — retrucou Kieran. — Então a Tropa voltou de Idris e me descobriu. Mas essa história tem que esperar. Vim trazer notícias. — Ele olhou ao redor, para os rostos em expectativa. — O Inquisidor da Clave mandou Emma e Julian numa missão secreta ao Reino das Fadas. Não é esperado que eles voltem nem que sobrevivam.

Mark sentiu o corpo todo adormecer.

— Como assim?

— É uma missão perigosa... e mandaram uma pessoa atrás deles para garantir que eles não tenham sucesso... — Arfando, Kieran desabou de volta em sua cadeira, a aparência terrivelmente pálida.

Mark e Cristina se esticaram ao mesmo tempo para ampará-lo. Ambos se entreolharam, com alguma surpresa, por cima da cabeça abaixada de Kieran.

— Kieran, você está sangrando! — exclamou Cristina, tirando a mão do ombro dele. Estava manchada de sangue.

— Não é nada — falou Kieran com voz rouca. Não era exatamente uma mentira. Mark tinha certeza de que o outro acreditava piamente que não era grave, mas seu rosto pálido e os olhos febris contavam outra história.

— Kier, você não está bem — falou Mark. — Deve descansar. Você não pode ajudar ninguém nesta condição.

— Concordo. — Cristina se levantou, a mão ainda vermelha com o sangue de Kieran. — Nós temos que cuidar de seus ferimentos imediatamente.

— Você mudou, filho dos espinhos — falou a Rainha.

Ela passara uns bons minutos em silêncio enquanto guardas e espectadores abandonavam o cômodo. E mesmo agora Julian não acreditava totalmente que estivessem a sós. Quem saberia o que sprites ou cluricauns podiam esconder entre as sombras?

Julian ficara andando para lá e para cá, incitado por uma inquietação que não conseguia explicar. Daí, mais uma vez, ele era capaz de explicar pouca coisa do que vinha sentindo nos últimos dias. Havia impulsos que ele seguia, outros que evitava, raivas e aversões, e até esperanças, mas ele era incapaz de explicar a emoção que o levara a matar Dane ou o que sentira em seguida. Era como se as palavras de que necessitava para descrever seus sentimentos tivessem desaparecido do vocabulário mental dele.

Ele se lembrou de que certa vez alguém lhe dissera que as últimas palavras de Sebastian Morgenstern tinham sido: *Eu nunca me senti tão leve*. Ele também se sentia leve depois de ter se livrado de um fardo de medo constante e do desejo que se acostumara tanto a carregar a ponto de nem mais notá-lo. Ainda assim, bem lá no fundo, o pensamento de Sebastian lhe causava calafrios. Era errado sentir leveza?

Agora ele estava consciente da impaciência e de uma noção, embora distante, de que brincava com fogo. Mas tal noção não estava acompanhada de medo ou agitação. Era distante. Clínica.

— Estamos a sós — falou a Rainha. — Poderíamos nos divertir.

Agora ele a encarava. O trono havia mudado, e ela também. Parecia estar aninhada ao longo das almofadas de um divã vermelho, os cabelos acobreados caídos ao seu redor. Estava bela de um jeito radiante, o esboço emaciado do rosto repleto de juventude e saúde, os olhos castanhos reluzindo.

Os olhos da Rainha são azuis. Os de Emma é que são castanhos.

Mas o que ele via não mudou; os olhos da Rainha eram da cor de pedras olho-de-tigre e brilharam quando ela o fitou. Seu vestido era de cetim branco, e quando ela movimentou uma perna lentamente, deslizando o dedão do pé pela panturrilha oposta, o vestido se abriu na fenda e revelou as pernas até a altura do quadril.

— Isso é um feitiço de disfarce — falou Julian. — Eu sei o que está por baixo.

Ela apoiou o queixo na mão.

— A maioria das pessoas não ousaria falar desse modo com a Rainha Seelie.

— A maioria das pessoas não tem algo que a Rainha Seelie quer — falou Julian. Ele não sentia nada ao olhar para a Rainha: ela era linda, mas ele não poderia tê-la desejado menos se fosse uma linda pedra ou um lindo pôr do sol.

Ela semicerrou os olhos e eles lampejaram e voltaram a ser azuis.

— De fato, você está diferente — falou. — Mais parecido com uma fada.

— Estou melhor — disse ele.

— Mesmo? — A Rainha se sentou lentamente, o vestido sedoso se reacomodando no corpo. — Meu povo tem um provérbio, sobre os mortais que trazemos aqui: *Na Terra das Fadas, não há lamentações nem alegrias para os mortais.*

— E por que isso? — perguntou Julian.

Ela riu.

— Você já se perguntou o que é que atrai os mortais a viverem entre as fadas e a nos servirem, filho dos espinhos? Escolhemos aqueles que perderam alguma coisa e prometemos aquilo que os humanos mais desejam: o fim da tristeza e do sofrimento. Mal sabem eles que assim que entram em nossas Terras, estão na jaula e nunca mais sentirão felicidade. — Ela se inclinou para a frente. — Você está nessa jaula, menino.

Um calafrio percorreu a coluna de Julian. Era atávico, primitivo, como o impulso que o levara a escalar a pira de Livvy.

— Você está tentando me distrair, milady. Que tal me dar o que prometeu?

— O que você acha da ligação *parabatai* agora? Parece que você não liga mais para Emma. Eu vi no modo como ela olhava para você. Como se sentisse sua falta, embora você estivesse ao lado dela.

— As ligações — falou Julian entre dentes. — Como elas podem ser quebradas? — Sua cabeça latejava. Talvez ele estivesse desidratado.

— Muito bem. — A Rainha se recostou e deixou que seus longos cabelos caíssem sobre a lateral do divã, e até o chão. — Mas talvez isso não lhe agrade.

— Fale.

— A Marca *parabatai* tem uma fraqueza que nenhuma outra Marca tem, porque foi criada por Jonathan Caçador de Sombras, e não pelo Anjo Raziel — falou a Rainha. Conforme falava, desenhava no ar com a ponta dos dedos em espirais preguiçosas. — A Marca *parabatai* original, gravada por Jonathan Caçador de Sombras e David, o Silencioso está guardada na Cidade do Silêncio. Se for destruída, todas as Marcas *parabatai* no mundo serão quebradas.

Julian mal conseguia respirar. Seu coração martelava contra o peito. Todas as ligações no mundo. Quebradas. Ele ainda não conseguia explicar o que sentia, mas a intensidade daquilo o fazia sentir como se estivesse explodindo e saindo da própria pele.

— Por que não me agradaria ouvir isso? — perguntou ele. — Por que seria difícil?

— Difícil, não. Impossível. Ora, mas nem sempre foi impossível — falou a Rainha, sentando-se aprumada e dando um sorriso irônico para ele. — Quando falei com você sobre isso da primeira vez, foi de boa-fé. Mas as coisas mudaram.

— O que quer dizer? — quis saber Julian. — Como foi que as coisas mudaram?

— Eu quero dizer que só há um jeito de destruir a Marca — falou a Rainha. — Ela deve ser destruída pela Espada Mortal.

11

Outro Mar Distante e Menos Quieto

O ferimento era comprido, mas não profundo, um corte no braço direito de Kieran. Ele estava sentado na cama, em um dos quartos de hóspedes vazios do Instituto, e trincava os dentes. Cristina tinha cortado a manga da roupa com o canivete, Mark estava encostado na parede próxima e observava.

Cristina ficara surpresa ao constatar como Kieran era musculoso; mesmo depois de ele tê-la carregado em Londres, ela sempre pensara nas fadas como criaturas delicadas, de ossos frágeis. E ele era assim, mas também havia vigor ali. Parecia que seus músculos envolviam os ossos com mais força do que os dos humanos, conferindo ao corpo uma força esguia, flexível.

Cuidadosamente, ela terminou de limpar o sangue do corte e roçou os dedos sobre a pele ao redor. Kieran estremeceu, semicerrando os olhos. Ela sentiu uma pontadinha de culpa por ter incitado a dor nele.

— Não vejo sinal de infecção nem necessidade de dar pontos na ferida — falou ela. — Um curativo vai resolver.

Kieran a olhou de soslaio. Era difícil distinguir a expressão dele nas sombras: havia somente um abajur no cômodo, por isso a penumbra tomava a maior parte do ambiente.

— Sinto muito por causar problemas — falou ele em voz baixa. Uma voz da noite, cautelosa para não acordar quem pudesse estar dormindo. — A vocês dois.

— Você não trouxe problema — falou Mark, a voz rouca de cansaço. — Você nos trouxe informações que podem ajudar a salvar a vida das pessoas que amamos. Somos gratos por isso.

Kieran franziu a testa, como se não gostasse muito da palavra "grato". Antes que Cristina pudesse acrescentar alguma coisa, um grito cortou a noite: um uivo de terror infeliz.

Mesmo sabendo do que se tratava, Cristina estremeceu.

— Tavvy — falou.

— Ele está tendo um pesadelo — confirmou Mark.

— Pobre criança — disse Kieran. — Os terrores noturnos são de fato penosos.

— Ele vai ficar bem — falou Mark, embora a preocupação anuviasse sua expressão. — Graças ao Anjo, ele não estava lá quando Livvy morreu, mas acho que ouviu o burburinho. Talvez a gente não devesse tê-lo levado ao funeral. Ver as piras...

— Acho que essas coisas são um consolo — emendou Cristina. — Acho que permitem que nossas almas se despeçam.

A porta se abriu com um rangido — alguém precisava dar um jeito nas dobradiças —, e Helen enfiou a cabeça para dentro, parecendo aflita.

— Mark, você pode dar uma olhada em Tavvy?

Mark hesitou.

— Helen, eu não deveria...

— Por favor. — Helen se apoiou na moldura da porta, exausta. — Ele ainda não está acostumado comigo e não vai parar de chorar.

— Eu vou cuidar de Kieran — falou Cristina, com mais confiança do que sentia de fato.

Mark saiu do quarto, acompanhando Helen, com evidente relutância. Constrangida por ficar a sós com Kieran, Cristina pegou uma atadura e começou a enrolar no braço dele.

— Parece que eu sempre termino cuidando dos seus ferimentos — disse em tom de brincadeira.

Mas Kieran não sorriu.

— Deve ser por isso que sempre desejo o toque das suas mãos toda vez que estou sofrendo.

Cristina o encarou, surpresa. Era evidente que ele estava mais delirante do que ela imaginava. Ela pôs uma das mãos na testa dele: estava ardendo em febre. Ela se perguntou então qual seria a temperatura normal das fadas.

— Deite-se. — E finalizou o curativo. — Você deveria se deitar.

Quando ela se curvou sobre ele, seus cabelos caíram para frente. Kieran ergueu a mão e prendeu um cacho atrás da orelha. Ela ficou imóvel, o coração martelando.

— Fiquei pensando em você na Scholomance — falou ele. — Eu pensava em você toda vez que alguém falava o sobrenome de Diego, Rosales. Eu não conseguia parar de pensar em você.

— Você queria? — A voz de Cristina estremeceu. — Parar de pensar em mim?

Ele tocou os cabelos de Cristina novamente, os dedos leves ao roçar na bochecha. A sensação do toque provocou uma onda de calafrios na pele dela.

— Sei que você e Mark estão juntos. Não sei onde eu me encaixo nisso. — As bochechas de Kieran estavam coradas por causa da febre. — Eu sei o quanto eu magoei vocês dois, sinto aqui no fundo. Eu jamais gostaria de magoar qualquer um de vocês uma segunda vez. Amanhã vou embora daqui e vocês nunca mais vão me ver de novo.

— Não! — exclamou Cristina, com uma intensidade que a surpreendeu. — Não vá embora, não sozinho.

— Cristina. — Ele ergueu a mão direita e a colocou sobre a outra bochecha de Cristina; segurava o rosto dela agora. A pele dele era quente; ela notava as manchas de febre nas bochechas, na clavícula. — Princesa. Você ficará melhor sem mim.

— Não sou uma princesa — falou ela, inclinando-se para ele, com uma das mãos apoiada no cobertor. O rosto de Kieran estava próximo, tão pertinho, que ela via a franja escura de seus cílios em close. — E eu não quero que você vá.

Ele se sentou aprumado, as mãos ainda aninhando o rosto dela. Cristina arfou brevemente e sentiu a própria temperatura subir com o calor do toque, e então as mãos dele foram descendo do rosto para os ombros, até a curva da cintura, puxando-a para mais perto. Ela se deixou cair por cima dele, com o corpo esticado, quadris e peito alinhados. Kieran ficou tenso como a corda de um arco, rijo e arqueado debaixo dela. As mãos dele ardiam em febre, passeando pelos cabelos macios dela.

Cristina apoiou as palmas no peito rijo, que subia e descia rapidamente. Sua mente girava. Queria encostar os lábios na pele delicada da maçã do rosto de Kieran, roçar o queixo dele com beijos. Ela queria e aquele desejo a assustou, a intensidade daquilo.

Nunca tinha sentido tal intensidade por ninguém além de Mark.

Mark. Ela se afastou de Kieran, quase caindo sobre a colcha.

— Kieran, eu... nós não devíamos, você... você está com febre.

Ele rolou e se deitou de lado, os olhos brilhantes enquanto a examinava.

— Eu estou com febre, mas ainda consigo raciocinar. Há muito eu quero abraçar você — falou.

— Você sequer me conhece há tanto tempo assim — murmurou ela, mas sabia que estava mentindo de um jeito muito humano, ocultando suas verdadeiras intenções sob coisas sem importância. A verdade é que ela também desejava Kieran, e desconfiava que isto já viesse acontecendo há algum tempo.

— Deite-se novamente. Você precisa descansar. Teremos todo o tempo do mundo para... para conversar, se você não for embora. — Ela se sentou. — Me prometa que não vai embora.

Kieran desviou o olhar de Cristina, e seus cílios eram como os raios de uma estrela negra.

— Eu não devia ficar. Só vou trazer tristeza para você e para Mark.

— Me *prometa* — sibilou Cristina.

— Prometo que vou ficar — disse ele finalmente. — Mas não posso prometer que você não vá se arrepender por isso.

Nene levou Emma para os mesmos aposentos em que ela e Julian tinham ficado da última vez que estiveram na Corte Seelie. As paredes de quartzo prateado pulsavam com luz baixa, e a cerca de rosas da qual Emma se lembrava não existia mais. Mas a cascata de água continuava a descer furiosamente pela parede de pedras, como se impelida por uma correnteza, desaguando na piscina livre de sombras alguns metros abaixo do soalho.

— É muito gentil da parte de Fergus ter nos cedido seu quarto — falou Emma quando Nene a incitou apressadamente para dentro do cômodo.

— Fergus não tem escolha — falou Nene, serena. — É o desejo da Rainha.

Emma piscou. Isso parecia estranho e nada auspicioso. Que diferença faria para a Rainha o local onde eles iam ficar? Seu olhar percorreu o restante do cômodo e ela viu uma mesa onde poderia pousar sua bolsa, e um sofá feito de videiras entrelaçadas bem apertadas... e franziu a testa.

— Onde está a cama?

— Atrás da cascata, na camarinha de Fergus.

— Na o quê?

— Camarinha. — Nene apontou. Como era de se esperar, alguns degraus de pedra serpenteavam atrás da cortina da queda d'água. Aparentemente, Fergus gostava de ousadias no design. — Qual é o problema com uma camarinha?

— Nenhum — retrucou Emma. — Eu mesma estava pensando em adquirir uma.

Nene deu uma olhadela desconfiada e deixou Emma sozinha. A menina ouviu a chave girar na fechadura quando a porta foi trancada e nem sequer se preocupou em testar a maçaneta. Mesmo que fugisse, não teria meios de descobrir o caminho pelos corredores. E até parece que ela iria a algum lugar sem Julian, que queria ficar ali, de qualquer forma.

A última coisa que queria era dormir, mas tinha aprendido a tirar cochilos a qualquer momento, nas missões. Vestiu a camisola e subiu os degraus de pedra atrás da cascata. Eles conduziam a uma plataforma também de pedra escondida por trás da água.

Apesar do humor terrível, Emma ficou impressionada com a beleza daquilo. A cama era imensa, com uma pilha de travesseiros brancos fofinhos e uma colcha pesada. A queda d'água passava pelos pés da cama numa cortina de prata reluzente; a precipitação e o rugido da água envolviam o espaço, lembrando a Emma de ondas batendo na praia.

Ela afundou na cama.

— Belo quarto — falou, para ninguém em particular. — Desculpe. Camarinha.

Hora de dormir, concluiu. E deitou; mas de olhos fechados a primeira imagem que veio até ela foi a de Julian abraçado ao corpo de Livvy no Salão do Conselho. O rosto contra os cabelos dela, molhados de sangue. Emma abriu os olhos e se virou, inquieta. Não ajudou: quando tentou dormir de novo, viu os olhos abertos e fixos de Dane quando a kelpie afundou os dentes em seu corpo.

Era demais. Sangue demais, horror demais. Ela queria Julian terrivelmente; sentia falta dele como se já estivesse uma semana sem vê-lo. De certa forma, estava mesmo. Até o símbolo *parabatai* parecia estranho agora; ela estava acostumada à pulsação de sua energia, mas mesmo antes de chegar ao Reino das Fadas, buscar tal energia fora o equivalente a dar de cara com uma parede em branco.

Ela se virou novamente, querendo Cristina, com quem podia conversar. Cristina, que a entenderia. Mas será que ela podia contar a Cristina sobre o feitiço que tirara as emoções de Julian? E sobre o pacto com a Rainha? Fora uma ideia cruelmente genial fazer uma cópia do livro para o Povo Fada. Eles eram tanto ardilosos quanto literais demais para ao menos cogitarem a cópia como suficiente para seus fins. Era uma pena que Julian simplesmente não tivesse dado a cópia a Horace, mas ele teria rido na cara dos dois: mesmo um Dearborn conhecia a aparência de uma cópia. Afinal, ele não queria fazer nenhum feitiço do livro; simplesmente queria recuperar o bem que acreditava ter sido roubado por Annabel, o Volume Sombrio que passara tantos anos nas prateleiras do Instituto da Cornualha.

Emma ouviu a porta do quarto sendo aberta, vozes, os passos de Julian nos degraus, e então ele estava ao lado da cama; ela não tinha percebido que a luz que fluía por meio da água o transformaria numa efígie de prata. Mesmo os cabelos escuros estavam prateados, como se ela o estivesse enxergando do jeito que ele estaria dali a 30 anos.

Emma se sentou. Julian não se mexeu, nem parecia prestes a dizer qualquer coisa. Ficou parado, olhando para ela, e quando ergueu a mão para ajeitar o cabelo para trás, ela viu novamente o tecido manchado no pulso dele.

— Então, como foi? — perguntou Emma finalmente. — Descobriu como quebrar todas as ligações *parabatai* no mundo?

— No fim das contas, não é possível. — Ele se reclinou no suporte da cama. — Você deve estar satisfeita.

— Sim. — Ela chutou um travesseiro para o pé da cama. — Quero dizer, isso é um alívio, mas ainda estou curiosa por você subitamente ter resolvido confiar na Rainha Seelie, quando ela literalmente nunca foi confiável.

— Ela não nos traiu antes — falou Julian. — Nós fizemos um acordo com ela, mas não chegamos a trazer o Volume Sombrio... até agora.

— Ela fez coisas terríveis com Jace e Clary...

— Talvez eles simplesmente não soubessem lidar com ela. — Os olhos azuis esverdeados reluziram. — A Rainha só se importa com a Rainha. Ela não está interessada se está causando dor apenas por causar. Ela só quer o que quer. Se você se lembrar disso, dá conta de lidar com ela.

— Mas por que nós tivemos que...

— Veja, era óbvio que não podíamos confiar em Dearborn, desde o início. Isto aqui não é somente uma missão secreta como a de Clary e Jace. Ele nos trouxe a Brocelind sozinhos. Nos mandou pela porta do Reino das Fadas sem a presença de mais ninguém. Horace Dearborn não está do nosso lado — falou Julian. — Ele acha que somos inimigos. Amigos do Submundo. Claro, ele acha que podemos pegar o Volume Sombrio de volta para ele... mas planejou nossa morte durante nossa missão. O que você acha que acontece, Emma, se formos para casa *sem* o livro? Na verdade, como você acha que sequer vamos conseguir voltar... você acha mesmo que podemos confiar em alguém que estiver nos aguardando na Encruzilhada de Bram, cumprindo ordens de Horace?

Ela ficara com tanta raiva de Julian que não tinha parado para pensar num jeito de voltar para casa.

— Dane disse que não era só ele — observou ela. — Você acha que ele queria dizer que alguém vai ficar à espera na Encruzilhada de Bram para nos matar?

— Poderia haver alguém esperando em cada esquina para nos matar — falou Julian. — Dane era um idiota... veio atrás da gente muito rápido, antes de estarmos em poder do livro verdadeiro. Mas é possível que nem todos sejam. Nossas vidas estão em perigo aqui a cada segundo. Se tivermos um acordo com a Rainha, estamos sob a proteção dela.

— Precisamos de um aliado — falou Emma. — E ela é estranha, oportunista e horrível, mas é melhor do que nada. É isso que você está dizendo?

— Todo plano envolve riscos — retrucou Julian. — *Não* procurar a Rainha era um risco. Estratégia é escolher entre os riscos... Não há caminho seguro para nós, Emma. Não desde que Horace nos chamou em seu escritório.

— E se nós voltarmos com o verdadeiro Volume Sombrio, ele simplesmente vai nos matar e pegar o livro — disse Emma. — De qualquer forma, esse era o plano dele.

— Não — falou Julian. — Esse era o plano quando ele pensou estar no controle em relação ao nosso retorno. Se nós decidirmos como e onde vamos retornar, podemos ir direto a alguma reunião do Conselho para apresentar o Volume Sombrio, bravamente resgatado dos inimigos fada. Horace pensou que poderia se livrar facilmente da gente porque estávamos em desgraça. Será muito mais difícil fazer isso se voltarmos em triunfo.

— Ótimo — falou Emma. — Entendi o que você acha que estamos fazendo. Não sei se concordo em colaborar com a Rainha, mas pelo menos entendo. Mas você sabe o que teria sido melhor? Se você tivesse me incluído na parte em que decidiu qual risco estaríamos correndo.

— Não vi motivo — retrucou ele. — Você ficaria preocupada, e para quê? Emma sentiu as lágrimas arderem os olhos.

— Você não é desse jeito. *Você* nunca diria algo assim.

Os olhos de Julian lampejaram.

— Você sabe que eu sempre fiz o necessário para nos manter em segurança. Pensei que você entendesse esse lado meu.

— É diferente. Você se lembra... Julian, você se lembra do que Dane falou, que você era o tipo de cara que teria uma garota como *parabatai*? — Ela se ajoelhou na cama, erguendo o queixo para olhar bem nos olhos dele. — É exatamente isso que eu sempre amei em você, mesmo antes de me apaixonar. Nunca, nem por um segundo, você pensou que ter uma garota como parceira guerreira ia te diminuir, você nunca agiu como se eu não fosse totalmente igual a você. Nunca, nem por um momento, você me fez achar que eu precisava ser fraca para você ser forte.

Ele desviou o olhar. Emma prosseguiu:

— Você sabia que nós éramos fortes juntos. Você sempre me tratou como se minha opinião tivesse importância. Você sempre respeitou minha capacidade de tomar decisões. Mas você não está agindo assim agora. Não é uma coisinha de nada sobre a qual você mentiu para mim, Julian. É uma traição em relação a tudo que nós juramos na nossa cerimônia *parabatai*. Uma coisa é você não querer me tratar como se eu fosse sua namorada, mas outra coisa totalmente diferente é você não me tratar como sua *parabatai*.

Julian rastejou sobre a cama até ficar do lado dela.

— Não foi isso que eu planejei — falou ele. — Eu temia que você fosse se recusar a ir à Corte Seelie, e eu estava tentando simplesmente agir rápido. — O brilho da queda d'água se alterou, e os cabelos de Julian voltaram a escurecer e os cílios fizeram sombra em suas bochechas. — Eu não fazia ideia de que você ficaria tão chateada com... tudo.

— Claro que não fazia ideia. — Ter Julian assim tão perto a deixava tão nervosa que Emma sentia os nervos à flor da pele. Ambos estavam ajoelhados, cara a cara; ele estava tão próximo que dava para abraçá-lo sem nem precisar se inclinar. — Você não faz ideia de nada porque deixou de ter sentimentos. Porque você desligou todas as suas emoções, não só aquelas relacionadas a mim, mas as emoções relacionadas a tudo — *a Livvy, até mesmo as emoções em relação a Livvy* — e no final isso vai voltar e te trazer problemas.

— Eu não... — falou ele.

— Você não o quê?

Ele deslizou a mão sobre a cama para que os dedos tocassem os dela, bem de leve. O coração de Emma entrou num ritmo acelerado.

— Eu não deixei de ter sentimentos. — Ele parecia perdido e um pouco confuso. — Eu simplesmente não compreendo o que sinto. A não ser isso: eu preciso que você não fique zangada, Emma.

Ela congelou. Os dedos de Julian se dobraram para acariciar a parte interna do pulso dela. Emma sentia como se cada terminação nervosa em seu corpo estivesse concentrada ali, onde os dedos dele tocavam. Ele tocava sua pulsação. Seu coração.

— Desculpa, Emma — pediu ele. — Desculpa.

O coração de Emma deu um salto. Com um choramingo, ela esticou a mão para ele; de joelhos, eles se abraçaram. Ele abaixou a cabeça para beijá-la, e Emma ficou completamente sem fôlego.

Julian tinha o sabor que Emma imaginava terem as frutas das fadas, mais adocicado que qualquer açúcar na Terra. Ela ficou tonta com a lembrança da primeira vez que o beijara, molhada de água do mar, faminta e desesperada. Já este beijo era lânguido, quente, com um desejo lento: ele explorava a boca de Emma com a própria boca, afagando as maçãs do rosto com os dedos, segurando o queixo dela e inclinando a cabeça para trás.

Ele a puxou para mais perto. *O corpo dele ainda funciona da mesma forma*, pensou ela. *Com ou sem sentimentos.*

Havia uma satisfação terrível na coisa toda. Ele sentia alguma coisa por ela, mesmo que fosse apenas alguma coisa física.

Mas ele tinha pedido desculpas. Claro que isso significava alguma coisa. Talvez que o feitiço estivesse enfraquecendo. Talvez não fosse permanente. Talvez...

Ele beijou o cantinho da boca de Emma, a pulsação em seu pescoço. Os lábios de Julian eram macios de encontro à pele; as mãos dele puxaram a bainha da camisola até as coxas.

Deixe acontecer, dizia o corpo dela. *Absorva o que puder dele, porque talvez não haja mais nada depois.*

As mãos dele estavam sob a camisola. Ele sabia onde ela gostava de ser tocada. Sabia o que a fazia estremecer e o que a estimulava a beijá-lo com mais vontade.

Ninguém a conhecia como Julian.

Então Emma abriu os olhos, a visão embaçada de desejo. Levou um susto — Julian a estava encarando, olhos bem abertos, e a expressão neles era fria e pensativa. Foi como um balde de água fria na cara; Emma quase arquejou de frustração.

Eu preciso que você não fique zangada, ele tinha dito.

As mãos dele ainda estavam na parte de trás das coxas dela, apertando-a contra ele. Emma murmurou entre os lábios dele:

— Você não está se desculpando de verdade, não é?

Ele fechou os olhos: ela conhecia aquele olhar. Ele estava pensando na coisa certa a dizer. Não na verdade, mas na melhor coisa a dizer: na mais inteligente e eficaz. A coisa que o permitiria fazer o que quisesse e precisasse.

Emma sempre tivera orgulho da astúcia de Julian; adorava e compreendia a necessidade disso. Era o estilingue de Davi; era a única pequena defesa de Julian contra um mundo imenso disposto contra ele e sua família. Era o único meio que ele conhecia de proteger o que amava.

Mas sem amor como força motora por trás de tudo que ele fazia, do que ele seria capaz? Um Julian sem sentimentos era um Julian capaz de manipular qualquer um.

Até ela.

Ele se sentou nos calcanhares, as mãos caindo junto às laterais do corpo e a expressão ainda indecifrável. Antes que ele pudesse falar, o som de alguém entrando no cômodo ecoou, vindo do andar de baixo.

Eles desceram da cama aos tropeços, alarmados. Alguns segundos depois, estavam de pé, com as roupas bagunçadas, nos degraus que conduziam ao cômodo principal.

Nene estava ali, com uma chave na mão e olhando para eles. Ela vestia o uniforme de pajem da Corte Seelie. Ao avistá-los, as sobrancelhas claras se ergueram.

— Como é que vocês humanos dizem mesmo? Cheguei numa hora ruim?

— Está tudo bem — falou Julian. Seu rosto voltara ao normal, como se nada de mais tivesse acontecido. Emma não sabia o que o próprio rosto aparentava, mas sabia como se sentia: como se tivessem aberto um buraco no meio dela.

— Fico feliz por ouvir isso — falou Nene, indo até o centro do cômodo e virando-se para encará-los. — Porque precisamos conversar agora. Rápido, desçam aqui. A Rainha traiu vocês e temos pouco tempo para agir.

Tavvy finalmente adormecera, agarrado a um livro, com o rosto ainda manchado das lágrimas recentes. Mark estava ajoelhado, acariciando seus cabelos macios. Helen sentiu uma pontada no coração... de amor por Tavvy, de preocupação, de saudade de Julian, que teria conseguido acalmar os temores de Tavvy em minutos, e não nas horas que ela precisava investir.

Quando Mark puxou um cobertor sobre o caçula dos irmãos, Helen foi abrir as janelas para deixar um pouco de ar fresco entrar no cômodo. Não havia tido notícias de Julian e Emma desde que deixaram Alicante, embora Jia tivesse jurado para Aline que todos estavam bem.

Ainda assim, Helen raramente se sentira tão distante de sua família. Mesmo na Ilha Wrangel, onde ficava isolada do mundo, sempre tivera certeza de que Julian estivera cuidando deles, de que todos estavam felizes dentro do possível, e as imagens daquelas carinhas felizes em sua mente eram as responsáveis por lhe dar força.

A realidade deles aqui se revelara um choque. Sem Julian, eles olhavam para ela e Helen não conseguia interpretar suas expressões. Tavvy chorava quando ela o tocava. Dru fazia cara feia. Ty mal parecia reconhecer sua presença. E Mark...

— Eu nunca deveria tê-los deixado nos separar — falou Helen. — Em Idris. Quando eles quiseram manter Jules e Emma lá, eu não deveria tê-los deixado fazer isso.

Rainha do Ar e da Escuridão 193

— A Clave obrigou — falou Mark, se pondo de pé. — Você não tinha escolha.

— Nós sempre temos escolha.

— Você não pode se culpar. É muito difícil enfrentar Julian quando ele teima. Ele tem muita força de vontade. E ele queria ficar.

— Você acha mesmo?

— Acho que ele não queria voltar com a gente. Ele estava agindo de modo estranho antes de deixarmos Idris, você não acha?

— É difícil dizer. — Helen fechou a janela. — Julian sempre foi capaz de fazer sacrifícios dos mais sofridos e esconder a dor que isso lhe causava.

— Sim — falou Mark —, mas mesmo quando ele escondia as coisas, ele era amoroso, não frio. Antes de sairmos, ele estava frio.

Ele simplesmente falou, sem demonstrar dúvida, e olhou para Tavvy mais uma vez.

— Tenho que voltar para Kieran. Ele está machucado, e Tavvy já está tranquilo.

Helen assentiu.

— Eu vou com você.

Os corredores do Instituto estavam escuros e silenciosos. Em alguma parte, Aline dormia. Helen se permitiu pensar por um momento no quanto queria deitar com sua mulher, se aninhar no calor de Aline e esquecer todo o restante.

— Talvez pudéssemos tentar uma Marca *Familias* — falou Helen. — Alguma coisa que nos levasse a Julian.

Mark pareceu confuso.

— Você sabe que não vai funcionar para além da fronteira do Reino das Fadas. E Julian precisaria estar usando marca equivalente também.

— Claro. — Helen se sentia igual há alguns anos, quando Eleanor Blackthorn morrera, como se ela estivesse congelada por dentro e fosse difícil pensar. — Eu... eu sei disso.

Mark lançou um olhar preocupado a ela quando entraram no quarto reserva onde haviam deixado Kieran. O cômodo estava escuro, e Cristina estava sentada numa cadeira ao lado da cama, segurando a mão de Kieran. O príncipe fada estava imóvel sob o cobertor, embora seu peito subisse e descesse com a respiração rápida e regular, normal nas fadas.

Helen soubera de pouca coisa sobre Kieran, apenas o que Mark lhe dissera nas poucas conversas rápidas que haviam tido desde o retorno dele da Terra das Fadas, até ela chegar a Idris; ela e Mark tinham ficado conversando na casa do canal depois de pegar Tavvy, e ela ouvira toda a história então. Sabia o quanto os sentimentos de Mark por Kieran eram complicados, embora tivessem lhe soado mais simples no momento, quando Mark lançou um olhar preocupado para o outro.

Mas nada nunca era mais simples, não é? Helen captou o breve olhar semicerrado de Mark para ela quando ele se sentou ao lado de Cristina: preocupação, temor... por Kieran, por Emma e Julian, por todos eles. Havia um monte de coisas com as quais se preocupar.

— Sei que vocês vão querer ir atrás de Julian — falou Helen. — Até o Reino das Fadas. Por favor, não faça nenhuma bobagem, Mark.

Os olhos de Mark arderam na escuridão. Azul e dourado, mar e luz do sol.

— Eu farei o que for preciso para resgatar Julian e Emma. Eu me unirei à Caçada, se for necessário.

— Mark! — Helen estava horrorizada. — Você nunca faria isso!

— Eu faria o que fosse preciso — repetiu ele, e em sua voz ela não ouviu o irmão mais novo que criara, mas o menino que voltara da Caçada Selvagem como um adulto.

— Eu sei que você viveu durante anos com a Caçada e que sabe de coisas que eu não sei — falou Helen. — Mas andei em contato com nossa tia Nene, e também sei coisas que *você* não sabe. Eu sei como veem você, Julian e os outros no Reino das Fadas... lá vocês não são crianças, mas inimigos temíveis. Você lutou contra os Cavaleiros de Mannan. Você desonrou o Rei Unseelie em sua própria Corte, e Emma matou Fal, que é praticamente um deus para o Povo Fada. Embora vocês tenham alguns amigos no Reino das Fadas, sempre encontrarão muitos, muitos inimigos.

— Isso sempre foi verdade — falou Mark.

— Você não entende — falou Helen num murmúrio ríspido. — Agora, fora de Idris, todas as entradas para o Reino das Fadas estão com guardas, e tem sido assim desde o desastre no Salão do Conselho. O Povo Fada sabe que os Nephilim os consideram culpados. Mesmo que você tomasse a trilha da lua, a puca que faz a guarda informaria no mesmo instante sobre sua entrada, e você seria recebido com espadas do outro lado.

— O que é que você propõe, então? — quis saber Mark. — Deixar que seu irmão e Emma morram e apodreçam no Reino das Fadas? Eu já fui abandonado lá, sei como é. Nunca vou deixar que isso aconteça a Emma e a Julian!

— Não. Proponho que eu vá atrás deles. Não sou uma inimiga para o Povo Fada. Vou direto atrás de Nene. Ela vai me ajudar.

Mark ficou de pé num pulo.

— Você não pode ir. As crianças precisam de você aqui. Alguém precisa cuidar delas.

— Aline pode cuidar delas. E ela já está fazendo um trabalho melhor do que eu. As crianças nem mesmo gostam de mim, Mark.

— Elas podem não gostar de você, mas elas te amam — falou Mark furiosamente —, e eu te amo, e não vou perder outro irmão para a Terra das Fadas!

Helen se aprumou; embora não fosse nem de longe tão alta quanto o irmão, fato que aliás a irritava, e encarou Mark com expressão severa.

— Nem eu.

— Talvez eu tenha uma solução — falou Cristina. — Tem uma relíquia da família Rosales. Nós a chamamos *Eternidad*, o que significa um tempo que não tem começo nem fim, como o tempo no Reino das Fadas. Ela nos permitirá entrar lá sem sermos detectados.

— Você me deixaria levá-la? — perguntou Mark.

— Eu ainda não a tenho comigo, e apenas um Rosales pode usá-la adequadamente, sendo assim, eu vou.

— Nesse caso, eu irei com você — falou Kieran, que tinha se erguido e se apoiado nos cotovelos. Seus cabelos estavam bagunçados e seu rosto tinha olheiras.

— Você acordou? — perguntou Mark.

— Estou acordado há algum tempo — admitiu Kieran. — Mas fingi dormir porque fiquei constrangido.

— Hum — falou Helen. — Acho que é a isso que Aline se refere quando fala em sinceridade radical.

— Cristina não pode viajar sozinha — falou Kieran. teimoso. — É perigoso demais.

— Concordo — respondeu Mark. E se virou para Helen. — Eu vou com Cristina e Kieran. Nós três formamos uma equipe melhor.

Helen hesitou. Como poderia deixar que fossem para tal perigo? E ainda assim, era isso que os Caçadores de Sombras faziam, não era? Correr para o perigo? Ela desejava desesperadamente poder conversar com sua mãe. Talvez a melhor pergunta fosse: como ela poderia impedi-los, se Mark e Kieran eram melhores do que qualquer pessoa para circular pelo Reino das Fadas? Mandar Cristina sozinha seria como mandá-la para o abate; mandá-los todos significava que talvez ela poderia perder Mark e Julian. Mas não deixá-los ir seria como abandonar Julian no Reino das Fadas.

— Por favor, Helen — falou Mark. — Meu irmão foi para a Terra das Fadas para me salvar e eu tenho que ser capaz de fazer a mesma coisa por ele. Eu já fui aprisionado antes. Não me torne um prisioneiro de novo.

Helen sentiu seus músculos enfraquecerem. Ele tinha razão. Ela se sentou na cama antes que começasse a chorar.

— Quando vocês vão?

— Assim que Jaime chegar com a relíquia — falou Cristina. — Faz quase uma hora que o chamei com uma mensagem de fogo, mas não sei quanto tempo ele levará para chegar.

— Jaime Rosales? — falaram Kieran e Mark ao mesmo tempo.

Helen olhou para um e outro. Ambos pareciam surpresos e um pouco alerta, como se estivessem com ciúmes. Ela afastou o pensamento. Estava enlouquecendo, provavelmente por conta do estresse.

— Ah, Mark — falou ela. Em períodos de estresse, a cadência de sua voz, assim como a dele, assumia uma formalidade ancestral de fadas. — Não suporto a ideia de deixá-los partir, mas creio que é o que devo fazer.

Os olhos de Mark suavizaram.

— Helen. Eu lamento. Juro voltar para você em segurança, e trazer Julian e Emma de volta e a salvo também.

Antes de Helen observar que isso não era uma promessa tão factível assim, Kieran pigarreou. O som era muito comum e humano, e quase fez Helen sorrir, apesar de tudo.

— Eu gostaria de ter tido um irmão que me amasse tanto quanto vocês se amam — disse ele, falando como um príncipe do Reino das Fadas. Mas a semelhança foi rapidamente afastada quando ele pigarreou mais uma vez e falou: — E nesse meio tempo, Helen, devo pedir que saia de cima da minha perna. Você está sentada nela, e está começando a doer bastante.

— Alguns monstros são humanos — falou Gwyn. Eles estavam nos aposentos de Diana, na Flintlock Street. Ela estava deitada transversalmente na cama, com a cabeça no colo de Gwyn, enquanto ele afagava seus cabelos. — Horace Dearborn é um deles.

Diana passou a mão pela lã da túnica de Gwyn. Ela gostava de vê-lo assim, sem o capacete ou a cota de malha, apenas um homem vestindo uma túnica surrada e botas velhas. Um homem com orelhas pontudas e olhos bicolores, mas Diana tinha parado de achar isso estranho. Eram simplesmente parte de Gwyn.

— Acredito que haja pessoas boas no Conselho — falou Diana. — Elas estão assustadas. Com Horace e com suas previsões apocalípticas. Ele adquiriu um bocado de poder num período curto.

— Ele tornou Idris insegura — disse Gwyn. — Gostaria que você fosse embora de Alicante, Diana.

Ela se sentou, com expressão de surpresa.

— Ir embora de Alicante?

— Eu vi um bocado de história — falou Gwyn. — Leis terríveis normalmente são aprovadas antes de serem repelidas devido ao tanto de sofrimento causado. O medo e a ignorância têm meios de vencer. Você me falou que Horace e a filha não gostam de você.

— Não — confirmou Diana. — Embora eu não saiba por quê...

— Eles temem sua influência — disse Gwyn. — Sabem que os outros te dão ouvidos. Você é muito persuasiva, Diana, e assustadoramente sábia.

Ela fez uma careta para ele.

— Bajulador.

— Não a estou bajulando. — Ele se levantou. — Temo por você. Horace Dearborn pode não ser um ditador ainda, mas quer ser um. Sua primeira atitude vai ser eliminar todos que forem resistentes. Ele vai querer apagar as luzes mais brilhantes, aquelas que iluminam o caminho das outras.

Diana estremeceu. Podia ouvir os cascos do cavalo de Gwyn sapateando no telhado.

— Você está amargo, Gwyn.

— É possível que nem sempre eu veja o melhor nas pessoas — disse ele — quando caço as almas dos guerreiros mortos no campo de batalha.

Ela ergueu as sobrancelhas.

— Isso é uma piada?

— Não. — Ele pareceu confuso. — Eu falei sério. Diana, deixe-me tirá-la daqui. Você estaria a salvo no Reino das Fadas. À noite, as estrelas têm mil cores e durante o dia os campos ficam cheios de rosas.

— Não posso, Gwyn. Não posso abandonar esta luta.

Ele se recostou na cama, a cabeleira desgrenhada de Gwyn pendeu com o cansaço.

— Diana...

Era estranho, depois de tanto tempo, sentir o desejo de ficar perto de alguém, física e emocionalmente.

— Não foi você quem disse que, da primeira vez que me viu, se importou comigo porque eu era muito corajosa? Agora você gostaria que eu fosse uma covarde?

Ele a encarou, a emoção estampada no rosto enrugado.

— Agora é diferente.

— Por que seria diferente?

Ele curvou as mãos imensas em torno da cintura dela.

— Porque eu sei que amo você.

O coração de Diana pareceu esvoaçar dentro do peito. Ela não esperava que alguém lhe dissesse aquelas palavras, tinha considerado isso uma espécie de preço a se pagar por ser transgênero e Nephilim. Certamente, nunca esperaria ouvir isso de alguém como Gwyn: que sabia tudo que era possível saber sobre ela, e que não conseguia mentir, um príncipe de magia selvagem.

— Gwyn — falou, tomando o rosto dele entre as mãos e se inclinando para beijá-lo.

Ele recuou, puxando-a delicadamente até que ambos estivessem deitados na cama. O coração de Diana estava acelerado contra a túnica grossa de Gwyn. Ele se curvou em cima dela, o corpo imenso lançando uma sombra, e naquela sombra ela fechou os olhos e acompanhou os movimentos de seus beijos gentis e toques conforme iam se tornando mais doces e precisos até ambos alcançarem juntos um local onde não havia mais medo, onde havia apenas a delicada aliança de almas que não mais permitia a presença da solidão.

Helen contara a Aline tudo o que estava acontecendo. Mark não fazia ideia de que horas eram, mas não dava mais para ver a lua através da janela. Ele estava sentando no colchão, ao lado de Kieran, e Cristina se aninhara na poltrona perto da cama.

Ele vinha evitando encará-la. Sabia que não tinha feito nada errado ao beijá-la, e nem ela ao beijá-lo. Ele se lembrava da última vez em que conversara com Kieran a sós, no Santuário de Londres. No jeito como Kieran tocara a flecha de elfo que pendia no pescoço de Mark. Ela se tornara uma espécie de símbolo dos dois. Mas o que Kieran dissera a seguir ainda ressoava em seus ouvidos: *Nós estaremos quites.*

Ele não sabia se poderia explicar o que sentia para Kieran, ou mesmo para Cristina. Sabia apenas que não sentia estar quite: nem com Kieran, nem com Cristina, caso Kieran escolhesse voltar para ele.

— Está se sentindo melhor, Kieran? — quis saber Mark, baixinho.

— Sim... Cristina é uma enfermeira muito boa.

Cristina revirou os olhos.

— Eu apenas pus as ataduras. Não exagere meus talentos.

Kieran deu um olhar tristonho para o braço enfaixado.

— Eu me sinto um pouco estranho sem uma das mangas.

Mark não conseguiu evitar sorrir.

Rainha do Ar e da Escuridão

— Está muito estiloso. Roupas de manga única fazem sucesso entre os mundanos.

Kieran arregalou os olhos.

— É mesmo?

Mark e Cristina deram uma risadinha, e Kieran franziu as sobrancelhas.

— Vocês não deveriam zombar de mim.

— Todo mundo zomba de todo mundo — falou Cristina em tom de provocação. — É o que os amigos fazem.

O rosto de Kieran se iluminou ao ouvir isso, de tal forma que Mark sentiu a dolorosa necessidade de abraçá-lo. Os príncipes Fada não tinham amigos, imaginou; ele e Kieran nunca tinham conversado realmente sobre isso. Houve uma época em que os dois foram amigos, mas amor e dor tinham transformado isso de um modo que Mark agora sabia que não era inevitável. Havia pessoas que se apaixonavam, mas continuavam amigas: Magnus e Alec, Clary e Jace, Helen e Aline.

O sorriso de Kieran tinha desaparecido. Ele se remexeu, inquieto, debaixo dos cobertores.

— Tem uma coisa que eu preciso contar a vocês. Explicar.

Cristina pareceu preocupada.

— Só se você quiser...

— É sobre a Scholomance — falou Kieran, e ambos silenciaram. Eles ouviram Kieran contar sobre o Lugar da Rocha. Mark costumava se perder nas histórias das outras pessoas. Sempre fora assim, desde pequeno, e se lembrava de como adorava quando Kieran contava histórias da Caçada, de como ele ia dormir com os dedos de Kieran em seus cabelos e com a voz de Kieran em seu ouvido, contando histórias de Bloduwedd, a princesa feita de flores, do caldeirão sombrio que ressuscitava os mortos e da batalha entre Gwyn ap Nudd e Herne, o Caçador, que abalara as árvores.

Cristina nunca se perdia da mesma forma nas histórias recontadas, pensou Mark; ela sempre estava totalmente presente, sua expressão ficando sombria e os olhos se arregalando de pavor quando Kieran contou sobre a Tropa, a luta na piscina, o modo como Diego o salvara e como ele tinha escapado da biblioteca.

— Eles são horríveis — falou Cristina, pouco antes de Kieran terminar de falar. — Horríveis. O fato de eles terem ido tão longe...!

— Temos que ver como estão Diego e os outros — falou Mark, embora Diego Rocio Rosales fosse uma das pessoas de quem menos gostava. — Ver se estão bem.

— Vou escrever para Diego — falou Cristina. — Kieran, eu sinto muito. Pensei que você estaria seguro na Scholomance.

— Você não poderia ter adivinhado — falou Kieran. — Enquanto eu estava na Scholomance, censurei Diego por não planejar o futuro, mas este não é um futuro que alguém pudesse imaginar.

— Kieran tem razão. Não é sua culpa — disse Mark. — A Tropa está fora de controle. Apostaria que foi um deles que seguiu Emma e Julian até o Reino das Fadas.

Kieran afastou as cobertas com um gesto súbito e brusco.

— Tenho uma dívida para com Emma e Julian e devo ir atrás deles. Entendo isso agora. Eu já lamentava meus atos mesmo antes de a água da piscina me tocar. Mas nunca fui capaz de expressar isso. Nunca fui capaz de obter seu perdão ou consertar o que fiz.

— Emma já te perdoou — falou Cristina.

Kieran não parecia convencido. Quando falou, foi de modo hesitante.

— Quero mostrar uma coisa para vocês.

Mark e Cristina não se mexeram, e ele se virou, se ajoelhou na cama e puxou a camisa, deixando as costas nuas. Mark ouviu Cristina prender a respiração quando a pele de Kieran se revelou.

Estava coberta de marcas de chicote. Pareciam recém-cicatrizadas, como se tivessem poucas semanas; não havia sangue, mas ainda estavam vermelhas. Mark engoliu em seco. Ele conhecia cada marca e cicatriz na pele de Kieran, e aquelas eram novas.

— A Tropa açoitou você? — murmurou ele.

— Não — respondeu Kieran. Ele deixou a camisa cair, embora não tivesse saído do lugar, encarando a parede atrás da cama. — Estas marcas apareceram nas minhas costas quando a água da piscina me tocou. São de Emma. Agora eu as tenho como um lembrete da agonia que ela jamais teria enfrentado se não fosse por mim. Quando a água da piscina me tocou, eu senti o medo e a dor de Emma. Como ela pode me perdoar por isso?

Cristina ficou de pé. Os olhos castanhos reluziam com ansiedade; ela tocou delicadamente as costas da fada.

— Kieran — falou. — Da mesma forma que todos temos uma capacidade infinita de cometer erros, temos também uma capacidade infinita de perdoar. Emma carrega essas cicatrizes alegremente porque, para ela, são marcas de valor. Deixe que sejam o mesmo para você. Você é um príncipe do Reino das Fadas. Eu vi você sendo tão corajoso quanto qualquer um que conheci. Às vezes, a coisa mais corajosa que você pode fazer é confrontar suas próprias falhas.

— Você é um príncipe do Reino das Fadas. — Kieran esboçou um sorriso, ainda que torto. — Mais alguém me disse isso hoje à noite.

— Perceber que você cometeu erros e torcer para corrigi-los é tudo que se pode esperar fazer — emendou Mark. — Às vezes, pode ser que a gente tenha a melhor das intenções... você estava tentando salvar minha vida quando foi até Gwyn e Iarlath... e os resultados são terríveis. Todos tínhamos a melhor das intenções quando fomos à reunião do Conselho, e agora Livvy está morta e Alicante está nas mãos da Tropa.

Se encolhendo, Kieran se virou para encarar os dois.

— Juro que lutarei até meu último suspiro para ajudar vocês a salvar aqueles que amam.

Cristina sorriu, nitidamente emocionada.

— Vamos nos concentrar apenas em Emma e Julian agora — falou. — Ficaremos gratos por ter você conosco no Reino das Fadas amanhã.

Mark levou a mão à nuca e tirou o colar de flecha de elfo.

— Quero que você use isto, Kieran. Você nunca deve ficar vulnerável de novo.

Kieran não esticou a mão para pegar.

— Eu lhe dei porque queria que você ficasse com ele.

— E agora eu quero que você fique com ele — falou Mark. — Muitos querem ferir você, aqui e no Reino das Fadas. Quero ter certeza de que você tem uma arma ao alcance.

Lentamente, Kieran esticou a mão e pegou o colar das mãos de Mark.

— Se isso lhe agrada, vou usar.

Cristina deu a Mark um olhar indecifrável enquanto Kieran passava o colar sobre a cabeça. Havia um ar de aprovação no rosto dela, como se estivesse contente com a generosidade de Mark.

Kieran passou as mãos pelo cabelo. Os fios deslizaram por seus dedos em cachos azuis-escuros.

— O cansaço me dominou — falou. — Eu sinto muito.

Na Caçada, Mark teria dado um abraço em Kieran. Eles teriam sido o travesseiro um do outro contra o solo duro.

— Você gostaria que nós fizéssemos uma cama com os cobertores no chão? — sugeriu Mark.

Kieran ergueu o rosto, e seus olhos brilhavam como espelhos polidos: um negro, outro prateado.

— Acho que conseguiria dormir na cama se tivesse companhia.

Cristina corou.

— Muito bem — falou. — Vou dizer boa-noite e então...

— Não — retrucou Kieran rapidamente. — Eu me referi a vocês dois. Quero que vocês dois fiquem comigo.

Mark e Cristina trocaram um olhar. Era a primeira vez, pensou Mark, que ele realmente olhava para Cristina desde que tinham voltado de Vasquez Rocks: ele ficara muito constrangido, muito envergonhado devido à própria confusão. Agora percebia que ela estava tão vermelha e confusa quanto ele.

Kieran murchou os ombros ligeiramente.

— Se vocês não quiserem, eu vou entender.

Foi Cristina quem tirou os sapatos e se deitou na cama ao lado de Kieran. Ainda usava o jeans e a blusa de alcinha, com uma alça a menos, rasgada pelo demônio Harpia. Mark se deitou na cama do outro lado do príncipe fada, apoiando a cabeça na própria mão.

Eles ficaram ali por longos instantes, em silêncio. O calor do corpo de Kieran era familiar — tão familiar que era difícil não se aninhar de encontro a ele, cobrir-se com os cobertores e abandonar tudo na escuridão.

Mas Cristina estava lá, e sua presença parecia mudar a ordem dos átomos no ar, o equilíbrio químico entre Mark e Kieran. Não era mais possível cair no esquecimento. Este momento era agora, e Mark estava muito consciente da proximidade de Kieran, de um jeito que não estivera desde que eles se conheceram, como se o relógio tivesse girado para trás em seu relacionamento.

E ele estava ciente da presença de Cristina também, e não com menos intensidade. Um desejo constrangido, tímido o prendia no lugar. Ele olhou para ela; dava para notar o brilho dos cabelos escuros contra o travesseiro, o ombro marrom à mostra. O calor confundia a cabeça e os pensamentos de Mark.

— Vou sonhar com as Terras Fronteiriças — falou Kieran. — Adaon tinha um chalé por lá, nas terras que não eram nem Seelie nem Unseelie. Um lugar pequeno, feito de pedra, com rosas escalando as paredes. Na Caçada, quando eu sentia fome e frio, dizia para mim mesmo que nada daquilo era real e tentava tornar o chalé real em minha mente. Eu fingia estar lá, olhando pelas janelas, e não onde realmente estava. E ele se tornava mais real para mim do que a realidade.

Cristina tocou levemente a bochecha dele.

— *Ya duérmete* — murmurou ela. — Durma, bobinho.

Mark não conseguiu evitar uma risadinha.

— Alguém já te chamou de bobinho antes, príncipe Kieran? — murmurou ele enquanto Cristina fechava os olhos para dormir.

Mas Kieran estava olhando para Cristina, os cabelos escuros dele emaranhados, os olhos suaves de cansaço e algo mais.

— Acho que ela é a garota mais bonita que já vi — falou com voz reflexiva.

— Eu sempre achei a mesma coisa — falou Mark.

— Agora vocês estão diferentes um com o outro — emendou Kieran. — É evidente. Vocês ficaram juntos na minha ausência.

Não era algo sobre o qual Mark fosse mentir.

— É verdade.

Kieran esticou a mão e tocou o cabelo de Mark. Um toque leve, que enviou uma chuva de fagulhas pelo corpo de Mark. A boca de Kieran era uma curva sonolenta e macia.

— Eu tinha esperança de que vocês estivessem — falou. — A ideia me confortava enquanto eu estava na Scholomance.

Kieran se aninhou nos cobertores e fechou os olhos, mas Mark permaneceu acordado por um longo tempo, fitando a escuridão.

12

Sob os Céus

Mark, Kieran e Cristina estavam na biblioteca, arrumando as coisas para a partida ao Reino das Fadas. Todos os outros também estavam lá; bem, todos menos Dru, que levara Tavvy à praia para distraí-lo. Kit duvidava que ela realmente quisesse observá-los arrumando as coisas para partir, de qualquer forma.

Kit se sentia mal por ela — os olhos ainda estavam vermelhos quando ela saíra com Tavvy e uma bolsa de pano cheia de brinquedos e baldes de areia, embora tivesse mantido a voz animada ao prometer ao irmãozinho que o ajudaria a construir um castelo de areia.

Mas ele se sentia pior por Ty.

Não era só porque Mark ia voltar para o Reino das Fadas. Isso já era ruim por si só. Era o motivo pelo qual ele estava indo. Quando Mark e Helen explicaram que Emma e Julian estavam numa missão nas Terras Imortais e precisavam de ajuda, o corpo inteiro de Kit se retesara em pânico. Ty não apenas adorava Julian. Ele precisava do irmão mais velho do jeito que as crianças precisavam dos pais. Além do que acontecera a Livvy, como ele ia lidar com isso?

De manhã cedinho, eles ficaram na cozinha, o cômodo inundado pelo sol. Sobre a mesa, ainda estavam espalhados os vestígios do café da manhã, e Dru incentivava Tavvy a fazer minúsculas lâminas serafim com pedaços de torrada e mergulhá-las na geleia. Então Aline se levantara após algum gesto silencioso de Helen e tirara Tavvy do cômodo, prometendo mostrar a ele seu livro ilustrado favorito na biblioteca.

E Helen explicara o que estava acontecendo. Vez ou outra, Mark e Cristina soltaram interjeições, mas Kieran permanecera de pé, em silêncio, perto da janela, enquanto eles conversavam, os cabelos azuis-escuros salpicados de fios brancos.

Quando terminaram, Drusilla chorava baixinho. Ty ficou sentado em silêncio absoluto, mas por debaixo da mesa Kit via o menino tamborilando feito um pianista, os dedos se esticando e dobrando. Ele ficou pensando se Ty se esquecera dos brinquedos sensoriais — na internet, eram chamados brinquedos para estimulação sensorial. Ele olhou ao redor em busca de algo que pudesse entregar a Ty ao mesmo tempo que Mark se inclinou para a frente e tocou delicadamente o rosto do irmão caçula.

— Tiberius — falou. — E Drusilla. Sei que isso deve ser difícil para vocês, mas vamos trazer Julian de volta e então ficaremos todos juntos de novo.

Dru esboçou um sorriso fraco. *Não diga isso*, pensou Kit. *E se você não conseguir trazê-lo de volta? E se ele morrer lá no Reino das Fadas? Fazer promessas que você não pode cumprir é pior do que não fazer promessa nenhuma.*

Ty se levantou e saiu da cozinha sem dizer nada. Kit começou a arrastar a cadeira para trás e hesitou. Talvez não devesse ir atrás de Ty. Talvez Ty não quisesse isso. Ao erguer o rosto, viu que Mark e Cristina o observavam — na verdade, Kieran também, com seus sinistros olhos claros-e-escuros.

— Você deveria ir atrás dele — falou Mark. — É você quem ele quer.

Kit piscou e se levantou. Cristina lhe deu um sorriso encorajador quando ele saiu da cozinha.

Ty não tinha ido longe; estava no corredor, logo ali fora, recostado na parede. Seus olhos estavam fechados e os lábios se articulavam silenciosamente. Ele tinha uma caneta retrátil na mão direita e apertava o topo sem parar, *clic clic clic*.

— Está tudo bem? — perguntou Kit, parando, constrangido, logo à porta da cozinha.

Ty abriu os olhos e olhou para Kit.

— Sim.

Kit não disse nada. Parecia desesperadamente improvável que nesse momento Ty estivesse bem de verdade. Era muita coisa. Perder Livvy, e agora o medo de perder Julian e Mark... e Emma e Cristina. Era como se ele estivesse testemunhando o desaparecimento da família Blackthorn. Como se a destruição que Malcolm tivesse desejado estivesse acontecendo agora, mesmo que o feiticeiro já não estivesse presente mais, todos estariam perdidos, um por um.

Mas não Ty. Por favor, não faça isso com Ty. Ele é bom, merece o melhor.

Nem sempre as pessoas recebiam o que mereciam, Kit sabia. Fora uma das primeiras coisas que ele aprendera na vida.

— Eu estou bem — falou Ty, como se pudesse ouvir as dúvidas de Kit. — Eu tenho que estar bem por causa de Livvy. E se alguma coisa acontecer a Mark, Julian ou Emma no Reino das Fadas, também não tem problema, porque eu posso trazê-los de volta. Nós temos o Volume Sombrio. Podemos trazê-los de volta.

Kit o encarou; sua mente estava tomada de ruído branco e torpor. Ty não estava falando sério, repetiu para si. Não mesmo. A porta da cozinha se abriu, e Mark apareceu; ele disse alguma coisa que Kit não ouviu, aí foi até Ty e lhe deu um abraço.

O menino retribuiu o gesto, a testa contra o ombro de Mark. Ele ainda estava segurando a caneta. Kit viu de novo os hematomas nas mãos e nos pulsos, aqueles que ele provavelmente ganhara ao escalar a pira em Idris. Eles se destacavam de tal forma sobre a pele pálida de Ty que Kit quase sentia a dor emanada por eles.

E agora ele e Kit estavam sentados numa das mesas da biblioteca, observando os outros arrumarem as coisas. Kit não conseguia se livrar da sensação de estranheza. Da última vez que Mark e Cristina tinham desaparecido na Terra das Fadas, não houvera nem aviso nem preparação. Simplesmente desapareceram durante a noite com Emma e Julian. Desta vez, não apenas todos sabiam como estavam se oferecendo para ajudar, como se fosse uma viagem para acampar.

Mark, Cristina e Kieran estavam vestidos com as roupas menos alusivas a Caçadores de Sombras que conseguiram encontrar. Cristina usava um vestido branco, na altura dos joelhos, e Mark e Kieran vestiam camisa e calça, as quais Aline atacara com uma tesoura para fazê-las parecer surradas e gastas. Eles usavam sapatos macios, sem fivelas de metal, e os cabelos de Cristina estavam presos com uma fita.

Helen tinha arrumado recipientes plásticos com comida: barras de cereais, maçãs, coisas que não apodreceriam muito rápido. Havia cobertores, ataduras e até spray antisséptico, pois suas estelas não funcionariam no Reino das Fadas. E, claro, havia todas as armas: o canivete de Cristina, dezenas de adagas e facas de arremesso enroladas em couro macio, uma besta para Mark e até mesmo uma espada curta de bronze para Kieran, que a prendera na cintura com uma expressão encantada de alguém que vinha sentindo muita saudade de suas armas.

Rainha do Ar e da Escuridão

— Talvez a gente não devesse guardar a comida agora — falou Helen, nervosa, segurando um pote que tinha acabado de arrumar na bolsa. — Talvez a gente devesse esperar até eles partirem.

Aline suspirou. Havia passado o dia inteiro com ar choroso e depois com ar de fúria em relação a Mark, Kieran e Cristina por fazerem Helen chorar.

— A maior parte da comida vai durar. É isso que interessa.

— Não podemos esperar muito para partir — falou Mark. — Isso é urgente. — Ele olhou na direção de Kit e Ty; Kit se virou e percebeu que Ty desaparecera. Mas ninguém tinha deixado a biblioteca, portanto, ele devia estar em alguma parte do cômodo.

— Jaime virá o mais rápido que puder — falou Cristina. Ela amarrava habilmente um estojo de facas de arremesso.

— Se ele não estiver aqui à noite, talvez a gente precise pegar a trilha da lua — falou Kieran.

— E correr o risco de serem denunciados para as Cortes? — falou Helen. — É perigoso demais. Não. Vocês não vão a lugar nenhum até Jaime Rosales aparecer.

— Ele vai aparecer — falou Cristina, enfiando o estojo de facas em seus pertences com certa força. — Eu confio nele.

— Se ele não aparecer, é arriscado demais. Sobretudo, considerando aonde vocês vão.

Kit se afastou da mesa enquanto Kieran protestava; de qualquer forma, ninguém estava prestando atenção nele. Percorreu a sequência de prateleiras até flagrar Ty, entre duas pilhas de livros, com a cabeça abaixada sobre um pedaço de papel.

Parou por um momento e simplesmente o encarou. Sabia que Kieran o observava do outro lado do cômodo e se perguntava por quê; eles tinham tido uma conversa interessante certa vez, no telhado do Instituto de Londres, onde se deram conta que ambos sempre ficavam de fora quando o assunto era a família Blackthorn.

Mas Kit não sabia ao certo se isso ainda era verdade. Para ele ou para Kieran. E desde então, eles não tinham conversado mais.

Ele se embrenhou entre as fileiras de livros. E não pôde deixar de notar que, por ironia, eles tinham ido parar na seção CRIATURAS MARINHAS E COISAS AQUÁTICAS.

— Ty — chamou. — Ty, o que está acontecendo?

Talvez Ty finalmente tivesse desmoronado; talvez o peso da tristeza e da perda o tivessem dominado. Havia alguma coisa incrivelmente vulnerável em relação aos dedos finos, ao rubor nas bochechas quando ele erguia o rosto. Talvez...

Kit se deu conta de que os olhos de Ty brilhavam, e não por causa de lágrimas. O menino estendeu para ele o papel em suas mãos; era uma carta.

— É de Hypatia Vex — falou em voz baixa. — Ela concordou em nos ajudar com o Mercado das Sombras.

— O que está acontecendo? — Julian desceu correndo a escadaria curva da camarinha de Fergus, ajeitando a camiseta enquanto saía. Emma o seguiu com mais cautela, parando para vestir as roupas e pegar a bolsa.

Nene estava parada no centro do cômodo. Usava um vestido verde comprido e uma pesada capa verde, com barra de penas azuis e verdes. Puxou o capuz para trás com dedos impacientes e os encarou.

— A Rainha traiu vocês — repetiu. — Agora mesmo ela se prepara para levar o Volume Sombrio à Corte Unseelie.

Emma se assustou.

— Para a Corte Unseelie? Mas por quê?

Nene deu aos dois um olhar severo.

— Vocês compreendem que eu estou traindo a minha corte e minha senhora ao falar com vocês assim — lembrou ela. — Se eu for descoberta, será pior do que vocês podem imaginar.

— Foi você quem procurou a gente — observou Julian. Ele voltara a ser o Julian contido, controlado. Talvez não ter emoções fosse exatamente assim; talvez você nunca se perdesse de fato em nada. — Não fomos nós que fomos atrás de você.

— Eu vim porque devo isso aos Blackthorn — falou ela. — Por causa de todo o mal que minha irmã Celithe causou a Arthur ao torturá-lo, ao destruir sua mente com magia para que ele nunca se curasse. E porque eu não quero que o Rei Unseelie fique com o Volume Sombrio dos Mortos.

— Mas talvez ele já esteja com o livro — falou Emma. — Ele pegou Annabel. E Annabel está com o livro.

— Nós temos espiões na Corte, claro — observou Nene. — Ele está com Annabel, mas ela não vai lhe entregar o Volume Sombrio, e como ela sabe o verdadeiro nome dele, ele não pode obrigá-la.

— Então por que ela continua na Corte? — quis saber Julian.

— Isso eu não sei dizer — retrucou Nene. — Só sei do que a Rainha está fazendo. Ela não está considerando nenhuma promessa feita a vocês porque o livro que trouxeram é uma cópia e não o original.

— Isso é uma tecnicalidade ridícula — falou Emma.

— O Reino das Fadas gira em torno de tecnicalidades ridículas — insistiu Nene. — A Rainha fará o que a Rainha quiser. Essa é a natureza de Seelie.

— Mas por que ela quer dar o livro ao Rei? Ela odeia o Rei! Falou que queria manter o livro longe das mãos dele... — começou Emma.

— Ela de fato disse que queria manter o livro longe das mãos dele — repetiu Julian. Ele estava pálido. — Mas não disse que não o entregaria a ele, afinal.

— Não. Ela não disse — concluiu Nene.

As palavras da Rainha ecoaram na mente de Emma. *O Volume Sombrio é mais do que necromancia. Contém feitiços que me permitirão recuperar o prisioneiro da Corte Unseelie.*

— Ela vai trocar o livro pelo prisioneiro da Corte Unseelie, não importa quem ele seja — falou Emma. — Ou ela.

— Ele — corrigiu Nene. — É o filho dela que está preso.

Julian prendeu a respiração.

— Por que você não nos contou isso antes? Se eu soubesse...

Nene o olhou de cara feia.

— Não é fácil trair minha Rainha! Se não fosse pelos filhos de minha irmã, eu nunca...

— Eu já esperava que a Rainha fosse nos trair — falou Julian. — Mas não que ela fosse fazer isso tão cedo, nem dessa maneira. Ela deve estar desesperada.

— Porque ela está tentando salvar o próprio filho — falou Emma. — Quantos anos ele tem?

— Não sei — respondeu Nene. — Ela sempre escondeu Ash de nós. Eu não seria capaz de reconhecê-lo caso o visse.

— O Rei não pode botar as mãos no livro. A Rainha falou que ele estava soltando a praga nas Terras das Fadas com magia sombria e enchendo os rios com sangue. Imaginem o que faria se tivesse o Volume Sombrio.

— Isso se nós pudermos acreditar na Rainha — falou Julian.

— É a verdade até onde sei — disse Nene. — Desde a Paz Fria, a Terra dos Unseelie vem sangrando maldade. Dizem que há uma grande arma ali, alguma coisa que precisa dos feitiços do Volume Sombrio para trazer seus poderes à vida. Alguma coisa que poderia destruir toda a magia angelical.

— Temos que chegar à Corte Unseelie — falou Emma. — Temos que deter a Rainha.

Os olhos de Julian brilharam. Emma sabia no que ele estava pensando. Que, na Corte Unseelie, estava Annabel, e com Annabel estava a vingança para a morte de Livvy.

— Concordo — disse ele. — Nós podemos seguir a Rainha...

— Vocês não vão conseguir viajar tão rápido quanto um cortejo de cavalos fada — falou ela. — Nem mesmo Nephilim conseguem correr tanto assim. Vocês devem interceptar a Rainha antes que ela alcance a torre.

— A torre? — ecoou Emma.

— A torre é o único reduto permanente de Unseelie, o local para o qual todos recuam em caso de cerco. Suas fortificações não têm comparação neste reino; ninguém consegue escalar suas muralhas ou enfrentar os espinhos, e a sala do trono, no topo da torre, é protegida pela guarda vermelha. Vocês devem se unir ao cortejo para que consigam alcançar a Rainha antes que ela entre na torre, e seja tarde demais.

— Nos unir ao cortejo? Mas vamos ser notados! — exclamou Emma, mas Nene já estava pegando uma capa com capuz que estava pendurada na porta, jogando-a para Julian.

— Use isto — ordenou. — É de Fergus. Puxe o capuz. Ninguém vai prestar muita atenção. — Ela retirou a própria capa e a entregou a Emma. — E você vai se disfarçar de mim. — Ela deu uma olhada crítica em Emma enquanto a menina vestia a capa e a fechava no pescoço. — Pelo menos os cabelos louros são parecidos.

Julian tinha desaparecido escadaria acima; quando voltou, carregava os cintos de armas, o dele e o de Emma. A capa de Fergus — preta, com asas de corvos reluzindo como óleo no peito e no capuz — o cobria completamente.

— Nós não vamos sem isto aqui.

— Fiquem escondidos debaixo das capas — falou Nene. — É evidente que são obra de Caçadores de Sombras. — Ela os examinou de alto a baixo. — Assim como vocês. Ah, bem. Vamos fazer o melhor que pudermos.

— E se nós tivermos que fugir do Reino das Fadas? — perguntou Emma. — E se tivermos que pegar o Volume Sombrio e precisarmos voltar para Idris? Nene hesitou

— Você já traiu os segredos da Terra das Fadas — disse Julian. — Que diferença faz mais um?

Nene semicerrou os olhos.

— Você mudou — falou ela. — Só posso torcer para que seja o luto.

Luto. Todos em Alicante pensaram que a tristeza tinha mudado o comportamento e as reações de Julian. Emma também pensara isso, no início.

— Sigam até as Cataratas de Branwen — falou Nene. — Debaixo da queda d'água, vocês encontrarão uma trilha de volta para Alicante. E se

Rainha do Ar e da Escuridão

um dia falarem sobre este segredo a outras almas além de vocês, minha maldição cairá sobre as duas cabeças.

Ela abriu a porta e eles se esgueiraram para o corredor.

Tavvy jamais fora fã de castelos de areia. Eles o entediavam. Ele gostava de construir o que intitulava cidades de areia — fileiras de estruturas quadradas de areia, com formato de caixas vazias de leite, viradas de cabeça para baixo. Eram casas, lojas e escolas, complementadas por placas feitas com caixas de fósforos rasgadas.

Descalça, Dru se arrastava pela areia, ajudando Tavvy a encontrar gravetos, pedras e conchas que se tornariam postes, muros e pontos de ônibus. Às vezes, ela encontrava um pedaço de vidro marinho, vermelho, verde ou azul, e o enfiava no bolso do macacão.

A praia estava vazia, a não ser por ela e por Tavvy. Ela o olhou de soslaio quando ele se ajoelhou na areia molhada e moldou um muro imenso que circundava a cidade — depois do que acontecera com Malcolm, ela não planejava tirar os olhos dele novamente. Mas a maior parte de sua cabeça estava cheia de pensamentos com Mark, Emma e Julian. Mark estava indo para o Reino das Fadas, e só ia porque Julian e Emma estavam encrencados. Mark não havia mencionado nada do tipo, mas Dru tinha certeza de que era uma encrenca muito grande. Nada de bom acontecia quando se ia para a Terra das Fadas, e Mark, Cristina e Kieran não estariam correndo para salvá-los caso estivessem achando que eles estavam bem.

Uma a uma, as pessoas estão me abandonando, pensou ela. Primeiro, Livvy, depois, Julian e Emma, agora, Mark. Ela parou para fitar o oceano: ondas azuis reluzentes se movimentando para cima e para baixo. Antigamente ela observava o oceano pensando que, em alguma parte dele, Helen estava em sua ilha, protegendo as barreiras do mundo. Ela se lembrava da risada da irmã, dos cabelos louros, e a imaginava como um tipo de Valquíria, erguendo uma lança à entrada do mundo, bloqueando a passagem dos demônios.

Atualmente, dava para ver que toda vez que Helen olhava para ela, ficava triste por Dru não ser mais amigável, mais aberta a uma ligação fraterna. Dru sabia que isso era verdade, mas não conseguia mudar. Será que Helen não entendia que se Dru se rendesse ao seu afeto, Helen seria apenas mais um ente querido perdido?

— Tem alguém vindo — falou Tavvy. Ele olhava na direção da praia, e apertava os olhos azuis esverdeados por causa do sol.

Dru se virou e ficou observando. Um menino caminhava pela praia vazia, ao mesmo tempo que consultava um pequeno objeto em sua mão. Um menino alto, magricela, com cabelos pretos cheios, pele negra que brilhava ao sol e braços desnudos, cheios de Marcas.

Ela derrubou as conchas que estava segurando.

— Jaime! — gritou. — Jaime!

Ele ergueu o rosto e pareceu vê-la pela primeira vez. Um sorriso largo se abriu e ele começou a correr na areia até alcançá-la. Ele a apertou num abraço, girando-a e rodopiando sem parar.

Dru ainda se lembrava do sonho estranho que tivera antes de Jaime deixar o Instituto de Londres, no qual ela estivera em algum lugar — bem semelhante ao Reino das Fadas, mas como ela saberia? Ela até já havia se esquecido daquilo, mas a lembrança frágil voltava agora que ele estava aqui — juntamente a outras lembranças: ele sentado, assistindo aos filmes com ela, conversando sobre a família, lhe dando atenção.

— É bom ver você de novo, amiga — falou, pousando-a no chão e afagando seus cabelos. — É muito bom.

Ele parecia cansado, inexprimivelmente cansado, como se não tivesse tocado o solo exceto para correr desde a última vez que ela o vira. Havia olheiras em seus olhos. Tavvy estava correndo para ver quem era, e Jaime perguntava se ela ainda tinha a faca que ele lhe dera, e ela não conseguia conter o sorriso, o primeiro sorriso de verdade desde Livvy.

Ele voltou, pensou Dru. Finalmente, alguém não tinha ido embora — alguém tinha voltado.

Eles se esgueiraram pelos corredores com Nene, seguindo pelas sombras. Tanto Emma quanto Julian tinham abaixado o capuz; Nene escondera os cabelos sob um gorro e, vestindo calça e uma camisa larga, à primeira vista parecia um pajem.

— E quanto a Fergus? — perguntou Emma.

Nene sorriu sombriamente.

— Fergus foi abordado por uma dríade a quem ele admira muito. Uma jovem árvore.

— Ai. Farpas — falou Julian.

Nene o ignorou.

— Conheço Fergus há muito tempo. Sei tudo sobre suas inclinações. Ele ficará ocupado por um bom tempo.

Eles tinham chegado a um corredor inclinado que era familiar a Emma. Ela sentia o cheiro do ar noturno vindo da extremidade, o odor de folhas, seiva e outono. E se perguntava se no Reino das Fadas as estações do ano funcionavam igual ao seu mundo. Parecia mais tarde, como se o outono já tivesse tocado as Terras das Fadas com uma geada precoce.

O corredor terminou abruptamente, abrindo-se para uma clareira cheia de grama e estrelas. As árvores formavam um círculo alto, balançando as folhas douradas e avermelhadas sobre uma multidão de cortesãos fada e seus cavalos.

A Rainha estava sentada lateralmente na sela de uma égua branca, encabeçando o cortejo. Um véu de renda branca cobria seu rosto e os ombros, e luvas brancas cobriam as mãos. Os cabelos vermelhos desciam pelas costas. Seus cortesãos, em seda dourada e veludo reluzente, cavalgavam atrás dela: a maioria a cavalo, mas alguns em imensos gatos com patas almofadadas e lobos de olhos estreitos do tamanho de carros pequenos. Uma dríade de pele verde com um monte de folhas no lugar dos cabelos cavalgava acomodada nos troncos de uma árvore andante.

Emma não conseguia evitar o olhar estupefato ao redor. Ela era uma Caçadora de Sombras acostumada com magia; ainda assim, havia algo tão estranho no coração das Cortes do Reino das Fadas que ainda a deixava maravilhada.

Nene os conduziu através das sombras para onde seu cavalo e o de Fergus aguardavam, já na fila do cortejo, entre uma sprite sobre um cogumelo alado e duas meninas fada de vestidos vermelhos, ambas com os mesmos cabelos pretos, sentadas frente a frente numa égua baia. Emma se ergueu para a sela do palafrém cinzento de Nene.

Nene afagou carinhosamente o pescoço do animal.

— O nome dela é Crina Prateada. Seja gentil com ela. Ela sabe voltar para casa.

Emma assentiu quando Julian montou o garanhão baio de Fergus.

— Qual é o nome dele? — perguntou quando o cavalo sapateou e resfolegou.

— Fazedor de Viúvas — respondeu Nene.

Julian bufou debaixo do capuz.

— Ele cria viúvas a partir das pessoas que o cavalgam ou das que ele não gosta?

— Ambos — falou Nene. Aí enfiou a mão sob a capa e sacou dois frascos de cristal em correntes douradas. Entregou um a Julian e o outro a Emma. — Usem no pescoço — falou baixinho. — E mantenham-nos próximos de vocês.

Emma enrolou a corrente no pescoço obedientemente. O frasco era mais ou menos do tamanho de seu polegar. Um líquido dourado claro era visível dentro, brilhando quando o frasco se movia.

— Para que servem?

— Se estiverem em perigo na Corte do Rei, quebrem o topo e bebam o líquido — falou Nene.

— É veneno? — Julian pareceu curioso enquanto fechava a corrente no pescoço. O frasco caiu sobre seu peito.

— Não... vai deixar vocês invisíveis para as fadas Unseelie, pelo menos por algum tempo. Não sei quanto tempo a magia dura. Nunca tive motivo para usar isso.

Um goblin barulhento, com um pedaço de pergaminho e um imenso bico de pena, corria ao lado do cortejo, assinalando os nomes. Ele deu uma olhada rápida para Emma e Julian.

— Lady Nene, Lorde Fergus — falou. — Estamos prestes a partir.

— Estamos? — falou Julian com voz entediada. Emma piscou, espantada com o fato de ele ter soado como uma fada. — Vai nos acompanhar, goblin? Você gostaria de férias na Corte dos Unseelie?

O goblin forçou a vista.

— Você está bem, Lorde Fergus? Parece diferente.

— Talvez seja porque eu adoraria decorar meu quarto com cabeças de goblin — falou Julian. — Vá embora. — Ele deu um chute no goblin, que fez um som sibilante de horror e correu para longe deles, apertando o passo até o final da fila.

— Cuidado com as máscaras que você usa, criança— falou Nene —, não vá perder sua verdadeira face para sempre...

— Falsa ou verdadeira, todas são a mesma coisa — falou Julian, pegando as rédeas conforme o cortejo começava a avançar noite adentro.

Antes que Kit pudesse responder a Ty, uma comoção na biblioteca os atraiu de trás das prateleiras.

Dru tinha voltado e estava parada à porta, tímida, porém sorridente. Um menino de olhos escuros e boa aparência, que parecia uma versão mais esguia de Diego Rocio Rosales, abraçava Cristina. Mark e Kieran o observavam com desconforto. Assim que Cristina soltou o menino, Helen se aproximou para apertar a mão dele.

— Bem-vindo ao Instituto de Los Angeles, Jaime — falou ela. — Obrigada por vir tão rapidamente.

— Jaime Rocio Rosales — falou Ty para Kit, baixinho.

— Eu o encontrei na praia e o trouxe diretamente para cá — disse Dru com muito orgulho.

Helen pareceu confusa.

— Mas como você o reconheceu?

Dru trocou um olhar com Jaime, metade pânico e metade resignação.

— Ele ficou comigo por uns dias quando estávamos no Instituto de Londres — falou Dru.

Todos pareceram espantados, embora Kit não soubesse exatamente o motivo. Os relacionamentos entre as diferentes famílias de Caçadores de Sombras eram infinitamente confusos: alguns, como Emma, Jace e Clary, eram tratados praticamente como membros da família Blackthorn; outros, não. Mas ele tinha que tirar o chapéu para Dru por conseguir esconder dos outros o fato de que conseguira esconder alguém no seu quarto em Londres. Isso indicava um talento para a dissimulação. Somado à habilidade para abrir portas sem usar chave, sem dúvida, ela carregava uma veiazinha para o crime que ele muito admirava.

— Você está dizendo que ele ficou no seu quarto? — quis saber Mark, incrédulo. E se virou para Jaime, que tinha recuado até uma das mesas compridas. — Ela só tem 13 anos!

Jaime parecia incrédulo.

— Eu achei que ela tivesse uns 16 anos, pelo menos...

Helen prendeu a respiração. Mark entregou a bolsa para Kieran, que a segurou, com expressão perplexa.

— Fique onde está, Jaime Rosales.

— Por quê? — perguntou Jaime, desconfiado.

Mark avançou.

— Para tomar uma sova.

Como um acrobata, Jaime deu uma cambalhota para trás, aterrissando equilibrado sobre a mesa. Ele olhou para Mark com cara feia.

— Não sei o que você pensa que aconteceu, mas nada aconteceu. Dru é minha amiga, não importa sua idade. É isso.

Ty se virou e cochichou no ouvido de Kit:

— Não entendo... por que Mark está tão zangado?

Kit pensou no assunto. Era uma das coisas incríveis em relação a Ty, na verdade — ele fazia você refletir sobre os fios da lógica subconsciente que formavam a superfície das conversas banais. As suposições e hipóteses que as pessoas faziam sem sequer perguntar o porquê, as implicações de certas palavras e gestos. Kit jamais tinha imaginado que voltaria a considerar essas coisas algo normal.

— Você sabe como nas histórias os cavaleiros defendem a honra de uma dama? — sussurrou ele. — Mark acha que precisa defender a honra de Drusilla.

— Aquela mesa vai quebrar — falou Ty.

E ele tinha razão. As pernas da mesa na qual Jaime ficara de pé estavam perigosamente bambas.

Dru pulou entre Mark e Jaime, os braços bem abertos.

— Parem — ordenou ferozmente. — Eu não disse ao Jaime quantos anos eu tinha porque ele era meu amigo. Ele me ouvia e assistia a filmes de terror comigo, e agia como se minha opinião fosse importante, e eu não queria que ele me tratasse feito uma garotinha.

— Mas você é só uma criança — falou Mark. — Ele não poderia te tratar como uma adulta.

— Ele me tratou como uma amiga — falou Dru. — Posso ser nova, mas não sou mentirosa.

— Ela está dizendo que você tem que confiar nela, Mark — falou Kieran. Ele raramente falava muito quando estava perto dos Blackthorn; Kit ficou surpreso, mas não foi capaz de discordar.

Cristina contornou Mark e ficou ao lado de Dru. Elas não poderiam parecer mais diferentes: Cristina, em seu vestido branco, Dru, de macacão e camiseta preta —, mas tinham a mesma expressão de teimosia.

— Mark — disse Cristina. — Entendo como você se sente por ter estado ausente por tantos anos e não ter podido proteger sua família. Mas isso não significa que você deve desconfiar deles agora. E Jaime não machucaria Dru.

A porta da biblioteca foi aberta. Era Aline. Ninguém além de Kit deu atenção quando ela cruzou o cômodo e cochichou no ouvido de Helen. Ninguém além de Kit notou a expressão de Helen mudar e seus lábios empalidecerem.

— Dru é como uma irmã mais nova para mim — falou Jaime, e a menina se encolheu quase imperceptivelmente.

Mark se virou para Dru.

— Me desculpe, irmã. Eu deveria ter ouvido você. — Ele ergueu o rosto para Jaime, e seus olhos brilharam. — Eu acredito em você, Jaime Rocio Rosales. Mas não posso falar pelas atitudes de Julian quando ele descobrir.

— Vocês estão mesmo me incentivando a deixar vocês usarem a *Eternidad* para ir ao Reino das Fadas.

— Parem de brigar. — A voz de Helen soou alta e clara. — Mais cedo, mandei uma mensagem à minha tia Nene na Corte Seelie. Ela acabou de responder. Falou que Emma e Julian estiveram lá, mas se foram. Eles acabaram de partir da Corte Seelie para a Corte Unseelie.

Os olhos de Kieran escureceram. Cristina falou:

— Por que eles fariam uma coisa dessas?

— Não sei — retrucou Helen. — Mas isso significa que agora temos um local específico para localizá-los.

Kieran tocou sua espada na cintura.

— Conheço um lugar na estrada entre Seelie e Unseelie onde podemos ficar de tocaia. Mas se eles passarem, pode ser tarde demais para nós. Se nós vamos mesmo, é melhor irmos agora.

Jaime saltou da mesa com a leveza de um gato.

— Vou pegar a relíquia. — Ele começou a remexer na mochila. — Cristina, só você pode usar porque o usuário tem que ter o sangue dos Rosales.

Cristina e Jaime trocaram um olhar cheio de significado, indecifrável para Kit.

— Você pode usá-la para ir ao Reino das Fadas e voltar — falou Jaime. — Sua passagem dentro e fora das Terras não será notada. Mas enquanto estiverem lá, a relíquia não vai protegê-los. — Ele entregou alguma coisa a Cristina; Kit só viu o objeto de relance. Parecia madeira polida, torcida num formato estranho.

Kieran e Mark estavam botando as mochilas nas costas. Dru fora até Helen, que parecia doida para abraçar a irmã caçula, mas Dru não estava perto o suficiente para isso.

Ao vê-las, alguma coisa estimulou Kit, que pôs a mão no ombro de Ty. Ele tinha consciência do calor da pele do outro menino através da camiseta. Ty olhou para ele de soslaio.

— Melhor você dizer adeus ou boa viagem — falou Kit, constrangido.

Ty hesitou um momento, e então foi, e a mão de Kit deslizou do ombro dele, como se Ty nunca a tivesse notado ali. Kit ficou na dele durante as despedidas, os abraços chorosos, as promessas sussurradas e os afagos nos cabelos. Helen abraçou Mark com força, como se não quisesse soltá-lo nunca mais, enquanto Aline saía para pegar Tavvy, que brincava em seu quarto.

Jaime também ficou na dele, embora tivesse ficado observando Kit de canto de olho, com um olhar curioso, como se dissesse: *Quem é esse cara?*

Quando Aline voltou, Tavvy obedientemente abraçou todos que estavam saindo — até Kieran, que pareceu surpreso e emocionado. Ele abaixou a mão e tocou levemente o cabelo de Tavvy.

— Não se preocupe, pequeno.

E então foi a hora de Ty e Mark dizerem adeus, e Mark tocou Ty levemente nas bochechas, uma vez — uma despedida de fada.

— Não morra — falou Ty.

O sorriso de Mark foi doloroso.

— Não vou morrer.

Helen esticou a mão para Ty, e o grupinho de Blackthorn restantes se reuniu quando Cristina apertou *Eternidad* contra o peito. Sem dúvida, era um pedaço de madeira polida, Kit via agora, retorcida tipo o símbolo do infinito — sem começo nem fim.

— Fiquem juntos, todos vocês que vão para o Reino das Fadas — falou Jaime. — Vocês precisam fazer contato físico entre si para funcionar.

Mark e Kieran botaram uma das mãos nos ombros de Cristina. Ela parecia bem pequenina entre eles. Mark esfregou o polegar na sua nuca macia: um gesto tranquilizador, quase ausente; a intimidade dele assustou Kit.

Jaime também pareceu perceber; seu olhar se concentrou. Mas tudo o que ele disse foi:

— Você precisa dizer ao artefato aonde levar você. Você não vai querer deixá-lo escolher.

Kieran se virou para Cristina.

— Vamos para as Encruzilhadas de Bram.

Cristina baixou o olhar, as mãos roçando delicadamente sobre a relíquia.

— Leve-nos para as Encruzilhadas de Bram — falou.

A magia fada era silenciosa, pensou Kit. Não houve barulho, nem tumulto, nem luzes enfeitiçadas piscando. Entre uma respiração e outra, Mark, Kieran e Cristina simplesmente desapareceram.

Mais uma reunião, pensou Diana. E uma de emergência: ela havia sido acordada de manhã cedo por uma mensagem de fogo que a convocava para uma reunião do Conselho no Gard.

Gwyn tinha tentando convencê-la a voltar para a cama, mas Diana estava preocupada demais. Preocupada por causa de Jia. Preocupada com Emma e Julian. Ela sabia que Horace estava fazendo deles um exemplo com a prisão domiciliar, mas eram apenas crianças. Quanto tempo a punição deveria durar? E quanto tempo Julian ficaria bem, separado dos irmãos?

Ela deixara Gwyn com um beijo e correra para o Gard, onde encontrara Caçadores de Sombras por toda a parte — não apenas a multidão comum de Alicante — entrando pelos portões guardados pelos Centuriões. Mal conseguira uma cadeira na frente, perto de Kadir Safar, do Conclave de Nova York.

Quando as portas se fecharam, todos ficaram olhando para o estrado, que estava vazio, exceto por uma única cadeira com um encosto alto de madeira e uma mesa forrada de preto. Era como se o tecido dobrado cobrisse alguma coisa — sólida — que causou calafrios na espinha de Diana. Ela disse a si que provavelmente não era o que parecia. Talvez fosse uma pilha de armas.

Quando o Conselho lentamente ocupou seus lugares, um silêncio decaiu sobre a sala. Horace Dearborn, paramentado com as vestes de Inquisidor, caminhava sobre o estrado, seguido de Manuel e Zara em suas roupas de Centurião, cada um carregando uma longa lança gravada com as palavras *primus pilus.*

— *Primeiras lanças* — traduziu Kadir. Diana já o vira antes: um homem quase sempre silencioso que fora o segundo-em-comando de Maryse por anos, e ainda dirigia o Conclave de Nova York. Ele parecia cansado e tenso, uma palidez na pele negra que não estivera lá até então. — Isso significa que eles foram promovidos a Centuriões que guardam pessoalmente o Inquisidor e a Consulesa.

— E por falar na Consulesa — murmurou Diana em resposta —, onde está Jia?

O sussurro foi ouvido e se espalhou como uma faísca, e em pouco tempo todo o Conselho estava comentando. Horace ergueu uma das mãos para acalmar os ânimos.

— Saudações, Nephilim — falou ele. — Nossa Consulesa, Jia Penhallow, manda lembranças. Ela está na Cidadela Adamant, consultando as Irmãs de Ferro sobre a Espada Mortal. Em breve, ela será reforjada, o que permitirá que os julgamentos recomecem.

O barulho se transformou num murmúrio.

— É uma infeliz coincidência que os dois compromissos tivessem que ocorrer simultaneamente — emendou Horace —, mas o tempo é essencial. Será difícil realizar esta reunião sem Jia, mas conheço suas opiniões e as representarei aqui.

A voz ecoou pelo recinto. *Ele deve estar usando uma Marca de Amplificação,* pensou Diana.

— Na última vez que nos encontramos aqui, discutimos leis mais rigorosas que penalizariam os integrantes do Submundo — falou Horace. — Nossa Consulesa, em sua gentileza e generosidade, desejou que adiássemos a decisão sobre a implementação de tais leis... mas essas pessoas não reagiram à sua bondade. — Seu rosto ficou vermelho sob os cabelos louros ralos. — Eles reagem à *força*! E nós devemos tornar os Caçadores de Sombras fortes novamente!

Um burburinho se espalhou pelo Salão. Diana olhou ao redor, em busca de Carmen, que tinha falado tão corajosamente na última reunião, mas não conseguiu encontrá-la em parte alguma na multidão. E cochichou para Kadir:

— Para que isso? Por que ele nos trouxe aqui para gritar na nossa cara?

Kadir pareceu desanimado.

— A pergunta é: aonde ele quer chegar com isso?

Diana examinou os rostos de Manuel e Zara, mas não conseguiu enxergar nada além de arrogância no rosto da menina. O rosto de Manuel estava em branco, como uma folha de papel.

— Com todo o respeito à nossa Consulesa, eu estava disposto a adiar — falou Horace —, mas eventos que agora vieram à tona tornam a espera impossível.

Um murmúrio de expectativa percorreu o cômodo. Do que é que ele estava falando?

Ele se virou para a filha.

— Zara, deixe que vejam a atrocidade que o Povo Fada cometeu contra nós!

Com uma expressão sombria de prazer, Zara cruzou o estrado até a mesa e puxou o lençol preto, como se fosse um mágico diante do público.

Um gemido de horror irrompeu na multidão. Diana sentiu o próprio estômago revirar. Debaixo do lençol, estavam os restos mortais de Dane Larkspear, espalhados sobre a mesa como um cadáver pronto para ser autopsiado.

A cabeça estava virada para trás, a boca aberta num grito silencioso. As costelas tinham sido destroçadas, e pedaços de osso branco e tendões amarelos se projetavam dos cortes grotescos. Sua pele parecia pálida e murcha, como se ele estivesse morto há algum tempo.

A voz de Horace se ergueu a um grito.

— Vejam diante de vocês, um bravo jovem que foi enviado em missão de paz ao Reino das Fadas, e eis o que eles nos devolveram. Este cadáver atacado e destruído!

Um grito terrível cortou o silêncio. Uma mulher, com os cabelos escuros e o rosto ossudo de Dane Larkspear ficou de pé, se lamentando. Elena Larkspear, percebeu Diana. Um homem grandalhão, cujos traços pareciam colapsar em si mesmos com choque e horror a aparava; quando a multidão os olhou abertamente, ele arrastou a mulher escandalosa para fora do recinto.

Diana sentiu náusea. Ela não gostava de Dane Larkspear, mas ele era só uma criança, e a tristeza de seus pais era genuína.

— Foi *assim* que a família soube?

Havia amargura no tom de voz de Kadir.

— Dá um bom teatro. Dearborn sempre foi mais artista do que político.

Do outro lado do corredor, Lazlo Balogh deu uma olhada irritada para os dois. Até onde Diana sabia, ele não fazia parte da Tropa oficialmente, mas, sem dúvida, era um simpatizante.

Rainha do Ar e da Escuridão

— E ele foi atacado! — gritou Zara, com olhos brilhantes. — Vejam as marcas de mordidas... obra de kelpies! Talvez até com a ajuda de vampiros ou lobisomens...

— Pare, Zara — resmungou Manuel. Mas ninguém parecia ter notado os gritos de Zara. Havia caos demais na multidão. Caçadores de Sombras xingando e praguejando numa dezena de idiomas diferentes. Diana sentiu um desespero gélido invadi-la.

— E isso não é tudo... outros crimes do Submundo vieram à tona nesses últimos dias — falou Horace. — Um grupo de corajosos Centuriões, leal à herança dos Caçadores de Sombras, descobriu um príncipe Unseelie escondido na Scholomance. — E se virou para Zara e Manuel. — Tragam os traidores!

— Não é assim que nós fazemos as coisas — sussurrou Diana. — Não é assim que os Caçadores de Sombras se comportam, nem é assim que fazemos com que os nossos respondam por...

Ela se calou antes que Kadir pudesse responder. Zara e Manuel tinham desaparecido em um dos corredores ao lado do estrado e agora retornavam com Timothy Rockford a tiracolo. Entre os dois, marchava uma fileira de estudantes que Diana conhecia: Diego Rosales, Rayan Maduabuchi e Divya Joshi.

As mãos estavam amarradas atrás das costas, as bocas, fechadas com Marcas de Quietude, símbolos que normalmente apenas os Irmãos do Silêncio usavam. Os olhos de Diana encontraram os de Diego, e ela viu puro medo por trás deles.

— Marcas de Quietude — falou Kadir, enojado, quando o Salão irrompeu em gritos. — Imagine ser tratado assim, e silenciado... incapaz de protestar.

Diana se levantou.

— O que você está fazendo, Horace? Eles são apenas crianças! Crianças *Caçadoras de Sombras*! É nossa função protegê-las!

A voz amplificada de Horace fez seu sibilo de irritação ecoar pelo recinto.

— Sim, são nossas crianças, nossa esperança para o futuro! E nossa solidariedade em relação ao Submundo fez com que se tornassem presas fáceis ao engodo. Essas almas perdidas contrabandearam pela Scholomance um "príncipe" fada depois de seu terrível ataque a uma de nossas jovens mentes mais brilhantes.

O Salão ficou em silêncio. Diana trocou um olhar admirado com Kadir. Do que Horace estava falando?

Os olhos de Manuel se voltaram para a esquerda. Ele sorria ironicamente. Um segundo depois, Gladstone apareceu, arrastando uma garota num vestido em trapos, com uma capa dos Centuriões jogada sobre os ombros.

Era Samantha Larkspear. Os cabelos negros caíam no rosto em mechas e seus olhos tremelicavam como insetos aprisionados. As mãos estavam retorcidas feito garras junto às laterais do corpo: ela ergueu uma das mãos para o público, como se espantasse moscas.

Diana sentiu vontade de vomitar.

Manuel foi até ela, com as mãos cuidadosamente cruzadas atrás das costas.

— Samantha Larkspear — chamou ele. Um gemido ecoou pela multidão quando as pessoas perceberam que aquela era a irmã do menino morto e desfigurado sobre a mesa. — Fale sobre o príncipe Kieran!

Samantha começou a balançar a cabeça, os cabelos balançando.

— Não, não! Uma dor terrível! — gemeu ela. — Não me faça pensar no príncipe Kieran!

— Pobrezinha — falou Lazlo Balogh em voz alta. — Traumatizada pelo Submundo.

Diana notava Diego balançando a cabeça, Rayan tentando falar, mas os sons não saíam de seus lábios. Divya simplesmente encarava Manuel com um olhar duro, o ódio era nítido em cada movimento dela.

— Será que você gostaria de conversar com os prisioneiros — sugeriu Manuel a Samantha, e seu tom de voz foi como um afago oleoso. — Aqueles que libertaram o príncipe Kieran?

Samantha se desvencilhou de Diego e dos outros, com o rosto contorcido.

— Não! Mantenham-nos longe de mim! Não deixem que olhem para mim!

Diana afundou novamente na cadeira. Não importava o que tivesse acontecido a Samantha; ela sabia que não era culpa de Kieran nem dos outros, mas sentia os ânimos da multidão: puro horror. Ninguém iria querer ouvir uma defesa deles agora.

— Meu Deus, o que está acontecendo? — murmurou ela, quase para si. — O que Horace vai fazer com Diego e os outros?

— Prendê-los — falou Kadir num tom sombrio. — Torná-los um exemplo. Eles não podem ser julgados agora enquanto a Espada Mortal estiver quebrada. Horace os deixará ali para inspirar ódio e medo. Um símbolo ao qual apontar sempre que suas políticas forem questionadas. *Vejam só o que aconteceu.*

No estrado, Samantha soluçava. Manuel a tomara nos braços, como se quisesse confortá-la, mas Diana notava a força com que ele segurava a garota chorosa. Ele a continha enquanto a multidão clamava para que Horace falasse.

O Inquisidor deu um passo à frente, e a voz amplificada se sobrepôs ao barulho enquanto Zara observava tudo com um prazer altivo.

— Não podemos permitir que mais jovens Caçadores de Sombras padeçam e morram! — gritou ele, e a multidão explodiu em concordância.

Como se Diego, Divya e Rayan não fossem jovens Caçadores de Sombras e não estivessem sofrendo.

— Não podemos permitir que nosso mundo seja tirado de nós — gritou Horace enquanto os dedos de Manuel afundavam nos ombros de Samantha. — Temos que ser fortes o suficiente para proteger nossos filhos e nosso lar. Está na hora de botar os Nephilim em primeiro lugar! — Horace ergueu os punhos cerrados em triunfo. — Quem se unirá a mim na votação para o registro dos integrantes do Submundo?

O uivo da multidão foi como um rio descontrolado, varrendo todas as esperanças de Diana.

13

Babilônicas

Havia apenas uma fatia da lua, mas as estrelas multicoloridas do Reino das Fadas iluminavam o céu como fogueiras, clareando o cortejo da Rainha conforme serpenteava pelo interior silencioso, sobre montanhas verdejantes e campos abertos.

Às vezes, eles cruzavam rios cheios de sangue, e o fluido vermelho espirrava e manchava as patas dos cavalos. Outras vezes, passavam por áreas afetadas pela praga, paisagens lunares fantasmagóricas em cinza e preto. As fadas Seelie cochichavam e chilreavam entre si, nervosamente, sempre que um novo trecho morto de terra era avistado, mas Emma não conseguia entender o que diziam.

Quando começaram a ouvir o barulho, Emma estava quase dormindo nas costas de Crina Prateada. A música distante a acordou, juntamente ao som de pessoas gritando. Ela piscou, praticamente acordada, ajeitando o capuz para esconder o rosto.

Eles se aproximavam de uma encruzilhada, a primeira que vira naquela noite. Névoa pesada pairava sobre a estrada, obscurecendo a trilha mais à frente. Grupos de árvores altas cresciam no X onde as estradas se encontravam e jaulas de ferro vazias pendiam dos galhos. Emma estremeceu. As jaulas eram grandes o suficiente para abrigar um ser humano.

Ela deu uma olhada em Julian. Ele estava sentado no lombo de Fazedor de Viúvas, com os cabelos escuros escondidos pelo capuz da capa de Fergus. Dava para ver apenas um pedacinho de pele, assim como a lua acima.

— Música — falou ele em voz baixa, conduzindo o cavalo para perto dela.

— Provavelmente, uma festa se aproximando.

Ele tinha razão. Eles passaram a encruzilhada e a névoa densa se abriu no mesmo instante. A música ficou mais alta, gaitas, violinos e instrumentos delicados semelhantes a flautas que Emma não reconhecia. O campo ao norte da estrada era dominado por uma imensa tenda coberta com seda, onde pairava a bandeira da coroa quebrada do Rei Unseelie.

Vultos dançando selvagemente cercavam a construção. A maioria estava nu, ou quase isso, e vestia trapos diáfanos. Não era bem uma dança; eles pareciam se contorcer juntos, rindo e entrando e saindo de uma imensa piscina de água com bordas de rocha prateada. Uma névoa branca se erguia da água obscurecendo, porém jamais acobertando alguns corpos seminus.

Emma corou, sobretudo, porque Julian estava lá, e desviou o olhar. As meninas — tinham que ser irmãs —, na égua marrom-avermelhada atrás dela, davam risadinhas, brincando com as fitas em seu pescoço

— A festa do príncipe Oban — falou uma. — Não poderia ser outro.

A irmã parecia tristonha.

— Quem dera pudéssemos ir, mas a Rainha não aprovaria.

Emma olhou para trás, na direção da algazarra. Já tinha ouvido Mark falar das festas das fadas como se fossem mais do que eventos gigantescos e ousados. Eram um jeito de invocar magia selvagem, ele explicara. Tinham uma influência oculta maligna e aterrorizante, um poder que mal era controlado. Olhando para o campo, Emma não conseguiu deixar de perceber que algumas das faces risonhas estavam, na verdade, gritando em agonia.

— Olhe à frente, lá em cima — alertou Julian, tirando-a de seu devaneio.

— É a torre da Corte Unseelie.

Emma olhou e, por um momento, uma lembrança confusa a invadiu: o mural na parede do quarto de Julian com um castelo cercado de sebes espinhosas. Mais à frente, uma torre cinzenta escura se erguia das montanhas e sombras. Somente seu topo era visível. Crescendo por toda parte, com suas pontas afiadas visíveis mesmo de longe, havia uma imensa muralha de espinhos.

— Então é isso — falou Helen, numa voz curiosamente sem emoção. Ela estava sentada à cabeceira da mesa da biblioteca. Aline franziu a testa e pôs a mão nas costas da mulher. — Eles se foram.

Dru tentou atrair o olhar de Jaime, mas ele não a encarava. Tinha lançado olhares curiosos a Kit e Ty, e agora estava afivelando as alças da mochila.

— Você não pode ir embora — falou para ele, um pouco desesperada. — Deve estar muito cansado...

— Estou bem. — Ele ainda não olhava para ela. Dru ficou arrasada. Não queria ter mentido para Jaime. Ela simplesmente não revelara sua verdadeira idade porque temera que ele fosse considerá-la uma garotinha estúpida. E então Mark berrara com ele por causa disso.

— Não, Dru tem razão. — Helen sorriu com algum esforço. — Permita que a gente ao menos te ofereça o jantar.

Jaime hesitou. Ele estava de pé, torcendo as alças da mochila irresolutamente quando Kit e Ty passaram por ele, e Ty falou alguma coisa sobre ir ao telhado. Kit acenou e os dois se esgueiraram para fora da biblioteca. De volta ao mundinho particular deles, pensou Dru. Ty nunca a deixaria entrar nesse mundo — ele nunca deixaria ninguém tomar o lugar de Livvy.

Não que Dru quisesse fazer isso. Ela só queria ser amiga de seu irmão. *Assim como Helen só quer ser sua amiga*, falou uma vozinha irritante no fundo de sua mente. Dru a ignorou.

— Aline é uma cozinheira muito boa — falou em vez disso. Aline revirou os olhos, mas Dru não deu bola. Jaime estava muito magro, mais magro até do que quando ela o vira em Londres. Devia estar faminto. Talvez se pudesse fazê-lo ficar, pudesse explicar...

Ouviu-se um barulho semelhante a uma pequena explosão. Dru deu um gritinho e um envelope caiu do teto e pousou na mesa. Um fiozinho de fumaça pairava no ar.

— Amor, é para você — falou Helen, e entregou o envelope a Aline. — Aline Penhallow, Diretora do Instituto.

Franzindo as sobrancelhas, Aline rasgou o envelope. Seu rosto ficou tenso. Ela leu em voz alta:

Aline Penhallow,
de acordo com a última reunião do Conselho em Alicante, agora o
Registro de integrantes do Submundo é obrigatório.
Diretores dos Institutos e dos Conclaves, é sua a responsabilidade
de garantir que os integrantes do Submundo em sua região
sejam registrados e recebam números de identificação. Vocês
receberão um carimbo para usar no registro, com tinta
que somente aparecerá sob luz enfeitiçada.

Os integrantes do Submundo devem estar prontos para mostrar
os documentos marcados a qualquer momento. As informações sobre
todos os registros devem ser enviadas ao Escritório do Inquisidor.

Seu não cumprimento pode resultar em suspensão de privilégios ou
retorno a Alicante. Sed lex, dura lex. A Lei é dura, mas é a
Lei. Nesses tempos difíceis, todos devem assumir suas
responsabilidades. Grato pela compreensão,
  Horace Dearborn.
  Obs.: De acordo com nossa política de punição,
todos os diretores de Institutos devem ser advertidos de que os
traidores Diego Rosales, Divya Joshi e Rayan Maduabuchi aguardam
sua condenação no Gard por terem auxiliado a fuga de um integrante
do Submundo procurado. Assim que a Espada Mortal for reforjada,
eles serão julgados.

Ouviu-se uma pancada. Jaime tinha derrubado a mochila. Drusilla correu
para pegá-la, mas ele já havia recolhido.

— Aquele filho da mãe do Dearborn — falou, os lábios brancos. — Meu
irmão não é um traidor. Ele é dolorosamente honesto, bom... — Ele olhou para
os rostos aflitos ao redor. — O que importa? — murmurou. — Nenhuma de
vocês o conhece.

Helen começou a se levantar.

— Jaime...

Ele saiu correndo da biblioteca e, um segundo depois, Dru partiu atrás.

Jaime era veloz, mas não conhecia a casa nem o jeito como a porta da frente
emperrava. Dru o alcançou enquanto ele se esforçava para abri-la.

— Jaime! — gritou a menina.

Ele ergueu a mão.

— Pare. Eu tenho que ir, Drusilla. É o meu irmão, entendeu?

— Eu sei. Mas tome cuidado, por favor. — Ela remexeu no cinto e tirou
uma coisa para ele. Sua mão tremia. — Leve sua adaga. Você precisa dela
mais do que eu.

Ele baixou o olhar para a lâmina; era um presente, que ele havia deixado
no quarto dela no Instituto de Londres antes de ir embora. Uma adaga de caça
dourada e entalhada com rosas.

Delicadamente, ele segurou a mão dela e fechou seus dedos sobre a adaga.

— É sua. É um presente — falou.

A voz dela soou baixinha.

— Isso significa que ainda somos amigos?

O esboço de sorriso foi tristonho. Ele puxou a maçaneta da porta e desta vez ela abriu; Jaime saiu, passando por Dru, e desapareceu nas sombras.

— Dru? Você está bem?

Ela deu meia-volta e esfregou furiosamente os olhos que ardiam. Não queria chorar na frente de Helen — e era Helen, sua irmã, parada no primeiro degrau da escada principal, observando-a com uma expressão confusa.

— Você não precisa se preocupar comigo — falou a menina, com voz trêmula. — Sei que você acha que é uma idiotice, mas ele foi o meu primeiro amigo de verdade...

— Não acho que seja uma idiotice! — Helen cruzou o cômodo até Dru com passadas rápidas.

A garganta da menina doía tanto que ela quase não conseguia falar.

— É como se as pessoas ficassem me abandonando — murmurou ela.

De perto, Helen parecia ainda mais magra e linda, e tinha o cheiro das flores de laranjeira. Mas, pela primeira vez, ela não parecia distante, como uma estrela longínqua. Parecia angustiada, preocupada e muito presente. Havia até uma mancha de tinta na manga da roupa.

— Eu sei como você se sente — emendou Helen. — Eu senti tanta saudade de você quando eu estava na Ilha Wrangel que não conseguia respirar. Eu ficava pensando em tudo o que estava perdendo e em como sentia falta de ver você crescer, de todas as pequenas coisas, e quando eu te vi no Salão do Conselho fiquei pensando...

Dru se preparou.

— ... em como você tinha ficado linda. Você se parece tanto com a mamãe. — Helen fungou. — Eu costumava ficar vendo ela se arrumar para sair. Ela era tão chique, tão estilosa... e tudo o que eu penso em vestir é um jeans e uma camiseta.

Dru a fitou, espantada.

— Eu vou ficar — falou Helen ferozmente. — Não vou abandonar você de novo. — Ela esticou a mão para Dru... e a menina assentiu, apenas um gesto mínimo. Helen passou os braços em volta dela e a apertou.

Dru apoiou a testa na da irmã e finalmente se permitiu lembrar de Helen botando-a no colo quando ela era pequena, girando-a enquanto ela gargalhava, amarrando fitas em seu cabelo e encontrando seus sapatos perdidos, inevitavelmente descartados na praia. Agora elas se encaixavam de um jeito diferente de antes, pensou Dru ao abraçar a irmã. Tinham alturas e biotipos diferentes, e eram pessoas diferentes das que tinham sido.

Mas mesmo que elas se encaixassem de modo diferente agora, ainda se encaixavam como irmãs.

Não era nem um pouco parecido com um Portal: não havia tumulto nem precipitação; nenhuma sensação de ser carregado por um tornado e sacolejado com força. Num momento, Cristina estava de pé na biblioteca no Instituto, e no seguinte, estava num campo verde, com Kieran e Mark de cada lado, música soando pelo ar.

Mark tirou a mão do ombro dela; Kieran fez a mesma coisa. Cristina enfiou o artefato na mochila e a jogou nas costas, apertando as tiras com força enquanto os meninos olhavam ao redor, espantados.

— É uma festa — falou Mark, sem acreditar. — Nós pousamos no meio de uma festa.

— Bem, não no meio — falou Kieran. Tecnicamente, ele tinha razão; eles estavam perto de um campo cheio de dançarinos que giravam e rodopiavam. Tendas tinham sido erguidas sobre o gramado, e de uma delas, maior do que as outras, pendiam cortinas de seda.

— Achei que a gente estivesse indo para a Encruzilhada de Bram — falou Cristina.

— Estamos perto — apontou Kieran. Do outro lado do campo, Cristina via o local em que duas estradas se encontravam, cercado por imensos carvalhos. — É o local onde as Terras Seelie e as Terras Unseelie se encontram.

— E quem é Bram? — falou Cristina.

— Bram foi o Rei antes de meu pai, há muito tempo — falou Kieran, indicando a estrada para o sul. — Emma e Julian viriam de lá. Das Terras Seelie. Qualquer cortejo oficial passaria pela encruzilhada.

— Então temos que chegar à estrada — falou Mark. — Temos que passar pela festa. — Ele se virou. — Ponha um disfarce, príncipe Kieran.

Kieran lançou um olhar sombrio a Mark. Cristina, sem querer perder tempo, abriu a mochila, sacou uma capa enrolada e a entregou a ele.

Kieran vestiu a capa e puxou o capuz sobre a cabeça.

— Estou disfarçado?

Cristina ainda conseguia ver um lampejo de cabelo azul e preto sob a beirada do capuz, mas tinha esperança de que ninguém fosse examinar com muito afinco. Porque se o fizesse, daria para dizer facilmente que se tratava de um príncipe. Estava explícito na sua postura, na maneira como Kieran se movimentava, na expressão.

Mark deve ter pensado a mesma coisa, pois se abaixou, pegou um bocado de lama e esfregou com força no rosto surpreso de Kieran, deixando manchas de sujeira em sua bochecha e nariz.

Kieran não ficou satisfeito e olhou de cara feia.

— Você fez isso só para se divertir.

Mark sorriu como um garotinho e jogou o restante da lama fora. Kieran esfregou o nariz, ainda de cara amarrada. No entanto, não parecia menos principesco.

— Pare — falou Cristina.

— Obrigado — disse Kieran.

Com um sorriso, Cristina pegou um pouco de lama e esfregou na bochecha de Kieran.

— Você tem que ter dos dois lados.

Mark riu; Kieran pareceu indignado por alguns segundos antes de se render e rir também.

— Agora não vamos perder mais tempo — falou Cristina, um tanto arrependida. Ela queria que os três pudessem simplesmente ficar aqui, juntos, sem entrar na festa.

Mas não tinham escolha. Adentraram a festa, pela área onde muitos dos dançarinos já tinham caído, exaustos. Um menino com tinta metálica no rosto e calça listrada estava sentado, numa névoa drogada, examinando as próprias mãos enquanto as movimentava lentamente pelo ar. Passaram por uma piscina de água fervente cercada de neblina; corpos escorregadios eram visíveis em meio às fendas na fumaça. Cristina sentiu as bochechas queimarem, vermelhas.

Eles prosseguiram, e a multidão se fechou em torno deles como videiras que cresciam rapidamente. Não era nem um pouco parecido com a festa que Cristina tinha visto da última vez que estivera no Reino das Fadas. Aquilo tinha sido uma imensa festa para dançar. Isto estava mais para um quadro de Bosch. Um grupo de homens fada estava brigando; os torsos nus, escorregadios por causa do sangue, brilhavam sob a luz das estrelas. Uma kelpie se alimentava, faminta, do cadáver de um brownie de olhos ainda abertos que fitavam o céu sem propriamente enxergar. Corpos nus, deitados e entrelaçados na grama, com as pernas se movimentando lentamente. Flautas e rabecas gritavam e o ar tinha cheiro de vinho e sangue.

Eles passaram por um gigante inconsciente deitado na grama. Por todo seu imenso corpo, havia centenas de pixies correndo e dançando, como um mar em movimento. Não, Cristina percebeu, elas não estavam dançando. Estavam...

Ela desviou o olhar e suas bochechas pareciam estar em chamas.

— Isso é coisa do meu irmão — falou Kieran, fitando sombriamente a maior das tendas, que trazia o brasão da Corte Unseelie. Um assento, semelhante a um trono e todo decorado, fora colocado ali, mas estava vazio. — Príncipe Oban. Suas festas são famosas pela duração e devassidão. — Ele franziu as sobrancelhas quando um grupo de acrobatas nus gritou de uma árvore próxima. — Ele faz Magnus Bane parecer uma freira pudica.

Parecia que Mark tinha acabado de ouvir sobre a existência de um sol alternativo que era nove milhões de vezes mais quente do que o sol da Terra.

— Você nunca mencionou Oban.

— Ele me envergonha — falou Kieran. Um galho acima se quebrou, depositando na frente deles um cavalo do tamanho de um goblin, usando uma cinta-liga. Também vestia meias de lã desfiadas e protetores para cascos dourados.

— Dá para entender o motivo — falou Mark quando o cavalo partiu, mordiscando a grama. Com cuidado, ele se desviou dos casais se abraçando nos arbustos emaranhados.

Dançarinos passavam rodopiando por Cristina num círculo, em volta de uma árvore cheia de fitas, mas nenhum tinha o ar de quem se divertia. Seus rostos estavam inexpressivos, com olhos muito arregalados, e agitavam os braços. De vez em quando, um cavaleiro fada bêbado puxava um dos dançarinos do círculo e o deitava na grama comprida. Cristina estremeceu.

Do alto da árvore, pendia uma jaula. Em seu interior, via-se um vulto curvado, branco e viscoso como uma lesma pálida, com o corpo coberto de marcas de catapora cinzentas. *Parece um demônio Eidolon em sua forma verdadeira*, pensou Cristina. Mas por que um príncipe do Reino das Fadas teria um demônio Eidolon numa jaula?

Uma trompa soou. A música se tornara mais desagradável, quase sinistra. Cristina olhou mais uma vez para os dançarinos e se deu conta, de repente, de que eles estavam enfeitiçados. Ela se recordou da última vez que estivera numa festa, e de como fora levada pela música; agora não se sentia daquele jeito e agradeceu em silêncio à *Eternidad*.

Tinha lido sobre festas das fadas nas quais os mortais eram forçados a dançar até os ossos de seus pés se partirem, mas não tinha se dado conta de que era algo que as fadas também poderiam fazer umas às outras. Os belos meninos e meninas no círculo dançavam sem parar, e seus torsos amoleciam enquanto as pernas acompanhavam o ritmo incansavelmente.

Kieran parecia aborrecido.

— Oban obtém prazer testemunhando a dor dos outros. Aqueles são os espinhos de suas rosas, o veneno nas flores de sua sociabilidade e dons.

Cristina se aproximou dos dançarinos, preocupada.

— Todos eles vão morrer...

Kieran segurou a manga da roupa dela e a puxou para perto de si e de Mark.

— Cristina, não. — Ele pareceu sinceramente alarmado por ela.— Oban vai deixá-los viver, depois de tê-los humilhado o suficiente.

— Como você pode ter tanta certeza? — perguntou ela.

— São aristocratas. Bajuladores da corte. Oban se meteria numa encrenca com meu pai se matasse todos.

— Kieran tem razão — falou Mark, e o luar prateou seus cabelos. — Você não pode salvá-los, Cristina. E nós não podemos ficar aqui.

Relutante, Cristina os acompanhou ao passarem rapidamente pela multidão. O ar estava tomado por uma fumaça adocicada e desagradável, misturada à névoa da piscina de água.

— Príncipe Kieran.— Uma mulher fada com cabelo semelhante a dentes de leão flutuou até eles. Ela usava um vestido de filamentos brancos e seus olhos eram verdes como caules. — Você veio até nós, disfarçado.

A mão de Mark já estava no cinto de armas, mas Kieran fez um gesto rápido para que ele se acalmasse.

— Posso confiar que você guardará meu segredo, não posso?

— Se me disser por que um príncipe Unseelie viria escondido para a festa do próprio irmão, talvez — falou a mulher, com interesse nos olhos verdes.

— Estou à procura de um amigo — respondeu Kieran.

No mesmo instante os olhos da mulher pousaram em Cristina e então em Mark. Ela abriu um sorriso.

— Você parece ter alguns.

— Chega — falou Mark. — O príncipe deve prosseguir sem atrasos.

— Ora, se você estivesse procurando uma poção do amor, poderia vir até mim — falou a mulher fada, ignorando Mark. — Mas qual dos dois Nephilim você ama? E qual deles ama você?

Kieran ergueu uma das mãos, como um aviso.

— Chega.

— Ah, entendo, entendo. — Cristina se perguntava o que afinal a outra entendia. — Nenhuma poção do amor poderia ajudar nisso. — Os olhos dela dançaram. — Ora, no Reino das Fadas, você poderia amar os dois, e ambos o amariam. Você não teria problema. Mas no mundo do Anjo...

— Chega, já falei! — Kieran enrubesceu.— O que devo fazer para você parar de perturbar?

A mulher fada sorriu.

— Um beijo.

Com uma expressão exasperada, Kieran inclinou a cabeça e beijou levemente a boca da mulher fada. Cristina ficou tensa, e sentiu uma pontada no estômago. Uma sensação desagradável.

E percebeu que Mark, ao seu lado, também ficou tenso, mas nenhum dos dois se mexeu quando a mulher fada recuou, piscou e saiu dançando até o meio da multidão.

Kieran limpou os lábios com as costas da mão.

— Dizem que o beijo de um príncipe traz boa sorte — explicou —, mesmo o de um príncipe em desgraça, aparentemente.

— Você não precisava fazer isso, Kier — falou Mark. — Nós poderíamos ter nos livrado dela.

— Não sem confusão — falou Kieran. — E desconfio que Oban e seus homens estejam nesta algazarra, em alguma parte.

Cristina ergueu o olhar para a tenda. Kieran tinha razão — ainda estava vazia. Onde estava o príncipe Oban? Entre os casais se agarrando na grama? Eles tinham começado a caminhar novamente pela clareira: rostos de várias cores se agigantavam para além da névoa, contorcidos em caretas; Cristina até imaginara ter visto Manuel, e se lembrou de como Emma fora forçada a ver uma imagem de seu pai da última vez que estivera no Reino das Fadas. Ela estremeceu, e quando voltou a olhar, não era Manuel, mas uma fada com corpo de homem e rosto de um gato velho e sábio, piscando os olhos dourados.

— Bebidas, madame e senhores? Um gole para refrescar depois de dançar? — perguntou o gato fada com voz suave e melodiosa. Cristina o encarou e se lembrou. Mark tinha comprado uma bebida da fada desse tal cara de gato na festa na qual estiveram. Ele segurava a mesma bandeja dourada cheia de copos. Nem o traje eduardiano surrado tinha mudado.

— Nada de bebidas, Tom Tildrum, Rei dos Gatos — falou Kieran. Seu tom era cortante, mas evidentemente ele tinha reconhecido o gato fada. — Temos que encontrar um cortejo Seelie. Poderia haver algumas moedas nele para você, se nos levar até a estrada.

Tom sibilou baixinho.

— Vocês estão muito atrasados. O cortejo da Rainha passou por aqui uma hora atrás.

Mark xingou e levantou o capuz. Cristina sequer teve tempo de se assustar com o fato de que ele, normalmente gentil, estivesse xingando; era como se um buraco tivesse sido aberto no peito dela com um soco. Emma. Emma e Jules. Estavam perdidos. Kieran também parecia desanimado.

— Me dê uma bebida então, Tom — falou Mark, pegando um copo com líquido cor de rubi da bandeja.

Kieran ergueu a mão.

— Mark! Você sabe que é melhor não!

— É apenas suco de fruta — falou Mark, os olhos grudados nos de Cristina. Ela corou e desviou o olhar enquanto ele esvaziava o copo.

Um instante depois, ele desabou no chão, os olhos revirados.

— Mark! — arfou Cristina, se lançando no chão ao lado dele. Dava para ver que ele estava inconsciente, mas que respirava. Na verdade, ele até roncava um pouco. — Mas era só suco de fruta! — protestou ela.

— Eu gosto de servir bebidas variadas — falou Tom.

Kieran se ajoelhou ao lado dela. O capuz caíra parcialmente para trás e Cristina notava a preocupação dele ao tocar levemente o peito de Mark. As manchas nas bochechas do príncipe destacavam seus olhos.

— Tom Tildrum — falou com voz rouca.— Não é seguro aqui.

— Não para você, pois os filhos do Rei Unseelie estão pulando nos pescoços uns dos outros feito gatos — falou Tom Tildrum com um lampejo dos dentes incisivos.

— Então você entende por que deve nos levar para a estrada — falou Kieran.

— E se eu não entender?

Kieran ficou de pé e conseguiu expressar ameaça principesca apesar do rosto sujo.

— Nesse caso, vou puxar seu rabo até você uivar.

Tom Tildrum sibilou enquanto Kieran e Cristina se abaixavam para erguer Mark e carregá-lo.

— Venham comigo, então, e sejam rápidos, antes que o príncipe Oban veja. Ele não ia gostar que eu o ajudasse, príncipe Kieran. Não ia gostar nem um pouco.

Kit estava deitado no telhado do Instituto, com as mãos atrás da cabeça. O ar soprava do deserto, quente e suave como um cobertor fazendo cócegas na pele. Se ele virasse a cabeça para um lado, veria Malibu, uma corrente de luzes brilhantes que se estendia ao longo da curva da praia.

Esta era a Los Angeles sobre a qual as pessoas cantavam nas canções populares, pensou, e que botavam nos filmes; mar, areia e casas caras, clima perfeito e uma brisa que soprava tão suave quanto pó. Não era a cidade que ele conhecia, morando com o pai na sombra de arranha-céus poluídos no centro da cidade.

Se ele virasse a cabeça para o outro lado, veria Ty, um vulto preto e branco empoleirado a seu lado na beirada do telhado. As mangas do casaco de Ty estavam abaixadas e ele torcia as beiradas surradas com os dedos. Os cílios negros eram tão longos que Kit notava a brisa movimentando-os como se soprasse vegetação marinha.

A sensação de que seu coração se revirava era agora tão familiar que Kit não a questionava, nem queria saber o que significava.

— Não acredito que Hypatia concordou com nosso plano — falou Kit. — Você acha que ela falou sério?

— Ela deve estar falando sério — disse Ty, fitando o oceano. A lua se ocultava por trás das nuvens, e o oceano parecia absorver a luz, sugando-a para sua profundidade sombria. Ao longo da fronteira onde o mar encontrava a areia, espuma branca corria como uma fita costurada. — Ela não teria mandado dinheiro se não estivesse falando sério. Especialmente dinheiro encantado.

Kit bocejou.

— Verdade. Quando um feiticeiro manda dinheiro é porque a coisa é séria. Garanto que se a gente não fizer como dissemos que faríamos, ela virá atrás de nós... pelo menos, para pegar o dinheiro.

Ty puxou os joelhos contra o peito.

— A questão aqui é que nós temos que marcar uma reunião com Barnabas, mas ele nos odeia. Já conhecemos essa história. Não temos como chegar perto dele.

— Talvez você devesse ter pensado nisso antes de fazer o acordo — observou Kit.

Ty pareceu confuso por um momento, depois sorriu.

— Detalhes, Watson. — Correu a mão pelos cabelos. — Talvez a gente devesse se disfarçar.

— Acho que a gente devia pedir a Dru.

— Dru? Por que Dru exatamente? — Agora Ty parecia espantado. — Pedir o quê a ela?

— Para nos ajudar. Barnabas não a conhece. E ela parece bem mais velha do que é.

— Não. Dru não.

Kit se lembrou do rosto de Dru na biblioteca, quando ela falara sobre Jaime. *Ele me ouvia e assistia a filmes de terror comigo, e agia como se minha opinião fosse importante.* Ele se lembrou de como ela ficara feliz por aprender a abrir trancas sem a chave.

— Por que não? Nós podemos confiar nela. Ela está solitária e entediada. Acho que gostaria de ser incluída.

— Mas não podemos contar a ela sobre Shade. — Ty estava pálido como a lua. — Nem sobre o Volume Sombrio.

Verdade, pensou Kit. *Eu com certeza não vou contar a Drusilla sobre um plano que espero que dê errado antes mesmo de começar.*

Ele se sentou.

— Não... não. Definitivamente não. Seria perigoso para ela saber de alguma coisa sobre... sobre isso. Mas só precisamos dizer que estamos tentando voltar a ter uma boa relação com o Mercado das Sombras.

O olhar de Ty se desviou de Kit.

— Você gosta mesmo de Drusilla.

— Acho que ela se sente solitária — falou Kit. — Eu sei como é.

— Eu não quero colocá-la em perigo — falou Ty. — Ela não pode correr nenhum tipo de perigo. — Ele puxou as mangas do casaco. — Quando Livvy voltar, vou dizer que quero fazer a cerimônia *parabatai* sem perda de tempo.

— Eu pensei que você quisesse ir para Scholomance — falou Kit sem pensar. Se ao menos Ty pudesse ver que era uma possibilidade para ele agora, desejou Kit. E no mesmo instante se odiou por pensar nisso. Claro que Ty não ia considerar a morte de Livvy como uma forma de liberdade.

— Não — falou Ty rispidamente. — Lembre-se, eu falei que não quero ir mais. Além disso, não dá para ter um *parabatai* na Scholomance. É uma regra. E regras são importantes.

Kit nem queria pensar em quantas regras estavam sendo violadas agora. Era evidente que Ty compartimentalizara o que seria necessário para trazer Livvy de volta, mas nada assim funcionava perfeitamente. Agora ele puxava com força os punhos do casaco, e seus dedos tremiam um pouco.

Kit tocou o ombro de Ty. Ele estava sentado ligeiramente mais para trás do menino. As costas de Ty se curvaram quando ele se dobrou para frente, mas sem evitar o toque.

— Quantas janelas tem na frente do Instituto? — perguntou Kit.

— Trinta e seis — respondeu Ty. — Trinta e sete se você contar a do sótão, mas ela fica escondida. Por quê?

— Porque é isso que eu gosto em você — falou Kit em voz baixa, e o tremor de Ty diminuiu um pouco. — O modo como você nota tudo. Nada passa batido. Nada — *nem ninguém* — passa em branco.

Emma tinha começado a cochilar novamente conforme a noite chegava. Ela acordou quando o cavalo parou, aí empurrou levemente o capuz para trás, olhando ao redor.

Eles tinham chegado à torre. A aurora irrompia e, com os primeiros raios de luz, a única manifestação permanente da Corte Unseelie se assemelhava menos ao mural de Julian e mais a algo saído de um pesadelo. A cerca de espinhos em torno da torre não era nada parecida com modestas roseiras. Os espinhos tinham cor de aço e cada um media facilmente uns trinta centímetros. Aqui e ali estavam salpicados com o que pareciam ser imensas flores brancas. As paredes da torre eram lisas e escuras como carvão e não tinham janelas.

A respiração de Emma formava uma trilha contra o ar gélido. Ela estremeceu e puxou mais a capa de Nene; murmúrios emergindo por toda parte enquanto o cortejo sonolento de fadas Seelie começava a despertar. As garotas atrás dela tagarelavam sobre que tipo de cômodos e de recepção poderiam esperar do Rei. Julian estava imóvel ao lado de Emma, com a coluna ereta e o capuz escondendo o rosto.

Ouviu-se um clamor alto, como o ressoar de um sino. Emma espiou à frente e viu portões na cerca de espinhos, portões altos, de bronze, que tinham acabado de ser abertos. Logo além dos portões dava para se ver um pátio e um arco que conduzia para dentro da torre.

Cavaleiros Unseelie com capas pretas guardavam as laterais do portão. Eles paravam cada integrante do cortejo antes de permitir sua passagem até o pátio, onde duas fileiras de fadas Unseelie ladeavam a trilha até os portões das torres.

As estrelas multicoloridas começavam a desaparecer no ar e, em sua ausência, a luz do sol nascente lançava sombras douradas e opacas sobre a torre, sombriamente bela como um canhão polido. Ao redor de toda a sebe, via-se uma planície relvada, pontuada aqui e ali por espinheiros. A fila de fadas Seelie avançava mais uma vez e um resmungo alto se ergueu entre a profusão de sedas e veludos, asas e cascos. As meninas na égua marrom-avermelhada cochichavam entre si: como eles eram lerdos aqui na Corte Noturna. Como era rude nos deixar esperando.

O ar matinal ergueu a beirada do capuz de Emma quando ela se virou.

— Que confusão é essa?

Uma das meninas balançou a cabeça.

— O Rei está desconfiado, naturalmente. As cortes são inimigas há tempo demais. Os Cavaleiros estão inspecionando cada convidado.

Emma congelou.

— Os Cavaleiros de Mannan?

A outra riu.

— Como se houvesse outros cavaleiros!

Julian se inclinou para Emma e falou em voz baixa:

— Não tem jeito de passarmos pelos portões com o restante do cortejo sem sermos reconhecidos pelos Cavaleiros. Especialmente você. Temos que sair daqui.

O local onde Cortana normalmente pendia nas costas de Emma doeu como um membro fantasma. Ela havia matado um dos Cavaleiros com a espada — não havia chance de eles não lembrarem dela.

— Concordo. Alguma ideia de como fazer isso?

Julian olhou de um lado e outro da fila agitada do povo Seelie. Ela se esticava a partir dos portões da torre e ia longe, até onde o olho podia ver.

— Não no momento.

Um ruído irrompeu da fila mais à frente. A dríade na árvore estava discutindo com um par de goblins. Na verdade, pequenas brigas pareciam estourar de cima a baixo da fila. Ocasionalmente um cavaleiro fada cavalgava preguiçosamente e pedia ordem, mas ninguém parecia muito interessado em evitar alguma algazarra.

Emma olhou ansiosamente para o horizonte; amanhecia e logo haveria mais luz, o que dificilmente ajudaria em alguma tentativa de fuga dela e de Julian. Eles poderiam correr pelos portões, mas os guardas bloqueariam; se corressem para as cercas de espinhos ou tentassem deixar a fila, certamente seriam notados.

Então aceite que vocês serão notados, pensou Emma. Ela se virou para Julian, esticando-se imperiosamente.

— Fergus, seu tolo! — falou rispidamente. — A Rainha exigiu explicitamente que você ficasse no fim deste cortejo!

Os lábios de Julian formara um "O quê?" silenciosamente. Ele não se mexeu, e as meninas na égua deram risadinhas novamente.

Emma tocou levemente no ombro dele, seus dedos deslizaram pelas costas e ela desenhou um símbolo que ambos conheciam e que queria dizer: *eu tenho um plano.*

— Distraído por uma dríade, não é? — falou. Ela bateu os calcanhares nas laterais de Crina Prateada, e o cavalo, assustado, sapateou com força no lugar.

— A Rainha vai querer sua cabeça por causa disso. Venha comigo!

Risadas se espalharam entre as fadas próximas. Emma virou Crina Prateada e começou a cavalgar em direção ao fim do cortejo. Depois de um momento, Julian a seguiu. Os risos desapareceram atrás deles enquanto trotavam pela fila; Emma não queria atrair a atenção cavalgando rápido demais.

Para seu alívio, ninguém prestou muita atenção neles. Enquanto se afastavam da torre, a ordem do cortejo Seelie começava a deteriorar. O povo fada estava agrupado, rindo, contando piadas e jogando cartas. Ninguém parecia interessado no progresso até a torre, muito menos em qualquer coisa que estivesse a um palmo de suas fuças.

— Por aqui — murmurou Julian. Ele se abaixou sobre Fazedor de Viúvas e o cavalo disparou rumo a um grupo próximo de árvores. Emma apertou as rédeas com força enquanto Crina Prateada saltava atrás do garanhão. O mundo passava num borrão, ela galopava como se estivesse voando, as patas do cavalo mal pareciam tocar o solo. Emma prendeu a respiração. Era como o terror e a liberdade de estar no oceano, à mercê de alguma coisa muito mais forte do que você. O capuz voou para trás e o vento soprou forte, seus cabelos louros balançando como flâmulas.

Eles pararam na lateral mais distante das árvores, fora da vista do povo Seelie. Emma olhou para Julian, sem fôlego. As bochechas dele estavam vermelhas e brilhavam por causa do ar frio. Atrás dele, o horizonte tinha mudado para um dourado forte.

— Belo trabalho — falou ele.

Emma não conseguiu disfarçar um sorriso quando saltou do dorso de Crina Prateada.

— Podemos não ter magia angelical por aqui, mas ainda somos Caçadores de Sombras.

Julian desmontou ao lado dela. Nem foi preciso dizer que eles não podiam manter os cavalos; Emma deu um tapa leve no flanco de Crina Prateada, e a égua partiu rumo ao horizonte que clareava. *Ela sabe voltar para casa.*

Fazedor de Viúvas desapareceu logo em seguida num borrão escuro, e Emma e Julian se viraram para a torre. As longas sombras da aurora começavam a se ampliar pela grama. A torre se erguia diante deles, a cerca alta a circulava como um colar mortal.

Emma observou nervosamente a grama entre as árvores e a cerca. Não havia cobertura e embora eles estivessem fora da vista dos portões, quem observasse da torre poderia ver sua aproximação.

Julian se virou para ela e tirou o capuz. Emma imaginou que não fizesse mais diferença; ele não tinha mais que fingir que era Fergus. O cabelo estava bagunçado e úmido de suor por causa do capuz. Como se tivesse lido a mente dela, Julian falou:

— Não temos mais que nos preocupar com disfarces. Vamos descaradamente expostos até chegar à cerca.

Julian passou a mão pela dela. Emma tentou não pular de susto. A palma dele era quente contra a dela; ele a puxou e eles começaram a caminhar pela grama.

— Mantenha a cabeça virada para mim — falou Julian baixinho. — As fadas são românticas, do jeito delas.

Emma percebeu com um sobressalto que eles estavam fingindo ser um casal passeando sob a luz do amanhecer. Seus ombros se roçavam, e ela estremeceu, mesmo com o sol se erguendo mais alto e aquecendo a atmosfera.

Ela olhou de soslaio para Julian. Ele não parecia alguém num passeio romântico; seus olhos estavam cautelosos, o queixo, tenso. Ele parecia uma estátua de si mesmo, entalhada por alguém que não o conhecia muito bem, que nunca vira as faíscas em seus olhos que ele guardava apenas à família, que nunca vira o sorriso que antigamente guardava apenas a Emma.

Eles alcançaram a cerca. Ela se erguia acima dos dois, um emaranhado de vinhas entrelaçadas bem apertadinhas, e Emma afastou a mão da de Julian, inspirando fundo. De perto, era como se a cerca fosse feita de aço reluzente e os espinhos se projetassem por toda parte em ângulos irregulares. Alguns eram mais compridos do que espadas. O que Emma tinha pensado serem flores, eram esqueletos esbranquiçados daqueles que tinham tentado escalar a muralha, um aviso aos futuros invasores.

— Talvez seja impossível — falou Julian, erguendo o rosto. — Nós podíamos esperar o cair da noite... tentar nos esgueirar através dos portões.

— Não podemos esperar tanto assim... já amanheceu. Temos que impedir a Rainha. — Emma tirou uma adaga do cinto. Não era Cortana, mas ainda era aço dos Caçadores de Sombras, comprido e afiado. Ela apoiou a beirada contra um dos espinhos, cortando-o em ângulo. Tinha esperado certa resistência, o que não aconteceu. O espinho foi cortado com facilidade e deixou para trás um toco do qual pingava seiva acinzentada.

— Eca — falou ela, chutando o espinho. Um odor estranho, abafado e esverdeado, se ergueu da cerca cortada. Emma respirou fundo, tentando controlar a ansiedade. — Muito bem. Vou abrir caminho cortando a cerca. Já dá até para ver a torre através das vinhas. — Era verdade; de perto assim, ficava evidente que a cerca não era uma parede sólida e que havia intervalos entre as vinhas com espaço suficiente para um corpo humano passar.

— Emma... — Julian esticou a mão como se quisesse alcançar Emma, depois a baixou. — Eu não gosto disso. Não somos os primeiros a tentar passar pela cerca. — E apontou os esqueletos acima e ao redor com um movimento do queixo.

Rainha do Ar e da Escuridão

— Mas somos os primeiros Caçadores de Sombras — falou Emma com uma coragem que não sentia de fato. Ela cortou a sebe. Espinhos tamborilaram ao redor como chuva fina.

A luz foi diminuindo conforme ela avançava sobre a cerca. Era densa como a alameda de uma rodovia, e as vinhas pareciam se entrelaçar acima dela, formando um escudo contra a luz do sol. Ela pensou ter ouvido Julian gritar por ela, mas a voz dele estava abafada. Olhou para trás, surpresa, e congelou com o horror.

A cerca tinha se fechado atrás dela feito água. Agora Emma estava cercada por uma densa parede cinza-esverdeada, cheia de pontas mortais. Ela começou a cortar selvagemente com a adaga, mas o gume ricocheteou no espinho mais próximo com uma pancada, como se este fosse feito de aço.

Uma dor aguda atingiu seu peito. As vinhas estavam se movimentando e envolvendo-a lentamente. A ponta aguda de uma delas acertou acima de seu coração; outra golpeou seu pulso; ela desviou a mão com um puxão e deixou a arma cair; tinha outras na bolsa, mas não havia meio de pegá-las agora. O coração martelava enquanto as vinhas avançavam em sua direção; via lampejos de cor branca através das plantas; outras pessoas que tinham sido aprisionadas no coração da muralha.

A ponta de um espinho cortou sua bochecha e o sangue desceu, quente, pelo rosto. Emma se encolheu e outros espinhos a acertaram nas costas e nos ombros. *Eu vou morrer*, pensou ela, e seus pensamentos ficaram sombrios por causa do medo.

Mas Caçadores de Sombras não deveriam ficar apavorados, não deveriam sentir medo. Em sua mente, Emma pediu perdão aos pais, ao *parabatai*, aos amigos. Ela sempre imaginara que morreria em batalha, e não esmagada até a morte por mil lâminas, sozinha e sem Cortana nas mãos.

Alguma coisa a golpeou no pescoço. Ela se contorceu, tentando se afastar da agonia; ouviu Julian chamar seu nome...

Algo então a atingiu na palma da mão. Seus dedos agarraram o objeto num reflexo, seu corpo reconheceu a textura do cabo da espada antes mesmo de a mente registrar o que ela estava segurando.

Era uma espada. Uma espada com lâmina branca, como se fosse uma fatia da lua. Ela a reconheceu imediatamente das ilustrações de livros antigos: era Durendal, a espada de Roland, lâmina-irmã de Cortana.

Não havia tempo para perguntas. Atacando os espinhos, ela girou o braço para cima, Durendal era um borrão prateado. Ouviu-se um grito, como metal contorcido, enquanto Durendal ceifava espinhos e vinhas. A seiva jorrou, fazendo com que os cortes abertos em Emma ardessem, mas ela não deu a mínima; cortou sem parar, a lâmina em sua mão golpeando em duas direções, e as vinhas caindo ao redor. A cerca murchou como se estivesse com dor e as vinhas começaram a recuar, como se temessem Durendal. Uma trilha se abriu acima e abaixo dela, como se fosse o Mar Vermelho. Emma fugiu através da abertura estreita entre as vinhas, gritando para que Julian a seguisse.

Ela explodiu do outro lado, num mundo de cor, luz e barulho: grama verde, céu azul, sons distantes do cortejo que avançava até a torre. Caiu de joelhos, ainda apertando Durendal. Suas mãos estavam escorregadias com sangue e seiva; ela arfava e sangrava pelos rasgos compridos em sua túnica.

Uma sombra obscureceu o céu. Era Julian. Ele caiu de joelhos diante dela, com o rosto branco, da cor de ossos. Ele a segurou pelos ombros e Emma se controlou um pouco. Sentir as mãos de Julian compensava a dor, assim como a expressão dele.

— Emma. Aquilo foi incrível. Como...?

Ela ergueu a espada.

— Durendal veio a mim — falou. O sangue dos cortes pingava na lâmina, que começava a brilhar e desaparecer. Um segundo depois, Emma segurava apenas o vazio, seus dedos ainda curvados ao redor do local onde antes estivera o cabo dourado. — Eu precisava de Cortana e me mandaram Durendal.

— Eu sou do mesmo aço e da mesma têmpera que Joyeuse e Durendal — murmurou Julian. — Lâminas gêmeas. Interessante. — Ele soltou os ombros dela e rasgou uma tira de tecido da bainha da própria túnica, embolando num chumaço e pressionando sobre o corte na bochecha de Emma com uma delicadeza surpreendente.

A alegria a invadiu, mais forte do que a dor. Emma sabia que ele não podia amá-la, mas neste momento, era como se amasse.

— Mãe? — chamou Aline. — Mãe, você está aí?

Helen forçou a vista. Estava sentada junto à mesa do escritório do Instituto, com Aline ao seu lado. Jia parecia estar tentando realizar uma Projeção contra a parede oposta, mas no momento era pouco mais do que uma sombra trêmula, como uma fotografia tirada sem tripé.

— Mamãe! — exclamou Aline, nitidamente exasperada. — Você poderia aparecer? Precisamos muito conversar com você.

O contorno de Jia ficou mais definido. Agora Helen conseguia enxergá-la direito, ainda em suas vestes de Consulesa. Ela parecia cansada, muito magra, preocupantemente esquelética.

A textura da parede ainda era visível atrás dela, mas Jia estava sólida o suficiente para Helen ver sua expressão: refletia a irritação da filha.

— Não é fácil fazer uma Projeção do Gard — disse ela. — A gente podia ter se falado por telefone.

— Eu queria ver você — falou Aline. Havia um leve tremor em sua voz.

— Eu precisava saber o que está acontecendo com esse tal Registro. Por que o Conselho aprovou esse lixo?

— Horace... — começou Jia.

A voz de Aline sumiu.

— Onde você estava, mãe? Como deixou isso acontecer?

— Eu não *deixei* acontecer — falou Jia. — Horace mentiu para mim. Um encontro muito importante foi marcado para esta manhã, um encontro com a Irmã Cleophas, das Irmãs de Ferro, sobre a Espada Mortal.

— Ela foi consertada? — falou Aline, momentaneamente distraída.

— Elas não fizeram progresso algum. A espada foi criada por anjos, não por humanos, e talvez somente um anjo possa consertá-la. — Jia suspirou. — Horace deveria conduzir uma reunião normal sobre os protocolos da fronteira enquanto eu estava na Cidadela Adamant. Mas ela se tornou esse fiasco.

— Eu simplesmente não entendo como ele convenceu as pessoas de que era uma boa ideia — falou Helen.

Jia tinha começado a caminhar. Sua sombra oscilava na parede como uma marionete sendo puxada para a frente e para trás num palco.

— Horace nunca deveria ter se tornado político. Devia ter seguido carreira no teatro. Ele manipulou os piores temores de todos. Mandou um espião ao Reino das Fadas e, quando foi pego, alegou que era uma criança inocente que fora assassinada. Ele afirmou que Kieran Filho do Rei enlouquecera Samantha Larkspear...

— Mark me contou que ela perdeu o juízo porque caiu na piscina no Lugar da Rocha quando a Tropa estava atormentando Kieran — falou Helen, indignada. — *Ela* tentou matá-*lo*.

Jia parecia sombriamente divertida.

— Devo perguntar onde Kieran está agora?

— De volta ao Reino das Fadas — falou Aline. — Você devia me dizer onde Horace está agora, para que eu pudesse socá-lo mais forte do que ele jamais foi socado na vida.

— Socá-lo não vai ajudar — falou Jia. Essa era uma conversa que ela e a filha tinham com frequência. — Eu tenho que pensar em dar passos construtivos para desfazer o dano que ele cometeu.

— Por que ele prendeu os garotos da Scholomance? — perguntou Helen. — De acordo com o que Mark disse, Rayan, Divya e Diego são os mais decentes entre os Centuriões.

— Para fazer deles um exemplo. "É isso o que acontece se vocês ajudarem um integrante do Submundo" — observou Jia.

— Mas nós não podemos registrar as pessoas — falou Aline. — É desumano. É isso que vou dizer à Clave.

O contorno da Projeção de Jia borbulhou com raiva.

— Nem ouse — falou ela. — Aline, não ouviu o que eu acabei de dizer? Dearborn não gosta de Helen por causa do sangue fada. Vocês vão acabar na cadeia, e alguém mais obediente vai ser colocado em seu lugar. Vocês têm que, pelo menos, fingir que vão acatar.

— Como fazemos isso? — Helen sempre tivera um pouco de medo da sogra Consulesa. Sempre imaginara que Jia talvez não fosse ficar satisfeita com o fato de Aline ter se casado com uma mulher, e ainda por cima com uma meio-fada. Porém Jia nunca indicara, fosse por gestos ou palavras, estar desapontada com a escolha da filha, mas Helen ainda ficava insegura. Ainda assim, ela não podia deixar de falar agora. — Os integrantes do Submundo têm que vir ao Santuário e nós devemos entregar os registros à Clave.

— Eu sei, Helen — falou Jia. — Mas você não pode ignorar as ordens. Horace vai vigiar para ter certeza de que o Instituto de Los Angeles alcance sua cota. Eu acabei de tirar vocês do exílio. Não vou perder as duas de novo. Vocês são inteligentes. Encontrem um meio de minar a ordem de registro sem ignorá-la.

Apesar de tudo, Helen sentiu um pequeno choque de felicidade. *As duas*, dissera Jia. Como se ela tivesse sentido falta não apenas de Aline, mas de Helen também.

— Tem uma notícia boa — falou Jia. — Eu estava com a Irmã Cleophas quando a notícia chegou, e ela ficou furiosa. Sem dúvida, as Irmãs estão do nosso lado. Elas sabem ser formidáveis quando querem. Não creio que Horace vá gostar de tê-las como inimigas.

— Mamãe — falou Aline. — Você e o papai têm que sair de Idris. Passar um tempo aqui. Não é seguro continuar aí.

Helen pegou a mão de Aline e a apertou, pois sabia qual seria a resposta.

— Não posso simplesmente sair — falou Jia, não como a mãe de Aline, mas como a Consulesa da Clave. — Não posso abandonar nosso povo. Jurei proteger os Nephilim, e isso significa aguentar essa tempestade e fazer tudo o que eu puder para reverter o que Horace fez... tirar aquelas crianças da prisão do

Gard... — Jia olhou para trás. — Tenho que ir. Mas, lembrem-se, meninas... O Conselho é basicamente bom, assim como os corações da maioria das pessoas.

Ela desapareceu.

— Eu queria acreditar nisso — falou Aline. — Queria entender como minha mãe é capaz de acreditar nisso, depois de todo esse tempo como Consulesa.

Ela pareceu zangada com Jia, mas Helen sabia que não era bem isso.

— Sua mãe é inteligente. Ela vai ficar bem.

— Espero que sim — falou Aline, fitando as próprias mãos e as de Helen, entrelaçadas sobre a mesa. — E agora temos que descobrir como registrar as pessoas sem registrá-las realmente. Um plano que não envolva socar Horace. Por que eu nunca consigo fazer as coisas do jeito que eu quero?

Apesar de tudo, Helen riu.

— Na verdade, eu tenho uma ideia. E acho que você vai gostar dela.

A clareira dava para a estrada abaixo, visível como uma fita branca entre as árvores. A lua acima estava presa nos galhos e lançava luz suficiente para que Cristina enxergasse o local claramente: cercada por grossos espinheiros, a grama abaixo era flexível e fria, úmida por causa do orvalho. Ela tinha estendido o cobertor de Mark e ele estava deitado, aninhado meio de lado, com as bochechas vermelhas.

Cristina se sentou atrás dele, as pernas esticadas à frente na grama molhada. Kieran estava perto, reclinado contra o tronco de um espinheiro. Ao longe, ela ouvia os sons da festa, carregados pelo ar límpido.

— Não era assim — falou Kieran, com o olhar colado na estrada abaixo — que eu esperava que os eventos fossem se desenrolar depois da nossa chegada ao Reino das Fadas.

Cristina afastou o cabelo de Mark do rosto. A pele dele queimava; ela desconfiava ser efeito colateral do que quer que o gato fada tivesse lhe dado para beber.

— Quanto tempo você acha que Mark ficará inconsciente?

Kieran se virou para se recostar na árvore. Na escuridão, seu rosto era um mapa de sombras em preto e branco. Ele não dissera uma palavra desde que chegaram à clareira e ajeitaram Mark. A Cristina só restara imaginar o que vinha passando pela cabeça dele.

— Provavelmente uma hora, mais ou menos.

Era como se um pedaço de chumbo pressionasse o peito de Cristina.

— Cada minuto que esperamos nos afasta mais de Emma e Julian — falou. — E não vejo como a gente poderia alcançá-los agora.

Kieran esticou as mãos diante deles. Mãos de fada, com dedos compridos, quase com duas juntas.

— Eu poderia invocar Lança do Vento novamente — falou ele, hesitando um pouco. — Ele é rápido o suficiente para alcançá-los.

— Você fala como se não gostasse muito da ideia — observou Cristina, mas Kieran simplesmente deu de ombros.

Ele se afastou da árvore e se aproximou de Mark, se abaixando para cobrir os ombros dele com o cobertor. Cristina ficou observando-o, pensativa. Lança do Vento era o corcel de um príncipe, pensou. Chamaria atenção aqui no Reino das Fadas. Talvez alertasse o reino para a presença de Kieran e o colocasse em perigo. Apesar disso, Kieran parecia disposto a invocá-lo.

— Lança do Vento, não — falou. — Se nós estivéssemos com ele, o que faríamos? Tentaríamos tirar os dois do cortejo em pleno ar? Teríamos sido vistos, e pense no perigo... para Mark, Jules e Emma.

Kieran alisou o cobertor sobre o ombro de Mark e se pôs de pé.

— Eu não sei — falou. — Não tenho as respostas. — Ele ajeitou a capa ao redor de si. — Mas você tem razão. Não podemos esperar.

Cristina ergueu o olhar para ele.

— Também não podemos deixar Mark.

— Eu sei. Acho que você devia me deixar ir sozinho. Você fica aqui com Mark.

— Não! — exclamou. — Não, você não vai sozinho. E não sem o artefato. É seu único meio de sair.

— Não importa — retrucou Kieran. — Ele se abaixou e pegou a bolsa, jogando-a por cima do ombro. — Não importa o que vai acontecer comigo.

— Claro que importa! — Cristina ficou de pé e se encolheu; um comichão pinicava as pernas. De qualquer forma, ela correu atrás de Kieran, mancando um pouco.

Muito veloz, Kieran já tinha alcançado os limites da clareira quando ela o alcançou. Cristina segurou o braço dele, os dedos marcando o tecido da manga.

— Kieran, *pare*.

Ele obedeceu, embora não tivesse olhado para trás, para ela. Ele fitava a estrada e a festa mais além. Com a voz distante, falou:

— Por que você me impede?

— Andar sozinho naquela estrada é perigoso, especialmente para você.

Kieran não parecia ouvi-la.

— Quando toquei a piscina na Scholomance, senti a confusão e dor que causei a você — falou ele.

Cristina esperou. Ele não disse mais nada.

— E?

— E? — Ele repetiu, sem acreditar. — E eu não consigo suportar! Que eu tenha te magoado assim, magoado você e Mark assim... não consigo suportar.

— Mas deve — falou Cristina.

Kieran ficou boquiaberto.

— O quê?

— Esta é a natureza de ter uma alma, Kieran, e um coração. Todos tropeçamos no escuro, causamos dor e tentamos consertar isso da melhor maneira possível. Todos ficamos confusos.

— Então me deixe consertar isso. — Com delicadeza, mas de modo firme, ele afastou a mão dela de sua manga. — Me deixe ir atrás deles.

Ele começou a descer a colina, mas Cristina o seguiu e bloqueou seu caminho.

— Não... você não deve...

Ele tentou se desviar dela. Ela se postou na sua frente.

— Me deixe...

— Eu não vou deixar você se arriscar! — gritou ela, e agarrou a camisa de Kieran, o tecido grosso sob os dedos. Ela o ouviu exalar, surpreso.

Cristina inclinara a cabeça para trás e olhara bem nos olhos dele; ambos brilhavam, preto e prata, e distantes como a lua.

— Por que não? — quis saber ele.

Ela sentia o calor irradiando dele através do linho da camisa. Numa época o teria considerado frágil, irreal como raios de luar, mas agora sabia que ele era forte. E se enxergava refletida em seu olho mais escuro, o olho prateado era um espelho das estrelas. Havia um cansaço em seu rosto que falava de dor, mas uma firmeza também, mais bela do que a simetria de seus traços. Não era de se admirar que Mark tivesse se apaixonado por ele na Caçada. Quem não se apaixonaria?

— Talvez você não esteja confuso — falou ela num murmúrio —, mas eu estou. Você me deixa muito confusa.

— Cristina — sussurrou ele, tocando levemente o rosto dela, que se inclinou para o calor da mão, e os dedos dele deslizaram da bochecha para a boca. Ele delineou o formato de seus lábios com as pontas dos dedos, os olhos semicerrados. Ela envolveu o pescoço dele com os braços.

Kieran a puxou, e suas bocas se colaram tão rapidamente que ela não seria capaz de dizer quem beijou quem primeiro. Tudo era fogo: o gosto dele, a pele macia onde ela a tocava, deslizando os dedos sob a gola da capa. Os lábios eram delicados, macios, porém, firmes; ele sorvia os lábios dela como se bebesse o melhor dos vinhos. As mãos de Cristina encontraram os cabelos dele e mergulharam nos cachos macios.

— Milady — murmurou ele contra a boca de Cristina, e o corpo dela estremeceu ao som de sua voz. — Dama das Rosas.

As mãos de Kieran desceram pelo seu corpo, pelas curvas e maciez, e ela estava perdida no calor e no fogo daquilo, na sensação de tê-lo contra ela, tão diferente de Mark, mas tão maravilhoso quanto. Ele a pegou pela cintura e a puxou ao mesmo tempo que um choque a percorreu: ele era tão quente e humano, e não era de modo algum distante.

— Kieran — sussurrou ela, e ouviu a voz de Mark em sua mente, dizendo o nome dele: *Kier, Kieran, meu pequeno moreno*, e se lembrou de Mark e Kieran se beijando no deserto, e sentiu uma onda de excitação até o âmago.

— O que é que está acontecendo?

Era a voz de Mark — não apenas em sua mente, mas cortando a noite, através da névoa do desejo. Cristina e Kieran se separaram e quase caíram, e ela encarou Mark, uma silhueta dourada e prateada na escuridão, encarando-os.

— Mark — falou Kieran, com a voz falhando.

Subitamente, a clareira se encheu de luz. Mark ergueu um dos braços, se encolhendo do brilho súbito e artificial.

— Mark! — repetiu Kieran, e desta vez a falha em sua voz foi causada por alarme. Ele foi até Mark, arrastando Cristina, pegando a mão dela. Eles caminharam com dificuldade para o centro da clareira no momento em que um contingente de guardas fada saiu de trás das árvores, com tochas ardendo como flâmulas contra a noite.

Eram liderados por Manuel Villalobos. Cristina o encarou em choque. Ele vestia o mesmo uniforme dos outros: uma túnica com o símbolo da coroa quebrada pairando acima de um trono. O cabelo louro estava bagunçado, seu sorriso ligeiramente maníaco. Um medalhão igual ao que Cristina sempre usava reluzia no pescoço.

— Príncipe Kieran — falou ele quando os guardas cercaram Kieran, Mark e Cristina. — Seu irmão Oban terá prazer em ver você.

Kieran segurava o cabo da espada e falou sem empolgação:

— Será a primeira vez. Ele nunca teve prazer algum em me ver antes.

— O que você está fazendo aqui, Manuel? — perguntou Cristina.

Manuel se virou para ela com um sorriso de desdém.

— Estou aqui a negócios. Ao contrário de vocês.

— Você não sabe por que estou aqui — rebateu ela rispidamente.

— Aparentemente para transar com uma fada e com seu amante mestiço — retrucou Manuel. — Atividades interessantes para uma Caçadora de Sombras.

A espada de Mark reluziu. Ele partiu para cima de Manuel, que saltou para trás e rosnou uma ordem para os guardas do príncipe. Eles avançaram em grupo; Cristina mal teve tempo de pegar o canivete e atirá-lo, abrindo um talho comprido no peito de um guarda com mechas roxas e azuis nos cabelos.

Mark e Kieran já estavam lutando, cada um com uma espada na mão. Eles eram belos, rápidos e mortais; alguns guardas caíram gritando de dor, e Cristina acrescentou mais dois à pilha de feridos.

Mas havia muitos deles. Em meio ao fogo das tochas e ao brilho das espadas, Cristina viu Manuel reclinado sobre o tronco de uma árvore. Quando ela olhou bem nos olhos dele, ele sorriu e fez um gesto obsceno. Era evidente que não se preocupava a respeito de quem venceria o combate.

Mark gritou. Três guardas tinham agarrado Kieran, que lutava enquanto eles torciam seus braços para trás. Dois outros avançavam para ele e outro pulou para Cristina; ela afundou o canivete no ombro de seu atacante e empurrou o corpo para ir até Mark e Kieran.

— Amarrem-nos! — gritou Manuel. — Príncipe Oban vai levá-los para serem interrogados pelo Rei. Não os machuquem. — E sorriu. — O Rei quer fazer isso pessoalmente.

Os olhos de Cristina encontraram os de Mark quando dois guardas o agarraram. Ele balançou a cabeça freneticamente e gritou em meio ao clamor:

— Cristina! Pegue o artefato! Vá embora!

Cristina balançou a cabeça — *não posso deixar vocês, não posso* —, mas seus olhos caíram sobre Kieran, que a encarava com pura esperança, como se implorasse. Lendo o olhar dele, ela pulou para o chão onde a mochila estava.

Alguns dos guardas de Oban correram atrás dela, com armas em punho, quando Manuel gritou para que a impedissem. Ela enfiou a mão na bolsa e pegou o artefato. Com toda a sua vontade, concentrou a mente na única pessoa que pensava ser capaz de salvá-los.

Me leve até ele. Me leve.

A clareira escureceu e deixou de existir bem no momento em que os guardas os cercaram.

14

A Viola, A Violeta e A Vinha

A busca por Dru levou um pouco mais de tempo do que Kit imaginara. Ela não estava na biblioteca, nem no quarto ou na praia. Finalmente, eles a encontraram na sala de tevê, remexendo numa pilha de fitas de vídeo antigas com nomes como *Grite, Grite Outra Vez!* e *Aniversário Sangrento*.

O olhar que ela lançou aos dois quando eles entraram não foi nada amigável. Seus olhos estavam inchados, notou Kit, como se ela tivesse chorado recentemente. Ele se perguntou se era por Emma e Julian estarem com problemas no Reino das Fadas, por causa de Jaime ou uma combinação dos dois. Ela pareceu ter ficado arrasada quando ele teve que ir embora.

— O que foi? — perguntou ela. — Helen e Aline estão com Tavvy, se vocês vieram me dizer para tomar conta dele.

— Na verdade — falou Ty, sentando no banco do piano —, nós precisamos da sua ajuda com outra coisa.

— Deixe-me adivinhar. — Dru abaixou a fita de vídeo em sua mão e Kit se segurou para não comentar que ele não achava que houvesse alguém com menos de 80 anos que ainda tivesse fitas de vídeo. — Lavar a louça? Lavar a roupa? Deitar na frente do Instituto para vocês poderem me usar como degrau?

Ty franziu as sobrancelhas.

— O que...

Kit interrompeu sem perda de tempo.

— Não é nada disso. É uma missão.

Dru hesitou.

— Que tipo de missão?

— Uma missão secreta — falou Ty.

Ela puxou uma das tranças. Elas eram curtas e se projetavam quase horizontalmente de cada lado da cabeça.

— Vocês não podem simplesmente me ignorar até precisarem de um favor — disse ela, embora parecesse indecisa.

Ty começou a protestar, mas Kit o interrompeu, erguendo uma das mãos para silenciar a ambos.

— A gente já estava querendo te chamar para se juntar a nós antes — falou.

— Mas Ty não queria botar você em perigo.

— Perigo? — Dru se animou. — Vai ter perigo?

— Muito perigo — emendou Kit.

Ela semicerrou os olhos.

— Do que estamos falando aqui exatamente?

— Precisamos ter uma relação mais amistosa com o Mercado das Sombras — falou Ty. — Como não podemos ir ao Reino das Fadas, queremos ver se tem algo que a gente possa fazer para ajudar Emma e Julian deste lado. Qualquer informação que conseguirmos.

— Eu gostaria de ajudar Emma e Jules — falou Dru lentamente.

— Nós achamos que há respostas no Mercado — emendou Kit. — Mas ele é administrado por um feiticeiro realmente horroroso, Barnabas Hale. Ele concordou em se encontrar com Vanessa Ashdown.

— Vanessa Ashdown? — Dru parecia espantada. — Ela está metida nisso?

— Não, não está — falou Ty. — Nós mentimos para ele sobre quem queria vê-lo para podermos marcar o encontro.

Dru bufou.

— Você não se parece com Vanessa. Nenhum de vocês.

— É aí que você entra — falou Kit. — Mesmo que não fôssemos fingir ser Vanessa Ashdown, ele nunca aceitaria ficar no local de encontro se nós aparecêssemos porque ele odeia a gente.

Dru esboçou um sorriso.

— Não significa que ele odeia *você?* — perguntou ela a Kit.

— Ele também me odeia — retrucou Ty orgulhosamente. — Porque Livvy e eu estávamos com Kit no Mercado das Sombras em Londres.

Dru se sentou ereta.

— Livvy teria feito isso por vocês, certo, se ela estivesse aqui?

Ty não disse nada. Tinha erguido o olhar para o teto, onde o ventilador girava preguiçosamente, e o fitava como se sua vida dependesse disso.

— Eu não me pareço nem um pouco com a Vanessa Ashdown — acrescentou Dru, hesitante.

— Ele não sabe como ela é — falou Kit. — Sabe apenas que ela tem muito dinheiro para ele.

— Provavelmente ele não pensa que ela tem 13 anos — falou Dru. — Deve imaginar que é adulta, especialmente se tiver muito dinheiro. E por falar nisso, por que vocês têm muito dinheiro?

— Você parece muito mais velha — falou Kit, ignorando a pergunta. — E nós pensamos...

Ty se levantou e foi para o corredor. Ambos ficaram observando, e Kit se perguntou se a menção a Livvy fora a responsável por repeli-lo. Talvez um indício de problema no plano de que Livvy voltaria.

— Será que eu o chateei? — perguntou Dru baixinho.

Antes que Kit pudesse responder, Ty estava de volta. Trazia o que parecia ser uma pilha de roupas cinza.

— Eu notei que as pessoas olham mais para as roupas do que para os rostos alheios. Imaginei que talvez você pudesse usar um dos ternos da mamãe. — E estendeu uma saia e um terninho cor de ardósia. — Acho que vocês usavam o mesmo tamanho.

Dru se pôs de pé e pegou as roupas.

— Está bem — falou, segurando-as com cuidado nos braços. Kit se perguntou o quanto Dru se lembrava da mãe. Será que tinha lembranças obscuras, como ele, de uma voz suave e gentil, de um cantarolar? — Está bem, eu topo. Aonde nós vamos?

— Hollywood — falou Kit. — Amanhã.

Dru franziu a testa.

— Helen e Aline não sabem sobre isso. E elas disseram que passariam a noite toda no Santuário. Alguma coisa a ver com o Submundo.

— Ótimo — falou Kit. — Então elas não vão se perguntar onde estamos.

— Claro.... Mas como vamos chegar lá?

Ty sorriu e bateu no bolso lateral, onde ficava seu celular.

— Drusilla Blackthorn, apresento-lhe o Uber.

Pela terceira vez, Emma e Julian pararam à sombra de uma entrada para consultar seu mapa. O interior da torre não tinha nada que chamasse a atenção — e, se não fosse pelo mapa, Emma suspeitava que eles ficariam perambulando, perdidos, durante dias.

Ela se encolhia e sentia dor cada vez que se movimentava. Julian tinha feito o melhor curativo possível, usando tiras rasgadas da camisa como ataduras.

Eles estavam tão acostumados a usar símbolos de cura e as habilidades dos Irmãos do Silêncio, pensou Emma, que nunca imaginaram ter de agir machucados, não mais do que por alguns instantes. Tentar ignorar a dor onde os espinhos tinham entrado em seu corpo era exaustivo, e ela se deu conta de que estava feliz pela chance de descansar por algum tempo enquanto Julian olhava o mapa.

O interior da torre parecia o interior de uma concha. Os corredores se contorciam em círculos, ficando cada vez mais estreitos conforme eles desciam, se mantendo discretos. Eles tinham conversado sobre usar a poção de Nene, mas Julian tinha dito que deveriam guardá-la até que ela fosse totalmente necessária — neste momento, os corredores estavam tão cheios de fadas Seelie e Unseelie, que ninguém ia olhar direito os dois vultos com capas rasgadas.

— Os corredores se dividem aqui — falou Julian. — Um desce, outro sobre. A sala do trono não está assinalada no mapa...

— Mas nós sabemos que fica perto do topo da torre — falou Emma. — A Rainha provavelmente já está lá. Não podemos deixar o Rei pôr as mãos no Volume Sombrio.

— Então acho que vamos por ali — falou Julian, apontando o corredor ascendente. — Vamos continuar subindo e torcer para ter algum tipo de sinalização no caminho.

— Claro. Porque fadas são ótimas com sinalização útil.

Julian quase sorriu.

— Muito bem. Mantenha o capuz abaixado.

Eles seguiram pelo corredor íngreme, com os capuzes abaixados. Conforme subiam, as multidões de fadas começavam a diminuir, como se eles estivessem alcançando ar rarefeito. As paredes eram cheias de portas, cada uma com uma decoração mais elaborada do que a anterior, com lascas de pedras raras e incrustações de ouro. Emma ouvia vozes, risadas e cochichos atrás de cada uma delas; imaginava que aqui fosse a área onde viviam os cortesãos.

Uma entrada estava obscurecida por uma tapeçaria com desenhos de estrelas. Parados, do lado de fora, havia dois guardas usando armaduras incomuns em dourado e preto, com os rostos ocultos por capacetes. Emma sentiu um calafrio ao passarem por eles até uma área onde o corredor era mais apertado e se estreitava ainda mais, como se eles realmente estivessem serpenteando para mais perto do centro de uma concha. As tochas ardiam em seus suportes, já quase terminando de queimar, e Emma forçou a vista mais à frente, desejando ter uma Marca de Visão Noturna.

Julian apertou o braço de Emma e a puxou para um vão na parede.

— Guardas — sibilou.

Emma espiou para além da reentrância na parede. De fato, via-se duas filas de guardas parados sob um pórtico bem alto. Eram os guerreiros fada mais terríveis. Trajavam uniformes vermelhos pintados com o sangue daqueles que mataram. Além disso, usavam barba, o que era incomum em fadas, e tinham rostos enrugados. Eles seguravam lanças cujas pontas metálicas carregavam crostas de sangue seco.

— Deve ser ali — murmurou Julian. — A sala do trono.

Ele tirou a corrente com o frasco por cima da cabeça e, depois de abrir, engoliu o líquido. Emma rapidamente fez a mesma coisa e abafou um arquejo. O líquido queimava, como se ela tivesse bebido fogo. Ela notou Julian fazer uma expressão de dor antes de guardar o frasco vazio no bolso.

Eles se entreolharam. A não ser pela ardência na garganta e no estômago, Emma se sentia igualzinha. Ainda enxergava as próprias mãos e os pés, perfeitamente, e Julian não tinha sequer começado a ficar com os contornos borrados. Não era bem como ela havia imaginado.

— Nene falou que nós só ficaríamos invisíveis para as fadas Unseelie — disse Julian baixinho, depois de um longo momento. De repente, ele estreitou os olhos. — Emma...?

— O quê? — sussurrou ela. — O que foi?

Lentamente ele ergueu a mão e bateu no peito, onde, sob as roupas, ficava a Marca *parabatai*. Emma piscou. Ela conseguia ver um brilho vermelho-escuro emanando do local, como se o coração dele brilhasse. O brilho se movimentava e girava, como uma minúscula tempestade de areia.

— Julian... — Emma baixou o olhar. Em torno de seu símbolo também havia um brilho. Era estranho o suficiente para fazê-la estremecer, mas ela ignorou a sensação e saiu do vão de volta para o corredor. Um instante depois, Julian estava ao seu lado.

A fila de guardas ainda estava lá, diante da entrada escura. Emma começou a avançar para eles, consciente de Julian ali perto. Ela conseguia enxergá-lo claramente e ouvia seus passos, embora à medida que seguiam em direção à sala do trono e se esgueiravam entre as fileiras de guardas, ninguém se virava para eles. Nem sequer um guarda pareceu ouvi-los ou vê-los.

Emma via a luz escura como se cruzasse o peito de Julian. Mas por que uma poção de invisibilidade faria a Marca *parabatai* brilhar? Não fazia sentido, mas não havia tempo para ficar pensando no assunto — eles estavam passando pelo último par de guardas. Ela se sentia como um ratinho caminhando alegremente na frente de um gato distraído.

Um minuto depois, eles tinham passado pela abertura e entrado na sala do trono do Rei.

Não era o que Emma imaginara. Em vez de uma decoração dourada rica e reluzente, não havia enfeites e o soalho era de pedra cinza e escura. As paredes não tinham janelas, a não ser pela parede norte, onde se via um imenso retângulo de vidro que dava para uma vista noturna dominada pelos ventos. E havia pilhas com rochas viradas, algumas, grandes como elefantes, muitas esmagadas em pedaços menores, espalhadas pelo recinto. Parecia as ruínas de um parquinho gigante.

Não havia cadeiras na sala, a não ser pelo trono, que era uma rocha na qual fora entalhado um assento. Rochas se erguiam nas costas e laterais, como se para proteger o Rei, que estava sentado, imóvel, no assento do trono.

Nas mãos, a cópia do Volume Sombrio feita por Julian.

Quando eles entraram, o Rei ergueu o rosto, franziu a testa e, por um momento de pânico, Emma pensou que ele pudesse vê-los. O rosto dele era tão terrível quanto ela se lembrava: dividido exatamente no meio, como se por uma lâmina, metade era o rosto de um homem lindo e atraente e metade ossos de um crânio exposto. Ele vestia um gibão de veludo vermelho, decorado, e nos ombros tinha uma capa com fileiras de condecorações douradas, e uma coroa dourada no limite da testa. Um frasco transparente pendia de uma corrente em torno do pescoço, cheio de alguma poção escarlate.

Por reflexo, Emma e Julian se abaixaram atrás do monte mais próximo de pedras quebradas assim que quatro guardas entraram, cercando uma mulher vestida de branco e com cabelos compridos. Atrás dela, marchava um menininho com um pequeno círculo dourado ao redor da cabeça. Dois guardas o acompanhavam. Eles usavam a incomum armadura preta e dourada que Emma notara antes, no corredor.

No entanto, ela não teve muito tempo para pensar nisso porque, quando a mulher de branco entrou no recinto e virou a cabeça, Emma a reconheceu.

Era Annabel Blackthorn.

A lembrança bateu no fundo da garganta de Emma, uma onda amarga. Annabel no estrado do trono do Salão do Conselho. Annabel, com os olhos agitados, lançando as lascas da Espada Mortal no peito de Livvy. Annabel coberta de sangue, o estrado banhado em sangue, Julian com a irmã nos braços.

Ao lado de Emma, Julian prendeu a respiração, engasgando. Totalmente rígido. Emma segurou o ombro dele, que parecia de granito: inflexível, inumano.

A mão dele estava no cinto, no cabo de uma espada curta. Os olhos, fixos em Annabel, e o corpo inteiro tenso com a energia contida.

Ele vai matá-la. Emma tinha tanta certeza disso quanto conhecia os movimentos seguintes dele numa luta, seu ritmo de respiração numa batalha. Ela o puxou bruscamente e o girou para que a encarasse, embora fosse como tentar deslocar uma rocha.

— Não — falou num sussurro rouco. — Você não pode. Não agora.

Julian ofegava, como se tivesse corrido.

— Me solta, Emma.

— Ela pode nos ver — sibilou Emma. — Não é uma fada. Ela vai ver nossa aproximação, Julian.

Ele a encarou com olhos selvagens.

— Ela vai dar o alarme e eles vão nos impedir. Se você tentar matar Annabel agora, nós dois seremos presos. E nunca pegaremos o Volume Sombrio de volta.

— Ela precisa morrer pelo que fez. — Dois pontos vermelhos berrantes ardiam nas maçãs do rosto dele. — Me deixe matar Annabel e o Rei pode ficar com a porcaria do livro...

Emma agarrou a capa dele.

— Nós dois vamos morrer se você tentar!

Julian ficou em silêncio, os dedos abrindo e fechando junto às laterais do corpo. O brilho vermelho acima da Marca *parabatai* ardia como chama, e linhas pretas o cortavam, como se fosse vidro prestes a quebrar.

— Você realmente ia querer que se vingassem de Tavvy, Dru e Ty? — Emma o sacudiu com força e o soltou. — Gostaria que eles soubessem o que você fez?

Julian desabou contra uma rocha. Lentamente, balançou a cabeça, como se não acreditasse, mas agora o brilho vermelho ao redor dele tinha diminuído. Talvez mencionar as crianças Blackthorn tivesse sido um golpe baixo, pensou Emma, mas ela não se importava; era mais importante evitar que Julian se lançasse numa tentativa de suicídio. Suas pernas ainda tremiam quando ela se virou para espiar a sala do trono por meio de uma abertura nas rochas.

Annabel e o menino tinham se aproximado do trono. Ela não se parecia em nada com a Annabel de antes; usava um vestido de linho branco, marcado na altura do busto, que descia até os tornozelos. Os cabelos caíam nas costas como um rio calmo. Ela parecia tranquila, comum e inofensiva. E segurava a mão do menino de coroa cuidadosamente, como se estivesse disposta a protegê-lo de algum mal caso fosse necessário.

Eles ainda estavam cercados por guardas Unseelie de dourado e preto. O Rei sorria para eles com metade de sua face, um sorriso horrível.

— Annabel — falou. — Ash. No dia de hoje, tive algumas notícias interessantes.

Ash. Emma fitou o menino. Então esse era o filho da Rainha Seelie. Tinha cabelos louros prateados e olhos verde-escuros, como as folhas de uma floresta; vestia uma túnica de veludo de gola alta e a faixa dourada em torno da testa era uma versão menor da do Rei. Provavelmente não era mais velho do que Dru; era magro de um jeito que não parecia saudável, e tinha um hematoma na bochecha. Sua postura era a mesma do príncipe Kieran, bem ereta. Príncipes provavelmente não podiam ser relaxados.

Ele parecia familiar de um jeito que ela não conseguia explicar muito bem. Seria apenas a semelhança com a mãe?

— No dia de hoje eu tive a visita da Rainha da Corte Seelie — falou o Rei.

Ash ergueu a cabeça bruscamente.

— O que a minha mãe queria?

— Como você sabe, há muito ela barganha pelo seu retorno, mas somente hoje ela me trouxe o que eu pedi. — O Rei se inclinou para a frente e falou com ar divertido. — O Volume Sombrio dos Mortos.

— Isso é impossível — falou Annabel, e as bochechas pálidas ficaram coradas. — O Volume Sombrio está comigo. A Rainha é uma mentirosa.

O Rei tamborilou dois dedos enluvados na bochecha ossuda.

— Será? — ponderou ele. — É uma questão filosófica interessante, não é? O que é um livro? É a encadernação, a tinta, as páginas ou a soma das palavras nele contidas?

Annabel franziu a sobrancelha.

— Não estou entendendo.

O Rei pegou a cópia do Volume Sombrio ao seu lado e a esticou para que Annabel e Ash pudessem ver.

— Esta é uma cópia do Volume Sombrio dos Mortos — falou ele. — O livro que também é chamado de Artifícios das Trevas, pois contém um pouco da magia mais formidável já registrada. — Ele acariciou a primeira página. — A Rainha diz que é uma duplicata exata. Foi feita com o auxílio de um mago de grande poder chamado OfficeMax, de quem eu nada sei a respeito.

— Jesus Cristo — murmurou Julian.

— A Rainha o deixou comigo por um dia — falou o Rei —, para que eu possa decidir se desejo ou não trocá-lo por Ash. Jurei devolvê-lo a ela ao nascer do sol amanhã de manhã.

— A Rainha o está enganando. — Annabel puxou Ash para mais perto. — Ela o enganaria para trocar Ash por esta... esta cópia defeituosa.

— Talvez. — Os olhos do Rei estavam semicerrados. — Eu tenho que tomar uma decisão. Mas você, Annabel, também tem que tomar decisões. Andei observando que se tornou muito próxima de Ash. Desconfio que sentiria falta dele se vocês se separassem. Não é verdade?

Uma expressão de raiva cruzou o rosto de Annabel, mas por um momento Emma ficou mais interessada em Ash. Em seus olhos, havia uma expressão que o tornava mais familiar do que nunca para ela. Um tipo de frieza, impressionante em alguém tão jovem.

— Mas você precisa de Ash — falou Annabel. — Você falou isso dezenas de vezes. Precisa dele como sua arma. — Ela falou com desprezo. — Você já tem lançado magia em cima dele desde que o levou da Corte de sua mãe. Se o devolver...

O Rei se reclinou em seu assento de pedra.

— Não vou devolvê-lo. A Rainha verá que está errada. Vai levar algum tempo até que o Volume Sombrio cumpra seu objetivo em Ash. Mas quando isso acontecer, não precisaremos mais do Portal. Ele será capaz de espalhar a praga e a destruição com as próprias mãos. A Rainha odeia os Caçadores de Sombras tanto quanto eu. Em um mês, as preciosas terras de Idris estarão assim...

Ele fez um gesto para a janela na parede. Subitamente, a vista do outro lado da vidraça mudou; na verdade, não era uma vidraça. Era como se um buraco tivesse sido aberto no mundo, e através dele Emma viu um deserto tomado pelos ventos e um céu cinzento chamuscado por raios. A areia estava manchada de vermelho por causa do sangue, e as árvores partidas se assemelhavam a espantalhos contra o horizonte ácido.

— Não é o nosso mundo — murmurou Julian. — É outra dimensão... como Edom... mas Edom foi destruído...

Emma não conseguia evitar olhar. Vultos humanos, semicobertos pela areia; o branco dos ossos.

— Julian, eu consigo ver cadáveres...

O Rei acenou mais uma vez e o Portal escureceu.

— Idris será como Thule é agora.

Thule? O nome era familiar. Emma franziu a testa.

— Você acha que será capaz de convencer a Rainha a botar o filho em perigo apenas pelo poder — falou Annabel. — Nem todos são como você.

— Mas a Rainha é — falou o Rei Unseelie. — Eu sei porque Ash não seria o primeiro. — Ele deu um sorriso de esqueleto. — Annabel Blackthorn, você brincou comigo porque eu permiti. Você não tem poder de verdade aqui.

— Eu sei o seu nome — arfou Annabel. — Malcolm me contou. Eu posso te obrigar...

— No momento em que o nome sair dos seus lábios, você vai morrer, e Ash morrerá em seguida — falou o Rei. — Mas como eu não quero um banho de sangue, vou conceder uma noite para que decida. Me dê o verdadeiro Volume Sombrio, e poderá ficar aqui com Ash e ser sua guardiã. Caso contrário, juntarei forças com a Rainha, você será banida de minhas terras e nunca mais voltará a ver Ash.

Ash se afastou dos braços de Annabel, que o continham.

— E se *eu* disser não? E se eu recusar?

O Rei voltou os olhos vermelhos para o garoto.

— Você é um perfeito candidato para os Artifícios das Trevas — falou. — Mas, no fim das contas, realmente acredita que eu pararia de prejudicar o fedelho do Sebastian Morgenstern?

O nome soou como um golpe. *Sebastian Morgenstern*. Mas como...

— Não! — gritou Annabel. — Não toque nele!

— Guardas — berrou o Rei, e os guardas no mesmo instante entraram em alerta. — Levem embora a mulher e o garoto. Já acabei com eles.

Julian ficou de pé com dificuldade.

— Temos que segui-los...

— Não podemos — murmurou Emma. — A poção está enfraquecendo. Olhe. A luz vermelha se foi quase toda.

Julian olhou para baixo. O brilho escarlate acima de seu coração tinha desbotado para uma tonalidade âmbar.

Os guardas cercaram Annabel e Ash e estavam marchando com eles para fora da câmara. Emma segurou a mão de Julian e, juntos, eles se esgueiraram e saíram de trás das rochas.

Os guardas acompanharam Annabel e Ash para fora da entrada em arco. Por um momento, Emma e Julian pararam no centro da sala do trono, diretamente na linha de visão do Rei.

Ele fitava um ponto à frente. No lado intocado de seu rosto, Emma imaginou ter visto um pouco de Kieran; um Kieran dividido, semitorturado e inumano.

Ela sentiu a mão de Julian apertar a sua. Cada um de seus nervos estava gritando que o Rei poderia vê-los, que a qualquer momento ele chamaria os guardas e que eles morreriam aqui antes de Emma sequer ter a oportunidade de erguer uma arma.

Ela disse a si que ao menos tentaria enfiar a adaga no coração do Rei antes de morrer.

Julian puxou os dedos dela. Incrivelmente, ele tinha um mapa na outra mão e meneou o queixo para o arco sob o qual Ash e Annabel tinham desaparecido. Não havia mais tempo. Eles correram pela entrada.

Não fazia sentido resistir; havia, pelo menos, três guardas fada de cada lado de Mark e as mãos em seus braços eram impiedosas. Ele foi arrastado pela festa, ainda tonto devido à poção em seu sangue. Silhuetas pareciam crescer ao lado dele: dançarinos girando, borrados como se fossem vistos através do prisma de uma lágrima. O Rei dos Gatos, que o observava com olhos raiados e reluzentes. Uma fileira de cavalos empinados para fugir das faíscas de uma fogueira.

Ele não conseguia ver Kieran, que estava em algum lugar atrás dele. Mark ouvia os guardas gritando com ele, quase abafados pelos sons de música e risos. Kieran. Cristina. Seu coração era um nó frio de temor pelos dois enquanto ele era empurrado através de uma poça imunda e subia alguns degraus de madeira.

Uma aba de uma capota de veludo atingiu seu rosto; Mark cuspiu enquanto o guarda que o segurava dava risadas. Havia mãos em sua cintura, as quais retiraram o cinto de armas.

Por reflexo, ele esperneou e foi empurrado no chão.

— Ajoelhe-se, mestiço — ordenou rispidamente um dos guardas. Eles o soltaram, e Mark agachou, ficando de joelhos; seu coração latejava de raiva. Dois guardas estavam parados atrás dele e seguravam lanças na altura de sua nuca. A alguns passos, Kieran estava na mesma posição, mas sangrava por causa de um corte no lábio. Sua expressão congelara num esgar amargo.

Eles estavam diante da tenda de Oban. As paredes eram feitas de veludo pesado, o chão, de tapetes caros pisoteados e enlameados por incontáveis pés calçados com botas. Mesas de madeira continham dezenas de garrafas vazias e com vinho pela metade; algumas tinham virado e derramado, e enchiam o recinto com odor de álcool.

— Ora, ora — falou uma voz arrastada. Mark ergueu o olhar; diante deles, via-se um sofá de veludo vermelho, e estendido nele, um jovem de aparência indolente. Os cabelos com mechas pretas e roxas estavam presos atrás das orelhas, e os olhos prateados e brilhantes estavam pintados com kajal borrado. Ele vestia um gibão de seda prateada e meias, e renda branca transbordava dos punhos. — Kieran, irmãozinho, que bom ver você. — Os olhos prateados voaram na direção de Mark. — Com um sujeito qualquer. — Ele fez um gesto rápido com a mão, como se dispensasse Mark, e voltou o sorriso irônico para Manuel. — Bom trabalho.

Rainha do Ar e da Escuridão

— Eu falei que tinha visto — disse Manuel.— Eles estavam na festa.

— Admito que nunca me ocorreu que eles seriam tão estúpidos assim para pôr os pés nas Terras Unseelie — falou Oban. — Tinha razão nisso, Villalobos.

— Eles são um presente excelente — falou Manuel. Ele estava parado entre os guardas com lanças, os braços cruzados. E sorria. — Seu pai vai ficar satisfeito.

— Meu pai? — Oban tamborilou os dedos no braço do sofá. — Você acha que eu deveria entregar Kieran ao meu pai? Ele vai simplesmente matá-lo. Um tédio.

Mark lançou um olhar semicerrado a Kieran, que estava ajoelhado. Ele não parecia ter medo de Oban, mas também nunca demonstraria, se tivesse.

— Um presente é mais do que apenas um presente — falou Manuel. — É um método de persuasão. Seu pai... equivocadamente... pensa que você é fraco, príncipe. Se levar o príncipe Kieran e o Caçador de Sombras mestiço para ele, ele vai perceber que você deveria ser levado mais a sério. — Baixou a voz. — Nós podemos convencê-lo a matar os prisioneiros e seguir com nosso plano.

Prisioneiros? Que prisioneiros? Mark ficou tenso. Será que ele falava de Julian e Emma? Mas não era possível. Eles estavam com o cortejo Seelie.

Pelo menos Cristina estava a salvo. Ela havia desaparecido, escapando dos guardas. Só o Anjo sabia onde ela estava agora. Mark arriscou um olhar de soslaio para Kieran: ele não estava em pânico também? Não estava aterrorizado por causa de Cristina como Mark estava? Tinha que estar, levando-se em conta o modo como tinham se beijado.

Oban esticou a mão para a mesa ao lado e remexeu entre as garrafas empilhadas, procurando uma que ainda tivesse álcool.

— Meu pai não me respeita — falou. — Ele acha que meus irmãos são mais dignos do trono. Mas não são.

— Tenho certeza de que eles pensam o mesmo a seu respeito — resmungou Mark.

Oban achou uma garrafa e a ergueu para a luz, forçando a vista para enxergar o restinho de fluido líquido que ainda havia em seu interior.

— Um prisioneiro procurado talvez o faça mudar de ideia, mas é provável que não seja o suficiente.

— Você quer cair nas graças do seu pai, não quer? — falou Manuel.

Oban tomou um gole da garrafa.

— Claro. Muito.

Mark tinha a sensação de que Manuel revirava os olhos internamente.

— Então você precisa demonstrar que ele deveria levá-lo a sério. Da primeira vez que você foi atrás dele, ele nem sequer ouviu você.

— Coisa idiota — resmungou Oban, jogando a garrafa vazia para o lado. Ela se espatifou.

— Se você levar estes prisioneiros para ele, vai ter atenção. Eu vou com você... direi que nós os rastreamos juntos. Isso deixará claro que, como representante da Tropa, eu gostaria de trabalhar somente com você como nosso contato na Corte Unseelie. Isso vai fazer você parecer importante.

— Parecer? — repetiu Oban.

Kieran bufou de modo pouco elegante.

— Isso vai fazer com que ele entenda como você é importante — corrigiu Manuel delicadamente. — Seu pai vai se dar conta do seu valor. Os reféns são a chave para uma negociação entre os Nephilim e o Povo Unseelie sem precedentes em nossa história. Quando todos os Caçadores de Sombras presenciarem o encontro e um acordo de paz mutuamente benéfico, todos vão perceber que você e Horace Dearborn são os maiores líderes, capazes de forjar a aliança que seus antepassados não conseguiram.

— O quê? — falou Mark, incapaz de ficar em silêncio. — Do que você está falando?

— Será que isso não vai causar uma guerra de verdade? — Oban tinha encontrado outra garrafa. — Uma guerra me parece uma ideia péssima.

Com paciência exasperada, Manuel falou:

— Não haverá guerra. Eu já disse. — Ele olhou para Kieran e depois para Mark. — A guerra não é o objetivo aqui. E acho que o Rei quer Kieran morto mais do que você pensa.

— Porque as pessoas o amam — falou Oban num tom choroso. — Elas querem que ele seja o Rei. Porque ele era bom.

— Bondade não é uma qualidade régia — falou Manuel. — Coisa que as pessoas descobrirão quando seu pai pendurar Kieran de um cadafalso bem alto, acima dos jardins da torre.

Mark fez um movimento brusco para trás e quase se empalou numa lança.

— Você...

— Bondade não é uma qualidade régia, mas compaixão é — interrompeu Kieran. — Você não tem que fazer isso, Oban. Manuel não vale o esforço e seus esquemas são mentiras.

Oban suspirou.

— Você é tediosamente previsível, irmãozinho caçula. — Ele baixou a garrafa que estava segurando e o líquido escarlate em seu interior escorreu para o chão feito sangue. — Eu quero o trono e eu terei o trono, e Manuel vai me ajudar a consegui-lo. Isso é tudo que me interessa. Isso é tudo o que importa.

Rainha do Ar e da Escuridão

— Um sorriso tocou os cantos de sua boca. — Ao contrário de você, eu não passei a amar e a buscar as sombras, mas apenas o que é genuíno.

Lembre-se, pensou Mark. *Lembre-se de que nada disso é real.*

Oban fez um gesto breve para os dois enquanto Manuel sorria de modo quase audível.

— Acorrente-os juntos e encontre cavalos para os dois. Vamos cavalgar até a Corte Unseelie esta noite.

Barnabas já estava na 101 Coffee Shop, em Hollywood, quando Drusilla chegou. Ele estava sentado a uma mesa com bancos de couro e enfiava o garfo num prato com *huevos rancheros* de aparência deliciosa. Usava um chapéu e uma gravata de caubói, que parecia sufocá-lo, mas ele aparentava estar satisfeito consigo.

Dru parou e olhou para o reflexo nas vitrines em um dos lados do restaurante. O outro lado era uma parede cafona com astros do rock; no canto, via-se uma jukebox e dezenas de fotos em molduras, que Dru imaginou serem parentes e amigos do dono.

Lá fora estava escuro e a vitrine devolvia uma imagem muito nítida de si. Cabelos escuros presos no alto e bem penteados, um terninho cinza, saltos clássicos (roubados do armário de Emma). Ela usava batom vermelho, sem mais nenhum outro produto de maquiagem; Kit garantira que menos era mais.

— Você não quer parecer uma palhaça — dissera, atirando para trás o blush em pó na cor Racy Rose como se fosse uma granada.

Em algum lugar lá fora, nas sombras, Kit e Ty observavam, prontos para entrar em cena e defendê-la caso alguma coisa desse errado. Saber disso a deixava menos preocupada. Trazendo a pasta na mão, ela cruzou lentamente o restaurante e passou pelos bancos de couro cor de mármore e caramelo, indo se sentar na frente de Barnabas.

Os olhos de cobra dispararam para cima rapidamente para observá-la. De perto, ele não parecia bem. As escamas estavam desbotadas e o contorno dos olhos estava tingido de vermelho.

— Vanessa Ashdown?

— Sou eu — respondeu Dru, pousando a pasta no jogo americano. — Em carne e osso.

A língua bifurcada deslizou da boca.

— Mais carne do que osso. Sem problema, eu gosto de mulheres com curvas. A maioria de vocês, Caçadores de Sombras, é puro osso.

Eca, pensou Dru. Ela bateu na pasta.

— Negócios, Sr. Hale.

— Certo. — A língua desapareceu, para alívio da menina. — Então, docinho. Você tem provas de que Hypatia Vex anda passando segredos para os Caçadores de Sombras?

— Bem aqui. — Dru sorriu e empurrou a pasta na direção dele.

Ele a destravou e abriu, então franziu a testa.

— Isto é dinheiro.

— Sim. — Ela lhe deu um sorriso luminoso e tentou não olhar em volta para ver se alguém estaria vindo em seu socorro. — É o dinheiro que nós separamos para Hypatia em troca de segredos.

Ele revirou os olhos.

— Normalmente, eu fico feliz de ver um monte de dinheiro, não me entenda mal. Mas eu meio que esperava fotos dela entregando provas para algum Blackthorn.

— Por que os Blackthorn? — perguntou Drusilla.

— Porque — falou Barnabas — eles são ratinhos bajuladores. — Ele se recostou. — Você tem que me dar alguma coisa melhor do que isso, Vanessa.

— Bem, olhe com mais atenção para o dinheiro. — Dru tentava ganhar tempo. — Porque, ah, não é dinheiro comum.

Parecendo entediado, Barnabas pegou um maço de notas de vinte. Dru ficou tensa. Kit tinha dito a ela para estimular Barnabas a ficar falando, mas não era como se ela pudesse distraí-lo contando a história de *Aniversário Sangrento* ou sobre alguma coisinha fofa nova que Church tinha feito.

— Não tem nada especial neste dinheiro — começou Barnabas e se calou quando a porta do restaurante abriu e uma feiticeira alta, com pele negra e cabelo cor de bronze entrou no recinto. Ela usava um terninho reluzente e saltos terrivelmente altos. E era seguida por dois outros integrantes do Submundo: um lobisomem musculoso e uma vampira pálida, de cabelos escuros.

— Droga — falou Barnabas. — Hypatia... o quê...?

— Ouvi dizer que você estava vendendo segredos para os Caçadores de Sombras, Hale — falou Hypatia. — Veja só isso... pego com a mão na massa. — Ela piscou para Dru. As pupilas de seus olhos tinham o formato de estrelas douradas.

— Como você pôde? — quis saber a vampira. — Pensei que fosse tudo mentira, Barnabas! — Ela fungou e olhou para Dru. — Você estava mesmo comprando segredos dele? E por falar nisso, quem é você?

— Drusilla — falou Dru. — Drusilla Blackthorn.

— Uma Blackthorn?— repetiu Barnabas, ultrajado.

Rainha do Ar e da Escuridão

— E ele com certeza estava vendendo segredos — falou Dru. — Por exemplo, ele acabou de me dizer que desenterrou um exemplar dos Manuscritos Vermelhos de Magia de debaixo da barraca de Johnny Rook depois que este morreu. E que está guardando o exemplar.

— É verdade? — resmungou o lobisomem. — E você se intitula líder do Mercado das Sombras?

— Sua pequena... — Barnabas se lançou do outro lado da mesa, na direção de Dru. Ela desviou rapidamente e colidiu contra o peito de alguém, dando um gemido. Ergueu o olhar. Era Ty, com uma espada curta na mão, apontando diretamente para o peito de Barnabas.

Ele passou um braço protetor em torno de Dru, e seu olhar ficou o tempo todo colado no feiticeiro.

— Deixe minha irmã em paz — falou.

— É isso aí — falou Kit. E acenou da mesa seguinte. — Eu esqueci minhas armas, mas tenho este garfo. — Ele balançou o garfo. — Quem não tem cão, caça com garfo — falou para Barnabas.

— Ah, cale a boca — retrucou Barnabas. Mas ele parecia derrotado; o lobisomem já o agarrara, puxando seus braços para trás. Hypatia estava pegando a pasta e o dinheiro na mesa.

Ela piscou os olhos estrelados para Ty e Dru.

— Hora de vocês, Caçadores de Sombras, irem embora — falou. — Isto marca o fim do seu negociozinho com o Submundo. E digam ao seu novo Inquisidor que não queremos nada com ele ou com suas regras intolerantes. Nós vamos aonde quisermos, quando quisermos.

Ty abaixou a espada lentamente. Kit largou o garfo, e os três saíram do restaurante. Assim que pisaram na calçada, Dru inspirou com alívio o ar da noite quente; a lua alta brilhava acima da Franklin Avenue. Ela estremeceu, agitada — conseguira! Tinha enganado um feiticeiro famoso. Tirara um vigarista da jogada. Agora ela era uma vigarista!

— Acho que Hypatia falou sério — observou Kit, olhando para trás, através das vitrines da cafeteria. Hypatia e os outros integrantes do Submundo acompanhavam um Barnabas resistente até a porta dos fundos. — Aquela história de dar um recado ao Inquisidor... aquilo não era encenação. Foi uma mensagem real.

— Como se a gente pudesse falar com o Inquisidor — retrucou Ty. Distraído, ele levou a mão até o medalhão no pescoço. — Aquilo foi bom. Você fez um trabalho muito bom, Dru.

— Verdade. Você manteve a pose — falou Kit. Ele olhou para um lado e outro da rua. — Eu ia sugerir que a gente fosse tomar milk-shake ou algo assim pra comemorar, mas essa vizinhança é meio assustadora.

— Caçadores de Sombras não se preocupam com vizinhanças assustadoras — falou Dru.

— Você não aprendeu nada com a morte dos pais do Batman? — perguntou Kit, fingindo-se chocado.

Ty sorriu. E, pela primeira vez desde a morte de Livvy, Dru deu uma gargalhada.

Com a ajuda de Aline e Tavvy, Helen tinha levado uma mesa imensa para dentro do Santuário. A mesa tinha duas cadeiras posicionadas atrás dela e estava cheia da parafernália burocrática: canetas e formulários em branco, enviados pela Clave, pastas e carimbos de borracha. Era tudo assustadoramente mundano, na opinião dela.

Uma longa fila de lobisomens, feiticeiros, vampiros e fadas se estendia pelo cômodo e saía pelas portas da frente. Elas haviam estabelecido o "Posto de Registro" em cima da Marca de Poder Angelical gravada no soalho, bloqueando as portas que conduziam para dentro do Instituto.

O primeiro a se apresentar no posto improvisado foi um lobisomem. Ele tinha um bigode imenso, que lembrou a Helen dos filmes policiais dos anos setenta. E ostentava uma expressão aborrecida.

— Meu nome é Greg...

— Seu nome é Elton John — falou Aline, anotando o nome.

— Não — retrucou o lobisomem. — É Greg. Greg Anderson.

— É Elton John — insistiu Aline, pegando um carimbo. — Você tem 36 anos, limpa chaminés e mora em Bel Air. — Ela carimbou o papel com tinta vermelha: REGISTRADO, e o entregou a ele.

O lobisomem pegou o papel e piscou, confuso.

— O que vocês estão fazendo?

— A Clave não vai ser capaz de achar você — explicou Tavvy, que estava sentado debaixo da mesa, brincando com um carrinho. — Mas você está registrado.

— Tecnicamente — falou Helen, torcendo para que o lobisomem aceitasse a artimanha. Se ele não aceitasse, elas teriam problema com os outros.

Greg olhou novamente para o papel.

— É só a minha opinião — falou ele —, mas o sujeito atrás de mim parece um bocado com o Humphrey Bogart.

Rainha do Ar e da Escuridão

— Ele vai ser o Humphrey então! — falou Aline, acenando com o carimbo.
— Você quer ser Humphrey Bogart? — perguntou ela para o sujeito seguinte, um feiticeiro alto e magro, com um rosto triste e orelhas de poodle.
— Quem não quer? — retrucou ele.

A maioria dos integrantes do Submundo estava cautelosa enquanto seguia pelo restante da fila, mas todos cooperaram. Alguns até sorriram e agradeceram. Eles pareceram entender que Aline e Helen tentavam minar o sistema, embora não soubessem o motivo.

Aline apontou para uma fada alta e loura na fila que usava um vestido de tecido diáfano.

— Aquela é a Taylor Swift.

Helen sorriu ao entregar o formulário carimbado a um lobisomem.

— Qual é o tamanho da encrenca na qual vamos nos meter por isso?

— Faz diferença? — falou Aline. — Nós vamos fazer assim mesmo.

— Verdade — concordou Helen, e pegou outro formulário.

Me leve até ele. Me leve.

Primeiro, veio a tranquilidade e o silêncio — e então veio a luz e mil pontadas e formigamentos. Cristina gritou e lutou para se livrar do que parecia sarça emaranhada, caindo de lado e batendo com força na relva que cobria o solo.

Ela se sentou e examinou com tristeza suas mãos e braços, salpicados com dezenas de minúsculos pontinhos de sangue. Tinha aterrissado numa roseira, o que era uma grande ironia.

Ficou de pé, espanando o corpo com as mãos para se limpar. Ela ainda estava no Reino das Fadas, mas agora parecia que era dia. A luz dourada do sol polia um chalé de pedras amarelas claras e telhado de palha. Um rio azul-turquesa corria próximo à casinha, ladeado por tremoceiros roxos e azuis.

Cristina não tinha certeza do que esperara, mas certamente não fora esta felicidade pastoral. Ela esfregou delicadamente o sangue das mãos e braços, desistiu, e olhou de um lado a outro da pequena trilha sinuosa, a qual cortava a grama alta e conduzia até a porta da frente do chalé, cruzava a campina e desaparecia na distância nebulosa.

Marchou até a porta e bateu com firmeza.

— Adaon! — chamou. — Adaon Filho do Rei!

A porta foi aberta, como se Adaon já estivesse à espera do outro lado. Da última vez que Cristina o vira, ele estava todo paramentado com os símbolos reais da Corte Unseelie, com a insígnia da coroa quebrada no peito. Agora vestia túnica e calça simples, de linho. A pele marrom-escura parecia quente sob o sol. Pela primeira vez, ela era capaz de enxergar a semelhança dele com Kieran.

Talvez porque ele parecesse furioso.

— Como é possível que você esteja aqui? — exigiu saber, olhando ao redor, como se não acreditasse que ela havia chegado sozinha.

— Eu precisava de ajuda — começou ela. — Eu estava no Reino das Fadas...

Ele estreitou os olhos. Parecia observar, desconfiado, um pássaro azul.

— Entre imediatamente. Não é seguro conversar do lado de fora.

Assim que ela entrou no chalé, Adaon fechou a porta e começou a trancar várias fechaduras de aparência complexa.

— O Reino das Fadas é um lugar perigoso agora. Há todo tipo de meios de ser rastreado ou seguido.

Eles estavam num vestíbulo de madeira. Uma entrada em arco conduzia ao restante do chalé. Adaon a bloqueava, com os braços cruzados. Olhava de cara feia para Cristina, que depois de um minuto de hesitação, mostrou a ele o artefato.

— Não teriam como me rastrear. Eu usei isto aqui.

Se havia esperança de que Adaon fosse ficar aliviado, bem, ele não ficou.

— Onde você arrumou isto?

— É uma herança de família — explicou Cristina. — Uma família de *hadas* deu a um ancestral que os ajudou.

Adaon olhou, irritado.

— É um símbolo de Rhiannon. Trate-o com cuidado.

Ele se afastou da entrada, pisando duro, e foi até uma salinha de estar, onde uma mesa de madeira bem polida era iluminada pela luz do sol que jorrava de imensas janelas de chumbo. Cristina notou uma pequena cozinha: num vaso sobre a mesa havia flores coloridas e tigelas de porcelana pintada empilhadas.

Cristina se sentiu um pouco na casa dos anões de *A Branca de Neve*: tudo era pequenino, e Adaon parecia se agigantar com a cabeça quase tocando o teto. Ele fez um gesto para que ela se sentasse. Ela pegou uma cadeira e ao se acomodar se deu conta do cansaço de seu corpo e do quanto estava dolorida. A preocupação com Emma e Julian, agora somada ao pânico por causa de Mark e Kieran, latejava pelo seu corpo com a mesma naturalidade das batidas de seu coração.

— Por que você está aqui? — quis saber Adaon. Ele não tinha sentado e seus braços imensos ainda estavam cruzados.

— Preciso da sua ajuda — falou Cristina.

Adaon socou a mesa e o susto fez Cristina pular.

— Não. Não posso auxiliar nem ajudar Nephilim algum. Posso não concordar com meu pai em muitas coisas, mas não iria contra os desejos dele e conspirar ajudando uma Caçadora de Sombras.

Ele ficou parado por um momento, em silêncio. A luz do sol iluminava as beiradas das cortinas de seda branca na janela. Através do vidro, Cristina via um campo de papoulas se ampliando ao longe, em direção aos penhascos reluzentes, e um brilho fraco de água azul. A casa cheirava a sálvia e chá, um perfume suave e caseiro que só fazia piorar a dor dentro dela.

— Você sabe por que vim atrás de você? — perguntou ela.

— Não — respondeu Adaon, sombrio.

— Em Londres, eu segui Kieran na saída do Instituto porque não confiava nele — falou Cristina. — Eu pensei que ele fosse nos trair. Mas ele estava indo conversar com você.

O vinco na testa de Adaon não se moveu.

— Eu percebi enquanto conversavam que ele tinha razão em confiar em você, que você era o único dos irmãos que se importava com ele — prosseguiu ela. — Ele falou que você lhe deu Lança do Vento. Você é o único da família de quem ele fala com alguma afeição.

Adaon ergueu uma das mãos como se quisesse barrar as palavras dela.

— Chega! Não quero mais ouvir isso.

— Você precisa ouvir.

— Não preciso que Nephilim nenhum me conte sobre Kieran!

— Precisa, sim — insistiu Cristina. — Guardas estão levando Kieran para o seu pai neste momento, enquanto conversamos. Ele certamente vai ser morto se não fizermos nada.

Adaon não se mexeu. Se Cristina não o tivesse visto engolir em seco, teria pensado que era uma estátua. Uma estátua gigante e aborrecida.

— Ajudá-lo seria uma verdadeira traição ao meu pai.

— Se você não ajudar, então será uma verdadeira traição ao seu irmão — falou Cristina. — Às vezes, não se pode ser leal a todos.

Adaon apoiou as mãos imensas no encosto de uma cadeira.

— Por que você veio aqui? — perguntou. — Por que me trouxe tais notícias? É possível que meu pai o poupe. O povo gosta dele.

— Você sabe que seu pai vai matá-lo justamente por essa razão — disse Cristina, com a voz trêmula. — Antes da Caçada, ninguém na vida de Kieran o amava ou se importava com ele, a não ser você. Você realmente vai abandoná-lo agora?

15

Nas Sombras Torreões

— O filho de Sebastian — murmurou Emma. — Ele teve um filho.

Eles se abrigaram num cômodo semelhante a uma despensa abandonada. Prateleiras nuas cobriam as paredes e cestos vazios estavam espalhados pelo chão. Emma pensou nas frutas e no pão que eles tinham guardado e tentou ignorar a pontada em seu estômago. Ela não comera mais nada depois dos sanduíches da véspera.

— Sempre houve rumores de que Sebastian havia tido um caso com a Rainha — falou Julian. Ele se sentou com as costas apoiadas numa das paredes da despensa. Sua voz soou remota, como se viesse do fundo de um poço. E vinha soando assim desde que saíram da sala do trono. Emma não sabia se era um efeito colateral da poção ou por ver Annabel e deixá-la sair incólume. — Mas ele morreu há apenas cinco anos.

— O tempo passa de modo diferente no Reino das Fadas — falou Emma. — Ash parece ter uns 13 anos. — Ela franziu a sobrancelha. — Ele é bem parecido com Sebastian. Eu me lembro de ter visto Sebastian no Instituto. Ele era tão... — Cruel. Frio. Desumano. — Louro.

Julian não ergueu o rosto. Sua voz continuava gélida.

— Você deveria ter me deixado acabar com ela.

— Julian, não. — Emma esfregou as têmporas; sua cabeça estava doendo.

— Com certeza você teria sido morto se tentasse.

— Emma...

— Não! — Ela abaixou as mãos. — Eu também odeio Annabel. Eu a odeio por ter sobrevivido e por Livvy estar morta. Odeio pelo que ela fez. Mas neste momento tem coisas mais importantes em jogo do que nossa vingança.

Julian ergueu a cabeça.

— Você viveu durante anos pela vingança. Você só pensava em vingar seus pais.

— Eu sei. E então eu me vinguei e não adiantou de nada. Só serviu para me deixar com uma sensação de vazio e de frio.

— Deixou? — Seus olhos eram frios e duros como mármores azuis-esverdeados.

— Sim — insistiu Emma. — Além disso, Malcolm voltou dos mortos como um monstro marinho, então...

— Então você está dizendo que eu não deveria matar Annabel porque ela voltará como um monstro marinho?

— Só estou observando que foi inútil matar Malcolm — falou Emma. — E você sabe quem o matou no fim das contas? Annabel.

Fez-se um longo silêncio. Julian passou os dedos pelos cabelos; Emma queria engatinhar até ele, e implorar para ele voltar a ser o Julian de sempre. Mas talvez isso fosse impossível. Talvez a morte de Livvy tivesse caído como uma foice entre aquele Julian e este, matando qualquer possibilidade de que ele pudesse se transformar, tal qual os príncipes cisnes nos contos de fada, voltando a ser o menino carinhoso e dedicado que ela amava, com segredos no coração e tinta nas mãos.

— Então o que é que você está dizendo? — perguntou ele finalmente.

— Ninguém culparia você por matar Annabel — falou Emma. — Mas, às vezes, temos que deixar de lado nossos desejos imediatos em prol de alguma coisa maior. Você me ensinou isso. A sua versão antiga.

— Talvez — falou Julian. Ele baixou a manga, e Emma voltou a notar o que tinha visto na clareira: o peculiar pedaço de pano manchado de ferrugem, amarrado no pulso direito.

Ela botou uma das mãos no braço dele, imobilizando-o.

— O que é *isto*?

— É o sangue de Livvy — disse ele. — Eu rasguei uma tira da camiseta que estava usando quando ela morreu e amarrei no pulso. Vou tirar assim que matar Annabel. Antes não.

— Julian...

Ele abaixou a manga.

— Eu entendo o que você está dizendo. Só não vejo por que eu é que deveria parar.

Sua voz não tinha entonação. Emma sentiu um calafrio. Era como olhar para um indivíduo sangrando por uma ferida fatal, porém inconsciente do próprio ferimento.

— De qualquer forma — falou Julian. — Nós temos que encontrar Ash.

Eu falhei, pensou Emma. *Eu deveria ter dito alguma outra coisa, alguma coisa que o teria convencido, e falhei.*

— Por que você precisa encontrar Ash?

— Você ouviu o Rei. Ash é a arma. Aquela que Clary e Jace vieram procurar.

— Ele é *parte* de uma arma — corrigiu Emma. — O Rei está envenenando a própria terra e a Floresta Brocelind também. Ele acha que pode usar Ash para tornar o veneno ainda mais mortal e destruir mais de Idris.

— É, também fiquei com essa impressão. Mas o Rei precisa do Volume Sombrio para fazer a segunda parte funcionar.

— Então não é melhor irmos atrás do Volume Sombrio?

— De qual deles? — falou Julian. — Annabel tem o verdadeiro. A Rainha tem a cópia, quer dizer, o Rei está com ela no momento, mas pertence à Rainha. Isso divide o nosso objetivo, a menos que a gente tire Ash da equação. — O cabelo de Julian caiu ao redor do rosto sob a escuridão; Emma via os arranhões finos por toda a pele dele, onde os espinhos da cerca tinham cortado. — As duas barganhas giram em torno de Ash: Annabel quer o menino e a Rainha também. Se pegarmos Ash, ganharemos tempo e evitaremos que o Rei faça um acordo.

— Eu não vou machucar um garotinho, Julian — falou Emma objetivamente. — Se é isso o que você quer dizer com "tirar Ash da equação", eu não vou fazer isso.

— Nós não temos que machucá-lo — falou Julian. — Sequestrá-lo já serviria.

Emma suspirou.

— E depois o quê?

— Nós oferecemos uma troca a Annabel; o Volume Sombrio por Ash. Ela faria qualquer coisa por ele.

Emma se perguntou se deveria apontar como aquilo era estranho. Mas optou por não fazê-lo — este Julian não entendia como alguém poderia ter uma opinião sobre qualquer coisa.

— Então nós a matamos e pegamos o livro — concluiu ele.

— E quanto à Rainha?

— Se o Rei não estiver em poder de Ash, ela não tem razão para trocar o Volume Sombrio, e nem vai fazer isso. Enquanto isso, nós chegamos à queda

Rainha do Ar e da Escuridão

d'água, voltamos a Idris com Ash e o Volume Sombrio original, e o plano de Dearborn fica arruinado. Nós vamos até o Conselho com as duas coisas e seremos heróis. A Clave não vai deixar a Tropa chegar perto da gente.

— Ash não é um objeto — falou Emma.

— O Rei o chamou de arma — retrucou Julian.

Emma mudou de tática.

— Nós não sabemos como encontrar Ash na torre.

— Eu sei que você viu aqueles guardas no corredor, assim como eu vi — falou Julian. — E depois na sala do trono. São os guardas de Ash. Nós sabemos onde fica o quarto dele. Nós vimos. — Seus olhos brilhavam com determinação. — Eu preciso de você comigo, Emma.

— Então me prometa uma coisa — falou ela. — Prometa que levaremos Ash para Jia, não para Dearborn.

— Está bem — falou Julian. — Não me importo com o que aconteça ao filho de Sebastian Morgenstern.

O Julian real teria se importado, pensou Emma. O Julian real teria se importado com qualquer criança porque ele amava muito suas crianças. Ash para ele seria uma versão de Tavvy, Dru ou Ty, independentemente de quem fosse o pai do menino.

— Então você vem comigo? — perguntou ele.

Eu vou, pensou ela. Porque alguém tem que proteger Ash de você e te proteger de si mesmo.

Ela se levantou.

— Estou com você — falou.

— Olá? — Ty avançou na escuridão da caverna, com a luz enfeitiçada brilhando em sua mão. Kit o comparava a uma pintura, com a iluminação forte sobre os cabelos pretos e a pele clara. — Shade? Você está aqui?

Kit tinha a própria luz enfeitiçada no bolso, mas a pedra de Ty lançava luz suficiente, destacando as rachaduras nas paredes de granito, a mesa de madeira com marcas antigas de facadas e fogo, as letras em sua superfície, ardendo brevemente vivas: o fogo quer queimar.

Eles tinham deixado Dru no Instituto; ela fora dormir cantarolando, e Kit ficara satisfeito por fazê-la feliz. Ela havia se saído muito bem com Barnabas também. Kit tinha razão: Dru tinha muito de um vigarista em si.

— Shade — dissera Ty assim que Drusilla se afastara deles. — Temos que conversar com Shade.

Ele vibrara de empolgação, as bochechas vermelhas, os dedos brincando com um de seus *fidget spinners.*

Era uma noite clara de lua crescente, o céu parecia vivo com nuvens se movimentando velozmente, sopradas pelo vento vindo do oceano. Ty praticamente tinha corrido ao longo da beira d'água, com os pés inaudíveis sobre a areia úmida. Kit percebeu que não estava ofegante como pensava que ficaria por tentar acompanhá-lo. Talvez ele estivesse se tornando mais Caçador de Sombras, apesar de tudo.

— Shade? — chamou Ty de novo, e desta vez as sombras se moveram e uma luz irrompeu no interior da caverna. Alguém ligara um abajur sobre a mesa, enchendo a câmara com luz e sombras. Para além das sombras mais profundas, uma voz mal-humorada resmungou:

— Quem é? Quem está me incomodando?

— Kit Herondale e Ty Blackthorn — falou Ty, com a luz enfeitiçada brilhando mais alto. — Precisamos conversar com você.

Ouviu-se um suspiro e barulho de pés se arrastando.

— É melhor vocês terem uma boa razão para me acordar. — As sombras se deslocaram e se transformaram em Shade, levantando com dificuldade de um saco de dormir. Ele vestia um pijama risca-de-giz e pantufas felpudas nos pés verdes.

— Nós enviamos um bilhete dizendo que estávamos chegando — falou Kit.

Shade olhou de cara feia.

— Eu estava dormindo. São três da manhã.

O saco de dormir se mexeu. Um minuto depois, Church rastejou para fora, fazendo barulhinhos. Ele se aninhou no topo do saco, piscando os olhos grandes e amarelos.

— Isso não foi muito leal — falou Ty, lançando um olhar severo ao gato.

Shade bocejou.

— Nós nos conhecemos há muito tempo, este gato e eu. Tínhamos que pôr uns assuntos em dia.

Kit sentia estar perdendo o controle da conversa.

— Nós fizemos o que você instruiu — emendou ele para o feiticeiro, que bocejava. — Está tudo bem com o Mercado das Sombras agora.

— Está tudo certo — falou Ty. — Hypatia Vex dirige o mercado agora e falou que podemos ir até lá sempre que quisermos.

Uma expressão estranha cruzou o rosto do feiticeiro; curiosamente, Shade não parecia feliz. Parecia surpreso e confuso. Kit registrou o fato para uma análise futura.

Rainha do Ar e da Escuridão

— Então vocês podem começar o feitiço — falou Shade lentamente. — Assim que adquirirem todos os ingredientes, claro.

— Quais são os ingredientes? — perguntou Kit. — Por favor, não nos diga que vamos ter que fazer aquele lance do Malcolm com as mãos dos doze assassinos. Eu não conheço doze assassinos. Nem sequer conheço doze ladrões.

— Não. — Shade tinha começado a caminhar. — Malcolm trouxe Annabel de volta assim porque ele tinha o corpo dela. Nós não temos o corpo da sua irmã, então não podemos usar os métodos dele.

— Ela não era minha irmã — murmurou Kit.

— Se eu me lembro bem, há somente um feitiço do livro que vocês podem usar — falou Shade, ainda em movimento.

— Isso — respondeu Ty.

— Tem mesmo um feitiço? — perguntou Kit. Os outros dois o encararam.

— Eu só... Eu não vejo como você pode trazer alguém de volta dos mortos quando o corpo se foi.

Ty estava completamente tenso.

— O livro diz que dá para fazer — emendou. — Diz que é possível.

Shade estalou os dedos, e uma caneca com alguma coisa quente apareceu sobre a mesa. Ele desabou na cadeira, suas mãos envolveram a caneca, parecendo aborrecido ou tão aborrecido quanto um feiticeiro verde com pantufas felpudas poderia parecer.

— Como não há corpo, é um feitiço altamente instável — falou ele. — Você não é o primeiro a tentar. Nada é realmente destruído. Isso é verdade. Há *meios* de um morto voltar mesmo não havendo um corpo. Seu espírito pode ser colocado em outro corpo, mas isso é uma verdadeira maldade porque o primeiro corpo morrerá.

— Não! — disse Ty. — Não quero isso. Livvy não iria querer isso.

— O corpo pode voltar como um cadáver-vivo — emendou Shade. — Nem morto nem totalmente vivo. O corpo poderia voltar com uma mente corrompida, perfeitamente semelhante a Livvy, mas incapaz de pensar ou falar. O espírito desencarnado poderia voltar ou, em alguns casos, uma Livvy de outro mundo, como Edom, poderia ficar presa no nosso, deixando um buraco no mundo de origem.

— Parece que não tem opções boas — falou Kit, nervoso.

— Mas pode funcionar — disse Ty. Todo o sangue tinha sido drenado de seu rosto. — *Funcionou* em outras ocasiões. Pessoas foram trazidas de volta perfeitamente.

— Infelizmente — emendou Shade —, sim.

Kit já sabia que o "sim" era tudo o que Ty ouviria.

— Vamos fazer a coisa certa — insistiu Ty. — Vamos trazer a Livvy real de volta.

Kit sentiu sua nuca pinicar. Não dava para dizer se Ty estava entrando em pânico, mas Kit com certeza estava. O que em sua vida já dera tão certo para que ele tivesse coragem de se voluntariar para um projeto que não poderia dar errado de jeito nenhum?

— Que coisas vamos precisar adquirir no Mercado? — perguntou Ty. Ele não falava como se estivesse em pânico, e sua calma estava permitindo a Kit voltar a respirar normalmente.

Shade suspirou e pegou um pedaço de papel do outro lado da mesa; ele já devia ter escrito aquilo há algum tempo. Começou a ler em voz alta:

"Incenso do coração de um vulcão.

Giz em pó dos ossos de uma vítima de assassinato.

Sangue, cabelos e osso da pessoa a ser ressuscitada.

Mirra cultivada pelas fadas, colhida à meia-noite com uma foice de prata.

Um objeto de outro mundo.

— Da pessoa a ser ressuscitada? — repetiu Ty. — De Livvy, certo?

— Claro — falou Shade.

— Sem o corpo dela, como podemos obter sangue, cabelos e osso? — perguntou Kit. Sua mente trabalhava rapidamente ante a pergunta, talvez fosse impossível, talvez eles não conseguissem obter os ingredientes e nunca houvesse uma chance de fazer o feitiço equivocadamente e causar um desastre.

— Pode ser feito — falou Ty baixinho. Seus dedos tocaram o medalhão brevemente. — O incenso, a mirra... podemos conseguir no Mercado.

— E quanto a um objeto de outro mundo? — perguntou Kit.

— Há alguns nesta dimensão — falou Shade. — A maioria está no Labirinto Espiral. — Ele esticou a mão. — E antes que vocês perguntem, não, eu não vou ajudar nisso. A ajuda termina com meus conselhos.

Ty franziu a testa.

— Mas nós vamos precisar da sua ajuda com o feitiço — falou. — Caçadores de Sombras... nós não podemos fazer magia.

Kit sabia do que ele estava falando. Feiticeiros eram os poucos que podiam fazer magia naturalmente no mundo; mágicos como seu pai precisavam encontrar uma fonte de energia porque eles não podiam lidar com as Linhas Ley, e fontes de energia, sobretudo fontes limpas, como a que Shade prometera, não eram fáceis de se encontrar. Mesmo que você conseguisse encontrar al-

Rainha do Ar e da Escuridão

guém para vender um catalisador, os Caçadores de Sombras eram proibidos pela Lei de adquirir esse tipo de coisa, e mesmo que Ty não se importasse em violar a Lei, levaria anos para se aprender como realizar magia do jeito que Johnny Rook fazia.

— Eu falei que contribuiria com um catalisador que vocês poderiam usar — falou Shade. — Vocês têm que fazer o restante sozinhos. Não vou chegar perto de necromancia.

Church miou.

Ty pegou a lista de ingredientes; seus olhos estavam profundos e escuros, mais negros do que cinzentos sob a iluminação da caverna.

— Muito bem — falou. — Está bem.

Ele pegou a luz enfeitiçada e fez um gesto para Kit segui-lo; Shade se levantou e falou alguma coisa sobre acompanhá-los até a saída. Kit se apressou atrás de Ty, que parecia tão ansioso para ir embora quanto tinha estado para vir, para começo de conversa.

Eles alcançaram o final do túnel, onde a rocha se abria para a areia e o oceano, quando de repente Shade botou a mão no ombro de Kit.

— Christopher — falou. — Espere um minuto.

Ty já tinha caminhado para a praia. Ele estava abaixado, e Kit percebeu que afagava a pelagem de Church. O gato os acompanhara em silêncio e trespassava entre as pernas de Ty, fazendo o número oito e esfregando a cabeça nas panturrilhas do menino.

— Cuide de Tiberius — falou Shade. Havia alguma coisa em sua voz, uma inflexão, que o fez soar como se tivesse aprendido a falar muito tempo atrás. — Há muitos meios de se colocar em risco por causa da magia.

Kit ergueu o rosto, surpreso.

— O que você quer dizer? Não temos que matar ninguém nem criar energia mágica mortal. Não é isto que faz da necromancia algo errado?

Shade suspirou.

— Magia é como termodinâmica — falou. — Você sempre leva alguma coisa de algum lugar. Cada ato tem repercussões, e este pode ter repercussões que vocês não imaginam e das quais não vão conseguir se proteger. Vejo que você se considera protetor de Ty. — Sua voz suavizou. — Às vezes, você precisa proteger as pessoas contra as coisas que elas querem, do mesmo modo que as protege das coisas que elas temem.

Kit sentiu uma pontada no coração.

Na praia, Ty se endireitou. O vento soprava seus cabelos e ele esticou as mãos para o alto, sem hesitação nem constrangimento, para tocar o vento e o ar noturno. Seu rosto brilhava como uma estrela. Em todo o mundo, Kit nunca tinha conhecido alguém que ele acreditava ser tão incapaz de fazer o mal.

— Eu nunca deixaria nada machucar Ty — falou.— Sabe, eu...

Ele se virou para contar a Shade, para explicar como era, como sempre seria. Mas o feiticeiro já tinha desaparecido.

A pele de Mark queimava suavemente onde as algemas de ferro puro envolviam seus pulsos.

Oban e sua guarda cavalgavam à frente; Manuel estava entre eles, como se fosse natural para um Caçador de Sombras cavalgar entre os anfitriões Unseelie. Ocasionalmente, ele se virava e dava um sorriso irônico para Mark e Kieran, que seguiam atrás do grupo. Algemas prendiam os pulsos de ambos, ligadas a uma grossa corrente de ferro travada ao pito da sela de Oban.

Era um castigo que Mark já vira. Ele mantinha um olho ansioso em Kieran, caso este tropeçasse. Um prisioneiro que despencasse seria arrastado atrás dos cavalos Unseelie enquanto os guardas davam risadas.

Kieran já estava pálido por causa da dor. O ferro frio o afetava muito mais do que a Mark; seus pulsos sangravam e estavam irritados onde o metal os tocava.

— Eles falaram de reféns — disse finalmente quando alcançaram o cume de um morro baixo. — Por quais mortes nós estamos sendo trocados?

— Em breve vamos descobrir — falou Mark.

— Tenho medo — disse Kieran, com sinceridade na sua voz. — Manuel Villalobos estava na Scholomance enquanto fiquei escondido lá. É uma pessoa terrível. Não há nada que ele não faria. A maior parte da Tropa é mais de seguidores do que de líderes, incluindo Zara. Ela faz o que o pai manda, como foi ensinada, embora sejam ensinamentos de ódio e crueldade. Mas Manuel é diferente. Ele faz o que faz porque quer fazer as pessoas sofrerem.

— Sim — falou Mark. — É isso que o torna perigoso. Ele não é um crente verdadeiro. — E olhou ao redor; eles estavam passando por um trecho com a praga. Ele tinha começado a se acostumar à visão daquilo, das paisagens aniquiladas com árvores mortas e grama cinzenta, como se ácido tivesse se derramado do céu sobre a terra. — Podemos confiar em Cristina — disse ele quase sussurrando. — Ela vai procurar ajuda para nós, mesmo agora.

— Você percebeu uma coisa curiosa? — perguntou Kieran.— Oban não perguntou por ela. Não quis saber para onde ela poderia ter ido ao desaparecer, ou por quem poderia ter procurado.

— Talvez ele tivesse ciência de que nós não fazemos ideia.

Kieran bufou.

— Não. Manuel não contou que Cristina estava lá, pode anotar. Ele ia preferir que Oban não ficasse zangado por ele ter deixado uma Caçadora de Sombras escapar.

— O que é que Manuel quer com Oban? Sem querer ofender, ele não me parece o mais inteligente dos seus irmãos.

Kieran semicerrou os olhos.

— Ele é um bêbado e uma porta de tão burro.

— Mas é uma porta ambiciosa.

Kieran deu uma risadinha relutante.

— Parece que Manuel atiçou a ambição de Oban. É verdade que a Tropa não pode influenciar meu pai, mas talvez eles tenham esperança de influenciar o próximo Rei Unseelie. Um rei fraco, que possam controlar facilmente. Oban seria perfeito para isso.

Eles subiram outro morro. Mark via a torre se erguendo ao longe, um espinho sombrio cortando o céu azul. Já tinha voado sobre a Torre Unseelie com a Caçada Selvagem, mas nunca entrara nela. Nunca tinha manifestado vontade de ir.

— Por que Manuel pensaria que haveria um novo Rei Unseelie em breve? Seu pai tem sido o Rei há tanto tempo que ninguém sequer consegue se recordar da aparência do Rei Bram.

Kieran fitou a torre. Uma nova onda de risadas veio de Oban e dos outros à frente.

— Talvez porque o povo esteja zangado com meu pai. Adaon me conta coisas. Há cochichos de descontentamento. Que o Rei trouxe a praga para a nossa terra. Que sua obsessão com os Caçadores de Sombras deixou o povo dividido e empobrecido. As fadas mais velhas de Unseelie perderam a confiança nele desde o desaparecimento do Primeiro Herdeiro. Elas sentem que o Rei não se esforçou o suficiente para encontrá-la.

Mark se espantou.

— O Primeiro Herdeiro era uma menina? Eu pensei que o Rei tivesse matado todas as suas filhas.

Kieran não disse nada. Mark se lembrou da última vez que eles enfrentaram o Rei no Reino das Fadas, quando ele viera com Emma, Julian e Cristina para salvar Kieran do Senhor das Sombras. Agora as coisas eram diferentes. Ele teve uma lembrança repentina da clareira, de acordar e ver Cristina e Kieran nos braços um do outro, pouco antes de os guardas chegarem.

— Por que você beijou Cristina? — perguntou Mark baixinho. — Se você fez isso para me irritar ou causar ciúme, seu gesto acabou se provando um mal terrível a ela.

Kieran se virou para ele com surpresa.

— Não foi para te irritar nem causar ciúme, Mark.

— Ela gosta de você — falou Mark. Ele sabia disso há algum tempo, mas nunca tinha dito as palavras em voz alta até então.

Kieran corou.

— Isso é muito estranho para mim. Não mereço tal sentimento.

— Também não sei se mereço a afeição dela — falou Mark. — Talvez ela não dê seu coração com o cuidado que deveria. — Ele baixou o olhar para os pulsos que sangravam. — Não a machuque.

— Eu não poderia — falou Kieran. — Eu não faria isso. E eu lamento, Mark, se você ficou com ciúmes. Não era minha intenção.

— Está tudo bem — falou Mark com uma espécie de espanto, como se estivesse surpreso com a verdade. — Eu não fiquei com ciúmes. — *De nenhum de vocês. Como isso é possível?*

A sombra da torre desceu sobre os dois, escurecendo o solo onde pisavam. De repente, o ar pareceu mais frio.

Diante deles, a imensa cerca com espinhos que circulava a torre se erguia como uma muralha de espetos. Ossos brancos pendiam das pontas espinhosas, como pendiam há centenas de anos. Fazia muito, muito tempo desde que um guerreiro desafiara a muralha. E Mark não conseguia se lembrar de já ter ouvido falar de alguém que tivesse feito isso e sobrevivido.

— Mark — murmurou Kieran.

Mark deu um passo para a frente e quase caiu; a corrente que os prendia aos cavalos jazia frouxa no solo. Oban e os outros tinham parado junto ao arco dos enormes portões, que eram o único meio de atravessar a cerca de espinhos.

Kieran se voltou para Mark e segurou o ombro dele com as mãos algemadas. Seus lábios estavam rachados e sangravam. Ele olhou nos olhos de Mark com uma expressão de terrível súplica. Mark de repente ignorou a estranha discussão sobre Cristina, se esqueceu de tudo, menos da dor de Kieran e de seu desejo de protegê-lo.

— Mark — sussurrou Kieran. — Eu tenho que te avisar. Nós passaremos pela trilha da punição até a torre. Eu vi isso acontecer com outros. É... Eu não posso...

— Kieran, vai ficar tudo bem.

— Não. — Kieran balançou a cabeça com força suficiente para fazer seus cabelos voarem ao redor da cabeça. — Meu pai vai encher de aristocratas a trilha até a torre. Eles vão gritar para nós. Vão jogar rochas e pedras. É como meu pai quer. Ele me ameaçou com isso depois da morte de Iarlath. Agora sou o responsável pela morte de Erec também. Não haverá piedade para mim. — Ele engasgou com as palavras. — Eu sinto muito por você ter que estar aqui para isso.

Sentindo-se estranhamente calmo, Mark falou:

— Não é melhor eu estar com você?

— Não — falou Kieran, e em seus olhos Mark viu o oceano, preto e prata sob a lua. Distante e intocável. Belo e eterno. — Porque eu te amo.

O mundo pareceu silenciar rapidamente.

— Mas eu pensei... você falou que nós havíamos terminado.

— Eu não terminei com você — falou Kieran. — Jamais poderia terminar, Mark Blackthorn.

O corpo todo de Mark zumbiu com surpresa. Ele mal registrou isso quando começaram a se mover, a mão de Kieran caindo de seu ombro. A realidade voltou correndo, como uma onda se quebrando: ele ouviu Kieran inspirar fundo, se preparando para o pior quando passassem pelos portões, atrás de Oban e dos outros.

As correntes chacoalhavam sobre os paralelepípedos da trilha que conduzia dos portões às portas da torre, um barulho obscenamente alto. O pátio estava lotado de fadas Unseelie nas laterais. Algumas seguravam pedras, e outras tinham chicotes feitos de vinhas espinhosas.

Remexendo sutilmente, contorcendo os pulsos nas algemas, Mark conseguiu segurar a mão de Kieran.

— Vamos seguir adiante sem medo — falou ele baixinho. — Pois eu sou um Caçador de Sombras e você é o filho de um Rei.

Kieran lançou um olhar agradecido a ele. Um instante depois, eles avançavam pela trilha, e a multidão, com seus chicotes e pedras, os circundava.

Mark ergueu a cabeça. Eles não veriam um Caçador de Sombras se encolher com medo ou dor. Ao seu lado, Kieran tinha aprumado as costas; sua expressão altiva, o corpo preparado.

Preparado — para golpes que não vieram. Quando Mark e Kieran caminharam entre as fileiras de fadas, elas ficaram imóveis como estátuas, com as pedras na mão e os chicotes estáticos.

O único som veio de Oban e seus guardas, seu murmúrio crescendo no ar silencioso. Oban se virou para o lado, o olhar raivoso avaliando a multidão.

— Mexam-se, imbecis! — gritou ele.— Não sabem o que devem fazer? Eles são assassinos! Mataram Iarlath! Mataram o príncipe Erec!

Um burburinho perpassou a multidão, mas não era de raiva. Mark pensou ter ouvido alguém dizer o nome de Erec com irritação e o de Kieran com mais delicadeza; o próprio Kieran olhava ao redor com grande surpresa.

E ainda assim, a multidão não se mexeu. Em vez disso, quando Kieran e Mark passaram entre as fadas, vozes começaram a se erguer. Mark ouvia, incrédulo, conforme cada uma contava sua história. *Ele me deu pão quando eu estava faminta, ao lado da estrada. Ele impediu que os guardas do Rei tirassem minha fazenda. Ele salvou meu marido da execução. Ele assumiu a responsabilidade pelo crime que meu filho cometeu. Ele tentou salvar minha mãe dos Cavaleiros de Mannan. E, por sua bondade, o Rei o mandou para a Caçada Selvagem.*

Oban começou a olhar ao redor, desnorteado, o rosto contorcido pela raiva. Manuel pôs a mão no ombro dele, se inclinou e murmurou ao ouvido do príncipe. Oban relaxou, parecendo furioso.

Kieran olhou para Mark, espantado, os lábios entreabertos.

— Eu não compreendo — murmurou.

— Eles odeiam seu pai — falou Mark —, mas não creio que odeiem você.

Eles tinham alcançado os degraus da torre. Pararam quando Oban e os outros desmontaram. Viu-se um lampejo de movimento na multidão. Uma criança fada, uma menininha com fitas no cabelo e pés descalços, se esgueirou do meio das outras fadas e correu até Kieran. Ela colocou alguma coisa na mão dele com timidez.

— Por sua bondade, príncipe Kieran.

— O que era? — perguntou Mark quando Kieran fechou a mão em torno do objeto. Mas os guardas já os tinham cercado e estavam empurrando-os em direção às portas da torre, e Kieran não respondeu.

Quando Diana voou com Gwyn sobre Brocelind, a fumaça espiralava da floresta abaixo como dedos sombrios e cinzentos que se abriam contra o céu.

A Tropa tinha queimado as áreas com a praga, porém descuidadamente — Diana ainda notava tocos fumegantes de árvores, mas a terra seca sombria e cinzenta se estendia ainda mais além do que antes, e alguns trechos pareciam intocados pelo fogo. Diana observou, desanimada. O que a Tropa pensava estar fazendo?

Eles pousaram e Gwyn ajudou Diana a descer das costas de Orion. Jia os aguardava ansiosamente.

Diana correu para ela.

— Ouvi dizer que você tinha notícias de Emma e Julian. Eles estão bem? Voltaram para Los Angeles?

Jia hesitou. Estava magra e emaciada, a pele semelhante a papel e muito pálida.

— Eles não voltaram. Não.

O alívio fluiu por Diana: então Emma e Julian ainda estavam em Alicante.

— Eu estava tão preocupada na reunião — falou. — O que Horace está fazendo com Diego e os outros é impensável. Culpá-los de crimes e calá-los para que não possam se manifestar. Quase fiquei feliz por Emma e Julian estarem isolados na casa...

— Diana. Não — falou Jia. Ela pôs a mão fina no pulso de Diana; Gwyn se aproximara e ouvia em silêncio, a cabeça grisalha virada para um lado. — Um membro da Clave, leal a mim, ouviu Zara conversando com Manuel. Ela disse que Horace mandou Emma e Julian ao Reino das Fadas numa missão suicida. Eu pedi para pessoas de confiança verificarem a casa e ela está vazia, eles não estão lá, Diana. Foram mandados para o Reino das Fadas.

Dentro da cabeça de Diana, alguma coisa explodiu baixinho: raiva, fúria, irritação consigo — ela *soubera* que algo estava errado, sentira isso. Por que não confiara em seus instintos?

— Gwyn — falou, com uma voz que mal dava para reconhecer pelos próprios ouvidos. — Leve-me ao Reino das Fadas. Agora.

Jia agarrou o pulso de Diana.

— Diana, pense bem. O Reino das Fadas é imenso... nós não sabemos onde eles podem estar...

— Gwyn e seus seguidores são caçadores — falou Diana. — Nós *vamos* encontrá-los. Gwyn...

Ela se virou para ele, mas Gwyn ficara imóvel, como uma raposa farejando os cães.

— Cuidado! — gritou, e tirou um machado da bainha às suas costas.

As árvores começaram a farfalhar; Jia e Diana mal tiveram tempo de sacar as próprias armas quando a Tropa irrompeu na clareira, conduzida por Zara Dearborn, que brandia uma espada reluzente.

Uma espada reluzente que Diana conhecia. Sentindo como se tivesse acabado de engolir um cubo de gelo, Diana reconheceu Cortana.

Zara estava acompanhada de Jessica Beausejours, Anush Joshi, Timothy Rockford e Amelia Overbeck. Zara, em seu uniforme de Centuriã, sorria triunfante.

— Eu sabia! Eu *sabia* que nós pegaríamos vocês conspirando junto aos integrantes do Submundo!

Gwyn ergueu uma sobrancelha.

— Só tem um integrante do Submundo aqui.

Zara o ignorou.

— Não esperava muita coisa de você, Diana Wrayburn, mas Consulesa Penhallow? Violando a Paz Fria em sua terra natal? Como você *pôde*?

Jia segurava a *dao* curva na frente do peito.

— Me poupe do drama, Zara — respondeu ela em tom abrupto. — Você não entende o que está acontecendo e suas crises só causam problema.

— Nós não estamos conspirando com fadas, Zara — falou Diana.

Zara cuspiu no chão. Era um gesto alarmante em seu desprezo selvagem.

— Como você ousa negar que estão conspirando quando nós pegamos vocês em flagrante?

— Zara...

— Não insista — falou Jia para Diana. — Ela e a Tropa não vão dar ouvidos a você. Eles só ouvem o que querem. Não aceitam nada que contradiga as crenças que eles já têm.

Zara se virou para seus seguidores.

— Levem-nos em custódia — falou. — Nós os conduziremos ao Gard.

Gwyn lançou o machado. Foi um gesto tão repentino que Diana pulou para trás com surpresa; o machado voou acima das cabeças da Tropa e bateu no tronco de um carvalho. Alguns dos membros da Tropa gritaram quando a árvore desabou com o rugido ensurdecedor de galhos quebrando e terra esmagada.

Gwyn esticou o braço e o machado voou de volta para sua mão. Ele mostrou os dentes para os Caçadores de Sombras encolhidos.

— Para trás, ou vou acabar com vocês!

— Vejam! — Zara tinha tombado de joelhos quando a árvore desabou; agora ela fazia esforço para se levantar, agarrada a Cortana. — Viram? Uma conspiração! Temos que lutar... *Anush*!

Mas Anush já tinha corrido para os arbustos. Os outros, visivelmente abalados, se reagruparam relutantemente em torno de Zara, que dava alguns passos determinados na direção de Gwyn.

— O que ele vai fazer? — perguntou Jia em voz baixa.

— Matar todos. Ele é o líder da Caçada Selvagem, eles não são nada para Gwyn.

— São apenas crianças — falou Jia. — O pobre Anush fugiu. Ele só tem 16 anos.

Rainha do Ar e da Escuridão

Diana hesitou. *Eram* apenas crianças; crianças odiosas, mas Gwyn não podia matá-las. Não era a solução.

Ela correu até ele, sem se importar com o que a Tropa pensaria, e falou ao seu ouvido.

— Vá embora — murmurou ela. — Por favor. Eles vão nos levar para o Gard, mas não será por muito tempo. Você tem que ir atrás de Emma e Julian.

Gwyn se virou para ela, a preocupação nítida em seu rosto.

— Mas você...

— Encontre-os para mim — falou Diana. — Eu ficarei a salvo! — Ela assobiou. — *Orion!*

Orion galopou até a clareira, pondo-se entre a Tropa e Gwyn. A fada subiu nas costas do cavalo e se inclinou para beijar Diana, segurando seu rosto entre as mãos por um longo momento.

— Fique bem — falou ele, e Orion se ergueu para o céu.

Toda a Tropa gritava: a maioria nunca tinha visto algo como um corcel da Caçada Selvagem antes. Eram realmente crianças, pensou Diana, exausta: eles ainda tinham a capacidade de se admirar, misturada à ignorância e ao ódio.

E ela não podia machucar crianças. Ficou parada, em silêncio, ao lado de Jia, quando Zara e Timothy retiraram suas armas e prenderam suas mãos junto às costas.

Depois que a poção de invisibilidade acabara, Emma e Julian passaram a se manter nas sombras, encapuzados, enquanto se esgueiravam pelos corredores da torre. Felizmente parecia que todos tinham sido chamados para algum tipo de evento: as multidões tinham diminuído e havia poucas fadas Unseelie disparando de um lado a outro pelos corredores. Os guardas pareciam distraídos também, por isso ninguém os questionou enquanto eles deslizaram pela esquina de um corredor e se depararam com a tapeçaria com o desenho de estrelas pendurada ali.

Emma olhou ao redor, preocupada.

— Os guardas se foram.

De fato, o corredor estava vazio. Os nervos de Emma formigavam. Alguma coisa não estava bem.

— Ótimo — falou Julian. — Talvez eles tenham feito um intervalo ou algo assim.

— Eu não gosto disso — retrucou Emma. — Os guardas não deixariam Ash.

— Eles devem estar dentro do quarto.

— Isso não parece certo...

— Tem alguém vindo. — De fato, ouvia-se passos ao longe. A expressão de Julian estava rígida com a tensão. — Emma, temos que agir logo.

Contra a vontade, Emma sacou a espada curta do cinto e se esgueirou pela tapeçaria, atrás de Julian.

No cômodo, um silêncio sinistro e nada de guardas. A primeira impressão era de um lugar ricamente decorado e muito frio. A cama de quatro colunas, entalhada num único e imenso pedaço de madeira, dominava o espaço. Tapetes pendiam das paredes, representando delicadas cenas de paisagens naturais do Reino das Fadas: florestas envolvidas pela neblina, quedas d'água glaciais, flores silvestres crescendo em penhascos acima do mar.

Emma não conseguiu evitar pensar na praga. As tapeçarias eram impressionantes, uma ode apaixonada à beleza do Reino das Fadas, mas para além daquelas paredes as verdadeiras Terras de Unseelie estavam sendo consumidas pela praga. Será que o Rei tinha decorado este espaço? Será que ele enxergava a ironia em sua iniciativa?

Julian tinha se colocado próximo à porta de tapeçaria, com a espada na mão. Ele olhava ao redor com curiosidade — não era difícil perceber as roupas espalhadas por tudo que é lado. Aparentemente Ash, como muitos adolescentes, era um bocado desleixado. Uma janela tinha sido forçada numa abertura para deixar o ar fresco entrar. A coroa do menino estava jogada no parapeito, quase como se ele estivesse provocando uma gralha a roubá-la.

Emma se esgueirou sobre a cama onde Ash estava deitado, uma figura imóvel debaixo de uma colcha ricamente bordada. Seus olhos estavam fechados, semicírculos perfeitos com franjas de cílios prateados. Ele parecia inocente, angelical, Emma sentiu ternura por ele — o que era uma surpresa, considerando a semelhança com Sebastian. Mas ele não era uma duplicata exata, notou ela ao se aproximar. Sua sombra se assomou sobre a cama.

— Ele se parece um pouco com Clary — murmurou.

— Não importa com quem se pareça — falou Julian. — É o filho de Sebastian.

É uma criança, ela queria protestar, mas sabia que não adiantaria. Esticou a mão hesitante para o ombro do menino; ao fazê-lo, viu uma imensa cicatriz na lateral do pescoço, não mais escondida pela gola da camisa, no formato de um X. Também havia desenhos estranhos na parede atrás da cama: pareciam Marcas, mas eram símbolos deformados e sinistros, como aqueles usados pelos Crepusculares.

Um desejo feroz de protegê-lo a invadiu, assustador, tanto pela força quanto pela total falta de lógica. Ela sequer conhecia o garoto, pensou, mas não conseguiu evitar esticar a mão para sacudi-lo delicadamente.

Rainha do Ar e da Escuridão

— Ash — murmurou. — Ash, acorde. Estamos aqui para resgatar você.

Os olhos se abriram e ela realmente viu Clary neles; eram da mesma tonalidade de verde dos olhos dela. Eles se fixaram em Emma quando ele se sentou e esticou a mão. Seus olhos eram firmes, límpidos, e um pensamento lampejou pela mente dela: *Ele poderia ser um verdadeiro líder, não como Sebastian, mas como Sebastian deveria ter sido.*

Do outro lado do cômodo, Julian balançava a cabeça.

— Emma, não — falou. — O que é que você...

Ash puxou a mão para trás e gritou:

— *Ethna! Eochaid! Cavaleiros, me ajudem!*

Julian girou para a porta, mas os dois cavaleiros já tinham rasgado a tapeçaria. As armaduras de bronze brilhavam como um raio de sol ofuscante; Julian atacou com sua arma, cortando o peito de Eochaid, mas o Cavaleiro se desviou e se afastou.

O cabelo metálico de Ethna girou ao redor quando ela se lançou para Julian com um uivo de ódio. Ele ergueu a espada, mas não foi rápido o suficiente; ela colidiu contra ele, agarrando Julian e arremessando-o contra a parede.

Ash saiu rolando pela colcha; Emma o agarrou e puxou de volta, seus dedos afundando no ombro do menino. Era como se ela estivesse saindo de um nevoeiro: sentia-se tonta, sem ar e, de repente, muito, muito zangada.

— Parem! — gritou ela. — Soltem Julian ou vou cortar a garganta do príncipe.

Ethna ergueu o olhar com um rosnado; ela estava acima de Julian, com a arma desembainhada. Ele estava agachado, as costas na parede e um fio de sangue escorrendo da têmpora. Seus olhos estavam atentos.

— Não seja tola — falou Eochaid. — Você não percebe que sua única chance de viver é soltando o príncipe?

Emma pressionou a lâmina com mais força no pescoço de Ash. Ele era como um fio esticado em seus braços. *Proteja Ash*, murmurou uma voz no fundinho de sua mente. *É Ash que importa.*

Ela mordeu o lábio e a dor abafou a voz em sua mente.

— Explique-se, Cavaleiro.

— Nós estamos na torre — falou Ethna em tom de nojo. — Nós não podemos matar vocês sem a permissão do Rei. Ele ficaria furioso. Mas se você ameaçar Ash... — Sua expressão era faminta. — Então não teríamos escolha, a não ser protegê-lo.

Julian limpou o sangue do rosto.

— Ela tem razão. Eles não podem matar a gente. Solte Ash, Emma.

Ash olhava fixamente para Julian.

— Você se parece com *ela* — disse ele com voz surpresa.

Confusa, Emma hesitou, e Ash aproveitou a oportunidade para cravar os dentes na mão dela, que gritou e o soltou. Um círculo de marcas de dentes cheias de sangue carimbava a curva do polegar e do indicador.

— Por quê? — quis saber ela. — Você é prisioneiro aqui. Não quer ir embora?

Ash estava agachado na cama, com uma estranha expressão selvagem. Ele vestia calça, uma túnica de linho e calçava botas.

— Em Alicante, eu seria o filho do seu mais odiado inimigo. Vocês me levariam à morte.

— Não é assim... — começou Emma, sem concluir a frase; sua cabeça tombou para trás quando Ethna lhe acertou um tapa na bochecha.

— Chega de chororô — falou Eochaid.

Emma se virou para trás uma vez e olhou para Ash enquanto ela e Julian eram levados para fora do quarto, ameaçados pelas espadas. Ele estava parado no meio da câmara, observando-os; sua expressão era vazia, sem a arrogância e a crueldade de Sebastian — mas também sem a bondade de Clary. Ele parecia alguém que tinha acabado de fazer uma jogada bem--sucedida no xadrez.

Nem Julian nem Emma disseram uma palavra enquanto eram conduzidos pelos corredores, com o povo fada em volta deles murmurando e observando. Os corredores pouco depois foram dando lugar a passagens cada vez mais úmidas, que desciam em ângulos cada vez mais íngremes. Quando a iluminação ficou mais fraca, Emma captou uma breve expressão de frustração e amargura em Julian, pouco antes de as sombras aumentarem e ela passar a enxergar apenas vultos se movimentando na ocasional penumbra de tochas feitas com ramos verdes penduradas nas paredes.

— Quase lamento — começou Eochaid, rompendo o silêncio enquanto eles chegavam a um corredor comprido e sinuoso que levava a uma abertura escura na parede oposta. Emma via o brilho dos uniformes dos guardas mesmo no escuro — matar estes dois antes que possam testemunhar a destruição dos Nephilim.

— Bobagem — falou Ethna rispidamente. — Sangue por sangue. Eles mataram nosso irmão. Talvez o Rei nos deixe usar a foice para matá-los.

Eles tinham chegado à abertura na parede oposta. Era uma entrada sem porta, entalhada numa grossa parede de pedra. Os guardas dos dois lados pareciam intrigados.

Rainha do Ar e da Escuridão

— Mais prisioneiros? — falou um, à esquerda, que estava recostado em cima de um imenso baú de madeira.

— Prisioneiros do Rei — falou Ethna rispidamente.

— Praticamente uma festa — falou o guarda, dando uma risadinha. — Não que eles fiquem por muito tempo, por sinal.

Ethna revirou os olhos e empurrou Emma com a ponta da espada entre as omoplatas. Ela e Julian foram lançados num cômodo quadrado, amplo, com paredes de pedra ásperas. Vinhas cresciam do teto, descendo como fitas e mergulhando no chão de terra batida. Elas se entrelaçavam muito juntinhas no formato de caixas — celas, percebeu Emma; celas cujas paredes eram feitas de vinhas espinhosas, duras como ferro flexível.

Ela se lembrou dos espinhos que a atingiram e estremeceu.

Ethna deu uma risada desagradável.

— Pode estremecer o quanto quiser — falou. — Aqui não tem saída nem piedade. — Ela pegou o cinto de armas da cintura de Emma e a obrigou a retirar o medalhão de ouro da Clave do pescoço. Emma lançou um olhar de pânico a Julian; agora nada evitaria que eles sofressem a passagem do tempo no Reino das Fadas.

Furiosa, Emma foi empurrada para uma cela por meio de uma abertura entre as vinhas. Para seu alívio, Julian a seguiu um instante depois. Ela temera que eles ficassem separados e que ela enlouquecesse sozinha. Ele também estava desarmado, e se virou, olhando de cara feia os Cavaleiros, quando Ethna bateu a ponta de sua espada contra a jaula; as vinhas que tinham se separado rapidamente se contorceram e se entrelaçaram, encerrando qualquer possibilidade de saída.

Ethna sorria. A expressão de triunfo dela fez o estômago de Emma revirar acidamente.

— Caçadorezinhos de Sombras — cantarolou ela. — De que adianta todo o seu sangue angelical agora?

— Venha, irmã — falou Eochaid, embora ele sorrisse com indulgência. — O Rei aguarda.

Ethna cuspiu no chão antes de se virar e acompanhar o irmão. Seus passos silenciaram e fez-se escuridão e silêncio — um silêncio frio, opressor. Uma luz diminuta vinha das tochas enfumaçadas bem lá no alto das paredes.

A força deixou os membros de Emma como água vazando de uma barragem rompida. Ela afundou no chão, no centro da jaula, se encolhendo para longe dos espinhos ao redor.

— Julian — murmurou. — O que vamos fazer?

Ele tinha caído de joelhos. Ela notava os arrepios na pele dele. A faixa ensanguentada em torno do pulso parecia brilhar como um fantasma no escuro.

— Eu meti a gente aqui dentro — falou. — Eu vou tirar.

Emma abriu a boca para protestar, mas nada saiu; era muito próximo da verdade. O Julian antigo, o seu Julian, teria lhe dado ouvidos quando ela demonstrara sua inquietação diante do quarto de Ash. Ele teria confiado em seus instintos. Pela primeira vez, ela sentia algo próximo ao verdadeiro luto por aquele Julian, como se este Julian não fosse apenas temporário — como se o seu Julian talvez nunca mais fosse voltar.

— Você se importa? — falou ela.

— Você acha que eu quero morrer aqui? — perguntou ele. — Eu ainda tenho instinto de autopreservação, Emma, e isso significa preservar você também. E eu sei... eu sei que sou melhor Caçador de Sombras do que era.

— Ser um Caçador de Sombras não é só ter reflexos rápidos ou músculos fortes. — Ela encostou a mão no peito dele, o linho da camisa macio contra seus dedos. — Está aqui. *Aqui onde você está quebrado.*

Os olhos azuis-esverdeados pareciam ser a única cor na prisão; mesmo as vinhas da cela eram cinza metálico.

— Emma...

— São eles! — falou uma voz, e Emma deu um pulo de susto quando a luz clareou tudo ao redor. E não era qualquer luz. Era luz branca e prateada, irradiando da cela oposta; e agora ela via, com a nova iluminação. Dois vultos de pé em seu interior, fitando-os através das vinhas, e um deles segurava uma pedra marcada brilhante.

— Luz enfeitiçada — murmurou Julian, ficando de pé.

— Julian? Emma? — chamou a mesma voz familiar, e cheia de surpresa e alívio. A luz enfeitiçada cresceu e agora Emma distinguia claramente os vultos na cela oposta. Ela se ergueu de um pulo devido ao espanto.

— Somos nós... Jace e Clary.

16

Mil Tronos

Oban e seus guardas tinham conduzido Mark e Kieran, vendados, através da torre; portanto, se houve outras reações à presença de Kieran, Mark não tinha conseguido perceber. No entanto, ele ouvira Manuel e Oban rindo do que o Rei provavelmente faria a Kieran, e a Mark também, e com isso forçara as algemas com raiva. Como eles ousavam falar assim quando Kieran podia ouvir? Por que alguém teria prazer em tal tortura?

Eles finalmente tinham sido conduzidos a um recinto de pedra sem janelas e deixados ali, as mãos ainda algemadas. Oban tirara as vendas ao sair, ainda dando muitas risadas.

— Olhem uma última vez um para o outro antes de morrerem.

E Mark olhava para Kieran agora, no cômodo escuro. Embora não tivesse janelas, a luz se infiltrava por uma grade bem acima. O local era fechado, opressivo como o poço de um elevador.

— É feito para ser horrível — falou Kieran, respondendo à pergunta que Mark não fez. — É aqui que o Rei mantém os prisioneiros antes de levá-los diante do trono. É feito para assustar mesmo.

— Kieran. — Mark se aproximou. — Vai ficar tudo bem.

Kieran sorriu dolorosamente.

— É isso que adoro nos mortais — falou. — Poder dizer essas coisas somente para confortar, não importando se é verdade ou não.

— O que aquela menina te deu? — perguntou Mark. Os cabelos de Kieran estavam azuis e pretos nas sombras. — Aquela garotinha, nos degraus.

— Uma flor. — As mãos de Kieran estavam presas à frente do corpo; ele abriu uma delas e mostrou a Mark a flor branca amassada. — Um narciso branco.

— Perdão — falou Mark. Kieran olhou para ele, confuso; não sabia muita coisa sobre flores. — As flores têm significados. Um narciso branco significa perdão.

Kieran deixou a flor cair.

— Ouvi o que aquelas pessoas disseram enquanto cruzava o pátio — começou ele. — E eu não me lembro.

— Você acha que seu pai te fez esquecer? — As mãos de Mark tinham começado a doer.

— Não. Acho que não importava para mim. Acho que eu era bom porque era um príncipe arrogante e descuidado, e porque era conveniente ser bom, mas eu poderia simplesmente ter sido cruel. Não me lembro de ter salvado uma fazenda ou uma criança. Eu estava embriagado de uma vida fácil naquela época. Ninguém deveria me agradecer ou perdoar.

— Kieran...

— E na Caçada, eu também só pensava em mim. — Mechas brancas apareceram nos cabelos escuros do príncipe. Ele deixou a cabeça reclinar novamente contra a parede de pedra.

— Não — falou Mark. — Você pensou em mim. Você foi bom para mim.

— Eu desejava você — falou Kieran, contorcendo a boca. — Eu era bom com você porque, no fim, isso me beneficiava.

Mark balançou a cabeça.

— Quando os mortais dizem que as coisas vão ficar bem, não é só para confortar — explicou. — Em parte, é porque não acreditamos numa verdade absoluta, assim como as fadas. Nós trazemos nossa própria verdade para o mundo. Como acredito que as coisas vão ficar bem, eu serei menos infeliz e terei menos medo. E porque você está zangado consigo, você acredita que tudo o que fez, fez por egoísmo.

— Eu fui egoísta — protestou Kieran. — Eu...

— Às vezes, nós somos egoístas — falou Mark. — E não estou dizendo que você não tenha nada do que se arrepender. Talvez você fosse um príncipe egoísta, mas não era cruel. Você tinha poder e decidiu usá-lo para ser bom. Poderia ter escolhido o contrário. Não ignore as escolhas que fez. Elas têm sentido.

— Por que você tenta me confortar e animar? — perguntou Kieran, com a voz seca, como se a garganta doesse. — Eu fiquei zangado com você quando concordou em voltar para sua família e deixar a Caçada... eu te disse que nada daquilo era real...

— Como se eu não soubesse por que você disse aquilo — falou Mark. — Eu ouvi você na Caçada. Quando eles te açoitaram, quando foi torturado, você murmurava que nada daquilo era real. Como se quisesse dizer que a dor era um sonho. Foi um presente que você quis me dar, o presente de escapar da agonia, de se retirar para um lugar na mente onde estava a salvo.

— Eu pensei que os Caçadores de Sombras fossem cruéis. Pensei que iam te machucar — falou Kieran. — Com você, com a sua família, descobri outras coisas. Pensei que te amasse quando estávamos na Caçada, Mark, mas aquilo era só uma sombra do que eu sinto por você agora, sabendo da bondade de que você é capaz.

A flecha de elfo em seu pescoço reluzia no ritmo do subir e descer de seu peito, por causa da respiração acelerada.

— Na Caçada, você precisava de mim — falou Kieran. — Você precisava tanto que eu nunca soube se ia me querer caso não precisasse de mim. Você me quer?

Mark se desequilibrou um pouco ao se aproximar de Kieran. Seus pulsos eram fogo ardente, mas ele não se importava. Tocou Kieran, que retribuiu envolvendo sua cintura com as mãos presas e se remexeu para se ajeitar um pouco, puxando-o para si. Mark tirou os calcanhares do chão ao se apoiar em Kieran, os dois tentando se aproximar o máximo possível, para darem conforto um ao outro apesar das mãos atadas.

Mark enterrou o rosto no vão do pescoço de Kieran, inspirando o cheiro familiar: grama e céu. Talvez esta fosse a última grama e céu que ele veria.

A porta da cela se abriu e uma explosão de luz feriu os olhos de Mark. Ele sentiu Kieran se retesar de encontro ao seu corpo.

Winter, o general da guarda vermelha, estava de pé à porta, a camisa e o quepe da cor de sangue velho e enferrujado, as botas com solado de ferro reverberando no piso de pedra. Em sua mão, via-se uma lança comprida com ponta de aço.

— Vocês dois, afastem-se — ordenou rispidamente. — O Rei vai vê-los agora.

Emma correu até a frente da cela — e se lembrou dos espinhos bem a tempo, pulando para trás antes de tocar neles. Julian seguiu com maior hesitação.

— Ah, graças ao Anjo, vocês estão aqui — falou Emma. — Quero dizer, não por vocês estarem aqui na prisão, isso é horrível, mas... — Ela esticou as mãos. — Fico feliz por ver vocês.

Clary deu uma risadinha melancólica.

— A gente entendeu o que você quis dizer. Também fico feliz por ver vocês. — Seu rosto estava manchado e sujo, e os cabelos ruivos presos num coque atrás da cabeça. Sob a luz da pedra Marcada, Emma notava que a outra estava um pouco magra; a jaqueta jeans suja pendia, frouxa, dos ombros. Jace, atrás dela, estava alto e dourado como sempre, os olhos brilhando forte na penumbra, o queixo escurecido pela barba áspera.

— O que vocês estão fazendo aqui? — perguntou ele, dispensando as formalidades. — Vocês estavam no Reino das Fadas? Por quê?

— Estávamos em missão — respondeu Julian.

Clary abaixou a cabeça.

— Por favor, não digam que era para nos encontrar.

— Era para encontrar o Volume Sombrio dos Mortos. O Inquisidor nos enviou.

Jace pareceu incrédulo.

— Robert mandou vocês aqui?

Emma e Julian trocaram um olhar e fez-se um silêncio incômodo.

Jace se aproximou das barras espinhosas da jaula que o prendia junto a Clary.

— Contem o que quer que vocês estejam escondendo — pediu. — Se alguma coisa aconteceu, vocês precisam nos dizer.

Talvez não surpreendesse ter sido Julian o primeiro falar.

— Robert Lightwood está morto.

A luz enfeitiçada apagou.

Na escuridão, sem poder usar a Marca de Visão Noturna, Emma não via nada. Ela ouviu Jace emitir um som abafado, e Clary murmurar. Palavras de consolo para tranquilizá-lo, Emma tinha certeza. Ela se reconheceu naquele gesto, murmurando para Julian na calada da noite.

O murmúrio parou, e a luz enfeitiçada piscou e voltou. Jace a segurava com uma das mãos, a outra apertava com força uma das vinhas. O sangue escorria entre seus dedos e pelo braço. Emma imaginou os espinhos furando a palma da mão e se encolheu.

— E quanto aos outros? — continuou ele com voz tão rouca que mal parecia humana. — E Alec?

Emma se aproximou da frente da cela.

— Ele está bem — disse, e contou o mais resumidamente possível o que tinha acontecido, de Annabel matando Robert e Livvy à ascensão de Horace como Inquisidor.

Quando ela acabou, fez-se silêncio, mas pelo menos Jace soltara a vinha.

— Eu sinto muito pela sua irmã — falou Clary baixinho. — Sinto por não estarmos lá.

Julian não falou nada.

— Não há nada que pudesse ser feito — falou Emma.

— O Rei está próximo de obter o Volume Sombrio — contou Jace, abrindo e fechando a mão ensanguentada. Essa é realmente uma notícia terrível.

— Mas vocês não vieram aqui para isso — falou Julian. — Vocês vieram para encontrar Ash. Ele é a arma que procuram, certo?

Clary fez que sim com a cabeça.

— Nós tivemos uma dica do Labirinto Espiral de que, no Reino das Fadas, havia uma arma à qual o Rei Unseelie tinha acesso, uma coisa que poderia anular os poderes dos Caçadores de Sombras.

— Fomos enviados para cá por causa do nosso sangue angelical. Circulavam rumores da ineficácia da magia dos Caçadores de Sombras nas Cortes; os Irmãos do Silêncio disseram que nós seríamos mais resistentes aos efeitos — explicou Jace. — Nós não sofremos com a passagem de tempo aqui, e conseguimos usar as Marcas... ou pelo menos conseguíamos, antes de tirarem nossas estelas. Mas ainda temos isto. — Ele ergueu a luz enfeitiçada que brilhava e pulsava em sua mão.

— Então nós sabíamos que estávamos procurando alguma coisa — falou Clary. — Mas não que era meu... que era Ash.

— Como vocês descobriram? — perguntou Emma.

— Nós logo descobrimos que o Rei tinha sequestrado o filho da Rainha Seelie — explicou Jace. — Deveria ser um segredo, mas é algo compartilhado abertamente nas Cortes. E então, na primeira vez que Clary o viu... a alguma distância, nós fomos capturados antes de conseguirmos nos aproximar...

Clary se remexeu, inquieta, dentro da cela.

— Eu soube quem ele era no mesmo instante. Ele é igual ao meu irmão.

Emma tinha ouvido Julian, Livvy, Mark e Dru dizerem as palavras "meu irmão" mais vezes do que seria capaz de contar. Mas nunca tinham soado com a mesma entonação de Clary: cheia de amargura e arrependimento.

— E agora o Rei tem o Volume Sombrio, o que significa que nós temos pouco tempo — falou Jace, roçando a mão delicadamente na nuca de Clary.

— Muito bem — falou Julian. — O que exatamente o Rei planeja fazer com o Volume Sombrio para transformar Ash numa arma?

Jace baixou a voz, embora Emma duvidasse que alguém pudesse ouvi-los.

— Há feitiços no Volume Sombrio que dariam a Ash certos poderes. O Rei já fez alguma coisa assim antes...

— Vocês já ouviram falar do Primeiro Herdeiro? — perguntou Clary.

— Sim — falou Emma. — Kieran o mencionou... ou, melhor, mencionou a história.

— Foi algo que Adaon, irmão dele, contou. — Julian franzia a testa. — Kieran falou que seu pai passara a desejar o livro desde que o Primeiro Herdeiro foi roubado. Talvez para ressuscitar a criança dos mortos? Mas o que isso tem a ver com Ash?

— É uma história antiga — falou Jace. — Mas, como vocês sabem, todas as histórias são verdadeiras.

— Ou pelo menos parcialmente verdadeiras. — Clary sorriu para ele. Emma sentiu uma centelha de saudade. Mesmo na escuridão e no frio da prisão, o amor deles estava intacto. Clary se virou para Julian e Emma. — Nós descobrimos que muito tempo atrás o Rei Unseelie e a Rainha Seelie decidiram unir as Cortes. Parte do plano envolvia ter um filho, uma criança herdeira das duas Cortes. Mas isso não era o suficiente... eles queriam criar uma criança fada tão poderosa que pudesse destruir os Nephilim.

— Antes de a criança nascer, os dois usaram ritos e feitiços para lhe dar "dons" — explicou Jace. — Pense na Bela Adormecida, mas com pais fada malvados.

— A criança seria perfeitamente bela, uma líder perfeita, inspirando lealdade perfeita – falou Clary. — Mas quando nasceu, era uma menina. Nunca sequer tinha ocorrido ao Rei que a criança não seria menino... sendo quem é, ele achou que o líder perfeito precisava ser homem. O Rei ficou furioso e pensou que a Rainha o havia traído. A Rainha, por sua vez, ficou furiosa por ele querer abandonar todo o plano apenas porque a criança era do sexo feminino. Então ela foi raptada e provavelmente assassinada.

— Não admira... todas aquelas histórias sobre o Rei odiar as filhas — ponderou Emma.

— O que vocês querem dizer com "provavelmente"? — perguntou Julian. Jace respondeu:

— Nós não conseguimos descobrir o que aconteceu com a criança. Ninguém sabe... o Rei diz que ela foi raptada e morta, mas é provável que ela tenha escapado do Reino das Fadas e sobrevivido. — Ele deu de ombros. — O que fica claro é que Ash tem uma mistura de sangue de fadas, de sangue Nephilim e de sangue demoníaco em si. O Rei acredita que ele é o candidato perfeito para terminar o que eles começaram com o Primeiro Herdeiro.

— O fim de todos os Caçadores de Sombras — falou Julian lentamente.

— A praga que o Rei trouxe para cá está se espalhando aos poucos — disse Clary. — Mas se ele também puder realizar os feitiços que deseja em Ash, o menino se tornará uma arma ainda mais poderosa. Nós sequer temos noção de tudo do que é capaz, mas ele terá a mesma mistura de sangue seráfico e infernal que Sebastian tinha.

Rainha do Ar e da Escuridão

— Ele seria demoníaco, porém imune a Marcas ou magia angelical — falou Jace. — Poderia portar Marcas, mas nada demoníaco conseguiria machucá-lo. O toque de suas mãos poderia fazer a praga se espalhar como um incêndio.

— A praga já está em Idris — falou Emma. — Partes da Floresta Brocelind foram destruídas.

— Nós temos que voltar — disse Clary. Ela parecia mais pálida do que antes, e mais jovem. Emma se lembrou dela no telhado do Instituto de Los Angeles. *Algo terrível está por vir. Como uma muralha de escuridão e sangue. Uma sombra que se espalha pelo mundo e mancha tudo.*

— Não podemos esperar mais — falou Jace. — Temos que sair daqui.

— Imagino que desejar sair daqui não tenha funcionado até agora, já que vocês ainda estão presos — observou Julian.

Jace semicerrou os olhos.

— Julian — ralhou Emma. Ela queria acrescentar *desculpem, ele está desprovido de sentimentos de empatia,* mas não o fez porque de repente ouviu um grito, seguido por uma pancada alta. Jace fechou a mão sobre a luz enfeitiçada e, na escuridão quase total, Emma recuou e se afastou das paredes da jaula. Ela não queria esbarrar acidentalmente nos espinhos pontudos.

Eles ouviram um som de algo rangendo quando a porta da prisão foi aberta.

— Guardas, provavelmente — falou Clary baixinho.

Emma ficou mirando a penumbra. Dois vultos se aproximavam deles; ela conseguiu distinguir o brilho dourado da trança nos uniformes dos guardas.

— Um deles tem uma espada — murmurou Emma.

— Provavelmente vêm atrás da gente — falou Clary. — Estamos aqui há mais tempo.

— Não — disse Julian. Emma sabia o que ele estava pensando. Jace e Clary eram, a seu modo, reféns valiosos. Emma e Julian eram Caçadores de Sombras ladrões que tinham matado um dos Cavaleiros. Eles não iam perecer nas masmorras. Seriam decapitados rapidamente para a diversão da Corte.

— Lutem — pediu Jace desesperadamente. — Se abrirem a cela de vocês, lutem...

Cortana, pensou Emma, aflita. *Cortana!*

Mas nada aconteceu. Ela não sentiu o súbito e reconfortante peso em sua mão. Apenas uma pressão contra o ombro; Julian tinha se deslocado e estava ao seu lado. Sem armas, eles se viraram para a frente da cela. Ouviu-se um arquejo, depois, pés correndo... Emma ergueu os punhos...

O menor dos guardas chegou à cela e segurou uma das vinhas, e então gritou de dor. Uma voz murmurou alguma coisa em linguagem das fadas e as tochas ao longo das paredes arderam com uma chama diminuta. Emma se flagrou olhando através do emaranhado de vinhas e espinhos para Cristina, que vestia o uniforme da guarda das fadas, com um espadão cruzado nas costas.

— Emma? — murmurou Cristina, de olhos arregalados. — O que diabos você está fazendo aqui?

Cuide de Tiberius.

Kit estava fazendo exatamente isso. Ou, pelo menos, estava olhando para Ty, que parecia perto o suficiente. Eles estavam na praia abaixo do Instituto. Ty havia tirado os sapatos e as meias e caminhava na beira d'água. Ele ergueu o rosto para Kit, que estava sentado num montinho de areia, e o chamou para mais perto.

— A água não está tão fria! — gritou ele. — Juro.

Eu acredito em você, Kit queria dizer. Ele sempre acreditava em Ty. O menino não era um mentiroso, a menos que precisasse ser, embora fosse bom em esconder as coisas. Ele se perguntava o que aconteceria se Helen perguntasse sem rodeios se eles estavam tentando ressuscitar Livvy.

Talvez fosse ele o responsável por contar a verdade. Afinal, era ele quem realmente não queria fazer o tal feitiço.

Kit se levantou devagar e foi até a praia se juntar a Ty. As ondas quebravam a uns cinco metros deles; quando os dois alcançaram a beira d'água, a superfície era espuma branca e água prateada. Uma onda respingou nos pés descalços de Ty e encharcou os tênis de Kit.

Ty estava certo. A água não estava fria.

— Então amanhã nós vamos ao Mercado das Sombras — falou Ty. A lua criava sombras delicadas pelo seu rosto. Ele parecia calmo, pensou Kit, e percebeu que já fazia muito tempo que não sentia como se Ty fosse uma corda de instrumento esticada, vibrando ao seu lado.

— Você odiou o Mercado das Sombras em Londres — falou Kit. — Aquele lugar realmente incomodou você. Os ruídos, e a multidão...

Ty deu uma olhadela para Kit.

— Usarei os fones de ouvido. Vou ficar bem.

— ... e eu não sei se deveríamos ir de novo em tão pouco tempo — emendou Kit. — E se Helen e Aline ficarem desconfiadas?

O olhar cinzento de Ty escureceu.

— Julian me disse uma vez — começou ele — que quando as pessoas ficam inventando motivos para não fazer alguma coisa, é porque elas não querem fazer. Você não quer fazer isso? O feitiço, tudo?

A voz de Ty soou ríspida. A corda vibrando de novo, aguda por causa da tensão. Sob o algodão da camiseta, os ombros magros também estavam tensos. A gola da roupa estava frouxa, o contorno delicado da clavícula agora visível.

Kit sentiu uma onda de carinho por Ty, misturada a quase pânico. Em outras circunstâncias, pensou, ele simplesmente teria mentido. Mas não conseguia mentir para Ty.

Ele chapinhou mais longe na água até o jeans ficar molhado na altura dos joelhos. E se virou, com borrifos de espuma à volta.

— Você não ouviu o que Shade falou? A Livvy que trouxermos de volta pode não ser nem um pouco como a nossa Livvy. A sua Livvy.

Ty o seguiu pela água. A névoa começava a baixar, cercando-os em branco e cinza.

— Se a gente fizer o feitiço corretamente, ela será. É isso. Nós temos que fazer tudo certo.

Kit podia sentia o gosto do sal.

— Não sei...

Ty esticou uma das mãos, apontando o horizonte, onde as estrelas começavam a desaparecer na névoa. O horizonte era uma linha preta manchada de prata.

— Livvy está aí fora — continuou. — Um pouco distante para poder alcançá-la, mas eu consigo ouvi-la. Ela chama meu nome. Ela quer que eu a traga de volta. Ela precisa que eu a traga de volta. — Os cantinhos da boca de Ty estremeceram. — Não quero fazer isso sem você, mas vou.

Kit deu outro passo para o oceano e parou. Quanto mais fundo ele ia, mais frio ficava. E não era esse o caso com todas as coisas?, pensou ele. *Há muitos meios de se colocar em perigo por causa da magia.*

Eu poderia ir embora, falou ele para si. *Eu poderia deixar Ty fazer isso sozinho. Mas não posso dizer a mim mesmo que não seria o fim da nossa amizade, porque seria. Eu terminaria fora dos planos de Ty, assim como Helen, assim como Dru. Assim como todo mundo.*

Era como se o ar estivesse sendo arrancado de seus pulmões. Ele girou na direção de Ty.

— Está bem. Eu topo fazer. Amanhã podemos ir ao Mercado das Sombras.

Ty sorriu. Ou talvez fosse mais preciso dizer que um sorriso irrompeu em seu rosto, como o sol nascendo. Kit ficou parado, sem fôlego, com a água se afastando ao redor, conforme Ty se aproximava, abraçando seu pescoço em seguida.

Ele se lembrava de ter abraçado Ty no telhado do Instituto de Londres, mas isso tinha acontecido porque Ty estava em pânico. Tinha sido como segurar um animal selvagem. Agora Ty o abraçava porque queria fazer isso. O algodão macio da camiseta, a sensação dos cabelos de Ty roçando sua bochecha enquanto Kit disfarçava a expressão pressionando o rosto contra o ombro do outro. Dava para se ouvir a respiração de Ty. Kit o envolveu com força, cruzando as mãos nas costas dele. Quando Ty se inclinou para ele com um suspiro, para Kit foi como vencer uma corrida que ele sequer sabia estar disputando.

— Não se preocupe — falou Ty baixinho. — Nós vamos trazê-la de volta. Eu juro.

É disso que eu tenho medo. Mas Kit não disse nada em voz alta. Ele se agarrou a Ty, nauseado com uma felicidade infeliz, e fechou os olhos por causa da luz invasiva da lua.

— Estamos aqui para ajudar — falou o companheiro de Cristina. Emma o reconheceu com atraso: príncipe Adaon, um dos filhos do Rei Unseelie. Ela o vira da última vez que estivera no Reino das Fadas. Era um cavaleiro fada alto, com as cores Unseelie, belo e de pele escura, e trazia duas adagas na cintura. Ele esticou a mão para pegar as vinhas da cela, que se partiram sob seu toque. Emma se contorceu através delas e abraçou Cristina.

— Cristina — falou —, sua mulher maravilha.

Cristina sorriu e afagou as costas de Emma enquanto Adaon libertava Julian e, depois, Jace e Clary. Jace foi o último a passar entre as vinhas. Ele ergueu uma sobrancelha para Julian.

— O que foi mesmo que você disse sobre desejar ser resgatado? — perguntou.

— Não podemos ficar aqui muito tempo — falou Adaon. — Outros virão, guardas e cavaleiros também. — Ele olhou para a fileira de celas, franzindo a testa. — Onde eles estão?

— Eles quem? — quis saber Emma, soltando Cristina com relutância.

— Mark e Kieran — respondeu Cristina. — Onde estão Mark e Kieran?

— Eu vim para resgatar meu irmão, não para esvaziar as prisões do palácio de seus criminosos — falou Adaon, que Emma já não mais considerava a pessoa mais agradável do mundo.

— Nós agradecemos seu esforço — falou Clary. Ela notara que Emma tremia de frio e tirara sua jaqueta jeans, cedendo-a com um tapinha gentil no ombro da outra.

Emma vestiu a jaqueta, com muito frio, cansaço e dor para protestar.

— Mas... por que Mark e Kieran estariam aqui? Por que *você* está aqui, Cristina?

Adaon tinha começado a examinar a fileira de celas, conferindo cada uma. Cristina olhou ao redor, nervosa.

— Mark, Kieran e eu ouvimos dizer que Dearborn enviou vocês numa missão suicida — explicou para Emma e Julian. — Viemos ajudar.

Rainha do Ar e da Escuridão

— Mas Mark não está com você? — perguntou Julian, que passara a prestar atenção ao ouvir o nome do irmão. — Vocês se separaram aqui? Dentro da torre?

— Não. Eles foram sequestrados na estrada, pelo pior dos meus irmãos — falou Adaon, que tinha voltado da busca pelas celas. — Cristina veio até mim pedindo ajuda. Eu sabia que Oban teria trazido Mark e Kieran para cá, mas pensei que eles estariam na prisão. — Sua boca se tornou uma linha severa. — Oban sempre foi muito impaciente. Ele deve tê-los levado direto para o meu pai.

— Você quer dizer a sala do trono? — perguntou Emma, ligeiramente tonta com o modo repentino como as coisas estavam se desenrolando.

— Sim — falou Adaon. — Para o Rei. Eles seriam troféus valiosos, os quais Oban ficaria ansioso para obter.

— Eles vão matar Kieran — falou Cristina, um leve fio de pânico na voz. — Ele já escapou de ser executado em outra ocasião. E vão matar Mark também.

— Então é melhor irmos até lá para impedir — falou Jace. Debaixo da sujeira e da barba, ele estava começando a se parecer mais com o Jace que Emma sempre conhecera, com quem ela quisera ser parecida, o melhor guerreiro de todos os Caçadores de Sombras. — Agora.

Adaon lhe deu um olhar de desdém.

— É muito perigoso para vocês, Nephilim.

— Você veio até aqui por causa do seu irmão — falou Julian, os olhos em chamas. — Vamos atrás do meu. Se quiser nos impedir, terá que usar a força.

— Nós deveríamos ir juntos — falou Clary. — Quanto mais de nós, mais fácil será derrotar o Rei.

— Mas aqui vocês não têm poder, Nephilim — falou Adaon.

— Não — ironizou Jace, e a luz enfeitiçada brilhou em sua mão, luz brotando entre seus dedos. Todos eles foram banhados pela claridade branca. Cristina observava boquiaberta; Adaon traiu seu choque daquele modo que costumava acontecer com as fadas: movendo levemente um ou dois músculos faciais.

— Muito bem — falou ele com frieza. — Mas não vou me arriscar a ser pego pelos guardas perambulando abertamente pela torre, feito tolo. Todos vocês andem na minha frente. Vão agir como meus prisioneiros agora.

— Você quer que a gente aja como prisioneiros sendo levados para o Rei? — falou Julian, que não pareceu satisfeito com a ideia.

— Eu quero que pareçam estar com medo — falou Adaon, sacando a espada e fazendo um gesto para que eles fossem na frente. — Porque vocês deveriam estar.

Diana achou que fosse ficar trancada numa cela nas prisões do Gard, mas em vez disso foi levada para um quarto surpreendentemente luxuoso. Um tapete turco cobria o chão e o fogo ardia alto numa lareira de pedra entalhada. Poltronas de veludo escuro tinham sido puxadas para perto do fogo; ela se sentou em uma delas, rígida de tensão, e fitou os telhados de Idris pela janela panorâmica.

Sua mente estava dominada por Gwyn, Emma e Julian. E se ela mandara Gwyn para o perigo? Por que ela presumira que ele iria até o Reino das Fadas para encontrar dois Caçadores de Sombras apenas porque ela havia pedido?

E quanto a Emma e Julian, duas palavras giravam sem parar em sua mente feito tubarões.

Missão suicida.

Horace Dearborn entrou, trazendo uma bandeja de prata com serviço de chá. *Agora eu já vi de tudo*, pensou Diana enquanto ele se sentava e ajeitava a bandeja numa mesinha entre eles.

— Diana Wrayburn — falou. — Há muito tempo queria ter uma conversa em particular com você.

— Você poderia ter me convidado para o Gard a qualquer hora. Não precisava me prender nos bosques.

Ele suspirou fundo.

— Lamento que tenha sido assim, mas você estava na companhia de fadas e rompendo a Paz Fria. Entenda, eu gosto de uma mulher espirituosa. — O olhar dele deslizou por ela de um modo que quase a fez estremecer.

Ela cruzou os braços.

— Onde está Jia?

Horace pegou o bule e começou a servir. Cada gesto era medido e calmo.

— Seguindo a vontade do Conselho, a Consulesa está em prisão domiciliar por enquanto, até a ligação com as fadas ser investigada.

Não era realmente uma surpresa, mas ainda assim foi como um golpe.

— Não me diga. O julgamento vai acontecer assim que a Espada Mortal for "reforjada" — falou Diana amargamente.

Ele assentiu com entusiasmo.

— Exatamente, exatamente. — Pousou o bule. — Uma situação infeliz. Uma na qual você poderia se encontrar... a menos que esteja disposta a fazer uma barganha comigo.

— Que tipo de barganha?

Horace entregou uma xícara a ela; mecanicamente, Diana a pegou.

— A próxima reunião do Conselho será difícil, pois a Clave entende que futuras decisões precisam ser tomadas sem a Consulesa. Uma transição de poder sempre é difícil, não é?

Diana o encarou, impassível.

— Deixe-me ser claro — falou Horace, e embora sua expressão estivesse relaxada e amistosa, não havia nada daquilo em seus olhos. — Fique do meu lado na próxima reunião do Conselho. Você tem influência sobre as pessoas. O Instituto de Los Angeles, o Instituto de Nova York... muitos Institutos lhe darão ouvidos. Se você me apoiar como o próximo Cônsul no lugar de Penhallow, eles vão fazer o mesmo.

— As pessoas me ouvem porque eu não comprometo meus valores — falou Diana. — Sabem que quando digo alguma coisa, é porque acredito no que estou dizendo. Eu nunca conseguiria acreditar que você daria um bom Cônsul.

— É isso? — A falsa amistosidade desapareceu do rosto dele. — Você acha que eu me importo com os seus *valores*, Diana Wrayburn? Você ficará do meu lado porque, se não o fizer, revelarei seu segredo para a Clave.

Diana sentiu a garganta apertar.

— Que segredo?

Horace se levantou, com a expressão furiosa.

— Apesar de toda sua conversa sobre valores, sei que você tem um segredo. Sei que se recusou todos esses anos a dirigir o Instituto de Los Angeles, deixando um louco fazê-lo, *sei* que você carrega uma sombra, Diana Wrayburn, e sei o que é. Sei que você se submeteu a tratamento médico mundano em Bangkok.

Chocada e furiosa, Diana se calou. Como ele sabia? Sua mente pôs-se a trabalhar: a Clave considerava uma traição quando um Caçador de Sombras permitia que médicos mundanos examinassem seu sangue e descobrissem seus segredos. Não importava que Catarina tivesse disfarçado todos os resultados incomuns dos exames, Horace a culparia de qualquer maneira.

— E deixe-me dizer o seguinte — emendou ele —, usarei tal informação como bem entender, a menos que você faça o que eu digo. Será afastada dos Blackthorn que tanto ama. E será presa, talvez junto aos outros traidores.

— A menos que o quê? — falou Diana monotonamente.

— A menos que concorde em ficar do meu lado na próxima reunião e declare que Jia é incompetente e que eu deveria ser o próximo Cônsul. Entendeu?

Era como se Diana estivesse olhando para si mesma através da extremidade errada de um telescópio; uma figura minúscula, com Horace se agigantando sobre ela.

— Entendi.

— E você concorda em dar seu apoio à Tropa?

— Sim. — Ela se levantou. Estava muito consciente de suas roupas sujas e rasgadas; a Tropa não fora gentil com ela ou Jia, embora ambas tivessem se entregado tranquilamente.

Horace abriu a boca, talvez para que os guardas a levassem embora. Movendo-se com mais rapidez do que teria considerado possível, Diana arrancou a espada do Inquisidor da cintura dele e a agitou.

Horace gritou. Então cambaleou para trás, ainda gritando, e caiu de joelhos; havia sangue em suas vestes e o braço pendia num ângulo estranho.

Guardas irromperam no cômodo, mas Diana já havia corrido para a janela, abrindo-a. Ela se lançou para o telhado, deslizando quase até a beira antes de impedir a própria queda, agarrando-se às telhas de ardósia.

Os guardas estavam na janela. Ela ficou de pé com dificuldade e correu pelo telhado, procurando uma calha da qual pudesse se lançar. Uma sombra cruzou a lua, obscurecendo as torres demoníacas. Ela ouviu o som de cascos e então soube.

Quando os guardas rastejaram através da janela, ela se atirou do telhado.

— *Diana!* — Gwyn inclinou Orion, se virou e esticou a mão para pegá-la. Ela aterrissou de forma estranha, jogando os braços em torno do pescoço dele. Mãos fortes a envolveram pela cintura; ela olhou para trás uma vez e viu os rostos pálidos dos guardas observando do telhado do Gard enquanto os dois voavam noite adentro.

Dru desligou a tevê no meio de *A Picada Mortal*, o que era raro, pois era um de seus filmes ruins favoritos. Ela até comprara um par de brincos dourados de abelhas em Venice Beach uma vez para usar enquanto assistia às cenas de morte pelo ferrão.

Mas ela estava muito inquieta para ficar sentada. A agitação que sentira do lado de fora do 101 Coffee Shop ainda pinicava em sua nuca. Tinha sido tão *divertido* formar uma equipe com Kit e Ty, rindo com eles, ajudando nos planos deles.

Ela desceu do sofá e, descalça, foi até o corredor. Tinha pintado as unhas de um dos pés de verde-limão, mas não estava com pique de pintar o outro. Queria encontrar Livvy e se aninhar com a irmã na cama, rindo das revistas mundanas antigas.

A dor de lembrar de Livvy mudava de um instante a outro; algumas vezes, era sofrida e prolongada, outras vezes, era um lampejo agudo, como se ela tivesse sido furada com uma agulha quente. Se Julian, Emma ou até Mark estivessem aqui, ela poderia ter conversado a respeito. Quando passou pela grande escadaria que conduzia até o saguão, ouviu vozes do Santuário. A voz de Helen, amável e calma, a de Aline, aguda e autoritária. Ela se perguntou se teria ido atrás de uma das duas, mesmo que não estivessem tão ocupadas. Dru realmente não conseguia imaginar.

Mas pensava nesta noite, rindo no banco de trás do carro com Kit e Ty, e o vento do deserto em seus cabelos. Ele carregava o cheiro de oleandro bran-

Rainha do Ar e da Escuridão

co, mesmo no centro de Hollywood. A noite tinha preenchido a necessidade persistente dentro dela de *fazer alguma coisa* a ponto de ela sequer notar que aquela ânsia estivera presente.

Foi até os quartos dos gêmeos. Ty e Livvy sempre tiveram quartos diretamente opostos; a porta do quarto de Livvy estava fechada desde que retornaram de Idris.

Dru encostou a mão na porta, como se pudesse sentir as batidas do coração da irmã através da madeira. Uma vez Livvy tinha pintado a porta de vermelho, e a tinta descascando era áspera contra os dedos de Dru.

Num filme de terror, pensou a menina, agora seria o momento em que Livvy irromperia semiapodrecida e agarraria Dru com suas mãos cadavéricas. A ideia não a assustou de modo algum. Talvez por isso ela gostasse de filmes de terror, pensou; os mortos nunca ficavam mortos, e quem ficava em vida sempre estava ocupado demais perambulando imprudentemente em bosques para ter tempo de chorar ou sentir a perda.

Ela deixou a porta de Livvy e foi até a de Ty. Bateu, mas tinha música tocando no quarto e ela não conseguiu ouvir uma resposta. Abriu a porta e congelou.

O rádio estava ligado, Chopin tocava alto, mas Ty não se encontrava ali. O cômodo estava congelante. Todas as janelas tinham sido escancaradas. Dru quase tropeçou ao cruzar o recinto para fechar a janela maior. Baixou o olhar e viu que os livros de Ty estavam espalhados no chão, não mais em fileiras organizadas, determinadas por tema e cor. A cadeira estava em pedaços, as roupas, jogadas por toda a parte, e havia marcas de sangue seco nos lençóis e fronhas.

Ty. Ah, Ty.

Dru fechou a porta o mais rápido que pôde, sem batê-la, e se apressou pelo corredor, como se um monstro de um de seus antigos filmes estivesse em seu encalço.

Eles pararam diante da prisão, onde o cadáver do guarda jazia dobrado sobre o baú de madeira que Emma já tinha notado. Adaon fez uma careta e usou a ponta da bota para empurrar o corpo, o qual atingiu a laje manchada de sangue com uma pancada. Para espanto de Emma, Adaon se ajoelhou e abriu o baú; as dobradiças rangeram e guincharam.

Logo o espanto desapareceu. O baú estava cheio de armas: espadões, adagas, arcos. Emma reconheceu a espada que os Cavaleiros haviam tirado dela, e a de Julian também. Ela esticou o pescoço para olhar, mas não viu o medalhão em parte alguma dentre os itens confiscados.

Adaon pegou algumas espadas. Jace esticou a mão para pegar uma.

— Vem pro papai — cantarolou ele.

— Não acredito que você tem uma barba — observou Emma, momentaneamente distraída.

Jace tocou a barba.

— Bem, faz uma semana, pelo menos. Espero que me faça parecer mais viril, como um deus polido.

— Eu odiei — falou Emma.

— Eu gostei — falou Clary lealmente.

— Não acredito em você — retrucou Emma. Ela esticou a mão para Adaon. — Dê aqui a espada. Jace pode usá-la para raspar a barba.

Adaon olhou de cara feia para todos eles.

— Vocês não portarão lâminas. Não podem estar armados se farão o papel de prisioneiros. Eu vou levar as armas. — E jogou as armas sobre o ombro como se fosse um montinho de gravetos. — Agora venham.

Eles saíram marchando à frente de Adaon através dos corredores subterrâneos úmidos e agora familiares. Julian ficou em silêncio, perdido em pensamentos. O que ele sentia?, se perguntava Emma. Ele amava sua família, apesar de tudo, mas mencionara que agora era diferente. Será que ele queria dizer que não estava apavorado por causa de Mark?

Emma se aproximou de Cristina.

— Como você terminou encontrando Adaon? — murmurou para a amiga. — Você simplesmente bateu os calcanhares dos sapatinhos de rubi e pediu para ser levada até o filho mais bonitão do Rei Unseelie?

Cristina revirou os olhos.

— Eu vi Adaon com Kieran em Londres — cochichou. — Ele parecia se importar com o irmão e eu resolvi arriscar.

— E como chegou até ele?

— Eu vou te contar mais tarde. E ele não é o príncipe Unseelie mais bonitão. Kieran é — falou Cristina, e ficou corada da cor de beterraba.

Emma olhou para os músculos de Adaon, espetacularmente ressaltados debaixo da túnica enquanto ele equilibrava as espadas.

— Eu pensei que Kieran estivesse na Scholomance.

Cristina suspirou.

— Você não sabe um bocado de coisas. Eu vou te contar tudo, se nós...

— Sobrevivermos? — perguntou Emma. — Sim. Eu tenho um monte de coisas pra te contar também.

— Calados! — pediu Adaon rispidamente. — Chega de conversa, prisioneiros!

Eles tinham saído dos túneis subterrâneos para os andares inferiores da torre. Fadas Seelie e Unseelie lotavam o local, correndo de um lado a outro. Um guarda vermelho passou e piscou para Adaon.

— Bom trabalho, príncipe — rosnou ele. — Dê um jeito nesses Nephilim!

— Obrigado — falou Adaon. — Eles são muito desordeiros.

E olhou com expressão severa para Cristina e Emma.

— Você ainda acha ele gostoso? — resmungou Cristina.

— Provavelmente mais ainda — murmurou Emma. Sentia uma vontade louca de rir, apesar da situação horrível. Estava tão feliz por ver Cristina novamente. — Vamos sair dessa, voltar para casa e contar tudo uma para a outra.

— Chega. Vocês duas, separem-se. — Adaon se irritou, e Emma, obediente, foi caminhar ao lado de Clary. Eles tinham alcançado a parte menos cheia da torre, uma área mais residencial, com fileiras de portas ricamente decoradas.

Clary parecia exausta, as roupas manchadas de sangue e terra.

— Como vocês foram pegos? — perguntou Emma, dando uma olhadela em Adaon.

— Os Cavaleiros de Mannan — falou Clary baixinho. — Eles têm a responsabilidade de guardar Ash. Nós tentamos lutar, mas aqui eles são mais poderosos do que no nosso mundo. — Ela olhou de soslaio para Emma. — Ouvi dizer que você matou um deles. Isso foi impressionante.

— Acho que foi Cortana, não eu.

— Não subestime o poder da lâmina certa — falou Clary. — Às vezes, sinto falta de Heosphoros. Sinto falta do tato dela na minha mão.

Heosphoros, assim como Cortana, tinha sido forjada pelo lendário armeiro Wayland, o Ferreiro. Qualquer criança em idade escolar sabia que Clary havia levado a espada para Edom e matado Sebastian Morgenstern, e que a arma fora destruída na conflagração resultante.

Será que Clary estava pensando em Sebastian? Sem conseguir se controlar, Emma sussurrou:

— Não acho que Ash tenha que ser como o pai. Ele ainda é uma criança. Poderia crescer melhor... mais generoso.

O sorriso de Clary era triste.

— Então ele também fez isso com você.

— O quê?

— Um líder perfeito, inspirando lealdade perfeita — falou Clary. — O Rei já tinha feito coisas a Ash, usando seu sangue, acho, para torná-lo parecido com o Primeiro Herdeiro. Quando você falou com ele, quis segui-lo e protegê-lo, não foi?

Emma empalideceu.

— Eu quis, mas...

— Príncipe Adaon! — chamou uma voz rouca. Emma ergueu o rosto e viu que eles estavam parados diante das fileiras de guardas que protegiam a sala do trono. O líder deles, com o uniforme e o quepe mais vermelhos e mais encharcados de sangue, fitava Adaon com alguma surpresa. — O que é isto?

— Prisioneiros para o Rei — falou Adaon rispidamente.

— Estes aí foram capturados há uma semana. — O guarda apontou para Jace e Clary.

— Sim, mas eu descobri estes outros na prisão, tentando libertá-los. — Adaon apontou Cristina, Julian e Emma. — São espiões Nephilim. Dizem que têm informações para o Rei, as quais trocariam por suas vidas insignificantes, vermiformes.

— Vermiformes? — resmungou Julian. — Sério?

— Fique aqui um minuto — pediu o líder dos guardas. Ele passou pela entrada em arco. Um instante depois, tinha retornado ostentando um esboço de sorriso irônico. — Príncipe Adaon, pode passar. Seu pai quer vê-lo, e solicitou que eu lhe desse a expectativa de uma reunião familiar.

Uma reunião familiar. O Rei só podia estar se referindo a ele mesmo, claro. Mas também poderia querer dizer Kieran... e Mark.

Julian reagira também, ainda que em silêncio. Sua mão se fechou como se ele pudesse segurar uma lâmina imaginária, e seus olhos se fixaram na entrada escura.

— Obrigado, general Winter — falou Adaon e começou a conduzi-los adiante.

Desta vez eles não entrariam na sala do trono invisíveis a todos os olhares. Desta vez, seriam vistos. A garganta de Emma estava seca e o coração palpitava.

Diferentemente da sala do trono da Rainha Seelie, que sempre se modificava, o santuário interior do Rei permanecia inalterado. O imenso Portal ainda cobria uma das paredes e exibia uma paisagem deserta e ventosa onde as árvores se projetavam do solo feito mãos esqueléticas buscando ar. A luz amarelada e forte do deserto emprestava uma tonalidade sobrenatural ao recinto, como se eles estivessem sob a iluminação de chamas invisíveis.

O Rei estava no trono, seu único olho ardia, vermelho. Diante dele, viam Mark e Kieran, cercados de guardas. As mãos de Mark estavam algemadas juntas; Kieran estava de joelhos, com os pulsos presos e ligados a uma corrente de metal atada ao soalho de pedra. Quando eles se viraram para ver quem tinha entrado, choque e alívio dominaram o rosto de Mark, seguidos pelo pavor. Na testa de Kieran, via-se um corte ensanguentado.

Seus lábios articularam uma única palavra. *Cristina.*

Cristina arfou. Emma esticou a mão e segurou o pulso da amiga, mas ela estava congelada.

Foi Julian quem se adiantou, os olhos fixos em Mark. Adaon o agarrou com o braço livre e o puxou para trás. Emma se lembrou do que Julian tinha mencionado sobre sua necessidade atávica de proteger Ty. Aparentemente ele também sentia isso pelos outros irmãos: ele ainda estava lutando quando Adaon se virou e falou alguma coisa para Jace. A Marca de Força no antebraço de Jace brilhou quando ele passou um braço em volta do peito de Julian, imobilizando-o.

— Segurem-no! — Winter, o general da guarda vermelha, mirou a ponta de sua lança para Julian. Outros guardas tinham entrado e se colocado entre os prisioneiros de Adaon e o Rei, uma fileira vermelha.

O corpo de Julian estava rígido de tensão e ódio ao fitar o Rei, que dava seu estranho sorriso, metade esquelético.

— Muito bem, Adaon — elogiou. — Ouvi dizer que você evitou uma tentativa de fuga de nossas prisões.

Mark encolheu os ombros. Kieran encarou o pai com desprezo.

— Veja, meu filho — falou o Rei para Kieran. — Todos os seus amigos são meus prisioneiros. Não há esperança para você. — Ele se virou. — Deixe-me vê-los, Adaon.

Com a ponta da espada, Adaon empurrou Emma e os outros para mais perto do trono. Emma sentiu o peito apertar, lembrando-se da última vez que tinha ficando diante do Rei Unseelie; de algum modo ele conseguira enxergar dentro de seu coração, sendo capaz de ver o que ela mais queria e então entregado a ela como se fosse uma dose de veneno.

— Você — falou o Rei, os olhos em Emma. — Você enfrentou meu campeão.

— E venceu — emendou Cristina, orgulhosamente, com as costas retas.

O Rei a ignorou.

— E também matou um Cavaleiro, meu Fal. Interessante. — Ele se virou para Julian. — Você trouxe confusão para a minha corte e fez meu filho de refém. O sangue dele está em suas mãos. — Finalmente, ele olhou para Jace e Clary. — Por causa de vocês, nós sofremos a Paz Fria.

Adaon pigarreou.

— Então por que eles ainda estão vivos, pai? Por que você não os matou?

— Não está ajudando — resmungou Jace. Ele tinha soltado Julian, que assumira posição semelhante à de um corredor esperando pelo tiro de largada.

— Vantagem contra a Clave — falou o Rei, acariciando o braço do trono. A pedra fora entalhada com um desenho de rostos gritando. — Para nós, eles são inimigos. Para a Clave, são heróis. É sempre assim numa guerra.

— Mas nós não buscamos um fim para a Paz Fria? — perguntou Adaon. — Se devolvêssemos os prisioneiros à Clave, poderíamos reabrir as negociações. Encontrar um solo comum. Verão que não somos assassinos sanguinários, como eles creem.

O Rei ficou em silêncio por um momento. Não ostentava expressão alguma, no entanto Kieran tinha um olhar de apreensão do qual Emma não estava gostando nem um pouco.

Finalmente, o Rei sorriu.

— Adaon, você verdadeiramente é o melhor dos meus filhos. Em seu coração deseja paz e paz é o que nós teremos... quando os Nephilim perceberem que temos uma arma que pode destruir todos eles.

— Ash — murmurou Emma.

Nem fora sua intenção falar em voz alta, mas o Rei ouviu. A face horrível se virou para ela. Nas profundidades das órbitas cavernosas, luzes minúsculas brilharam.

— Venha cá — ordenou.

Julian fez um ruído de protesto — ou talvez fosse outra coisa; Emma não soube dizer. Ele mordia o lábio com força, sangue escorrendo pelo queixo. Ele não pareceu perceber o ferimento, entretanto, e não fez nada para impedi-la quando ela se virou e caminhou em direção ao Rei. Ela se perguntou se Julian ao menos tinha noção do sangue.

Emma se aproximou do trono, passando pela fileira de guardas. Ela se sentia nua sem uma arma nas mãos. Não se sentia assim, tão vulnerável, desde que Iarlath a chicoteara contra a árvore.

O Rei ergueu uma das mãos.

— Pare — falou, e Emma obedeceu. Tanta adrenalina a atravessava que ela se sentia um pouco bêbada. Só queria se jogar em cima do Rei, rasgar suas roupas, socá-lo e chutá-lo. Mas sabia que, se tentasse, seria morta em um instante. A guarda estava por toda parte.

— Escolherei um de vocês para voltar à Clave como meu mensageiro — falou o Rei. — Poderia ser você.

Emma empinou o queixo.

— Não quero levar seus recados.

O Rei deu uma risadinha.

— Eu não queria que matasse um de meus Cavaleiros, e, no entanto, você o fez. Talvez seja apenas seu castigo.

— Me castigue me mantendo prisioneira aqui — falou Emma. —Liberte os outros.

Rainha do Ar e da Escuridão

— Um estratagema nobre, porém estúpido — falou o Rei. — Criança, toda a sabedoria dos Nephilim caberia numa bolota na mão de uma fada. Vocês são jovens e tolos, e vão perecer em sua tolice. — Ele se inclinou para a frente, o pontinho minúsculo em seu olho direito florescendo num círculo de chamas. — Como você sabe sobre Ash?

— Não! Não! *Não mexam com ele!* — Emma girou; os gritos de uma mulher irromperam no recinto como o movimento de uma lâmina afiada. Ela ficou mais tensa ainda; Ethna e Eochaid entraram, trazendo Ash no meio deles. O menino estava sem a coroa dourada e parecia irritado e de mau humor.

Atrás dele, Annabel corria e berrava:

— Parem! Já não fizeram o suficiente? Parem, estou dizendo! Ash é minha responsabilidade...

Ela viu Emma e ficou imóvel. Seus olhos foram rapidamente até Adaon, e então se deparou com Julian, que a fitou de volta com ódio ardente. Jace segurava o ombro dele de novo.

Ela pareceu se encolher em suas roupas: um vestido cinza de linho e um casaco de lã. Sua mão esquerda era uma garra em volta do verdadeiro Volume Sombrio.

— Não — resmungou ela. — Não, não, eu não queria fazer isso. Eu não queria fazer isso.

Emma ouviu um rosnado profundo. Um instante depois percebeu que era Mark, chacoalhando as correntes. Annabel arfou ao reconhecê-lo. E cambaleou para trás quando um dos guardas correu na direção de Mark, com a lança em punho.

Mark se afastou — mas não estava exatamente recuando, notou Emma, e sim afrouxando as correntes que prendiam seus pulsos. Ele girou, enrolando as correntes no pescoço do guarda; a lança bateu no chão quando Mark segurou a corrente e puxou com força.

O guarda foi atirado para trás, arremessado na direção de seus companheiros. Todos cambalearam. Mark estava de pé, respirando com dificuldade, os olhos ferozes e duros como vidro. Winter olhou para ele e para Kieran com expressão pensativa.

— Devo matá-lo, soberano? — perguntou.

O Rei balançou a cabeça, evidentemente aborrecido.

— Deem uma surra nele mais tarde. Minha prezada guarda vermelha, mais cautela com os prisioneiros. — Ele deu um sorriso irônico. — Eles mordem.

Annabel ainda gemia baixinho. Então lançou um olhar apavorado a Emma, Julian e Mark — o que era ridículo, pensou Emma, pois era óbvio que todos eram prisioneiros — e um olhar veemente a Ash.

Lealdade perfeita, pensou Emma. Não era de se admirar que Annabel tivesse se ligado tão rapidamente e com tanta força a Ash.

O Rei estalou os dedos para Emma.

— Volte para Adaon, garota.

Emma ficou furiosa, mas nada disse. E cruzou lentamente o recinto até Adaon e os outros, se recusando a dar ao Rei a satisfação de andar depressa.

Emma alcançou o restante do grupo ao mesmo tempo que Annabel deu outro grito choroso. Emma se aproximou de Julian e segurou seu braço. Os músculos latejaram ao toque dela. Ela então passou a mão em torno do antebraço dele e Jace se afastou, dando espaço aos dois.

Emma sentia sob seus dedos os contornos do trapo ensanguentado no antebraço de Julian. *Lembre-se do que Livvy ia querer,* pensou ela. *Não vá dar chance para a morte.*

O Rei se virou para Eochaid.

— Dê sua espada a Ash, Cavaleiro.

Eochaid recuou, claramente surpreso. Depois se virou para Ethna, mas ela balançou a cabeça, e os cabelos de bronze se espalharam sobre os ombros. A mensagem era clara: *Obedeça.*

Eles ficaram observando Eochaid entregar a espada reluzente, dourada e bronze. Era grande demais para Ash, que a segurou com a habilidade de alguém acostumado a lidar com armas, porém não tão grandes e pesadas assim. Ele encarou o Rei com olhos assustados.

— Corte a garganta de Kieran, Ash Morgenstern — falou o Rei.

Ele nem está se dando ao trabalho de fingir, pensou Emma. *Nem se importa mais se sabemos exatamente quem Ash é ou não.*

— Não! — gritou Mark. E avançou para Ash e Kieran, mas os guardas o detiveram. Eles foram incrivelmente rápidos, e agora estavam zangados, afinal Mark já tinha ferido um deles.

Clary arfou. Emma ouvia Cristina murmurando freneticamente ao seu lado, embora não conseguisse distinguir as palavras isoladamente. Kieran ficou onde estava, o olhar vidrado, como se o Rei nada tivesse dito.

— Por quê? — quis saber Ash. A voz tremeu. Emma se perguntou se era solidariedade verdadeira ou fingida.

— Você deve derramar sangue real — falou o Rei —, e Kieran é o mais dispensável.

— *Você é um desgraçado!* — gritou Mark, lutando contra as algemas e o aperto dos guardas.

— Isso é pressão demais — gritou Annabel. — Ele é só uma criança.

— Por isso deve ser feito agora — retrucou o Rei. — Os Artifícios das Trevas matariam uma criança mais velha. — Ele se inclinou e encarou Ash, a paródia de um adulto preocupado. — Kieran morrerá de qualquer jeito — falou — não importa se suas mãos vão empunhar ou não a espada. E se você não o fizer, ele morrerá lentamente, numa dor excruciante.

O olhar de Kieran cruzou o recinto, devagar, mas não na direção de Ash. Foi para Cristina, que o observava, impotente, e depois para Mark, lutando contra as mãos dos guardas.

Ele sorriu.

Ash deu um passo à frente. A espada pendia frouxamente de sua mão e ele mordia o lábio. Finalmente, Kieran o encarou.

— Faça o que deve ser feito, criança — falou, com a voz gentil e calma. — Sei como é quando o Rei da Corte Unseelie não dá nenhuma boa opção.

— Rebento ingrato! — latiu o Rei, com um sorriso de desprezo para Kieran. — Ash... *agora!*

Emma começou a olhar enlouquecidamente para Julian e os outros. Adaon não podia ajudá-los; havia guardas demais, e era impossível enfrentar os Cavaleiros...

Mais guerreiros da guarda vermelha invadiram a câmara. Emma precisou de um momento para entender que estavam correndo. Fugindo, apavorados, da tempestade que se seguiu — um vulto esguio, ardendo em vermelho e dourado, com os cabelos ruivos fluindo ao redor como sangue derramado.

A Rainha Seelie.

Uma expressão de surpresa cruzou o rosto do Rei Unseelie, seguida rapidamente por raiva. Ash deixou cair a espada, com um estrondo, se afastando de Kieran assim que a Rainha se aproximou.

Emma nunca tinha visto a Rainha Seelie assim. Seus olhos brilhavam, ardendo com uma emoção muito incomum às fadas. Ela era como a maré alta, correndo na direção do filho.

— *Não!* — O grito agudo de Annabel foi quase animalesco. Enfiando o Volume Sombrio no casaco, ela correu para Ash, com os braços estendidos.

A Rainha Seelie se virou com um movimento suave e meneou a mão; Annabel voou e bateu na parede de rocha da câmara. Ela deslizou até o chão, arfando.

No entanto, sua entrada dera tempo aos Cavaleiros, que se reuniram em torno de Ash. A Rainha caminhou até eles; seu rosto irradiava poder e ira.

— Você não pode tocá-lo — falou Ethna, a voz refletindo um zumbido metálico. — Ele pertence ao Rei.

— Ele é meu *filho* — falou a Rainha com desprezo. Seu olhar vacilou entre os dois Cavaleiros. — Vocês são da magia mais antiga, da magia dos elementos. Mereciam mais do que lamber as botas do Rei Unseelie feito cães.

Ela desviou o olhar de Ash e foi até o Rei, a luz bruxuleando em seus cabelos como minúsculas chamas.

— Você — falou ela. — Mentiroso. Suas palavras sobre uma aliança eram muitas folhas secas sopradas no ar vazio.

O Rei pousou a cópia do Volume Sombrio no braço do trono e se levantou. Emma sentiu uma onda de espanto descer por sua espinha. O Rei e a Rainha do Reino das Fadas, frente a frente. Era como a cena de uma lenda.

Seus dedos coçavam de modo quase insuportável por uma espada.

— Eu faço o que faço porque assim devo fazer — disse o Rei. — Ninguém mais tem força para fazer isso! Os Nephilim são nosso único grande inimigo. Sempre foram. Ainda assim, você faz tratados com eles, busca a paz, vive junto deles. — Ele deu um sorriso de desdém. — Entrega seu *corpo* a eles.

Emma ficou de queixo caído. *Que grosseria*, conseguiu articular para Cristina.

A Rainha aprumou as costas. Ela ainda era magra e muito pálida, mas o poder de sua Realeza parecia irradiar como luz através de uma lâmpada.

— Você teve sua chance com a nossa filha, e como não acreditou que uma mulher pudesse ser forte, você a desperdiçou. Eu não vou lhe dar outro dos meus filhos para sua matança descuidada!

O Primeiro Herdeiro, pensou Emma. *Então é verdade.*

Ouviu-se um murmúrio de choque no recinto — não dos prisioneiros humanos, mas dos Cavaleiros e guardas. Um rubor escuro de raiva subiu pelo rosto do Rei. Ele esticou o braço, coberto até o cotovelo por uma manopla dourada, para o Portal turbulento na parede norte.

— Olhe neste Portal, gloriosa Rainha — falou entre dentes, e a imagem no Portal começou a mudar. Se antes a paisagem desértica estava vazia, agora era possível ver figuras correndo entre os redemoinhos de areia cor de veneno. O céu acima da paisagem tinha uma coloração dourada e de ferrugem queimada.

Emma ouviu Clary engasgar de um jeito muito esquisito.

— Eu criei uma abertura até o outro mundo — falou o Rei. — Um mundo cuja essência em si é venenosa para os Nephilim. Nossos reinos estão protegidos por sua terra e o veneno começa a se espalhar em Idris.

— Não são as Linhas Ley — murmurou Cristina. — É a praga.

Eles giraram para olhar o Portal. A cena tinha mudado mais uma vez. Agora mostrava o mesmo deserto após uma batalha. Sangue manchava a areia de vermelho. Corpos estavam espalhados por toda parte, contorcidos

Rainha do Ar e da Escuridão

e escurecidos pelo sol. Era possível ouvir gritos e lamentos fracos, obscuros como a lembrança de algo terrível.

Jace se voltou para o Rei.

— O que é isso? Que mundo é esse? O que foi que você fez?

A mão de Clary apertou o pulso de Emma. Sua voz era um murmúrio.

— *Sou eu.*

Emma olhou através do Portal. O vento soprava a areia em rajadas fortes, descobrindo um corpo com uniforme de Caçador de Sombras preto, o peito aberto e os ossos brancos aparecendo. Cabelos ruivos caiam na areia, misturados a sangue.

— Esse era o meu sonho — murmurou Clary, com voz sufocada pelas lágrimas. Emma estava imóvel e fitava o cadáver da amiga. — Foi *isso* que eu vi.

A areia soprou novamente e o corpo de Clary desapareceu de vista justamente quando Jace se virou para trás.

— Que mundo é esse? — quis saber.

— Rezem para que vocês nunca tenham que descobrir — falou o Rei. — A terra de Thule é morte e choverá morte em seu mundo. Nas mãos de Ash, será a maior arma já conhecida.

— E qual será o custo para Ash? — quis saber a Rainha. — Qual será o custo para *ele*? Você já pôs feitiços nele. Já o fez sangrar. Você usa o sangue dele ao redor do seu pescoço. Negue, se puder!

Emma olhou para o frasco no pescoço do Rei: tinha pensado ser uma poção vermelha, mas não era. Ela se lembrou da cicatriz no pescoço de Ash e sentiu enjoo.

O Rei deu uma risadinha.

— Eu não desejo negar. O sangue dele é único... sangue Nephilim e sangue demoníaco, misturado a sangue de fada. Eu retiro poder dele, mas somente uma fração do poder que Ash poderia ter se você me permitisse manter o Volume Sombrio.

A Rainha contorceu o rosto.

— Você é obrigado, pelo seu juramento, a devolvê-lo para mim, Rei...

O Rei ficou tenso; Emma não entendia tanto de fadas quanto Cristina, mas sabia que se o Rei tinha jurado devolver o livro à Rainha ao alvorecer, ele não teria opção senão cumprir.

— Ele nos dará poder indescritível. Basta me deixar mostrar a você...

— Não! — Um raio de linho cinza e cabelos escuros disparou pelo recinto e agarrou Ash, fazendo-o girar e sair do chão.

Ash gritou ao ser agarrado por Annabel. Ela correu com ele pela câmara, apertando o pulso do menino com força. Os Cavaleiros dispararam atrás dela, e mais guardas a cercaram, vindo da porta. Girando como um coelho capturado, ela mostrou os dentes, ainda apertando o pulso de Ash.

— *Eu vou falar o seu nome!* — guinchou ela para o Rei, e ele congelou. — Diante de todas estas pessoas! Mesmo que você me matasse, todos eles teriam ouvido a palavra. Mande que se afastem agora! Todos devem se afastar!

O Rei arquejou. Enquanto a Rainha observava com desconfiança, ele fechou os punhos com tanta força que as manoplas se dobraram e partiram. O metal perfurou sua pele e sangue brotou das beiradas cortadas.

— Ela sabe o seu nome? — quis saber a Rainha, elevando a voz. — Aquela Nephilim *sabe o seu nome?*

— Afastem-se, Cavaleiros — falou o Rei, soando como se estivesse sendo estrangulado. — Afastem-se, todos vocês!

Os Cavaleiros e os guardas congelaram. Ao se dar conta do que estava acontecendo, a Rainha guinchou e correu até Annabel, com as mãos erguidas. Mas era tarde demais. Passando os braços em torno de Ash, Annabel se jogou para trás e passou através do Portal.

Ouviu-se um som semelhante a um tecido grosso rasgando. O Portal se abriu e fechou sobre Annabel e Ash. A Rainha parou de repente, se contorcendo para evitar bater no Portal.

Julian prendeu a respiração. A imagem no Portal tinha se modificado — agora dava para ver Annabel e Ash parados naquele lugar desolado e doente; areia redemoinhando ao redor deles. A Rainha gritou, esticando as mãos como se pudesse tocar Ash, envolvê-lo em seus braços.

Por um momento, Emma quase sentiu pena dela.

A areia girou num redemoinho novamente, e Ash e Annabel desapareceram de vista. O Rei desabou no trono com o rosto nas mãos.

A Rainha girou e se afastou do Portal, indo até o trono. Tristeza e raiva entalhadas em sua expressão.

— Você levou o segundo de meus filhos à morte, Senhor das Sombras — falou. — Não haverá outra.

— Chega de suas tolices! — falou o Rei rispidamente. — Fui eu quem se sacrificou por nossos filhos. — Ele apontou a própria face arruinada, o brilho dos ossos brancos onde deveria haver carne. — Seus filhos foram e sempre serão apenas ornamentos de sua vaidade!

A Rainha gritou alguma coisa numa língua que Emma não entendia e se lançou sobre o Rei, sacando de dentro do corpete uma adaga ornamentada.

— Guardas! — gritou o Rei. — Matem-na!

Mas os guardas estavam congelados, observando em choque a Rainha baixar a adaga. O Rei ergueu um dos braços para se defender e rugiu de dor

Rainha do Ar e da Escuridão

quando a faca afundou em seu ombro e sangue se espalhou pelo piso abaixo do trono.

Aquilo despertou a iniciativa dos guardas. Eles avançaram e capturaram a Rainha, que se virou na sua direção com fúria. Mesmo os Cavaleiros observavam.

— *Agora* — falou Adaon.

Ele foi extremamente ágil, jogando para os Caçadores de Sombras que o cercavam as espadas que vinha trazendo nas mãos ansiosas. Emma pegou uma no ar e correu para Mark e Kieran, com Julian e Cristina ao seu lado.

Os nervos dela estavam em brasa quando os guardas, percebendo o que estava acontecendo, correram para os Nephilim que avançavam. Ela odiara cada minuto em que ficara parada; quando um dos vermelhos a atacou, Emma saltou para a rocha mais próxima, ricocheteando e aproveitando o impulso para cortar a cabeça de outro guarda ao pousar. O sangue jorrou, vermelho quase preto.

O sangue subiu no rosto do Rei quando ele viu o que o filho estava fazendo.

— *Adaon*! — gritou com voz rouca, o som de um rugido, mas o príncipe já estava correndo para Mark e Kieran, derrubando os guardas com golpes selvagens do espadão.

Isso mesmo, pensou Emma com prazer selvagem, *cada um de seus filhos odeia você, Rei.*

Ela girou e se atracou com outro dos guardas, sua lâmina colidindo contra a lança de ferro. Jace e Clary enfrentavam outros. Julian e Cristina estavam atrás de Adaon, empurrando todos para se aproximar de Kieran e Mark, cercados por mais guardas.

— Cavaleiros! — gritou o Rei, saliva voando de seus lábios. — Parem-no! *Parem Adaon!*

Eochaid deu um pulo por cima das cabeças de um grupo de guardas e aterrissou diante de Adaon. O espadão do príncipe reagiu com velocidade incrível, afastando a lâmina de Eochaid. Adaon gritou para Cristina e Julian pegarem Mark e Kieran, e se virou novamente para Eochaid no momento que Ethna correu para eles, a espada em punho.

Emma se abaixou e cortou as pernas do guarda; ela fez uma oração silenciosa de agradecimento à pulseira de Isabelle, que fortalecia seus golpes conforme seu corpo enfraquecia. O guarda desabou numa poça de sangue enquanto Jace corria para o lado de Adaon. Sua espada bateu na de Ethna com uma pancada estridente.

E Emma se lembrou por que, quando criança, sempre quis ser Jace Herondale. A espada dele se movimentava como luz dançando na água, e por alguns momentos ele fez Ethna recuar, enquanto Adaon pressionava Eochaid e o afastava do trono, bem como de Kieran e Mark.

Clary pulou sobre uma pedra e pousou ao lado de Emma; ela arfava e a espada estava encharcada de sangue.

— Temos que manter os guardas longe daqui — falou. — Venha comigo!

Emma a acompanhou, cortando mais alguns guardas em sua movimentação. Um grupo que incluía o general Winter tinha cercado Cristina e Julian para evitar que os dois se aproximassem de Kieran e Mark.

Emma pulou para a parede íngreme da sala do trono. Subiu usando apenas uma das mãos, baixando o olhar para o caos abaixo. A Rainha e o Rei lutavam, indo de um lado para outro, diante do trono. Adaon e Jace se defendiam contra os Cavaleiros, embora Adaon tivesse um talho longo no ombro que sangrava livremente. E Clary girava rapidamente, golpeando os guardas e em seguida fugindo do alcance deles com impressionante velocidade.

Emma pulou da parede, e uma lufada de ar passou quando ela se virou e girou, aterrissando de pé e jogando Winter longe, esparramado. Os outros guardas se apressaram até ela, que desenhou no ar um arco com a lâmina, cortando as pontas de suas lanças. Ela se afastou de Winter num novo salto e avançou sobre os outros guardas, sua espada se arqueando no ar.

— Eu matei Fal, o Cavaleiro — falou com a voz mais ameaçadora. — E vou matar vocês também.

Eles empalideceram visivelmente. Vários recuaram, e Julian e Cristina conseguiram ir até Mark e Kieran. Julian ajudou o irmão para que ficasse de pé, baixando a espada e cortando a corrente que prendia seus pulsos. Embora livre das correntes, ainda havia os braceletes de ferro.

Mark puxou seu irmão com os braços algemados e o abraçou de modo breve e ardente. Emma sentiu os olhos cheios d'água, mas não havia tempo para ficar admirando a cena; ela girou, chutou e cortou, o mundo era um caos de prata, gelo e sangue.

Emma ouviu Cristina chamando seu nome.

O gelo se transformou em fogo. Ela correu na direção do som, saltando rochas viradas, e viu Cristina de pé, com uma lâmina partida na mão. Kieran ainda estava ajoelhado e pedaços da espada quebrada se espalhavam em torno da corrente que atava os pulsos dele à terra.

— Emma, por favor — começou a menina, mas Emma já estava baixando a lâmina. Não era Cortana, mas resistiu; a corrente se partiu e Kieran ficou de pé num pulo. Cristina o segurou pelo braço.

— Nós temos que ir — falou, olhos frenéticos — Eu posso usar o artefato para voltarmos...

— Chame todos — disse Emma. Ela botou a espada na mão de Cristina. — Eu preciso pegar a cópia do Volume Sombrio.

Cristina tentou empurrar a espada de volta para Emma.

— O quê? *Onde?*

Mas Emma já estava correndo pelo piso irregular para se lançar nos degraus do trono. Ela ouviu o Rei berrar; ouviu Julian chamar seu nome. Tinha alcançado o topo dos degraus. O trono se erguia diante dela, escuro e granito, as páginas encadernadas do Volume Sombrio pousadas num imenso braço de pedra.

Emma pegou o livro e girou bem a tempo de ouvir Adaon gritar, um berro rouco de dor. Eochaid o encurralara contra a lateral de uma rocha imensa. A fronte da túnica de Adaon estava encharcada de sangue, e a espada de Eochaid beijava sua garganta.

— Devo matá-lo, Rei? — falou Eochaid com voz exultante. A maioria dos presentes observava imóvel. Cristina cobrira a boca com a mão; afinal, fora ela quem trouxera Adaon para cá. Mesmo a guarda vermelha estavam parados olhando. — Seu filho traidor? Devo dar fim à vida dele?

A Rainha começou a rir. Os guardas a seguraram pelos braços, mas ela ainda exibia seu sorriso estranho e felino.

— Ah, meu senhor — falou. — Tem algum de seus filhos que não odeie o seu nome?

O Rei arreganhou os dentes.

— Corte a garganta dele — falou para Eochaid.

Os músculos de Adaon se retesaram. O cérebro de Emma trabalhava freneticamente — ela havia notado Kieran correr para a frente, mas não daria para alcançar Adaon a tempo —, Eochaid ergueu a lâmina como um carrasco, o outro braço apoiado no peito de Adaon.

Ouviu-se um grito horrível de alguém sufocando. *Adaon*, pensou Emma, enlouquecida, tropeçando nos degraus, mas não, Eochaid se afastava de seu prisioneiro, com a espada ainda erguida e o rosto contorcido em surpresa.

O Rei afundou de joelhos, sangue correndo livremente pela frente do rico gibão. A mão de Kieran ainda estava erguida. Alguma coisa se projetava da garganta do Rei — uma lasca do que quase se parecia com vidro...

A ponta da flecha de elfo, percebeu Emma com um susto. Kieran tinha lançado o colar no Rei com uma força incrível.

Eochaid e Ethna correram até o Rei, com as espadas brilhantes nas mãos, os rostos, a pura imagem do desespero. Adaon também caminhava até o pai. Kieran não se mexeu. Ele estava apoiado pesadamente no ombro de Cristina, o rosto sem expressão.

Ajoelhado, o Rei arranhava o próprio pescoço. Surpresa, Emma percebeu que ele parecia enfraquecer — a mão agarrou freneticamente a flecha de elfo e depois caiu para o lado e pendeu inútil.

Adaon baixou o olhar para ele.

— Pai — falou baixinho. — Perdoe-me.

O rosto de Ethna se contorceu numa máscara. Jace e Clary, ensanguentados e sujos, observavam atônitos. De longe, Emma soube que estava presenciando algo notável. A morte de um Rei que tinha governado por mil anos.

Ethna girou, lançando um olhar sério para Kieran.

— Regicida! — gritou ela. — Parricida!

— Ele estava tentando salvar Adaon! — gritou Mark em resposta. — Você está cega, Cavaleira?

— Porque ele quer ser o Rei — retrucou Eochaid com rispidez. — Porque ele quer o trono!

A Rainha começou a rir. Livrou-se dos guardas que a seguravam como se as mãos deles não passassem de teias de aranha, embora alguns estivessem caindo no chão aos gritos, com as palmas queimadas e escurecidas, e dedos arrancados.

— Eles já reviram seu trono feito cães em busca de um osso — falou para o Rei cujo sangue escorria dos cantos de sua boca e os olhos reviravam completamente.

Ela agarrou Adaon pelo braço. Ele gritou em choque e dor; os cabelos da Rainha açoitaram ao redor dos dois e ela sorriu para o Rei.

— Você pegou meu filho — disse ela. — Agora eu pego o seu.

A Rainha desapareceu e Adaon se foi com ela. O Rei soltou um grito e caiu no chão, arranhando a terra com as mãos nas manoplas. A coroa tombou de sua cabeça e bateu no soalho de pedra enquanto ele murmurava palavras incompreensíveis. Talvez estivesse tentando dizer o nome da Rainha, talvez o de Adaon. Talvez até o de Kieran. Emma jamais saberia. O corpo do Rei ficou rijo e desabou. Eochaid e Ethna começaram a berrar.

Estava morto. Mas seu sangue continuava fluindo ao redor, serpenteando em riachos no chão. Os guardas se afastavam do corpo do Rei, seus rostos eram máscaras de horror.

Winter baixou a lança que estivera apontando para Emma.

— O Rei está morto! Rei Arawn está morto! — gritou ele, e Emma se deu conta de que devia ser verdade: era seguro falar o verdadeiro nome do Rei agora que ele não mais vivia.

Os guardas fugiram rapidamente — menos Winter, que ficou estático —, deixando a sala do trono num rio escarlate. Cristina gritava para os outros Caçadores de Sombras; ela apartava Mark com uma das mãos, e ele dava apoio a um Kieran um tanto atônito. Jace e Clary caminhavam com dificuldade sobre uma pilha de rochas para chegar até eles. Julian estava a apenas alguns metros; Emma começou a correr quando o corpo do Rei explodiu em chamas. Ela lançou um olhar para trás. O Rei queimava, assim como o piso em todos os lugares onde seu sangue tinha derramado — pequenos focos e alguns maiores, ardendo com violência, consumindo o soalho de pedra como se fossem gravetos. O corpo do Rei já tinha desaparecido por trás de uma cortina de chamas.

Um vulto se afastou da fumaça, passando por Emma.

Era Ethna. Ela reluzia como uma arma, a armadura de bronze intacta, os olhos metálicos brilhando com sede de sangue.

— Meu juramento ao Rei morreu com ele — disse ela, mostrando os dentes. — Agora sua vida está acabada, assassina!

Ela partiu para cima de Emma, que não tinha espada mais; então ela voou para a cópia do Volume Sombrio, e a espada de Ethna afundou nele. Ethna o arremessou para longe, enojada; os restos destruídos do livro aterrissaram no chão ardente, suas páginas incendiando.

Emma ouvia Clary chamando seu nome, assim como os outros, que gritavam para que ela viesse rápido. Ela percebeu, com o coração pesado, que eles provavelmente não conseguiam vê-la; não saberiam que ela precisava de ajuda, não saberiam que...

A lâmina de Ethna voou, bronze cortando a fumaça. Emma se desviou do golpe e caiu no chão, rolando para evitar as investidas sucedentes. Em todas as vezes, a lâmina de Ethna errou por pouco, e abriu um corte profundo no soalho de pedra.

Estava ficando cada vez mais difícil para Emma respirar. Ela se esforçou para ficar de joelhos, mas Ethna lhe acertou um chute no ombro. Então empurrou, e Emma caiu para trás, esparramada, atingindo o chão com força.

— Morra deitada, vaca — falou Ethna, erguendo a espada bem alto.

Emma esticou as mãos como se elas pudessem barrar a lâmina. Ethna riu, abaixou a arma...

E tombou para o lado. Com dificuldade, Emma se sentou direito, engasgando por causa da fumaça e da recusa em acreditar naquilo.

Julian.

Ele tinha se jogado sobre Ethna e estava ajoelhado nas costas dela, golpeando-a várias vezes com algo em punho. Em choque, Emma percebeu ser a figura de ferro que Simon lhe dera. Ethna gritava, tentando girar e se afastar do ferro. Emma examinou o cômodo: a câmara estava ardendo com o fogo, as rochas brilhavam como carvão vermelho em brasa. Uma dor quente atingiu a lateral de seu corpo; um carvão pousara na manga da jaqueta. Emma arrancou a peça de roupa furiosamente e a pisoteou, apagando o fogo. *Desculpa, Clary.*

Tinha impressão de que ainda podia ver os vultos escuros dos outros através da fumaça. A superfície do Portal parecia ondular como vidro derretido.

— *Julian!* — gritou ela e estendeu a mão. — Deixe-a! Nós temos que chegar até os outros!

Ele ergueu o rosto, os olhos selvagens de raiva, e Ethna optou por se afastar dele com um grito de raiva e dor. Julian pulou de pé e começou a correr para Emma. Juntos eles dispararam, seguindo o som da voz de Cristina, cada vez mais alta e desesperada, chamando seus nomes. Emma pensou ter ouvido Mark também, e os outros...

Uma cortina de chamas brotou do chão, lançando-os para trás. Eles giraram, procurando um caminho, e Emma arfou: Ethna e Eochaid vinham atrás deles. Ela, ensanguentada e com expressão furiosa; ele, reluzente e mortal.

Os Cavaleiros estavam no auge de seu poder. Emma e Julian estavam famintos, exaustos e enfraquecidos. Ela sentiu um aperto no peito.

— *Cristina!* — gritou. — Vão! Vão! *Saiam daqui!*

Julian segurou o pulso dela.

— Só tem um jeito.

O olhar dele mirou na parede — ela se retesou, em seguida assentiu —, e os dois saíram correndo, bem no momento em que os Cavaleiros começavam a erguer as lâminas.

Emma ouviu seus gritos por causa da confusão e da sede de sangue frustrada. Ela não se importou; à sua frente, o Portal se agigantava como a janela escura de um edifício alto, todo sombra e brilho.

Ela o alcançou e pulou, com Julian segurando sua mão, e juntos eles viajaram através do Portal.

Diego não sabia ao certo quanto tempo estivera ali na cela de pedra. Não havia janelas, nem noção de passagem do tempo. Ele sabia que Rayan e Divya estavam na mesma prisão, mas as grossas paredes de pedra não permitiam gritar ou chamar uns aos outros.

Foi quase um alívio quando ele ouviu passos no corredor e, em vez do guarda de sempre, que vinha duas vezes ao dia com um prato de comida insossa, apareceu Zara, resplandecente em seu uniforme de Centuriã. Ele imaginaria que ela estaria sorrindo com desdém, mas estranhamente seu rosto não tinha expressão. Cortana estava pendurada na lateral do corpo, e ela acariciava seu cabo com indiferença quando o encarou através das barras, com a mesma descontração com que se acariciava a cabeça de um cão.

— Meu querido noivo — falou —, está gostando das acomodações? Não são muito frias nem desagradáveis?

Ele não disse uma palavra. O símbolo da Quietude que a Tropa fizera em sua boca fora removido imediatamente após a reunião, mas isso não significava que ele tinha algo a dizer a Zara.

— E pensar — emendou ela — que se você tivesse jogado de modo um pouquinho diferente, poderia estar morando na torre do Gard comigo.

— E isso *teria* sido menos frio e desagradável? — cuspiu Diego. — Morar com alguém que eu odeio?

Ela se encolheu um pouco, o que surpreendeu Diego. Sem dúvida, ela sabia que o ódio entre eles era mútuo, não?

— Você não tem direito nem razão para *me* odiar — disse ela. — Eu é que fui traída. Você era uma perspectiva de casamento conveniente. Agora é um traidor. Seria uma vergonha se eu me casasse com você.

Diego reclinou a cabeça na parede.

— Ótimo — falou com voz cansada. — Você tirou tudo de mim. Pelo menos eu não preciso mais fingir que te amo.

Ela apertou os lábios.

— Eu sei que você nunca quis se casar. Estava apenas tentando ganhar tempo para o seu irmão justiceiro. Ainda assim... vou fazer um trato com você. Você diz que Jaime ainda tem o artefato das fadas. Nós o queremos. Ele deveria estar nas mãos do governo.

Os lábios dela se contorceram num sorriso torto e feio.

— Se nos disser onde está, nós te perdoamos.

— Não tenho a menor ideia — falou Diego. — E andar por aí com esta espada não vai fazer de você Emma Carstairs.

Ela o olhou com cara feia.

— Você não deveria dizer esse tipo de coisa. *Nem* insistir na tal história de que eu tirei tudo de você. Ainda tem muito a perder. — Ela virou a cabeça. — Milo? Traga o segundo prisioneiro.

Fez-se um borrão de movimento no corredor sombrio, e a porta da cela se abriu. Diego se esticou para a frente quando um vulto escuro foi empurrado para junto dele.

Milo bateu a porta com força e a trancou enquanto o recém-chegado grunhia e se sentava aprumado. O coração de Diego se revirou no peito. Mesmo machucado e ensanguentado, com o lábio cortado e uma cicatriz de queimadura na bochecha, ele reconheceria o irmão caçula em qualquer lugar.

324   Cassandra Clare

— *Jaime* — murmurou.

— Ele parece não saber mais sobre o artefato do que você — disse Zara.

— Sem a Espada Mortal, não podemos obrigá-lo a dizer a verdade. Então temos que recorrer a métodos mais antiquados para lidar com mentirosos e traidores. — Ela passou dedos amorosos no cabo de Cortana. — Tenho certeza de que você sabe a que me refiro.

— Jaime — repetiu Diego. O teto era baixo demais para ele ficar de pé, por isso foi rastejando até o irmão e puxou Jaime para si.

Semiconsciente, Jaime se reclinou no ombro de Diego, os olhos quase fechados. As roupas estavam rasgadas e úmidas com sangue. Diego sentiu um medo frio no coração: quais seriam as proporções das feridas embaixo?

— *Hola, hermano* — murmurou Jaime.

— Durante as conversas com o Inquisidor sobre a localização do artefato, seu irmão ficou agitado demais. Ele precisava se acalmar. — Agora Zara sorria. — Os guardas acidentalmente, por assim dizer, o feriram. Seria uma pena se seus ferimentos infeccionassem ou se ele morresse devido à falta de cuidados médicos adequados.

— Me dê uma estela — sibilou Diego. Ele nunca tinha odiado tanto ninguém quanto odiava Zara neste momento. — Ele precisa de um *iratze*.

— Me dê o artefato — disse Zara. — E ele pode ter um.

Diego não disse nada. Ele não tinha ideia de onde estava *Eternidad*, a relíquia que Jaime sofrera tanto para proteger. Abraçou o irmão com mais força, os lábios contraídos. Não imploraria a piedade de Zara.

— Não? — falou Zara, exultante. — Como quiser. Talvez quando o seu irmão estiver gritando com febre, você comece a pensar de outro jeito. Pode me chamar, Diego querido, se uma hora dessas mudar de ideia.

Manuel entrou na sala do trono sorrindo, Oban em seu encalço.

O menino não conseguia deixar de sorrir; como dizia às vezes para as pessoas, era simplesmente sua expressão natural. No entanto, era verdade que ele também gostava do caos e neste instante havia caos o suficiente para agradá-lo.

A sala do trono parecia queimada, as paredes e o soalho de pedra sujos com fuligem. O local fedia a sangue e enxofre. Corpos de guardas estavam espalhados pelo chão, um deles coberto por uma tapeçaria de aparência cara. Na parede mais distante, o Portal encolhido exibia uma praia à noite, com uma lua vermelha.

Oban estalou a língua — Manuel aprendera que era o equivalente fada a um assobio baixinho.

— O que foi que aconteceu aqui? Parece o rescaldo de uma das minhas festas mais famosas.

Manuel cutucou com o dedão o montinho coberto pela tapeçaria.

— E os campos lá fora estão cheios de fadas Seelie em fuga, agora que a Rainha se foi — emendou Oban. — Manuel, exijo uma explicação. Onde está meu pai? Winter, o sombrio líder da guarda vermelha, se aproximou. Ele estava raiado de sangue e cinzas.

— Príncipe — falou —, seu pai jaz aqui.

E apontou o montinho que Manuel cutucava com o dedão. Manuel se abaixou e puxou a tapeçaria. A coisa debaixo dela não parecia humana nem fada, nem que já tivesse vivido um dia. Era um esboço desintegrado, escurecido de um homem consumido pelas cinzas, seu rosto, um ricto. Alguma coisa reluzia em seu pescoço.

Manuel se ajoelhou e pegou. Um frasco de vidro com gravações e um líquido vermelho. *Interessante.* E o guardou no bolso do casaco.

— O que é isso? — perguntou Oban. Por um momento, Manuel sentiu uma centelha de preocupação de que Oban tivesse decidido se interessar por alguma coisa importante. Felizmente, não era o caso. Oban avistara um colar reluzente com uma flecha de elfo entre os restos do pai. Ele se abaixou para pegar o objeto brilhante e deixou que pendesse de seus dedos. — Kieran? — comentou, incrédulo. — *Kieran* matou nosso pai?

— Isso importa? — perguntou Manuel em voz baixa. — O velho está morto. Isso é uma boa notícia.

E era, de fato. O Rei anterior fora um aliado difícil, se é que alguém poderia chamá-lo de aliado. Embora a Tropa o tivesse ajudado a espalhar a praga em Idris e isto o tivesse deixado satisfeito, ele nunca confiara neles nem se interessara por seus grandes planos. Nem mesmo os avisara da intenção de pegar o Volume Sombrio, um acontecimento que tinha irritado Horace imensamente.

Oban seria diferente. Ele confiaria em quem o colocara no poder.

Ele era um tolo.

— Se soubessem disso, Kieran poderia reclamar o trono — falou Oban, e o rosto bonito e indolente ficou sombrio. — Quem viu o Rei morrer? E os companheiros Nephilim de Kieran?

— Meus guardas viram, mas não falarão — retrucou Winter quando Oban foi até o trono. A coroa do Rei estava sobre o assento, reluzindo fracamente. — O príncipe Kieran fugiu com quase todos os Nephilim para o mundo humano.

O rosto de Oban ficou tenso.

— Onde ele poderia se vangloriar de matar o Rei, não?

— Não creio que ele fará isso — falou o general Winter. Uma expressão de alívio cruzou o rosto de Oban. Ele tendia a ser controlado por qualquer um com autoridade, pensou Manuel. — Ele parece amar profundamente os Nephilim de quem é amigo, e vice-versa. Não creio que ele queira o trono ou que vá colocá-los em perigo.

— Vamos manter um olho nisso — falou Oban — Onde está Adaon?

— Adaon foi aprisionado pela Rainha Seelie.

— Adaon foi aprisionado? — perguntou Oban e quando Winter fez que sim com a cabeça, o príncipe riu e desabou no assento do trono. — E quanto ao filho da Rainha, o fedelho?

— Foi embora com a feiticeira morta-viva, através do Portal — falou Winter. — Não parece provável que sobrevivam por muito tempo.

— Ora, o reino não pode ficar sem um governante. Parece que meu destino me encontrou. — Oban entregou a coroa a Winter. — Pode me coroar.

Com a morte do Rei, o Portal estava desaparecendo. Agora tinha o tamanho de uma escotilha. Por meio do pequeno círculo, Manuel via uma cidade morta, torres arruinadas e estradas destruídas. Alguma coisa jazia num montinho no soalho perto do Portal, em meio a sinais de luta. Manuel parou e pegou; era uma jaqueta jeans cheia de sangue.

Ele franziu a testa, virando-a nas mãos. Era uma peça pequena, feminina, rasgada e ensanguentada; uma das mangas parcialmente queimada. Enfiou os dedos no bolso do peito e de dentro retirou um anel gravado com borboletas.

Fairchild.

Manuel se voltou para Oban justamente quando Winter colocava a coroa na cabeça do príncipe, parecendo pouco à vontade.

Manuel balançou a jaqueta na direção de Winter.

— Você falou que *quase todos* os Nephilim voltaram ao mundo humano. O que aconteceu com a menina que vestia isto aqui? A menina e o menino, os prisioneiros Nephilim?

— Eles passaram pelo Portal. — Winter fez um gesto na direção da parede.

— Estão praticamente mortos. Aquela terra é veneno, sobretudo para eles. — Ele se afastou de Oban. — Meu senhor, você é o Rei agora.

Oban tocou a coroa em sua cabeça e gargalhou.

— Traga vinho, Winter! Estou morrendo de sede! Esvazie as adegas! Traga as donzelas e jovens mais bonitas da Corte para mim! Hoje é um grande dia.

Manuel sorriu para a jaqueta ensanguentada.

— Sim. Hoje é realmente um dia para comemorações.

Parte Dois
Thule

Eu tive um sonho, que não foi de todo sonho.
O sol brilhante se extinguira, e as estrelas
Vagavam, opacas, no espaço eterno,
Sem cintilar, sem trajetória, e a Terra gélida
Girava cega e obscuramente no céu sem luar;
A manhã veio e se foi — e voltou sem trazer o dia,
E os homens se esqueceram de suas paixões por medo
Dessa sua desolação; e todos os corações
Enregelaram numa oração egoísta, pedindo luz.
— Lord Byron, "Escuridão"

17

Em Uma Estranha Cidade

Não era um deserto. Era uma praia.

A escuridão do Portal fora diferente de tudo o que Julian já vivenciara. Sem luz, sem som nem movimento, apenas a sensação angustiante de estar caindo num poço de elevador. Quando o mundo finalmente voltou, foi uma explosão silenciosa passando por ele. Depois de renascer para o som e o movimento, ele atingiu o solo com força, espalhando areia ao redor.

Girou para ficar de lado, o coração acelerado. Tinha soltado a mão de Emma em algum momento da escuridão descontrolada, mas lá estava ela, se esforçando para se ajoelhar ao lado dele. As roupas de fada estavam rasgadas e manchadas de sangue, mas ela parecia ilesa.

Aguda como uma flecha, uma dor o invadiu e o fez arfar. Ele precisou de um instante para reconhecê-la como alívio.

Emma ficou de pé com dificuldade, espanando com a mão para se limpar. Julian também se levantou, um pouco tonto; era noite, eles estavam numa praia de aparência familiar, salpicada de formações rochosas com pontos de erosão. Rochedos se erguiam atrás deles, degraus de madeira frágeis contorcendo seus rostos para ligar a estrada acima à areia.

Música estava tocando, alta e vibrante. O extremo oposto da praia estava cheio de gente e ninguém parecia ter notado a chegada abrupta dos dois. Era uma multidão peculiar: uma mistura de humanos, vampiros e até algumas fadas aqui e ali, vestidos com roupas pretas e metálicas. Julian forçou a vista, mas sem conseguir distinguir os detalhes.

Emma tocou a Marca de Visão Noturna no próprio braço e franziu a testa para ele.

— Minhas Marcas não funcionam — murmurou. — Igual acontece no Reino das Fadas.

Julian balançou a cabeça como se quisesse dizer: *eu não sei o que está acontecendo*. Ele levou um susto quando alguma coisa pontiaguda furou a lateral do seu corpo; olhando para baixo, se deu conta de que seu celular ficara em pedaços. Fragmentos irregulares de plástico fincavam em sua pele. Jogou fora o telefone e se encolheu; ele não serviria para ninguém agora.

Olhou ao redor. O céu tinha muitas nuvens e uma lua vermelho-sangue lançava um brilho opaco sobre a areia.

— Eu conheço esta praia — falou ele. As formações rochosas eram familiares, a curva da costa, o formato das nuvens, embora a cor da água do oceano fosse escura e deixasse beiradas de renda escura onde quebrava.

Emma tocou o ombro dele.

— Julian? Precisamos de um plano.

Ela estava pálida devido ao cansaço, as olheiras tomando os olhos castanho-escuros. Os cabelos louros desciam em mechas grossas pelos ombros. A emoção explodiu dentro de Julian. Dor, amor, pânico, tristeza e desejo transbordaram de dentro dele feito sangue jorrando das suturas abertas de uma ferida.

Ele cambaleou para longe de Emma e desabou contra uma pedra, seu estômago se revirando violentamente enquanto se livrava da bile amarga. Quando os espasmos cessaram, ele limpou a boca, esfregou as mãos com areia e voltou ao local com algumas formações rochosas que Emma escalara parcialmente. Parece que se chamavam rocas ou algo assim.

Ele cerrou os punhos. Suas emoções giravam como um maremoto, pressionando o interior do crânio; em reação sua mente parecia totalmente confusa, capturando fragmentos aleatórios de informação e espalhando-os feito barreiras numa estrada.

Foco, falou para si, e mordeu o lábio até a dor desanuviar sua mente. Sentiu o gosto do sangue.

Emma estava na metade do caminho até a roca e fitava o sul.

— Isso é muito... muito estranho.

— Estranho como? — Ele ficou surpreso por soar tão normal. Ao longe, dois vultos passavam; um era vampiro, uma garota com cabelos castanhos compridos. Ambos acenaram para ele casualmente. Que diabos estava acontecendo?

Ela desceu com um pulo.

— Você está bem? — perguntou, botando o cabelo para trás.

— Acho que foi a viagem pelo Portal — mentiu ele. O que quer que estivesse acontecendo, não tinha nada a ver com o Portal.

— Veja isto. — De algum modo, o celular de Emma tinha permanecido intacto em meio a todas as atribulações. Ela procurou nas fotos e mostrou uma do monte marinho.

Estava escuro, mas no mesmo instante Julian reconheceu a praia e, ao longe, as ruínas do Píer de Santa Monica. A roda-gigante tinha tombado, um imenso monte de metal. Vultos circulavam no céu. E com certeza não eram aves.

Emma engoliu em seco.

— Isto aqui é Los Angeles, Julian. Fica perto do Instituto.

— Mas o Rei disse que era Thule. E disse que era um mundo venenoso para os Nephilim...

Ele se calou, horrorizado. No extremo oposto da praia, distante da multidão, duas compridas fileiras de humanos marchavam ordenadamente em formação militar. Conforme foram se aproximando, Julian captou um lampejo do uniforme escarlate.

Ele e Emma pularam atrás da formação rochosa mais próxima, colando-se a ela. Os tais humanos marchantes se aproximavam. A multidão do outro lado da praia tinha começado a seguir para eles também e a música cessara. Ouvia-se apenas o som das ondas batendo, o vento e pés marchando.

— Crepusculares — sussurrou Emma quando o grupo chegou mais perto. Durante a Guerra Maligna, Sebastian Morgenstern tinha sequestrado centenas de Caçadores de Sombras e os controlado usando sua própria versão do Cálice Mortal. Eles eram chamados Crepusculares e eram identificados pelo uniforme vermelho.

O pai de Julian fora um deles até o próprio Julian matá-lo. Ele ainda sonhava com isso.

— Mas os Crepusculares estão todos mortos — falou Julian num tom distante e mecânico. — Eles morreram quando Sebastian morreu.

— No nosso mundo. — Emma se virou para ele. — Julian, nós sabemos o que é isso. Só não queremos que seja verdade. Isto... Thule... é uma versão do nosso mundo. Alguma coisa deve ter acontecido de modo diferente no passado aqui. Alguma coisa que pôs este mundo numa via alternativa. Como Edom.

Julian sabia que Emma tinha razão; ele se dera conta desde que reconhecera o píer. Agora tentava não pensar em sua família, em seu pai. Não podia pensar nisso agora.

As fileiras de Crepusculares marchando abriram caminho até um grupo de guardas que seguravam estandartes. Cada flâmula trazia a insígnia de uma estrela no interior de um círculo.

— Pelo Anjo — murmurou Emma. Botou a mão sobre a boca.

Morgenstern. A estrela da manhã.

Por trás dos porta-bandeiras, caminhava Sebastian.

Ele parecia mais velho do que quando Julian o vira pela última vez, um adolescente com cabelos como gelo branco, movido pelo ódio e pelo veneno. Ele parecia ter vinte e poucos anos agora, ainda era magro e com cara de menino, mas com feições mais duras. Seus traços levemente angulosos deram lugar a contornos ressaltados, e os olhos negros ardiam. Phaesphoros, a espada Morgenstern, pendia do ombro numa bainha decorada com estrelas e chamas.

Caminhando pouco atrás dele, estava Jace Herondale.

Foi um golpe duro e ainda mais estranho. Eles tinham acabado de deixar Jace, lutando do lado deles, na Corte Unseelie, desgastado e cansado, mas ainda feroz e protetor. Este Jace parecia ter a mesma idade do outro; era musculoso e forte, com os cabelos louros bagunçados, o rosto, belo como sempre. Mas havia uma luz escura e morta em seus olhos dourados. Uma ferocidade sombria que Julian associava à Tropa e seus seguidores, aqueles que atacavam mais do que aqueles que protegiam.

Atrás deles, vinha uma mulher com cabelos castanhos grisalhos que Julian reconheceu como Amatis Graymark, a irmã de Luke. Ela havia sido uma das primeiras e mais ferozes Crepusculares de Sebastian, e pelo visto a recíproca também era verdadeira aqui. Seu rosto era profundamente enrugado, a boca uma linha sombria. Ela empurrava um prisioneiro — alguém vestido de preto, de Caçador de Sombras, uma tira de lona grosseira dando voltas na cabeça e escurecendo suas feições.

— Venham! — gritou Sebastian, e alguma força invisível amplificou sua voz, de tal modo que ela ressoou de costa a costa na praia. — Crepusculares, convidados, aproximem-se. Estamos aqui para celebrar a captura e execução de um importante traidor. Alguém que se voltou contra a luz da Estrela.

Ouviu-se um rugido animado. A multidão começou a se reunir num retângulo frouxo, com Sebastian e os guardas na extremidade sul. Julian viu Jace se reclinar e dizer algo a Sebastian, que riu com uma camaradagem que incitou um calafrio pela espinha de Julian. Jace usava um terno cinza, não o uniforme vermelho; ele não era um Crepuscular então? Seu olhar correu pela

Rainha do Ar e da Escuridão

multidão; além de Amatis, Julian reconheceu alguns Caçadores de Sombras que conhecia vagamente do Conclave de Los Angeles — e viu a vampira de aparência jovial que acenara para ele antes, sorrindo e conversando com Anselm Nightshade...

E viu Emma.

Sem dúvida era Emma. Ele teria reconhecido Emma em qualquer lugar, com qualquer roupa, sob qualquer luminosidade. O luar sangrento se derramava sobre os cabelos claros; ela usava um vestido vermelho frente-única, e a pele era macia e não trazia Marcas. Conversava com um garoto alto que estava praticamente nas sombras, mas Julian mal lhe deu atenção: seu olhar se concentrava nela, sua Emma, linda, viva, a salvo e...

Ela riu e ergueu os braços. O jovem alto passou as mãos pelos cabelos de Emma e ela o beijou.

Aquilo o atingiu com a força de um trem. Ciúme: branco e ardente, fervente, venenoso. Mas só restava a Julian permanecer atrás da rocha enquanto as mãos do menino deslizavam pelas costas nuas de Emma.

Ele estremeceu à força do sentimento. A emoção o invadiu, ameaçando dominá-lo e deixá-lo submisso. Ondas quentes de ciúme misturado a uma avidez desesperada. Aquelas deveriam ser as mãos dele nos cabelos de Emma, em sua pele.

Ele virou a cabeça para o lado e arfou. A camisa estava grudada no corpo suado. Emma — a Emma real — ainda estava encostada na pedra ao lado dele, encarando-o alarmada.

— Julian, qual é o problema?

Os batimentos cardíacos já tinham começado a diminuir. *Esta* era sua Emma. A outra era uma mentira, um simulacro.

— Olhe — murmurou ele e apontou.

Emma seguiu o olhar dele e corou.

— Ah. É a *gente*?

Julian olhou novamente. Emma e o menino tinham se separado... e como é que ele não tinha percebido? Era como olhar num espelho que mostrava sua possível aparência dali a alguns anos. Lá estava ele, cabelos e olhos dos Blackthorn, a pulseira de vidro marinho, vestindo vermelho e preto. Julian observou o outro ele puxar a outra Emma e beijá-la novamente.

Com certeza, não era um primeiro beijo, nem um segundo. Os dedos do Outro Julian deslizaram pelas costas da Outra Emma, obviamente se deleitando na sensação da pele nua. As mãos encontraram os quadris cobertos de cetim e ficaram espalmadas ali, puxando-a sem dó. Ela ergueu uma perna e passou pelo quadril dele, tombando a cabeça para trás para que ele pudesse beijar seu pescoço.

O Outro Julian beijava com muita confiança, aparentemente.

— Isso é o pior — falou Emma. — Não apenas nós aparentemente somos Crepusculares neste mundo, como ainda ficamos nos agarrando em público.

— Os outros Crepusculares não devem suportar a gente — falou Julian. — Emma, isso parece recente. Este mundo não poderia ter se separado do nosso há tanto tempo assim...

— Silêncio! — A voz de Sebastian ecoou por toda a praia e a multidão silenciou. A Emma e o Julian alternativos pararam de se beijar, o que foi um alívio. — Jace, ponha a traidora de joelhos.

Então era uma mulher. Julian observou, com o estômago vazio revirando enquanto Jace empurrava a prisioneira para que ficasse de joelhos, desenrolando a venda lentamente.

— Ash! — chamou Sebastian. — Ash, venha ver, meu filho, e aprenda!

Julian sentiu Emma congelar em choque ao lado dele. Viu-se um movimento entre os guardas e, do meio deles apareceu Ash Morgenstern, com expressão rígida.

Ele tinha mudado mais do que Jace ou Sebastian desde a última vez que eles o viram. Passara de 13 para o que Emma imaginava serem uns 17 anos; não era mais um menino magricela, mas um garoto prestes a virar adulto, alto e com ombros largos. O cabelo louro platinado tinha sido cortado bem rente e ele não vestia o vermelho dos Crepusculares — somente uma blusa de manga comprida e jeans.

Mas ainda tinha a cicatriz em formato de X na garganta. Era inconfundível, mesmo de longe.

Ash cruzou os braços.

— Estou aqui, pai — falou monotonamente, e Julian se impressionou com a peculiaridade de o menino chamar de "pai" alguém que parecia ter meros cinco anos mais do que ele.

— Este é o Ash do nosso mundo — falou Julian. — O que Annabel trouxe pelo Portal.

Emma assentiu.

— A cicatriz. Eu vi.

Jace tirou a última das coberturas do rosto da mulher ajoelhada. Emma se encolheu, como se tivesse sido atingida.

Era Maryse Lightwood.

Seu cabelo tinha sido cortado, e o rosto estava exausto. Ash observou inexpressivamente quando ela olhou ao redor num horror silencioso. Uma corrente prateada pendia em seu pescoço; Julian não se lembrava daquilo no Reino das Fadas. Quantos anos tinham se passado para ele aqui, entre a fuga para o Portal e a chegada de Emma e Julian em Thule?

— Maryse Lightwood — falou Sebastian, caminhando lentamente ao redor dela. Emma ficara muda e imóvel desde que se encolhera. Julian se perguntava se ela se lembrava de Maryse em seu mundo, chorando ao lado da pira do marido, mas cercada pelos filhos e netos...

Emma devia estar pensando nos próprios pais, percebeu ele com um susto. Pensando se eles estariam vivos neste mundo. Mas ela não disse uma única palavra.

— Você é acusada de ajudar e apoiar rebeldes contra a causa da Estrela da Noite. Agora sabemos que você fez isso, então não haverá um julgamento porque, de qualquer forma, estamos contra eles. Mas você... você cometeu a maior traição de todas. Tentou quebrar o vínculo entre dois irmãos. Jace e eu somos irmãos. Você não é mãe dele. A única família que ele tem sou eu.

— Ai, meu Deus — sussurrou Emma. — Isso é aquela ligação estranha que eles tinham... quando Sebastian possuiu Jace, lembra? Então *aquilo* aconteceu neste mundo...

— Eu matei Lilith, minha própria mãe, por Jace — falou Sebastian. — Agora ele matará a própria mãe por mim.

Jace desembainhou a espada da cintura. Era uma lâmina prateada comprida e perigosa que reluzia, vermelha, sob a luz da lua. Julian pensou novamente no Jace do mundo deles: rindo, brincando, animado. Parecia que algo maior do que uma possessão acontecia aqui. Como se este Jace estivesse morto por dentro.

Os lábios de Sebastian se curvaram nos cantos; ele sorria, mas não era um sorriso muito humano.

— Suas últimas palavras, Maryse?

Maryse torceu o corpo para olhar Jace. Seu rosto pareceu relaxar e, por um momento, Julian viu John Carstairs olhando para Emma, ou a própria mãe olhando para ele, aquela mistura de amor pelo que existe e tristeza pelo que não pode ser guardado...

— Você se lembra, Jace? — falou ela. — Daquela música que eu costumava cantar quando você era pequeno? — Ela começou a cantar em voz alta e trêmula.

> *À la claire fontaine*
> *m'en allant promener*
> *J'ai trouvé l'eau si belle*
> *que je m'y suis baigné.*
> *Il y a longtemps que je t'aime*
> *jamais je ne t'oublierai.**

O pouco que Julian sabia de francês servia para traduzir apenas umas poucas palavras. *Há muito eu te amo. Nunca vou te esquecer.*

— *Il y a longtemps que je t'aime...* — cantou Maryse, sua voz se elevando e tremendo na nota mais alta...

Ash segurava os próprios cotovelos com força. Ele virou a cabeça para o lado bem no momento em que Jace baixou a espada e decapitou Maryse. Osso branco, sangue vermelho; o corpo desabou na areia e a cabeça rolou até parar, de olhos abertos, a bochecha virada para baixo. Ela ainda parecia encarar Jace.

O sangue espirrara no rosto e na camisa de Ash. A multidão aplaudia e gritava. Jace se inclinou para limpar a espada na areia enquanto Sebastian ia até Ash, seu sorriso em metamorfose, de inumano para outra coisa. Alguma coisa possessiva.

— Espero que tenha sido uma experiência de aprendizado — falou ele para Ash.

— Eu aprendi a não usar branco numa execução — falou Ash, esfregando a frente da camisa; o gesto deixou manchas vermelhas. — Útil.

— Assim que tivermos os Instrumentos Mortais, você verá muito mais mortes, Ash. — Sebastian deu uma risadinha e mais uma vez ergueu a voz. — Hora da refeição — anunciou, e as palavras ressoaram de uma ponta a outra da praia. Julian ouviu um grito na própria mente, arranhando para sair; aí olhou para Emma e viu o mesmo grito em seus olhos. Talvez pertencesse aos dois.

Ela apertou o pulso dele com força suficiente para esmerilar seus ossinhos.

— Nós temos que ir. Temos que sair.

As palavras saíram atropeladas; Julian sequer teve tempo de concordar. Quando os vampiros rodearam o corpo de Maryse, os dois correram abaixados

---

* Nota do editor: Na fonte clara
Eu fui passear
Encontrei a água tão bela
Que eu quis ali me banhar.
Faz tanto tempo que te amo
Que jamais te esquecerei.

até os rochedos. A noite estava tomada por uma cacofonia de gritos e uivos e o ar trazia um vestígio cuproso por causa do sangue. Emma murmurava *"Não, não, não"* baixinho, mesmo quando alcançou os pés de uma frágil escadaria de madeira e a escalou, agachada. Julian a seguiu, se esforçando para não olhar para trás.

Os degraus balançaram sob seus pés, mas permaneceram intactos; o topo dos rochedos já estava na mira deles. Emma chegou ao fim dos degraus... e gritou ao sumir rapidamente da vista.

A visão de Julian ficou branca. Ele não se lembrava de ter subido o restante dos degraus; simplesmente estava no topo dos rochedos — a rodovia familiar, fileiras de carros estacionados e grama sob os pés — e lá estava Emma, capturada por um garoto alto, de cabelos ruivos, cujo rosto familiar acertou Julian como um soco no estômago.

— Cameron? — falou Julian, incrédulo. — Cameron Ashdown?

Cameron parecia ter seus 19 ou vinte anos. Os cabelos vermelhos volumosos estavam bem rentes também, no estilo militar. Ele estava muito magro, e vestia uma camiseta bege e calça camuflada, um cinto Sam Browne cruzado sobre o ombro. Havia uma pistola enfiada nele.

O rosto dele se contorceu com nojo.

— Vocês dois juntos. Eu devia ter adivinhado.

Julian deu um passo à frente.

— Solte-a, seu Crepuscular de mer...

Cameron arregalou os olhos numa surpresa quase cômica, e Emma se aproveitou do momento para chutar para trás selvagemente, contorcendo o corpo e desferindo vários socos rápidos na lateral do corpo de seu captor. Ela girou e se afastou enquanto ele engasgava, mas já tinha tirado a pistola do coldre.

Ele a apontou para os dois. Caçadores de Sombras não usavam armas de fogo, mas Julian notava, pelo modo como ele a segurava, que *este* Cameron Ashdown sabia manipular uma arma de fogo muito bem.

Se Cameron atirasse, pensou Julian, talvez desse tempo de se jogar na frente de Emma. Ele levaria a bala, mesmo que odiasse a ideia de deixá-la aqui sozinha...

Cameron ergueu a voz.

— Livia! — chamou. — Você vai querer ver isso.

O peito de Julian virou gelo. Ele imaginava que ainda estivesse respirando, era necessário estar ou morreria, só que não conseguia sentir o ar, não conseguia sentir o sangue em seu corpo nem o movimento de sua respiração ou as batidas do coração. Ele simplesmente a via ali na frente, saindo dentre dois carros: ela andava casualmente até eles, os longos cabelos escuros dos Blackthorn soprados pela brisa marítima.

Livvy.

Ela parecia ter uns 17 anos. Vestia calça de couro preta com um cinto de munição em volta da cintura e uma camiseta regata cinza esburacada por cima de uma blusa fina. As botas tinham solado grosso com uma dúzia de fivelas. Nos pulsos, pulseiras de lona com pequenas facas de arremesso enfiadas sob as tiras. Uma cicatriz — uma de muitas — cruzava seu rosto, desde o alto da têmpora esquerda, passando pelo olho, até o meio da bochecha. Trazia uma escopeta e, ao caminhar até eles, a ergueu com facilidade e apontou diretamente para Julian.

— São eles — falou Cameron. — Não sei o que estão fazendo longe dos outros Crepusculares.

— Quem se importa?— perguntou Livvy. — Eu vou matá-los, e eles vão me agradecer por isso se ainda tiverem alma.

Julian ergueu as mãos. A alegria de vê-la, incontrolável e inebriante, batalhava contra o pânico.

— Livvy, somos *nós*...

— Nem *tente* — cuspiu ela, e carregou a escopeta como alguém que entendia daquilo. — Eu diria pra vocês rezarem, mas o Anjo está morto.

— Olha... — começou Emma, e Livvy balançou a arma na direção dela; Julian deu um passo até a irmã e então Cameron, que Julian quase tinha esquecido que estava ali, falou:

— *Espera.*

Livvy congelou.

— Melhor que seja por um bom motivo, Cam.

Cameron apontou para Julian.

— A gola está rasgada... — Ele balançou a cabeça impacientemente. — Mostre a ela — pediu a Julian.

— *A sua Marca* — murmurou Emma, e Julian, com um brilho intenso nos olhos ao compreender, puxou a gola para mostrar a Livvy a Marca em seu peito. Embora os símbolos temporários, Visão Noturna, Disfarce, Golpe Certo, tivessem desbotado para cinza desde que ele entrara no Reino das Fadas, a Marca *parabatai* se destacava, preta e nítida.

Livvy ficou imóvel.

— Os Crepusculares não suportam Marcas Nephilim — falou Julian. — Você sabe disso, Livvy.

Rainha do Ar e da Escuridão

— Eu sei que você acha que somos a Emma e o Julian da versão Crepuscular — falou Emma. — Mas nós os vimos. Eles estão lá embaixo na praia. — Ela apontou. — Sério. *Dê uma olhada.*

Um lampejo de dúvida cruzou o rosto de Livvy.

— Cameron. Vá olhar.

Cameron foi até a beirada dos rochedos e espiou pelos binóculos. Julian prendeu a respiração; dava para ver que Emma fazia o mesmo.

— Isso, eles estão lá — falou Cameron após uma longa pausa. — E eles estão se agarrando. Nojento.

— Eles já faziam isso antes de serem Crepusculares — falou Livvy. — Algumas coisas nunca mudam.

Emma ergueu a mão esquerda para mostrar a Marca da Visão.

— Somos Caçadores de Sombras. Nós te conhecemos, Livvy, e te amamos...

— *Pare* — falou Livvy ferozmente. — Está bem, talvez vocês não sejam Crepusculares, mas isso ainda poderia ser algum tipo de metamorfose demoníaca...

— Estas aqui são marcas angelicais — falou Julian. — Não somos demônios...

— Então *quem são vocês?* — gritou Livvy, e sua voz ecoou com um estranho desespero, uma solidão tão sombria e sem fundo quanto um poço. — Quem eu devo pensar que vocês são?

— Nós ainda somos nós — falou Emma. — Jules e Emma. Nós viemos de outro mundo, um mundo no qual Sebastian não governa. Um mundo com Marcas.

Livvy a fitou sem expressão.

— Liv — falou Cameron, baixando os binóculos. — O grupo na praia começou a se dispersar. Eles vão subir até aqui a qualquer segundo. O que vamos fazer?

Livvy hesitou, mas somente por um segundo. Julian supôs que tempo à vontade para tomar decisões era um luxo que esta versão de sua irmã não tinha.

— Vamos levá-los para Bradbury — falou ela. — Talvez Diana esteja de volta. Ela viu um bocado de coisas... talvez tenha uma ideia do que está acontecendo aqui.

— Diana? Diana Wrayburn? — repetiu Emma com alívio. — Sim, nos leve até Diana, *por favor.*

Cameron e Livvy trocaram um olhar de total perplexidade.

340   Cassandra Clare

— Muito bem, então — falou Livvy finalmente. Ela fez um gesto para o jipe Wrangler, com vidros escuros, estacionado ao lado da estrada. — Entrem no carro, vocês dois. No banco de trás. E nem pensem em fazer alguma gracinha. Vou estourar a cabeça de vocês na mesma hora.

Livvy estava sentada no banco do carona com a escopeta no colo. Ao seu lado, Cameron dirigia com uma eficiência que era o oposto do Cameron desafortunado e um tanto preguiçoso que Emma conhecia em seu próprio mundo. Ele conduzia o carro sem esforço em torno dos imensos buracos que decoravam o asfalto da Pacific Coast Highway tais quais amassados na lateral de um carro velho.

Julian estava em silêncio, fitando a janela com uma fascinação horrorizada. Havia pouca coisa para se ver, a não ser a estrada em ruínas, iluminada pelos faróis, mas a escuridão em si era assustadora. A ausência de postes, placas e janelas iluminadas ladeando a estrada era chocante por si só, como olhar para um rosto no qual faltassem os olhos.

Uma luz finalmente se fez na escuridão quando eles chegaram ao fim da rodovia, onde um túnel a ligava à via expressa 10. À direita, ficava o Píer de Santa Monica, o cais familiar agora em ruínas, como se um gigante o tivesse golpeado com um machado. Pedaços de madeira e concreto tinham tombado e se projetavam da água. Somente o velho carrossel permanecera intacto. Ele estava iluminado e música atonal jorrava de seus alto-falantes. Agarrados às costas dos pôneis com pintura antiquada estavam vultos sombrios, inumanos, e suas risadas entrecortadas eram transportadas pelo ar noturno. A expressão dos pôneis parecia contorcida em máscaras atormentadas, que gritavam.

Emma desviou o olhar, feliz quando o carro entrou no túnel, bloqueando sua visão do carrossel.

— O Píer foi um dos primeiros lugares que as bestas do inferno tomaram — falou Cameron, olhando para o banco de trás. — Quem imaginaria que demônios gostavam de parques de diversões?

Emma pigarreou.

— Porque são loucos por churros?

Cameron riu secamente.

— A mesma Emma de sempre. Sarcástica em face da adversidade.

Livvy lançou um olhar severo a ele.

— Acho que nem vale a pena perguntar pela Disneylândia — falou Julian com voz monótona.

Ele provavelmente não tinha imaginado que Cameron e Livvy fossem rir, mas o modo como os dois se retesaram sugeria que alguma coisa realmente terrível tinha acontecido lá. Emma achou de bom tom não perguntar. Havia coisas mais importantes.

— Quando foi que tudo isso aconteceu? — quis saber.

— Pouco depois da Guerra Maligna — falou Livvy. — Quando Sebastian venceu.

— Então ele atacou todos os Institutos? — perguntou Emma. Não queria pensar nisso, não queria sequer imaginar remotamente que talvez seus pais estivessem vivos neste mundo, mas não conseguiu segurar uma pontinha de esperança em sua voz. — Los Angeles também?

— Sim — falou Livvy. Sua voz não se elevara. — Seus pais foram mortos. Nosso pai se tornou um Crepuscular.

Emma se encolheu. Imaginara mesmo não poder nutrir esperança, mas ainda assim doía. E Julian deve ter se perguntado sobre o pai, ela sabia. Sua vontade era esticar a mão para ele, mas a lembrança do Julian sem emoção da última semana a impediu.

— Em nosso mundo, essas coisas também aconteceram — falou Julian, depois de uma longa pausa. — Mas nós vencemos a guerra.

— Sebastian morreu — falou Emma. — Clary o matou.

— Clary Fairchild? — repetiu Cameron. Sua voz ficou embargada por causa da dúvida. — Ela foi morta pelo demônio Lilith na Batalha de Burren.

— Não — falou Emma teimosamente. — Clary e seus amigos venceram a Batalha de Burren. Há pinturas sobre isso. Ela resgatou Jace com a espada Gloriosa e eles rastrearam Sebastian em Edom; ele nunca venceu...

Livvy tamborilou as unhas curtas no cano da arma.

— Bela história. Então você está dizendo que vocês vieram de um lugar onde Sebastian está morto, demônios não andam nas ruas e os Caçadores de Sombras ainda têm o poder do Anjo?

— Isso — falou Emma.

Livvy se virou para olhar para ela. A cicatriz que cortava o olho tinha uma cor vermelha raivosa sob o luar escarlate.

— Se lá é tão bom assim, o que vocês estão fazendo aqui?

— Não foram férias planejadas. Nem tudo em nosso mundo é perfeito — falou Emma. — Longe disso, na verdade.

Ela olhou para Julian e, para sua surpresa, o flagrou olhando para ela, imitando o olhar inquisitivo. Um eco da antiga comunicação instantânea brilhou: *Será que devíamos contar a Livvy que ela está morta em nosso mundo?*

Emma balançou a cabeça levemente. Livvy não acreditava neles sobre coisa alguma ainda. Aquela informação não ia ajudar.

— Temos que sair daqui — falou Cameron. Havia umas poucas luzes ao redor, clareando trechos da rodovia, e Emma notava a iluminação ocasional salpicando a planície da cidade mais além. Mas não se parecia nada com Los Angeles à noite. Não havia mais correntes de diamante de luz branca, todas tinham sido substituídas por pontos irregulares de brilho. Uma fogueira ardia em alguma parte de um morro distante.

Diante deles, uma imensa fissura dividia a rodovia, como se alguém tivesse cortado ordenadamente o concreto. Cameron se afastou da abertura, pegando a saída mais próxima. Ele baixou os faróis quando eles alcançaram as ruas e reduziu a velocidade ao passarem por um bairro residencial.

Era uma rua comum de Los Angeles ladeada por casas de um andar. A maioria delas tinha madeira pregada nas janelas, cortinas fechadas e apenas alguns lampejos de luz visível no interior. Muitas estavam completamente escuras e umas poucas mostravam sinais de terem sido forçadas: portas arrancadas nas dobradiças, manchas de sangue sujando as paredes de estuque branco. Junto do meio-fio, alguns poucos carros abandonados com seus porta-malas ainda abertos como se seus proprietários tivessem sido... levados... enquanto tentavam fugir.

O mais triste de tudo eram os sinais de que crianças costumavam viver por ali antigamente: um trepa-trepa destruído, um triciclo no meio de uma entrada. Um balanço fantasmagórico sendo ninado pela brisa.

Uma curva na estrada se agigantou diante deles. Enquanto Cameron girava o volante, os faróis iluminaram uma estranha cena. Uma família — pai, mãe e um casal de crianças — estava sentada junto a uma mesa de piquenique no gramado. Eles comiam em silêncio pratos com carne assada, salada de repolho e salada de batata. Todos estavam mortalmente pálidos.

Emma se virou para olhar enquanto eles se afastavam.

— O que aconteceu com eles?

— Jurados — falou Livvy com um muxoxo de desagrado. — São mundanos leais a Sebastian. Ele dirige os Institutos agora e protege mundanos que juram fidelidade a ele. Metade dos mundanos que restaram no mundo são Jurados.

— E quanto à outra metade? — falou Julian.

— Rebeldes. Lutam pela liberdade. Você pode ser uma coisa ou outra.

— Vocês são rebeldes?

Cameron riu e olhou com carinho para Livvy.

— Livvy não é só uma rebelde. Ela é a rebelde mais foda de todas.

Rainha do Ar e da Escuridão

Ele acariciou a nuca de Livvy delicadamente. Emma esperava que a cabeça de Julian não fosse explodir. Era evidente que Livvy não tinha mais do que uns 15 anos, mas ainda era a irmã caçula de Julian, de algum modo. Rapidamente, Emma falou:

— Os Caçadores de Sombras e os mundanos se uniram na rebelião? E quanto aos integrantes do Submundo?

— Não tem mais Caçadores de Sombras — falou Livvy. Ela ergueu a mão direita. Não havia Marca de Visão em seu dorso. Se Emma forçasse a vista, acreditava poder ver a leve cicatriz onde antigamente ela estivera: a sombra de uma sombra. — O poder do Anjo se quebrou. Estelas não funcionam, Marcas desaparecem feito fantasmas. Sebastian Morgenstern foi de Instituto em Instituto e matou todos que não juraram lealdade a ele. Ele abriu o mundo aos demônios e eles salgaram a Terra com venenos demoníacos e destruíram as torres de vidro. Idris foi invadida e a Cidadela Adamant, destruída. A magia angelical não funciona. A magia demoníaca é a única que existe agora. — Ela segurou com força a escopeta. — A maioria dos que foram Caçadores de Sombras são Crepusculares agora.

Um mundo sem Caçadores de Sombras. Um mundo sem anjos. Eles tinham deixado o bairro residencial e agora circulavam pelo que Emma imaginara ser a Sunset Boulevard. Era difícil dizer sem as placas. Havia outros carros na estrada, finalmente, e até uma leve retenção no trânsito. Emma olhou para o lado e viu um vampiro pálido atrás do volante de um Subaru. Ele olhou para ela e deu uma piscadela.

— Estamos chegando a um posto de controle — falou Cameron.

— Deixem que a gente lide com isso — falou Livvy. — Não falem nada.

O carro diminuiu a velocidade; à frente, Emma notou barreiras com listras. A maior parte dos prédios em torno da via eram estruturas arruinadas. Eles pararam ao lado de um cujas paredes em ruínas circundavam um pátio praticamente intacto que antigamente fora a entrada de um edifício de escritórios. Demônios estavam amontoados por toda parte: nas pilhas de mobília revirada, subindo nas paredes destruídas, se alimentando em bebedouros de metal com uma coisa grudenta e escura que podia ser sangue. No centro do recinto, um poste com uma mulher vestida de branco amarrada a ele, sangue escorrendo pelo vestido. Sua cabeça tinha tombado para um lado, como se ela tivesse desmaiado.

Emma começou a desatar o cinto.

— Nós temos que fazer alguma coisa.

— Não! — falou Livvy rispidamente. — Você será morta e vai nos matar também. Nós não podemos mais proteger o mundo assim.

344   Cassandra Clare

— Eu não tenho medo — falou Emma.

Livvy lançou um olhar fervoroso de raiva para ela.

— Pois deveria ter.

— Posto de controle — interrompeu Cameron, e o carro avançou e parou nas barreiras. Cam baixou a janela do lado do motorista, e Emma quase pulou do assento quando um demônio sem olhos e com uma cabeça enrugada feito uva-passa se inclinou dentro do carro. Ele usava um uniforme cinza de gola alta e, embora não tivesse nariz nem olhos, tinha uma boca que cruzava toda a face.

— Credenciais — sibilou.

Cameron arregaçou a manga da camisa e botou a mão esquerda para fora, expondo o pulso. Emma captou o lampejo de uma Marca na parte interna do pulso, acima do ponto da pulsação exatamente ao mesmo tempo em que o demônio projetou uma língua cinza e áspera, que parecia um verme comprido e morto, lambendo o pulso de Cameron.

Por favor, pensou Emma, *não me deixe vomitar neste carro. Eu me lembro dele. Eu dei uns amassos no Cameron aqui no banco de trás deste carro. Meu Deus, o demônio lambeu o pulso dele. O carro inteiro fede a carne de demônio.*

Alguma coisa cobriu a mão dela, uma coisa quente e tranquilizadora. Ela piscou. Julian tinha segurado seus dedos. A surpresa a despertou bruscamente.

— Ah, Sr. Ashdown — falou o demônio. — Eu não percebi. Tenha uma noite agradável. — O demônio se afastou e Cameron ligou o carro. Eles rodaram alguns quarteirões até alguém falar.

— Que história foi aquela de... — começou Julian.

— A língua! Nem fale! — disse Emma. — Que merda foi aquela?

— O demônio te chamar de Sr. Ashdown? — concluiu Julian.

— Minha família é Jurada, leal à Estrela da Noite — explicou Cam rapidamente. — Eles dirigem o Instituto daqui para Sebastian. Os membros da Legião da Estrela são marcados com tatuagens especiais.

Livvy mostrou a eles a parte interna do pulso direito, onde havia um desenho marcado, uma estrela dentro de um círculo. A mesma insígnia que ela vira nas bandeiras de Sebastian. — A minha é falsificada. Por isso Cameron está dirigindo — falou Livvy. Ela olhou para o menino com carinho irônico. — A família dele não sabe que ele não é leal à Estrela.

— Não posso dizer que estou surpresa de saber que Paige e Vanessa viraram traidoras — falou Emma, e ela viu Livvy lhe dar um olhar estranho. Surpresa por ela saber quem eram Paige e Vanessa? Concordância? Emma não sabia ao certo.

Eles chegaram ao centro de Los Angeles, uma área cheia de atividade demoníaca mesmo no mundo normal. Aqui as ruas estavam surpreendentemente cheias — Emma viu vampiros e fadas andando livremente, e até uma loja de conveniência improvisada anunciando milk-shakes de sangue na vitrine. Um grupo de gatos grandes passou por eles, e quando viraram a cabeça, Emma viu que tinham rostos de bebês humanos. Ninguém na calçada pareceu achar aquilo esquisito.

— E os integrantes do Submundo? — perguntou Julian.— Onde eles entram?

— Vocês não vão querer saber — falou Livvy.

— Vamos, sim — disse Emma. — Nós conhecemos feiticeiros... podíamos tentar entrar em contato com eles, obter ajuda...

— Feiticeiros? — interrompeu Livvy. — Não há feiticeiros. Assim que Sebastian abriu o mundo às bestas do inferno, os feiticeiros começaram a adoecer. Alguns morreram e o restante teve sua humanidade degradada. Eles se transformaram em demônios.

— Em *demônios*? — repetiu Emma. — Totalmente?

— E quanto a Magnus? — perguntou Julian. — Magnus Bane?

Emma sentiu um calafrio. Até agora eles não tinham perguntado pelo bem-estar de nenhum conhecido. Ela desconfiava que ambos achassem tal perspectiva bastante assustadora.

— Magnus Bane foi uma das primeiras grandes tragédias — falou Livvy como se repetisse uma velha história que todos já conhecessem. — Bane se deu conta de que estava se transformando em demônio e pediu ao namorado, Alexander Lightwood, que o matasse. Alec o fez e depois se matou com a mesma espada. Seus corpos foram encontrados juntos nas ruínas de Nova York.

Julian tinha ficado mais branco que papel. Emma baixara a cabeça, sentindo que ia desmaiar.

Magnus e Alec, que sempre foram um símbolo de tudo o que era bom, mortos de forma tão horrível.

— Então foi isso que aconteceu com os feiticeiros — falou Livvy. — O Povo Fada é aliado de Sebastian e vive em sua maioria nos territórios protegidos do Reino das Fadas, embora alguns gostem de visitar nosso mundo, fazer alguma travessura. Vocês sabem.

— Acho que não sabemos — falou Julian. — Os territórios do Reino das Fadas estão protegidos?

— As fadas foram aliadas de Sebastian durante a Guerra Maligna — explicou Livvy. — Perderam muitos guerreiros. A Rainha Seelie foi morta.

346   Cassandra Clare

Sebastian os premiou após a guerra com o que eles queriam: isolamento. As entradas para o Reino das Fadas têm muralhas para separá-los deste mundo, e qualquer humano ou mesmo Crepuscular que ameace uma das poucas fadas que restaram em Thule é punido severamente.

— A Rainha Seelie nunca teve um... um filho? — perguntou Julian.

— Ela morreu sem filhos — falou Livvy. — O Rei Unseelie unificou as duas Cortes e governa sobre tudo agora. Seu herdeiro é o príncipe Erec ou, pelo menos, foi o que ouvimos da última vez. Não se tem muitas notícias do Reino das Fadas.

Então não havia um segundo Ash neste mundo, pensou Emma. Provavelmente era melhor, pois um Ash já parecia mais do que suficiente.

— E os bandos de lobisomens estão todos espalhados — falou Cameron. — Tem alguns lobos solitários, uns que se juntaram a Sebastian, outros rebeldes com a gente, mas a maioria está morta. Os vampiros estão se saindo um pouco melhor porque os demônios não gostam muito de comê-los... eles já estão mortos.

— Alguns poucos e cultos vampiros se juntaram a Sebastian — falou Livvy. — Eles o adoram e acreditam que quando devorarem todos em Thule, ele vai liderá-los para um mundo com mais pessoas e mais sangue.

— Raphael Santiago diz que são idiotas e que quando todas as pessoas sumirem, eles vão morrer de fome — falou Cameron.

— Raphael Santiago ainda está vivo? No nosso mundo, ele morreu — falou Julian.

— Bem, um a zero para Thule — falou Livvy com um sorriso torto. — Quando chegarmos ao edifício, vocês verão...

Ela se interrompeu quando um humano saiu correndo de um beco. Um adolescente, sujo e magro, parecendo em inanição, com os cabelos pendendo em tufos emaranhados. As roupas estavam sujas, um pacote rasgado pendurado num braço.

Livvy se retesou.

— Um humano não jurado — falou ela. — Demônios podem caçá-los por esporte. Cam...

— Livvy, a gente não devia — falou Cameron.

— Encoste aqui! — ordenou ela. Cameron pisou fundo no freio, fazendo todo mundo ser lançado para a frente; Julian já se levantara do banco, esticando o braço para segurar Livvy pelo ombro e impedir que ela batesse a cabeça.

Ela lhe deu um olhar assustado. Em seguida, afastou a mão dele e baixou o vidro, inclinando-se para fora e gritando para o menino.

— Por aqui!

O menino mudou o curso e correu na direção do carro. Atrás dele, alguma coisa apareceu à entrada do beco. Uma coisa que parecia ser feita de sombras e asas negras irregulares. Ela mergulhou para ele com velocidade incrível e Livvy xingou.

— Ele não vai conseguir.

— Talvez consiga — falou Cameron. — Aposto dez pratas.

— Que diabos é isso? — perguntou Emma. Ela esticou a mão para a maçaneta da porta e abriu... Julian a agarrou pela manga da túnica, puxando-a de volta, e a sombra irregular capturou o menino como um gavião pega um ratinho. Ele deu um grito apavorado quando a coisa o pegou e ambos se lançaram no ar, desaparecendo no céu cor de cinzas.

Cam pisou no acelerador; alguns passantes os observavam. Emma agora estava ofegante. Mundanos não deveriam ser mortos por demônios. Caçadores de Sombras deveriam ser capazes de ajudar.

Mas não havia Caçadores de Sombras aqui.

— Você me deve quatro mil dólares, Cam — falou Livvy sem entonação na voz.

— Isso — concordou Cameron. — Vou te pagar assim que o sistema bancário internacional for restabelecido.

— E quanto à nossa família? — falou Julian abruptamente. Ele soltou a manga de Emma; ela quase tinha se esquecido de que ele a agarrara. — Algum deles está aqui, Livia?

A boca de Livvy se transformou numa linha tensa.

— Eu ainda não estou convencida de que você é Julian — disse ela. — E minha família é problema meu.

Eles saíram abruptamente do asfalto e, por um momento, Emma pensou que iam invadir a lateral de uma construção de tijolos marrons um tanto familiar: o famoso Edifício Bradbury no centro da cidade, surpreendentemente ainda de pé. No que parecia o último minuto, uma parede de tijolos e arenito se ergueu e eles entraram num espaço escuro e cavernoso.

Uma garagem. Todos saíram do carro, e Cameron foi conversar com uma menina de calça camuflada e camiseta regata preta, que girava a manivela responsável por fechar a porta da garagem. Era um imenso bloco de tijolos e metal, operado por um sistema de engrenagens inteligentemente articuladas.

— Nós temos nosso próprio gerador aqui — falou Livvy. — E fazemos um monte de coisas manualmente. Não precisamos dos Jurados nos rastreando pelo uso da eletricidade. — Ela jogou a escopeta de volta no carro. — Venham.

Eles a seguiram até uma porta que conduzia para uma entrada espaçosa. Dava para ver que estavam no interior de um edifício comercial imenso. As paredes eram de tijolos e mármore, o soalho, de ladrilhos, e acima Emma notava um intrincado labirinto de passarelas e escadas de metal, além do brilho de ferro antigo.

Livvy estreitou os olhos para ambos.

— Está bem — falou ela lentamente.

— Está bem o quê? — quis saber Emma.

— Vocês acabaram de passar por um corredor cujas paredes estão cheias de sal, ouro e ferro frio — disse Livvy. — Um velho maluco e milionário construiu este lugar. Ele acreditava em fantasmas e encheu o edifício de tudo o que poderia repelir o sobrenatural. Algumas coisas ainda funcionam.

A porta atrás deles bateu. Cameron tinha voltado.

— Divya disse que Diana ainda não chegou — falou ele. — Você quer que eu leve estes dois lá para cima para esperar?

— Sim. — Com ar cansado, Livvy esfregou as costas da mão na testa. — Eles chegaram até aqui. Talvez não sejam perigosos.

— Você quer dizer que talvez eu seja seu irmão de verdade — falou Julian.

As costas de Livvy se retesaram.

— Eu não disse isso. — Ela fez um gesto para Cameron. — Leve-os para um dos quartos dos recém-chegados. Dê uma olhada se tem guardas no andar.

Sem dizer outra palavra, ela se virou e foi embora, seguindo para uma das escadas de ferro. Julian exalou bruscamente, observando-a. Emma não conseguiu evitar a sensação; seu coração doeu ao ver a expressão dele. Era como se Jules estivesse sendo esmagado de dentro para fora. A imagem dele segurando o corpo da irmã enquanto ela sangrava no Salão do Conselho se ergueu como um pesadelo diante dos olhos dela.

Ela foi atrás de Livvy na escadaria; a menina se virou e as cicatrizes em seu rosto emularam dor em Emma, como se ela pudesse sentir a dor que a outra teve ao ganhá-las.

— Sério? — falou Livvy. — O que é que você quer?

— Anda, Livvy — falou Emma, as sobrancelhas erguidas. — Você sabe que ele é mesmo Julian. Em seu coração, você sabe. No carro, ele tentou evitar que você batesse a cabeça, como sempre fez; ele não conseguiu se controlar. Ninguém poderia agir assim, nem fingir.

Livvy ficou tensa.

— Você não entende, eu não posso...

— Fique com isto. — Emma botou o celular nas mãos de Livvy, que reagiu como se nunca tivesse visto um iPhone, balançando a cabeça.

— Talvez seja uma surpresa para você ouvir isso, mas a gente não tem muito sinal de celular por aqui — falou.

— Engraçadinha — retrucou Emma. — Eu quero que você veja as fotos. — Ela tocou no telefone com um dedo trêmulo. — Fotos dos últimos cinco anos. Olha... é a Dru. — Ela ouviu Livvy inspirar com força. — E Mark, na praia, e aqui é o casamento de Helen e Aline. E Ty, no mês passado..

De Livvy veio um som engasgado.

— Ty está vivo em seu mundo?

Emma congelou.

— Sim — murmurou ela. — Sim, claro que está.

Livvy apertou o telefone. Ela se virou e subiu as escadas, as botas ressoando na estrutura de ferro. Mas não sem antes Emma notar que seus olhos brilhavam com lágrimas.

18

O Inferno Emergindo

Quando Julian e Emma seguiram Cameron através do saguão do Bradbury, passaram por vários outros grupos dos rebeldes de Livvy. Pelo menos, era assim que Julian os chamava mentalmente. Esse era o pessoal de Livvy; sem dúvida, ela era importante aqui. Mas ao mesmo tempo que ele sentia orgulho, também sentia milhares de outras emoções lacerando-o: alegria, desespero, horror, medo, tristeza, amor e esperança. Elas rebentavam nele feito o mar na maré cheia.

E desejo também. Um desejo por Emma que era como facas em seu sangue. Quando ela falava, ele não conseguia deixar de olhar para sua boca, o modo como o lábio superior se curvava feito um laço perfeito. Era por isso que implorara a Magnus para desligar seus sentimentos por ela? Não conseguia se lembrar se costumava ser assim ou se agora estava pior. Ele estava se afogando.

— Olhe — murmurou Emma, tocando o braço dele, e a pele ardeu onde ela tocou e... *Pare*, disse Jules para si, veementemente. *Pare.* — São Maia Roberts e Bat Velasquez.

Grato pela distração, Julian olhou para trás e viu a garota que era a representante dos licantropes no Conselho em sua realidade. Os cabelos estavam presos em duas tranças grossas e ela descia alguns degraus ao lado de um menino bonitão e cheio de cicatrizes, o qual Julian reconhecera como o namorado dela. Assim como Livvy, as roupas dos dois pareciam ter saído de uma loja de artigos militares. Casacos militares, roupas camufladas, botas e cintos de munição.

Havia um bocado de munição neste mundo. As portas da frente do edifício tinham sido bloqueadas com madeira, tábuas e uma mistura de cimento para mantê-las no lugar. Em fileiras de pregos perto das portas pendiam armamentos de todos os tipos e tamanhos; caixas de munição estavam empilhadas no chão. Na parede próxima, alguém tinha escrito ANJOS E MINISTROS DA GRAÇA, DEFENDEI-NOS em tinta vermelha.

Eles acompanharam Cameron por mais um lance de degraus de madeira e ferro. O interior da construção provavelmente já fora lindíssimo, quando a luz entrava pelas janelas e pelo telhado de vidro. Mesmo agora era impressionante, embora janelas e telhado estivessem cobertos com madeira e as paredes de terracota apresentassem rachaduras. Lâmpadas elétricas ardiam em amarelo sódio e a teia de degraus e passarelas faziam curvas, negras, através da escuridão do crepúsculo conforme eles iam passando por guardas rebeldes armados com pistolas.

— Um bocado de armas — falou Emma, um pouco duvidosamente, quando chegaram ao andar superior.

— As balas não funcionam nos demônios, mas elas ainda derrubam um vampiro malvado ou um Crepuscular — falou Cameron. Eles cruzaram uma passarela. Para além da balaustrada de ferro do lado esquerdo, estava a escuridão cavernosa do átrio; a parede direita era coberta de portas. — Neste edifício funcionava uma ramificação da delegacia de polícia de Los Angeles, sabe, na época em que havia polícia. Os demônios tiraram todos daqui em minutos, mas eles deixaram para trás um monte de Glocks. — Ele fez uma pausa. — Chegamos.

Cameron abriu uma porta de madeira lisa e acendeu a luz. Julian seguiu Emma para dentro do cômodo: sem dúvida fora um escritório antigamente, reformado para ser um quarto. *Os quartos dos recém-chegados*, dissera Livvy. Havia uma escrivaninha e um guarda-roupa aberto com várias peças de roupa penduradas. As paredes eram de estuque claro e madeira velha e quente, e, da entrada, Julian avistou um pequeno banheiro coberto de azulejos. Alguém parecia ter reservado um tempinho para tentar tornar a aparência do lugar um pouco melhor — uma chapa de metal cobria a única janela, mas ela havia sido pintada de azul-escuro salpicado de estrelas amarelas, e havia um cobertor colorido sobre a cama.

— Foi mal pela cama não ser maior — disse Cameron. — Não recebemos muitos casais. Tem camisinhas na mesinha de cabeceira também.

Ele falou muito naturalmente. Emma corou. Julian tentou manter a expressão indiferente.

— Alguém vai trazer um pouco de comida — emendou Cameron. — Tem barras energéticas e Gatorade no guarda-roupa, se vocês não conseguirem esperar. Não tentem sair do quarto. Tem guardas por toda parte. — Ele hesitou à porta. — E, hum, sejam bem-vindos — emendou, um pouco constrangido, e saiu.

Emma não pensou duas vezes em revirar o guarda-roupa atrás das barrinhas energéticas e descobriu um saquinho de batatas fritas como bônus.

— Você quer metade? — perguntou ela, jogando uma barra para Julian e erguendo as batatas.

— Não. — Ele sabia que deveria estar faminto. Mal se lembrava da última vez que tinha comido. Mas, na verdade, se sentia meio enjoado. Estava a sós com Emma agora, e era uma sensação esmagadora.

— Se Ash está aqui, onde está Annabel? — continuou ela. — Eles passaram juntos pelo Portal.

— Ela poderia estar em qualquer parte de Thule — observou Julian. — Mesmo que ela descobrisse um jeito de voltar para o nosso mundo, duvido que fosse largar Ash aqui.

Emma suspirou.

— E por falar nisso, acho que deveríamos conversar sobre tentar voltar para casa. Não pode ser impossível. Se conseguíssemos entrar no Reino das Fadas de algum modo... talvez houvesse alguém ali, alguém que pudesse fazer magia...

— Livvy não disse que agora existem muralhas nas entradas para o Reino das Fadas?

— Nós já enfrentamos muralhas antes — falou Emma baixinho, e ele sabia que ela estava pensando, assim como ele, nos espinhos que cercavam a Torre Unseelie.

— Eu sei. — Julian não conseguia parar de olhar para ela. Os dois estavam sujos, cheios de sangue, famintos e exaustos. Mas contra a escuridão e o caos deste mundo, a sua Emma ardia com mais brilho do que nunca.

— Por que você está me olhando desse jeito? — perguntou ela, jogando o saco de batata vazio na lixeira de metal. — Coma sua barrinha, Julian.

Ele abriu a embalagem e pigarreou.

— Provavelmente eu deveria dormir no chão.

Ela parou de andar.

— Se você quiser — falou. — Acho que neste mundo nós sempre fomos um casal. Não *parabatai*. Quero dizer, isso faz sentido. Se a Guerra Maligna não tivesse terminado do jeito que terminou, nós nunca teríamos...

— Há quanto tempo nós estávamos juntos aqui antes de nos tornarmos Crepusculares? — questionou Julian.

Rainha do Ar e da Escuridão

— Talvez Livvy nos diga. Quero dizer, eu sei que ela não é a Livvy de verdade. Não a nossa Livvy. Ela é a Livvy que poderia ter sido.

— Ela está viva — falou Julian, e olhou para a barra energética. A ideia de comê-la o deixou mais nauseado. — E a vida dela tem sido um inferno. E eu não estava aqui para protegê-la.

Os olhos castanhos de Emma ficaram sombrios e incisivos.

— Você se importa?

Ele a encarou e, pela primeira vez no que parecia uma eternidade, sentiu o que ela sentia, assim como costumara sentir durante tanto tempo. Ele sentia sua cautela, a dor quase nos ossos, e sabia que fora o responsável por magoá-la. Ele a rejeitara repetidas vezes, ele a afastara, dizendo que não sentia nada.

— Emma. — Sua voz saiu rouca. — O feitiço... está quebrado.

— O quê?

— Quando Livvy e Cameron disseram que não havia magia por aqui, eles falaram a verdade. O feitiço que Magnus botou em mim não funciona aqui. Eu voltei a sentir as coisas.

Emma apenas olhou para ele.

— Você quer dizer em relação a mim?

— Sim. — Ela não reagiu, Julian deu um passo à frente e a abraçou. Emma ficou rígida como uma peça de madeira, os braços colados às laterais do corpo. Foi como abraçar uma estátua. — Eu sinto tudo — disse ele desesperadamente. — Sinto como eu sentia antes.

Ela se afastou dele.

— Bem, talvez eu não sinta.

— Emma... — Ele não fez menção de tocá-la de novo. Ela merecia seu espaço. Merecia o que desejasse, na verdade. Ela provavelmente tivera de reprimir tantas palavras enquanto ele estivera sob o feitiço, palavras que teriam sido completamente inúteis diante do Julian desprovido de emoção. A ele só restava imaginar o controle necessário para tanta contenção. — O que você quer dizer?

— Você me magoou — confessou Emma. — Me magoou muitíssimo. — Ela inspirou, trêmula. — Eu sei que foi por causa de um feitiço, mas você pediu o feitiço sem pensar em como ia afetar a mim, à sua família ou à sua função de Caçador de Sombras. E eu odeio te dizer tudo isso agora, porque estamos neste lugar horrível e você acabou de descobrir que sua irmã está viva, ou coisa assim, e ela aqui tem um estilão bem Mad Max, o que é muito legal, na verdade, mas este é o único lugar no qual posso te falar certas coisas, porque quando voltarmos para casa... se é que vamos voltar um dia... você não vai se importar. — Ela fez uma pausa, respirando como se tivesse corrido. — Está bem. Pronto. Eu vou tomar um banho. Se você sequer pensar em me seguir naquele banheiro para conversar, vou atirar em você.

— Você não tem arma — observou Julian. Não ajudou em nada. Emma foi até o banheiro e bateu a porta. Um instante depois, ele ouviu o som de água corrente.

Julian afundou na cama. Depois de passar tanto tempo com a alma embrulhada em lã de algodão, a nova intensidade emocional era como arame farpado cortando seu coração a cada vez que este se expandia ao respirar.

Mas não era só a dor. Havia o fluxo intenso de alegria que era ver Livvy, ouvir sua voz. De orgulho por ver Emma arder como fogo no Ártico, como a aurora boreal.

Uma voz pareceu soar em sua mente, nítida como um sino; a voz da Rainha Seelie.

Você já se perguntou o que é que atrai os mortais a viverem entre as fadas e a nos servirem, filho dos espinhos? Escolhemos aqueles que perderam alguma coisa e prometemos aquilo que os humanos mais desejam: o fim da tristeza e do sofrimento. Mal sabem eles que assim que entram em nossas Terras, estão na jaula e nunca mais sentirão felicidade.

Você está nessa jaula, menino.

A Rainha era mentirosa, mas algumas vezes tinha razão. A tristeza podia ser como um lobo rasgando suas entranhas e você faria qualquer coisa para impedir tal sensação. Ele se lembrava do desespero ao olhar no espelho em Alicante e saber que tinha perdido Livvy, e que em breve perderia Emma também. Ele fora atrás de Magnus como um náufrago lutando sobre uma rocha solitária, sabendo que talvez fosse morrer no dia seguinte, de calor ou de sede, porém ainda desesperado para escapar da tempestade.

E então a tempestade se fora. Ele ficara no olho do furacão, com a tempestade à sua volta, mas permanecera ileso. Foi como dar fim ao sofrimento. Mas agora ele reconhecia algo que não tinha sido capaz de enxergar até então: que havia passado a vida com um buraco escuro em seu âmago, um espaço como o vazio entre Portais.

Mesmo nos momentos em que a emoção era tão forte que parecia rasgar o véu, ele a sentira num tipo de redoma vítrea e sem cor — Ty no alto da pira de Livvy, Emma quando os espinhos da cerca a cortaram. Agora ele a enxergava toda em preto e branco, os únicos pontos de cor eram aqueles onde o sangue derramara.

Ouviu uma batida à porta. A sensação era de que tinha um bolo na garganta que não o deixava falar, mas não fez diferença: Cameron Ashdown entrou assim mesmo, trazendo uma pilha de roupas. Ele as deixou no guarda-roupa, foi para o corredor e retornou com uma caixa de comida enlatada, pasta de dente, sabonete e outros itens essenciais. Depois de deixar a caixa sobre a escrivaninha, alongou os ombros para trás com um suspiro exagerado.

— Jeans e blusas de gola alta, luvas e botas. Se vocês voltarem lá fora, se cubram ao máximo para esconder as Marcas. Tem corretivo de maquiagem também, se quiserem caprichar. Precisa de mais alguma coisa?

Julian ficou olhando o outro por um bom tempo.

— Sim — falou finalmente. — Na verdade, preciso, sim.

Cameron tinha acabado de sair resmungando quando Julian ouviu Emma fechar a água do banheiro. Um instante depois, ela apareceu, enrolada numa toalha, as bochechas rosadas e brilhantes. Será que ela sempre tivera esta aparência? Cores tão intensas, o dourado dos cabelos, Marcas escuras em contraste à pele clara, o castanho suave de seus olhos...

— Me desculpe — falou ele quando ela pegou as roupas na cama. Emma congelou. — Só agora começo a entender o quanto eu lamento por tudo.

Ela entrou no banheiro e saiu um instante depois, vestida com calça cargo preta e uma camiseta regata verde. As Marcas permanentes nos dois braços pareciam fortes e impressionantes, um lembrete de que mais ninguém as carregava por aqui.

— Quem quer que tenha escolhido as roupas para a gente, superestimou imensamente meus atributos — falou ela, fechando o cinto. — O sutiã que me deram é imenso. Daria para usar como um chapéu.

Cameron voltou a entrar sem bater.

— Consegui o que você pediu — falou ele, e botou no colo de Julian uma pilha de lápis e um bloco de desenho de papel Canson. — Devo admitir, foi a primeira vez. A maioria dos recém-chegados pede chocolate.

— Vocês têm chocolate? — perguntou Emma.

— Não — falou Cameron, e saiu do quarto pisando duro. Emma ficou observando-o sair, com uma expressão admirada.

— Eu realmente gosto deste novo Cameron — falou. — Quem imaginava que ele tivesse dentro de si um cara tão corajoso? Ele era um cara bem legal, mas...

— Ele sempre meio que teve um lado secreto — falou Julian. E se perguntou se, ao recuperar subitamente as emoções, significava que ia perder as papas na língua. Talvez fosse se arrepender disso mais tarde. — Há um tempo, ele abordou Diana porque tinha certeza de que Anselm Nightshade estava matando crianças licantropes. Não podia provar, mas tinha alguns bons motivos para achar isso. A família dele ficou dizendo para ele esquecer o assunto, que Nightshade tinha amigos poderosos. Então ele veio até nós... até o Instituto.

— Por isso vocês prenderam Nightshade — falou Emma, se dando conta. — Vocês queriam que a Clave revistasse a casa dele.

— Diana me falou que eles encontraram um sótão cheio de ossos — falou Julian. — Crianças licantropes, como Cameron falou. Eles testaram as coisas no restaurante e havia magia mortal por toda parte. Cameron tinha razão e, do jeito dele, enfrentou a própria família. E fez isso por integrantes do Submundo que ele sequer conhecia.

— Você nunca falou nada — queixou-se Emma. — Não me refiro a Cameron ou mesmo a você... mas sim ao motivo de você ter prendido Anselm. Tem gente que ainda te culpa.

Ele deu um sorriso cheio de pesar.

— Às vezes você tem que deixar as pessoas te culparem. Quando a alternativa é deixar coisas ruins acontecerem, não importa o que as pessoas pensam.

Emma não respondeu. E quando Julian a encarou, foi como se ela tivesse esquecido de tudo sobre Cameron e Nightshade. Seus olhos estavam arregalados e luminosos quando ela tocou alguns dos lápis que tinham rolado sobre a cama.

— Você pediu material de desenho? — murmurou ela.

Julian baixou o olhar para as mãos.

— Durante todo esse tempo, desde o feitiço, senti falta do meu próprio centro, mas a questão é... eu nem percebi. Não conscientemente. Mas eu senti. Eu estava vivendo em preto e branco e agora a cor voltou. — Ele suspirou. — Estou me expressando todo errado.

— Não — falou Emma. — Acho que entendo. Você quer dizer que a parte de você que sente também é a parte de você que cria coisas.

— Eles sempre dizem que as fadas roubam crianças humanas porque não conseguem fazer arte ou música. Assim como os feiticeiros ou vampiros. É necessário mortalidade para fazer arte. A noção de morte, da limitação das coisas. Tem fogo dentro da gente, Emma, e quando ele arde, ele queima, e isso causa dor... mas sem sua luz, eu não consigo desenhar.

— Então desenhe agora — falou ela, com voz rouca. Botou alguns lápis na palma aberta de Julian e começou a dar as costas para ele.

— Eu sinto muito — falou ele novamente. — Eu não devia sobrecarregar você.

— Você não está me sobrecarregando — disse ela, ainda olhando para o outro lado. — Você está me lembrando por que eu te amo.

As palavras ficaram presas no coração dele, contundentes, com uma alegria dolorosa.

— Mas você não se safou — emendou ela, e foi até o guarda-roupa. Ele não a perturbou enquanto ela remexia atrás de pares de meia e sapatos, procurando algo que servisse. Julian queria conversar com Emma, conversar com ela para sempre, a respeito de tudo, mas teria de ser quando ela quisesse. Não quando ele quisesse.

Em vez disso Julian botou o lápis no papel e deixou a imaginação correr solta, deixou que as imagens que nasciam dentro dele e capturavam seu cérebro fluíssem em prata de Alicante e verde de Seelie, em preto e vermelho-sangue de Unseelie. Desenhou o Rei em seu trono, pálido, poderoso e infeliz. Desenhou Annabel segurando a mão de Ash. Desenhou Emma com Cortana, cercada de espinhos. E Drusilla, toda de preto, com um bando de corvos voando em círculo atrás dela.

Ele estava consciente de que Emma havia se deitado ao seu lado e o observava com uma curiosidade silenciosa, a cabeça apoiada no braço. Ela estava sonolenta, os lábios entreabertos, quando a porta voltou a ser aberta com uma pancada. Julian largou o caderno.

— Olha, Cameron...

Mas não era Cameron. Era Livvy.

Havia tirado o cinto de munição Sam Browne, mas afora isto, parecia a mesma. Sob a luz mais intensa do quarto, Julian notava as olheiras dela.

— Cameron disse que você pediu um caderno e lápis — falou Livvy, quase sussurrando.

Julian não reagiu. Ele meio que sentia que qualquer movimento ia assustá-la, como se ele estivesse tentando atrair uma criatura arisca da floresta.

— Você quer ver?

Julian esticou o caderno. Ela o pegou e o folheou, no começo lentamente e depois mais rápido. Agora Emma estava sentada e abraçava um dos travesseiros.

Livvy jogou o caderno de volta para Julian. Ela baixou o olhar; ele não conseguia ver o rosto dela, somente as franjas gêmeas de cílios escuros. E sentiu uma pontada de decepção. *Ela não acredita em mim; os desenhos não significam nada para ela. Eu não sou nada para ela.*

— Ninguém desenha como o meu irmão — falou ela, respirando fundo e soltando o ar lentamente. Então ergueu a cabeça e mirou diretamente nos olhos de Julian com um tipo de perplexidade que era metade mágoa, metade esperança. — Mas você desenha.

— Você se lembra de quando eu tentei te ensinar a desenhar, quando você tinha nove anos? — perguntou Julian. — E você quebrou todos os meus lápis?

Alguma coisa semelhante a um sorriso tocou os cantinhos da boca de Livvy. Por um momento, foi a Livvy familiar, apesar das cicatrizes e do couro preto. Um segundo depois, era como se uma espécie de máscara tivesse cruzado o rosto dela, e ela era uma Livvy diferente, uma líder rebelde, uma guerreira cheia de cicatrizes.

— Não precisa mais tentar me convencer — falou. E se virou, com movimentos precisos e militares. — Terminem de se arrumar. Encontrarei vocês dois no escritório principal dentro de uma hora.

— A gente já namorou neste mundo? — perguntou Emma. — Sabe, eu e você?

Cameron quase caiu pelos degraus de metal. Eles estavam no labirinto de escadas e passarelas que cruzava o interior do edifício Bradbury.

— Claro que não!

Emma ficou levemente magoada. Ela sabia que não era nada importante, pensando bem, mas às vezes era bom se concentrar em algo trivial para tirar sua mente do caos. O Cameron de seu mundo era quase constrangedoramente dedicado, sempre reatando depois que eles terminavam, mandando bilhetes de amor, flores e fotos de lhamas tristes.

— Você sempre namorou Julian — emendou ele. — Vocês não estão juntos no seu mundo?

— Eu estou bem aqui — falou Julian, no tom de voz enganosamente leve que indicava que ele estava irritado.

— Quero dizer, sim — falou Emma. — Pelo menos, estamos juntos às vezes. Algumas vezes, muito juntos, outras vezes, não tão juntos. Eu e você namoramos um tempinho, só isso.

— Aqui não temos tempo para esse tipo de drama pessoal — observou Cameron. — É difícil focar na vida amorosa quando aranhas gigantes te perseguem.

Cameron era muito engraçado aqui, pensou Emma. Se ele fosse tão divertido assim em casa, o relacionamento deles poderia ter durado mais.

— Quando você diz "gigante", o quão gigante exatamente? — perguntou ela. — Maiores que caçambas de lixo?

— Não as filhotes — falou Cameron, e deu um sorriso horroroso aos dois. — Chegamos. Entrem e não contem a Livvy que a gente namorou no seu mundo porque é estranho.

Eles encontraram Livvy em outro dos escritórios reformados. Este sem dúvida costumava ser um loft, espaçoso, arejado e provavelmente cheio de luz antes de as janelas serem cobertas. Faixas de tijolos se alternavam com madeira polida nas paredes e dezenas de cartazes antigos com propaganda de frutas da Califórnia, exibindo maçãs, peras e laranjas, tinham sido pendurados entre as janelas cobertas com madeira. Um grupo de quatro sofás modernos e elegantes formava um quadrado em torno de uma mesinha de centro de vidro. Livvy estava deitada num dos sofás, bebendo um copo de alguma coisa escura e marrom.

— Isto aí não é álcool, é? — falou Julian como se estivesse horrorizado. — Você não deveria beber.

— Amanhã vocês vão querer beber — falou Livvy, e apontou para uma garrafa de Jack Daniel's na mesa de vidro. — Só digo isso. — Ela gesticulou. — Sentem-se.

Eles se sentaram no sofá oposto ao dela. Também se via uma lareira no cômodo, mas a grade fora coberta com metal há algum tempo. Alguém, com muito senso de humor, havia pintado chamas na chapa de metal, o que era uma pena. Emma teria gostado de uma lareira acesa porque ia parecer algo natural.

Livvy girou o copo nas mãos cheias de cicatrizes.

— Então, eu acredito em vocês — falou. — Vocês são quem dizem que são. O que significa que eu sei o que vocês querem me perguntar.

— Sim — falou Julian, pigarreando. — Mark? Ty? Helen e Dru...

— Mas provavelmente vocês também querem ir embora — interrompeu Livvy. — Já que acabaram aqui por acidente e seu mundo parece um lugar bem melhor.

— Nós temos que ir embora — falou Emma. — Tem pessoas em casa que poderiam ser feridas ou até mortas se não voltarmos...

— Mas nós queremos levar você com a gente — falou Julian. Emma tinha certeza de que ele ia dizer aquilo; eles não conversaram sobre o assunto, mas nunca fora dúvida. Claro que Julian ia querer que Livvy voltasse com eles.

Livvy assentiu lentamente.

— Muito bem — falou. — Vocês têm alguma razão para pensar que existe um meio de voltar? Viagens interdimensionais não são exatamente simples.

— A gente mal começou a conversar sobre isso — falou Emma. — Mas vamos pensar em alguma coisa. — Ela falou com mais confiança do que sentia.

Livvy ergueu umas das mãos.

— Se houver uma chance de vocês escaparem, vocês têm certeza de que querem saber o que aconteceu com... com todo mundo? Porque eu desejo todos os dias não ter ficado sabendo.

Sem tirar os olhos de Livvy, Julian falou:

— O que eu desejo é poder ter ficado ao seu lado.

O olhar de Livvy era distante.

— Você estava, acho. Vocês dois. — Ela dobrou os joelhos e se sentou sobre os calcanhares. — Vocês salvaram nossas vidas quando se sacrificaram para nos tirar de Manhattan no dia da queda da cidade.

Emma estremeceu.

— Nova York? Por que a gente estava em Nova York?

— A Batalha de Burren foi quando tudo deu errado — falou Livvy. — Clary estava lá, Alec e Isabelle Lightwood, Magnus Bane... e Helen, com Aline, claro. Estavam vencendo. Jace estava sob a influência de Sebastian, mas Clary empunhava Gloriosa, a espada do Anjo do Paraíso. Ela estava prestes a libertá-lo quando Lilith apareceu, lançou a espada no Inferno e destruiu Clary. Helen e os outros tiveram sorte de escapar com vida.

"Essa foi a grande vitória de Sebastian. Depois disso, ele juntou forças com o Povo Fada. Eles invadiram Alicante enquanto nós estávamos escondidos no Salão dos Acordos. Os Caçadores de Sombras lutaram, nosso pai lutou, mas Sebastian era poderoso demais. Quando Alicante caiu, dominada pelas forças dele, um grupo de feiticeiros abriu um Portal para as crianças. Só para quem tinha menos de 15 anos. Tivemos que deixar Helen e Mark para trás. Dru gritava quando eles a arrancaram dos braços de Helen e nos conduziram via Portal até Manhattan.

"Catarina Loss e Magnus Bane montaram um abrigo temporário aqui. A guerra se intensificou em Idris. Recebemos uma mensagem de Helen. Mark tinha sido levado pelo Povo Fada. Ela não sabia o que fariam a ele. Eu ainda não sei. Espero que esteja no Reino das Fadas, que esteja verde e luminoso, e que ele tenha se esquecido de todos nós."

— Ele não esqueceu — falou Julian baixinho. — Mark não esquece.

Livvy simplesmente piscou, rápido, como se os olhos ardessem.

— Helen e Aline continuaram lutando. Às vezes, recebíamos uma mensagem de fogo delas. Nós ouvimos falar que tiras cinzentas e estranhas começaram a aparecer na Floresta Brocelind. Eles chamavam o fenômeno de "praga". No fim das contas, eram entradas para os demônios.

— Entradas para os demônios? — quis saber Emma, sentando-se direito, mas Livvy continuou a história, girando o copo várias vezes na mão, tão rápido que Emma ficou surpresa de não começar a faiscar.

— Os demônios invadiram Idris. O Povo Fada e os Crepusculares expulsaram os Caçadores de Sombras de Alicante, e os demônios acabaram com eles.

Estávamos em Nova York quando soubemos da queda de Idris. Todos queriam saber o nome dos mortos, mas não havia informações. Não conseguíamos descobrir o que tinha acontecido a Helen e Aline, se elas haviam sobrevivido ou se tornado Crepusculares... não sabíamos.

"Não sabíamos se ficaríamos a salvo por muito tempo. Sebastian não se importava em guardar segredos do mundo humano. Ele queria destruir tudo. Os demônios começaram a aparecer em toda parte, se descontrolando, matando humanos nas ruas. A praga se espalhou, cobrindo todo o mundo. Ela envenenava tudo em que tocava e os feiticeiros começaram a adoecer.

"Após dois meses, o abrigo foi destruído. As ruas estavam cheias de monstros, e os feiticeiros cada vez mais doentes. Quanto mais poderosos eram e mais magia tinham usado, mais rápido eles adoeciam e mais probabilidade havia de se transformarem em demônios. Catarina fugiu para que não ferisse ninguém. Vocês ouviram o que aconteceu a Magnus e Alec. O abrigo entrou em colapso e as crianças ficaram abandonadas nas ruas. — Ela olhou para Julian. — Era inverno. Não tínhamos para onde ir. Mas você nos manteve juntos. Você disse para ficarmos juntos a qualquer custo. Estamos vivos porque estamos juntos. Nós *nunca* abandonamos uns aos outros."

Julian pigarreou.

— Isso me soa coerente.

Os olhos de Livvy se fixaram nele.

— Antes de ir embora, Catarina Loss conseguiu que alguns trens levassem crianças Caçadoras de Sombras e do Submundo para outras partes do país. Os demônios estavam se espalhando de leste a oeste e havia rumores de que a Califórnia ainda estava livre deles. Nossa partida era na estação de White Plains. Caminhamos a noite inteira, você carregava Tavvy. Ele estava com muita fome. Todos estávamos famintos. Você ficou tentando ceder sua comida para a gente, especialmente para Ty. Chegamos à estação e o último trem estava partindo. Foi quando os avistamos. Os Crepusculares. Eles vieram atrás de nós em seu uniforme vermelho, como uma chuva de sangue. Iam nos matar antes de chegarmos naquele trem.

"Você nem conseguiu nos dar um beijo de despedida — falou Livvy, com a voz distante. — Simplesmente nos empurrou para os trens. Gritou para continuarmos e me falou para cuidar dos menores. E vocês avançaram para os Crepusculares com as espadas em punho. Nós vimos vocês lutando enquanto o trem partia... apenas vocês dois e cinquenta Crepusculares, na neve."

Pelo menos, nós fomos derrotados protegendo as crianças, pensou Emma. Era um conforto gélido.

— E então ficamos nós quatro — falou Livvy, esticando a mão para pegar a garrafa de uísque. — Eu e Ty, Dru e Tavvy. Eu fiz o que você falou. Cuidei deles. Os trens avançavam lentamente no inverno. Encontramos Cameron em algum lugar perto de Chicago... a essa altura nós íamos de trem em trem, trocando comida por fósforos, esse tipo de coisa. Cameron falou que devíamos ir para Los Angeles, que sua irmã estava lá e que ela dizia que estava tudo bem.

"Claro que quando chegamos à Union Station, descobrimos que Paige Ashdown tinha se juntado à Legião da Estrela. Era assim que eles se intitulavam. Nós os chamávamos de traidores. Ela estava parada lá, assassina sangrenta e sorridente, com uma dezena de Crepusculares ao redor. Cameron me deu um empurrão, e eu e Ty corremos. A gente arrastava Dru e Tavvy, que choravam e gritavam. Eles pensaram que a gente ia voltar para casa.

"Não acho que a gente tenha percebido até então como as coisas tinham ficado ruins. Demônios caçavam os humanos não jurados através das ruas e não havia nada que pudéssemos fazer. Nossas Marcas estavam desaparecendo. Estávamos enfraquecendo mais e mais a cada dia. Marcas e lâminas serafim não funcionavam. Não tínhamos nada para enfrentar os demônios, por isso nos escondemos. Feito covardes."

— Pelo Anjo, Livvy, você não teria como fazer outra coisa. Você tinha *dez anos* — falou Emma.

— Ninguém mais diz "Pelo Anjo". — Livvy serviu uma dose de Jack Daniel's e tampou a garrafa. — Pelo menos não fazia frio. Eu me lembrei do que você tinha dito, Jules, sobre cuidar dos menores. Ty não é... não era... muito mais novo do que eu, mas ele estava arrasado. Seu coraçãozinho se partiu quando perdemos você. Ele te amava muito, Jules.

Julian não se manifestou. Estava pálido como a neve da história de Livvy. Emma esticou a mão pelo sofá e tocou seus dedos. Estavam gélidos. Este mundo era a pura essência destilada de seus pesadelos, pensou Emma. Um lugar onde os irmãos menores foram separados dele, onde ele não conseguia protegê-los enquanto o mundo ao redor era destruído em trevas e chamas.

— Nós dormimos em becos, nas casas abandonadas de humanos assassinados — falou Livvy. — Catamos comida nos supermercados. Nunca ficávamos no mesmo lugar por mais de duas noites. Tavvy gritava até dormir nos meus braços todas as noites, mas nós éramos cuidadosos. Eu achava que estávamos sendo cuidadosos. Dormíamos dentro de círculos feitos com sal e ferro. Eu me esforçava, mas... — Ela tomou um gole de uísque. Emma teria engasgado; Livvy parecia acostumada a beber daquele jeito. — Uma noite, estávamos dormindo na rua. Nas ruínas do Grove. Ainda havia lojas com comida e roupas por lá.

Eu tinha nos cercado de sal, mas um demônio Shinagami veio pelo alto... era um borrão veloz com asas e garras semelhantes a facas. Ele arrancou Tavvy de mim... nós dois gritávamos. — Ela respirou, vacilante. — Tinha uma fonte ornamental idiota. Ty pulou na lateral e atacou o Shinagami com uma faca de arremesso. Acho que ele o acertou, mas sem as Marcas, é só... você *não consegue feri-los*. O demônio ainda segurava Tavvy. Simplesmente se virou e o atacou com uma garra, cortando a garganta de Ty-Ty. — Ela pareceu não notar que o chamara pelo apelido de bebê. Apertava o copo com força, os olhos inexpressivos e assombrados. — Meu Ty, ele caiu na fonte e era tudo água e sangue. O Shinagami se foi. Tavvy se foi. Eu peguei Ty, mas ele estava morto nos meus braços.

Morto nos meus braços. Emma apertou a mão de Julian, vendo-o no estrado do Salão do Conselho, segurando Livvy enquanto a vida e o sangue se esvaíam dela.

— Eu o beijei. E disse que eu o amava. Saí e voltei com um galão de gasolina, e queimei o corpo dele para que os demônios não o encontrassem. — A boca de Livvy se contorceu. — E então ficamos só eu e Dru.

— Livia... — Julian se inclinou para a frente, mas ela ergueu uma das mãos numa intenção de barrar o que quer que ele fosse dizer a seguir.

— Me deixe terminar — pediu. — Já cheguei até aqui. — Ela tomou outro gole e fechou os olhos. — Depois disso, Dru parou de falar. Eu disse a ela que íamos para o Instituto pedir ajuda. Ela não respondeu. Eu sabia que não tinha ajuda ali. Mas pensei que talvez a gente pudesse se juntar à Legião da Estrela... eu já nem me importava mais. Estávamos caminhando pela rodovia quando um carro parou. Era Cameron.

"Ele viu que estávamos sujas de sangue e famintas. E que éramos só as duas. Não fez perguntas. Ele nos contou sobre este lugar aqui, o edifício Bradbury, e que havia aderido à resistência. Na época, era pouca gente, mas havia dois ex-Caçadores de Sombras que antes tinham caçado um demônio aqui. Disseram que era um prédio velho e sólido, cheio de sal e ferro, fácil de isolar. Além disso, como a delegacia de polícia de Los Angeles era locatária do local, havia uma quantidade grande de armas aqui.

"Nós nos juntamos aos outros e ajudamos na invasão deste lugar. Até Dru ajudou, embora ainda não falasse. Começamos a reforçar o prédio e espalhamos a notícia de que qualquer um contrário a Sebastian era bem-vindo aqui. As pessoas vinham de Nova York, do Canadá e do México, de toda parte. Aos poucos fomos aumentando a quantidade de pessoas e criamos um abrigo para refugiados."

— Então Dru ainda está...? — começou Emma, ansiosa, mas Livvy prosseguiu:

— Há dois anos ela saiu com um grupo de patrulha. Nunca voltou. Acontece o tempo todo.

— Você a procurou? — perguntou Julian.

Livvy deu um olhar inexpressivo a ele.

— Aqui nós não procuramos as pessoas — falou. — Não fazemos missões de resgate, ou seriam mais pessoas mortas. Se eu desaparecesse, não ia esperar que alguém viesse atrás de mim. Torceria para não serem tão estúpidos. — Ela pousou o copo. — De qualquer forma, agora vocês sabem. Essa é a história.

Por um longo tempo, os três trocaram olhares. Então Julian se levantou. Contornou a mesa, pegou Livvy e a abraçou com tanta força que Emma a notou arfar de surpresa.

Não o rejeite, pensou ela, *por favor, não faça isso.*

Livvy não o rejeitou. Ela apertou os olhos com força e se agarrou a Julian. Eles ficaram abraçados por um longo momento, como duas pessoas se afogando, agarradas ao mesmo bote salva-vidas. Livvy apoiou o rosto no ombro de Julian e deu um único soluço seco.

Emma se levantou com esforço e foi até os dois, sem se meter no abraço, mas afagando delicadamente os cabelos de Livvy, que ergueu a cabeça do ombro de Julian e lhe deu um esboço de sorriso.

— Vamos voltar para o nosso mundo — falou Julian. — Ty está vivo nele. Todos estão vivos nele. Vamos te levar com a gente. Você pertence a ele, não a este lugar aqui.

Emma esperou que Livvy perguntasse sobre o próprio destino no mundo deles, mas ela não o fez. Em vez disso, se afastou um pouco de Julian e balançou a cabeça; não era um gesto de raiva, mas de tristeza imensa.

— Tenho coisas a fazer aqui — disse ela. — Não é como se eu estivesse trancada, esperando a morte chegar. Nós estamos *lutando*, Jules.

— Jesus, Liv — falou ele com a voz um pouco rouca. — É muito perigoso...

— Eu sei — falou ela, e afagou levemente o rosto do irmão do modo como costumava fazer às vezes quando era bem criancinha, como se o formato familiar do rosto do irmão a tranquilizasse. Então se afastou, interrompendo o abraço. Ajeitou os cabelos para trás e falou: — Eu não contei a vocês sobre os Irmãos do Silêncio.

— Os Irmãos do Silêncio? — Emma estava confusa.

— Quando Idris caiu, os Irmãos do Silêncio foram mortos. Mas antes de morrer, eles selaram a Cidade do Silêncio, cerrando o Cálice Mortal e a Espada

Mortal dentro dela. Ninguém conseguia entrar, nem mesmo Sebastian. E ele deseja muito isso, desesperadamente.

— Por que ele quer os Instrumentos Mortais? — perguntou Julian.

— Ele tem uma versão do Cálice que controla os Crepusculares — falou Livvy. — Mas ele quer *nos* controlar. Acha que se conseguir juntar os Instrumentos Mortais, vai poder controlar o que resta dos Nephilim... nos transformar em escravos em vez de rebeldes.

— Sebastian falou alguma coisa na praia — recordou-se Emma — sobre os Instrumentos Mortais.

— Nós temos gente lá dentro, como Cameron — falou Livvy. — Os boatos são de que Sebastian está mais perto de descobrir um meio de entrar na Cidade. — Ela hesitou. — Isso seria o nosso fim. Só nos resta torcer para que ele não consiga ou que seu progresso seja lento. Não temos como impedi-lo.

Emma e Julian trocaram um olhar.

— E se nós pudéssemos encontrar um feiticeiro? — sugeriu Emma. — Alguém capaz de ajudar *você* a entrar na Cidade do Silêncio primeiro?

Livvy hesitou.

— Eu gosto do seu entusiasmo — falou ela. — Mas todos os feiticeiros estão mortos ou viraram demônios.

— Preste atenção — falou Emma. Ela estava pensando em Cristina, quando contou a amiga, na Corte Unseelie, que não eram as Linhas Ley, era a praga. — Vocês estavam falando que os demônios entraram em Idris através das faixas afetadas pela praga. Nós também temos a praga em nosso mundo, embora os demônios ainda não estejam chegando por elas. E nossos feiticeiros também estão adoecendo... os mais velhos e mais poderosos primeiro. Eles não estão virando demônios, pelo menos, não ainda, mas a doença é a mesma.

— E? — quis saber Julian. Ele a encarava com um respeito dedicado. Emma sempre fora elogiada por suas habilidades de combate, mas só Julian sempre dizia que ela era inteligente e experiente também. De repente, ela se deu conta do quanto sentia saudade desse tipo de conforto da parte dele.

— Em nosso mundo, tem uma feiticeira que é imune à doença — explicou Emma. — Tessa Gray. Se ela for imune aqui também, talvez possa nos ajudar.

Livvy observava.

— Há rumores sobre o Último Feiticeiro. Mas nunca vi Tessa aqui em Los Angeles. Nem sequer sei se ela ainda está viva.

— Eu tenho um meio de entrar em contato com ela. — Emma ergueu uma das mãos. — Este anel. Talvez ele funcione aqui. Vale a tentativa.

Livvy ergueu o olhar do anel para Emma e falou lentamente:

— Eu me lembro deste anel. Você costumava usá-lo. O Irmão Zachariah te deu quando a gente estava em Manhattan, mas o anel foi perdido quando você... quando Emma foi perdida.

Uma centelha de esperança acendeu no coração de Emma.

— Ele me deu no meu mundo também — falou. — Poderia funcionar aqui se Tessa ainda tiver o outro.

Livvy não disse nada. E Emma teve a sensação de que há muito Livvy desistira de acreditar que as coisas ainda valessem a pena.

— Deixe-me só tentar — disse Emma, e bateu com força a mão esquerda contra um dos pilares de concreto. O balangandã de vidro no anel se quebrou e o metal escureceu, subitamente manchado com marcas semelhantes a ferrugem ou sangue. Os pinos que seguravam o vidro desapareceram. Agora o anel era apenas uma faixa de metal.

Livvy suspirou.

— Magia de verdade — falou. — Não vejo isso há muito tempo.

— Parece um bom sinal — disse Julian. — Se Tessa estiver aqui, talvez seus poderes ainda funcionem.

Era um fio de esperança, fino como uma teia de aranha, pensou Emma. Mas o que mais eles tinham?

Livvy foi até uma das mesas e voltou com o celular de Emma.

— Isto é seu — falou, um pouco relutante.

— Pode ficar se quiser — disse Emma; ela sabia que Julian a observava com as sobrancelhas erguidas em surpresa. — Sério...

— De qualquer forma, a bateria está acabando — falou Livvy, mas havia mais alguma coisa em sua voz, algo que dizia que doía olhar as fotos de uma vida que fora arrancada dela. — Ty cresceu e ficou tão bonito — emendou. — As meninas devem ficar em cima dele. Ou os meninos — acrescentou com um sorriso torto que desapareceu rapidamente. — De qualquer forma, fique com ele.

Emma guardou o telefone no bolso. Quando Livvy se virou, Emma pensou ter entrevisto a beirada de uma Marca escura pouco acima da gola da camiseta. Ela piscou... mas não havia Marcas aqui, não é?

Parecia a rubrica de uma Marca de luto.

Livvy desabou novamente no sofá.

— Bem, não faz sentido esperar aqui — disse. — Só vai servir para nos deixar tensos. Vocês dois, durmam um pouco. Se nada acontecer até amanhã à tarde, marcamos uma nova reunião.

Emma e Julian já estavam saindo. Já à porta, Julian hesitou.

Rainha do Ar e da Escuridão   367

— Eu estava pensando — falou. — Este lugar fica melhor à luz do dia? Livvy estava examinando as mãos, com os desenhos de cicatrizes. Ela ergueu os olhos e, por um instante, eles arderam, no azul familiar dos Blackthorn.

— Espere só pra ver — falou.

Não parecia haver pijamas em Thule. Depois do banho, Julian se sentou na cama usando calça de moletom e camiseta, fitando a janela de metal pintado com suas estrelas prateadas de mentira. Ele pensava em Mark. Quando Mark fora prisioneiro da Caçada Selvagem, todas as noites ele listava os nomes de seus irmãos e irmãs nos pontos de luz que giravam no céu.

Em Thule, não dava para ver as estrelas. O que é que Livvy tinha feito? Como tinha se lembrado de todos? Ou tinha sido menos doloroso tentar esquecer? Mark pensara que os irmãos estavam vivos e felizes sem ele. Livvy sabia que estavam mortos ou possuídos. O que era pior?

— Ela não perguntou — falou ele quando Emma saiu do banheiro vestindo camiseta regata e cueca boxer. — Livvy... ela não perguntou sobre o nosso mundo. Nada.

Emma afundou na cama ao lado dele. O cabelo estava preso numa trança; Jules sentia o calor e o cheiro do sabonete na pele dela. Sentiu também uma pontada no estômago.

— E dá para culpá-la? Nosso mundo não é perfeito. Mas não é *este*. Não é um monte de aniversários que ela perdeu, nem o crescimento de seus irmãos que ela deixou de presenciar, nem o conforto que nunca conseguiu.

— Mas ela está viva aqui — observou Julian.

— Julian... — Emma tocou o rosto dele levemente. Ele queria se apoiar no toque, mas se controlou com um esforço que fez seu corpo inteiro se retesar. — Ela está *sobrevivendo* aqui.

— E tem diferença?

Ela o encarou fixamente antes de baixar a mão e se ajeitar de novo nos travesseiros.

— Você sabe que tem.

Emma estava deitada de lado, mechas de cabelo claro se soltando da trança, douradas contra os travesseiros brancos. Os olhos eram da cor de madeira polida, seu corpo, curvilíneo feito um violão. Julian queria pegar seu bloco de papel, desenhá-la, do modo que costumava fazer quando seus sentimentos por ela transbordavam além da conta. Seu coração explodindo em tinta e cores porque ele não podia dizer as palavras.

— Você não quer que eu durma no chão? — perguntou ele. Sua voz saiu rouca. Ele não podia fazer nada quanto a isso.

Ela balançou a cabeça, ainda encarando-o com aqueles olhos enormes.

— Eu estava pensando — falou ela. — Se a magia dos Caçadores de Sombras não existe aqui... se lâminas serafim não funcionam, nem magia angelical...

— Então nosso laço *parabatai* provavelmente está interrompido — concluiu ele. — Eu pensei nisso também.

— Mas não dá pra ter certeza — falou ela. — Quero dizer, acho que poderíamos tentar fazer alguma coisa, fazer algo acontecer, do modo como queimamos aquela igreja...

— Provavelmente não é uma boa ideia testar incêndios culposos. — Julian sentia o coração martelando. Emma estava se aproximando mais e mais dele. E agora ele via a curva macia da clavícula dela, o lugar onde a pele queimada pelo sol ficava mais pálida. Ele desviou o olhar.

— Nós podíamos tentar outra coisa — falou ela. — Você sabe, dar uns beijos.

— Emma...

— Eu sinto quando nos beijamos. — Suas pupilas estavam enormes. — Eu sei que você também sente. O vínculo.

Era como ter hélio bombeado em seu sangue. Julian se sentia leve como o ar.

— Tem certeza? Você quer isso mesmo?

— Sim. — Ela se ajeitou mais ainda nos travesseiros. Agora olhava para ele, com o queixo teimoso empinado, os cotovelos apoiados na cama. As pernas esticadas, longas e gloriosas. Ele deslizou para mais perto dela. Via a pulsação latejando no pescoço de Emma, que entreabriu os lábios e falou baixinho:

— Eu quero isso.

Ele se aproximou mais, porém sem tocá-la ainda, seu corpo a um sussurro do dela. Ele viu seus olhos escurecerem. Ela contorceu o corpo debaixo dele, as pernas deslizando contra as dele.

— Emma — falou Julian com voz grossa —, o que aconteceu com aquele sutiã? Sabe, o enorme?

Ela sorriu.

— Estou sem ele.

De repente ar no cômodo pareceu superaquecer. Julian tentava respirar normalmente, embora soubesse que, se deslizasse as mãos para debaixo da camiseta regata, encontraria apenas a pele macia e curvas nuas.

Mas Emma não lhe pedira nada disso. Pedira apenas um beijo. Ele se ajeitou acima dela, as mãos abarcando sua cabeça. Lentamente, se abaixou:

Rainha do Ar e da Escuridão

refinadamente lento, até suas bocas estarem a um centímetro uma da outra. Julian sentia o hálito quente contra seu rosto. Ainda assim, seus corpos mal se tocavam. Emma se remexia incansavelmente debaixo dele, seus dedos afundando na colcha.

— Me beije — murmurou ela, e ele se inclinou e roçou os lábios nos dela... apenas um roçar, o mais leve dos toques. Ela buscou os lábios dele com os seus e ele virou o rosto para o lado, traçando o mesmo toque leve e quente ao longo do queixo, da bochecha. Quando chegou à boca novamente, ela arfava, os olhos semicerrados. Ele sugou o lábio inferior dela, passando a língua, traçando o contorno, os cantos sensíveis.

Emma arfou de novo, empurrando ainda mais as costas nos travesseiros, seu corpo arqueando. Julian sentiu os seios roçando contra seu peito, enviando uma onda de calor diretamente para sua virilha. E aí afundou os dedos no colchão, desejando manter o controle. Entregar exatamente o que ela pedira.

Um beijo.

Ele sugou e lambeu o lábio inferior de Emma, contornou o arco do lábio superior. Lambeu ao longo da junção dos dois até os lábios dela se abrirem e ele selar a boca na dela, todo o calor e umidade, e o gosto dela, menta e chá. Ela agarrou os bíceps dele, arqueando de encontro ao seu corpo enquanto continuavam a se beijar. O corpo de Emma era macio e quente; ela gemia dentro da boca de Julian, deslizando os calcanhares pelas panturrilhas dele, as mãos descendo para a camisa, os dedos se curvando sob...

Ela cessou tudo. Respirava como se tivesse corrido uma maratona, os lábios úmidos e rosados do beijo, as bochechas ardendo.

— Cace... — começou ela, então tossiu e corou. — Você andou *treinando*?

— Não — falou Julian. E sentiu orgulho por conseguir dizer a palavra sem vacilar. Decidiu arriscar duas palavras. — Não andei.

— Muito bem — murmurou Emma. — Muito bem. Ninguém está em chamas, sem coisas estranhas de *parabatai* em evidência. Este é todo o teste ao qual estou disposta por enquanto.

Julian rolou cuidadosamente sobre a lateral do corpo.

— Mas eu ainda posso dormir na cama, certo?

Ela deu um sorriso.

— Acho que você conquistou isso, sim.

— Eu posso ficar bem na beiradinha — sugeriu ele.

— Não comece, Julian — falou ela, e rolou para ele, seu corpo se aninhando ao dele. Hesitante, Julian passou os braços ao seu redor, e Emma se aproximou mais, fechando os olhos.

— Emma? — chamou ele.

Sem resposta.

Ele nem acreditou. Ela já tinha pegado no sono. Respirando baixinho e com regularidade, o nariz frio e pequeno contra a clavícula dele. Ela simplesmente dormia, e era como se todo o corpo de Julian estivesse ardendo. As ondas trêmulas de prazer e desejo que tinham fluído dentro dele por causa de um mero beijo ainda o impressionavam.

Tinha sido bom. Quase metaforicamente bom. E não apenas por causa do que florescera dentro de suas células, da própria pele. Fora Emma, seus gemidos, o modo como o tocara. Não era o vínculo *parabatai*, mas era o vínculo *deles*. Era o prazer que ele dera a ela, refletido nele mil vezes. Era tudo o que ele fora capaz de sentir desde o feitiço.

A voz da Rainha se fez ouvir, indesejada, metálica como um sino e cheia de malícia:

Você está na jaula, menino.

Ele estremeceu e puxou Emma para mais perto.

19

Os Mortos de Joias, Alegres

Emma sonhou com fogo e trovão, e foi acordada pelo som de madeira se partindo. Pelo menos, *parecia* que a madeira estava se partindo. Quando ela se sentou, tonta e confusa, com o braço de Julian ainda em sua cintura, percebeu que alguém batia com muita, muita força à porta do quarto.

Julian se remexeu, gemendo baixinho em seu sono; Emma se desgrudou dele e caminhou para abrir a porta bruscamente, esperando Cameron ou Livvy.

Era Diana.

Vê-la foi equivalente a tomar uma dose de cafeína. Ela estava toda vestida de preto, desde as botas até a calça e o casaco de couro. O cabelo estava preso num rabo de cavalo cacheado na parte de trás da cabeça. Ela parecia intimidadora, mas Emma não se importou muito: deu um gritinho e a abraçou, ganhando em reação um arquejar ruidoso de surpresa.

— Ei, estranha — falou ela. — O que está acontecendo?

— Desculpe. — Julian tinha aparecido e gentilmente afastava Emma. — Em nosso mundo, você é nossa tutora.

— Ah, tudo bem. Na sua dimensão alternativa. Livvy me falou sobre isso quando voltei da minha peregrinação por farmácias. — Diana ergueu as sobrancelhas. — Loucura.

— Você não nos conhece de modo algum aqui? — perguntou Emma, com alguma decepção.

— Não desde que vocês eram pequenos. Eu vi vocês no Salão dos Acordos durante a Guerra Maligna, antes de mandarem as crianças embora via Portal.

Vocês eram bons pequenos lutadores — emendou ela. — Então ouvi dizer que se tornaram Crepusculares. Não esperava vê-los de novo, só mesmo se vocês estivessem apontando uma arma para mim.

— Ora — falou Emma. — Uma boa surpresa, hein?

Diana parecia sombriamente divertida.

— Vamos. Vocês podem me contar como sou no mundo de vocês enquanto os levo até o saguão.

Eles vestiram as roupas: botas, camisetas de manga comprida, jaquetas. Emma se perguntou onde os rebeldes conseguiam seus suprimentos. A calça preta parecia de lona ou de algum tecido grosso e que coçava do mesmo jeito. Mas as botas eram bonitas, e ela admitia que gostava do visual de Julian, com a camiseta desbotada e calça militar. As roupas marcavam o corpo esguio e musculoso de um modo que a fazia se esforçar para não pensar na noite anterior.

Quando saíram do quarto, Julian rasgou uma página de seu caderno e a enfiou no bolso da jaqueta.

— Para dar sorte — falou.

Eles se juntaram a Diana no corredor, as solas das botas estalando na madeira polida.

— Em nosso mundo — falou Emma enquanto desciam os degraus —, você está namorando uma fada.

Diana franziu a testa.

— Uma fada? Por que eu namoraria um traidor?

— As coisas são um pouquinho mais complicadas em casa.

— As coisas são muito mais complicadas aqui, criança — falou Diana quando alcançaram o térreo. — Venham comigo.

Eles passaram debaixo de um arco de tijolos e entraram num imenso cômodo, cheio de mobília que parecia ter sido tirada de diferentes escritórios. Havia sofás modernos, de couro e aço, e outros antiquados, de veludo e de retalhos. Poltronas de algodão e chita, algumas em bom estado e outras rasgadas; mesas baratas de compensado, com pernas de metal, coladas umas nas outras para criar um efeito de sala de reuniões.

Havia uma multidão presente: Emma viu Livvy e Cameron, Bat e Maia, e alguns poucos rostos familiares: Divya Joshi e Rayan Maduabuchi, um ou dois dos membros mais velhos do Conclave de Los Angeles. Todos fitavam a parede leste do recinto — tijolo e arenito comuns—, mas que neste momento ardia com letras imensas, de fogo, que iam de uma ponta a outra da parede.

PROCUREM CHURCH.

Rainha do Ar e da Escuridão

— Vocês entenderam isso? Church é igreja em inglês, não? — perguntou Diana. — Ninguém aqui entendeu. As igrejas não estão indo bem neste mundo. Todas foram profanadas e estão cheias de demônios.

— Todo mundo está tão quieto — falou Emma, murmurando para si. — Eles estão com... medo?

— Na verdade, não — falou Diana. — É só que faz muito tempo desde que um de nós viu magia.

Livvy abriu caminho até eles, empurrando a multidão, e deixou Cameron para trás.

— Isso veio de Tessa Gray? — ela quis saber, de olhos arregalados, quando os alcançou. — É uma resposta ao chamado de ontem? *Funcionou?*

— Sim — falou Julian. — Tenho certeza de que sei exatamente o que é. Tessa quer que a gente vá até ela.

— Não confia na gente, decerto — falou Diana. — Ela deve ter bom senso.

— Mas e a parte da igreja? — Livvy parecia confusa. — De que igreja ela está falando?

— Ela está falando de um gato — explicou Julian.

— E, por favor, não digam que todos os gatos estão mortos — falou Emma. — Não sei se dou conta de lidar com morte felina em grande escala.

— Os gatos, na verdade, estão a salvo aqui — falou Diana. — Eles já são um pouco demoníacos.

Livvy fez um gesto com as mãos.

— Vamos nos ater ao essencial? O que você quer dizer com um gato?

— Um gato incomum — explicou Julian. — O nome dele é Church. Antigamente pertencia a Jem Carstairs, e costumava morar com a gente, no Instituto, depois da Guerra Maligna.

— Não podemos ir ao Instituto — falou Emma. — Está cheio de Ashdowns malvados.

— Eu sei, mas Church perambula por aí... você lembra — falou Julian. — Ele não morava realmente com a gente no Instituto. Ele ficava andando pela praia e parava onde bem entendesse. E ele nos levava aonde queria que a gente fosse. Se nós encontrarmos Church, ele pode nos levar a Tessa.

— Tessa e o Irmão Zachariah tinham um gato de temperamento difícil lá em Nova York, depois da guerra — falou Livvy.

— Eu vou com vocês até a praia — disse Diana.

— Isso significa que temos que cruzar a cidade toda à luz do dia — falou Livvy. — Não gosto disso.

— Seria mais seguro à noite? — perguntou Julian.

— Não, fica até pior — falou Livvy.

— Ei — disse uma voz baixinho.

Emma se virou e viu um menino de cabelos ondulados e pele marrom-clara olhando para eles com uma mistura de irritação e... não, era basicamente só irritação.

— Raphael Santiago?

Ela o reconhecera da Guerra Maligna, das fotos em livros de história sobre seus heróis. Emma sempre achara que Raphael, responsável por fazer o famoso sacrifício para salvar a vida de Magnus Bane, tinha um rosto angelical. A coroa de cachos, a cicatriz em cruz no pescoço, e os olhos arregalados no rosto redondo infantil eram os mesmos. Ela só não esperava a expressão irônica por cima de tudo.

— Eu sei quem você é — falou Emma.

Ele não parecia impressionado.

— Eu também sei quem vocês são. Vocês são os Crepusculares que estão sempre se agarrando por aí. Eu entendo que sejam maus, mas por que não podem ser mais discretos?

— Aqueles não somos nós de verdade — falou Julian. — São pessoas diferentes.

— Se você diz... — emendou Raphael. — É um plano idiota e vocês vão todos morrer. Eu entendo que todos os dons do Anjo se foram e deixaram apenas o dom Nephilim de evidente miopia. Vocês querem sair de uma situação ruim com demônios e ir para uma pior.

— Está dizendo que a gente não devia procurar Tessa? — perguntou Emma, começando a ficar irritada.

— Raphael só está de mau humor — disse Livvy. Ela bagunçou o cabelo enrolado de Raphael. — Você não está de mau humor? — falou com ternura.

Raphael olhou como se quisesse matá-la. Livvy sorriu.

— Eu não disse que vocês deviam fazer ou não alguma coisa — interrompeu ele. — Podem procurar Tessa. Mas talvez vocês queiram minha ajuda. É muito mais provável que vocês consigam cruzar a cidade se tiverem um transporte. Só que minha ajuda não é de graça.

— É chato reconhecer, mas tudo o que ele diz é verdade — admitiu Livvy.

— Muito bem — disse Julian. — O que é que você quer, vampiro?

— Informações — falou Raphael. — No seu mundo, minha cidade ainda existe? Nova York.

Julian fez que sim com a cabeça.

— Eu estou vivo? — perguntou Raphael.

Rainha do Ar e da Escuridão

— Não — respondeu Emma. Não parecia fazer sentido amenizar.

Raphael fez uma pausa por um instante.

— Então quem é o líder do clã vampiro de Nova York? — perguntou.

— Lily Chen — disse Emma.

Raphael sorriu, o que a surpreendeu. Foi um sorriso verdadeiro, com carinho real nele. Emma se flagrou ficando mais terna.

— Em nosso mundo, você é um herói. Você sacrificou sua vida para que Magnus pudesse viver — disse ela.

Raphael pareceu horrorizado.

— Me diga que você não está falando de Magnus Bane. Diga que você está falando de um Magnus muito mais legal. Eu nunca faria isso. Se fiz, nunca ia querer que tocassem no assunto. E nem acredito que Magnus me envergonharia falando sobre isso.

Julian deu um sorriso torto.

— Ele deu seu nome ao filho. Rafael Santiago Lightwood-Bane.

— Isso é revoltante. Então todos sabem? Estou constrangido — disse o vampiro, e olhou para Diana. — Debaixo de uma lona, na garagem, tem algumas das minhas motocicletas. Peguem duas. Tomem cuidado para não batê-las, ou eu vou ficar muito zangado.

— Anotado — falou Diana. — Nós as traremos de volta ao anoitecer.

— Você não devia estar dormindo, Raphael? — falou Emma, subitamente assustada. — Você é um vampiro. É de dia.

Raphael sorriu friamente.

— Ah, pequena Caçadora de Sombras — falou. — Espere só até ver o sol aqui.

Eles encontraram as motocicletas na garagem, conforme Raphael dissera que encontrariam, e Divya abriu a porta de metal para que pudessem sair para a rua. Ela fechou a porta rapidamente atrás deles, e ao ouvir o som metálico e a vibração das engrenagens, Julian ergueu o olhar e viu o céu.

Seu primeiro pensamento foi que deveria ficar na frente de Emma e, de algum modo, protegê-la dos estragos do sol. O segundo foi uma lembrança de um verso que seu tio ensinara: *A manhã veio e se foi — e voltou sem trazer o dia.*

O sol era um borralho preto e vermelho, reluzindo vacilante contra um montinho de nuvens irregulares. Lançava uma luz feia — uma luz marrom-avermelhada, como se eles estivessem vendo o mundo através de água manchada de sangue. O ar era denso e carregado, com gosto de terra e cobre.

Eles estavam no que Julian imaginava ser a rua West Broadway, bem menos cheia do que estivera na noite anterior. A sombra ocasional aparecia e desaparecia nos espaços entre os prédios, e a loja de conveniências que vendia milk-shakes de sangue estava surpreendentemente aberta. Alguma coisa se sentava junto ao balcão e lia uma revista velha, mas não tinha a aparência de um ser humano.

O lixo era jogado para tudo que é lado na rua praticamente vazia, carregado pelo vento quente. Esse tipo de clima ocorria às vezes em Los Angeles, quando o vento soprava do deserto. Os moradores chamavam de "vento do diabo" ou de "ventos assassinos". Talvez eles ocorressem o tempo todo em Thule.

— Prontos? — falou Diana, passando uma perna por cima da primeira moto e apontando para a outra.

Julian nunca tinha pilotado uma moto. Estava disposto a tentar, mas Emma já estava montada. Ela fechou a jaqueta de couro que pegara no guarda-roupa e chamou Julian com um gesto do dedo.

— Mark me mostrou como pilotar uma dessas — falou. — Lembra?

Julian se lembrava. E lembrava também do ciúme que sentira de Mark porque seu irmão podia flertar com Emma casualmente. E também poderia beijá-la, abraçá-la enquanto Julian tinha de tratá-la feito uma bomba que explodiria caso a tocasse. Caso eles se tocassem.

Mas não aqui, ele se recordou. Este lugar podia até ser um inferno, mas pelo menos eles não eram *parabatai* aqui. Ele se ajeitou na moto, atrás de Emma, e passou os braços na cintura dela. Ela estava com uma Glock enfiada no cinto, assim como ele.

Emma se esticou e roçou os dedos nas mãos cruzadas de Julian, onde elas estavam apoiadas em seu cinto. Ele abaixou a cabeça e lhe deu um beijo na nuca.

Ela estremeceu.

— Chega, meninos — falou Diana. — Vamos.

Ela arrancou e Emma ligou a própria motocicleta, puxando a alavanca da embreagem enquanto segurava o botão da ignição. O motor engrenou com um barulho alto e eles partiram atrás de Diana pela rua deserta. Diana acelerou na direção de um morro; Emma se abaixou e Julian fez a mesma coisa.

— Segura firme — gritou Emma para o vento, e a motocicleta levantou do solo, formando um ângulo em pleno ar. O chão se afastou embaixo deles, e eles voaram, com Diana ao lado. Julian não conseguiu evitar pensar na Caçada Selvagem, voando acima de uma Inglaterra adormecida, numa trilha de vento e estrelas.

Mas isto era diferente. De cima, eles viam a destruição da cidade nitidamente. O céu estava tomado de vultos escuros que rodopiavam — outras motocicletas voadoras e demônios circulando à luz do dia, protegidos pelo sol obscurecido e pela densa cobertura de nuvens. Incêndios ardiam a intervalos e a fumaça espiralava para cima desde a Miracle Mile. As ruas em torno de Beverly Hills agora tinham barragens e inundações, formando um tipo de fosso em torno de Bel Air, e, ao voar por ali, Julian examinou a água turbulenta. Um imenso monstro marinho, repulsivo e com uma imensa corcunda, abria caminho pelo fosso com seus tentáculos. O bicho jogou a cabeça para trás e uivou, e Julian viu uma boca escura e cavernosa, cheia de dentes, semelhante à de um grande tubarão branco.

Eles voaram por cima de Wilshire, que se tornara um boulevard dos horrores. Julian avistou um músico humano pendendo de cordas de marionete feitas de seus próprios nervos e vasos sanguíneos, sendo obrigado a tocar bandolim mesmo enquanto gritava em agonia. Um demônio descansava à uma mesa coberta, na qual xilofones feitos de costelas humanas estavam à venda, outro — uma imensa serpente de um olho só — se enroscava em torno da barraca de "limonada", onde vampiros pegavam uma fatia de limão e davam uma mordida em um humano que gritava, apavorado.

Julian fechou os olhos.

Quando voltou a abri-los, eles estavam voando para o norte, por cima da rodovia próxima ao mar. Pelo menos aqui estava praticamente deserto, embora pudessem avistar as ruínas das casas que antigamente pertenciam aos ricos e que ocupavam toda a costa das praias de Malibu. As plantas tinham crescido demais agora, as piscinas estavam vazias ou cheias de água escura. Até o oceano parecia diferente. Sob a pouca luz do dia, a água era escura e turbulenta, sem peixes ou algas visíveis.

Julian sentiu Emma se retesar. As palavras estavam sendo cortadas pelo vento, mas ele captou o suficiente delas para entender.

— Julian... o *Instituto*.

Ele olhou para o leste. Lá estava, seu Instituto, vidro, pedra e aço, erguendo-se na grama das Montanhas de Santa Monica. Seu coração se apertou de saudade. Parecia tão familiar, mesmo sob o brilho infernal laranja-avermelhado do sol moribundo.

Mas não — duas bandeiras tremulavam no teto do Instituto. Uma trazia o símbolo da estrela no círculo de Sebastian, e a outra, o brasão da família Ashdown: um freixo cercado por folhas.

Ele ficou feliz quando Emma fez uma curva e o Instituto saiu de seu campo de visão.

Diana estava à frente deles, a moto descendo em direção à praia. Ela aterrissou levantando um pouco de areia, e se virou para observar Emma e Julian vindo com uma inabilidade considerável. Eles tocaram a areia com força suficiente para fazer Julian sentir seus dentes baterem.

— Ai — queixou-se ele.

Emma se virou, com as bochechas rosadas e o cabelo atrapalhado pelo vento.

— Você acha que pode fazer melhor?

— Não — disse ele, beijando sua bochecha.

Ela corou ainda mais e Diana soltou um ruído exasperado.

— Vocês dois são quase tão ruins quanto suas versões Crepusculares. Agora andem... nós temos que esconder as motos.

Enquanto Julian conduzia sua moto até debaixo de uma rocha saliente, ele se deu conta de que não se importava que Diana implicasse. Não tinha se importado com Cameron falando sobre a cama também. Tudo isso era um lembrete de que aqui ele e Emma tinham um relacionamento totalmente normal; nada secreto, nada proibido. Nada perigoso.

Talvez fosse a única coisa em Thule que *era* comum, mas neste mundo desprovido de anjos parecia uma bênção.

— Bem, cá estamos — falou Diana assim que terminaram de esconder as motos —, procurando um gato numa praia.

— Normalmente, Church vem até nós — falou Julian, e olhou ao redor. — Parece... quase comum aqui.

— Eu não entraria na água — falou Diana sombriamente. — Mas, sim, Sebastian parece gostar da praia. Em geral, ele a deixa em paz e usa para cerimônias e execuções.

Emma começou a fazer uns barulhinhos sussurrados para chamar gatos.

— Não me culpe se você chamar um gato demoníaco — falou Diana. Ela se alongou e as juntas em seus pulsos estalaram alto. — Uma semana para voltar da Cidade do México e agora isso, dois dias depois de voltar para casa — falou ela, praticamente só para si. — Eu realmente pensei que teria uma chance de descansar. Boba, eu.

Emma girou.

— Cidade do México? — quis saber. — Você... você sabe se Cristina Mendoza Rosales está bem?

— Cristina Rosales? A Rosa do México? — falou Diana, parecendo surpresa. — Por causa dela, a Cidade do México é um dos poucos refúgios dos Caçadores de Sombras que restaram. Quero dizer, não há magia angelical, mas eles patrulham e combatem os demônios. A família Rosales é uma lenda da resistência.

— Eu sabia — falou Emma, e limpou rapidamente o rosto úmido. — *Eu sabia.*

— Há outras áreas? Locais onde as pessoas resistem? — perguntou Julian.

— Livvy faz o que pode aqui — falou Diana, um tanto quanto rispidamente.

— Haveria muito mais mortos se não fosse por ela. Nós ouvimos coisas sobre Jerusalém... Singapura... Sri Lanka. Ah, e Bangkok, o que não me surpreende. Conheço muito bem a cidade desde que fiz a transição.

Emma pareceu confusa.

— O que você quer dizer com transição?

— Sou transgênero — falou Diana, perplexa. — Vocês deviam saber disso se me conheciam em seu mundo.

— Certo — falou Julian apressadamente. — Nós só não sabíamos sobre a história de Bangkok.

Diana parecia cada vez mais perplexa.

— Mas quando eu... — Ela se calou. — Aquilo ali é o que acho que é?

Ela apontou. Sentado no topo de um rochedo próximo, eles viram um gato. Não qualquer gato — um gato persa, azul, de aparência zangada, com uma cauda agressivamente eriçada.

— Church! — Emma o pegou nos braços e Church fez o que normalmente fazia. Amoleceu.

— O gato está morto? — quis saber Diana.

— Não, não está — falou Emma baixinho, e beijou a cara peluda. — Ele só odeia afeição.

Diana balançou a cabeça. Ela soara totalmente corriqueira ao contar a eles uma coisa que em seu mundo era um precioso segredo. Culpa e irritação consigo mesmo cresciam dentro de Julian, e ele tentou afastá-las. Agora não era a hora, nem seria certo sobrecarregar esta Diana com seus sentimentos.

— Eu te amo, gatinho — falou Emma para Church. — Eu te amo muitão.

Church se contorceu para escapar das mãos dela e miou. Foi até Julian, miou novamente e então se virou para brincar na praia.

— Ele quer que a gente o siga — falou Julian, caminhando atrás de Church. As botas enormes atrapalhavam para andar na areia. Ele ouviu Diana resmungar que se gostasse de correr atrás de animais perturbados, teria sido voluntária na patrulha do zoológico, mas seguiu atrás deles, de qualquer forma.

Eles acompanharam Church pelos rochedos internos até alcançarem uma trilha que conduzia a uma abertura na face do penhasco. Julian a conhecia bem. Quando você crescia na praia, explorava cada pedra, arco, enseada e caverna. Esta trilha levava a uma caverna impressionante, porém vazia se não lhe falhava a memória. Antigamente, ele e Emma costumavam levar uma mesa e realizar reuniões no local, isso antes de ficarem entediados por terem uma sociedade secreta com apenas duas pessoas.

Church subiu com dificuldade até a entrada da caverna e miou bem alto. Ouviu-se um som de algo rangendo, como uma pedra sendo deslocada, e um vulto saiu das sombras.

Era um homem com cabelos azuis, em vestes compridas, cor de pergaminho. Suas bochechas tinham cicatrizes e os olhos eram escuros, cheios de sabedoria e tristeza.

— Jem! — gritou Emma, e começou a subir correndo a trilha, o rosto brilhando de ansiedade.

Jem ergueu a mão. Suas palmas tinham cicatrizes de Marcas e Julian sentiu uma pontada ao vê-las: Marcas, num lugar sem Marcas. Inteligência, Quietude. Coragem.

E então Jem começou a se transformar. Diana soltou um palavrão e sacou uma pistola do cinto quando uma onda cobriu as feições de Jem e as vestes de pergaminho tombaram ao chão. Seus cabelos ficaram mais claros e desceram, compridos e ondulados, até o meio das costas; seus olhos ficaram cinzentos e ganharam cílios compridos, seu corpo ganhou curvas e ficou feminino dentro do vestido cinza simples.

Diana apontou a pistola.

— Quem é você?

Emma tinha parado no meio da trilha. Então piscou para conter as lágrimas e falou:

— É ela. A Última Feiticeira. Esta é Tessa Gray.

Tessa tinha deixado o interior da caverna o mais aconchegante possível. Havia uma pequena lareira, cuja fumaça subia por uma tubulação construída nas pedras. O soalho de pedra era lustroso e limpo, e estava salpicado de carpetes; havia um pequeno anexo para dormir e algumas cadeiras cobertas com almofadas e travesseiros macios. Havia até uma pequena cozinha com um fogão, uma geladeira zumbindo mesmo estando fora da tomada e uma mesa de madeira já arrumada com xícaras e um pedaço de pão doce quente.

Ao perceber que não tinha tomado café, Emma se perguntou se seria falta de educação pular sobre o pão e devorá-lo. Provavelmente.

Rainha do Ar e da Escuridão

— Sentem-se e comam — falou a feiticeira, como se tivesse lido sua mente. Quando eles se ajeitaram ao redor da mesa, Church pulou no colo de Emma, rolou de costas e imediatamente adormeceu com as patas no ar.

Diana partiu um pedaço de pão e o meteu na boca. Fechou os olhos de felicidade.

— Ah. Meu. Deus.

Emma concluiu que era sua deixa. Pelo minuto seguinte, se desligou do mundo à sua volta e entrou num coma feliz se entupindo de carboidratos. Da última vez que tinha comido comida de verdade, fora na clareira com Julian, e esta comida era quente, caseira e tinha gosto de esperança.

Quando abriu os olhos, se deu conta de que Julian ainda nem dera uma mordida. Ele olhava para Tessa — aquele olhar de Julian que parecia totalmente inocente, mas que na verdade significava que ele estava medindo alguém, avaliando suas fraquezas, e tentando concluir se deveria confiar na pessoa.

Era um bocado charmoso, na verdade. Emma lambeu um pedaço de açúcar do polegar e tentou não sorrir.

— Você deve estar se perguntando quem somos nós — falou ele enquanto Tessa servia o chá.

— Não. — Tessa pousou o bule e se sentou, enrolando um xale nos ombros. — Eu sei quem vocês são. Vocês são Emma Carstairs e Julian Blackthorn, mas não os deste mundo.

— Você já sabia disso? — falou Diana, surpresa.

— Eu vejo como uma feiticeira — falou Tessa. — Sei que eles não são daqui. — Ela apontou Julian e Emma — E vi, um pouco, em outros mundos... no mundo deles, em particular. Está mais próximo deste do que gostaríamos de pensar.

— O que você quer dizer com isso? — falou Julian. — Eles parecem um bocado diferentes para mim.

— Há pontos críticos na história — explicou Tessa. — Locais onde um bocado de acaso está em jogo. Batalhas, tratados de paz, casamentos. Esse tipo de coisa. É quando é mais provável que as linhas temporais se rompam. Nossas duas linhas temporais se romperam na Batalha de Burren. Em seu mundo, o demônio Lilith estava fraco demais para ajudar Sebastian Morgenstern. Em Thule, outro demônio ajudou e deu força à Lilith. Ela foi capaz de matar Clary Fairchild, e foi aí que as nossas linhas temporais se romperam... há apenas sete anos.

— Então este é como o nosso mundo seria sem Clary — falou Emma, lembrando-se de todas as vezes que ouvira as pessoas, homens, sobretudo, dizerem que Clary não era uma heroína, que não tinha feito muita coisa digna de elogios, que era egoísta e até inútil, apenas uma garota nos lugares certos nos momentos certos.

— Sim — falou Tessa. — Interessante, não? — Soube que em seu mundo Jace Herondale é um herói. Aqui ele é um monstro que só perde para Sebastian.

— Ele nem mesmo se importa que Sebastian tenha deixado Lilith matar Clary? — quis saber Emma. — Mesmo quando Jace estava sob a influência de Sebastian em nosso mundo, ele amava Clary.

— Sebastian alega que não queria a morte de Clary — falou Tessa. — Diz que matou Lilith como vingança pelo assassinato de Clary.

— Não sei se alguém além de Jace acredita nisso — comentou Diana.

— Ele é o único que tem que acreditar — retrucou Tessa. E passou o dedo pela beirada da xícara de chá. — Desculpem por testar vocês — falou abruptamente. — Eu apareci como Jem quando vocês chegaram porque sabia que a verdadeira Emma Carstairs ficaria feliz em vê-lo, mas qualquer um próximo de Sebastian ficaria horrorizado com a visão de um Irmão do Silêncio.

— Jem...? — murmurou Emma. Estava ciente do que Livvy contara, que todos os Irmãos tinham morrido, mas ainda tinha esperança.

Tessa não ergueu o rosto.

— Jem morreu tentando selar a Cidade do Silêncio. Ele conseguiu, mas deu a vida para manter os Crepusculares de Sebastian à distância quando os Irmãos fizeram sua tentativa derradeira de proteger os Instrumentos Mortais.

— Eu sinto muito — falou Julian. Emma se lembrou de Tessa e Jem em seu próprio mundo, com olhos apenas um para o outro.

Tessa pigarreou.

— Sebastian já se apropriou do Espelho Mortal, o Lago Lyn. Ele está cercado de demônios, dez mil. Ninguém consegue chegar perto de lá.

— Por que ele está guardando o lago tão ferozmente? — perguntou Emma. — Se ninguém pode chegar aos Instrumentos Mortais...

— Quando os feiticeiros ficaram doentes, descobrimos que a água do Lago Lyn podia neutralizar a praga que estava devorando nosso mundo. Nós corremos até lá para coletar a água. Mas ao chegarmos no lago, Sebastian o cercara com incontáveis demônios.

Emma e Julian trocaram um olhar.

— Se a praga sumir, os feiticeiros ficariam curados?

— Assim acreditamos — falou Tessa. — Tínhamos uma pequena quantidade da água e nós a usamos para curar a praga no entorno do Labirinto Espiral. Nós até a demos a alguns feiticeiros, misturada a água comum, e eles

Rainha do Ar e da Escuridão

começaram a melhorar. Mas simplesmente não era o suficiente. Os feiticeiros começaram a adoecer e a se transformar novamente. Nós não conseguimos salvá-los.

O coração de Emma palpitou. Se a água do Lago Lyn tinha neutralizado parte da praga aqui em Thule — se ajudara os feiticeiros, mesmo quando este mundo se transformava em veneno demoníaco ao redor de todos —, certamente a água de seu próprio Lago Lyn, em seu próprio mundo, poderia ser uma cura?

Eles precisavam mais do que nunca voltar desesperadamente para casa. Mas primeiro...

— Nós precisamos da sua ajuda — falou Emma. — Por isso chamamos você.

— Imaginei que sim. — Tessa apoiou o queixo na mão. Parecia jovem, não mais do que vinte anos, embora Emma soubesse que tinha mais de cem. — Vocês querem voltar para o seu mundo?

— Não apenas isso — falou Julian. — Precisamos entrar na Cidade do Silêncio. Temos que chegar ao Cálice Mortal e à Espada Mortal antes que Sebastian o faça.

— E então o quê? — falou Tessa.

— E então nós destruímos os Instrumentos para que Sebastian não possa usá-los — falou Emma.

Tessa ergueu as sobrancelhas.

— Destruir os Instrumentos Mortais? Eles são praticamente indestrutíveis.

Emma pensou na Espada Mortal se partindo sob a lâmina de Cortana.

— Se você abrir um Portal para o nosso mundo, nós podemos levá-los. Sebastian nunca seria capaz de encontrá-los.

— Se fosse simples assim — falou Tessa abruptamente —, eu teria aberto um Portal, passado por ele e levado o Cálice e a Espada. Abrir um Portal entre mundos... isso é magia complexa e poderosa, muito além da maioria dos feiticeiros. Posso enxergar o mundo de vocês, mas não alcançá-lo.

— Mas você consegue entrar na Cidade do Silêncio, certo? — indagou Emma.

— Acho que sim, embora não tenha tentando — falou Tessa. — Pensei que a Espada e o Cálice estivessem em segurança lá. Os Irmãos do Silêncio morreram para proteger os Instrumentos, e retirá-los de lá os teria deixado vulneráveis a Sebastian. Ainda assim, agora ele está próximo de romper o selo nas portas. — Ela franziu a testa. — Se vocês realmente puderem levar os Instrumentos de volta para o seu mundo, lá eles estarão mais seguros. Mas sem o conhecimento de que um Portal pode ser aberto, há outro meio de acabar com a ameaça.

— Como assim? — falou Julian. — Não há nada que pudéssemos fazer com a Espada ou o Cálice aqui, além de magia demoníaca.

— As pessoas costumavam dizer que a Espada Mortal poderia matar Sebastian — falou Diana, o olhar contundente. — Mas isso não é verdade, é? Eu estava na última batalha de Idris. Vi Isabelle Lightwood erguer a Espada Mortal e acertar um golpe incrível em Sebastian. Ele não teve nem um corte. E, em vez disso, a atingiu.

— *Ave atque vale*, Isabelle Lightwood. — Tessa fechou os olhos. — Vocês têm que entender. Na época, a invulnerabilidade dada a Sebastian por Lilith ficara tão forte que guerreiro algum desta Terra poderia matá-lo. Mas tem uma coisa que a maioria não sabe. Nem Sebastian. — Ela abriu os olhos. — Ele está ligado a Thule, e Thule a ele. Um guerreiro *deste mundo* não pode matá-lo com a Espada. Mas os Irmãos do Silêncio sabiam que isso não era válido para um guerreiro de fora de Thule. Eles trancaram a Espada na esperança de que um dia um guerreiro viria do Paraíso e acabaria com o reinado de Sebastian.

Por um momento, ela olhou fixamente para Emma e Julian.

— Nós não viemos do Paraíso — falou Emma. — Embora ao longo dos anos eu tenha recebido umas cantadas bem ruins que deram a entender que sim.

— Parece o Paraíso comparado a Thule — falou Diana.

— Não podemos esperar eternamente ser resgatados por anjos — falou Tessa. — É uma dádiva que vocês estejam aqui.

— Vamos ser claros. — Julian deu uma mordida no pão. O rosto dele estava inexpressivo, mas Emma lia seus olhos e sabia que as engrenagens estavam girando em sua mente. — Você está nos pedindo para matar Sebastian.

— Tenho que pedir — falou Tessa. — Preciso que o sacrifício de Jem signifique alguma coisa.

— Em nosso mundo — falou Julian —, a ligação entre Jace e Sebastian significava que matar Jace destruiria Sebastian e vice-versa. Se nós...

Tessa balançou a cabeça.

— Houve um ponto no qual isso foi verdade aqui, quando Sebastian acreditava que assim estava protegido da Clave. Não há Clave agora, nem esse aspecto do vínculo entre eles permanece.

— Entendi — falou Emma. — Mas este mundo foi longe demais... será que matar Sebastian faria muita diferença?

Tessa se recostou na cadeira.

— No seu mundo, o que aconteceu depois que Sebastian morreu?

— Foi o fim dos Crepusculares — falou Emma, embora tivesse a sensação de que Tessa já soubesse disso.

— Isso nos daria uma chance de lutar — falou Tessa. — Sebastian não pode fazer tudo sozinho. Ele deixa a maior parte do trabalho sujo para os Crepusculares e os Jurados. — Ela olhou para Diana. — Eu sei que você concorda.

— Talvez — retrucou Diana. — Mas ir atrás de Sebastian parece uma missão suicida.

— Eu não pediria se houvesse outras opções — falou Tessa baixinho, e se virou para Emma e Julian. — Como vocês pediram, eu quebrarei o selo e abrirei a Cidade do Silêncio. E farei o que puder para levá-los para casa. Tudo o que eu peço é que se vocês tiverem uma chance, uma abertura... matem Sebastian.

Emma olhou para Julian do outro lado da mesa. Nos olhos límpidos, azuis-esverdeados, ela notava o desejo de concordar com o que Tessa estava pedindo, e também o medo de que isso fosse colocar a própria Emma em perigo.

— Eu sei que Thule não é o seu mundo, mas está a um passo de distância — falou Tessa. — Se eu pudesse salvar o Jem que vive em seu mundo, eu faria isso. E agora você tem a chance de salvar sua irmã aqui.

Na voz de Tessa, Emma ouviu a compreensão de que a Livvy do mundo deles estava morta.

— Ela está a salvo no Bradbury, mas por quanto tempo? Será que algum de nós está a salvo? A segurança é temporária enquanto Sebastian estiver vivo.

Ignorando o miado indignado de Church, Emma esticou o braço sobre a mesa e pegou a mão de Julian. *Não tema por mim, parabatai, pensou. Esta é uma chance para nós dois. Sua chance de salvar Livvy como não conseguiu fazer em nosso mundo e minha chance de vingar meus pais, assim como falhei em fazer.*

— A gente topa — disse ela, e os olhos de Julian arderam como gravetos em chamas. — Claro que vamos. Só diga o que temos que fazer.

Quando eles subiram nas motocicletas, Diana alertou que voltariam pela superfície, e não voando — quanto mais perto do anoitecer, falou ela, mais cheios de demônios os céus ficavam. Mesmo os vampiros evitavam os ares depois de escurecer.

Emma ficou surpresa ao descobrir que Diana os acordara mais tarde do que ela imaginara. As nuances da luz de manhã, de tarde e à noite praticamente não existiam aqui: só havia o sol moribundo e a lua de sangue. Conforme as motocicletas percorriam a rodovia da Costa do Pacífico, a lua ia nascendo lentamente, mal iluminando a estrada adiante. Em vez de faíscas no topo das ondas, o luar conferia à água uma coloração ainda mais venenosa — não mais o azul-esverdeado dos Blackthorn, mas preto e cinzento.

Emma ficou feliz pelo calor dos braços de Julian em volta de seu corpo quando eles saíram da estrada em direção a Wilshire. Ficar tão perto assim de toda aquela ruína era doloroso. Ela conhecia aquelas ruas. Tinha ido a um supermercado ali para comprar cereal para Tavvy: agora era uma ruína de madeira destruída e vigas quebradas, onde alguns poucos humanos não jurados se amontoavam em torno de sinalizadores, seus rostos abatidos pelo desespero e pela fome. Também tinha existido uma loja de doces na esquina, onde agora um proprietário demoníaco montava guarda sobre fileiras de tanques de vidro nos quais flutuavam corpos afogados. De vez em quando ele mergulhava uma concha num dos tanques, despejava um pouco da água viscosa numa tigela e vendia para um passante demoníaco.

Como Thule poderia continuar assim?, perguntou-se Emma enquanto eles percorriam a Miracle Mile. Os altos edifícios comerciais estavam vazios, com as janelas estilhaçadas. As ruas, desertas. Humanos eram caçados até a extinção e, assim como Raphael, ela duvidava que Sebastian tivesse outro mundo cheio de sangue fresco e carne na manga. O que aconteceria quando eles desaparecessem? Será que os demônios se voltariam para os Crepusculares? Para os vampiros? Será que se mudariam para outro mundo e deixariam Sebastian governar o vazio?

— Diminua a velocidade — falou Julian ao ouvido dela, e Emma percebeu que enquanto pensava naquelas coisas, eles tinham chegado a uma parte da rua cheia e bem iluminada. — Posto de controle.

Ela xingou baixinho e parou atrás de Diana. A área fervilhava — Crepusculares andavam de um lado a outro da rua, e os bares e restaurantes aqui estavam basicamente intactos, alguns deles iluminados em azul, verde e amarelo intenso. Emma ouvia até mesmo uma música atonal, chorosa.

Havia barreiras em preto e branco na frente deles, bloqueando as ruas. Um demônio lagarto de duas pernas, com uma coroa de olhos de aranha muito negros em volta da cabeça escamosa trotou para fora de uma cabine, na direção de Diana.

— Eu não vou deixar um demônio me lamber — resmungou Emma. — Não vai rolar.

— Eu tenho certeza de que ele só lambeu Cameron para ter certeza de que a tatuagem era real.

— Sei — falou Emma. — Isso é o que ele diz.

Diana se virou na moto e ofereceu um sorriso tenso e artificial. O coração de Emma começou a acelerar. Ela não gostou da aparência daquele sorriso.

Rainha do Ar e da Escuridão

O demônio lagarto trotou até eles. Ele era imenso, com quase três metros de altura e metade disso de largura. Parecia vestir uniforme policial, mas Emma não tinha ideia de onde arrumaram um que coubesse.

— O patrão andou procurando vocês o dia todo — falou ele com dificuldade. Emma imaginou que sua boca não fosse adequada para falar como os humanos. — Por onde vocês andaram?

— O patrão? — repetiu Emma.

Felizmente, o lagarto era estúpido demais para desconfiar.

— A Estrela da Noite — falou indistintamente. — Sebastian Morgenstern. Ele quer falar com vocês dois.

20

As Horas Sopram

Sebastian quer falar conosco?, pensou Emma, horrorizada, e em seguida, com uma pontada dolorosa, percebeu: *ele pensa que somos as versões Crepusculares de nós mesmos.* Bem, isso explicava a expressão de Diana.

Julian agarrou o braço de Emma com firmeza, e desceu da moto casualmente.

— Muito bem — falou ele. — Onde está o chefe?

O demônio lagarto sacou um saco de papel do bolso na altura do peito. Parecia estar cheio de aranhas se contorcendo. Então pôs uma na boca e mastigou enquanto o estômago de Emma revirava.

— Na velha boate — disse ele com a boca cheia de aranha, e apontou para um prédio baixo de aço e vidros escuros. Um tapete vermelho sem graça se estendia pela calçada em frente à entrada. — Vá. Eu cuido da sua moto.

Emma saltou da moto, sentindo como se suas veias tivessem sido invadidas por gelo. Nem ela e nem Julian se olharam; de algum modo, os dois logo atravessaram a rua, marchando lado a lado como se nada de estranho estivesse acontecendo.

Sebastian sabe quem realmente somos, pensou Emma. *Ele sabe e vai nos matar.*

Ela continuou andando. Chegaram à calçada, e ela ouviu o rugido de uma moto dando a partida; ela se virou e viu Diana acelerando para longe do posto de controle. Ela sabia por que Diana precisava ir, e não a culpava, mas a cena ainda equivalera a levar uma punhalada no peito: eles estavam sozinhos.

Rainha do Ar e da Escuridão

A boate era protegida por demônios Iblis, que os revistaram casualmente e permitiram que entrassem até um corredor estreito cheio de espelhos enfileirados. Emma via o próprio reflexo: estava extremamente pálida, a boca rija era uma linha fina. Que péssimo. Ela precisava relaxar. Julian, ao seu lado, parecia calmo e equilibrado, com os cabelos bagunçados por causa da moto, mas, tirando isso, nada estranho.

Ele pegou a mão dela quando o corredor se abriu para um quarto enorme. Julian parecia irradiar calor pelas mãos de Emma, adentrando suas veias; ela respirou fundo quando uma onda de ar frio os atingiu.

A boate era decorada em tons de preto e branco prateado, um mundo de fantasia sombrio e gelado. Um balcão comprido esculpido em gelo percorria uma parede. Cascatas de água congelada azul polar e verde ártico entornavam do teto, transformando a pista de dança num labirinto de lençóis brilhantes.

A mão de Julian apertou a de Emma. Ela olhou para baixo; o piso era de gelo, e abaixo do gelo era possível enxergar as silhuetas dos corpos aprisionados — um formato de mão aqui, um rosto congelado gritando ali. Emma sentiu um aperto no peito. *Estamos caminhando sobre os corpos dos mortos*, pensou.

Julian a fitou de soslaio, balançou a cabeça singelamente como se dissesse *não podemos pensar nisso agora.*

Compartimentalizar, pensou ela enquanto se dirigiam a uma área isolada por cordas no fundo da boate. Era assim que Julian fazia as coisas. Afastando pensamentos, bloqueando-os, vivendo no momento do ato que se apresentava como realidade.

Emma fez o melhor possível para esquecer os mortos enquanto passavam por debaixo das cordas para chegarem a uma área cheia de sofás e cadeiras estofadas de veludo azul-gelo. Esparramado na maior poltrona estava Sebastian.

De perto, ele era claramente mais velho do que o menino de quem Emma se lembrava do seu mundo. Estava mais parrudo, a mandíbula mais quadrada, os olhos negros. Usava um terno novo e caro com uma estampa de rosas nas lapelas, e um casaco grosso de pele por cima. Seus cabelos brancos como gelo se misturavam à pelugem dourado claro; se Emma não soubesse quem ele era e não o odiasse, teria achado que se tratava de um lindo príncipe invernal.

Ao lado, com os dedos levemente apoiados no encosto da poltrona de Sebastian, estava Jace. Ele também usava terno preto, e quando virou um pouco, Emma viu a alça de um coldre embaixo da roupa. Ele também usava manoplas de couro nos pulsos, sob os punhos do paletó. Ela podia apostar que ele também carregava muitas facas.

Ele é o guarda costas de Sebastian?, perguntou-se ela. *Será que Sebastian acha bacana manter um dos heróis da Clave como uma espécie de animal de estimação amarrado ao seu lado?*

E então eles viram Ash. De jeans e camiseta, esticado numa poltrona mais distante com um aparelho eletrônico nas mãos, parecia estar jogando videogame. A luz do jogo piscava, iluminando as feições acentuadas de seu rosto, as pontas das orelhas.

O olhar frio de Sebastian se direcionou a Emma e Julian. A garota sentiu o corpo todo ficar tenso. Sabia que suas Marcas estavam escondidas por tecido e maquiagem, mas mesmo assim tinha a sensação de que Sebastian conseguia enxergar através dela. Como se ele tivesse percebido imediatamente que eles não eram Crepusculares.

— Se não são os dois pombinhos — entoou. Olhou para Emma. — Nunca tinha visto seu rosto direito. Seu amiguinho andou bem ocupado te lambendo.

Julian respondeu em tom enfadonho:

— Perdoe por tê-lo irritado, senhor.

— Não me irrita — disse Sebastian. — Foi só uma observação. — Ele se ajeitou na poltrona. — Particularmente, prefiro as ruivas.

Uma faísca lampejou pelo rosto de Jace. Sumiu rápido demais para que Emma pudesse tentar adivinhar seu significado. Mas Ash levantou o olhar e Emma ficou tensa. Se ele os reconhecesse...

Mas ele voltou a atenção ao joguinho, com uma expressão aparentemente desinteressada.

Emma estava achando bem difícil conter o tremor. O frio era intenso, e o olhar de Sebastian mais intenso ainda. Ele apoiou os dedos sob o queixo.

— Estão correndo boatos — recomeçou —, de que uma certa Livia Blackthorn está suscitando uma rebelião patética no centro.

Emma sentiu o estômago dar uma cambalhota.

— Ela não é nada para nós — respondeu Julian rapidamente. E pareceu sincero.

— Claro que não — disse Sebastian. — Mas vocês outrora foram o irmão e a amiga dela. Humanos são lamentavelmente sentimentais. Ela pode ser ludibriada a confiar em vocês.

— Livvy jamais confiaria numa dupla de Crepusculares — declarou Emma, e congelou. Foi a coisa errada a se dizer.

Os olhos dourados de Jace semicerraram, desconfiados. Ele começou a falar, mas Sebastian o interrompeu com um aceno desdenhoso.

— Agora não, Jace.

Rainha do Ar e da Escuridão

A expressão de Jace ficou vazia. Ele se afastou de Sebastian e foi até Ash, se apoiando no encosto da poltrona para apontar alguma coisa na tela do jogo. Ash fez que sim com a cabeça.

Quase teria parecido um belo momento entre irmãos se não tivesse sido tão distorcido e horroroso. Se o lustre no teto não fosse feito de braços humanos, cada qual segurando uma tocha que cuspia luz demoníaca. Se Emma ao menos conseguisse esquecer os rostos sob o piso.

— O que Emma quer dizer é que Livvy sempre foi astuta — disse Julian. — De um jeito meio baixo.

— Interessante — falou Sebastian. — Tendo a aprovar astúcia baixa, exceto quando direcionada a mim, é claro.

— Nós a conhecemos muito bem — declarou Julian. — Tenho certeza de que conseguiremos localizar a pequena rebelião sem maiores problemas.

Sebastian sorriu.

— Gosto da sua confiança — elogiou. — Você não acreditaria no que eu... — calou-se, com uma carranca. — É aquele maldito cachorro latindo outra vez?

Era um cachorro latindo. Alguns segundos depois, um terrier preto e branco entrou no recinto, na ponta de uma longa correia. Na outra ponta havia uma mulher de cabelos longos e escuros.

Era Annabel Blackthorn.

Usava vestido vermelho sem mangas, mas devia estar congelando com o ar frio. A pele estava cadavérica de tão pálida.

Ao ver Emma e Julian, ficou mais branca ainda. Apertou com determinação a guia do cachorro.

A adrenalina correu pelas veias de Emma. Annabel ia abrir a boca, ia entregá-los. Não tinha motivos para não delatar os dois. E Sebastian os mataria. *Eu juro*, pensou Emma, *antes de morrer, vou dar um jeito de fazê-lo sangrar.*

Vou dar um jeito de fazer os dois sangrarem.

— Desculpe — disse Annabel com petulância. — Ele queria ver Ash. Não é mesmo, Malcolm?

Até a expressão de Julian vacilou com essa. Emma observou, horrorizada, enquanto Annabel se curvava para afagar as orelhas do cão. O bicho a encarou com olhinhos lavanda arregalados e latiu outra vez.

Malcolm Fade, Alto Feiticeiro de Los Angeles, era agora um demônio terrier.

— Tire seu amigo porcaria daqui. — Sebastian se irritou. — Estou fazen-do negócios. Se Ash precisar de alguma coisa, vai te chamar, Annabel. Ele é praticamente um homem feito. Não precisa mais de babá.

— Todo mundo precisa de uma mãe — disse Annabel. — Não precisa, Ash?

Ash não disse nada. Estava imerso no jogo. Com um suspiro irritado, Annabel se retirou, e Malcolm foi trotando atrás.

— Como eu estava dizendo... — O rosto de Sebastian estava rijo de irritação. — Annabel é uma de nossas melhores torturadoras, vocês não acreditariam na criatividade dela com uma única faca e um Caçador de Sombras, mas, a exemplo dos outros que me cercam, ela é vulnerável demais às próprias emoções. Não sei por que as pessoas simplesmente não entendem o que é melhor para elas.

— Se entendessem, não precisariam de líderes — respondeu Julian. — Como você.

Sebastian o olhou, pensativo.

— Suponho que tenha razão. Mas é como um peso de responsabilidade. Me esmagando. Você entende.

— Deixe que procuremos Livia para você — ofereceu Julian. — Controlaremos a ameaça que ela representa e lhe traremos sua cabeça.

Sebastian pareceu satisfeito. Olhou para Emma.

— Você não é de falar muito, não é?

Não posso, pensou Emma. *Não consigo mentir e dissimular como Julian. Não consigo.*

Mas o calor da mão de Julian ainda estava na dela, a força do vínculo entre eles — embora não tivesse nada de mágico mais —, fez ela empinar o queixo e enrijecer a mandíbula. Então soltou a mão de Julian e, lenta e deliberadamente, estalou os dedos.

— Prefiro matar — disse. — "Fale com balas", esse é meu lema.

Sebastian riu, e por um instante Emma se lembrou de Clary no telhado do Instituto, falando sobre um irmão de olhos verdes que nunca existira, mas poderia ter existido. Talvez em outro mundo, algum melhor do que Thule.

— Muito bem — disse Sebastian. — Serão recompensados se forem bem-sucedidos nessa. Podem até ganhar uma casa em Bel Air. Principalmente se encontrarem ruivas bonitinhas entre os rebeldes e as trouxerem para que eu e Jace brinquemos com elas. — Ele sorriu. — Podem ir agora, antes que morram congelados.

Deu um leve aceno, dispensando os dois. Havia uma força por trás do gesto — Emma sentiu como se houvesse a mão de alguém em seu ombro estimulando-a a rodopiar. Ela quase pisou em falso, mas logo recuperou o equilíbrio, e viu que estavam quase à porta da boate. Sequer se lembrava de ter passado pelos espelhos.

Em seguida já estavam na rua e Emma arquejava, respirando o ar quente e sujo; o calor da noite úmida de repente foi muito bem-vindo. Pegaram a moto de volta com o lagarto e seguiram por vários quarteirões sem dizer nada, até Julian se inclinar para a frente e falar entre dentes:

— Encosta.

O quarteirão onde se encontravam estava quase deserto, as luzes destruídas e a calçada escura. Assim que Emma parou, Julian saltou da moto e cambaleou até a fachada de um Starbucks em ruínas. Emma conseguiu ouvi-lo vomitando nas sombras. Seu estômago embrulhou em solidariedade. Ela queria ir até ele, mas tinha medo de abandonar a motocicleta. Era a única maneira de retornarem a Bradbury. Sem ela, estariam mortos.

Quando Julian voltou, com o rosto manchado de sombras e hematomas, Emma lhe entregou uma garrafa de água.

— Você foi incrível na boate — comentou ela.

Ele bebericou um gole.

— Me senti como se estivesse sendo destruído por dentro — respondeu Julian de um jeito um tanto casual. — Estar ali e falar aquelas coisas sobre Livvy, chamar aquele monstro maldito de "senhor", me controlar para não arrancar cada membro de Annabel...

— Faça isso, então — disse uma voz das sombras. — Arranque meus membros, se for capaz.

A pistola de Emma já estava na mão quando ela se virou, apontando-a diretamente para a mulher pálida nas sombras. O vestido vermelho agora era uma mancha de sangue na noite.

Os lábios descorados de Annabel se curvaram num sorriso.

— Esta arma não vai ser capaz de me machucar — falou. — E o tiro e os gritos vão atrair os Crepusculares num instante. Arrisque, se quiser. Eu não o faria.

Julian derrubou a garrafa. Espirrou água em suas botas. Emma rezou para que ele não se lançasse contra Annabel; as mãos dele tremiam.

— Podemos machucá-la — disse ele. — Podemos fazê-la sangrar.

Foi tão próximo do que Emma pensara naquela boate, que por um instante ela foi tomada pelo choque.

— Os Crepusculares virão — disse Annabel. — Tudo o que preciso fazer é gritar. — As Marcas dela já tinham desbotado, exatamente como as de todos os outros Caçadores de Sombras; sua pele era branca como leite, sem um único desenho. Emma estava estupefata com a calma da outra. Com o quanto parecia sã. Mas diversos anos haviam se passado para ela. — Soube quem eram assim que os vi. Vocês estão iguais a quando estavam na Corte Unseelie. As marcas de batalha do rosto nem se curaram ainda.

— Então por que não contou a Sebastian? — disparou Emma. — Se queria se livrar da gente...

— Não quero me livrar de vocês. Quero fazer um acordo.

Julian levantou a manga direita com força o suficiente para rasgar o tecido. Ali no pulso estava o trapo que ele ostentara por todo o Reino das Fadas, ainda sujo de sangue seco.

— Este aqui é o sangue da minha irmã — mostrou. — Sangue que *você* derramou. Por que eu faria um acordo com você?

Annabel pareceu inabalada ao ver o sangue de Livvy.

— Porque você quer voltar para casa — respondeu ela. — Porque você não consegue parar de pensar no que pode estar acontecendo com o restante da sua família. Eu ainda tenho muitos poderes de magia sombria, você sabe. O Volume Sombrio funciona ainda melhor aqui. Posso abrir um Portal para mandá-los para casa. Sou a única pessoa neste mundo capaz disso.

— Por que faria isso por nós? — perguntou Emma.

Annabel deu um sorriso estranho. Com seu vestido vermelho, ela parecia flutuar como uma gota de sangue na água.

— O Inquisidor os mandou ao Reino das Fadas para morrerem — continuou ela. — A Clave os detesta e os quer mortos. Tudo porque vocês queriam proteger aqueles que amavam. Como eu não entenderia isso?

Isso, para Emma, parecia uma lógica extremamente deturpada. Julian, no entanto, fitava Annabel como se ela fosse um pesadelo do qual ele não conseguia fugir.

— Você se enfeitiçou — continuou Annabel, o olhar fixo em Julian. — Para não sentir nada. Senti o feitiço quando o vi no Reino da Fadas. Vi e senti *alegria*. — Ela rodopiou, a saia vermelha acompanhando o movimento. — Você se fez como Malcolm. Ele se livrou das emoções para que eu pudesse voltar.

— Não — falou Emma, sem conseguir suportar o olhar de Julian. — Ele tentou incitar sua volta porque *amava você*. Porque ele *sentia* emoções.

— Talvez no começo. — Annabel parou de rodopiar. — Mas esse já não era mais o caso quando ele me despertou, certo? Ele me manteve presa e torturada por todos esses anos para poder me trazer de volta por *ele*, e não por *mim*. Isso não é amor, sacrificar a felicidade da pessoa amada em prol das próprias necessidades. Quando ele me conseguiu de volta, estava tão afastado do mundo, que se importava mais com o seu objetivo do que

Rainha do Ar e da Escuridão

com os tipos de amor que importam. Uma coisa que era verdadeira, pura e linda se tornou corrupta e má. — Ela sorriu, e seus dentes brilhavam como pérolas embaixo d'água. — Quando você não tem mais empatia, se torna um monstro. Você pode não estar enfeitiçado aqui, Julian Blackthorn, mas e quando voltar? O que vai fazer, quando não suportar mais sentir o que sente?

— Cale a *boca* — ordenou Emma entre dentes cerrados. — Você não entende nada. — Ela se voltou para Julian. — Vamos sair daqui.

Mas Julian continuava encarando Annabel.

— Você quer alguma coisa — começou ele com uma voz mortalmente seca. — O quê?

— Ah. — Annabel ainda estava sorrindo. — Quando eu abrir o Portal, levem Ash com vocês. Ele corre perigo.

— *Ash?* — repetiu Julian, incrédulo.

— Ash me parece muito bem aqui — disse Emma, abaixando a pistola. — Digo, ele pode estar entediado com as opções no videogame considerando que, sabe como é, você e Sebastian mataram todas as pessoas que desenvolvem os jogos. Ou a bateria dele pode estar acabando. Mas não sei se isso se qualifica como *perigo*.

O rosto de Annabel ficou sombrio.

— Ele é bom demais para este lugar — falou ela. — E mais do que isso, quando nos encontramos aqui, eu o levei até Sebastian. Achei que Sebastian fosse cuidar de Ash porque é o pai dele. E por um tempo até cuidou. Mas ouvi rumores de que o esgotamento de energia para manter tantos Crepusculares está acabando com Sebastian aos poucos. As forças vitais dos Crepusculares são envenenadas. Inúteis. Mas Ash não. Acho que ele vai acabar matando Ash e usando sua força vital considerável para se rejuvenescer.

— Ninguém está a salvo, não é mesmo? — disse Julian. Ele não pareceu nada impressionado.

— Este mundo é bom para mim — disse Annabel. — Detesto os Nephilim e tenho poder suficiente para estar a salvo dos demônios.

— E Sebastian permite que você torture os Nephilim — disse Emma.

— De fato. Causo neles as mesmas feridas que o Conselho já me causou. — Não havia emoção em sua voz, nem mesmo um indício de triunfo, apenas uma aridez mortal que era ainda pior. — Mas não é um bom lugar para Ash. Não podemos nos esconder, Sebastian o encontraria em qualquer lugar. Ele vai ficar melhor no seu mundo.

— Então por que você mesma não o leva? — perguntou Emma.

— Levaria se pudesse. Me faz muito mal estar longe dele — disse Annabel. — Dediquei toda a minha vida nos últimos anos a cuidar dele.

Lealdade perfeita, pensou Emma. Era essa lealdade que tinha transformado Annabel numa criatura tão abatida, com aparência tão adoentada? Sempre colocando Ash antes de si, seguindo-o para tudo que é lado, pronta para morrer por ele a qualquer momento, sem nunca saber por quê?

— Mas no seu mundo — prosseguiu Annabel — eu seria caçada e separada à força de Ash. Ele não teria quem o protegesse. Desse jeito, ele terá vocês.

— Você parece confiar muito na gente — disse Julian —, considerando que sabe que a detestamos.

— Mas não detestam Ash — disse Annabel. — Ele é inocente, e vocês sempre protegeram os inocentes. É o que *fazem*. — Ela sorriu, um sorriso esclarecido, como se soubesse que os tinha pegado. — Além disso, estão desesperados para voltar para casa, e o desespero sempre tem um preço. Então, que tal, Nephilim? Temos um acordo?

Ash pegou o pedaço de papel que havia caído do casaco de Julian Blackthorn no chão da boate. Teve o cuidado de não deixar Sebastian notar. Ele estava em Thule havia tempo o bastante para saber que nunca era bom chamar a atenção de Sebastian por descuido.

Não que Sebastian fosse sempre cruel. Ele era generoso aos trancos e barrancos, sempre que se lembrava da existência de Ash. Costumava lhe dar armas ou jogos que encontrava quando saqueava casas de rebeldes. Certificava-se de que Ash se vestisse bem, já que o considerava um reflexo de si. Jace era o único de fato gentil, no entanto, quando parecia encontrar em Ash uma válvula de escape para os sentimentos sufocados que ainda nutria por Clary Fairchild, Alexander e Isabelle Lightwood.

E havia Annabel. Mas Ash não queria pensar nela.

Ash desdobrou o papel. Uma onda de espanto percorreu seu corpo. Ele se virou depressa para que Jace e Sebastian, imersos numa conversa, não vissem sua expressão.

Era *ela*, a humana desconhecida que ele certa vez vira na sala de armas Unseelie. Cabelos escuros, olhos da cor do céu dos quais ele se lembrava vagamente. Um bando de corvos voava em círculo no céu atrás dela. Não era uma foto, mas um desenho produzido por mãos ansiosas, melancólicas, com um senso de amor e saudade irradiando da página. Havia um nome escrito num canto: *Drusilla Blackthorn*.

Drusilla. Ela parecia solitária, pensou Ash, mas também determinada, como se uma esperança vivesse atrás daqueles olhos azuis, uma esperança resistente à perda, uma esperança forte demais para dar espaço ao desespero.

O coração de Ash batia acelerado, mas ele não sabia por quê. Apressadamente, ele dobrou o desenho e o guardou no bolso.

Diana estava esperando por eles em Bradbury, apoiada na porta fechada da garagem, com uma espingarda sobre o ombro. Ela abaixou a arma com uma expressão nítida de alívio quando a moto de Emma e Julian parou na sua frente.

— Sabia que conseguiriam — disse ela quando Julian saltou da moto.

— Awn — disse Emma, desmontando. — Você estava preocupada conosco!

Diana cutucou a porta da garagem com a ponta da espingarda. Então disse algo para Emma que se perdeu sob o ranger da porta sendo aberta.

Julian ficou observando Emma responder a Diana com um sorriso, e ficou imaginando como ela conseguia. De algum jeito, Emma sempre conseguia encontrar uma leveza ou uma piada, mesmo sob o maior estresse. Talvez fosse o equivalente à capacidade que ele mesmo demonstrava ao se colocar diante de Sebastian e fingir ser uma versão Crepuscular de si sem sequer sentir a mão tremer. O nervosismo só vinha depois que tudo acabava.

— Sinto muito por ter tido que ir embora — falou Diana depois que a porta voltou a ser fechada, com a moto guardada sob a lona de Raphael. — Se eu ficasse e vocês tivessem sido pegos...

— Não haveria nada que pudesse ter feito por nós — Julian falou. — E eles teriam te matado depois que descobrissem quem de fato éramos.

— Pelo menos assim alguém traria a notícia de Tessa para Livvy. Nós entendemos — acrescentou Emma. — Você já contou para ela?

— Estava esperando por vocês. — Ela deu um sorriso de lado. — E eu não queria ter que contar para Livvy que perdi o irmão dela.

Irmão dela. As palavras pareciam vindas de um sonho, uma meia-verdade, por mais que Julian quisesse que fossem totalmente genuínas.

— Então o que Sebastian queria com vocês? — perguntou Diana ao permitir que entrassem no prédio.

Eles devem ter chegado muito tarde na noite anterior, percebeu Julian; a essa hora, os corredores ainda estavam cheios de gente correndo para lá e para cá. Passaram pela porta aberta de uma despensa cheia de enlatados e engarrafados. A cozinha provavelmente ficava ali perto; o ar cheirava a sopa de tomate.

— Ele nos ofereceu uma casa em Bel Air — disse Emma.

Diana estalou a língua.

— Que chique. Bel Air é onde Sebastian mora, e os Crepusculares mais favorecidos. É protegida pelo fosso.

— Aquele feito de ossos gigantes? — perguntou Julian.

— Sim, aquele fosso — respondeu Diana. Chegaram à porta do escritório de Livvy; Diana abriu com o quadril e os chamou para dentro.

Por algum motivo, Julian achou que Livvy estaria sozinha, esperando por eles, mas não foi o caso. Ela estava à uma das longas mesas arquiteturais, com Bat e Maia, olhando um mapa de Los Angeles. Cameron estava andando de um lado a outro.

Livvy levantou o olhar quando a porta foi aberta e ficou extremamente aliviada. Por um instante, Julian estava vendo uma Livvy pequena na praia, presa numa pedra pela maré, com o mesmo olhar de alívio desesperado quando ele foi buscá-la e levá-la de volta para a costa.

Mas esta Livvy não era a mesma garotinha. Não era nenhuma garotinha. Ela rapidamente disfarçou o olhar de alívio.

— Que bom que voltaram — disse ela. — Deram sorte?

Julian relatou a reunião com Tessa — deixando de fora, por enquanto, a parte em que ela pedira que matassem Sebastian — enquanto Emma ia até a cafeteira no canto e pegava café para os dois. Estava amargo, puro, e quando Julian engoliu foi doloroso.

— Pelo visto te devo cinco mil — disse Cameron a Livvy quando Julian concluiu seu relato. — Não achei que Tessa estivesse viva, quanto mais que fosse capaz de nos levar até a Cidade do Silêncio.

— É uma ótima notícia — disse Maia. Ela estava apoiada na beira da mesa do mapa. Uma das mãos casualmente segurando o cotovelo oposto, e Julian pôde ver a tatuagem de um lírio no antebraço dela. — Deveríamos começar uma sessão estratégica. Formar grupos. Alguns podem cercar a entrada da Cidade do Silêncio, outros podem ficar de franco-atiradores, outros podem proteger a feiticeira, outros...

— Também temos más notícias — disse Julian. — Na volta da praia, fomos parados num posto de controle. Sebastian quis nos ver.

Livvy ficou tensa.

— O quê? Por quê?

— Ele achou que fôssemos as versões Crepusculares de nós mesmos. Emma e Julian desse mundo — explicou Emma.

— Ele sabe que você está fazendo alguma coisa por aqui — disse Julian.

— Ele até sabe seu nome, Livvy.

Fez-se um momento de silêncio sombrio.

— Eu falei que ela devia adotar um apelido como "Vingadora Mascarada", mas ela não me ouviu — disse Bat com um sorriso forçado.

— Ah — falou Emma. — Rindo na cara do perigo. Eu aprovo.

Livvy beliscou a ponte do nariz.

— Isso significa que não temos tempo a perder. Você consegue entrar em contato com Tessa?

— Agora que sabemos onde ela está, qualquer pessoa pode pegar minha moto e levar um recado para ela — disse Diana. — Sem problemas.

— Melhor fazermos isso durante o dia. De noite tem muito demônio — acrescentou Livvy.

— Acho que isso nos dá um tempinho — concluiu Diana.

Cameron colocou a mão no ombro de Livvy. O gesto provocou uma estranha sensação em Julian — ele sentira tanto ciúme de Cameron no mundo deles, do comportamento dele e de Emma quando estavam namorando. Os dois tinham tudo o que ele e Emma jamais teriam: os toques casuais, beijos em público. Agora esse Cameron era namorado de Livvy, e acionava o lado protetor de Julian em vez do lado ciumento. Mas ele tinha que admitir, a contragosto, que o sujeito parecia um bom namorado. Era gentil, apesar de sua família horrorosa, e claramente achava que Livvy era o céu e a terra.

Como deveria ser.

— Venham ver o mapa — disse Maia, e todos se reuniram em volta. Ela passou o dedo cheio de anéis de bronze pelo papel, apontando a localização deles. — Estamos aqui. Essa é a entrada para a Cidade do Silêncio. Fica a poucos quarteirões, então podemos ir a pé, mas provavelmente é melhor fingirmos que somos Crepusculares.

— Iremos ao amanhecer, pois a atividade demoníaca diminui — repetiu Livvy. — Quanto a Tessa Gray...

— Só precisamos informar o momento em que iremos, e ela nos encontrará na entrada da Cidade do Silêncio — disse Julian. — É lá que fica no nosso mundo? Na Angels Flight?

Bat pareceu surpreso.

— Sim. Mesma coisa.

A Angels Flight era uma estrada de ferro estreita que subia o Bunker Hill no centro de Los Angeles, e seu trilho parecia chegar ao céu. Julian só tinha visitado o local uma vez, ainda como entrada da Cidade do Silêncio.

— Certo. — Maia juntou as mãos com uma palma. — Todos estarão no refeitório para o jantar, então vamos formar times.

— Você ficará encarregada de discutir com Raphael — disse Bat.

Maia revirou os olhos.

— Claro. Ele sempre diz que não vai colaborar, e no último minuto aparece com um bando de vampiros combatentes.

— Eu cuido do contingente de lobos — disse Bat.

Diana jogou as mãos para o alto.

— E eu junto todo o restante. De quantos precisamos? Trinta, talvez? Um grupo muito grande pode chamar uma atenção desnecessária...

— Pessoal — disse Livvy, olhando para Julian, do outro lado da mesa do mapa. — Gostaria de falar a sós com o meu irmão, se não se importam.

— Ah, claro — disse Maia. — Sem problema. Até já.

Ela saiu com Bat. Cameron deu um beijo na bochecha de Livvy.

— Até daqui a pouco.

— Estarei na sala das armas — disse Diana, indo para a porta.

Emma encontrou o olhar de Julian

— Armas parecem uma ótima ideia — comentou. — Vou com Diana.

Assim que a porta se fechou atrás deles, Livvy foi até um dos sofás grandes e se sentou. Em seguida encarou Julian com um olhar fixo, tão parecido com o de sua velha Livvy, exceto pela cicatriz no olho.

— Jules — começou ela. — O que você está escondendo de mim? Tem alguma coisa que não está me contando.

Julian se apoiou na mesa. Falou com cuidado.

— Por que você acha isso?

— Porque você nos contou como entrar na Cidade do Silêncio e pegar os Instrumentos Mortais, mas não disse que descobriu como destruí-los. Sei que você não sugeriria que os guardássemos, pois depois que estiverem em nossas mãos, seremos os maiores alvos de Sebastian.

— Planejamos levá-los para o nosso mundo — disse Julian. — Sebastian não vai encontrá-los lá.

— Certo — falou Livvy lentamente. — Então Tessa Gray pode abrir um Portal para levá-los de volta para casa?

— Não. — Julian flexionou as mãos; parecia tenso. — Não exatamente.

Livvy estalou os dedos.

— Eis aí o que você está me escondendo. O que é?

— Você conhece uma mulher chamada Annabel? — perguntou Julian. — Ela é do nosso mundo, mas você pode tê-la visto com Sebastian aqui. Cabelos escuros e longos...

— Aquela necromante que apareceu com o filho de Sebastian? O nome dela é Annabel? — Livvy assobiou. — Não é assim que ela é chamada aqui. A Legião da Estrela a chama de Rainha do Ar e da Escuridão.

— Isso é de um poema antigo — disse Julian, pensativo.

— Então isso significa que Ash Morgenstern também é do seu mundo — disse Livvy.

— Sim. Na verdade, ele é do Reino das Fadas no nosso mundo. Todos nós viemos pelo mesmo Portal, mas eles foram entregues aqui há mais ou menos cinco anos, eu suponho. Dois anos depois da Batalha de Burren. Desconfio que tenham ido diretamente até Sebastian. Ela sabia que ele era filho de Sebastian, e considerando que Sebastian está vivo aqui, e no comando...

— Acho que estou ficando com dor de cabeça. — Livvy esfregou as têmporas. — O Reino das Fadas, hein? Suponho que isso explique por que Ash tem idade tão próxima da do "pai".

Julian assentiu.

— O tempo nas Terras Imortais é muito estranho. Também não entendo isso muito bem. — Ele passou a mão pelos cabelos. — A questão é que... Annabel me ofereceu um acordo.

— Que tipo de acordo? — perguntou Livvy, cautelosa.

— Ela tem uma magia poderosa — disse Julian. Falou com grande ponderação. Não havia necessidade de contar a Livvy que Annabel era uma Blackthorn. Suscitaria mais perguntas, perguntas que ele não queria responder. — Como ela levou o Volume Sombrio do nosso mundo, ela consegue abrir um Portal de volta para ele. Ela se ofereceu para abrir um para nós.

— Por que ela faria essa oferta se é uma das capangas de Sebastian?

— Ela não liga para Sebastian. Ela só se importa com Ash, e teme por ele. Está oferecendo nos mandar de volta se o levarmos conosco.

— Ela provavelmente não está errada em se preocupar. Sebastian acaba com todos que são próximos a ele — Livvy se sentou sobre as pernas. — Você confia nessa Annabel?

— Odeio ela — disse Julian, antes de conseguir se conter. Notou que Livvy arregalou os olhos, e se obrigou a continuar com mais calma. — Mas confio que os sentimentos dela por Ash são verdadeiros. Ele tem certa influência sobre as pessoas.

— Interessante. — O olhar de Livvy estava ligeiramente desfocado. — Dru o viu há alguns anos. Numa execução, igual àquela que você viu na praia. Ela continuou falando nele depois, dizendo que ele não parecia à vontade lá. — Pôs uma mecha de cabelo atrás da orelha. — Você... se você atravessar o Portal, ainda vai querer que eu vá junto?

— Claro — disse Julian. — É parte do motivo pelo qual não recusei a oferta de Annabel. Quero tirar você daqui.

Livvy mordeu o lábio.

— E a minha versão que existe no seu mundo? Não vai ficar confusa?

Julian não disse nada; já esperava por isso, mas ainda não tinha uma resposta. Ele notou que a expressão dela mudou, se acomodando em linhas de certeza e resignação, e sentiu um pedaço do coração murchar.

— Estou morta, não estou? — A voz de Livvy saiu firme. — Estou morta no seu mundo. Dá para ver pelo jeito como você me olha.

— Sim — Julian tremia como se estivesse com frio, mas o ar estava quente e calmo. — Foi minha culpa, Livs. Você...

— Não. — Ela se levantou e atravessou a sala até Julian, colocando as mãos no peito dele como se quisesse empurrá-lo. — Você não fez nada para me machucar, Jules. Eu conheço você bem demais para me convencer disso. Você se esquece de que, neste mundo, você se sacrificou por mim. — Seus olhos Blackthorn estavam arregalados, brilhantes e sem lágrimas. — Sinto muito que tenhamos perdido um ao outro no seu mundo. Gostaria de pensar que em algum lugar estamos intactos. Todos nós juntos. — Ela deu um passo para trás. — Deixa eu te mostrar uma coisa.

A garganta dele estava seca demais para conseguir falar. Ele ficou olhando enquanto ela se virava, ficando de costas para ele para tirar o casaco. Por baixo, vestia uma camiseta branca. Não ajudava em nada a esconder a tatuagem enorme que se esticava em suas costas como asas: a Marca de luto, se esticando da nuca até o meio da espinha, com as beiras tocando os ombros.

A voz dele rachou.

— Por Ty.

Ela se curvou e pegou o casaco de volta, vestindo-o novamente para esconder o símbolo. Quando virou para olhar novamente para ele, seus olhos brilhavam.

— Por todos vocês — disse ela.

— Volte para casa comigo — sussurrou Julian. — Livvy...

Ela suspirou.

— Dá para perceber que você quer minha permissão para fazer esse acordo com a necromante, Jules. Dá para perceber que você acha que isso tornaria essa escolha mais fácil e melhor. Mas não posso fazer isso. — Ela balançou a cabeça. — Em Thule, escolhas terríveis são tudo o que temos. Essa eu deixarei por sua conta.

Rainha do Ar e da Escuridão

No armário de armas, Emma vagava contente; nunca se interessara muito por armas — não funcionavam em demônios, então Caçadores de Sombras não faziam grande uso delas —, mas havia diversos outros itens de destruição localizada. Ela enfiou no cinto um punhado de facas de arremesso e foi até uma mesa de adagas.

Diana estava apoiada contra a parede e a observava com um divertimento cansado.

— No seu mundo — disse ela —, vocês eram *parabatai*?

Emma pausou, segurando uma lâmina.

— Éramos.

— Eu não mencionaria isso por aí se fosse você — disse Diana. — As pessoas aqui não gostam muito de pensar nos *parabatai*.

— Por que não?

Diana suspirou.

— Quando Sebastian foi ganhando controle do mundo, e o mundo foi se tornando mais sombrio e mais desesperado, os *parabatai* mudaram. Foi da noite para o dia, ao contrário da mudança dos feiticeiros. Um dia o mundo acordou para descobrir que aqueles que eram *parabatai* tinham se tornado monstros.

Emma quase derrubou a faca.

— Eles se tornaram malvados?

— Monstros — repetiu Diana. — As Marcas começaram a arder como fogo, como se eles tivessem fogo em vez de sangue nas veias. As pessoas disseram que as lâminas daqueles que lutavam contra eles estilhaçaram em suas mãos. Linhas escuras se espalharam sobre seus corpos e eles se tornaram monstruosos, fisicamente monstruosos. Eu nunca vi acontecendo, só para deixar claro, ouvi tudo por terceiros. Histórias sobre criaturas enormes, brilhantes e impiedosas acabando com cidades. Sebastian teve que soltar milhares de demônios para acabar com eles. Muitos mundanos e Caçadores de Sombras morreram.

— Mas por que aconteceria uma coisa dessas? — sussurrou Emma, com a garganta subitamente seca.

— Provavelmente pelo mesmo motivo porque os feiticeiros se tornaram demônios. O mundo se tornou deturpado e demoníaco. Ninguém sabe, na verdade.

— Você se preocupa que isso aconteça conosco? — perguntou Emma. Ela estava pegando mais armas, agora a esmo, sem prestar atenção de fato. — Que possamos sofrer modificações aqui?

— Sem chance de isso acontecer — disse Diana. — Depois que a magia angelical parou de funcionar completamente, os poucos *parabatai* que sobreviveram ficaram bem. Os laços se romperam e eles não mudaram.

Emma assentiu.

— Eu sinto que meu vínculo com Julian está quebrado aqui.

— Sim. Não existem mais Caçadores de Sombras, então não existem mais *parabatai*. Mesmo assim, como eu disse, eu não comentaria com as pessoas. Suas Marcas vão desbotar em breve. Você sabe. Se vocês ficarem aqui.

— Se ficarmos aqui — ecoou Emma, um pouco fraca. Sua cabeça estava rodando. — Certo. É melhor eu voltar agora. Julian pode estar se perguntando onde estou.

— Vejo que andou decorando o ambiente — disse Julian assim que entrou no quarto. Ele parecia cansado, porém alerta, seus cabelos castanhos ainda bagunçados do passeio de moto.

Emma olhou em volta — tinha pegado uma quantidade espantosa de armas do armário lá de baixo. Havia uma pilha de adagas num canto, outra de espadas no outro, e montes de armas do departamento de polícia de Los Angeles: pistolas Glock e Beretta, basicamente.

— Valeu — disse ela. — O tema é Coisas que Podem Te Matar.

Julian riu e entrou no banheiro; ela ouviu a água da pia correndo enquanto ele escovava os dentes. Havia pegado uma das blusas sociais masculinas que tinham emprestado a Julian e estava usando-a como uma camisola sobre a roupa íntima: não era a opção mais sensual de pijama, pensou ela, mas ao menos era confortável.

Emma cruzou as pernas debaixo do quadril e resistiu ao impulso de perguntar a Julian se ele estava bem. Após retornar de sua expedição com Diana, ela aguardara por Julian ansiosamente. Este era um mundo que podia machucá-los de muitas formas. Podiam ser mortos por demônios ou caçados por Crepusculares. E se tivessem chegado antes, aparentemente, poderiam ter se transformado em monstros e destruído uma cidade.

Existe uma corrupção no coração da ligação dos parabatai. *Um veneno. Uma escuridão nela que reflete a sua bondade. Há uma razão pela qual os* parabatai *não podem se apaixonar, e é monstruosa, para além de tudo que poderia imaginar.*

Ela balançou a cabeça. Não ia dar ouvidos às mentiras da Rainha. Tudo em Thule era deturpado e monstruoso — claro que o laço dos *parabatai* não teria sido poupado.

Mais real e perigosa era a sombra dos corações partidos em cada esquina. Ela sabia o quanto Julian queria que a Livvy daqui os acompanhasse ao mundo deles, mas percebeu a expressão de Livvy quando Julian a convidara, e ficou se questionando.

Quando ele voltou ao quarto, seu cabelo e a camiseta estavam molhados, e ele parecia um pouco mais desperto. Ela supunha que ele tivesse jogado água no rosto.

— Tinham arcos? — perguntou ele, examinando a pilha de espadas. Ele pegou uma e avaliou, a lâmina refratando a luz quando ele a virava de um lado a outro.

Emma sentiu um frio na barriga. Era leve, mas algo ainda mexia com ela por ver Julian agindo como um *Caçador de Sombras*, sendo o guerreiro que ela o vira se transformar. Os músculos se movimentavam suavemente no braço e no ombro enquanto ele manipulava a lâmina e a repousava outra vez, ostentando um olhar reflexivo.

Emma torceu para que suas bochechas não estivessem rosadas.

— Peguei um para você. Está no armário.

Ele foi verificar.

— Se chegarmos à Cidade do Silêncio sem que nenhum Crepuscular e nenhum demônio perceba, pode ser que não precisemos usar nada disso.

— Diana sempre disse que as melhores armas eram mantidas em grande forma para serem utilizadas, mas que isso nunca se mostrava necessário — disse Emma. — Claro que eu nunca entendi do que ela estava falando.

— Claro que não. — Ele sorriu, mas o sorriso não alcançou os olhos. — Emma, preciso contar uma coisa.

Ela se sentou apoiada na cabeceira da cama. Seu coração parou por um segundo, mas ela tentou manter a expressão calma e receptiva. Julian não era bom em se abrir nem quando ainda *possuía* emoções; mesmo assim, acima de qualquer coisa, ela sentia mais falta de quando compartilhavam desejos e fardos.

Ele se sentou na beira da cama e olhou para o teto.

— Eu não contei a Livvy sobre o pedido de Tessa, para que matássemos Sebastian — disse ele.

— Claro — disse Emma. — Se não conseguirmos chegar à Cidade do Silêncio e pegar os Instrumentos Mortais, não vai fazer a menor diferença mesmo. Por que assustá-la antes da hora?

— Mas eu disse que se conseguirmos a Espada e o Cálice, os levaremos conosco. Para protegê-los.

Emma esperou. Não sabia ao certo onde Julian chegaria com isso.

— Quando estivemos na Corte Seelie — disse Julian —, nessa última vez, quando conversei com a Rainha, ela me contou como seria possível romper todos os laços *parabatai* de uma vez.

Emma agarrou as cobertas.

— Sim. E você me disse que era impossível.

Os olhos dele eram janelas para um oceano que não existia neste mundo mais.

— Fizemos o que ela pediu — disse ele. — Entregamos o Volume Sombrio a ela. Então ela me contou, porque achou que seria engraçado. Veja, só existe um jeito de fazer. Você tem que destruir o primeiro símbolo *parabatai* já registrado, que fica na Cidade do Silêncio. E tem que fazer isso com a Espada Mortal.

— E no nosso mundo, a Espada está destruída — disse Emma. Fazia sentido, de um jeito deturpado: ela conseguia imaginar o deleite da Rainha ao transmitir a informação.

— Não te contei porque achei que não tivesse importância — continuou ele. — Nunca seria possível. A Espada estava quebrada.

— E você não me contou por causa do feitiço — disse ela, gentilmente. — Não achou que precisasse contar.

— É — respondeu ele, deu um suspiro trêmulo. — Mas agora estamos falando sobre trazer a espada de volta para o nosso mundo, e eu sei que é uma chance em um milhão, mas pode ser que dê, quer dizer, poderíamos vislumbrar essa escolha. Eu poderia.

Emma queria dizer um milhão de coisas. Dentre elas: *Você prometeu que não faria* e *Seria uma coisa péssima*. Ela se lembrava da certeza moral que sentira quando Julian contara a ela que a Rainha tinha esfregado essa tentação na cara dele.

Mas era difícil ter certeza moral sobre qualquer coisa depois da morte de Livvy.

— Pedi a Magnus para colocar esse feitiço em mim porque eu estava apavorado — disse Julian. — Fiquei nos imaginando virando monstros. Destruindo tudo o que amávamos. Eu ainda tinha o sangue de Livvy sob as unhas. — A voz dele tremeu. — Mas tem mais uma coisa que temo igualmente, e é por isso que a voz da Rainha não para de ecoar na minha mente.

Emma olhou para ele, esperando.

— Te perder — disse ele. — Você é a única pessoa que já amei assim e sei que é a única pessoa que vou amar. E não sou eu mesmo sem você, Emma. Depois que você dissolve tinta na água, não tem como desfazer. É assim. Não tenho como tirar você de mim. Significa arrancar meu coração, e eu não gosto de mim sem meu coração. Sei disso agora.

— Julian — sussurrou Emma.

— Não vou fazer — disse ele. — Não vou usar a Espada. Não posso causar em outras pessoas a mesma dor que senti. Mas se chegarmos em casa e tivermos a Espada, acho que temos de trocá-la por exílio junto ao Inquisidor. Acho que não temos outra escolha.

— Exílio verdadeiro? — falou Emma. — Vão nos separar das crianças, Julian, vão separar você das...

— Eu sei — disse ele. — Houve um tempo em que achei que nada poderia ser pior. Mas agora sei que estava enganado. Fiquei abraçado a Livvy enquanto ela morria, e isso foi pior. O que aconteceu a Livvy aqui, perder todos nós, isso é inimaginavelmente pior. Perguntei a mim mesmo se eu preferia passar pelo que Mark passou, ser arrancado da família, mas pensar que estavam todos bem e felizes, ou pelo que Livvy passou aqui, sabendo que seus irmãos estavam mortos. Não tem nem o que analisar. Eu preferia que estivessem vivos e bem, mesmo que eu não pudesse estar com eles.

— Não sei, Julian...

A expressão dele estava completamente vulnerável.

— A não ser que você não sinta mais isso por mim — disse ele. — Se você tiver deixado de me amar enquanto estive enfeitiçado, eu não a culparia.

— Acho que isso resolveria o nosso problema — respondeu ela sem pensar.

Julian hesitou.

Emma engatinhou apressadamente pela cama, em direção a ele. E se ajoelhou no meio da coberta, esticando o braço para tocá-lo no ombro. Ele virou a cabeça para olhá-la e fez uma careta, como se estivesse encarando o sol.

— Julian — começou ela. — Eu estava com raiva de você. Eu estava sentindo *saudade* de você. Mas não deixei de te amar. — Ela passou o dorso da mão levemente pela bochecha dele. — Enquanto você existir e eu existir, eu vou te amar.

— Emma. — Ele se pôs de joelhos diante dela. Naquela posição, Emma era o equivalente a uma cabeça mais baixa do que ele. Ele tocou os cabelos dela, ajeitando-os sobre o ombro. Suas pupilas estavam dilatadas. — Não sei o que vai acontecer quando voltarmos — disse ele. — Não sei se pedir exílio a Dearborn vai funcionar. Não sei se seremos separados. Mas se acontecer, pensarei no que você acabou de dizer, e isso vai me fazer suportar qualquer coisa. No escuro, nas sombras, nos momentos em que eu estiver sozinho, vou me lembrar.

Os olhos dela arderam.

— Eu posso dizer de novo.

— Não precisa. — Ele a tocou levemente na bochecha. — Sempre vou me lembrar de você falando.

— Então eu gostaria de ter vestido alguma coisa mais sexy — brincou ela com uma risada trêmula.

Os olhos dele escureceram — aquele escuro desejoso que só ela conhecia.

— Pode acreditar, não existe nada mais sexy do que você usando uma camisa minha — disse ele, e tocou singelamente o colarinho da camisa. A pele dela explodiu em arrepios. A voz dele estava baixa e rouca. — Eu sempre te quis. Mesmo quando não sabia.

— Mesmo durante nossa cerimônia *parabatai*?

Ela meio que esperara uma risada em reação, mas em vez disso, Julian passou um dedo pelo tecido da camisa dela, pelo colarinho, até a base do pescoço.

— Principalmente na cerimônia.

— Julian...

— *Rogo não deixá-la* — sussurrou ele — *ou voltar após segui-la.* — Ele abriu o primeiro botão da camisa de Emma, exibindo um pedaço de pele. Aí olhou para ela, que aquiesceu, e articulou em meio à boca seca:

— Sim, eu quero, sim.

— *Pois, para onde fores, irei.* — Os dedos dele foram deslizando para baixo. Outro botão foi aberto. A curva dos seios ficou visível; as pupilas dele dilataram, escureceram.

Havia algo de herético na coisa toda, algo que carregava o frisson do proibido. As palavras da cerimônia *parabatai* não tinham a intenção de despertar desejo. Mesmo assim, cada letra pronunciada esvoaçava pelos nervos de Emma, como se asas de anjos tocassem sua pele.

Ela tocou a camisa dele, tirou pela cabeça. Passou as mãos no seu peito e foi até a cintura, sobre os músculos do abdômen de Julian. Percorreu cada cicatriz.

— *E onde estiver, estarei.*

Os dedos dele encontraram outro botão, e mais um. A camisa se abriu, caindo pelos ombros num farfalhar. Lentamente, Julian a retirou, deixando que o tecido escorregasse pelos braços de Emma. Os olhos dele estavam famintos, mas as mãos eram gentis; ele a acariciou nos ombros e se curvou para beijá-la nos lugares revelados pela camisa, traçando uma trilha entre os seios enquanto ela arqueava as costas nos braços dele. Ele murmurou contra a pele dela.

— *Os teus serão os meus. E teu Deus, o meu Deus.*

Ela tombou para trás, puxando Julian para cima de si. O peso dele a pressionou contra a maciez da cama. Ele envolveu as costas dela e a beijou longa e lentamente. Ela enredou os dedos pelos cabelos dele, como sempre gostara de fazer, os cachos sedosos fazendo cócegas em suas palmas.

Eles se despiram sem pressa. Cada novo pedaço de pele revelado era motivo para mais um toque reverencial, mais um beijo lento.

— *Onde morreres, morrerei* — sussurrou Julian de encontro à boca de Emma.

Ela desabotoou o jeans dele, e Julian o chutou para longe. Ela podia senti-lo duro contra ela, mas não havia pressa: os dedos de Julian percorriam suas curvas, as entradas e cavidades de seu corpo, como se ele estivesse delineando um retrato dela em ouro e marfim com cada pincelada de suas mãos.

Ela o envolveu com as pernas para mantê-lo bem próximo. Ele a beijava na bochecha, nos cabelos enquanto se movimentava dentro dela; seus olhares jamais se desgrudavam, levando-os ao ápice. Eles se ergueram como um, em fogo e faíscas, cada instante mais brilhante; e quando finalmente romperam e caíram juntos, eram estrelas colidindo em ouro e glória.

Depois, Emma se aninhou novamente contra Julian, sem fôlego. Ele estava corado, brilhando de suor, enquanto retorcia os cabelos dela pelos dedos.

— *Se qualquer coisa além da morte nos separar*, Emma — disse ele, e a beijou nos cabelos.

Emma fechou os olhos ao sussurrar:

— Julian. Julian. *Se qualquer coisa além da morte nos separar.*

Julian se sentou na beira da cama, encarando a escuridão.

Seu coração estava cheio de Emma, mas sua mente era um turbilhão. Ele estava satisfeito por ter contado a ela a verdade revelada pela Rainha, por ter demonstrado sua determinação quanto a buscar exílio. Mas seu desejo era ter dito mais.

Enquanto você existir e eu existir, eu vou te amar. Essas palavras preenchiam e partiam seu coração. O perigo de amar Emma tinha se tornado uma espécie de cicatriz de batalha: uma fonte de orgulho, uma lembrança de dor. Ele não conseguira dizer o restante: *mas e se o feitiço voltar quando formos para casa? E se eu parar de entender o que significa te amar?*

Ela fora tão corajosa, sua Emma, e tão linda, e ele a desejara tanto que tremera enquanto desabotoava a camisa dela, enquanto alcançava a gaveta da cabeceira. Agora ela dormia, envolvida pelos cobertores, o ombro era uma lua crescente clara. E ele estava sentado na beira da cama, segurando a adaga cheia de joias que Emma tinha trazido mais cedo do armário de armas lá de baixo.

Julian a virou na mão. Era pequena, com uma lâmina afiada, e pedras vermelhas no cabo. Ele ainda ouvia a voz da Rainha em sua mente. *Na Terra das Fadas, não há lamentações nem alegrias para os mortais.*

Recordou-se do jeito como ele e Emma sempre escreviam na pele um do outro com os dedos, soletrando palavras que mais ninguém podia ouvir.

E pensou no grande vazio que carregara dentro de si após o feitiço, sem entender aquilo direito, como um mundano possuído por um demônio parasita se alimentando de sua alma, sem jamais saber de onde vinha a tristeza.

Quando você não tem mais empatia, se torna um monstro. Você pode não estar enfeitiçado aqui, Julian Blackthorn, mas e quando voltar? O que vai fazer, quando não suportar seus sentimentos?

Ele esticou o braço e abaixou a lâmina.

21

Do Céu Nenhum Raio

Diana apareceu ao amanhecer e bateu à porta deles. Emma acordou grogue, com os cabelos embaraçados e os lábios doloridos. Rolou e viu Julian deitado de lado, todo arrumado, com uma camisa preta de mangas compridas e calças verde escuras. Parecia ter acabado de tomar banho, com o cabelo sem cachos por estar encharcado demais, a boca com gosto de pasta de dentes quando ela se inclinou para beijá-lo. Será que ele tinha conseguido dormir?

Ela cambaleou para tomar banho e trocar de roupa. A cada peça que vestia, sentia mais uma camada de ansiedade, despertando-a mais do que cafeína ou açúcar seriam capazes. Camisa de manga comprida. Colete acolchoado. Calças de lona. Botas de solado grosso. Adagas e *chigiriki* no cinto, estrelas de arremesso nos bolsos, uma espada comprida numa bainha junto às costas. Ela prendeu o cabelo numa trança e, com alguma relutância, pegou uma arma e a colocou no coldre no cinto.

— Pronta — anunciou.

Julian estava encostado perto da porta, um pé com bota apoiado na parede. Tirou o cabelo do olho.

— Estou pronto há horas — provocou.

Emma jogou um travesseiro nele.

Era bom ter as implicâncias deles de volta, pensou ela enquanto desciam as escadas. Incrível como o humor e a capacidade de fazer piadas estavam ligados às emoções; um Julian desprovido de sentimentos era um Julian com um humor sombrio e amargo.

O refeitório estava lotado e cheirava a café. Lobisomens, vampiros e ex-Caçadores de Sombras estavam sentados às longas mesas, comendo e bebendo com louças rachadas e descombinadas. Era uma cena estranhamente harmônica, pensou Emma. Ela não conseguia imaginar uma situação em seu mundo na qual um grande grupo de Caçadores de Sombras e integrantes do Submundo se sentassem juntos para uma refeição casual. Talvez a Aliança entre o Submundo e os Caçadores de Sombras de Magnus e Alec comesse junta, mas Emma tinha de admitir que sabia vergonhosamente pouco sobre eles.

— Oi. — Era Maia, levando-os até uma mesa longa onde Bat e Cameron estavam sentados. Duas vasilhas de mingau de aveia e canecas de café tinham sido postas para eles. Emma encarou o café enquanto sentava. Até em Thule, presumiam que ela bebia aquele troço.

— Comam — ordenou Maia, sentando numa cadeira ao lado de Bat. — Todos nós precisamos de energia.

— Onde está Livvy? — perguntou Julian, comendo uma colherada de mingau de aveia.

— Ali. — Cameron apontou com a colher. — Correndo de um lado a outro e apagando incêndios, como sempre.

Emma provou o mingau. Tinha gosto de papel cozido.

— Aqui — Maia entregou uma pequena vasilha lascada. — Canela. Melhora o gosto.

Ao pegar a vasilha, Emma notou que havia outras tatuagens ao lado do lírio — uma flecha com penas, uma chama azul e uma folha de sálvia.

— Elas têm algum significado? - perguntou ela. Julian estava papeando com Cameron, coisa que Emma não imaginaria acontecendo no mundo deles. Ela já estava um pouco surpresa por estar acontecendo aqui. — Suas tatuagens, quero dizer.

Maia tocou as pequenas ilustrações com dedos leves.

— São homenagens aos meus amigos abatidos — respondeu ela, solene. — A folha de sálvia é para Clary. A flecha e a chama são para Alec e Magnus. O lírio...

— Lily Chen — disse Emma, pensando na expressão de Raphael quando ela mencionara o nome de Lily.

— Sim — respondeu Maia. — Nos tornamos amigas em Nova York depois da Batalha de Burren.

— Lamento muito pelos seus amigos.

Maia se recostou.

— Não lamente, Emma Carstairs — falou ela. — Você e Julian nos trouxeram esperança. Isso, hoje, é o primeiro movimento que fazemos contra

Sebastian, a primeira coisa que fazemos que não é por mera sobrevivência. Então obrigada por isso.

Emma sentiu os olhos arderem. Então olhou para baixo e comeu mais uma colherada de mingau. Maia tinha razão — ficava melhor com canela.

— Não quer o seu café? — perguntou Diana, aparecendo à mesa delas. Estava toda vestida de preto, da cabeça aos pés, com dois cintos de balas na cintura. — Eu tomo.

Emma estremeceu.

— Pode levar. Ficarei grata.

Um grupo de pessoas vestidas de preto marchou porta afora.

— Franco-atiradores — explicou Diana. — Vão nos dar cobertura pelo alto.

— Diana, vamos indo agora — disse Raphael, aparecendo do nada daquele jeito irritante que os vampiros faziam. Ele não tinha perdido tempo vestindo nenhuma roupa militar; estava de calça jeans e camiseta e parecia ter mais ou menos quinze anos de idade.

— Vai patrulhar? — perguntou Emma.

— Essa é a minha desculpa para não ir com vocês humanos, sim — respondeu Raphael.

Era um tanto misterioso, pensou Emma, que Magnus e Alec tivessem gostado tanto desse cara a ponto de darem o nome dele ao filho.

— Mas eu queria tanto brincar de espiã — disse ela.

— Você perderia — respondeu Raphael. — Vampiros são campeões em espionagem.

Ao se afastar, ele parou para falar com alguém. Livvy. Ela o cutucou no ombro, e para surpresa de Emma, ele não achou ruim — simplesmente assentiu, um gesto quase amistoso, e depois foi se juntar ao grupo de vampiros patrulheiros. Saíram pela porta quando Livvy se aproximou da mesa de Julian e Emma.

— Todos prontos — anunciou ela. Sua aparência estava bem parecida à da primeira vez em que a viram em Thule. Firme e pronta para qualquer coisa. Os cabelos estavam presos num rabo de cavalo apertado; ela se abaixou para beijar a bochecha de Cameron e afagou o ombro de Julian. — Jules, você e Emma vêm comigo. Temos neblina hoje.

— Neblina não parece tão ruim — disse Emma.

Livvy suspirou.

— Você vai ver.

Emma viu mesmo. Neblina em Thule era como todo o restante em Thule: surpreendentemente horrível.

Saíram de Bradbury num pequeno grupo: Emma, Julian, Livvy, Cameron, Bat, Maia, Divya, Rayan e mais alguns rebeldes que Emma não conhecia de nome. E a neblina os atingiu como uma parede: colunas espessas de bruma se elevando do chão e pairando pelo ar, transformando num borrão tudo o que estava a poucos metros de distância. Tinha cheiro de queimado, como a fumaça de uma fogueira intensa.

— Vai fazer seus olhos arderem. A garganta também, mas não machuca — explicou Livvy enquanto se dividiam em grupos menores, se espalhando pela Broadway. — Mas é péssima para os franco-atiradores. Zero visibilidade.

Ela estava caminhando com Emma e Julian na sarjeta ao lado da calçada. Eles seguiam Livvy, considerando que ela parecia saber para onde ia. A neblina bloqueava a luz fraca do sol moribundo quase completamente; Livvy tinha pegado uma lanterna e estava mirando a luz na bruma adiante.

— Pelo menos não vai ter nenhum carro — disse Livvy. — Às vezes os Crepusculares tentam atropelar, se acham que você não é jurado. Mas ninguém dirige na bruma.

— Aqui chove? — perguntou Emma.

— Acredite — disse Livvy —, você não vai querer estar aqui quando chover.

O tom sugeria tanto que Emma não deveria fazer mais perguntas quanto que provavelmente choviam canivetes ou sapos raivosos.

A neblina branca parecia bloquear o som, tanto quanto a visão. Eles avançavam hesitantes, os passos abafados, seguindo a luz da lanterna de Livvy. Julian parecia perdido em pensamentos; Livvy olhou para ele, e depois para Emma.

— Tenho uma coisa que quero que você leve — disse ela com a voz tão baixa que Emma teve que se inclinar para escutar. — É uma carta que escrevi para Ty.

Ela colocou o envelope na mão de Emma; Emma guardou no bolso interno após ler o nome nele. *Tiberius.*

— Tudo bem. — Emma olhava bem para a frente. — Mas se não vai atravessar o Portal conosco, você tem que contar para Julian.

— O Portal não é uma coisa certa, é? — disse Livvy suavemente.

— Nós vamos voltar — falou Emma. — De algum jeito.

Livvy inclinou a cabeça, reconhecendo a determinação de Emma.

— Ainda não me decidi.

— Vejam — disse Julian. Ele pareceu entrar em foco ao se aproximar delas, não mais borrado pela neblina. — Chegamos.

A Subida dos Anjos se assomava diante deles, seu volume cortando a neblina. A estrada em si tinha sido cercada há muito tempo, quando as pessoas se importavam com coisas como segurança, mas as grades tinham sido

Rainha do Ar e da Escuridão

pisoteadas, e pedaços arrancados das grades se espalhavam pelo chão. Dois carrinhos de madeira estavam tombados na metade da colina, derrubados como brinquedos quebrados. Um arco laranja e preto ornado com as palavras SUBIDA DOS ANJOS se erguia sobre a entrada da estrada.

Diante de um dos pilares que sustentavam o arco, estava Tessa.

Ela não estava disfarçada de Jem hoje. Nem vestida de Caçadora de Sombras ou de Irmão do Silêncio. Usava vestido preto, os cabelos soltos e lisos. Parecia ter a idade de Clary.

— Vocês chegaram — disse ela.

Livvy parou, e estendeu a mão indicando que Julian e Emma também deveriam parar. Apagou a lanterna quando dezenas de figuras emergiram da bruma. Emma ficou tensa, em seguida relaxou ao reconhecê-los — Diana. Bat. Cameron. Raphael. Maia. E mais dezenas de rebeldes, todos vestidos de preto e verde.

Estavam em silêncio, em duas filas. Posicionamento militar. Nenhum deles se mexia.

Tessa olhou contemplativa para Livvy.

— Este aqui são todos parte do seu pessoal?

— Sim — respondeu Livvy. Estava olhando para Tessa com uma mistura de desconfiança e esperança. — É o meu pessoal.

Tessa sorriu, um sorriso súbito e maravilhoso.

— Você fez muito bem, Livia Blackthorn. Honrou seu sobrenome.

Livia pareceu espantada.

— Minha família?

— Há muito existem os Blackthorn — disse Tessa. — E há muito vivem com honra. Vejo muita honra aqui. — Ela olhou na direção dos rebeldes e em seguida se virou, parecendo despreocupada em relação à demonstração às suas costas, e ergueu as mãos diante de si.

Houve uma inspiração profunda dos rebeldes quando os dedos de Tessa brilharam com fogo amarelo. Uma porta — duas portas — se ergueram sob suas mãos, preenchendo o arco. Cada uma era um enorme pedaço de rocha. Nas duas havia uma frase em latim talhada de forma rústica. *Nescis quid serus vesper vehat.*

— *Quem sabe o que a noite traz?* — traduziu Julian, e um calafrio subiu pela espinha de Emma.

Tessa passou as chamas amarelas de seus dedos pelas portas, e um rangido alto cortou a neblina abafante. As portas tremeram e começaram a se abrir, poeira caindo pelos anos de desuso.

Um grito oco e explosivo ressoou pela escuridão enquanto as portas se abriam por completo. Uma escuridão profunda era tudo o que se via para além da entrada: Emma não conseguia enxergar as escadarias que ela sabia levarem à Cidade do Silêncio. Só enxergava sombras.

Emma e Julian deram um passo à frente, Emma espiou na escuridão da entrada da Cidade do Silêncio, exatamente quando Tessa desabou no chão.

Eles correram até ela, que se levantou, se apoiando num pilar, com o rosto tão pálido quanto a bruma.

— Estou bem, estou bem — informou, mas de perto as laterais de sua boca e dos olhos estavam marcados com linhas escarlates, como se os pequenos vasos sanguíneos ali tivessem estourado com o esforço. — Devemos nos apressar. Não é sábio deixar a Cidade do Silêncio aberta...

Ela tentou ficar de pé e sucumbiu de novo com um arfar.

Livvy entregou sua lanterna a Emma e se ajoelhou ao lado de Tessa.

— Cameron! Diana! Vão com Emma e Jules até a Cidade dos Ossos. Maia, preciso de um médico.

Iniciou-se uma enxurrada de ações. Enquanto Cameron e Diana se juntavam a eles, Emma tentava argumentar que ela é quem deveria ficar com Tessa, mas Livvy se mostrou irredutível.

— Vocês fizeram a cerimônia *parabatai* — falou. — Você conhece a Cidade do Silêncio. Não há nenhum motivo para que a arquitetura seja diferente.

— Depressa — repetiu Tessa enquanto Maia se abaixava ao lado dela com um kit de primeiros socorros. — Os Instrumentos estão na Câmara da Estrela. — Ela tossiu. — Vão!

Emma ligou a lanterna de Livvy e correu pela entrada da Cidade, com Julian ao seu lado, Cameron e Diana atrás. O barulho da rua acima desapareceu quase imediatamente, abafado pela neblina e pelas paredes pesadas de pedra. A Cidade do Silêncio estava mais silenciosa do que nunca, pensou ela. O brilho da lanterna refletia nas paredes, iluminando pedras lascadas e, à medida que avançavam mais profundamente, ossos polidos brancos e amarelos.

Livvy tinha razão. A arquitetura da Cidade do Silêncio era a mesma aqui. Julian caminhava ao lado de Emma, fazendo-a se lembrar da última vez em que tinham estado juntos neste lugar, na cerimônia *parabatai*. Na época, a cidade tinha cheiro de velha, como ossos, poeira e pedra, mas era um local vivo e habitado. Agora cheirava a ranço, desuso e morte.

Não era a Cidade dos Ossos *dela*, é claro. Mas Emma havia aprendido na infância que todas as Cidades eram uma Cidade; havia diferentes entradas, mas apenas uma fortaleza. Ao passarem pelas salas arqueadas dos mausoléus,

Emma não conseguiu evitar pensar: *nunca mais guerreiros serão acrescentados a este exército; nunca mais cinzas ajudarão a construir a Cidade dos Ossos.*

Eles desviaram por um túnel que se abria para um pavilhão quadrado. Espirais de ossos esculpidos ocupavam cada canto. Quadrados de mármore como um tabuleiro de damas, bronze vermelho, compunham o piso; no centro, havia o mosaico que dava nome à sala, um desenho parabólico de estrelas prateadas.

Uma mesa preta de basalto acompanhava uma parede. Em cima dela, havia dois objetos: um cálice e uma espada. O Cálice era de ouro, com um aro cravejado de rubis; a Espada era de prata escura, pesada, com um cabo em formato de asas de anjos.

Emma conhecia os dois. Todos os Caçadores de Sombras conheciam, de milhares de pinturas, tapeçarias e ilustrações em livros de história. Ela notou, com uma estranha surpresa desapegada, que nem o Cálice e nem a Espada tinham juntado poeira.

Cameron respirou fundo.

— Nunca achei que fosse de fato *vê-los* outra vez. Não depois da Guerra.

— Me dê a lanterna — pediu Diana, esticando a mão para Emma. — Vão, vocês dois.

Emma entregou a lanterna, e ela e Julian se aproximaram da mesa. Julian pegou o Cálice e o colocou na alça do cinto Sam Browne que trespassava pelo peito, em seguida fechou o casaco por cima. Emma levou um instante para se preparar para pegar a espada. A última vez em que a vira, fora na mão de Annabel quando ela cortara Robert Lightwood e lançara os cacos da espada no peito de Livvy.

Mas esta era outra espada: inteira, sem sangue. Emma pegou o cabo e a trocou pela espada nas suas costas; a Espada Mortal pesava contra sua espinha, e ela se lembrou do que a Rainha dissera: que os Nephilim outrora foram gigantes na terra, com a força de mil homens.

— É melhor a gente ir — disse Diana. — Como disse a feiticeira, é melhor não deixar a porta deste lugar aberta por muito tempo.

Cameron olhou em volta com um tremor de desgosto.

— Mal posso esperar para sair daqui.

Ao passarem pela Cidade, o brilho da lanterna dançou pelas pedras semipreciosas embutidas nos pórticos de ossos. Elas brilhavam de um jeito que deixavam Emma triste: para que servia a beleza quando ninguém via? Eles chegaram a um túnel e ela percebeu, aliviada, que deviam estar perto das escadas e da superfície: dava para ouvir o vento, o som de um motor de carro...

Ela enrijeceu. *Ninguém dirige na neblina.*

— Que barulho é esse? — perguntou.

Todos ficaram atentos. O ruído ficou nítido novamente, e dessa vez Cameron empalideceu.

— Tiros — disse Diana, sacando uma arma do coldre.

— *Livvy.* — Cameron começou a correr; já tinha percorrido alguns metros quando figuras emergiram das sombras, silhuetas de fumaça escarlates. Uma lâmina de prata cortou a escuridão.

— Crepusculares! — gritou Julian.

A espada de Emma já estava em sua mão esquerda; ela avançou numa corrida, sacando um *bo-shuriken* do cinto e lançando-o contra uma das figuras de vermelho. Eles cambalearam para trás e um spray de sangue pintou a parede atrás deles.

Uma Crepuscular de cabelos castanhos e longos correu para cima dela. Cameron estava lutando contra um deles ao pé de uma escadaria. Um tiro soou, ecoando nos ouvidos de Emma; a Crepuscular caiu como uma pedra. Emma olhou para trás e viu Julian abaixando uma pistola, a expressão dura. A fumaça ainda emanava do cano.

— *Vão!* — Diana derrubou a lanterna, empurrou Emma por trás e mirou. — *Para Livvy! Vão até os outros!*

A implicação era clara: levem o Cálice e a Espada para longe dos Crepusculares. Emma correu com a espada na mão, fazendo estrago com seus arcos duplos de golpes cortantes; ela viu Cameron lutando contra um Crepuscular que reconheceu ser Dane Larkspear. Podre em um mundo, podre no outro, pensou ela enquanto Cameron levava Dane a nocaute.

Mas havia mais Crepusculares vindo de um dos outros túneis. Emma ouviu Julian gritar e logo eles estavam correndo pelas escadas, Emma com a espada e Julian com a arma. Eles irromperam pela entrada para a Cidade do Silêncio...

E caíram no meio de um cenário horroroso.

Ainda havia neblina por todo canto, fios brancos como a teia de uma aranha gigantesca. Mas Emma conseguia ver o que precisava. Dezenas de rebeldes de Livvy ajoelhados em silêncio, mãos nas cabeças. Atrás deles, havia longas fileiras de Crepusculares armados com baionetas e metralhadoras. Tessa ainda estava encolhida contra o pilar do arco, mas agora era Raphael que a segurava com um cuidado surpreendente.

Livvy estava de pé, no meio de um grupo de Crepusculares e rebeldes. Ela estava de pé porque Julian — um Julian mais alto, mais velho e maior, com um sorriso sombrio e mortal, todo vestido de vermelho — estava atrás dela.

com um braço lhe envolvendo o pescoço. Com a mão livre ele segurava uma pistola contra a têmpora dela.

Atrás dele estava Sebastian, usando mais um terno escuro caro, e com Sebastian, ladeando-o, estavam Jace e Ash. Ash não estava armado, mas Jace trazia uma espada que Emma reconhecia: Heosphoros, que no mundo dela pertencia a Clary. Era uma bela espada, a guarda em dourado e obsidiana, a lâmina de prata escura estampada com estrelas negras.

Tudo pareceu desacelerar. Emma ouviu a respiração de Julian raspar na garganta; estava parado, como se tivesse sido transformado em pedra.

— Julian Blackthorn — disse Sebastian, e a bruma branca ao seu redor era da cor de seus cabelos, dos cabelos de Ash. Dois príncipes invernais. — Você *realmente* achou que eu seria enganado pela sua encenação horrorosa na boate?

— Annabel — disse Julian com a voz rouca, e Emma soube o que ele estava pensando: Annabel devia tê-los traído, Annabel, que sabia quem de fato eram.

Sebastian franziu a testa.

— O que tem Annabel?

Ash balançou a cabeça levemente. Foi um movimento mínimo, uma negação minúscula, mas Emma percebeu, e teve quase certeza de que Julian também tinha notado. *Não*, ele estava dizendo. *Annabel não traiu vocês.*

Mas por que Ash...?

— Abaixe a arma — disse Sebastian, e Julian obedeceu, jogando-a na bruma. Sebastian mal tinha olhado para Emma; agora ele voltava seu olhar preguiçoso e desdenhoso para ela. — E você. Largue essa espada barata.

Emma derrubou a espada com um tilintar. Ele não tinha visto a Espada Mortal às suas costas?

— Você tem o sol na pele — disse Sebastian. — Isto por si só já é uma pista de que você não é de Thule. E graças a Ash eu conheço a história do seu mundo. Eu sabia sobre o Portal. Passei esse tempo todo imaginando se um de vocês cairia aqui. Sabia que iriam diretamente para os Instrumentos Mortais, para escondê-los de mim. Bastou colocar alguns guardas aqui e esperar o sinal. — Ele deu um sorriso felino. — Agora entreguem os Instrumentos Mortais, ou o Julian aqui vai explodir a cabeça da sua irmã.

O verdadeiro Julian olhou para Livvy. Ela estava gritando por dentro: *ele não vai dar conta de vê-la morrendo de novo, não de novo, ninguém poderia suportar aquilo duas vezes.*

O olhar de Livvy estava fixo no do irmão. Não havia medo em sua expressão.

— Você não vai deixá-la viver — disse Julian. — Independentemente do que eu faça, você vai matá-la.

Sebastian abriu um sorriso mais largo.

— Vai ter que esperar para ver.

— Tudo bem — disse Julian. Seus ombros murcharam. — Estou alcançando o Cálice — falou, erguendo uma das mãos enquanto a outra abria o zíper do casaco. Emma ficou observando, espantada, enquanto ele alcançava dentro da roupa. — Vou entregá-lo a você...

Então tirou a mão do casaco; estava segurando uma faca de arremesso, pequena e afiada, com pedras vermelhas no cabo; Emma mal teve tempo de reconhecê-la antes de Julian lançá-la. Ela cortou o ar, raspando a bochecha de Livvy e enterrando no olho do Julian Crepuscular que a rendia.

Ele sequer gritou. Tombou para trás, atingindo a calçada com um baque, e a pistola rolou de sua mão aberta; Sebastian gritou, mas Livvy já tinha escapado, desviando e rolando pela neblina.

Emma sacou a Espada Mortal e foi para o ataque, diretamente contra Sebastian.

O mundo explodiu em caos. Sebastian gritou para seus Crepusculares, que vieram correndo, abandonando os rebeldes para se jogarem entre Emma e seu líder. Jace atacou Emma, empurrando Ash para trás de si, mas Julian já estava lá; tinha pegado a espada caída, atingindo Heosphoros com força ao afastar Jace de Emma.

Emma atacou o Crepuscular mais próximo com a Espada Mortal. O peso tinha ficado leve em sua mão; a espada cantou quando Emma a empunhou de um jeito que apenas Cortana tinha assentado em sua mão, e de repente ela se lembrou do seu nome: Maellartach. Um Crepuscular de cabelos louros e curtos mirou a pistola nela; a bala bateu na lâmina de Maellartach. O Crepuscular a encarou, boquiaberto, e Emma revidou enfiando a Espada Mortal em seu peito, jogando-o para trás com tanta força que ele derrubou outro Crepuscular ao cair.

Ela ouviu alguém gritar; era Livvy, entrando em cena. Emma desviou, rolou e atirou, acertando um Crepuscular que estava atacando Bat. O ruído da batalha ecoava feito um trovão das paredes de neblina que deslizava e se fechava ao redor deles.

Maellartach era um borrão prateado na mão de Emma, combatendo lâminas e balas conforme ela ia se aproximando de Sebastian. Então viu Bat avançando contra Ash, com uma baioneta na mão. Ash estava paralisado, observando o caos como um espectador no teatro.

— Mãos nas costas — ordenou Bat, e Ash olhou para ele com o rosto franzido, como se o outro fosse um convidado grosseiro que tinha interrompido uma peça. Bat ergueu a baioneta. — Olha, garoto, é melhor você...

Ash encarou Bat fixamente com seus olhos verdes.

— Você não quer fazer isso — provocou.

Bat congelou, agarrando sua arma. Ash se virou e se afastou — sem pressa, quase *passeando*, na verdade — e desapareceu na neblina.

— Bat! *Cuidado*! — gritou Maia, e Bat girou, cravando a baioneta no corpo de um guerreiro Crepuscular que avançava.

E então veio o grito. Um uivo de agonia tão agudo e intenso que perfurou a neblina. Uma mulher com uniforme Crepuscular voou pela praça, seus cabelos se desenrolando atrás dela como um estandarte dourado, e se jogou sobre o corpo do Julian Blackthorn deste mundo.

Emma sabia que era ela; a ela de Thule, agarrando o corpo de seu parceiro morto, chorando contra o peito dele, seus dedos agarrando as roupas molhadas de sangue. Ela gritava sem parar, cada berro era um uivo curto e agudo, como um alarme de carro disparando numa rua vazia.

Emma não conseguia deixar de encarar, e Julian — o Julian dela — se levantou surpreso e se virou para olhar — reconhecendo o som da voz de Emma, supôs ela. A fração de segundo que quebrou a atenção dele deixou abertura para Jace, que atacou com Heosphoros; Julian, girando para o lado, evitou a lâmina por pouco, mas tropeçou; Jace lhe passou uma rasteira e ele caiu.

Não. Emma girou, revertendo o curso, mas se Jace atacasse com a espada, ela não chegaria a tempo de jeito nenhum...

Uma plumagem de chama amarela voou entre Jace e Julian. Julian recuou aos tropeços quando Jace se virou para encarar a luz. Raphael estava segurando Tessa no alto, e a mão dela estava esticada, fogo amarelo ainda dançando nas pontas de seus dedos. Ela parecia fragilizada e exausta, mas seus olhos estavam escuros de tristeza ao se fixarem em Jace.

Foi um momento estranho e congelado, do tipo que às vezes acontecia durante uma batalha. E foi quebrado por uma figura cambaleante à entrada para a Cidade do Silêncio — Diana, arfando e suja de sangue, porém viva. O coração de Emma saltitou, aliviado.

Sebastian semicerrou os olhos.

— Entrem na Cidade! — ordenou ele. — Encontrem tudo! Livros de feitiço! Registros! Tragam tudo para mim!

Tessa engasgou.

— Não... a destruição que ele poderia causar...

Jace imediatamente deu as costas para Julian, como se tivesse se esquecido de que seu oponente estava lá.

— Crepusculares — chamou. Sua voz estava grave e seca, sem entonação ou emoção. — Venham a mim.

Emma se virou para correr para a entrada da Cidade; dava para ouvir Sebastian gargalhando. Julian tinha se levantado e estava ao lado dela; Livvy girou, chutou um Crepuscular e correu para Tessa e os outros.

— Feche as portas! *Feche as portas!*

— Não! — Diana começou a examinar a carnificina descontroladamente. — Cameron ainda está lá!

Julian se virou para Tessa.

— O que podemos fazer?

— Eu posso fechar as portas, mas vocês precisam entender que não posso abri-las outra vez — disse Tessa. — Cameron ficará preso.

Um olhar de agonia passou pelo rosto de Livvy. Jace e os outros Crepusculares estavam indo em direção a eles; a folga era de meros segundos.

A agonia não abandonou os olhos de Livvy, mas sua mandíbula enrijeceu. Ela jamais se assemelhara mais a Julian do que naquele momento.

— Feche as portas — ordenou.

— Parem a feiticeira! — gritou Sebastian. — Parem-na...

Seus berros se tornaram um uivo. Maia, atrás dele, tinha enfiado uma espada em sua lateral. A lâmina entrou, manchando com um sangue escuro. Ele mal pareceu notar.

— Tessa... — começou Emma, e ela não sabia o que planejava dizer, se pretendia perguntar a Tessa se a outra tinha forças para fechar as portas, se pretendia ordenar fechá-las ou não. Tessa agiu antes que ela pudesse concluir a frase, erguendo seus braços esguios, murmurando palavras que Emma sempre tentava se lembrar, mas que sempre escapavam de sua memória.

Faíscas douradas voaram dos dedos de Tessa, iluminando a entrada. As portas começaram a se fechar, rangendo e chiando. Sebastian gritou de raiva e agarrou a espada presa em sua lateral. Ele a arrancou e a atirou em Maia, que se jogou no chão para evitar ser atingida.

— Pare! — gritou ele de novo, marchando para a entrada da Cidade. — Pare *agora*...

As portas se fecharam com um eco que reverberou pela neblina. Emma olhou para Tessa, que retribuiu com um sorriso doce e triste. Os cantos de sua boca e suas unhas quebradas estavam manchados por filetes de sangue.

— *Não* — disse Raphael. Ele estivera tão quieto que Emma quase tinha se esquecido de sua presença. — Tessa...

Tessa Gray explodiu em chamas. Não foi como se ela tivesse pegado fogo, não de fato; entre um momento e outro, ela *se tornou* fogo, se transformou num pilar brilhante de conflagração. A luz ardente era branca e dourada: cortava pela neblina, iluminando o mundo.

Raphael tombou para trás, com um braço no rosto para se proteger da luz. Em meio ao brilho Emma conseguiu ver detalhes nítidos: o corte no rosto de Livvy onde a lâmina de Julian a acertara, as lágrimas nos olhos de Diana, a fúria no rosto de Sebastian enquanto encarava as portas fechadas, o pavor dos Crepusculares ao se encolherem sob a luz.

— Covardes! A luz não pode machucá-los! — gritou Sebastian. — Continuem lutando!

— Temos que voltar para Bradbury — disse Livia, desesperada. — Temos que sair daqui.

— Livvy — chamou Julian. — Não podemos conduzi-los até seu quartel general. Temos que lidar com eles agora.

— E só tem um jeito de fazer isso — falou Emma. Ela segurou a Espada Mortal com firmeza e partiu para cima de Sebastian.

Emma ardia com uma nova fúria que a preenchia, a amparava. *Cameron. Tessa.* Pensou em Livvy, que perdeu mais uma pessoa que amava. E se lançou contra Sebastian, a Espada Mortal se curvando pelo ar como um chicote feito de fogo e ouro.

Sebastian rosnou. Phaesphoros saltou para a sua mão enquanto ele marchava para cima de Emma. A fúria parecia dançar ao seu redor como faíscas.

— Você pensa em me atacar com a Espada Mortal — disse ele. — Isabelle Lightwood tentou a mesma coisa, e agora ela está apodrecendo num túmulo em Idris.

— E se eu decepar a sua cabeça? — provocou Emma. — Você vai continuar sendo o chefe babaca deste planeta se estiver em dois pedaços?

Sebastian girou, a espada Morgenstern um borrão preto e prateado. Emma saltou, a espada cortou abaixo de seus pés. Ela aterrissou em um hidrante tombado.

— Pode tentar — disse Sebastian com a voz entediada. — Outros tentaram; não há como me matar. Vou cansar você, menina. Depois fatiarei em pecinhas de quebra-cabeça para entreter os demônios.

O impacto da batalha os cercava. O fogo de Tessa estava diminuindo, e no clamor da bruma Emma notava que Julian ainda combatia Jace. Julian tinha pegado as espadas de um dos Crepusculares e estava lutando de forma defensiva, como Diana os ensinara a fazer quando o adversário fosse mais forte.

Livvy estava lutando contra um Crepuscular, com raiva e energia renovadas. Raphael também. Quando Emma lançou o olhar para os outros, viu Raphael pegar uma Crepuscular ruiva e rasgar sua garganta com os dentes.

E então ela viu: um brilho ao longe. Uma luminosidade giratória que conhecia bem: a luz de um Portal.

Emma saltou do hidrante e intensificou o ataque; Sebastian chegou a cair para trás por um instante, surpreso, antes de se recuperar e atacar com ainda mais afinco. A lâmina zuniu na mão de Emma enquanto seu coração batia com duas palavras: *distraia Sebastian, distraia Sebastian.*

Phaesphoros atingiu Maellartach. Sebastian exibiu os dentes num sorriso nada parecido com um sorriso de verdade. Emma ficou imaginando se ele algum dia já tinha conseguido simular um sorriso humano, tendo se esquecido como fazia. Ela pensou na forma como Clary falava dele, como alguém que tinha se perdido muito antes de morrer.

Uma dor aguda a atingiu. A espada de Sebastian a acertou na frente da coxa esquerda; o sangue manchou o rasgo na calça de lona. Ele sorriu novamente e chutou a ferida, violentamente; a dor turvou sua visão e Emma se sentiu tombar. Atingiu o chão com um baque que, ela teve quase certeza, era sua clavícula quebrando.

— Você está começando a me entediar — disse Sebastian, se assomando diante dela como um gato. A visão de Emma estava turva de dor, mas ela conseguia ver a luz do Portal se fortalecendo. O ar parecia brilhar. Ao longe, ainda dava para ouvir a outra Emma chorando.

— Outros mundos — devaneou ele. — Por que eu deveria ligar para outro mundo quando controlo este? O que qualquer outro mundo deveria significar para mim?

— Quer saber como você morreu lá? — perguntou Emma. A dor do osso quebrado a assolou. Dava para ouvir a batalha ao redor, dava para ouvir Julian e Jace lutando. Ela se esforçava para não desmaiar. Quanto mais distraísse Sebastian, melhor.

— Você quer viver para sempre neste mundo — disse ela. — Quer saber como morreu no nosso? Talvez possa acontecer o mesmo aqui também. Ash não saberia. Nem Annabel. Mas eu sei.

Ele abaixou Phaesphoros e deixou que a ponta fizesse um entalhe na clavícula de Emma, que quase gritou de dor.

— Conte-me.

— Clary matou você — disse Emma, e viu os olhos dele se arregalarem. — Com fogo celestial. Queimou tudo o que havia de mau em você, e não sobrou o suficiente para que vivesse. Mas você morreu nos braços de sua mãe, e sua irmã chorou por você. Ontem, na boate, você falou sobre o peso que o esmaga. No nosso mundo, suas últimas palavras foram "nunca me senti tão leve".

Ele contorceu o rosto. Por um instante o medo passou por ali, nos olhos, e mais do que medo — arrependimento, talvez, até dor.

— *Mentira* — sibilou ele, deslizando a ponta da espada até o esterno dela, onde um golpe cortaria a aorta abdominal. Ela sangraria em agonia — Diga que não é verdade. *Diga!*

A mão dele apertou a espada.

Houve um borrão atrás dele, asas batendo, e algo o atingiu com força, um golpe no ombro que o fez cambalear de lado. Emma viu Sebastian girar, com um olhar de fúria.

— *Ash!* O que você está fazendo?

Emma ficou boquiaberta. *Era* Ash — e de trás dele, estendia-se um par de asas. Para Emma, que tinha crescido com imagens de Raziel, foi como um golpe: ela se levantou sobre os cotovelos, encarando a cena.

Eram asas de anjo, e ao mesmo tempo não eram. Eram negras, com pontas prateadas; brilhavam como o céu noturno. Ela supôs que fossem mais largas do que a envergadura dos braços do menino esticados.

Eram lindas, a coisas mais linda que tinha visto em Thule.

— Não — disse Ash calmamente, olhando para o pai, e tirou a espada da mão de Sebastian, que deu um passo para trás. Emma se levantou, a clavícula gritando de dor, e então enfiou a Espada Mortal no peito de Sebastian.

Ela puxou a Espada de volta, sentindo a lâmina arranhar o osso da costela dele, pronta para atacar novamente, cortá-lo em pedaços...

Quando ela puxou a espada de volta, ele estremeceu. Não dera um pio ao ser golpeado; agora abria a boca e um sangue escuro jorrava em cascata pelo lábio inferior e queixo, e seus olhos reviravam. Emma ouviu os Crepusculares berrando. A pele dele começou a se abrir e queimar.

Ele jogou a cabeça para trás num grito silencioso e explodiu em cinzas, do mesmo jeito como demônios desapareciam no mundo de Emma.

O berro da Emma de Thule foi interrompido abruptamente. Ela caiu sem vida sobre o corpo de Julian. Um por um, os outros Crepusculares começaram a cair também, sucumbindo aos pés dos rebeldes que combatiam.

Jace gritou e caiu de joelhos. Atrás dele, Emma viu o brilho do Portal, agora aberto e reluzindo em azul.

— Jace — sussurrou ela, e foi até ele.

Ash se postou diante dela.

— Eu não faria isso — disse ele. Com o mesmo tom de voz assustadoramente calmo com que falara com o pai. *Não*. — Ele passou tempo demais sob o controle de Sebastian. Ele não é o que você pensa. Ele não pode voltar.

Ela levantou a espada para apontá-la para Ash, quase nauseada pela dor da clavícula quebrada. Ash olhou para ela, inabalado.

— Por que você fez isso? — quis saber ela. — Traiu Sebastian. Por quê?

— Ele ia me matar — respondeu Ash. Tinha uma voz grave, ligeiramente rouca, não a voz de menino da Corte Unseelie. — Além disso, gostei do seu discurso sobre Clary. Foi interessante.

Julian tinha virado as costas para Jace, que continuava ajoelhado no chão, encarando a espada em suas mãos. Julian foi até Emma enquanto Livvy encarava a cena; ela estava toda machucada, mas continuava de pé, e seus rebeldes se aproximavam para cercá-la. Tinham expressões de choque e incredulidade.

Um grito cortou o silêncio sinistro dos Crepusculares mortos e dos guerreiros espantados. Um grito que Emma conhecia bem.

— Não o machuque! — implorou Annabel, e correu para Ash, com as mãos esticadas. Estava com seu vestido vermelho e os pés descalços.

Ela agarrou o braço de Ash e começou a arrastá-lo para o Portal.

Emma saiu de seu estado de inércia e começou a correr para Julian enquanto ele seguia para diante do Portal. A espada dele brilhou quando a levantou, ao mesmo tempo em que Ash lutava contra as garras de Annabel. Ele estava gritando com ela que não queria ir, não sem Jace.

Annabel era forte; Emma sabia o quanto. Mas aparentemente, Ash era mais. Ele se desvencilhou dela e começou a correr para Jace.

A luz do Portal estava começando a diminuir. Será que Annabel o estava fechando, ou ele estava se fechando sozinho, naturalmente? De qualquer forma, o coração de Emma acelerou, batendo contra as costelas. Ela saltou por cima do corpo de um Crepuscular e caiu do outro lado exatamente quando Annabel girou para ela.

— Para trás! — gritou Annabel. — Nenhum de vocês pode atravessar o Portal! Não sem Ash!

Ash se virou ao ouvir seu nome; ele estava ajoelhado ao lado de Jace, a mão no ombro dele. O rosto de Ash estava contorcido numa expressão que parecia de tristeza.

Annabel começou a avançar para Emma. Seu rosto estava assustadoramente vazio, como naquele dia no estrado do Salão. No dia em que ela cravara a Espada Mortal no coração de Livvy, parando-o para sempre.

Atrás de Annabel, Julian levantou sua mão livre. Emma soube imediatamente o que ele quis dizer, o que desejava.

Então ela ergueu a Espada Mortal, cerrando os dentes de dor, e a lançou.

A arma passou por Annabel, brilhando; Julian descartou a própria espada e pegou a Espada Mortal no ar. Girou sua lâmina ainda sangrenta num arco, cortando a espinha de Annabel.

Annabel soltou um berro terrível e desumano, como o grito de uma cabra. Ela girou como uma tampa quebrada e Julian enfiou a Espada Mortal em seu peito, exatamente como ela havia feito com Livvy.

Aí puxou a lâmina de volta, o sangue de Annabel pingando em seu punho, manchando a pele. Ele ficou parado como uma estátua, agarrado à Espada Mortal enquanto Annabel tombava como uma marionete com as cordas cortadas.

Ela caiu deitada, o rosto retorcido, uma piscina escarlate começando a se espalhar ao seu redor, se misturando às franjas do seu vestido vermelho. Suas mãos, fechadas em garras em suas laterais, relaxaram na morte; seus pés descalços estavam vermelho-escuros, como se ela estivesse calçando chinelos de sangue.

Julian olhou para o corpo. Os olhos — ainda azuis Blackthorn — já estavam começando a ficar vítreos.

— Rainha do Ar e da Escuridão — disse ele com a voz baixa. — Eu nunca serei como Malcolm.

Emma respirou fundo e longamente enquanto Julian lhe devolvia a Espada Mortal. Em seguida, ele tirou o pano ensanguentado do pulso e o descartou ao lado do corpo de Annabel.

O sangue dela começou a ser absorvido, se misturando ao de Livvy.

Antes que Emma pudesse falar, ela ouviu Ash gritar. Se foi um grito de dor ou de triunfo, ela não soube dizer. Ele continuava ajoelhado ao lado de Jace.

Julian estendeu a mão.

— Ash! — gritou ele. — Venha conosco! Juro que vamos cuidar de você!

Ash o encarou por um longo instante, com olhos firmes e ilegíveis. Então balançou a cabeça. Suas asas bateram sombriamente no ar; agarrando Jace, ele voou, ambos desaparecendo no céu nublado.

Julian abaixou a mão, a expressão perturbada, mas Livvy já estava correndo em direção a ele, com o rosto branco de aflição.

— Jules! Emma! O Portal!

Emma girou; o Portal estava ainda mais fraco, a luz vacilando. Livvy alcançou Julian, e ele a abraçou com força, envolvendo-a contra a lateral do corpo.

— Temos que ir — disse ele. — O Portal está desbotando, só vai resistir por mais alguns minutos agora que Annabel se foi.

Livvy apertou o rosto contra o ombro de Julian e, por um instante, retribuiu o abraçou com uma força incrível. Quando soltou, seu rosto estava brilhando com lágrimas.

— Vão — sussurrou ela.

— Venha com a gente — disse Julian.

— Não, Julian. Você sabe que não posso — falou Livvy. — Meu povo finalmente tem uma chance. Vocês nos deram uma chance. Sou muito grata, mas não posso permitir que Cameron morra pela segurança de um mundo do qual estou disposta a fugir.

Emma temeu que Julian fosse protestar. Ele não o fez. Talvez estivesse mais preparado para isso do que ela havia pensado. Ele enfiou a mão no casaco e pegou o Cálice; seu brilho era de ouro velho sob a luz do Portal — a luz azul de um céu com sol de verdade.

— Pegue isto. — Ele o colocou nas mão de Livvy. — Com ele, talvez os Nephilim possam renascer aqui.

Livvy o aninhou cuidadosamente.

— Pode ser que eu nunca consiga usá-lo.

— Mas pode ser que consiga — disse Emma. — Pegue.

— E me deixe te dar uma última coisa — disse Julian. Ele se curvou e sussurrou ao ouvido de Livvy. Os olhos dela se arregalaram.

— Vão! — gritou alguém; foi Raphael, que, junto a Diana, Bat e Maia, estava assistindo a tudo. — Humanos idiotas, vão antes que seja tarde demais!

Julian e Livvy se olharam uma última vez. Quando ele se virou, Emma teve a impressão de ter ouvido o coração dele se partindo: um pedaço sempre estaria aqui, em Thule, com Livvy.

— Vão! — incitou Raphael novamente; o Portal tinha se estreitado e se reduzido a um buraco menor do que uma porta. — E digam a Magnus e Alec para mudarem o nome do filho deles!

Emma deu a mão para Julian. Sua outra mão segurava a Espada Mortal. Julian olhou para ela; à luz solar do Portal, ele tinha olhos azul-marinho.

— Te vejo do outro lado — sussurrou ele, e juntos atravessaram.

22

Os Piores e os Melhores

A Cidade do Silêncio estava vazia, tomada pelos ecos de sonhos e sussurros passados. As tochas nas paredes estavam acesas, projetando um brilho dourado sobre as espirais de ossos e mausoléus de rodolita e ágata branca.

Emma caminhou sem pressa entre os ossos dos mortos. Sabia que deveria estar ansiosa, talvez correndo, mas não conseguia se lembrar por que, ou o que estava procurando. Sabia que estava usando uniforme — uniforme de combate, preto e prateado como um céu estrelado. Suas botas ecoando no mármore eram o único ruído da Cidade.

Ela passou por uma sala familiar com um teto alto e abobadado. Mármore de todas as cores corriam juntos em estampas elaboradas demais para que os olhos acompanhassem. No chão havia dois círculos interligados: era aqui que ela e Julian tinham se tornado parabatai.

Para além desta sala estava a Câmara da Estrela. As estrelas parabólicas brilhavam no chão; a Espada Mortal dependurava-se com a ponta para baixo atrás da Barra de Juízes de basalto, como se esperasse por ela. Ela pegou a espada, e achou leve como uma pena. Atravessando o recinto, pisou no quadrado das Estrelas Falantes.

— Emma! Emma, sou eu, Cristina. — A mão fria segurava a dela. Ela estava se revirando, agitada; sentia uma dor ardente na garganta.

— Cristina — sussurrou, com os lábios secos e rachados. — Esconda a Espada. Por favor, por favor, esconda.

Ouviu um estalo. O chão abaixo dela se abriu numa costura invisível, duas placas de mármore se separando suavemente. Debaixo delas se revelou um compartimento quadrado contendo uma placa de pedra, sobre a qual estava pintado uma Marca parabatai *bruta. Não era um trabalho refinado e nem bonito, mas irradiava poder.*

Agarrando o cabo de Maellartach, Emma baixou-a, com a ponta na frente. A lâmina cortou a placa e Emma cambaleou para trás numa nuvem de poeira e poder.

Quebrou, *pensou ela.* O vínculo se rompeu.

Emma não sentiu alegria ou alívio. Apenas medo quando uma voz sussurrante chamou seu nome:

— Emma, Emma, como você pôde?

Ela se virou e flagrou Jem, com seus trajes de Irmão do Silêncio. Uma mancha vermelha se espalhava lentamente sobre seu peito. Ela gritou quando ele caiu...

— Emma, fale comigo. Você vai ficar bem. Julian vai ficar bem — Cristina parecia à beira das lágrimas.

Emma sabia que ela estava numa cama, mas tinha a sensação de que correntes enormes prendiam seus braços e pernas. Eram tão pesadas. Vozes se elevavam e baixavam ao redor: ela reconheceu as de Mark e de Helen.

— O que aconteceu com eles? — perguntou Helen. — Eles apareceram pouco depois de vocês, mas com roupas totalmente diferentes. Não entendo.

— Nem eu. — Mark parecia esgotado. Emma sentiu a mão dele afagando seus cabelos. — Emma, por onde vocês andaram?

Emma estava diante do espelho prateado. Ela se viu refletida: cabelos claros, pele Marcada, tudo familiar, mas seus olhos tinham o vermelho fosco da lua em Thule.

Então ela estava caindo, caindo pela água. Viu os grandes monstros das profundezas, com barbatanas de tubarão e dentes de serpentes, e em seguida viu Ash emergir com suas asas negras brilhando em prata e ouro, e os monstros se afastaram dele com medo...

Ela acordou com um grito rouco, lutando contra a alga que a puxava para baixo, para as profundezas — e percebeu que estivera lutando contra os lençóis que a cobriam, e tombou para trás, lutando para respirar. Havia mãos em seus ombros, em seguida um afago em seus cabelos; uma voz suave dizia seu nome.

— Emma — falou Cristina. — Emma, tudo bem. Você estava sonhando.

Emma abriu os olhos. Estava no seu quarto no Instituto; tinta azul, o mural familiar na parede de andorinhas voando sobre torres de castelos, luz do sol entrando por uma janela aberta. Dava para ouvir os ruídos do mar, a música tocando em outro quarto.

Rainha do Ar e da Escuridão

— Cristina — sussurrou Emma. — Estou tão feliz que é você.

Cristina soltou um soluço e jogou os braços em volta de Emma, abraçando-a com firmeza.

— Lamento tanto — disse ela. — Lamento *tanto* por termos deixado o Reino das Fadas sem vocês, eu não tenho conseguido pensar em outra coisa. Eu nunca, *nunca* deveria ter abandonado vocês...

Como que de longe, Emma se lembrou da Corte Unseelie. De como as chamas os separaram de Cristina e dos outros, de como ela meneara a cabeça para a amiga, concedendo permissão para que ela se salvasse, e aos outros.

— Tina! — exclamou ela, afagando as costas da outra. Sua voz estava rouca, a garganta estranhamente dolorida. — Tudo bem, eu te disse para ir.

Cristina recuou um pouco, o nariz e os olhos rosados.

— Mas para onde vocês foram? E por que você ficou me chamando de Rosa do México? — Ela franziu a testa em confusão.

Emma emitiu um ruído que foi meio riso, meio engasgo.

— Tenho *muita* coisa para contar — começou. — Mas antes, eu preciso saber — ela pegou a mão de Cristina —, estão todos vivos? Julian, todos os outros...

— Mas é claro! — Cristina pareceu horrorizada. — Todos vivos. Todos.

Emma apertou a mão de Cristina e soltou.

— O que a praga fez a Magnus? Chegamos tarde demais?

— Estranho você perguntar. Alec e Magnus chegaram aqui ontem — hesitou Cristina. — Magnus não está nada bem. Está muito doente. Estamos em contato com o Labirinto Espiral...

— Mas eles ainda acham que são as Linhas Ley. — Emma começou a se movimentar para se levantar da cama. Uma onda de tonteira a assolou, e ela se segurou nos travesseiros, arfando.

— Não, não acham. Eu percebi que foi a praga no Reino das Fadas. Emma, não tente se levantar...

— E Diana? — perguntou Emma. — Ela estava em Idris...

— Não está mais. — Cristina pareceu sombria. — Essa é outra longa história. Mas ela está bem.

— Emma! — A porta se abriu e Helen entrou voando, toda cabelos claros desalinhados e olhos ansiosos. Ela correu para abraçar Emma, que sentiu uma nova onda de tonteira dominá-la: pensou em Thule, e em como Helen fora separada da família para sempre lá. Ela jamais perdoaria a Clave pelo exílio de Helen na Ilha de Wrangel, mas pelo menos agora ela estava de volta. Pelo menos neste mundo era possível se perder e depois voltar.

Helen abraçou Emma até ela abanar os braços indicando que precisava de oxigênio. Cristina se agitou quando Emma mais uma vez tentou se levantar até que conseguiu se apoiar nos travesseiros quando Aline, Dru, Tavvy, Jace e Clary entraram.

— Emma! — exclamou Tavvy, sem tempo para protocolos de leitos de doentes, e pulou na cama. Emma o abraçou gentilmente e afagou seus cabelos enquanto os outros se reuniam em volta; ela ouviu Jace perguntar a Cristina se Emma tinha conversado e se parecera coerente.

— Você fez a barba — disse ela, apontando para ele. — É uma melhora e tanto.

Houve uma onda de abraços e exclamações; Clary veio por último e sorriu para Emma do mesmo jeito que fizera certa vez diante do Salão do Conselho, na primeira vez em que se viram, quando Clary a ajudara a espantar os medos de uma criança apavorada.

— Eu sabia que você ficaria bem — disse Clary, com a voz tão baixa que só Emma conseguiu escutar.

Houve uma batida à porta, que mal dava para ser aberta no quarto lotado. Emma sentiu um clarão, como a ponta de um fósforo em seu braço esquerdo, e percebeu, com um choque de alegria o que era, exatamente quando Julian entrou, apoiado no ombro de Mark.

Sua Marca *parabatai*. Fazia uma eternidade que não brilhava com vida. Seus olhos encontraram os de Julian e por um instante ela se desligou de todo o restante: só sabia que Julian estava ali, que ele estava bem, e que havia curativos em seu braço esquerdo e sob a camiseta, bem visíveis, mas isso não tinha importância, ele estava *vivo*.

— Ele acordou há mais ou menos uma hora — disse Mark enquanto os outros sorriam para Julian. — Estava perguntando por você, Emma.

Aline juntou as mãos.

— Certo, agora que já demos os abraços, onde vocês *estiveram*? — Ela apontou para Emma e Julian com um gesto acusatório. — Vocês têm ideia do quanto ficamos apavorados quando Mark, Cristina e os outros apareceram de repente, só que sem vocês dois? E aí depois vocês surgiram do nada, surrados e com roupas estranhas? — Ela gesticulou para a cabeceira de Emma, onde suas roupas de Thule estavam cuidadosamente dobradas.

— Eu... — começou Emma, e se calou quando Aline saiu marchando para fora do quarto. — Ela está brava?

— Preocupada — respondeu Helen com diplomacia. — Todos nós ficamos preocupados. Emma, você estava com a clavícula quebrada, e Julian quebrou várias costelas. Já devem ter melhorado, três dias se passaram. — A exaustão e a preocupação dos últimos três dias estavam evidentes nas olheiras dela.

— E você estava incoerente — disse Jace. — Julian estava apagado no início, mas você não parava de gritar sobre demônios, céus sombrios e um sol morto. Como se tivesse ido a Edom. — Os olhos de Jace estavam semicerrados. O palpite dele não estava muito longe, pensou Emma; Jace sabia ser bobo quando queria, mas era inteligente.

Aline entrou no quarto, pisando duro. Ela sabia ser bem bruta para uma mulher de estrutura tão delicada.

— Além do mais, o que é *isso*? — quis saber ela, segurando a Espada Mortal. Tavvy emitiu um ruído de deleite.

— Essa eu sei! É a Espada Mortal.

— Não, a Espada Mortal está quebrada — interveio Dru. — Esta aí deve ser outra coisa. — Ela franziu o rosto. — O que *é*, Jules?

— É a Espada Mortal — disse Julian. — Mas temos que manter sua existência aqui em absoluto segredo.

Outro burburinho eclodiu. Alguém bateu à porta; Kit e Ty estavam no corredor. Ficaram lá embaixo com Kieran, Alec e Magnus e agora tinham acabado de saber que Emma estava acordada. Cristina repreendeu a todos em espanhol pela balbúrdia, Jace queria segurar a Espada Mortal, Julian falou para Mark que conseguia ficar de pé sozinho, Aline esticou a cabeça para o corredor para falar alguma coisa para Ty e Kit, e Emma olhou para Julian, que estava olhando diretamente para ela.

— Certo, *parem* — bradou Emma, jogando as mãos para o alto. — Deem um instante para eu conversar a sós com Julian. Depois contaremos tudo. — Ela franziu o rosto. — Mas não no meu quarto. Está lotado e está me deixando neurótica com esse lance de privacidade.

— A biblioteca — disse Clary. — Vou ajudar a arrumar, e pegarei comida. Vocês dois devem estar morrendo de fome, muito embora a gente tenha lhes dado alguns destes. — Ela cutucou a Marca de Nutrição no braço de Emma. — Muito bem, vamos, saiam do quarto...

— Dê um abraço em Ty por mim — disse Emma a Tavvy enquanto o ajudava a descer. Ele pareceu desconfiado da transferência de abraços, mas saiu com todo mundo.

E então o quarto ficou quieto e vazio, exceto por Emma e Julian. Ela saiu da cama e desta vez conseguiu ficar de pé sem tonteira. Sentiu a leve pontada da Marca e pensou: *é porque Julian está aqui, estou tirando força dele.*

— Está sentindo? — perguntou ela, tocando seu bíceps esquerdo. — A Marca *parabatai*?

— Não consigo sentir direito — disse ele, e o coração de Emma afundou. Ela sabia, certamente, desde que ele adentrara, mas não tinha se dado conta do tamanho da esperança que ainda nutria a despeito da ideia de que o feitiço pudesse ter se quebrado de algum jeito.

— Vire de costas — pediu ela de forma enfadonha. — Tenho que me vestir.

Julian ergueu as sobrancelhas.

— Eu *já* vi isso tudo aí, você sabe.

— O que não confere mais privilégios de visualização — disse Emma. — Vire. De. Costas.

Julian obedeceu. Emma procurou no armário por roupas que se distanciassem ao máximo do estilo de Thule, e acabou escolhendo um vestido florido e sandálias vintage. Ela se vestiu olhando para Julian enquanto ele encarava a parede.

— Então, só para deixar claro, o feitiço voltou — disse ela após se vestir. Sem muito estardalhaço, pegou o casaco que usou em Thule, pegou a carta de Livvy e guardou num bolso do vestido.

—Sim, voltou — respondeu ele, e ela sentiu a palavra como uma pontada no coração. — Eu tive alguns sonhos, sonhos com emoções, mas quando acordei... tinham desbotado. Eu sei que senti, até como me senti, mas não consigo *sentir*. É como saber que sofri um ferimento, mas não me lembrar de como era a dor.

Emma calçou as sandálias e prendeu o cabelo num coque. Desconfiava estar um tanto pálida e horrorosa, mas isso lá era importante agora? Julian era a única pessoa que ela queria impressionar, e ele não se importava.

— Pode se virar — avisou ela, e ele obedeceu de novo. Julian parecia mais sério do que ela imaginaria que estaria, como se o fato de o feitiço não ter se rompido também fosse amargo para ele. — Então o que você vai fazer?

— Venha cá — chamou ele, e ela se aproximou dele com certa relutância enquanto ele começava a desenrolar a atadura no braço. Era difícil não se lembrar da maneira como ele havia falado com ela em Thule, da forma como ele depositara nas mãos dela cada pedacinho de si, sua esperança, sua vontade, seu desejo e seu medo.

Não sou eu mesmo sem você, Emma. Depois que você dissolve tinta na água, não tem como desfazer. É assim. Não tenho como tirar você de mim. Significa arrancar meu coração, e eu não gosto de mim sem meu coração.

As ataduras caíram e ele esticou o antebraço para ela. Emma respirou fundo.

Rainha do Ar e da Escuridão

— Quem fez isso? — perguntou ela.

— Eu — respondeu ele. — Antes de deixarmos Thule.

Na pele do antebraço ele tinha cortado palavras: palavras que agora já haviam cicatrizado, deixando marcas pretas-avermelhadas.

VOCÊ ESTÁ NA JAULA.

— Você sabe o que isso significa? — perguntou ele. — Por que eu fiz isso?

O coração dela estava se partindo em mil pedaços.

— Sei — respondeu ela. — Você sabe?

Alguém bateu à porta; Julian se sobressaltou e começou a cobrir o braço com a atadura novamente.

— O que é? — perguntou Emma a quem batia. — Estamos quase prontos.

— Eu só queria chamar para descerem — disse Mark. — Estamos todos ansiosos pela história, e eu preparei meus famosos sanduíches de donuts.

— Tenho certeza de que quando as pessoas falam que é "famoso" é unicamente porque "o Tavvy gosta" — comentou Emma.

Julian, o Julian dela, teria rido. Este Julian só disse:

— É melhor a gente ir. — E passou por ela, seguindo para a porta.

Primeiro Cristina achou que o cabelo de Kieran tinha ficado branco de choque ou irritação. Ela levou alguns minutos para perceber que era açúcar de confeiteiro.

Estavam na cozinha ajudando Mark a preparar pratos de maçãs, queijos e "sanduíches de donuts" — uma criação horrorosa envolvendo donuts cortados ao meio e recheados com pasta de amendoim, mel e geleia.

Mas Kieran gostava do mel. Ele lambeu alguns dedos e começou a descascar uma maçã com uma faca pequena e afiada.

— *Guácala!* — Cristina riu. — Que nojo! Lave as mãos depois de lamber.

— Nunca lavávamos as mãos na Caçada — disse Kieran, sugando mel do dedo de um jeito que fez o estômago de Cristina estremecer.

— É verdade. Não lavávamos — concordou Mark, cortando um donut no meio e levantando mais uma nuvem de açúcar.

— Isso é porque vocês viviam como selvagens — falou Cristina. — Vá lavar as mãos! — Ela empurrou Kieran para a pia, cujas torneiras ainda o confundiam, e se botou a espanar o açúcar das costas da camisa de Mark.

Ele se virou para sorrir para ela, que sentiu o estômago estremecer outra vez. Sentindo-se muito estranha, ela deixou Mark e voltou a cortar os cubinhos de queijo enquanto Mark e Kieran debatiam amigavelmente se era nojento ou não comer açúcar direto da caixa.

Havia algo em estar com os dois que era doce e calmamente familiar, de um jeito que ela não sentia desde que tinha saído de casa. O que era esquisito, pois não havia nada de comum nem em Mark e nem em Kieran, e nada de normal no que ela sentia por ambos.

Ela inclusive mal tinha visto os dois desde que tinham voltado do Reino das Fadas. Cristina passara boa parte de seu tempo no quarto de Emma, preocupada com a possibilidade de não estar presente quando ela acordasse. Ficou dormindo num colchão ao lado da cama, embora tivesse sido um sono insatisfatório; Emma se debatia, inquieta, noite e dia, e chamava sem parar: Livvy, Dru, Ty, Mark, os pais dela, e, mais frequentemente, Julian.

Esse foi outro motivo pelo qual Cristina quis ficar no quarto com Emma, algo que ela não admitiu para ninguém. Em seu estado incoerente, Emma gritava para Julian que o amava, pedia para ele abraçá-la. Quaisquer dessas declarações poderia ser atribuída ao amor entre *parabatai* — mas daí, novamente, poderia não ser nada disso. Como guardiã do segredo de Emma e Julian, Cristina tinha a sensação de que lhes devia a proteção às confissões inconscientes de Emma.

Ela sabia que Mark sentia o mesmo: ele ficara fazendo companhia a Julian, porém relatara que os gritos se fizeram bem menos frequentes. Foi uma das poucas coisas que Mark contara a ela desde o retorno do Reino das Fadas. Ela vinha evitando tanto Mark quanto Kieran, deliberadamente — Diego e Jaime estavam presos, a Consulesa estava em prisão domiciliar, os Dearborn ainda estavam no poder, e Emma e Julian estavam inconscientes; Cristina estava fragilizada demais para lidar com sua vida amorosa nesse momento.

E até então não tinha se dado conta do quanto sentira falta dos dois.

— Olá! — disse Tavvy, entrando na cozinha. Ele tinha passado os últimos dias um tanto mal, enquanto Julian estivera doente, mas se recuperara com aquela capacidade admirável que só as crianças têm. — Eu tenho que levar os sanduíches — acrescentou ele com ares de quem tinha recebido uma tarefa muito importante.

Mark entregou a ele um prato de donuts, e outro para Kieran, que conduziu Tavvy cômodo afora daquele jeito que faziam os adultos acostumados a lidar com uma família numerosa.

— Queria ter uma câmera — disse Cristina depois que eles saíram. — Uma foto de um príncipe arrogante do Reino das Fadas carregando um prato de sanduíches de donuts horrorosos seria uma lembrança e tanto.

— Meus sanduíches não são horrorosos. — Mark se apoiou na bancada com graciosidade. De jeans e camiseta, ele parecia totalmente humano se você não desse bola para as orelhas pontudas. — Você gosta mesmo dele, não gosta?

Rainha do Ar e da Escuridão

— De Kieran? — Cristina sentiu a pulsação acelerar: de nervoso e pela proximidade com Mark. Eles passaram dias falando só de coisas superficiais. A intimidade de falar sobre sentimentos estava deixando Cristina meio tensa.

— Sim. Eu... quer dizer, você sabe disso, não sabe? — Ela se sentiu enrubescer.

— Você viu a gente se beijando.

— Vi sim — respondeu Mark. — Não sei o que significou para você, e nem para Kieran. — Ele pareceu pensativo. — É fácil se deixar levar no Reino das Fadas. Eu queria deixar claro que não fiquei com raiva nem com ciúme. Não mesmo, Cristina.

— Tudo bem — respondeu ela desconfortavelmente. — Obrigada.

Mas o que significava ele não sentir raiva e nem ciúme? Se o ocorrido entre ela e Kieran no Reino das Fadas tivesse acontecido entre Caçadores de Sombras, ela teria considerado aquilo uma declaração de interesse. E teria se preocupado que Mark pudesse estar chateado. Mas não era nada disso, certo? Pode ser que o beijo não tivesse significado mais do que um aperto de mão para Kieran.

Ela passou a mão sobre a superfície lisa da bancada. Não conseguia deixar de se lembrar de uma conversa que tivera com Mark certa vez, aqui no Instituto. Parecia ter sido há tanto tempo. Veio a ela como um sonho lúcido:

Não houve nada de ensaiado no olhar que Mark direcionou a ela naquele momento.

— *Eu falei sério quando disse que você é linda. Eu quero você, e Kieran não se importaria...*

— *Você me quer?*

— *Quero — respondeu Mark sem rodeios, e Cristina desviou o olhar, de repente muito ciente da proximidade entre seus corpos. Da forma dos ombros dele sob o casaco. Ele era adorável daquele jeito que as fadas eram, com um aspecto meio sobrenatural, como o brilho do luar na água. Ele não parecia exatamente tangível, mas ela o vira beijar Kieran e sabia que não era bem assim. — Você não quer ser desejada?*

Em outros tempos, em épocas anteriores, Cristina teria ruborizado.

— *Esse não é o tipo de elogio que mulheres mortais gostam.*

— *Mas por que não? — perguntou Mark.*

— *Porque me faz parecer um objeto que você quer usar. E quando você diz que Kieran não se importaria, você faz parecer que ele não se importaria porque eu não sou digna de importância.*

— *Isso é muito coisa de humano — disse ele. — Ter ciúme de um corpo, mas não de um coração.*

— *Veja, eu não quero um corpo sem um coração* — *respondeu ela.*

Um corpo sem um coração.

Ela poderia ter tanto Mark quanto Kieran agora, do jeito que Mark havia sugerido há tanto tempo — ela poderia beijá-los, estar com eles, e se despedir quando a deixassem, porque eles o fariam.

— Cristina — chamou Mark. — Você está bem? Você parece... triste. Eu tinha esperanças de conseguir tranquilizá-la. — Ele a tocou levemente no rosto, os dedos trilhando pelo contorno da bochecha.

Não quero falar sobre isso, pensou Cristina. Tinham passado três dias sem mencionar nada importante, exceto assuntos ligados a Emma e Julian. Aqueles três dias e a paz deles pareciam delicados, como se muita discussão sobre a realidade e suas dificuldades pudessem estragar tudo.

— Não temos tempo para conversar agora — disse ela. — Talvez mais tarde...

— Então me deixe dizer só uma coisa. — falou Mark baixinho. — Há muito tempo tenho ficado dividido entre dois mundos. Eu pensava ser um Caçador de Sombras, e dizia a mim mesmo que eu era só isso. Mas percebi que meus laços com o Reino das Fadas são mais fortes do que eu imaginava. Não posso deixar metade do meu sangue, metade do meu coração, em nenhum dos mundos. Sonho que um dia seja possível ter os dois, mas sei que talvez não aconteça.

Cristina virou a cara para não ver a expressão dele. Mark escolheria o Reino das Fadas, ela sabia. Mark escolheria Kieran. Eles tinham uma história juntos, um grande amor no passado. Ambos eram fadas, e embora ela tivesse estudado o Reino das Fadas e desejasse com todo o coração, não era a mesma coisa. Eles ficariam juntos porque pertenciam um ao outro, porque eram lindos juntos, e ela sofreria quando perdesse os dois.

Mas era assim que acontecida com mortais que amavam o povo fada. Sempre pagavam caro por isso.

Emma descobriu que não era possível detestar um sanduíche de donut. Mesmo que suas artérias fossem pagar por isso um dia. Ela comeu três.

Mark os colocou cuidadosamente em bandejas, que foram postadas no meio de uma das mesas grandes da biblioteca — algo ligado ao desejo de agradar tocou o coração de Emma.

Todo mundo estava reunido à mesa comprida, inclusive Kieran, que estava sentado, quieto, com o rosto impassível, ao lado de Mark. Ele usava uma camisa preta simples e calças de linho; bem diferente da última vez em que Emma o vira, na Corte Unseelie, coberto de sangue e sujeira, com o rosto contorcido de raiva.

Magnus também estava diferente em relação à última vez em que ela o vira. E não de um jeito positivo. Ele tinha vindo até a biblioteca completamente aparado por Alec, com o rosto pálido e contraído, arrebatado pela dor. Ficou deitado num sofá perto da mesa, com um cobertor nos ombros. Apesar do cobertor e do tempo quente, ele tremia com frequência. E a cada onda de calafrios, Alec se aproximava e afagava seus cabelos, ou ajeitava os cobertores para que cobrissem mais os ombros.

E sempre que Alec fazia isso, Jace — que estava sentado à mesa em frente, ao lado de Clary — ficava tenso, cerrando os punhos inutilmente. Pois era isso que significava ser *parabatai*, Emma sabia. Sentir a dor do outro como se fosse sua.

Magnus manteve os olhos fechados enquanto Emma contava a história de Thule, com Julian intercedendo vez ou outra quando ela se esquecia de algum detalhe ou passava batida por alguma coisa que ele considerava importante. Mas ele não a pressionou nas partes mais difíceis — quando ela teve que descrever a morte de Alec e Magnus, ou o último gesto de Isabelle com a Espada Mortal. Ou a morte de Clary nas mãos de Lilith.

E quando falou de Jace. Seus olhos arregalaram com uma expressão incrédula quando Emma falou sobre o Jace de Thule, que era ligado a Sebastian há tanto tempo que jamais seria livre. Emma notou Clary esticando a mão para apertar a dele, e os olhos dela brilhando com lágrimas de um jeito que não fizeram nem quando a morte dela própria foi narrada.

Mas o pior, claro, foi descrever Livvy. Pois ao passo que as outras histórias eram atrozes, tomar conhecimento sobre a Livvy de Thule os fazia lembrar que havia uma história atroz neste mundo que não poderia ser modificada nem revertida.

Dru, que insistira em se sentar à mesa com todo mundo, ficou calada quando descreveram Livvy, mas lágrimas correram silenciosamente por suas bochechas. Mark ficou pálido. E Ty — que estava mais magro do que Emma se recordava, esgotado como uma unha roída — também não emitiu qualquer som. Kit, que estava ao lado dele, tentou segurar a mão de Ty sobre a mesa, mas este não reagiu, e também não se afastou de Kit.

Emma prosseguiu porque não tinha escolha. Sua garganta estava doendo muito quando terminou; com o rosto descorado, Cristina empurrou um copo d'água para ela, que o aceitou, agradecida.

Um silêncio recaiu sobre o recinto. Ninguém parecia saber o que dizer. O único ruído era a batida fraca da música que vinha dos fones de Tavvy enquanto ele brincava com um trenzinho no canto — eram os fones de Ty, na verdade, mas ele os colocara gentilmente na cabeça de Tavvy antes de Emma começar a falar.

— Pobre Ash — disse Clary. Ela estava muito pálida. — Ele era... meu sobrinho. Quer dizer, meu irmão era um monstro, mas...

— Ash me salvou — disse Emma. — Ele salvou minha vida. E disse que o fez porque gostou de alguma coisa que eu falei sobre você. Mas ele não veio porque queria ficar em Thule. Nos oferecemos para trazê-lo de volta. Ele não quis vir.

Clary exibiu um sorriso duro, seus olhos brilhando com lágrimas.

— Obrigada.

— Certo, vamos falar da parte importante. — Magnus se voltou para Alec com um olhar furioso. — Você *se matou*? Por que faria isso?

Alec ficou espantado.

— Não era eu — observou ele. — É um universo paralelo, Magnus!

Magnus agarrou a camisa de Alec.

— Se eu morrer, você não está autorizado a fazer *nada* parecido! Quem cuidaria dos nossos filhos? Como você pôde fazer isso com eles?

— Nós não tivemos filhos naquele mundo! — protestou Alec.

— Onde *estão* Rafe e Max? — cochichou Emma para Cristina.

— Simon e Isabelle estão cuidando deles em Nova York. Alec confere todo dia para saber se Max está ficando doente, mas ele parece bem até o momento — sussurrou Cristina de volta.

— Você *não tem autorização* para se machucar, de jeito nenhum — disse Magnus, com a voz áspera. — Está entendendo, Alexander?

— Eu jamais faria isso — respondeu Alec suavemente, acariciando a bochecha de Magnus. Magnus aninhou a mão de Alec contra o seu rosto. — Nunca.

Todos desviaram os olhares, permitindo que Magnus e Alec tivessem seu momento de privacidade.

— Entendo por que você me arranhou quando tentei te levantar — disse Jace a Emma. Seus olhos dourados estavam escuros, com um pesar que ela mal conseguia compreender. — Quando você atravessou o Portal. Estava caída no chão e eu... você estava sangrando, e eu achei que devesse te levar até a enfermaria, mas você me arranhou e gritou como se eu fosse um monstro.

— Eu não me lembro disso — falou Emma honestamente. — Jace, eu sei que você é completamente diferente *dele*, mesmo que ele se parecesse com você. Você não pode se sentir mal ou responsável por uma coisa feita por alguém que não é você. — Ela virou para olhar para o restante do pessoal. — As versões de nós em Thule não são nós — acrescentou. — Se pensarem neles como cópias de vocês, vão enlouquecer.

— Aquela Livvy — disse Ty. — Ela não é a minha. Não é minha Livvy.

Kit direcionou a ele um olhar breve e espantado. Os outros Blackthorn pareciam confusos, mas — embora Julian tivesse levantado a mão e abaixado em seguida, como se prestes a protestar — ninguém falou nada.

Talvez *fosse* melhor para Ty saber e entender que a Livvy de Thule não era a mesma que ele perdera. Mesmo assim, Emma pensou na carta, agora em seu bolso, e sentiu seu peso como se fosse de ferro, e não de papel e tinta.

— É horrível pensar que possa haver tanta escuridão tão perto do nosso mundo — disse Mark com a voz baixa. — Que evitamos esse futuro por tão pouco.

— Não foi simplesmente acaso, Mark — disse Helen — Foi porque tínhamos Clary, Jace, porque tivemos pessoas boas trabalhando juntas para resolver as coisas.

— Temos pessoas boas agora — disse Magnus. — No passado, eu já vi gente boa cair e fracassar.

— Magnus, você e Alec vieram para cá porque acharam que poderiam descobrir como curá-lo — começou Helen.

— Porque Catarina nos disse — corrigiu Magnus. — Acredite, em circunstâncias normais, eu não apareço simplesmente na Califórnia em nome da minha saúde.

— Não há nada de normal em nada disso — disse Emma.

— Por favor — interveio Helen. — Sei que foi uma história horrível, e estamos todos chateados, mas temos que nos concentrar.

— Espere um segundo — disse Magnus. — Isso quer dizer que Max está se transformando num pequeno demônio? Sabe em quantas listas de espera de creches ele está? Ele nunca vai conseguir entrar na escolinha Casinha Vermelha agora.

Aline jogou um abajur. Ninguém esperava, e o resultado foi espetacular: estilhaçou contra uma das janelas, e pedaços de cerâmica voaram por todos os lados.

Ela se levantou, limpando as mãos.

— Todos vocês, QUIETOS E ESCUTEM A MINHA ESPOSA — berrou ela. — Magnus, eu sei que você faz piadas quando está assustado. Eu me lembro de Roma. — Ela lançou a ele um sorriso surpreendentemente doce. — Mas temos que nos concentrar. — Ela se virou para Helen. — Pode falar, meu amor. Você está indo muito bem.

Helen se recostou e cruzou as mãos.

— Ela definitivamente é esquentada — sussurrou Emma para Cristina.
— Eu gosto.

— Lembre-me de te contar sobre a fritada — Cristina sussurrou de volta.

— O importante aqui — disse Helen — é a praga. Não percebemos o quanto era relevante, que as áreas afetadas vão se tornar entradas para demônios. Que nossos feiticeiros — ela olhou para Magnus — vão se *transformar* em demônios. Temos que fechar essas entradas e destruir a praga, e não podemos esperar nenhuma ajuda de Idris.

— Por quê? — perguntou Julian. — O que está acontecendo? E Jia?

— Está em prisão domiciliar em Idris — respondeu Aline sombriamente. — Horace alega que a viu se reunindo com fadas em Brocelind. Ela e Diana foram presas juntas, mas Diana escapou.

— Diana nos contou parte da história — disse Clary. — Depois que ela escapou de Idris, Gwyn a trouxe até aqui e ela nos contou sobre o que aconteceu em Alicante.

— Por que ela não está aqui mais? — perguntou Emma. — Por que ela foi embora?

— Vejam isto. — Mark colocou um pedaço de papel sobre a mesa; Julian e Emma se inclinaram para ler.

Era um recado da Clave. Dizia que Diana Wrayburn estava desaparecida, e acreditavam que sob influência de fadas. Todos os Institutos deveriam ficar atentos, pelo bem dela, e alertar o Inquisidor assim que ela fosse vista.

— Tudo bobagem — disse Aline. — Meu pai disse que eles têm medo da influência de Diana e que não quiseram simplesmente acusá-la de traição. Estão até mentindo sobre o que aconteceu com o Inquisidor. Alegam que ele perdeu o braço numa batalha contra integrantes do Submundo quando eles estavam fugindo de Idris.

— O *braço*? — ecoou Emma, espantada.

— Diana decepou o braço do Inquisidor — explicou Jace.

Emma esbarrou no copo de água.

— Ela fez *o quê*?

— Ele estava fazendo ameaças a ela — respondeu Clary sombriamente. — Se Gwyn não estivesse lá para tirá-la de Alicante, não sei o que teria acontecido.

— Foi incrível — disse Jace.

— Bem, que bom para ela — falou Emma. — Isso definitivamente pede uma tapeçaria grande qualquer dia desses.

— Cinquenta pratas que o Inquisidor vai desenvolver um braço robótico de alta tecnologia que atira raios laser — disse Kit. Todo mundo olhou para ele. — Sempre acontece isso nos filmes — explicou.

— Somos Caçadores de Sombras — lembrou Julian. — Não temos nada de high-tech.

Ele se encostou na cadeira. Emma notou as ataduras sob as mangas quando ele se mexeu.

VOCÊ ESTÁ NA JAULA.

Ela estremeceu.

— Queríamos que Diana ficasse aqui conosco, mas ela achou que isso nos tornaria alvos — falou Helen. — Ela foi se esconder com Gwyn, mas deve dar notícias dentro de alguns dias.

Emma torcia secretamente para que Diana e Gwyn estivessem tendo um momento romântico numa copa de árvore ou coisa do tipo. Diana merecia.

— É tudo tão horrível — disse Alec. — O registro dos integrantes do Submundo está quase completo, obviamente, com notáveis exceções. — Ele apontou Helen e Aline.

— Alguns membros do Submundo conseguiram escapar do registro, inclusive *moi* — disse Magnus. — Alec ameaçou me matar se eu sequer cogitasse colocar meu nome numa lista sinistra de indesejáveis da Tropa.

— Não houve ameaça de fato — disse Alec, caso alguém estivesse se perguntando a respeito.

— Bem, todos os membros do Submundo foram retirados de Idris, inclusive os professores da Academia dos Caçadores de Sombras — disse Mark.

— Estão correndo muitos boatos entre os membros do Submundo sobre ataques surpresas de Caçadores de Sombras. Como nos velhos tempos tenebrosos que antecederam os Acordos — falou Magnus.

— As Irmãs de Ferro cortaram as comunicações com a Tropa — disse Aline. — Os Irmãos do Silêncio ainda não se pronunciaram, mas houve uma declaração das Irmãs de Ferro de que elas não aceitavam a autoridade de Horace. Horace está furioso e não para de persegui-las, principalmente porque elas estão com os cacos da Espada Mortal.

— Tem mais — falou Cristina. — Diego, Divya e Rayan foram presos, juntamente a muitos outros. — Sua voz estava esgotada.

— Estão prendendo todos que discordam deles — disse Aline.

Com a voz pequena, Dru disse:

— Jaime foi tentar salvar o irmão, mas acabou na cadeia também. Soubemos por Patrick Penhallow.

Emma olhou para Cristina, que estava mordendo o lábio, insatisfeita.

— Considerando que não temos ajuda da Clave, e talvez até oposição ativa, o que faremos? — perguntou Julian.

— Faremos o que Tessa disse para fazer em Thule — respondeu Magnus.
— Eu confio nela; sempre confiei. Assim como você confiou em Livvy quando a encontrou em Thule. Podem não ser cópias exatas de nós, essas versões alternativas, mas também não são tão diferentes assim.

— Então jogamos um pouco de água do Lago Lyn nas áreas afetadas e guardamos um pouco para curar os feiticeiros — disse Helen. — O grande problema é chegarmos ao Lago Lyn passando pelos guardas da Tropa, que estão por toda a Idris. E também vai ser um problema sair de lá...

— Eu faço isso — ofereceu-se Magnus, sentando. O cobertor caiu em volta dele. — Eu vou...

— Não — afirmou Alec duramente. — Você não vai se arriscar, Magnus, não nesse estado.

Magnus fez menção de protestar. Clary se apoiou sobre a mesa, seus olhos suplicantes.

— Por favor, Magnus. Você nos ajudou tantas vezes. Agora deixa a gente ajudar.

— Como? — perguntou Magnus, rouco.

Jace se levantou.

— Nós vamos até Idris.

Clary também se levantou; ela só alcançou o bíceps de Jace, mas sua determinação era clara.

— Eu posso criar Portais. Não podemos entrar em Alicante, mas não precisamos: basta Idris. Vamos até o Lago Lyn, depois Brocelind, e voltaremos o mais rápido possível. Iremos quantas vezes precisarmos, para trazermos água o suficiente.

— Há guardas patrulhando por toda a Idris — lembrou Helen. — Vocês vão ter que estar armados e preparados.

— Então vamos começar a nos armar agora. — Jace deu uma piscadela para Magnus. — Prepare-se para receber ajuda, feiticeiro, quer queira, quer não.

— Não — resmungou Magnus, cedendo ao cobertor, mas estava sorrindo. E o olhar que Alec lançou a Jace e Clary foi mais eloquente do que qualquer discurso.

— Esperem. — Aline levantou a mão. Ela estava remexendo numa pilha de papéis na mesa. — Eu tenho as agendas das patrulhas aqui. Estão fazendo varredura em diferentes locais em Idris para se certificarem de que estão "livres" de gente do Submundo. — Ela disse as palavras com desgosto. — Vão cuidar do Lago Lyn hoje durante o dia e durante a noite. — Ela levantou o olhar. — Vocês não podem ir agora.

Rainha do Ar e da Escuridão

— Nós damos conta de lidar com alguns guardas — falou Jace.

— Não — disse Magnus. — É perigoso demais. Vocês dão conta de dez ou vinte guardas, mas vão ser cinquenta ou cem...

— Cem — comentou Helen, olhando por cima do ombro de Aline. — No mínimo.

— Não vou deixar que se arrisquem — disse Magnus. — Vou me esgotar usando minha mágica para trazê-los de volta.

— *Magnus*. — Clary pareceu estarrecida.

— O que a agenda diz? — perguntou Julian. — Quando eles podem ir?

— Amanhã, ao amanhecer — respondeu Aline. — Até lá, já devem ter dispersado. — Ela repousou os papéis. — Sei que não é o ideal, mas é o que precisamos fazer. Passaremos o dia de hoje arrumando as coisas e preparando o grupo. Para assegurar que tudo funcione sem erro.

Houve um burburinho generalizado enquanto todos se ofereciam para ajudar, cada um reivindicando uma responsabilidade ou outra: Emma e Cristina iam conversar com Catarina sobre a possível cura, Mark e Julian iam estudar mapas de Brocelind para localizar as áreas afetadas, Clary e Jace iam reunir armas e apetrechos, e Helen e Aline iam tentar descobrir exatamente quando a patrulha se deslocaria do Lago Lyn para a Floresta de Brocelind. Ty e Kit, enquanto isso, iam começar a preparar listas de feiticeiros locais que pudessem precisar da água quando ela chegasse.

Enquanto todos juntavam suas coisas, Ty foi até o canto onde Tavvy estava brincando e se ajoelhou para entregar um trenzinho a ele. Na confusão, Emma foi atrás dele. Aparentemente Ty oferecia o trem em troca dos fones.

— Ty — disse Emma, se abaixando. Tavvy estava ocupado revirando os trenzinhos. — Tenho que te dar uma coisa.

— Que tipo de coisa? — Ele pareceu confuso.

Ela hesitou e então tirou o envelope do bolso.

— É uma carta — explicou. — Da Livvy da outra dimensão, de Thule. Falamos sobre você, e ela quis escrever uma coisa para você ler. Eu não li — acrescentou. — É só para você.

Ty se levantou. Gracioso como um pássaro, e tão leve e frágil quanto.

— Ela não é a minha Livvy.

— Eu sei — concordou Emma. Ela não conseguia parar de olhar para as mãos dele: as juntas estavam vermelhas e em carne viva. O Julian dela já teria notado isso e estaria movendo céus e terras para descobrir o que tinha acontecido. — E você não precisa ler. Mas é sua, e acho que deve ficar com você. — Ela pausou. — Afinal de contas, veio de muito longe.

Um olhar indecifrável passou pelo rosto dele; mas Ty aceitou o papel, dobrou e guardou no casaco.

— Valeu — disse ele, e atravessou o recinto para se juntar a Kit na seção de SUBMUNDO — FEITICEIROS, onde Kit lutava para carregar diversos livros pesados.

— Não. — Emma ouviu Cristina dizer, e olhou em volta, surpresa. Não estava vendo Cristina em lugar nenhum, mas definitivamente tinha sido a voz dela. Verificou ao redor; Tavvy estava absorto com seu trem e todo o restante do pessoal estava numa correria só. — Kieran, eu sei que teme por Adaon, mas você não disse uma palavra durante toda a reunião.

Ah, céus, pensou Emma. Então percebeu que a voz de Cristina vinha do outro lado de uma estante, e que Cristina e Kieran não faziam ideia de que ela estava ali. Se ela tentasse sair, no entanto, saberiam imediatamente.

— São políticas dos Caçadores de Sombras — disse Kieran. Havia algo na voz dele, pensou Emma. Algo diferente. — Não é algo que eu entenda. Não é a minha luta.

— *É* a sua luta, sim — protestou Cristina. Emma raramente a via falar com tanta convicção. — Você luta pelo que ama. Todos nós lutamos. — Ela hesitou. — Seu coração está escondido, mas eu sei que você ama Mark. Sei que ama o Reino das Fadas. Lute por isso, Kieran.

— Cristina... — começou Kieran, mas Cristina já tinha saído às pressas; ela emergiu do outro lado da estante e imediatamente flagrou Emma. Pareceu surpresa, depois culpada, e se apressou em sair dali.

Kieran começou a segui-la, mas parou no meio do caminho para apoiar as mãos na mesa, abaixando a cabeça.

Emma começou a sair de trás da estante, torcendo para conseguir sumir sem ser detectada. Ela já deveria saber que não tinha como passar despercebida por uma fada, notou com pesar; Kieran levantou o olhar assim que seu sapato tocou o piso polido de madeira.

— Emma?

— Já estou indo embora — disse ela. — Não precisa se incomodar comigo.

— Mas eu quero me incomodar — rebateu ele, saindo de trás da mesa. Ele tinha ângulos graciosos, palidez e escuridão. Emma meio que entendia por que Cristina se sentia atraída por ele. — Compreendo que lhe causei muita dor quando foi chicoteada por Iarlath — disse ele. — Nunca desejei que isso acontecesse, mas provoquei a situação. Não posso mudar isso, mas posso oferecer meus mais sinceros arrependimentos e jurar cumprir qualquer tarefa que você me atribua.

Emma não esperava por isso.

— Qualquer tarefa? Tipo, você estaria disposto a aprender a dançar hula hula?

— Isso é uma tortura de vocês? — perguntou Kieran. — Então sim, eu me submeteria a isso, por você.

Com pesar, Emma ignorou a imagem de Kieran com uma saia de hula hula.

— Você lutou ao nosso lado na Corte Unseelie — disse ela. — Trouxe Mark e Cristina em segurança, e eles significam tudo para mim. Você se provou um verdadeiro amigo, Kieran. Tem o meu perdão e não precisa fazer mais nada para merecê-lo.

Ele ruborizou, o toque de cor aquecendo suas bochechas pálidas.

— Não é isso que uma fada diria.

— É o que eu digo — falou Emma alegremente.

Kieran marchou em direção à porta, onde pausou e se virou para ela.

— Eu sei que Cristina ama você, e entendo o porquê disso. Se você tivesse nascido fada, seria uma grande cavaleira da Corte. Você é uma das pessoas mais corajosas que já conheci.

Emma gaguejou um agradecimento, mas Kieran já tinha saído, como uma sombra se fundindo à floresta. Ela ficou olhando para o rastro dele, finalmente compreendendo o tom usado por ele ao mencionar o nome de Cristina, como se fosse um tormento que ele adorava: ela nunca o tinha ouvido dizer nenhum nome que não o de Mark daquele jeito.

— Você quer conversar alguma coisa comigo? — perguntou Magnus enquanto Julian se preparava para deixar a biblioteca.

Ele achou que Magnus estivesse dormindo — o feiticeiro estava recostado no sofá, com os olhos fechados. Ostentava olheiras, daquelas que vinham após muitas noites insones.

— *Não.* — Julian ficou inteiramente tenso. Pensou nas palavras cortadas na pele de seu braço. Sabia que se as mostrasse a Magnus, o feiticeiro iria querer retirar o feitiço imediatamente, e Magnus estava fraco demais para isso. O esforço poderia matá-lo.

Ele também sabia que sua reação ao pensar na morte de Magnus era indevida e errada. Era fraca, insípida. Ele não queria que Magnus morresse, mas sabia que deveria sentir mais do que um *não querer*, assim como deveria ter sentido mais do que um simples alívio ao se reunir com seus irmãos.

E sabia que deveria ter sentido mais ao rever Emma. Foi como se um espaço branco de nada tivesse sido cortado em torno dela, e quando ele adentrou,

448 Cassandra Clare

tudo tivesse se esvaziado igualmente. Era difícil até falar. Estava pior do que antes, pensou ele. De algum modo, suas emoções estavam mais sufocadas do que antes de Thule.

Ele sentia desespero, mas também estava entediado e distante. E aquilo o fazia querer meter a mão na lâmina de uma faca só para sentir alguma coisa.

— Suponho que não — respondeu Magnus. — Considerando que você provavelmente não sente muita coisa. — Seus olhos felinos brilharam. — Eu não deveria ter jogado aquele feitiço em você. Estou arrependido.

— Não — disse Julian, e não sabia ao certo se queria dizer *não diga isso*, ou *não se arrependa*. Suas emoções estavam distantes demais para que ele as alcançasse. Ele só sabia que queria parar de falar com Magnus agora, e então saiu para o corredor, tenso e sem fôlego.

— Jules! — Julian se virou e viu Ty, vindo em sua direção pelo corredor. A parte distante dele dizia que Ty estava... diferente. Sua mente tentava agarrar as palavras "machucado/ferido/frágil" e não conseguia segurá-las. — Posso falar com você?

Torto, pensou Julian. *Ele parece atípico para Ty*. Parou de tentar encontrar palavras e acompanhou o irmão até um dos quartos vagos, e então Ty fechou a porta atrás deles e abraçou Julian sem qualquer aviso.

Foi horrível.

Não porque ser abraçado por Ty fosse horrível. Era bom, até onde Julian conseguia sentir que era bom: seu cérebro dizia *é seu sangue, sua família*, e seus braços levantaram automaticamente para retribuir o gesto. Seu irmão era frágil em seus braços, os cabelos macios e os ossos afiados, como se ele fosse feito de conchas e pétalas de dente-de-leão costurados com uma seda fina.

— Que bom que está de volta — disse Ty com a voz abafada. Ele estava com a cabeça apoiada no ombro de Julian, e os fones tinham se inclinado para o lado. Ty esticou o braço automaticamente para ajeitá-los. — Tive medo de que nunca mais fôssemos nos reencontrar.

— Mas cá estamos — respondeu Julian.

Ty recuou um pouco, agarrando a frente do casaco de Julian.

— Quero que saiba que lamento muito — disse ele, num rompante típico de alguém que vinha praticando o discurso há muito tempo. — No enterro de Livvy, eu subi na pira e você cortou a mão quando foi atrás de mim, e eu achei que você tivesse ido embora por não querer lidar comigo.

Alguma coisa na mente de Julian estava gritando. Gritando que ele amava o irmão mais do que quase tudo no mundo. Gritando que Ty raramente se abria assim, raramente iniciava contato físico com Julian assim. Um Julian que parecia muito distante lutava desesperadamente, querendo reagir da forma certa, querendo dar a Ty o necessário para se recuperar da morte de Livvy, e não se destruir ou se perder.

Mas era como bater em vidro à prova de som. O Julian que ele era agora não escutava. O silêncio de seu coração era quase tão profundo quanto o silêncio que ele sentia ao redor de Emma.

— Não é isso — disse ele. — Quero dizer, não foi isso. Fomos por causa do Inquisidor. — O Julian distante estava machucando as mãos de tanto esmurrar o vidro. Este Julian lutava para encontrar palavras, e disse: — Não é culpa sua.

— Tudo bem — respondeu Ty. — Eu tenho um plano. Um plano para consertar tudo.

— Ótimo — falou Julian, e Ty pareceu surpreso, mas o outro não percebeu. Estava se esforçando demais para se controlar, para tentar achar as palavras certas, o sentimento das palavras para dizê-las a Ty, que achava que Julian tinha ido embora porque estava com raiva. — Tenho certeza de que você tem um plano bom. Eu confio em você.

Julian soltou o irmão e seguiu para a porta. Era melhor encerrar a conversa do que correr o risco de falar alguma coisa errada. Ele ficaria bem assim que se livrasse do feitiço. Então poderia conversar com Ty.

— Jules...? — começou Ty. Ele estava parado, inseguro, perto do braço do sofá, brincando com o fio dos fones. — Você quer saber...?

— É ótimo que você esteja melhor, Ty — disse Julian, sem olhar para o rosto dele, para suas mãos eloquentes.

Foram apenas alguns segundos, mas quando Julian chegou ao corredor, estava arfando, como se tivesse escapado de um monstro.

23

Sugere a Brisa

Diego estava começando a ficar seriamente preocupado com Jaime
Era difícil saber há quantos dias os irmãos estavam presos no Gard. Só conseguiam ouvir murmúrios das outras celas: as paredes grossas de pedra abafavam o som deliberadamente a fim de prevenir a comunicação entre os prisioneiros. Também não tinham voltado a ver Zara. As únicas pessoas que vinham até a cela eram os guardas que traziam refeições vez ou outra.

Às vezes Diego implorava aos guardas — vestidos com o azul escuro e o dourado dos Vigias do Gard — que trouxessem uma estela ou remédios para seu irmão, mas eles sempre os ignoravam. Pensou amargamente no quanto era típico de Dearborn se certificar de que os homens do Gard fossem subordinados à causa da Tropa.

Jaime se mexia, inquieto, sobre a pilha de roupas e palha que Diego tinha conseguido improvisar como cama. Ele doara o próprio casaco e estava tremendo sob a camisa leve. Mesmo assim, gostaria de poder fazer mais. Jaime estava corado, com a pele retesada e brilhando de febre.

— Eu juro que a vi ontem à noite — resmungou ele.

— Quem? — perguntou Diego. Ele estava de costas para a parede de pedra, próximo o suficiente para tocar o irmão caso Jaime precisasse dele. — Zara?

Jaime estava de olhos fechados.

— A Consulesa. Ela estava com a túnica. Ela me olhou e balançou a cabeça. Como se achasse que eu não deveria estar aqui.

Você não deveria mesmo. Mal completou dezessete anos. Diego fez o que pôde parar limpar Jaime depois que Zara o jogou na cela. A maior parte de seus ferimentos eram cortes rasos, e ele estava com dois dedos quebrados — mas tinha um corte fundo e perigoso no ombro. Ao longo dos últimos dias, o local tinha inchado e avermelhado. Diego se sentia impotentemente furioso — Caçadores de Sombras não morriam de infecções. Eram curados por *iratzes* ou morriam na batalha, totalmente gloriosos. Não assim, de febre, numa cama de retalhos e palha.

Jaime deu seu sorriso torto.

— Não sinta pena de mim — disse. — Você é que se deu mal. Eu pude correr o mundo todo com a *Eternidad*. Você teve que seduzir Zara.

— Jaime...

Jaime tossiu, fraco.

— Espero que tenha usado uma das suas famosas táticas Diego Rosales, como ganhar um bicho de pelúcia gigante para ela num parque de diversões.

— Jaime, precisamos falar sério.

Jaime abriu os olhos escuros e grandes.

— Meu último desejo é não falarmos sério.

Diego se sentou, furioso.

— Você não vai morrer! E precisamos falar sobre Cristina.

Isso chamou a atenção de Jaime. Ele se esforçou para sentar.

— Eu *tenho* pensado em Cristina. Zara não sabe que ela está com a *Eternidad*, a relíquia, e não há motivo para que algum dia saiba.

— Podemos tentar achar uma forma de alertar Cristina. De dizer a ela para abandonar a relíquia em algum lugar, entregar a alguém, isso daria uma vantagem a ela...

— Não. — Os olhos de Jaime brilhavam febris. — De jeito nenhum. Se contássemos a Zara que está com Cristina, ela torturaria Cristina para obter a informação, exatamente como fez comigo. Mesmo que a relíquia tivesse sido jogada nas profundezas do oceano, Zara não se importaria; ela torturaria Cristina ainda assim. Zara não pode saber com quem está.

— E se disséssemos a Cristina para entregar para Zara? — sugeriu Diego lentamente.

— Não podemos. Você realmente gostaria que a Tropa pusesse as mãos nela? Nem a gente entende tudo que ela faz. — Ele esticou o braço e com a mão febril tocou a de Diego. Seus dedos pareciam tão frágeis quanto quando ele tinha dez anos de idade. — Vai ficar tudo bem — disse. — Por favor. Não faça nenhuma dessas coisas por mim.

Houve um tinido quando Zara apareceu no corredor, seguida pela figura corcunda de Anush Joshi. Cortana brilhava em seu quadril. Aquela visão irritou Diego: uma lâmina como Cortana deveria ser carregada junto às costas.

Zara se importava mais com a exibição da espada do que com a posse em si de uma arma tão especial.

Anush trazia uma bandeja com duas vasilhas da gororoba habitual. Ajoelhando, ele passou a bandeja por baixo da cela.

Como uma pessoa tão maravilhosa quanto Divya pode ter um primo tão terrível?, pensou Diego.

— Isso mesmo, Anush — disse Zara, rondando o companheiro. — Esse é o seu castigo por nos abandonar na floresta: trazer gororoba para nossos piores e mais fedorentos prisioneiros. — Ela fez uma careta para Diego. — Seu irmão não me parece muito bem. Febril, eu acho. Já mudou de ideia?

— Ninguém mudou de ideia, Zara — provocou Jaime.

Zara o ignorou, olhando para Diego. Ele poderia contar o que ela queria saber e trocar a segurança de Jaime pela relíquia. Aquele instinto de irmão mais velho dele, que sempre protegia Jaime, o deixava tentado a fazer isso.

Mas, estranhamente, naquele momento, ele se lembrou de Kieran falando: *Você decide que vai encontrar uma solução quando chegar a hora, mas quando o pior acontece, você se descobre despreparado.*

Ele podia salvar Jaime, mas conhecia Zara o suficiente para saber que isso não significaria a liberdade de ambos.

Se a Tropa conseguisse o que queria, ninguém mais seria livre.

— Jaime está certo — falou Diego. — Ninguém mudou de ideia.

Zara revirou os olhos.

— Tudo bem. Até mais tarde.

Ela saiu marchando, com Anush correndo feito uma sombra desgarrada atrás dela.

Emma sentou ao lado de Cristina à mesa do escritório e assimilou a vista. As paredes eram de vidro, e através delas dava para ver o mar de um lado e as montanhas do outro. Parecia que as cores do mundo tinham sido restauradas para ela, após a escuridão de Thule. O mar parecia entoar tons azuis, prateados, dourados e verdes. O deserto também brilhava em verde vivo e fosco, em areia e sujeira terracota, e havia sombras roxas escuras entre as colinas.

Cristina sacou um pequeno frasco do bolso, feito de vidro grosso azul. Tirou a tampa e o ergueu para a luz.

Nada aconteceu. Emma olhou Cristina de soslaio.

— Sempre leva um tempo — falou Cristina, tranquilizando-a.

— Eu te ouvi na Corte Unseelie — disse Emma. — Você disse que não eram as Linhas Ley, que era a praga. Você descobriu, não descobriu? O que está causando a doença dos feiticeiros?

Cristina girou o frasco.

— Eu desconfiava, mas não tinha certeza absoluta. Eu sabia que a praga em Brocelind era a mesma do Reino das Fadas, mas quando percebi que ambas eram provocadas pelo Rei, que ele *queria* envenenar o nosso mundo, percebi que este poderia ser o problema afetando os feiticeiros.

— E Catarina sabe?

— Eu contei a ela quando voltamos. Ela disse que ia averiguar...

Começou a sair fumaça do frasco, cinza-esbranquiçada e opaca. Lentamente, foi formando uma cena ligeiramente distorcida, trêmula na região periférica. Logo elas estavam olhando para Tessa num vestido azul largo, uma parede de pedra visível atrás dela.

— Tessa? — indagou Emma.

— Tessa! — confirmou Cristina. — Catarina está aí também?

Tessa tentava sorrir, mas o sorriso oscilava.

— Ontem à noite Catarina caiu num sono do qual não conseguimos despertá-la. Ela está... muito doente.

Cristina murmurou em solidariedade. Emma não conseguia parar de encarar Tessa. Ela parecia tão diferente — nem mais velha e nem mais nova, porém mais viva. Ela não tinha se dado conta do quanto as emoções da Tessa de Thule pareciam mortas, como se há muito ela tivesse desistido de sentir qualquer coisa.

E esta Tessa, lembrou-se Emma, estava grávida. Ainda não era visível, mas enquanto falava Tessa estava com a mão sobre a barriga, ligeiramente protetora.

— Antes de Catarina perder a consciência — começou Tessa —, ela me disse que achava que Cristina estava certa quanto à praga. Temos algumas amostras aqui, e temos analisado o material, mas temo que será tarde demais para salvarmos Magnus e Catarina, e tantos outros. — Seus olhos brilhavam com lágrimas.

Emma se levantou para confortá-la.

— Acho que talvez tenhamos a resposta — disse, e contou novamente sua história, concluindo com o encontro com Tessa na caverna. Não parecia haver motivo para contar a ela o que acontecera depois.

— *Eu* te disse isso? — Tessa parecia chocada. — Uma versão de mim que você encontrou em outro mundo?

— Sei que parece difícil de acreditar. Você estava morando naquela caverna, aquela grande perto da Praia da Escadaria. E Church estava com você.

— Soa plausível. — Tessa parecia tonta. — Qual é o plano? Eu posso ajudar, apesar de haver poucos outros feiticeiros com saúde o suficiente para se juntarem a mim...

— Não, tudo bem — disse Cristina. — Jace e Clary vão.

Tessa franziu o rosto.

— Isso parece perigoso.

— Aline encontrou um horário amanhã no qual ela acha que não vai haver guardas no Lago Lyn — explicou Cristina. — Eles vão ao amanhecer.

— Suponho que o perigo nunca possa ser evitado pelos Nephilim — disse Tessa. Olhou para Cristina. — Eu e Emma podemos conversar a sós por um instante, por favor?

Cristina piscou, surpresa, em seguida se levantou da mesa.

— Claro. — Ela deu uma batidinha carinhosa no ombro de Emma antes de sair, e logo Emma estava a sós no escritório com uma Tessa esvoaçada, porém determinada.

— Emma — disse Tessa assim que a porta se fechou atrás de Cristina. — Queria conversar com você sobre Kit Herondale.

Kit caminhava cuidadosamente pela areia, os tênis já estavam molhados nos pontos em que a correnteza o pegara desprevenido.

Era a primeira vez que ia até a praia perto do Instituto sem Ty. Estava quase se sentindo culpado, mas quando dissera a Ty que ia dar uma volta, o garoto simplesmente assentira e respondera que o veria mais tarde — Kit sabia que Ty queria falar com Julian, e não queria interromper.

Havia algo de tranquilo naquele lugar, onde o mar encontrava a costa. Kit aprendera há muito no Mercado das Sombras que havia espaços "intermediários" no mundo nos quais era mais fácil realizar certos tipos de mágica: no meio de pontes, em cavernas entre a terra e o submundo, nas fronteiras entre as Cortes Seelie e Unseelie. E no Mercado das Sombras em si, entre o Submundo e o mundano.

O ponto de quebra da maré era um lugar assim, e por isso ele se sentia em casa. E o fazia se lembrar de uma velha canção que alguém um dia entoara para ele. Provavelmente seu pai, embora ele se lembrasse de ouvi-la numa voz feminina.

Diga a ele para me comprar um acre de terra,
Alecrim e tomilho, salsa e sálvia;
Entre a água salgada e a areia do mar
E ele vai ser quem vou verdadeiramente amar.

Rainha do Ar e da Escuridão

— Essa é uma canção muito, muito antiga — disse uma voz. Kit quase caiu da pedra que estivera escalando. O céu estava muito azul e marcado por nuvens brancas, e acima dele, no cume da pedra, estava Shade. Usava um terno azul escuro esfarrapado, com o colarinho e os punhos remendados, a pele verde era um forte contraste. — Como você a conhece?

Kit, que sequer tinha se dado conta de que estivera entoando a canção, deu de ombros. Shade havia tirado seu capuz habitual. O rosto verde carregava rugas e bom humor, os cabelos encaracolados e brancos. Pequenos chifres apontavam de suas têmporas, curvando-se para dentro como conchas. Algo nele pareceu estranho a Kit.

— Ouvi no Mercado.

— O que você está fazendo solto por aí sem sua sombra?

— Ty não é minha sombra — respondeu Kit, irritado.

— Peço desculpas. Creio que você seja a sombra dele. — Os olhos de Shade eram solenes. — Você veio me contar sobre seu progresso naquele plano estúpido para trazer a irmã dele dos mortos?

Não tinha sido esse o motivo pelo qual Kit tinha vindo, mas logo ele se flagrara contando tudo a Shade assim mesmo, sobre a volta de Emma e Julian (embora não tivesse mencionado Thule) e sobre as visitas ao Mercado das Sombras no caos que se seguira, sem que ninguém notasse que eles tinham ido. Julian, normalmente o mais perspicaz dos irmãos, estivera inconsciente, e mesmo agora ele parecia desatento e embriagado.

— Vocês se saíram melhor do que eu imaginei — disse Shade, ressentido, olhando o mar. — Mesmo assim. Conseguiram basicamente o que era fácil. Ainda tem algumas coisas que podem atrapalhar vocês.

— Parece que você quer que a gente fracasse — disse Kit.

— Claro que quero! — vociferou Shade. — Vocês não deveriam estar se metendo com necromancia! Ninguém nunca ganha nada com isso!

Kit recuou até seus calcanhares atingirem a rebentação.

— Então *por que* você está ajudando?

— Veja, existe um motivo para eu estar aqui — disse Shade. — Sim, Hypatia me transmitiu o recado de Tiberius, mas eu já estava vindo para a caverna de qualquer jeito para ficar de olho em você.

— Em mim?

— Sim, em você. Você realmente achou que eu estava aqui ajudando com sua necromancia estúpida só de favor a Hypatia? Não somos tão próximos assim. Foi Jem que me pediu para ficar de olho em você. Por causa daquela coisa de que os Carstairs devem aos Herondale. Você sabe.

Era estranho para Kit ter alguém se preocupando com ele só por causa do seu sobrenome.

— Certo, mas por que você está nos ajudando com a parte do feitiço?

— Porque eu disse que ia protegê-lo, e vou. Seu Ty é teimoso como todo Blackthorn, e você é mais teimoso ainda. Se eu não ajudasse, outro feiticeiro ajudaria, e alguém que não daria a mínima se vocês saíssem machucados. E não, eu não contei a ninguém sobre isso.

— Muitos dos outros feiticeiros estão doentes — disse Kit, percebendo ser esta a parte esquisita em relação a Shade. Ele não parecia nada doente.

— Pode ser que eu adoeça também, em algum momento, mas sempre haverá usuários de magia inescrupulosos... *Por que* você está me olhando todo esquisito, menino?

— Acho que eu estava pensando que você não sabe que acharam uma cura para a praga dos feiticeiros — disse Kit. — No Instituto.

Era a primeira vez que ele via o feiticeiro parecer genuinamente surpreso.

— Os Nephilim? Encontraram uma cura para a doença dos *feiticeiros*?

Kit se lembrou da primeira noção que recebera sobre os Caçadores de Sombras. Não foram apresentados como pessoas, mas como um exército de verdadeiros crentes que se achavam melhores do que todo mundo. Como se fossem todos como Horace Dearborn e não houvesse nenhum como Julian Blackthorn ou Cristina Rosales. Ou como Alec Lightwood, que segurava pacientemente um copo de água com um canudo para que seu namorado feiticeiro doente pudesse beber.

— Sim — disse ele. — Jace e Clary vão buscar. Vou me certificar de que você também ganhe um pouco.

Shade fez uma careta e se virou para o outro lado para que Kit não notasse sua reação.

— Se você insiste — resmungou. — Mas certifique-se de que Catarina Loss ganhe primeiro, e Magnus Bane. Eu tenho algumas proteções. Ainda consigo segurar a onda mais um pouco.

— Magnus vai ser o primeiro a receber, não se preocupe — disse Kit. — Ele está no Instituto agora.

Com isso, Shade girou.

— Magnus está aqui? — Ele olhou para o Instituto, que brilhava como um castelo lendário em uma colina. — Quando ele melhorar, diga que estou na caverna da Praia da Escadaria — avisou. — Diga a ele que Ragnor disse oi.

Ragnor Shade? Qualquer que fosse a força responsável por abençoar as pessoas com bons nomes, bem, ela havia passado longe desse pobre coitado, pensou Kit.

Ele se virou para voltar pela trilha que levava da praia para o asfalto. A areia se estendia num crescente brilhante, a linha da maré tocada por prata.

— Christopher — disse Shade, e Kit pausou, surpreso ao som do nome pelo qual quase ninguém o chamava. — Seu pai... — começou Shade, e hesitou. — Seu pai não era um Herondale.

Kit congelou. Naquele momento, sentiu um pânico súbito de que tudo tivesse sido um erro: ele *não era* um Caçador de Sombras, não pertencia àquele lugar, seria retirado de cena, afastado de Ty, de todo mundo...

— Sua mãe — continuou Shade. — Ela era a Herondale. E uma bem atípica. Pesquise sua mãe.

O alívio atingiu Kit como um golpe. Há algumas semanas, ele teria ficado feliz de ouvir que não era Nephilim. Agora parecia o pior destino imaginável.

— Qual era o nome dela? — perguntou. — Shade! Qual era o nome da minha mãe?

Mas o feiticeiro já tinha saltado da pedra e estava se afastando; o ruído das ondas e da maré engoliu as palavras de Kit, e Shade não se virou de novo.

Bonecas assassinas, lenhadores sinistros, espíritos sem olhos, e cemitérios cheios de névoa. Dru teria listado todas estas coisas como suas preferidas no filme *O Asilo do Terror*, mas Kieran não parecia muito interessado. Ele estava esticado do outro lado do sofá, encarando o nada melancolicamente, mesmo quando as pessoas da tela começaram a gritar.

— Esta é a minha parte preferida — disse Dru, parte de sua mente concentrada em mastigar a pipoca, e outra parte se perguntando se Kieran estaria se imaginando em algum lugar diferente, mais tranquilo, talvez uma praia. Ela não sabia exatamente como ficara a cargo dele depois da reunião, só sabia que eles eram os únicos que não tinham recebido nenhuma tarefa. Ela escapara para a salinha, e logo depois Kieran aparecera, se jogando no sofá e pegando um calendário de gatinhos que alguém (tudo bem, ela) havia deixado por ali.

— A parte que ele pisa nos bonecos de vodu e explode em sangue e...

— Essa forma de marcar a passagem do tempo é uma maravilha — disse Kieran. — Quando você acaba um gatinho, tem outro. Quando chega o solstício de inverno seguinte, você terá visto doze gatinhos! Um deles dentro de um copo!

— Em dezembro tem três gatinhos numa cesta — disse Dru. — Mas você deveria ver o filme...

Kieran repousou o calendário e olhou para a tela, confuso. Em seguida suspirou.

— Eu simplesmente não entendo — começou. — Eu amo os dois, mas parece que eles não conseguem entender isso. Como se fosse um tormento ou um insulto.

Dru emudeceu o áudio do filme e repousou o controle. Finalmente, pensou, alguém estava conversando com ela como se ela fosse adulta. Era verdade, a postura de Kieran não estava fazendo muito sentido, mas mesmo assim.

— Caçadores de Sombras são lerdos no amor — disse ela —, mas quando a gente ama, ama para sempre.

Era algo que ela se recordava de Helen ter dito certa vez, ao se casar.

Kieran piscou e focou nela, como se Dru tivesse dito algo inteligente.

— Sim — concordou ele. — Sim, é verdade. Tenho que confiar no amor de Mark. Mas Cristina... ela nunca disse que me ama. E os dois parecem tão distantes agora.

— Todo mundo parece distante agora — disse Dru, pensando no quão solitários tinham sido os últimos dias. — Mas é porque estão preocupados. Quando se preocupam, eles se fecham e às vezes se esquecem de que você está perto. — Ela olhou para a pipoca. — Mas isso não significa que não se importam.

Kieran apoiou um cotovelo no joelho.

— Então o que eu faço, Drusilla?

— Hum... Não deixe de verbalizar o que quer, ou nunca vai conseguir.

— Você é muito sábia — falou Kieran solenemente.

— Bem — respondeu Dru. — Eu li isso numa caneca.

— As canecas deste mundo são muito sábias. — Dru não tinha certeza se Kieran estava sorrindo ou não, mas pela forma como sentou e cruzou os braços, ela teve a impressão de que ele não tinha mais perguntas. Ela aumentou novamente o volume da TV.

Emma removeu as tachinhas, retirando cuidadosamente o barbante de cores diferentes, os velhos recortes de jornal, as fotos que já estavam com as beiradas deformadas. Cada item representando uma pista, ou o que ela acreditava ser uma pista, para o segredo das mortes de seus pais: quem matara os dois? Por que morreram daquele jeito?

Agora Emma conhecia as respostas. Há algum tempo havia perguntado a Julian o que fazer com todas as provas que reunira, mas ele se limitara a dizer que a decisão era dela. Ele sempre chamara aquilo de Mural da Loucura, mas de muitas maneiras Emma considerava o seu mural da sanidade, pois criá-lo a ajudava a conservar sua sanidade numa época em que ela se sentira um tanto desamparada, arrasada pela saudade dos pais e pela ausência da segurança fornecida pelo amor deles.

Foi por vocês, mãe e pai, pensou ela, guardando as últimas fotos em caixas de sapatos. *Agora sei o que aconteceu a vocês, e a pessoa que matou vocês está morta. Talvez isso faça alguma diferença. Talvez não. Só sei que não significa que minha saudade é menor.*

Ficou imaginando se deveria falar mais. Que a vingança não tinha sido a panaceia esperada. E que na verdade agora estava com um pouco de medo da vingança: ela sabia o quanto era poderosa, o quanto podia influenciar uma pessoa. Em Thule, Emma tinha visto como a vingança de um menino raivoso e abandonado fora capaz de destruir um mundo. No entanto não servira para deixar Sebastian feliz. A vingança só fizera o Sebastian de Thule mais triste, ainda que ele estivesse conquistando tudo o que via.

Bateram à porta. Emma guardou as caixas no armário e foi abrir. Para sua surpresa, era Julian. Ela achou que ele estaria lá embaixo com os outros. Tinham feito um grande jantar na biblioteca — pediram comida tailandesa — e todo mundo comparecera, contando histórias e fazendo piadas, Magnus cochilando suavemente no colo de Alec, os dois espalhados pelo sofá. Era quase como se ao amanhecer Jace e Clary não fossem precisar partir em missão perigosa. Mas essa era a vida dos Caçadores de Sombras: sempre havia missões, sempre havia um amanhecer perigoso.

Emma bem que quisera estar com eles, mas doía ficar perto de Julian e de outras pessoas quando ele estava assim. Doía olhar para ele, e esconder o que ela sabia, e ficar imaginando se mais alguém estaria notando, e caso notassem, o que achariam.

Julian foi se apoiar no parapeito da janela. As estrelas estavam surgindo, salpicando o céu com pontos de luz.

— Acho que fiz besteira com Ty — disse ele. — Ele queria conversar e acho que não reagi da forma certa.

Emma esfregou os joelhos. Usava uma camisola verde antiga que fazia as vezes de vestido.

— Sobre o que ele queria conversar com você?

Alguns cachos cor de chocolate caíam sobre a testa de Julian. Ele ainda era lindo, pensou Emma. Não fazia nenhuma diferença o que ela *sabia*; doía ver as mãos de pintor dele, fortes e articuladas, a escuridão macia de seus cabelos, o arco de cupido de seu lábio, a tonalidade dos olhos. A forma como ele se movimentava, sua graça artística, tudo nele que sussurrava *Julian* para ela.

— Eu não sei — disse ele. — Eu não entendi. Eu *teria* entendido, sei que teria, se não fosse o feitiço.

— Você subiu naquela pira atrás dele — falou ela.

— Eu sei, eu te disse, foi como um instinto de sobrevivência, uma coisa que não consegui controlar. Mas isso não é uma questão de vida ou morte. Tem a ver com emoções. E minha mente não processa.

Emoções podem ser questões de vida ou morte. Emma apontou para o armário.

— Sabe por que tirei aquilo tudo?

Julian franziu a testa.

— Porque já acabou — disse ele. — Você descobriu quem matou seus pais. Não precisa daquilo mais.

— Sim e não, acho.

— Se tudo correr bem, com sorte Magnus vai poder me livrar do feitiço amanhã ou depois — disse Julian. — Depende da velocidade da cura.

— Você já poderia ter conversado com ele sobre isso — disse Emma, indo para o lado de Julian. Aquilo fez Emma se lembrar do passado, tempos melhores, quando os dois sentavam no parapeito e liam, ou Julian ficava desenhando, caladinho e contente durante horas a fio. — Por que esperar?

— Eu não posso contar tudo para ele — disse Julian. — Não posso mostrar o que escrevi no meu braço, ele ia querer tirar o feitiço agora, e não está forte o suficiente para isso. Poderia matá-lo.

Emma se virou para ele, surpresa.

— Isso é empatia, Julian. É você entendendo o que Magnus pode sentir. Isso é bom, certo?

— Talvez — respondeu ele. — Eu tenho feito uma coisa quando não sei como lidar com alguma questão emocional. Tento imaginar o que *você* faria. O que você levaria em conta. A conversa com Ty foi rápida demais para que eu conseguisse fazer isso, mas ajuda.

— O que *eu* faria?

— Tudo muda quando estou com você, é claro — disse. — Não consigo pensar no que você gostaria que eu fizesse em relação a você, ou perto de você. Não consigo te enxergar pelo seu olhar. Não consigo nem *me* enxergar pelo seu olhar. — Ele tocou levemente o braço dela, onde ficava a Marca *parabatai*, contornando o desenho.

Ela via o reflexo dele na janela: outro Julian com o mesmo perfil pronunciado, os mesmos cílios sombreados.

— Você tem um talento, Emma — disse ele. — Uma bondade que faz as pessoas felizes. Você não só presume que as pessoas são capazes de oferecer o seu melhor, como também sabe que elas querem ser o melhor possível. Você presume o mesmo em relação a mim. — Emma tentava voltar a respirar. Sentir os dedos dele em sua Marca lhe causava tremores por todo o corpo. — Você acredita em mim mais do que eu acredito em mim mesmo.

Os dedos de Julian passearam pelo braço dela, até o pulso, e subiram de volta. Eram dedos leves e espertos; ele a tocava como se estivesse desenhando seu corpo, traçando os contornos da clavícula. Tocando a concavidade na base da garganta. Deslizando pela gola do vestido, apenas roçando a curva superior dos seus seios.

Emma estremeceu. Ela seria capaz de se perder naquela sensação, ela sabia, seria capaz de se afogar nela e esquecer, seria capaz de se esconder atrás dela.

— Se você vai fazer isso — disse ela —, então deveria me beijar.

Julian a abraçou. A boca dele na dela foi quente e macia, um beijo suave se aprofundando em calor. As mãos dela percorriam o corpo dele, a sensação agora familiar: os músculos lisos sob a camiseta, a aspereza das cicatrizes, a delicadeza das omoplatas, a curvatura da coluna. Ele murmurou que ela era linda, que ele a queria, que sempre a desejara.

O coração de Emma estava quase explodindo do peito; todas as células de seu corpo diziam que este era o Julian, o seu Julian, que a pele, o gosto e a respiração eram os mesmos, e que ela o amava.

— Isso é perfeito — sussurrou ele nos lábios dela. — É assim que podemos ficar juntos sem machucar ninguém.

O corpo dela gritava para que ela não reagisse, para que deixasse rolar. Mas sua mente a traiu.

— O que você quer dizer, exatamente?

Julian a fitou, os cabelos escuros no rosto. Emma queria puxá-lo para si e cobrir sua boca com mais beijos; queria fechar os olhos e se esquecer de que havia algo errado.

Mas Emma jamais precisara fechar os olhos com Julian antes.

— São as emoções que importam, não o ato — disse ele. — Se eu não estiver apaixonado por você, podemos fazer isso, estar juntos fisicamente, e não vai fazer diferença para a maldição.

Se eu não estiver apaixonado por você.

Ela se afastou dele. A sensação foi de estar rasgando a própria pele, como se fosse olhar para baixo e ver sangue pingando das feridas nos pontos onde havia se separado dele.

— Não posso — falou ela. — Quando você recuperar seus sentimentos, nós dois vamos nos arrepender de termos feito isso quando você não se importava.

462 Cassandra Clare

Ele pareceu confuso.

— Eu te quero como sempre quis. Isso não mudou.

De repente Emma se sentiu esgotada.

— Eu acredito. Você acabou de me dizer que me queria. Que eu era linda, mas não disse que me amava. E antes você sempre dizia.

Um breve brilho passou pelos olhos dele.

— Não sou a mesma pessoa. Não posso dizer que sinto coisas que não entendo.

— Bem, eu desejo a mesma pessoa — disse ela. — Quero Julian Blackthorn. O *meu* Julian Blackthorn.

Ele esticou o braço para tocar o rosto dela. Emma recuou, para longe — não por não gostar do seu toque, mas por gostar demais. Seu corpo não sabia a diferença entre este Julian e o Julian de quem ela necessitava.

— Então quem eu sou para você? — perguntou ele, abaixando a mão.

— Você é a pessoa que preciso proteger até o meu Julian voltar a viver dentro de você — disse ela. — Eu não quero *isto*. Quero o Julian que eu amo. Você pode estar na jaula, Jules, mas enquanto estiver, *eu estarei na jaula com você*.

A manhã chegou como sempre, com o brilho do sol e o piar irritante dos pássaros. Emma cambaleou para fora do quarto com a cabeça latejando e descobriu Cristina no corredor, na frente de sua porta. Segurava uma xícara de café e usava um belo casaco cor de pêssego com pérolas no colarinho.

Emma só tinha dormido umas três horas depois que Julian saíra, e foram três horas ruins. Quando ela fechou a porta do quarto, Cristina se sobressaltou, tensa.

— Quanto café você *tomou*? — perguntou Emma. Juntou os cabelos e prendeu num rabo com um elástico com estampa de margaridas amarelas.

— É meu terceiro. Estou me sentindo um beija-flor. — Cristina acenou com a caneca e acompanhou Emma até a cozinha. — Preciso conversar com você, Emma.

— Por quê? — perguntou Emma, desconfiada.

— Minha vida amorosa está um desastre — disse Cristina. — *Qué lío.*

— Ah, ótimo — falou Emma. — Eu estava temendo que você quisesse falar de política.

Cristina assumiu um ar trágico.

— Eu beijei Kieran.

— Quê? Onde? — quis saber Emma, quase caindo da escada.

— No Reino das Fadas — lamentou Cristina.

— Na verdade eu quis saber em qual parte do corpo, na bochecha ou o quê?

Rainha do Ar e da Escuridão

— Não — respondeu Cristina. — Um beijo de verdade. Com *bocas*.

— E como foi? — Emma estava fascinada. Não conseguia se imaginar beijando Kieran. Ele sempre parecera tão frio e distante. Certamente era lindo, mas lindo tal qual uma estátua, não uma pessoa.

Cristina ficou completamente ruborizada no rosto e no pescoço.

— Foi ótimo — disse ela com a voz baixa. — Delicado, como se ele gostasse muito de mim.

Isso foi ainda mais estranho. Contudo, Emma imaginava que o objetivo era dar apoio a Cristina. Preferiria que Cristina ficasse com Mark, claro, mas Mark vinha sendo muito negligente, e tinha aquele feitiço de ligação...

— Bem — disse Emma. — O que acontece no Reino das Fadas fica no Reino das Fadas, acho?

— Se você está dizendo que eu não deveria contar a Mark, ele já sabe — avisou Cristina. — E se você vai perguntar se eu quero ficar só com Mark, também não sei responder isso. Não sei o que quero.

— E quanto ao que Mark e Kieran sentem um pelo outro? — perguntou Emma. — Ainda é romântico?

— Acho que eles se amam de um jeito que eu não sou capaz de afetar — respondeu Cristina, e carregava uma tristeza na voz que fez Emma ter vontade de parar no meio do corredor para abraçar a amiga. Mas elas já estavam na cozinha. Lotada de gente, por sinal: Emma estava sentindo cheiro de café, mas não de comida. A mesa estava vazia, a cozinha fria. Julian e Helen, juntamente a Mark e Kieran, se agrupavam em volta da mesa à qual Clary e Jace estavam sentados, todos olhando incredulamente para um pedaço de papel com aparência oficial.

Emma parou de supetão, com Cristina ao seu lado, os olhos arregalados.

— Pensamos que... vocês já foram a Idris e voltaram? Pensei que vocês fossem sair ao amanhecer!? — questionou Emma.

Jace ergueu o olhar.

— Não fomos — elucidou ele. Clary ainda estava olhando o papel, seu rosto pálido e espantado.

— Algum problema? — perguntou Emma, ansiosa.

— Pode-se dizer que sim. — O tom de Jace era leve, mas seus olhos dourados estavam tempestuosos. Ele cutucou o papel. — É um recado da Clave. De acordo com isto aqui, eu e Clary estamos mortos.

Zara sempre escolhia a mesma cadeira no escritório do Inquisidor. Manuel desconfiava que fosse porque ela gostava de sentar abaixo do seu próprio retrato, para que as pessoas fossem obrigadas a olhar para duas Zaras em vez de uma só.

— Relatórios estão chegando o dia todo — disse Zara, brincando com uma de suas tranças. — Os Institutos estão respondendo com revolta à notícia das mortes de Jace e Clary pelas mãos das fadas.

— Conforme o esperado — disse Horace, se ajeitando na cadeira com um resmungo de dor. Irritava Manuel o fato de Horace ainda estar reclamando do braço, com aquela massa de ataduras brancas no cotoco na altura do cotovelo. Certamente os *iratzes* já tinham curado o corte e não havia outro culpado senão o próprio Horace por ter permitido que a vadia da Wrayburn tivesse levado a melhor.

Manuel detestava Horace. Mas daí, Manuel detestava os verdadeiros crentes em geral. Não dava a mínima se havia integrantes do Submundo em Alicante, ou fadas na Floresta Brocelind, ou lobisomens em sua banheira. Para ele, o preconceito contra membros do Submundo era tedioso e desnecessário. A única utilidade era deixar as pessoas com medo.

E quando as pessoas sentiam medo, elas se submetiam a qualquer coisa caso achassem que isto lhes traria segurança outra vez. Quando Horace falou em recuperar a antiga glória dos Nephilim e a multidão vibrou, Manuel soube por que estavam vibrando de fato, e nada tinha a ver com a glória. Era pelo fim do medo. O medo que sentiam desde que a Guerra Maligna lhes mostrara que não eram invencíveis.

Outrora, eles acreditavam, costumavam ser invencíveis. Pisaram em integrantes do Submundo e demônios, controlando o mundo. Agora se lembravam dos corpos queimando na Praça do Anjo e sentiam medo.

E o medo era útil. O medo poderia ser manipulado em mais poder. E o poder era tudo com que Manuel se importava, no fim das contas.

— Já tivemos alguma resposta do Instituto de Los Angeles? — perguntou Horace, espreguiçando-se atrás de sua mesa grande. — Soubemos pelo Reino das Fadas que os Blackthorn e seus companheiros voltaram para casa. Mas o que eles sabem?

O que eles sabem?, perguntaram-se Horace e Zara também quando o corpo de Dane fora devolvido a eles, quase desmembrado. Dane fora um tolo por ter fugido sorrateiramente do acampamento de Oban no meio da noite em busca da glória solitária de recuperar o Volume Sombrio sozinho. (E ele tinha levado o medalhão de passagem do tempo consigo, o que significava que Manuel descobrira que ele tinha perdido um ou dois dias ao retornar para Idris). Manuel desconfiava de que houvesse um ferimento de uma espada longa sob as mordidas de kelpie, mas não mencionara isto para os Dearborn. Eles viram o que queriam ver, e se Emma e Julian soubessem que Horace tinha colocado um assassino na cola deles, em breve isso não teria importância mais.

Rainha do Ar e da Escuridão

— Sobre Clary e Jace? — perguntou Manuel. — Tenho certeza de que eles sabem que desapareceram pelo Portal em Thule. Mas seria impossível trazê--los de volta. O tempo passou, o Portal se fechou e Oban me garantiu que Thule é um lugar mortal. A essa altura eles são ossos decompondo na areia de outro mundo.

— Os Blackthorn e Emma não ousariam falar nada contra nós, de qualquer jeito — disse Zara. — Ainda temos o segredo deles na palma das mãos. — Ela tocou o cabo de Cortana. — Além disso, nada que seja deles vai continuar sendo *deles* por muito mais tempo, nem mesmo o Instituto. Alguns outros podem estar contra nós: Cidade do México, Buenos Aires, Mumbai. Mas vamos cuidar de todos eles.

Zara também era uma verdadeira crente, pensou Manuel com desgosto. Ela era uma chata e ele jamais acreditara que Diego Rocio Rosales tivesse de fato visto alguma coisa nela; e ao que parecia, ele tinha acertado em cheio. Desconfiava que Diego estivesse definhando na cadeia tanto por ter rejeitado Zara tanto quanto por ter ajudado uma fada idiota a fugir da Scholomance.

Horace se voltou para Manuel.

— E sua parte do plano, Villalobos?

— Tudo em ordem. As forças Unseelie estão se reunindo sob o Rei Oban. Quando chegarem às muralhas de Alicante, vamos sair para demonstrarmos nossa disposição para conversar sobre os Campos Eternos. Vamos nos certificar de que todos os Caçadores de Sombras em Alicante nos vejam. Depois dessa farsa, iremos ao Conselho e diremos que as fadas se renderam. A Paz Fria vai acabar, e em troca da ajuda deles, todas as entradas para o Reino das Fadas serão fechadas com nossas barreiras protetoras. Ficarão inacessíveis aos Caçadores de Sombras.

— Muito bem — disse Horace. — Mas com o Portal para Thule se fechando, como ficamos em relação à praga?

— Exatamente como queremos — respondeu Manuel. Ele estava satisfeito: fingir que queriam destruir a praga com o fogo tinha sido ideia dele. Ele sabia que não ia dar certo, e o fracasso deixaria os Nephilim mais apavorados do que antes. — O veneno já se espalhou o suficiente para nossos propósitos. Toda a Clave já sabe da praga e teme suas consequências.

— E o medo os deixará mansos — disse Horace. — Zara?

— Os feiticeiros estão cada vez mais doentes — disse Zara com deleite. — Ainda não houve relato de transformações, mas muitos Institutos acolheram feiticeiros num esforço para curá-los. Depois que se transformarem em demônios, você pode imaginar o caos que virá.

— O que deve facilitar o emprego da lei marcial e nos ajudar a nos livrarmos do restante dos feiticeiros — concluiu Horace.

O fato de que a praga seria útil não só para assustar os Caçadores de Sombras, mas também para ferir os feiticeiros sempre fora um bônus para Horace, embora Manuel não enxergasse muito propósito num exercício que limitaria muito a capacidade dos Caçadores de Sombras para fazer coisas como abrir Portais e curar doenças estranhas. Esse era o problema dos verdadeiros crentes. Eles nunca eram práticos. Enfim. Alguns feiticeiros provavelmente sobreviveriam, concluiu. Depois que todas as exigências da Tropa fossem atendidas, eles poderiam ser generosos e destruir a praga de vez. Não era como se Horace gostasse da praga ou de sua propensão a matar a magia angelical. Era apenas uma ferramenta útil, como os Larkspears tinham sido.

— Você não tem medo de que os feiticeiros transformados saiam do controle e chacinem Caçadores de Sombras? Ou até mundanos?

— Não — disse Horace. — Um Caçador de Sombras bem treinado deve ser capaz de lidar com um feiticeiro transformado em demônio. Se não conseguirem, então fizemos um favor à sociedade ao nos livrarmos deles.

— Minha dúvida é se Oban é confiável — disse Zara, franzindo o lábio. — Ele é fada, afinal.

— Ele é, sim — disse Manuel. — É muito mais maleável do que o pai era. Ele quer o reino dele, e nós queremos o nosso. E se levarmos a cabeça do príncipe Kieran, conforme prometido, ele vai ficar muito satisfeito.

Horace suspirou.

— Se ao menos esses acordos não precisassem ser secretos. Toda a Clave deveria ser glorificada pela retidão do nosso plano.

— Mas eles não gostam de fadas, papai — disse Zara, que, como sempre, estava sendo incrivelmente literal. — Eles não gostariam de fazer acordos com elas e nem incentivá-las a trazer a praga para Idris, mesmo que fosse por uma boa causa. *É ilegal trabalhar com magia demoníaca, muito embora eu saiba ser necessário* — acrescentou ela rapidamente. — Queria que Samantha e Dane ainda estivessem por aqui. Poderíamos falar com *eles*.

Manuel pensou desinteressado em Dane, destruído pela própria burrice, e em Samantha, atualmente perdendo a cabeça em Basilias. Ele duvidava que algum dos dois teria alguma serventia, mesmo antes.

— É um fardo solitário, filha, ser encarregado de fazer a coisa certa — disse Horace, todo pomposo.

Zara se levantou da cadeira e o afagou no ombro.

Rainha do Ar e da Escuridão

— Pobre papai. Quer olhar no espelho premonitório mais uma vez? Ele sempre te alegra.

Manuel se ajeitou na cadeira. O espelho premonitório era uma das poucas coisas que ele não achava entediante. Oban o enfeitiçara para refletir os campos diante da Torre Unseelie.

Zara levantou o espelho para que a luz das torres demoníacas refletisse de sua alça prateada, então soltou um pequeno gritinho quando o vidro clareou; logo eles estavam vendo os campos verdes de Unseelie e a torre de antracite. Alinhadas diante da torre havia fileiras e fileiras de guerreiros Unseelie, e eram tantos que eles preenchiam todo o cenário, mesmo com as fileiras diminuindo ao longe: um exército sem limite, sem fim. As espadas brilhavam ao sol como um vasto campo de lâminas afiadas.

— O que acha? — perguntou Horace, orgulhoso, como se tivesse organizado o exército pessoalmente. — Espetacular, não é mesmo, Annabel?

A mulher de cabelos longos e castanhos, sentada em silêncio no canto da sala, fez que sim com a cabeça calmamente. Ela usava roupas que combinavam com as que tinha usado naquele dia sangrento no Salão do Conselho; Zara tinha conseguido cópias quase perfeitas, mas foi Manuel que pensou em empregá-las, como se elas próprias fossem armas.

Havia poucas coisas mais fortes do que o medo. Desde a reunião do Conselho, os Caçadores de Sombras morriam de pavor de Annabel Blackthorn. Se ela aparecesse diante deles, eles se acovardariam atrás de Horace. Tudo que importaria seria a capacidade dele de protegê-los.

Quanto a Julian Blackthorn e o restante de sua família irritante, haveria mais do que medo. Haveria raiva. Ódio. Todas emoções que a Tropa poderia explorar.

Horace soltou uma risada nervosa e voltou a examinar o espelho.

Escondido sob a sombra alongada, Manuel sorriu brutalmente. Absolutamente ninguém estava preparado para o que estava por vir.

Exatamente como ele gostava.

24

Noite Tão Longa

Aline Penhallow, diretora do Instituto de Los Angeles:

Para acelerar a cura de nossos corações, flâmulas brancas de luto e bandeiras verdes voam sobre nossa capital hoje.

Os heróis da Guerra Maligna Jonathan Herondale e Clarissa Fairchild foram mortos por mãos Unseelie. Estavam em missão da Clave, e suas mortes serão afamadas como mortes de heróis. Seus corpos ainda não foram recuperados.

Uma violação tão brutal da Paz Fria deve ser considerada. A partir desta manhã, ao amanhecer em Alicante, devemos nos considerar em guerra contra as fadas. Membros do Conselho vão procurar a Corte a fim de discutirem negociações e reparações. Se uma fada for vista fora de suas terras, você está livre para capturá-la e levá-la a Alicante para interrogatório. Se precisar matar a fada em questão, não estará em violação dos Acordos.

Fadas são ardilosas, mas vamos prevalecer e vingar nossos heróis abatidos. Como de costume em estado de guerra, Caçadores de Sombras devem se apresentar para o serviço em Idris dentro de 48 horas. Por favor, comunique seu plano de viagem à Clave, pois todas as atividades de Portais serão monitoradas em Idris.

Horace Dearborn, Inquisidor

OBS: Considerando que nossa Consulesa Jia Penhallow é suspeita de envolvimento com fadas, ela está detida na torre do Gard até interrogatório.

Rainha do Ar e da Escuridão

— Jia? — disse Emma, incrédula. — Eles *prenderam* a Consulesa?

— Aline está tentando falar com Patrick — informou Helen com a voz baixa. — Prisão domiciliar é uma coisa, mas isso é diferente. Aline está frenética.

— Quem sabe que vocês estão vivos? — perguntou Alec, olhando para Jace. — Quem sabe que o que está escrito nessa carta não é verdade?

Jace pareceu espantado.

— As pessoas desta casa. Magnus... onde está Magnus?

— Dormindo — respondeu Alec. — E além da gente?

— Simon e Izzy. Mamãe. Maia e Bat. Só. — Ele girou na cadeira. — Por quê? Acha que devemos ir a Alicante? Expor as mentiras?

— Não — disse Julian. A voz soou contida, porém firme. — Vocês não podem fazer isso.

— Por que não? — quis saber Helen.

— Porque isso não é um engano — continuou Julian. — Essa é uma operação falsa. Eles acreditam mesmo que vocês estão mortos, não correriam o risco se não achassem isso, e agora estão distorcendo os fatos para culpar o Reino das Fadas e incitar uma guerra.

— Por que alguém ia querer uma guerra? — perguntou Helen. — Não viram o que aconteceu na última?

— As pessoas almejam o poder durante as guerras — respondeu Julian. — Se tornarem as fadas um inimigo, podem se tornar heróis. Todo mundo vai se esquecer das queixas que tinham em relação ao atual Conselho. Vão se unir em torno de uma causa. Uma guerra pode começar com uma única morte. E aqui temos duas, ambos famosos e heróis da Clave.

Tanto Jace quanto Clary pareceram desconfortáveis.

— Vejo um defeito nesse plano — disse Jace. — Eles ainda precisam lutar e vencer uma guerra.

— Talvez sim — falou Julian. — Talvez não. Depende do plano.

— Vejo outro defeito — disse Clary. — Não estamos mortos. É muita arrogância deles acharem que podem fingir que estamos.

— Acho que eles acreditam mesmo nisso — disse Emma. — A luta na Corte foi caótica. Eles provavelmente não sabem quem atravessou e quem não atravessou o Portal para Thule. E sabe-se lá o que Manuel disse para eles. Ele gosta de manipular a verdade, afinal, e sem a Espada Mortal ele pode fazer isso à vontade. Aposto que ele quer uma guerra.

— Mas certamente o Conselho não vai apoiar a ideia de uma guerra contra o Reino das Fadas — disse Clary. — Ou vocês realmente acham que todo o Conselho está perdido para nós?

Emma ficou surpresa; Clary estava olhando para Julian como se estivesse muito envolvida na resposta dele, como se tivesse cinco anos de idade. Era estranho pensar que a inteligência aguçada de Julian não pertencia somente a ela, à família dele.

— Muitos estão — disse Julian. — Muitos deles já estão apoiando a Tropa e essa mensagem. Do contrário não estariam exigindo que todos chegassem a Alicante em dois dias.

— Mas nós não vamos fazer isso — falou Mark. — Não podemos voltar para Alicante agora. Está tudo sob o controle da Tropa lá.

— E na última vez em que estivemos lá, Horace nos enviou numa missão suicida — observou Emma. — Não acho que estaríamos seguros em Idris. — Era uma ideia desoladora: Idris era o lar deles, deveria ser o lugar mais seguro do mundo para os Caçadores de Sombras.

— Não vamos — disse Helen. — Não só seria arriscado como significaria abandonar os feiticeiros às devastações da praga.

— Mas Jace e Clary não podem ir ao Lago Lyn — disse Alec. Seus cabelos negros estavam arrepiados e desalinhados, as mãos cerradas. — Todas as atividades de Portais estão sendo monitoradas.

— Por isso eles não foram ao amanhecer — disse Emma, se perguntando há quanto tempo Clary e Jace estariam ali sentados, olhando horrorizados para a carta.

— Mas tem que ter um jeito — sugeriu Jace, olhando desesperadamente para Alec. — Eu e Clary podemos viajar por terra, ou...

— Não podem — interrompeu Emma. — Tem algumas peças que não entendo, mas digo uma coisa: a Tropa está usando as mortes de vocês para conseguir o que querem. Se vocês dois forem a Alicante e a notícia chegar à Tropa, mesmo que sejam rumores, farão de tudo para matá-los.

— Emma tem razão — disse Julian. — Eles precisam continuar acreditando que vocês dois estão mortos.

— Então eu vou — falou Alec. — Clary pode abrir um Portal para algum lugar próximo a Idris e eu posso atravessar a fronteira a pé...

— Alec, não. Magnus precisa de você aqui — protestou Clary. — Além disso, você é o chefe da Aliança entre o Submundo e os Caçadores de Sombras. A Tropa adoraria colocar as mãos em você.

Kieran se levantou.

— Nenhum de vocês pode ir — falou. — O que falta a vocês Nephilim é sutileza. Vocês chegariam a Idris a galope, trazendo desastre para todos nós. Enquanto isso, fadas podem entrar sorrateiras como sombras e trazer o que precisam.

— Fadas? — Jace ergueu uma sobrancelha. — Aqui parecemos ter uma fada. Talvez duas, se contarmos as metades de Helen e Mark.

Kieran pareceu irritado.

— Fadas são proibidas de sequer colocarem os pés no solo de Idris — disse Alec. — Provavelmente existem barreiras, sensores...

— Não é conveniente que existam alazões fadas voadores — disse Kieran —, e cavaleiros que montam esses alazões, e que eu seja um deles?

— Essa é uma forma um pouco grosseira de oferecer ajuda — reclamou Jace, e capturou o olhar de Clary. — Mas por mim tudo bem — acrescentou.

— Você está se oferecendo para voar até Idris e coletar a água?

Kieran tinha começado a andar de um lado a outro. Seus cabelos escuros tinham ficado azuis, marcados por mechas brancas.

— Vocês vão precisar de mais de uma fada. Precisarão de uma legião. Daqueles que possam voar para Idris, coletar a água, destruir a praga e trazer cura aos feiticeiros de todo o mundo. Vocês precisam da Caçada Selvagem.

— A Caçada? — disse Mark. — Mesmo com Gwyn sendo amigo de Diana, eu não acho que a Caçada faria isso pelos Nephilim.

Kieran se levantou. Pela primeira vez Emma viu um pouco do pai dele em sua postura e na rigidez da mandíbula.

— Eu sou um príncipe do Reino das Fadas e um Caçador — falou. — Matei o Rei Unseelie com minhas próprias mãos. Acredito que fariam isso por mim.

Do teto, Kit ouvia vozes da cozinha abaixo — vozes elevadas e frenéticas. Mas não conseguia decifrar o que estavam falando.

— Uma carta de Livvy — disse ele, voltando o olhar para Ty. O outro estava sentado na beira do telhado, com as pernas penduradas na lateral. Kit detestava a ousadia de Ty de se colocar na beiradinha da extremidade: às vezes parecia que ele não tinha nenhum senso de perigo espacial, a noção do que poderia acontecer caso caísse. — Da outra Livvy, no outro universo.

Ty assentiu. Seus cabelos compridos demais caíram nos olhos e ele afastou as mechas impacientemente. Usava um casaco branco com buracos nos punhos pelos quais enfiara os polegares, como se estivesse enganchando as mangas.

— Emma me entregou. Fiquei pensando se você gostaria de ler.

— Sim — respondeu Kit. — Gostaria.

Ty estendeu a carta para Kit, que pegou o envelope leve e olhou para o garrancho no verso. *Tiberius*. Parecia a letra de Livvy? Ele não tinha certeza. Não se lembrava de ter estudado a letra dela; sabia que estava se esquecendo até do som de sua voz.

O sol batia no telhado, fazendo o cordão dourado de Ty brilhar. Kit abriu a carta e começou a ler.

Ty,

Pensei muitas vezes no que te diria se você reaparecesse subitamente. Se eu estivesse andando na rua e você aparecesse do nada, caminhando ao meu lado como sempre fizemos, você com as mãos nos bolsos e a cabeça inclinada para trás.

Mamãe costumava dizer que você era dono de um caminhar celestial, olhando para o céu como se examinasse as nuvens à procura de anjos. Você se lembra disso?

No seu mundo eu sou cinzas, sou ancestral, minhas lembranças, sonhos e esperanças foram construir a Cidade dos Ossos. No seu mundo, eu tenho sorte, pois não preciso viver em um mundo sem você. Mas neste mundo aqui eu sou você. Sou a gêmea sem gêmeo. Então posso te dizer isso:

Quando seu gêmeo deixa o mundo em que você vive, ele nunca mais gira igual: o peso de sua alma se vai e todo o restante se desequilibra. O mundo oscila sob seus pés como um oceano inquieto. Não posso dizer que vai ficando mais fácil. Mas acaba ficando mais firme; você aprende a conviver com esse novo balanço da nova terra, da mesma forma como marinheiros ganham pernas marítimas. Você aprende. Eu prometo.

Sei que você não é exatamente o Ty que eu tinha aqui neste mundo, meu irmão lindo e brilhante. Mas soube por Julian que você também é lindo e brilhante. Sei que é amado. Espero que seja feliz. Por favor, seja feliz. Você merece tanto.

Quero perguntar se você se lembra de como costumávamos sussurrar palavras um para o outro no escuro: estrela, gêmeo, vidro. Mas jamais saberei sua resposta. Então sussurrarei para mim mesma enquanto dobro essa carta e a guardo no envelope, torcendo muito para que de algum jeito ela chegue a você. Sussurro seu nome, Ty. Sussurro a coisa mais importante:
Eu te amo. Eu te amo. Eu te amo.

Livvy

Quando Kit abaixou a carta, o mundo inteiro pareceu cortante e brilhante demais, como se ele estivesse olhando através de uma lupa. A garganta doía.

— O que... o que você acha?

Rainha do Ar e da Escuridão

Eu te amo, eu te amo, eu te amo.

Que ele ouça, que ele acredite e se liberte.

— Eu acho... — Ty pegou a carta, dobrou-a e guardou novamente no bolso.

— Acho que não é a minha Livvy. Tenho certeza de que é uma boa pessoa, mas não é a minha.

Kit se sentou, um pouco subitamente demais.

— O que quer dizer?

Ty encarou o oceano, seu avanço e recuo firmes.

— Minha Livvy iria querer voltar para mim. Essa não quis. Seria interessante conhecer essa Livvy, mas provavelmente foi bom ela não ter vindo com Emma e Jules, porque assim não conseguiríamos trazer de volta a Livvy certa.

— Não — disse Kit. — Não, você não entendeu. Não é que ela não quisesse voltar. Precisam dela lá. Tenho certeza de que ela teria preferido ficar com a família se pudesse. Imagine ter que suportar essa perda...

— Não quero. — Ty o cortou veementemente. — Sei que ela se sente mal. Sinto muito por ela. Sinto mesmo. — Ele havia tirado um pedaço de barbante do bolso e estava remexendo-o com as mãos nervosas. — Mas não foi por isso que trouxe a carta para você. Você sabe o que é?

— Acho que não — disse Kit.

— É a última coisa da qual precisamos para o feitiço — disse Ty. — É um objeto de outra dimensão.

Kit se sentiu como se estivesse numa montanha-russa que caíra súbita e repentinamente. Ele ia dizer alguma coisa quando Ty emitiu um ruído suave de espanto; então inclinou a cabeça para trás para flagrar voando acima deles um cavalo preto e cinza e outro marrom, os cascos deixando um rastro de vapor dourado e prateado. Ambos observaram em silêncio quando os cavalos aterrissaram no gramado em frente ao Instituto.

Uma das pessoas montadas era uma mulher familiar com um vestido preto. Diana. A outra era Gwyn ap Nudd, o líder da Caçada Selvagem. Ambos ficaram encarando com espanto enquanto Gwyn desmontava antes de ajudar Diana.

Dru subiu no telhado. Ty e Kit já estavam lá, perturbadoramente perto da beirada. Ela não se surpreendeu; já tinha descoberto há muito tempo que sempre que eles queriam conversar em particular, desapareciam para cá, tal como Emma e Julian costumavam fazer quando mais jovens.

Ela não conseguira conversar de fato com eles desde a vez em que entrara no quarto de Ty. Não sabia o que dizer. Todas as outras pessoas de sua família — Helen, Mark — falavam sobre como Ty vinha se recuperando bem.

sobre como estava sendo forte, sobre como estava segurando a barra diante da morte de Livvy.

Mas ela vira o quarto destruído e o sangue nas fronhas. E isto a fizera avaliá-lo com mais afinco — e notar o quanto estava magro, perceber os arranhões em suas juntas.

Depois que o pai deles morrera, Ty passara por uma fase em que ficara mordiscando as próprias mãos. Ele acordava no meio da noite depois de mastigar a pele das juntas dos dedos. Ela imaginava que ele estivesse fazendo isso de novo, e por isso havia sangue em seus travesseiros. Helen e Mark não conseguiriam reconhecer; eles não se faziam presentes há anos. Livvy teria visto. Julian teria percebido, mas ele tinha acabado de voltar para casa. Além disso, conversar sobre o assunto com alguém parecia uma traição a Ty.

A história de Thule a assombrava também — um mundo em que Ty estava morto. Em que ela própria estava desaparecida. Em que os Blackthorn não eram mais uma família. Um mundo controlado por Sebastian Morgenstern. Até o nome de Ash a assombrava, como se ela já o tivesse ouvido antes, embora não tivesse nenhuma lembrança disso. A ideia de Thule era um pesadelo sombrio, que fazia lembrar o quão frágeis eram os laços que a ligavam à sua família. A última coisa que ela queria era chatear Ty.

Então vinha evitando-o, e consequentemente Kit, por estarem sempre juntos. Mas eles não eram donos do telhado. Ela foi até onde eles estavam, fazendo bastante barulho para não surpreendê-los.

Eles não pareceram incomodados em vê-la.

— Gwyn e Diana estão aqui — disse Kit. Quando ele chegou, estava um tanto pálido, como se passasse o tempo todo em casa e em mercados noturnos. Agora estava coradinho; o início de um bronzeado e bochechas rosadas. Estava mais parecido com Jace, principalmente porque o cabelo tinha crescido e estava começando a ondular.

— Eu sei. — Ela se juntou a eles na beira do telhado. — Eles vão a Idris. Vão pegar água do Lago Lyn.

Ela os deixou rapidamente a par do que estava acontecendo, feliz por ser a portadora das notícias, para variar. Kieran tinha saído do Instituto e estava atravessando o gramado em direção a Diana e Gwyn. A coluna dele estava muito ereta, o sol brilhando em seus cabelos preto-azulados.

Kieran inclinou a cabeça para Diana e se voltou para Gwyn. Kieran tinha mudado, pensou Dru. Ela se lembrou da primeira vez em que o vira, sangrento, furioso e amargamente irritado com o mundo. Ela o encarara como um inimigo de Mark, de todos eles.

Desde então, vira diferentes facetas dele. Kieran tinha lutado ao lado deles. Tinha assistido a filmes ruins com ela. Ela pensou nele reclamando de sua vida amorosa na noite anterior, e rindo, e agora olhava para ele: em seu ombro estava a mão de Gwyn, que assentia; havia um respeito nítido em seus gestos. As pessoas eram feitas de diversos pedacinhos diferentes, pensou Dru. Partes engraçadas, partes românticas, partes egoístas e partes corajosas. Às vezes você só enxergava algumas. Talvez, quando visse todas, é que percebesse que conhecia alguém muito bem.

Ela ficou imaginando se algum dia conheceria alguém, além de sua família, com igual afinco.

— É melhor descermos — disse Ty, seus olhos cinzentos curiosos. — Para descobrir o que está acontecendo.

Ele seguiu até o alçapão que levava à escada. Kit tinha acabado de começar a segui-los quando Drusilla o cutucou no ombro.

Kit se virou para ela.

— O que foi?

— Ty — disse ela com a voz baixa. Dru olhou automaticamente para o irmão ao pronunciar seu nome; ele já tinha desaparecido pelos degraus. — Quero conversar com você sobre Ty, mas sem ninguém por perto, e você precisa me prometer que não vai contar a ele. Promete?

— Bom turno — desejou Jace, afagando os cabelos de Clary. Diana e Gwyn já tinham partido para Idris. Emma os vira se distanciar até se tornarem um pontinho no horizonte, desaparecendo no torpor do ar de Los Angeles. Alec tinha ido ficar com Magnus, e o restante deles tinha concordado em se alternar na patrulha pelo perímetro do Instituto.

— Temos que ficar alertas — disse Julian. — Esse recado da Tropa é um teste de lealdade. Eles vão ficar de olho nos Institutos para ver quem corre para Alicante para se alistar na luta contra o Reino das Fadas. Eles sabem que vamos adiar ao máximo — gesticulou para Mark e Helen —, mas eu não duvidaria que eles viessem para cima de nós antes.

— Isso não seria muito inteligente — disse Mark, franzindo o rosto. — Tudo que precisam fazer é esperar, e logo poderão nos declarar traidores.

— Eles não são muito inteligentes — concordou Julian sombriamente. — Perversos, sim, inteligentes não.

— Infelizmente Manuel é bem inteligente — disse Emma, e embora todo mundo estivesse demonstrando mais severidade do que nunca, ninguém discordou.

476 Cassandra Clare

Clary e Emma assumiram a segunda patrulha depois de Jace e Helen; Helen já tinha entrado para ver como Aline estava, e Emma estava tentando não olhar enquanto Clary e Jace se beijavam e arrulhavam um para o outro.

— Espero que esteja tudo bem em Alicante — disse ela afinal, mais para descobrir se ainda estavam se beijando do que qualquer outra coisa.

— Não pode estar — disse Jace, afastando-se de Clary. — Todos pensam que estou morto. É bom que tenha uma bela homenagem de luto. Deveríamos descobrir quem enviou flores.

Clary revirou os olhos, mas não sem afeição.

— Talvez Simon ou Izzy possam fazer uma lista. Aí quando ressuscitarmos, poderemos enviar flores a eles.

— As mulheres vão sofrer ao saberem que eu morri — disse Jace, subindo pelos degraus. — Trajes serão alugados. Alugados, repito.

— Você já é comprometido — gritou Clary para ele. — Não é como se você fosse um herói abatido solteiro.

— O amor não conhece limites — disse Jace, e se acalmou. — Vou verificar como Alec e Magnus estão. Vejo vocês mais tarde.

Ele acenou e desapareceu. Clary e Emma, ambas uniformizadas, começaram a atravessar o gramado em direção ao caminho que cercava o Instituto. Clary suspirou.

— Jace detesta ficar longe de Alec em momentos como esse. Não há nada que ele possa fazer, mas eu entendo ele querer estar com seu *parabatai* no sofrimento. Eu ia querer estar com Simon.

— Não é como se ele estivesse ali só por ele mesmo — disse Emma. O céu estava azul escuro e cheio de nuvens desbotadas. — Tenho certeza de que é melhor para Alec ter a companhia dele. Quero dizer, acho que parte da desgraça para Alec em Thule foi provavelmente a sensação de solidão ao perder Magnus. Tantos dos seus amigos já estavam mortos, e seu *parabatai* estava pior do que morto.

Clary estremeceu.

— Melhor falarmos de alguma coisa mais alegre.

Emma tentou pensar em coisas alegres. Julian se livrando do feitiço? Não era um tópico que poderia discutir. Zara sendo esmagada por um pedregulho a faria parecer vingativa.

— Poderíamos falar sobre as suas visões — sugeriu cuidadosamente. Clary a olhou, surpresa. — As que você me contou, quando disse que se viu morrer. Na Corte Unseelie, quando olhou através do Portal...

— Percebi o que andava vendo, sim — disse Clary. — Eu estava me vendo, e eu estava morta, e também estava vendo o sonho que eu vinha tendo. — Ela respirou fundo. — Não tive mais desde que voltei do Reino das Fadas. Acho que os sonhos estavam tentando me contar sobre Thule.

Elas tinham chegado ao lugar em que o gramado se transformava em deserto e arbustos; o mar era uma linha espessa de tinta azul ao longe.

— Você contou para Jace? — perguntou Emma.

— Não. Não posso contar agora. Me sinto muito tola, como se ele pudesse não me perdoar nunca; além disso, Jace precisa se concentrar em Alec e Magnus. Todos nós precisamos. — Clary chutou uma pedrinha do caminho.

— Conheço Magnus desde garotinha. Quando o conheci, puxei o rabo do gato dele. Eu não sabia que ele poderia ter me transformado num sapo ou numa caixa de correio, se quisesse.

— Magnus vai ficar bem — disse Emma, mas sabia que não soava confiante. Não tinha como.

A voz de Clary tremeu.

— Só acho que se os feiticeiros forem perdidos, se a Tropa conseguir jogar os Caçadores de Sombras numa guerra contra os integrantes do Submundo, então tudo que fiz foi inútil. Tudo do qual abri mão durante a Guerra Maligna. E significa que não sou heroína. Nunca fui.

Clary parou de andar para se apoiar num rochedo enorme, um que Ty gostava de escalar. Claramente estava lutando para não chorar. Emma a encarou horrorizada.

— Clary — disse. — Foi você que me ensinou o significado de heroísmo. Você disse que heróis nem sempre vencem. Que às vezes perdem, mas que continuam lutando.

— Achei que eu *tivesse* continuado lutando. Acho que pensei que tivesse vencido — disse Clary.

— Eu estive em Thule — disse Emma enfaticamente. — Aquele mundo estava daquele jeito porque você não estava lá. Você foi o ponto da crise, você fez toda a diferença. Sem você, Sebastian teria vencido a Guerra Maligna. Sem você, tanta gente teria morrido, e tanta bondade teria desaparecido do mundo para sempre.

Clary respirou fundo.

— A gente nunca para de lutar, não é mesmo?

— Acho que não — respondeu Emma.

Clary se afastou do rochedo. Elas voltaram a ficar lado a lado na trilha, atravessando o deserto entre arbustos verde-escuro e violeta. O sol estava baixo no horizonte, iluminando a areia do deserto de dourado.

— Em Thule — recomeçou Emma, ao dobrarem a esquina do Instituto —, Jace tinha a mente controlada por Sebastian. Mas teve uma coisa que não contei na biblioteca. Sebastian só conseguiu controlar Jace porque mentiu sobre o envolvimento na sua morte. Ele temia que mesmo enfeitiçado, por mais forte que fosse o feitiço, Jace jamais fosse capaz de perdoá-lo por ter permitido que você se machucasse.

— E você está me contando isso porque...? — Clary olhou Emma de soslaio.

— Porque Jace te perdoaria por qualquer coisa — disse Emma. — Vá e conte a ele que estava sendo babaca por um bom motivo, e peça a mão dele em casamento.

Clary explodiu numa gargalhada.

— Que romântico.

Emma sorriu.

— Só minha sugestão sobre o que deve fazer. O pedido fica por sua conta.

Helen tinha cedido um dos maiores quartos a Magnus e Alec. Jace desconfiava que provavelmente pertencera aos pais dos Blackthorn em algum momento.

Era estranho, na verdade, sequer pensar nos pais dos Blackthorn e não pensar em Julian — o calado, competente e reservado Julian — como a pessoa que cuidava das crianças. Mas as pessoas se tornavam quem tinham que ser: Julian provavelmente não quisera se tornar pai aos doze anos de idade, não mais do que Jace quisera deixar Idris e perder o pai aos nove. Ele não teria acreditado se alguém tivesse dito que ele ganharia uma família nova e melhor em Nova York, assim como Julian não teria acreditado que amaria tanto os irmãos a ponto de todo o sacrifício valer a pena. Pelo menos era o que Jace imaginava.

Jace olhou para Alec, o irmão que havia ganhado. Alec estava apoiado em um dos lados de uma grande cama de madeira no centro do quarto: Magnus estava junto, aninhado a Alec, os cabelos negros em contraste contra o travesseiro branco.

Jace não via Alec tão esgotado e exausto desde que Magnus desaparecera em Edom cinco anos antes. Alec fora em seu resgate: teria ido a qualquer lugar por Magnus.

Mas Jace tinha medo — mais do que medo — de que Magnus estivesse indo para um lugar aonde Alec não poderia segui-lo.

Não queria pensar no que aconteceria se Magnus fosse; a história de Thule fazia gelar o sangue em suas veias. Ele desconfiava de que sabia o que aconteceria a ele se perdesse Clary. Não aguentava pensar em Alec sob uma dor tão insuportável.

Alec se abaixou e beijou a têmpora de Magnus. Ele se remexeu e resmungou, mas não acordou. Jace não o via acordado desde a noite anterior.

Alec olhou para Jace, que tinha muitas olheiras.

— Que horas são?

— Pôr do sol — respondeu Jace, que nunca usava relógio. — Posso descobrir se você precisar.

— Não. Provavelmente está muito tarde para ligar para as crianças. — Alec esfregou os olhos com as costas da mão. — Além disso, eu queria poder telefonar para elas com boas notícias.

Jace se levantou e foi até a janela. Tinha a sensação de que não conseguia respirar. *Tire essa dor de Alec*, rezou ao Anjo Raziel. *Vamos, a gente se conheceu. Faça isso por mim.*

Era uma oração não muito ortodoxa, mas era de coração. Alec ergueu a sobrancelha para ele.

— Você está rezando?

— Como você sabe? — Pela janela, Jace via o gramado em frente ao Instituto, a estrada e o oceano além. O mundo inteiro seguia a vida normalmente, sem se importar com os problemas dos Caçadores de Sombras e feiticeiros.

— Você estava articulando os lábios — observou Alec. — Você quase nunca reza, mas fico grato por isso.

— Normalmente não preciso rezar — disse Jace. — Normalmente, quando as coisas dão errado, vamos até Magnus e ele conserta.

— Eu sei. — Alec puxou uma linha solta no punho de sua roupa. — Talvez a gente devesse ter se casado — falou. — Eu e Magnus. Passamos esse tempo todo noivos, extraoficialmente, mas queríamos esperar o fim da Paz Fria. Assim os integrantes do Submundo e os Caçadores de Sombras poderiam se casar direito.

— Com o dourado dos Caçadores de Sombras e o azul dos feiticeiros — disse Jace. Ele já tinha ouvido isso antes, a explicação para Alec e Magnus não terem se casado ainda, embora planejassem fazê-lo um dia. Jace até chegara a ajudar Alec a escolher alianças para o dia em que ele e Magnus pudessem de fato formalizar o matrimônio: alianças simples de ouro com as palavras *Aku Cinta Kamu* gravadas nelas. Ele sabia que as alianças eram um segredo, porque Alec queria fazer uma surpresa para seu companheiro, ele só não sabia que havia receios e preocupações por trás de algo que os dois tinham tanta certeza de que aconteceria no momento certo.

Era sempre difícil saber o que se passava no relacionamento alheio.

— Pelo menos assim Magnus saberia o quanto o amo — disse Alec, se inclinando para afastar uma mecha da testa de Magnus.

— Ele sabe — disse Jace. — Você nunca deve duvidar disso.

Alec assentiu. Jace olhou novamente pela janela.

— Acabaram de trocar de turno — falou. — Clary disse que viria ver como Magnus estava assim que encerrasse sua ronda.

— Devo cobrir um turno? — perguntou Alec. — Não quero decepcionar ninguém.

O nó na garganta de Jace doeu. Ele se sentou ao lado de seu *parabatai*, o qual havia jurado seguir, acompanhar por toda a vida, e com ele morrer. Certamente isso envolvia compartilhar fardos e dores.

— Seu turno é aqui, irmão — explicou.

Alec exalou suavemente. Em seguida pôs a mão no ombro de Magnus, o mais leve dos toques. A outra mão foi oferecida a Jace, e eles entrelaçaram os dedos. Ficaram ali em silêncio enquanto o sol se punha ao mar.

— E aí o que vai acontecer depois? — perguntou Aline. Estavam à beira das falésias, admirando a estrada e o mar. — Se Magnus começar a se transformar em demônio. O que acontece?

Seus olhos estavam vermelhos e inchados, mas a coluna estava ereta. Ela havia falado com o pai, que lhe contara o que ela já sabia: que os guardas tinham vindo cedo para levar Jia para o Gard. Que Horace Dearborn havia prometido que não lhe fariam nenhum mal, mas que "uma demonstração de boa fé" se fazia necessária para tranquilizar aqueles que tinham "perdido a confiança".

Se ele achava que era tudo mentira, não falou, mas Aline sabia que era, e xingou Dearborn de todos os nomes para Helen assim que desligou o telefone. Aline sempre conheceu uma quantidade impressionante de palavrões.

— Nós temos a Espada Mortal — disse Helen. — A de Thule. Está escondida, mas Jace sabe onde, e sabe o que fazer. Ele não vai permitir que o próprio Alec faça.

— A gente não poderia... sei lá... tentar capturar o demônio? Transformá-lo novamente em Magnus?

— Ah, meu amor, eu não sei — disse Helen, fatigada. — Acho que não tem como reverter uma transformação em demônio, e Magnus não iria querer viver assim.

— Não é justo. — Aline chutou uma pedra grande, que caiu da falésia. Helen a escutou saltitando pelo declive até a estrada. — Magnus merece mais do que esse lixo. Todos nós merecemos. Como as coisas chegaram a esse ponto... tão péssimas, tão rápido? Estava tudo bem. Estávamos felizes.

Rainha do Ar e da Escuridão

— Estávamos exiladas, Aline — disse Helen. Ela abraçou a mulher e apoiou o queixo em seu ombro. — A crueldade da Clave me arrancou da minha família por causa do meu sangue. Por causa de uma coisa que não tenho como controlar. As sementes dessa árvore venenosa foram plantadas há muito tempo. Só agora estamos vendo florescer.

O sol já tinha se posto quando Mark e Kieran iniciaram sua patrulha. Mark torcera para formar dupla com Julian, mas por algum motivo Emma quisera ir com Clary e eles acabaram com duplas inesperadas.

Caminharam em silêncio por um tempo, deixando o crepúsculo se tornar escuridão ao redor. Mark não tivera nenhuma conversa significativa com Kieran desde que haviam voltado do Reino das Fadas. Queria, ansiava para ter, mas temia transformar uma situação confusa em algo ainda pior.

Mark tinha começado a se perguntar se o problema era ele: se sua metade humana e sua metade fada carregavam noções contraditórias sobre amor e romance. Se metade dele queria Kieran e a liberdade do céu, a outra metade queria Cristina e a responsabilidade dos anjos terrestres.

Era o bastante para fazer uma pessoa ir até o jardim de estátuas e bater repetidamente a cabeça contra o Virgílio.

Não que ele tivesse feito isso.

— Já que estamos aqui, podemos conversar, Mark — disse Kieran. Uma lua brilhante subia; iluminava o oceano escuro, deixando-o com cor de vidro preto e prata, as cores dos olhos de Kieran. O deserto noturno era vivo ao som das cigarras. Kieran estava caminhando ao lado de Mark com as mãos entrelaçadas atrás de si, a aparência enganosamente humana com seus jeans e camiseta. Ele tinha se recusado a usar qualquer uniforme de combate. — Não faz bem nos ignorarmos.

— Senti sua falta — disse Mark. Não parecia fazer sentido deixar de ser sincero. — Não tive intenção de ignorá-lo, e nem de machucá-lo. Peço desculpas.

Kieran o olhou com um lampejo de surpresa preta e prateada.

— Não precisa se desculpar, Mark — hesitou. — Eu estava, como dizem aqui no mundo mortal, com a cabeça cheia.

Mark escondeu o sorriso sob o crepúsculo. Era irritantemente fofo quando Kieran usava frases modernas.

— Sei que você também — prosseguiu Kieran. — Estava preocupado com Julian e Emma. Eu entendo. E mesmo assim não consigo afastar os pensamentos egoístas.

— Que espécie de pensamentos egoístas? — perguntou Mark. Estavam perto do estacionamento, entre as estátuas que Arthur Blackthorn pagara para enviarem para cá há tantos anos. Outrora elas ficavam nos jardins da Mansão Blackthorn em Londres. Agora Sófocles e os outros habitavam este espaço deserto e olhavam para um mar bem distante do Egeu.

— Acredito na sua causa — disse Kieran lentamente. — Acredito que a Tropa é formada por pessoas ruins, ou pelo menos pessoas gananciosas que buscam soluções maléficas para os problemas que seus medos e preconceitos criaram. Mas, por mais que eu acredite nisso, não consigo ignorar a ideia de que ninguém está preocupado com o bem-estar da minha terra natal. Com o Reino das Fadas. Era... é... um lugar que conta com bondades e maravilhas entre seus perigos e provações.

Mark se voltou surpreso para Kieran. As estrelas brilhavam no céu, do jeito que só acontecia quando estavam no deserto, como se aqui elas estivessem mais perto da terra.

As estrelas vão se apagar antes que eu te esqueça, Mark Blackthorn.

— Nunca tinha ouvido você falar assim do Reino das Fadas — disse Mark.

— Eu não falaria assim para a maioria das pessoas. — Kieran colocou a mão no pescoço, onde seu colar de flecha de elfo costumava ficar, e em seguida a abaixou. — Mas você... você conhece o Reino das Fadas de um jeito que os outros não conhecem. A forma como a água cai azul como gelo nas Cachoeiras de Branwen. O gosto da música e o som do vinho. O cabelo cor de mel das sereias nos rios, os vagalumes brilhando nas sombras das florestas profundas.

Mark sorriu apesar de tudo.

— O brilho das estrelas... as estrelas daqui parecem sombras pálidas daquelas no Reino das Fadas.

— Sei que você era um refém — disse Kieran. — Mas gostaria de pensar que você aprendeu a ver algo de bom lá, como viu algo de bom em mim.

— Tem tanta coisa boa em você, Kieran.

Kieran olhou para o oceano, inquieto.

— Meu pai foi um líder ruim e Oban será um ainda pior. Imagine o que um bom líder poderia fazer das terras do Reino das Fadas. Temo pela vida de Adaon e também temo pelo destino do reino sem ele. Se meu irmão não puder ser Rei lá, que esperança haverá para a minha terra?

— Poderia haver outro Rei, outro príncipe digno do Reino das Fadas — falou Mark. — Poderia ser você.

— Você se esquece do que eu vi na piscina — disse Kieran. — O jeito como eu machuquei as pessoas. O jeito como machuquei você. Eu não deveria ser Rei.

— Kieran, você se tornou outra pessoa, e eu também — disse Mark. Quase podia ouvir a voz de Cristina no fundo de sua mente, a forma suave como ela sempre defendia Kieran, sem nunca arrumar desculpas, sempre entendendo. Explicando. — Éramos desesperados na Caçada, e o desespero deixa as pessoas cruéis. Mas você mudou, eu o vi mudar, mesmo antes de tocar as águas da piscina. Vi o quanto foi gentil quando vivia na Corte do seu pai, e o quanto era amado por isso, e por mais que a Caçada Selvagem tenha encoberto essa bondade, ela não a apagou. Você só fez bem a mim, a minha família, a Cristina desde que voltou da Scholomance.

— A piscina...

— Não é só a piscina — disse Mark. — A piscina ajudou a revelar o que já estava lá. Você entende o que significa o sofrimento alheio, e entende que a dor alheia não é diferente da sua. A maioria dos reis nunca conheceu a verdadeira empatia. Imagine como seria ter um líder que entendesse?

— Não sei se tenho essa fé em mim — falou Kieran baixinho, a voz sutil como o vento que cruzava o deserto.

— Eu tenho essa fé em você — falou Mark.

Com isso, Kieran se voltou totalmente para Mark. Sua expressão estava aberta, de um jeito que Mark não via há muito tempo, uma expressão que não escondia nada: nem o medo, nem a incerteza, nem a transparência de seu amor.

— Eu não sabia... Temi que tivesse destruído sua fé em mim, e consequentemente destruído o laço entre nós.

— Kier — começou Mark, e o notou estremecer ao uso de seu antigo apelido. — Hoje você se impôs e ofereceu todos os seus poderes de príncipe e fada para salvar a minha família. Como pode não saber como eu me sinto?

Kieran estava encarando a própria mão, que pairava sobre o colarinho da camisa de Mark. Ele a encarava como se estivesse hipnotizado pelo ponto em que a pele deles se tocava, seus dedos na clavícula de Mark, deslizando para tocar sua garganta, a lateral da mandíbula.

— Quer dizer que você se sente grato?

Mark pegou a mão de Kieran, a trouxe para o seu peito e pressionou a palma de Kieran sobre seu coração acelerado.

— Isto aqui te parece *gratidão*?

Kieran o encarou com olhos arregalados. E Mark estava de volta à Caçada Selvagem outra vez, numa colina verdejante na chuva, com os braços de Kieran ao seu redor. *Me ame. Me mostre.*

— Kieran. — Mark inspirou e o beijou, e Kieran soltou um murmúrio e pegou Mark pelas mangas, puxando-o mais. Os braços de Mark envolveram o pescoço de Kieran, atraindo-o para o beijo: as bocas deslizaram juntas e Mark sentiu o gosto do hálito partilhado, um elixir de calor e desejo.

Kieran finalmente recuou do beijo. Ele estava sorrindo, o sorriso terrivelmente alegre que Mark desconfiava que só ele conhecia. Segurando Mark pelos braços, Kieran o empurrou por vários passos até Mark estar apoiado contra a lateral de uma pedra, então se inclinou para ele, a boca no pescoço de Mark, seus lábios encontrando a pulsação e beijando lentamente até Mark arfar e enterrar as mãos nos cabelos sedosos de Kieran.

— Você está me matando — disse Mark, com uma risada borbulhando nas profundezas de seu peito.

Kieran riu, as mãos se embrenhando sob a camisa de Mark, acariciando suas costas, passeando pelas cicatrizes, pelas omoplatas. E Mark respondeu ao toque. Passou os dedos pelos cabelos de Kieran, acariciou seu rosto como se mapeasse suas curvas, deixou que seus dedos vagueassem para tocar a pele da qual ele se lembrava como a matéria de um sonho: a garganta sensível de Kieran, a clavícula, os pulsos, o belo e inesquecível terreno que ele pensava estar perdido. Kieran arfava em gemidos baixos enquanto Mark deslizava as mãos sob sua camisa, tocando a pele exposta, a rigidez sedosa da barriga, as curvas das costelas.

— Meu Mark — sussurrou Kieran, tocando o cabelo de Mark, sua bochecha. — Eu te adoro.

Te adoro, Mark.

A pele de Mark gelou; de repente, tudo pareceu errado. Ele abaixou as mãos subitamente e se afastou de Kieran. Teve a sensação de que não conseguia respirar direito.

— Cristina — disse ele.

— Cristina não é o que nos separa — falou Kieran. — Ela é o que nos une. Tudo o que dissemos, todas as formas como mudamos...

— Cristina — repetiu Mark, pigarreando, porque ela estava bem na frente deles.

Cristina ficou com a sensação de que seu rosto de fato poderia pegar fogo. Tinha vindo dizer a Mark e a Kieran que ela e Aline estavam prontas para assumir a patrulha, sem sequer imaginar que poderia estar interrompendo um momento particular.

Quando ela contornou o rochedo, congelou — e a cena foi uma lembrança e tanto da primeira vez em que os viu juntos. Kieran inclinado sobre Mark, os corpos juntos, as mãos nos cabelos um do outro, se beijando como se não conseguissem parar.

Sou uma completa idiota, pensou ela. Agora ambos a encaravam. Mark parecia chocado, e Kieran, estranhamente calmo.

— Desculpem — pediu Cristina. — Eu só vim avisar que o turno de vocês estava acabando, mas eu... eu... vou indo.

— Cristina — chamou Mark, indo em direção a ela.

— Não vá — disse Kieran. Era uma ordem, e não um pedido: havia uma severidade densa em sua voz, uma profundidade de anseio. E embora Cristina não tivesse motivos para dar ouvidos, ela se virou lentamente para olhar para os dois.

— Eu realmente acho — começou ela —, que provavelmente é melhor eu ir. Não acham?

— Recentemente recebi um conselho de uma pessoa sábia para não deixar de verbalizar o que desejo — disse Kieran. — E eu desejo e amo você, Cristina, e Mark também. Fique conosco.

Cristina não conseguia se mexer. Mais uma vez pensou na primeira vez em que viu Mark e Kieran juntos. No desejo que sentiu. Na época, ela achou que quisesse algo como o que eles tinham: aquela paixão direcionada a si e a algum rapaz sem nome cujo rosto ela desconhecia.

Mas já fazia tempo que o rosto em seus sonhos vinha sendo o de Mark ou o de Kieran. Desde que ela sempre vinha imaginando olhos de cores iguais a encará-la. Ela não desejava apenas uma vaga aproximação do que eles tinham: ela desejava a *ambos*.

Ela olhou para Mark, que parecia preso entre o pavor e a esperança.

— Kieran — disse ele. Sua voz tremeu. — Como pode pedir isso a ela? Ela não é fada, ela nunca mais vai falar conosco...

— Mas vocês vão me abandonar — disse ela, ouvindo a própria voz como se fosse a de um estranho. — Vocês se amam e pertencem um ao outro. Vão me abandonar e voltar para o Reino das Fadas.

Eles a olharam com expressões idênticas de choque.

— Nunca vamos abandoná-la — disse Mark.

— Ficaremos tão perto de você quanto a maré da costa — disse Kieran. — Nenhum de nós dois quer algo diferente disso. — Ele esticou a mão. — Por favor, acredite em nós, Dama das Rosas.

Os poucos passos sobre a areia e o gramado tomado de arbustos foram os mais longos e também os mais curtos que Cristina já dera. Kieran esticou os dois braços: Cristina se jogou neles, levantou o rosto e o beijou.

O calor e a doçura e os contornos da boca dele sob a dela quase a fizeram flutuar. Ele estava sorrindo junto aos lábios dela. Dizendo o seu nome. A mão na cintura dela, o polegar acariciando gentilmente suas curvas.

Ela se inclinou para ele e esticou a mão livre. Os dedos calorosos de Mark se fecharam em torno de seu pulso. Como se ela fosse uma princesa, ele beijou seus dedos, roçando os lábios pelas juntas.

O coração de Cristina estava três vezes mais acelerado quando ela se virou nos braços de Kieran, de costas para ele. Ele afastou os cabelos dela da nuca e a beijou ali, fazendo-a estremecer ao mesmo tempo que se esticava para Mark. Os olhos dele brilhavam em azul e dourado, vivos de desejo por ela, por Kieran, pelos três juntos.

Ele permitiu que ela o puxasse para si enquanto se emaranhavam como um. Mark a beijou na boca enquanto ela se inclinava sobre o peito de Kieran, a mão de Kieran nos cabelos de Mark, descendo pela bochecha dele e contornando ao longo da clavícula. Ela nunca sentira tanto amor; nunca tinha sido abraçada com tanto fervor.

Um grande clamor explodiu no céu acima — um clamor que todos eles conheciam, embora Kieran e Mark conhecessem melhor.

Eles se afastaram rapidamente quando o ar acelerou ao redor: o céu girou com movimento. Crinas e rabos chicoteavam o vento, olhos brilhavam em mil cores, guerreiros rugiam e gritavam, e no meio de tudo havia um grande cavalo preto com um homem e uma mulher montados, pausando para olhar para a terra abaixo enquanto o som de uma corneta de caça esmorecia no ar.

Gwyn e Diana estavam de volta, e não estavam sozinhos.

Julian considerara seu estúdio — que antes pertencera à sua mãe — o cômodo mais bonito do Instituto. Dava para ver tudo pelas paredes de vidro: oceano e deserto; as outras paredes eram claras e brilhavam com as pinturas abstratas da mãe.

Agora ele conseguia ver, mas não conseguia sentir. Qualquer que fosse a sensação despertada em sua alma de artista ao ver beleza, tinha desaparecido.

Sem sentimentos, pensou, *estou dissolvendo, como água-régia dissolve ouro.* Ele sabia, mas também não conseguia sentir isso.

Saber que estava em desespero, mas ao mesmo tempo ser incapaz de conseguir senti-lo, era uma experiência estranha. Ele olhou para as tintas que havia organizado sobre o tecido branco esticado na bancada central. Azul e dourado, vermelho e preto. Sabia o que devia fazer com elas, mas quando pegou o pincel, simplesmente hesitou.

Tudo o que havia de instintivo no ato de desenhar o abandonara, tudo o que lhe dizia o que tornaria uma pincelada melhor do que outra, tudo o que combinava os tons de cores aos tons de significado. Azul era só azul. Verde era verde, fosse claro ou escuro. Vermelho de sangue e vermelho de semáforo eram a mesma coisa.

Emma está me evitando, pensou. O pensamento não trazia dor, pois nada mais fazia isso. Era só um fato. Ele se lembrou do desejo que sentira no quarto dela na noite passada e repousou o pincel. Era estranho pensar em desejo separado de sentimento; ele nunca havia desejado alguém que já não amasse. Nunca havia desejado ninguém além de Emma.

Mas na noite anterior, com ela nos braços, ele quase se sentiu capaz de quebrar o torpor que o cercava, que o sufocava com seu nada; como se a chama do desejo por ela pudesse queimá-lo e ele pudesse ser livre enfim.

Ora, a melhor coisa que ela poderia fazer seria evitá-lo. Mesmo nesse estado, a ânsia que ele nutria por ela era estranha demais, e forte demais.

Algo passou pelo vidro da janela do estúdio. Ele foi olhar e viu que Gwyn e Diana estavam no gramado, e que muitos outros os cercavam: Cristina, Mark, Kieran. Gwyn estava entregando um jarro de vidro a Alec, que o pegou e saiu correndo de volta para o Instituto, voando pelo gramado como uma de suas flechas. Dru estava dançando com Tavvy, girando em círculos. Emma abraçou Cristina, e depois Mark. Gwyn estava com um braço em volta de Diana, que apoiava a cabeça no ombro dele.

Julian foi banhado por alívio, breve e fresco como um esguicho de água. Sabia que deveria sentir mais, que deveria sentir alegria. Ele viu Ty e Kit um pouco afastados dos outros; Ty estava com a cabeça inclinada para trás e apontava as estrelas.

Julian olhou para o céu escurecido por centenas de cavaleiros.

Mark não pôde deixar de notar a tensão de Kieran quando a Caçada Selvagem começou a aterrissar em volta deles, desembarcando na grama como sementes de dente-de-leão sopradas pelo vento.

E nem dava para culpá-lo. Ele mesmo estava tonto pelo susto e devido aos efeitos colaterais do desejo — os instantes com Cristina e Kieran perto do rochedo já pareciam um sonho febril distante. Tinha acontecido? Provavelmente sim. Cristina estava ajeitando os cabelos com movimentos nervosos e acelerados, seus lábios ainda vermelhos dos beijos. Mark verificou rapidamente as próprias roupas. Ele não tinha mais esperança de não ter rasgado a própria camisa e jogado no deserto com o anúncio de que jamais voltaria a precisar de camisas outra vez. Tudo parecia possível.

Kieran, no entanto, tinha se recomposto, seu rosto era uma máscara que Mark conhecia bem — a expressão que sempre vestia quando o restante da Caçada zombava dele e o chamava de principezinho. Posteriormente ele viera a conquistar o respeito deles e conseguira proteger tanto a si quanto Mark, mas não tinha amigos na Caçada além de Mark — e talvez Gwyn, de um jeito meio torto.

Mark, no entanto, jamais conquistara o respeito deles. Ou assim pensava. Ao olhar o grupo de Caçadores silenciosos em seus cavalos, alguns rostos familiares e outros novos, ele notava que eles o olhavam diferente. Não havia desprezo em seus olhos ao perceberem as Marcas frescas em seus braços, o uniforme, e o cinto de armas na cintura, carregado de lâminas serafim.

A celebração revoltosa que se seguira à chegada de Gwyn e Diana se aquietara com a chegada da Caçada. Helen tinha pegado Dru e Tavvy e os levado de volta para casa, apesar dos protestos deles. Diana tinha descido das costas de Orion e seguido para perto de Kit e Ty enquanto Emma se dirigia ao Instituto com Aline para ver se podiam ajudar Alec.

Gwyn desmontou, tirando o capacete em seguida. Para surpresa de Mark, ele inclinou a cabeça para Kieran. Mark não tinha certeza se já tinha visto Gwyn abaixar a cabeça para ninguém antes.

— Gwyn — começou Kieran. — Por que trouxe toda a Caçada para cá? Achei que eles fossem distribuir a água.

— Eles queriam manifestar seu apreço a você antes de partirem em missão — disse Gwyn.

Um homem da Caçada, alto e com um rosto impassível e cheio de cicatrizes, desceu da sela.

— Fizemos a sua vontade — disse ele. — Lorde soberano.

Kieran empalideceu.

— Lorde soberano? — ecoou Cristina, claramente espantada.

Diana tocou Gwyn levemente no ombro e marchou de volta ao Instituto. A cabeça de Mark estava girando: "soberano" era como normalmente a Caçada chamava um monarca, um Rei ou uma Rainha do Reino das Fadas. Não um mero príncipe, e não um jurado à Caçada.

Kieran inclinou a cabeça em reverência, finalmente.

— Obrigado — disse. — Não me esquecerei disso.

Isso pareceu satisfazer a Caçada; todos voltaram a seus cavalos e partiram, subindo como fogos de artifício. Ty e Kit correram para a borda da clareira para admirar a disparada pelo céu, cavaleiros e cavalos se misturando numa mesma silhueta. Os cascos agitavam o ar, e um trovão profundo ecoou pelas praias e enseadas.

Kieran se virou para encarar Gwyn.

— O que foi aquilo? — quis saber. — O que está fazendo, Gwyn?

— Seu louco irmão Oban ocupa o trono Unseelie — disse Gwyn. — Ele bebe, ele transa, ele não faz leis. Exige lealdade. Reúne um exército para negociar com a Tropa, embora os conselheiros alertem para que não o faça.

Rainha do Ar e da Escuridão

— Onde está o meu irmão? — perguntou Kieran. — Onde está Adaon?

Gwyn pareceu desconfortável.

— Adaon está fraco — explicou. — E não foi ele quem matou o Rei. Ele não conquistou o trono.

— Você colocaria um Caçador no trono — disse Kieran. — Um amigo de suas causas.

— Talvez — disse Gwyn. — Mas independentemente do que quero, Adaon é um prisioneiro em Seelie. Kieran, ainda haverá uma batalha. Não há como evitar. Você deve tirar o manto da liderança de Oban enquanto todos veem.

— Tirar o manto da liderança? — disse Mark. — Isso é um eufemismo?

— É — respondeu Gwyn.

— Você não pode estar dizendo a ele para matar o próprio irmão no meio da batalha — disse Cristina, parecendo furiosa.

— Kieran matou seu pai no meio da batalha — disse Gwyn. — Eu imaginaria que ele seria capaz. Não existe nenhum sentimento de família entre Kieran e Oban.

— Parem! — disse Kieran. — Posso falar por mim. Não o farei, Gwyn. Não sirvo para ser Rei.

— Não *serve*? — questionou Gwyn. — Meu melhor Caçador? Kieran...

— Deixe-o em paz, Gwyn — disse Mark. — A escolha é dele.

Gwyn colocou o capacete e montou nas costas de Orion.

— Não estou pedindo que faça isso por ser o melhor para você, Kieran — falou, olhando de cima do cavalo. — Estou pedindo porque é o melhor para o Reino das Fadas.

Orion saltou no ar. De longe, Ty e Kit vibraram discretamente, acenando para Gwyn.

— Gwyn enlouqueceu — disse Kieran. — Não sou a melhor coisa para lugar nenhum.

Antes que Mark pudesse responder, o telefone de Cristina apitou. Ela o pegou e disse:

— Mensagem de Emma. Magnus está melhorando. — Ela abriu um sorriso largo, brilhante como uma estrela. — A água do lago está funcionando.

25

Pelos Ventos Elevados

A luz do sol inundava a biblioteca pelas janelas disponíveis: todas tinham sido abertas. Desenhava quadrados no chão e pintava a mesa com listras reluzentes. Deixava os cabelos de Mark e Helen da cor do ouro branco, transformava os fios bagunçados de Jace numa estátua de bronze, e iluminava os olhos felinos de Magnus em turmalina enquanto ele estava sentado curvado no sofá, pálido, porém energizado e bebendo água do Lago Lyn de um frasco de cristal com um canudo colorido.

Ele estava apoiado em Alec, que sorria de orelha a orelha e o olhava com uma careta, obrigando-o a beber mais. Emma jamais imaginara ser possível sorrir e fazer careta ao mesmo tempo, mas Alec estava acostumado a multitarefas.

— Essa água está me deixando bêbado — reclamou Magnus. — E tem um gosto horrível.

— Não tem álcool — disse Diana. Ela parecia cansada, o que não era nenhuma surpresa, após a viagem até Idris e a volta. No entanto, estava serena como sempre, com um vestido preto feito sob medida. — Mas pode ter um efeito ligeiramente alucinógeno.

— Isso explica por que vejo sete de você — disse Magnus a Alec. — Minha maior fantasia.

Dru tapou os ouvidos de Tavvy, embora ele estivesse brincando com uma mola dada por Alec e parecesse surdo para o mundo.

Magnus apontou.

— Aquele ali é extremamente atraente, Alexander.

— É um vaso — disse Helen.

Magnus cerrou os olhos para o vaso.

— Eu estaria disposto a comprá-lo de vocês.

— Talvez mais tarde — disse Helen. — Agora devemos nos concentrar no que Diana tem a nos dizer.

Diana bebericou um gole de café. Emma estava tomando chá; todas as outras pessoas estavam ingerindo cafeína e açúcar. Alec tinha saído em um estado de felicidade louca e comprado dezenas de pães de canela, donuts e tortas para o café da manhã. Isso atraiu todo mundo para a biblioteca, inclusive Kit e Ty. Nem o mais reservado adolescente de quinze anos era imune a bolinhos de maçã com cobertura.

— Eu falei com alguns de vocês ontem à noite, mas provavelmente é melhor explicar de novo — começou ela. — Conseguimos bastante água do Lago Lyn com a ajuda da Caçada Selvagem; eles estão distribuindo para feiticeiros de todo o mundo neste momento.

— A Clave e o Conselho não perceberam nada — completou Helen. — Aline falou com o pai hoje de manhã e ele confirmou. — Aline estava no escritório agora, rastreando o progresso das entregas da água aos feiticeiros, até mesmo nos locais mais remotos.

Emma ergueu seu copo de isopor.

— Muito bem, Diana!

Aplausos percorreram a mesa; Diana sorriu.

— Não teria sido possível sem Gwyn — disse ela. — Nem sem Kieran. Foram as fadas que nos ajudaram.

— Os filhos de Lilith de fato estarão em dívida com os filhos das Cortes depois de hoje, Kieran Kingson — disse Magnus, olhando fixamente para o que achava ser a direção de Kieran.

— Foi um belo discurso, Bane — disse Jace. — Infelizmente, você está falando com um donut.

— Mas agradeço a consideração mesmo assim — respondeu Kieran. Tinha ruborizado com as palavras de Diana e os topos de suas maçãs do rosto ainda estavam rosados. Produziam um belo contraste com seu cabelo azul.

Diana pigarreou.

— Levamos água do lago para a praga — recomeçou. — Pareceu parar de se espalhar, mas a terra continua arruinada. Não sei se vai se curar.

— Tessa falou que vai parar de afetar os feiticeiros — relatou Cristina. — Que a terra sempre ficará marcada, mas que a doença não vai mais se espalhar.

— Vocês viram mais alguma coisa em Idris? — perguntou Julian. Emma o olhou de lado; doía olhá-lo diretamente. — Mais alguma coisa que deveríamos saber?

Diana virou o copo nas mãos, pensativamente.

— Idris parece... vazia e estranha sem integrantes do Submundo lá. Parte de sua magia se foi. Brocelind sem fadas é só uma floresta. É como se um pedaço da alma de Idris tivesse desaparecido.

— *Helen...* — Era Aline, batendo a porta atrás de si; ela parecia desgrenhada e preocupada. Na mão, tinha um pedaço de papel ligeiramente queimado: uma mensagem de fogo. Ela parou onde estava ao parecer assimilar a quantidade de pessoas presentes na biblioteca. — Acabei de falar com Maia em Nova York. Um bando de Caçadores de Sombras atacou e matou um grupo de fadas inofensivas. Kaelie Whitewillow está morta. — A voz de Aline estava tensa.

— Como ousam? — Magnus se sentou, o rosto vivo em fúria. Bateu o frasco na mesa. — A Paz Fria não foi suficiente? Banir integrantes do Submundo que viviam em Idris há anos não foi suficiente? Agora estão assassinando?

— Magnus... — começou Alec, claramente preocupado.

Uma chama azul irradiou das mãos de Magnus. Todo mundo recuou; Dru agarrou Tavvy. Kieran esticou um braço sobre Cristina para protegê-la; Mark fez o mesmo, simultaneamente. Ninguém parecia mais espantado do que Cristina.

Emma ergueu uma sobrancelha para Cristina do outro lado da mesa, que ruborizou, e tanto Mark quanto Kieran abaixaram os braços rapidamente.

A chama azul sumiu num instante; ficou uma linha queimada na mesa, mas nada mais aconteceu. Magnus olhou, surpreso, para as próprias mãos.

— Sua magia voltou! — exclamou Clary.

Magnus deu uma piscadela.

— Alguns dizem que ela nunca se foi, docinho.

— Isso não pode continuar — falou Jace. — Esse ataque foi em vingança das *nossas* mortes.

Clary concordou.

— Temos que informar às pessoas que estamos vivos. Não podemos deixar que nossos nomes se transformem em instrumentos de vingança.

Um burburinho de vozes tomou conta da mesa. Jace parecia enjoado; Alec estava com a mão no ombro do seu *parabatai*. Magnus estudava sombriamente as próprias mãos, as pontas dos dedos ainda azuis.

— Seja realista, Clary — disse Helen. — Como vocês pretendem se revelar e continuar em segurança?

Rainha do Ar e da Escuridão

— Não ligo para segurança — retrucou Clary.

— Não, nunca ligou — observou Magnus. — Mas você é uma arma importante contra a Tropa. Você *e* Jace. Não se considerem fora da equação.

— Um recado de Idris chegou enquanto eu estava no escritório — revelou Aline. — A negociação entre o Rei Unseelie e Horace Dearborn vai acontecer daqui a dois dias nos Campos Eternos.

— Quem vai estar lá? — quis saber Emma.

— Só a Tropa e o Rei — respondeu ela.

— Então eles poderiam dizer qualquer coisa lá, que a gente não ficaria sabendo? — questionou Mark.

Aline franziu o rosto.

— Não, o mais estranho é isso. A carta dizia que a negociação seria projetada por Alicante. Todo mundo na cidade vai poder ver.

— Horace *quer* ser observado — disse Julian, meio para si.

— Como assim? — perguntou Emma a ele.

Ele franziu o rosto, claramente confuso e frustrado.

— Eu não... não tenho certeza...

— Manuel falou disso no Reino das Fadas — disse Mark, como se de repente estivesse se lembrando de alguma coisa. — Não falou, Kieran? Ele disse para Oban: "quando todos os Caçadores de Sombras o virem se encontrar e chegar a uma paz mutuamente benéfica, todos vão se dar conta de que você e Horace Dearborn são os melhores líderes, capazes de firmar a aliança que seus antecessores não conseguiram."

— Oban e Manuel sabiam que isso iria acontecer? — falou Emma. — Como poderiam?

— De algum jeito, isso é o desdobramento do plano da Tropa — explicou Magnus. — E isso não pode ser bom. — Fez uma careta. — Só envolve metade do Reino das Fadas. A metade Unseelie.

— Mas essa é a metade que está tentando destruir os Nephilim. A metade que abriu o Portal para Thule e trouxe a praga — disse Mark.

— E é fato que muitos Caçadores de Sombras vão simplesmente achar que isso é outro indício de que o povo fada é do mal — disse Cristina. — A Paz Fria fez poucas distinções entre Seelie e Unseelie, apesar de apenas a Corte Seelie ter lutado ao lado de Sebastian Morgenstern.

— Foi também a Corte Seelie que aceitou as condições da Paz Fria — disse Kieran. — Na cabeça do Rei, tem sido guerra entre Unseelie e Nephilim desde então. Claramente Oban e a Tropa estão planejando transformar essa guerra em realidade. Oban não se importa com seu povo, e nem Horace Dearborn.

Eles pretendem que a negociação fracasse diante de todos, e Dearborn e Oban vão extrair poder das ruínas.

Julian ainda estava franzindo o rosto, como se tentasse resolver um quebra-cabeças.

— O poder sempre vem de tempos de guerra — disse. — Mas...

— Agora que os feiticeiros estão curados, é hora de pararmos de nos esconder — disse Jace. — Temos que interceder em Idris, antes dessa negociação fajuta.

— Interceder? — indagou Julian.

— Vamos montar uma equipe para ir — propôs Jace. — Os de sempre: levaremos Isabelle e Simon, Bat, Maia e Lily, o grupo no qual confiamos. Teremos o elemento surpresa. Invadiremos o Gard, libertaremos a Consulesa, e prenderemos o Inquisidor. Faremos com que confesse o que fez.

— Ele não vai confessar — disse Julian. — Ele é um verdadeiro crente. E se ele morrer pela causa, melhor para ele.

Todo mundo olhou para Julian com alguma surpresa.

— Bem, você não pode estar sugerindo que a gente deixe a Tropa seguir do jeito que está — falou Cristina.

— Não — disse Julian. — Estou sugerindo uma resistência.

— Não temos gente o suficiente — interpelou Clary. — E as pessoas que se opõem à Tropa estão espalhadas por todos os lados. Como vamos saber quem é leal a Horace e quem não é?

— Eu estive na sala do Conselho antes de Annabel matar minha irmã — falou Julian. Emma sentiu a espinha congelar; certamente os outros reparariam na frieza com que ele falava sobre Livvy? — Eu vi como as pessoas reagiram a Horace. E no enterro também, quando ele se pronunciou. *Existem* pessoas que se opõem a ele. Estou sugerindo que busquemos membros do Submundo e os Caçadores de Sombras que já sabemos serem contra a Tropa, para que formem uma coalizão maior.

Ele está pensando na Livvy de Thule, percebeu Emma. *Nos rebeldes dela — membros do Submundo e Caçadores de Sombras, juntos. Mas ele deveria intitulá-los rebeldes, então. Soldados da liberdade. Livvy inspirou as pessoas a lutarem...*

De soslaio, ela notou Kieran se levantando e se retirando sem estardalhaço. Mark e Cristina também ficaram observando-o sair.

— É perigoso demais — disse Jace, soando verdadeiramente desamparado. — Poderíamos trazer um traidor para o nosso cerne. Não podemos simplesmente nos basear nos seus palpites sobre o que as pessoas pensam...

— Julian é a pessoa mais inteligente que conheço — afirmou Mark. — Ele não está enganado quanto ao que as pessoas sentem.

— Nós acreditamos nele — disse Alec. — Mas não podemos correr o risco de trazer alguém que possa contar nossos segredos à Tropa.

O rosto de Julian estava imóvel, apenas seus olhos se mexiam, percorrendo a mesa, estudando as feições de seus companheiros.

— A vantagem da Tropa é que estão sempre juntos. São unidos. Estamos nos colocando individualmente em perigo para proteger os outros. E se em vez disso todos ficássemos juntos? Seríamos muito mais poderosos...

Jace o interrompeu.

— É uma boa ideia, Julian, mas não dá para fazer.

Julian ficou quieto, embora Emma sentisse que ele tinha mais a dizer. Ele não ia insistir. Talvez se ele fosse mais ele mesmo, insistisse... mas não este Julian.

Alec se levantou.

— É melhor eu e Magnus irmos para Nova York hoje à noite. Se vamos todos a Idris, temos que levar as crianças para a minha mãe. Podemos trazer Simon e Izzy conosco.

— Vamos ficar aqui — disse Jace, indicando ele e Clary. — Este lugar ainda está vulnerável a um ataque da Tropa. Seremos a primeira linha de defesa.

— Devemos estar todos prontos — disse Clary. — Se não tiver problema, Helen, venha comigo à sala das armas, para ver se precisamos requisitar alguma coisa... — Ela fez uma pausa. — Acho que não podemos entrar em contato com as Irmãs de Ferro, podemos?

— Elas se opõem ao governo em Idris — disse Aline. — Mas se fecharam na Cidadela Adamant. Ainda não responderam a nenhuma mensagem.

— Existem outras maneiras de se conseguir armas — disse Ty. — Tem o Mercado das Sombras.

Emma ficou tensa, se perguntando se alguém ia observar que o Mercado das Sombras tecnicamente era proibido para os Caçadores de Sombras.

Ninguém o fez.

— Boa ideia — disse Jace. — Dá para conseguir armas se precisarmos: existem esconderijos de armas em todas as igrejas e edifícios sagrados de Los Angeles, mas...

— Mas vocês não vão combater demônios — disse Kit. — Vão?

Jace o encarou; era difícil não perceber a semelhança entre eles quando estavam próximos.

— Não os comuns — respondeu ele, aí se juntou a Clary e eles seguiram para a sala das armas.

Mark também estava de pé; ele saiu da sala com Cristina ao seu lado, e Ty e Kit foram logo depois. Dru se retirou com Tavvy e sua mola. No meio da bagunça, Magnus olhou para Julian, do outro lado da mesa, com seus olhos felinos aguçados.

— Você fica — ordenou. — Quero falar com você.

Helen e Aline pareceram curiosas. Alec ergueu uma sobrancelha.

— Tudo bem — concedeu. — Vou ligar para Izzy e avisar que estamos voltando. — Ele olhou para Aline e Helen. — Preciso de ajuda para arrumar a mala. Magnus ainda não está totalmente recuperado.

Ele está mentindo para tirá-las daqui, pensou Emma. A comunicação invisível entre Alec e Magnus era facilmente percebida: ela ficou imaginando se as pessoas conseguiam enxergar o mesmo com ela e Julian. Será que os diálogos silenciosos entre eles eram nítidos? Não que viessem fazendo esse tipo de coisa desde o retorno de Thule.

Magnus começou a se voltar para Emma, mas Julian balançou a cabeça minimamente.

— Emma já está a par — disse ele. — Ela pode ficar.

Magnus se recostou enquanto os outros se retiravam do recinto. Logo ficou vazio, exceto pelos três: Emma, Julian e Magnus, que estava fitando os dois Caçadores de Sombras silenciosamente, seu olhar firme se revezando entre Julian e Emma.

— Quando você contou para Emma sobre o feitiço, Julian? — perguntou Magnus, sua voz enganosamente neutra. Emma desconfiava que a pergunta contivesse mais do que o óbvio.

Julian contraiu as sobrancelhas escuras.

— Assim que pude. Ela sabe que eu quero que você tire de mim.

— Ah — disse Magnus. Ele se apoiou no sofá. — Você implorou pelo feitiço — justificou ele. — Você estava desesperado, e correndo perigo. Tem certeza de que quer que eu remova?

O sol claro deixava os olhos de Julian da cor dos oceanos tropicais das revistas; ele usava uma camisa de manga comprida que combinava com seus olhos, e era tão lindo que o coração de Emma engasgava no peito.

Mas era a beleza de uma estátua. A expressão dele era quase vazia; ela não conseguia interpretá-lo de jeito nenhum. Eles mal tinham se falado desde aquela noite no quarto dela.

Talvez agora já tivesse se passado tanto tempo que ele não se lembrava mais como era sentir alguma coisa; talvez ele não quisesse mais. Talvez ele a detestasse. Talvez fosse melhor se ele detestasse, mas Emma jamais poderia acreditar que seria melhor ele nunca mais sentir nada.

Após um momento doloroso de silêncio, Julian esticou o braço e arregaçou a manga esquerda. Seu antebraço estava sem as ataduras. Ele ofereceu o braço para Magnus.

VOCÊ ESTÁ NA JAULA.

O rosto de Magnus perdeu a cor.

— Meu Deus — disse ele.

— Eu talhei isto no meu braço em Thule — explicou Julian. — Quando recuperei minhas emoções, consegui perceber como fiquei arrasado sem elas.

— Isso é... brutal. — Magnus estava claramente abalado. Seu cabelo tinha ficado um tanto bagunçado, Emma pensou. Era raro ver Magnus com cabelos menos do que perfeitos. — Mas suponho que você sempre tenha sido determinado. Conversei com Helen enquanto vocês estavam desaparecidos, ela me confirmou que você dirigiu o Instituto sozinho por muito tempo. Dando cobertura a Arthur, que nunca se recuperou da experiência no Reino das Fadas.

— O que isso tem a ver com o feitiço? — perguntou Julian.

— Parece que você sempre teve que fazer escolhas difíceis — disse Magnus. — Por você, e pelas pessoas com quem se importa. Esta me parece mais uma escolha difícil. Eu ainda sei menos do que gostaria sobre o resultado da maldição *parabatai*. Mas um amigo meu está investigando, e pelo que ele me falou, a ameaça é bastante real. — Ele parecia sofrido. — Pode ser que você esteja melhor assim.

— Não estou — disse Julian. — E você sabe que não estou falando com o coração. — Apesar da amargura em suas palavras, o tom era seco. — Sem minhas emoções, sem meus sentimentos, sou um Caçador de Sombras pior. Tomo decisões piores. Eu não confiaria em alguém que não sente nada por ninguém. Eu não iria querer que essa pessoa tomasse decisões que afetassem terceiros. Você iria?

Magnus pareceu pensativo.

— Difícil dizer. Você é muito esperto.

Julian não pareceu nada afetado pelo elogio.

— Nem sempre fui esperto do jeito que você pensa. Desde que completei doze anos, quando meu pai morreu e as crianças se tornaram minha responsabilidade, tive que aprender a mentir. A manipular. Então se isso é esperteza, eu tinha. Mas eu sabia a hora de *parar*.

Magnus ergueu as sobrancelhas.

— Um Julian desprovido de sentimentos — disse Emma —, não sabe a hora de parar.

— Gostei da sua ideia anterior — falou Magnus, olhando com curiosidade para Julian. — Convocar uma resistência. Por que você não insistiu mais no assunto?

— Porque Jace não estava errado — respondeu Julian. — Poderíamos ser traídos. Normalmente eu seria capaz de superar essa ideia. De pensar numa solução. Mas não desse jeito. — Ele tocou a têmpora, franzindo o rosto. — Achei que fosse conseguir pensar com mais clareza se não tivesse sentimentos. Mas o contrário é que é verdade. Não consigo pensar. Não direito.

Magnus hesitou.

— Por favor — implorou Emma.

— Você vai precisar de um plano — falou Magnus. — Sei que seu plano anterior era o exílio, mas isso era quando Robert podia ajudar. Horace Dearborn não vai.

— Dearborn não vai, mas pode ser que outro Inquisidor ajude. Temos que derrubar a Tropa, de qualquer modo. Existe a chance de que o próximo Inquisidor seja razoável — disse Julian.

— Eles não têm um histórico de razoabilidade — disse Magnus. — E não temos uma estimativa de tempo aqui. — Ele tamborilou os dedos na mesa. — Tenho uma ideia — falou, por fim. — Você não vai gostar.

— Que tal uma da qual ele *vá* gostar? — sugeriu Emma.

Magnus lançou um olhar sombrio a ela.

— Existem algumas coisas que, em situações de emergência, podem romper seu laço. Morte, que não recomendo. Ser mordido por um vampiro, o que é difícil de se arranjar e também pode resultar em morte. Remover suas Marcas e transformá-lo em mundano. Provavelmente a melhor opção.

— Mas só os Irmãos do Silêncio podem fazer isso — disse Emma. — E não podemos chegar perto deles agora.

— Jem é uma opção — disse Magnus. — Eu e ele já vimos Marcas serem removidas. E ele próprio já foi um Irmão do Silêncio. Juntos, podemos fazer acontecer. — Ele parecia ligeiramente nauseado. — Seria doloroso e desagradável. Mas se não houver outra escolha...

— Eu topo — disse Emma rapidamente. — Se a maldição começar a acontecer, eu removo minhas Marcas. Eu aguento.

— Eu não... — começou Julian. Emma prendeu a respiração; o verdadeiro Julian jamais permitiria que ela fizesse tal oferta. Ela precisava fazê-lo concordar antes de Magnus reverter o feitiço. — Eu não gosto da ideia — disse Julian afinal, soando quase confuso, como se os próprios pensamentos o tivessem surpreendido. — Mas se não há outra escolha, tudo bem.

Magnus encarou Emma.

— Vou interpretar isso como uma acordo selado — disse ele após uma pausa. Esticou a mão cheia de anéis. — Julian. Venha cá.

Emma ficou observando com uma agonia de expectativa enquanto Julian ia até o feiticeiro e se sentava diante dele — e se algo desse errado? E se Magnus não conseguisse remover o feitiço?

— Prepare-se — ordenou Magnus. — Vai ser um choque.

Ele esticou o braço e tocou a têmpora de Julian, que se assustou quando uma faísca voou dos dedos de Magnus; então o lampejo desapareceu como um vagalume, e Julian se encolheu, arfando de repente.

— Eu sei. — As mãos de Julian estavam tremendo. — Já passei por isso em Thule. Eu consigo... fazer de novo.

— Você ficou doente em Thule — disse Emma. — Na praia.

Julian olhou para ela. E o coração de Emma saltou: naquele olhar estava tudo, todo o seu Julian, seu *parabatai* e melhor amigo e primeiro amor. Nele estava a conexão brilhante que sempre os unira.

Ele sorriu. Um sorriso cuidadoso, carinhoso. Nele Emma viu milhares de lembranças: da infância e do sol, deles brincando na quebrada da maré na praia, de Julian sempre guardando as maiores e melhores conchas para ela. Segurando cuidadosamente sua mão quando ela se cortou com um pedaço de vidro e era jovem demais para um *iratze*. Ele chorou quando lhe deram os pontos, porque sabia que ela não queria, mesmo com a dor horrorosa. E então, quando completaram doze anos, ele pedira a ela um chumaço de seus cabelos porque queria aprender a pintar a cor. Ela se lembrou de sentar na praia com ele quando tinham dezesseis anos; a alça do biquíni dela arrebentou e Emma se lembrou do engasgo agudo dele, e de como ele desviara rapidamente o olhar.

Como ela não fora capaz de perceber?, pensou. Como ele se sentia. Como ela própria se sentia. O jeito como eles se olhavam não era o jeito como Alec olhava para Jace, ou Clary para Simon.

— Emma — sussurrou Julian. — Suas Marcas...

Ela balançou a cabeça, com lágrimas amargas no fundo da garganta. *Está feito.*

A expressão dele partiu o coração de Emma. Julian sabia que não adiantava discutir que ele era quem deveria remover as Marcas, pensou Emma. Ele agora conseguia decifrá-la outra vez, exatamente como ela conseguia decifrá-lo.

— Julian — disse Magnus. — Me dê o seu braço. O esquerdo.

Julian parou de olhar para Emma e ofereceu o braço cheio de cicatrizes a Magnus.

Magnus passou seus dedos com faíscas azuis com suave gentileza pelo antebraço de Julian, e as letras marcadas, uma a uma, foram desbotando e desaparecendo. Quando terminou, soltou Julian e olhou entre ele e Emma.

— Vou dar uma pequena boa notícia — disse. — Vocês não eram *parabatai* em Thule. Isso feriu seu laço e está se curando. Então vocês têm um pouquinho de tempo durante o qual o vínculo será mais fraco.

Graças ao Anjo.

— Quanto tempo? — perguntou Emma.

— Depende de vocês. O amor é poderoso, e quanto mais tempo passarem juntos e se permitirem sentir o que sentem, mais forte será. Vocês precisam se afastar um do outro. Não se tocar. Não se falar. Tentem sequer *pensar* um no outro. — Ele acenou os braços como um polvo. — Se vocês se flagrarem pensando carinhosamente um no outro, pelo amor de Deus, se contenham.

Ambos o encararam.

— Não podemos fazer isso para sempre — disse Emma.

— Eu sei. Mas com sorte, quando a Tropa se for, teremos um novo Inquisidor e ele poderá presenteá-los com o exílio. E com sorte isso será logo.

— Exílio é um presente um tanto amargo — disse Julian.

O sorriso de Magnus estava carregado de tristeza.

— Muitos presentes o são.

Não foi difícil encontrar Kieran. Ele não tinha ido longe; estava no corredor perto de uma das janelas com vista para as montanhas. A palma pressionada contra o vidro, como se pudesse tocar a areia e as flores do deserto através da barreira.

— Kieran — chamou Mark, parando antes de alcançá-lo. Cristina também parou; havia algo de remoto na expressão de Kieran, algo distante. A estranheza que havia entre todos eles desde a noite anterior também continuava ali, proibindo simples gestos de consolo.

— Temo que meu povo seja assassinado e minha terra, destruída — disse Kieran. — Que toda a beleza e a magia do Reino das Fadas seja dissolvida e esquecida.

— Fadas são fortes, mágicas e sábias — disse Cristina. — Elas viveram por todas as eras mortais. Esses... esses *culeros* não podem acabar com elas.

— Eu não vou me esquecer da beleza do Reino das Fadas, e nem você — disse Mark. — Mas não chegará a tanto.

Kieran se virou para fitá-los com olhos cegos.

— Precisamos de um bom Rei. Precisamos encontrar Adaon. Ele precisa tomar o trono de Oban e acabar com essa loucura.

— Se você quiser encontrar Adaon, que seja. Helen sabe como entrar em contato com Nene. Ela pode pedir que Nene o encontre na Corte Seelie — disse Cristina.

— Eu não queria presumir que ela fosse fazer isso por mim — falou Kieran.

— Ela sabe o quanto eu gosto de você — disse Mark, e Cristina assentiu em concordância. Helen, ela mesma meio-fada, certamente entenderia.

Mas Kieran somente semicerrou os olhos, como se estivesse com dor.

— Eu agradeço. Aos dois.

— Não precisa ser tão formal... — começou Cristina.

— Preciso muito — disse Kieran. — O que houve entre nós ontem à noite... eu fiquei feliz naqueles instantes, e agora sei que nunca mais vamos repetir aquilo. Vou perder um de vocês, e possivelmente os dois. Inclusive, esse me parece o resultado mais provável.

Ele olhou de Mark para Cristina. Nenhum dos dois se mexeu ou falou. O momento se estendeu; Cristina se sentia paralisada. Ela queria tocar ambos, mas talvez eles já tivessem se decidido? Talvez realmente fosse impossível, exatamente como Kieran dissera. Ele certamente saberia. E Mark parecia agoniado — certamente não estaria daquele jeito se não sentisse os mesmos temores que ela? E Kieran...

A boca de Kieran estava rija.

— Me perdoem. Tenho que ir.

Cristina o viu sair apressadamente, desaparecendo nas sombras no fim do corredor. Para além da janela, ela viu Alec e Magnus emergirem da porta dos fundos do Instituto à luz brilhante do sol. Clary e Jace vinham logo atrás. Estava claro que estavam se despedindo de Magnus e Alec por agora.

Mark se apoiou na janela.

— Queria que Kieran entendesse que ele seria um grande Rei.

A luz que atravessava a janela dourava seus cabelos claros. Seus olhos ardiam em âmbar e safira. Seu menino de ouro. Muito embora a escuridão prateada de Kieran fosse igualmente bela, à sua maneira.

— Temos que conversar em particular, Mark — disse Cristina. — Me encontre hoje à noite, fora do Instituto.

Emma e Julian deixaram a biblioteca, em silêncio, e voltaram para o quarto dela igualmente calados, antes de Julian finalmente falar:

— É melhor eu deixar você aqui — começou Jules, gesticulando para a porta. Ele parecia estar com a garganta doendo, áspera e rouca. A manga ainda estava arregaçada até o cotovelo, exibindo a pele curada no antebraço.

Ela queria tocar bem ali, tocá-lo, para se certificar de que ele tinha voltado a si. Seu Julian outra vez. — Você vai ficar bem?

Como eu poderia ficar bem? Ela tateou a maçaneta cegamente, mas não conseguiu se forçar a girá-la. As palavras de Magnus nadavam em seu cérebro. *Maldição, Marcas removidas, se afastem um do outro.*

Ela se virou, colando as costas à madeira da porta. Olhou para ele pela primeira vez desde a biblioteca.

— Julian — sussurrou. — O que faremos? Não podemos viver sem conversar, ou mesmo sem pensar um no outro. Não é possível.

Ele não se mexeu. Ela assimilou a imagem dele como uma alcoólatra prometendo que esta seria a última garrafa. Segurara as pontas por tanto tempo dizendo a si que, quando o feitiço fosse retirado, ela o teria de volta. Não como parceiro romântico, mas como Jules: seu melhor amigo, seu *parabatai*.

Mas talvez eles tivessem trocado uma jaula pela outra.

Ela ficou imaginando se ele pensava igual. O rosto dele não estava vazio mais: estava vivo com cor, emoção; ele parecia chocado, como se tivesse subido rápido demais de um mergulho e a dor da subida tivesse acabado de atingi-lo.

Ele tomou o rosto dela nas mãos. As palmas aninhavam suas bochechas: ele a envolvia com um encanto leve e gentil que Emma associava ao cuidado reverente concedido a objetos preciosos e frágeis.

Os joelhos de Emma bambearam. Incrível, pensou ela; o Julian enfeitiçado podia beijá-la e fazê-la se sentir vazia por dentro. Este Julian — seu verdadeiro Julian — tocava levemente o seu rosto e ela era inundada por um desejo tão forte que era quase dor.

— Precisamos — disse ele. — Em Alicante, antes de procurar Magnus para que ele me enfeitiçasse, foi porque eu sabia... — Ele engoliu em seco. — Depois que a gente quase... na cama... eu senti minha Marca começar a queimar.

— Por isso você saiu correndo do quarto?

— Deu para sentir a maldição. — Ele abaixou a cabeça. — Minha Marca estava queimando. Dava para ver as chamas sob minha pele.

— Você não me contou essa parte. — A mente de Emma girava; ela se lembrou do que Diana dissera em Thule: *as Marcas começaram a arder como fogo. Como se eles tivessem fogo em vez de sangue nas veias.*

— Foi a primeira vez que teve importância — disse ele. E agora Emma via tudo o que antes lhe parecia invisível: as olheiras escuras como hematomas, as rugas de tensão perto da boca. — Antes disso eu estava enfeitiçado, ou estávamos em Thule, e nada poderia acontecer. Não éramos *parabatai* lá.

Ela pegou o pulso esquerdo dele. Jules se esquivou; mas não foi de dor. Emma soube disso instintivamente. Fora efeito da intensidade de cada toque; ela também sentiu, como um sino reverberando.

— Você está arrependido de ter pedido para Magnus remover o feitiço?

— Não — respondeu imediatamente. — Preciso estar nas melhores condições agora. Preciso ser capaz de ajudar com tudo o que está acontecendo. O feitiço me transformou numa pessoa que eu não quero ser. Uma pessoa da qual não gosto e em quem sequer confio. E não posso deixar alguém em quem não confio perto de você, perto das crianças. Vocês são importantes demais para mim.

Ela estremeceu, ainda segurando o pulso dele. As palmas eram ásperas contra suas bochechas; ele cheirava a terebintina e sabão. Ela sentia como se estivesse morrendo; tinha perdido Julian e ganhado de volta, e agora o estava perdendo outra vez.

— Magnus disse que tínhamos um pouquinho de tempo. Só temos que... que fazer o que ele disse. Ficar afastados um do outro. É só o que podemos fazer por enquanto — disse Julian.

— Não quero ficar longe de você — sussurrou ela.

Os olhos de Julian estavam fixados nela, implacáveis vidros azul-marinho. Escuros como o céu em Thule. A voz dele estava contida, suave, mas a fome primitiva em seu olhar era como um berro.

— Talvez se nos beijássemos uma última vez — propôs ele, rouco. — Tirar essa vontade de dentro da gente.

Por acaso alguém morrendo de sede recusava água? Bastou a Emma assentir e eles se jogaram um no outro com tanta força que a porta do quarto dela estremeceu na moldura. Qualquer pessoa poderia passar pelo corredor e flagrá-los, ela sabia. Não se importava. Agarrou os cabelos dele, as costas da camisa; sua cabeça bateu na porta quando as bocas se tocaram.

Ela abriu os lábios sob os dele, fazendo-o gemer e praguejar e puxá-la, cada vez mais forte, como se ele pudesse estilhaçar os ossos de ambos, fundi-los num único esqueleto. Ela agarrou a camisa dele com vontade; os dedos dele acariciaram a cintura dela, se enredaram em seus cabelos. Emma estava consciente do quão próximos estavam de algo verdadeiramente perigoso — ela sentia a tensão no corpo dele, não pelo esforço de segurá-la, mas de se segurar.

Ela apalpou atrás de si à procura da maçaneta da porta. Girou-a. A porta se abriu e eles se separaram, aos tropeços.

Emma tinha a sensação de que sua pele estava sendo arrancada. Uma agonia. Sua Marca doía profundamente. Na entrada do quarto, ela se agarrou à porta como se mais nada pudesse mantê-la de pé.

Julian estava arfando, desalinhado; era como se ela pudesse ouvir o palpitar do coração dele. Talvez fosse o dela mesma, um ribombar ensurdecedor em seus ouvidos.

— Emma...

— Por quê? — disse ela, com a voz tremendo. — Por que algo tão terrível aconteceria devido ao vínculo *parabatai*? Era para ser uma coisa boa. Talvez a Rainha esteja certa e seja ruim.

— Você não... confia na Rainha — falou Julian, sem fôlego. Seus olhos eram todos pupilas: pretos com um contorno azul. O coração de Emma batia como uma supernova, uma estrela escura caindo com um desejo frustrado.

— Eu não sei em *quem* confiar. "Há corrupção no coração da ligação dos *parabatai*. Veneno. Uma escuridão nela que reflete a sua bondade". Foi isso o que a Rainha disse.

A mão de Julian, junto à lateral do corpo, cerrou em punho.

— Mas a Rainha...

É mais do que a Rainha. Eu deveria contar para ele. O que Diana disse em Thule sobre os parabatai. Mas Emma se conteve: ele não estava em condições de ouvir, e, além disso, os dois sabiam o que precisavam fazer.

— Você sabe o que tem que acontecer — disse ela afinal, sua voz pouco mais do que um sussurro. — O que Magnus disse. Temos um pouquinho de tempo. Não podemos... forçar.

Os olhos dele estavam gélidos, assombrados. Ele não se mexia.

— Me mande embora daqui — pediu ele. — Me diga para te deixar.

— Julian...

— Eu sempre vou fazer o que você me pedir, Emma — disse ele, a voz dura. De repente os ossos de seu rosto pareceram muito proeminentes e destacados, como se cortassem a pele. — Por favor. *Me peça.*

Emma se lembrou daquela vez há tantos anos, quando Julian pusera Cortana em seus braços e ela segurara tão forte que ganhara uma cicatriz. Ela se lembrou da dor e do sangue. E da gratidão.

Naquele momento, Julian lhe dera o que ela precisava. Agora ela daria a ele o que ele precisasse.

Ela empinou o queixo. Ia ser doloroso como a morte, mas Emma dava conta de fazê-lo. *Sou feita do mesmo aço e temperamento de Joyeuse e Durendal.*

— Vá embora, Julian — ordenou, depositando cada grama de aço possível nas palavras. — Quero que você vá e me deixe sozinha.

Muito embora ele tivesse pedido a ela para dizer tais palavras, muito embora soubesse que não se tratava de um desejo real, ele ainda se encolheu como se as palavras fossem flechas perfurando sua pele.

Então fez um gesto curto e brusco com a cabeça. Deu meia-volta com uma precisão aguçada. E se afastou.

Emma fechou os olhos. Enquanto os passos de Julian desapareciam pelo corredor, ela sentia a dor da Marca *parabatai* diminuindo, e dizia a si que não importava. Jamais voltaria a acontecer.

Kit estava espreitando pelas sombras. Não por querer, exatamente; ele gostava de pensar que tinha virado a página e que estava menos propenso a agir sorrateiramente e a planejar coisas ilícitas do que outrora.

Coisa que, ele se deu conta, podia ser um exagero. Necromancia era algo bem ilícito, mesmo que sua participação no ritual não fosse lá muito voluntariosa. Talvez fosse como a árvore caindo na floresta: se ninguém soubesse das suas atividades necromantes, elas ainda seriam ilícitas?

Apoiando-se na parede do Instituto, ele concluiu que provavelmente sim.

Tinha saído para falar com Jace, sem perceber, ao ver Jace saindo pela porta dos fundos, que ele estava indo encontrar Clary, Alec e Magnus. Kit então se deu conta de que tinha invadido as despedidas e se escondeu desconfortavelmente às sombras, torcendo para não ser notado.

Clary tinha abraçado Alec e Magnus, e Jace cumprimentara Magnus amistosamente com um "toca aqui". Em seguida agarrara Alec e eles se abraçaram pelo que pareceram horas, ou possivelmente anos. Daí deram tapinhas um nas costas do outro enquanto Clary e Magnus assistiam, complacentes.

Ser *parabatai* parecia algo muito intenso, pensou Kit, alongando os ombros para estalar o pescoço. E estranhamente, fazia muito tempo que não pensava no lance de ser *parabatai* de Ty. Talvez por Ty não estar em condições de tomar esse tipo de decisão.

Talvez fosse outra coisa, mas ele afastou o pensamento quando Alec e Jace interromperam o abraço. Jace então deu um passo para trás, pegando a mão de Clary. Magnus ergueu as mãos e as faíscas azuis voaram dos dedos dele para criar a entrada turbilhonada de um Portal.

O vento que soprou dela levantou poeira e areia; Kit cerrou os olhos, mal conseguindo enxergar enquanto Alec e Magnus adentravam. Quando o vento se acalmou, ele viu que Alec e Magnus tinham desaparecido e que Jace e Clary estavam voltando para o Instituto, de mãos dadas.

Kit fechou os olhos e bateu a cabeça silenciosamente contra a parede.

— Você faz isso porque gosta ou porque é bom quando para? — perguntou uma voz.

Kit abriu os olhos. Jace estava diante dele, os braços musculosos cruzados, um olhar entretido. Clary provavelmente já tinha entrado.

— Desculpa — murmurou Kit.

— Não peça desculpas. Não faz a menor diferença para mim se você quer quebrar a cabeça como se fosse um ovo.

Resmungando, Kit saiu das sombras e ficou piscando contra o sol, limpando a camisa.

— Eu queria falar com você, mas não quis interromper os abraços de despedida — disse ele.

— Alec e eu não temos medo de expressar nosso amor másculo — disse Jace. — Às vezes ele me carrega feito uma donzela desmaiada.

— Sério? — perguntou Kit.

— Não — disse Jace. — Sou muito pesado, principalmente quando estou completamente armado. Sobre o que você queria conversar comigo?

— Sobre isso, na verdade — respondeu Kit.

— Meu peso?

— Armas.

Jace pareceu em deleite.

— Eu *sabia* que você era um Herondale. Isso é uma notícia maravilhosa. O que quer discutir? Tipos de espadas? Duas mãos versus uma das mãos? Eu tenho *muito* a compartilhar.

— Ter minha própria arma — disse Kit. — Emma tem Cortana. Livvy tinha os sabres dela. Ty gosta de facas de arremesso. Julian tem arcos. Cristina tem o canivete borboleta. Se vou ser um Caçador de Sombras, tenho que ter uma arma de escolha.

— Então você decidiu? — quis saber Jace. — Vai ser um Caçador de Sombras?

Kit hesitou. Não sabia exatamente quando tinha acontecido, mas tinha. Ele se dera conta na praia com Shade, quando por um instante temera não ser um Nephilim, afinal.

— O que mais eu seria?

A boca de Jace se curvou nos cantinhos num sorriso insolente.

— Nunca duvidei de você, garoto. — Ele afagou os cabelos de Kit. — Você não tem nenhum treinamento, então eu diria que arcos e facas de arremesso estão fora de cogitação. Vou achar alguma coisa para você, alguma coisa que seja *Herondale*.

— Eu posso massacrar com meu senso de humor fatal e meu charme perverso.

— *Isso* é Herondale. — Jace pareceu satisfeito. — Christopher... posso chamá-lo de Christopher?

Rainha do Ar e da Escuridão

— Não — disse Kit.

— Christopher, para mim, família nunca foi sangue. Sempre foi a família que escolhi. Mas é legal ter algum parente neste mundo. Alguém para quem eu possa contar histórias chatas de família. Você sabe alguma coisa sobre Will Herondale? Ou James Herondale?

— Acho que não — disse Kit.

— Ótimo. Horas do seu tempo serão arruinadas — disse Jace. — Agora vou procurar uma arma para você. Não hesite em me procurar a qualquer hora quando precisar de conselhos sobre a vida ou sobre armamento, de preferência sobre as duas coisas. — Ele o saudou com veemência e correu antes que Kit pudesse lhe perguntar o que deveria fazer caso alguém de quem gostasse muito quisesse despertar um morto de um jeito nada aconselhável.

— Provavelmente é melhor assim — resmungou ele para si.

— Kit! *Kit! Pssst* — sibilou alguém, e Kit deu um salto e girou para ver Drusilla apoiada numa janela no alto e gesticulando para ele. — Você disse que a gente podia conversar.

Kit piscou. Os últimos acontecimentos o fizeram esquecer o acordo com Dru.

— Tudo bem. Vou subir.

Enquanto corria pelos degraus em direção ao andar de Dru, Kit se perguntou onde Ty estava. Já estava acostumado a ir a todo lugar com o garoto — a encontrá-lo no corredor, lendo, quando acordava de manhã, e a só ir dormir depois que os dois já tivessem se esgotado pesquisando ou passeando sorrateiramente pelo Mercado das Sombras sob os olhares entretidos de Hypatia. Apesar de Ty não ligar para o clamor do Mercado das Sombras, todos pareciam adorá-lo por lá, o menino Caçador de Sombras extremamente educado que não exibia armas, não fazia ameaças, apenas perguntava calmamente se tinham isso ou aquilo que ele queria.

Ty era notável, pensou Kit. O fato de as tensões estarem crescendo entre os membros do Submundo e os Caçadores de Sombras não parecia afetá-lo. Ele estava inteiramente focado em uma coisa: no feitiço que traria Livvy de volta. Ele ficava feliz quando a busca ia bem, e frustrado quando não ia, mas não descontava suas frustrações nos outros.

A única pessoa com quem não era gentil, pensou Kit, era com ele próprio.

Contudo, nos últimos dias, depois que Emma e Julian acordaram, Ty se mostrara mais difícil de ser encontrado. Se ele estava tramando alguma coisa, isto não incluía Kit — uma ideia que doía com uma intensidade surpreendente. Mesmo assim, eles tinham planos para aquela noite, então já era alguma coisa.

Não foi difícil encontrar o quarto de Dru. Ela estava na entrada, passeando impacientemente de um lado a outro. Ao ver Kit, ela o chamou para dentro e fechou a porta, trancando-a para enfatizar.

— Você não está planejando me matar, está? — perguntou ele, erguendo as sobrancelhas.

— Ha ha — disse ela sombriamente, e se jogou na cama. Estava com um vestido preto de mangas com um rosto berrante estampado na frente. O cabelo estava preso em tranças tão firmes que estavam perpendiculares à cabeça. Era difícil se lembrar dela como a profissional vampiresca que enganara Barnabas Hale. — Você sabe muito bem sobre o que quero conversar com você.

Kit se apoiou na mesa.

— Ty.

— Ele não está bem — disse Dru. — Está diferente. Você sabia disso?

Kit esperava dizer algo defensivo, ou negar que qualquer coisa estranha estivesse acontecendo. Em vez disso, ele se apoiou sobre a mesa, como se tivesse acabado de soltar um peso dos mais difíceis de se carregar, mas suas pernas ainda estivessem com aquele tremor residual.

— É como... não sei como... as pessoas simplesmente não estão *vendo* — disse ele, tão aliviado por dizer tais palavras que quase doeu. — Ele não está bem. Como poderia estar?

Quando Dru voltou a falar, sua voz veio mais suave:

— Nenhum de nós está bem. Talvez isso seja parte do problema. Quando você está triste, às vezes é difícil enxergar como as outras pessoas podem estar tristes de um jeito diferente ou pior.

— Mas Helen...

— Helen não nos conhece tão bem assim. — Dru começou a brincar com uma mecha de cabelo. — Ela está *tentando* — admitiu. — Mas como ela pode ver que Ty está diferente agora se ela não sabe como ele era antes? Mark está envolvido com assuntos de fadas, e Julian e Emma estiveram ausentes. Se alguém vai notar, agora que as coisas se acalmaram, será Julian.

Kit não sabia ao certo como poderia descrever "a sociedade à beira de uma guerra" como "as coisas se acalmaram", mas ele tinha a impressão de que o critério dos Blackthorn para essas coisas era diferente do dele.

— Quero dizer, de certa forma ele *está* bem — disse Kit. — Acho que essa é a parte confusa. Parece que ele está normal e fazendo coisas cotidianas. Ele toma café da manhã. Ele lava roupa. É só que a única coisa que o está mantendo firme é...

Ele se calou, as palmas subitamente suadas. Quase revelou tudo. Jesus Cristo, quase tinha quebrado a promessa a Ty só porque Dru era amistosa.

— Desculpe — falou para o silêncio. Dru agora o encarava, confusa. — Não é nada.

Ela semicerrou os olhos para ele, desconfiada.

— Você prometeu a ele que não contaria — provocou ela. — Tudo bem, que tal se eu chutar e você me dizer se estou certa ou errada?

Kit deu de ombros, exaurido. Ela nunca ia adivinhar mesmo.

— Ele está tentando contatar o fantasma de Livvy — arriscou ela. — A história de Thule me fez pensar nisso. As pessoas que morrem existem de outras formas. Ou como fantasmas, ou em outras dimensões. Só não podemos... alcançá-las. — Ela piscou muito rápido e olhou para baixo.

— É... — Kit se ouviu dizer, como se estivesse muito distante. — É isso. É isso o que ele está fazendo.

— Não sei se é uma boa ideia. — Dru pareceu infeliz. — Se Livvy se foi, se ela está em um bom lugar, o espírito dela não estará aqui na Terra. Tipo, dizem que fantasmas podem aparecer rapidamente para algo importante... ou se forem chamados da maneira correta...

Kit pensou no *parabatai* de Robert Lightwood, ao lado de sua pira em chamas. *Algo importante.*

— Eu poderia tentar conversar com ele — propôs Dru com a voz fraca. — Lembrar que ele ainda tem uma irmã.

Kit pensou na noite em que Dru fora com eles enganar Barnabas. Ty parecia mais leve, mais feliz em tê-la ali, mesmo que não admitisse.

— Hoje à noite vamos... — Não. Melhor não contar a ela sobre Shade. — Conseguir a última coisa da qual ele precisa para o feitiço — mentiu rapidamente. — Vamos nos encontrar na via expressa às dez. Se você aparecer por lá, pode ameaçar nos delatar sob a condição que a gente permita que você vá conosco.

Dru franziu o nariz.

— Eu tenho que ser a vilã?

— Vamos — disse Kit. — Você vai poder mandar na gente. Não me diga que não vai gostar nem um pouquinho disso.

Ela sorriu.

— Sim, provavelmente. Certo, combinado. Até lá.

Kit se virou para destrancar a porta e sair. E então pausou. Sem olhar para Dru, ele disse:

— Passei minha vida inteira mentindo e enganando pessoas. Então por que é tão difícil para mim mentir para essa pessoa? Para o Ty?

— Porque ele é seu amigo — disse Dru. — De que outro motivo você precisa?

O gesto de abrir a gaveta que guardava suas tintas voltara a ter um significado para Julian. Cada tubinho carregava uma promessa, sua personalidade. Bourbon, azul-marinho, laranja de cadmio, violeta manganês.

Ele voltou à tela de lona que havia deixado em branco na noite anterior. Jogou sobre a mesa as tintas que havia selecionado. Branco titânio. Marrom. Amarelo escuro.

Eram as cores que ele sempre usava para pintar o cabelo de Emma. A lembrança dela o cortou como uma faca: a aparência dela diante da porta do quarto, o rosto branco, os cílios com lágrimas. Havia um horror em não poder tocar a pessoa amada, beijá-la ou abraçá-la, mas um horror ainda pior em não poder consolá-la.

Deixar Emma, mesmo depois de ela mesmo ter pedido por isso, equivalera a uma autoflagelação. Agora as emoções de Julian eram todas novas demais, cruas e intensas demais. Ele sempre buscava conforto no estúdio, embora não tivesse encontrado nenhum na noite anterior, quando tentar pintar fora como tentar falar uma língua estrangeira que ele jamais havia aprendido.

Mas tudo era diferente agora. Quando ele pegou o pincel, pareceu uma extensão do seu braço. Quando começou a pintar com traços longos e ousados, sabia exatamente o efeito que desejava. Enquanto as imagens tomavam forma, sua mente ia se acalmando. A dor continuava presente, mas dava para suportar.

Ele não sabia há quanto tempo estivera pintando quando veio a batida à porta. Fazia tempo que não caía num estado entorpecido de criação; mesmo em Thule, ele só tivera um período curto com os lápis de cor.

Colocou os pinceis em uso num copo de água e foi ver quem era. Meio que esperava que fosse Emma — meio que *torcia* para que fosse Emma —, mas não era. Era Ty.

Ty estava com as mãos nos bolsos da frente do casaco branco. Seu olhar percorreu o rosto de Julian.

— Posso entrar?

— Claro. — Julian ficou observando enquanto Ty caminhava pelo recinto, olhando as pinturas, antes de se pôr a examinar a nova tela de Julian. Ty há muito queria este quarto como um escritório ou uma sala escura, mas Julian sempre o segurara para si teimosamente.

Não que isso mantivesse Ty afastado. Quando Ty era mais moleque, experimentos com tintas e papeis eram capazes de mantê-lo distraído durante horas. Ele nunca desenhava nada concreto, mas tinha um ótimo senso de coloração — não que Julian fosse tendencioso. Todas as pinturas do menino eram redemoinhos intensos de pigmentos entrelaçados, tão coloridos e ousados que pareciam saltar do papel.

Ty estava olhando a tela de Julian.

— Esta é a espada da Livvy — comentou. Não pareceu irritado, estava mais para questionador, como se não soubesse ao certo por que Julian estaria pintando aquilo.

O coração de Julian falhou uma batida.

— Eu estava tentando pensar no que melhor representaria Livvy.

Ty tocou o pingente dourado no próprio pescoço.

— Isto aqui sempre me faz pensar em Livvy.

— Isso... isso é uma boa ideia. — Julian se apoiou na mesa central. — Ty — começou. — Eu sei que não estive muito presente desde que Livvy morreu, mas estou aqui agora.

Ty tinha pegado um pincel limpo. Passava os dedos nas cerdas, tocando-as em cada ponta dos dedos como se estivesse perdido na sensação. Julian não disse nada: ele sabia que Ty estava pensando.

— Não foi culpa sua — disse Ty. — O Inquisidor mandou você embora.

— Se foi minha culpa ou não, eu não estive presente — disse Julian. — Se quiser conversar comigo sobre qualquer coisa agora, prometo ouvir.

Ty levantou os olhos, seu breve olhar cinzento foi como uma carícia suave.

— Você sempre esteve presente por nós, Jules. Fez tudo por nós. Você dirigia todo o Instituto.

— Eu...

— É minha vez de estar presente por vocês — disse Ty, e soltou o pincel. — Tenho que ir. Tenho que encontrar Kit.

Quando ele saiu, Jules se sentou num banquinho perto de um cavalete vazio. Ficou olhando para a frente sem ver nada, ouvindo a voz de Ty ecoar em sua mente.

Você dirigia todo o Instituto.

Pensou em Horace, na determinação dele em fazer todos os Caçadores de Sombras verem-no falar com o Rei Unseelie. Julian não tinha entendido o motivo até então. Sem suas emoções, não conseguia compreender as motivações de Horace. Agora entendia e sabia que impedi-lo era ainda mais imperativo do que havia imaginado.

Pensou no velho escritório de Arthur, nas horas que passara lá ao amanhecer, escrevendo e respondendo cartas. O peso do selo do Instituto em sua mão. O selo agora estava no escritório de Helen e Aline. Elas pegaram o que puderam do escritório de Arthur a fim de ajudar com a nova função. No entanto, elas desconheciam os compartimentos secretos na mesa de Arthur, e Julian não estivera presente para lhes contar a respeito.

Você dirigia todo o Instituto.

Naqueles compartimentos havia as listas cuidadosas de nomes mantidas por ele — todos os integrantes importantes do Submundo, todos os membros do Conselho, todos os Caçadores de Sombras de todos os Institutos.

Julian olhou para a janela. Sentia-se vivo, energizado — não exatamente feliz, porém carregado de propósito. Ele ia terminar a pintura agora. Mais tarde, quando todos estivessem dormindo, daria início ao seu verdadeiro trabalho.

26

Uma Agitação Percorre os Ares

Pow. Pow. Pow.

Emma girou e arremessou as facas equilibradas, uma após a outra, rápido: por cima da cabeça, por cima da cabeça, de lado. Elas cortaram o ar e se enterraram no alvo pintado na parede, com os cabos tremendo devido à força cinética.

Ela se abaixou e pegou mais duas da pilha aos seus pés. Não tinha se trocado para roupas de treinamento e estava suando com o top e os jeans, os cabelos soltos grudados na nuca.

Mas não se importava. Era quase como se tivesse voltado no tempo, à época antes de perceber que estava apaixonada por Julian. Uma época em que era cheia de uma raiva e um desespero que atribuía totalmente à morte de seus pais.

Ela atirou as duas facas seguintes, deslizando as lâminas pelos dedos, o voo suave e controlado. *Pow. Pow.* Lembrou-se dos dias em que arremessou tantos *bo-shuriken* que suas mãos ficaram cheias de cortes e sangue. O quanto daquela raiva era por causa de seus pais — porque boa parte era, ela sabia — e o quanto era por manter sua percepção fechada, sem nunca se permitir saber o que queria, o que a faria verdadeiramente feliz?

Pegou mais duas facas e se posicionou de frente para o alvo, respirando fundo. Era impossível não pensar em Julian. Agora que ele tinha se livrado do feitiço, ela sentia um desejo desesperado de estar com ele, misturado ao amargor do arrependimento — arrependimento por escolhas passadas, arrependimento por anos desperdiçados. Tanto ela quanto Julian estiveram em negação, e veja só o que isso custara a eles. Se algum dos dois tivesse reconhecido por que não podiam ser *parabatai*, não estariam encarando uma separação iminente. Ou o exílio de tudo que amavam.

O amor é poderoso, e quanto mais tempo passarem juntos e se permitirem sentir o que sentem, mais forte será. Vocês precisam se afastar um do outro. Não se tocar. Não se falar. Tentem sequer pensar um no outro.

Pow. Uma faca voou por cima do ombro de Emma. *Pow.* Outra. Ela se virou para ver os cabos vibrando na parede onde fincaram.

— Belo arremesso.

Emma girou. Mark estava apoiado à entrada, seu corpo era como um travão longo e esguio nas sombras. Ele estava de uniforme de combate e parecia cansado. Mais do que cansado, parecia exaurido.

Já fazia um tempinho desde que ela não ficava a sós com Mark. Não era culpa de nenhum dos dois — teve a separação em Idris, depois o Reino das Fadas, e depois Thule —, mas também havia outra questão, talvez. Ultimamente Mark vinha ostentando uma tristeza apreensiva, como se esperasse constantemente pela notícia de que tinha perdido alguma coisa. Parecia algo mais profundo do que o que ele trouxera consigo do Reino das Fadas.

Ela pegou outra faca. Estendeu a ele.

— Quer jogar?

— Muito.

Ele veio e pegou a faca. Ela recuou um pouco enquanto ele mirava, medindo a linha do seu braço em direção ao alvo.

— Quer falar sobre o que está acontecendo com Cristina? — perguntou ela, hesitante. — E... Kieran?

Ele atirou a faca, que cravou na parede, bem ao lado de uma das de Emma.

— Não — respondeu ele. — Estou tentando não pensar nisso, e não acho que discutir o assunto vá me ajudar.

— Tudo bem — respondeu Emma. — Você quer apenas ficar arremessando facas de um jeito raivoso, furioso e fraternal junto comigo?

Ele sorriu de leve.

— Existem outros assuntos que podemos discutir além da minha vida amorosa. Como a *sua* vida amorosa.

Foi a vez de Emma de pegar uma faca. Ela a lançou com força, com fúria, acertando a parede com força o bastante para rachar a madeira.

— Isso parece tão divertido quanto me esfaquear na cabeça.

— Acho que os mundanos discutem o clima quando não têm mais nenhum assunto — disse Mark. Ele tinha ido pegar um arco e uma aljava da parede.

Rainha do Ar e da Escuridão

O arco era uma delicada peça artesanal, talhado com símbolos filigranos. — Nós não somos mundanos.

— Às vezes eu fico me perguntando o que somos de fato — disse Emma.

— Considerando que não acho que os atuais poderes de Alicante gostariam que fôssemos Nephilim.

Mark puxou a corda do arco e deixou uma flecha voar. Ela cortou o ar, acertando diretamente o alvo na parede. Emma sentiu um ligeiro orgulho sombrio; as pessoas frequentemente subestimavam as habilidades de guerreiro de Mark.

— Não importa o que eles pensam — disse Mark. — Raziel nos fez Caçadores de Sombras. Não a Clave.

Emma suspirou.

— O que você faria se as coisas fossem diferentes? Se você pudesse fazer qualquer coisa, ser qualquer coisa. Se isso tudo acabasse.

Ele a olhou, pensativo.

— Você sempre quis ser como Jace Herondale — disse ele. — O melhor de todos os lutadores. Mas eu gostaria de ser mais como Alec Lightwood. Eu gostaria de fazer alguma coisa importante para os Caçadores de Sombras e os integrantes do Submundo. Pois sempre serei parte dos dois mundos.

— Não acredito que você se lembra que eu sempre quis ser como Jace. Que vergonha.

— Era fofo você querer ser uma guerreira assim, principalmente quando era tão pequena. — Ele sorriu, um sorriso verdadeiro, um que iluminou seu rosto. — Eu me lembro de você e de Julian quando vocês tinham dez anos; os dois com espadas de madeira, e eu tentando ensinar vocês a não se acertarem na cabeça com elas.

Emma riu.

— Eu te achava tão velho: catorze anos!

Ele se recompôs.

— Tenho pensado que nem tudo que é estranho é ruim — falou ele. — Desde que voltei do Reino das Fadas do jeito que voltei, isso eliminou os anos que me separavam de Julian e de você. Tenho conseguido ser mais amigo de vocês agora, em vez de um irmão mais velho, e isso foi um presente.

— Mark... — começou ela, e se calou, encarando a janela com vista para o oeste. Alguma coisa, alguém, estava caminhando pela estrada, em direção ao Instituto, uma silhueta escura se deslocando com propósito.

Ela captou um lampejo dourado.

— Tenho que ir. — Emma pegou uma espada e saiu correndo da sala de treinamento, deixando Mark olhando para ela. O vigor saltitava pelo seu corpo. Ela desceu três degraus por vez, abriu as portas da frente e atravessou o gramado exatamente quando a figura que avistou chegou ao topo da estrada.

A lua brilhava, inundando o mundo com lanças brilhantes de luminosidade. Emma piscou contra as estrelas e encarou Zara Dearborn, vindo em direção a ela pelo gramado.

Zara estava totalmente enfeitada com trajes Centuriões, com um broche *Primi Ordines* e tudo. Seus cabelos estavam presos numa trança em volta da cabeça, os olhos castanhos semicerrados. Na mão, tinha uma espada dourada que brilhava como a luz do amanhecer.

Cortana. *Um lampejo dourado.*

Emma enrijeceu inteirinha. Então sacou a espada da bainha, embora a arma parecesse um peso morto na mão, agora que estava olhando para sua amada lâmina.

— Pare — ordenou. — Você não é bem-vinda aqui, Zara.

Zara lançou um sorriso estreito para ela. Estava segurando Cortana de um jeito todo errado, o que deixou Emma cega de raiva. Wayland, o Ferreiro tinha forjado aquela lâmina, e agora Zara a tinha nas mãos grudentas e incompetentes.

— Não vai falar nada sobre isto aqui? — perguntou, girando a espada como se fosse um brinquedo.

Emma engoliu uma raiva amarga.

— Não vou falar nada, a não ser para você sair da nossa propriedade. Agora.

— Sério? — arrulhou Zara. — *Sua* propriedade? Isso é um Instituto, Emma. Propriedade da Clave. Sei que você e os Blackthorn tratam como se fosse de vocês. Mas não é. E vocês não vão morar aqui por muito tempo mais.

Emma apertou o punho em volta da espada.

— Como assim?

— Vocês receberam um recado — disse Zara. — Não finja que não sabe. A maioria dos outros Institutos foi a Idris demonstrar apoio. Mas vocês não. — Ela girou Cortana sem nenhuma habilidade. — Vocês sequer *responderam* as convocações. E os nomes nos seus registros são uma piada. Achou que fôssemos burros demais para perceber?

— Sim — respondeu Emma. — Além disso, me parece que levaram uma semana para entender, no mínimo. Quem percebeu no fim das contas? Manuel?

Zara enrubesceu furiosamente.

— Você acha que é engraçado, não levar nada a sério? Não levar a ameaça do Submundo a sério? Samantha está *morta*. Ela se jogou da janela de Basilias. Por causa do seu amigo fada...

— Eu já sei o que realmente aconteceu — disse Emma, com muita tristeza por Samantha. — Kieran tirou Samantha da piscina. Tentou ajudar. Você pode distorcer as coisas à vontade, Zara, mas não pode simplesmente transformar os fatos ao seu bel prazer. Você ficou parada e *riu* quando Samantha caiu naquela água. E a crueldade que ela viu, a dor terrível que ela causou, isso foi por sua causa e por causa do que você a obrigou a fazer. E essa é a verdade.

Zara a encarou, com o peito subindo e descendo aceleradamente.

— Você não merece Cortana — continuou Emma. — Não merece tê-la na mão.

— Eu não mereço? — sibilou Zara. — Você a recebeu porque é uma Carstairs! Só isso! Eu trabalhei duro para conquistar respeito, e as pessoas simplesmente a deram a você como se você fosse especial só porque seus pais morreram na Guerra Maligna. Muita gente morreu na Guerra Maligna. Você não tem nada de especial. — Ela deu um passo em direção a Emma, com Cortana tremendo em sua garra. — Não entende? Nada disto aqui é seu. O Instituto. Esta espada. Os Blackthorn, que não são *sua* família. Nem a reputação de ser uma grande guerreira. Você não conquistou nada disso.

— Que sorte você tem por sua reputação de babaca intolerante ser totalmente justificada — disse Emma.

O rubor de Zara desbotou. Seus olhos brilhavam, furiosos.

— Vocês têm vinte e quatro horas para irem a Idris jurar lealdade à Tropa. Se chegarem cinco minutos atrasados sequer, serão considerados desertores e eu abaterei cada desertor pessoalmente. A começar por você.

Emma ergueu a espada.

— Então pode me atacar agora.

Zara deu um passo para trás.

— Eu disse que tinham vinte e quatro horas.

A fúria queimou nas terminações nervosas de Emma.

— E eu disse *pode me atacar agora*. — Ela empunhou a espada na direção de Zara; acertou a beira da capa de Zara, cortando o tecido. — Você veio até aqui. Você me desafiou. Você ameaçou *minha* família.

Zara ficou boquiaberta. Emma desconfiava que Zara raramente tivesse precisado participar de alguma luta que não fosse sob condições impostas por ela mesma.

— Você é uma mentirosa, Zara — vociferou, avançando com a espada. Zara cambaleou para trás, quase tropeçando na grama. — Você nunca conquistou nada. Você pegou o crédito pelos feitos alheios e se utilizou disso para subir, mas as pessoas sabem. Você ataca os mais fracos para parecer forte. Você é uma fanfarrona, uma ladra, e uma covarde.

Zara rosnou, erguendo Cortana.

— Eu não sou covarde!

— Então *lute contra mim*! — Emma empunhou a espada; Zara mal levantou Cortana para o ar e atingiu a lâmina de Emma com força, o ângulo estranho fazendo o pulso de Zara torcer. Ela gritou de dor e Emma atingiu Cortana outra vez; parecia mais do que errado lutar *contra* Cortana, como se o mundo estivesse invertido.

Ela deveria se solidarizar com a dor de Zara, pensou. Mas não. Só sentia uma raiva selvagem enquanto fazia a outra recuar totalmente apavorada e arfante sobre a grama, até chegarem à beira da falésia, até o mar estar abaixo delas.

Zara então fincou o pé e reagiu, mas quando ergueu Cortana e a manejou pelo ar contra Emma, a lâmina desviou no último segundo, parecendo se encolher como algo vivo em sua mão. Zara gritou, quase perdendo o equilíbrio; Emma deu um chute e uma rasteira em Zara. Zara caiu no chão, seu corpo ficando meio pendurado à beira da falésia.

Emma marchou em direção a ela, com a espada na mão. Uma onda de poder a assolou como energia por um fio elétrico. Ela quase se sentiu tonta com aquilo, como se estivesse se assomando sobre Zara com uma altura enorme — encarando-a com a indiferença de um anjo vingador, um ser de luz presenteado com um poder tão grande que as tornava quase desumanas.

Eu poderia atacar com a minha espada e cortá-la ao meio. Eu poderia reaver Cortana.

Emma ergueu a espada. Conseguia enxergar a cena como se estivesse de fora, uma figura enorme se assomando diante de Zara.

As Marcas começam a arder como fogo, como se tivessem fogo em vez de sangue nas veias. As pessoas diziam que as lâminas daqueles que os combatiam estilhaçavam em suas mãos. Linhas escuras se espalhavam pelos seus corpos e eles se tornavam monstruosos — fisicamente monstruosos.

Emma cambaleou para trás, com a voz de Diana ecoando em sua mente. Aí ficou parada enquanto Zara, arfando, se afastava da beira do precipício, rolando para os joelhos.

A visão de Emma de si como um anjo vingador se foi. Em seu lugar, uma voz suave e razoável sussurrou no fundo de sua mente, sem dúvida a voz de Julian, dizendo a ela que Horace Dearborn certamente sabia onde sua filha estava, saberia a quem culpar caso ela desaparecesse, e que machucar Zara ou pegar Cortana de volta traria a Clave ao Instituto de Los Angeles.

Rainha do Ar e da Escuridão

— Levante-se — ordenou Emma, com a voz carregada de desprezo. Zara se levantou aos cambaleios. — E saia daqui.

Zara estava arfando, o rosto manchado de sujeira.

— Sua *pervertidazinha* — sibilou ela, o sorriso zombeteiro indo embora. — Meu pai me contou sobre você e seu *parabatai*, vocês são nojentos, acho que querem ser como Clary e Jace, certo? Querer o que é proibido? E *imundo*?

Emma revirou os olhos.

— Zara, Clary e Jace *não eram* parentes.

— Sim, bem, eles achavam que fossem, e dá no mesmo! — gritou Zara, uma enxurrada de berros sem lógica. — E agora eles estão mortos! É isso que vai acontecer com você e Julian. Vamos deixar seus corpos no campo de batalha e os corvos vão comer seus olhos. Vou me certificar disso...

— Que campo de batalha? — perguntou Emma baixinho.

Zara empalideceu. A boca articulou, saliva voando dos lábios. Finalmente ergueu Cortana entre Emma e ela, como se estivesse afastando um vampiro com um crucifixo.

— Vinte e quatro horas — arfou. — Se não estiverem nos portões de Alicante até lá, não sobrará nenhum de vocês vivo.

Ela se virou e partiu. Emma precisou de cada gota de autocontrole para não segui-la. Então se obrigou a ignorar Zara. A retornar para o Instituto.

Ela correu pelo gramado e pelas escadas. Quando chegou à porta da frente, sua raiva estava se transformando em ansiedade: ela teria que falar com Julian. Precisava contar a ele sobre Zara.

Abriu a porta da frente num tranco, já imaginando o que Julian ia dizer. Ele ia dizer a ela para não se preocupar. E teria uma ideia a respeito do que deveriam fazer. Ele talvez até fosse capaz de fazê-la rir.

Ela sentiu uma dor aguda no braço.

Sua Marca. Engasgou e se encolheu; estava à entrada do Instituto. Estava deserta, graças ao Anjo. Ela puxou a manga da camisa.

A Marca *parabatai* brilhava em seu braço como uma queimadura a ferro, vermelha contra a pele.

Ela se jogou contra a parede. Se só o ato de *pensar* em Julian causava aquilo, quanto tempo ainda tinham? Quanto tempo até ela precisar procurar Magnus e ter suas Marcas extraídas para sempre?

Apoiado contra a parede da cela do Gard, Diego segurava seu irmão nos braços.

Jaime tinha caído no sono na noite anterior, ou pelo menos Diego presumia que tivesse sido na noite anterior — era difícil saber quando não havia maneira de medir a passagem do tempo, exceto pelas refeições, e estas eram servidas irregularmente. Só existia dormir, comer e tentar conservar a força de Jaime.

Jaime respirava de encontro a ele, arfadas baixas e irregulares; seus olhos estavam fechados. Algumas das lembranças mais tenras de Diego eram com o irmão pequenino em seus braços. Quando tinha cinco anos e Jaime três, ele o carregava para todo lugar. Temia que de outra forma Jaime, caminhando com suas perninhas curtas, fosse perder todas as coisas do mundo que Diego queria que ele visse.

Às vezes, ao fim de um longo dia, seu irmãozinho caía no sono em seu colo, e Diego o carregava para a cama e o cobria. Diego sempre tomava conta do irmão, e a impotência que sentia agora o inundava de raiva e desespero.

Durante muito tempo, ele pensou em Jaime como um garotinho, rápido e travesso. Mesmo quando ele fugiu com *Eternidad*, pareceu mais uma de suas brincadeiras, e ele sempre escapava das encrencas e pregava peças. Mas ao longo dos últimos dias, enquanto Jaime ia enfraquecendo e ainda assim se recusava a falar uma palavra a Zara sobre a relíquia, Diego percebera o aço sob a atitude brincalhona do irmão, seu compromisso com a família e com a causa deles.

Beijou a cabeça de Jaime; seus cabelos pretos estavam desalinhados, bagunçados e sujos. Diego não ligava. Ele mesmo estava imundo.

— *Siempre estuve orgulloso de ti* — disse.

— Eu também sempre tive orgulho de você — murmurou Jaime sem abrir os olhos.

Diego deu um riso rouco de alívio.

— Você está acordado.

Jaime não se mexeu. Suas bochechas estavam vermelhas de febre, seus lábios rachados e sangrando.

— Sim. Estou acordado, e vou usar isso contra você para sempre.

Para sempre. Provavelmente nenhum deles teria para sempre. Diego pensou na relíquia, no símbolo otimista de infinito dando voltas infindáveis, prometendo um futuro eterno. *Eternidad.*

Não havia nada a dizer. Ele afagou o cabelo de Jaime em silêncio e ouviu o irmão respirar. Cada respirada era uma luta, entrando e saindo como água violenta numa represa quebrada. O desespero de Diego por uma estela era como um grito silencioso, se erguendo no fundo da garganta.

Ambos levantaram os olhares quando um barulho tilintado familiar anunciou a chegada do que Diego supunha ser o café da manhã. Certamente já devia ser de manhã. Ele piscou para a luz fraca que vinha da porta aberta da prisão. Uma silhueta se aproximou da cela; era Anush Joshi, carregando uma bandeja.

Diego olhou para Anush sem dizer uma palavra. Já tinha desistido de implorar pela ajuda de qualquer um dos guardas. Se eram monstruosos o bastante para ficarem parados assistindo a Jaime morrer aos poucos, então não adiantava nada pedir qualquer coisa a eles. Isso só fazia Jaime se sentir pior.

Anush ajoelhou com a bandeja. Estava com a farda da guarda do Conselho, seus cabelos escuros desalinhados, os olhos vermelhos. Repousou a bandeja no chão.

Diego pigarreou.

— Jaime está mal demais para comer isso — falou. — Ele precisa de frutas frescas. Suco. Qualquer coisa com calorias.

Anush hesitou. Por um instante, Diego sentiu uma ponta de esperança. Mas Anush apenas empurrou a bandeja lentamente pela fenda na porta.

— Acho que ele vai querer comer isso — disse.

Ele se levantou e se apressou para longe, fechando a porta atrás de si.

Mantendo Jaime apoiado no colo, Diego puxou a bandeja com uma das mãos.

Um choque de surpresa o atingiu. Ao lado das habituais vasilhas de gororoba havia uma estela e um bilhete. Diego pegou ambos com a mão trêmula. O bilhete dizia: *Você foi a única pessoa gentil comigo na Scholomance. Estou deixando Idris e os guardas. Sei que há uma resistência em algum lugar. Vou encontrá-la.*

Cuide do seu irmão.

— O que é isso? — perguntou Kit; dava para ver Ty vindo pela estrada de terra em direção à rodovia, com uma pedra de luz enfeitiçada na mão. O clarão o deixava nas sombras, mas a pequena criatura encolhida em seu ombro ainda era visível.

— É um rato de floresta — disse Ty. A luz enfeitiçada piscava enquanto ele se juntava a Kit perto da estrada. Estava todo de preto, com o brilho do pingente de Livvy junto à gola da camisa.

Kit, que não era muito fã de ratos, espiou o animal no ombro de Ty com alguma cautela. Não parecia um rato comum: tinha orelhas arredondadas, um rosto peludo e uma cauda. Parecia mastigar uma noz.

— São inofensivos — disse Ty. — Gostam de colecionar coisas para seus ninhos: tampas de garrafas, folhas e bolotas.

O rato de floresta tinha terminado o lanche e estava olhando Ty com expectativa.

— Não tenho mais — disse ele, aí tirou o rato do ombro e o colocou gentilmente no chão. O bichinho correu para os arbustos perto do acostamento.

— Então — disse Ty, limpando as mãos. — Vamos revisar tudo para o feitiço?

O estômago de Kit embrulhou. Ele estava em parte pensando onde Dru estava, e em parte ansioso pelo que Shade ia fazer. Se o feiticeiro tinha planos de conter Ty, certamente estava esperando até o último minuto.

— Claro — disse Kit, sacando a lista do bolso. — Incenso do coração de um vulcão.

— Conseguimos no Mercado das Sombras. Certo.

— Pó de cal dos ossos de uma vítima de assassinato.

— Mesma coisa.

— Sangue, cabelo e osso da pessoa a ser trazida de volta — disse Kit, com uma leve falha na voz.

O rosto pálido de Ty era uma meia lua na escuridão.

— Tenho uma mecha de cabelo de Livvy e um dente de leite.

— E o sangue? — perguntou Kit, cerrando os dentes. Parecia mais do que sombrio falar de pedaços de Livvy como se ela fosse uma boneca e não um ser de carne e osso.

Ty tocou o pingente na garganta, ainda manchado de ferrugem.

— Sangue.

Kit forçou um murmúrio de reconhecimento através da garganta apertada.

— E mirra cultivada por fadas...

Um graveto estalou. Os dois viraram, a mão de Ty indo para a cintura. Kit, se dando conta, colocou a mão no braço de Ty um instante antes de Drusilla sair das sombras.

Ela levantou as mãos.

— Opa. Sou só eu.

— O que você está fazendo aqui? — A voz de Ty rachou de raiva.

— Eu estava olhando pela janela. Vi vocês dois indo para os lados da rodovia. Quis ter certeza de que estava tudo bem.

Kit ficou impressionado. Dru realmente era uma boa mentirosa. Rosto aberto e sincero, voz firme. Seu pai teria dado uma estrela dourada a ela.

— Por que vocês estão falando sobre fadas, mirra e tal? — prosseguiu ela. — Estão fazendo um feitiço?

Ty pareceu um pouco nauseado. A culpa atingiu Kit com a força de um chicote. Ty não era um bom mentiroso e ele não lidava bem com mudanças inesperadas em seus planos.

— Volte para casa, Dru — disse ele.

Dru olhou feio para ele.

— Não volto. Você não pode me obrigar.

Kit ficou imaginando se aquilo ainda era encenação.

—Se me mandar de volta vou contar para todo mundo que você está fazendo feitiços estranhos com pó maléfico — disse Dru.

Ty corou de irritação. Kit puxou Ty pela manga e sussurrou ao seu ouvido:

— É melhor deixar que ela vá com a gente. Se não deixarmos e ela contar, podemos ser pegos e encrencar Shade.

Ty começou a balançar a cabeça.

— Mas ela não pode...

— Vamos fazê-la esperar do lado de fora da caverna — alegou Kit. Percebeu que realmente teriam que fazer isso; as primeiras palavras do feitiço de Shade iriam acabar com as cuidadosas meias-verdades que Kit havia contado a ela.

Ty exalou.

— Tudo bem.

Dru bateu uma palma.

— Uhul!

Eles atravessaram a rodovia juntos, e Dru tirou os sapatos quando chegaram à areia. Era uma noite suave, o ar fazia cócegas em sua pele, o oceano respirava com exaladas lentas e delicadas, incitando a maré para a praia. Kit sentiu uma espécie de dor no âmago ante a beleza daquilo, misturada a um amargor pelo pai nunca tê-lo trazido aqui. Outra verdade que lhe fora negada: sua cidade era linda.

Assim como outras coisas. Ty estava caminhando pela beira da areia, as mãos nos bolsos. O vento levantava seus cabelos e os fios grudavam nas maçãs do rosto como pinceladas de tinta escura. Ele estava ignorando Drusilla propositalmente, e ela estava brincando de pega-pega com a maré, subindo e descendo pela praia com os cabelos bagunçados, a bainha do jeans molhada com água salgada. Ela olhou para Kit e deu uma piscadela, uma piscadela conspiratória que dizia: *estamos ajudando Ty juntos.*

Kit torcia para que fosse verdade. Seu estômago estava em nós doloridos quando chegaram à entrada da caverna. Ty parou no buraco escuro na falésia, balançando a cabeça para a irmã.

— Você não pode entrar com a gente — falou.

Dru fez menção de protestar, mas Kit lhe deu um olhar cheio de significado.

— É melhor se você esperar do lado de fora — reforçou, enunciando cada palavra claramente para que ela soubesse que era sério.

Dru se jogou na areia, parecendo chateada.

— Tá. *Tudo bem.*

Ty entrou na caverna. Kit, após olhar num pedido de desculpas para Dru, estava prestes a segui-lo quando Ty emergiu novamente, carregando uma bola cinza e raivosa de pelos.

O rosto de Dru irrompeu num sorriso.

— Church!

— Ele pode te fazer companhia — disse Ty e colocou o gato no colo da irmã. Dru olhou para Ty com olhos luminosos, mas ele já estava voltando para a caverna. Kit foi atrás, embora não conseguisse deixar de se perguntar se Ty um dia notara o quanto Dru o admirava. Não conseguia evitar pensar que se tivesse um irmão ou irmã menor que o admirasse, passaria o tempo todo se exibindo.

Mas Ty era diferente.

Assim que entraram no túnel Kit ouviu uma música arranhada — tipo uma música cujo download ficou incompleto. Quando entraram na caverna principal, encontraram Shade rodopiando lentamente pelo recinto ao som de uma canção lúgubre que tocava no gramofone.

— *Non, rien de rien* — cantava Shade junto. — *Je ne regrette rien. Ni le bien qu'on m'a fait, ni le mal...*

Kit pigarreou.

Shade não pareceu nada constrangido. Ele parou de girar, olhou feio para eles e estalou os dedos. A música parou.

— Não me lembro de tê-los convidado aqui hoje — disse o feiticeiro. — Eu poderia estar ocupado.

— Mandamos um recado — disse Kit. Shade ergueu as sobrancelhas brancas para ele e olhou para a mesa arranhada de madeira. Havia um frasco vazio em cima dela, igual aos que eles utilizaram para distribuir a água do Lago Lyn. Kit ficou feliz em ver que Shade tinha bebido o líquido curativo, embora também um pouco preocupado com a possibilidade de o outro estar alucinando.

Ty deu um passo ansioso para a frente.

— Temos tudo. Todos os ingredientes para o feitiço.

O olhar de Shade desviou rapidamente para Kit e depois o abandonou. Pareceu austero.

— *Todos* eles?

Ty fez que sim com a cabeça.

— Incenso, sangue, osso...

— Um objeto de outro mundo?

— Também temos — disse Kit enquanto Ty tirava a carta dobrada do bolso. — É de um lugar chamado Thule.

Shade olhou fixamente para a carta, a cor sumindo de seu rosto, deixando-o com um tom doentio cor de alface.

— *Thule?*

— Você conhece esse mundo? — perguntou Ty.

— Conheço. — A voz de Shade saiu átona. — Conheço muitos outros mundos. É um dos piores.

Kit notava que Ty estava confuso: ele não esperava que Shade fosse reagir desse jeito.

— Mas temos tudo — repetiu. — Todos os ingredientes. Você disse que nos daria uma fonte de poder.

— Sim, eu disse isso. — Shade sentou na mesa bamba de madeira. — Mas não vou.

Ty piscou, incrédulo.

— Mas você disse...

— Eu sei o que eu disse. — Shade se irritou. — Nunca tive a intenção de que você encontrasse todos os ingredientes, sua criança tola. Achei que fosse desistir. Não desistiu. — Jogou os braços para o alto. — Não entende que isso seria a pior coisa que poderia fazer? Que as consequências o acompanhariam pelo resto da vida? A morte é o fim por um motivo.

— Mas você é imortal. — Os olhos de Ty estavam enormes e cinza claros, moedas de prata contra seu rosto resoluto.

— Tenho uma vida longa, mas não vou viver para sempre — disse Shade. — Todos temos a vida que nos foi destinada. Se você tirar Livvy do lugar ao qual pertence, vai deixar um buraco no universo para ser preenchido por uma tristeza sombria e um pesar excruciante. Isso não é algo do qual se possa escapar incólume. Nem agora. Nem nunca.

— Então você mentiu para nós — disse Ty.

Shade se levantou.

— Eu menti. Mentiria outra vez. Nunca vou ajudá-lo a fazer isso, está entendendo? E vou avisar para todo mundo. Nenhum feiticeiro vai ajudar. Terão que enfrentar minha ira se ajudarem.

As mãos de Ty estavam cerrando em punhos, os dedos arranhando as palmas.

— Mas Livvy...

— Sua irmã está morta — disse Shade. — Entendo sua dor, Tiberius. Mas você não pode romper o universo para trazê-la de volta.

526   Cassandra Clare

Ty se virou e correu para o túnel. Kit encarou Shade.

— Isso foi brutal demais — censurou. — Você não precisava falar com ele assim.

— Precisava — respondeu Shade. Recostou-se na cadeira. — Vá atrás do seu amigo. Ele precisa de você agora, e Deus sabe que eu não preciso.

Kit recuou, deu meia-volta e correu, seguindo a luz enfeitiçada de Ty. Desembocou na praia e viu que Ty já estava lá, agachado e arfando.

Dru se levantou de um salto, largando subitamente Church, que miou em protesto.

— O que aconteceu? O que houve?

Kit colocou a mão nas costas de Ty, entre as omoplatas. Ficou um pouco surpreso ao constatar que o local estava mais sólido e ligeiramente mais musculoso do que ele imaginava. Sempre pensara em Ty como alguém frágil, mas ele não parecia frágil. Parecia um ferro forjado numa tira fina: flexível, porém inquebrável.

Kit se lembrou de ter ouvido em algum lugar que era relaxante traçar círculos nas costas das pessoas, então fez isso. A respiração de Ty começou a se acalmar.

— Não vai dar certo — falou Kit, olhando firmemente para Dru, acima das costas de Ty. — Não vamos conseguir ver o fantasma de Livvy.

— Sinto muito — sussurrou Dru. — Eu também gostaria de ver.

Ty se aprumou. Seus olhos estavam molhados; ele os esfregou furiosamente.

— Não... eu lamento muito, Dru.

Kit e Dru trocaram um olhar espantando. Kit não tinha pensado que Ty não apenas poderia se sentir decepcionado, mas também achar que havia decepcionado os outros.

— Não lamente — disse Dru. — Algumas coisas não são possíveis. — Ela esticou a mão, um pouco tímida. — Se estiver se sentindo mal, eu vejo filmes com você a noite toda na sala de TV. Também posso fazer biscoitos. Isso sempre ajuda.

Fez-se uma longa pausa. Ty esticou a mão para pegar a de Dru.

— Seria legal.

Kit foi banhado por um alívio tão grande que quase se desequilibrou. Ty finalmente se lembrava de que tinha uma irmã. Certamente isso era alguma coisa. Ele esperava por algo muito pior: uma decepção incalculável, uma dor tão profunda que ele jamais seria capaz de alcançar.

— Vamos. — Dru puxou a mão de Ty e juntos começaram a voltar em direção ao Instituto.

Kit foi atrás, pausando enquanto começavam a subir a primeira das muralhas de pedras que bloqueavam o caminho pela praia. Enquanto Ty e Dru subiam, ele olhou para trás e viu Shade mirando-os através da escuridão da entrada da caverna. O feiticeiro balançou a cabeça para Kit uma vez antes de desaparecer novamente nas sombras.

O vento soprava do deserto; Cristina e Mark estavam sentados perto das estátuas que Arthur Blackthorn havia importado da Inglaterra e colocado entre os cactos das montanhas de Santa Monica. A areia ainda estava quente devido ao sol do dia, e macia sob Mark, como um tapete. Na Caçada Selvagem ele e Kieran teriam achado que este lugar daria uma bela cama.

— Estou com medo — disse Cristina — de que a gente tenha magoado Kieran hoje mais cedo.

Ela estava descalça na areia, com um vestido bordado curto e brincos de ouro. Só de olhar para ela Mark sentia o coração doer, então ele optou por encarar a estátua de Virgílio, seu velho amigo de noites frustradas. Virgílio o encarou de volta de forma impassível, sem oferecer conselhos.

— As preocupações dele são minhas também — disse Mark. — É difícil acalmar os temores dele quando não consigo sequer acalmar os meus.

— Você não precisa acalmar os temores alheios para compartilhar os seus, Mark. — Cristina estava brincando com seu medalhão, seus dedos longos acariciando a estampa de Raziel. Mark queria muito beijá-la; em vez disso, enterrou os dedos na areia.

— Eu poderia dizer o mesmo para você — falou ele. — Você passou o dia tensa como uma corda de arco. Você também está com medo.

Ela suspirou e cutucou levemente a perna dele com o pé descalço.

— Tudo bem. Você me conta e eu te conto.

— Estou preocupado com minha irmã — revelou Mark.

Cristina pareceu confusa.

— Não foi isso que achei que você fosse dizer.

— Minha irmã foi exilada por causa do sangue de fada — disse Mark. — Você conhece a história, todinha. Melhor do que a maioria, inclusive. — Ele não se conteve; colocou a mão sobre a dela na areia. — Toda a minha família sofreu por causa do parentesco com as fadas. Nossa lealdade sempre foi questionada. O quão pior teria sido para ela e Aline se eu estivesse com Kieran e ele fosse o Rei da Corte Unseelie? É estranho dizer, e tão egoísta...

— Não é egoísta.

Ambos levantaram os olhares; Kieran estava no espaço entre as duas estátuas, tão pálido quanto elas. Seus cabelos eram asas negras de corvos na escuridão, o que engolia o azul de sua cor.

— Você está preocupado com sua família — disse Kieran. — Isso não é egoísta. É o que aprendi com você e Julian. A querer proteger aos outros mais do que à própria felicidade... — Ele olhou de lado. — Não que eu queira presumir que estar comigo traria sua felicidade.

Mark perdeu a fala, mas Cristina esticou os braços. Pulseiras de ouro brilhavam contra a pele marrom enquanto ela chamava Kieran.

— Venha se sentar conosco.

Kieran também estava descalço; fadas frequentemente se livravam dos calçados. Ele caminhou como um gato pela areia, seus passos não levantavam poeira, seus movimentos eram silenciosos enquanto ele ajoelhava diante de Cristina e Mark.

— Isso me faria feliz — disse Mark. — Mas como você falou... — Pegou um punhado de areia e permitiu que esvaísse pelos seus dedos. — Existem outras coisas nas quais se pensar.

— Posso não me tornar Rei — disse Kieran.

— Mas pode se tornar — respondeu Cristina. — Eu também tenho medo. Falei com minha mãe hoje. Alguém falou coisas ruins a meu respeito para ela. Que eu estava envolvida com fadas. Que eu era uma... uma suja, manchada por membros do Submundo. Vocês sabem que eu não ligo para o que dizem de mim — acrescentou apressadamente. — E minha mãe também daria conta de lidar com isso, mas... não é um bom momento para ser uma Rosales. Nosso histórico de amizade com fadas já nos trouxe problemas. Jaime e Diego estão presos. E se eu encrencá-los ainda mais?

— Agora eu vou falar uma coisa egoísta — disse Kieran. — Temi que vocês dois tivessem se arrependido do que aconteceu ontem à noite. Que vocês dois estivessem arrependidos... em relação a mim.

Mark e Cristina se entreolharam. Ela balançou a cabeça, o vento levantando seus cabelos escuros.

— Não existe arrependimento — disse Mark. — Apenas...

— Eu sei — interrompeu Kieran. — Eu soube quando Gwyn veio e disse que eu deveria ser Rei. Eu soube o que isso significaria. Soube o que significaria até mesmo eu estar sequer envolvido com a Corte, como parece que devo estar. A Clave quer controlar o acesso às Cortes. Sempre foi o desejo deles. Dois Caçadores de Sombras que eles não controlam terem acesso ao Rei seria um anátema para eles.

Rainha do Ar e da Escuridão

— Mas Kieran... — começou Cristina.

— Não sou tolo — falou Kieran. — Sei quando uma coisa é impossível.

— Seus olhos eram escudos de metal: um manchado e outro novinho. — Eu sempre fui uma alma inquieta. Na Corte do meu pai e depois na Caçada, eu tinha fúria e tempestade no coração. — Ele abaixou a cabeça. — Quando conheci Mark, soube que tinha encontrado a pessoa capaz de trazer paz à minha alma. Não achei que fosse encontrar isso em mais ninguém, mas encontrei. Se eu pudesse simplesmente ficar sentado aqui quieto com vocês antes dessa tempestade que está se formando, isso significaria muito para mim.

— E para mim — respondeu Cristina.

Ela estendeu a mão pequena e pegou gentilmente uma das de Kieran. Ele levantou a cabeça quando Mark pegou a outra, e Mark e Cristina também se deram as mãos, completando o círculo. Nenhum deles falou: não precisava. Bastava estarem juntos.

Emma ainda estava inquieta quando entrou na cozinha de manhã, como se tivesse tomado muitas xícaras do tão detestado café.

As marteladas das palavras de Diana em Thule ecoavam em sua cabeça. Na noite anterior, ela não procurara Julian para contar sobre Zara, mas relutantemente acordara Helen e Aline para alertá-las. Depois retornara à sala de treinamento com a esperança de que chutes, socos e quedas no tatame fossem fazê-la se esquecer da queimadura de sua Marca. Dos *parabatai* de Thule. Das palavras da Rainha.

Mais tarde, quando dormiu, sonhou com o símbolo *parabatai* na Cidade do Silêncio, com o sangue no cabo de Cortana e com uma cidade destruída onde gigantes monstruosos espreitavam do horizonte. Ela ainda estava se sentindo desconfortável, como se estivesse meio presa nos pesadelos.

Ficou feliz ao ver a cozinha cheia de gente. Aliás, tinha gente demais para caber na área de comer. Alguém tinha tido a brilhante ideia de colocar um caixote de armas de cabeça para baixo ao lado da mesa e de trazer cadeiras dobráveis de toda a casa.

Ela temera que a manhã da pré-invasão a Alicante fosse ser sombria. E não conseguia deixar de se ressentir do fato de que ela e Julian não iam participar diretamente. A luta era deles também. Além disso, ela precisava se distrair. A última coisa que queria era ficar no Instituto com Julian e quase nenhuma supervisão.

Mas o grupo reunido parecia tudo, menos sombrio. Se não fosse pelo espaço onde Livvy deveria estar, a cena seria quase perfeita — Helen e Aline sorrindo para as crianças sobre suas xícaras de café. Mark entre Kieran e Cristina, como se Mark nunca tivesse sido arrancado da família. Jace e Clary visitando casualmente como nunca ninguém pôde visitar durante a administração de Arthur. Kit sendo a peça que ninguém nunca imaginara que faltava a Ty, roubando uma batata do prato dele e estimulando um sorriso. Diana irradiando sua calma, trazendo serenidade a uma família propensa a dramas. Até Kieran, que parecia fazer tanto Mark quanto Cristina mais felizes com sua presença, tinha entrado no grupo, afinal: ele estava mostrando a Tavvy e a Dru os prazeres de mergulhar morango no mel.

E Julian, é claro, no fogão, virando panquecas com a facilidade de um especialista.

— Uma panqueca de cada vez, Tavvy — dizia Helen. — Sim, eu sei que você *consegue* colocar três na boca, mas isso não significa que *deva*.

Os olhos de Emma encontraram os de Julian. Ela viu a tensão em seus ombros e na boca quando ele a encarou. *Calma*, pensou ela. *Esta é uma refeição feliz e normal com a família.*

— Você fez panqueca? — perguntou ela, mantendo o tom alegrinho. — Que bicho te mordeu?

— Às vezes, quando você inicia uma guerra, você quer fazer panqueca — disse Julian, servindo duas em um prato e estendendo-o para Emma.

Jace engasgou com a torrada.

— O que você disse, Julian?

Julian olhou para o relógio sobre o fogão e começou a desamarrar o avental calmamente.

— Eles devem estar chegando a qualquer momento — falou.

— Eles devem o *quê*? — Diana repousou o garfo. — Julian, do que você está falando?

Tavvy estava de pé numa cadeira bamba, o rosto contra a janela. Ele emitiu um ganido animado.

— Quem são todas aquelas pessoas vindo pela estrada, Jules?

Kit e Ty imediatamente se levantaram e foram procurar uma vista da janela.

— Estou vendo fadas — disse Ty. — Acho que aqueles são lobisomens... os carros pretos só podem ser vampiros...

— E Caçadores de Sombras — disse Kit. — Muitos Caçadores de Sombras...

— O Santuário está quase pronto — disse Julian, descartando um pano de prato. — A não ser que alguém queira fazer isso, eu vou descer e receber nossos convidados.

Jace se levantou. Clary olhou para ele, preocupada: seus olhos dourados estavam carregados de raiva.

— Não vou perguntar de novo, Julian Blackthorn — disse ele, sua voz normalmente entretida não trazia qualquer divertimento. — O que você fez? Julian apoiou o quadril na bancada. Emma percebeu com choque que, apesar de ele parecer muito mais jovem, tinha a altura de Jace.

— Você se lembra de quando falou que minha ideia de coalizão era ruim porque não podíamos confiar que os outros Caçadores de Sombras estivessem falando a verdade sobre sua lealdade?

— Com clareza — respondeu Jace. — Mas suponho que você tenha convidado todo mundo para um conselho de guerra assim mesmo?

— Eles estão aqui agora? — Clary cuspiu. — Mas... estou com uma camiseta que diz "Poder do Unicórnio"...

— Unicórnios não existem — disse Jace.

— Eu *sei* — respondeu Clary. — Por isso que é *engraçado*.

— Voltando à questão da traição... — começou Jace.

— E se eu dissesse que espero traição? — disse Julian. — Aliás, que estou contando com isso? Que é parte do meu *plano*?

— Que plano? — perguntou Jace.

— Eu sempre tenho um plano — respondeu Julian calmamente.

Dru ergueu sua xícara de café.

— É ótimo ter você de volta, Jules. Estava com saudade dos seus planos lunáticos.

Helen estava de pé agora. Aline parecia tentar não rir.

— Como você convidou todo mundo para cá? — questionou Helen. — Como poderia sequer ter entrado em contato com tantos membros do Submundo e tantos Nephilim, e tão rápido?

— Eu me correspondi com eles durante anos — explicou Julian. — Sei enviar mensagens de fogo para feiticeiros e Caçadores de Sombras, e mensagens em bolotas para o Reino das Fadas, e tenho o telefone de todos os vampiros e lobisomens importantes. Eu sabia como entrar em contato com a Aliança entre o Submundo e os Caçadores de Sombras. Eu tinha que saber isso tudo. Durante cinco anos, esse foi o meu trabalho.

— Mas antes você não escrevia para eles se passando por Arthur? — perguntou Helen, claramente preocupada. — Quem você fingiu ser dessa vez?

— Escrevi como eu mesmo — respondeu Julian. — Conheço essas pessoas. Conheço suas personalidades. Sei quais deles estarão do nosso lado. Fui diretor deste Instituto durante anos. Chamei meus aliados porque era meu trabalho saber quem eram meus aliados. — Sua voz era contida, porém firme. Não houve nada de desrespeitoso no que ele dissera, mas Emma sabia ler nas entrelinhas: *fui um diplomata durante anos, sem que ninguém soubesse ou me reconhecesse como tal. Mas isso não quer dizer que eu não fosse bom no que fazia. Coloquei essas habilidades em prática, gostem vocês ou não.* — Não podemos combater a Tropa sozinhos — acrescentou. — Eles são parte de nós. Parte do nosso governo. Não são uma ameaça externa como Sebastian foi. Precisamos desses aliados. Vocês vão ver.

E então ele olhou para Emma, como se não pudesse evitar. O recado em seus olhos era claro. Apesar de ela estar se recuperando do choque pelos atos dele, Julian queria sua aprovação. Como sempre.

Ela sentiu uma pulsação ardente na Marca *parabatai*. Fez uma careta e olhou para o braço esquerdo: a pele estava quente e contraída, mas a Marca parecia normal. Foi só um olhar, pensou ela. Só isso.

— Vou ajudar a terminar de arrumar o Santuário para a reunião — propôs ela. — Vamos precisar de cadeiras...

Kieran se levantou, ajeitando seus cabelos azul-marinho atrás das orelhas.

— Também vou ajudar — ofereceu ele. — Agradeço em nome dos meus por ter chamado integrantes do Submundo para a mesa na condição de iguais. Você tem razão. Nenhum de nós pode fazer isso sozinho.

Diana se levantou.

— Vou mandar uma mensagem para Gwyn — falou. — Sei que ele ficará feliz em vir, e você terá a Caçada Selvagem ao seu lado.

Foi a vez de Cristina se levantar.

— Você entrou em contato com o Instituto da Cidade do México?

— Entrei — respondeu Julian. — Sua mãe disse que ficará feliz em vir.

Cristina pareceu alarmada.

— Tenho que trocar de roupa — disse, e saiu em disparada.

Os Blackthorn mais jovens ficaram assistindo a tudo com olhos arregalados quando Jace levantou a mão. Emma ficou tensa. Jace era um Caçador de Sombras poderoso — não só física, mas politicamente. Ele e Clary poderiam atrapalhar todos os aspectos do plano se quisessem.

— Chamou Alec e Magnus? — perguntou. — Eles sabem que nossos planos mudaram?

Nossos planos. Emma começou a relaxar.

— Claro — respondeu Julian. — Convidei todo mundo que achei que ficaria do nosso lado. E informei a todos os convidados que eles poderiam chamar pessoas em quem confiassem.

— Essa provavelmente é uma ideia ruim — disse Jace. — Tipo, bate o recorde das ideias ruins. Do tipo que entra para a história. Mas...

Clary se levantou.

— O que ele quer dizer é que estamos dentro — falou. — Adoramos ideias ruins.

— É verdade — admitiu Jace, com um sorriso se formando no rosto. De repente ele pareceu ter 17 anos outra vez.

Aline foi a última a se levantar.

— Tecnicamente este é o meu Instituto — falou. — Faremos o que eu disser. — Pausou. — E eu faço o que Helen quer. O que você quer, amor?

Helen sorriu.

— Quero um conselho de guerra — respondeu. — Vamos nos arrumar.

27

Ao Longe

Todos entraram como uma enxurrada pelas portas abertas do Santuário, um após o outro: integrantes do Submundo e Caçadores de Sombras numa cascata aparentemente infinita.

Primeiro vieram os vampiros com seus rostos brancos feito papel e elegância fria, com guarda-chuvas encantados erguidos enquanto percorriam os poucos passos entre seus carros com janelas de vidro escuro e as portas do Santuário, ansiosos para escaparem do sol. Emma reconheceu Lily Chen entre eles, de braços dados com um vampiro alto com cabelo de dreadlocks. Um bando de vampiros louros suecos entrou conversando com os Lindquist, que dirigiam o Instituto de Estocolmo.

Havia licantropes de todo o mundo: Luke Garroway, desalinhado e barbado, com camisa de flanela e a mãe de Clary, Jocelyn, ao seu lado. Lobisomens com kilts, hanboks e qipaos. Maia Roberts e Bat Velasquez — Emma sentiu uma pontada ao pensar nas outras versões deles em Thule: ainda juntos, ainda de mãos dadas.

Também havia feiticeiros, mais do que Emma já vira reunidos de uma vez só. Catarina Loss, de pele azul e cabelos brancos: ela entrou com Tessa e Jem, com trajes de enfermeira, e olhou em volta pensativamente. Seus olhos se iluminaram ao flagrarem Kit, e ela o encarou com um reconhecimento silencioso que ele, absorto numa conversa com Ty, não percebeu.

Hypatia Vex, com seu cabelo bronze e pele escura, régia e curiosa. Feiticeiros com asas de morcegos, com cascos, guelras e olhos de arco-íris, com antenas delicadas e chifres curvados de cordeiro. Uma mulher com cara de morcego foi até Cristina e começou a murmurar em espanhol. Um feiticeiro de pele escura e uma marca branca na bochecha em formato de teia de aranha.

E havia Caçadores de Sombras. Emma já tinha visto muitos Caçadores de Sombras reunidos antes — já tinha ido a algumas reuniões do Conselho —, mas era gratificante ver que tantos tinham atendido ao chamado de Julian. Ele estava na frente da sala, onde os Blackthorn e seus amigos haviam colocado uma mesa às pressas. Uma bandeira enrolada se encontrava pendurada na parede atrás. Julian se apoiou calmamente na mesa, mas Emma sentiu a tensão percorrendo-o como se passasse por cabos de energia elétrica enquanto os Caçadores de Sombras começavam a encher o Santuário.

Julie Beauvale e Beatriz Mendoza, com suas Marcas *parabatai* brilhando nos braços. Marisol Garza, vestindo branco em memória a Jon Cartwright. Magnus e Alec tinham acabado de chegar com Maryse e os filhos, e estavam perto da porta, em frente a Aline e Helen, recebendo os integrantes do Submundo enquanto as duas mulheres cumprimentavam os Caçadores de Sombras. Kadir Safar do Conclave de Nova York acenou de forma austera para Diana antes de ir falar com Maryse, que estava com o pequeno Max azul no colo enquanto Rafe corria em círculos em volta deles.

Os Romero tinham vindo da Argentina, os Pedroso do Brasil, os Keo do Camboja e os Rosewain do norte da Inglaterra. Uma mulher pequenina e de cabelos escuros correu para Cristina e a abraçou forte. *A mãe de Cristina!* Emma teve o impulso de se curvar numa reverência à mulher que havia nomeado Diego Perfeito.

— É legal ver a Aliança em ação — disse Mark, que estava ajudando os outros a organizarem as fileiras de cadeiras. Ele usava paletó escuro numa tentativa de parecer mais sério. Assim como o arranjo cuidadoso da comida para a reunião do outro dia, este pequeno gesto encheu o coração de Emma de carinho. Havia muitas formas de prestar serviços à sua família, pensou ela. Julian fazia isso através de gestos grandes e passionais; já Mark tinha um estilo mais discreto e contido, porém significativo do mesmo jeito. — Alec parece conhecer todos os integrantes do Submundo aqui.

Era verdade — Alec estava cumprimentando uma licantrope que falava com um francês animado e estava perguntando alguma coisa sobre Rafael; um vampiro alto e de cabelos escuros com uma camiseta com caracteres chineses deu um tapa nas costas dele, e Lily e Maia correram para falar com ele em voz baixa.

De repente Mark se aprumou. Emma acompanhou o olhar dele e viu que diversas fadas tinham entrado na sala. Ela pôs a mão no braço de Mark, imaginando se ele se lembrava da última vez em que tinha estado no Santuário, quando a Caçada Selvagem o devolvera para a família.

Kieran tinha virado — ele estivera falando baixinho com Julian — e também estava encarando: Gwyn tinha entrado, é claro, o que já era esperado, mas atrás dele vinham diversos outros. Entre dríades, pixies e nixies, Emma reconheceu vários piskies, o povo fada que ela e Julian tinham encontrado na Cornualha. Atrás deles vinha um puca alto com uma camisa com os dizeres JUSTIÇA POR KAELIE, e atrás dele uma mulher com uma longa capa verde, o rosto escondido, mas parte dos cabelos louro platinados escapavam mesmo assim.

Emma se virou para Mark.

— É Nene.

— Tenho que falar com ela. — Mark afagou o ombro de Emma e desapareceu para o outro lado do recinto a fim de cumprimentar a tia. Emma viu tanto Kieran quanto Cristina olharem para ele, embora Cristina estivesse firmemente capturada pela mãe, que não tinha a menor intenção de soltá-la.

Emma olhou novamente para Julian. Ele tinha ido para trás da mesa e estava com os braços junto às laterais do corpo. Helen e Aline tinham se juntado a ele também. O restante da família estava aglomerado num grupo de cadeiras à esquerda da sala, Kit e Ty juntos, Dru com a mão no ombro de Tavvy, se virando para fitar uma figura que tinha acabado de entrar no Santuário.

Era Cameron. Ele estava sozinho, um pouco encolhido como se torcesse para que ninguém o visse, embora seus cabelos vermelhos fossem como um farol. Emma não se conteve; foi até ele.

Ele pareceu surpreso quando ela se aproximou e pegou suas mãos.

— Obrigada por ter vindo, Cameron — agradeceu. — Obrigada por tudo.

— O restante da minha família não sabe — alertou ele. — Eles estão basicamente...

— Do lado da Tropa, eu sei — respondeu Emma. — Mas você é diferente. Você é um bom sujeito. Sei disso com toda certeza agora, e sinto muito se já te magoei no passado.

Cameron pareceu ainda mais alarmado.

— Não acho que a gente deva reatar — falou.

— Ah, definitivamente não — disse Emma. — Só estou feliz por você estar bem. — Ela olhou para Julian, que estava acenando e fazendo sinal de joinha para ele de trás da mesa. Parecendo aterrorizado, Cameron correu para a segurança dos assentos.

Algum dia Emma talvez contasse a ele sobre Thule.

Talvez.

Ela acenou para Simon e Isabelle quando eles entraram de mãos dadas. Isabelle foi diretamente para a mãe e para Max.

Simon encarou Kieran com um surpreso olhar de reconhecimento antes de atravessar a sala para falar com Vivianne Penhallow, a diretora da Academia dos Caçadores de Sombras. Às vezes Emma se perguntava se Simon tinha gostado do período que passara na Academia. Ficava imaginando se *ela* iria gostar de lá. Mas de nada adiantava pensar no futuro agora.

Ela olhou para Julian. As portas largas ainda estavam abertas e uma brisa estava passando, e por um instante Emma viu Livvy — não como a de Thule, mas a Livvy deste mundo — como uma visão ou uma alucinação, atrás de Julian, com a mão no ombro dele, seus cabelos etéreos levantando com o vento.

Emma fechou os olhos e, quando os abriu novamente, Julian estava sozinho. Como se pudesse sentir o olhar dela, ele se voltou para Emma. Jules pareceu incrivelmente jovem para ela por um instante, como se ainda fosse o menino de doze anos que andava um quilômetro e meio toda semana arrastando sacos pesados pela rua para garantir que seus irmãos tivessem suprimentos.

Se ao menos você tivesse me contado, pensou ela. *Se ao menos eu tivesse ficado sabendo quando você precisava de ajuda.*

Ela não tinha como ser *parabatai* e nem parceira de Julian agora. Não conseguia sorrir para ele como Clary sorria para Jace, nem colocar uma mão reconfortante em suas costas como Alec fazia com Magnus, e nem pegar na mão dele como Aline pegava na de Helen.

Mas podia ser sua aliada. Podia se juntar aos outros na frente do salão e encarar a multidão, pelo menos. Ela começou a atravessar o recinto em direção à mesa.

Mark alcançou Nene no mesmo instante que Helen. A tia deles parecia agitada, seus dedos longos e pálidos brincando com o tecido esmeralda da capa. O olhar dela se revezou entre um e outro enquanto ambos se aproximavam, e ela meneou a cabeça breve e rijamente.

— Miach — disse ela. — Alessa. É bom ver que estão bem.

— Tia Nene — disse Helen. — Que bom que veio e... está tudo bem?

— Recebi ordens de permanecer na Corte depois que a Rainha voltou de Unseelie — disse Nene. — Ela anda furiosa e desconfiada desde aquela época. Para estar aqui, desobedeci a uma ordem direta de minha monarca. — Ela suspirou. — É possível que eu nunca mais possa voltar para a Corte.

— Nene. — Helen pareceu horrorizada. — Não precisava vir.

— Eu quis vir. Passei a vida inteira com medo da Rainha. Vivi com medo do meu maior desejo: abandonar a Corte e viver como uma das fadas selvagens. Mas vocês, meus sobrinhos, vocês vivem entre mundos e não têm medo.

Ela sorriu para eles, e Mark quis ressaltar que passava metade do tempo com medo. Não o fez.

— Vou fazer o que puder para ajudá-los aqui — disse ela. — Sua causa é nobre. É hora de a Paz Fria acabar.

Mark, que não tinha se dado conta de que Julian estivera prometendo o fim da Paz Fria, emitiu um pequeno ruído de engasgo.

— Adaon — disse ele. — Sei que Helen lhe escreveu a respeito dele. Ele salvou nossas vidas...

— Eu quis trazer a notícia pessoalmente. Adaon está bem — disse Nene. — Ele virou uma espécie de favorito da Rainha Seelie e ascendeu rapidamente na Corte.

Mark piscou. Não esperava por isso.

— Um *favorito* da Rainha Seelie?

— Acho que Mark quer saber se ele é amante da Rainha Seelie — falou Helen com sua franqueza habitual.

— Ah, muito provável. É bem surpreendente — disse Nene. — Fergus está muito chateado, considerando que ele era o favorito.

— Saudações, Nene — cumprimentou Kieran, marchando até eles. Ele tinha trocado a calça jeans e agora estava um príncipe fada completo, como Mark o conhecera, usando linho claro e calças fulvas. Seu cabelo tinha a cor de um oceano noturno escuro. — É bom vê-la bem. Como está meu irmão Adaon? Não está sendo muito sufocado pela Rainha?

— Só se ele quiser — respondeu Nene alegremente.

Kieran pareceu confuso. Mark levou as mãos ao rosto.

—Emma!

A meio caminho da mesa, Emma se virou e viu Jem se aproximando, com um sorriso tímido. Ela o tinha visto entrando mais cedo, com Tessa, que agora estava sentada ao lado de Catarina Loss. Ela piscou quando ele a alcançou; parecia que fazia séculos desde que tinham se visto pela última vez, no terrível dia do enterro de Livvy.

— Emma. — Jem pegou as mãos dela. — Você está bem?

Ele está notando meu cansaço, pensou ela. *Meus olhos inchados, minhas roupas amassadas, e quem sabe o que mais.* Ela tentou sorrir.

Rainha do Ar e da Escuridão

— Estou muito feliz em vê-lo, Jem.

A luz do candelabro iluminava as cicatrizes nas maçãs do rosto dele.

— Essa não é uma resposta à minha pergunta — falou ele. — Tessa me contou sobre Thule. Você fez uma viagem e tanto.

— Acho que todos fizemos — disse ela com a voz baixa. — Foi horrível, mas agora estamos de volta.

Ele apertou as mãos dela e as soltou em seguida.

— Queria agradecê-la — falou ele. — Por toda a ajuda que você e seus amigos nos ofereceram na busca pela cura da doença dos feiticeiros. Você foi uma amiga melhor para mim do que eu fui para você, *mèi mei*.

— Não... você me ajudou tantas vezes — protestou Emma. Então hesitou. — Na verdade tem uma pergunta que eu quero fazer.

Jem enfiou as mãos nos bolsos.

— Claro. O que é?

— Você sabe como tirar as Marcas de um Caçador de Sombras? — perguntou Emma.

Jem pareceu chocado.

— Quê? — Ele olhou em volta, como se quisesse se certificar de que ninguém estava olhando para eles; a maioria das pessoas já tinha se sentado e por sorte estavam olhando para a frente da sala com expectativa. — Emma, por que você me perguntaria sobre algo tão terrível?

Ela pensou rápido.

— Bem... a Tropa. Talvez a forma de removê-los do poder não seja... machucando seus membros, mas fazendo com que deixem de ser Caçadores de Sombras. E você era um Irmão do Silêncio, então você poderia fazer, ou...

A voz dela desbotou ao perceber a expressão horrorizada dele.

— Emma, nem toda decisão cabe a você. A Clave será restaurada e *eles* vão lidar com a Tropa. — A voz de Jem suavizou. — Sei que está preocupada. Mas como Irmão do Silêncio, eu já participei da cerimônia de remoção das Marcas de um Caçador de Sombras antes. É algo tão terrível que eu jamais repetiria. Eu *jamais* faria. Em hipótese alguma.

Emma sentia como se estivesse engasgando.

— Claro. Sinto muito por ter tocado no assunto.

— Tudo bem. — Havia tanta compreensão na voz dele que Emma sentiu seu coração partir. — Sei que você tem medo, Emma. Todos temos.

Ela ficou observando-o enquanto ele se afastava. O desespero a estava deixando sem fôlego. *Eu tenho medo*, pensou ela. *Mas não da Tropa.*
De mim.

Emma assumiu seu lugar atrás da mesa na frente do salão; Mark também tinha se juntado ao pequeno grupo, e ela ficou ao lado dele, a uma certa distância de Julian. As portas tinham sido fechadas e as lamparinas acesas, e fileiras e mais fileiras de rostos olhavam para eles a partir das cadeiras alinhadas no meio da sala. Os assentos não tinham sido suficientes para acomodar a todos, aliás, e alguns membros do Submundo e Caçadores de Sombras estavam apoiados nas paredes, observando.

— Obrigado a todos por terem atendido ao meu chamado — começou Julian. Emma sentia o nervosismo dele, a tensão, acelerando o ritmo do seu próprio sangue pelas veias. Mas ele não demonstrava nada. Havia um comando natural em sua voz, a sala se calava enquanto ele falava, sem que ele precisasse gritar. — Não vou arrastar explicações ou apresentações. Vocês sabem quem eu sou. Conhecem minha irmã e meu irmão; conhecem Aline Penhallow e Emma Carstairs. Sabem que a mãe de Aline, a Consulesa, foi presa ilegalmente. Sabem que Horace Dearborn tomou o poder em Idris...

— Ele foi eleito — disse Kwasi Bediako, o feiticeiro que Emma já havia notado, aquele com a marca branca de teia de aranha no rosto; Cristina havia sussurrado para ela que Bediako era o Alto Feiticeiro de Accra. — Não podemos fingir que foi diferente.

— Ninguém *elegeu* que ele colocasse minha mãe na cadeia — disse Aline. — Ninguém *elegeu* que ele removesse a Consulesa do poder para que ele mesmo pudesse assumir.

— Há outros presos também — disse a mãe de Cristina que, ao lado dela, corou intensamente. — Diego Rocio Rosales foi preso! Por nada!

Kieran fitou Cristina com um sorrisinho tímido.

— Assim como minha prima Divya — disse Anush Joshi, um jovem com um corte de cabelo irregular e rosto ansioso. — O que pretende fazer em relação a isso? Interceder junto ao Conselho?

Julian olhou brevemente para as mãos, como se estivesse se recompondo.

— Todo mundo, todos nós aqui, sempre aceitamos algum preconceito na Clave como algo normal, por escolha ou necessidade.

A sala se pôs em silêncio. Ninguém discordou, mas muitos olhares estavam voltados para baixo, como se sentissem vergonha.

— Agora a Tropa mudou o que considerávamos normal — disse Julian. — Nunca antes integrantes do Submundo tinham sido expulsos de Idris. Nunca antes Caçadores de Sombras tinham prendido outros Caçadores de Sombras sem sequer fingirem que houve julgamento.

Rainha do Ar e da Escuridão

— Por que nos importaríamos com o que Caçadores de Sombras fazem uns com os outros? — quis saber o puca com a camisa de Kaelie.

— Porque esse é o primeiro passo, e o que farão com os integrantes do Submundo será pior — disse Emma, surpreendendo até a si mesma; ela não tivera a menor intenção de falar, só de apoiar Julian. — Eles já registraram muitos de vocês.

— Então está dizendo que devemos combatê-los? — perguntou Gwyn com a voz de trovão. — É um chamado à batalha?

Julie Beauvale se levantou.

— Podem não ser uma boa Clave, mas ainda são Caçadores de Sombras. Existem muitas pessoas que seguem a Tropa e que têm medo. Eu não quero machucar essas pessoas, e o medo delas é genuíno, principalmente agora que Jace e Clary estão mortos. Eles eram nossos heróis, e eu os conhecia...

— Julie — sibilou Beatriz. — Sente-se.

— Eu e Jace éramos muito próximos — prosseguiu Julie. — Eu não hesitaria em chamá-lo de meu melhor amigo e eu...

— *Julie*. — Beatriz agarrou as costas da camisa de Julie e a puxou de volta para a cadeira. Pigarreou. — Acho que o que Julie *quis dizer* foi que vocês estão dizendo que a Tropa quer destruir o governo, mas, suponho, que dado todo esse segredo, vocês *também* querem destruir o governo, e eu... não sei como vamos fazer isso sem machucar inocentes.

Houve um burburinho. Nas sombras, Emma os viu — ela não sabia quando tinham entrado, mas uma única Irmã de Ferro e um único Irmão do Silêncio estavam parados junto à parede oposta, com os rostos escondidos pela penumbra.

Um breve calafrio a atingiu. Ela sabia que as Irmãs de Ferro se opunham à Tropa. Mas não sabia dos Irmãos do Silêncio. Ambos pareciam emissários da Lei, ali parados discretamente.

— Não estamos sugerindo a destruição do governo — disse Julian. — Estamos dizendo que ele está sendo destruído agora, já, de dentro. A Clave foi feita para dar voz a todos os Caçadores de Sombras. Se todos perdermos a voz, então não é nosso governo. A Lei foi feita para nos proteger e permitir que protejamos os outros. Quando as Leis são transgredidas para colocarem um inocente em perigo, ela não é nossa Lei. Valentim queria controlar a Clave. Sebastian queria destruí-la. Só queremos devolver nossa Consulesa legítima ao poder e permitir que o governo dos Caçadores de Sombras seja o que deveria ser, não uma tirania, mas uma representação de quem somos e do que queremos.

542 Cassandra Clare

— Que belas palavras — ironizou a licantrope francesa que esteve conversando com Alec mais cedo. — Mas Jace e Clary eram amados pelos nossos. Vão querer uma guerra contra aqueles que os feriram.

— Sim — disse Julian. — Estou contando com isso.

Não houve gesto e Emma não notou nenhum tipo de sinal, mas as portas do Santuário se abriram e Jace e Clary entraram como se alguém tivesse dado a deixa.

De início, não houve reação da multidão. A luz das lamparinas estava forte, e nenhum dos dois estava de uniforme de combate: Jace usava jeans e Clary, um vestido azul claro. Ao passarem pela plateia, as pessoas piscaram para eles, até que finalmente Lily Chen, um tanto incomodada, se levantou e falou com uma voz alta e enfadonha:

— Não acredito nos meus próprios olhos. Não são Jace Herondale e Clary Fairchild, de volta dos MORTOS?

A reação da multidão foi elétrica. Clary olhou a plateia, alarmada, enquanto o rugido crescia; Jace simplesmente sorriu quando eles se juntaram a Emma e aos outros atrás da mesa. Lily tinha voltado para sua cadeira e estava examinando as próprias unhas.

Julian estava pedindo para todos ficarem quietos, mas sua voz foi afogada pelo barulho. Sentindo que era seu momento de brilhar, Emma subiu na mesa e gritou:

— TODO MUNDO — berrou. — TODO MUNDO CALADO.

O grau de decibéis caiu imediatamente. Emma notou Cristina rindo com a mão na boca. Ao lado dela, Jace apontou para Julie Beauvale, que estava completamente ruborizada.

— É um prazer vê-la, melhor amiga — disse ele.

Os ombros de Simon estavam tremendo. Isabelle, que vinha assistindo a tudo com um meio sorriso, o afagou nas costas.

Clary franziu o nariz para Jace e depois se voltou novamente para a multidão.

— Obrigada — disse ela, com a voz baixa, porém presente. — Estamos felizes por estar aqui.

A sala caiu num silêncio sepulcral.

Emma saltou da mesa. Julian estava examinando os presentes, as mãos entrelaçadas nas costas, como se estivesse se perguntando o que achava da situação que havia arquitetado. As pessoas estavam encarando Clary e Jace, arrebatadas e caladas. *Então é assim que é ser herói*, pensou Emma, olhando as expressões da multidão. *Ser quem tem sangue de anjo, quem literalmente salvou o mundo. As pessoas olham como se você... como se você não fosse real.*

Rainha do Ar e da Escuridão   543

— O Inquisidor Lightwood nos enviou ao Reino das Fadas — disse Clary. — Para procurarmos uma arma que estava nas mãos do Rei Unseelie, uma arma que seria letal aos Caçadores de Sombras. Descobrimos que o Rei Unseelie tinha aberto um Portal para outro mundo, um mundo sem magia angelical. Ele estava usando a terra desse outro mundo para criar a praga da qual vocês ouviram falar, a que está devorando a Floresta Brocelind.

— Essa praga foi erradicada anteontem à noite — falou Jace. — Por uma equipe de Nephilim e o povo fada, que trabalharam juntos.

Agora o silêncio foi interrompido: houve uma agitação de vozes confusas.

— Mas não somos os únicos Nephilim trabalhando com fadas — disse Clary. — O atual Rei Unseelie, Oban, e a Tropa estão trabalhando juntos. Foi a Tropa que providenciou para que ele subisse ao trono.

— Como podemos saber que isso é verdade? — gritou Joaquin Acosta Romero, do Instituto de Buenos Aires. Ele estava ao lado da licantrope francesa, um braço em volta dos ombros dela.

— Porque eles mentiram para vocês o tempo todo — respondeu Mark. — Eles disseram que Jace e Clary estavam mortos. Eles disseram que vocês fadas os mataram. E aqui estão, vivos.

— Por que o Rei Unseelie concordaria em participar de um esquema no qual ele é culpado por assassinato? — perguntou Vivianne Penhallow.

Todos olharam para Julian com expectativa.

— Porque a Tropa e o Rei Unseelie já concordaram exatamente com o que vão extrair da negociação — respondeu ele. — A negociação é um teatro. Por isso Horace vai fazer a Projeção, para que todos os Caçadores de Sombras possam ver. Porque o teatro é mais importante do que o resultado. Se ele for visto conseguindo o que quer do povo fada, a confiança na Tropa vai se fortalecer tanto que jamais teremos chance de tirá-los do poder.

Emma tentou esconder um sorriso. *Você realmente voltou, Julian*, pensou ela.

— Esse é um governo que vai matar os seus para controlar os seus — afirmou Jace. O sorriso tinha abandonado seu rosto, assim como qualquer fingimento sobre estar se divertindo: sua expressão estava dura e fria. — Desta vez fomos nós. Por sorte sobrevivemos e estamos aqui para contar a nossa história. O Inquisidor deve aplicar a Lei. Não se esconder atrás dela como um álibi para matar os seus.

— E quanto a assassinar os que não são Caçadores de Sombras? — perguntou um naga sentado perto de alguns membros da família Keo.

— Também somos contra — respondeu Jace.

— Já tivemos membros de governo ruins antes — falou Julian. — Mas agora é diferente. Eles romperam o sistema que poderia consertar a situação.

Estão manipulando a Clave, manipulando a todos nós. Estão criando ilusões de ameaças para nos controlar pelo medo. Alegam que fadas mataram Jace e Clary para poderem declarar uma guerra injustificada; e sob o véu desse caos, puseram a Consulesa na prisão. Quem pode se pronunciar contra a guerra agora?

Um Nephilim louro levantou a mão.

— Oskar Lindquist aqui — apresentou-se. — Instituto de Estocolmo. Está dizendo que não devemos ir a Alicante? A negociação está marcada para amanhã. Se não chegarmos lá hoje à noite, seremos considerados desertores. Traidores.

— Não — respondeu Julian. — Inclusive, precisamos que se juntem aos outros Caçadores de Sombras em Alicante como se estivesse tudo normal. Não faça nada para alarmar a Tropa. A negociação vai acontecer nos Campos Eternos. Nós, a resistência, vamos interrompê-la, com todo mundo assistindo. Vamos apresentar nossas provas, e quando isso estiver feito, vamos precisar que nos defendam e culpem a Clave pelo que fizeram.

— Nós somos as provas — acrescentou Jace, apontando a si mesmo e Clary.

— Acho que eles já sabiam disso — murmurou Emma. Ela viu Jem, na plateia, lançar um olhar entretido e então ficou tensa. *É algo tão terrível que eu jamais repetiria. Eu jamais faria. Em hipótese alguma.*

Ela se obrigou a não pensar nas palavras dele. Não podia pensar nisso agora.

— Por que fazer isso durante a negociação? — perguntou Morena Pedroso, líder do Instituto do Rio. Ao seu lado estava sentada uma menina de aparência entediada mais ou menos da idade de Dru com cabelos longos e castanhos. — Por que não confrontá-los antes?

— Horace quer... não, ele *precisa* que todos o vejam triunfar sobre as forças Unseelie — disse Julian. — Todos os Caçadores de Sombras em Idris vão assisti-lo através de uma Projeção enorme. — Houve um murmúrio de surpresa entre os integrantes do Submundo. — Isso significa que eles poderão ver e ouvir não só ele, mas, se nos juntarmos a ele, nós. Essa é a nossa chance. A Tropa vai juntar todo mundo de um jeito que nós não temos o poder de fazer. Essa é a nossa oportunidade de mostrar para todos os Caçadores de Sombras o que a Tropa é de verdade.

— E se acabar em batalha? Vamos ter que lutar contra outros Caçadores de Sombras — disse Oskar Lindquist. — Tenho certeza de que não sou o único que não quer isso.

— Espero que possamos fazer isso sem luta — disse Julian. — Mas se chegar a esse ponto, temos que estar preparados.

— Então você tem um plano para os Caçadores de Sombras — disse Hypatia Vex. Ela olhou para Kit e Ty e piscou; Emma ficou imaginando o que significaria aquilo, mas não tinha tempo para pensar no assunto. — E nós? Por que trouxeram integrantes do Submundo para cá?

— Para testemunharem — disse Julian. — Estamos alinhados aqui. Estamos do mesmo lado contra a Tropa. Sabemos que somos melhores e mais fortes quando membros do Submundo e Caçadores de Sombras trabalham juntos. E queríamos que vocês soubessem que mesmo que a Tropa faça barulho e seja odiosa, é minoria. Vocês têm aliados. — Ele olhou em volta da sala. — Alguns de vocês estarão conosco. Kieran Kingson. Magnus Bane. Mas quanto ao restante de vocês, depois que os Caçadores de Sombras passarem pelos Portais para Idris, terão que retornar para casa, para os seus. Porque se não receberem notícias nossas depois da negociação, podem presumir que fomos derrotados. E se formos derrotados, vocês correm perigo.

— Nós podemos nos opor à Tropa — disse Nene, e Mark olhou surpreso para ela. — Eles são muito menos numerosos do que os integrantes do Submundo.

— Se perdermos, vocês vão temer mais do que apenas a Tropa — disse Julian. — Uma vez que os bons Caçadores de Sombras não possam mais enfrentá-los, não vai sobrar ninguém para combater a onda de mal dos outros mundos. Eles se importam tanto com o próprio preconceito, com a pureza imaginada e com as Leis, que se esqueceram da nossa missão: *proteger este mundo dos demônios.*

Um sussurro atravessou o salão; um som de horror. *Eu vi o mundo controlado por demônios,* Emma queria dizer. *Não há lugar para integrantes do Submundo lá.*

— Somos um exército. Uma resistência — falou Emma. — Estamos buscando justiça. Não vai ser bonito, mas só vai piorar. Quanto mais esperarmos, mais mal vão fazer e mais sangue será derramado na tentativa de contê-los.

— Horace não quer uma guerra — disse Diana. — Ele quer glória. Se parecer que ele está diante do perigo, acho que ele vai recuar.

— Se somos um exército, como nos intitulamos? — perguntou Simon.

Julian se virou e soltou a tela enrolada que estava pendurada na parede atrás dele, a qual estava presa por tachas. Um arquejo emergiu quando a tela desenrolou.

Julian tinha pintado um estandarte, do tipo que um exército carregaria na linha de frente em tempos de guerra. O desenho central era um sabre, com a ponta para baixo, pintado em ouro claro brilhante. Atrás do sabre se abria um par de asas de anjos enquanto ao redor se agrupavam símbolos do Submundo

— uma estrela para os vampiros, um livro de feitiços para os feiticeiros, uma lua para os lobisomens e um trevo de quatro folhas para as fadas.

Pendurado do cabo do sabre havia um medalhão com um círculo de espinhos na frente.

— O nome de nosso exército é Vigilância de Livia — falou Julian, e Emma viu Ty se aprumar na cadeira. — Carregamos este estandarte para honrar minha irmã, para que todos que foram feridos pela Tropa não sejam esquecidos.

Jace deu uma olhada na sala.

— Se tem alguém que não quer lutar ao nosso lado, pode se retirar agora. Sem ressentimentos.

A sala ficou em silêncio. Nenhuma cadeira se mexeu. Nenhuma pessoa levantou. Ainda apoiados na parede perto das portas, a Irmã de Ferro e o Irmão do Silêncio estavam imóveis.

Só Emma ouviu o exalar baixinho de alívio de Julian.

— Agora — disse ele. — Vamos finalizar o plano.

Dru, sentada num montinho de grama, observava enquanto dezenas de feiticeiros criavam Portais no gramado frontal do Instituto.

Certamente não era algo que ela achava que fosse ver um dia. Um ou outro feiticeiro ou Portal, claro, mas não tantos ao mesmo tempo.

Através dos Portais ela conseguia enxergar os campos diante das muralhas de Alicante: era impossível ir de Portal direto à cidade dos Caçadores de Sombras sem autorização prévia; o mais próximo que se podia chegar era dos portões de entrada. O que não era exatamente um problema, porque os Caçadores de Sombras precisavam falar com a Tropa e garantir que Dearborn soubesse que estavam lá. Dru estava um pouco decepcionada — sua torcida era para que entrassem correndo na cidade, com espadas brilhando, mas esse não era o estilo de Julian. Se ele pudesse conseguir o que queria sem briga, assim o faria.

A alguns metros de distância, Tavvy estava cantarolando, brincando com um carrinho de brinquedo antigo, incitando-o para cima e para baixo numa pedra lisa.

Ela passara a reunião isolada, embora Kit tivesse oferecido um sorriso encorajador em dado momento. E viu Julian olhar para ela quando disse "Vigilância de Livia". Aliás, ele olhara para todos eles, espalhados pela sala: Mark e Helen, Dru e Tavvy e por último, Ty.

Dru estava preocupada desde a noite anterior, quando Ty saíra daquela caverna estranha perto da praia. Kit o seguira e não estivera lá, como ela,

Rainha do Ar e da Escuridão

para ver o olhar dele ao sair. Foi uma expressão difícil de ser descrita. Meio iminência do choro, meio iminência de desmoronar como ele fazia de vez em quando, quando as coisas eram demais para ele. Livvy sempre conseguiu acalmá-lo, mas Dru não sabia se conseguia fazer o mesmo. Ela não era uma substituta de Livvy.

Depois Kit saíra e a expressão de Ty mudara, como se ele estivesse se dando conta de alguma coisa. E Kit pareceu aliviado, e Dru também queria se sentir aliviada.

Ela ficara bem preocupada com Ty quando Julian revelara o estandarte, e ela vira o medalhão de Livvy, aquele que Ty agora usava, por cima de um sabre. E quando Julian dissera as palavras "Vigilância de Livia", Dru sentiu as lágrimas quentes fazendo seus olhos arderem. E se sentiu tão orgulhosa, mas também tão vazia quando o pedaço de si que fora Livvy se perdera na escuridão.

Julian estava ao lado das portas do Santuário, falando com a Irmã de Ferro de cabelos escuros que tinha comparecido à reunião. Os últimos Caçadores de Sombras estavam atravessando os Portais. Alguns dos membros do Submundo permaneceram dentro do Santuário, evitando o sol; outros se levantaram e ficaram admirando o mar enquanto conversavam entre si. Maryse Lightwood estava ao lado do Portal aberto por Magnus, sorrindo enquanto observava Max e Rafe correndo em volta de Alec.

Pedras e areia estalavam: Dru levantou o olhar e viu Julian, emoldurado pelo sol.

— Oi, garota — disse ele.

— Qual é o lance das Irmãs de Ferro e dos Irmãos do Silêncio? — perguntou Dru. — Eles estão do nosso lado?

— As Irmãs de Ferro já rejeitaram a Tropa — disse Julian. — Estão nos apoiando. A Irmã Emilia até teve uma boa ideia sobre a Espada Mortal. Os Irmãos do Silêncio estão... bem, não neutros. Eles também não gostam da Tropa. Mas qualquer deserção por parte deles vai ser mais óbvia e pode nos entregar. Eles vão para Alicante para ficarem de olho nas coisas e evitarem que a Tropa fique desconfiada.

Essa era uma das coisas que Dru amava em Julian. Ele não falava com ela de um jeito altivo, nem mesmo sobre estratégia.

— Por falar em Alicante — disse ela. — É hora de irmos, não?

Ela sabia que ia acontecer. Julian tinha falado para ela antes da reunião. Ela achou que fosse ficar bem com isso, considerando que *queria* ir a Alicante, e esse era basicamente o único jeito que iria acontecer.

Não que Julian soubesse disso. Ela fez uma expressão de tristeza.

— Só não sei por que você tem que nos deixar para trás.

— Não vou deixá-los para trás — respondeu Julian. — Vou enviar vocês antes. Você é parte da Vigilância de Livia. Não se esqueça disso.

Dru continuou fazendo careta. Tavvy ainda estava brincando com o carrinho, mas também estava olhando para eles de soslaio.

— A semântica não é amiga de ninguém.

Julian se ajoelhou em frente a ela. Dru ficou surpresa; não pensava que ele iria querer sujar os joelhos quando estava com roupas tão bonitas, mas aparentemente não se importava.

— Dru — começou ele. — Eu não posso largar vocês aqui. Não é seguro. E eu não posso levar vocês com a gente. Pode haver uma batalha lá. Uma das grandes.

Julian colocou os dedos sob o queixo dela e levantou seu rosto para que ela olhasse diretamente para ele. Ela se perguntava se era assim quando a maioria das crianças olhava para os pais. Afinal este era o rosto que ela associava a elogios e reprovações, a ajudas com pesadelos na madrugada, chocolate quente e Band-aids quando necessários. Julian fora quem segurara sua mão durante a aplicação das primeiras Marcas. Fora ele quem pendurara seus desenhos horrorosos na geladeira com ímãs. Ele nunca se esquecia de um aniversário.

E ele mesmo ainda era um garoto. Era a primeira vez que ela olhava para ele e conseguia enxergar isso. Ele era jovem, mais jovem do que Jace e Clary ou Alec e Magnus. E mesmo assim, se postara diante de um Santuário cheio de gente e revelara seus planos, e todos lhe deram ouvidos.

— Sei que você sabe lutar — disse ele. — Mas se eu achar que você está em perigo, não sei se *eu* vou dar conta de encarar a batalha.

— E Kit e Ty?

Ele sorriu para ela.

— Não conte a eles, mas Magnus me prometeu que vai garantir que eles não cheguem perto da batalha de fato.

Dru sorriu relutantemente.

— Vai ser horrível não saber se vocês estão bem.

— Vamos todos estar com Marcas de Família — disse Julian. — Tavvy também. Então já é alguma coisa. Se precisar saber como algum de nós está, ative a sua. — Seus olhos escureceram. — Dru, você sabe que eu te protegeria até o último suspiro, não sabe? Eu te daria minha última gota de sangue. E Emma também.

— Eu sei — respondeu Dru. — Eu também te amo.

Ele a puxou em um breve abraço, em seguida levantou e estendeu a mão. Ela aceitou a ajuda para se levantar e se limpou enquanto ele pegava Tavvy. Em seguida ela os acompanhou enquanto iam até Maryse, Max e Rafe. Ela não queria parecer de forma alguma ansiosa para chegar a Alicante. E se sentia um pouco mal por enganar Julian, mas se tinha aprendido alguma coisa com Kit e Ty nas últimas semanas, era que às vezes você precisava ser mais astuto do que o mais astuto dos trapaceiros.

— Mas por que os pequenos estão indo? — perguntou Gwyn enquanto Diana observava Max, depois Rafe e depois Tavvy atravessando o Portal para Alicante. — Eu tinha entendido que Julian queria deixar todos juntos.

Diana suspirou e deu a mão a Gwyn.

— É porque ele os ama que os está mandando para longe. Uma batalha não é lugar para criança.

— Temos crianças na Caçada Selvagem. De oito anos, às vezes — disse Gwyn.

— Sim, mas também já discutimos que isso não é bom, Gwyn.

— Às vezes eu me esqueço de todas as lições que você me ensina — disse Gwyn, mas adotou um tom divertido. Dru estava atravessando o Portal para Alicante: ela se virou no último momento e olhou para Julian. Diana o viu assentindo encorajadoramente enquanto Dru entrava no redemoinho e sumia.

— E também não é garantido que haverá batalha.

— Não é garantido que não vá ter — rebateu Diana. Julian tinha dado as costas para o Portal; o olhar encorajador que dirigira a Dru e Tavvy desaparecera, e agora ele parecia vazio e triste. Seguiu para as portas do Instituto.

As expressões falsas que vestimos para os que amamos, pensou Diana. *Julian sangraria até a morte por essas crianças e não pediria curativo por medo de que o pedido as chateasse.*

— As crianças estarão em segurança com Maryse. E a ausência do medo por elas vai liberar Julian e o restante de nós para fazermos o que temos que fazer.

— E o que vocês precisam fazer?

Diana inclinou a cabeça para trás para olhar Gwyn.

— Ser guerreiros.

Gwyn tocou um cacho do cabelo dela.

— Você é uma guerreira todos os dias.

Diana sorriu. Julian tinha chegado às portas do Santuário e virado ali, olhando para o grupo na frente do Instituto: um bando de feiticeiros, Caçadores de Sombras, e um bando de licantropes jogando altinha.

— Hora de entrar — disse ele, a voz se sobrepondo ao barulho do mar. — A verdadeira reunião está para começar.

Da janela do Gard, Manuel via Caçadores de Sombras entrando pelo Grande Portão, a principal entrada para a cidade de Alicante. Todas as saídas estavam protegidas agora por guardas e barreiras contra a ameaça imaginária das fadas Unseelie.

— Não parece que a reunião dos Blackthorn fez sucesso — disse Horace. Da grande mesa do Inquisidor, dava para se ver a paisagem da janela. Era estranho, pensou Manuel; ele ainda não enxergava Horace como o Inquisidor. Talvez por nunca ter se importado de fato com quem ocupava o cargo de Inquisidor ou de Cônsul. Eram posições de poder, e portanto desejáveis, mas não tinham nenhum significado inerente. — As famílias que ele convidou para a pequena insurreição continuam chegando.

Zara entrou sem bater, como de costume. Estava com seu uniforme de Centurião, como sempre. Manuel achava pretensioso.

— Os Rosewain estão aqui, e os Keo, e os Rosales. — Ela estava espumando. — Chegaram todos de uma vez, através de Portais. É como se eles nem estivessem *tentando* esconder.

— Ah, não sei — disse Manuel. — Se não tivéssemos sido informados sobre a reunião, acho que não teríamos notado. Muitas pessoas entrando e saindo.

— Não *elogie* Julian Blackthorn — disse Zara, fazendo uma careta. — Ele é um traidor.

— Ah, claramente — falou Manuel. — Mas agora poderemos puni-los, coisa que vai me agradar muito.

— Tenho certeza que sim. — Zara lançou a ele um olhar superior, mas Manuel sabia que ela ia gostar da punição aos Blackthorn tanto quanto ele. Ambos odiavam Emma. Claro, Manuel tinha bons motivos, ela fora desrespeitosa com ele na última reunião de Conselho, ao passo que Zara só tinha inveja mesmo.

— Vamos fazer com que eles sejam um exemplo — disse Horace. — Depois da negociação. Não os Blackthorn mais novos, ninguém gosta de ver crianças morrendo, mesmo que tenham sementinhas do mal em si. Mas Julian certamente, e aqueles irmãos mestiços dele. A menina Carstairs, é claro. Aline Penhallow é uma questão complicada...

A porta foi aberta. Manuel olhou, curioso; só havia mais um visitante que, a exemplo de Zara, não batia à porta do escritório de Horace.

Um Caçador de Sombras louro e alto entrou na sala. Manuel o vira mais cedo, entrando pelo Grande Portão. Oskar Lindquist, tendo se separado de sua família igualmente loura.

Horace levantou o olhar. Seus olhos brilhavam.

— Feche a porta.

Oskar emitiu um ruído entre um rosnado e uma risada, fechando e trancando a porta do escritório. Ficou um ligeiro brilho no ar quando ele se virou e começou a se transformar. Era como ver água entornando numa pintura, distorcendo e alterando seus contornos.

Zara emitiu um ruído baixo de nojo quando a cabeça de Oskar tombou para trás e o corpo sofreu espasmos, os cabelos se transformando em preto acastanhados e caindo sobre os ombros, a espinha encolhendo enquanto ele diminuía, as linhas da mandíbula suavizando num contorno novo e familiar.

Annabel Blackthorn olhou para eles com olhos azul-esverdeados firmes.

— Então, como foi a reunião? — perguntou Horace. — Concluímos que não tinha ido bem, considerando a quantidade de Caçadores de Sombras vindo para Idris.

— Acho que correu conforme o planejado. — Horace franziu a testa enquanto Annabel se sentava numa cadeira em frente à mesa. Zara a observava com cautela; Horace se referia a Annabel como o presente que o Rei Unseelie lhe dera, mas talvez Zara não a considerasse um presente. — Exceto pelo fato de que eu estava lá.

— Ninguém suspeitou que você não era Oskar? — perguntou Zara.

— Obviamente não. — Annabel estava examinando as próprias mãos como se não as conhecesse. — O plano é tão simples que chega a ser rudimentar. O que pode ser visto como uma vantagem: menos coisa para dar errado.

Horace se inclinou para a frente, apoiando os braços na mesa.

— Está dizendo que deveríamos nos preocupar?

— Não — falou Annabel, tocando o frasco de vidro em seu pingente pensativamente. Um líquido vermelho girava dentro dele. — A única vantagem deles era o elemento surpresa. Que tolo presumir que não seriam traídos. — Ela se recostou na cadeira. — Vamos começar pelo básico. Jace Herondale e Clary Fairchild ainda estão vivos...

Emma estava à porta do Instituto. O último integrante do Submundo já tinha se retirado, e todos iriam para Brocelind em breve. O Irmão Shadrach tinha garantido a Julian e aos outros que todos os guardas haviam sido recrutados para a cidade, para a negociação. A floresta estaria deserta.

O sol da tarde brilhava sobre o mar, e de longe ela se perguntava se, depois de hoje, voltaria a ver o Oceano Pacífico. Há muito tempo seu pai lhe dissera que as luzes que dançavam na superfície da água vinham de joias que brilhavam lá embaixo, e que se você alcançasse sob a superfície, conseguia pegar uma delas.

Ela agora estava com a mão esticada diante de si, a palma para cima, e pensou nas palavras de Jem, e depois nas de Diana.

As Marcas começam a arder como fogo, como se tivessem fogo em vez de sangue nas veias. Linhas escuras se espalhavam por seus corpos e eles se tornavam monstruosos — fisicamente monstruosos.

Na parte interna do antebraço, onde a pele era pálida e lisa, havia uma teia sombria de linhas escuras, como rachaduras no mármore, quase do tamanho da palma de sua mão.

Parte Três
Dama da Vingança

Seus fortes encantos falhando
Suas torres de medo ruindo
Seus alambiques sem veneno
E a faca em seu pescoço,

A Rainha do ar e da escuridão
Começa a gritar e uivar,
"Jovem rapaz, assassino de mim,
Amanhã morrerás".

Rainha do ar e da escuridão
Acredito que dizes a verdade,
E amanhã morrerei;
Mas morrerás hoje.

— A. E. Houseman, "Seus Fortes Encantos Falhando"

28

E Sombras Lá

Estava frio na Floresta Brocelind; a invasão do outono acrescentava uma nota metálica no ar cujo gosto Emma conseguia sentir na língua.

A quietude veio súbita após o agito da viagem pelo Portal, a montagem das barracas numa clareira entre árvores anciãs e área verde. Estavam longe das áreas afetadas pela praga, Diana garantira a eles — ao longe, sobre os topos das árvores, Emma conseguia ver o brilho das torres demoníacas de Alicante.

Ela subiu numa elevação com vista para o acampamento. Eram cerca de doze barracas, dispostas em filas, cada qual com duas tochas queimando na frente da porta. Elas eram aconchegantes por dentro, com tapetes grossos no chão e até cobertores. Alec lançara um olhar de soslaio um tanto veemente para Magnus quando as ditas barracas apareceram do nada.

— Eu não *roubei* — disse Magnus, analisando suas unhas. — Eu peguei emprestado.

— Então você vai devolver para a loja de camping? — perguntou Alec, com as mãos nos quadris.

— Na verdade, eu peguei de um armazém que fornece materiais para filmes — falou Magnus. — Vão levar séculos para perceberem que sumiram. Não — acrescentou apressadamente — que eu não vá devolver, é claro. Pessoal, tentem não tacar fogo nas barracas! Elas não são nossas!

— Normalmente as pessoas põem fogo nelas? — perguntou Kieran, que tinha a própria barraca; Mark e Julian estavam dividindo uma, e Emma estava dividindo com Cristina. — É uma tradição?

Mark e Cristina sorriram para ele. A estranheza entre eles estava se intensificando, pensou Emma, e resolveu perguntar para Cristina.

A oportunidade veio mais cedo do que ela havia imaginado. Ela estava inquieta na barraca, e sozinha — Cristina estava ajudando Aline e Julian, que tinham se encarregado do jantar. Todos murmuravam a respeito de mapas e planos, exceto Jace, que tinha caído no sono com a cabeça no colo de Clary.

Emma não conseguia se concentrar. Seu corpo e sua mente chiavam com energia. Tudo o que ela queria era falar com Julian. Ela sabia que não podia, mas a necessidade de contar tudo para ele era dolorosa. Ela nunca tinha tomado uma decisão tão definitiva sem falar com ele antes.

Ela acabou vestindo um casaco e dando uma volta pelo perímetro do acampamento. Aqui, o ar cheirava tão diferente do de casa — pinheiros, folhas, fumaça de acampamento. No interior não havia cheiro de sal, nem de mar. Ela subiu a pequena elevação de pedra sobre o acampamento e olhou para baixo.

Amanhã eles iriam desafiar Horace Dearborn e sua Tropa. Muito provavelmente haveria um confronto. E seu *parabatai*, aquele que sempre lutara ao seu lado, estaria perdido para ela. De um jeito ou de outro.

O sol estava se pondo, refletindo o brilho distante das torres demoníacas. Emma ouvia os pássaros noturnos piando nos bosques e estava tentando não pensar no que mais havia na floresta. Sentia-se trêmula — não, ela *estava* tremendo. Sentia-se desorientada, quase tonta, e seu processo cognitivo pareceu estranhamente difuso, como se sua mente estivesse acelerada demais para permitir concentração.

— Emma! — Cristina estava subindo a elevação até ela, seus olhos escuros carregados de preocupação. — Te procurei na barraca, mas você não estava lá. Está tudo bem? Ou você está na vigilância?

Recomponha-se, Emma.

— Só achei que alguém deveria ficar de olho nas coisas, você sabe, caso algum grupo da Tropa resolva dar uma olhada em Brocelind.

— Então você está fazendo vigilância — disse Cristina.

— Talvez — disse Emma. — O que está rolando com você, Kieran e Mark?

— *Ay ay!* — Cristina se sentou numa pedra, batendo levemente a testa na mão. — Sério? Agora?

Emma se sentou ao lado da amiga.

— Não precisamos falar sobre isso se você não quiser. — Ela apontou o indicador para Cristina. — Mas se nós duas morrermos na batalha amanhã, nunca vamos poder conversar e você não vai se beneficiar da minha enorme sabedoria.

— Vejam essa louca — disse Cristina, gesticulando para uma plateia invisível. — Tudo bem, tudo bem. Mas o que te faz pensar que está acontecendo algo de novo?

— Eu noto como vocês se olham. Nunca vi nada parecido — disse Emma.

Cristina imediatamente ficou séria, com a mão indo ao medalhão de anjo em seu pescoço, como frequentemente fazia quando ficava nervosa.

— Não sei o que fazer — disse ela. — Eu amo os dois. Amo Mark e amo Kieran. Amo os dois de maneiras diferentes, mas não menos intensas.

Emma falou com cuidado.

— Eles estão pedindo para você escolher?

Cristina olhou em direção ao pôr do sol, tiras douradas e vermelhas acima das árvores.

— Não. Não, eles não estão me pedindo para escolher.

— Entendi — respondeu Emma, que não sabia se tinha entendido mesmo. — Então...

— Concluímos que era impossível — disse Cristina. — Kieran, Mark e eu... estamos todos com medo. Se ficássemos juntos, do jeito que queremos ficar, traríamos tristeza para aqueles que amamos.

— Tristeza? Por quê? — As mãos de Emma estavam tremendo de novo; ela as colocou entre os joelhos para que Cristina não visse.

— Kieran teme pelo Reino das Fadas — disse Cristina. — Depois de tantos Reis terríveis, depois de tanta crueldade, ele quer voltar e assumir um lugar na Corte para garantir o bem-estar dos seus. Ele não pode dar as costas para isso, e nem eu e nem Mark gostaríamos que ele o fizesse. Mas quanto a nós... não conhecemos o futuro. Mesmo que a Tropa se desfaça, isso não significa o fim da Paz Fria. Mark teme por Helen, por todos os Blackthorn, que se ele se envolvesse com um príncipe do Reino das Fadas e todos soubessem, a família dele seria punida. Então nunca daria certo. Entende?

Emma girava um pedaço de grama entre os dedos.

— Eu jamais julgaria — disse ela. — Primeiro porque é você, e segundo porque quem sou eu para julgar alguém. Mas acho que vocês estão deixando os medos atrapalharem o que vocês realmente querem, porque o que vocês querem é o que vocês temem.

Cristina piscou.

— O que quer dizer?

— De fora, eu vejo o seguinte — continuou Emma. — Quando Mark e Kieran estão sozinhos juntos, eles são puxados para o passado complicado deles. Isso os consome. Quando Mark e você estão juntos, ele teme não ser bom o suficiente para você, independentemente do que você diga. E quando você e Kieran estão juntos, às vezes não conseguem preencher o vão entre os costumes dos Caçadores de Sombras e os das fadas. Mark ajuda a ligar as duas coisas. — O sol já tinha quase se posto, o céu estava azul-escuro e a expressão de Cristina perdida em sombras. — Isso parece errado?

— Não — respondeu Cristina após longa pausa. — Mas não...

— Você teme o que todos temem — disse Emma. — Terem seus corações partidos, sofrerem por amor. Mas o que você está dizendo, isso é o que a Tropa quer. Querem deixar as pessoas com medo, separá-las porque criaram um ambiente de medo e desconfiança onde vocês podem ser punidos por estarem com alguém que amam. Se eles conseguissem o que querem, puniriam Alec por estar com Magnus, mas isso não significa que Magnus e Alec devam se separar. Está fazendo sentido?

— Sentido até demais — disse Cristina, puxando um fio solto da manga.

— De uma coisa eu tenho certeza — falou Emma. — Cristina, dentre todas as pessoas que conheço, você é a mais generosa, e é a que passa mais tempo pensando no que faz os outros felizes. Acho que você tem que fazer o que *te* faz feliz. Você merece.

— Obrigada. — Cristina lançou um sorrisinho trêmulo para ela. — E você e Julian? Como estão?

O estômago de Emma revirou, surpreendendo-a. Era como se ouvir as palavras "você e Julian" tivesse disparado alguma coisa dentro dela. Ela reprimiu o sentimento, tentando controlá-lo.

— Está muito difícil — sussurrou. — Eu e Julian não podemos nem conversar. E o melhor que podemos esperar depois que isso tudo acabar é alguma espécie de exílio.

— Eu sei. — Cristina pegou as mãos de Emma; Emma tentou conter o tremor. O toque reconfortante de Cristina ajudou. Pela milionésima vez, Emma desejou que ela e Cristina tivessem se conhecido antes, e que Cristina pudesse ter sido sua *parabatai*. — Depois do exílio, se isso acontecer, você pode ir ficar comigo, onde quer que eu esteja. México, qualquer lugar. Eu cuido de você.

Emma emitiu um ruído entre um riso e uma fungada.

— É isso que estou dizendo. Você sempre faz coisas pelos outros, Tina.

— Bem, então vou pedir para você fazer uma coisa por mim.

— O quê? Eu faço qualquer coisa. A não ser que irrite sua mãe. Sua mãe me assusta.

— Você quer matar Zara na batalha, se houver batalha, não quer? — perguntou Cristina.

— Passou pela minha cabeça. Tá bom. Sim. Se outra pessoa acabar com ela, eu vou ficar muito irritada. — Emma fez uma careta zombeteira.

Cristina suspirou.

— Nem sabemos se vai haver luta, Emma. Se Zara for poupada, presa, ou escapar, ou se outra pessoa matá-la, não quero que você sofra com isso. Tem que focar no que quer que sua vida seja *depois* de amanhã.

Depois de amanhã eu estarei exilada, pensou Emma. *Será que vou te ver outra vez, Cristina? Será que vou sentir saudade para sempre?*

Cristina semicerrou os olhos preocupada.

— Emma? Promete?

Mas antes que Emma pudesse prometer, antes que pudesse dizer qualquer coisa, as vozes de Aline e Helen cortaram o ar noturno, chamando-as para jantar.

— Alguém já experimentou ketchup no marshmallow com biscoito e chocolate? — falou Isabelle.

— É por *isso* que você é uma péssima cozinheira — falou Alec. Simon, aconchegado em um casaco e apoiado num tronco, se abaixou como se quisesse se tornar invisível. — Você realmente gosta de comida nojenta. Não é, tipo, um acidente.

— Eu gosto de ketchup no doce — disse Simon com lealdade, e articulou para Clary, sem som, *não gosto*.

— Eu sei — disse Clary. — Dá para sentir pelo laço *parabatai* o quanto você não gosta.

— Julian é um ótimo cozinheiro — falou Emma, espetando um marshmallow. Magnus tinha trazido vários sacos, juntamente ao chocolate e ao biscoito obrigatórios. Ele lançou um olhar sombrio para Emma que dizia *Fique longe de Julian, e também da comida dele.*

— Eu também sou um excelente cozinheiro — falou Mark, colocando uma bolota no seu doce. Todos ficaram olhando.

— Ele não consegue evitar — disse Cristina lealmente. — Ele viveu com a Caçada Selvagem por tempo demais.

— Eu não faço isso — disse Kieran, comendo do jeito certo. — Mark não tem desculpa.

— Nunca imaginei Caçadores de Sombras comendo esse doce — disse Kit, olhando em volta da fogueira. Parecia uma cena dos sonhos de acampar que ele tinha quando criança; a fogueira, as árvores, todo mundo aconchegado em casacos, sentados nos troncos, com fumaça nos olhos e nos cabelos. — Por outro lado, é a primeira vez que como um desses que não saiu de uma caixa.

— Então não é um desses — disse Ty. — É um biscoito. Ou um cereal.

Kit sorriu, e Ty sorriu de volta. Ele se apoiou em Julian, que estava sentado ao seu lado; Julian colocou um braço ausente em volta do irmão caçula, sua mão afagando os cabelos de Ty.

— Animado para sua primeira batalha? — perguntou Jace a Kit. Jace estava sentado de pernas cruzadas, com os braços em volta de Clary, que estava montando um doce enorme com várias barras de chocolate.

— Ele não vai! — disse Clary. — É jovem demais, Jace. — Ela olhou para Kit. — Não dê ouvidos a ele.

— Ele me parece ter idade o suficiente — falou Jace. — Aos dez anos eu já lutava nas batalhas.

— Fique longe dos meus filhos — disse Magnus. — Estou de olho em você, Herondale.

Kit tomou um breve susto antes de perceber que Magnus não estava falando com ele. Depois mais um ao perceber que tinha reagido inconscientemente ao nome Herondale.

— Isso é ótimo — disse Helen, bocejando. — Faz tanto tempo que não acampo. Não dá para acampar na Ilha Wrangel. Seus dedos virariam palitos de gelo e quebrariam.

Emma franziu o rosto.

— Onde está Cristina?

Kit olhou em volta: Emma tinha razão. Cristina tinha escapulido do grupo.

— Ela não deveria ficar andando pelos limites da floresta — falou Magnus, franzindo o rosto. — É cheio de armadilhas. Muito bem escondidas, se querem minha opinião. — Ele começou a se levantar. — Vou buscá-la.

Mark e Kieran já estavam de pé.

— Nós vamos encontrá-la — falou Mark, afobado. — Na Caçada aprendemos muito sobre armadilhas.

— E poucos conhecem florestas como as fadas — emendou Kieran.

Magnus deu de ombros, mas havia uma faísca de sabedoria em seu olhar que Kit não entendeu muito bem.

— Tudo bem. Vão em frente.

Ao desaparecerem nas sombras, Emma sorriu e enfiou outro marshmallow num espeto.

— Vamos fazer um brinde. — Aline ergueu o copo d'água. — A nunca nos separarmos de nossos familiares outra vez. — Ela encarou a fogueira. — Quando o amanhã chegar, nunca mais vamos permitir que a Clave faça isso conosco outra vez.

Rainha do Ar e da Escuridão

— A nunca mais nos separarmos da família *ou* dos amigos — disse Helen, erguendo seu copo também.

— Ou *parabatai* — disse Simon, piscando para Clary.

Alec e Jace aplaudiram, mas Julian e Emma ficaram em silêncio. Emma parecia sombriamente triste, olhando para o seu copo d'água. Ela não pareceu notar Julian, que olhou para ela por um longo instante antes de afastar o olhar.

— A nunca nos separarmos — disse Kit, olhando para o outro lado da fogueira, para Ty.

O rosto fino de Ty estava iluminado pelas chamas vermelhas e douradas.

— A nunca nos separarmos — respondeu o menino, com uma ênfase solene que fez Kit estremecer por razões que ele não conseguiu compreender.

Maryse não podia mais voltar para a casa do Inquisidor, pois Horace e Zara tinham se mudado para lá. Em vez disso, ela levou Dru e os outros para a casa Graymark, onde Clary dissera ter ficado logo que fora para Idris.

Dru foi para a cama o mais cedo que pôde dentro do educadamente possível. Ela se deitou com as cobertas até seu queixo, olhando para os últimos resquícios de luz do sol desbotando pelas janelas circulares. Este lado da casa tinha vista para um jardim cheio de rosas da cor da renda antiga. Uma treliça subia pelas janelas e as emoldurava: no auge do verão, provavelmente ficavam parecendo colares de rosas. Casas de pedras desapareciam pela colina em direção às muralhas de Alicante — muralhas que no dia seguinte estariam cheias de Caçadores de Sombras encarando os Campos Eternos.

Dru se aninhou ainda mais sob as cobertas. Dava para ouvir Maryse no quarto ao lado, cantando para Max, Rafe e Tavvy, uma canção alegre em francês. Era estranho ser velha demais para que canções trouxessem conforto, porém jovem demais para participar das preparações para a batalha. Ela começou a dizer os nomes deles para si, como uma espécie de amuleto da sorte: *Jules e Emma. Mark e Helen. Ty e Li...*

Não. Livvy não.

A música tinha parado. Dru ouviu passos no corredor e sua porta foi aberta; Maryse colocou a cabeça para dentro.

— Está tudo bem, Drusilla? Precisa de alguma coisa?

Dru teria gostado de um copo d'água, mas não sabia exatamente como conversar com a avó imponente e de cabelos escuros de Max e Rafe. Tinha ouvido Maryse brincando com Tavvy mais cedo, e ficou grata pela gentileza concedida a eles por essa mulher que era basicamente uma desconhecida. Ela só gostaria de saber como se expressar.

— Não, tudo bem — disse Dru. — Não preciso de nada.

Maryse se apoiou no batente da porta.

— Sei que é difícil — começou. — Quando eu era mais nova, meus pais sempre levavam meu irmão, Max, com eles para caçarem demônios e me deixavam sozinha em casa. Diziam que eu ia me assustar se eu fosse com eles. Eu sempre tentava dizer que a preocupação de eles nunca voltarem era muito mais assustadora.

Dru tentou imaginar Maryse jovem e não conseguiu. Para Dru, ela parecia velha até para ser mãe, embora não fosse. Na verdade, ela era uma avó bastante jovem, mas Dru já havia se acostumado à imagem de mães e pais representada por Julian e Helen.

— Mas eles sempre voltavam — disse Maryse. — E sua família também vai voltar. Sei que parece que o que Julian está fazendo é arriscado, mas ele é inteligente. Horace não vai tentar nada de perigoso na frente de tanta gente.

— É melhor eu dormir — disse Dru com a voz pequena, e Maryse suspirou, assentiu e fechou a porta. Se ela estivesse em casa, dizia uma vozinha no fundo da mente de Dru, ela não teria que pedir nada; Helen, que sabia que ela adorava chá, mas que a cafeína a atrapalharia para dormir, teria aparecido com uma caneca da mistura especial descafeinada comprada na Inglaterra, com leite e mel na caneca do jeito que Dru gostava.

Estava sentindo a falta de Helen, percebeu. Era uma sensação estranha — em algum momento, seu ressentimento em relação a Helen tinha desaparecido. Agora só queria ter se despedido melhor da irmã antes de deixar o Instituto.

Talvez fosse melhor não ter se despedido da família do jeito certo. Talvez isso significasse que definitivamente ia vê-los outra vez.

Talvez significasse que fossem ser mais compreensivos quando descobrissem o que ela estava planejando fazer.

A luz piscou no corredor; Maryse devia estar indo dormir. Dru tirou a coberta; estava totalmente vestida por baixo, inclusive de botas e casaco de uniforme de combate. Saiu da cama e foi até a janela circular; estava fechada, mas ela já tinha esperado por isso. Tirando do bolso uma pequena adaga com lâmina de *adamas*, ela começou a forçar a abertura.

Kit estava deitado acordado na escuridão, contando as estrelas que conseguia ver através da abertura da barraca.

Emma e Julian disseram que as estrelas no Reino das Fadas eram diferentes, mas aqui em Idris eram as mesmas. As mesmas constelações para as quais ele olhara a vida inteira, através da poluição de Los Angeles, brilhavam acima da Floresta Brocelind. O ar aqui era claro, claro como cristal, e as estrelas pareciam quase assustadoramente próximas, como se ele pudesse esticar o braço e pegar uma na mão.

Ty não tinha voltado com ele da fogueira do acampamento. Kit não sabia onde ele estava. Será que ele tinha ido falar com Jules ou Helen? Será que estava vagando pela floresta? Não, Simon e Isabelle o teriam impedido. Mas talvez Ty tivesse encontrado um animal do qual tivesse gostado no acampamento. A mente de Kit começou a correr. *Onde ele está? Por que não me levou com ele? E se ele não conseguir domar esses esquilos como faz com os de casa? E se for atacado por esquilos?*

Com um rosnado, Kit afastou a coberta e pegou um casaco.

Ty colocou a cabeça para dentro da barraca, bloqueando momentaneamente as estrelas.

— Ah, ótimo, você já está se arrumando.

Kit diminuiu a voz.

— Como assim estou me arrumando? Arrumando para *quê*?

Ty agachou e espiou dentro da barraca.

— Para ir para o lago.

— Ty — disse Kit. — Preciso que me explique. Não presuma que eu sei do que você está falando.

Ty exalou com força o suficiente para fazer sua franja voar da testa.

— Eu trouxe o feitiço comigo, e todos os ingredientes — contou. — O melhor lugar para ressuscitar os mortos é perto da água. Pensei em fazermos perto da praia, mas o Lago Lyn é melhor ainda. Já é um lugar mágico.

Kit piscou, tonto; parecia que tinha acordado de um pesadelo só para descobrir que ainda estava sonhando.

— Mas não temos o que precisamos para fazer o feitiço funcionar. Shade não nos deu o catalisador.

— Achei que ele poderia não dar — disse Ty. — Por isso peguei uma fonte de energia alternativa no Mercado das Sombras. — Ele alcançou o bolso e pegou uma bola de vidro clara do tamanho de um damasco. Uma chama vermelha alaranjada brilhava dentro dela como se fosse um pequeno planeta ardente, embora fosse claramente fria ao toque.

Kit recuou.

— De onde veio *isso*?

— Eu disse, do Mercado das Sombras.

Kit sentiu uma onda de pânico.

— Quem vendeu? Como sabemos que vai funcionar?

— Tem que funcionar. — Ty guardou o cristal de volta no bolso. — Kit. Isso é algo que eu tenho que fazer. Se houver uma batalha amanhã, você sabe que não vamos participar dela. Eles acham que somos jovens demais para lutar. Esse é o jeito como posso ajudar sem lutar. Se eu trouxer Livvy de volta, nossa família vai estar completa para a batalha. Vai significar que todos vão ficar felizes outra vez.

Mas a felicidade não é tão simples assim, Kit quis gritar; *você não pode rasgar e consertar sem ver a costura.*

A voz de Kit estava rouca.

— É perigoso, Ty. Muito perigoso. Não acho uma boa ideia mexer com esse tipo de magia, com uma fonte de poder desconhecida.

A expressão de Ty se fechou. Era como ver uma porta batendo.

— Já procurei as armadilhas. Sei como a gente pode chegar lá. Achei que você viria comigo, mas se não for, eu vou sozinho.

A mente de Kit acelerou. *Eu poderia acordar o acampamento e encrencar Ty*, pensou. *Julian iria detê-lo. Sei que iria.*

Mas toda a mente de Kit se revoltou à ideia; se havia algo que seu pai o criara para entender era que todo mundo detestava um dedo-duro.

Além disso, não dava para suportar o olhar de Ty.

— Tudo bem — disse Kit, sentindo o pavor assentar em seu estômago como uma pedra. — Eu vou com você.

Formas dançavam no coração da fogueira. Emma estava sentada em um tronco próximo, com as mãos sob as mangas grandonas do casaco, para mantê-las aquecidas. O grupo tinha se afastado da fogueira depois da refeição, se recolhendo em suas barracas para dormir. Emma continuou por ali, vendo o fogo se apagar; ela poderia ter voltado para a barraca, mas Cristina não estava lá, e Emma não estava com muita vontade de ficar deitada sozinha no escuro.

Ela levantou o olhar quando uma sombra se aproximou. Era Julian. Ela o reconheceu pelo andar, mesmo antes de a luz da fogueira iluminar seu rosto — com a mão no bolso, os ombros relaxados e o queixo empinado. Enganosamente casual. A umidade do ar frio grudava seus cabelos nas bochechas e têmporas.

Julian escondia tanta coisa de tanta gente. Agora, pela primeira vez, Emma estava escondendo alguma coisa dele. Será que era assim que ele sempre se sentia? O peso no peito, a dor no coração?

Ela quase esperava que ele fosse passar por ela sem falar, mas ele pausou, os dedos brincando com a pulseira de vidro marinho no pulso.

— Você está bem? — perguntou ele com a voz baixa.

Emma fez que sim com a cabeça.

Faíscas do fogo refletiam nos olhos azuis de Julian.

— Sei que não deveríamos nos falar — disse ele. — Mas precisamos discutir uma coisa com alguém. Não tem a ver nem comigo e nem com você.

Não posso, pensou Emma. *Você não entende. Ainda acha que eu posso retirar minhas Marcas se as coisas derem errado.*

Mas, pensando bem — sua Marca não havia ardido mais desde que saíram de Los Angeles. A teia escura no seu antebraço não tinha crescido. Era como se sua tristeza estivesse contendo a maldição. Talvez estivesse.

— E tem a ver com quem?

— Com uma das coisas que descobrimos em Thule — disse. — É sobre Diana.

Diana acordou de sonhos de voos com o ruído arranhando a porta da barraca. Ela rolou para fora dos cobertores e pegou uma faca, agachando.

Ouviu o som de duas vozes, uma se sobrepondo a outra:

— Polvo!

Tinha uma vaga lembrança de ser essa a palavra código que tinham escolhido mais cedo. Ela largou a faca e foi abrir a barraca. Emma e Julian estavam do outro lado, piscando no escuro, pálidos e com olhos arregalados como suricatos espantados.

Diana ergueu as sobrancelhas para eles.

— Bem, se querem entrar, entrem. Não fiquem aí parados deixando o frio invadir.

As barracas tinham a altura limite para se ficar de pé dentro delas, sem nada além de tapetes e roupas de cama. Diana afundou novamente no ninho de cobertas enquanto Julian se apoiava na mochila dela e Emma sentava de pernas cruzadas no chão.

— Desculpa por te acordarmos — disse Julian, sempre diplomata. — Não sabíamos em que outro momento poderíamos conversar com você.

Ela não pôde conter o bocejo. Diana sempre dormia surpreendentemente bem na noite anterior a uma batalha. Ela conhecia Caçadores de Sombras que não conseguiam dormir, que ficavam acordados com o coração acelerado, mas ela não era um deles.

— Conversar comigo sobre o quê?

— Eu quero pedir desculpas — disse Julian, enquanto Emma se preocupava com o joelho desfiado da calça jeans. Emma estava meio diferente, já estava assim há um tempinho, pensou Diana. Desde que voltaram daquele outro mundo, embora uma experiência daquelas pudesse mesmo modificar qualquer um. — Por ter insistido para você ser diretora do Instituto.

Diana estreitou os olhos.

— Por que está falando sobre isso?

— A versão de você em Thule nos contou sobre seu período em Bangkok — disse Emma, mordendo o lábio. — Mas você não precisa falar sobre nada que não queira.

A primeira reação de Diana foi um reflexo. *Não. Não quero falar disso. Não agora.*

Não na véspera da batalha, não quando estava com tanta coisa na cabeça, não enquanto estava preocupada com Gwyn e tentando não pensar no paradeiro dele, ou no que ele poderia fazer no dia seguinte.

Mas mesmo assim. Ela estivera a caminho de contar a Emma e Julian exatamente o que eles estavam perguntando, quando descobrira que não tinha como falar com eles. Ela se recordou da decepção. Estivera muito determinada.

Ela não devia a eles a história, mas devia a ela mesma contar.

Os dois ficaram sentados quietos, olhando para ela. Véspera de batalha e eles tinham vindo procurá-la para isso — não por reafirmação, mas para deixarem claro para ela que era sua escolha falar ou não.

Ela pigarreou.

— Então vocês sabem que sou transgênero. Sabem o que isso significa?

Julian disse:

— Sabemos que quando você nasceu, atribuíram um gênero que não reflete o que você de fato é.

Alguma coisa em Diana se soltou; ela riu.

— Alguém andou passeando pela internet — disse ela. — Sim, é isso, mais ou menos.

— E quando você esteve em Bangkok, usou medicamentos mundanos — disse Emma. — Para se tornar quem você realmente é.

— Garotinha, eu sempre fui quem eu sou — disse Diana. — Em Bangkok Catarina Loss me ajudou a encontrar médicos que mudariam meu corpo para representar quem eu sou, e pessoas como eu, para me ajudarem a entender que eu não estava sozinha. — Ela se recostou no casaco enrolado que estava usando como travesseiro. — Vou contar a história.

E com a voz serena, o fez. Ela não modificara muito o relato que tinha feito a Gwyn, porque aquele relato acalmara seu coração. Ficou observando as expressões deles enquanto falava: Julian calmo e silencioso, Emma reagin-

Rainha do Ar e da Escuridão

do a cada palavra com olhos arregalados ou mordidas no lábio. Eles sempre foram assim: Emma expressava o que Julian não conseguia ou não fazia. Tão parecidos e tão diferentes.

Mas foi Julian quem falou primeiro depois que ela terminou.

— Sinto muito pela sua irmã — disse. — Sinto muito mesmo.

Ela olhou um pouco surpresa para ele, mas, é claro, Julian seria sensível a isso, não?

— De certas maneiras, a pior parte disso tudo era não poder falar sobre Aria — disse ela.

— Gwyn sabe, certo? — perguntou Emma. — E ele ficou tranquilo? Ele te trata bem, certo? — Ela soou feroz como Diana jamais havia ouvido.

— Trata, eu juro — respondeu Diana. — Para alguém que ceifa os mortos, ele é surpreendentemente empático.

— Não vamos contar para ninguém, a não ser que você queira — disse Emma. — É assunto seu.

— Temi que fossem descobrir sobre meu tratamento médico se eu tentasse me tornar diretora do Instituto — disse Diana. — Que fossem me afastar de vocês. Me punir com exílio. — Ela apertou as mãos no colo. — Mas o Inquisidor descobriu assim mesmo.

Emma se sentou ereta.

— Descobriu? Quando?

— Antes de eu fugir de Idris. Ele ameaçou me expor para todos como traidora.

— Ele é um desgraçado — censurou Julian. Seu rosto estava contraído.

— Vocês estão chateados comigo? — perguntou Diana. — Por não ter contado antes?

— Não — falou Julian, a voz baixa e firme. — Você não tinha nenhuma obrigação de fazer isso. Nunca.

Emma chegou mais perto de Diana, seus cabelos uma auréola clara ao luar que entrava pela porta da barraca.

— Diana, ao longo desses últimos cinco anos, você foi o mais próximo que cheguei de ter uma irmã mais velha. E desde que a conheci, você me mostrou o tipo de mulher que eu quero ser quando crescer. — Ela esticou o braço e pegou a mão de Diana. — Me sinto tão grata e privilegiada por você querer nos contar sua história.

— Concordo — disse Julian. Ele abaixou a cabeça, como um cavalheiro cumprimentando uma dama num quadro antigo. — Sinto muito por ter insistido. Eu não entendia. Nós... eu... pensava em você como uma adulta, uma pessoa que não teria problemas ou correria qualquer perigo. Eu estava tão focado nas crianças que não percebi que você também era vulnerável.

Diana tocou levemente o cabelo dele, como frequentemente fazia quando ele era mais novo.

— Crescer é isso, não? Perceber que adultos são pessoas com seus próprios problemas e segredos.

Ela sorriu ironicamente quando Helen enfiou a cabeça pela porta ainda aberta da barraca.

— Ah, ótimo, vocês estão acordados — falou. — Queria rever quem vai ficar para trás amanhã...

— Eu tenho uma lista — disse Julian, metendo a mão no bolso do casaco.

Emma se levantou, murmurando que precisava encontrar Cristina. Saiu pela porta da barraca, parando apenas para olhar uma vez para Julian enquanto ia, mas ele estava imerso numa conversa com Helen e não pareceu notar.

Alguma coisa estava acontecendo com aquela menina, pensou Diana. Depois que concluíssem a missão do dia seguinte, ela teria que descobrir o que era.

29

Vibrar as Águas.

— Cristina! *Cristina!*

Vozes soavam através dos bosques abaixo. Surpresa, Cristina se levantou, espiando pela escuridão.

Ficar no acampamento se revelara doloroso demais, olhar para Mark e para Kieran, sabendo que ela estava contando as horas para que um ou ambos fossem embora de sua vida para sempre. Ela escapulira para se sentar entre as árvores, a grama e as sombras de Brocelind. Havia flores brancas aqui, entre o verde, endêmicas de Idris. Ela só tinha visto aquele espécime em fotos, e tocar suas pétalas trouxera uma sensação de paz, embora sua tristeza permanecesse implícita.

Foi quando ouviu as vozes. Mark e Kieran, chamando por ela. Ela estava no topo de um monte verde de grama entre as árvores; então se levantou, se limpou, e correu pela colina em direção ao som do seu nome.

— *Estoy aquí!* — gritou, quase tropeçando ao descer correndo da colina. — Estou bem aqui!

Eles explodiram das sombras, ambos pálidos. Mark a encontrou primeiro e a levantou do chão, abraçando-a forte. Após um instante, ele a soltou para os braços de Kieran enquanto eles tentavam explicar: algo sobre Magnus e armadilhas e medo de que ela tivesse caído num poço cheio de facas.

— Eu jamais faria isso — protestou Cristina enquanto Kieran afastava o cabelo dela do rosto. — Mark... Kieran... acho que estávamos errados.

Kieran a soltou imediatamente.

— Errados em relação a quê?

Mark estava ao lado de Kieran, os ombros deles se tocando de leve. Seus meninos, pensou Cristina. Aqueles que amava. Ela não conseguia mais escolher entre eles, assim como não conseguia escolher entre noite e dia. E nem queria.

— Errados quanto a ser impossível — falou ela. — Eu deveria ter falado antes. Eu estava com medo. Não queria me machucar. Não é isso o que todos tememos? Que vá nos machucar? Mantemos nossos corações presos, apavorados com a possibilidade que, se os soltarmos no mundo, eles vão se ferir. Mas eu não quero que ele fique preso. E acho que vocês também não, mas se não for o caso...

Com uma voz suave e rouca, Mark falou:

— Eu amo vocês dois e não poderia dizer que amo a um mais do que ao outro. Mas tenho medo. A perda de vocês dois me mataria, e me parece que corro o risco de partir meu coração não uma, mas duas vezes.

— Nem todo amor acaba em coração partido — disse Cristina.

— Vocês sabem o que eu quero — falou Kieran. — Fui o primeiro a dizer. Amo e desejo os dois. Muitos são felizes assim no Reino das Fadas. É comum, casamentos assim...

— Você está nos pedindo em casamento? — perguntou Mark com um sorriso torto, e Kieran ficou todo vermelho.

— Tem uma questão — disse ele. — O Rei do Reino das Fadas não pode ter consorte humano. Vocês dois sabem disso.

— Isso não importa agora — respondeu Cristina ferozmente. — Você ainda não é Rei. E se algum dia for, a gente dá um jeito.

Mark inclinou a cabeça, um gesto de fada.

— É como Cristina diz. Meu coração acompanha as palavras dela, Kieran.

— Quero estar com vocês dois — disse Cristina. — Quero poder beijar os dois e abraçar os dois. Quero poder tocar os dois, às vezes ao mesmo tempo, às vezes quando formos apenas dois. Quero que vocês possam se beijar e se abraçar porque isso os faz felizes, e eu quero que sejam felizes. Quero que fiquemos juntos, os três.

— Eu penso em vocês dois o tempo todo. Tenho saudade de vocês quando não estão por perto. — As palavras pareceram explodir de Kieran como um jorro. Ele tocou o rosto de Mark com dedos longos, leves como o toque do vento na grama. Ele se virou para Cristina em seguida e, com a outra mão, acariciou sua bochecha. Ela sentia o tremor dele; então colocou a mão sobre a dele, pressionando-a contra seu rosto. — Jamais desejei alguma coisa tão desesperadamente quanto isso.

Mark colocou a própria mão na de Kieran.

— Eu também. Eu acredito nisso, na gente. Amor desperta amor, fé desperta fé. — Ele sorriu para Cristina. — Durante todo esse tempo, estivemos esperando por você. Nós nos amávamos, e era ótimo, mas com você é ainda melhor.

— Então me beija — sussurrou Cristina, e Mark a puxou e a beijou calorosamente, e depois fervorosamente. As mãos de Kieran estavam nas costas dela, nos cabelos; ela inclinou a cabeça para ele enquanto ele e Mark se beijavam por cima do ombro dela, os corpos deles embalando o dela, todos de mãos dadas.

Kieran estava sorrindo como se seu rosto fosse quebrar; estavam todos se beijando e rindo com felicidade e tocando os rostos um do outro com dedos vagantes.

— Eu amo vocês — disse Cristina para os dois, e eles disseram para ela de volta, ao mesmo tempo, as vozes se misturando de modo que ela não soube quem falou primeiro ou por último:

— *Eu amo vocês.*

— *Eu amo vocês.*

— *Eu amo vocês.*

Kit já tinha visto o Lago Lyn em fotos, as imagens infinitas do Anjo emergindo dele com os Instrumentos Mortais que faziam parte de todos os prédios, paredes e tapeçarias dos Caçadores de Sombras.

Era totalmente diferente na vida real. Movimentava-se como óleo ao luar: a superfície era num preto prateado, mas penetrada por explosões de esplendor cromático, faixas em azul violeta, vermelho vivo, verde gelo e roxo escuro. Pela primeira vez, quando Kit imaginou o Anjo Raziel, enorme e com rosto impassível, emergindo da água, ele sentiu um tremor de reverência e medo.

Ty tinha preparado o círculo cerimonial à beira do lago, onde a água batia numa praia arenosa rasa. Na verdade, eram dois círculos, um menor dentro de um maior, e na fronteira entre eles Ty tinha desenhado diversas Marcas usando um graveto pontudo.

Kit já tinha visto círculos cerimoniais antes, frequentemente na própria sala. Mas como Ty tinha se tornado um especialista em fazê-los? Seus círculos eram mais esmerados do que os de Johnny jamais foram, os desenhos mais cuidadosos. Ele não estava usando símbolos Nephilim, mas uma linguagem rúnica que parecia muito mais pontuda e mais desagradável. Era isso que Ty estivera fazendo todas as vezes em que Kit constatara sua ausência? Aprendendo a ser um mágico sombrio?

Ty também tinha organizado os ingredientes em fileiras ao seu lado: a mirra, o pó de cal, o dente de leite de Livvy, a carta de Thule.

Após colocar cuidadosamente a bolsa de veludo contendo a mecha de cabelo de Livvy entre os outros objetos, Ty olhou para Kit, que estava próximo à beira d'água.

— Fiz direito?

Uma onda de relutância recaiu sobre Kit; a última coisa que ele queria era se aproximar do círculo mágico.

— Como vou saber?

— Bem, seu pai era mágico; pensei que ele pudesse ter ensinado sobre isso — disse Ty.

Kit chutou a beira da água; faíscas luminosas voaram.

— Na verdade meu pai me mantinha longe do aprendizado de feitiços. Mas eu sei um pouco.

Ele se arrastou pela praia em direção a Ty, que estava sentado na areia com as pernas cruzadas. Kit sempre considerara a noite e a escuridão uma espécie de ambiente natural de Ty. O caçula dos Blackthorn não gostava da luz do sol direta e sua pele pálida parecia nunca ter sido queimada. Ao luar, ele brilhava como uma estrela.

Com um suspiro, Kit apontou para a bola vermelha que Ty tinha obtido no Mercado das Sombras.

— O catalisador fica no meio do círculo.

Ty já estava pegando.

— Venha sentar ao meu lado — convidou. Kit ajoelhou quando Ty começou a colocar os objetos no círculo cerimonial, murmurando ao fazê-lo. Ele levantou a mão, soltou a corrente do medalhão, entregou a Kit. Com um grande senso de pavor, Kit colocou o medalhão perto da beira do círculo.

Ty começou a entoar mais alto.

— *Abyssus abyssum invocat in voce cataractarum tuarum; omnia excelsa tua et fluctus tui super me transierunt.* Chamadas profundas à profundidade da voz de suas cachoeiras; todos os seus redemoinhos e ondas passaram por mim.

Enquanto entoava, um por um os objetos do círculo pegaram fogo, como fogos de artifício disparando em sequência. Queimaram com uma chama branca clara, sem serem consumidos.

Um vento forte começou a soprar do lago: tinha cheiro de argila e terra. Kit começou a ouvir um clamor de vozes e se virou, encarando — será que tinha alguém ali? Será que tinham sido seguidos? Mas ele não viu ninguém. A praia estava deserta.

Rainha do Ar e da Escuridão

— Você está ouvindo isso? — sussurrou ele.

Ty apenas balançou a cabeça, ainda entoando. O lago brilhava, a água se mexendo. Figuras brancas pálidas se elevaram da água escura. Muitos estavam com uniforme de combate, outros com armaduras mais antiquadas. Os cabelos flutuavam em volta deles, translúcidos ao luar. Eles esticaram os braços para ele, para Ty, que não os via. Seus lábios articulavam silenciosamente.

Isso realmente está acontecendo, pensou Kit, com calafrios até os ossos. Qualquer esperança de que isso não fosse funcionar desapareceu. Ele se virou para Ty, que continuava entoando, disparando as palavras decoradas como uma metralhadora.

— *Hic mortui vivunt, hic mortui vivunt...*

— Ty, pare. — Ele agarrou os ombros de Ty. Sabia que não deveria fazer isso, Ty não gostava de sustos, mas o terror estava correndo por seu sangue como se fosse veneno. — Ty, não faça isso.

O latim foi interrompido no meio da frase: Ty encarou Kit, confuso, seus olhos cinzentos indo da clavícula de Kit para seu rosto e voltando.

— Como assim? Não estou entendendo.

— Não faça isso. Não traga Livvy dos mortos.

— Mas eu preciso — disse Ty. Sua voz parecia desgastada, como um fio esticado. — Não consigo viver sem ela.

— Sim, você consegue — sussurrou Kit. — Você consegue. Você acha que isso vai fortalecer sua família, mas vai *destruí-la* se você ressuscitá-la. Você acha que não consegue sobreviver sem Livvy, mas consegue, sim. Vamos superar isso juntos. — O rosto de Kit estava frio; ele percebeu que estava chorando. — Eu te amo, Ty. Eu te amo.

O rosto de Ty empalideceu de surpresa. Kit continuou assim mesmo, mal sabendo o que estava dizendo.

— Ela se foi, Ty. Ela se foi para sempre. Você tem que superar. Sua família vai ajudar. Eu vou ajudar. Mas não se você fizer isso. Não se fizer isso, Ty.

A palidez desapareceu do rosto de Ty. A boca retorceu, como se ele estivesse tentando segurar lágrimas; Kit conhecia a sensação. Detestava vê-la no rosto de Ty. Detestava tudo o que estava acontecendo.

— Preciso dela de volta, Kit — sussurrou Ty. — *Preciso.*

Ele se livrou das garras de Kit, se voltando novamente para o círculo, onde os diversos objetos ainda estavam ardendo. O ar estava carregado de cheiro de queimado.

— *Ty!* — chamou Kit, mas Ty já estava entoando latim outra vez, as mãos esticadas para o círculo.

— *Igni ferroque, ex silentio, ex animo...*

Kit se jogou em cima de Ty, derrubando-o na areia. Ty cambaleou para trás sem resistência, surpreso demais para se defender; eles rolaram pelo singelo declive em direção à água. Caíram no raso e Ty pareceu voltar a vida; ele empurrou Kit, dando uma cotovelada forte em sua garganta. Kit tossiu e o soltou; aí agarrou Ty novamente, e Ty o chutou. Dava para ver que Ty estava chorando, mas mesmo chorando, ele lutava melhor do que Kit. Embora Ty parecesse frágil como raios de luar, ele era um Caçador de Sombras de nascença e treinado. Ele se livrou e correu pela areia em direção ao círculo, esticando as mãos para o fogo.

— *Ex silentio, ex animo!* — gritou, arfando. — *Livia Blackthorn! Resurget! Resurget! Resurget!*

A chama no centro do círculo ficou preta. Kit se sentou, sentindo gosto de sangue.

Era o fim. O feitiço estava completo.

As chamas escuras se ergueram em direção aos céus. Ty deu um passo para trás, encarando enquanto elas rugiam para o alto. Kit, que já tinha visto magia sombria antes, se levantou cambaleando. Qualquer coisa poderia ter dado errado, pensou sombriamente. Se tivessem que correr, ele nocautearia Ty com uma pedra e o arrastaria de lá.

A água do lago começou a ondular. Os dois se viraram para olhar, e Kit percebeu que os mortos brilhantes tinham desaparecido. Havia apenas uma figura transparente agora, emergindo da água, seus cabelos longos e irradiando prata. O contorno de seu rosto e os olhos ficaram muito nítidos: o cabelo flutuando, o medalhão no pescoço, o vestido branco bem diferente de algo que Livvy teria escolhido.

— Livvy — sussurrou Kit.

Ty correu para a beira do lago. Ele tropeçou, caiu de joelhos na beira d'água enquanto o fantasma de Livvy ia em direção a eles através da água, emitindo faíscas luminosas.

Ela chegou à margem. Seus pés descalços deixaram marcas na água brilhante. Ela olhou para Ty, seu corpo transparente como nuvem, sua expressão incomensuravelmente triste.

— Por que me perturbou? — disse ela com uma voz tão triste quanto o vento de inverno.

— Livvy — disse Ty. Ele esticou a mão, como se pudesse tocá-la. Seus dedos atravessaram a saia do vestido.

— Não é ela de verdade. — Kit limpou sangue do rosto. — É um espectro.

Alívio e tristeza guerreavam em seu peito: ela não era uma morta-viva, mas certamente despertar um fantasma contra a sua vontade também não era uma boa ideia.

— Por que você não está aqui? — disse Ty, levantando a voz. — Eu fiz tudo certo. Eu fiz *tudo* certo.

— O catalisador que você usou estava corrompido. Não tinha força o suficiente para me trazer de volta — disse Livvy. — Pode haver outras consequências também. Ty...

— Mas você pode ficar comigo, certo? Pode ficar comigo assim? — interrompeu Ty.

Os contornos do corpo de Livvy borravam enquanto ela oscilava em direção ao irmão.

— É isso o que você quer?

— É. É o motivo pelo qual fiz isso tudo — respondeu Ty. — Quero que esteja comigo da maneira que for possível. Você esteve comigo antes de eu nascer, Livvy. Sem você eu simplesmente... não existe *nada* sem a sua existência.

Não existe nada sem a sua existência. Pena e desespero correram por Kit. Ele não tinha como odiar Ty por isso. Mas ele mesmo nunca significaria nada para Ty, nem nunca significara: isso estava bem claro.

— Eu te amei, Ty. Te amei mesmo morta — disse o fantasma de Livvy. — Mas você perturbou o universo, e vamos todos pagar por isso. Você rasgou um buraco no tecido da vida e da morte. Você não sabe o que fez. — Lágrimas corriam pelo rosto de Livvy e pingavam na água: gotas isoladas e brilhantes como faíscas de fogo. — Você não pode pegar nada emprestado da morte. Só pode pagar por isso.

Ela desapareceu.

— *Livvy!* — O grito de Ty foi como se a palavra tivesse sido arrancada dele; ele se encolheu, abraçando o próprio corpo, como se estivesse desesperado para impedir que seu organismo estilhaçasse.

Kit ouvia Ty chorar, soluços terríveis e sombrios que pareciam arrancados dele; há uma hora, ele teria movido os céus para fazê-lo parar. Mas neste momento ele não conseguia dar um passo, sua própria dor era uma agonia ardente que o mantinha congelado. Ele olhou para o círculo cerimonial; as chamas estavam queimando brancas novamente, e os objetos ali dentro estavam começando a ser consumidos. A bolsa de veludo se transformou em cinzas, o dente estava escurecido, o pó e a mirra destruídos. Só o colar continuava brilhando inteiro e incólume.

Enquanto Kit observava, a carta de Thule pegou fogo e as palavras na página arderam para queimar num preto brilhante antes de desaparecerem: *Eu te amo. Eu te amo. Eu te amo.*

Na porta do presídio do Gard, Dru fez uma pausa, com uma picareta na mão. Ela estava arfando por causa da subida na colina. Não tinha seguido as trilhas normais, e sim se arrastado pela vegetação, para ficar longe da vista. Seus pulsos e calcanhares estavam rasgados pelos arranhões de galhos e espinhos.

Ela mal sentia a dor. Este era o momento de avaliação. Do outro lado de sua atitude não havia volta. Independentemente de sua idade, se Horace e os outros prevalecessem e descobrissem o que ela fizera, ela seria punida.

A voz de Julian ecoou em seus ouvidos.

Você é parte da Vigilância de Livia. Não se esqueça disso.

Livvy não teria hesitado, Dru sabia. Ela teria ido em frente, desesperada para corrigir qualquer injustiça que visse. Nada seria capaz de detê-la. Ela nunca teria hesitado.

Livvy, isso é por você, minha irmã.

Eu te amo. Eu te amo. Eu te amo.

E então Dru se pôs a trabalhar na tranca.

A entrada para a Cidade do Silêncio era exatamente como Emma se lembrava. Uma trilha mal marcada cortava um canto da Floresta Brocelind, cercada por um verde espesso. Era nítido que poucas pessoas já tinham percorrido aquele caminho, e raramente — sua pedra de luz enfeitiçada revelava uma trilha quase intocada por passos.

Dava para ouvir o pio de pássaros noturnos e o movimento de pequenos animais entre as árvores. Mas faltava alguma coisa em Brocelind. Sempre fora um lugar onde se esperaria ver o brilho de fogo fátuo entre as folhas ou ouvir o estalo de uma fogueira em torno da qual licantropes estariam reunidos. Havia algo de muito presente no silêncio atual, algo que fazia Emma andar com cuidado extra.

As árvores iam ficando mais juntinhas e densas conforme ela se aproximava das colinas para encontrar a porta entre as pedras. Era exatamente como há três anos: com o topo pontudo e um anjo talhado em baixo relevo. Uma . aldrava pesada de bronze pendia da madeira.

Atuando basicamente por instinto, Emma alcançou atrás de si e sacou a Espada Mortal da bainha. Tinha um peso que não se equiparava a nenhuma outra espada, nem mesmo Cortana, e brilhava na noite como se emitisse luz própria.

Ela a pegou da barraca de Julian, onde fora escondida embaixo do colchonete, envolvida em veludo. Emma a substituíra por outra espada. Não passaria numa inspeção cuidadosa, mas ele não tinha motivo para ir à barraca a cada cinco minutos para verificar. Afinal, o acampamento estava protegido.

Ela colocou a mão na porta. A mensagem do Irmão Shadrach dizia que a Cidade do Silêncio estaria vazia hoje, com os Irmãos do Silêncio atuando como guardas junto às muralhas da cidade na véspera da negociação. Mesmo assim, a porta parecia pulsar contra sua palma, como um coração batendo.

— Sou Emma Carstairs e trago a Espada Mortal — anunciou. — Abra em nome de Maellartach.

Por um momento agonizantemente longo, nada aconteceu. Emma começou a entrar em pânico. Talvez a Espada Mortal de Thule fosse diferente, de algum jeito, com os átomos modificados demais, sua magia estranha.

A porta se abriu de uma vez, silenciosamente, como uma boca se escancarando num bocejo. Emma deslizou para dentro, olhando para trás, para a floresta silenciosa.

A porta se fechou atrás dela com o mesmo silêncio, e Emma se flagrou numa passagem estreita, com paredes lisas, que levava a uma escadaria descendente. Sua pedra de luz enfeitiçada parecia refletir nas paredes de mármore enquanto ela descia, sentindo como se estivesse passando por lembranças. A Cidade do Silêncio em Thule, vazia e abandonada. Círculos de fogo em salas de ossos enquanto selava seu ritual *parabatai* com Julian. Seu maior erro. O qual terminava com esta jornada.

Ela estremeceu ao entrar na parte principal da Cidade, onde as paredes eram alinhadas com crânios e fêmures e candelabros delicados de ossos pendendo do teto. Ao menos em Thule ela não estivera sozinha.

Finalmente entrou na sala das Estrelas Falantes. Era exatamente como em seu sonho. O chão brilhava como um céu noturno de cabeça para baixo, as estrelas se curvando numa parábola diante da mesa de basalto à qual os Irmãos do Silêncio sentavam quando tinham sessões. A mesa estava vazia, e não havia Espada atrás dela, em seu lugar habitual.

Emma pisou nas estrelas, as botas tilintando suavemente no mármore. No sonho, o chão simplesmente se abria. Mas agora nada acontecia. Ela esfregou seus olhos exaustos com as juntas dos dedos, procurando dentro de si o instinto que a guiara na abertura dos portões da Cidade.

Eu sou parabatai, pensou. *A magia que me liga a Julian é tecida neste lugar, no pano dos Nephilim.* Hesitante, ela tocou a lâmina da Espada Mortal. Passou a ponta de um dedo gentilmente, deixando a lembrança voltar àquele momento em que ficara na fogueira com Julian — *seu povo será meu povo, seu Deus o meu Deus...*

Uma gota de sangue se formou na ponta de seu dedo e pingou no mármore aos seus pés. Ouviu um estalo e o chão, que não parecia ter juntas, se abriu e retrocedeu, revelando um buraco escuro abaixo.

No buraco havia uma tábua. Ela conseguia enxergá-la mais claramente do que no sonho. Era feita de basalto branco, e nela havia um símbolo *parabatai* pintado com sangue, tão antigo quanto o sangue em si, há muito dissolvido, deixando apenas uma mancha vermelho-amarronzada no formato da Marca.

A respiração de Emma travou na garganta. Apesar de tudo, estar na presença de algo tão antigo e tão poderoso tocava seu coração. Sentindo como se estivesse engasgando, ela ergueu a Espada, a ponta da lâmina apontada para baixo.

Ela conseguia se enxergar fazendo, abaixando a Espada, quebrando a tábua. Imaginou o barulho. Seria o som de corações se partindo, por todo o mundo, enquanto *parabatai* seriam separados. Ela os imaginou buscando uns aos outros num horror confuso — Jace e Alec, Clary e Simon.

A dor que Julian sentiria.

Começou a chorar silenciosamente. Ela seria uma exilada, uma pária, descartada como Cain. Imaginou Clary e os outros dando as costas para ela com olhares de ódio. Não podia machucar pessoas daquele jeito e ser perdoada.

Mas pensou novamente na Diana de Thule. *As Marcas começam a arder como fogo, como se tivessem fogo em vez de sangue nas veias. As pessoas diziam que as lâminas daqueles que os combatiam estilhaçavam em suas mãos. Linhas escuras se espalhavam por seus corpos e eles se tornavam monstruosos — fisicamente monstruosos. Nunca vi acontecer, só para constar — ouvi tudo por terceiros. Histórias sobre criaturas enormes, brilhantes e implacáveis, destruindo cidades. Sebastian teve que soltar milhares de demônios para abatê-las. Muitos mundanos e Caçadores de Sombras morreram.*

Ela e Julian não podiam se transformar em monstros. Não podiam destruir todos os que conheciam e amavam. Era melhor romper os laços *parabatai* do que ser responsável por morte e destruição. Parecia que havia passado uma eternidade desde que Jem explicara a maldição a ela. Eles tinham tentado de tudo para escapar dela.

Em algum momento, o poder os enlouqueceria, até que se tornassem monstros. Eles iriam destruir suas famílias, as pessoas que amavam. A morte os cercaria.

Não havia escapatória que não essa. Suas mãos apertaram o cabo da espada com ainda mais força. Ela ergueu Maellartach.

Me perdoe, Julian.

— Pare! — ecoou uma voz pela Cidade dos Ossos. — Emma! O que você está fazendo?

Ela se virou, sem sair das Estrelas Falantes e sem abaixar a Espada. Julian estava à entrada da câmara. Seu rosto estava branco, encarando-a completamente perplexo. Ele claramente estivera correndo: estava sem fôlego, com folhas nos cabelos e lama nos sapatos.

— Não tente me deter, Julian. — A voz dela foi pouco mais que um sussurro.

Ele estendeu as mãos como se quisesse mostrar que não trazia armas, e deu um passo adiante, em direção a ela. Ela balançou a cabeça e ele parou.

— Sempre achei que seria eu — disse ele. — Nunca pensei que *você* fosse fazer.

— Saia daqui, Julian. Não quero que você esteja aqui para isso. Se me encontrarem aqui, quero que me encontrem sozinha.

— Eu *sei* — disse ele. — Você está se sacrificando. Sabe que eles vão culpar alguém, alguém com acesso à Espada Mortal, e você quer que seja você. Eu te *conheço*, Emma. Sei exatamente o que está fazendo. — Ele deu mais um passo em direção a ela. — Não vou tentar contê-la. Mas você também não pode me obrigar a sair.

— Mas você precisa! — A voz dela se elevou. — Eles vão me exilar, Julian, na melhor das hipóteses, mesmo que Horace seja derrubado; nem Jia deixaria isso passar, ninguém deixaria e nem poderia, não vão entender, se formos nós dois, vão achar que fizemos para podermos ficar juntos, você vai perder as crianças. Não vou deixar que isso aconteça, não depois de tudo...

— *Emma!* — Julian estendeu a mão para ela. A pulseira de vidro marinho em seu pulso brilhava, a cor intensa neste lugar de ossos e cinza. — Não vou abandonar você. Não vou abandonar nunca. Mesmo que você destrua este símbolo, eu não vou abandoná-la.

Um soluço rasgou Emma. E depois outro. Ela se ajoelhou, ainda segurando a Espada. O desespero a dilacerava, forte como alívio. Talvez fosse mesmo alívio. Ela não sabia dizer, mas sentiu Julian se aproximar silenciosamente e se ajoelhar diante dela, os joelhos na pedra fria.

— O que houve? — perguntou ele. — E o tempinho que Magnus disse que tínhamos?

— Minha Marca tem ardido, e a sua também, eu sei. E tem isto aqui. — Ela arregaçou a manga do casaco, virando a mão para mostrar a marca no antebraço: uma estampa parecida com uma teia de aranha, pequena, porém crescendo. — Acho que não temos mais tempo.

— Então podemos tirar nossas Marcas — disse Julian. Sua voz era suave, tranquilizante, uma voz que ele reservava para as pessoas que mais amava. — As minhas e as suas. Pensei que...

— Conversei com Jem na reunião — explicou Emma. — Ele me disse que jamais faria, jamais, e Magnus não consegue fazer sozinho... — Ela tomou fôlego. — Em Thule, Diana me contou que quando Sebastian começou a dominar, os *parabatai* daquele mundo se transformaram em monstros. Suas Marcas queimaram e as peles começaram a ficar cobertas por marcas escuras, e então se tornaram monstros. É isso que está acontecendo com a gente, Julian. Sei que é. Toda aquela história da maldição nos transformar em monstros. É como se essa monstruosidade estivesse escondida no coração do vínculo. Como... como um câncer.

Houve uma longa pausa.

— Por que não me contou sobre isso?

— No início eu não acreditei — sussurrou ela. — Achei que no mínimo fosse algo que só pudesse acontecer em Thule. Mas nossas Marcas queimaram. E as marcas escuras na minha pele... eu *soube*...

— Mas não sabemos — retrucou ele suavemente. — Sei como você se sente. Você tem se sentido trêmula, certo? Com a mente acelerada. Seu coração também acelera.

Ela fez que sim com a cabeça.

— Como...

— Eu tenho sentido o mesmo — disse ele. — Acho que é a maldição, sim. Jem disse que nos daria poder. E eu realmente me sinto como... como se tivesse sido aceso com eletricidade e não consigo parar de tremer.

— Mas você parece bem — comentou Emma.

— Acho que me recuperar do feitiço, para mim, é como sair de um buraco — falou ele. — Ainda não cheguei no topo, onde você está. Estou um pouco protegido. — Ele abraçou os joelhos. — Sei por que você está assustada. Qualquer pessoa estaria. Mas ainda vou pedir para fazer algo por mim. Vou pedir que tenha fé.

— Fé? — indagou. — Fé em quê?

— Na gente — disse ele. — Mesmo quando você me falou por que era proibido a gente se apaixonar, mesmo quando eu soube que a gente nunca deveria ter se tornado *parabatai*, eu ainda tinha todas as lembranças de como era maravilhoso ser seu parceiro, ter nossa amizade transformada em algo sagrado. Ainda acredito no nosso laço, Emma. Ainda acredito nos vínculos *parabatai*, na importância deles, na beleza do que Alec e Jace têm, ou no que Jem teve no passado.

— Mas e se isso puder se voltar contra nós? — disse Emma. — Nossa maior força se transformar na nossa maior fraqueza?

— Por isso pedi para ter fé — justificou ele. — Acredite na *gente* se não consegue acreditar na ideia em si. Amanhã pode ser que a gente entre em batalha. Nós contra eles. Precisamos de Jace e Alec, Clary e Simon... precisamos de *nós dois*... completos e inteiros no campo de batalha. Precisamos estar o mais fortes possível. Mais um dia, Emma. Chegamos até aqui. Podemos aguentar mais um dia.

— Mas eu preciso da Espada Mortal — disse Emma, abraçando a lâmina. — Não consigo sem ela.

— Se vencermos amanhã, poderemos ter a ajuda da Clave — disse Julian.

— Se não vencermos, Horace ficará feliz em remover nossas Marcas. Você sabe disso.

— Eu pensei nisso — disse Emma. — Mas não podemos ter certeza, podemos?

— Talvez sim, talvez não. Mas se você fizer isso, se cortar todos os vínculos, então vou ficar ao seu lado e levar a culpa junto. Você não tem como me impedir.

— Mas as crianças — sussurrou ela. Não podia suportar a ideia de Julian ser separado delas, de mais dor e sofrimento recaindo sobre os Blackthorn.

— Elas têm Helen e Aline agora — disse Julian. — Não sou o único que pode manter nossa família unida. Quando estava no meu pior, você esteve no seu melhor por mim. Eu só posso fazer o mesmo por você.

— Tudo bem — aquiesceu ela. — Tudo bem, vou aguardar mais um dia.

Como se tivesse ouvido a voz dela, o chão se fechou aos seus pés, escondendo a tábua *parabatai* por baixo do mármore protetor. Emma queria esticar o braço para Julian, pegar as mãos dele, dizer que era grata. Queria dizer mais, dizer as palavras proibidas, mas não disse... apenas olhou silenciosamente para ele e pensou nelas, imaginando se alguém já teria pensado tais palavras antes na Cidade do Silêncio. Se tinham pensado desse jeito: com tanta esperança quanto desespero.

Eu te amo. Eu te amo. Eu te amo.

30

As Riquezas que se Escondem

Um barulho arranhado à porta da barraca acordou Emma. Ela dormira a noite inteira sem sonhar, acordando apenas quando Cristina entrou sorrateiramente na barraca tarde da noite e se enrolou nos cobertores. Ela agora lutava para acordar, se sentindo grogue; conseguia enxergar através de uma fenda que estava cinza lá fora, o céu pesado com a chuva iminente.

Helen estava diante da barraca delas.

— Alerta dos trinta minutos — avisou ela, e seus passos se afastaram enquanto ela continuava acordando as pessoas.

Cristina resmungou e rolou para fora das cobertas. Ambas tinham dormido de roupa.

— Minha estela — disse ela. — A gente devia... — Ela bocejou — Se Marcar. Além disso, acho bom que tenha café.

Emma ficou só de camiseta, tremendo de frio enquanto Cristina fazia o mesmo. Elas trocaram símbolos — Velocidade e Certeza para Emma, e símbolos de Bloqueio e Desvio para Cristina, e Precisão de Ataque e Visão de Longo Alcance para ambas. Cristina não perguntou por que Emma não estava recebendo suas Marcas de Julian. Ambas sabiam o motivo.

Elas fecharam zíperes e amarraram cadarços, vestindo seus uniformes e calçando botas, e saíram da barraca, alongando seus músculos endurecidos. O céu estava carregado com nuvens escuras, o chão molhado com orvalho. Parecia que todos os outros já estavam acordados e correndo pelo acampamento; Simon estava fechando o uniforme de combate, Isabelle polindo uma

Rainha do Ar e da Escuridão

espada. Magnus, vestido sombriamente com roupas escuras e ajudando um Alec uniformizado a prender a aljava cheia de flechas. Aline estava desenhando um símbolo de Força de Espírito na nuca de Helen. Mark, com o cinto de armas eriçado de adagas, estava mexendo um mingau no fogo.

Cristina choramingou.

— Não vejo café. Só mingau.

— Eu sempre digo que café é do mal, sua viciada — brincou Emma. — Me dê a mão, eu desenho um símbolo de Energia.

Cristina resmungou, mas estendeu a mão; um bom símbolo de Energia funcionava como cafeína. Emma olhou afetuosamente para Cristina enquanto passava a estela sobre sua pele. Ela desconfiava saber onde Cristina tinha estado na noite passada, embora não fosse hora de perguntar.

— Não consigo acreditar que isso está acontecendo — queixou-se Cristina enquanto Emma largava sua mão.

— Eu sei — falou Emma. Ela deu um leve aperto na mão de Cristina antes de guardar a estela. — Eu te dou cobertura se alguma coisa acontecer. Você sabe disso.

Cristina tocou o medalhão e depois a bochecha de Emma, com os olhos sérios.

— Que o Anjo a abençoe e a deixe em segurança, minha irmã.

Vozes elevadas chamaram a atenção de Emma antes que ela pudesse dizer qualquer outra coisa. Ela se virou para flagrar Julian com Ty e Kit; Ty estava falando alto, claramente bravo, enquanto Kit estava recolhido com as mãos nos bolsos. Ao se aproximar, ela viu a expressão de Kit mais nitidamente. Ficou chocada. Ele parecia extremamente esgotado e desesperado.

— Queremos ir com vocês — dizia Ty. Mark tinha começado a se aproximar, abandonando o mingau. Helen, Aline e Kieran estavam por perto, enquanto os outros educadamente não prestavam atenção. — Queremos lutar com vocês.

— *Ty*. — Novas Marcas se destacavam escuras e brilhantes nos pulsos e na clavícula de Julian. Emma ficou imaginando quem as teria aplicado. Mark? Helen? Não importava. Deveria ter sido ela. — Isso não é uma luta. É uma negociação. Um encontro pacífico. Não posso levar toda a minha família.

— Não é como se vocês tivessem sido convidados e nós não — falou Ty. Ele estava de uniforme; Kit também. Uma espada curta pendurada no quadril de Ty. — Nenhum de nós foi convidado.

Emma escondeu um sorriso. Era sempre difícil discutir com Ty quando ele tinha bons argumentos.

— Se todos nós aparecermos, vai ser um caos — explicou Julian. — Preciso de você aqui, Ty. Você sabe qual é a sua função.

Ty falou relutantemente.

— Dar um aviso. Ficar em segurança.

— Isso mesmo — disse Julian. Ele tomou o rosto de Ty nas mãos; Ty ainda era uma cabeça mais baixo do que ele. — Fique a salvo, Tiberius.

Mark pareceu aliviado. Kit não tinha dito uma palavra. Sobre a cabeça de Ty, Julian assentiu para Magnus, que estava ao lado de Alec, abrigados sob uma árvore próxima. Magnus assentiu de volta. *Interessante*, pensou Emma.

Os outros começavam a se aproximar agora que a discussão tinha acabado: Cristina e Kieran, Diana, Isabelle e Simon, Clary e Jace. Jace foi até Kit e lhe tocou no ombro com toda a gentileza que Emma sabia que ele possuía, mas que raramente demonstrava. Enquanto Emma observava, Jace ofereceu a Kit uma pequena adaga de prata com um desenho de garças voando entalhado no cabo. Kit pegou cuidadosamente, assentindo. Emma não conseguia ouvi-los conversando, mas Kit parecia um pouco menos descontente.

Kieran e Cristina estavam conversando baixinho. Kieran agora se afastava delas, vindo encarar Julian e o restante daqueles que iam para os Campos; Emma e Cristina, Alec e Mark. Os cabelos escuros de Kieran ondulavam úmidos em volta do rosto.

— Também está na minha hora de ir, eu acho.

— Sinto muito que você não vá poder permanecer conosco para essa parte do plano — disse Julian. — Você ajudou muito, Kieran. É como se o seu lugar fosse conosco.

Kieran lançou a Julian um olhar analítico.

— Eu não enxergava você com clareza suficiente no passado, Julian Atticus. Você tem um coração impiedoso. Mas também tem um coração bom.

Julian pareceu vagamente surpreso, e depois ainda mais surpreso quando Kieran tomou a iniciativa de dar um beijo de despedida em Mark para depois se virar na direção de Cristina e beijá-la também. Ambos sorriram para ele enquanto todos encaravam. *Acho que eu estava certa*, pensou Emma, e ergueu uma sobrancelha para Cristina, que ruborizou.

Kieran murmurou alguma coisa para os dois, que Emma não conseguiu escutar, e sumiu no bosque, desaparecendo como bruma.

— Aqueles que vão deixar o acampamento devem ir — disse Diana. — A negociação será em breve e levaremos pelo menos uma hora para caminhar até os Campos.

Clary estava conversando com Simon; ela afagou os ombros dele e se virou, preocupada, para Isabelle, que a abraçou. Alec tinha ido falar com Jace. Por

Rainha do Ar e da Escuridão

todos os lados havia *parabatai* se preparando para a separação, ainda que breve. Emma foi tomada por um senso de irrealidade. Ela esperava que os laços estivessem quebrados a essa altura. Era estranho estar onde estava — ainda sem necessidade de fuga, nem sendo odiada, e nem exilada.

Alec apertou a mão de Jace.

— Se cuida.

Jace olhou para ele por um longo instante e o soltou. Clary tinha se afastado de Simon e ido ficar com Jace. Eles ficaram observando enquanto Magnus atravessava a grama molhada até Alec, inclinava a cabeça e o beijava gentilmente.

— Queria que você pudesse ir — disse Alec, os olhos lacrimejantes.

— Você sabe como tem que ser. Ninguém do Submundo assustando Horace — disse Magnus. — Cuidado, meu arqueiro. Volte para mim.

Então foi ficar com Jace e Clary. Helen e Aline se juntaram a eles, bem como Kit e Ty. Eles formavam um grupo pequeno e silencioso, assistindo enquanto os outros davam meia-volta e caminhavam para os bosques de Brocelind.

— Você vai voltar a falar comigo um dia? — perguntou Ty.

Ele e Kit estavam sentados numa clareira verdejante na floresta, perto do acampamento. Um pedregulho cinza coberto por lodo verde e marrom se erguia atrás deles; Ty tinha apoiado as costas nele, os olhos quase fechados de exaustão.

Kit mal se lembrava do retorno do Lago Lyn na noite anterior. Ty mal conseguira andar. Ele se apoiara em Kit durante quase todo o trajeto, e desde aquele momento Kit já se reservara ao direito de não dizer uma palavra. Nem mesmo quando começou a chover e eles saíram pisoteando por um lamaceiro desgraçado. Nem quando Ty teve que parar, arfando, perto da lateral da trilha. Nem quando ele se abaixou e engasgou chamando Julian, como se de algum jeito Julian fosse aparecer do nada e consertar tudo.

Era como se as emoções de Kit estivessem presas em algum lugar num frasco hermeticamente fechado. Ty não o queria — nem como amigo, nem como nada. Cada inspiração doía, mas sua mente fugia do motivo: de quem ele realmente culpava pelo que acontecera.

— Temos que ficar quietos. — Foi tudo que ele disse agora.

Ty lançou a ele um olhar duvidoso.

— Não é isso — respondeu. — Você está bravo comigo, acho.

Kit sabia que deveria dizer a Ty o que estava sentindo: era mais do que injusto esperar que o outro fosse adivinhar. O único problema era que ele mesmo não tinha certeza.

Ele se lembrava de ter voltado para o acampamento, se lembrava de ter engatinhado com ele para a barraca, de Ty se encolhendo. Kit propusera chamar Julian, mas Ty apenas balançara a cabeça, enfiando a cara nos cobertores, cantarolando baixinho até os músculos relaxarem e ele cair num sono exausto. Kit não dormira.

Agora ele enfiava a mão no bolso para pegar alguma coisa.

— Olha... ontem à noite, depois... bem, antes de deixarmos o lago, eu voltei para a fogueira. — Era tudo cinzas e carvão, exceto por um brilho remanescente, reluzindo como um tesouro pirata entre as cinzas.

Kit entregou o objeto e viu os olhos de Ty enrugarem nos cantinhos, do jeito que faziam quando ele ficava muito surpreso.

— Você pegou para mim? — indagou Ty.

Kit continuou estendendo o colar. Balançava entre eles, um pêndulo brilhante. Ty esticou a mão lentamente para pegá-lo. O sangue tinha se esvaído da superfície com o calor do fogo. O medalhão brilhou límpido quando ele o colocou em volta do pescoço.

— Kit — começou ele, hesitante. — Achei que você... achei que seria...

Barulho de folhas secas pisoteadas; um graveto estalando. Kit e Ty caíram instantaneamente em silêncio. Após um instante, com a mão no pingente, Ty agachou e começou a assobiar.

Emma e os outros atravessaram quase em silêncio total a floresta que estava verde, úmida e carregada de folhas e água. Gotas frias de chuva ocasionalmente ultrapassavam a cobertura e deslizavam pelas costas do colarinho de Emma, fazendo-a tremer.

Há algum tempo, eles tinham chegado a uma bifurcação. Diana, Isabelle e Simon foram para a direita. Os outros, para a esquerda. Não houve despedidas, embora Alec tivesse beijado a bochecha da irmã sem dizer nada.

Eles agora caminhavam num grupo de cinco: Julian na frente, depois Mark e Cristina — sem darem as mãos, mas próximos, com os ombros se tocando — e Alec e Emma por último. Alec estava atento, seu arco sempre pronto, seus olhos azuis vasculhando as sombras de ambos os lados da trilha.

— Você já quis uma tapeçaria bem grande de você? — perguntou Emma a ele.

Alec não era do tipo que se espantava fácil.

— Por quê? — perguntou ele. — Você tem uma?

— Tenho, para falar a verdade — disse Emma. — Resgatei da sala do Inquisidor e carreguei pelas ruas de Alicante. Recebi uns olhares bem estranhos.

Alec contorceu a boca.

— Aposto que sim.

— Eu não queria que o Inquisidor jogasse fora — disse Emma. — Ele quer fingir que a Batalha de Burren não teve importância. Mas eu estive em Thule. Sei o que significaria não ter uma Clary. Ou um Jace. Ou um de você.

Alec baixou levemente o arco.

— E imagine onde estaríamos agora se não houvesse um Julian, ou uma de você, ou uma Cristina ou um Mark. Há momentos, acho, em que cada um de nós é chamado. Quando escolhemos nos elevar ou não. O que fizeram no Reino das Fadas... — Ele fez uma pausa. — Sabe, você deveria dar essa tapeçaria para Magnus. Se tem alguém que gostaria de tê-la, é ele.

De repente a luz penetrou por entre as árvores. Emma levantou os olhos, achando que as nuvens tinham se dissipado, e percebeu que haviam chegado aos limites da floresta. As árvores agora eram parcas, o céu arqueava acima em tons de cinza perolado e azul fumê.

Eles saíram da floresta. Na frente deles, se estendia o campo verde até os muros de Alicante. Ao longe, ela via silhuetas, pequenas como besouros, se aproximando do centro dos Campos Eternos. A Tropa? Os Unseelie? Mesmo com as Marcas de Visão de Longo Alcance, estavam distantes demais para distinguir.

— Emma — chamou Julian. — Está pronta?

Ela olhou para ele. Por um momento, foi como se não houvesse ninguém além dos dois ali, como se estivessem se encarando através da câmara *parabatai* na Cidade do Silêncio, a conexão entre eles brilhando com sua força. O rosto de Julian estava pálido em contraste ao preto do uniforme de combate; seus olhos azul-esverdeados ardiam enquanto ele olhava para ela. Ela sabia o que ele estava pensando. Ele tinha chegado até aqui, até onde não dava mais para voltar. Ele precisava que ela desse o último passo com ele.

Ela empinou o queixo.

— Escolhemos nos elevar — disse ela e, pisando na grama dos Campos, eles começaram a marchar em direção aos muros de Alicante.

E o céu estava cheio de anjos.

Dru estava ao lado do canal em frente à casa Graymark, segurando a mão de Tavvy. Por toda a Alicante, Caçadores de Sombras velhos e jovens alinhavam as ruas, olhando para o céu.

Dru tinha que admitir que o feito de Horace fora impressionante. Era como olhar para uma grande tela de cinema, um IMAX ou algo maior. Assim que saíram da casa, com Maryse mandando Rafe e Max ficarem na sua frente, eles pararam para encarar, boquiabertos, o enorme quadrado no céu. Tudo o que viam naquele momento era o verde dos Campos e um pedaço de céu azul cinzento.

Então Horace e Zara surgiram na cena, marchando pela grama, e por causa do tamanho da Projeção e do ângulo, eles pareciam anjos caminhando pelo céu. Horace estava praticamente como sempre, porém com uma diferença notável: a manga que cobria seu braço esquerdo se pendurava vazia do ombro.

Zara estava com os cabelos soltos, o que não era prático para uma batalha, porém dramático em termos de visual. Ela também tinha Cortana dourada presa na lateral do corpo, o que fez o estômago de Dru revirar.

— Aquela é a espada de Emma — falou Tavvy irritado. Dru não o repreendeu. Ela estava tão incomodada quanto ele.

Horace e Zara eram seguidos por um pequeno grupo de guardas — Vanessa Ashdown e Martin Gladstone entre eles — e um contingente de Centuriões. Dru reconheceu alguns deles da época em que passaram no Instituto, como Mallory Bridgestock, Jessica Beausejours, e Timothy Rockford. Manuel não estava com eles, no entanto, o que a surpreendeu. Ele sempre dera a impressão de ser alguém que gostava de estar no centro das coisas.

Ao assumirem seus lugares no campo, Maryse balançou a cabeça e murmurou algo sobre Gladstone. Ela vinha tentando cercar Max e Rafe, sendo que nenhum dos dois estava interessado nas tediosas figuras no céu, mas agora ela olhava para Horace, franzindo o rosto.

— O Círculo de novo — disse ela. — Valentim era exatamente assim, tão seguro de sua retidão. Tão seguro que aquilo dava a ele o direito de decidir pelos outros em que eles deveriam acreditar.

Um engasgo audível veio dos Caçadores de Sombras espectadores. Não uma reação às palavras de Maryse — estavam todos olhando para cima. Dru tinha esticado o pescoço para trás e observava em choque que o exército da Corte Unseelie agora estava marchando pelos Campos em direção à Tropa.

Pareciam uma ordem vasta e incontável de fadas usando as fardas obscuras do Rei Unseelie. Cavaleiros sobre montarias paramentados com lanças de prata e de bronze brilhando à luz matutina. Goblins atarracados com machados ameaçadores; dríades com bastões robustos de madeira e kelpies exibindo seus dentes afiados. Marchando à frente havia soldados vermelhos com seus uniformes tingidos de sangue, as botas de ferro tilintando na terra. Eles cercavam um homem coroado montado num cavalo — o novo Rei Unseelie. Não o que Dru conhecia das fotos; este Rei era jovem. A coroa inclinada despreocupadamente para o lado.

Quando ele se aproximou, Dru notou que ele parecia ligeiramente com Kieran. A mesma boca reta, as mesmas feições inumanamente lindas, embora o cabelo do Rei fosse negro como carvão, com mechas roxas. Ele cavalgou até o Inquisidor com o restante da Tropa e o encarou friamente.

Maryse emitiu um arfar de surpresa. Outros Caçadores de Sombras estavam arquejantes, e alguns na Ponte Cisterna aplaudiram. Por mais que Dru detestasse Horace, ela admitia que este era um bom teatro: a pequena Tropa encarando um enorme exército do Reino das Fadas.

Ela estava feliz por eles também terem o próprio teatrinho planejado.

— Saudações, milorde Oban — disse Horace, inclinando a cabeça. — Agradecemos por concordar com esta negociação conosco esta manhã.

— Ele está mentindo — comentou Tavvy. — Olha a cara dele.

— Eu sei — disse Dru com a voz baixa. — Mas não diga isso onde as pessoas possam ouvir.

Oban desmontou graciosamente do cavalo. Ele se inclinou para Horace. Houve mais um arfar coletivo que agitou as ruas de Alicante. Fadas não faziam reverência para Caçadores de Sombras.

— O prazer é meu.

Horace abriu um sorriso largo.

— Você entende a gravidade da nossa situação — falou ele. — A morte de dois dos nossos, principalmente de Caçadores de Sombras tão populares quanto Jace Herondale e Clary Fairchild, deixa um buraco no coração de nossa comunidade. Uma ferida dessas não pode ser suportada por uma sociedade civilizada. Exige reparação.

Ele quer dizer retribuição, pensou Dru. Ela sabia que eram coisas diferentes, embora duvidasse que pudesse explicar exatamente como.

— Nós das terras Unseelie não discordamos — respondeu Oban, pomposo. — Parece comprovado que integrantes do Submundo e Caçadores de Sombras não podem ocupar o mesmo espaço em segurança. É melhor ficarmos separados e nos respeitarmos à distância.

— Sim — disse Horace. — Nos respeitarmos à distância parece bom.

— Sério — murmurou Maryse. — Ninguém pode estar acreditando nessa bobagem, pode?

Dru olhou de soslaio para ela.

— Você realmente soa como uma nova-iorquina às vezes.

Maryse deu um sorriso torto.

— Vou tomar como um elogio.

Houve um agito súbito. Dru levantou o olhar e viu que Horace, que estava meneando a cabeça em concordância com o Rei Oban, encarava o horizonte com a boca aberta em choque.

Oban se virou e uma careta — a primeira expressão genuína que ele apresentou — se espalhou por seu rosto.

— Que intromissão é essa?

Sem conseguir se conter, Dru aplaudiu. Entrando no foco da Projeção, marchando pelos campos verdejantes em direção à Tropa, vinham Julian, Emma e o restante do grupo. Contra todas as probabilidades, eles chegaram.

O vento se intensificara e chicoteava pelos Campos Eternos, sem que muros ou árvores fizessem resistência à sua força. A grama tombava na frente de Emma e dos outros, e a túnica de Inquisidor de Horace esvoaçava ao seu redor. Zara tirou o cabelo do rosto e encarou Julian furiosamente antes de direcionar seu olhar de ódio a Emma.

— *Você* — sibilou ela.

Emma sorriu para Zara com todo o ódio desencadeado pela imagem de Cortana pendurada na outra.

— Eu sempre quis que alguém sibilasse *"você"* para mim — disse ela. — Eu me sinto num filme.

Horace fez uma careta.

— O que esses moleques estão fazendo aqui? Como ousam interromper esta negociação? É um assunto sério, não uma brincadeira de criança.

— Ninguém disse que era brincadeira, Dearborn. — Julian parou entre Horace e uma multidão de cavaleiros fadas e soldados vermelhos, cercado por Mark e Alec de um lado, Emma e Cristina do outro. — E nem somos crianças.

— Eu certamente não sou — observou Alec singelamente.

Um homem no centro dos soldados apontou para Mark. Ele tinha um quê de Kieran, com cabelos roxos e negros desgrenhados e um aro dourado ligeiramente torto caído sobre a testa.

— Eu conheço você.

Mark o encarou.

— Infelizmente, é verdade. — Ele se virou para os outros. — Este é o Príncipe Oban.

— *Rei* Oban. — Oban se irritou. — Horace... Inquisidor, certifique-se de que me demonstrem respeito.

— Eles sequer deveriam estar aqui — disse Horace. — Peço desculpas por essa intromissão. — Ele acenou, petulante, na direção deles. — Ashdown, Gladstone, livrem-se destes lixos.

Rainha do Ar e da Escuridão

— Vocês ouviram. — Vanessa deu um passo à frente, a mão na lâmina em sua cintura.

— É muito difícil imaginar o que Cameron fez para merecer parentes como você — falou Emma para ela, e teve a satisfação de ver a outra corar.

Alec ergueu seu arco. Mark fez o mesmo.

— Se não renderem suas armas — disse Horace —, seremos forçados a...

— É isso mesmo que você quer que todo mundo veja? — interrompeu Julian. — Depois de tudo o que você disse sobre as mortes de jovens Caçadores de Sombras, você quer mesmo ser o causador de mais algumas? — Ele deu as costas para Horace, voltando-se para os muros de Alicante, e falou com uma voz clara e dura: — Esta negociação é falsa. É um verdadeiro teatro. Não só o Inquisidor está aliado à Corte Unseelie, como colocou Oban no trono para ser seu fantoche.

Zara engasgou de forma audível.

Se antes a expressão de Horace era de presunção, agora era de choque.

— Mentiras. São mentiras desgraçadas! — rugiu ele.

— Suponho que agora você também vá dizer que ele matou Jace e Clary — falou Zara.

Julian não perdeu tempo olhando para ela. Continuou olhando em direção a Alicante. Emma imaginou os Caçadores de Sombras na cidade. Será que podiam vê-lo, ouvi-lo? Será que tinham entendido?

— Eu não ia dizer isso — falou Julian. — Porque eles não estão mortos.

Eles não estão mortos.

Um rugido cercou Dru. Havia caos nas ruas: ela ouvia as pessoas gritando de felicidade e outras de surpresa ou raiva; ouvia os nomes de Jace e Clary repetidos à exaustão. Tavvy levantou os punhos para o céu, onde a imagem de Julian se erguia sobre eles, cercado por Emma e seus amigos.

Esse é meu irmão, pensou Dru, orgulhosa. *Meu irmão Julian.*

— É de muito mau gosto fazer piadas assim — rebateu Gladstone. — O mundo dos Nephilim ainda está de luto por Jace e Clary...

— E nós encontramos as roupas sujas de sangue deles — disse Zara. — Sabemos que estão mortos.

— Às vezes as pessoas perdem seus casacos — disse Alec. — Jace é meu *parabatai*. Se ele estivesse morto, eu saberia.

— Ah, *sentimentos* — falou Horace maldosamente. — Então isso se resume aos seus sentimentos, certo, Lightwood? Nós da Tropa lidamos com fatos! *Nossos* fatos!

— Ninguém é dono dos fatos — disse Cristina sem se afetar. — Eles são imutáveis.

Horace lançou um olhar de nojo a ela e se voltou para Oban.

— Jace Herondale e Clary Fairchild estão mortos, não estão?

A expressão de Oban era uma mistura de raiva e desconforto.

— Um de meus soldados vermelhos me disse que sim, e conforme vocês já sabem, meu povo não tem a capacidade de mentir.

— Pronto — disse Horace. — Estou sem paciência para você, Blackthorn! Guardas, levem todos para o Gard. A punição será decidida mais tarde.

— Deixe que nós os levaremos. — Zara deu um passo à frente, com Timothy Rockford ao seu lado. Ela tirou Cortana da bainha e a ergueu para apontá-la para os intrusos. — Emma Carstairs, você está presa em nome de...

Emma esticou a mão. Do mesmo jeitinho que fizera por todos os anos desde que Julian colocara Cortana em seus braços no início da Guerra Maligna. Do mesmo jeitinho que fizera na cerca-viva de espinhos no Reino das Fadas, como se estivesse vasculhando o passado para tocar as mãos de todas as mulheres Carstairs que empunharam Cortana ao longo dos anos.

A mão de Zara tremeu. O cabo de Cortana escapou de seus dedos e a lâmina navegou pelo espaço entre elas.

O cabo bateu na mão de Emma. Reflexivamente, ela o empunhou e ergueu a espada no alto. Cortana era dela outra vez.

Eles estavam sentados num dos troncos da fogueira, conversando, embora Helen estivesse tensa demais para se concentrar na conversa. Ela não conseguia tirar da cabeça os perigos que Jules, Mark e os outros estavam enfrentando agora.

— Eles vão ficar bem — falou Magnus depois que fez uma pergunta para ela duas vezes e não obteve resposta. Ela estava olhando fixamente para a profusão de árvores, o corpo inteirinho tenso. — Horace não os machucaria na frente de tanta gente. Ele é um político.

— Todo mundo tem um limite — disse Helen. — Já vimos pessoas fazerem algumas coisas bem estranhas.

Os olhos felinos de Magnus brilharam.

— Suponho que sim.

— É um prazer vê-lo outra vez — falou Aline para ele. — Não passamos muito tempo juntos desde Roma.

Ela sorriu para Helen; Roma era o lugar onde ambas se conheceram, anos atrás.

— Fico repetindo para mim que vou evitar guerras e batalhas — disse Magnus. — De algum jeito elas continuam vindo até mim. Deve ser alguma coisa na minha cara.

O som do apito fez Helen se levantar, juntamente a Aline. Não foi muito bem um alerta. As árvores em volta deles tremeram; Helen tinha acabado de sacar sua espada quando um grupo de cinquenta ou sessenta membros fortemente armados da Tropa explodiu de trás delas, liderado por Manuel Villalobos, e avançando diretamente para o acampamento.

Magnus não perdeu tempo se levantando do tronco.

— Ah, céus — disse ele com a voz entediada. — Um ataque aterrorizante e inesperado.

Aline deu um tapinha no ombro dele. Os membros da Tropa subiram a pequena colina marchando e chegaram ao acampamento, cercando Magnus, Helen e Aline. Manuel estava com seu uniforme completo de Centurião; sua capa vermelha e cinza girou impressionantemente quando ele capturou Aline e a posicionou de costas para o seu peito, a adaga rendendo-a.

— Qual é a barraca de Jace e Clary? — exigiu saber. Ele gesticulou com a adaga. — Vocês dois! Milo, Amelia! Peguem as mãos do feiticeiro. Ele não pode fazer mágica sem elas. — Ele lançou a Magnus um olhar de ódio. — Você deveria estar morto.

— Ah, de fato, mas a questão é: eu sou *imortal* — respondeu Magnus alegremente enquanto um Caçador de Sombras corpulento, Milo, aparentemente, puxava suas mãos para trás de si. — Alguém deveria ter contado a você.

Helen não estava tendo a mesma facilidade para manter o senso de humor. Aline lançou um olhar reconfortante para ela, mas ver sua mulher nas garras de Manuel ainda era mais do que ela podia suportar.

— *Solte-a!* — ordenou.

— Assim que você me disser onde estão Jace e Clary — falou Manuel. — Aliás, deixe-me explicar de um jeito que você consiga entender. Diga-me onde eles estão ou corto a garganta da sua mulher.

Helen e Aline trocaram um olhar.

— É aquela azul ali — disse Helen, e apontou, torcendo para parecer relutante em seu gesto.

Manuel empurrou Aline. Helen a apartou e elas se abraçaram firme.

— *Odiei* aquilo — murmurou Helen no pescoço de Aline enquanto membros da Tropa passavam por elas, suas lâminas sacadas brilhando.

— Eu também não amei — respondeu Aline. — Ele fede a colônia. Como uma pinha. Vamos.

Elas olharam para Magnus, que assobiava alegremente e ignorava os guardas, todos suados e preocupados. Magnus assentiu para elas, que correram atrás de Manuel e dos outros, os quais estavam se aproximando da barraca azul.

— Peguem-nos — disse Manuel, indicando as estacas da barraca. — Arranquem do chão.

A barraca foi tomada, levantada do chão e jogada de lado, desabando numa pilha de tecido.

Embaixo, Jace e Clary foram revelados, sentados de pernas cruzadas na terra, um de frente para o outro. Estavam jogando o jogo da velha no chão com gravetos. Clary estava com os cabelos presos num rabo e parecia ter cerca de quinze anos de idade.

Manuel emitiu um ruído crepitante.

— Matem-nos — disse ele, voltando-se para seus companheiros. — Andem. Matem-nos.

A Tropa pareceu desorientada. Amelia deu um passo adiante, erguendo sua lâmina — em seguida ficou visivelmente espantada.

As árvores em torno do acampamento estavam farfalhando ruidosamente. Os membros da Tropa que tinham permanecido junto às árvores, com as armas em riste, estavam olhando em volta, confusos e com medo.

Jace desenhou a terceira linha de *Xs* no chão e descartou o graveto.

— Xeque-mate — disse ele.

— Xeque-mate é no *xadrez* — observou Clary, ignorando totalmente a Tropa que os cercava.

Jace sorriu. Um sorriso brilhante, lindo, o tipo de sorriso que fazia Helen entender por que, há tantos anos, Aline o beijara só para ver como era.

— Eu não estava falando do nosso jogo — disse ele.

— Eu disse *matem-nos*! — gritou Manuel.

— Mas, Manu — falou Amelia, apontando um dedo trêmulo. — As árvores... as árvores estão se mexendo...

Aline agarrou a mão de Helen enquanto a floresta explodia.

Houve um momento de quietude. Um espanto genuíno surgiu em quase todos os rostos, até no de Oban. Como uma fada, ele talvez entendesse o significado da escolha de Cortana, gostasse ele ou não.

O olhar de Emma encontrou o de Julian. Ele sorriu com os olhos para ela. Julian entendia o quanto aquilo era importante para ela. Ele sempre soube.

Zara soltou um grito.

— *Devolva*! — Ela foi para cima de Emma, que ergueu Cortana em triunfo. Seu sangue cantarolava em suas veias, uma canção de ouro e luta. — Seus *trapaceiros! Ladrões!* Vindo aqui, tentando estragar tudo, tentando arruinar o que estamos construindo!

— Cortana não quer você, Zara — disse Julian contidamente. — Uma espada de Wayland, o Ferreiro pode escolher seu dono, e Cortana não escolhe mentirosos.

— Nós não somos mentirosos...

— Sério? Onde está Manuel? — quis saber Mark. — Ele estava no Reino das Fadas quando eu estive lá. Eu o vi confabulando com Oban. Ele falou sobre uma aliança com a Tropa.

— Então ele falou sobre essa negociação! — rugiu Horace. — Isto é uma aliança... não é nenhum segredo...

— Isso foi muito antes de você falar para a Clave que Jace e Clary tinham morrido — falou Cristina. — Manuel virou vidente agora?

Horace chegou a bater o pé.

— Vanessa! Martin! *Livrem-se desses intrusos*!

— Meus soldados vermelhos podem cuidar deles — disse Oban. — Sangue de Caçador de Sombras rende uma boa tinta.

A Tropa congelou. Julian sorriu, um sorriso sutil e frio.

— Sério, Príncipe? — disse Mark. — Como você sabe?

Oban se virou para ele.

— Você vai se referir a mim como seu Rei! Eu governo as Terras de Unseelie! Tomei o título de meu pai...

— Mas você não o matou — disse Cristina. — Kieran fez isso. Kieran Kingson.

O exército Unseelie começou a murmurar. Os soldados se mantiveram imóveis.

— Acabe com essa farsa, Dearborn — disse Julian. — Mande o exército Unseelie para casa. Venha e encare os seus no Salão do Conselho.

— Encará-los? — disse Horace, a boca se contorcendo com desdém. — E como você sugere que eu faça isso quando ainda não providenciei a justiça? Você simplesmente esqueceria esses dois Caçadores de Sombras corajosos, os que alega serem seus amigos, que morreram pelas mãos de integrantes do Submundo? Eu não vou abandoná-los! Falarei por eles...

— Ou você pode deixar que eles falem por si — disse Alec calmamente.

— Considerando que, sabe, aqui estão eles.

— Ah, veja, lá está Manuel — apontou Emma. — Ficamos muito chateados por não termos visto sinal dele até então, mas percebo que ele estava...

— Não diga — alertou Julian.

— ... preso. — Emma sorriu. — Desculpa. Não resisto a um trocadilho.

E estava preso mesmo: Manuel, junto a um grupo de cinquenta ou mais membros da Tropa, estava sendo firmemente conduzido pelos Campos a partir da Floresta Brocelind. Tinha as mãos amarradas às costas. Todos estavam sendo conduzidos por um grupo de Caçadores de Sombras — Aline e Helen, Isabelle e Diana, e Simon.

Caminhando ao lado deles, com a casualidade de quem dava um passeio matutino, estavam Jace e Clary. Acima deles, esvoaçava um estandarte da Vigilância de Livia, com Clary segurando o mastro. Os olhos de Emma arderam: o medalhão e o sabre de Livvy, voando sobre os Campos Eternos.

E atrás deles... atrás deles vinha uma onda de todos os integrantes do Submundo que passaram a noite inteira esperando na floresta: feiticeiros, licantropes e fadas de todos os tipos, saltitando, marchando e saindo de trás das árvores. A Floresta Brocelind mais uma vez estava cheia de membros do Submundo.

Horace congelara. Zara se encolhera, olhando através de seus cabelos emaranhados.

— O que está *acontecendo*? — perguntou Zara com uma voz entorpecida. Emma quase sentiu pena dela.

Julian esticou a mão e soltou o fecho que prendia sua capa. Ela deslizou dos ombros, revelando o cabo da Espada Mortal, prata com polimento escuro e asas de anjos abertas.

Horace o encarou, bufando levemente. Emma não sabia dizer se ele já havia reconhecido a Espada Mortal; ele parecia além disso.

— O que você fez, seu tolo? — sibilou. — Você não faz ideia... o planejamento cuidadoso... tudo o que fizemos em nome dos Nephilim...

— Ora, olá, Dearborn. — Horace recuou, como se a visão de Jace e Clary tão próximos lhe causasse queimaduras. Jace estava segurando Manuel na frente deles, agarrando-o pelo uniforme, a expressão do Centurião carrancuda e irritada. — Parece que o boato das nossas mortes foi um grande exagero. Inventado por você.

Clary cravou o mastro do estandarte na terra, de modo que a bandeira agora flutuava na vertical.

— Você sempre quis dizer isso, não é mesmo? — perguntou ela a Jace.

Alec olhou para os dois e balançou a cabeça. O restante dos Caçadores de Sombras e membros do Submundo tinham se espalhado pelo campo, entre

Rainha do Ar e da Escuridão

a área da negociação e os muros de Alicante. Rostos familiares estavam misturados na multidão: Simon e Isabelle estavam por ali, e perto deles Emma reconheceu Catarina, Diana, Maia e Bat; ela procurou por Magnus e finalmente o encontrou perto dos limites da Floresta Brocelind. O que ele estava fazendo tão longe?

— Dearborn — disse Alec. — Essa é sua última chance. Cancele esta reunião e volte conosco para o Salão do Conselho.

— Não — desafiou Horace. Parte da cor tinha voltado ao seu rosto.

— Mas todos estão vendo que você mentiu — falou Emma. — Você mentiu para todos os Caçadores de Sombras, tentou nos amedrontar para que obedecêssemos...

— Estes não são Jace e Clary. — Horace apontou para eles com dedos trêmulos. — Eles são... impostores... alguma feitiçaria feita para enganar e mentir...

— As Irmãs de Ferro previram que você diria isso — falou Julian. — Por isso elas me deram isto aqui. — Ele alcançou as costas e sacou a Espada Mortal da bainha. O metal pareceu cantar quando a lâmina fez um arco no céu, espalhando faíscas. Um engasgo audível foi entoado da Tropa às fadas Unseelie; a Emma só restava imaginar a comoção na cidade. — A Espada Mortal, reforjada.

Silenciosamente, Julian agradeceu à Irmã Emilia e sua disposição para enganar a Tropa.

Horace pôs-se a falar:

— Falsa... uma imitação...

— Então você não vai se importar de Manuel segurá-la — falou Julian. — Ordene que ele a pegue.

Horace congelou. Seus olhos foram da Espada para Manuel e voltaram; foi, surpreendentemente, Oban quem quebrou o silêncio.

— Bem, se é uma imitação, deixe o menino pegá-la — falou. — Acabe logo com o sofrimento desta farsa. — Seus olhos prateados desviaram para Manuel. — Pegue a Espada, Centurião.

Com a boca fechada, Manuel esticou as mãos, e Julian colocou a Espada Mortal nelas, com a lâmina em suas palmas. Emma viu Manuel se encolher como se sentisse dor, e sentiu um alívio frio. Então o poder da Espada estava funcionando. Doía ser obrigado a falar a verdade. O poder da Espada doía, e não só para aqueles que mentiam, mas para qualquer um que desejasse proteger seus segredos.

Julian cruzou os braços e olhou para Manuel. Foi um olhar duro e frio, um olhar que remetia a gerações de Blackthorns, até aqueles que foram Inquisidores.

— Você e a Tropa tentaram matar Clary e Jace agora há pouco?

O rosto de Manuel estava manchado de branco e vermelho, e seus cabelos cuidadosos, desalinhados.

— Sim — sibilou ele. — Sim. Tentei. — Ele lançou a Horace um olhar venenoso. — Foi por ordem do Inquisidor. Quando ele descobriu que ainda estavam vivos e que estariam na Floresta Brocelind ontem à noite, ele ordenou que os matássemos ao amanhecer.

— Mas isso não aconteceu — falou Julian.

— Não. Eles devem ter sido alertados. Estavam esperando por nós, e os bosques estavam cheios de integrantes do Submundo. Eles atacaram. Não tivemos chance.

— Então você estava disposto a matar companheiros Nephilim e botar a culpa em integrantes do Submundo — disse Julian. — Por quê? Por que fomentar a guerra?

— Fiz o que Horace mandou.

— E no Reino das Fadas — continuou Julian. — Quando ajudou Oban a se tornar Rei. Quando firmou uma aliança entre a Tropa e a Corte Unseelie. Foi por ordem de Horace?

Manuel estava mordendo o lábio com tanta força que o sangue escorria pelo seu queixo. Mas a Espada era mais forte do que sua vontade.

— Foi *minha* ideia — arfou. — Mas Horace apoiou, ele adorou a ideia de conseguir uma armação bem embaixo do nariz da Clave, colocamos Oban no trono porque ele é um tolo que faria o que quiséssemos, ele encenaria esta negociação conosco, e nós fingiríamos um acordo, um acordo em que ambas as partes alcançariam seus ensejos. A Corte Unseelie teria os Caçadores de Sombras ao seu lado contra os Seelie e outros membros do Submundo, e a Tropa poderia dizer que forçaram a Corte Unseelie a chegar a um acordo de paz, e que eles tinham concordado com jamais entrar em Idris outra vez. Ambos os lados pareceriam fortes perante os seus...

— Basta! — gritou Oban. Ele esticou a mão para tirar a Espada Mortal de Manuel, mas Mark o bloqueou. — Calem esse moleque!

— Tudo bem — disse Julian inesperadamente, e tirou a Espada das mãos de Manuel. — Já chega da galera mais júnior. Dearborn, pegue a Espada.

Ele caminhou até Horace, segurando a Espada. Os membros da Tropa ao redor de Horace iam esmorecendo, as expressões se alternando entre choque e fúria. Não era muito difícil ver quem estava surpreso com as revelações de Manuel e quem não estava.

Rainha do Ar e da Escuridão

— É hora de falar aos seus, Dearborn — incitou Julian. — Eles podem vê-lo. Podem ouvi-lo. Você deve a eles uma explicação. — Ele estendeu a Espada para ele, aplanada e pronta. — Permita-se ser testado.

— Seremos testados na batalha! — gritou Horace. — Vou me provar! Sou o líder deles! O Cônsul legítimo!

— Cônsules não mentem para os integrantes do seu Conselho — disse Julian. Ele abaixou a Espada Mortal de modo que a parte lisa da lâmina ficasse sobre sua palma esquerda, fazendo uma careta quando a compulsão de falar a verdade o dominou. — Você culpou as fadas pela morte de Dane Larkspear. *Eu* matei Dane Larkspear.

Emma sentiu seus olhos arregalarem. Não esperava que Julian fosse dizer *aquilo*.

— Talvez uma honestidade um pouco radical demais — murmurou Simon.

— Eu o matei porque você o mandou para o Reino das Fadas para que matasse a mim e à minha *parabatai* — disse Julian. — Estou segurando a Espada Mortal. Não estou mentindo. Pode ver isso. — Ele falava como se estivesse se dirigindo apenas a Horace, mas Emma sabia que ele estava falando com todos os Caçadores de Sombras e membros do Submundo que pudessem ouvi-lo. — Samantha Larkspear se machucou quando tentou torturar Kieran Kingson na Scholomance. Possivelmente por ordens suas, também. — Ele engasgou de leve; a Espada claramente o machucava. — Você botou Caçadores de Sombras contra Caçadores de Sombras e contra integrantes inocentes do Submundo, tudo a serviço de enganar o Conselho para que adotassem suas reformas preconceituosas... tudo a serviço do medo....

— *Sim, eu fiz!* — gritou Horace. Zara voou para o lado do pai e puxou sua manga vazia; ele mal pareceu notá-la. — Porque os Nephilim são *tolos*! Por causa de pessoas como você, dizendo a eles que membros do Submundo são nossos amigos, que podemos viver em paz ao lado deles! Você ofereceria nossos pescoços voluntariamente para a execução! Você nos deixaria morrer deitados, e não lutando! — Ele lançou o braço direito em direção a Oban. — Eu não precisaria ter aceitado uma aliança com este bêbado tolo se a Clave não tivesse sido tão tola e teimosa! Eu precisava mostrar a eles... mostrar a eles como nos proteger de maneira honrosa contra o Submundo...

— Honrosa? — ecoou Julian, erguendo a Espada Mortal para que ela não mais tocasse sua palma. Agora era uma arma outra vez, não um teste de honestidade. — Você expulsou os integrantes do Submundo de Brocelind. Você sabia que a Corte Unseelie era a responsável por espalhar a praga que estava matando feiticeiros e não fez nada. Como isso pode ser honroso?

— Como se tudo o que ele fez não fosse nada — disparou Mark. — Ele encorajou o Rei a espalhar sua terra envenenada aqui, a matar os Filhos de Lilith...

— Acho que já deu. — falou Alec com frieza, com uma voz ressonante. — É hora de a Corte Unseelie ir, Horace. Sua lealdade está sendo questionada e você não pode mais negociar em nome de membros do Submundo, ou dos Nephilim.

— Você não tem poder para nos mandar embora, menino! — Oban se irritou. — Você não é o Cônsul, e nosso acordo é apenas com Horace Dearborn.

— Não sei o que Horace prometeu — disse Jace, com uma satisfação fria na voz. — Mas ele não tem como ajudar você, Príncipe.

— Eu sou o *Rei*. — Oban ergueu seu arco.

Do amontoado de integrantes do Submundo, uma fada deu um passo à frente. Era Nene, a tia de Mark e Helen. Ela encarou Oban com orgulho.

— Você não é *nosso* Rei — disse.

— Porque você é Seelie — desdenhou Oban.

— Alguns de nós são Seelie, alguns Unseelie, e alguns são selvagens — disse Nene. — Não o reconhecemos como Rei das Terras Unseelie. Reconhecemos Kieran Kingson, que matou Arawn, o Rei Ancião, com as próprias mãos. Ele tem direito ao trono por sangue nas veias e por sangue derramado.

Ela se afastou para o lado e Kieran emergiu do círculo de fadas. Tinha se vestido com roupas do Reino das Fadas: túnica de linho clara, calças de camurça macia e botas. Estava com a coluna ereta e o olhar firme.

— Saudações, irmão Oban — cumprimentou.

O rosto de Oban se contorceu numa careta.

— Na última vez em que o vi, *irmão* Kieran, você estava sendo arrastado acorrentado atrás dos meus cavalos.

— É verdade — disse Kieran. — Mas isso depõe mais contra você do que contra mim. — Ele olhou para as massas de guerreiros Unseelie enfileirados em silêncio. — Vim desafiar meu irmão pelo trono Unseelie — falou. — O método comum é um duelo até a morte. O sobrevivente fica com o trono.

Oban riu, incrédulo.

— O quê? Um duelo *agora*?

— E por que não agora? — disse Nene. Mark e Cristina estavam se entreolhando horrorizados; estava claro que nenhum dos dois sabia dessa parte do plano. Emma duvidava que alguém além do próprio Kieran e algumas poucas fadas soubesse. — Ou está com medo, milorde Oban?

Em um movimento fluido e súbito, Oban ergueu o arco e atirou em Kieran. A flecha voou livre; Kieran desviou e a flecha passou perto do seu braço. Voou

Rainha do Ar e da Escuridão   601

pelo campo e acertou Julie Beauvale; ela caiu como uma árvore atingida, seu chicote voando da mão.

Emma engasgou. Beatriz Mendoza gritou e caiu de joelhos ao lado de Julie; Alec girou e atirou uma enxurrada de flechas em Oban, mas os soldados vermelhos já tinham cercado o Rei. Vários caíram com as flechas de Alec enquanto ele atirava uma atrás da outra em direção aos guerreiros Unseelie.

— Atrás dele! Acompanhem Alec! — gritou Maia. Licantropes caíram de quatro no chão, brotando pelos e presas. Com um grito, a Tropa que cercava Horace pegou suas armas e se pôs a atacar; Julian desviou um golpe de Timothy com a Espada Mortal enquanto Jessica Beausejours se lançou para Emma, girando a espada em volta da cabeça.

Nene avançou para armar Kieran com uma espada de prata; ela brilhou como um flash quando ele contra-atacou. As fadas Unseelie de Oban, leais a seu Rei, surgiram para proteger o monarca, uma verdadeira maré de lanças e espadas. Mark e Cristina foram em direção a Kieran, Cristina armada com uma espada de dois gumes, e flechas de elfo voavam do arco de Mark. Guerreiros da guarda vermelha foram desmoronando. Simon, Jace e Clary já tinham sacado suas espadas e entrado em cena.

Timothy gritou quando sua espada se partiu contra a lâmina de Maellartach. Com um ganido ele desapareceu atrás de Horace, que gritava loucamente para que todos parassem, para que a batalha cessasse, mas ninguém lhe dava ouvidos. A barulheira da batalha era incrível: espadas colidindo contra espadas, lobisomens uivando, gritos de agonia. O cheiro de sangue e metal. Emma desarmou Jessica e lhe deu uma rasteira; Jessica caiu com um grito de dor e Emma girou para se deparar com a aproximação de dois goblins guerreiros com seus dentes pontiagudos feito vidro quebrado e seus rostos semelhantes a couro. Ela ergueu Cortana quando um deles veio para cima dela. O outro caiu de repente, suas pernas se prendendo num fio de electrum.

Emma se livrou do primeiro goblin com uma lâmina no coração e se virou para flagrar Isabelle com seu chicote dourado em volta das pernas do segundo.

O goblin preso começou a gritar e Simon cuidou dele com um golpe de espada, a expressão austera. Julian gritou e Emma se virou para flagrar um cavaleiro fada surgindo atrás dela; antes mesmo que ela sequer pudesse erguer Cortana, ele cambaleou para trás com uma das facas de arremesso de Julian enterradas na garganta.

Emma girou; Julian estava atrás dela, a Espada Mortal brilhante em sua mão. Estava sujo de sangue e tinha um hematoma na bochecha, mas com Maellartach na mão ele parecia um anjo vingador.

O coração de Emma bateu forte; era tão bom ter Cortana nas mãos outra vez, tão bom lutar com Julian ao seu lado. Ela conseguia *sentir* a magia guerreira *parabatai* entre eles, enxergava o vínculo como um laço brilhante que os unia, se movimentando em sincronismo com eles, conectando-os, porém sem aprisioná-los.

Ele gesticulou para que ela o seguisse, e, juntos, foram para o coração da batalha.

A Projeção no céu explodiu como fogos de artifício, as imagens caindo em direção à cidade em cacos brilhantes. Mas Dru já tinha visto o suficiente. Todos eles tinham.

Ela se virou para ver Maryse atrás de si, encarando o céu como se estivesse cega por um eclipse.

— Pobre Julie... você viu...?

Dru olhou para Max e Rafe, que estavam abraçados, claramente apavorados.

— Você precisa levar as crianças para casa. Por favor. Leve Tavvy.

— Não! — Tavvy choramingou quando Dru o empurrou em direção a Maryse e à fachada vermelha da casa Graymark. — Não, 'Silla, eu quero ir com você! *NÃO!* — gritou ele, a palavra rasgando o coração dela quando o soltou e recuou.

Maryse estava olhando para ela, ainda chocada.

— Drusilla... fique na casa...

Atrás de Maryse, as ruas estavam cheias de gente. As pessoas tinham pegado armas e vestido uniformes. Uma batalha eclodia e Alicante não iria esperar.

— Desculpe — sussurrou Dru. — Eu não posso.

Ela saiu correndo, ouvindo Tavvy gritar, e provavelmente tendo continuado aos berros muito depois de ela já ter saído do alcance de sua voz. Ela saiu costurando pelas multidões de Caçadores de Sombras uniformizados, arcos e espadas pendurados em seus ombros, as peles brilhando com Marcas frescas. Era a Guerra Maligna outra vez, quando corriam descontrolados pelas ruas de paralelepípedos, o caos ao redor. Ela recuperou o fôlego ao cortar pela Praça da Cisterna, correndo por um beco estreito e saindo na Praça Hausos, em frente ao Portão Oeste.

Os grandes portões estavam fechados. Dru já esperava por isso. Fileiras de guerreiros da Tropa bloqueavam as multidões de Caçadores de Sombras — muitos dos quais Dru reconhecia da reunião do conselho de guerra — e impediam o acesso. A praça estava se enchendo rapidamente com Nephilim, suas vozes furiosas elevadas.

— Não podem nos segurar aqui! — gritou Kadir Safar, do Conclave de Nova York.

Lazlo Balogh fez uma carranca para ele.

— O Inquisidor ordenou que nenhum Caçador de Sombras deixasse a cidade! — gritou de volta. — Para sua própria segurança!

Alguém agarrou a manga de Dru. Ela deu um pulo de susto e quase gritou; era Tavvy, imundo e descabelado.

— Os Irmãos do Silêncio, por que eles não fazem alguma coisa? — quis saber, com seu rostinho estampando preocupação.

Os Irmãos do Silêncio ainda estavam nos pontos de vigilância que lhes foram atribuídos, imóveis como estátuas. Dru tinha passado por muitos deles na noite anterior, embora nenhum tivesse tentado contê-la ou questionado o que ela pretendia. Mas ela não podia pensar nos Irmãos do Silêncio agora. Pegou Tavvy pelos ombros e quase o sacolejou.

— O que você está fazendo aqui? É perigoso, Tavvy!

Ele endureceu a mandíbula.

— Quero ficar com você! Não vou mais ficar para trás!

A multidão explodiu numa nova onda de gritos. A Tropa na guarda dos portões estava começando a parecer alarmada, mas ninguém se mexia.

Não havia tempo para mandar Tavvy de volta. A situação poderia se transformar num banho de sangue a qualquer momento, e mais do que isso, a família e os amigos de Dru estavam nos Campos Eternos. Eles precisavam de ajuda.

Ela agarrou a mão de Tavvy.

— Então me acompanhe — disse, irritada, e eles começaram a correr, empurrando e abrindo caminho pela multidão até o outro lado da praça. Eles correram pelo Canal Princewater e pela ponte, chegando à Flintlock Street em minutos. Estava deserta — algumas casas tinham sido abandonadas tão desesperadamente que suas portas ainda estavam abertas.

A meio caminho da rua ficava a loja com a plaquinha. FLECHA DE DIANA. Dru voou para a porta e bateu forte nela — três batidas rápidas, depois três lentas. *Abra*, rezava ela. *Abra, abra, abra...*

A porta foi escancarada. Jaime Rocio Rosales estava do outro lado, com uniforme preto de batalha. Carregava um arco brilhante de prata, apontado diretamente para ela.

— Sou *eu* — disse Dru, indignada. — Sabe, a pessoa que tirou você da cadeia?

— Todo cuidado é pouco, princesa — disse ele com uma piscadela, e abaixou o arco, chamando Diego e os outros. Eles começaram a se espalhar pela rua, todos de uniforme, equipados com armas novinhas: espadas e floretes, arcos e bastões, machados e boleadeiras. — Quem te ensinou a abrir trancas daquele jeito? Não consegui perguntar ontem.

Kit Herondale, pensou Dru. Pensar em Kit a fez se lembrar de outra coisa. Tavvy estava com os olhos arregalados para todas as armas brilhantes: Diego trazia um machado, Divya uma espada *Claymore*, e Rayan uma boleadeira espanhola. Até Jia estava com sua espada favorita, uma *dao* curva.

— Tudo bem, pessoal — disse Dru. — Estas armas são de Diana e, depois de hoje, terão que ser devolvidas à loja.

— Sem problemas — disse Jaime. — Eu fiz um recibo.

— Ele não fez um recibo — disse Diego.

— Cogitei fazer — respondeu Jaime.

— Nem sempre o que vale é a intenção, irmãozinho — falou Diego, e houve um calor profundo em sua voz que Dru nunca tinha ouvido. Ela sentiu empatia; sabia como era perder um irmão e recuperá-lo.

— Temos que ir — disse Tavvy. — Todo mundo está gritando nos portões e a Tropa não deixa ninguém sair.

Jia se adiantou.

— Eles não podem nos manter presos na cidade — falou. — Sigam-me.

Jia parecia ter um mapa mental da cidade. Ela atravessou várias ruas maiores, becos menores, e passou atrás de casas. No que pareceram minutos, eles saíram na Praça Hausos.

— Alguém soltou os prisioneiros! — gritou uma voz, e depois várias outras se juntaram, com muitas gritando o nome de Jia.

— Saiam da frente! — berrou Rayan. Ele tinha se colocado de um dos lados de Jia, ao lado de Diego. Divya e Jaime estavam do outro. Dru se apressava atrás, ainda segurando a mão de Tavvy, juntamente aos outros que tinham escapado do Gard. — Abram caminho para a Consulesa!

Isso interrompeu os gritos. A multidão se calou enquanto Jia abria caminho entre as pessoas como um navio de guerra cortando uma tempestade. Ela caminhava com altivez, o sol fraco brilhando em seu cabelo preto e grisalho. Ela chegou ao centro do portão trancado, onde Lazlo Balogh estava, ostentando uma lança ao seu lado.

— Abra o portão, Lazlo — ordenou ela com uma voz tranquila que ressoou mesmo assim. — Estas pessoas têm o direito de se juntarem aos seus amigos e familiares na batalha.

Lazlo sorriu ironicamente.

— Você não é a líder da Clave — disse. — Está sendo investigada. Estou cumprindo ordens de Horace Dearborn, o Inquisidor e Cônsul interino.

— A investigação foi concluída — falou Jia calmamente. — Horace Dearborn não subiu ao poder de forma legítima. Ele mentiu e nos traiu. Todos aqui ouviram as palavras ditas por ele próprio. Ele me prendeu injustamente, assim como agora tenta nos aprisionar em nossa cidade enquanto vidas correm risco nos Campos. Abra os portões.

— Abra os portões! — gritou um menino de cabelos escuros; Dru viu Divya sorrir. Era Anush, seu primo.

— Abra os portões! — gritou Divya, golpeando o ar com a espada. — Abra os portões em nome de Raziel!

Jaime assobiou, seu sorriso contagiante.

— *Abre las puertas!*

O grito subiu pelo ar. Mais e mais Nephilim se juntaram — Kadir Safar e Vivianne Penhallow, o grito de "Abra os portões!" formando um coro. Tavvy e Dru se juntaram a eles, Dru se perdendo por um momento nos gritos, sentindo como era fazer parte de algo maior do que ela. Ela subiu num banco, puxando Tavvy consigo, para que pudesse ver a cena toda: a Tropa claramente desconfortável, os Nephilim gritando, os poucos Caçadores de Sombras quietos e inseguros.

— Não vamos desobedecer ao verdadeiro Cônsul! — gritou Lazlo, seu rosto ficando sombrio. — Morreremos aqui antes de nos forçarem a trair a Lei!

Os gritos vacilaram; ninguém esperava por algo assim. Tavvy arregalou os olhos.

— O que ele quer dizer?

A multidão congelou. Nenhum Nephilim queria ser forçado a ferir outro Nephilim, principalmente depois do pesadelo da Guerra Maligna. Jia pareceu hesitar.

Um Irmão do Silêncio deu um passo à frente. Depois outro, e mais um, suas túnicas farfalhando como folhas ao vento. A multidão recuou para abrir caminho para eles. Dru não pôde deixar de encarar. A última vez que olhara para um grupo de Irmãos do Silêncio fora no dia do enterro de sua irmã.

Uma voz silenciosa ecoou pela praça. Dru via pelas expressões dos presentes que todos estavam ouvindo, ecoando em suas mentes.

Eu sou o Irmão Shadrach. Conversamos entre nós quanto ao que a Lei nos orienta a fazer. Concluímos que a verdadeira Consulesa é Jia Penhallow. O Irmão Shadrach pausou. Ele e os outros se reuniram silenciosamente e falaram aos membros da Tropa. *Abram os portões.*

Fez-se um silêncio. Balogh contorceu o rosto.

— Não! — Foi Paige Ashdown. Havia um tom alto e raivoso em sua voz; o mesmo tom contundente e maldoso que ela sempre usava quando xingava Ty, quando desdenhava das roupas e do peso de Dru. — Não podem nos dizer o que fazer...

O Irmão Shadrach ergueu a mão direita. Os outros Irmãos imitaram o gesto. Fez-se um som, como algo enorme se partindo ao meio, e os portões se abriram, caindo nos membros da Tropa como se eles tivessem sido esmagados por uma mão gigantesca. O ar foi preenchido pelo som de seus gritos enquanto eram nocauteados; os portões se arreganharam e, para além deles, Dru via os Campos Eternos, verdes sob um céu cinzento e dominado pelo combate.

— Nephilim! — Jia tinha sacado sua *dao*; ela a apontou diretamente para a batalha. — Nephilim, *avancem!*

Rugindo com o desejo de lutar, Caçadores de Sombras começaram a jorrar pelos portões abertos da cidade. A maioria saiu pisoteando a Tropa abatida que rolava pelo chão, resmungando de dor. Só Cameron Ashdown, visível graças a seus cabelos ruivos, parou para ajudar sua irmã Paige a se levantar.

Diego e os outros começaram a avançar em direção aos portões. Dru viu Jaime esticar o braço e cutucar o ombro do irmão; Diego assentiu e Jaime se afastou do grupo e correu para Dru. Ela ficou congelada de surpresa no banco enquanto ele voava pela multidão para chegar a ela. Ele tinha a graça de uma faca de arremesso, seu sorriso era luminoso como a lâmina.

Ele a alcançou; com ela no banco, eles tinham a mesma altura.

— Não poderíamos ter feito nada disso sem você — disse ele. — Foi você que nos libertou. — Ele a beijou na testa, seus lábios leves e rápidos. — No campo de batalha, vou pensar em você.

E então ele desapareceu, correndo para seu irmão assim como Dru desejava correr para o dela.

Ela havia sonhado que poderia lutar junto aos outros. Mas não ia abandonar Tavvy. Permaneceu sentadinha no banco e o colocou no colo, aninhando-o enquanto ambos observavam Diego, Jaime, Rayan, Divya e até Cameron Ashdown desaparecendo pela multidão que atravessava os portões rumo aos Campos.

31

Brilham com Mais Rubor

— Não acredito que Magnus fez isso com a gente — disse Ty.

Ele e Kit estavam sentados na toca abaixo do carvalho, perto do acampamento quase destruído. Kit estava com frio por ter passado tanto tempo sentado no chão, mas não era como se pudesse ir a algum lugar. Antes de ir para o campo de batalha com os outros, Magnus havia amarrado Ty e Kit às raízes do carvalho com correntes de luz bruxuleante.

— Desculpem, rapazes — disse ele com faíscas azuis dançando de seus dedos. — Mas prometi a Julian que vocês ficariam a salvo, e a melhor maneira de ter certeza de que isto aconteceria foi garantindo que permaneçam aqui.

— Se ele não tivesse feito isso, você estaria seguindo Julian e os outros até os Campos Eternos — disse Kit. — Dá para entender a lógica dele. — Ele chutou a corrente em volta de seu calcanhar. Era feita de brilho, não havia nenhuma substância real, apenas círculos cintilantes de luz, mas o mantinha no lugar como se fossem feitas de *adamas*. Quando ele tocou a luz em si, levou um leve choque, como o da eletricidade estática.

— Pare de lutar — disse Ty. — Nós ainda não conseguimos escapar; não vai ser agora que vamos conseguir. Temos que achar outra solução.

— Ou poderíamos simplesmente aceitar que temos que esperar até eles voltarem — disse Kit, se apoiando nas raízes. De repente se sentia muito cansado; não fisicamente, mas lá no fundo.

— Não aceito isso — disse Ty, cutucando com um graveto a corrente brilhante em seu tornozelo.

— Talvez você devesse aprender a aceitar coisas que não podem mudar.

Ty levantou o olhar, seus olhos cinzentos brilhando em seu rosto magro.

— Eu sei no que você está realmente pensando — disse. — Você *está* chateado comigo.

— Sim — respondeu Kit. — Estou chateado com você.

Ty jogou o graveto de lado; Kit deu um pulo.

— Você sabia que eu ia trazer Livvy de volta — falou ele. — Você sempre soube e me disse que estava tudo bem. Você concordou até o último minuto e aí me falou para não fazer. Achei que você se importasse, mas você mentiu para mim. Igual a todo mundo.

Kit engasgou ante a injustiça da situação. *Achei que você se importasse?* Ele falara para Ty o quanto se importava e Ty tratara como se não fosse nada. A humilhação da noite anterior o inundava como uma onda quente, despertando uma raiva amarga.

— Você só se importa com o que é melhor para você — falou entredentes. — Você despertou Livvy por você, não por ela e nem por ninguém. Você sabia do mal que isso poderia causar. Só pensou em você. Eu queria... eu queria nunca ter te conhecido...

Os olhos de Ty se encheram com lágrimas súbitas. Chocado, Kit se calou. Ty era Ty; ele não chorava com facilidade, mas estava limpando as lágrimas com mãos trêmulas. A fúria de Kit desapareceu; ele queria engatinhar pela toca em direção a Ty, que estava balançando a cabeça, falando alguma coisa baixinho...

— Estou aqui.

A expressão de Ty mudou completamente. Ainda havia lágrimas em suas bochechas, mas seus lábios se entreabriram em assombro. Espanto.

Ela estava ajoelhada na beira da parte oca, semitransparente. O vento não levantava as pontas de seus cabelos castanhos, e nem ela estremecia com seu vestido branco. O vestido no qual ele tinha pensado na noite anterior, concluindo que ela jamais teria escolhido aquele modelo.

Só agora Kit percebia que ela não tinha escolhido mesmo; o vestido era o que ela estivera usando ao ser cremada, um vestido funéreo de Caçadores de Sombras.

— Livvy — disse Ty. Ele tentou se levantar, mas a corrente de luz em volta de seu tornozelo o puxou de volta para baixo. Ele caiu no lodo.

O fantasma de Livvy Blackthorn sorriu. Ela foi para a toca, sem escalar ou cair, apenas flutuando, como uma pena ao vento.

— O que você está fazendo? — perguntou Ty enquanto ela ajoelhava ao seu lado.

— Eu não devia ter ficado tão brava com você ontem à noite — disse Livvy.

— Você teve boas intenções.

— Você veio *se desculpar*? — perguntou Kit.

Livvy virou para olhar para ele. O medalhão de ouro brilhava no pescoço dela. Era estranho ver dois deles — o que Ty usava, de verdade e brilhante, e o que piscava no pescoço de Livvy. Um sussurro de suas lembranças? O jeito como a morte projetava uma imagem do que as pessoas esperavam que Livvy fosse?

— Eu me esqueci — disse Livvy. — Você vê fantasmas, Herondale.

Ela soava bastante como Livvy. Mas não como Livvy. Havia uma distância fria em seu tom, e a verdadeira Livvy o teria chamado de *Kit*.

Mesmo assim, ela se abaixou para tocar gentilmente o tornozelo de Ty, e, ao toque dela, a corrente de luz de Magnus piscou e desapareceu. Ty lutou para se ajoelhar.

— Por que você fez isso? Porque está arrependida?

— Não — disse Livvy. — Fantasmas não fazem coisas porque estão arrependidos. — Ela tocou a bochecha dele, ou ao menos tentou; seus dedos atravessaram a massa. Ty estremeceu, mas manteve o olhar nela. — Julian, Mark, Helen e Emma estão nos Campos Eternos — disse Livvy, com os olhos desfocados, como se ela estivesse enxergando algo que estava acontecendo em outro lugar. — Você tem que ir para lá e ajudar. Tem que lutar na batalha. Eles precisam de você.

Como se fosse um adendo, ela se virou e tocou a corrente de Kit. Ela desapareceu — e Livvy também. Ela abaixou a cabeça e se foi, nem mesmo um resquício de bruma para registrar que sequer havia estado ali.

A devastação passou pelo rosto de Ty e Kit sentiu uma punhalada de pena. Como seria para ele, mesmo que Livvy aparecesse e prosseguisse como um fantasma? Ela nunca ficaria muito tempo, e não teria como ter certeza de que ela voltaria depois de ir. Seria como perdê-la diversas vezes.

Ty se levantou. Kit sabia que ele não ia falar nada sobre Livvy.

— Você não precisa ir para a batalha — falou. — Pode ficar aqui.

Ele começou a sair da toca. Sem dizer nada, Kit o acompanhou.

Cristina conhecia a História dos Caçadores de Sombras melhor do que ninguém. Ao correr pelo gramado verde, pensou no passado: aqui nos Campos Eternos era onde Jonathan Caçador de Sombras combatera uma legião de demônios. Enquanto corria, atacando com sua espada, ela seguia os passos dele.

Mark estava ao seu lado. Estava armado com um arco, mais leve e menor do que o de Alec, mas capaz de atirar com velocidade e precisão. O exército Unseelie veio para cima deles enquanto eles abriam caminho em direção a Kieran, e a mão de Mark não saiu do arco, derrubando trolls e ogros com flechadas na garganta e no peito. Cristina atacou os guardas menores e mais velozes, cortando e rasgando, notando com um horror distante que o sangue dos ferimentos ficava invisível em seus uniformes já tão manchados de sangue.

Um rugido subiu atrás deles.

— O que é isso? — questionou Mark, limpando sangue e suor dos olhos.

— Reforços chegando para Horace e os outros — respondeu Cristina sombriamente. — Estavam montando guarda em volta da cidade.

Mark praguejou baixinho.

— Temos que chegar a Kieran.

Cristina imaginou Mark sentindo o mesmo pânico que ela — Kieran era um só, e havia um bom grupo de vermelhos, soldados de infantaria Unseelie, de kelpies a goblins que haviam jurado lealdade a Oban. Em qualquer direção que olhasse, ela via membros da Corte Unseelie em combate contra integrantes do Submundo e Caçadores de Sombras: Simon e Isabelle estavam contendo duendes com uma espada e um chicote, Alec derrubando um ogro após outro com seu arco, Maia e Bat atacando trolls com garras e dentes. Ao longe, ela viu Emma e Julian lutando, um de costas para o outro, e Jace, engajado num combate contra Timothy Rockford — mas por que Jace estava usando a parte plana da lâmina...?

— Ali está ele — disse Mark. Eles haviam chegado ao topo de uma colina; no sopé estava Kieran. Ele empunhava a espada que Nene lhe dera e no momento enfrentava um dos guardas vermelhos de ombros largos e com enormes botas de ferro. Mark praguejou. — Ele é chamado de General Winter porque consegue destruir uma vila inteira mais depressa do que uma nevasca mortal.

— Eu me lembro dele. — Cristina estremeceu; ela se lembrou da batalha dos soldados na sala do trono da Corte Unseelie. — Mas... ele vai matar Kieran. Eu li sobre a guarda vermelha. Mark, isso é grave.

Mark não discordou. Ele estava encarando Kieran com olhos preocupados.

— Vamos.

Eles desceram pela colina, passando por diversos soldados Unseelie que estavam se dirigindo para o centro da batalha. Oban continuava cercado por um círculo de goblins, que o protegiam: alguns soldados vermelhos formaram um grupo inconsistente em torno de Winter e Kieran. Eles pareciam ter se reunido para simplesmente apreciar a luta.

Os guardas vibraram quando Winter atacou com sua espada-bastão, acertando um golpe no ombro de Kieran. A camisa branca de Kieran já estava manchada de sangue. Os cabelos estavam brancos, cor de neve ou cinzas, as maçãs do rosto brilhando, muito coradas. Ele bloqueou o ataque seguinte e mirou o torso de Winter; o general mal desviou a tempo de evitar o impacto.

Winter riu.

— Que pena! Você luta como um Rei — disse. — Em cem anos você talvez pudesse ser bom o suficiente para me encarar.

— *Desgraçado* — sibilou Mark. — Cristina...

Ela já estava balançando a cabeça.

— Se formos para cima de Winter agora, os outros guardas vão cair em cima da gente — alertou ela. — Rápido, sinalize para Gwyn. Ele vai atacar Oban. Pode nos dar uma chance.

Os olhos de Mark lampejaram com compreensão. Ele colocou a mão na boca e assobiou, aquele assobio baixinho da Caçada Selvagem que pareceu vibrar nos ossos de Cristina.

Uma sombra passou pelo céu. Fez a curva e voltou: Gwyn montado em Orion. Ele voou baixo sobre o campo; Cristina viu Diana se virar e esticar os braços. Um instante depois, Gwyn a puxava para as costas de Orion. Eles voaram novamente para o ar, Diana e o líder da Caçada Selvagem.

Juntos eles voaram baixo sobre os goblins que cercavam Oban. Diana, com seus cabelos escuros ao vento, se abaixou nas costas do cavalo, atacando com sua espada, cortando o peito de um guarda goblin. Os outros gritaram e começaram a se espalhar enquanto Diana os atacava do céu, com Gwyn sorrindo sob o capacete.

Mas Kieran ainda estava muito encrencado. Ele mal conseguia conter Winter, cuja espada golpeava sem parar contra sua lâmina. Enquanto Cristina assistia à cena, horrorizada, um dos ataques de Winter derrubou Kieran; ele rolou de lado e se levantou, escapando por pouco de um segundo golpe mortal.

Mark e Cristina saíram correndo em direção a ele, mas um guarda vermelho que estava assistindo à luta agiu rápido para bloquear a passagem de ambos. A tal proximidade, o arco de Mark era menos eficiente; ele sacou uma espada curta do cinto e partiu para cima do guarda, atacando vigorosamente ao mesmo tempo que tentava alcançar Kieran. Outro guarda surgiu na frente de Cristina; ela o despachou com um golpe cortante, rolando sob a rota de mais uma lança. Uma bota de metal a acertou na lateral e ela gritou, sentindo suas costelas quebrarem. Uma dor agonizante ardeu pelo seu corpo enquanto ela desabava.

Enquanto isso, a guarda de goblins de Oban já estava farta. Largando as armas na pressa de escapar, eles se afastaram de Oban e seguiram para o coração da batalha, com Diana e Gwyn em seu encalço. Oban, subitamente sozinho no campo, olhou em volta num pânico furioso antes de pegar a espada do goblin.

— Voltem, seus malditos! — gritou. — Voltem aqui! É uma ordem!

Engasgando de agonia, Cristina tentou se levantar. A dor dos ossos quebrados a fazia se encolher no chão; ela viu dois guardas junto a si e pensou: *é o fim.*

Então eles tombaram, um de cada lado, ambos mortos. Um Mark coberto de sangue se inclinou para ela, com o rosto pálido.

— Cristina! *Cristina!*

Cristina agarrou Mark, engasgando de dor.

— *Iratze.*

Mark catou a estela enquanto Winter berrava:

— Rei Oban!

Cristina virou a cabeça para o lado. Winter logo estava em cima de Kieran, que se encolhia no chão, com a espada estilhaçada ao seu lado. Cristina ficou condoída por ele, mesmo enquanto Mark desenhava um rápido *iratze* em sua pele.

Ela mal notou a dor sumir. *Ah, Kieran.*

— General Winter! — gritou Oban, acenando para o guarda que estava em cima de Kieran como se estivesse matando uma mosca. Rendas manchadas jorravam de suas mangas e as calças de veludo estavam arruinadas além de qualquer reparo. — Ordeno que mate o traidor!

Winter balançou a cabeça lentamente. Ele era uma figura enorme, seus ombros quase rasgavam a costura do uniforme manchado de sangue.

— Você tem que fazer isso, senhor — disse ele. — É a única maneira de tornar genuíno seu direito ao trono.

Com uma carranca petulante, Oban, com a espada junto à lateral, avançou, atravessando o gramado entre ele e Kieran. Mark olhou para Cristina. Ela assentiu, *sim,* e ele estendeu a mão para ela, levantando-a do chão.

Eles se olharam uma vez. Em seguida, Mark correu para a direita, avançando em direção a Winter e Kieran.

Cristina foi para a esquerda e se colocou diretamente na frente de Oban.

— Você não vai encostar em Kieran — disse ela. — Não vai dar mais nenhum passo.

Ela ouviu Winter gritar, surpreso. Mark tinha se jogado nas costas do general. Winter o desvencilhou para longe, mas não antes de Kieran se levantar, cambaleando.

Oban olhou exasperadamente para Cristina.

— Você sabe quem eu sou, Caçadora de Sombras? — questionou. — Ousa atravessar o caminho do Rei Unseelie? Você não é ninguém e nem nada importante.

Cristina ergueu a espada entre ela e Oban.

— Eu sou Cristina Mendoza Rosales, e se você machucar ou matar Kieran, terá que lidar comigo. — Ela viu o brilho nos olhos prateados de Oban e ficou se perguntando por que tinha visto qualquer semelhança com Kieran. Eles não eram nada parecidos. — Você não tem a fibra de um Rei — disse ela com a voz baixa. — Corra, agora. Esqueça isto e viverá.

Oban olhou para Winter, que estava combatendo Mark e Kieran; eles estavam conseguindo fazê-lo recuar. Guardas mortos se espalhavam pelo chão; a grama estava escorregadia de sangue. Ao longe, Gwyn e Diana circulavam em Orion.

Nos olhos de Oban, Cristina viu o próprio pavor, não pela morte que o cercava, mas pela imagem de tudo o que estava escapulindo — realeza, riquezas, poder.

— Não! — gritou e avançou com a espada para cima dela.

Cristina reagiu ao golpe de Oban, manejando a espada num arco selvagem. A surpresa brilhou nos olhos dele quando as lâminas tilintaram num choque. Ele caiu para trás, surpreso, mas se recuperou rapidamente. Era um bêbado e um vagabundo, mas ainda um Príncipe do Reino das Fadas. Quando atacou novamente, com os dentes expostos, sua espada atingiu a dela com força o suficiente para que os ossos de Cristina reverberassem. Ela tropeçou, se recompôs e o atacou de novo — e de novo. Ele reagia aos golpes dela, a própria espada veloz e furiosa. Com a ponta, ele cortou o ombro dela, e ela sentiu o sangue começar a correr.

Cristina começou a rezar.

Abençoado seja o Anjo, minha força, que orienta minhas mãos para a guerra e meus dedos para a luta.

Por toda a vida, ela quis fazer alguma coisa para aliviar a dor da Paz Fria. Eis sua chance. Raziel havia trazido a oportunidade a ela. Ela faria isso por Emma, pelos Blackthorn, por Diego e Jaime, por Mark e Kieran, por todos os Rosales. Por todos que sofreram com a paz que era na verdade uma guerra.

Uma tranquilidade preencheu seu coração. Ela ergueu sua lâmina como se fosse a Gloriosa, como se fosse uma lâmina brilhante do paraíso. Então viu medo nos olhos de Oban, mesmo enquanto ele fazia menção de atacá-la novamente, abaixando a espada num arco lateral. Ela girou num círculo, evitando o golpe, e durante o giro cravou a lâmina entre as costelas dele.

Um suspiro pareceu passar pelo mundo. Ela sentiu o metal da espada raspar o osso, sentiu o sangue quente esguichar em seu punho. Puxou a espada; Oban cambaleou, olhando, incrédulo, para o sangue que se espalhava por sua roupa.

— *Você* — arfou ele, ainda incrédulo. — Quem é você?

Ninguém importante.

Mas não adiantava falar. Oban tinha caído no chão, as mãos caindo soltas nas laterais, os olhos perdendo o foco. Ele estava morto.

Mark e Kieran batalhavam desesperadamente. Cristina sabia que eles não estavam lutando pelas próprias vidas, mas sim um lutando pela vida do outro.

— O Príncipe Oban está morto! — gritou ela. — Oban está *morto!*

Ela deu um passo para a frente na grama molhada de sangue, gritando para Winter, para Mark e Kieran, para todos que pudessem ouvir.

Foi o General Winter que a ouviu gritar. Ele parou, alto e proibitivo como um muro entre Cristina e os meninos que ela tanto amava. Sua cabeça vermelha se virou. Seus olhos vermelhos assimilaram Cristina, e depois o que havia atrás dela, um montinho de sangue e veludo.

Suas juntas ficaram brancas onde segurava a espada. Por um momento, Cristina o imaginou vingando seu Rei em Kieran e Mark. Ela sentiu o fôlego preso na garganta.

Pesado e assustador como uma avalanche, Winter caiu de joelhos lentamente. Inclinou sua cabeça escurecida de sangue. Sua voz explodiu como um trovão ao dizer:

— Milorde soberano, Rei Kieran.

Kieran e Mark estavam lado a lado, suas lâminas ainda erguidas, ofegando de forma uníssona. Cristina caminhou sobre a terra ensopada de sangue para que ela e Mark ficassem um de cada lado de Kieran.

O rosto de Kieran estava incrivelmente pálido. Havia algo de perdido e desamparado nele, mas seus olhos investigavam o rosto de Cristina, como se ele pudesse se encontrar ali. Ela agarrou a mão dele. Os olhos de Kieran foram de Cristina para Mark, e ele empinou o queixo. Estava com a coluna ereta como uma lâmina. Cristina o notou ajeitando os ombros, como se estivesse se preparando para sustentar um fardo pesado.

Ela fez um juramento silencioso para si: ela e Mark o ajudariam a carregar tal fardo

— O Príncipe Oban está morto — disse Mark. Sua voz subiu para o céu, para Diana e Gwyn que cavalgavam acima de suas cabeças. — Kieran Kingson é o novo Rei de Unseelie! Vida longa ao Rei!

Eles chegaram aos limites da floresta, praticamente correndo durante todo o trajeto, tropeçando em raízes na pressa de chegarem aos Campos Eternos. Não havia fronteira definida entre os Campos e a floresta: as árvores simplesmente foram rareando e Ty parou, sem fôlego. Kit parou ao lado dele, olhando fixamente.

Parecia um filme. Ele não conseguiu conter o pensamento, embora se sentisse levemente envergonhado dele — como um filme com efeitos especiais incríveis e atenção a todos os detalhes. Sempre pensara nas batalhas como uma coisa organizada, duas filas de soldados avançando uma contra a outra. Em vez disso, viu um caos — menos parecido com um tabuleiro de xadrez, e mais com uma torre de Jenga derrubada. Soldados lutavam em moitas, rolavam em valas, se espalhavam pelos Campos. O ar cheirava a sangue e estava carregado de barulho — o clangor de metal em metal, soldados gritando, o uivo de lobos, os berros dos feridos.

O barulho. Kit se virou para Ty, que estava pálido.

— Eu não consigo... não trouxe meus fones — disse Ty.

Kit também não se lembrou deles, mas e daí, ele sequer estivera esperando lutar. Sequer imaginara que *haveria* uma luta nessa extensão. Era imensa. Os portões da cidade de Alicante estavam abertos, e mais Caçadores de Sombras entravam, aumentando o barulho e o caos.

Ty não daria conta. Ele não sobreviveria ao fato de estar no centro daquilo sem nada para proteger os ouvidos e os olhos.

— Está vendo Julian? — perguntou Kit. Talvez se Julian estivesse por perto, se eles pudessem alcançá-lo...

A expressão de Ty desanuviou um pouco.

— Calma aí. — Ele verificou o interior do casaco, onde havia guardado diversas facas e um estilingue. Também tinha um bolso cheio de pedras; Kit vira mais cedo.

Ty correu para a árvore mais próxima — um carvalho grande e com galhos espalhados — e começou a subir rapidamente.

— Espere! — Kit correu até a base do tronco e olhou para cima. Ty já estava desaparecendo entre as folhas. — O que você está *fazendo*?

— Pode ser que eu consiga ver os outros de um ponto mais alto — gritou Ty. Um galho balançou. — Lá estão eles... estou vendo Alec. E Jace; ele está lutando contra alguns membros da Tropa. Mark e Cristina estão perto dos guardas. Lá está Helen... um troll está chegando perto dela por trás... — Ouviu-se um assobio e um farfalhar de folhas. — Não mais — acrescentou Ty com uma voz satisfeita, e Kit se deu conta de que ele provavelmente usara seu estilingue. — Kit, suba aqui... dá para ver tudo.

Não houve resposta.

Ty se inclinou nos galhos, procurando o chão da floresta abaixo do carvalho. Kit tinha sumido.

Alec tinha encontrado uma rocha, uma das poucas nos Campos. Isso era uma coisa boa, porque ele era o melhor possível quando se encontrava numa pequena elevação — enquanto Jace corria em direção a ele, costurando pelos soldados Unseelie e por amigos do Submundo, assistiu com uma admiração fraterna enquanto Alec atirava uma flecha atrás da outra com uma velocidade mortal e uma precisão mais mortal ainda.

— Alec. — Jace alcançou Alec. Um troll corria para eles, as presas sujas de sangue, seu machado erguido. Seus olhos brilhavam com ódio. Jace sacou uma faca do cinto e arremessou, e o troll caiu, gorgolejando, com a lâmina na garganta.

— O que foi? — Alec não olhou para ele. Levantou o arco outra vez, preparou e acertou um goblin com dentes de vidro que estava avançando para Simon. Simon fez uma saudação improvisada para ele e voltou à luta contra uma coisa musgosa que Jace desconfiava ser uma dríade que dera errado.

— Os portões da cidade estão abertos...

— Eu percebi. — Alec atirou na dríade. A criatura correu para as árvores.

— Mais membros da Tropa estão entrando no campo.

— E mais dos nossos aliados também. Jia está aqui — disse Alec.

— É verdade. — Um ogro veio para cima de Jace pela esquerda. Ele o cortou com rápida eficiência. — Cadê o Magnus?

Alec olhou para Simon com olhos semicerrados; ele tinha se juntado a Clary, que estava fatiando um vermelho. Eles eram os guardas fada mais mortais no campo de batalha, mas Jace ficou feliz em ver Clary dar conta do dela com tranquilidade. Ela o atacou no joelho, e quando ele caiu, Simon cortou sua cabeça. Um belo trabalho *parabatai*.

— Por que você quer saber onde está Magnus? — perguntou Alec.

— Porque todos esses membros da Tropa são *Caçadores de Sombras* — respondeu Jace com franqueza. — Estou tentando não matá-los. Estou usando a parte lisa da minha lâmina, batendo na cabeça deles quando caem, ou deixando Clary usar as Marcas de nocaute dela, mas é muito mais difícil não matar pessoas do que matar. — Ele suspirou e atirou uma faca num pixie em pleno ataque. — A ajuda de Magnus seria útil.

— Sabe — disse Alec—, vampiros são muito bons em derrubar pessoas sem matá-las. É só pegar uma pessoa, beber sangue o suficiente para que elas desmaiem, e *voilà*.

— Não está ajudando — queixou-se Jace. Outro troll correu para eles. Jace e Alec alcançaram suas armas ao mesmo tempo. O troll olhou para eles, deu meia-volta e fugiu.

Alec gargalhou.

— Está com sorte, *parabatai* — disse ele, e apontou para os limites da Floresta Brocelind.

Jace seguiu o gesto dele. Aquela região estava muito sombreada, mas Clary tinha aplicado símbolos de Visão de Longo Alcance nele mais cedo. Deu para ver uma pequena figura empoleirada no meio de um carvalho, usando um estilingue para derrubar soldados Unseelie. Interessante. Também viu Magnus, que tinha acabado de surgir das sombras, sob as árvores.

Ele ainda estava com trajes de feiticeiro — uma capa preta costurada com estrelas prateadas, correntes de prata no pescoço e nos pulsos, cabelos totalmente arrepiados. Fogo azul se espalhava de suas mãos. Fluía pelos ares, e as nuvens já espessas começaram a se aproximar.

Clary correu até eles, abrindo caminho entre os trolls e ogros mortos. Ela estava sorrindo.

— Achei que ele estivesse preocupado que não fosse conseguir! — exclamou ela. — Ele está tão maneiro com essa roupa.

— Observe — disse Alec, dando uma piscadela para ela. — E ele está mesmo maneiro. — Ele atirou num troll que se aproximava, só para o caso de alguém se preocupar com a hipótese de ele estar afrouxando no combate.

Jace não se preocupara. O campo estava começando a turvar em caos, lobisomens e feiticeiros, fadas e Caçadores de Sombras, todos se virando para olhar para Magnus enquanto magia azul e sombria emanava de suas mãos, se espalhando para o céu.

O céu em si começou a escurecer. Era como se tivessem aberto um lençol acima: entrava uma iluminação filtrada, mas não meramente luz — uma luz fraca azulada como a luminosidade das estrelas ou do luar. Gwyn e Diana circulavam no céu que escurecia.

Magnus começou a balançar. Jace sentiu Alec ficando tenso. Era uma magia imensa — do tipo que esgotava o poder de um feiticeiro.

Outra figura surgiu do bosque. Um homem de pele verde e chifres curvados, com cabelos tão brancos quanto os de Catarina. Estava usando jeans e camiseta preta com dizeres em branco.

Ele colocou a mão no ombro de Magnus.

— Aquele é Ragnor Fell com uma camisa que diz "Ragnor Vive"? — perguntou Clary impressionada. Ragnor era um dos amigos mais antigos de Magnus e tinha passado muitos anos fingindo estar morto, e depois outros vários fingindo ser um feiticeiro chamado Shade. Jace e Clary tinham bons motivos para o conhecerem bem.

— Eu não iria para uma batalha com uma camisa dizendo "Simon Vive" — disse Simon, que estava no alcance auditivo deles. — Parece um pedido para atrair encrenca.

Alec riu.

— Acho que ele vai ficar bem — falou enquanto Ragnor segurava firme em Magnus e Magnus erguia as mãos, liberando mais luz azul e preta. — Ele só está dando um pouco de força para Magnus.

O céu tinha ficado tão escuro quanto no pôr do sol, porém sem o brilho do sol poente. Magnus abaixou as mãos quando, da floresta atrás dele, protegidos pela recente escuridão, vieram os vampiros — Lily na frente, correndo pelo campo para se juntar à batalha.

— Eu sei o que você falou — disse Jace, vendo os vampiros fecharem o intervalo entre eles e a Tropa —, mas os vampiros receberam o memorando sobre não matar Caçadores de Sombras?

Alec sorriu.

— Pelo Anjo! — praguejou Aline, boquiaberta.

Helen girou, erguendo a espada. Lutar ao lado de pessoas amadas era sempre aterrorizante. Você não lutava só para se proteger; lutava por eles também. Ela lutaria contra um Demônio Maior de mãos vazias se fosse para salvar Aline.

Aline pegou o braço da espada de Helen.

— Minha mãe! — Ela soava quase incoerente. — Eles estão vindo da cidade, e minha mãe está com eles!

Os portões de Alicante estavam escancarados e Caçadores de Sombras jorravam por eles. Na dianteira da cavalgada, ela viu Jia, com uniforme de combate e uma enorme *dao* curva na mão, além de Centuriões — Diego, Rayan, Divya e outros — em cada um de seus flancos. *A sogra mais assustadora de todos os tempos*, pensou Helen.

Helen e Aline correram para os recém-chegados. Ao se aproximarem, Aline se libertou e correu para abraçar a mãe. Jia abaixou a espada e envolveu a filha com o braço livre, as cabeças abaixadas juntas.

— Cadê o papai? — perguntou Aline, recuando para examinar o rosto da mãe.

— Ainda na cidade. Está coordenando com Carmen Mendoza e os Irmãos do Silêncio para garantir que as pessoas que estão lá fiquem em segurança.

— Mas como vocês saíram do Gard? — perguntou Aline.

Jia quase sorriu.

— Drusilla nos soltou ontem à noite. Ela é uma menina muito empreendedora! Por falar nos Blackthorn, Helen, venha cá.

Um pouco hesitante, Helen se aproximou de Jia. Ela sempre achara sua sogra impressionante, mas nunca tão intimidante quanto agora.

Jia passou o braço em torno dela e a aninhou com tanta força que Helen se lembrou da própria mãe, Eleanor, e da intensidade de seu abraço.

— Minha querida, você fez um belo trabalho no Instituto — disse Jia. — Estou muito orgulhosa.

Divya fungou.

— Que *fofa*.

Jia encerrou o abraço, toda séria outra vez.

— Muito bem, pessoal, chega de espanto. Estamos entrando numa batalha, uma na qual lutaremos contra outros Caçadores de Sombras. Pessoas que preferíamos não matar. Precisamos formar uma Configuração Malachi.

Helen se lembrava vagamente do que era uma Configuração Malachi — uma prisão mágica temporária criada por *adamas* e símbolos. Às vezes eram utilizadas pelo Inquisidor ou pelos Irmãos do Silêncio quando não havia outra forma de segurar um prisioneiro.

Diego foi o primeiro a responder.

— Pode deixar! — Ele pegou uma lâmina serafim e atravessou para a beira dos Campos antes de se ajoelhar para espetá-la na terra. — Eu fico com o norte; Divya, você vai para o sul; Rayan, para o leste. Precisamos marcar os quatro pontos cardeais.

— Mandão, mandão — disse Divya, mas estava sorrindo. Aline também se pôs a ajudar, indo para o ponto oeste. O restante dos recém-chegados estava sacando armas. Jaime preparava o arco, nitidamente ansioso para correr para a batalha.

Jia disse:

— Lembrem-se do que Drusilla disse sobre o plano da Vigilância. Tentem não matar membros da Tropa se tiverem escolha. Tragam todos para cá, em direção à configuração. Eles ainda são Caçadores de Sombras, ainda que estejam desorientados.

Com urras e gritos, os Caçadores de Sombras correram para o campo e se engajaram na batalha exatamente quando um doce chiado soou e a Configuração Malachi acendeu.

Uma luz se espalhou pelas quatro lâminas angelicais, formando uma jaula cujas paredes eram feitas de luz inconstante. Pareciam tão delicadas quanto asas de borboletas, prismáticas como vidro. Helen olhou para a configuração e torceu para que o plano de poupar vidas da Tropa não fosse em vão. As paredes da prisão pareciam frágeis demais para aguentarem tanto ódio.

— Me solta! — gritava Kit. Ele sabia que não adiantaria muito. Emma o segurava com firmeza pelas costas da camisa e o conduzia pelos limites da floresta, se mantendo nas sombras. Ela parecia absolutamente furiosa.

— O que você está fazendo aqui? — quis saber ela. Estava com sua espada dourada na mão livre, os olhos mirando tudo com uma mistura de raiva e vigilância. — Quando te vi, quase tive um enfarte! Você deveria estar no acampamento!

— E Ty? — disse Kit, se contorcendo na garra de ferro de Emma. — Ele está lá atrás. Ele está *numa árvore*. Não podemos deixá-lo sozinho.

Alguma coisa assobiou sobre as cabeças, e um ogro que se aproximava caiu com um círculo definido no meio da testa.

— Ele me parece bem — falou Emma secamente. — Além disso, eu prometi a Tessa que não deixaria que você chegasse perto da batalha *ou* de fadas, e esta é uma batalha cheia de fadas. Ela vai me *matar*.

Kit ficou chateado.

— Por que não posso chegar perto de batalhas ou de fadas? Não luto tão mal assim!

Emma girou e ficou de frente para ele, felizmente soltando sua camisa ao fazê-lo.

— Não é isso! — respondeu ela, irritada. Seu uniforme estava sujo e manchado de sangue, o rosto arranhado e cortado. Kit ficou se perguntando onde Julian estaria; *parabatai* normalmente lutavam juntos em batalha, não?

— Não sei o que há de tão importante em mim — disse Kit.

— Você é mais importante do que pensa — falou Emma. De repente, seus olhos arregalaram. — Ah *não*.

Rainha do Ar e da Escuridão

— O quê? — Kit olhou em volta, desgovernado. A princípio não viu nada de diferente, pelo menos não no contexto de grande briga entre fadas e Caçadores de Sombras.

Então uma sombra recaiu sobre eles e ele se deu conta.

A última vez em que vira os Cavaleiros de Mannan fora em Londres. Havia seis deles agora, brilhando em bronze e ouro; os cavalos tinham ferraduras douradas e prateadas, os olhos negros. Os Cavaleiros usavam armaduras sem juntas ou rebites para se sustentarem — um bronze liso e de aspecto líquido que os cobria do pescoço aos pés como carapaças brilhantes de insetos.

— Para trás de mim, Kit. — Emma tinha ficado branca. Ela se colocou na frente de Kit, erguendo Cortana. — Fique abaixado. Eles provavelmente estão atrás de mim, e não de você.

Os Cavaleiros avançaram para eles, como um banho de estrelas cadentes. Eram lindos e horríveis. Kit só tinha levado a adaga Herondale que Jace lhe dera. E agora se dava conta do quanto estava despreparado. Que tolo.

Um dos Cavaleiros parou e gritou, agarrando o próprio braço num gesto de dor. O estilingue de Ty, percebeu Kit, e sentiu uma onda relutante de calor e uma pontada súbita de medo — e se ele nunca mais visse Ty?

O Cavaleiro atingido praguejou; eles estavam quase acima de suas cabeças e Kit conseguia ver seus rostos direitinho — os cabelos bronze, as feições frias e angulosas.

— Seis contra um? — gritou Emma, com o vento soprando seus cabelos. — São tão desonrosos assim? Desçam um por um e lutem contra mim! É um desafio!

— Parece que você não sabe contar, Caçadora de Sombras assassina — disse Ethna, a única mulher dentre os Cavaleiros. — Vocês são dois.

— Kit é uma criança — retrucou Emma, o que irritou Kit, mesmo sabendo que ela provavelmente estava certa em dizer aquilo. A voz de Kieran estava em sua cabeça: *os filhos de Mannan nunca foram derrotados.*

Do outro lado do campo, Julian corria para eles. Helen corria ao seu lado, e Aline. Mas eles jamais alcançariam Emma e Kit a tempo.

— Kit é *a* criança — disse Etarlam com um sorriso zombeteiro. — O descendente da Primeira Herdeira.

— Entregue-o para nós — disse Karn. — Entregue-o e talvez o poupemos.

A garganta de Kit secou.

— Não é verdade — disse ele. — Não tenho sangue de fada. Sou um Caçador de Sombras.

— É possível ser as duas coisas — disse Ethna. — Concluímos quando o vimos naquela cidade suja.

Ela estava falando de Londres, pensou Kit, tonto. Ele se lembrou de Eochaid olhando para ele, dizendo: *eu o conheço. Conheço seu rosto.*

— Você é a cara dela — disse Eochaid, agora com um sorriso. — A cara de Auraline. E a cara de sua mãe.

— Nós a matamos — disse Ethna. — E agora vamos matar você também, e limpar qualquer rastro de sua linhagem suja deste mundo e do nosso.

— O quê? — Kit se esqueceu do medo, se esqueceu da ordem de Emma para que ficasse atrás dela. Esqueceu-se de que alguém estava vindo em seu auxílio. Esqueceu-se de tudo, menos das palavras de Ethna. — Você matou minha mãe? *Minha* mãe?

— O que achou que tinha acontecido a ela, criança? — provocou Ethna. — Sim, derramamos o sangue dela por ordens do Rei. Ela morreu gritando por você, embora nunca tenha dito seu nome ou revelado sua localização, mesmo enquanto a torturávamos. Talvez isso lhe traga algum conforto nesses momentos finais! — Ela gargalhou, e num instante todos os Cavaleiros estavam gargalhando também, a silhueta de seus cavalos empinando contra o céu.

Um fogo frio se espalhou pelas veias de Kit; ele foi até os Cavaleiros, como se pudesse se esticar e puxá-los do céu.

Sentiu o símbolo de Talento que Ty havia aplicado em seu braço começar a queimar .

Emma praguejou, tentando agarrar Kit e puxá-lo de novo para trás de si.

— Você não pode — dizia ela. — Não pode, eles são invencíveis, *Kit*...

Os Cavaleiros sacaram suas espadas. O metal brilhou no céu. Eles bloquearam o sol ao descer em direção a Emma e Kit. Emma levantou a espada quando Ethna, com olhos ardentes montada em seu garanhão, a atacou, lâmina contra lâmina. Emma perdeu o equilíbrio e foi jogada para trás. Caiu com um impacto que Kit escutou. Ela se levantou enquanto Ethna conduzia o cavalo ao seu redor, rindo, e aí começou a correr para Kit, mas os outros Cavaleiros também estavam vindo — guiando suas montarias em direção a Kit com tanta veemência que a grama abaixo deles ficou lisa — ele levantou as mãos como se pudesse contê-los com um gesto, e ouviu Eochaid rir...

Alguma coisa nele se rompeu, inundando seu corpo com poder. Fluiu por ele, elétrico, explodindo das palmas das mãos, e então cercou os Cavaleiros como se fosse uma rede. Kit ouviu os gritos de horror e surpresa deles; em seguida eles incitaram os cavalos a subirem, para os céus...

Kit cerrou as mãos e os cavalos desapareceram. Sumiram do mundo entre uma respirada e outra. Os Cavaleiros, que já tinham subido alto para fugir, despencaram pelo ar, gritando; caíram no meio da batalha e desapareceram de vista.

Kit caiu de costas sobre a grama. Estava arfando. *Morrendo,* pensou ele. *Estou morrendo. Não posso ser quem eles disseram. É impossível.*

— Kit! — Emma estava agachada junto a ele, puxando o colarinho da camisa para o lado para aplicar um *iratze.* — Kit, pelo Anjo, o que você fez?

— Eu não... sei. — Ele sentia como se não tivesse ar no corpo. Seus dedos se movimentavam debilmente sobre a terra. *Me ajude, Emma. Me ajude. Diga a Ty...*

— Está tudo bem. — Havia mais alguém ali com ele, alguém com um rosto familiar e uma voz reconfortante. — Christopher. Christopher, respire.

Era Jem. Fechando os olhos, Kit deixou que os braços gentis de Jem o levantassem do chão, e a escuridão caiu como a cortina ao final de um espetáculo teatral.

— *Emma!*

Aturdida, Emma tropeçou um pouco enquanto se aprumava. Ela estava curvada em cima de Kit, depois Jem veio — e então Kit sumiu. Ainda estava tonta devido ao choque do ataque dos Cavaleiros e a estranheza do que veio a seguir.

Kit fez os cavalos dos Cavaleiros desaparecerem e eles caíram no meio da batalha, causando estragos. E agora Julian estava aqui, olhando para ela com preocupação.

— Emma — disse Julian novamente, colocando as mãos nos ombros dela e virando-a para fitá-lo outra vez. — Você está bem?

— Aline e Helen — falou ela sem fôlego. — Elas estavam com você...

— Elas foram ajudar os outros — explicou ele. — Os Cavaleiros estão causando caos no campo...

— Lamento muito — disse Emma —, eu não sabia que Kit...

— Eu não lamento — falou Julian, e havia algo de selvagem em seu tom que a fez levantar o olhar, a mente desanuviando. O rosto de Julian estava manchado de sangue e terra. O uniforme rasgado no ombro, as botas pesadas com lama e sangue. Ele era lindo. — O que quer que tenha acontecido, o que quer que Kit tenha feito, ele salvou sua vida. Os Cavaleiros teriam te matado.

Ela estava sem ar de tanto medo, porém não por si, mas por Julian. Os Cavaleiros odiavam eles dois. Gwyn e Diana estavam circulando sobre os Campos, anunciando que Oban estava morto, que Kieran era o Rei. Talvez Kieran pudesse dar ordens aos Cavaleiros — talvez não. No momento, ainda não tinham jurado lealdade a ele. Estavam sem mestre, presentes apenas por sangue e vingança, e eram muito perigosos.

— Você precisa de um *iratze*? — Julian continuava segurando os ombros dela. Emma queria abraçá-lo, queria tocar seu rosto e se certificar de que ele estava inteiro e bem. Sabia que não podia.

— Não — falou Emma. O uso de Marcas entre eles era muito perigoso. —· Estou bem.

Lentamente, ele abaixou a cabeça e tocou a testa na dela. Ficaram parados por um instante. Emma podia sentir a energia *parabatai* nos dois, vibrando sob a pele como uma corrente elétrica. Não havia ninguém em volta; eles estavam bem na periferia do combate, quase na floresta.

Ela se sentiu sorrindo discretamente.

— Ty está numa árvore com um estilingue — falou ela quase num sussurro.

Julian recuou, com um olhar entretido passando pelo seu rosto.

— Eu sei. É o lugar mais seguro para ele, acho, mas quando eu descobrir como escaparam do feitiço de Magnus, não sei qual dos dois eu vou matar primeiro. — Houve uma comoção súbita; Emma olhou para o campo e viu lampejos em bronze. Os Cavaleiros tinham se reagrupado; estavam atacando com suas lâminas, abrindo um caminho através de vários Caçadores de Sombras. Diversos corpos estavam encolhidos no chão: com uma pontada, ela reconheceu os cabelos louros de Vivianne Penhallow, agora manchados de sangue.

Emma agarrou Cortana.

— Julian... onde está a Espada Mortal?

— Dei para Jace — disse ele enquanto ambos corriam pela grama esmagada. — Detestei carregar aquela coisa velha. Ele vai gostar.

— Provavelmente — admitiu Emma. Ela olhou em volta: o céu girava em azul e preto. Corpos de membros do Submundo e Caçadores de Sombras estavam espalhados pelo chão; ao avançarem, Emma quase pisou num cadáver uniformizado de Centurião, os olhos revirados para o céu. Era Timothy Rockford. Ela conteve uma onda de náusea e virou as costas. Um guarda surgiu atrás dela.

Ela ergueu Cortana, a lâmina fatiando o céu.

— Emma! — Julian a segurou pelo ombro. — Tudo bem — disse ele enquanto o guarda dava meia-volta e desaparecia na multidão. — Os soldados Unseelie não sabem o que fazer. Alguns ainda estão seguindo Oban. Outros estão recuando por ordens de Kieran. Está um caos.

— Então pode estar acabando? — perguntou ela, sem fôlego. — Podemos estar ganhando?

Ele passou a mão no rosto, espalhando ainda mais sujeira nas bochechas. Seus olhos brilhavam azul-esverdeados à luz estranha das nuvens; o olhar de

Julian a percorreu, e ela o reconheceu como o abraço que ele não podia dar, as palavras que não podia dizer.

— A Tropa não vai desistir — disse ele no fim das contas. — Ainda estão lutando. Estamos tentando não feri-los, mas eles não estão facilitando as coisas.

— Onde está Horace? — perguntou Emma, esticando a cabeça para ver o que estava se passando no campo.

— Ele se manteve cercado por seus seguidores — disse Julian, saltando sobre o corpo de um troll abatido. — Jace e os outros estão tentando alcançá-lo, mas a Tropa está disposta a morrer por ele e não queremos matá-los. Como eu disse, eles não estão facilitando.

— É melhor voltarmos para ajudar. — Ela começou a atravessar o campo, com Julian ao seu lado. Membros do Submundo passaram por eles, se lançando contra fadas Unseelie e Nephilim da Tropa. Jessica Beausejours estava lutando para afastar uma vampira de cabelos negros com uma lâmina serafim, enquanto um licantrope rolava pelo chão com um troll, dois pares de presas atacando.

Emma ouviu alguém gritar. Era Mark — ela também conseguia ver Cristina, não muito longe, numa luta de espadas contra Vanessa Ashdown. Cristina estava atacando cuidadosamente, tentando não machucar Vanessa; já Vanessa não estava demonstrando o mesmo cuidado — tinha uma espada-bastão na mão e estava obrigando Cristina a recuar com golpes violentos.

Mark, no entanto... Mark estava encarando Eochaid. Um Cavaleiro o encontrara.

Emma e Julian correram imediatamente, acelerando para Mark. Ele estava recuando, com o arco na mão, mirando cuidadosamente, mas cada flecha que acertava Eochaid parecia apenas desacelerá-lo, e não detê-lo.

Ninguém nunca matou um dos Cavaleiros de Mannan em toda a história que conheço.

Emma tinha matado um dos Cavaleiros. Mas Emma tinha Cortana. Mark tinha só um arco comum, e Cristina e Kieran estavam presos na multidão. Eles jamais chegariam a tempo para ajudar Mark.

Emma ouviu Julian sussurrar o nome do irmão. *Mark.* Eles estavam correndo pelo solo acidentado — Emma sentia a energia *parabatai* que os conduzia —, quando algo surgiu e a atingiu. Ela voou, caiu no chão e se levantou.

Na sua frente estava Zara.

Zara estava cortada e imunda, seus cabelos longos embolados em montes de sangue e terra. Seu uniforme colorido de Centurião tinha sido retalhado.

Havia linhas de sujeira em seu rosto, mas suas mãos, que agarravam uma espada, estavam firmes. Assim como seu olhar, fixo em Cortana.

— Devolva minha espada, sua *vaca* — rosnou ela.

Paralisado pela queda de Emma, Julian girou e viu sua *parabatai* encarando Zara Dearborn. Zara estava manejando a espada para frente e para trás enquanto Emma a observava com um olhar confuso: Zara não era uma boa combatente, mas também não era *tão* ruim assim.

Emma encontrou o olhar de Julian enquanto erguia Cortana: *vá, vá até Mark*, dizia sua expressão. Julian hesitou por um instante — mas Emma dava mais do que conta de Zara. Ele girou e correu para o irmão.

Mark ainda estava lutando, porém estava pálido, sangrando de um corte no peito. Eochaid parecia brincar com ele, como um gato brinca com um rato, empunhando a espada e depois virando-a de lado para criar pequenos talhos em vez de cravar. Significaria uma morte lenta de cortes e sangria. Julian sentiu o amargor da raiva no fundo da garganta. Então flagrou Cristina batendo o cabo da espada na cabeça de Vanessa; a prima de Cameron caiu violentamente e Cristina se virou, correndo para Mark.

Outro Cavaleiro a interrompeu. O coração de Julian despencou; ele estava quase lá, mas reconheceu Ethna, com sua longa trança bronze e seu olhar maligno. Ela trazia uma espada e um bastão, e atacou Cristina, derrubando-a.

— *Parem!*

A palavra foi um berro solene. Cristina e Mark estavam no chão; seus oponentes se viraram, olhando fixamente. Kieran estava diante deles, seu ombro coberto por ataduras brancas. Foi Winter que falara: o guarda estava de pé com a espada-bastão na mão. Ele mirou a ponta afiada para Eochaid.

— Parem — repetiu. — O Rei ordena que recuem.

Eochaid e Ethna trocaram um olhar. Seus olhos metálicos ardiam em fúria. Eles não se esqueceriam tão cedo de que foram derrubados do céu e humilhados.

— Não vamos parar — disse Eochaid. — Nosso Rei era Arawn, o Ancião. Ele nos deu ordens para acabarmos com os Blackthorn e seus aliados. Cumpriremos a ordem e nenhuma palavra sua mudará isso.

— Não juramos aliança a você — disse Ethna. — Você não é nosso Rei.

Julian ficou imaginando se Kieran iria hesitar. Ele não o fez.

— Eu sou seu Rei — falou. — Deixem todos em paz e voltem para Unseelie, ou serão considerados traidores.

— Então seremos traidores — disse Ethna, e golpeou com sua espada.

Não atingiu seu alvo. O ar pareceu ondular, e de repente Lança do Vento estava mergulhando em direção a Ethna, empinando: ele a atingiu em cheio no peito com seus cascos dianteiros. Houve um ressoar de metal quando ela foi lançada para trás. Um instante mais tarde, Cristina estava de pé, seu pulso sangrando, mas a mão firme na espada.

— Vá até Mark! — gritou ela, e Kieran pulou nas costas de Lança do Vento e avançou para Eochaid; o Cavaleiro agora era como uma cachoeira de faíscas, gracioso e inevitável. Ele voou, manobrando a espada, a lâmina colidindo contra a de Kieran.

Mark saltou — um pulo gracioso e giratório — e agarrou Eochaid, envolvendo a garganta do Cavaleiro por trás. Eles caíram juntos; Eochaid se levantou. Julian correu para Mark, que estava entre o irmão e o Cavaleiro, erguendo a espada para aparar um golpe cortante.

Eochaid riu. Julian mal teve tempo de ajudar Mark a se levantar quando alguma coisa o atingiu por trás — era Karn, o outro Cavaleiro, uma torre de bronze rugindo. Julian virou e devolveu o golpe com força. Karn cambaleou para trás, parecendo surpreso.

— Belo golpe — disse Mark.

É por causa de Emma. Consigo sentir o laço parabatai ardendo em mim.

— Obrigado — disse ele, erguendo a lâmina para rebater outro golpe de Karn. Kieran e Cristina estavam atacando Eochaid; Ethna estava lutando contra Winter. Nem a força *parabatai* era suficiente, Julian sabia. Os Cavaleiros eram fortes demais. Era uma questão de tempo.

Mais um lampejo em bronze. Mark murmurou um xingamento: era Delan, o Cavaleiro maneta, atraído para seus irmãos. Agora eram quatro: só Etarlam e Airmed continuavam desaparecidos, em algum lugar da batalha.

Delan usava meia-máscara de bronze e empunhava um malho de espetos; estava correndo em direção a Kieran, o malho balançando...

Um machado o atingiu por trás, derrubando-o. Foi a vez de Eochaid xingar. Ethna gritou, mesmo enquanto Delan cambaleava e girava para encarar seu agressor.

Diego Rosales. Ele deu uma piscadela para Kieran exatamente quando o malho girou em direção a sua cabeça; ele o rebateu com a parte cega do machado. Kieran, que ficou tão surpreso quanto feliz pelo surgimento de Diego, saltou das costas de Lança do Vento e correu em direção a Delan. Winter foi atrás dele enquanto Cristina atacava Ethna...

Fez-se um barulho estilhaçado quando a espada de Cristina quebrou. Ela engasgou, deu um salto para trás — Mark e Kieran viraram, acometidos — Ethna ergueu sua lâmina...

E foi derrubada. Linhas de energia dourada se espalharam pelo campo, lançando cada um dos Cavaleiros para o ar e derrubando-os pela grama como brinquedos espalhados. Julian se virou com espanto para flagrar Hypatia Vex com as mãos levantadas, luzes jorrando de seus dedos.

— Magnus me mandou para cá — disse ela enquanto o combatente Nephilim a encarava. Até Winter a estava encarando, com cara de apaixonado. Julian desconfiava que ele não teria muita chance com Hypatia. — Isso vai nos fazer ganhar tempo, mas eles vão voltar. Os Cavaleiros de Mannan... — Ela soltou um suspiro dramático. — Caçadores de Sombras. Por que sempre acabo metida nos seus assuntos?

Zara estava lutando desgovernadamente. Emma se lembrava de Zara como uma guerreira medíocre, e ela era mesmo, mas a partir do momento em que as lâminas se tocaram, Zara fora eletrificada. Ela empunhava a espada como se quisesse cortar uma árvore; atirou-se para Emma diversas vezes, deixando suas defesas completamente abertas. Como se não se importasse se viveria ou morreria.

E perversamente, isso estava fazendo com que Emma se segurasse. Ela sabia que tinha todo o direito e todos os motivos para atacar Zara. Mas a outra parecia tão desnorteada sob o que Emma só podia supor ser um luto intenso — ela *havia* perdido amigos, Emma sabia, mortos no campo como Timothy. Mas Emma desconfiava que sua tristeza fosse mais pela amargura da derrota e pela dor da vergonha. O que quer que acontecesse, a Tropa jamais recuperaria sua glória. As mentiras contadas jamais seriam esquecidas.

Julian tinha garantido isso.

— Você não podia simplesmente ficar *na sua* — sibilou Zara, partindo para cima de Emma com o pulso rijo. Emma desviou do ataque com facilidade sem precisar da espada. — Você tinha que ser a personificação da moralidade. Tinha que meter o nariz em *tudo*.

— Zara, vocês tomaram o governo — observou Emma, se esgueirando para o lado quando Zara atacou novamente. Nesse ritmo, Zara ia se exaurir. — Seu pai tentou nos matar.

— Porque vocês queriam nos machucar — sibilou Zara. — Porque existe um nós e um eles, Emma, sempre existiu. Existem os que querem te proteger e os que querem te machucar.

— Isso não é verdade...

— Sério? — Zara jogou seu cabelo imundo para trás. — Você teria sido minha amiga? Se eu pedisse?

Emma pensou nas coisas que Zara disse sobre os integrantes do Submundo. Sobre Mark. Sobre *mestiços* e *pervertidos*, e registros e crueldades grandes e pequenas.

— Foi o que pensei — desdenhou Zara. — E você se acha tão melhor do que eu, Emma Carstairs. Eu *ri* quando Livvy morreu, todos nós rimos, só de pensar nas suas caras presunçosas e estúpidas...

A fúria invadiu Emma, fervente. Ela atacou com Cortana, virando a lâmina no último segundo para que a parte lisa acertasse Zara, nocauteando-a. Ela caiu de costas no chão, tossindo sangue, e cuspiu em cima de Emma quando esta se assomou à sua frente, colocando a ponta de Cortana em sua garganta.

— Vá em frente — sibilou Zara. — Vá em frente, sua vaca, faça, *faça*...

Zara era o motivo pelo qual todos estavam aqui, pensou Emma, o motivo pelo qual todos corriam perigo: a Tropa era a razão pela qual precisavam guerrear e lutar por suas vidas, fora a razão pela qual Livvy morrera no palanque do Salão do Conselho. O desejo de vingança ardia em suas veias, queimando sua pele, implorando para que ela enfiasse a lâmina e cortasse a garganta de Zara.

Mas mesmo assim Emma hesitou. Uma voz estranha surgiu em sua mente — uma lembrança de Arthur Blackthorn, logo ele dentre todas as pessoas. *Cortana. Feita por Wayland, o Ferreiro, o lendário fabricante de Excalibur e Durendal. Dizem que escolhe seu dono. Quando Ogier a ergueu para matar o filho de Charlemagne no campo, um anjo desceu, quebrou a espada e disse a ele: "Misericórdia é melhor do que vingança".*

Ela havia removido as fotos do quarto exatamente porque não queria mais saber de vingança. Cristina tinha razão. Ela precisava parar com isso. Naquele instante, ela soube que jamais removeria o símbolo *parabatai*, independentemente do que acontecesse agora. Tinha visto muitos *parabatai* no campo de batalha hoje. Talvez ser *parabatai* fosse uma fraqueza capaz de encurralar a pessoa. Mas qualquer tipo de amor era assim, e se o amor era uma fraqueza, era também uma força.

Ela tirou a espada do pescoço de Zara.

— Não vou matar você.

Lágrimas jorraram dos olhos de Zara e mancharam seu rosto sujo quando Emma se afastou dela. Um segundo depois, Emma ouviu Julian chamar seu nome; lá estava ele, levantando Zara pelo braço, dizendo alguma coisa sobre levá-la para onde estavam os prisioneiros. Zara estava olhando para ele e para Emma, sem resistir; estava passiva nas mãos de Julian, mas seus olhos... ela estava olhando para além de Julian, e Emma não estava gostando nada daquela expressão.

Zara emitiu um ruído engasgado, quase uma risada.

— Talvez não seja comigo que devam se preocupar — disse ela, e apontou com sua mão livre.

Julian ficou branco como giz.

Numa clareira no campo, sob o céu azul e preto, estava Annabel Blackthorn.

Foi como se a visão dela se transformasse num punho que socou o estômago de Emma. Ela engasgou. Annabel estava com um vestido azul que não combinava em nada com o campo de batalha. Um frasco de fluido vermelho brilhava em seu pescoço. Seus cabelos castanho escuros esvoaçavam. Seus lábios se curvaram num sorriso.

Alguma coisa estava errada, pensou Emma. Alguma coisa estava muito, muito errada, e não era só o fato de que Annabel não poderia estar aqui. O fato de Annabel estar morta.

Algo estava mais errado do que isso.

— Você não achou realmente que poderia me matar, achou? — provocou Annabel, e Emma viu que os pés da outra estavam descalços, pálidos como pedras brancas no chão sangrento. — Você sabe que sou feita de outras coisas. Coisas melhores do que sua irmã. Você não pode acabar com a *minha* vida, fugir com meu sangue enquanto imploro por clemência...

Julian soltou Zara e correu para ela. Cruzou o terreno num átimo e pulou para cima de Annabel, exatamente quando Emma gritou seu nome, gritou para ele que alguma coisa estava errada, gritou para que ele parasse. Ela tentou ir atrás dele, e um golpe a atingiu forte nas costas.

A dor veio um segundo depois, quente e rubra. Emma se virou surpresa e viu Zara segurando uma pequena faca. Provavelmente pegara do seu cinto.

O cabo estava vermelho e pingando. Ela apunhalara Emma pelas costas.

Emma tentou erguer Cortana, mas seu braço parecia não funcionar. Sua mente também estava acelerada, tentando alcançar o ferimento. Ao tentar chamar Julian, engasgando com o sangue, Emma sentiu Zara enfiando a faca em seu peito.

As pernas bambearam. Emma tombou.

32

Do Santo Céu

Estava acontecendo tudo outra vez.

Annabel estava na frente de Julian, olhando para ele com um desprezo desdenhoso. Em seus olhos ele via o reflexo de si no palanque no Salão do Conselho, ensopado com o sangue de Livvy. Ele a viu em Thule, gritando por Ash. Ele se lembrou do golpe de sua espada, do sangue dela se espalhando ao redor do corpo.

Nada disso tinha importância. Ela mataria Emma se pudesse. Mataria Mark e Helen; cortaria a garganta de Ty, de Dru e de Tavvy. Ela era o fantasma de todos os medos que ele já havia sentido em relação a perder a família. Ela era o pesadelo que ele despertara e não fora capaz de destruir.

Ele a alcançou sem desacelerar e cravou a espada nela. Entrou como se não houvesse resistência — nenhum osso, nenhum músculo. Como uma faca cortando ar ou papel. Enterrou até o cabo e ele se viu encarando os olhos vermelhos dela, a menos de um centímetro de distância.

Os lábios de Annabel se entreabriram num sibilo. *Mas os olhos dela não são vermelhos. São azuis Blackthorn.*

Ele recuou, arrastando a espada consigo. O cabo estava escuro com icor preto. O fedor de demônio se espalhava por todos os lados. Em algum lugar no fundo da mente, ele conseguia ouvir Emma chamando seu nome, gritando que alguma coisa estava errada.

— Você não é Annabel — disse ele. *Você é um demônio.*

Annabel começou a se transformar. Suas feições pareceram derreter, pingar como cera de vela. Sob sua pele pálida e cabelos escuros, Julian viu os contornos de um demônio Eidolon ainda em formação — gorduroso e branco, como uma barra suja de sabão, cheio de crateras cinzas. O frasco brilhante de vidro ainda estava pendurado em seu pescoço.

— *Você conheceu meu irmão* — sibilou o demônio. — *Sabnock. De Thule.*

Julian se lembrou do sangue. Uma igreja na Cornualha. Emma.

Ele alcançou uma lâmina serafim no cinto e a nomeou rapidamente:

— *Sariel.*

O demônio estava sorrindo. Ele atacou Julian, que enfiou a lâmina serafim nele.

Nada aconteceu.

Não pode ser. Lâminas serafim detonavam os demônios. Sempre, sempre funcionavam. O demônio arrancou a lâmina de sua lateral enquanto Julian encarava, incrédulo. A criatura o atacou, com Sariel na mão. Despreparado, Julian levantou o braço para conter o golpe...

Uma forma escura deslizou entre eles. Um kelpie, todo afiado, com cascos nos pés e dentes pontudos e vítreos. O cavalo fada empinou no ar entre Julian e Eidolon, e Julian reconheceu o kelpie: foi o mesmo que ele salvara de Dane Larkspear.

Ele bateu o casco no peito de Eidolon e o demônio voou para trás, a lâmina serafim caindo de sua mão. O kelpie olhou para Julian e deu uma piscadela, em seguida partiu quando Eidolon se levantou e começou a correr.

Julian começou a segui-los. Tinha dado apenas alguns passos quando uma dor o atravessou, súbita e ardente.

Ele se curvou. A dor estava por todos os lados. Nas costas, no peito. Não havia motivo para tal, exceto...

Emma.

Ele virou.

Estava acontecendo tudo outra vez.

Emma estava no chão, de algum jeito, a frente do uniforme manchada de sangue. Zara estava ajoelhada em cima dela — parecia que estavam lutando pouco antes. Julian já estava correndo, superando a dor, cada passo era um quilômetro, cada respirada uma hora. Tudo o que importava era alcançar Emma.

Ao se aproximar, viu que Zara estava ajoelhada ao lado de Emma, tentando arrancar Cortana de sua mão sangrenta, mas Emma era forte demais. Sua garganta e seu cabelo estavam molhados de sangue, mas os dedos no cabo de Cortana não cediam.

Zara levantou o olhar e flagrou Julian. Ele devia estar parecendo a personificação da morte, porque ela se levantou e correu, desaparecendo na multidão. Mais ninguém parecia ter percebido o ocorrido. Um uivo se formava no peito de Julian. Ele se ajoelhou ao lado de Emma e a levantou nos braços.

Ela estava flácida no colo dele, pesada como Livvy ficara. Do jeito que as pessoas pesavam quando aceitavam se entregar. Ele curvou Emma para si e a cabeça dela caiu em seu peito.

A grama em volta deles estava molhada. Havia tanto sangue.

Estava acontecendo tudo outra vez.

— *Livvy, Livvy, minha Livvy* — *murmurou ele, aninhando-a, afastando febrilmente os cabelos manchados de vermelho do rosto da menina. Havia tanto sangue. Ele ficou coberto em segundos; o sangue encharcara as roupas de Livvy e ensopara até os sapatos.* — Livia. — *Suas mãos tremiam; ele pegou uma estela e a pôs no braço da irmã.*

Sua espada tinha caído. A estela estava na mão; o *iratze* era uma lembrança muscular, seu corpo agia sem que sua mente compreendesse o que estava acontecendo.

Os olhos de Emma se abriram. O coração de Julian pulou. Estava dando certo? Talvez estivesse dando certo. Livvy não olhara para ele em momento nenhum. Ela já estava morta quando ele a levantou do palanque.

O olhar de Emma se fixou no dele. Seus olhos castanhos sustentaram seu olhar como um carinho.

— Tudo bem — sussurrou ela.

Ele esticou a mão para desenhar outro *iratze*. O primeiro desapareceu sem deixar vestígios.

— Me ajuda — pediu ele, rouco. — Emma, temos que usar. O laço *parabatai*. Podemos curar você...

— Não — disse ela. Esticou o braço para tocar a bochecha dele. Julian sentiu o sangue de Emma em sua pele. Ela ainda estava quente, ainda estava respirando em seus braços. — Prefiro morrer assim a ter que ser separada de você para sempre.

— Por favor, não me deixe, Emma — disse Julian. A voz dele falhou. — Por favor, não me deixe neste mundo sem você.

Ela conseguiu sorrir para ele.

— Você foi a melhor parte da minha vida.

A mão dela caiu flácida no colo, os olhos foram se fechando.

Agora, pela multidão, Julian via pessoas correndo para eles. Pareciam se deslocar lentamente, como num sonho. Helen, chamando seu nome; Mark, correndo desesperadamente; Cristina ao lado dele, gritando por Emma — mas nenhum deles chegaria a tempo, e, além disso, não havia nada que pudessem fazer.

Ele pegou a mão de Emma e a segurou com firmeza, tão forte que sentiu os ossinhos pressionando a palma. *Emma, Emma, volta. Emma, a gente consegue. Nós derretemos pedra. Você salvou minha vida. A gente consegue tudo.*

Ele começou a vasculhar suas lembranças: Emma na praia, olhando para ele, rindo. Emma agarrando a barra de ferro da roda gigante no Pacific Park. Emma lhe entregando um monte de flores murchas colhidas no dia do enterro de sua mãe. Seus braços na cintura de Emma quando eles andaram de moto em Thule. Emma com seu vestido claro no Teatro da Meia-Noite. Emma deitada na frente da lareira no chalé de Malcolm.

Emma.

Ela abriu os olhos. Estavam cheios de fogo dourado, bronze e cobre. Ela articulou algumas palavras:

— Eu me lembro.

Sua voz soava distante, quase inumana, como o ressoar de um sino. Alguma coisa profunda em Julian esfriou com medo e exultação.

— Quer que eu pare? — perguntou ele.

— Não. — Emma começou a sorrir. Seus olhos eram totalmente fogo agora. — Vamos queimar.

Ele a abraçou com força, o vínculo *parabatai* ardendo entre eles, brilhando em dourado e branco. As pontas dos cabelos de Emma tinham começado a queimar, e as pontas dos dedos. Não havia calor nem dor. Apenas fogo. O qual se elevou para consumi-los numa cascata ardente.

Diego jogou Zara na Configuração Malachi. Havia diversos outros membros da Tropa ali quando ela cambaleou, quase tropeçando com o esforço de evitar um encontrão nos outros. A maioria deles olhava para ela com profundo desgosto. Diego não imaginava que a filha de Horace estivesse em alta agora.

Ela virou para encará-lo. Não havia motivo para ele bater a porta da prisão — a Configuração segurava quem estivesse ali dentro, com ou sem porta —, mas ele gostaria de poder fazê-lo assim mesmo.

— Eu entenderia isso como um anúncio de que nosso noivado acabou — disse ele.

O rosto dela se contorceu de raiva. Antes que pudesse responder, um pilar de fogo branco se elevou a leste, subindo. Gritos ecoaram pelo campo de batalha.

Diego deu meia-volta para sair correndo. Um guarda surgiu na sua frente, sua lança com ponta de aço formando um arco brilhante no céu. Uma dor agonizante explodiu em sua cabeça antes de ele desabar na escuridão.

Mark pegou o pulso de Cristina e a puxou exatamente quando uma chama branca explodiu como uma torre do local onde Julian e Emma estiveram há poucos instantes.

Ela soube que gritou o nome de Emma. Mark a puxava; ela o sentia arfando. *Julian*, pensou ela. *Meu Deus, não, Julian não...*

E em seguida: *deve ser a maldição. Queimá-los vivos... é muito cruel.* Mark arfou.

— Veja.

Figuras brilhantes surgiam do fogo. Nem Julian e nem Emma, ou, pelo menos, não o Julian e a Emma como costumavam ser.

As chamas subiram uma altura de uns dez metros, e as figuras que emergiram delas tinham pelo menos esta mesma altura. Era como se Julian e Emma tivessem sido talhados de luz cintilante... os detalhes deles estavam lá, as feições e expressões, até Cortana ao lado de Emma, uma lâmina de fogo celestial do tamanho de uma árvore.

— Eles são gigantes. — Cristina ouviu alguém falar. — Nephilim. — *Havia gigantes na Terra naqueles dias, e também depois, quando anjos vieram para as filhas dos homens e elas tiveram seus filhos.* Ela respirou, trêmula. — Eles foram... os primeiros.

Mais pessoas estavam se agrupando lá na frente, de ambos os lados da batalha. Conforme as chamas foram regredindo em torno de Emma e Julian, o céu começou a se revirar e a estalar — era como se o fogo celestial tivesse queimado a escuridão trazida por Magnus. As nuvens sombreadas começavam a dissipar e a se desintegrar.

Apavorados, os vampiros começaram a fugir do campo, correndo para a floresta. Eles passaram correndo por Magnus, que estava de joelhos, com Ragnor ao seu lado, faíscas azuis envolvendo suas mãos como se fossem fios elétricos cortados. Cristina viu Alec correndo pelo campo; ele alcançou Magnus exatamente quando o feiticeiro caiu para trás, exausto, em seus braços.

Emma — ou o que Emma havia se tornado, uma criatura enorme e brilhante — deu um passo hesitante para a frente. Cristina mal conseguia respirar. Nunca tinha visto um anjo, mas imaginava que estar perto de um devia ser assim. Dizia-se que eram lindos, extraordinários e terríveis como o paraíso era terrível: uma luz brilhante demais para olhos mortais.

Ninguém poderia sobreviver a isso, pensou ela. Nem mesmo Emma.

Julian estava ao lado de Emma; eles pareciam ganhar confiança a cada movimento que faziam. Não pisoteavam como se era esperado de criaturas gigantes: na verdade eles pareciam flutuar, seus gestos deixando rastros de luz.

Cristina ouviu a Tropa gritando quando Julian se abaixou e pegou Horace, assim como um gigante ergue uma boneca. Horace, que tinha escapado da batalha se escondendo atrás de seus seguidores, estava esperneando e se debatendo, sua voz um ganido agudo. Cristina só teve um segundo para quase sentir pena dele antes de Julian pegar Horace com as duas mãos e quebrar sua coluna ao meio.

Julian o jogou de lado como um brinquedo quebrado. O silêncio que tinha dominado o campo foi interrompido quando as pessoas começaram a gritar.

O corpo de Horace Dearborn atingiu o chão com uma batida horrível, a poucos metros de Manuel.

Isso não está acontecendo. Isso não pode estar acontecendo. Manuel, já no chão, começou a recuar destrambelhadamente. Os membros da Tropa que estavam presos na Configuração Malachi gritavam. Ele queria que eles calassem a boca. Precisava desesperadamente pensar.

O treinamento religioso de sua infância, implacavelmente suprimido até então, agora se agitava dentro dele. O que brilhava acima dele era o poder de anjos — não anjos fofos com asas brancas, mas anjos sombrios e sangrentos que cederam seus poderes para dar origem aos Caçadores de Sombras.

E ocorreu que certa noite o anjo de Deus saiu e matou cento e oitenta e cinco mil em um campo de assírios; e quando as pessoas acordaram na manhã seguinte, lá estavam os corpos — todos mortos.

Mas não fazia o menor *sentido*. O que estava acontecendo era impossível. As pessoas não se transformavam em gigantes e marchavam por campos de batalha eliminando seus inimigos. Isso não poderia ter sido um plano dos Blackthorn e seus aliados. Nenhum humano mortal tinha acesso a poderes assim.

A coisa enorme e brilhante que fora Emma Carstairs abaixou uma das mãos. Manuel se encolheu no chão, mas ela não estava procurando por ele. Ela pegou o demônio Eidolon, que estava abaixado, e que fora o grande truque de Horace, e o segurou.

O demônio Eidolon gritou, um uivo que parecia vir do abismo entre os mundos. O toque da mão brilhante de Emma atuou como ácido. Sua pele começou a queimar e derreter; ele berrou, se dissolveu e escorreu entre os dedos dela como uma sopa rala.

Rainha do Ar e da Escuridão

E quando as pessoas acordaram na manhã seguinte, lá estavam os corpos — todos mortos.

Aterrorizado, Manuel engatinhou em direção ao corpo de Horace, ainda pingando sangue, e o arrastou sobre si. Horace não protegeu ninguém enquanto estava vivo. Talvez as coisas fossem diferentes agora que ele estava morto.

Mas como eles podem sobreviver a isso?

Mark ainda estava segurando Cristina; nenhum dos dois parecia capaz de se mexer. Aline e Helen estavam nos arredores; muitos outros Caçadores de Sombras ainda estavam no campo. Mark não conseguia desviar o olhar de Julian e Emma.

Ele estava morrendo de medo. Não deles. Estava morrendo de medo por eles. Eles eram enormes, brilhantes e magníficos, e tinham olhos vazios como os de estátuas. Emma se esticou após destruir o Eidolon, e Mark notou uma grande fissura no braço dela, onde outrora ficava a cicatriz de Cortana. Chamas saltavam dentro da cicatriz, como se estivesse preenchida por fogo.

Emma levantou a cabeça. Seus cabelos voaram ao seu redor como raios dourados.

— CAVALEIROS DE MANNAN! — chamou, e sua voz não era uma voz humana. Era como o som de trombetas, de trovoadas ecoando por vales vazios. — CAVALEIROS DE MANNAN! VENHAM E NOS ENFRENTEM!

— Eles falam — sussurrou Cristina.

Ótimo. De repente podem ouvir a voz da razão.

De repente.

— Emma! — chamou Mark. — Julian! Estamos aqui. Ouçam-nos, nós estamos aqui!

Emma não pareceu escutá-lo. Julian olhou para baixo, sem qualquer reconhecimento. Como um mundano olhando para um formigueiro. Embora não houvesse nada de mundano neles.

Mark ficou imaginando se tinha sido assim para Clary, para Simon, quando despertaram um anjo.

Houve um agito na multidão. Os Cavaleiros, marchando pelos campos. Seu brilho de bronze cintilava em volta deles, e Mark se lembrou de Kieran sussurrando histórias sobre os Cavaleiros que dormiam embaixo de uma colina até o Rei Unseelie despertá-los para caçar.

A multidão abriu espaço para permitir passagem. A batalha tinha terminado, sob qualquer ótica real: o campo agora estava cheio de espectadores, encarando em silêncio enquanto os Cavaleiros paravam para olhar Emma e Julian.

Ethna esticou a cabeça para trás, seus cabelos cor de bronze entornando em seus ombros.

— Somos os Cavaleiros de Mannan! — gritou ela. — Matamos o Firbolg! Não temos medo de gigantes!

Ela se lançou para o ar e Delan foi atrás. Eles navegaram como pássaros de bronze pelo céu, suas espadas em riste.

Emma esticou o braço quase preguiçosamente e capturou Ethna do ar. Ela a destruiu como se fosse um pedaço de papel, rasgando sua armadura de bronze, quebrando sua espada. Julian pegou Delan e o arremessou de volta para o chão com uma força que abriu um sulco na terra: Delan quicou pelo chão e caiu imóvel.

Os outros Cavaleiros não fugiram. Fugir não era da natureza deles, Mark sabia. Eles não recuaram. Não tinham capacidade para tal. Cada um deles tentou lutar e cada um foi capturado e esmagado ou rasgado, e jogado de volta para o chão em pedaços. A terra ficou escorregadia com o sangue.

Julian foi o primeiro a virar as costas para eles. Então esticou sua mão brilhante em direção à Configuração Malachi e gesticulou sem direção certa, fazendo as barras de luz voarem.

Os gritos da Tropa perfuraram o ar. Cristina se afastou de Mark e correu para Emma e Julian.

— Não! — gritou. — Emma! Jules! Eles são prisioneiros! Não podem nos machucar!

Helen também avançou, com as mãos esticadas.

— A batalha acabou! — berrou. — Nós vencemos... vocês podem parar agora! Vocês mataram os Cavaleiros! Podem parar!

Nem Julian e nem Emma pareceram escutar. Com a mão graciosa, Emma ergueu um membro da Tropa do grupo escandaloso e o jogou de lado. Ele gritou ao voar pelo ar, seus uivos interrompidos subitamente quando ele atingiu o chão com um baque.

Mark parou de se preocupar apenas com a hipótese de Emma e Julian não sobreviverem à coisa toda. Agora ele começava a temer a possibilidade de que ninguém mais sobrevivesse.

Dru estava à entrada dos portões e ficou encarando os Campos Eternos.

Ela nunca tinha visto uma batalha assim. Havia ficado na Sala dos Acordos durante a Guerra Maligna e já vira morte e sangue, mas a escala desta luta — o caos que era difícil de acompanhar, a velocidade absurda do combate — era quase impossível de se assistir. Não ajudava em nada o fato de que ela estava longe demais para identificar os detalhes: viu os Cavaleiros de bronze e sentiu pavor; ela os viu caindo no meio da luta, mas não o que aconteceu a eles depois. Vez ou outra via a figura borrada de um homem ou uma mulher desabando no campo e ficava se perguntando: foi Mark? Foi Emma? O horror do medo se instaurou em seu estômago e não queria ceder por nada.

Ao longo da última hora os feridos atravessaram os portões, às vezes andando, às vezes carregados. Irmãos do Silêncio se movimentavam numa espiral de túnicas cor de osso para carregarem membros da Tropa e Caçadores de Sombras comuns para serem curados em Basilias. Em determinado momento, Jem Carstairs atravessou os portões, carregando o corpo inconsciente de Kit.

Dru havia começado a correr para eles, mas pausara ao ver Tessa Gray cruzando pelo grupo de Irmãos do Silêncio, e Catarina Loss com ela. Ambas já estavam com as roupas sujas de sangue e nitidamente vinham tratando os feridos.

Ela queria ir até Kit. Ele era seu amigo, e muito importante para Ty. Mas ficou para trás, temendo que adultos como Jem e Tessa fossem insistir que ela voltasse para a casa de Amatis, deste modo afastando-a dos portões, a única janela para sua família. Ela ficou recolhida à sombra enquanto Tessa ajudou Catarina a colocar Kit na maca.

Jem e Catarina pegaram as pontas da maca. Antes de começarem a subir a colina em direção a Basilias, Tessa abaixou e beijou gentilmente a testa de Kit. Aquele gesto afrouxou o nó no peito de Dru — embora Kit tivesse se ferido, ele estava sendo cuidado por pessoas que se importavam com ele.

Mais feridos vieram depois, as lesões piorando à medida que a batalha se desenrolava. Beatriz Mendoza foi carregada pelos portões, soluçando. Não estava visivelmente ferida, mas Dru sabia que sua *parabatai*, Julie, tinha sido a primeira Caçadora de Sombras morta no conflito. Dru não queria que Tavvy presenciasse tudo aquilo. Caçadores de Sombras não costumavam esconder de suas crianças os resultados de uma batalha, mas ela não conseguia evitar pensar nos pesadelos dele, nos anos ouvindo-o gritar na escuridão.

— Tavs — falou ela afinal. — Não olhe.

Ele pegou a mão dela, mas não virou a cara. Na verdade, estava olhando fixamente para o campo de batalha, sua expressão atenta, mas não temerosa.

Ele foi o primeiro a ver os gigantes, e apontou.

O primeiro instinto de Dru foi se perguntar se aquilo seria um plano de Julian. Ela viu fogo branco ardendo, e em seguida grandes figuras cintilantes marchando pelo campo. Elas a preencheram com uma sensação de assombro, um espanto com sua beleza, do jeito que ela se sentia quando criança ao olhar as ilustrações de Raziel.

Dru voltou a examinar o campo ansiosamente — a luz branca do fogo perfurava o céu. As nuvens estavam se espalhando e se estilhaçando. Dava para ouvir gritos, e as figuras dos vampiros começaram a fugir para as sombras de Brocelind.

A maioria foi bem-sucedida. Mas quando as nuvens se recolheram e o sol cinzento veio perfurante feito faca, Dru viu um vampiro, mais lento que o restante, bem na fronteira do bosque, cair numa fresta de luz. Houve um grito e uma conflagração.

Ela desviou o olhar das chamas. *Isto não pode ser o plano de Julian.*

Tavvy puxou a mão dela.

— Temos que ir — propôs. — Temos que ir até Emma e Jules.

Ela o segurou firme.

— É uma batalha... não podemos entrar.

— Precisamos. — Havia urgência em sua voz. — São Jules e Emma. Eles *precisam* da gente.

— Dru! — um grito a fez olhar para cima. Duas pessoas estavam atravessando os portões. Uma delas era Jaime. A visão dele fez o coração de Dru saltar: ele ainda estava vivo. Sujo e arranhado, com o uniforme imundo, porém vivo e com olhos atentos, além de ruborizado pelo esforço. Ele estava praticamente carregando Cameron Ashdown, que estava com o braço apoiado em seu ombro. Cameron parecia estar sangrando de um ferimento na lateral.

— Cameron! — Dru correu para eles, puxando Tavvy. — Você está bem?

Cameron deu um aceno incompleto para Dru.

— Vanessa me golpeou. Tinha alguma coisa demoníaca na lâmina. — Ele fez uma careta.

— Sua *prima* o atacou? — indagou Dru. Ela sabia que os Ashdown divergiam politicamente, mas, para ela, família era família.

— Os jantares em família vão ser muito constrangedores a partir de agora — disse Jaime. Ele deu um tapinha nas costas de Cameron enquanto o Irmão do Silêncio o pegava para levá-lo a Basilias.

Jaime passou a mão suja na testa.

— Vocês dois deveriam se afastar mais da batalha — falou. — Ninguém avisou para não ficarem nos portões?

— Se não ficarmos nos portões, não vamos ver nada — observou Dru. — Aqueles... no campo... realmente são Jules e Emma?

Jaime fez que sim com a cabeça. O coração de Dru afundou. Parte dela ainda estava torcendo para que aquilo fosse apenas uma ilusão terrível.

Rainha do Ar e da Escuridão

— Não entendo o que está acontecendo? A voz dela se elevou. — Isso é um plano de Julian? Você sabe alguma coisa a respeito?

— Não acho que seja um plano — disse Jaime. — Eles parecem totalmente descontrolados.

— Eles podem ser *contidos*?

Jaime falou relutantemente:

— Eles mataram os Cavaleiros de Mannan. Agora soldados estão tentando formar uma parede de corpos para proteger a cidade contra eles. Todas as crianças estão aqui. — Ele apontou para Alicante. Dru pensou em Max e Rafe com Maryse. Seu coração falhou uma batida. — Não sei o que vai acontecer. — Jaime olhou de Dru para Tavvy. — Venham comigo — chamou de súbito. — Consigo levar vocês dois para a floresta.

Dru hesitou.

— Não é para a gente ir para o lado oposto. Temos que ir até Jules e Emma — respondeu Tavvy com firmeza.

— É perigoso... — começou Jaime.

— Tavvy está certo. Temos que ir. — Dru olhou para a Marca incompleta que se espalhava por seu antebraço. Ela se lembrou de Julian aplicando-a no dia anterior; parecia que fazia uma eternidade. — Você não precisa ajudar.

Jaime suspirou e pegou o arco pendurado às suas costas.

— Eu dou cobertura.

Dru estava prestes a seguir Jaime pelos portões quando Tavvy a cutucou na lateral. Ela se virou para ver que ele estava estendendo uma estela.

— Não se esqueça — falou.

Ela exalou — quase tinha se esquecido. Então posicionou a ponta da estela no braço e começou a completar a Marca Familias.

Kieran estava cercado pelo exército Unseelie, com trinta fadas à sua frente. Isso já era ruim o suficiente, pois não conseguia ver Mark nem Cristina acima da multidão de fadas, mas mal conseguia controlar Lança do Vento, que estava empinando e relinchando sob ele. Lança do Vento não gostava nem de multidões e nem de gigantes, e no momento ambos estavam perto demais.

Winter estava ao lado de Kieran. Tinha ficado em sua cola durante toda a batalha, o que Kieran achava ao mesmo tempo admirável e espantoso. Não estava acostumado a esse grau de lealdade.

— O povo veio até você, milorde soberano — disse Winter. — Quais são suas ordens para eles?

Ordens para eles?, pensou Kieran freneticamente. Ele não tinha ideia do que deveriam fazer. Por isso queria que Adaon fosse Rei, mas Adaon era um prisioneiro da Corte Seelie. O que Adaon diria sobre um exército de fadas preso num campo com gigantes parte-anjo furiosos?

— Por que não estão todos fugindo para a floresta? — perguntou Kieran. A floresta era o lugar onde o povo fada se sentia em casa, cheia de coisas naturais, água e árvores. Brocelind era considerada o lar das fadas há tempos.

— Infelizmente a floresta está cheia de vampiros — respondeu Winter sombriamente.

— Os vampiros são nossos aliados! — gritou Kieran, agarrando a crina de Lança do Vento enquanto o cavalo empinava.

— Ninguém acredita realmente nisso — disse Winter.

Por todos os Deuses de Trevas e Luz. Kieran queria gritar e quebrar alguma coisa. Lança do Vento empinou de novo, e desta vez Kieran viu uma figura familiar. Mark. Ele o reconheceria em qualquer lugar — e Cristina ao seu lado. Ele agradeceu em silêncio. *O que eles me diriam para fazer?* Pensou na generosidade de Mark, na bondade de Cristina. Eles pensariam primeiro nos soldados Unseelie.

— Temos que retirar nosso povo deste campo — falou Kieran. — Eles não podem combater anjos. Ninguém pode. Como vocês todos chegaram aqui?

— Oban abriu uma porta — respondeu Winter. — Você pode fazer o mesmo, soberano. Abrir uma porta para o Reino das Fadas. Como Rei, você pode. Chame sua Terra e ela irá chamá-lo.

Se o bêbado do Oban fez, eu também consigo, pensou Kieran. Mas tal pensamento não foi de grande ajuda. Ele tinha que chamar sua Terra, um lugar do qual se ressentira por tanto tempo, e torcer para que o chamasse de volta.

Ele desceu das costas de Lança do Vento quando o cavalo se acalmou. Então se lembrou de Mark dizendo: *não vou me esquecer da beleza do Reino das Fadas, e nem você. Mas não chegará a isso.*

E pensou no que ele mesmo tinha dito, tinha lembrado, quando achou que o Reino das Fadas estava ameaçado.

A forma como a água cai azul como gelo nas Cachoeiras de Branwen. O gosto da música e o som do vinho. O cabelo cor de mel das sereias nos rios, os vagalumes brilhando nas sombras das florestas profundas.

Kieran respirou fundo. *Deixe-me passar*, pensou. *Deixe-me passar, minha Terra, pois pertenço a você: vou me doar a você como os Reis do Reino das Fadas há muito fazem, e você florescerá quando eu florescer. Não trarei praga às suas costas, nem sangue para suas flores nos campos, apenas paz e uma estrada gentil que sobe pelas colinas verdes.*

Rainha do Ar e da Escuridão

— Soberano — disse Winter.

Kieran abriu os olhos e viu que o pequeno outeiro à sua frente tinha começado a se dividir. Através da abertura dava para ver a grande torre Unseelie se elevando ao longe e os campos pacíficos diante dela.

Diversas das fadas mais próximas vibraram. Começaram a correr pela passagem mesmo enquanto ela ainda se abria. Kieran os via emergindo do outro lado, alguns até caindo de joelhos com gratidão e alívio.

— Winter — falou ele sem firmeza na voz. — Winter, faça todos atravessarem a porta. Leve todos em segurança.

— Todas as fadas? — disse Winter.

— Todo mundo — respondeu Kieran, olhando severamente para seu primeiro homem em comando. — Caçadores de Sombras. Feiticeiros. Todo mundo que buscar santuário.

— E você, soberano? — perguntou Winter.

— Tenho que ir até Mark e Cristina.

Pela primeira vez Winter pareceu amotinado.

— Tem que deixar seus amigos mortais, lorde.

Winter era um membro da guarda vermelha, com um juramento de sangue de proteger o Rei e a linhagem real. Kieran não podia se irritar com ele, mas precisava estimulá-lo a compreender.

— Você é meu guarda leal, Winter. Mas assim como me protege, também deve proteger o que mais amo, e Mark Blackthorn e Cristina Rosales são o que mais amo neste e em todos os mundos.

— Mas sua *vida* — disse Winter.

— Winter — repetiu Kieran secamente. — Sei que não podem ser meus consortes. Mas eu morro sem eles.

Mais e mais fadas estavam atravessando a porta para as Terras Imortais. Havia outros com eles agora — alguns feiticeiros e até uma matilha de licantropes.

Winter cerrou a mandíbula.

— Então lhe darei cobertura.

Helen sentia como se tivesse caído no meio de um rio que seguia duas direções ao mesmo tempo.

Fadas corriam para um lado, em direção a um outeiro na extremidade leste do campo. Caçadores de Sombras corriam para o outro lado, para a cidade de Alicante, provavelmente para se esconderem atrás dos muros. Aline tinha corrido para investigar, prometendo voltar logo.

Alguns ainda estavam no meio do campo — a Tropa parecia berrar e correr em círculos, não querendo se juntar nem ao êxodo das fadas nem aos companheiros Caçadores de Sombras. Helen tinha ficado perto de onde os seus outros conhecidos tinham se reunido — Kadir e Jia estavam ajudando feridos no campo, Simon e Isabelle estavam conversando com Hypatia Vex e Kwasi Bediako, e Jace e Clary tinham se juntado a um outro grupo, que incluía Rayan e Divya, para se colocarem entre Emma e Julian e os prisioneiros da Tropa.

— Helen! — Aline estava correndo para ela pelo gramado. — Eles não estão fugindo.

— Como assim? — perguntou Helen.

— Os Caçadores de Sombras. Eles estão indo proteger a cidade, caso os gigantes... caso Emma e Julian avancem para lá. Está cheia de crianças e idosos. Além disso — acrescentou —, Caçadores de Sombras protegem Alicante. É nossa função.

Falou como a filha da Consulesa.

— Mas Emma e Julian jamais... eles não fariam... — protestou Helen.

— Não sabemos o que eles fariam — respondeu Aline gentilmente, exatamente quando Hypatia Vex e Kwasi Bediako passaram por elas. Eles corriam para a grama destruída onde Emma e Julian estavam, e Kwasi esticou as mãos quando Hypatia colocou as palmas nos ombros dele. Uma rede dourada brilhante explodiu no ar sobre Emma e Jules: aterrissou neles como uma teia de aranha fina, mas Helen teve a impressão de que era feita de um material mais resistente.

Emma levantou a mão enorme e brilhante para tirar a rede. Estava firme. Kwasi estava arfando, mas Hypatia lhe dava firmeza.

Martin Gladstone gritou:

— Agora! Reúnam os Blackthorn! Mostre a estes monstros o que acontecerá à família deles se não pararem!

A Tropa vibrou. Helen ouviu Zara gritando que deveriam fazer isso, que tinham o direito de se protegerem.

Aline se colocou na frente de Helen.

— Essa *desgraçada* — esbravejou.

Julian tocou a rede brilhante com um dedo e a destruiu, e então ele se abaixou para pegar Gladstone.

Com um gesto de dedos, ele quebrou o pescoço de Gladstone.

Julian e Emma foram em direção aos outros membros da Tropa, que começaram a se espalhar. Emma alcançou Zara...

Rainha do Ar e da Escuridão

E Jace se colocou entre eles, entre a mão brilhante de Emma e a figura fugitiva de Zara. A Espada Mortal estava embainhada às suas costas; ele estava desarmado. Ele inclinou sua cabeça dourada para trás e gritou:

— Parem! Emma e Julian! A batalha acabou! *Parem!*

Sem expressão, como a estátua de um anjo vingador, Emma abaixou a mão e empurrou Jace do caminho. Ele foi arremessado por alguns metros e caiu no chão com um baque feio. Clary gritou e correu pelo gramado, ávida para ajudar Jace, com seus cabelos ruivos esvoaçando como um rastro de fogo.

Levante-se, levante-se, pensou Helen. *Levante-se, Jace.*

Mas ele não se levantou.

Dru nunca tinha usado a Marca Familias antes, e a experiência era estranha.

Ela se sentia atraída para os irmãos de um jeito que não conseguia definir. Parecia que alguma coisa estava amarrada no interior de sua espinha — o que era nojento, porém interessante — e a puxava para o seu destino. Ela já tinha ouvido falar sobre como Marcas de Rastreamento funcionavam, e supunha que esta não fosse diferente.

Permitiu que os puxões a conduzissem, acompanhando-os, e a mão firme no pulso de Tavvy. Eles ficaram na periferia da batalha, com Jaime ao lado com seu arco preparado para qualquer um que se aproximasse.

Deixaram o abrigo das muralhas da cidade e correram para a beira da floresta, ainda seguindo a condução da Marca. Dru tentava não olhar para o campo de batalha, para Emma e Julian. Era como olhar para pilares de fogo num instante e para monstros terríveis no outro.

Houve um chiado acima e Ty saltou de um carvalho. Dru engasgou de surpresa, e depois mais ainda quando Ty foi direto para ela e a abraçou forte.

Ele a soltou e franziu o rosto.

— Por que você está no campo? Deveria estar na cidade. Tavvy também. — Ele se voltou para Jaime. — É perigoso.

— Sim — disse Jaime. — Estou ciente.

— *Você* está aqui — observou Dru.

— Eu estava numa árvore — disse Ty, como se isso de algum jeito melhorasse as coisas. Antes que Dru pudesse embarcar numa deliciosa discussão fraternal, Helen veio correndo, seus cachos louros-claros esvoaçando. Aline vinha logo atrás.

— Dru! *Tavvy!* — Helen correu com os olhos cheios de lágrimas para os dois, esticando os braços para pegar Tavvy; Dru notou que ele estendeu automaticamente os braços para ela, algo que antes ele só fazia para Julian. Helen

646 Cassandra Clare

o pegou e o abraçou forte. — O que vocês dois estão *fazendo* aqui? Dru, você usou a Marca Familias de propósito?

— Claro que usei! — disse Dru. — Temos que ir para o campo de batalha. Temos que impedir Emma e Jules. Temos que trazê-los de volta... de volta a si.

— Estamos tentando — disse Helen enquanto colocava Tavvy no chão. — Não acha que estamos tentando?

Dru queria cerrar os dentes. Por que Helen não *lhe dava ouvidos*? Tinha achado que as coisas estivessem melhores, mas ela precisava tão desesperadamente que a irmã a escutasse que sentia até um nó na garganta.

Sabia o que tinham que fazer. Parecia tão claro. Como poderia fazer o restante deles enxergar?

Ela sentiu um puxão no braço, onde estava a Marca, e em seguida Mark apareceu, correndo com Cristina ao seu lado.

— Dru! Você nos chamou... — Ele viu Ty e sorriu alegre. — Eu vi você com o estilingue — falou. — Sua mira é das boas, irmãozinho.

— Não estimule, Mark — disse Helen. — Ele tinha que ter ficado no acampamento.

— Olha — começou Dru. — Sei que não faz muito sentido. Mas se nós formos até Emma e Jules juntos, se formos diretamente para eles e *falarmos* com eles, poderemos fazer com que nos ouçam. Temos que tentar. Se não conseguirmos, ninguém conseguirá, e aí todos estarão em perigo.

Helen balançou a cabeça.

— Mas por que isso está acontecendo?

Cristina e Mark trocaram um olhar que Dru não conseguiu decifrar.

— Acho que é por causa do laço *parabatai* — disse Cristina.

— Porque Emma quase morreu? — perguntou Aline, espantada.

— Não sei — respondeu Cristina. — Só posso supor. Mas tem fogo celestial ardendo dentro deles. E nenhum mortal consegue sobreviver a isso por muito tempo.

— É muito perigoso nos aproximarmos deles — falou Mark. — Temos que confiar em Emma e Julian. Confiar que eles podem encerrar isso por conta própria.

Fez-se uma longa pausa. Jaime ficou assistindo impassível enquanto os Blackthorn e seus agregados permaneciam inertes e num intenso silêncio.

— Não — falou Helen finalmente e o coração de Dru despencou. Helen levantou os olhos, um azul Blackthorn fervoroso em seu rosto manchado de fuligem. — Dru está certa. Temos que ir. — Ela olhou para Dru. — Você tem razão, meu amor.

— Vou com você até o campo — falou Jaime para Dru.

Ela ficou feliz com a companhia dele enquanto todos partiam, os Blackthorn juntos. Mas não era em Jaime que Dru estava pensando quando eles se viraram para caminhar rumo ao coração da batalha. Era na irmã. *Helen acreditou em mim. Helen entendeu.*

No meio das trevas da batalha, seu coração pareceu um pouquinho mais leve.

Jaime de repente se aprumou.

— Diego — chamou, e em seguida uma torrente de espanhol. Dru e Helen giraram, e Dru respirou fundo.

Não muito longe, um guarda arrastava o corpo flácido de Diego pelo campo. Pelo menos Dru supunha que fosse Diego. Suas roupas eram familiares, assim como os cabelos escuros. Mas seu rosto estava inteiramente sujo de sangue.

Helen tocou o ombro de Jaime.

— Vá ver o seu irmão — disse ela. — Rápido. Nós ficaremos bem.

Jaime saiu correndo.

Jace estava acordado. Estava piscando e começando a sentar quando Clary o alcançou, e ela estava dividida entre se jogar nos braços dele e agredi-lo por tê-la assustado tanto.

Ela estava desenhando um *iratze* no braço dele. Parecia estar funcionando bem — o longo arranhão sangrento na lateral do rosto já tinha se curado. Ele estava meio sentado e meio apoiado nela para recuperar o fôlego, quando Alec apareceu correndo e se ajoelhou ao lado deles.

— Você está bem, *parabatai*? — perguntou Alec, olhando ansiosamente para o rosto de Jace.

— Por favor, prometa que nunca mais fará isso — disse Clary.

— Prometo que nunca mais vou me colocar entre Zara Dearborn e um gigante violento outra vez — disse Jace. — Alec, o que está acontecendo? Você estava no campo...

— Julian e Emma jogaram Vanessa Ashdown a seis metros de altura — disse Alec. — Acho que eles ficaram com raiva por ela ter esfaqueado Cameron, mas por que eu não sei dizer.

Clary olhou para Emma e Julian. Eles estavam muito parados, olhando para a Tropa, como se estivessem decidindo o que fazer com eles. De vez em quando um membro da Tropa se libertava e corria, e Emma ou Julian o capturavam de volta.

Era quase como um jogo, mas anjos não jogavam. Clary não podia deixar de se lembrar da visão de Raziel, emergindo do Lago Lyn. Poucas pessoas já tinham olhado para um anjo. Poucas pessoas já tinham encarado os olhos frios do paraíso, com sua indiferença em relação a mesquinharias mortais. Será que Emma e Julian sentiam uma fração dessa indiferença, dessa despreocupação que não era crueldade, mas algo mais estranho e maior — algo nada humano?

Emma de repente balançou e caiu sobre um joelho. Clary encarou, chocada, enquanto a Tropa gritava e fugia, mas Emma não fez nenhum movimento para recapturá-los. Julian, ao seu lado, esticou a mão brilhante para ajudá-la a se levantar.

— Eles estão morrendo — falou Jace baixinho.

Alec pareceu confuso.

— Quê?

— Eles são Nephilim; verdadeiros Nephilim — disse Jace. — Os monstros antigos que outrora caminharam sobre a Terra. Eles têm fogo celestial dentro deles, que alimenta tudo o que fazem. Mas é demais. Os corpos mortais vão queimar. Provavelmente estão em agonia.

Ele se levantou.

— Temos que contê-los. Se ficarem enlouquecidos de dor, quem sabe o que farão?

Emma começou a seguir em direção à cidade. Clary viu Isabelle e Simon correndo para o bloqueio de Caçadores de Sombras entre Emma e Julian e a cidade de Alicante.

— Como vamos detê-los? — perguntou Alec.

Austeramente, Jace sacou a Espada Mortal. Antes que pudesse agir, Clary colocou a mão no ombro dele.

— Espera — disse ela. — Olha.

Não muito longe, um pequeno grupo caminhava em direção às figuras brilhantes e monstruosas de Emma e Julian. Helen Blackthorn com todos os irmãos ao seu lado — Mark e Tiberius, Drusilla e Octavian. Eles caminhavam juntos numa fila firme e forte.

— O que eles estão fazendo? — perguntou Alec.

— A única coisa que podem fazer — respondeu Clary.

Lentamente, Jace abaixou a Espada Mortal.

— Pelo Anjo — disse, respirando fundo. — Essas crianças...

— Diego. Acorde, meu irmão. Por favor acorde.

Houve apenas escuridão, intercalada com faíscas brilhantes de dor. Agora tinha a voz de Jaime. Diego queria ficar no escuro e no silêncio. Descansar onde a dor não o tocava, aqui neste mundo silencioso.

Mas a voz de seu irmão era insistente, e desde a infância Diego fora treinado a atendê-la. A levantar da cama quando seu irmão chorava, a correr para ajudá-lo a se levantar quando ele caía.

Ele abriu os olhos. Estavam grudentos. Seu rosto queimava. Acima dele havia um céu escuro turbulento e Jaime, sua expressão muito perturbada. Ele estava ajoelhado, com seu arco do lado; não muito longe, havia um guarda morto com uma flecha no peito.

Jaime estava agarrando a estela. Ele afastou os cabelos de Diego do rosto; quando tirou a mão, estava vermelha de sangue.

— Fique parado — ordenou. — Eu já apliquei diversos *iratzes*.

— Preciso levantar — sussurrou Diego. — Tenho que lutar.

Os olhos escuros de Jaime brilharam.

— Seu rosto está rasgado, Diego. Você perdeu sangue. Não pode se levantar. Não vou permitir.

— Jaime...

— No passado você sempre me curou — disse Jaime. — Me deixe ser quem vai curá-lo agora.

Diego tossiu. Sua boca e sua garganta estavam cheias de sangue.

— Quão ruins... quão ruins vão ficar as cicatrizes?

Jaime pegou a mão dele, e foi aí que Diego soube que estava de fato muito ruim. Implorou silenciosamente para que Jaime não mentisse e nem tivesse pena dele.

O sorriso de Jaime foi lento e torto.

— Acho que o bonitão da família agora serei eu — falou. — Mas pelo menos você ainda é muito musculoso.

Diego engasgou com uma risada, com o gosto do sangue, com a estranheza daquilo tudo. Enroscou os dedos aos do irmão e segurou firme.

A caminhada pelo campo foi surreal.

Enquanto os irmãos se aproximavam de Emma e Julian, outros Caçadores de Sombras se aproximavam dos Blackthorn, às vezes parecendo confusos, outras quase envergonhados. Dru sabia que na concepção deles o grupo estava caminhando para a morte certa. Alguém gritou que eles deveriam deixar Tavvy para trás, mas o pequenino só fez grudar ainda mais nos irmãos, balançando a cabeça.

Emma e Julian claramente estavam indo para a cidade. Eles se movimentavam como sombras brilhantes, fechando o caminho entre eles e a barricada de Caçadores de Sombras que se postava entre eles e Alicante.

650   Cassandra Clare

— Temos que chegar até eles — murmurou ela, mas a multidão diante deles estava formando outra espécie de barricada. Ela viu Caçadores de Sombras conhecidos ali no meio; Anush e Divya Joshi, Luana Carvalho, Kadir Safar, e até alguns integrantes do Submundo, dentre os quais Bat Velasquez e Kwasi Bediako, que gritavam para que eles não se aproximassem de Julian e Emma, que não era seguro.

Ela olhou em pânico para os outros.

— O que faremos?

— Não posso atirar flechas de elfos neles — disse Mark. — Eles têm boas intenções.

— Claro que não! — Helen parecia apavorada. — Por favor! — gritou. — Nos deixem passar!

Mas sua voz se perdeu no rugido da multidão, que os incitava a recuar, para longe da cidade, para longe de Emma e Jules. Dru tinha começado a entrar em pânico quando ouviram o trovão dos cascos.

Caçadores de Sombras recuaram relutantes enquanto Lança do Vento, com Kieran em suas costas, abriu caminho na multidão. Suas laterais estavam suadas; ele claramente tinha corrido pelo campo. Os olhos apavorados de Kieran percorreram a multidão até encontrarem Mark, e depois Cristina.

Os três trocaram um olhar rápido e cheio de significado. Mark levantou a mão, como se estivesse tentando alcançar o novo Rei Unseelie.

— Kieran! — gritou. — Ajude-nos! Temos que chegar a Emma e Julian!

Dru esperou Kieran dizer que era perigoso. Impossível. Em vez disso, ele se abaixou sobre o pescoço de Lança do Vento; parecia estar sussurrando para o cavalo.

Um instante mais tarde o céu escureceu com silhuetas voadoras. A Caçada Selvagem tinha chegado. Caçadores de Sombras e integrantes do Submundo se espalharam quando a Caçada voou baixo. De repente os Blackthorn conseguiam avançar outra vez, o mais rápido possível em direção a Emma e Julian, que já tinham quase chegado à fileira de Caçadores de Sombras que protegia a cidade.

Ao passarem, Dru esticou o braço para acenar para Diana e Gwyn, que tinham se afastado da Caçada Selvagem e se preparavam para aterrissar ao lado dos Blackthorn. Diana sorriu para ela e colocou a mão no coração.

Dru manteve os olhos fixados no objetivo à frente. Estavam quase lá. Kieran tinha se juntado a eles. A coroa Unseelie brilhava em sua testa, mas sua atenção estava voltada para a proteção dos Blackthorn. Com Lança do Vento empinando, ele estava contendo a multidão num dos lados enquanto Gwyn e Diana faziam o mesmo do outro.

O campo de batalha nivelou. Estavam perto agora, o bastante para que Emma e Julian fossem borrões brilhantes. Era como olhar para árvores numa floresta sem conseguir enxergar o topo delas.

Dru respirou fundo.

— Tudo bem — disse. — Só a gente agora. Só os Blackthorn.

Todo mundo ficou parado.

Mark colou a testa na de Cristina, seus olhos fechados, antes de ajudá-la a montar Lança do Vento, ao lado de Kieran. Kieran apertou a mão de Mark com força e abraçou Cristina como se quisesse dizer para Mark que a manteria em segurança. Aline beijou Helen suavemente e foi para perto da mãe no meio da multidão. Eles assistiram, um grupo pequeno e preocupado, enquanto os Blackthorn partiam para encerrar a distância entre eles e Emma e Jules.

Eles pararam a alguns metros das figuras gigantes de Julian e Emma. Por um instante, a certeza que sustentara Dru até este momento titubeou. Ela só havia pensado em chegar até aqui. Não no que faria ou diria quando chegassem.

Foi Tavvy quem avançou primeiro.

— Jules! — gritou. — Emma! Estamos aqui!

E finalmente Emma e Julian reagiram.

Eles se viraram, dando as costas para a cidade, e olharam os Blackthorn. Dru esticou a cabeça para trás. Dava para ver as expressões deles. Estavam completamente vazias. Não havia qualquer reconhecimento em seus olhos brilhantes.

— Não podemos simplesmente mandá-los parar — falou Mark. — Todo mundo já tentou isso.

Tavvy avançou um pouco mais. Os olhos dos gigantes os acompanhavam como enormes lâmpadas, brilhantes e artificiais.

Dru queria esticar o braço e puxar Tavvy de volta.

— Jules? — disse ele, e sua voz soou pequena, e baixa, e partiu o coração de Drusilla. Ela respirou fundo. Se Tavvy podia se aproximar deles, ela também podia. Ela se postou atrás do irmão caçula e inclinou os ombros até estar olhando diretamente para Emma e Julian. Era como encarar o sol; seus olhos ardiam, mas ela os manteve bem abertos.

— Emma! — chamou ela. — Julian! É a Dru... Drusilla. Olha, estão todos pedindo para vocês pararem porque a luta já foi vencida, mas não estou aqui para isso. Estou aqui para pedir que parem porque amamos vocês. Precisamos de vocês. Voltem para nós.

Nem Emma e nem Julian se mexeram ou mudaram de expressão. Dru continuou, suas bochechas ardendo.

— Não nos deixem — prosseguiu. — Quem vai assistir a filmes de terror ruins comigo, Julian, se você se for? Quem vai me treinar, Emma, e me mostrar tudo o que estou fazendo de errado, e me explicar como fazer melhor?

Alguma coisa se mexeu atrás de Dru. Helen tinha se aproximado. Ela esticou as mãos como se pudesse tocar as figuras brilhantes em frente a ela.

— Julian — começou. — Você criou nossos irmãos quando eu não pude. Você sacrificou sua infância para manter nossa família unida. E Emma. Você cuidou desta família quando eu não pude. Se vocês dois me deixarem agora, como terei a chance de compensá-los?

Julian e Emma continuavam sem expressão, mas Emma inclinou levemente a cabeça, quase como se estivesse ouvindo.

Mark também avançou, colocando sua mão esguia no ombro de Dru. Ele esticou a cabeça para trás.

— Julian — falou ele. — Você me ensinou a voltar a ser parte de uma família. Emma, você me ensinou como ser amigo quando eu tinha me esquecido sobre amizade. Vocês me deram esperança quando eu estava perdido. — Ele estava ereto como uma flecha de elfo, olhando para o céu. — Voltem para nós.

Julian se mexeu. Foi um movimento mínimo, mas Dru sentiu seu coração saltar. Talvez... talvez...

Ty deu mais um passo, seu uniforme sujo e rasgado onde o tronco o talhara. Seus cabelos caíam em mechas escuras sobre o rosto. Ele afastou os fios e disse:

— Nós perdemos Livvy. Nós... nós perdemos.

Lágrimas arderam no fundo dos olhos de Dru. Havia algo no tom de voz de Ty que fazia parecer que esta era a primeira vez que ele percebia o caráter definitivo e irrevogável da morte de Livvy.

Os cílios de Ty brilhavam com lágrimas enquanto ele erguia o olhar.

— Não podemos perder vocês também. Vamos acabar... vamos acabar perdidos também. Julian, você me ensinou o que significava cada palavra que eu não entendia... e Emma, você espantou todo mundo que já me tratou mal. Quem vai me ensinar e me proteger se vocês não voltarem a ser vocês?

Houve um impacto enorme e barulhento. Julian tinha caído de joelhos. Dru conteve um engasgo — ele parecia menor do que antes, embora ainda enorme. Ela notava fissuras escuras em sua pele brilhante, onde faíscas vermelhas de fogo vazavam como sangue.

Tem fogo celestial ardendo dentro deles. E nenhum mortal consegue sobreviver a isso por muito tempo.

Rainha do Ar e da Escuridão

— Emma — sussurrou Dru. — Julian.

Eles não estavam mais sem expressão. Dru já tinha visto estátuas de anjos em luto, de anjos espetados por espadas de fogo, chorando lágrimas de agonia. Não era fácil empunhar uma espada para Deus.

Agora ela enxergava tais estátuas novamente nos olhares gigantescos à frente.

— Emma! — O grito explodiu de Cristina; ela havia se afastado dos outros e agora vinha correndo em direção aos Blackthorn. — Emma! Quem vai ser minha melhor amiga se não for você, Emma? — Ela estava chorando, lágrimas se misturando ao sangue e à sujeira em seu rosto. — Quem vai cuidar da minha melhor amiga quando eu não puder, Julian, se você não estiver aqui?

Emma caiu de joelhos ao lado de Julian. Ambos estavam chorando — lágrimas de fogo, vermelhas e douradas. Dru torcia desesperadamente para que isso significasse que estavam sentindo alguma coisa, e não que estavam morrendo, se desfazendo em chamas idênticas.

— Quem vai me enlouquecer com perguntas na aula se não vocês? — gritou Diana. Ela também estava se aproximando, assim como Kieran e Aline, deixando Gwyn segurando a rédea de Lança do Vento, seu rosto refletindo espanto e admiração.

Aline pigarreou.

— Emma e Julian — falou. — Não os conheço tão bem assim, e essa coisa dos gigantes é de fato uma enorme surpresa. Não foi um trocadilho. Eu estava sendo literal. — Ela olhou de soslaio para Helen. — Mas estar com vocês faz minha mulher muito feliz, e isso acontece porque ela os ama. — Pausou. — Eu também gosto de vocês e vamos ser uma família, caramba, então desçam aqui e *fiquem* com a família!

Helen afagou o ombro de Aline.

— Foi ótimo, querida.

— Julian — disse Kieran. — Eu poderia falar sobre como Mark o ama, e Emma, eu poderia falar sobre a amizade que Cristina tem por você. Mas a verdade é que tenho que ser o Rei da Corte Unseelie, e sem seu brilho, Julian, e sua coragem, Emma, temo que meu reinado seja curto.

Ao longe, Dru viu Isabelle e Simon se aproximando. Alec estava com eles, com o braço em volta de Magnus, e Clary e Jace vinham ao lado, de mãos dadas.

Tavvy ergueu os braços.

— Jules — chamou, sua voz pequena clara e ressonante. — Me pega no colo. Estou cansado. Quero ir para casa.

Lentamente — tão lentamente quanto a eternidade — Julian esticou suas mãos brilhantes, fissuradas com a escuridão da qual o fogo celestial entornava como sangue. Ele se esticou para Tavvy.

Houve uma explosão de luz que queimou os olhos de Dru. Quando ela piscou, viu que Julian e Emma não estavam mais lá — não, estavam caídos no chão; eram silhuetas numa aura de luz, diminuindo, cercados por uma piscina de luminosidade da cor de um ouro sangrento.

Por um momento apavorado, Dru teve a certeza de que eles estavam morrendo. Quando a luz horrorosa desbotou, ela viu Emma e Julian — de tamanho humano novamente — encolhidos juntos no chão. Estavam de mãos dadas, os olhos fechados, como anjos que caíram do céu e agora dormiam em paz na terra outra vez.

33

Homenagem

— Acorde, Emma. É hora de acordar.

Havia a mão gentil de alguém em sua testa, uma voz suave na escuridão, chamando por ela.

Por um tempo houve apenas sombras. Sombras e frio após um longo período queimando. O mundo tinha se inclinado ao longe. Ela vira um lugar brilhante demais para se lembrar e figuras que brilhavam como lâminas ao sol. Ouvira vozes chamando seu nome. *Emma. Emma.*

Emma significa universo, Julian lhe dissera.

Mas ela não acordou. Em vez disso ouviu a voz de Julian outra vez, agora misturada à de Jem.

— Foi um toque inteligente — disse Jem —, fazer duas reuniões, e não uma. Você sabia que qualquer um dos Caçadores de Sombras poderia ser leal à Tropa, então os chamou só para a primeira. Assim, quando revelaram seus planos a Horace, ele só estava preparado para sua interrupção à negociação. E não para o ataque dos membros do Submundo.

— Jace e Clary concordaram em ser nossas iscas — disse Julian. Ele soava cansado, mesmo no sonho de Emma.

— Sabíamos que Horace ia fazer qualquer coisa para colocar as mãos neles. Assim poderíamos fazê-los aparecer na frente de todo mundo e provar que Horace não só estava enganado quanto à morte deles, mas também que estava tentando matá-los.

Fez-se uma longa pausa. Emma flutuou em mais escuridão, embora agora conseguisse enxergar silhuetas nela, formas e sombras.

— Eu sabia que haveria espiões na reunião — disse Julian. — Admito que eles me surpreenderam mandando um demônio. Nem tinha entendido, até ver Eidolon no campo de batalha. Como vocês acham que ele entrou no Santuário? Só se fazer passar por Oskar não deveria tê-lo protegido.

— Sabe-se que demônios já utilizaram sangue de Caçadores de Sombras para entrarem em Institutos. Oskar Lindquist foi encontrado morto ontem. É possível que seu sangue tenha sido utilizado.

— Mas isso daria ao demônio o poder de ser invulnerável a lâminas serafim? — perguntou Julian.

Mais uma longa pausa.

— Não conheço nenhuma magia forte o suficiente para isso. — Jem pareceu preocupado. — Os Irmãos do Silêncio vão querer saber...

Emma abriu os olhos devagar, relutante em abandonar a suavidade da escuridão.

— Jem? — sussurrou. Sua garganta e boca estavam incrivelmente secas.

— Emma! — Ela foi puxada para um abraço. Os braços de Jem eram fortes. Ela apoiou a cabeça no ombro dele. Era como ser abraçada pelo seu pai: uma lembrança que ela sempre guardara no fundinho da mente, preciosa e inesquecível.

Ela engoliu em seco para superar a secura na garganta.

— Julian? — chamou.

Jem recuou. Agora conseguia ver onde estava — num quartinho com duas camas brancas, com uma janela na parede permitindo que o sol entrasse. Julian estava sentado na cama em frente à dela, vestindo uma camiseta limpa e calças folgadas como roupas de treino. Alguém a tinha vestido com as mesmas roupas; seus cabelos estavam emaranhados, e o corpo inteiro doía como um hematoma gigante.

Julian parecia ileso. Seus olhares se encontraram e a expressão dele suavizou; ele estava com as costas eretas e tensas, e os ombros duros.

Ela queria abraçá-lo. Pelo menos segurar sua mão. Mas se obrigou a não se mexer. Sentia-se frágil por dentro, seu coração palpitando com amor e medo. Ela não confiava em si para controlar suas emoções.

— Você está em Basilias — informou Jem. — Eu acordei você, Emma, depois que Julian acordou. Achei que quisessem se ver.

Emma olhou em volta. Através de uma janela na parede, notou um quarto maior com camas cobertas por lençóis brancos, cerca de metade das quais

Rainha do Ar e da Escuridão 657

estava tomada por pacientes. Irmãos do Silêncio circulavam entre as fileiras e o ar cheirava a cura — ervas e flores, os remédios da Cidade do Silêncio.

O quarto deles tinha um teto baixo e abobadado, pintado com símbolos de cura em dourado, vermelho e preto. Mais janelas davam vista para os prédios de Alicante: as casas com telhados vermelhos, as agulhas finas das torres demoníacas.

— As crianças, elas estão bem? — perguntou Emma. — Helen...?

— Eu já perguntei — disse Julian. Era difícil para Emma não olhar para ele, e era também doloroso olhar; ele parecia diferente, de algum jeito. Transformado. Ela desviou o olhar e encarou Jem, que tinha ido para perto da janela.

— Estão todos bem, Emma.

— Até Kit? Ele salvou minha vida...

— Ele estava muito esgotado e doente — disse Jem. — Mas se recuperou bem. Ele está na Cidade do Silêncio. Perdemos bons guerreiros no campo de batalha, mas seus amigos estão a salvo. Vocês passaram três dias inconsciente, então perderam os funerais. Mas vocês já foram a muitos enterros recentemente.

Emma franziu o rosto.

— Mas por que Kit está na Cidade do Silêncio? Basilias...

— Emma — falou Jem. — Não vim até aqui para conversar sobre Kit. Vim falar com você e Julian. — Ele afastou os cabelos do rosto; parecia cansado, a mecha branca em seu cabelo mais acentuada. — Você me perguntou há muito tempo sobre a maldição *parabatai*. O que acontece quando dois *parabatai* se apaixonam. Eu contei o que sabia, mas nem sonhava que sua dúvida tivesse cunho pessoal.

Emma se sentiu endurecer. Olhou para Julian, que fez que sim com a cabeça.

— Ele sabe — informou Julian com uma voz seca. Emma ficou imaginando o que ele estava sentindo. Ela não conseguia decifrá-lo como de costume, mas provavelmente ambos estavam em choque. — Agora todo mundo sabe.

Emma abraçou o próprio corpo.

— Mas como...

— Gostaria de ter sabido — disse Jem —, embora compreenda por que não me contou. Conversei com Magnus. Sei de tudo o que vocês fizeram para tentar combater a maldição. Ninguém poderia ter lutado mais. Mas essa não é uma maldição que pode ser desfeita, exceto pela destruição de todos os laços *parabatai* do mundo. — Ele olhou para Emma com olhos contundentes, e ela sentiu o peso súbito da idade avançada de Jem e do quanto ele sabia sobre as pessoas. — Ou, pelo menos, era nisso que se acreditava, e todas as tentativas de investigação sobre a maldição terminavam sem resultados do que poderia acontecer caso a maldição se cumprisse. Só conhecíamos os sintomas: poder elevado sobre as Marcas, capacidade de fazer coisas que outros Nephilim não podem. O fato de você ter quebrado a Espada Mortal, Emma, tenho certeza de que parte foi pela força de Cortana e parte pelo poder da maldição. Mas esses foram apenas palpites ao longo de muitos anos. Então a batalha de três dias atrás se consumou. Do que vocês se lembram?

— Emma estava morrendo nos meus braços — disse Julian. Sua voz tremeu. Mas foi estranho, normalmente Emma teria sentido uma pontada nas costelas, uma faísca da dor dele. Agora não sentia nada. — Vi uma luz branca e nós éramos gigantes, olhando para baixo. Eu não *sinto* o que sentimos, mas me lembro das pessoas parecendo formiguinhas correndo aos nossos pés. E da sensação de estarmos numa missão, como se estivéssemos sendo guiados. Não sei explicar. Como se estivéssemos recebendo instruções sobre o que fazer e não tivéssemos escolha, a não ser obedecer.

— Como se alguma coisa estivesse trabalhando através de você — disse Jem. — Uma vontade maior do que a sua?

Emma colocou as mãos no peito.

— Agora eu me lembro... Zara me esfaqueou... eu estava sangrando... — Ela mais uma vez se lembrou da sensação de queimar, e do mundo girando e caindo. — Viramos *gigantes*?

— Preciso contar um pouco mais da história Nephilim para vocês — disse Jem, embora Emma preferisse que ele ficasse mais ligado ao assunto dos Gigantes: Emma e Julian tinham se transformado neles? — Há muito, muito tempo, no princípio da história dos Caçadores de Sombras, havia enormes demônios que ameaçavam a terra. Muito maiores do que quaisquer demônios que temos agora, exceto pelo que Demônios Maiores às vezes podem se tornar. Naquele tempo, era possível que Caçadores de Sombras se transformassem em verdadeiros Nephilim. Gigantes na terra. Temos velhas xilogravuras e desenhos deles, e os escritos daqueles que os viram combatendo demônios. — Ele tirou um pedaço de papel do bolso e leu em voz alta: — *A terra pela qual passamos como espiões é uma terra que devora seus habitantes; e todas as pessoas que nela vimos têm tamanhos grandes. Lá vimos os Nephilim; e, para nós, parecíamos grilos, assim como para eles.*

— Mas isso é história — disse Julian. — As pessoas não se transformam em gigantes *agora*.

Uma terra que devora seus habitantes. Emma não pôde deixar de pensar em Thule e nas histórias de gigantes lá.

Rainha do Ar e da Escuridão

— A maioria não sobreviveu às transformações — disse Jem. — Era o sacrifício final, arder em fogo celestial e morrer destruindo demônios. Mas notou-se que muitos dos que sobreviveram eram *parabatai*. Caçadores de Sombras tinham mais probabilidade de sobreviver à transformação se tivessem um *parabatai* que não se transformava, ancorando-os à terra.

— Mas nós dois nos transformamos — disse Emma.

— Entendam — disse Jem —, que durante anos tentamos entender a maldição *parabatai* e o que ela poderia ser, mas certamente nunca a atribuímos à época dos Nephilim. O fim dos tempos dos Nephilim veio quando os demônios gigantescos deixaram de vir à terra. Não sabemos por que desapareceram; simplesmente sumiram. Talvez tenham sido mortos. Talvez tenham perdido interesse neste mundo. Talvez temessem os Nephilim. Isso foi há oitocentos anos, e muitos registros foram perdidos.

— Então quando nos transformamos em gigantes — disse Julian, como se as palavras o deixassem enjoado —, você percebeu que a maldição *parabatai* era de alguma forma ligada aos Nephilim?

— Depois da batalha, corremos para desenterrar qualquer registro dos verdadeiros Nephilim. Ao fazer isso, eu descobri o relato de um terrível evento. Um Caçador de Sombras se tornou um verdadeiro Nephilim para combater um demônio. Seu *parabatai* tinha que ficar para trás como uma âncora, mas em vez disso, ele também se transformou, incontrolavelmente. Ambos se descontrolaram. Destruíram o demônio e depois assassinaram suas famílias e todos aqueles que tentaram contê-los, até terminarem queimados vivos com fogo celestial. — Ele pausou. — Era um casal. Naqueles tempos não havia Lei contra amar seu *parabatai*. Alguns meses depois, aconteceu de novo, dessa vez com outro par de amantes.

— E as pessoas não sabiam sobre isso? — disse Emma.

— Foi feito muito para encobrir. A prática dos *parabatai* é uma das ferramentas mais poderosas que os Caçadores de Sombras possuem. Ninguém queria perdê-la. E como os grandes demônios tinham desaparecido, não se achava que seria necessário ter que empregar os verdadeiros Nephilim novamente. De fato, ninguém nunca mais fez, e o método através do qual os verdadeiros Nephilim eram feitos foi perdido. Poderia ter acabado aí, e de fato não há registros do que aconteceu na Cidade do Silêncio, mas Tessa conseguiu encontrar um arquivo no Labirinto Espiral. Foi o conto dos dois Caçadores de Sombras que viraram uma espécie de feiticeiros, magos poderosos cujas Marcas eram diferentes das de todos os outros. Eles destruíram uma cidade pacífica antes de serem queimados até a morte. Mas desconfio de que não foram queimados pelos habitantes da cidade. Desconfio que tenham morrido pelo fogo celestial. — Ele pausou. — Não muito depois da data deste conto, foi aprovada a Lei que diz que *parabatai* não poderiam se apaixonar.

— Isso é estranho — murmurou Emma.

— Então o que você está dizendo — falou Julian —, é que os Caçadores de Sombras destruíram os próprios registros que explicavam as motivações da Lei que proíbe o amor dos *parabatai*? Eles temiam que as pessoas fossem se aproveitar do poder, mas valorizavam demais os benefícios dos *parabatai* para abrirem mão do ritual?

— É o que desconfio — falou Jem —, mas não acho que vamos conseguir provar.

— Isso não pode estar acontecendo — disse Emma. — Temos que contar a verdade para todos.

— A verdade não vai impedir que aconteça — disse Julian. Ele a olhou com firmeza. — Eu teria me apaixonado por você mesmo se soubesse exatamente qual era o perigo.

O coração de Emma pareceu tropeçar em si mesmo. Ela tentou manter a voz firme.

— Mas se as terríveis punições forem retiradas — continuou ela —, se as pessoas não acharem que vão perder suas famílias, elas vão se impor. Misericórdia é melhor do que vingança, não é?

— Os Irmãos do Silêncio já discutiram e concordam com você — disse Jem. — Vão fazer uma recomendação para a Consulesa e para o novo Inquisidor ou Inquisidora quando ele ou ela for nomeado.

— Mas Jia... Jia ainda é a Consulesa? — perguntou Emma.

— Sim, mas ela está muito doente. Há algum tempo. Espero que ela agora tenha tempo e espaço para descansar e melhorar.

— Ah. — Emma ficou surpresa: Jia parecia invulnerável para ela.

— Os membros da Tropa que sobreviveram estão sendo mantidos na prisão do Gard. Vocês venceram a batalha por nós, afinal. Mas eu não recomendaria que tentassem essa tática outra vez.

— O que vai acontecer conosco? — disse Julian. — Seremos punidos?

— Pelo que aconteceu no campo? Acho que não — falou Jem. — Foi uma guerra. Vocês acabaram com os Cavaleiros de Mannan, o que deixou todos agradecidos, e também mataram diversos membros da Tropa, o que poderiam ter feito de qualquer jeito. E acho que agora vão despertar interesse; verdadeiros Nephilim não existem há séculos. Além disso, vocês podem ter que fazer serviço comunitário.

Rainha do Ar e da Escuridão

— Sério? — disse Emma.

— Não — disse Jem, e piscou para ela.

— Estou falando sobre a questão *parabatai* — disse Julian. — Ainda estamos transgredindo a Lei ao sentir o que sentimos um pelo outro. Mesmo que suavizem as Leis, ainda teremos que ser separados, ou até exilados, para que isso nunca mais aconteça.

— Ah — falou Jem, e se inclinou contra a parede, com os braços cruzados. — Quando suas roupas foram cortadas para que pudessem ser curados, aqui em Basilias, foi notado que suas Marcas *parabatai* tinham desaparecido.

Emma e Julian o encararam.

— Bem, uma Marca *parabatai* pode ser cortada da pele sem que o vínculo se perca — explicou Jem. — A Marca simboliza, mas não é o laço em si. Mas é curioso, porque não há marcas ou cicatrizes onde suas Marcas ficavam; é como se nunca tivessem existido; é como se nunca tivessem sido feitas. Os Irmãos do Silêncio vasculharam suas mentes e viram que o laço tinha sido rompido. — Ele pausou. — Na maioria dos casos, eu acharia que estaria transmitindo uma péssima notícia, mas neste caso, talvez não. Vocês não são mais *parabatai*.

Nenhum dos dois se mexeu, ou sequer respirou. No peito de Emma, seu coração parecia reverberar como um sino num espaço vasto, o eco profundo de uma caverna cujo teto era tão alto que todo o som desaparecia em meio a silêncio e sonhos. O rosto de Julian estava tão branco quanto as torres demoníacas.

— Não somos *parabatai*? — perguntou ele finalmente, sua voz parecia a de um desconhecido.

— Vou dar um momento para que possam digerir a notícia — falou Jem, dando um sorrisinho. — Eu vou conversar com a família de vocês. Estão todos preocupados. — Ele se retirou, e embora estivesse usando jeans e um casaco, a sombra das túnicas parecia se mover ao seu redor enquanto se deslocava.

A porta se fechou atrás de Jem, e Emma continuava incapaz de se mexer. O pavor de se permitir acreditar que o terror tinha chegado ao fim, que ficaria tudo bem, a manteve congelada. Por tanto tempo, ela convivera com um peso nos ombros. Por tanto tempo, aquela era sempre a primeira coisa na qual pensava ao acordar, e a última antes de dormir; o alimento de seus pesadelos e do fim de todo medo secreto: *vou perder Julian. Vou perder minha família. Vou me perder.*

Mesmo nos melhores momentos, Emma achava que perderia uma dessas coisas. Nunca sonhou que pudesse manter todas.

— Emma — começou Julian. Ele tinha se levantado, mancando um pouco, e o coração de Emma partiu: ela sabia que isso não poderia ser mais fácil para ele do que para ela. Ela se levantou, as perna trêmulas. Eles se encararam através do espaço entre as duas camas.

Ela não soube dizer quem cedeu e tomou a iniciativa. Pode ter sido ela, ou ele; pode ser que tenha sido uníssono, como fizeram por tanto tempo, ainda conectados embora o laço *parabatai* não existisse mais. Eles se colidiram no meio do quarto; ela lançou os braços em volta de Julian, seus dedos com curativos se enterrando nas costas da camisa.

Ele estava aqui, realmente aqui, sólido em seus braços. Ele beijou o rosto dela de forma febril, ele correu as mãos pelos cabelos dela. Ela sabia que as lágrimas estavam correndo pelo seu rosto; ela o abraçou com o máximo de força possível, sentindo-o estremecer em seus braços.

— Emma — dizia ele repetidas vezes, sua voz falhando, cortando a palavra. — Emma, Emma, minha Emma.

Ela não conseguia falar. Em vez disso, traçou os dedos desajeitadamente pelas costas dele, escrevendo o que não conseguia dizer em voz alta, como por tanto tempo fizeram. *F-I-N-A-L-M-E-N-T-E*, escreveu. *F-I-N-A-L-M-E-N-T-E*.

A porta se abriu. E pela primeira vez eles não saltaram um para longe do outro: continuaram de mãos dadas, mesmo enquanto seus amigos e familiares entravam no quarto, lacrimosos e reluzindo de felicidade e alívio.

— Eles estão com bastante medo de você no Reino das Fadas agora, Cristina — disse Kieran. — Você é chamada de assassina de reis e príncipes. Uma Caçadora de Sombras aterrorizante.

Eles três — Mark, Cristina e Kieran — estavam sentados perto de um chafariz seco na Praça do Anjo, diante de Basilias. Cristina estava sentada entre as pernas de Mark, que tinha os braços em volta dela. Kieran estava apoiado na lateral do corpo dele.

— Eu não sou aterrorizante — protestou Cristina.

— Você *me* aterrorizou — disse Mark, e Cristina se virou e mostrou a língua para ele. Kieran sorriu, mas não riu: parecia haver muita tensão nele. Talvez por ser difícil estar em Alicante. A cidade tinha sido muito protegida contra fadas durante a Guerra Maligna, ferro, sal e sorva estrategicamente espalhados por quase todas as ruas. Basilias era coberta por pregos de ferro, então Mark e Cristina estavam esperando por notícias de Jules e Emma na praça com Kieran, deixando que o sol brilhante os aquecesse enquanto descansavam.

Rainha do Ar e da Escuridão

Após a Guerra Maligna, Mark sabia, esta praça ficara cheia de corpos. Cadáveres espalhados em fileiras, os olhos cobertos com seda branca, prontos para cremação e enterro. Agora estava pacificamente quieta. Houve mortes na batalha de três dias antes, e no dia seguinte um grande velório nos Campos. Jia discursara: sobre a tristeza suportada, sobre a necessidade de reconstrução e sobre a importância de não se vingar dos membros da Tropa, cinquenta dos quais agora estavam no presídio do Gard.

— Minha mãe é que é aterrorizante — disse Cristina, balançando a cabeça. Ela estava cálida nos braços de Mark, e Kieran era um peso confortável ao seu lado. Não fosse pela preocupação com Emma e Jules, ele estaria perfeitamente feliz. — Eu contei a ela sobre a gente ontem.

— Contou? — Mark ficou ansioso. A mãe de Cristina *era* aterrorizante, ele ouvira dizer que depois que os portões da Cidade foram abertos pelos Irmãos do Silêncio, ela escalara um dos muros e atirara várias lanças em fadas Unseelie com uma precisão mortal que incitara vários guardas a fugir da cidade. Tinha também o boato de que ela havia socado Lazlo Balogh no nariz, mas ele resolveu não confirmar.

— O que ela disse? — Os olhos preto e prata de Kieran estavam preocupados.

— Ela disse que talvez não fosse a escolha que ela faria para mim — disse Cristina —, mas que o importante é a minha felicidade. Ela também disse que não se surpreendia com o fato de eu precisar de dois homens para preencher o lugar de Diego. — Sorriu.

— Como Diego salvou a minha vida, eu vou absorver essa descortesia sem responder — falou Kieran.

— E eu vou amarrar os cadarços dele juntos na próxima vez que encontrá--lo — disse Mark. — Vocês acreditam que Manuel foi achado debaixo do corpo de Horace?

— Só me surpreende ele não ter cortado o corpo de Horace para se esconder dentro — disse Kieran severamente.

Mark deu um soquinho de leve no ombro dele.

— Ei, por que você me bateu? — protestou Kieran. — Já aconteceu no Reino das Fadas. Um guerreiro covarde passou uma semana escondido dentro de um kelpie.

Algo branco desceu do céu. Uma mariposa, que depositou uma bolota no colo de Kieran e voou para longe.

— Um recado? — perguntou Mark.

Kieran abriu o topo da bolota. Ele parecia muito sério, provavelmente porque agora trajava as roupas de um Rei Unseelie. Mark ainda se espantava ao vê-lo, todo de preto — botas pretas, calças pretas e um colete preto com ondas douradas e verdes bordadas, simbolizando a ascendência nixie de Kieran.

— É de Winter — falou Kieran. — Todos os Caçadores de Sombras e integrantes do Submundo que estavam nas Terras Unseelie voltaram para suas casas.

Kieran concedera a hospitalidade da Corte Unseelie àqueles que fugiram da batalha nos Campos. Alec disse que o gesto contaria muito na hora de revogar as leis da Paz Fria. Uma reunião para discutir como a Clave iria proceder estava marcada para o dia seguinte, e Mark estava ansioso por ela.

Kieran não tinha passado muito tempo na Corte Unseelie. Ele voltara para Mark e Cristina no dia seguinte à batalha, e eles ficaram felizes em tê-lo de volta.

— Vejam! — gritou Cristina. Sentou-se ereta, apontando: uma das janelas de Basilias tinha sido aberta e Dru estava acenando para que entrassem. — Emma e Julian estão acordados! — falou. — Vámos!

Cristina se levantou e os outros foram atrás. *Julian e Emma.* E Dru estava sorrindo. Agora, pensou Mark, *agora* ele estava perfeitamente feliz.

Ele foi em direção a Basilias, com Cristina ao seu lado. Estavam quase lá quando perceberam que Kieran não tinha ido junto.

Mark se virou.

— Kieran... — Franziu o rosto. — O ferro é muito difícil?

— Não é isso — pensou Kieran. — Eu tenho que voltar para o Reino das Fadas.

— Agora? — perguntou Cristina.

— Agora e para sempre — respondeu Kieran. — Não posso sair de lá.

— *Quê?* — Mark marchou de volta para Kieran. A carta branca de Winter esvoaçava na mão de Kieran como a asa de um pássaro. — Fale coisas com sentido, Kieran.

— Estou falando — respondeu Kieran suavemente. — Agora que sabemos que Emma e Julian vão sobreviver, tenho que voltar para o Reino das Fadas. Foi o acordo que fiz com Winter. — Ele olhou para a carta. — Meu general me convocou. Sem um Rei, a Terra corre risco de sucumbir ao caos.

— Eles têm um Rei! — Cristina correu para o lado de Kieran. Ela estava usando um xale azul claro; ela se enroscou mais nele em agitação, balançando a cabeça. — Você é o Rei, estando lá ou aqui.

— Não. — Kieran fechou os olhos. — O Rei é ligado à Terra. Durante todo o tempo em que o Rei está no mundo mortal, a Terra enfraquece. Não posso ficar aqui. Eu não queria ser Rei, não pedi para ser Rei, mas eu *sou* Rei e não posso ser um mau Rei. Não seria correto.

— Nós podemos ir com você, então — falou Mark. — Poderíamos não ficar no Reino das Fadas o tempo todo, mas poderíamos visitar...

— Também pensei nisso. Mas mesmo após pouco tempo como Rei da Corte, eu já sei que não dá — falou Kieran. Seus cabelos tinham ficado inteiramente negros sob o aro fino de ouro que envolvia sua cabeça. — O Rei não pode ter um consorte mortal...

— Nós sabemos disso — interveio Cristina, lembrando de suas palavras em Brocelind. Mesmo naquele momento, ela acreditava que Kieran poderia não se tornar Rei. Que alguma outra solução seria encontrada. — Mas seu pai teve consortes mortais, não teve? Tem alguma forma de contornar as regras?

— Não. Ele teve *amantes* mortais. — A palavra soava feia. — Um consorte tem posição oficial. Acompanhantes mortais são brinquedos para serem usados e descartados. Ele não ligava para o tratamento que recebiam, mas eu ligo. Se eu os levasse para a Corte como amantes, vocês seriam tratados com desprezo e crueldade, e eu não suportaria isso.

— Você é o Rei — disse Cristina. — São o seu povo. Não pode ordenar que não sejam cruéis?

— Eles tiveram anos de um reino cruel — disse Kieran. — Não posso ensiná-los da noite para o dia. Eu mesmo não sabia como fazê-lo. Tive que aprender a bondade com vocês dois. — Seus olhos brilharam. — Meu coração está partido e não vejo saída. Vocês são tudo o que eu quero, mas tenho que fazer o que é melhor para o meu povo. Não posso enfraquecer minha terra vindo aqui, e não posso machucar vocês levando-os para lá. Jamais teríamos paz em nenhum dos dois lugares.

— Por favor, Kieran — implorou Mark. Ele pegou o pulso de Kieran: *estou segurando o braço do Rei Unseelie*, pensou. Talvez fosse a primeira vez que pensava em Kieran como o Rei, e não apenas como o seu Kieran. — Podemos encontrar uma solução.

Kieran puxou Mark e o beijou, forte e subitamente, apertando os dedos ao redor do pulso de Mark. Quando o soltou, estava pálido, as bochechas ardendo em cor.

— Não dormi por três dias. Por isso eu queria que Adaon fosse o Rei. Outros querem o trono. Eu não quero. Só quero vocês.

— E será um grande Rei por isso — disse Cristina, seus olhos brilhando com lágrimas contidas. — E se fossem só você e Mark? Mark é metade fada, certamente isso deve significar alguma coisa...

— Para eles, ele é um Caçador de Sombras — explicou Kieran, soltando a mão de Mark para marchar até Cristina. Seus olhos estavam borrados de exaustão. — E eu amo vocês dois, minha corajosa Cristina. Nada pode mudar isso. Nada vai mudar isso.

As lágrimas que ela estava segurando entornaram por suas bochechas quando Kieran tomou seu rosto gentilmente entre as mãos.

— Você realmente vai embora? Tem que ter outro jeito!

— Não tem. — Kieran a beijou breve e intensamente, como fizera com Mark; Cristina fechou os olhos. — Saibam que sempre vou amá-los, onde quer que eu esteja.

Ele a soltou. Mark queria protestar, mas, mais do que Cristina, ele entendia as cruéis realidades do Reino das Fadas. Os espinhos entre as rosas. O que significaria ser um brinquedo do Rei numa Corte de fadas; ele mesmo conseguia suportar a dor, mas não por Cristina.

Kieran pulou nas costas de Lança do Vento.

— Sejam felizes um com o outro — recomendou, seus olhos desviando como se não conseguisse encará-los. — É o meu desejo de Rei.

— Kieran... — começou Mark.

Mas Kieran já estava se afastando a grande velocidade. As pedras do chão tremeram com os cascos de Lança do Vento; em segundos, Kieran desapareceu de vista.

Kit detestava a Cidade do Silêncio, embora seu quarto fosse relativamente confortável, pelo menos quando comparado ao restante da cidade, que era toda moldada em objetos pontudos feitos de ossos humanos. Depois de pegar três ou quatro crânios e murmurar "Ai de mim, pobre Yorick" para eles, a novidade passou.

Ele desconfiava que seu quarto fosse parte dos aposentos de um dos Irmãos do Silêncio. Havia muitos livros numa prateleira de madeira, todos eles sobre história e batalhas gloriosas. Tinha uma cama confortável e um banheiro no corredor. Não que ele quisesse pensar nas condições de banheiro da Cidade do Silêncio. Ele queria esquecer o quanto antes.

Não tinha muito o que fazer senão se curar e pensar no que tinha acontecido no campo de batalha. Não parava de se lembrar da onda de poder que o dominara ao atacar os Cavaleiros, fazendo seus cavalos desaparecerem. Tinha sido magia sombria? Por isso ele estava preso? E como era possível que ele tivesse sangue de fada? Ele conseguia tocar em ferro e sorva. Passara a vida toda cercado por tecnologia. E não se parecia em nada como uma fada, e no Mercado das Sombras ninguém nunca acenara tal possibilidade.

Era mais do que suficiente para ocupar sua mente e impedir que ele pensasse em Ty. Pelo menos, deveria ter sido.

Agora estava deitado na cama olhando para o teto de pedra, quando de repente ouviu passos se aproximando no corredor. A primeira coisa que pensou foi em comida — um Irmão do Silêncio trazia uma bandeja de comida nutritivamente sem graça três vezes ao dia.

Mas os passos *estalavam* na pedra. Saltos. Ele franziu o rosto. A Consulesa? Ou mesmo Diana? Ele ficaria tranquilo e explicaria que não tinha feito nada de errado. Ele se sentou, passando os dedos nos cabelos, se perguntando como os Irmãos do Silêncio se viravam sem espelhos. Como sabiam que suas roupas não estavam do avesso?

A porta se abriu e Tessa Gray entrou. Usava um vestido verde e uma fita de cabelo como Alice no País das Maravilhas. E sorriu afetuosamente para ele.

— Por favor, me ajude a fugir daqui — disse Kit. — Não quero ficar preso para sempre. Eu não fiz nada de errado, principalmente necromancia.

O sorriso de Tessa desbotou. Ela foi sentar ao pé da cama, seus olhos cinzentos preocupados. *Arrasou na tranquilidade*, pensou Kit.

— Christopher — começou ela. — Sinto muito por tê-lo deixado aqui por tanto tempo.

— Tudo bem — disse ele, embora não soubesse ao certo se estava mesmo tudo bem. — Mas não me chame de Christopher. Ninguém chama.

— Kit — corrigiu. — Sinto muito por termos deixado você aqui. Estávamos cuidando de Julian e Emma, então não podíamos deixar a cidade. Foi delicado em alguns momentos, mas eles acabaram de acordar. — Ela sorriu. — Achei que você gostaria de saber.

Kit ficou feliz em saber. Mas...

— E os outros, eles estão bem? E Ty?

— Ty e os outros estão bem. E Emma está bem, em parte graças a você. Você salvou a vida dela.

Kit se apoiou na cabeceira de metal da cama, sentindo muito alívio.

— Então não estou encrencado pelo que fiz no campo de batalha?

— Não — disse Tessa lentamente. — Mas você precisa saber o que significa. Tem uma história. Cercada de mistério e desorientação. Uma história que pouca gente viva conhece.

— Algo sobre sangue de fada — falou Kit. — O Cavaleiro... ele disse "Kit é a criança. O descendente da Primeira Herdeira". Mas não vejo como isso possa ser possível.

Tessa alisou a saia sobre as pernas.

— Há muito tempo, o Rei de Unseelie e a Rainha Seelie formaram uma aliança para unir as Cortes das fadas. Trouxeram mágicos de todo o Reino das Fadas para lançarem feitiços, garantindo assim que gerariam um herdeiro perfeito. Nem toda mágica foi boa. Houve uso de magia sombria. O Rei sonhava com um filho que fosse unir os reinos, inspirar lealdade perfeita e amor perfeito, que seria mais corajoso do que qualquer cavaleiro fada que já tivesse existido.

— De fato se parece comigo — murmurou Kit.

Tessa lançou um sorriso solidário para ele.

— Mas quando a criança nasceu, era uma menina, Auraline.

— Reviravolta na trama — falou Kit.

— O Rei esperava um herdeiro homem e ficou... irritado. Aos seus olhos, a criança era defeituosa, e em algum momento ele incumbiu um cavaleiro fada de matá-la, embora tivesse espalhado que ela havia sido sequestrada, e é nessa história que a maioria das pessoas acreditava.

— O Rei planejou matar a própria filha?

— Sim, e matou todas as filhas que teve desde então, pela amargura que sentia em relação a Auraline. Pois ela o desafiou; ainda era a Herdeira. Ela convocou a lealdade do cavaleiro a ela e ele a soltou. E era isso que o Rei tentava esconder. Ele fingia que a morte de Auraline era culpa de terceiros, mesmo com ela tendo fugido para o mundo mortal. Lá ela conheceu um mágico que se tornou seu marido, um mágico que descendia de uma linhagem de Caçadores de Sombras que abandonara a Clave.

— Os Herondale perdidos — supôs Kit.

— Correto. Eles eram seus ancestrais; a linhagem deles conduzia até sua mãe. Ao longo das últimas décadas, o Rei Unseelie ficou caçando todos aqueles que ele supunha descenderem de sua filha, então os Herondale se esconderam, protegidos por nomes falsos e magia poderosa.

— Por que o Rei faria isso? — perguntou Kit.

— Auraline herdou muita magia. Os feitiços praticados nela antes e depois de seu nascimento eram poderosos. Ela é chamada Primeira Herdeira por ser a primeira fada herdeira das duas Cortes, Seelie e Unseelie. Assim como os descendentes dela. Seu sangue lhe dá o direito de reivindicar a Alta Realeza do Reino das Fadas.

— *Quê?* — falou Kit. — Mas... eu não quero. Não quero ser Alto Rei do Reino das Fadas!

— Não importa o que você quer, não para eles — respondeu Tessa com tristeza. — Mesmo que você jamais se aproxime do trono do Reino das Fadas, existem facções de guerreiros que adorariam colocar as mãos em você e utilizá-lo como um peão. Um exército encabeçado por você poderia destruir o Rei, a Rainha, ou ambos.

Os braços de Kit ficaram arrepiados.

— Mas agora todo mundo não sabe quem eu sou? Por causa do que aconteceu com os Cavaleiros? Estou sendo caçado?

Tessa colocou a mão no pulso dele. Foi um toque gentil e maternal. Kit não se lembrava de um toque desses na vida. Tinha apenas a lembrança de cabelos louro claros e de uma voz açucarada cantando para ele. *A história de como te amo não tem fim.*

— Parte do motivo pelo qual mantivemos você aqui nos últimos dias foi para investigar o Submundo para sabermos se alguém estava falando sobre você — disse Tessa. — Temos muitos contatos e muitas maneiras de acompanharmos a fofoca nos Mercados. Mas com o caos da batalha, só se fala na morte dos Cavaleiros, no que aconteceu a Emma e Julian, e na ascensão de Kieran. Mencionaram um feiticeiro que fez os grandes cavalos dos Cavaleiros desaparecerem, mas espalhamos que foi Ragnor Fell. — Ela revirou os olhos.

— Pensei que ele se chamasse Ragnor Shade?

— É Ragnor Fell — disse ela, e sorriu de um jeito que a fez parecer ter 19 anos. — Ele é um patife, e passou alguns anos escondido. Ressurgiu em grande estilo durante a batalha, e agora todos sabem que Ragnor Fell voltou, e que ele deixou os Cavaleiros a pé. — Ela riu. — Ele vai ficar insuportável.

— Ele não fez isso de verdade — disse Kit.

— Isso não fará diferença para Ragnor — respondeu Tessa solenemente.

— Então... estou a salvo? — perguntou Kit. — Posso voltar para o Instituto de Los Angeles?

— Não sei — uma ruga de preocupação surgiu na testa de Tessa. — Já ficamos nervosos o suficiente deixando você por conta antes, mesmo com você no Instituto e Ragnor por perto para protegê-lo. Ele até o seguiu quando você foi ao Mercado das Sombras.

— Ele falou por que fomos ao Mercado das Sombras? — perguntou Kit, se esquecendo, em seu súbito temor por Ty, de não demonstrar comportamento suspeito.

— Claro que não — falou Tessa. — Ele não estava lá para fofocar sobre você, apenas para protegê-lo. — Ela o afagou no ombro enquanto Kit pensava na estranha lealdade de gente que mal conhecia. — A questão é... antes, não percebemos que você manifestaria qualquer um dos poderes da Herdeira. Poucos de seus ancestrais o fizeram, exceto Auraline. Achamos que se o mantivéssemos afastado de coisas que pudessem despertar seus poderes...

— Nada de fadas — lembrou-se Kit. — Nada de batalhas.

— Exatamente. Se acontecer de novo, a notícia pode espalhar. Além disso, fadas têm memória longa, e queremos que você fique o mais seguro possível.

— Isso significa me deixar na Cidade do Silêncio? Porque eu não gosto daqui — disse Kit. — Eu não sou bom em Silêncio. E isso sem falar a situação do banheiro.

— Não — disse Tessa. Ela respirou fundo, e Kit percebeu que ela estava tensa de verdade. — O que estou dizendo é que você deveria ir morar comigo, com Jem, e com o filho que vamos ter. Depois de tantas andanças, resolvemos fixar raízes e construir um lar. Queremos que você... que você o construa conosco. Seja parte da nossa família.

Kit estava quase assustado demais para falar, e não menos pela revelação de que Tessa estava grávida.

— Mas... por quê?

Tessa o olhou com franqueza.

— Porque há muito tempo os Herondale deram um lar para mim e para Jem, e queremos fazer o mesmo por você.

— Mas eu sou mesmo um Herondale? — perguntou ele. — Eu pensei que meu pai fosse um Herondale e minha mãe uma mundana, mas parece que ambos eram Caçadores de Sombras. Então não sei nem qual deveria ser o meu nome.

— O verdadeiro sobrenome do seu pai não é conhecido — disse Tessa. — Ele tinha uma pequena quantidade de sangue Caçador de Sombras. Permitia que ele tivesse a Visão.

— Pensei que o sangue Caçador de Sombras fosse dominante?

— E é, mas ao longo de muitas gerações ele pode ser diluído. Mesmo assim, seu pai poderia ter treinado e Ascendido se quisesse. Ele nunca quis. Era sua mãe que tinha Marcas. Foi ela que fez de você o Herondale Perdido por quem procuramos por tanto tempo. A escolha é sua, é claro. Você pode ter o nome que quiser. Ainda o receberíamos em nossa família, se chamando Kit Herondale ou não.

Kit pensou em Jace e na mãe que nunca conhecera, de quem agora apenas se lembrava em canções que ela outrora cantara para ele. A mãe que abriu mão da própria vida pela dele.

— Serei um Herondale — disse ele. — Eu gosto do anel da família. É elegante.

Tessa sorriu para ele.

— Enfim — disse Kit. — Onde vocês pretendem morar?

Rainha do Ar e da Escuridão

— Jem tem uma casa em Devon. Muito velha. Vamos para lá. Sabemos que você gosta dos Blackthorn, então entenderemos se quiser ficar com eles — acrescentou rapidamente. — Ficaríamos tristes, mas faríamos o que fosse preciso para proteger você. Ragnor ajudaria, e Catarina... teríamos que revelar aos Blackthorn por que você precisa de proteção, é claro...

Ela ainda estava falando, mas Kit conseguiu parar de ouvi-la. As palavras jorravam dele numa onda desprovida de significado enquanto todas as lembranças que ele tentava conter o atacavam como pássaros dando bicadas afiadas. O Instituto, a praia, os Blackthorn sempre gentis com ele; Emma salvando sua vida, Julian o levando até o Mercado e ouvindo enquanto ele falava de Ty — mesmo naquela época ele queria conversar sobre Ty.

Toda sua energia tinha se voltado para Ty, toda sua devoção e esperança de futuro. Ele *gostava* dos outros Blackthorn, mas não os conhecia bem. Provavelmente Dru era a que ele conhecia melhor, e ele gostava dela como amiga, mas era pouco em comparação à dor ardente e humilhação que sentia quando pensava em Ty.

Ele não culpava Ty pelo que tinha acontecido. Ele *se* culpava: tinha ficado concentrado demais em não perder Ty para dizer a ele o que ele precisava ouvir. Todo mundo precisava ser impedido de fazer escolhas erradas em algum momento, mas ele não impedira Ty. E tivera o que merecera, na verdade. Agora que ele sabia que não significava nada para Ty, como poderia voltar a viver no Instituto? Como poderia vê-lo todos os dias? Como poderia se sentir um idiota constantemente, aguentar a dó da família dele, ouvi-los falando que ele deveria tentar fazer novos amigos, sobreviver na mesma casa com Ty enquanto Ty o evitava? Não tinha nem o que pensar. *Não dou conta de voltar e morar com eles. Eis minha chance de recomeçar e aprender o que significa ser quem eu sou.*

— Eu vou com vocês. Gostaria de morar com vocês — disse Kit.

— Ah. — Tessa piscou. — Ah! — Ela pegou a mão dele e a apertou, sorrindo com todo o seu rosto gentil. — Isso é *ótimo*, Kit, é maravilhoso. Jem também vai ficar tão feliz. E será ótimo para o bebê ter companhia. Quer dizer, espero que você também goste do bebê. — Ela ruborizou. Kit achava que de fato ia ser legal ter uma espécie de irmão caçula, mas não disse nada. — Estou tagarelando — disse Tessa. — É que estou muito animada. Vamos hoje à noite. Temos que deixar você em segurança e instalado o mais rápido possível. Vamos providenciar um tutor para você... e que todos os feitiços de proteção necessários sejam colocados pelos Irmãos do Silêncio...

— Parece ótimo — disse Kit, já um pouco exausto só de pensar em tudo o que tinha que ser feito. — Eu só tenho esta mala aqui, nada mais. — Era verdade, e não tinha nada com que se importasse na mala, além da adaga Herondale e da pedra de luz enfeitiçada que Ty lhe dera.

— Imagino que queira se despedir dos Blackthorn antes de irmos...

— Não — falou Kit. — Não quero vê-los.

Tessa piscou.

— É melhor que eles não saibam de toda essa história de Primeira Herdeira — falou Kit. — É mais seguro para eles. Jem pode falar que eu decidi que Los Angeles não era para mim. Eles estão todos muito mais avançados do que eu em treinamento, e eu tenho que aprender desde o básico se quiser ser um Caçador de Sombras.

Tessa assentiu. Kit sabia que ela não estava acreditando totalmente naquela desculpa, mas e daí, ela também era esperta o suficiente para não se intrometer. Isso era muito reconfortante.

— Eu tenho uma pergunta antes de irmos — recomeçou Kit, e Tessa o fitou com curiosidade. — Eu vou ficar com orelhas pontudas? Talvez um rabo? Já vi algumas fadas estranhas no Mercado das Sombras.

Tessa sorriu.

— Acho que descobriremos.

Todo mundo queria ir até a casa do canal cumprimentar Emma e Julian agora que eles tinham deixado Basilias. Pessoas que Dru conhecia e outras que nunca vira invadiram o andar térreo, trazendo flores e pequenos presentes: luvas novas para Emma, um casaco de uniforme para Julian.

Alguns estavam um tanto efusivos e cumprimentaram Emma e Julian como se nada de estranho tivesse acontecido a eles. Outros os cumprimentaram como se toda a coisa de "ficar enorme e quase morrer" fosse parte de um plano pré-determinado que dera muito certo. E alguns outros estavam desconfortáveis — aqueles que eram um pouco próximos demais da Tropa, desconfiava Dru —, como se estivessem se perguntando se Emma e Julian poderiam ficar enormes de novo a qualquer momento e esmagá-los na cozinha. Uma senhora gentil cumprimentou Julian por ser alto e um terrível silêncio recaiu sobre o recinto. Tavvy perguntou:

— O que está acontecendo?

Dru teve que arrastá-lo para a sala.

Outros pareciam ter tido grandes experiências de vida.

— Me ocorreu no campo que eu deveria ficar mais com a minha família — disse Trini Castel. — Momentos de paz são preciosos. Nunca os recuperaremos.

Rainha do Ar e da Escuridão

— Uma grande verdade — disse Julian.

Ele parecia estar tentando não rir. Todos os outros assentiram pensativamente. Era muito estranho — durante dias Dru temera que Emma e Julian fossem ser punidos de alguma forma quando acordassem: ou oficialmente, pela Clave, ou pelo julgamento ignorante de outros Caçadores de Sombras. Mas não parecia estar acontecendo nada assim.

Ela se aproximou de Magnus, que estava sentado perto da lareira comendo os chocolates que alguém trouxera para Emma. Ele tinha vindo com Maryse, Max e Rafe, para que eles pudessem brincar com Tavvy. Alec, Jace e Clary viriam mais tarde, aparentemente com algum tipo de surpresa. Isabelle e Simon já tinham voltado para o Instituto de Nova York para ficarem de olho nas coisas.

— Por que as pessoas não estão bravas? — sussurrou ela. — Com Emma e Julian?

Magnus arqueou as sobrancelhas para ela. Magnus tinha sobrancelhas muito expressivas; Dru sempre o considerara uma pessoa divertida em geral, com sua altura enorme e sua recusa de levar qualquer coisa a sério.

— Bem — disse Magnus —, sem o conselho de guerra de Julian e a estratégia para lidar com os Dearborn, provavelmente a Tropa teria prevalecido. O caminho que a Tropa estava trilhando nos levava a uma guerra civil e ao derramamento de sangue. Todo mundo está feliz por isso ter sido evitado.

— É verdade — disse Drusilla —, mas isso *foi* antes de eles se tornarem monstros angelicais gigantes.

— Anjos são mensageiros. — Magnus espanou cacau em pó das mãos, parecendo pensativo. — Eles têm meios estranhos de se comunicar, mesmo com vocês, os filhos. Horace e a Tropa falavam como se estivessem fazendo a vontade dos anjos, e por causa disso, as pessoas os temiam. No campo de batalha, ardendo em fogo celestial, Julian e Emma provaram que não era o caso. Os anjos falaram através *deles*.

— Então basicamente todo mundo que não gostava de Horace queria que um grande anjo esmagasse a Tropa? — perguntou Dru.

Magnus sorriu.

— Eles não querem admitir, mas pode acreditar, foi muito satisfatório para eles.

Naquele instante, Jace e Clary chegaram com Alec e um bolo enorme confeitado pelos próprios. A maioria dos desconhecidos já tinha ido embora, e Ty os ajudou a colocar o bolo no aparador, onde a caixa foi aberta para revelar que a cobertura dizia: PARABÉNS POR NÃO SEREM GIGANTES MAIS!

Todo mundo riu e se reuniu em volta para cortar pedaços do bolo de limão e chocolate. Julian e Emma se apoiavam um no outro, seus ombros se tocando. Desde que tinham voltado de Basilias, parecia que um peso enorme tinha abandonado os ombros de Julian. Ele parecia mais leve e mais feliz do que estivera desde antes da Guerra Maligna. Dru sabia que ele e Emma não eram mais *parabatai*: a magia angelical de algum jeito queimou isso deles. E não era preciso ser nenhum gênio para perceber que eles provavelmente estavam bem satisfeitos com isso, considerando o quanto sorriam e se tocavam.

Mark e Cristina, por outro lado, pareciam tristes. Estavam quietos em meio à sala alegre e falante. Em determinado momento, Dru viu Emma levar Cristina até a cozinha e abraçá-la, como se alguma coisa ruim tivesse acontecido.

Dru não sabia o que seria, mas também notou a ausência de Kieran.

Ty também estava quieto. Sempre que passava por Julian, Jules o puxava para um abraço e um afago nos cabelos, do jeito que ele gostava quando era pequeno. Ty sorria, mas parecia estranhamente apático, desinteressado até em ouvir as conversas alheias e em realizar anotações para seus manuais de detetive como normalmente fazia.

Em algum momento ele acabou indo até Magnus, que estava sentado numa poltrona azul perto da lareira, segurando seu filho azul no colo e fazendo cócegas nele. Dru foi para perto do fogo, se perguntando o que Ty queria falar para o feiticeiro.

— Onde está Kit, de verdade? — perguntou Ty, e Dru pensou: *eu já devia ter imaginado*. Jem tinha dito que Kit ia morar com ele e com Tessa em Devon, mas não explicara o motivo, e nem por que tiveram que viajar com tanta pressa. Julian e os outros pareciam achar que Kit os visitaria em breve, mas Dru não tinha tanta certeza assim. — Eu pergunto para todo mundo, mas ninguém me conta.

Magnus levantou o olhar, seus olhos felinos encobertos.

— Kit está bem. Ele está com Tessa e Jem. Vai morar com eles.

— Eu sei — falou Ty. Sua voz falhou. — Eu sei, mas... posso me despedir dele? Se eu pudesse ao menos falar com ele uma vez...

— Ele já foi — disse Magnus. — Ele não quis se despedir de você. De ninguém, na verdade, mas desconfio que principalmente de você.

Dru teve que conter um engasgo. Por que Magnus diria algo tão descortês?

— Eu não entendo — queixou-se Ty, sua mão esquerda tremendo junto à lateral do corpo. Ele agarrou o pulso com a mão direita, como se pudesse contê-lo.

Julian sempre dizia que as mãos de Ty eram suas borboletas e comentava que elas eram lindas, graciosas e úteis — por que não deixá-las voar? Mas Dru se preocupava. Ela achava que elas batiam como corações, um sinal de que Ty estava desconfortável.

A expressão de Magnus estava séria.

— Venha comigo.

Magnus entregou o filho a Maryse, que o levou para a sala, e subiu, com Ty em seu encalço. Dru não hesitou. Se Magnus estava irritado com Ty, ela ia descobrir o motivo, e defender Ty se fosse preciso. Mesmo que Magnus a transformasse num sapo. Ela foi atrás.

Havia um quarto vazio no topo da escadaria. Magnus e Ty entraram nele, Magnus apoiando seu corpo esguio na parede nua. Ty se sentou na beira da cama enquanto Dru se ajeitava junto à porta entreaberta.

— Eu não entendo — disse Ty novamente. Dru sabia que ele provavelmente ficara matutando o problema durante toda a subida: o que Magnus queria dizer? Por que Kit não quisera se despedir dele?

— Ty — começou Magnus. — Eu sei o que você fez. Ragnor me contou. Queria que ele tivesse me contado antes, mas eu estava morrendo, então entendo por que ele não o fez. Além disso, ele achava que tinha demovido você da ideia. Mas não, certo? Você conseguiu uma fonte de energia no Mercado e fez o feitiço assim mesmo.

O feitiço? Para invocar o fantasma de Livvy?

Ty o encarou.

— Como você sabe?

— Eu tenho fontes nos Mercados — disse Magnus. — E também sou um feiticeiro, e filho de um Demônio Maior. Sinto magia sombria em você, Ty. É como uma nuvem que enxergo ao seu redor. — Ele se sentou no rebordo da janela. — Sei que tentou despertar sua irmã dos mortos.

Ele fez o quê? A compreensão explodiu na mente de Dru, assim como o choque: você não apenas tentou despertar os mortos. Veja o que aconteceu com Malcolm. Tentar se comunicar com um espírito é uma coisa, necromancia é outra.

Ty não protestou, no entanto. Ele se sentou na cama, entrelaçando e soltando os dedos.

— Você tem tanta, tanta sorte que o feitiço não deu certo — alertou Magnus. — O que você fez foi ruim, mas o que *poderia* ter feito teria sido muito pior.

Como pôde, Ty? Como pôde, Kit?

— Clary trouxe Jace de volta dos mortos — falou Ty.

— Clary pediu para *Raziel* trazer Jace dos mortos. Pense bem, Raziel em pessoa. Você está mexendo com uma magia reservada aos deuses, Ty. Existem razões pelas quais a necromancia é algo detestado pelas pessoas. Se você traz uma vida de volta, deve pagar com algo que pese tanto quanto. E se tivesse sido outra vida? Você ia querer matar alguém para manter Livvy com você?

Ty levantou a cabeça.

— E se fosse Horace? E se fosse alguém ruim? Matamos pessoas em batalhas. Não vejo a diferença.

Magnus encarou Ty por um longo instante; Dru temeu que ele pudesse dizer algo duro para ele, mas as rugas do rosto de Magnus suavizaram.

— Tiberius — falou ele, afinal. — Quando sua irmã morreu, ela não mereceu. A vida e a morte não são determinadas por um juiz que decide o que é justo, e se assim fosse, você ia querer ser esse juiz? Todas as vidas em suas mãos, e também todas as mortes?

Ty fechou os olhos, bem apertados.

— Não — sussurrou. — Eu só quero minha irmã de volta. Sinto saudade dela o tempo todo. Parece que tem um buraco em mim que nunca vai ser preenchido.

Ah, pensou Dru. Que estranho que Ty fosse a pessoa capaz de oferecer a descrição mais precisa do que era perder Livvy. Ela cerrou um punho junto ao corpo. *Um buraco onde minha irmã deveria estar.*

— Eu sei — falou Magnus suavemente. — E eu sei que você passou boa parte da sua vida sabendo que você é diferente, e isso é verdade. Você é. Eu também sou.

Ty olhou para ele.

— Então você acha que esse sentimento que você experimenta, de sentir falta de metade de você, tem que ser corrigido. Que não é igual ao que todos sentem quando perdem alguém. Mas *é*. A dor pode ser tão ruim que o impede de respirar, mas é isso que significa ser humano. Nós perdemos, nós sofremos, mas temos que continuar respirando.

— Você vai contar para todo mundo? — perguntou Ty, quase com um sussurro.

— Não — respondeu Magnus. — Desde que você prometa nunca mais fazer algo assim outra vez.

Ty pareceu nauseado.

— Eu jamais faria.

— Eu acredito. Mas, Ty, tem mais uma coisa que preciso que você faça. Não posso obrigar. Só posso sugerir.

Ty pegou uma almofada; ele estava passando a mão pela parte mais áspera do tecido, sem parar, sua palma lendo as mensagens no pano.

— Sei que você sempre quis ir para Scholomance — disse Magnus.

Ty começou a protestar. Magnus levantou uma mão.

— Deixe-me concluir, e depois você pode falar o que quiser — censurou Magnus. — No Instituto de Los Angeles, Helen e Aline podem mantê-lo em segurança e lhe dar todo amor, e eu sei que você pode não querer deixar sua família. Mas o que você *precisa* é de mistérios para resolver e para manter sua mente ocupada e sua alma preenchida. Já conheci pessoas como você; elas não descansam enquanto suas mentes não estiverem livres e resolvendo problemas. Eu conheci Conca Doyle. Ele adorava viajar. Passou o terceiro ano de medicina num barco baleeiro.

Ty o encarou.

Magnus percebeu que tinha fugido do assunto.

— Só estou dizendo que você tem uma mente curiosa — disse ele. — Você quer resolver mistérios, ser um detetive da vida, e é por isso que sempre quis ir para Scholomance. Mas não achava que pudesse. Porque sua irmã gêmea queria ser *parabatai*, e você não podia fazer as duas coisas.

— Eu teria desistido da Scholomance por ela — confessou Ty. — Além disso, todo mundo que conheci que estudou lá, Zara e os outros, era péssimo.

— A Scholomance vai ser bem diferente agora — disse Magnus. — A Tropa a envenenou, mas eles vão acabar. Acho que seria um ótimo lugar para você. — A voz dele suavizou. — O luto é doloroso. Mas a mudança pode ser sua maior ajuda.

— Obrigado — disse Ty. — Posso pensar?

— Claro. — Magnus parecia cansado e um pouco lamentoso. Como se desejasse que as coisas pudessem ser diferentes; como se desejasse que pudesse haver outra coisa que pudesse falar, diferente de tudo o que dissera. Ele se virou para a porta, Dru se encolheu, e ele pausou.

— Você entende que a partir de agora está ligado ao fantasma da sua irmã — disse Magnus.

Ligado ao fantasma da sua irmã?

O fantasma de Livvy?

— Entendo — respondeu Ty.

Magnus encarou a porta do quarto como se estivesse olhando para o passado.

— Você acha que entende — falou ele. — Mas você não enxerga *de fato*. Sei que ela o libertou na floresta. Agora isso parece melhor do que nada, melhor do que ficar sem ela. Você ainda não entende o preço. E eu espero que nunca tenha que pagá-lo.

Ele tocou gentilmente o ombro de Ty, mas sem olhar para ele, aí saiu. Dru entrou no quarto ao lado até os passos de Magnus desaparecerem pela escadaria.

Em seguida, ela respirou fundo e foi conversar com Ty.

Ele não tinha se mexido ali na ponta da cama do quarto vazio. Estava olhando para as sombras, seu rosto pálido ao vislumbrar a irmã chegando.

— Dru? — disse ele, hesitante.

— Você deveria ter me contado — cobrou Dru.

Ele franziu suas sobrancelhas arqueadas.

— Você estava ouvindo?

Ela assentiu.

— Eu sei — disse ele. — Eu não queria que você me impedisse. E não sou bom em mentir. É mais fácil para mim simplesmente não contar.

— Kit mentiu para mim — falou ela. Ela estava furiosa com Kit, embora tentasse não demonstrar. Talvez fosse melhor ele não voltar mesmo para eles. Mesmo que a tivesse ensinado a abrir trancas. — O fantasma de Livvy... ela realmente está por perto?

— Eu a vi hoje. Ela estava em Basilias quando Emma e Julian acordaram. Estava sentada em uma das mesas. Nunca sei quando ela vai estar ou não. Magnus disse que ela está ligada a mim, então...

— Talvez você possa me ensinar a vê-la. — Dru se ajoelhou e passou os braços em volta de Ty. Ela conseguia sentir as leves vibrações pelo corpo dele; ele estava tremendo. — Talvez possamos vê-la juntos.

— Não podemos contar para ninguém — alertou Ty, mas retribuiu o gesto de Dru; agora ele a abraçava, seus cabelos na bochecha dela, macios e finos como os de Tavvy. — Ninguém pode saber.

— Não vou falar nada. — Ela se agarrou no irmão, firme, como se pudesse mantê-lo preso a este mundo. — Nunca vou contar a ninguém.

Emma estava deitada por cima das cobertas, a única luz do quarto era o brilho refletido das torres demoníacas que cintilavam através da janela.

Ela supunha não ser tão surpreendente assim o fato de não estar conseguindo dormir. Tinha passado três dias dormindo e acordara para descobrir uma série de surpresas: se dar conta do que tinha acontecido, ouvir a explicação de Jem, encontrar a casa cheia. A estranha sensação que a perseguia constantemente, de que tinha se esquecido de alguma coisa, de que tinha colocado algo em outro lugar e precisava se lembrar de buscar.

Era o laço *parabatai*, ela sabia. Seu corpo e seu cérebro ainda não tinham absorvido o fato de que ele não existia mais. Era a mesma sensação experimentada pelas pessoas que perdiam membros e às vezes ainda conseguiam senti-los no corpo.

Ela estava sentindo falta de Julian. Eles tinham passado o dia inteiro juntos, mas sempre cercados por outras pessoas. Quando a casa finalmente se esvaziou de estranhos, Julian levou Tavvy para a cama e deu um boa-noite desconfortável para ela na frente dos outros.

Ela mesma foi deitar não muito depois, e agora estava ali, preocupada há horas. Será que tudo ficaria estranho agora que eles não eram mais *parabatai*? Agora que flutuavam por um novo lugar estranho, entre serem amigos e amantes? Eles nunca haviam se declarado até então, pois palavras como "namorado" e "namorada" pareciam banais à face de maldições e monstros gigantes. E se todo o ocorrido tivesse sido tão devastador que eles jamais voltariam a um lugar de normalidade?

Ela não conseguiria suportar. Rolou da cama, se levantou, e ajeitou a camisola. Abriu a porta do quarto, pronta para marchar pelo corredor para o quarto de Julian e obrigá-lo a falar com ela, independentemente do quão desconfortável pudesse ser.

Mas logo ali à porta estava Julian, a mão esticada, parecendo tão surpreso em vê-la quanto ela a ele.

Ele abaixou lentamente a mão, o luar distante refletindo de sua pulseira de vidro marinho. O corredor estava escuro e quieto, o rosto de Julian sob as sombras.

— Não sabia se você ia gostar que eu entrasse — disse ele.

O alívio fez Emma se apoiar na entrada.

— Eu quero que entre.

Ela voltou para o quarto enquanto ele fechava a porta atrás de si. Ambos estavam na penumbra agora, apenas a luz das torres de vidro oferecendo iluminação. Julian, todo de preto, era uma sombra entre sombras enquanto olhava para ela; seus cabelos também pareciam muito negros, contrastando com a pele pálida.

— Eu não sabia se você ia querer que eu te beijasse.

Emma não se mexeu. Mais do que tudo, ela queria que ele viesse até ela e a tocasse. Queria senti-lo quando o espaço entre eles não era mais um espaço de coisas amaldiçoadas e proibidas.

— Eu quero que me beije — sussurrou ela.

Ele cobriu a distância entre os dois com um passo. As mãos foram à nuca de Emma, a boca correndo sobre a dela, quente e doce como chá com mel. Ela roçou levemente os dentes no lábio inferior dele, e Julian emitiu um ruído gutural que arrepiou os pelinhos dos braços de Emma.

Os lábios mornos dele se deslocaram para a bochecha, a mandíbula dela.

— Eu não sabia se você queria que eu te tocasse — murmurou ele contra a pele dela.

Era um prazer simplesmente poder olhar lentamente para ele. Saber que nada disso precisava ser apressado. Ela tirou a camisola pela cabeça e viu o rosto dele enrijecer de desejo, seus olhos escuros como o fundo do mar.

— Eu quero que me toque — disse ela. — Não existe nada que você possa fazer comigo que eu não vá gostar, porque é você.

Ele a tomou nos braços e por um momento foi estranho, a pele nua de Emma contra suas roupas, algodão, jeans e rebites de metal enquanto ele a erguia e a levava para a cama. Eles caíram juntos, Julian lutando para tirar a camisa, a calça jeans; Emma se colocou em cima dele, se inclinando para beijá-lo no pescoço, lamber e sugar no ponto em que a veia pulsava e ela sentia os batimentos do coração dele.

— Eu quero fazer devagar — sussurrou ela. — Quero sentir tudo.

Ele a agarrou pelo quadril e a virou, rolando para se colocar por cima dela. Aí deu um sorriso perverso.

— Devagar, então — disse ele.

Julian começou pelos dedos dela, beijando um a um; beijou as palmas de suas mãos e os pulsos, seus ombros e a clavícula. Foi deixando um rastro de beijos na barriga, até que ela estivesse se contorcendo, engasgando, e ameaçando-o, coisa que só serviu para fazê-lo rir levemente e voltar a atenção para locais ainda mais sensíveis.

Quando o mundo embranqueceu por trás dos olhos de Emma várias vezes, Julian subiu e afastou o cabelo úmido dela do rosto.

— Agora — sussurrou ele, e colou os lábios aos dela enquanto unia os corpos.

Foi lento como ele dissera que seria, como jamais havia sido; não havia desespero por trás do desejo. Eles ficaram deitados na transversal na cama, espalhados e famintos, desejando e tocando. Ela acariciou gentilmente o rosto dele, de forma reverencial: a curva da boca, os cílios batendo nas maçãs do rosto, e a cada toque e cada instante a respiração dele se tornava mais ofegante, o agarrar nos lençóis mais firme. A coluna dela se arqueou para ele, sua ca-

Rainha do Ar e da Escuridão

beça cheia de faíscas: eles se levantaram e se misturaram até tudo ser fogo. E quando acenderam finalmente, incapazes de esperar um minuto sequer, eles eram um só. Incandescentes como anjos.

Do quarto de Mark dava para ver a lua, e aquilo o perturbava.

Foram tantas noites montado a cavalo, a lua cavalgando junto como se também caçasse o céu. Dava para ouvir o riso de Kieran em seus ouvidos, mesmo agora, uma risada clara e intocada por qualquer tristeza.

Torcia para que Kieran voltasse a rir assim novamente algum dia.

Só conseguia imaginá-lo sentado no escuro, na sala escurecida do Rei Unseelie, um lugar triste e solitário. Um Rei de corações partidos e almas quebradas, solitário em seu trono de granito, envelhecendo lentamente ao longo das eras do mundo.

Era mais do que ele podia suportar. Ele ficou mais do que grato quando Cristina entrou em seu quarto e se deitou na cama com ele. Ela estava de pijama branco, os cabelos soltos e escuros. Ela se encolheu ao lado dele, pressionando o rosto em seu pescoço. Suas bochechas estavam molhadas de lágrimas.

— É realmente assim que acaba? Nós três arrasados? — disse ele.

Ela colocou a mão no coração dele.

— Eu te amo, Mark — falou ela com a voz gentil. — Detesto pensar que seu coração está destroçado como o meu.

— Fico mais feliz quando você está aqui — disse ele, pegando a mão dela. — Mas...

— Mas — repetiu ela. — Eu tenho uma ideia, Mark. Talvez seja uma ideia louca. Mas pode funcionar. Pode significar que possamos vê-lo outra vez. — Seus olhos escuros estavam focados. — Eu precisaria da sua ajuda.

Ele aprumou o corpo e a beijou; ela amoleceu de encontro a ele, seu corpo se aninhando ao dele. Ela era densa e doce como mel, suave como um canteiro de flores. Ela era a única mulher que ele amaria na vida.

Ele limpou as lágrimas dela com o polegar e sussurrou:

— Minha mão, meu coração e minha lâmina são seus. Diga o que tenho que fazer.

Emma apoiou a cabeça no peito de Julian, sentindo a pulsação dele voltar ao normal lentamente. De algum jeito a maioria das cobertas tinha caído e estava no chão; eles estavam meio embrulhados em lençóis, a mão livre de Julian brincando despreocupadamente com os cabelos de Emma.

— Então acho que você está bem à vontade — disse ela.

Ele piscou para ela, sonolento.

— Por quê?

Ela riu, sua respiração soprando os cachos macios dos cabelos dele.

— Se você não sabe, eu não vou contar.

Ele sorriu.

— Como *você* se sente?

Ela dobrou os braços no peito dele, fitando-o.

— Feliz. Tão feliz, mas também como se eu não merecesse ser.

A mão dele parou nos cabelos dela.

— Por que não? Você merece ser feliz, mais do que qualquer pessoa que eu conheça.

— Se não fosse por você, eu teria feito uma coisa horrível — disse Emma. — Eu teria rompido todos os laços *parabatai*. Teria causado tanta devastação.

— Você estava enlouquecendo por causa da maldição — disse Julian. — Não estava pensando com clareza.

— Mesmo assim. Eu me deixei ser manipulada pela Rainha. Mesmo sabendo que ela só se importa consigo. Eu sabia, e permiti que ela entrasse na minha cabeça. Eu devia ter tido fé.

— Mas você teve — insistiu ele. — Fé não é nunca ter dúvida; é ter o que é preciso para superá-las. — Ele a acariciou levemente na bochecha. — Todos temos coisas das quais nos arrependemos. Eu me arrependo de ter pedido a Magnus para fazer aquele feitiço. Me arrependo de não termos conseguido ajudar Ash. Ele era só uma criança.

— Eu sei — disse ela. — Detesto o fato de que o deixamos para trás. Mas se ele estivesse aqui... alguém sempre estaria atrás dele. Bastaria alguns feitiços do Volume Sombrio para que ele ficasse tão poderoso que todos iam querer usá-lo.

— Ainda bem que não sobrou mais nenhum Volume Sombrio — disse Julian. — Durante um tempo foi como um jogo de caça. Acho que eu contribuí para isso. — Ele deu um sorriso torto. — Ah, e me arrependo de ter matado Dane Larkspear.

— Ele ia nos matar — lembrou Emma. — Você fez o que tinha que fazer.

— Ah, eis a assassina que eu conheço e amo — disse Julian. — Não sei como algum dia vou compensar por Dane. Mas tenho fé de que você vai me ajudar a dar um jeito.

— Eu acredito que *você* merece ser feliz — falou Emma. — Você é a pessoa mais corajosa e adorável que eu conheço.

— E eu acredito que você merece ser feliz — disse Julian. — Então que tal eu acreditar por você, e você acreditar por mim? Podemos acreditar um pelo outro.

Emma olhou para a janela. Dava para ver os primeiros traços de luz do sol no céu. A manhã estava chegando.

Ela olhou para Julian. O amanhecer tocava as bordas de seus cabelos e cílios com ouro.

— Você tem que voltar para o quarto? — sussurrou ela.

Ele sorriu para ela.

— Não — disse ele. — Não temos que mentir e nem fingir agora. Nunca mais teremos que mentir ou fingir.

Era a primeira vez que Emma ia ao Salão do Conselho desde a morte de Livvy.

Não era o único motivo pelo qual ela estava desesperada para que a reunião acabasse, mas certamente era parte dele. O sangue podia ter sido esfregado do palanque, mas ela sempre o enxergaria lá. Ela sabia que era o mesmo para Julian; ele se retesou ao lado dela quando eles passaram pelas portas junto ao restante dos Blackthorn. A família inteira estava quieta, até Tavvy.

O Salão estava lotado. Emma nunca o vira tão cheio: Caçadores de Sombras estavam espremidos em fileiras de assentos, e os corredores cheios de gente em pé; alguns fazendo Projeção de outros Institutos, suas formas semitranslúcidas brilhando na parede do fundo. Emma reconheceu Isabelle e Simon entre eles e acenou.

Por sorte, Jaime e Diego tinham guardado lugares para os Blackthorn. Jaime segurou uma fila inteira se deitando nela; então se levantou quando se aproximaram e deixou que sentassem, dando piscadelas para diversos Caçadores de Sombras que estavam com esperança de encontrarem um assento.

As pessoas encararam os Blackthorn, mas principalmente Emma e Julian, enquanto eles se sentavam. Foi como na casa, na véspera: estranhos encarando, com olhos arregalados. Emma se lembrou do que pensara sobre Clary e Jace na reunião do conselho de guerra: *Então ser herói é assim. Ter sangue de anjo, ser quem literalmente salvou o mundo. As pessoas olham para você como se... quase como se você não fosse real.*

No fim das contas, fazia com que você mesmo questionasse o próprio nível de realidade.

Emma acabou sentando entre Cristina e Julian, seus dedos tocando discretamente os de Julian no assento entre eles. Agora que ela e Julian não eram mais *parabatai*, tudo o que ela queria era voltar para casa e começar sua nova vida. Eles iam discutir o ano de viagem e o plano para todos os lugares que visitariam. Visitariam Cristina no México, e Jace e Clary em Nova York, e a

Tia Avó Marjorie na Inglaterra. Iriam para Paris ficar de mãos dadas em frente à Torre Eiffel, e não haveria nada de errado ou proibido nisso.

De repente esta reunião seria curta? Ela olhou em volta, notando as expressões sérias de todo mundo. Grupos de simpatizantes da Tropa, mas que não tinham lutado ao lado deles no campo, se amontoavam nos bancos, cochichando. Simpatizantes dos Dearborn, como Lazlo Balogh, que tinham ficado na cidade durante a batalha, não foram presos — só os que levantaram armas contra outros Nephilim seriam julgados.

— As pessoas parecem tristes — murmurou ela para Julian.

— Ninguém quer condenar a Tropa — disse ele. — Muitos deles são jovens. Parece brutal, eu acho.

— Zara merece condenação — murmurou Emma. — Ela me esfaqueou e chateou Cristina com aquele noivado falso.

Julian olhou para Cristina, que estava com a cabeça no ombro de Mark.

— Acho que Cristina já superou — comentou. — E Diego também.

Emma olhou para Diego — sua bochecha com curativo —, que estava conversando com uma alegre Divya, que se mostrara muito feliz por Anush ter lutado ao lado deles no campo. *Interessante.*

Houve um movimento e um floreio quando os guardas fecharam as portas laterais e Jia entrou pelos fundos do Salão. O recinto se aquietou quando ela foi para o palanque, suas túnicas varrendo os degraus. Atrás dela, com as vestes cor de chama dos prisioneiros, estavam os membros capturados da Tropa. Havia talvez cinquenta ou sessenta deles, muitos jovens, exatamente como Julian comentara. Muitos tinham sido recrutados pela Scholomance e seus grupos de extensão. Vanessa Ashdown, Manuel Villalobos, Amelia Overbeck e a própria Zara, com uma expressão desafiadora.

Eles preencheram o palanque atrás de Jia, os guardas guiando-os em fileiras. Alguns ainda tinham ataduras da batalha. Todos exibiam *iratzes*. As túnicas estavam pintadas com símbolos que os mantinham presos na cidade. Eles não conseguiam atravessar os portões de Alicante.

Chama para lavar nossos pecados, pensou Emma. Era estranho ver prisioneiros com as mãos livres, mas mesmo que cada um deles estivesse livre e armado com duas espadas, não fariam frente às centenas de Caçadores de Sombras no Salão do Conselho.

Ela viu Diego se inclinar para sussurrar alguma coisa para Jaime, que balançou a cabeça, seu rosto perturbado.

— Nos reunimos num momento de dor e cura — anunciou Jia, com sua voz ecoando das paredes. — Graças à coragem de tantos Caçadores de Som-

Rainha do Ar e da Escuridão

bras, lutamos nobremente, encontramos novos aliados, preservamos nossas relações com os integrantes do Submundo, e abrimos um novo caminho para seguirmos.

Zara fez uma cara horrível para a frase "preservamos nossas relações". Emma torcia para que ela fosse condenada a limpar banheiros até o fim dos tempos.

— Contudo — disse Jia. — Eu não sou a líder que pode nos conduzir por esse caminho.

Murmúrios correram pelo recinto; Jia realmente estava falando o que eles achavam que ela estava falando? Emma se esticou na cadeira e olhou para Aline, mas ela parecia tão chocada quanto o restante dos presentes. Patrick Penhallow, no entanto, na primeira fila, estava impassível.

— Vou presidir a sentença da Tropa — continuou Jia, inabalada. — Será meu último ato como Consulesa. Depois disso haverá uma eleição aberta para um novo Cônsul e um novo Inquisidor.

Helen sussurrou para Aline, que pegou sua mão. Emma sentiu um calafrio. Isso era uma surpresa, e a última coisa que ela queria era uma surpresa. Ela sabia que era egoísta — lembrou-se de Jem dizendo que Jia estava doente —, mas mesmo assim, Jia era conhecida. O desconhecido se agigantava.

— E quando digo uma eleição aberta — prosseguiu Jia —, quero dizer *uma eleição aberta*. Todo mundo neste Salão vai votar. Independentemente da idade; independentemente de estarem realizando Projeção de seus Institutos. Independentemente — acrescentou — de serem membros da Tropa.

Um rugido atravessou o salão.

— Mas eles são criminosos! — gritou Joaquin Acosta Romero, líder do Instituto de Buenos Aires. — Criminosos não podem votar!

Jia aguardou pacientemente até que o rugido se aquietasse. Até os integrantes da Tropa a encaravam em confusão.

— Vejam como este Salão do Conselho está cheio — disse ela. As pessoas se viraram em seus assentos para conferir as fileiras lotadas, as centenas de Projeções no fundo. — Vocês estão todos aqui porque ao longo da última semana, e principalmente desde a batalha, perceberam a gravidade da situação. A Clave quase foi tomada por extremistas que teriam nos levado ao isolamento e à autodestruição. E todos que ficaram quietos e permitiram que isso acontecesse... fosse por falta de atenção, apatia e excesso de confiança... — Sua voz tremeu. — Bem. Somos todos culpados. Portanto todos votaremos, como um lembrete de que todas as vozes são importantes, e quando você opta por não usar a sua, está se permitindo ser silenciado.

— Mas ainda não entendo por que criminosos devem votar! — gritou Jaime, que aparentemente tinha levado bem a sério a parte do "independentemente da idade".

— Porque se não votarem — disse Diana, se levantando e falando com todo o Salão —, sempre vão poder dizer que quem quer que seja o novo Cônsul, foi eleito porque a maioria não teve voz. A Tropa sempre floresceu através da mentira de que ela fala por todos os Caçadores de Sombras, de que ela diz o que todos os Caçadores de Sombras diriam se pudessem. Agora vamos testar essa mentira. Todos os Caçadores de Sombras *vão* falar. Inclusive eles.

Jia assentiu severamente.

— A senhorita Wrayburn está certa.

— Então o que será feito com os prisioneiros? — perguntou Kadir. — Andarão entre nós, livres?

— A Tropa tem que ser punida! *Precisa ser!* — A voz foi um grito cru. Emma virou e se encolheu; sentiu a mão de Julian apertar a dela. Era Elena Larkspear. Estava sozinha; seu marido não tinha vindo para a reunião. Ela parecia ter envelhecido cinquenta anos na última semana. — Eles *usaram* nossos filhos, como se fossem lixo, para fazer coisas sujas ou perigosas demais para que eles mesmos fizessem! Assassinaram minha filha e meu filho! Exijo reparações!

Ela se jogou no assento com um soluço seco, cobrindo o rosto com as mãos. Emma encarou a Tropa, com a garganta doendo: até Zara estava com dificuldade de afastar o horror do rosto.

— Não ficarão livres de punição — disse Jia gentilmente. — Foram testados pela Espada Mortal e confessaram seus crimes. Enviaram Dane Larkspear para assassinar outros Caçadores de Sombras, e, portanto, foram diretamente responsáveis por sua morte. — Ela inclinou a cabeça para Elena. — Assassinaram Oskar Lindquist para que um demônio pudesse tomar seu lugar numa reunião no Instituto de Los Angeles. Liderados por Horace Dearborn, este grupo se utilizou de mentiras e intimidação para tentar levar a Clave a uma falsa aliança com o Reino das Fadas...

— E agora vocês estão tentando levar a Clave a uma aliança com o novo Rei... qual é a diferença? — gritou Zara, se revoltando.

Emma virou a cabeça para examinar a sala. Muitos Caçadores de Sombras pareciam furiosos ou irritados, mas havia aqueles que claramente não discordavam de Zara. *Aff.*

Uma voz soou clara, dura e fria. A de Alec Lightwood.

— Porque um acordo político aberto é muito diferente de repudiar qualquer relação com membros do Submundo em público enquanto se conspira para

Rainha do Ar e da Escuridão

cometer assassinatos com eles pelas costas das pessoas por quem se deveria governar.

— A Tropa aprisionou Nephilim leais e enviou outros para morrerem — disse Jia, após um olhar para Zara. — Fomos levados à beira de uma guerra civil. — Ela olhou para a Clave. — Vocês podem achar que quero puni-los severamente, extirpar suas Marcas e mandá-los para a vida mundana que tanto desprezam. Mas temos que considerar a *misericórdia*. Muitos da Tropa são jovens, e foram influenciados pela falta de informações e pelas mentiras deslavadas. Aqui podemos oferecer uma chance de voltarem à Clave e se redimirem. A desviarem do caminho do ódio e das mentiras e voltarem a andar pela luz de Raziel.

Mais murmúrios. Os membros da Tropa se entreolharam confusos. Alguns pareceram aliviados, outros mais furiosos do que nunca.

— Depois desta reunião — prosseguiu Jia —, a Tropa vai ser dividida e enviada para diferentes Institutos. Muitos Institutos que compareceram ao conselho de guerra de Julian Blackthorn se ofereceram para acolher antigos membros da Tropa e ensinar a eles um caminho melhor. Terão uma chance de se provar antes de voltarem para casa.

Agora houve uma erupção de conversa. Alguns gritaram que a punição era leve. Outros, que era cruel "exilá-los de Alicante". Jia conteve a gritaria com um gesto.

— Quem não for a favor da punição proposta, por favor levante a mão ou a voz. Manuel Villalobos, você não pode votar nesta questão.

Zara segurou Manuel, cuja mão estava erguida, fazendo uma careta.

Mais algumas mãos estavam levantadas. Emma quase quis levantar a dela para dizer que mereciam coisa pior. Mas havia poupado a vida de Zara no campo, e o gesto levara a tudo isto: levara ao fim da batalha e à liberdade dela e de Julian.

Talvez Arthur estivesse certo. Talvez a misericórdia fosse melhor do que a vingança.

Ela manteve a mão abaixada, assim como os outros Blackthorn. Ninguém que ela conhecia levantou a mão, nem mesmo Diego ou Jaime, que tinham bons motivos para odiar Zara e seus amigos.

Jia pareceu aliviada.

— E agora — prosseguiu ela —, vamos à eleição do novo Cônsul.

Jace já estava de pé antes que ela tivesse terminado de falar.

— Eu nomeio Alec Lightwood.

Os Blackthorn aplaudiram fervorosamente. Alec pareceu chocado e emocionado. Clary vibrou, e a vibração se espalhou — muitos dos presentes acenaram em apoio, e o coração de Emma inflou. Jace poderia ter solicitado o cargo de Cônsul se quisesse; ele e Clary eram amados; qualquer um dos dois teria vencido com facilidade. Mas ele indicou Alec, porque era o que Alec queria — e porque Jace sabia que ele era a escolha certa.

Delaney Scarsbury se levantou, com o rosto rubro.

— Protesto. Alec Lightwood é jovem demais. Ele não tem experiência e notoriamente se relaciona com membros do Submundo.

— Você está se referindo à liderança da Aliança entre o Submundo e os Caçadores de Sombras, em que a *função* dele é se relacionar com membros do Submundo? — perguntou Julian.

— Ele também o faz em seu tempo livre, Blackthorn — disse Scarsbury com um sorriso nefasto. Emma queria que Magnus estivesse aqui para transformá-lo num sapo, mas não havia ninguém do Submundo na reunião. Eles se recusaram a ficar na mesma sala que membros da Tropa, e Emma não podia culpá-los.

— Você sabe o que querem dizer — falou Zara. — Ele é um pervertido imundo. Jace deveria se candidatar ao cargo de Cônsul em vez de Alec.

— Eu *também* sou um pervertido imundo — disse Jace —, ou pelo menos aspiro ser. Você não faz ideia do que faço no meu tempo livre. Semana passada mesmo eu pedi para Clary me comprar um...

Clary o puxou e o repreendeu com seus punhos. Ele sorriu.

— E Patrick Penhallow? — gritou alguém. — Ele sabe o que está fazendo!

Patrick, na fileira da frente, se levantou com uma expressão severa.

— Eu não serei Cônsul — disse. — Minha mulher já fez o suficiente. Minha filha já fez o suficiente. É hora de a minha família ter um pouco de paz e descanso.

Ele se sentou em silêncio.

Delaney Scarsbury disse:

— Eu nomeio Lazlo Balogh.

Pela primeira vez no dia Emma sentiu medo de verdade. Ela e Julian se olharam, ambos se lembrando da mesma coisa — Lazlo se levantando no Salão dos Acordos para dizer as palavras que mandaram Helen para o exílio e Mark para a Caçada. *Tanto Mark quanto Helen Blackthorn têm sangue de fadas nas veias. Sabemos que o menino já se uniu à Caçada Selvagem, então ele está fora de nosso alcance, mas a menina não deveria estar entre Caçadores de Sombras. É indecente.*

Os que não vibraram com a indicação de Alec pareceram satisfeitos, assim como a Tropa.

— Ele seria um péssimo Cônsul — disse Emma para Julian. — Ele retrocederia tudo.

— Não temos um sistema melhor — argumentou Julian. — Só nos resta perguntar o que as pessoas querem.

— E torcer para que façam a escolha certa — disse Cristina.

— Alec ficaria muito melhor cercado de grana — disse Mark.

— Não cercamos o Cônsul de grana — disse Julian. — E também não imprimimos dinheiro.

— Poderíamos começar a fazer as duas coisas — Mark falou.

— Alec Lightwood nunca nem morou em Idris — disse Lazlo, se levantando. — O que ele sabe sobre governar nossa terra?

Alec se levantou.

— Meus pais foram exilados — argumentou. — E a maioria dos Caçadores de Sombras não mora em Idris; como irá governá-los se acha que os únicos Caçadores de Sombras que importam moram em Alicante?

— Seus pais foram exilados porque integraram o Círculo! — irritou-se Balogh.

— E ele aprendeu com os erros dos pais! — disparou Maryse. — Meu filho sabe melhor do que ninguém os horrores que o racismo e o preconceito podem trazer.

Alec assentiu para ela e falou calmamente.

— Você votou no meu pai para Inquisidor, Balogh, então antes isso não o incomodava — retrucou. — Meu pai deu a vida pela Clave nesta sala. O que você fez além de exilar seus filhos Caçadores de Sombras porque temia o sangue de fadas deles?

— Caramba — falou alguém no fundo. — Ele é bom.

— Lightwood acabaria com o Registro dos membros do Submundo — disse Lazlo. — E com a Paz Fria.

— Tem razão, eu acabaria — disse Alec. — Não podemos viver com medo dos integrantes do Submundo. Eles nos deram Portais. Eles nos deram uma vitória sobre Valentim. Eles acabaram de nos dar uma vitória nos Campos. Não podemos continuar fingindo que não precisamos deles, assim como eles não podem fingir que não precisam de nós. Nosso futuro depende de nossa missão: somos caçadores de demônios, e não caçadores dos nossos aliados. Se o preconceito nos atrapalhar, podemos todos morrer.

A expressão de Lazlo obscureceu. Houve uma salva de palmas pelo salão, embora nem todos estivessem aplaudindo. Muitos Caçadores de Sombras estavam sentados com as mãos quietas nos respectivos colos.

— Acho que chegou a hora de votarmos — anunciou Jia. Ela pegou um frasco de vidro de uma bancada no palanque e o entregou a Patrick na primeira fila. Ele abaixou a cabeça e sussurrou no frasco.

Emma assistiu com interesse — já tinha ouvido falar no processo de votação do Cônsul, mas nunca tinha presenciado. O frasco foi seguindo de mão em mão, cada Caçador de Sombras sussurrando como se confessasse um segredo. Aqueles que estavam fazendo a Projeção acessavam o frasco por mãos voluntárias, já que Projeções conseguiam falar, mas não tocar objetos.

Quando o frasco chegou a ela, Emma o levou à boca e disse "Alexander Lightwood" com a voz firme e alta. Ela ouviu Julian rir enquanto ela passava o frasco para Cristina.

Finalmente o frasco tinha sido compartilhado com todos os Caçadores de Sombras, exceto pela Tropa. Foi entregue a Jia, que passou para Zara.

— Vote com sabedoria — pediu. — A liberdade de escolher seu próprio Cônsul é uma grande responsabilidade.

Por um momento, Zara pareceu prestes a cuspir no frasco. Ela o arrancou da mão de Jia, falou nele e o entregou a Manuel, à sua direita. Ele sorriu ao sussurrar no frasco, e os ombros de Emma endureceram, sabendo que cada voto da Tropa era um voto contra Alec.

Finalmente a votação acabou e o frasco foi devolvido a Jia, que pegou a estela e desenhou um símbolo na lateral. O frasco sacolejava em sua mão enquanto fumaça clara vazava da abertura, o sopro expelido de centenas de Nephilim. Palavras se formaram no ar.

ALEXANDER GIDEON LIGHTWOOD

Clary e Jace se jogaram em cima de Alec, rindo, o ambiente explodindo em comemoração. Aline e Helen fizeram sinais de joinha para Alec. As Projeções de Simon e Isabelle acenaram do fundo da sala. Os Blackthorn vibraram e aplaudiram; Emma assobiou. Maryse Lightwood limpou as lágrimas de felicidade enquanto Kadir a afagava gentilmente no ombro.

— Alec Lightwood — gritou Jia. — Por favor, levante-se. Você é o novo Cônsul da Clave.

Emma esperava uma explosão de Lazlo, ou ao menos um olhar de fúria sombria. Em vez disso, ele apenas sorriu friamente enquanto Alec se levantava entre urras e aplausos.

— Esta votação não conta! Não deveria contar! — gritou Zara. — Se aqueles que morreram no campo pudessem ter votado, Alec Lightwood nunca teria vencido!

— Trabalharei pela sua reabilitação, Zara — disse Alec calmamente.

Um brilho prateado cintilou. Zara tinha sacado uma adaga longa do cinto de armas de um guarda ao seu lado. Houve arfares enquanto o restante dos guardas jogou armas para outros membros da Tropa, aço brilhando à luz das grandes janelas.

— Nós nos recusamos a reconhecer Alec Lightwood como Cônsul! — gritou Manuel. — Defendemos nossas antigas tradições, a forma como as coisas sempre foram e sempre deveriam ser!

— Guardas! — gritou Jia, mas os cerca de vinte guardas não estavam fazendo nenhum esforço para conter a Tropa; inclusive se juntaram a eles num turbilhão de adagas em riste. Emma olhou para Lazlo Balogh, que estava assistindo com braços cruzados, nada surpreso. De algum jeito, percebeu Emma, os aliados da Tropa conseguiram infiltrar guardas simpatizantes com sua causa. Mas o que estariam planejando? Ainda eram uma fração comparados ao número expressivo de Caçadores de Sombras que votaram em Alec.

Jia saltou do palanque, sacando sua *dao*. Por todo o Salão, Caçadores de Sombras estavam se levantando e sacando armas. Alec pegou seu arco, Jace, sua espada. Dru pegou Tavvy, seu rostinho pálido, enquanto o restante da família preparava suas armas.

Em seguida Zara ergueu a adaga e a colocou na própria garganta.

O movimento no recinto parou. Emma ainda estava segurando Cortana, encarando enquanto Manuel seguia o gesto de Zara, colocando a lâmina da própria adaga na garganta. Amelia Overbeck fez o mesmo — Vanessa Ashdown seguiu, com Milo Coldridge — até que todos os membros da Tropa estivessem com as respectivas lâminas nas gargantas.

— Podem abaixar as armas — disse Zara, segurando a faca na garganta com tanta firmeza que o sangue pingava em sua mão. — Não estamos aqui para ferir nossos companheiros Caçadores de Sombras. Vocês já se feriram o suficiente com seu voto limitado. Estamos atuando para salvar Alicante da corrupção e as torres de vidro das ruínas. — Seus olhos brilhavam descontroladamente. — Você falou antes sobre o valor das terras fora de Alicante, como se Alicante não fosse o coração do nosso povo. Muito bem então, abrace seu universo mundano, longe da luz do Anjo.

— Está exigindo que deixemos Alicante? — disse Diana, incrédula. — Nós que somos tão Nephilim quanto você?

— Nenhum consorte de fada é tão Nephilim quanto eu — cuspiu Zara. — Sim. Pedimos... exigimos... que se retirem. Clary Fairchild sabe criar Portais; deixem que ela faça um agora. Atravessem e vão para onde quiserem. Qualquer lugar que não seja Alicante.

— Vocês são apenas algumas pessoas — disse Emma. — Não podem expulsar o restante de nós de Alicante. Não é sua casa da árvore.

— Sinto muito que tenha chegado a esse ponto — falou Lazlo —, mas não somos apenas algumas pessoas. Somos muitos mais. Vocês podem ter intimidado as pessoas a votarem em Lightwood, mas seus corações estão conosco.

— Você propõe uma guerra civil? Aqui no Salão do Conselho? — provocou Diana.

— Não uma guerra civil — falou Zara. — Sabemos que não podemos vencê-los na batalha. Vocês têm muitos truques sujos. Têm feiticeiros ao seu lado. — Ela olhou para Alec. — Mas estamos dispostos a morrer por nossas crenças e por Alicante. Não iremos embora. Derramaremos sangue de Caçadores de Sombras? Sim. Nosso próprio sangue. Cortaremos nossas gargantas e morreremos aqui aos seus pés. Ou vocês vão, ou lavaremos esta sala com nosso sangue.

Jaime se levantou.

— Vamos pagar para ver — disse. — Não podem nos fazer de reféns...

Zara assentiu para Amelia, que enfiou a adaga no estômago e girou a lâmina cruelmente. Ela caiu de joelhos, derramando sangue enquanto o salão explodia com engasgos de horror.

— Vocês dão conta de construir uma nova Clave com o sangue de crianças mortas? — gritou Zara para Alec. — Vocês disseram que governariam baseados na misericórdia. Se nos deixarem morrer, sempre que entrarem neste salão de agora em diante, estarão andando sobre nossos corpos.

Todos olharam para Jia, mas Jia estava olhando para Alec. Alec, o novo Cônsul.

Ele estava estudando não o rosto de Zara, mas os dos outros — aqueles que olhavam para Zara como se ela fosse a promessa de liberdade. Não havia misericórdia na Tropa. Nenhum deles foi até Amelia enquanto seu sangue corria pelo chão.

— Muito bem — disse Alec com uma calma mortal. — Nós vamos embora.

Zara arregalou os olhos. Emma desconfiava de que ela não esperava que seu plano fosse funcionar, e sim esperava morrer como mártir, destruindo Alec e o restante deles no processo.

Rainha do Ar e da Escuridão

— Você entende — disse Lazlo —, que uma vez que vocês forem embora, Lightwood, não poderão voltar. Vamos proteger as barreiras de Idris, arrancar o Portal dos muros do Gard, selar as entradas da Cidade do Silêncio. Nunca mais poderão voltar.

— Fechar as entradas para a Cidade do Silêncio? — falou Diego. — Vocês cortariam seu próprio acesso aos Irmãos do Silêncio? Ao Cálice e à Espada?

— Quem tem Idris tem o Espelho Mortal — disse Lazlo. — Quanto aos Irmãos do Silêncio, eles foram corrompidos, assim como as Irmãs de Ferro. Vamos afastá-los de Alicante até que enxerguem os próprios erros. Até enxergarem quem são os verdadeiros Caçadores de Sombras.

— O mundo é maior do que Idris — disse Jace, altivo e orgulhoso ao lado de Alec. — Vocês acham que estão tomando nossa terra natal, mas estão transformando-a em seu presídio. Assim como jamais poderemos voltar, vocês jamais poderão sair.

— Fora das barreiras de Idris, continuaremos na luta para protegermos o mundo — disse Alec. — Aqui vocês irão apodrecer enquanto brincam de soldadinhos, com nada para combater além de uns aos outros.

Alec deu as costas para Balogh, se virando para encarar a Clave.

— Vamos abrir o Portal agora — disse. — Aqueles que não moram em Alicante, vão para casa. Aqueles que vivem aqui, terão uma escolha. Reúnam suas famílias e venham conosco, ou permaneçam aqui, presos para sempre, sendo governados pela Tropa. É a escolha de cada um ser livre ou aprisionado.

Clary se levantou e foi até as portas no fundo do salão, tirando a estela do bolso. A Clave ficou assistindo em silêncio enquanto sua estela brilhava e um redemoinho cinza prateado começava a crescer nas portas, abrindo de dentro para fora, brilhando pelas paredes até se transformar num enorme Portal.

Ela se virou para olhar para o salão.

— Manterei aberto pelo tempo que for preciso para quem quiser deixar Idris — disse, com a voz firme e clara. — Serei a última a atravessar. Quem quer ser o primeiro?

Emma se levantou e Julian foi com ela, agindo juntos como sempre fizeram.

— Seguiremos nosso Cônsul — disse Emma.

— Os Blackthorn serão os primeiros — anunciou Julian. — Fique com sua prisão, Zara. Seremos livres sem você.

O restante da família se levantou com eles. Aline foi até Jia e deu o braço para a mãe. Emma pensou que o salão fosse ficar tomado de gritos e caos, de discussões e brigas. Mas parecia que uma capa de aceitação chocada tinha sido posta sobre os Caçadores de Sombras, tanto os que estavam saindo quanto os que estavam ficando. A Tropa e seus aliados assistiram em silêncio enquanto a maioria dos Caçadores de Sombras ia para o Portal ou seguia para arrumar suas coisas em seus lares de Alicante.

Alicante seria uma cidade fantasma, uma cidade fantasma numa terra fantasma, pensou Emma. Ela olhou para Diana, e a encontrou perto da multidão.

— A loja do seu pai — disse ela. — Seu apartamento...

Diana apenas sorriu.

— Não me importo — falou. — Eu sempre voltava para vocês em Los Angeles, meu amor. Sou professora. Não uma comerciante em Idris. E por que eu ia querer morar onde Gwyn não pode ir?

Cristina abraçou Diego e Jaime enquanto se levantavam, prontos para voltar à Cidade do México. Divya e Rayan estavam se preparando também. Assim como Cameron e Paige Ashdown, embora Vanessa ainda estivesse no palanque, mirando-os com olhos cerrados. O corpo de Amelia estava aos seus pés. Emma sentiu uma pontada de pena. Sacrificar tanto por uma causa que não se importava com ela, e depois morrer sem luto. Parecia cruel demais.

Cameron deu as costas para Vanessa, indo para a escada, se juntando aos Blackthorn e seus amigos enquanto Clary direcionava o Portal para voltarem a Los Angeles. Ele não olhou para a prima. Emma torceu para que ele o tivesse visto sorrindo encorajadoramente para ele.

Os Ashdown não eram a única família que seria separada por isso. Mas a cada passo que dava em direção ao Portal, Emma sabia que estavam fazendo a coisa certa. Nenhum mundo novo em folha poderia ser construído sobre sangue e ossos.

O Portal se ergueu diante de Emma, transparente e brilhante. Através dele, dava para ver o oceano e a costa, os contornos do Instituto. Finalmente os Blackthorn estavam indo para casa. Eles tinham enfrentado sangue, desastre, e agora exílio, mas finalmente estavam indo para casa.

Ela deu a mão para Julian e eles atravessaram.

34

A Cidade no Mar

Kieran já estava esperando no pasto há algum tempo. Ninguém nunca avisava, pensou ele, que quando você se tornava Rei de uma Corte do Reino das Fadas, precisava usar seda e um veludo que pinicava muito quase todo o tempo. As botas eram bonitas — o Rei tinha o próprio sapateiro, que moldava o couro aos seus pés —, mas num dia de sol ele passaria bem sem o cinto de joias, os anéis pesados e a camisa com dois quilos de bordados.

Um movimento na grama anunciou a chegada do General Winter, que fez uma grande reverência. Kieran já tinha dito a ele muitas vezes para não fazer isso, mas Winter insistia.

— Adaon Kingson, seu irmão — anunciou ele, e chegou para o lado, permitindo que Adaon passasse por ele e se aproximasse de Kieran.

Os dois irmãos se olharam. Adaon usava o verde vivaz da Corte Seelie. Ficava bem nele. E parecia descansado e calmo, seus olhos escuros pensativos enquanto olhava para Kieran.

— Você pediu um encontro particular comigo, soberano? — perguntou.

— Winter, vire-se de costas — pediu Kieran. Na verdade, ele não ligava para o que Winter ouvisse: não tinha segredos com o chefe de sua guarda. Na sua opinião, era melhor que um Rei não tivesse segredos se pudesse evitá-los. Simplesmente oferecia material para chantagem entre seus inimigos.

Winter se afastou um pouco e ficou de costas. Houve um farfalhar quando alguns dos guardas que tinham vindo com ele fizeram o mesmo. Adaon ergueu uma sobrancelha, mas certamente não poderia estar surpreso: os guardas eram muito bons em se fazerem invisíveis, mas os Reis não ficavam sozinhos e desprotegidos em pastos.

— Você veio até as portas de uma Corte inimiga para me ver — disse Adaon. — Acho que estou lisonjeado.

— Você é o único irmão em quem já confiei — disse Kieran. — E eu vim perguntar se você deseja.... se você consideraria ser Rei no meu lugar.

As sobrancelhas de Adaon se ergueram como asas de pássaros.

— Não gosta de ser Rei?

— Não é para gostar ou não gostar. Não importa. Deixei Mark e Cristina, que eu amo, para ser Rei, mas não suporto isso. Não consigo viver assim. — Kieran brincava com seus anéis pesados. — Não consigo viver sem eles.

— E eles não sobreviveriam à Corte. — Adaon tocou pensativamente o queixo. — Kieran, eu não serei Rei por dois motivos. Um, é que com você no trono do Rei e comigo ao lado da Rainha, podemos trabalhar pela paz entre Seelie e Unseelie. A Rainha detestava Arawn, mas ela não odeia você.

— Adaon... — A voz de Kieran era bruta.

— Não — disse Adaon com firmeza. — Eu já fiz a Rainha enxergar a sabedoria da paz entre as Terras, mas se eu deixá-la para me tornar Rei de Unseelie, ela vai me detestar e voltaremos a ser inimigos.

Kieran respirou fundo. O pasto tinha cheiro de flores do campo, mas ele estava nauseado, enjoado, com calor e desesperado. Como poderia viver sem nunca mais ouvir a voz de Cristina? Sem ver o rosto de Mark?

— Qual é o segundo motivo?

— Você tem sido um bom Rei — disse Adaon. — Embora só esteja no trono há algumas semanas, Kieran, você já fez muitas coisas boas: libertou prisioneiros, fez uma redistribuição justa das terras, mudou as leis para melhor. Nosso povo é leal a você.

— Então se eu fosse um Rei incompetente como Oban, eu poderia levar a vida que desejo? — falou Kieran amargamente. — Uma estranha recompensa por um trabalho bem feito.

— Sinto muito, Kieran — disse Adaon, e Kieran soube que ele devia estar sendo sincero. — Mas não há outro para o cargo.

Inicialmente, Kieran não conseguiu falar. Ficou vislumbrando os longos dias desprovidos de amor ou confiança. Pensou em Mark rindo, guiando Lança do Vento, seu corpo forte e seus cabelos dourados. Ele pensou em Cristina dançando, fumaça e chama na noite, sua delicadeza e sua generosidade de espírito. Ele não encontraria nada disso de novo; não encontraria corações como esses.

— Eu entendo — disse Kieran remotamente. Era o fim então. Ele teria uma vida de servidão obediente, uma vida muito longa, e somente o prazer de fazer o bem, o que não era nada, para sustentá-lo. Se ao menos a Caçada Selvagem soubesse que esse seria o destino do seu mais selvagem Caçador. Eles teriam rido. — Tenho que cumprir o meu dever. Estou arrependido de ter perguntado.

O rosto de Adaon suavizou.

— Eu não coloco o serviço acima do amor, Kieran. Tenho que lhe contar: tive notícias de Cristina.

Kieran levantou a cabeça subitamente.

— Quê?

— Ela sugeriu que eu lhe desse meu chalé. Ele fica num local nas terras fronteiriças que não é nem o Reino das Fadas e nem o mundo mortal. Isso não enfraqueceria você como o mundo mortal, e nem ameaçaria Mark e Cristina, como a Corte o faria. — Adaon colocou a mão no ombro de seda e veludo do irmão. — Você poderia ficar com eles de lá.

A emoção crua que sentiu quase fez Kieran desabar.

— Você faria isso, Adaon? Você me daria o seu chalé?

Adaon sorriu.

— Claro. Para que servem os irmãos?

Emma estava sentada na mala com a esperança de tentar fechá-la. Ela pensou lamentavelmente em todas as coisas que já tinha enfiado na bolsa de Julian. Ele fazia malas organizadas e minimalistas, e já tinha uma mala pronta no corredor há uma semana. Só que estava começando a parecer um pouco inflada com as coisas extras que ela havia começado a enfiar ali quando ele não estava olhando — uma escova, uma bolsinha de elásticos de cabelo e chinelos, e alguns óculos escuros extras. E uma almofada de pescoço. Nunca se sabe quando se vai precisar de uma almofada de pescoço, principalmente quando a ideia é passar um ano inteiro viajando pelo mundo.

— Está pronta para a festa? — perguntou Cristina, com um vestido azul leve e uma margarida nos cabelos escuros. Ela franziu o nariz. — O que está fazendo?

— Pulando na mala. — Emma se levantou e tirou os sapatos. — Renda-se — disse ela para a mala, e subiu nela. — Muito bem. Vou pular.

Cristina pareceu horrorizada.

— Já ouviu falar em cubos de mala?

— O que é um cubo de mala? É alguma espécie de espaço extradimensional? — Ela começou a pular na mala como se esta fosse um trampolim.

Cristina se apoiou na porta.

— É bom te ver tão feliz.

A mala fez um barulho horrível. Emma parou de pular.

— Rápido! Feche o zíper!

Rindo, Cristina se ajoelhou e fechou o zíper. Emma pulou para o chão e as duas ficaram olhando a mala lotada, Cristina com apreensão e Emma com orgulho.

— O que você vai fazer da próxima vez em que precisar fechar? — perguntou Cristina.

— Não estou pensando nisso. — Emma ficou se perguntando se deveria ter se vestido melhor; a festa era para ser casual, só para um grupo pequeno comemorando a ascensão de Aline e Helen como diretoras do Instituto de Los Angeles.

Ou, pelo menos, era essa a história oficial.

Ela havia encontrado um vestido de seda dos anos sessenta com as costas bordadas, e o achou divertido e retrô, mas Cristina estava tão elegante e serena que Emma ficou se perguntando se deveria ter escolhido algo mais formal. Resolveu encontrar seu prendedor de cabelo dourado e fazer um penteado. Só torcia para que não estivesse na mala, pois ali definitivamente não poderia mexer.

— Eu realmente pareço feliz?

Cristina colocou uma mecha de cabelo atrás da orelha de Emma.

— Mais feliz do que jamais a vi — disse ela, e por ser Cristina, cada palavra brilhou com sinceridade. — Estou tão, tão feliz por você.

Emma se jogou na cama. Alguma coisa a cutucou nas costas. Era o prendedor de cabelo. Ela o pegou, aliviada.

— Mas e você, Tina? Fico preocupada que você não esteja feliz.

Cristina deu de ombros.

— Estou bem. Estou sobrevivendo.

— Cristina, eu te amo, você é minha melhor amiga — disse Emma. E agora era fácil falar "melhor amiga" porque embora Julian ainda fosse seu melhor amigo, ele também era mais do que isso, e todos finalmente sabiam. — Sobrevivendo não é o suficiente. E quanto a ser feliz?

Cristina suspirou e sentou ao lado de Emma.

— Chegaremos lá, eu e Mark. *Estamos* felizes, mas também sabemos que poderíamos ter uma felicidade maior. E nos preocupamos com Kieran todos os dias.

— Você falou com Adaon? — perguntou Emma.

— Falei, mas não obtive resposta. Talvez Kieran não queira.

Emma franziu o rosto. Ela achava toda a história confusa, mas de uma coisa tinha certeza: não havia nada que Kieran quisesse mais do que estar com Mark e Cristina.

Rainha do Ar e da Escuridão

— Cristina! — Uma voz ecoou fracamente na frente do Instituto; Emma subiu na cama e abriu a janela. Um segundo depois, Cristina estava ao seu lado. As duas esticaram as cabeças para fora para flagrarem Diego e Jaime no gramado, acenando os braços de forma enérgica. — Cristina! Desça!

Cristina começou a rir, e por um instante, sob sua tristeza silenciosa, Emma viu a menina que ela devia ser na Cidade do México quando criança, brincado com os irmãos Rosales e se metendo em encrencas.

Diante da cena, não conseguiu evitar sorrir. *Queria ter te conhecido já naquela época, Tina. Espero que sejamos amigas por toda a vida.*

Mas Cristina estava sorrindo e Emma não queria estragar seu frágil bom humor com melancolia.

— Vamos — chamou ela, pegando um par de chinelos. — Vamos para a praia.

Com a ajuda de Ragnor e Catarina, o pedacinho de areia da costa abaixo do Instituto tinha sido bloqueado para uso particular, a área cercada por marcas enfeitiçadas alegando que a praia estava interditada por uma infestação terrível de caranguejos.

Magnus também tinha feito alguns feitiços de abafamento de som que aquietavam os ruídos do trânsito da via expressa. Emma sabia que ele não se metera com as condições meteorológicas, mas quase parecia que sim: um dia perfeito, o céu azul e intenso, as ondas como cetim azul bordadas com ouro.

Caçadores de Sombras e integrantes do Submundo enchiam a praia, até a curva da areia dourada cercada de pedras. Alec, alto e bonito com um casaco marfim e calças pretas, estava ajudando Catarina e Ragnor a arrumar as mesas de comida. Emma notou que sua mão tremia levemente enquanto postava os pratos e os hashis. Magnus tinha invocado bolinhos do mundo inteiro — *jiaozi* da China, *gyoza* do Japão, pierogi de queijo da Polônia, *pelmeni* amanteigado da Rússia, *mandu* da Coréia. Ragnor tinha trazido garrafas de vinhos caríssimos de sua vinícola argentina favorita, assim como água com gás da França e suco de maçã para as crianças. Catarina tinha criado uma fonte de chocolate suíço que já tinha chamado a atenção de Max e Rafe.

— Dedos de areia *longe* do chocolate — estava dizendo Magnus para eles. — Ou transformo os dois em esponjas do mar.

Cristina foi até a praia com os Rosales para encontrar Mark, cujos olhos estavam fixos no horizonte. Emma se abaixou para amarrar a sandália. Quando se levantou, Julian apareceu, seus jeans dobrados até os joelhos e os pés cheios de areia de brincar com Tavvy e Helen perto da água. Ele parecia tranquilo de um jeito inédito para ela: seus olhos azul-esverdeados brilhavam como o vidro marinho em seu pulso, e seu sorriso foi lento e tranquilo ao se aproximar e colocar o braço em volta da cintura dela.

— Você está linda.

— Você também — disse ela com sinceridade, e ele riu e lhe deu um beijo. Ela ficou maravilhada: Julian, que sempre fora tão cuidadoso, era quem estava sendo relaxado a respeito de quem poderia saber da relação dos dois. Ela sabia que a família entendia tudo, que Jem tinha explicado para eles em Alicante. Mas sempre se preocupava; será que os outros ficariam se perguntando há quanto tempo eles estariam apaixonados, o quanto coincidira com o período em que foram *parabatai*?

Mas ninguém parecia se importar, muito menos Julian. Ele sorria toda vez que a via, a pegava e a beijava, segurava sua mão com orgulho. Ele até parecia gostar das lamúrias bem-intencionadas dos irmãos quando flagravam os dois se beijando nos corredores.

Era incrível não ter que guardar segredo, não ter que esconder. Emma ainda não estava acostumada, mas retribuiu o beijo de Julian assim mesmo, sem se importar com quem visse.

Ele estava com gosto de sal e mar. Gosto de casa. Ele roçou o nariz carinhosamente na testa dela.

— Que bom que todo mundo veio — disse ela.

Era um grupo e tanto. Na ponta da praia, Maia, Simon e Bat jogavam vôlei com Anush. Os vampiros ainda não tinham aparecido, pois ainda fazia sol, mas Lily ficara mandando mensagens para Alec para garantir que eles ofereceriam sangue O negativo com gelo mais tarde. Isabelle estava decorando o bolo em camadas que Aline havia feito, e Marisol e Beatriz estavam construindo um castelo de areia. Ambas vestiam branco de luto, e pareciam compartilhar uma tristeza silenciosa e contemplativa. Emma torcia para que fossem boas uma para a outra: ambas tinham perdido alguém que amavam.

Jace e Clary tinham se aventurado no mar e estavam jogando água um no outro enquanto Ragnor passava numa enorme boia, tomando limonada. Jocelyn Fairchild e Luke Garroway estavam sentados com Jia, Patrick e Maryse a alguma distância da praia, e Diana e Gwyn estavam abraçados numa canga perto da costa.

— Temos muitos aliados — comentou Julian.

O olhar de Emma desviou para Magnus e Alec na praia.

— Vai ser uma noite importante — disse ela. — E está sendo compartilhada conosco. Não é uma questão de ter aliados. É uma questão de ter amigos. Temos muitos *amigos*.

Ela achou que ele fosse fazer algum comentário provocador; em vez disso, seu rosto suavizou.

— Tem razão — respondeu. — Acho que temos mesmo.

Ficar de olho nas crianças tinha se tornado um hábito. Mesmo enquanto brincavam perto da água, catando tatuís e deixando que subissem pelas mãos, Dru estava de olho em Tavvy, Max e Rafe. Ela sabia que estavam todos bem cuidados por diversos feiticeiros e Caçadores de Sombras ansiosos, mas não conseguia evitar.

— Drusilla?

Jaime estava vindo pela praia, exatamente do jeito que fizera para atender aos apelos de Cristina. Ele parecia mais saudável agora do que antes — menos magro, com as bochechas mais coradas. Os mesmos cabelos negros desgrenhados, os mesmos olhos castanhos reluzentes. Ele sorriu para ela, e ela ficou se perguntando se deveria ter vestido algo mais alegre e bonito como as outras meninas. Vinha usando vestido preto para tudo há tanto tempo que mal pensava no assunto, mas talvez ele achasse esquisito?

— Então... o que a espera depois disso? — perguntou Jaime. — Você vai para a nova Academia?

A Aliança entre o Submundo e os Caçadores de Sombras tinha se reunido para construir uma nova escola para Caçadores de Sombras num lugar já seguro e protegido — a fazenda de Luke Garroway, no estado de Nova York. Segundo relatórios, já estava quase pronta — e segundo Simon, mil vezes melhor do que a antiga Academia onde ele chegara a encontrar ratos em sua gaveta de meias.

— Ainda não — disse Dru, e ela viu a breve percepção nos olhos dele: ela era jovem demais para frequentar a nova Academia, que admitia alunos a partir dos 15 anos. — Talvez daqui a alguns anos. — Ela chutou uma concha.

— Vou poder ver você outra vez?

Ele ostentava uma expressão que ela nunca tinha visto. Uma espécie de seriedade dolorida.

— Não acho muito provável. Cristina vai embora, então não tenho mais motivo para vir. — O coração de Dru se partiu. — Tenho que ir para casa acertar as coisas com meu pai e o restante da família. Sabe como é. Família é o que há de mais importante.

Ela conteve as palavras que queria dizer.

— Mas talvez a gente se veja na Academia um dia — acrescentou ele. — Você ainda tem aquela faca que eu te dei?

— Tenho — respondeu Dru, um pouco preocupada. Ele tinha dito que era um presente, certamente não ia pedir de volta, não é?

— Boa menina — disse Jaime. Ele afagou os cabelos dela e se afastou. Ela queria correr atrás dele e puxar a sua manga. Pedir para que voltasse a ser seu amigo. Mas não se ele fosse tratá-la como criança, ela lembrou a si. Ela gostava dele porque ele agia como se ela tivesse um cérebro. Se não achava mais...

— Dru! — Era Ty, descalço e sujo de areia, com um tatuí que queria mostrar a ela. O bichinho tinha uma concha delicadamente marcada de bolinhas. Ela abaixou a cabeça sobre as mãos dele, grata pela distração.

Então permitiu que a voz dele fluísse ao seu redor enquanto ele virava o tatuí nas mãos cuidadosas e delicadas. As coisas estavam diferentes entre ela e Ty agora. Ela era a única, além de Kit e Magnus, que sabia o que tinha acontecido durante a tentativa de trazer Livvy de volta.

Estava claro para ela que Ty tinha uma nova confiança nela. Que eles guardavam os segredos um do outro. Ela era a única pessoa que sabia que às vezes, quando ele desviava o olhar e sorria, é porque estava sorrindo para o fantasma de Livvy, e ele era a única pessoa que sabia que ela conseguia violar uma tranca em menos de trinta segundos.

— Tem bioluminescência na outra ponta da praia — disse Ty, colocando o tatuí de volta na areia. Ele correu para o buraco. — Quer ver?

Ela ainda estava vendo Jaime, que tinha ido para perto de Maia e Diego e conversava animadamente. Imaginava que pudesse ir até eles para tentar entrar na conversa, tentar parecer mais adulta e digna de papo. *Mas eu tenho 13 anos*, pensou ela. *Tenho 13 anos e sou digna de papo sem fingir que sou algo que não sou. E não vou perder tempo com quem não é capaz de enxergar isso.*

Pegou sua saia preta longa e correu atrás de Ty na praia, suas pegadas espalhando luz.

— Muito bem, aqui — indicou Helen, sentando na linha da maré. Ela esticou o braço para puxar Aline. — Podemos observar a maré descer.

Aline sentou e depois fez uma careta.

— Agora minha bunda está molhada — reclamou. — Ninguém me avisou.

Helen pensou em várias respostas atrevidas, mas se segurou. Aline estava particularmente linda neste momento, pensou, com uma saia e uma blusa florida, seus ombros marrons expostos ao sol. Ela estava com brincos de ouro pequenos, no formato das Marcas de Amor e Compromisso.

— Você nunca sentou na praia na Ilha de Wrangel? — perguntou ela.

— De jeito nenhum. Era congelante. — Aline enfiou os dedos dos pés na areia. — Aqui é muito melhor.

— É muito melhor, não é? — Helen sorriu para a esposa, e Aline ruborizou, porque mesmo após tanto tempo juntas, a atenção de Helen ainda fazia Aline corar e mexer no cabelo. — Vamos comandar o Instituto.

— Nem me lembre. Tanta burocracia — resmungou Aline.

— Achei que você *quisesse* governar o Instituto! — Helen riu.

— Acho que emprego fixo é uma boa ideia — disse Aline. — Além disso, precisamos ficar de olho nas crianças para elas não se tornarem hooligans.

— Tarde demais, acho. — Helen olhou carinhosamente para seus irmãos.

— E acho que deveríamos ter um filho.

— *Sério?* — Helen abriu a boca. Fechou de novo. Abriu. — Mas... meu amor... como? Sem a medicina mundana...

— Não sei, mas deveríamos perguntar para Magnus e Alec, porque me parece que bebês simplesmente caem do céu em volta deles. Como uma chuva de crianças.

— Aline — disse Helen com sua voz de *fala sério.*

Aline puxou a saia dela.

— Você... quer um bebê?

Helen chegou mais perto de Aline, puxando as mãos frias da mulher para seu colo.

— Meu amor — disse ela. — Eu quero! Claro! É só... ainda penso na gente no exílio, um pouco. Como se estivéssemos esperando nossa vida começar de verdade. Sei que não faz sentido...

Aline levantou as mãos dadas das duas e beijou os dedos de Helen.

— Cada minuto que passei com você foi minha vida de verdade — declarou. — E mesmo na Ilha de Wrangel, era uma vida melhor do que aquela que tive sem você.

Helen se sentiu lacrimejando.

— Um bebê seria como um novo irmão ou irmã para Ty, Dru e Tavvy — falou. — Seria maravilhoso.

— Se for menina podemos chamar de Eunice — disse Aline. — Era o nome da minha tia.

— Não podemos, *não.*

Aline abriu um sorriso impiedoso.

— Veremos...

Quando Alec chegou para falar com Mark, este estava fazendo animais de balões para Tavvy, Rafe e Max. Max parecia alegre, mas Rafe e Tavvy pareciam cansados do repertório de Mark.

— É uma manticora — disse Mark, estendendo um balão amarelo.

— É uma cobra — reclamou Tavvy. — São todas cobras.

— Bobagem — disse Mark, mostrando um balão verde. — Este é um dragão sem asas e sem cabeça. E este é um crocodilo sentado nos pés.

Rafe pareceu triste.

— Por que o dragão não tem cabeça?

— Com licença — disse Alec, cutucando o ombro de Mark. — Posso falar com você um minuto?

— Ah, graças ao Anjo — disse Mark, derrubando os balões e se levantando. Ele seguiu Alec para as falésias enquanto Magnus vinha entreter os meninos. Mark o ouviu falando para Rafe que o dragão tinha perdido a cabeça numa partida de pôquer.

Mark e Alec pararam à sombra de uma falésia, não muito longe da maré. Alec vestia um casaco leve com um buraco na manga e parecia calmamente agradável — surpreendente para um Cônsul que vinha tentando consertar um governo destroçado.

— Espero que não seja sobre os balões — disse Mark. — Eu não tenho muita experiência.

— Não é sobre os balões — respondeu Alec. Ele esticou o braço para esfregar a nuca. — Sei que não tivemos muita chance de conversar, mas ouvi muito sobre você de Helen e Aline. E me lembrei de você por muito tempo depois que nos conhecemos no Reino das Fadas. Quando você entrou para a Caçada.

— Você me disse que se eu fosse para Edom com você, eu morreria — recordou Mark.

Alec pareceu ligeiramente envergonhado.

— Eu estava tentando proteger você. Mas pensei muito em você depois disso. Em como era valente. E em quanto foi errada a forma como você foi tratado pela Clave, só porque era diferente. Sempre quis que você estivesse por perto para entrar para a Aliança entre o Submundo e os Caçadores de Sombras. Trabalhar com eles é algo do qual realmente vou sentir falta.

Mark ficou espantado.

— Você não vai mais trabalhar com a Aliança?

— Não posso — respondeu Alec. — Não posso fazer isso e ser Cônsul: é demais, para qualquer um. Não sei quanto você soube, mas o governo vai ser instaurado em Nova York. Em parte por minha causa; não posso ficar tão longe de Magnus e das crianças. E tem que ser em algum lugar.

— Não precisa se desculpar por isso — disse Mark, se perguntando aonde isso ia parar.

— Temos tanta coisa para fazer — disse Alec. — Temos conexões por todo o mundo, com todas as organizações religiosas, com sociedades secretas que sabem sobre os demônios. Todos eles terão que decidir com quem desejam se aliar, conosco, ou com o governo de Alicante. Temos que encarar o fato de que vamos perder pelo menos alguns de nossos aliados. Que teremos que lutar... por verbas, por credibilidade. Por muita coisa.

Mark sabia que os Caçadores de Sombras viviam do dinheiro que recebiam de organizações — religiosas, espirituais, místicas — que sabiam sobre demônios e valorizavam a proteção ao mundo. Ele nunca havia pensado no que aconteceria sem essa verba. Não invejava Alec.

— Gostaria de saber se você gostaria de entrar para a Aliança — convidou Alec. — Não apenas entrar, mas nos ajudar a liderar. Você poderia ser o embaixador do Reino das Fadas agora que a Paz Fria está sendo dissolvida. Não vai ser um processo de curto prazo. Temos muito o que fazer para nos reconectarmos com as fadas, e precisamos ajudá-las a entender que o governo de Idris não representa mais a maioria dos Caçadores de Sombras. — Ele hesitou. — Sei que está tudo uma loucura para você e sua família, mas você seria muito valioso.

— Onde eu teria que morar? — perguntou Mark. — Não quero ficar muito longe da minha família ou de Cristina.

— Vamos convidar Cristina também — informou Alec. — O conhecimento dela sobre fadas será importante, assim como a relação de sua família com elas. Vocês dois podem ficar no Instituto de Nova York e podem tomar o Portal para visitarem seus familiares quando quiserem.

Mark tentou abraçar a ideia. Nova York parecia longe, mas ele não tinha parado para pensar no que poderia querer fazer agora que a crise parecia ter chegado ao fim. E não tinha nenhum interesse na Scholomance. Ele poderia permanecer em Los Angeles, é claro, mas se o fizesse, ficaria longe de Cristina. Ele já sentia uma saudade imensa de Kieran, assim como ela; não aguentaria a saudade dela também. Mas qual seria seu propósito, se ele fosse com ela para o México? O que Mark Blackthorn queria fazer da vida?

— Preciso pensar — respondeu Mark, surpreendendo a si mesmo.

— Tudo bem — falou Alec. — Pode levar o tempo que precisar. — Ele olhou para o relógio. — Tenho algo importante para fazer.

Cristina estava sentada sobre as pernas, admirando o mar. Ela sabia que podia se juntar ao restante da festa — sua mãe sempre a repreendera por ficar no quarto durante ocasiões sociais —, mas alguma coisa no mar era reconfortante. Ela sentiria falta disso quando voltasse para casa: a batida firme da maré, a superfície mutante das ondas. Sempre a mesma coisa, mas sempre diferente.

Se ela virasse um pouco a cabeça, veria Emma com Julian, Mark conversando com Alec. Isso bastava, por enquanto.

Uma sombra recaiu sobre ela.

— Olá, amiga.

Era Diego. Ele se sentou ao seu lado, na pedra grande e lisa que ela encontrara. Ele parecia mais informal do que em muito tempo, com uma camiseta e calças cargo com barras arregaçadas. A cicatriz brutal e horrível em seu rosto estava se curando rapidamente, como acontecia com as cicatrizes dos Caçadores de Sombras, mas ela jamais desapareceria. Ele nunca mais seria exatamente o Diego Perfeito por fora. Mas ele tinha mudado muito por dentro, e para melhor, ela achava. E era isso o que realmente importava.

— *En qué piensas?* — Era a mesma pergunta que ele sempre fazia para ela, tão corriqueira que já era uma piada entre eles. *No que está pensando?*

— O mundo parece tão estranho para mim agora — disse ela, olhando para os dedos dos pés no chinelo. — Não estou conseguindo assimilar que perdemos Alicante. Que a casa dos Caçadores de Sombras não existe mais. — Ela hesitou. — Eu e Mark estamos felizes juntos, mas também tristes; a ausência de Kieran parece um pedaço arrancado da nossa relação. É como cortar Idris do mundo dos Caçadores de Sombras. Um pedaço que falta. Ainda podemos ser felizes, mas não seremos completos.

Era a primeira vez que falava com Diego sobre a estranha natureza de sua relação. Ficou imaginando como ele reagiria. Ele simplesmente assentiu.

— Não existe mundo perfeito — falou. — O que temos agora é uma ferida, mas ainda é melhor do que a Paz Fria, e melhor do que a Tropa. Poucas pessoas têm a oportunidade de corrigir e mudar as injustiças que veem no mundo, mas você fez isso, Cristina. Você sempre quis acabar com a Paz Fria, e agora acabou.

Estranhamente tocada, ela sorriu para ele.

— Você acha que nunca mais receberemos notícias de Idris?

— Nunca é muito tempo. — Ele cruzou os braços sobre os joelhos. Não tinham recebido qualquer comunicação até o momento. Alec, o Cônsul, tinha enviado uma mensagem de fogo para Idris no dia em que a Paz Fria fora oficialmente dissolvida, mas não obtivera resposta. Eles sequer tinham certeza de que a mensagem havia sido recebida; as barreiras em torno de Idris agora eram mais espessas e fortes do que quaisquer barreiras antes vistas. O lar dos Caçadores de Sombras tinha se tornado uma prisão e uma fortaleza. — Zara é muito teimosa. Pode demorar bastante. — Diego pausou. — Alec me ofereceu o cargo de Inquisidor. Claro que tem que haver uma votação, mas...

Cristina jogou os braços em torno dos ombros largos dele.

— Parabéns! Isso é maravilhoso!

Mas Diego não parecia totalmente feliz.

Rainha do Ar e da Escuridão

— Não me sinto como se merecesse ser o Inquisidor — disse. — Eu sabia que os guardas do Conselho, os que trabalham no Gard, estavam sob controle da Tropa. Falei isso para o Jaime quando eles entraram acompanhando Zara e os outros prisioneiros. Mas não discuti. Não achei que fosse possível que só eu enxergasse o problema em potencial.

— Ninguém podia ter previsto o que aconteceu — disse Cristina. — Ninguém poderia ter imaginado o sacrifício do suicídio, e nem que eles tinham o apoio dos guardas. Além disso, ser Inquisidor não é nenhum favor ou recompensa. É um serviço prestado. É uma forma de pagar ao mundo.

Ele começou a sorrir.

— Suponho que sim.

Ela deu uma piscadela.

— Além disso, fico feliz em saber que, se eu precisar de alguém para dobrar a Lei a meu favor, terei um amigo poderoso.

— Vejo que aprendeu coisas demais com os Blackthorn — disse Diego sombriamente.

Uma sombra passou por eles — mais escura do que uma nuvem, e grande demais para ser uma gaivota. Afastando-se de Diego, Cristina inclinou a cabeça para trás. Uma figura voadora cruzou o céu, brilhando branca contra o azul escuro. Circulou e começou a descer, se preparando para pousar na areia.

Cristina se levantou e seus pés começaram a se movimentar aceleradamente em direção à praia.

O sol tinha mergulhado para tocar a beira do horizonte. Neste momento, ele era uma enorme bola brilhando em laranja e vermelho, iluminando o oceano com anéis de ouro metálico.

Julian estava na marca d'água agora, uma listra mais escura e definida nas areias. Emma estava ao seu lado, seus cabelos louros escapulindo do prendedor; secretamente, ele estava satisfeito. Ele adorava os cabelos dela. Adorava poder ficar perto dela assim, pegar na sua mão sem que tivesse qualquer reação. Inclusive, quase todo mundo que conheciam parecia tão confortável com isso que ele se perguntava se muitos deles já não desconfiavam antes.

Talvez sim. Ele não se importava.

Tinha voltado a pintar — Emma, quando conseguia que ela posasse e servisse de modelo. Ele havia pintado Emma tantas vezes em segredo, as pinturas a única válvula de escape para seus sentimentos, que pintá-la se movendo, rindo e sorrindo, um borrão em dourados, azuis e âmbares, era quase mais do que seu coração conseguia suportar.

Ele pintou Ty, perto da água, e Dru parecendo pensativa ou fazendo uma careta, e Helen e Aline juntas, e Mark com os olhos para o céu, como se estivesse sempre procurando estrelas.

E pintou Livvy. Pintou a Livvy que sempre conheceu e amou, e às vezes a Livvy de Thule que ajudou a curar seu coração da ferida pela perda de sua irmã.

Nunca seria totalmente curada. Sempre machucaria, assim como a morte de sua mãe e de seu pai. Como a morte de Arthur. Ele seria como todo mundo, principalmente os Caçadores de Sombras: retalhos de amor e dor, de ganhos e perdas. O amor ajudava a aceitar a dor. Era preciso sentir tudo.

Ele sabia disso agora.

— Posso falar com você, Jules?

Julian se virou, ainda segurando a mão de Emma; era Mark. A luz dourada do sol fazia seu olho dourado brilhar ainda mais; Julian sabia que ele ainda estava sofrendo a perda de Kieran, mas pelo menos agora, na praia com a família, ele estava sorrindo.

— Sem problema — disse Emma com um sorriso. Ela beijou a bochecha de Julian e saiu caminhando pela praia para falar com Clary, que estava com Jace.

Mark enfiou as mãos nos bolsos das calças.

— Jules — recomeçou ele. — Alec me ofereceu um emprego... ajudando a comandar a Aliança... e eu não sei se devo aceitar ou não. Acho que eu deveria ficar aqui e ajudar Helen e Aline enquanto você tira o seu ano sabático, para que você não se preocupe. Você cuidou de tudo por tanto tempo. Eu deveria cuidar das coisas agora.

Julian sentiu uma onda de amor pelo irmão — se algum dia houve ciúme, não existia mais. Ele só estava feliz por ter Mark de volta.

Ele colocou as mãos nos ombros do irmão.

— Aceite o emprego — falou.

Mark pareceu surpreso.

— Aceitar?

— Não precisa se preocupar. As coisas não são mais como antes — disse Julian, e pela primeira vez, ao falar isso em voz alta para o irmão, ele realmente acreditou. — No passado, eu tive que tomar conta de tudo porque não tinha mais ninguém que pudesse fazer isso. Mas agora Helen e Aline estão em casa. Elas querem cuidar do Instituto, das crianças; é tudo o que querem há anos. — Ele diminuiu a voz. — Você sempre foi parte de dois mundos. Fada e Nephilim. Esse me parece um jeito de você transformar os dois numa força. Então faça isso. Quero que você seja feliz.

Mark o abraçou forte. Julian retribuiu, as ondas batendo em seus pés, e o abraçou tão firme quanto se imaginava fazendo durante todos os anos em que estivera longe.

Rainha do Ar e da Escuridão

— Mark! *Mark!*

Os irmãos se afastaram; Julian virou, surpreso, para ver Cristina correndo em direção a eles pela praia, ziguezagueando entre os convidados espantados da festa. Suas bochechas estavam vermelhas de alegria.

Ela os alcançou e pegou a mão de Mark.

Mark, *mira* — disse ela, elevando a voz de empolgação. — Olha!

Julian esticou o pescoço — todos estavam, a festa inteira, hipnotizados pela visão de um cavalo fada que sobrevoava a região. Um cavalo branco com olhos vermelhos, dois cascos dourados e dois prateados. Era Lança do Vento, com Kieran montado em suas costas.

O sol se punha numa chama final enquanto Lança do Vento aterrissava na praia, com areia levantando em volta de seus cascos. Max gritou em deleite ao ver o cavalo e Magnus o pegou apressadamente enquanto Kieran saltava do animal. Ele estava todo de azul escuro, o tipo de traje elaborado que Julian mal conseguia começar a entender — definitivamente havia muito veludo e muita seda envolvida, e uma espécie de couro azul escuro, anéis em todos os dedos, e seu cabelo também estava azul escuro. Ele parecia etéreo e um pouco alienígena.

Parecia um Rei do Reino das Fadas.

Seus olhos percorreram incansavelmente os presentes e pousaram em Mark e Cristina. Lentamente, Kieran começou a sorrir.

— *Lembre-se* — disse Mark, segurando a mão de Cristina, sussurrando com uma voz tão baixa que Julian ficou imaginando se seria para ele escutar ou não. — *Lembre-se de que tudo isso é verdade.*

Ele e Cristina começaram a correr. Lança do Vento decolou, voando alegremente em círculos acima. Julian viu Emma, perto da fonte de chocolate, aplaudir em deleite quando Mark, Kieran e Cristina se jogaram uns nos braços dos outros.

— Então — disse Alec. Ele e Magnus tinham encontrado abrigo sob uma pedra grande cuja superfície tinha uma textura granulada por anos de sal e vento. Magnus, apoiado nela, parecia jovem de um jeito que partia o coração de Alec, com uma mistura de amor e nostalgia. — Como agora eu sou o Cônsul, acho que eu faço as regras.

Magnus ergueu uma sobrancelha. Ao longe, Alec ouvia os barulhos da festa: gente rindo, música, Isabelle chamando Max e Rafe. Ela havia ficado encarregada de cuidar deles enquanto Alec e Magnus tinham um momento a sós. Alec sabia que quando voltasse, as crianças estariam cobertas de delineadores purpurinados, mas alguns sacrifícios valiam todo o demaquilante.

— Isso foi um flerte? — falou Magnus. — Porque acho que estou mais interessado do que eu imaginei que estaria.

— Sim — respondeu Alec. Fez uma pausa. — Não. Um pouco. — Botou a mão no coração de Magnus, que o encarou com olhos verde-dourados, como se sentisse que Alec estava falando sério. — Quero dizer que faço todas as regras. Estou no comando agora.

— Eu disse que topava — falou Magnus.

Alec tocou a mandíbula do namorado, que estava com a barba por fazer, coisa que Alec sempre adorou. Fazia com que pensasse em Magnus acordando, antes que o restante do mundo pudesse vê-lo, antes de ele vestir suas roupas como armaduras, era quando ele era só de Alec.

— Poderíamos nos casar — sugeriu. — Com azul de feiticeiro e dourado de Caçador de Sombras. Como sempre quisemos.

Um sorriso incrédulo se espalhou pelo rosto de Magnus.

— Você realmente está me pedindo...?

Alec respirou fundo e se ajoelhou na areia. Olhou para Magnus, observando seu rosto passar de entretido a algo diferente. Algo suave, sério e tremulamente vulnerável.

— Eu quase te perdi — disse Alec. — Me acostumei tanto a pensar em você como imortal. Mas nenhum de nós é. — Ele tentava impedir que as mãos tremessem; estava mais nervoso do que havia imaginado. — Nenhum de nós é para sempre. Mas pelo menos posso fazer o que puder para que você saiba o quanto te amo a cada dia que temos. — Ele respirou fundo. — Queria poder prometer uma vida muito tranquila e pacífica ao meu lado. Mas tenho a impressão de que estaremos sempre cercados por aventura e caos.

— E eu não ia querer nada diferente — respondeu Magnus.

— Quando te encontrei, eu não sabia o que estava encontrando — continuou Alec. — Palavras sobre coisas lindas e preciosas para mim não vêm fácil. Você sabe disso. Me conhece melhor do que ninguém. — Ele lambeu os lábios secos. — E quando um dia as pessoas olharem para trás e pensarem no que significou minha vida, não quero que digam "Alec Lightwood lutou na Guerra Maligna", nem mesmo "Alec Lightwood foi Cônsul". Quero que pensem "Alec Lightwood amou tanto um homem que mudou o mundo por ele".

Os olhos de Magnus brilhavam como estrelas. Ele encarou Alec com olhos cheios de alegria, com um sentimento tão profundo que Alec se sentiu humilde por participar daquilo.

— Você sabe que já mudou o mundo por mim.

— Casa comigo? — sussurrou Alec. Seu coração batia como as asas agitadas de um pássaro. — Agora? Esta noite?

Magnus fez que sim com a cabeça sem falar nada e puxou Alec para que ficasse de pé. Eles se abraçaram, e Alec inclinou um pouquinho a cabeça, já que Magnus era um pouco mais alto, coisa que ele sempre adorou. E eles se beijaram longamente.

A praia era uma colmeia de atividade. O sol tinha se posto, mas o céu ainda brilhava com um azul opalina. Simon e Jace estavam montando uma plataforma de madeira na areia, onde a vista da costa era a melhor. Julian e Emma estavam acendendo velas em torno da plataforma, Clary, que tinha trocado de roupa por um vestido azul, estava espalhando flores, Ragnor e Catarina discutiam enquanto pratos de comidas com aspecto delicioso eram invocados para pesarem as mesas que já estavam frágeis. Isabelle estava vestindo Max e Rafe com roupas adoráveis bordadas em dourado e azul enquanto Max choramingava e Rafe parecia resignado.

Helen e Aline estavam ajudando os Blackthorn mais jovens a aplicarem suas Marcas douradas de compromisso e amor, fé e graça. Cristina, com os pulsos e a garganta Marcados, tinha se oferecido para ajudar a alinhar a praia com tochas. Ela cantarolava enquanto trabalhava, cercada por Caçadores de Sombras e integrantes do Submundo que riam juntos. Ela sabia que tempos difíceis viriam, que a Clave exilada não simplificaria as coisas. Alec teria que tomar decisões complicadas; todos eles teriam. Mas este momento, estes preparativos, parecia um momento de felicidade numa bolha, protegido contra toda a dureza da realidade.

— Toma. — Com um sorriso, Kieran colocou uma tocha na mão dela; ele tinha ido trabalhar junto com todos, como se não fosse o Rei da Corte Unseelie. No crepúsculo, seu cabelo parecia tão negro quanto suas roupas.

— E eu tenho mais. — Mark, descalço e com cabelos brilhantes como estrelas, colocou mais tochas na areia em frente às de Cristina. Ao se ajeitarem, começaram a arder com uma luz fraca que logo se fortaleceria: estavam tecendo um caminho de fogo pela praia, até o mar.

— Kieran — falou Cristina, e ele olhou para ela através das tochas, com a expressão curiosa. Ela não sabia ao certo se deveria perguntar a ele, mas não conseguiu evitar: — Mandei nossa mensagem para Adaon há séculos, e não tivemos resposta. Você demorou muito para decidir o que fazer?

— Não — respondeu com firmeza. — Adaon não me contou imediatamente que tinha recebido uma mensagem. Eu não sabia que você havia entrado em contato com ele. Eu estava tentando esquecer vocês dois... estava tentando ser um bom Rei e aprendendo a dar sentido à vida sem vocês. — Uma mecha de cabelo ficou azul-prata. — Foi horrível. Detestei cada minuto. Finalmente, quando não aguentei mais, fui até Adaon e perguntei se ele estava disposto a ficar no meu lugar. Ele se recusou, mas então me ofereceu o chalé.

Cristina estava indignada.

— Não acredito que ele fez isso! Ele deveria ter entrado em contato com você imediatamente!

Kieran sorriu para ela. Ela ficou impressionada por um dia já tê-lo considerado duro ou distante. Os três se aproximaram um do outro, um trio sereno entre o fogo e as risadas, suas cabeças inclinadas juntas.

— Vai funcionar de verdade? — Mark parecia perturbado. Ele esticou o braço para espanar a areia da manga de veludo de Kieran. — Realmente existe um lugar onde podemos ficar juntos?

Kieran pegou uma chave num colar que estava usando — parecia antiga, escurecida pelo tempo, uma prata acobreada.

— O chalé agora é nosso. Nos dará um lugar onde não existem reis, rainhas, mortais ou fadas. Só nós três juntos. Não será o tempo todo, mas será suficiente.

— Por enquanto eu aceito qualquer período que puder passar com vocês dois — falou Cristina, e Kieran se inclinou para beijá-la suavemente. Quando ele recuou, Mark estava sorrindo para os dois.

— Eu e Cristina estaremos muito ocupados, acho — disse ele. — Entre nossas famílias em diferentes Institutos e nosso trabalho com a Aliança. E você também estará ocupado com seu novo reino. O tempo que passarmos juntos será de fato precioso.

Cristina afagou o bolso.

— Diego e Jaime me disseram que ficariam gratos se eu pudesse cuidar de *Eternidad*. Então basta nos enviar uma mensagem, Kieran, e iremos até você.

Kieran pareceu pensativo.

— Podem levar um daqueles calendários de gatos que eu gostei? Eu queria decorar o chalé.

— Na verdade, existem outros tipos de calendários. Com coelhos e filhotes de cachorro — falou Mark, sorrindo.

Parecendo beatífico, Kieran inclinou a cabeça para ver as estrelas.

— Esta realmente é uma terra de maravilhas.

Cristina olhou para os dois, o coração tão cheio de amor que doía.

— Realmente é.

Quando Alec e Magnus voltaram para a praia, ela havia sido transformada.

— Você *planejou* isto? — disse Magnus, olhando em volta, maravilhado. Não fazia a menor ideia, nenhuma, mas não teve erro. Magnus e Alec já haviam passado tantas noites acordados no apartamento no Brooklyn, enquanto o ventilador de teto girava lentamente, sussurrando seus pensamentos e planos para o dia longínquo em que fariam suas promessas em dourado e azul. Os dois sabiam muito bem o que queriam.

Os amigos trabalharam rápido. Os Caçadores de Sombras tinham desenhado Marcas de casamento, declarando seu testemunho a uma cerimônia de amor e compromisso. Os membros do Submundo tinham amarrado tiras de seda azul cobalto nos pulsos esquerdos, como convidados de casamentos de feiticeiros faziam cerimoniosamente. Fazia tanto tempo, pensou Magnus, desde a última vez em que havia comparecido a um casamento dos seus. Nunca achou que fosse acontecer para ele.

Tochas luminosas, suas chamas intocadas pelo vento, descreviam trilhas na praia, conduzindo a uma plataforma de madeira posicionada para proporcionar uma vista do mar. Magnus tinha crescido vendo o mar e uma vez — uma vez — ele mencionara para Alec que gostaria de se casar com o barulho das ondas. Seu coração parecia estar sendo esmagado em mil pedaços agora, porque Alec tinha se lembrado.

— Só estou feliz por você ter aceitado — disse Alec. — Detestaria ter que explicar para todo mundo que teriam de tirar as decorações. E eu já havia falado para as crianças que tinha uma surpresa para você.

Magnus não se conteve; deu um beijo na bochecha de Alec.

— Você ainda me surpreende todos os dias, Alexander — disse. — Você e essa sua cara de paisagem.

Alec riu. Enquanto seus amigos acenavam ansiosamente, Magnus ouviu seus cumprimentos e vibrações carregados pelo vento. Marcas brilhavam douradas sob a luz das tochas, e uma seda azul escura farfalhava ao vento.

Jace deu um passo à frente, com um casaco de uniforme com símbolos dourados impressos, e estendeu a mão para Alec.

— Eu me apresento como *suggenes* para Alexander Lightwood — falou com orgulho.

Magnus sentia por Jace o mesmo que sentira por muitos Caçadores de Sombras ao longo dos anos, Fairchild, Herondale, Carstairs e outros: carinho e uma leve exasperação. Mas em momentos como este, quando o amor de Jace por Alec brilhava verdadeiro e livre, ele só sentia gratidão e afeto.

Alec pegou a mão de Jace e eles começaram a caminhar pelo pátio de luz. Magnus fez como se fosse segui-los, pois feiticeiros não tinham tradição de *suggenes* — uma companhia para o altar —, mas Catarina se apresentou, sorrindo, e pegou o braço dele.

— Lutei contra nosso amigo verde em comum pelo privilégio de acompanhá-lo — disse ela, meneando a cabeça para um Ragnor irritado. — Ora, não achou que eu fosse deixá-lo ir até o altar sozinho, não é? E se você entrasse em pânico e fugisse?

Magnus riu ao passarem por rostos familiares: Maia e Bat, Lily com uma coroa torta de flores, Helen e Aline assobiando e aplaudindo. Helen usava uma pulseira azul, assim como símbolos dourados nas roupas; Mark também.

— Nunca tive tanta coragem — falou Magnus. — Estou muito tranquilo.

Ela sorriu para ele.

— Nenhuma dúvida?

Eles chegaram ao final da trilha iluminada. Alec estava esperando, com Jace ao seu lado na plataforma. Atrás deles estava o mar, estendendo-se num azul prateado como a magia de Magnus, até o horizonte. Seus amigos mais próximos cercavam a plataforma — Clary com uma braçada de flores azuis e amarelas, Isabelle segurando Max e contendo as lágrimas, Simon alegre e sorridente, Maryse com Rafe ao seu lado: ele estava solene, como se soubesse da importância da ocasião. Jia Penhallow estava onde um padre estaria numa cerimônia mundana, com o *Códex* na mão. Todos estavam usando xales ou casacos leves de seda com símbolos dourados; bandeiras de seda pendiam suspensas no céu, impressas com símbolos de amor e fé, compromisso e família.

Magnus olhou para Catarina.

— Nenhuma dúvida — respondeu finalmente.

Ela apertou a mão dele e foi parar ao lado de Jia. Havia um segundo círculo em torno da plataforma: os Blackthorn e seus amigos estavam todos lá, aglomerados. Julian sorriu seu sorriso lento e sereno para Magnus; Emma estava radiante de alegria quando Magnus atravessou a plataforma de madeira e assumiu seu lugar diante de Alec.

Alec estendeu as mãos, e Magnus as pegou. Ele encarou os olhos azuis de Alec, exatamente da cor de sua magia, e sentiu muita calma, uma paz maior do que qualquer paz que já havia conhecido.

Nenhuma dúvida. Magnus nem precisava investigar a própria alma. Já tinha vasculhado milhares de vezes, dezenas de milhares desde que conhecera Alec. Não por duvidar, mas porque era chocante para ele não duvidar nem um tiquinho. Em toda a sua vida ele nunca se deparara com tanta certeza. Tinha vivido feliz e sem arrependimentos, tinha feito poesia de ponderações e andanças, vivera solto e glorioso em liberdade.

E então conhecera Alec. Sentira uma atração inexplicável e imprevisível por ele: queria ver Alec sorrir, vê-lo feliz. Vira Alec passar de menino tímido e cheio de segredos a homem orgulhoso que encarava o mundo sem medo. Alec dera a ele o dom da fé, uma fé de que ele era forte o suficiente para fazer não apenas Alec feliz, mas a uma família inteira. E em sua felicidade, Magnus se sentia não apenas livre, mas cercado por uma glória inimaginável. Alguns podiam chamar de presença de Deus.

Magnus encarava apenas como Alexander Lightwood.

— Comecemos — anunciou Jia.

Emma tinha ficado na pontinha dos pés de tanta animação. Todos sabiam que haveria um casamento surpresa na praia — uma surpresa para Magnus, pelo menos. Se Alec estava nervoso, então vinha disfarçando muito bem. Ninguém achava que Magnus pudesse dizer não, mas Emma se lembrou do leve tremor nas mãos de Alec mais cedo e seu coração borbulhou de felicidade por ter dado tudo certo.

Jace deu um passo para ajudar Alec a vestir um paletó azul escuro com símbolos dourados, enquanto Catarina punha um paletó de seda cobalto e dourado nos ombros de Magnus.

Ambos se posicionaram no altar e um silêncio recaiu sobre a multidão enquanto Jia falava.

— Através dos séculos — declamou ela —, poucas uniões entre Caçadores de Sombras e membros do Submundo foram reconhecidas. Mas um novo tempo chegou, e com ele uma nova era de tradições. Esta noite, enquanto Magnus Bane e Alec Lightwood unem suas vidas e seus corações, estamos prontos para reconhecer tal união. Para testemunhar um laço verdadeiro entre duas almas. — Ela pigarreou. Parecia um pouco esgotada, como no Salão do Conselho, mas bem menos cansada. Havia deleite e orgulho em seu rosto ao olhar para o grupo reunido. — Alexander Gideon Lightwood. Encontrastes aquele que sua alma ama?

Era uma pergunta feita em todo casamento: parte da cerimônia dos Caçadores de Sombras há mil anos. A multidão estava calada, o silêncio do sagrado, do ritual bento observado e compartilhado. Emma não conseguiu evitar e pegou a mão de Julian; ele a puxou para si. Havia alguma coisa na maneira como Magnus e Alec se olhavam. Emma esperava sorrisos, mas ambos estavam sérios: eles se olhavam como se o outro fosse luminoso como a lua cheia e pudesse bloquear todas as estrelas.

— Encontrei — disse Alec. — E não vou perdê-lo.

— Magnus Bane — disse Jia, e Emma ficou se perguntando se esta seria apenas a segunda vez na história em que tal pergunta era feita a um feiticeiro.

— Estiveste entre os vigilantes e as cidades do mundo? Encontraste aquele que sua alma ama?

— Encontrei — respondeu Magnus, olhando para Alec. — E não vou perdê-lo.

Jia inclinou a cabeça.

— Agora é a hora de trocar as Marcas.

Esse era o momento em que, numa cerimônia tradicional, os Caçadores de Sombras se Marcavam com símbolos de casamento e diziam seus votos. Mas Magnus não podia receber Marcas. Elas queimariam sua pele. Confusa, Emma viu Jia colocar algo dourado na mão de Alec.

Alec se aproximou mais ainda de Magnus e Emma e viu que se tratava de um broche no formato do símbolo de União Matrimonial. Enquanto Alec se aproximava de Magnus, declamava os votos Nephilim: *o amor brilha como fogo, a chama mais luminosa. Muitas águas não podem saciar a sede, e nem as enchentes podem afogá-las.* — Ele colocou o broche sobre o coração de Magnus, os olhos azuis mirando o rosto do outro o tempo todo. — *Agora me coloque como um selo sobre vosso coração, como um selo sobre vosso braço, pois o amor é forte como a morte. E assim estamos ligados: mais fortes do que o fogo, mais fortes do que a água, mais fortes do que a própria morte.*

Magnus, com o olhar fixo no de Alec, colocou a mão sobre o broche. Era a vez dele agora: Alec arregaçou a manga, expondo o braço. Aí colocou uma estela na mão de Magnus e envolveu seus dedos. De mãos entrelaçadas ao marido, Alec desenhou a forma da Marca da União Matrimonial no próprio braço. Emma presumiu que o segundo símbolo, o do coração, fosse ser aplicado mais tarde, em particular, como de costume.

Quando terminaram, a Marca se destacou forte e escura na pele de Alec. Jamais desbotaria. Jamais o deixaria, um sinal de seu amor eterno por Magnus. Emma sentiu uma dor no fundo da alma, onde viviam esperanças e sonhos implícitos. Possuir o que Magnus e Alec tinham — qualquer um seria muito sortudo por isso.

Lentamente, Magnus abaixou a mão, ainda segurando a de Alec. Ele encarou a Marca no braço do outro com uma espécie de torpor, e Alec o encarou de volta, como se nenhum dos dois conseguisse desviar o olhar.

— Agora as alianças — disse Jia, e Alec pareceu despertar de um sonho. Jace deu um passo e colocou uma aliança na mão de Alec, e outra na de Magnus, e disse algo baixinho para os dois que os fez rir. Simon estava esfregando as costas de Isabelle enquanto ela fungava ainda mais alto, e Clary sorria em suas flores.

Emma estava grata por sua Marca de Visão Noturna. Com ela dava para ver que as alianças eram anéis da família Lightwood, marcados com os desenhos tradicionais de chamas do lado de fora, e com dizeres gravados na parte interna.

— *Aku cinta kamu* — leu Magnus em voz alta, na parte interna do anel, e sorriu para Alec, um sorriso brilhante e expansivo. — Meu amor pelo seu, meu coração pelo seu, minha alma pela sua, Alexander. Agora e para sempre.

Catarina sorriu com as palavras que deviam ser familiares. Magnus e Alec trocaram as alianças e Jia fechou o livro.

— Alexander Lightwood-Bane. Magnus Lightwood-Bane. Declaro-os casados. Celebremos.

Os dois se abraçaram, e uma grande vibração irrompeu: todos estavam gritando e se abraçando, dançando, e o céu acima explodiu em luz dourada quando Ragnor, finalmente recuperado da birra, começou a preencher o ar com fogos de artifício que formavam símbolos de casamento. No meio de tudo, Magnus e Alec firmemente abraçados, com as alianças brilhando nos dedos como raios de um novo sol se erguendo no horizonte.

A cerimônia de casamento se transformou numa festa, com convidados efervescentes lotando a praia. Ragnor tinha conjurado um piano de algum lugar e Jace estava tocando, seu casaco jogado no ombro como um músico de blues dos velhos tempos. Clary estava sobre a cauda do piano, jogando flores no ar. Dançarinos rodopiavam descalços na areia, Caçadores de Sombras e integrantes do Submundo perdidos na música. Magnus e Alec dançavam juntos, com seus filhos entre eles, uma família feliz.

Diana e Gwyn estavam ligeiramente distantes. Gwyn tinha esticado seu paletó para que Diana se sentasse. Ela ficou tocada pelo gesto: a capa do líder da Caçada Selvagem era um item poderoso, mas ele não pareceu pensar duas vezes ao utilizá-la como canga.

Diana se sentia exuberante, leve de felicidade. Tocou o pulso de Gwyn e ele sorriu para ela.

— É bom ver tanta gente feliz. Eles merecem — comentou ele. — Não só Magnus e Alec, mas Mark, Kieran e Cristina também.

— E Emma e Julian. Sempre me perguntei... — Diana se calou brevemente. Pensando bem, claro, o amor deles sempre parecera muito óbvio.

— Eu imaginava — disse Gwyn. — Eles se olham como eu olho para você. — Ele inclinou a cabeça para o lado. — Fico feliz por eles estarem felizes agora. Todos os corações puros merecem.

— E o líder da Caçada? E a felicidade dele? — perguntou Diana.

Ele se aproximou dela. O vento marinho estava frio e ele puxou o xale dela sobre o pescoço para mantê-la aquecida.

— Sua felicidade é a minha — falou. — Você parece pensativa. Pode me contar o que tem em mente?

Ela enterrou os dedos na areia.

— Passei tanto tempo tão preocupada — começou. — Mantive tudo em segredo; o fato de eu ser transgênero, de ter feito uso da medicina mundana; porque eu tinha medo. Mas agora contei para todo mundo. Todo mundo sabe e nada de terrível aconteceu. — Ela sorriu, um sorriso agridoce. — Nosso mundo inteiro virou de cabeça para baixo, e meu segredo agora parece algo tão pequeno.

Dois dias após voltarem de Idris, Diana reunira os moradores do Instituto de Los Angeles e contara sua história a todos os que lhe eram importantes. Deixou bem claro que o Cônsul sabia. Ela já tinha conversado com Alec, que prontamente admitira saber menos do que deveria sobre Caçadores de Sombras (ou mundanos, para falar a verdade) transgêneros, mas que desejava muito aprender.

Ela fizera tudo certo, dissera Alec; fora discreta diante dos médicos mundanos, não trouxera qualquer risco aos Caçadores de Sombras. Ele apenas lamentava que ela tivesse precisado viver com medo, assim como acontecera com ele um dia.

— Mas não mais — dissera ele, com uma convicção audível. — A Clave sempre se preocupou com a força dos Caçadores de Sombras, mas nunca com sua felicidade. Se pudermos mudar isso...

Ela então prometeu que trabalharia junto a ele para isso.

Os Blackthorn também reagiram à sua história com amor e solidariedade, e quanto ao restante... eles poderiam descobrir ou não. Ela não devia nada a ninguém.

— Você está sorrindo — observou Gwyn.

— Eu tinha dois segredos. Agora não tenho nenhum. Sou livre como o vento — falou Diana.

Ele tomou o rosto dela entre as mãos grandalhonas.

— Minha dama, meu amor — disse. — Vamos cavalgar juntos pelo vento.

A música do piano ganhou a companhia da música da flauta, tocada — surpreendentemente bem — por Kieran. Ele não era nada mau, pensou Julian enquanto Simon se juntava a eles com seu violão. Talvez eles três pudessem montar a banda mais estranha do mundo.

Emma e Cristina estavam dançando juntas, rindo tanto que chegavam a se dobrar. Julian não quis interrompê-las: sabia que o tempo delas era precioso antes de Emma e ele partirem. Antes de passar pelos dançarinos, se dirigindo até a areia molhada onde a maré batia, ele se permitiu ficar observando Emma por um instante — linda sob as luzes prateadas das tochas, seus cabelos e sua pele brilhando dourados como Marcas de casamento.

Ty e Dru estavam reunidos ali junto à maré, Ty se inclinando para explicar para sua irmã mais nova o que fazia as ondas brilharem e cintilarem.

— Bioluminescência — dizia. — Pequenos animais no oceano. Eles brilham, como vagalumes submarinos.

Dru olhou duvidosa para a água.

— Não vejo nenhum animal.

— Eles são microscópios — explicou Ty. Aí pegou um punhado de água do mar na mão em concha; sua pele brilhava, como se ele estivesse segurando uma cachoeira de diamantes luminosos. — Não dá para ver. Só dá para enxergar a luz que emitem.

— Queria falar com você, Ty — disse Julian.

Ty levantou o olhar, seus olhos fixos num ponto à esquerda do rosto de Julian. O medalhão de Livvy brilhava em seu pescoço. Ele estava começando a parecer mais velho, pensou Julian com uma pontada. Os resquícios do aspecto infantil tinham abandonado seu rosto, suas mãos.

Dru os saudou.

— Vocês podem conversar. Vou ver se Lily me ensina a dançar o Charleston. — Ela saiu saltitando pela praia, espalhando faíscas luminosas.

— Tem certeza de que está bem em relação à minha viagem? — perguntou Julian. — Eu e Emma não precisamos ir.

Ty sabia, é claro, que Julian ia partir em seu ano sabático. Não era segredo. Mas Ty era quem mais tinha aversão a mudanças na família, e Julian não tinha como não se preocupar.

Ty olhou para Magnus e Alec, que estavam embalando Max enquanto ele gargalhava.

— Eu quero ir para Scholomance — falou Ty subitamente.

Julian se espantou. Tudo bem que iam reabrir a Scholomance com novos professores e novas disciplinas. Não ia ser como antes. Mas mesmo assim.

— Scholomance? Mas a Academia não seria melhor? Você só tem quinze anos.

— Eu sempre quis ser capaz de resolver mistérios — disse Ty. — Mas pessoas que resolvem mistérios, elas sabem muitas coisas. A Academia não vai me ensinar o que quero saber, e a Scholomance vai me deixar escolher o que aprendo. É o melhor lugar para mim. Se não posso ser *parabatai* de Livvy, é lá que quero estar.

Julian pensava no que dizer. Ty não era mais a criança que Julian queria proteger tão desesperadamente. Tinha sobrevivido à morte da irmã, tinha sobrevivido a uma batalha enorme. Tinha lutado contra os Cavaleiros de Mannan. Durante toda a vida de Ty, Julian tentara ajudá-lo a desenvolver todas as habilidades necessárias para uma vida feliz. Ele sabia que em algum momento teria de deixá-lo viver.

Só não tinha se dado conta de que esse momento chegaria tão rápido.

Julian colocou a mão no peito de Ty.

— Do fundo do coração, é isso o que você quer?

— Sim. É o que eu quero. Ragnor Fell vai lecionar lá, e Catarina Loss. E eu virei para casa sempre. Você me fez ser forte o suficiente para poder fazer isso, Julian. — Ele pegou a mão do irmão. — Depois de tudo o que aconteceu, é o que eu mereço.

— Desde que saiba que nossa casa sempre estará te esperando de braços abertos — disse Julian.

Os olhos de Ty estavam cinzentos como o oceano.

— Eu sei.

O céu estava cheio de faíscas — douradas, azuis e roxas, brilhando como vagalumes ardentes conforme os fogos de artifício iam desbotando. Elas flutuavam pela praia para chegarem às falésias onde Kit estava ladeado por Jem e Tessa.

Era uma cena ao mesmo tempo familiar e estranha. Ele tinha implorado por isso: uma rápida visita por Portal para ver Los Angeles e o Instituto pela última vez. Tinha imaginado como seria; ficou surpreso ao perceber que havia espaço para entrar facilmente no casamento e assumir seu lugar com Julian, Emma, Cristina e os outros. Dru o teria recebido bem. Todos teriam.

Mas seu lugar não era ali. Não depois do que acontecera. Pensar em ver Ty doía demais.

Não que não pudesse *vê-lo*. Ele podia ver todos: Dru com seu vestidinho preto dançando com Simon, e Mark e Cristina conversando com Jaime, e Kieran ensinando algum estranho passo de fada para Diego, e Emma com seus cabelos que pareciam uma cachoeira de luz âmbar, e Julian começando a atravessar a praia para ela. Eles estavam sempre buscando um ao outro, aqueles dois, como ímãs. Kit ficara sabendo por intermédio de Jem que eles estavam namorando agora, e como ele nunca tinha entendido aquela coisa estranha de "*parabatai* não podem namorar", desejava que fossem felizes. Também via Aline e Helen, Aline segurando uma garrafa de champanhe e rindo. Helen abraçando Tavvy e rodopiando com ele. Via Diana e Gwyn, o líder da Caçada Selvagem com um braço protetor em torno de sua dama. Via Alec na areia ao lado de Jace, absorto na conversa, Clary falando com Isabelle, e Magnus dançando com os dois filhos ao luar.

Estava vendo todos, e claro que estava vendo Ty.

Ty estava perto da água. Obviamente estaria evitando o barulho, as luzes e os gritos, e Kit detestava o fato de que mesmo agora desejava ir até a praia e

levar Ty para longe daquele agito, para protegê-lo de tudo que pudesse chateá-
-lo. Só que ele não parecia chateado. Estava admirando as ondas brilhantes.
Qualquer pessoa imaginaria que ele estivesse brincando sozinho com a bioluminescência, mas Kit via que ele não estava sozinho.

Uma menina com um longo vestido branco, com cabelos castanhos Blackthorn, flutuava descalça sobre a água. Ela estava dançando, invisível para
todos, menos para Ty — e para Kit, que via até o que não queria ver.

Ty jogou alguma coisa no mar — seu celular, pensou Kit. Estava se livrando
do Volume Sombrio e de suas imagens para sempre. Pelo menos era alguma
coisa. Kit continuou assistindo enquanto Ty recuava um pouco, inclinando a
cabeça para trás, sorrindo para a Livvy que só ele podia ver.

Lembre-se dele assim, pensou Kit, *feliz e sorrindo*. Tocou a cicatriz branca
desbotada em seu braço onde Ty havia aplicado aquela Marca de Talento ao
que parecia muito tempo atrás.

De repente Jem colocou a mão no ombro de Kit. Tessa estava olhando para
ele com profunda solidariedade, como se entendesse mais do que ele imaginava.

— É melhor irmos — falou Jem, sua voz suave como sempre. — Não faz
bem a ninguém mirar muito no passado e se esquecer do futuro.

Kit virou para segui-los para sua nova vida.

O alvorecer estava chegando. Embora muitos convidados tivessem ficado
para dormir no Instituto (ou tivessem terminado carregados, sob muitos
protestos, pelos pais e irmãos mais velhos), alguns permaneceram, enrolados
em cobertores, vendo o sol nascer atrás das montanhas.

Emma não conseguia se lembrar de uma celebração melhor. Ela estava enrolada num cobertor com Julian, abrigados sob as pedras. A areia abaixo deles
era fria, iluminada pela luz do amanhecer, e a água começava a dançar com
faíscas douradas. Ela se apoiou no peito de Julian, que a envolvia nos braços.

A mão dele percorria gentilmente o braço dela, os dedos dançando em sua
pele. *E-M-Q-U-E-E-S-T-Á-P-E-N-S-A-N-D-O?*

— Só que estou feliz por Magnus e Alec — respondeu. — Eles estão tão
felizes, e eu sinto que um dia... nós poderíamos ser felizes assim também.

Ele beijou a cabeça dela.

— Claro que seremos.

A total confiança de Julian espalhou calor por todo o corpo de Emma,
como um cobertor confortável. Ela olhou para ele.

— Você se lembra de quando estava enfeitiçado? — quis saber ela. — E eu
perguntei a você por que eu tinha tirado todas aquelas coisas do meu armário,

sobre os meus pais. E você disse que era porque agora eu sabia quem tinha matado os dois, e o assassino estava morto. Porque eu tive a minha vingança.

— E eu estava errado — falou ele.

Ela pegou uma das mãos dele. Era uma mão tão familiar quanto a dela própria — ela conhecia cada cicatriz, cada calo; se alegrava com cada esguicho de tinta.

— Agora você sabe?

— Você fez em homenagem aos seus pais — falou ele. — Para mostrar a eles que tinha se libertado de tudo, que não ia deixar que a vingança controlasse sua vida. Porque é isso que eles iam querer para você.

Ela beijou os dedos dele. Julian estremeceu e a puxou para perto.

— Isso mesmo. — Ela olhou para ele. A luz do amanhecer transformava seus cabelos emaranhados numa auréola. — Eu continuo me preocupando. Talvez eu não devesse ter deixado Zara escapar. Talvez Jia e o Conselho devessem ter prendido todos os simpatizantes da Tropa, como Balogh, e não só os que lutaram. Pessoas como ele são o motivo pelo qual as coisas acabaram daquele jeito.

Julian estava olhando para o mar enquanto o dia clareava lentamente.

— Só podemos prender as pessoas pelo que elas fazem, e não pelo que pensam — ponderou. — Qualquer outro jeito de administrar as coisas nos faz como os Dearborn. E estamos melhor com o que temos agora do que com o que teríamos se nos tornássemos como eles. Além disso — acrescentou —, toda escolha tem consequências eternas. Ninguém tem como saber o resultado de nenhuma decisão. Tudo o que se pode fazer é a melhor escolha no momento.

Ela deixou a cabeça cair sobre os ombros dele.

— Você se lembra de quando vínhamos aqui quando crianças? E fazíamos castelos de areia?

Ele fez que sim com a cabeça.

— Quando você se foi, no início do verão, eu vinha aqui o tempo todo — revelou ela. — Eu pensava em você, e na saudade que eu sentia.

— Tinha pensamentos sensuais? — Julian sorriu para ela, e ela deu um tapinha no braço dele. — Deixa para lá, eu sei que tinha.

— Por que eu conto as coisas para você? — reclamou ela, mas os dois estavam sorrindo de um jeito brincalhão que, Emma tinha certeza, irritaria qualquer um que passasse ali agora.

— Porque você me ama — provocou ele.

— É verdade — concordou ela. — Agora mais do que antes.

Os braços dele a apertaram. Emma olhou para ele; o rosto de Julian estava contraído, como se sentisse dor.

Rainha do Ar e da Escuridão

— O que foi? — perguntou ela, confusa; não era sua intenção dizer nada que pudesse magoá-lo.

— Só a ideia — começou ele, com a voz baixa e rouca — de poder falar sobre isso, com você. É uma liberdade que nunca imaginei que pudéssemos ter, que *eu* pudesse ter. Sempre achei que meu desejo era impossível. O melhor que eu poderia esperar era uma vida de desespero silencioso como seu amigo, ao menos poder estar por perto enquanto você vivia sua vida e eu iria me tornando cada vez menos importante nela...

— Julian. — Havia dor nos olhos dele, e mesmo que fosse uma dor da lembrança, ela detestava ver aquilo. — Isso jamais teria acontecido. Eu sempre te amei. Mesmo quando não sabia, eu te amava. Mesmo quando você não sentia nada, mesmo quando você não era você, eu me lembrava de você de verdade e te amava. — Ela conseguiu se virar e colocar o braço em volta do pescoço dele. — E eu te amo ainda mais agora.

Emma se inclinou para beijá-lo, e as mãos de Julian deslizaram pelos seus cabelos: ela sabia que ele amava tocar seus cabelos, assim como sempre amara pintá-los. Ele a puxou para seu colo, acariciando suas costas. Emma sentiu a pulseira de vidro marinho fria contra sua pele quando suas bocas se tocaram lentamente; a de Julian era macia e tinha gosto de sal e sol. Ela se perdeu no beijo, no prazer atemporal dele, de saber que não era o último, mas um dos primeiros, selando a promessa de um amor que duraria anos de suas vidas.

Eles desfizeram o abraço relutantemente, como mergulhadores relutantes em abandonar a beleza do mundo marinho. O círculo dos braços um do outro, a cidade particular deles no mar.

— Por que você disse isso? — sussurrou ele resfolegado, tocando carinhosamente os cabelos em sua têmpora. — Que me ama mais agora?

— Você sempre sentiu tudo tão intensamente — disse ela após um instante de pausa. — E isso era uma coisa que eu adorava em você. O quanto você amava sua família, como faria qualquer coisa por eles. Mas você mantinha seu coração fechado. Não confiava em ninguém, e eu não o culpo, porque você aguentou o fardo todo sozinho, e guardou tantos segredos, porque achava que era o certo a se fazer. Mas quando abriu o Instituto para o conselho de guerra, você se obrigou a confiar nos outros para ajudar na execução de um plano. Você não se escondeu; você se abriu para ser machucado ou traído em sua liderança. E quando veio até mim na Cidade do Silêncio e me impediu de quebrar a Marca... — A voz dela vacilou. — Você me disse para confiar não só em você, mas na bondade do mundo. Aquele foi meu pior momento, meu momento mais sombrio, e você estava lá, apesar de tudo, com o coração aberto. Estava lá para me trazer para casa.

Ele colocou os dedos sobre a pele nua do braço dela, onde a Marca *parabatai* de Emma um dia estivera.

— Você também me trouxe de volta — disse ele com uma espécie de encanto. — Eu te amei durante toda a minha vida, Emma. E quando não senti nada, percebi que... sem esse amor, eu não *era* nada. Você é o motivo pelo qual eu quis sair da jaula. Você me fez entender que o amor traz muito mais alegria do que as dores que ele causa. — Ele inclinou a cabeça para olhar para ela, seus olhos azuis-esverdeados brilhando. — Eu amo minha família desde que nasci e sempre os amarei. Mas você é o amor que eu escolhi, Emma. Dentre todas as pessoas do mundo, dentre todos que já conheci, eu te escolhi. Sempre tive fé nessa escolha. No precipício de tudo, amor e fé sempre me trouxeram de volta, e de volta para você.

No precipício de tudo, amor e fé sempre me trouxeram de volta. Emma não precisou perguntar; sabia em que ele estava pensando: nos amigos e na família nos Campos Eternos, no amor que os resgatara de uma maldição tão forte que todo o universo Caçador de Sombras temia.

Ela pôs a mão no coração dele, e por um momento eles ficaram sentados em silêncio, se lembrando de onde as Marcas *parabatai* um dia estiveram. Estavam se despedindo, pensou Emma, do que foram um dia. A partir de agora tudo seria novo.

Eles jamais se esqueceriam de tudo o que acontecera antes. O estandarte da Vigilância de Livia tremulava neste instante no telhado do Instituto. Eles se lembrariam de seus pais, de Arthur, de Livvy, e de todos que perderam, mas entrariam no mundo que a nova Clave estava construindo com esperança e lembranças misturadas, porque embora a Rainha Seelie fosse uma mentirosa, todo mentiroso era sincero em algum momento. Ela havia acertado numa coisa: *sem tristeza não pode haver alegria.*

Eles abaixaram as mãos, seus olhares se encontraram. O sol estava nascendo sobre as montanhas, pintando o céu como uma das telas de Julian em roxo e dourado rubro. Amanhecia em mais de um sentido: eles entrariam no mundo sem medo a partir de hoje. Esse seria o verdadeiro início de uma nova vida que encarariam lado a lado, com todas as suas fragilidades e imperfeições humanas. E se algum deles temesse o mal em si, como todas as pessoas faziam de vez em quando, eles teriam um ao outro para lembrá-los do bem.

Epílogo

A Rainha estava sentada no trono enquanto as fadas operárias entravam e saíam do recinto.

Tudo tinha mudado. A cor do triunfo era dourada, e o Rei Unseelie estava morto. Seu filho favorito havia se tornado o conselheiro mais próximo da Rainha e seu amigo leal. Depois de muito tempo no luto gélido pela perda de Ash, a Rainha tinha voltado a se sentir viva outra vez.

As operárias poliam o piso de mármore, removendo os sinais de incêndio. Pedras preciosas haviam sido cravejadas nas paredes para tapar os buracos: elas agora brilhavam como olhos piscantes, vermelhas, azuis e verdes. Borboletas com asas luminosas circulavam pelo teto, projetando estampas mutantes e prismáticas sobre o trono coberto de seda e sobre os sofás baixos trazidos para que seus cortesãos se deitassem.

Em breve o novo Rei Unseelie, Kieran, faria uma visita, e ele acharia a sala do trono simplesmente impressionante. Ela estava curiosa quanto ao menino Rei. Ela já o conhecia, um dos filhos ferozes do Rei Unseelie, ferido e apoiado em Caçadores de Sombras. O fato de ele ter ascendido tanto a surpreendia. Talvez tivesse qualidades ocultas.

A nova proximidade entre Caçadores de Sombras e a Corte Unseelie era perturbadora, claro. Ela havia perdido bons cortesãos para os Caçadores de Sombras, dentre os quais, Nene. Talvez devesse ter se empenhado mais para fazer com que o menino Blackthorn e a menina Carstairs destruíssem a Marca *parabatai* e enfraquecessem seu exército. Mas só se podia semear a discórdia;

não dava para se garantir que as sementes fossem brotar. O jogo era longo e a impaciência não fazia bem a ninguém.

Ela também se perturbara intensamente com a perda de seu filho. Vinha procurando por ele desde então, mas com poucas esperanças. Outros mundos não eram magia bem compreendida pelas fadas.

A cortina dourada de veludo na entrada da sala do trono farfalhou e Fergus entrou. Vinha exibindo uma expressão de constante amargor ultimamente, desde que havia perdido a posição de favorito para Adaon. Mas neste momento parecia ainda mais amargo. Havia mais do que um bocadinho de alarme ali.

— Milady — falou ele. — Você tem visitantes.

Ela se levantou para mostrar seu vestido branco de seda, justo e fino, para lhe servir como uma espécie de vantagem.

— É o Rei Unseelie?

— Não. Um Caçador de Sombras. Jace Herondale.

Ela cerrou os olhos para Fergus.

— Jace Herondale está proibido de entrar na minha sala do trono. — Na última vez em que entrara, ele quase a esfaqueara. Era muita irresponsabilidade de Fergus se esquecer disso. — Você está se sentindo bem, Fergus? Por que não o mandou embora?

— Porque acho que vai querer vê-lo, Milady. Ele entregou as armas voluntariamente e... não está sozinho.

— É bom que isso seja digno do meu tempo, Fergus, ou custará seu segundo quarto. — Ela acenou, furiosa, para ele. — Deixe-o entrar, mas retorne para cá para ficar de guarda.

Fergus se retirou. A Rainha cogitara mandar pixies picarem Jace, mas tinha a impressão de que seria um problema e irritaria desnecessariamente o novo governo dos Caçadores de Sombras. Dizia-se que tinham colocado Alec Lightwood no comando — infelizmente, porque ela desgostava dele desde que ele matara Meliorn, seu último campeão — e ele provavelmente não perdoaria confusões com seu melhor amigo.

Talvez fosse por isso que Jace estivesse aqui? Para fazer uma aliança? Tal pensamento acabara de lhe ocorrer quando a cortina farfalhou novamente e Fergus entrou, acompanhando duas pessoas, uma delas de túnica e capuz.

A outra era Jace Herondale, mas não o Jace Herondale que ela conhecia. O Jace que conhecia era lindo como os anjos: este Jace era mais velho, abatido. Ainda belo, mas como uma falésia de granito queimada por um raio. Não havia bondade em seus olhos, e ele era musculoso como um adulto, sem mais nada de infantil em si. Havia uma luz sombria nele — como se carregasse um miasma de magia doentia onde quer que fosse.

Rainha do Ar e da Escuridão

— Estou com as espadas dele — disse Fergus. — Talvez queira vê-las.

Ele as colocou aos pés da Rainha. Uma espada maior com estrelas marcadas em sua lâmina escura de prata, o cabo e as guardas banhados em ouro. Uma espada menor de ouro negro e *adamas*, com estampa de estrelas no centro.

— Heosphorus e Phaesphoros — disse a Rainha. — Mas elas foram destruídas.

— Não no meu mundo — disse Jace. — Em Thule, muito do que está morto aqui vive lá, e muito do que está morto lá vive em seu mundo, Rainha.

— Você fala em enigmas — disse a Rainha, mas seu velho coração começou a bater com rara velocidade. *A terra de Thule é morte e vai começar a chover morte aqui.* — Você é do mundo que o Rei Unseelie chamava de Thule?

Ele fez uma reverência desdenhosa. Suas roupas estavam imundas de sujeira, e não se pareciam com nenhum uniforme de Caçador de Sombras que ela já tivesse visto.

— Não sou o Jace Herondale que conhece. Sou seu espelho sombrio. De fato, vim daquele mundo. Mas meu amigo nasceu aqui, em suas Cortes.

— Seu amigo? — arquejou a Rainha.

Jace fez que sim com a cabeça.

— Ash, tire o capuz.

Seu companheiro levantou as mãos e tirou o capuz, embora a Rainha já soubesse o que ia ver.

Cachos brancos platinados caíram sobre seu rosto. Ele era alguns anos mais velho do que quando atravessara o Portal na sala do trono do Rei Unseelie. Parecia um adolescente mortal, seu rosto já começava a demonstrar sinais da mesma beleza que a dela. Seus olhos eram verdes como grama, como os olhos originais de seu pai tinham sido. Ele a olhou com calma e firmeza.

— Ash — arfou a Rainha, se levantando. Queria abraçar o filho, mas se conteve. Ninguém oferecia nada de graça nas Cortes. — Você me trouxe meu filho. E por isso agradeço. Mas o que quer em troca?

— Um lugar seguro para Ash viver. E permanecer com ele enquanto ele cresce.

— Esses dois desejos podem ser facilmente concedidos — disse a Rainha. — Nada mais?

— Mais uma coisa — disse o Jace que não era Jace, com seus olhos dourados firmes. — Quero que me traga Clary Fairchild.

Este livro foi composto na tipografia Minion
Pro, em corpo 11/14, e impresso em
papel off-white no Sistema Cameron da
Divisão Gráfica da Distribuidora Record.